Das Buch:

Gisbert Haefs *Alexander*-Romane, von der Kritik begeistert gefeiert, liegen nun in einem Band vor. Haefs, der schon mit *Hannibal* das Genre des historischen Romans für sich eroberte, zeichnet hier das Heldenleben des göttlichen Alexander. Aber, und das versteht sich bei Haefs von selbst, auf sehr menschlicher Ebene. Er haucht der Antike, die oft genug durch mythische Verklärung verstellt wurde, vielfarbiges Alltagstreiben ein. Das Buch beginnt mit dem Besuch des Makedonen Peukestas beim sterbenden Aristoteles. Peukestas hat den Plan gefaßt, das Leben Alexanders zu schreiben. Er begehrt von dem ehrwürdigen Heldenerzieher alles über dessen ehemaligen Zögling zu erfahren, über den Vater Philipp, die Mutter Olympias und über alle, die mit ihm auszogen, die Welt zu erobern. Der vom nahen Tod gezeichnete, größte aller Philosophen läßt sich zögernd auf das Anliegen ein und erzählt vom großen, zu jung verstorbenen Alexander.

»Gisbert Haefs ... kennt sich im Universum der Antike inzwischen wie in seinem Hausgarten aus ... Wenn er ein hellenisches Landgut malt, eine vorstädtische Weinkneipe durchstöbert oder eine Liebesstunde König Philipps mit der Heldenmutter Olympias zungenfertig protokolliert, trägt seine kräftig zupackende Prosa, die weder auf die heute so geschätzten Naturalia noch auf verwegene Bilder verzichtet, den Leser mühelos davon.« *Die Welt*

Der Autor:

Gisbert Haefs, 1950 in Wachtendonk am Niederrhein geboren, studierte Anglistik und Romanistik, war während des Studiums Komponist, Chansonnier und Bierzapfer. Er ist Übersetzer aus dem Englischen, Französischen und Spanischen, Autor von Erzählungen, Kriminal-, Science-Fiction- und historischen Romanen. Schon mit seinem Karthago-Roman *Hannibal* feierte er große Erfolge. Gisbert Haefs lebt in Bad Godesberg.

Von ihm sind weiter im Wilhelm Heyne Verlag erhältlich: *Hannibal. Der Roman Karthagos.* (01/8628), *Troja* (01/10741), *Hamilkars Garten* (01/13085), *Roma* (60/62).

Gisbert Haefs

Alexander

Alexander in Asien

Zwei Romane

Wilhelm Heyne Verlag
München

HEYNE ALLGEMEINE REIHE
Band-Nr. 01/13728

Umwelthinweis:
Dieses Buch wurde auf chlor-
und säurefreiem Papier gedruckt

Taschenbuchausgabe 12/2002

Printed in Germany 2002
Quellennachweis: s. Anhang
Umschlaggestaltung: Nele Schütz Design, München
Druck und Bindung: Ebner & Spiegel, Ulm

ISBN: 3-453-86663-0

http://www.heyne.de

Alexander

»Wie ich vernahm, ließ Alexander sich auf all seinen Wegen von sechs Gruppen von Menschen begleiten: Eisenkauende Schwertkämpfer, von denen er einige Tausend um sich hatte; Beschwörer, die mit ihrem Zauber selbst den Bann Haruts zu lösen vermochten; Sprecher und Dolmetscher, die mit dem Glanz ihrer Beredsamkeit der Sonne ihre Röte raubten; Weise, deren Scharfsinn so fein war, daß ich mich nicht damit plagen mag, darüber nachzudenken; asketische Greise von rechter Gesinnung, die nachts Gottes Hilfe erflehten; und schließlich Gottesboten, zu denen er seine Zuflucht nahm.«

NIZAMI, *Iskandar-Namah*

»Es hat der Autor, wenn er schreibt,
So was Gewisses, das ihn treibt.
Der Trieb zog auch den Alexander
Und alle Helden miteinander.
Drum schreib ich auch allhier mich ein:
Ich möcht nicht gern vergessen sein.«

GOETHE, *In das Stammbuch von F. W. Moors*

Inhalt

1.

Die Lüge des Aristoteles

Östlich der Acharnai-Straße, am Rand des Berghangs, schoben und zerrten Sklaven den Abfall Athens zu einer Senke zwischen Felsen. Nächtlicher Regen hatte den Boden aufgeweicht; einige der Männer waren so verdreckt, daß weder ihre helle Haut noch die in die Schultern eingebrannten Eulen zu erkennen waren. Vier skythische Bogenschützen, angekaufte Ordner der Stadt, bewachten sie.

Noch immer trieb die träge Masse dunkler Wolken nach Norden; über den Gemüsefeldern und den Hütten der nördlichen Vorstadt zeigten sich erste Risse. Bis der letzte der zwanzig einachsigen Kastenwagen den Platz zwischen den Felsen erreichte, war auch dort der Boden aufgewühlt und tief. Einer der Skythen hob den angewinkelten Unterschenkel und betrachtete seine grüne, mit schwarzweißen Rhomben besetzte Tuchhose; unterhalb des Knies war alles ein nasser finsterer Schlammstiefel. Er rümpfte die Nase, zupfte an der Ohrenklappe seines spitzen Helms und pfiff auf zwei Fingern.

Die Sklaven begannen mit dem Abladen: Dreck, Kot, Abfälle, Knochen, Tierkadaver, teils zu Haufen aufgeschüttet, teils in Bottichen und Flechtkörben. Die Behälter wurden von den Karren gehoben und zum Rand der weiten Senke geschleppt. Leere Körbe trug man zu den Karren zurück, auf denen andere Männer mit groben Schaufeln, dreizinkigen Gabeln und Reisigbesen warteten. Der Skythe kratzte sich den Bart; als ein Mann – sein Oberkörper ein verdrecktes Flechtwerk aus Narben und Muskelwülsten – den aufgedunsenen Kadaver eines Hundes zur Felskante schleifte, wandte er sich ab und ging langsam zu den drei übrigen Bognern. Aus der Pfeiltasche an der Hüfte holte er eine Lederflasche, einen Brotfladen und ein paar Zwiebeln. An den Felsen neben der Straße gelehnt, wo der Gestank nicht so gewaltig war und sie gleichzeitig die Sklaven, das Land und den Weg beobachten konnten, verzehrten die Skythen ihr Morgenmahl.

Plötzlich rissen die Wolken auf; Sonnenvorhänge fielen blendend über die Welt. Jenseits der Straße leuchtete etwas auf: Metall an der Wand einer schiefen Bretterhütte, neben der zwei Bauern in schmierigbraunen Chitonen arbeiteten.

Weiter nördlich flatterten kreischend einige Vögel auf; dann kamen Jungen die Straße herabgerannt. Sie hatten Früchte aufgelesen, die vom Unwetter der Nacht abgeschlagen worden waren. Aber sie liefen ohne Körbe.

»Makedonen! Die Makedonen kommen!«

Überall auf den Feldern brachen Leute ihre Arbeiten ab, ließen Karren und Gerät zurück und flohen zur Stadt. Die Sklaven standen starr, blickten die Straße hinauf und begannen zu tuscheln.

Langsam und ruhig nahmen drei der Skythen die Bogen von den Schultern, zogen Pfeile aus den Köchertaschen und legten auf die Sklaven an. Der vierte entrollte ebenso gelassen eine lange Peitsche.

»Ihr weiter Scheiße schippen.« Seine Stimme war tief und heiser. »Makedonen nix euch wollen. Los.« Er zog das lange Leder durch die Luft, ließ die Peitsche knallen. Mit steifen Bewegungen machten die Sklaven weiter.

Die Truppe kam schnell näher. Sie bestand aus etwa vierhundert Fußkämpfern – zur Hälfte Leichtbewaffnete, zur Hälfte Hopliten –, dazu je sechzig schwere thessalische und leichte thrakische Reiter, alle mehr oder minder unbewaffnet. Sie redeten, lachten, aßen im Gehen; nicht einmal die Panzer waren verschnürt. Nur die beiden Flügelleute mit den Feldzeichen – Makedoniens goldene Sonnenscheibe, des Großkönigs liegender Adler auf goldenem Grund – waren voll bekleidet und bewaffnet. Am Schluß kam der Troß: Pferde- und Maultierkarren mit Waffen, Rüstungsteilen, Zelten, gebündelten Sarissen und Kampfspeeren, Vorräten, Werkzeug, Weibern und Heilern.

Hinter der ersten Reitergruppe, wie von den anderen geleitet, ritten fünf Männer. Drei von ihnen trugen verzierte Brustpanzer und Helme mit rotem Busch, die beiden anderen nur den hellen Chiton und Reiseumhang. Als sie an der Senke vorbeikamen, hielt einer der Offiziere sich die Nase zu.

»Das muß die Akademie sein.« Er lachte wiehernd.

Der jüngere der beiden Helmlosen lächelte. »Kaum. Philosophen riechen anders.«

»Bist du sicher? In welchem Ruch stehen Philosophen denn bei dir?« Der Ältere zupfte an seiner Nase. Er hatte als einziger der gesamten Truppe einen gestutzten dunklen Vollbart.

»Also, mit Scheiße oder toten Hunden hat ein Philosoph in Athen keinen Umgang. Der riecht eher . . .« Der Jüngere streckte den Arm aus und schnippte mit den Fingern. »Na ja, nach Staub, nach Papyros, allenfalls nach Maden. Übrigens auch nur selten nach redlichem Schweiß.«

Der vor ihm reitende Offizier drehte sich halb um. »Und egal wonach sie sonst riechen, Peukestas – sobald wir in Athen sind, hört der Spott auf, klar?«

Der junge Mann legte die flache Hand auf die Brust. »Götter und Feldherren finden mich allezeit gehorsam, o Kleitarchos.«

Die Hütten und Häuser der Vorstadt waren verlassen und versperrt; überall lagen und standen Geräte, Karren und andere Dinge herum. Auf dem Platz vor dem Acharnischen Tor, wo fünf Straßen zusammentrafen, hatten Bauern und Händler eilig einen Markt abgebrochen; was nicht weggeräumt worden war, hatten die Fliehenden zertrampelt. Kleitarchos ließ die Truppe haltmachen; mit den beiden Feldzeichenträgern ritt er zum Tor.

Die schweren, eisenbeschlagenen Flügel waren geschlossen. Auf der Mauer blinkten Helme und Speerspitzen. Ein junger Führer der Stadtwache, mit Muskelpanzer und wallendem Helmbusch, beugte sich über den Mauerrand.

Kleitarchos schob den Helm zurück, legte den Kopf in den Nacken und rief hinauf: »Im Namen des göttlichen Alexander, macht auf.«

Der Athener fuchtelte mit einer Hand. »Der Name eines toten Tyrannen ist kein Schlüssel.«

Kleitarchos bleckte die Zähne. »Soll ich fortreiten und zehntausend Krieger mit zehntausend scharfen Schlüsseln herbeiholen? Fein herausgeputzt hast du dich aber, Fürst der attischen Nachtwächter.«

Der Athener räusperte sich und deutete auf die wartenden Kämpfer. »Zehntausend? Ich zittere. Ist das da alles, was du mitgebracht hast, um Athen zu zertrümmern?«

Der Makedone lachte. »Wozu sollen wir Waffen benutzen, wenn ein paar Worte ausreichen?«

»Der Rat entscheidet, ob geöffnet wird. Was wollt ihr?«

»Wir bringen eine Botschaft von Antipatros und Krateros.«

Der Athener wiegte den Kopf. »Seit wann schicken Sieger eine Gesandtschaft? Unsere Boten sind doch längst zu euch unterwegs.«

»Das wissen wir; wir haben Demades und seine Leute getroffen. Aber wir haben besondere Aufträge.«

»Und zwar?«

Der Makedone seufzte. »Kannst du nicht wenigstens runterkommen, damit ich nicht so brüllen muß? Mein Nacken wird schon steif.«

Der Athener verschwand; bald öffnete sich das Tor halb. Dahinter sah man Fußkämpfer und dichtgedrängtes Volk. Der Hauptmann kam auf den Platz; hinter ihm wurde das Tor wieder geschlossen.

»Also sprich leiser. Und steig von deinem hohen Roß.«

Der Makedone glitt von der Reitdecke und legte den rechten Arm um den Hals des Pferdes. »So ist es besser. – Also, sag deinem Rat dieses. So sprechen Antipatros und Krateros. Vor sechsundzwanzig Jahren hat Demosthenes der Schlammwerfer Athen und andere Städte zum Krieg gegen unseren Herrn Philipp getrieben. Philipp hat gesiegt und Demosthenes geschont. Vor zwanzig Jahren hat

Demosthenes die Viper euch wieder mit Worten gebissen und zum Krieg gehetzt, und er hat persisches Gold genommen, damit Hellenen gegen Hellenen kämpfen. Unser König Philipp hat gesiegt, sechzehn Jahre ist es her, und Demosthenes geschont, ebenso wie die Stadt Athen. Vor vierzehn Jahren wurde Philipp ermordet, und Demosthenes die Tarantel wußte so früh von diesem Tod, daß . . . nun ja. Und er hat sofort den nächsten Krieg angestiftet, gegen Alexander. Der König hat die Stadt Theben, die auf Demosthenes hörte, ausgetilgt; aber er hat die Stadt Athen verschont, und auch Demosthenes. Und vor einem Jahr, als Alexander zu den übrigen Göttern entrückt wurde, war es wiederum Demosthenes der Skorpion, der mit seinem Gift Hellenen gegen Hellenen ins Feld hetzte. Ihr habt Antipatros belagert, in der Stadt Lamia eingeschlossen; Antipatros und Krateros haben eure Heere bei Krannon aufgerieben. Vor der Insel Amorgos haben wir eure Flotte vernichtet. Und nun befehlen Antipatros und Krateros dies.« Der Makedone holte Luft und zog die Brauen zusammen. »Bedenke, Athener – sie bitten nicht, sie fragen nicht, sie befehlen: Ehe ein Friede geschlossen werden kann, hat die Stadt Athen Demosthenes auszuliefern. Alle, die von ihm und seinen Genossen aus Athen vertrieben wurden, sind sofort in Ehren wieder aufzunehmen. Dies gilt auch für den großen Aristoteles. – Sag dies deinem Rat. Und sag auch, daß der Gesandte von Antipatros und Krateros weitere bedenkenswerte Anregungen für die künftigen Dinge auszusprechen weiß.«

Der Athener kaute einen Moment auf der Unterlippe. »Du erlaubst sicherlich, daß ich bei der Weitergabe dieser Dinge an den Rat all das Kleingetier weglasse, die Vipern und derlei, ja? Braucht ihr etwas?«

»Brot, Wein, Wasser, Fleisch.« Der Makedone grinste. »Es schadet nicht, wenn hübsche Mädchen dies bringen. Und schick uns einen, der uns sagt, wo wir lagern können.«

Der Athener hob die Hand und ging zum Tor; diesmal

blieb es offen. Nach und nach kamen die geflüchteten Bauern und Vorstädter heraus. Karren und Lastträger verließen die Stadt, und die Wachtruppen zogen sich ein wenig zurück, ohne das Tor ganz freizugeben. Händler schleppten ihre Tische und Waren wieder hinaus, um den unterbrochenen Tor-Markt fortzusetzen; junge Frauen mit bemalten Lippen und bunten Hüftschärpen gingen zu den Makedonen, gefolgt von Verkäufern mit Wein, ein paar Männern mit Eseln und Wasserschläuchen, Bäckerburschen und Obstbauern.

Peukestas und der ältere Chitonträger ließen ihre Pferde an der Mauer grasen und hockten im Schatten einer Pinie. Der Ältere holte Nüsse aus seinem Beutel; schweigend kauten sie eine Weile und betrachteten die Dinge und Menschen.

»Glaubst du, sie geben Demosthenes heraus?« sagte Peukestas.

»Sie müssen. Es wird ihnen nicht gefallen. Andererseits – bei allem Unheil, das er angerichtet hat, sind bestimmt einige froh, ihn loszuwerden.«

»Und du? Ich meine, du wirst ihn zu Antipatros bringen müssen. Bist du sicher, daß er dir nicht unterwegs mit seinem Gerede das Gehirn verklebt?«

»Ah, Demosthenes war nie ein wirklich guter Redner; er war nur dann brauchbar, wenn er sich lange vorbereiten konnte. Unvorbereitet hat er meistens nur gestottert. Aber selbst wenn . . .« Der Ältere langte hinter sich und zog etwas aus der Gürteltasche, hielt es hoch, ließ es vor Peukestas' Gesicht baumeln. Es war ein lederner Maulkorb.

Die engen, ungepflasterten Straßen waren aufgeweicht vom Regen und starrten vor Schmutz. Immer wieder bogen sich die Makedonen auf ihren Pferden zur Seite, wenn aus Fenstern Nachttöpfe geleert wurden oder Abfall auf die Straße stürzte. Auf einem kleinen Platz zertrümmerte der Huf eines Pferdes ein Ölgefäß; einer der Offiziere warf dem geschädigten Bauern eine Münze zu.

Johlende Kinder, von der Politik unberührt, machten sich einen Spaß daraus, möglichst dicht vor den Pferden herumzutanzen und erst im letzten Moment wegzuspringen. Hinter einer Biegung, von Kot und Schlamm verdreckt bis zu den Hüften, saß ein weißbärtiger Greis und redete für vier oder fünf Zuhörer. »So also verhält es sich mit diesen Dingen. Nun sagt aber Sokrates, daß alles Heilige ...« Er brach ab und ballte die Faust, als die Makedonen vorüberritten.

Die schäbigen, halbverfallenen Lehmziegelhäuser wurden von festeren zweigeschossigen Gebäuden aus Stein abgelöst; dann blieben die Gassen und die wimmelnden Massen zurück. Die Makedonen erreichten die Stelle nördlich der Agora, wo die vom Acharnischen Tor nach Süden verlaufende Straße auf die Straße zum westlichen Dipylon-Tor traf. Der Platz, auf den auch kleinere Wege mündeten, war nach Norden zu von Tempeln, Handelshäusern, Verwaltungsgebäuden und der Getreidebörse gesäumt. Die Reiter hielten einen Moment an. Rechts vor ihnen, auf dem Agora-Hügel, leuchteten die bunten Giebelfelder des Hephaistos-Tempels; links, nach Südosten, führte der Panathenaia-Weg zur Akropolis, vorbei an Münze und Brunnenhaus. Genau vor ihnen lag der große Platz, die Agora, das Herz von Athen: Tempel, Säulen, Standbilder, Bauten mit weiß-rot-blauen Säulenköpfen und bunten Mauerflächen, und auf dem Platz zahllose Menschen, die meisten in Weiß, in Gruppen, an Tischen oder auf und ab gehend.

»Das also ist das Herz all dessen, was Hellas ausmacht.« Der Ältere sah sich gierig um.

Peukestas blickte hinüber und hinauf zur Akropolis. »Ich habe Babylon gesehen. Persepolis. Ekbatana. Und Memphis. *Das* hier ...« Er winkte – oder warf die Wörter – mit der flachen Hand über die Schulter nach hinten.

Sie ritten weiter, zwischen dem Amtssitz der Archonten, der Königlichen Stoa, und dem Leokoreion nach Süden, vorbei an den Tempeln für Zeus und Apollon, zum doppelten Ratsgebäude, dem alten und dahinter, am

Berg, dem neuen Bouleutherion, und warfen einen eher gleichgültigen Blick auf die Reihe der Statuen der attischen Helden auf ihrem Mauersockel zwischen Gebäuden und Platz.

Auf ein Zeichen des Atheners, der ihnen zu Fuß vorangegangen war, stiegen sie vor dem kreisrunden Gebäude am südwestlichen Ende des Platzes ab: der Tholos, in der die Ratsvorsitzenden gemeinsam aßen und in der immer einige der wichtigen Ratsherren schliefen, damit die Stadt auch bei Nacht handlungsfähig sei.

Peukestas blieb noch einen Moment neben seinem Pferd stehen. Aus dem kastenförmigen alten Gerichtsgebäude, das neben der langen Wandelhalle mit ihren Geschäfts- und Verhandlungsräumen den Platz zum Areopag im Süden hin abschloß, traten einige Männer; ihre Gesichter verdüsterten sich, als sie die Makedonen sahen. Einer sagte halblaut etwas über die Schändung der Agora durch Barbaren und Pferde; ein anderer legte die Finger an die Lippen. Auch aus dem Gebäude der Strategen, am Weg zur kaum noch für Volksversammlungen genutzten Pnyx, näherten sich Männer, vermutlich Vertreter der nach der Schlacht von Krannon gefangenen Feldherren. Zusammen mit ihnen betraten die Makedonen die Tholos. Die Marmorstufen des rot und ockerfarben bemalten Kalksteingebäudes starrten vor Taubendreck.

In einem kühlen, dämmerigen Raum nahmen alle Platz auf Steinbänken; Sklaven brachten Becher, Weinkrüge, Wasser und Oliven. Nach kurzem Austausch von Höflichkeiten wiederholte Kleitarchos den Ratsherren und Beamten gegenüber die Botschaft, die er am Tor verkündet hatte. Im Schweigen der Athener war etwas beinahe greifbar, was Peukestas dennoch nicht völlig erfassen konnte – furchtsame Verachtung, geringschätziger Haß?

»Ihr mögt die Tore versperren und bewaffnete Sklaven auf die Mauern stellen, aber eure Hände sind leer. Dies sagen Antipatros und Krateros: Ehe ein einziges Wort über Frieden gesagt werden kann, wird Athen die Viper Demosthenes und seinen Helfer Hypereides ausliefern.

Wir werden Demosthenes am Hals aufhängen, damit er feststellen kann, wie schwer sein Arsch wiegt. Über Hypereides ist noch nicht entschieden. Und – alle Athener, die wegen ihrer Haltung zu Alexander aus der Stadt gejagt wurden, werden in Ehren wieder aufgenommen. Dies gilt vor allem für den großen Aristoteles.«

Die Ratsherren wechselten lange Blicke. Einer räusperte sich. »Es ist unüblich, hier derlei anmaßende Reden zu halten.«

Kleitarchos entblößte die Zähne. »Ich will gern mit zehntausend sittsam schweigenden Kämpfern zurückkommen. Ihr werdet dann aber keine Ohren mehr haben, zu hören, und keine Köpfe, das Gehörte zu bedenken.«

Die Athener tuschelten miteinander; dann lächelte der Vorsitzer des Prytaneions den Makedonen beflissen an.

»Eure Männer vor der Stadt sind natürlich unsere Gäste. Sie sollen alles erhalten, was sie brauchen. Habt ihr besondere Wünsche? Braucht ihr Decken? Brot? Feuerholz?«

»Den Kopf des Demosthenes«, sagte der Makedone ruhig.

Peukestas hob die Hand. »Auskunft über ihn, Hypereides und Aristoteles.«

»Hypereides? Niemand weiß, wo er sich aufhält. Und, ah, Demosthenes? Ich glaube, er hat sich vor ein paar Tagen zum Piräus begeben, für eine kleine Seereise. Bevor eure Schiffe erschienen.«

Kleitarchos runzelte die Stirn und wandte sich an den älteren Helmlosen. »Du weißt, was zu tun ist? Deine Aufgabe. Zum Hafen; nimm zwei Schiffe mit Kämpfern und bring Demosthenes zurück.«

Der Unbewaffnete stand auf, senkte den Kopf, legte die Hand auf Peukestas' Schulter und ging.

»Was nun Aristoteles angeht«, sagte der Athener müde, »so lebt er in einem Haus außerhalb von Chalkis, auf der Insel Euboia. Zuletzt hieß es, er liege im Sterben.«

»Aber wir haben doch Truppen in Chalkis«, sagte Peukestas beinahe empört. »Warum melden die so etwas nicht?«

Kleitarchos hob die Schultern. »Wen kümmert ein Philosoph, wenn er einen nicht kümmert? Nimm ein paar Reiter, Peukestas. Heil und hurtigen Weg.«

Die hölzerne Zugbrücke an der engsten Stelle des Euripos zwischen Boiotien und Euboia war zerstört, ebenso ein Teil des aufgeschütteten Damms. Ein paar Bausklaven hockten im Schatten eines Uferbaums, neben Werkzeug und Steinhaufen; sie würfelten und redeten leise. Nicht weit von ihnen schnarchte der Aufseher und Baumeister. In den Haaren auf seiner Brust badete ein gleißend roter Schmetterling in einem Strahlenbündel, das durchs Laub fiel. Die Luft war süß und schwer von Stauden, Geißblatt und dem Gesang der Zikaden; keine Brise rührte Salz aus der öligen Wasserfläche, die unter der Nachmittagssonne glitzerte.

Auf der anderen Seite der Brücke hatte man Pfosten in den Uferboden gerammt, an denen dicke Taue befestigt waren. Die breite flache Zugfähre zwischen dem Festland und Euboia füllte sich mit heimkehrenden Bauern und Händlern. In der Mitte der Fähre standen drei Ochsenkarren; zwei waren leer, der dritte überladen mit leeren Körben und Amphoren. Auf der linken Seite war noch ein wenig Platz; rechts von den Wagen drängten sich die Leute. Jemand reichte eine lederne Feldflasche herum.

»Guter Tag«, sagte einer der Bauern. »Ich bin alle Vögel und Eier losgeworden. Wie war's bei euch?«

Der Händler, der sich gegen den beladenen Karren lehnte, gluckste laut. »Ich hab meine Eier noch, zum Glück. Aber seit der Krieg zu Ende ist, geben die Leute wieder mehr Geld aus. Gut für uns – alle.«

Ein Reiter trieb sein Pferd die Rampe hinauf. Es tänzelte nervös, scheute mehrmals, und bis er das Tier rechts neben die Karren gelenkt hatte, verging einige Zeit. Die Männer sahen ihm neugierig zu, als hofften sie auf einen ansehnlichen Sturz; ihre Spötteleien wurden leiser, als hinter ihm Peukestas erschien, gefolgt von sechs schweren makedonischen Reitern. Sie ritten nach links, auf die andere Seite der Wagen.

»He, Gorgias, lang nicht gesehen«, sagte einer der Bauern. »Wo warst du? Hattest du nicht was von Aulis gesagt?«

Gorgias nickte; er grinste breit. »Aulis und ein bißchen weiter. Es gibt da ein paar athenische Handelsherren.«

»Das hochmögende Pack. Anmaßende Dreckschleudern.« Einer der anderen Händler spuckte über die Bordwand. »Sind jetzt ein bißchen weniger vorlaut, was?«

»Hm. Brauchen ganz dringend alles Getreide, das sie nur kriegen können. Ah, wie die zahlen müssen!« Er kicherte und tätschelte den Hals des Pferdes.

Die anderen lachten; einer sagte: »Wie schön für uns. Und denen geschieht's recht, mit ihrem Scheißkrieg. Hast du alles verkauft?«

Gorgias nestelte an seinem Umhang, den er vor sich über die Reitdecke gelegt hatte. »Alles, was die Gilde rausrückt – was wir nicht selber brauchen; und was übrigbleibt, nachdem die makedonischen Lümmel ihren Teil eingefordert haben.«

Ein Bauer räusperte sich und blickte zu Peukestas und seinen Männern, die abgestiegen waren. Der reitende Händler achtete nicht darauf.

»Und zweieinhalbmal so teuer wie vor einem Jahr. Außerdem müssen wir nicht liefern; die holen ab. In vier Tagen kommen die Karren hierher.« Er wies mit dem Daumen über die Schulter, an Land.

Die Fähre war voll; der Fährmeister klatschte in die Hände und trieb die Sklaven an, die zur linken Bugwand gingen. Das dicke Tau lief über Rollen an Bug und Heck; es hielt die Fähre auf Kurs. Zwei weitere Taue dienten zur Fortbewegung; der Fährmeister löste die hintere Winde, und die Sklaven griffen in die Speichen der vorderen. Langsam glitt das schwere Fahrzeug vom Ufer weg.

»Immer noch nicht weiter mit der blöden Brücke?« Gorgias deutete mit dem Kinn zu den würfelnden Bausklaven hinüber.

»Ah, du weißt doch, wie das ist«, sagte der Geflügelzüchter. »Wenn du langsame Arbeit willst, laß den Staat ran.« Die Männer lachten gedämpft, blickten zu Peukestas' Makedonen. Gorgias, den Rücken zu den Karren, redete weiter.

»Scheißmadekonen. Warum haben sie auch die Brücke zerstört? Wenn sie verloren hätten, wären die Athener auch ohne Brücke schnell in Chalkis gewesen. Aber die müssen böse fertiggemacht worden sein, da oben. Ein Glück, daß wir besetzt waren. Ein paar Leute in Chalkis hätten sich ja glatt auf das Geschwätz von Demosthenes eingelassen, dann wären wir jetzt auch dran. Und diesmal lassen sie das Schwein bestimmt nicht weitergrunzen. Das war der vierte Krieg, den er angezettelt hat. Jetzt kostet es ihn den Kopf. Ah, überhaupt – einer von den Athenern hat mir was erzählt.« Er kicherte. »Als Alexander tot war und die Nachricht kam, hat einer im Rat von Athen das nicht glauben wollen. Warum? Na, er hat gesagt, Alexander hat doch fast die ganze bewohnbare Erde geschluckt; wenn er wirklich tot wäre, müßte jetzt die ganze Oikumene nach seinem Kadaver stinken.« Er grölte vor Lachen.

Die anderen lachten nur sehr schwach; sie beobachteten besorgt die Makedonen, die Gorgias noch immer nicht gesehen hatte. Peukestas grinste leicht. Mit Grimassen versuchten einige der Bauern, Gorgias zu bremsen, aber er achtete wieder nicht darauf.

»Jedenfalls gehen Alexanders Feldherren jetzt einander an die Kehle, nehm ich an; von wegen, wer kriegt was von dem ganzen Haufen, den er erobert hat. Wird ein böses Gemetzel werden. Geschieht denen aber recht.«

Peukestas hustete. Gorgias wandte sich um und wurde blaß. »Ich . . . ich«, stammelte er.

»Ach ja – du?« sagte Peukestas. »Könnte einer von euch Herren mir sagen, wo ich in Chalkis Aristoteles finde?«

Die Fähre näherte sich der Landerampe südlich des Hafens von Chalkis. Einer der Bauern kratzte sich den Kopf.

»Aristoteles? Welcher Aristoteles? Der Weinhändler? Der Verschneider? Oder der mit der riesigen Ölpresse?«

»Der Philosoph.«

»Ach, der Alte, den die Athener rausgeschmissen haben, weil er ein halber Makedone ist? Uh, war nicht so gemeint. Der wohnt da oben.« Er deutete auf einen niedrigen Küstenhügel im Süden, mit einem kleinen weißen Haus.

Unterhalb des Hügels weideten einige Schafe und Ziegen, bewacht von einem uralten Sklaven, der unter einer Eiche döste. Neben dem mit Feldsteinen eingefaßten Brunnen erstreckte sich ein kleiner Gemüsegarten, ebenfalls lose ummauert. Zwei der Kataphrakten waren zur Burg von Chalkis geritten, um festzustellen, ob es bei der makedonischen Besatzung Unterkunft gab; die übrigen ließ Peukestas am Brunnen lagern.

Zu Fuß stieg er den Hügel hinauf, nur mit seinem Umhang und dem schweren Tuchbeutel. Aus der Nähe wirkte das Haus ärmlich. Der Bewurf der Wände war aufgeplatzt; vor dem Eingang lag neben einem umgestürzten Altarstein ein geborstener Dionysoskopf. Der Hauch einer Brise ließ die Tonperlenschnüre des Durchgangs kaum merklich beben.

Dumpfe Schläge hallten aus dem kahlen Innenhof. Dort kauerte eine Sklavin, die in einem Bronzetiegel Körner zerstieß. Sie blickte flüchtig auf, als Peukestas sich räusperte. Aus den Schnüren in der Tür zum Wohnhaus erschien eine Frau; sie mochte etwas jünger sein als Peukestas, vielleicht achtzehn. Sie ging barfuß; das weiße Gewand war sauber, aber ebenso schmucklos wie Hände, Hals und dunkles Haar. Um die Augen lagen Schatten; das ovale Gesicht war müde.

»Ist dies das Haus, in dem der große Aristoteles lebt?«

Ehe die Frau antworten konnte, klang die mürbe Stimme eines Greises durch den Schnurvorhang. »Dies ist das Haus, in dem der alte Aristoteles stirbt. Frag ihn, was er will, Pythias.«

Sie blickte Peukestas an. »Also?«

Er neigte knapp den Kopf und versuchte ein Lächeln. »Peukestas, Unterführer der Hetairenreiter, zuletzt Schreiber des Eumenes. Ich war in Babylon, als Alexander starb. Nun schicken mich Antipatros und Krateros mit Geschenken und Fragen.«

Pythias blickte zum Vorhang. Die alte Stimme sagte: »Bring ihn herein, Tochter.«

Peukestas folgte ihr in einen hellen Raum mit einer verhängten Fensteröffnung. Um den niedrigen Tisch waren im Halbkreis Schemel angeordnet. Hinter dem Tisch, auf einer Liege, unter Decken und Fellen, sah Peukestas den Größten der Philosophen. Das Gesicht war fahl unter dem grauen Haupthaar, der Bart noch immer fast schwarz. Wie die Augen, die noch sehr durchdringend waren und durchdrungen von Leben. Auf dem Tisch standen ein Wasserkrug, ein Tonbecher und eine flache Schale mit Wasser, Kräutern und Blütenblättern. Der Duft war herb und frisch.

An einer Wand gab es eine Feuerstelle mit eisernem Rost unter einem gemauerten, trichterförmigen Rauchabzug. An den Wänden standen Regale aus Holz und Bastgeflecht, angefüllt mit Papyrosrollen, einige in Tonröhren, die meisten ungeschützt.

Peukestas legte die rechte Hand auf sein Herz, nahm den Beutel von der Schulter, setzte ihn auf den Tisch und löste die Verschnürung. Er zog einen kleinen Lederbeutel heraus, öffnete ihn und ließ einen Strom von Goldmünzen herausfließen: Dareiken, und Statere mit dem Kopf Alexanders. Wieder langte er in den großen Beutel und holte mehrere verknotete Tücher hervor, die er langsam öffnete. Sie enthielten Ringe mit glitzernden Steinen, Broschen, indische Perlen, einen schweren goldenen Halsschmuck, zuletzt einen mit feinsten erhabenen Verzierungen bedeckten Goldkelch, besetzt mit einem Kranz von Rubinen. Pythias war im Durchgang zur Küche stehengeblieben und ächzte. Aristoteles hatte sich aufgerichtet, auf einen dürren Ellenbogen gestützt.

»Geschenke von Königen.« Mit einem schiefen Lächeln ließ er sich wieder auf die Liege sinken. Pythias seufzte und verschwand in der Küche.

»Nicht ganz königlich, Aristoteles. Diese Gaben senden dir Antipatros und Krateros.«

»Herren von Makedonien und Hellas, aber keine Könige; ja. Sie würden mir diese nichtigen Kostbarkeiten niemals umsonst schicken. So großzügig war nur Alexander, und er ist tot. Was verlangen sie als Gegenleistung?«

Peukestas lächelte. »Wissen und Rat.«

Pythias kam aus der Küche zurück. Sie trug eine Holzplatte mit einem Weinkrug, einem Becher, Brot, kaltem Fleisch und Früchten. Vorsichtig, die Augen auf die Schätze gerichtet, setzte sie die Platte auf den Tisch. Sie deutete auf einen Schemel; dann ging sie wieder. Peukestas setzte sich und goß Wasser und Wein in den Becher.

Aristoteles kicherte heiser. »Wissen und Rat? Mein Wissen ist nicht zu kaufen, mein Rat ist kostenlos. Was wollen sie erfahren?«

Peukestas blickte ihn über den Becher hinweg an. »Als Alexander starb, gab es keinen Erben. Die Regelungen, die nach seinem Tod getroffen wurden, waren nur vorläufig. Er selbst hat ja nichts angeordnet. Jetzt, nachdem die Unruhen in Hellas niedergeschlagen sind, fürchten wir alle, daß seine alten Gefährten und Krieger gegeneinander kämpfen werden, um das Reich und die Reichtümer.«

»Eine nicht ganz ferne Annahme. Es gehört lediglich ein wenig Kenntnis der Menschen dazu.«

Peukestas leerte den Becher, füllte ihn erneut. »Ich habe in den letzten Jahren unter Eumenes als Schreiber gearbeitet – Aufseher der Schreiber in den königlichen Archiven, die Eumenes so vortrefflich geleitet hat. Wir wissen, daß alle Briefe Alexanders zweimal geschrieben wurden: ein Brief für den Empfänger, ein Brief für die Archive. Alle Briefe des Königs, außer den wenigen, die er bis zuletzt mit eigener Hand geschrieben hat. Briefe an seine

Mutter; ein paar Briefe an Antipatros; Aufträge für Krateros, der die alten Krieger heimbringen sollte; und Briefe an seinen ehrwürdigen Lehrer Aristoteles.«

Der alte Philosoph hustete rasselnd. »Nun wollt ihr wissen, ob in einem dieser Briefe an mich zu lesen steht, wer die Bürde des Reichs tragen soll.«

Peukestas bohrte seinen Blick in die halbgeöffneten Augen des Greises. »Als Alexander starb, hat er vielleicht gesagt, der Beste solle sein Nachfolger werden. Der Stärkste, der Tüchtigste. Sein schwachsinniger Halbbruder. Sein ungeborener Sohn von Roxane. Vielleicht hat er auch etwas anderes gesagt, aber das wissen wir nicht. Du weißt, wie es in Asien aussieht. Wenn nicht etwas Großes geschieht, wird es zu langen Bruderkriegen um die Nachfolge kommen. Um das größte Erbe, das je ein Mensch hinterlassen hat. Die Feldherren und Fürsten werden einander zerfleischen, das Reich wird zerbrechen.«

»Wäre das schlimm?«

»Es wäre ein furchtbares Morden, Aristoteles. Deshalb bitten die Fürsten um deinen Rat. Steht in einem von Alexanders Briefen der Name eines Nachfolgers?«

Aristoteles bewegte eine knochige Hand. »Mir ist kalt«, murmelte er. »Ruf Pythias. Es ist ungerecht, daß ein Sterbender friere.«

Peukestas stand auf, ging zum Küchendurchgang und winkte der Frau, die mit Gefäßen hantierte und nichts gehört hatte. Sie kam sehr schnell, warf einen Blick auf das eingefallene Gesicht des Vaters, schob die Unterlippe vor und ging zur Feuerstelle, neben der ein Haufen Scheite lag.

»Nimm Rollen zum Entzünden.« Die Stimme des Philosophen klang wie schwarze Kreide, die unter einem Schuh zerquetscht wird. »Was nützen sie noch? – Also das ist die Frage, die Krateros stellt?«

»Ja. Und von ihrer Beantwortung hängt vielleicht die Welt ab.«

Aristoteles richtete sich mühsam halb auf. Er sah zur Feuerstelle, wo Pythias vier Rollen Papyros aus einem der

Regale zurechtlegte. Sie entzündete einen Span an dem Öllämpchen und türmte Scheite auf die Rollen, als sie zu brennen begannen.

»Die Welt wird fortdauern. Sie besteht aus dem Willen der Götter, dem Zufall, und aus tugendhaften Taten der Menschen. Nicht aus Fragen und Antworten.«

Peukestas beugte sich vor und sagte eindringlich: »Jeder der ruhmreichen Gefährten des Königs kann heute sagen, Alexander hat dich oder mich oder jenen dort ernannt, aber die anderen werden ihm nicht glauben. Ein Brief von Alexanders Hand, an dich gerichtet und von dir bezeugt, wäre ein Beweis, den keiner bezweifeln könnte. Ein Beweis, den Krieg abzuwenden und das Reich zu festigen.«

Aristoteles lächelte Pythias zu, die wieder in die Küche ging. »Mehr nicht? Nur die Oikumene soll ich retten – die bewohnbare Welt, deren größten Teil ihr mit dem Schwert erobert habt? Sie wird durch Schwerter zerstükkelt werden. Was tut das Wort eines toten Greises dazu? Es wird verhallen wie die Worte lebendiger Könige. Und wer zweifeln will, weil der Zweifel ihm zu einem Teil der Macht verhilft, während die Gewißheit die ganze Macht einem anderen gäbe, der wird auch an einem Brief zweifeln.« Aristoteles deutete auf den leeren Becher.

Peukestas setzte seinen ab, kniete neben der lederbespannten Bettstatt nieder, füllte den Becher mit Wasser und Wein und stützte den alten Mann, damit er trinken konnte.

»So viele Fragen.« Es klang bitter; Peukestas versuchte nicht, um das Wissen des Greises zu flehen. »Ich war in Pella und habe mit vielen gesprochen. Ich will das Leben des Königs schreiben. Teile habe ich selbst gesehen, über andere Teile gibt es Papyros und die Worte vieler, die dabei waren. Aber manche Dinge ... Wer war Alexander wirklich? Was hast du ihn gelehrt? Wo hat sein langer Weg begonnen? Was war sein Ziel? Gab es ein Ziel?«

Aristoteles lächelte. »Der Weg ist das Ziel. Wenn du genug weißt, um eine Frage richtig zu stellen, dann weißt du auch genug, um selbst die Antwort zu geben.«

Peukestas kniete noch immer neben der Liege. »Dann hilf mir, die Fragen richtig zu stellen, Aristoteles!«

»Warum sollte ich? Wegen dieser Stückchen aus bunten Steinen und albernen Metallen?«

Scheinbar zögernd murmelte Peukestas: »So vieles, was ich nie erfahren werde, Aristoteles. Ich hatte auf dich gehofft. Dein Neffe Kallisthenes hat dir geschrieben, bis er . . . starb. Ihn kann ich nicht fragen. Parmenion, der große Parmenion ist so lange tot; er hätte vieles gewußt. Und auch mein Vater, der lange dabei war, ist gestorben, ehe ich wußte, was ich ihn fragen sollte . . .«

Aristoteles kniff die Augen zusammen. »Dein Vater, eh? Du sagst, du warst Unterführer der Hetairenreiter? Jung wie du bist . . . Dann hast du vorher zu den Knaben des Königs gehört. Dein Vater muß also einer der Edlen gewesen sein. Oder enger Freund des Königs. Vielleicht seines Vaters Philipp. Hm. Dein Gesicht – es ist da etwas.«

Peukestas fischte eines der Blütenblätter aus der Schale auf dem Tisch, zeigte die Zähne und kaute auf dem Blatt. Aristoteles begann zu lachen, brach dann in einem würgenden Husten ab.

»Drakon der Heiler«, keuchte er. »Du Sohn eines alten Freundes.« Er streckte die Hand aus und legte sie einen Moment auf Peukestas' Kopf. Der junge Makedone schwieg und wartete.

»Nun ja.« Aristoteles zog die Hand zurück, unter die Decken. »Wer war Alexander? Dazu ist nicht viel zu sagen. Alexander mußte immer wissen, was auf der anderen Seite des Hügels liegt. Dieses gewaltige Sehnen – an den Rand der Welt gehen und darüber hinaus. Aber« – er versuchte sich aufzurichten – »die Welt hat nur einen Rand, nur eine Kante, und diese dunkle Grenze ist der Tod. Tod und Leben sind aber nichts als die beiden Seiten jener einen Münze, die keiner ausgeben, prägen oder begleichen kann.«

In der Küche klapperte Pythias mit Geschirr. »Das kann doch nicht alles sein«, sagte Peukestas leise. »Ich habe selbst mehr gesehen als dies. Ich will es dir sagen, wenn du magst – erzählen, was ich gesehen habe.«

Aristoteles zuckte mit den Schultern. »Meine Füße sind eisig«, sagte er, als spräche er über einen belanglosen Gegenstand. »Die Nieren, verstehst du, und das Herz. Ich sterbe von unten nach oben. Vor mir liegt die lange Nacht, in der niemand mehr arbeiten oder reden kann. Mein Leben lang habe ich gelauscht und gefragt, Wissensstückchen gesammelt, nur um jetzt zu begreifen, daß es gleich ist, ob man als Narr oder als Weiser stirbt. Aber ... wir könnten trotzdem reden. Besser redend sterben als gar nicht. Oder stumm. Was willst du wissen?«

»Alles. Über Alexander, über Philipp, über Olympias – über dich, Aristoteles. Hat er dir geschrieben, wer die Macht haben soll? Weißt du, ob wirklich jemand aus Hellas Gift geschickt hat? Hast du jemals ...«

Aristoteles kicherte. »Langsam, Peukestas, langsam. Was am Ende geerntet wird, wurde am Anfang gesät.«

»Wo ist der Anfang?«

»Vor der Geburt, wie bei jedem von uns. Ah – Ägypten ist ein guter Beginn für jede gute Lügengeschichte. Die Sterne, und die Lebern von Opfertieren, und die Weissagungen trunkener Priester. Die Lehrer ...« Er hustete wieder. »Zuviel, viel zuviel, ehe meine Stimme bricht.«

»Warum hat Philipp *dich* gewählt, um Alexander zu lehren? Weil du der größte Philosoph bist?«

»Den gibt es nicht, Junge. Außerdem war ich damals nur einer von tausend. Aber wir haben uns gekannt, Philipp und ich; mein Vater war der Arzt seines Vaters. Philipp und ich haben als Kinder miteinander gespielt. *Und* ich bin aus dem Norden, aus Stageira. Mich hat es nie beschäftigt, ob die Makedonen barbarisierte Hellenen sind oder hellenisierte Barbaren; einer der Großen aus Athen wäre vielleicht gar nicht nach Pella gegangen.« Leiser und mit einer kleinen Grimasse setzte er hinzu: »Dann gab es da noch einen politischen Grund ... Aber wir sind schon viel zu weit hinten in deiner Geschichte, Sohn Drakons.«

»Noch einmal – wo ist der Anfang, Aristoteles?« Peukestas kniete noch immer neben der Liege.

Aristoteles keckerte; seine Hand kroch in seltsamen Schlangenlinien über die Decken. »Eine Prophezeiung. Prophezeiungen sagen Ereignisse voraus, die dann eintreffen, weil alle sich bemühen, die Prophezeiung wahr zu machen. Aber ...«

Er richtete sich langsam auf, mühevoll. Von seinem hageren Hals löste er eine feine Kette, an der ein etwas mehr als münzengroßes Amulett hing: ein ägyptisches *ankh* aus Gold, mit einem dämonischen Horos-Auge aus dunklen Steinen in der Schlaufe.

»Schau her, Junge.« Plötzlich war seine Stimme nicht mehr die eines Sterbenden, sondern die eines Herren, der befiehlt und weiß, daß man ihm gehorchen muß. »Ich will dich Bilder sehen lassen, die besser sind als Worte – Bilder von Dingen, die nicht in Worte passen. Sie sind auch schneller als Worte; mein Leben rinnt dahin. Schau in dieses Auge.«

Peukestas öffnete den Mund, schloß ihn wieder und schüttelte langsam den Kopf, wie über einen seltsamen Anblick. Er lehnte sich gegen die Liege und starrte ins Auge des Horos.

Aristoteles streckte den Arm aus. »Auch wenn man nichts davon hält – in einem langen Leben lernt man viele nützliche Formen von Unfug.« Mit kaum sichtbaren Bewegungen des Handgelenks ließ er das Amulett pendeln, gemessen, stetig. Peukestas folgte den Schwingungen mit den Augen; sein Gesicht erschlaffte. Hinter dem Amulett, sechs oder sieben Schritte entfernt, barst ein Scheit auf dem Rost; eine Flammenkugel stieg zum Rauchfang empor. Feuer und Rauch wurden zu Schlieren, zu Nebel; dann formten sich Bilder vor der rußigen Wand.

Der sinkende Feuerball im Westen überzieht fern im Osten die Spitzen kaum noch sichtbarer Pyramiden mit

Glut. Die Dämmerung über der Wüste ist kurz; nur wenige Momente glitzert der Sand. Von Osten nähert sich ein einachsiger Wagen mit zwei Männern. In der Nähe lacht eine Hyäne; das Gelächter bricht ab, als weiter fort ein Löwe brüllt. Eine kleine Schlange gleitet von einem Steinhaufen und verschwindet zwischen Flechten. Der Steinhaufen ist die Spitze einer fast versunkenen Tempelpyramide. Bis die beiden Männer mit dem Wagen sie erreichen, sind die ersten Sterne zu sehen. Im knisternden Schweigen der Nacht sind nur die leisen Stimmen zu hören, als die Männer vom Wagen steigen und zur Pyramide gehen: ein Ägypter und ein Hellene. Mit harten Vokalen sagt der Ägypter, der Priesterkleidung trägt:

»Der Ehrwürdigste ist weit hergekommen, aus dem Heiligtum in Siwah. Er wird nicht erfreut sein, statt eines Priesters nur einen Händler zu sehen – auch wenn du in die Mysterien eingeweiht bist. Sag möglichst wenig.«

Der Hellene macht eine Handbewegung, als ob er ein aufgerafftes Gewand fallen ließe; sie gehen zur anderen Seite der Pyramide. Dort führen halbverfallene Stufen in den Boden. Im ersten Raum lodern Fackeln zwischen geborstenen Säulen und verwitterten Götterstatuen. Die Schatten scheinen zu tanzen; eine Ratte verbirgt sich zu Füßen des Horosköpfigen.

Der zweite Raum ist heller: mehr Fackeln, dazu Lampen und ein großes Feuer. Auch hier taumelnde Säulen und wankende Götter: Isis, Thoth, Hathor, Horos, ein Apisstier ohne Kopf (der Kopf liegt halb verborgen zwischen den Vorderhufen), ein geköpfter Ammonswidder (der Kopf liegt zu Füßen einer Herrscherstatue); ringsum an den Wänden Glyphen und Darstellungen aus den Totenbüchern. Jenseits des Feuers die Statue eines hockenden Greises unter einer großen Tafel der Sternzeichen.

Die Statue bewegt sich; der Greis hebt den Kopf und starrt den Eintretenden entgegen. Er ist uralt. Den kahlen Kopf bedeckt eine schwarze Priestermütze nur zum Teil; der lange weiße Bart vermengt sich mit den Falten des weißen Gewands. Die tiefliegenden Augen versprühen schwarzes Feuer.

Der Greis öffnet den beinahe zahnlosen Mund; er spricht sehr tief. Ägyptisch, schnell, hart und hörbar zornig. Der andere Priester verneigt sich mehrmals, antwortet betont demütig, wendet sich schließlich an den Hellenen.

»Wie ich sagte«, flüstert er; dann, lauter: »Der Ehrwürdigste ist aus Siwah gekommen, um die wichtigste Botschaft seit Jahrhunderten zu überbringen. Was weißt du vom Großen Jahr?«

Der Hellene hebt die Schultern. »So viel und so wenig wie jeder. Die kleinen Sterne rennen, die großen, die unsere Zeichen bilden, stehen scheinbar still, aber auch sie bewegen sich. Nach etwas mehr als fünfundzwanzigtausend Jahren stehen sie dann wieder so wie zu Beginn. Dann fängt ein Neues Zeitalter an – ein neues Großes Jahr. Ist es das?«

Der Uralte blinzelt; langsam steht er auf. Er beginnt mit schwarzer, knarrender Stimme zu sprechen. Während er redet, berührt er auf der Zodiak-Tafel die einzelnen Sternbilder.

»Unser kleines Jahr endet, wenn der Winter endet, im Zeichen der Fische. Das neue Jahr beginnt mit dem Widder, es ist die Zeit des Säens und des Aufbruchs, wenn die Reiher fliegen und die Schiffe segeln. Dann kommt der Stier, dann all die anderen Zeichen. Im Großen Jahr läuft der Kreis anders herum. Die letzten Weltenmonde im Großen Jahr sind Stier, dann Widder; das Neue Zeitalter beginnt im Zeichen der Fische.«

Er macht eine Pause, scheint aber keineswegs erschöpft. Der jüngere Ägypter blickt den Hellenen von der Seite an. »Hast du verstanden?«

Der Hellene grinst plötzlich. »Ich bin ja nur ein Händler und Seefahrer, aber mit den Sternen muß ich mich ein wenig auskennen, sonst komm ich nicht an mein Ziel. Ja, ich hab das verstanden. Ist ja nicht so schwer. Ich weiß nur nicht, was daran so unendlich wichtig ist.«

Der Alte macht ein kratzendes Geräusch tief in der Kehle. »Du wirst hören, Hellene. Jeder Weltenmond wird beherrscht von dem Gott, in dessen Zeichen er steht.« Die Hand geht wieder zur Karte des Zodiak. »Es sind immer etwa zweitausendeinhundert unserer kleinen Jahre. Als Die Fruchtbare endete und das milde Atlantis versank, begann der Mond des Löwen, des Herrn über Feuer und Krieg; an ihn und seine Einheit mit den großen Fürsten erinnert der Sphinx. Er wurde am Ende des Großen Löwen-Monds errichtet. Dann kamen die Monde des Gepanzerten und der Göttlichen Brüder, dann der des Stiers.« Der Alte deutet auf den geköpften Apisbullen. »Nun leben wir vor dem Ende des Großen Widder-Monds, unter der Herrschaft Amûns, dessen Sohn und Gefäß der Pharao ist. In etwa zweihundertfünfzig kleinen Jahren ist das Ende der Zeit, und es beginnt ein neues Großes Jahr. Wir wissen nicht, wer der Herr der Fische sein wird. Aber wir wissen, daß der Herr des Widders bis dahin herrschen muß, wenn nicht Mâats ewige Waage kippen soll.«

Der jüngere Priester legt beide Hände flach an die Stirn. »Die Ordnung von Himmel und Erde«, murmelt er. »Und das ist der Grund, aus dem du hier bist – aus dem der Ehrwürdigste Siwah verlassen hat.«

Der Hellene blickt zwischen beiden hin und her; insgeheim scheint er zu zweifeln, zu staunen, vielleicht zu spotten.

Der Uralte wendet sich nun ganz dem Hellenen zu. »Seit jener, den ihr Kambyses nennt, König der Könige Persiens, Amûns heiliges Land eroberte, hat Amûn kein würdiges Gefäß mehr gefunden. Die Priester haben es gewußt; um nicht das Volk zu verwirren, haben sie die Herrscher, die nach den Persern kamen, als Söhne Amûns begrüßt. Ein wenig war der Gott immer anwesend. Nun hat er sich ganz von uns zurückgezogen.«

Der Hellene blinzelt. »Ammon, der Zeus ist? Er hat Ägypten verlassen? Auch Siwah?«

»Wir ergründen seinen Willen – wir ertasten sein *ka*. Aber er hat kein Gefäß mehr im Reich. Sein Wille hat sich nach Norden gewandt, nach Hellas. Dort wird sein neues Gefäß geboren, sein nächster Sohn, ein Herrscher. Er wird geboren im Zeichen von Feuer und Krieg, im Zeichen des Löwen.« Der Alte streckt die Arme aus und intoniert die letzten Sätze beinahe singend. »Dann wird er kommen, die Waage zu stützen, die Perser zu werfen, Amûn zu erfüllen.« Er bricht ab, starrt den Hellenen an. »Alles muß bereitet werden. Geh, Bruder; zeig es ihm.« Er richtet noch ein paar Worte in Ägyptisch an den anderen Priester; dann sinkt er wieder zu einer sitzenden Figur zusammen.

Der jüngere Ägypter berührt den Ellenbogen des Hellenen. »Komm.«

Sie gehen hinaus in die Nacht. Der Himmel ist ein gleißendes Sternenmeer. Der Ägypter deutet auf das Sternbild des Widders.

»Ammon und Zeus.« Er nestelt unter seinem Umhang und holt ein Amulett hervor: das Horos-Auge in der Schlaufe des *ankh*. Der Hellene hält die offene Hand hin und nimmt es entgegen.

»Geh nach Dodona und nach Samothrake. Sie müssen wissen – wenn sie es nicht schon selbst erkannt haben. Sag, was du gehört hast, und zeig ihnen das Auge.«

Der Hellene hängt sich das Amulett um den Hals. Zögernd sagt er: »Aber – werden sie das Gefäß des Gottes erkennen? Und werden sie mir glauben?«

»Sie werden glauben, weil sie wissen. Sie werden erkennen, weil sie wissen. – Schau!«

Ein Komet rast über den Sternenhimmel. Er durchquert das Sternbild des Widders.

Der Ägypter hebt beide Hände. »Das Zeichen – nach Norden!«

Der Komet wird zu einem langen Blitz im Dunkel, das er zerfetzt. Krachender Donner folgt, Woge um Woge, als wollte er nie enden. Dann weitere Blitze, die sich langsam entfernen; der Donner wird leiser. Unter dem trüben

Himmel eines späten Nachmittags knien vier Frauen vor einem weißen Altar. Er ist bedeckt mit Taubenkot. Dahinter und seitlich stehen knotige Eichen. Auf den Ästen und in den Zweigen hocken Tauben; einige flattern fort, andere landen.

Eine der Frauen ist schwarz; sie trägt ein ägyptisches Priestergewand und kostbaren Kopfschmuck. Die zweite Frau ist gelb und in ein fast durchscheinendes, eng anliegendes Gewand aus gelber Seide gehüllt; ihre Augen sind wie Schlitze, die Wangenknochen hoch. Die dritte Frau ist weiß und hellblond; sie hat blaue Augen und trägt ein ledernes Jagdgewand. Die vierte Frau, die jüngste der vier, ist nackt bis auf einen knappen weißen Chiton; ihr Haar ist wie brennende Kastanie. Sie ist üppig; das Gesicht strahlt Sinnlichkeit aus, aber auch dämonische Willenskraft.

Der Donner kommt leiser, aus größerer Ferne. Der Wind wird stärker, raschelt in den Eichen, reißt einen der um kleine Zweige gewickelten Papyrosstreifen ab. Die Tauben gurren und seufzen. Die drei Frauen scheinen zu lauschen, die jüngste blickt zwischen ihnen und dem Altar hin und her. Die schwarze Ägypterin bewegt den Oberkörper rhythmisch vor und zurück. Zunächst murmelt sie etwas, dann singt sie monoton, immer lauter:

»Ammon – Ammon – Ammon . . .«

Wieder und wieder sagt sie den Namen, schrill und tief, lauter und leiser, bis der Platz um den Altar vom Namen des Gottes widerhallt.

Die Frau in gelber Seide nimmt ein Eichenstöckchen und malt in den Staub einen Kreis, halbiert ihn durch eine Wellenlinie, bringt in beiden Hälften je einen augenartigen dicken Punkt an, schraffiert eine Hälfte.

Die Hellblonde wirft den Kopf hin und her, bis ihr Haar das Gesicht bedeckt.

Die Schwarze beendet die Anrufung des Gottes und blickt die jüngste der Frauen an. »Die Götter haben deinen Vater, den König, früh zu sich gerufen, Olympias.«

Die Weiße spricht durch den Haarvorhang. »Er war ein

guter Mann, aber zu früh hat er den Nabelstrang durchtrennt, der Menschen an den Himmel bindet. Dein Oheim ist eingeweiht.«

Die Gelbe: »Er ist Herrscher und Priester. Er hat dich zu uns gebracht. Es ist sein Wille, daß der Wille der Götter geschehe.«

Die Ägypterin: »Olympias, du wirst den Heiligen Hain von Dodona verlassen. Du wirst zum Tempel des Zeus reisen, der auch Ammon ist und Bel-Marduk. Der Tempel auf der Insel Samothrake. Dort wirst du in die übrigen Mysterien eingeweiht, und für eine Zeit wirst du *hetaira* sein im Tempel.«

Der Wind nimmt zu, weht das Haar aus dem Gesicht der Weißen, als sie weiterspricht. »Olympias, ein großer dunkler Krieger und Herrscher wird nach Samothrake kommen. Er wird sich dort von Blut reinigen, das er vergossen hat. Du wirst ihn sehen, er wird dich sehen. Du wirst seinen Sohn gebären, das neue Gefäß, das Ammon auserwählt hat. Er wird die Welt verwandeln.«

Der Wind ist nun beinahe zum Sturm geworden und verweht ein Teil dessen, was die Gelbe sagt. Sie hält den Kopf gebeugt; beim Sprechen betrachtet sie den Wellenkreis auf dem Boden. »Dein Sohn, Olympias, Gefäß des Gottes, auserwählter Sohn des Ammon, der Zeus ist und Bel-Marduk und ... wird er sein Alles für Alle, Gott und Mensch, Vater und Sohn, Mann und Frau, Feind und Freund ... die Welt zerstören und heilen. Er wird zweifeln und glauben, den Glauben bezweifeln und an den Zweifel glauben ... den Ungläubigen Glaube sein. Er wird jung sterben und unsterblich leben. Alle Gaben sind sein, mehr als je ein Sterblicher besaß, und er wird alles verschenken. Alle Gewalt, gut und schlecht, Demut und Anmaßung, und ...«

Ein Kugelblitz birst vielfarbig neben den Frauen und dem Altar; er tilgt das kreisförmige Zeichen auf dem Boden. Donner, Regen und rauschende Eichen übertönen alles. Die Frauen stehen auf; schrilles Gelächter schneidet durch die anderen Geräusche. Die drei Priesterinnen fassen einander bei den Händen. Für Momente wird der Sturm leiser; die Weiße sagt: »Wir Drei sehen uns wieder.« Ihre Gesichter altern jäh; dann lösen sich die drei Frauen auf und werden zu Nebel, den der Sturm verweht.

Olympias wendet sich vom Altar fort. Sie ist durchnäßt und bebt. Sie hebt die Arme zum dunklen Himmel; in ihrem Gesicht mischen sich Angst und Grauen mit Lust und Triumph.

Die Farben des Hintergrunds ändern sich von Grau zu trübem Rotgelb. Olympias, noch immer in der gleichen Haltung, steht in einem erleuchteten Tempel. Die Farben und Lichter schwanken; ein großes Feuer und flackernde Fackeln lassen die Umrisse und Schatten tanzen. Olympias trägt einen weißen Chiton und eine leuchtend hellrote Hüftschärpe. Neben ihr, die Arme vor der Brust verschränkt, bewegt ein ägyptischer Priester in langem schwarzen Gewand mit feurig goldenen Bildern und Zeichen den Oberkörper langsam vor und zurück. Seine tiefe Stimme füllt den riesigen Tempel aus.

»Ammon – AMmon – ammON – AAAmon – aaaMUN ...« Er singt den Namen wieder und wieder, mit kleinen Abwandlungen; die Anrufung endet mit einem dröhnenden, beinahe ekstatischen »Om«.

Vor ihnen, auf einem weißen Altarstein, liegt ein Widder. Blut aus der zerschnittenen Kehle und dem aufgerissenen Bauch rinnt hinab zu den milchig grauen Steinplatten des Bodens. Aus dem Schlangennest der Eingeweide steigt Dampf.

Hinter dem Altar, erst nach und nach zu erfassen in seiner ungeheuren Größe, sitzt Zeus-Ammon auf einem Thron aus Gold und schwarzem Holz. Der Thron ruht auf einem breiten, weißen, viereckigen Sockel mit schwarzen und roten Symbolen: hellenischen Zeichen, ägyptischen Glyphen und kantigen Schriftkeilen. Die Statue des Gottes – Elfenbein und Gold – berührt im oberen Zwielicht die von massiven Säulen getragene Decke. Auf einem der goldenen Widderhörner des Gottes glüht der Widerschein des Feuers. Weihrauchschwaden treiben durch den Tempel. Beim letzten dröhnenden »Om« scheint ein tückisches Lächeln um die Lippen des Gottes zu spielen. Er hat einen schwarzen Bart; seine Ohren sind riesig.

Der Ägypter läßt die Arme sinken und wendet sich zur Seite. »Komm, Aristandros.« Seine Stimme ist heiser und wie geschrumpft.

Ein hellenischer Priester hat vor dem Gott ausgestreckt auf dem Boden gelegen. Nun steht er auf. Er geht zum Altar, berührt eines der Hörner des geopferten Widders, wühlt in den Eingeweiden und untersucht die Leber. Der Ägypter und Olympias treten neben ihn.

»Es ist gut«, sagt Aristandros.

Der Ägypter nickt, dann schaut er Olympias an. »Bist du bereit, die Bürde zu tragen?«

»Habe ich eine Wahl?« Ihre Stimme klingt traurig und einsam.

Der Ägypter schweigt; Aristandros seufzt leise. »Wie können wir das wissen? Die Götter haben die Dinge *so* angeordnet. Vielleicht haben sie auch vorherbestimmt, ob wir gehorchen oder uns weigern. Aber ich werde bei dir sein – wenn das ein Trost ist.«

Der Ägypter öffnet sein bis zum Hals verschlossenes Gewand. Er streift die feine Goldkette über den Kopf, kniet vor Aristandros und hebt die zum Teller geformten Hände.

Der Hellene nimmt das Amulett entgegen: ein goldenes *ankh* mit dem Auge des Horos in der Schlaufe. Er führt es an die Lippen, dann taucht er es in das Blut des Opfertiers und reicht es Olympias. Sie hängt das Amulett um ihren Hals und schiebt es unter den weißen Stoff. Über ihren Brüsten verfärbt sich der Chiton.

Peukestas zuckte zusammen; wie einer, der im Einschlafen noch einmal jäh geweckt wird. Seine Knie schmerzten ein wenig. Aristoteles ließ sich in die Decken und Kissen sinken; die Hand mit dem Amulett verschwand unter einem Fell.

»Das ist untauglich.« Die Stimme des Philosophen war heiser und erschöpft. »Und es ist zu sehr wie Platon.«

Peukestas rieb sich die Augen und blinzelte. »Wie lang hat es gedauert?«

Aristoteles grunzte leise. »Vielleicht zehn Atemzüge. Aber es taugt nicht.«

Peukestas erhob sich und tastete nach seinem Schemel. »Auf diese Weise könntest du in einer Stunde ein Leben wiedergeben.« Seine Stimme war flach von Staunen, aber auch Entsetzen darüber, Spielball einer unheimlichen Macht gewesen zu sein.

Aristoteles verzog das Gesicht; etwas wie Geringschätzung schwang in seiner Stimme mit. »Wie gesagt: Langes Leben lehrt vielerlei Unfug. Aber ich habe die Kraft nicht mehr, die eine Stunde davon kosten würde. Und . . .«

»Wieso ist es zu sehr wie Platon und taugt nicht?«

Der Greis runzelte die Stirn. »Erworbenes Wissen ist Besitz, eingeflößtes Wissen ist Traum von Besitz. Münze, mit der du nicht zahlen kannst. Sie hat nur eine Seite.«

»Gibt es das – eine Münze mit einer Seite?«

Aristoteles betrachtete ihn; die Augen des alten Mannes glühten. »Wörter, die nicht oft genug von allen Seiten beschaut und befragt werden, verlieren für den, der sie verwendet, am Ende ihre Vielfalt. Sie zeigen ihm nur noch die eine Seite, die er sehen will, und schließlich glaubt er selbst, sie hätten nie eine oder mehrere andere gehabt. So hat sich Platon in einem Wortlabyrinth eingemauert – ärmliche Steine, die von außen keinerlei Form, Farbe und Verstand zeigen. Nur dem, der ins Labyrinth geht, zeigen sie ihre Prägung; aber diese Prägung war nicht in den Dingen, sondern sie stammt von Platon. Sie ist unnütz, sie mehrt das Wissen nicht, und es ist sehr schwierig, das Labyrinth wieder zu verlassen. Viele sehen nie wieder Sonne, spüren nie wieder frischen Wind. Nein, es taugt nicht. Es ist wie Nahrung, die ein anderer für dich gekaut hat.«

Peukestas schwieg; er starrte den alten Mann an.

Aristoteles schloß die Augen. Leise, fast murmelnd sagte er: »Sokrates hat den Platz, auf dem wir alle stehen und vergehen, mit gewaltigem Besen von Gerümpel und Trümmern gereinigt. Damit das gleißende Licht der Mittagssonne alles erhellt, ohne Schatten, ohne Ritzen, in denen man sich vor dem Verstand verbergen kann. Er hat Mittagsfragen gesprochen, blendend hell und stechend. Fragen ohne Schatten, ohne Versteck. Er hat Wörter gesprochen, die Steine mit tausend Seiten waren, und er hat diese Steine von allen Seiten betrachtet, hat sie gedreht, daß alle alles sehen konnten. Dann hat er die Steine in die Luft geworfen, und sie sind Teil des gnadenlosen Mittagslichts geworden.«

»Und Platon?« sagte Peukestas halblaut.

»Platon? Platon hat vieles von dem alten Schutt wieder auf den Platz geholt. Und er hat neue Steine gesprochen – Ziegel, mit sechs Seiten statt tausend. Fünf Seiten hat er verwischt, bis nur auf einer Seite Sinn blieb. Aus diesen Steinen hat er sein Labyrinth errichtet, in dem es Schatten gibt und Winkel, um sich zu verkriechen. Dort staut sich die Luft, und das Mittagslicht wird verdunkelt.«

»Und was hat Aristoteles mit *seinen* Steinen gemacht?«

»Ah, es gab einmal einen Mann, der so hieß. Nur eine leere Hülle ist geblieben. Als er noch Steine sprechen und heben konnte, hat er sie umgedreht und von allen Seiten betrachtet. Er hat sie nach Größe, Beschaffenheit und Eigenschaften geordnet und sie aufgestapelt an einer Stelle, wo sie niemanden stören können. Er hat bis zuletzt nicht gewußt, ob es den Menschen möglich ist, ungeschützt auf dem gleißenden Platz zu stehen, die Wucht der Mittagssonne zu ertragen und das Licht zu sehen. Wenn Aristoteles klüger gewesen wäre, wenn er länger gelebt hätte, hätte er vielleicht die gestapelten Steine in den Himmel geworfen – wie Sokrates. Oder er hätte am Ende beschlossen, daß ein lichtes Gebäude mit sehr wenig Schatten dem Menschen zuträglich wäre. Ein Gebäude aus beweglichen Steinen, die auf jeder Seite unverwischten Sinn tragen.« Er stützte sich auf einen Ellenbogen. »Aber er war nicht klug genug, oder er ist zu früh gestorben. Vielleicht war er auch nur nicht genügend verzweifelt, um ein solches Schutzgebäude gegen das Licht zu errichten. Deshalb, Sohn Drakons, mag ich dir keine fertigen Bilder einflößen, selbst wenn ich die Kraft noch hätte. Laß uns reden – laß uns Steine sprechen und umdrehen. Wenn du meinst, du müßtest daraus ein Gebäude errichten, einen Tempel, in dem du deine Erinnerung an Alexander unterbringen und die Welt vergessen kannst, mußt du es selbst tun, allein, nachdem ich nicht mehr da bin. Steine, die ich selbst gesehen und gewendet oder von denen ich gehört habe. Sobald alles getan ist, bleiben nur Wörter. Sie sind ohne Bedeutung, wenn du sie nicht wägst.«

»Wie soll ich sie wägen, wenn ich ihre Bedeutung nicht kenne? Wie kann ich vermeiden, die Schale zu zerbrechen, wenn der eiförmige Stein auch ein Ei sein könnte?«

Aristoteles schwieg ein paar Atemzüge lang; dann lächelte er beinahe tückisch. »In diesem Fall muß ich hier und da von meinen Grundsätzen lassen, fürchte ich. Ich sehe ein, daß du nicht nur wissen mußt, was Stein und was Ei, sondern auch, welches Ei gut und welches faul ist. Vielleicht stimmt das, was ich sage, aber nur für mich – nicht für dich, nicht für andere. Vielleicht habe ich eine Vorliebe für faule Rebhuhneier, die ich somit für gut erkläre, während sie dich zum Erbrechen reizen, da du frische Hühnereier vorziehst. Glaubst du, damit umgehen zu können?«

Peukestas nickte stumm.

»Dann werden wir auch von Männern reden müssen, über die wenig bekannt ist. Wir werden Mutmaßungen darüber anstellen müssen, wie bestimmte Dinge gewesen sein könnten, damit wir andere Vorgänge erklären können. Vielleicht – vielleicht ist es eher Stoff für ein Satyrspiel oder eine Komödie, ein Epos, eine Tragödie. Weniger für eine wahrheitsgetreue Darstellung. Vielleicht solltest du, statt trockene Wahrheiten zu schreiben, die

Geschichte auf erfundene und wirkliche Charaktere aufteilen und sie reden und handeln lassen. Es wäre eine kunstfertige Form der Lüge. Aber vielleicht ist für diese Belange eine ordentlich gearbeitete Lüge die einzig mögliche Wahrheit.«

2.

Parmenions Traum

Im Morgengrauen ging der leichte Schneefall in Nieselregen über, der aber auch bald endete. Eine Stunde nach Sonnenaufgang war der Schnee geschmolzen; nur im Paß und an einigen schattigen Stellen des Tals hielten sich noch Reste. Auf der Nordseite des Passes, wo die Handelsstraße – ein holpriger Karrenweg – zur steinigen, graugrünen Hochebene abfiel, hatten die Makedonen die Schanzarbeiten vom Vortag wieder aufgenommen. Der etwa vierzigjährige Mann mit rotem Umhang und schmucklosem Kesselhelm unterhielt sich mit einem der Unterführer über die Höhe der Palisaden hinter dem Graben; dann ging er zurück zum größten der Lederzelte. Er griff nach einem dicken Lappen, nahm die Bronzekanne aus dem Feuer und goß mit Wein, Wasser und Honig versetzten Kräutersud in seinen Becher. Neben dem Feuer, auf einem Holzklotz, hockte der einzige unbewaffnete Mann des Lagers; er hielt ihm den Metallteller mit Fladenbrot und kaltem Fleisch hin.

»Danke. Wo steckt Drakon?«

»Macht seine Morgenentleerung, glaub ich.«

Undeutlich kam von jenseits des Zelts eine Stimme. »Dies unedle Tun, an dem keinerlei Tugend haftet, ist bald vollendet, edler Parmenion. Ich stehe gleich zu deiner Verfügung.«

Der Mann mit dem roten Umhang grinste. »Gut. Aufbruch. Du weißt, was dich erwartet, Phlebas?«

Der Unbewaffnete seufzte. »Du hast es mir oft genug ausgemalt, Parmenion. Warum hab ich Trottel bloß ... Und ich könnte jetzt in Syrakus in der Sonne sitzen!«

Parmenion hob die Schultern. »Betrachte es als Hilfe für deine zurückgebliebenen hellenischen Brüder.«

»Hellenen? Brüder? Die Stinker hier in dem Kaff?«

Drakon erschien. Auch er war unbewaffnet und anders als Parmenion und Phlebas bartlos. Er mochte etwa fünfundzwanzig Jahre alt sein. »Stinker? Nun ja. Unter gewissen Umständen stinkt sogar ein Sikeliot aus dem feinen Syrakus. Stell dich nicht an, Junge.« Er verschwand im Zelt und kehrte sofort wieder zurück; von seiner Schulter hing eine Korbtasche.

Sie stiegen hinauf zum Paß. Vor der frisch errichteten Schutzhütte hockten drei Fußkämpfer an einem kleinen Feuer. Parmenion nickte ihnen zu. An der Südseite öffnete sich ein breites Tal. Rechts und links der Straße standen wenige Häuser, viele schäbige Hütten und ein paar Ställe. Pferde grasten auf einer nahen Weide, durch die ein kleiner Bach lief; weiter talab und an den Hängen sah man große Mengen Schafe und Ziegen, dazu einige Rinder.

Das größte Gebäude des Dorfs, teils Schweinestall, teils Versammlungsort, hatte nach Norden und Osten Wände aus Lehm und Steinen. Die beiden anderen Seiten waren offen; Pfosten trugen die verwitterte Holzdecke. Schweine waren nicht zu sehen, aber während der Unterredung nutzten hin und wieder Dörfler die Mistecke, um sich zu erleichtern.

Parmenion, Drakon und Phlebas gingen zu den Dorfältesten und dem vorangegangenen makedonischen Unterführer. Die meisten der Männer des Dorfs trugen rohe Felle; nur einer hatte sich in ein schmieriges Tuch gewikkelt. Sein Haar und sein Bart waren ebenso struppig und verfilzt wie bei den anderen.

Auf dem groben Tisch standen Becher aus halbgebranntem Ton. Parmenion ließ sich auf einem der Schemel nieder, nachdem er die Versammlung begrüßt hatte. ' trank einen Schluck von dem dünnen warmen Bier, :hte sich den Mund und rülpste.

.lso, habt ihr einen Entschluß gefaßt?«

r Sprecher der Dorfleute kratzte sich zwischen den n. »Wir haben gestern abend mit den Männern der ›ardörfer geredet.« Er deutete auf drei struppige

Gestalten am Kopfende des Tischs. »Du kennst sie noch nicht.«

Parmenion verneigte sich im Sitzen. »Ich bin glücklich, diesen Makel beheben zu können.«

»Wir haben ihnen all das gesagt, was du uns gesagt hast. Aber sie wollen es noch einmal von dir selbst hören.«

Drakon und Phlebas wechselten einen Blick, ohne das Gesicht zu verziehen. Parmenion schnitt eine Grimasse.

»Also, das habe ich euch doch nun wieder und wieder erklärt. In der Vergangenheit habt ihr, wie eure Väter und Großväter, dreifach Abgaben entrichten müssen. Wenn man es so nennen will. An die Fürsten des Landes. An den König der Makedonen. Und an die Barbaren, wenn sie euch überfallen und geplündert haben.« Er schob den Helm zurück und strählte seinen dichten schwarzen Bart mit den Fingerspitzen. »Manchmal sogar vierfach – wenn nicht nur die Paionen oder Thraker von Norden, sondern auch noch die Illyrer von Westen bei euch haltgemacht haben.«

Die Männer am Tisch nickten; einige murmelten unverständliche Wörter in der kehligen Mundart der Grenzlande.

»Das ist nun vorbei.« Parmenion beugte sich vor und hieb mit der flachen Hand auf den Tisch. »Die Dinge haben sich geändert, und sie werden sich weiter ändern. Dieses Land untersteht keinem Fürsten mehr – es untersteht nur noch dem König. Die westlichen Grenzen sind sicher. Philipp und ich, und das neue Heer, von dem noch zu reden sein wird, haben dafür gesorgt.«

»Wer sagt uns, daß die Ruhe dauern kann?« sagte einer der Männer aus dem Nachbardorf.

»Ich sage es.« Parmenion lächelte und verschränkte die Hände hinter dem Kopf. »Ich sitze hier, in aller Ruhe, wie ihr seht. Ihr und eure Söhne, ihr werdet etwas dazu beitragen, daß dieser Friede erhalten bleibt.« Er löste die Hände wieder, nestelte an seinem Gürtel, schob das kurze Schwert beiseite und legte einen Beutel auf den Tisch. Es klirrte.

»Der Klang ist fast so überzeugend wie deine Worte«, sagte der Älteste. »Sprich weiter, Feldherr des Königs.«

»Ihr habt in euren Dörfern und Tälern gelebt. Ohne Schutz vor den Barbaren, vor Krankheiten, vor Hunger. Dafür habt ihr die Abgaben entrichtet. Für – nichts.« Er zeigte die rechte Handfläche. »Im Dreck habt ihr gelebt, in Angst und Not. Philipp hat Bardylis, den König der Illyrer, an der westlichen Grenze in einer großen Schlacht besiegt – Bardylis, der uns so lange behelligt hat; die Illyrer, gegen die König Perdikkas, Philipps Bruder, im Kampf gefallen ist. Philipp und ich, wir haben das Heer neu gebildet, umgebaut, wir werden eine sehr scharfe Waffe daraus schmieden. Eine Waffe, die immer da ist, nicht nur in Notzeiten. Ein stehendes Heer, Freunde. Dafür brauchen wir euch und eure Söhne. Und Philipp hat den Frieden sicher und dauerhaft gemacht – er hat Audata zur Frau genommen, die Tochter von Bardylis. Sie teilt sein Brot und sein Bett.« Er grinste; die Dörfler kicherten. »Sie nennt sich jetzt Eurydike, wie Philipps Mutter, damit der gute alte Name wieder von einer Frau getragen werde, die nicht mit Gift und Gewalt Schrecken verbreitet.«

Er trank einen weiteren Schluck Bier und sah die Männer der Reihe nach eindringlich an. »Friede, o ihr Bergmenschen, und Ruhe für wichtigere Dinge. Der Westen ist sicher; hier, im Norden, soll es genauso werden. Ich bin mit hundert Kämpfern gekommen. Achtundvierzig lasse ich hier. Sie werden den Paß befestigen, die Grenze sichern, die Abgaben verwalten; sie werden euch schützen. Und sie werden Kämpfer aus euren Söhnen machen. Jedenfalls aus denen, die nicht gleich mit mir kommen. Wir geben euch Sicherheit, für weniger als ein Drittel dessen, was ihr bisher bezahlen mußtet. Für jeden Sohn, der mit mir nach Pella zieht, lasse ich euch vier Drachmen hier.« Er grinste und zwinkerte. »Es wird vom Sold abgezogen; keine Sorge – der König geht nicht leichtfertig mit dem Geld um. Kommt, Freunde, laßt uns ein Ende machen. Wie viele von euren Söhnen gebt ihr mir?«

»Warum fragst du nicht lieber die Söhne selbst?« Drakon sprach um den Strohhalm herum, auf dem er kaute. »Für die paar Schafe und Ziegen gibt's hier sowieso zu viele Söhne.«

»Das bringt mich zu einem anderen Punkt.« Parmenion nickte dem Unbewaffneten zu, der eine Grimasse schnitt und die Arme vor der Brust verschränkte, als ob er sich verteidigen wollte. »Phlebas hier ist Hellene – genauer: Sikeliot, aus Syrakus, wenn euch das etwas sagt. Er mag nicht gleich wieder heimreisen; wo er herkommt, ist es für seinen Geschmack zu heiß und trocken. Phlebas kennt sich mit vielen Dingen aus. Er wird ein Jahr bei euch bleiben, mit seinem Karren. Auf dem Karren sind Pflanzen und Saaten, und vielerlei Werkzeug. Phlebas wird euch zeigen, wie man Häuser baut, in denen man im Winter nicht friert. Wie man sie so baut, daß man nicht in der eigenen Scheiße ertrinkt, Freunde.«

Die Dörfler lachten halblaut; mehr oder minder offen musterten sie den gepflegten Fremden.

»Er wird euch viele Dinge lehren. Ihr könnt von ihm lernen, wieviel Spaß Männer und Frauen aneinander haben, wenn alle gewaschen sind. Wie man sauberes Wasser erhält und es sauber läßt. Wie man Ziegel brennt und richtiges Geschirr. Wie man schlechtes Eisen läutert, damit es nicht zu bald bricht und lange schneidet. Welche Tiere sich schnell miteinander paaren sollen, um bessere zu zeugen. Und er wird euch sagen, was ihr mit euren Tälern anfangen könnt. Sie sind zu schade, um nur Vieh und Ziegen zu weiden. Phlebas wird euch zeigen, welche Pflanzen und welche Körner auf welchem Boden gedeihen, wie man sie pflegen muß, wie man sät und erntet. Ihr werdet nie wieder hungern müssen und könnt die Kinder, die ihr mit viel mehr Spaß zeugt, besser ernähren. Stimmt es nicht, Phlebas?«

Der Sikeliot nickte langsam; sein Gesicht zeigte keine große Begeisterung. »All das stimmt, edler Parmenion. Obwohl ...« Er zuckte mit den Schultern.

Parmenion blinzelte. »Keinerlei obwohl, Phlebas. Du

wirst ein Jahr bleiben, bis die neuen Ernten des neuen Dorfs eingebracht sind. – Zurück zu euren Söhnen und dem Heer des Königs. Fragt sie – oder laßt mich fragen. Wer für den König und das Land kämpfen will. Für Sold und Verpflegung. Wer reich und berühmt werden will – möglicherweise.« Er grinste.

Der Sprecher der Dorfältesten schüttelte den Kopf. »Das müssen wir klären, auf unsere Weise. Wenn du sie fragst, werden all unsere Söhne mit dir gehen, und was wird dann aus uns?«

Im Paß und am Rand der Hochebene ließen die makedonischen Kämpfer das Werkzeug sinken. Aus der Ferne, im Norden, hörte man ein Horn quäken. Jemand galoppierte über die Handelsstraße nach Süden: ein junger Mann, mit einem besudelten Tuchfetzen um den Kopf. Als er die halb ausgebaute Stellung erreichte, fiel er vom nackten Pferderücken und murmelte etwas; er deutete hinter sich, in die Ebene.

Der Unterführer klatschte in die Hände und gab ein paar Befehle. Einer der Makedonen ergriff eine Bronzetrompete und blies ein Signal; ein anderer lief in den Paß und hinab ins Dorf. Die übrigen sammelten ihre Waffen und machten sich bereit. Einige folgten dem ins Dorf laufenden Mann, um die Pferde zusammenzutreiben.

Auf dem Dorfplatz drängten sich die jüngeren Leute; die meisten hatten Gabeln, Sensen und Stöcke, einige auch Messer oder gar Keulen. Parmenion entließ den Meldeläufer mit einer Handbewegung. Er wandte sich an die Dörfler.

»Wir reiten sofort. Ein hellenischer Händlerzug. Ziemlich spät im Jahr – aber der Winter kommt diesmal sehr früh. Nun ja, allzu viele Barbaren dürften es trotzdem nicht sein. Werden wir gleich sehen. Wie steht es denn mit euren Söhnen – jetzt gleich?«

Momente später jagten an die hundert Reiter über die Hochebene. Die Hälfte von ihnen waren junge Männer aus dem Dorf, mit allen möglichen Waffen. Die übrigen,

Makedonen mit leichter Rüstung, Kampfspeer und Kurzschwert, hatten je einen makedonischen Hopliten hinter sich; die sechs Schritte langen Sarissen bebten und jaulten in der Luft. Parmenion und zwei seiner Unterführer ritten an der Spitze. Drakon folgte langsamer; er zog ein mit Verbandszeug und Heilmitteln beladenes Packpferd neben sich her und kaute auf einem Zweig, dessen gelbe welke Blüte bald vom Traben abgeschüttelt wurde.

Die Händler mit ihren Pferden und Wagen hatten sich am Fuß eines felsigen Hanges zu einem Halbkreis zusammendrängen lassen. Wüst aussehende paionische Stammeskrieger griffen unter gellendem Geschrei immer wieder an, mit Pfeilen und Lanzen. Im Getümmel gingen einige Pferde durch, stiegen auf den Hinterbeinen, keilten aus und wieherten. Zwei Karren waren umgestürzt; Pelze, Schnitzereien, Metallbarren, Bernstein und andere Tauschwaren lagen im Dreck. Die Händler verteidigten sich mit Speeren und Schwertern. Einige Sklaven schienen unentschlossen, ob sie ihren Herren helfen oder lieber fliehen sollten. Hinter einem der Wagen stand ein junger Mann; er hatte als einziger des Zugs einen Bogen, den er schnell und ruhig verwendete. Seine Pfeile trafen fast immer. Ein Händler kippte gurgelnd vom Pferd, mit einem Speer in der Brust. Zwei muskulöse Sklaven in Fellschurzen klaubten Steine auf; sie bewarfen Paionen, die von den Pferden gesprungen waren und sich zwischen die Wagen drängten.

Als die Dörfler und die Makedonen eintrafen, löste sich alles zu einem Handgemenge zwischen stürzenden Karren und rasenden Pferden auf. Ein Paione kletterte auf einen Wagen; dort stand ein hölzerner Käfig mit einem riesigen braunen Bären. Der Paione wurde von einem Pfeil des ruhigen jungen Mannes getroffen und brach zusammen; im Fallen riß er den Riegel auf. Brummend und knurrend sprang der Bär vom Wagen; er fletschte die Zähne und hieb um sich.

Die Hopliten saßen ab. Während die Reiter, geführt von Parmenion, die berittene Horde angriffen, mehrfach schwenkten und den Gegner durcheinanderwirbelten, sich zurückzogen und erneut stürmten, bildeten die Hopliten eine kleine Phalanx. Die langen Sarissen starrten den Paionen entgegen; Schilde schützten die makedonischen Fußkämpfer vor den Geschossen der Barbaren. Die Paionen, von Parmenions Reitern bedrängt, galoppierten gegen das starrende Viereck, aber der Angriff brach in sich zusammen, als die ersten Pferde schreiend zu Boden gingen. Die meisten Paionen gerieten zwischen die Sarissen der vorrückenden Fußkämpfer und die Speere und Schwerter der Reiterei, wurden niedergemacht oder flohen. Es gab nur wenige Gefangene. Der Bär schaukelte hoheitsvoll davon, über die Ebene; niemand kam auf den Gedanken, ihn zu verfolgen oder gar einzufangen.

Drakon kümmerte sich um einige leichtverwundete Makedonen. Die jungen Männer aus dem Dorf hatten auf Parmenions Anweisung hin zunächst abgewartet und staunend gesehen, wie die gefürchteten, zahlenmäßig weit überlegenen Paionen von den makedonischen Kämpfern scheinbar mühelos aufgerieben wurden. Zusammen mit den Gefangenen halfen sie nun, eine große Grube auszuheben.

Drakon rupfte ein langes Gras aus dem Boden, schob es zwischen die Zähne und ging zu Parmenion, der mit dem ältesten Händler redete. »Darf ich, Herr der Krieger?« Er bleckte die Zähne.

Parmenion ächzte leise. »So viel Zeit haben wir nicht. Muß das sein?«

Drakon zuckte mit den Schultern. »Ah, du weißt doch . . .«

Parmenion hob beide Hände, ließ sie sinken und nickte. Drakon kaute seinen Halm durch, spuckte einen Teil aus, kaute auf dem Rest weiter und schlenderte dorthin, wo die toten Paionen lagen. Aus dem Beutel über seiner Schulter nahm er einen kleinen Meißel und eine krumme Zange.

Der Händler sah, wie Drakon den Mund eines Gefallenen aufstemmte und Zähne zu ziehen begann. Er wandte sich an Parmenion. »Wozu soll denn das gut sein?«

»Er sammelt Zähne. Macht Gebisse draus. Die steckt er dann denen in den Mund, die ihre eigenen Zähne verloren haben.«

»Bah.«

Langsam klärte sich das Durcheinander. Die umgestürzten Karren wurden aufgerichtet und wieder beladen, die durchgegangenen Pferde neu eingeschirrt. Parmenion sah dem jungen Bogenschützen zu, der die Sehne gelöst hatte und herumliegende Papyrosrollen einsammelte, um sie wieder auf dem Wagen zu verstauen.

»Gutes Auge, gute Hand. Wenn man den Kopf behalten kann, während ringsum alle ihren verlieren . . .«

Der junge Mann blickte auf und lächelte.

Parmenion kniff die Augen zusammen. »Habe ich dich nicht schon mal irgendwo gesehen?«

»Das hast du, edler Parmenion. Damals war ich aber noch ein Kind.«

Parmenion kratzte sich den Kopf; plötzlich lachte er. »Aristoteles, was? Also, das muß Jahre her sein.«

»Zu viele Jahre für manche, zu wenige für die meisten. Aber es ist schmeichelhaft, daß du dich meiner entsinnst.«

Parmenion lehnte sich gegen den Karrenrand. »Was machst du denn, wenn du dich nicht gerade mit Händlern und Barbaren balgst? Das letzte, woran ich mich erinnere, ist der Tod deines Vaters. Der beste Arzt, den je ein makedonischer König hatte. Und du bist dann gegangen. Nach – Athen, ja?«

Aristoteles nickte. »Dein Gedächtnis ist bewundernswert, edler Parmenion. Vor acht Jahren bin ich in die Akademie gegangen, um die Früchte des Wissens von Platons Lippen zu pflücken. Ich pflücke immer noch ein bißchen, hin und wieder, werde mich aber wohl selber aufs Säen verlegen; Platons Früchte werden trocken und saftlos.«

Parmenion grinste. »Hier ist aber nicht die Akademie, mein Freund. Was treibt dich in den Norden? Und wo warst du?«

Aristoteles hob die Schultern; seine rechte Hand tastete

nach dem Bogen, dann dem Köcher. Ein Sklave brachte ihm ein Bündel benutzter Pfeile. »Ich hatte die Nase voll von all dem Papyros; und von Gedanken, die vertrocknete Schalen ohne Frucht sind. Ich wollte sehen, wie das Leben an anderen Orten beschaffen ist; deshalb bin ich mit einem Freund in den Norden gezogen, einem Händler.«

Parmenion zog die Oberlippe zwischen die Zähne und blinzelte. Aristoteles hatte sich vornübergebeugt und reinigte die Pfeilspitzen mit einem Grasbüschel. Die Felljacke über dem Chiton öffnete sich. Aus dem hellen Stoff glitt ein schweres Amulett; es baumelte von einer Goldkette um Aristoteles' Hals.

»Und diese Pfeilschießerei; ist sie Teil deiner Philosophie?«

Aristoteles gluckste, ohne aufzublicken. »In meiner Philosophie stecken mehr Dinge als in meinem Köcher. Aber sogar der große Sokrates war stolz darauf, in der Schlacht gekämpft zu haben.«

Parmenions Augen folgten den Pendelbewegungen des Amuletts. »Keine Furcht?«

Aristoteles richtete sich auf; er hielt die gereinigten Pfeile hoch und lächelte. »Es ist nicht mein Los, hier gegen die Barbaren zu fallen. Und wenn es mein Los wäre, wie könnte ich ihm dann entgehen?«

»Wenn du dich je langweilst: Das neue Heer könnte einen Mann wie dich brauchen.«

Aristoteles wackelte mit dem Kopf. »Wenn du dich je langweilst: Einer wie du könnte der Akademie nicht schaden, Parmenion. Wie geht es Philipp? Wir haben früher mit Klötzchen gespielt. Und was ist das – ein neues Heer?«

Parmenion hob die Hand. »Später. Es gibt gewisse Dinge . . .«

Die toten Paionen waren verscharrt; der Händlerzug, die Makedonen und die Dörfler setzten sich langsam in Bewegung. Parmenion ritt hin und her, überließ dann alles seinen Unterführern und lenkte sein Pferd zum Karren des jungen Philosophen. Aristoteles war vom Wagen gestiegen, den ein Sklave lenkte, und ging neben Drakon. Der Heiler kaute auf einer mattroten Steppenblume.

»Noch mehr alte Bekannte?« Parmenion glitt vom Pferd und wickelte sich den Zügel ums Handgelenk.

»Wir reden über Klötzchen und Zähne.« Drakon grinste; die Blume hüpfte. »Eigentlich kaum ein Unterschied.«

»Erzähl mir von Philipp«, sagte Aristoteles. »Und dem neuen Heer. Als ich in den Norden gezogen bin, vor einem Jahr, lebte König Perdikkas noch.«

Parmenion klickte mit der Zunge. »Da lebten auch andere noch ... Erinnerst du dich an die Mutter?«

Aristoteles schüttelte sich. »Ungern. Was für ein Weib! Sie hat Philipps Vater vergiftet, oder? Jedenfalls wurde das gesagt.«

Drakon summte leise; er tätschelte den Hals des neben ihm schnaubenden Pferdes. Parmenion seufzte.

»Amyntas war kein schlechter König«, sagte er halblaut. »Es war eine schlechte Zeit. Der Chalkidische Bund von Osten, die Thraker von Nordosten, Triballer, Paionen und Illyrer von Norden und Westen – weißt du, daß wir den Illyrern Tribut gezahlt haben, jahrelang? Dazu die ewigen Einmischungen von Sparta, Athen und Theben, und im Innern die anmaßenden Gebietsfürsten, die selber König spielen und lieber den Barbaren gehorchen wollten als dem eigenen Herrscher. Eine schlimme Zeit. Wie gesagt, Amyntas war nicht schlecht; er hat versucht, die Dinge auszugleichen. Aber das weißt du ja.«

Aristoteles schüttelte langsam den Kopf. »Du warst dabei, Parmenion. Ich war ein Kind, später war ich weit weg; ich habe viele Gerüchte gehört, aber Gerüchte sind keine Grundlage für Wissen. Ich weiß nur, daß viele widerwärtige Dinge geschehen sind. Verträge mit Olynth gegen die Illyrer, dann mit Athen gegen Olynth, dann mit Sparta gegen Athen, dann mit Theben gegen Sparta. Das Wettkriechen der Hellenen, auf blanken Bäuchen, vor dem Großkönig, und Artaxerxes' Anordnungen darüber, wie viele Schiffe Athen bauen darf und wie viele thessalische Reiter den Makedonen gegen die Paionen helfen dürfen.« Er spuckte aus.

Drakon kicherte. »Das ist, was man Politik nennt, Aristoteles. Gefällt es dir nicht?«

»Es ist würdelos, und keinerlei Tugend haftet daran. Herrscher, ob sie nun gewählt oder geboren sind, müssen den Menschen zu einem Leben in Würde und Tugend verhelfen. – Aber sprich weiter, Parmenion. Erzähl von den Dingen, die du gesehen hast.«

Parmenion schob den Helm in den Nacken. »Es ist da nicht viel Würde und Tugend.« Etwas wie Trauer klang aus seiner Stimme. »Amyntas hat versucht, all diese Dinge gegeneinander abzuwiegen, aber wie willst du die Waage im Gleichgewicht halten, wenn dir dauernd von allen Seiten jemand in die Waagschalen pißt und die Gewichte fälscht? Dazu kamen die Dinge im eigenen Haus. Um die Gebietsfürsten zu versöhnen, hatte er diese Hündin Eurydike zur Frau genommen, aus der Lynkestis. Damit waren die Lynkesten befriedet, aber alle anderen Fürsten, deren Töchter oder Schwestern er nicht zur Frau nahm, haben weiter gewühlt. Und Eurydike hat ihm nicht nur Kinder geboren; sie hat auch versucht, die Kinder gegen den Vater aufzuwiegeln, die Fürsten gegeneinander und die Priester gegen den Herrscher. Mysterien und Orgien, Aristoteles.« Die letzten Wörter kamen mit einer seltsamen Betonung.

Aristoteles hob die Brauen. »Was habe ich damit zu schaffen?«

»Eurynoe, die Tochter, hat diesen Halbägypter aus Aloros geheiratet, Ptolemaios. Er hat viel von Mysterien gehalten, und von Macht. Die alte Hündin, Eurydike, hat den König vergiftet. Als Amyntas tot war und sein Sohn Alexandros König wurde, haben Eurydike und Ptolemaios zusammen zuerst Eurynoe getötet, dann den neuen König Alexandros, und dann haben sie zusammen fast vier Jahre das Land ausgeplündert. Und Ptolemaios hatte ein ähnliches Amulett wie du.«

Aristoteles griff unter die Jacke, zog das Amulett heraus, nahm es ab und reichte es Parmenion. »Also deshalb. Da, sieh es dir an. Ägyptisch – ein *ankh* mit dem Auge des Horos.«

»Ich will es nicht anfassen. Woher hast du es?«

»Von einem alten Händler und Seefahrer. Weit oben im Norden. Er lag im Sterben; wir haben lange geredet, und schließlich hat er mir dieses Ding geschenkt. Es hat für mich keine Bedeutung.« Aristoteles hängte das Amulett wieder um seinen Hals.

Parmenion knurrte etwas Unverständliches. »Nun ja; weiter. Also – Eurydike hat ihren Mann getötet, den König; danach ihre Tochter – damit sie mit ihrem halbägyptischen Schwiegersohn ins Bett steigen konnte. Dann ihren eigenen Sohn Alexandros; er hatte gerade einen Vertrag mit Theben geschlossen und seinen Bruder Philipp als Geisel nach Theben geschickt. Philipp war also aus dem Weg, sein Bruder Perdikkas war auch zu jung; mit Hilfe der Verwandtschaft von Eurydike hat sich dieser miese Halbägypter zum Vormund und König gemacht. Die Lynkesten haben die Versammlung so ziemlich gezwungen, allem zuzustimmen. Pelopidas von Theben hat mitgeholfen – er hat den Vertrag erneuert und Philipp als Geisel behalten. Andere waren gegen dieses widerliche Gespann, Ptolemaios und Eurydike.«

Da er nicht weitersprach und Drakon grinsend nickte, sagte Aristoteles: »Gehe ich neben einem, der dagegen war?«

Parmenion holte tief Luft. »Ah, Parmenion war dagegen, genau wie Antipatros, aber beide haben stillgehalten und versucht, im Inneren das Schlimmste zu verhindern. Beide haben wir schon Amyntas gedient, mit dem Schwert und mit dem Verstand; und Amyntas hat uns schwören lassen, daß wir die Sorge um Makedonien immer vor Zu- und Abneigungen gegenüber einzelnen stellen.«

»Ihr habt euch also aus den Wirren herausgehalten?«

»So gut es ging. Eurydike hat uns mißtraut; Antipatros

durfte Schreibarbeiten erledigen, ich mußte Botengänge machen. Ein Teil der Fürsten hat sich gegen Eurydike und Ptolemaios empört; sie haben sich auf die Seite von Pausanias gestellt, der die beiden bekämpfte, um selbst zu herrschen. Statt Antipatros und mich die Sache erledigen zu lassen, haben die Hündin und ihr Beschäler den Athener Iphikrates ins Land geholt. Antipatros und ich, wir haben uns in dieser Zeit, so gut es ging, um die Erziehung von Perdikkas gekümmert.«

Drakon nahm die Blume aus dem Mund und betrachtete sie; dann warf er sie fort. »Es heißt, die starken Hände zweier edler Männer Makedoniens hätten Perdikkas' Schwertarm und Rücken gestärkt.«

Parmenion hustete. »Leider nicht genug. Aber immerhin. Als Perdikkas alt genug war, hat er – und er war klug beraten, das gebe ich zu – mit dem Schwert die Brust des Ptolemaios geöffnet, damit das überschüssige Leben entweichen konnte. Er hat die lynkestische Hexe leben lassen, im Palast von Pella. Ein Fehler, aber die Lynkesten und ihr Anhang haben ihn als König bestätigt.«

»König wovon?« sagte Aristoteles mit einer Grimasse.

»Eben. Alte makedonische Orte im Osten, am Rand der Chalkidike, waren unter den Einfluß von Olynth geraten. Die alte Stadt der Könige, Aigai, am Hang des Pierischen Gebirges – man konnte von dort nicht mehr ans Meer reiten und kann es noch immer nicht, weil das Gebiet der Städte Pydna und Methone zu Athen gehört. Altes makedonisches Königsland. Der Rest? Ein paar Flecken hier, ein paar Flicken da, beherrscht von Gebietsfürsten: Almopier, Pelagonier, Lynkesten, Eordier, Elimioten, Pierier, Oresten, was du willst. Olynth, Athen, Theben, die Thessalier, drei Sorten Barbaren, neuerdings auch noch von Südwesten her die Molosser . . .«

Aristoteles brütete eine Weile. Schließlich sagte er: »Ein von allen Seiten bedrohter Trümmerhaufen also. Ich hörte, Perdikkas habe versucht, die Dinge zu verbessern.«

Parmenion schlug mit der flachen Hand gegen das Kurzschwert. »Er hätte *diese* Arznei gründlicher verwenden sollen. Immerhin, ja, er hat es versucht. Früher, als die Könige stark waren, gab es jene kluge Einrichtung der Königlichen Knaben. Söhne von Gebietsfürsten, die als Geiseln und Zöglinge am Hof lebten und aus denen der König seine Unterführer und Berater wählen konnte. Perdikkas hat versucht, das wieder einzuführen. *Ich* habe Perdikkas dazu gebracht, über seine Leibwache hinaus einen Kern dauernd verfügbarer Kämpfer aufzustellen. Aber so etwas kostet viel Silber; Silber kann nur von den Fürsten kommen und aus Abgaben; die Fürsten sind aber gegen diese Verwendung von Silber, weil der König zu stark werden könnte, also leisten sie keine Zahlungen. Ein Fürst jenseits des Axios wollte mit dem alten Zwist aufhören; ein Mörder hat ihn daran gehindert, und der Mörder kam aus Athen ...«

Sie erreichten den Paß. Parmenion mußte das Gespräch abbrechen und sich um wichtigere Belange kümmern. Drakon und Aristoteles vertieften sich in Kindheitserinnerungen, am Feuer vor Drakons Zelt. Abends kamen die Ältesten des Dorfs wieder mit Parmenion zusammen, um die Beratungen abzuschließen. Aristoteles lauschte schweigend; später nahm er Parmenions Einladung an, den Händlerzug zu verlassen und mit nach Pella zu reiten, wo er ein Schiff nach Athen würde finden können.

Am nächsten Morgen gab Parmenion dem zurückbleibenden Unterführer letzte Anweisungen; die Reiter und Fußkämpfer versammelten sich auf dem Dorfplatz, um den Troß. Drakon hockte auf einem Ochsenkarren und erneuerte den Verband bei einem der Leichtverletzten; dabei kaute er auf dem Stengel einer grünen Pflanze. Weit über hundert junge Männer aus dem Dorf und den umliegenden Gebieten schlossen sich der Truppe an; weitere hundert würden von den verbleibenden Kämpfern ausgebildet werden.

»Gute dramatische Aufführung gestern«, sagte Phlebas; er lehnte an seinem mit Saatgut und Werkzeug beladenen Karren. »Die haben gesehen, was richtige

Kämpfer ausrichten können. Aber muß ich wirklich ...?« Sein Gesicht war finster.

Parmenion zupfte an einem Bändchen in der Mähne seines Hengstes. »Du wirst sie unterrichten. Wenn du wirklich gut bist, werde ich in einem Jahr darüber nachdenken, ob ich dich freilasse, Sklave.«

Phlebas schnaufte. »Vielleicht läßt du mich aber auch nicht frei, wie?«

Parmenion lachte. »Ah, du weißt, gute Sklaven sind selten in diesen würdelosen Zeiten.«

Ein kleiner Junge, vielleicht fünf Jahre alt, berührte Parmenions Bein. Er hatte sich von einem älteren Bruder verabschiedet, der mitzog. »Herr«, sagte er weinerlich, »warum kann ich nicht auch mitkommen?«

Parmenion beugte sich herab, ergriff den Jungen und hob ihn vor sich auf den Pferderücken. Er zwinkerte der Mutter zu, die besorgt herbeieilte. »Kleiner Krieger, du mußt noch ein bißchen wachsen. Aber ich werde an dich denken. In zehn Jahren hole ich dich, falls du nicht vorher von selbst kommst. Wie heißt du? Sag es mir, damit ich es nicht vergesse.«

»Emes«, flüsterte der Kleine.

Parmenion tätschelte ihm die Wange und reichte ihn der Mutter. »Emes, künftiger Krieger des Königs, leb wohl. Und vergiß nicht: essen und wachsen!«

Aristoteles ritt eine Weile neben Drakons Karren, auf dem er seine Habseligkeiten untergebracht hatte. Später trieb er sein Pferd nach vorn, dorthin, wo Parmenion ritt.

Der Stratege starrte voraus; das Tal öffnete sich zur Ebene. Ein Raubvogel kreiste über dem Gesträuch am Fuß des letzten Berges. Die Straße berührte den Rand eines verschilften Sees und führte dann in einen hellen Wald. Die Spätherbstsonne reizte Pflanzen, Düfte und Mücken noch einmal zu fast panischem Leben. Weit voraus, auf einem Hügel in der Ebene, bewegte sich etwas: Ein Pfeil, an dem ein weißer Tuchstreifen hing, stieg in den Himmel. Parmenion lächelte knapp.

»Deine Kundschafter?«

Der Stratege nickte. »Der Weg ist sicher, bis auf weiteres. Aber sag mir, etwas ausführlicher als gestern, was du dort oben im Norden getrieben hast. Warum wolltest du diese Art Wissen erwerben? Es ist doch nicht gerade üblich unter hellenischen Philosophen, oder?«

Aristoteles lachte. »Das kommt drauf an. Bei Platon hast du sicher recht. Er befaßt sich lieber mit dem freien Flug seiner Gedanken als mit Tatsachen. Und wenn er reist, dann möglichst zu Orten, die so sind wie Athen. Zweimal war er in Syrakus, aber Sizilien ist im östlichen Teil doch nichts anderes als ein weiteres Hellas. Dort konnte er dem Tyrannen Dionysios schmeicheln und ihm undurchführbare Vorschläge für die Errichtung eines Nachtmahrstaats machen, gegen Gold und Lob. Vielleicht . . .«

Aristoteles zog den Kopf ein, um nicht von einem niedrigen Ast getroffen zu werden. Dann sprach er über andere Reisemöglichkeiten – Platon hätte ebensogut in den Westteil der Insel reisen können, der unter der klugen Herrschaft der westphönikischen Karchedonier [Karthager] stehe, wie überhaupt das westliche Meer und der Norden des unendlichen Libyen [Afrika]. Immerhin habe man von den Phönikern vor Jahrhunderten nicht nur den Handel, sondern auch die Schrift erlernt; zwar seien sie keine Hellenen, aber doch auch keine Barbaren, wie alle anderen außer vielleicht den Ägyptern und Babyloniern, von denen ihm zu wenig bekannt sei. Von einem weitgereisten korinthischen Händler, der mit Karchedon Geschäfte mache, habe er vieles über die Verfassung des Staats und die Verwaltung der Westphöniker erfahren, und all dies sei bedenkenswert für einen, der sich mit Dingen wie Staatsphilosophie befasse.

»Bevor ich also dummes Zeug denke, rede und schreibe, will ich mich ein wenig umschauen. Ich weiß nicht, ob ich je nach Babylon oder Karchedon gelange; Reisen kosten mehr Geld, als ich besitze. Aber es ergab sich, wiederum durch diesen Korinther, die Möglichkeit einer Reise in den Norden, nach Illyrien und weiter.«

»Wie heißt er, dieser Korinther?«

»Demaratos. Warum?«

Parmenion nickte langsam. »Hab ich mir gedacht. Ich kenne ihn. Ein kluger, gerissener Mann – etwa so alt wie ich, sehnig, dunkles Haar, dunkler Bart, stechende Augen?«

»Der ist es. Woher kennst du ihn?«

»Als Philipp Geisel in Theben war, im Haus des Pammenes, war dort auch Demaratos gelegentlich zu Gast, wenn er in Theben, oder Boiotien allgemein, Geschäfte hatte. Er ist ja um die fünfzehn Jahre älter als Philipp, aber die beiden haben sich sehr gut verstanden. In den letzten Jahren war er einige Male in Pella. Er hatte für beide Seiten förderliche Vorschläge zur Neugestaltung des Handels.«

»Das denke ich mir. Er hat immer solche Vorschläge, die vor allem seinen Umsatz fördern.«

Aristoteles berichtete von der Begegnung mit Demaratos, der einen Händlerzug nach Thessalien begleiten wollte, dem der junge Mann, des trockenen Denkens überdrüssig, sich anschloß. In Thessalien ergab sich die Möglichkeit, mit einem anderen Zug über die Berge nach Epeiros zu gehen, von dort mit einem dritten nach Illyrien. Er hatte alles verfügbare Geld in eine Mischung aus Nützlichem und Unfug gesteckt: Messer, Sägeblätter, Pfeilspitzen und Kurzschwertklingen einerseits, bunte Figuren und Schmuck aus farbigem Glas andererseits. Ein Karren und zwei Maultiere sowie die nötige Ausrüstung mit Decken und Vorräten verschlangen den Rest des Vermögens. Sie waren durch Illyrien gezogen, bis hinauf zu dem Strom, dessen Unterlauf die Hellenen Istros nannten, der bei den Kelten des Nordens Danoubis hieß. Sie hatten gehandelt, getauscht, gefeilscht, oft unter Lebensgefahr, weil ihre wilden Geschäftsfreunde Mißfallen über unzureichende Angebote ausdrückten, indem sie zum Schwert griffen oder mit dem Kampfbeil fuchtelten. Neben Rohmetall in Finger- oder Luppenform tauschten sie vor allem Felle ein – Bär, Iltis, Zobel, Marder, Luchs – und

Schmuckgegenstände aus Knochen und Zähnen großer Tiere. In einem winzigen Hafen am nördlichen Ende des Meers, das Illyrien und Italien trennt, fand Aristoteles jenen zum Händler gewordenen ehemaligen Seemann, dem er den Winter mit Gesprächen verkürzte und der, als er im Frühjahr starb, ihm nicht nur das Amulett hinterließ, sondern auch zwei Frauen, drei Sklaven, Münzen und einen in langen Jahren angehäuften Bernsteinschatz. Die Frauen gab Aristoteles frei, die Sklaven verkaufte er, den Bernstein und die Münzen nahm er mit.

»In Hellas wird das, was ich zurückbringe, sechs- oder siebenmal den Wert dessen haben, was ich dafür einsetzen mußte. Ich werde einige Jahre in Athen leben und forschen können, Parmenion. Aber andere Dinge sind wichtiger.«

Der Makedone lächelte nachdenklich. »Was? Die Ströme, die Ebenen, die Wälder, die Barbaren?«

»Dies, ja; und die Alpenberge. Vor allem aber Kenntnisse und Erfahrungen. Ich habe gehungert und gedürstet, um mein Leben gekämpft, Feinde und Raubtiere getötet, ich habe gefroren, ich habe gesehen, wie ein breiter Strom zu Eis wurde, wie trügerisch Eis ist und wie zerbrechlich der Mensch. Ich reise leichter – die Felle habe ich den anderen Händlern überlassen, gegen Münzen und Bernstein, ebenso das Metall. Was ich besitze, paßt auf Drakons Karren. Was nicht auf Drakons Karren, sondern in meinen Gedanken ist, nimmt weit mehr Raum ein und hat mehr Gewicht.«

Sie ritten eine Weile schweigend nebeneinander her; irgendwann sagte Parmenion halblaut:

»Willst du den Rest hören? Es wäre aber nicht für die Akademie, auch nicht für deine Rollen.«

Aristoteles kniff ein Auge zu. »Ich will mich von Drakon unterrichten lassen, was die Heilpflanzen hier oben angeht. Wenn ich seine Lehren aufgeschrieben habe, wird auf den Rollen kein Platz mehr sein. – Wir waren bei Perdikkas stehengeblieben, gestern.«

»Perdikkas hatte Glück. Und Unglück. Die lynkestische

Hexe, seine Mutter: Wie eine feiste alte Spinne hat sie im Palast gehockt und Netze verfertigt. Sie wollte immer noch herrschen.« Er seufzte tief. Dann berichtete er von der Mühsal: viereinhalb Jahre Arbeit, um die Grundlagen für eine andere Zukunft zu schaffen. Perdikkas und Antipatros tüftelten verwickelte Verträge aus; es gelang ihnen, Theben und Thessalien so weit miteinander und gegeneinander und mit Athen, Olynth und Amphipolis zu verknüpfen, daß Makedonien eine Atempause erhielt und die edlen Geiseln aus Theben heimholen konnte. Philipp, damals noch keine neunzehn Jahre alt, wurde von Perdikkas vor allem als Botschafter eingesetzt, wegen seiner hellenischen Erziehung, seiner Bildung, seiner guten Beziehungen zu Männern, die er in den fast vier Jahren in Theben getroffen hatte. Teils allein, teils mit Antipatros reiste er durch Hellas, durch Thrakien, durch Epeiros, durch die Grenzlande; er verhandelte mit Ratsherren, Archonten, Fürsten, Königen, lernte viel und prägte sich wichtige Dinge ein – Straßen, Befestigungen, Vorratslager. Und Männer, deren Freundschaft sich irgendwann einmal zum Vorteil Makedoniens nutzen lassen würde. In dieser Zeit ordnete Perdikkas das Chaos der makedonischen Verwaltung, setzte Beamte ein, bestrafte bestechliche Rechtsverweser, holte die Gebietsfürsten, einen nach dem anderen, an den Hof, um eine Art Gleichgewicht zwischen der Ohnmacht des Königs und der Übermacht der Gebietsherren zu erwirken. Er vermählte sich mit einer Frau aus der Elimiotis, die sich von der scheinbar umgänglich gewordenen Mutter Eurydike einwickeln ließ. Und Parmenion versuchte, aus widerwillig – wenn überhaupt – einrückenden Fürsten und Fürstensöhnen, angeblich Gefährten des Königs, eine kampfkräftige Hetairenreiterei zu machen und aus mutlosen, ausgebeuteten Bauern und Städtern ein zuverlässiges Fußvolk.

»Wir waren ja nur zu viert, mit Philipp. Viele, die Befehle hintertreiben konnten, standen gegen uns. Stehen noch immer – aber nicht mehr lange.« Parmenion sagte es mit einer grimmigen Gelassenheit, die frei war von Haß oder Freude.

»Ich frage mich, ob es nicht besser wäre, keine großen Staaten zu haben, sondern nur Städte, ein Netzwerk von Städten. Dieser Wirrwarr ... Ist nicht Athen doch die sinnvollere Lösung?«

Der Stratege schnaubte. »Athen hat Makedoniens Handel bestimmt; Athen hat uns lange sowohl den Bau von Schiffen verboten als auch die Ausfuhr von Schiffbauholz und Pech – außer nach Athen. Persien verbietet Athen, die Flotte zu vergrößern. Athen mauschelt mit dem Thrakerkönig Kotys, um Amphipolis zu erpressen, und wenn Kotys nicht mitspielt, rüstet Athen die Stadt Olynth und den Chalkidischen Bund auf, gegen Thrakien und Amphipolis und uns. Sag mir, wie soll die kleine Stadt Pella all die Dörfer Makedoniens schützen, gegen Barbaren und Athener, wenn es da einen Unterschied gibt?«

»Ich werde es Platon weitersagen. Natürlich hast du recht; ich frage mich rein theoretisch.«

Parmenion breitete die Arme aus; sein Hengst tänzelte. »Frag dich immerzu, Junge. Aber Theorien sind nicht nahrhaft, wenn die Ernten geplündert werden.«

Er erzählte von der Aufrüstung Olynths durch Athen, die sich zunächst gegen Amphipolis richtete. Aber wenn die Stadt am Strymon fiele, wären Makedoniens Ostgrenzen nackt, offen für Thraker – und Athener. Perdikkas schickte daraufhin Truppen unter Antipatros nach Amphipolis, um die Stadt zu schützen und Freundschaften zu schließen. Parmenion und Philipp ritten gleichzeitig nach Thessalien, um alte Bündnisse und Freundschaften zu erneuern und thessalische Reiter anzuwerben. Während sie unterwegs waren, regten sich im Nordwesten die Illyrer unter ihrem König Bardylis und fielen in Obermakedonien ein. Mit den wenigen verfügbaren Kämpfern, ohne Antipatros, Philipp und Parmenion, zog Perdikkas ins Feld.

»Ohne Rücksicht auf Gelände, Wetter und Truppenstärken; Bardylis hat ihn ins Messer laufen lassen. Perdikkas und viertausend Mann sind gefallen. Es waren viele alte Freunde dabei.« Parmenion schwieg einen Moment.

»Und ich dachte, oben im Norden wäre mehr los«, sagte Aristoteles leise.

Parmenion stieß eine Art Gelächter aus. »Man kann sich irren, Junge. Wir sind – Philipp und ich – aus Thessalien heimgerast; ich weiß nicht mehr, wie viele Pferde dabei draufgegangen sind. In Pella waren die Lynkesten gerade dabei, den Thron abzustauben, damit Eurydike sich als Sachwalterin ihres Enkels darauf setzen kann.« Er lachte heiser; Aristoteles versuchte, mit der flachen Hand die Nackenhaare niederzustreichen, die sich aufgerichtet hatten.

»Es war ein würdiges Stück«, sagte Parmenion durch die Zähne. »Euripides hätte es nicht besser schreiben können. Wir hatten einen Schnellruderer mit einer Botschaft an Antipatros geschickt, aber der war schon selbst auf den Gedanken gekommen, daß es Wichtigeres gab als Amphipolis. Ein Teil seiner Truppen stand kurz vor Pella, alle sehr unentschlossen. Philipp und ich, wir hatten am Olymp ein wenig gerastet, bis wir wußten, wie die Dinge standen. Dann sind wir nach Pella. Philipp holt sich um die tausend Mann, die zuverlässigsten, von Antipatros und zieht mit ihnen in die Stadt. Er ist der Bruder von Perdikkas – wer soll es ihm verbieten? Da haben wir uns getroffen – ich hatte auch noch einige hundert Kämpfer aus meiner Heimat aufgetrieben. Wir kommen in die Burg; alles wimmelt von Lynkesten. Die alte tückische Spinne hockt neben dem Thron, auf den sie den kleinen Amyntas gesetzt hat, gerade drei Jahre alt. Wie sie Philipp sieht, strahlt sie ihn mit ihrem zahnlosen Maul an. ›O mein geliebter jüngster Sohn‹, sagt sie. ›Wie fürsorglich, so schnell zum Schutz deines Neffen und deiner alten Mutter zu eilen.‹ Philipp schaut sich um, nickt langsam, und ich sage dir, in diesem Moment hab ich gedacht, er läßt sich einwickeln, trotz allem, was wir beredet haben. Er ist ja kaum fünfundzwanzig, und man weiß nie ... Nun ja. Er sieht sich um, sieht, daß unsere Leute die

Wände und Ausgänge besetzen, dann deutet er auf den ältesten der Lynkesten, Aigisthos, und sagt: ›Ehrwürdiger Onkel, dein Schwert.‹ Dabei gibt er mir ein Zeichen. Ich geh hin und nehm dem alten Wolf das Schwert ab. Philipp streckt die Hand danach aus, dann sagt er zu Perdikkas' Witwe: ›Bring den Jungen weg. *Ich* bin sein Vormund.‹ Das geht alles ganz schnell. Eurydike zetert irgendwas, und er läßt sie reden, bis der Kleine weggebracht ist. Dann sagt er mit seiner dicken, schwarzen Stimme, daß der ganze Saal dröhnt: ›Wir wollen ein paar alte Dinge beenden und ein paar neue beginnen, meine Freunde.‹ Er geht zu seiner Mutter, lächelt noch einmal und rammt ihr das Schwert in den Leib.«

Aristoteles pfiff leise. »Eine feine Szene. Was haben die anderen gemacht?«

»Nichts.« Parmenion setzte ein schräges Grinsen auf, das sofort seitlich wegrutschte. »Dafür habe ich gesorgt. Wenn es darum geht, unangebrachtes Gezeter zu beenden, wirkt der Anblick von hundert Sarissen Wunder. Aber damit war ja zuerst noch nichts gewonnen. Philipp kann vorübergehend als Vormund herrschen, bis die unmittelbare Gefahr beseitigt ist. Irgendwann muß er sich der Versammlung der Fürsten und Gefährten stellen, die den König wählt. Das hat aber Zeit. Die alte Hündin war endlich tot; wir hatten die wichtigsten Lynkesten und ein paar andere Fürsten in Pella, unter Aufsicht. Aber im Nordwesten hockte Bardylis, mitten in unserem Land. Von Norden kamen die Paionen mit ihrem König Agis, immer schön den Axios entlang Richtung Pella und Meer, um zu plündern und bei der Thronfolge mitzureden. Im Nordosten hatte der Thraker Kotys den Eindruck, mitspielen zu müssen; Pausanias war bei ihm – der Pausanias, der vor Jahren Eurydike und Ptolemaios bekämpft hatte. Jetzt konnte er mit hellenischen Söldnern, thrakischem Geld und thrakischen Reitern eingreifen. Dann gab es noch einen Großonkel oder Halbvetter oder was weiß ich von Philipp, Argaios, der auch König werden wollte; den haben die Athener unterstützt, mit Geld und

Waffen. Er war schon im Land. Und weit im Westen der alte Neoptolemos in Epeiros, König der Molosser; der wollte auch ein Stück vom Braten haben. Aber den hat der Blitz beim Scheißen erschlagen, oder er ist vom Pferd gefallen, ich weiß es nicht. Jedenfalls war er tot, und sein Bruder Arybbas mußte erst einmal die eigenen Angelegenheiten regeln. Trotzdem, es war ein wenig unübersichtlich. Und sehr spannend.«

»Alles zur gleichen Zeit?« murmelte Aristoteles. »Das ist, als ob einer ertrinkt, weil er nicht schwimmen kann; von unten zupft ein Hai an ihm, und von der Seite wirft ihm jemand eine Steinplatte zu.«

»So ähnlich, nur schlimmer. Du weißt ja, wenn etwas schiefgehen kann, dann geht es schief. Zu allem kam die ewige Uneinigkeit der makedonischen Fürsten.«

»Ich kann kaum glauben, daß wir hier nebeneinander reiten und reden. Du müßtest eigentlich neben Philipp tot auf irgendeinem Feld liegen.«

»Es hat nicht viel gefehlt, Freund. Zwischen uns und dem Hades gab es nur noch eines: Philipps Wille. Sein *daimon,* seine Einfälle.«

»Was hat er getan? Oder – unterlassen?«

Parmenion warf ihm einen schnellen Blick zu. »Klug, Aristoteles. Er hat einiges getan und einiges unterlassen. Und alles mußte schnell geschehen, fast gleichzeitig.«

»Eher voreinander als nacheinander?«

»So ist es. Das Volk mutlos, die Fürsten zerstritten, das Heer besiegt und halbiert, zwei feindliche Thronanwärter, dreierlei Barbaren und die Athener. Was tut ein Herrscher in so einer Lage?«

Aristoteles dachte einen Moment lang nach; dann lachte er. »Er feiert Feste und nimmt eine Frau.«

Parmenion runzelte die Stirn. »Wieder erstaunst du mich, Sohn des Nikomachos. Es stimmt. Philipp hat ein gewaltiges Fest ausgerichtet, für die Bewohner von Pella und Umgebung, und für die mutlosen Krieger. Er hat sie alle bewirtet, hat Schauspiele vorführen lassen; Tänzer und Musiker haben sie unterhalten. Er hat große Reden gehalten – dies alles geschehe zur Feier des unausweichlichen Sieges und der günstigen Zukunft. Seine Seher haben Opfer dargebracht und Lebern gefunden, so rein und glückverheißend, wie kein Tier sie je vorher besessen hatte. Er hat die Elimioter gezwungen, ihn mit der Fürstentochter Phila zu vermählen; damit hatte er, nach den verschwägerten Lynkesten, die in Pella festsaßen, einen weiteren Fürstenzweig in der Hand. Was ihn« – Parmenion kicherte – »nicht daran gehindert hat, mit der Tänzerin Philinna aus Larisa zu schlafen. Inzwischen hat er die aber auch zur Frau genommen; ich glaube, zur Zeit ist sie schwanger, und ich bin sehr gespannt auf Philipps Kinder – bei diesem Vater. Gleichzeitig hat er den Rest der Schutztruppen aus Amphipolis abgezogen und den Athenern mitgeteilt, sie könnten tun und lassen, was ihnen beliebt. Er hat nämlich in Theben nicht nur hellenische Bildung erlernt, sondern auch hellenische Politik.«

»Wie sieht die aus, edler Parmenion?« Aristoteles verkniff sich ein Grinsen.

»Hellenische Politik, edler Aristoteles, ist die Anwendung des Grundsatzes, daß Verträge nicht für die Ewigkeit geschlossen werden, sondern für die Dauer des eigenen Nutzens. Die Athener wissen nur noch nicht, daß er das inzwischen weiß. Also haben sie die Unterstützung für ihren Thronanwärter Argaios eingestellt, und Philipp hat ihn am Tag nach der Vermählung mit Phila vernichtet. Es war nicht leicht, aber es war wichtig und ist gelungen.«

»Wie habt ihr denn eure entmutigten Kämpfer zum Kampf bewegen können?«

»Mit List. Und Philipps Einfällen. Hast du bemerkt, als wir euch rausgehauen haben, daß die Sarissen sehr lang sind? Und was die Fußkämpfer damit machen?«

Aristoteles zögerte. »Ich war nicht sicher . . . Es stimmt, diese Speere sind sehr viel länger als die, mit denen die Athener und Thebaner kämpfen. Und?«

»Philipps Einfall. Während die Feiern vorbereitet wurden, kamen ein paar hundert thessalische Reiter an. Eine Leihgabe aus Pherai – Fürst Alexandros zieht einen Makedonenherrscher an seiner Nordgrenze vor, wenn die anderen Möglichkeiten Barbarenhorden oder Athener sind. Die Waffenschmiede von Pella und Umgebung haben Tausende dieser sechs Schritt langen Sarissen angefertigt, und während Philipp anscheinend nichts tat, haben er und ich die Fußkämpfer im Nichtstun eingeübt: starrende Vierecke bilden, oder eine langsam vorrükkende Phalanx, deren Aufgabe es ist, den Schwung des Gegners zu brechen. Sie sollen zunächst nichts tun, nur die gegnerischen Reihen aufhalten – bis die Reiter deren Flanke aufrollen. Antipatros hat die Hopliten befehligt, Philipp die thessalischen Reiter. Und ich – ich war ein alter Mann, zusammen mit fünfhundert anderen alten Männern. Wir sind zu Argaios gegangen, als Gesandtschaft der Fürsten des Nordens, die ihn zum König machen wollen. Als Antipatros seine Fußkrieger mit den langen Speeren vorrücken läßt, ziehen wir die Messer und Kurzschwerter unter den Umhängen hervor, und Philipps Reiter tun das übrige. Athen ist aus dem Spiel, Argaios ist beseitigt, die mutlosen Kämpfer haben einen Sieg errungen, der ihnen wieder Vertrauen gibt, und das Volk jubelt, weil der Herrscher seinen Reden sofort Taten folgen läßt.«

»Und die anderen Bedrohungen? Es war ja immer noch genug ...«

Parmenion zeigte die Zähne. »Nicht genug für Philipps *daimon.* Er hat Antipatros mit Gold und guten Reden zu den Thrakern geschickt. Gute Nachbarschaft, gemeinsame Anliegen, gegenseitiger Nutzen, Bündnisse gegen die restliche Welt, die Wahl zwischen der Freundschaft eines starken Königs und der teuren Anhänglichkeit eines schwachen. König Kotys hat sich das sehr schnell überlegt; dann hat er die Geschenke angenommen, die Vorschläge gebilligt und den Thronanwärter Pausanias erdolchen lassen. Inzwischen hatten sich die Illyrer und die Paionen noch ein bißchen weiter ausgetobt. Das hat dazu geführt, daß plötzlich viele Gebietsfürsten angekrochen kamen – Philipp, du mußt uns schützen, unsere Gebiete werden von Barbaren geplündert. Plötzlich hatten wir ungefähr zwei Drittel aller makedonischen Fürsten in Pella, samt ihren Sippen. Es war ziemlich eng.«

»Und dann«, sagte Aristoteles, »hat mein alter Freund die Einrichtung der Königlichen Knaben neu belebt, wie? Alle Fürsten schicken ihre Söhne nach Pella, wo sie gemeinsam unterrichtet werden und dem Herrscher als Diener, später als Leibwächter und Unterführer zur Verfügung stehen. Und als Geiseln.«

»Und als Geiseln.« Parmenion kratzte sich den Nacken. »Willst du nicht doch lieber in Pella bleiben und Philipp beraten? Du vergeudest deinen Geist, mein Freund.«

Aristoteles zuckte mit den Schultern. »Das mag sein, aber es ist die mir gemäße Form von Vergeudung, Parmenion. Ich an Philipps Stelle hätte mich in dieser Lage von der Versammlung als Regent bestätigen lassen.«

Parmenion seufzte. »Wirklich, Junge, geh in die Politik. Natürlich hat Philipp das getan. Dann haben wir ein paar Dutzend Ochsenkarren genommen und die Ringe und Gürtel und Rüstungen der Toten und Gefangenen aus dem Heer des Argaios daraufgelegt. Nicht die Schwerter, auch nicht die Speere, aber alles andere. Es sah sehr beeindruckend aus. Damit bin ich den Axios hinaufgezogen, zu den Paionen. Ich habe König Agis den ganzen Krempel als Philipps Geschenk gebracht und mich höflich nach seinen sonstigen Wünschen erkundigt. Er hatte einige – Wünsche, meine ich. Wir haben ihm alles versprochen, was er haben wollte; gleichzeitig hat Philipp sich mit dem Illyrer Bardylis darauf geeinigt, daß der ihm seine Tochter Audata zur Frau gibt; die dritte – mancher kriegt nie genug. Und daß Bardylis bis auf weiteres die besetzten Gebiete als Pfand für Philipps unverbrüchliche Freundschaft behält. Und die dortigen Fürsten als Geiseln.«

Aristoteles seufzte. »Ein schwieriges Spiel. Ein Gaukler, der fünf Bälle gleichzeitig in der Luft halten muß, und keiner darf herabfallen.«

Parmenion verzog keine Miene. Plötzlich war seine

Stimme wieder eisig und hart. »Im Winter haben wir geübt – Ballspielen, Freund. Mit den Fürsten und ihren Söhnen. Und ihrem Anhang. Diese Sache mit den langen Speeren und den Hopliten, die einfach nichts tun . . . Philipps Phalanx. Es ist eine bemerkenswerte Erfindung, doch, aber sie mußte geübt werden. Im Frühjahr haben wir über Karten und Entfernungen gesprochen, und über Wege, die bis zu einer gewissen Zeit nicht gut begehbar sind. Dann haben wir Antipatros die Aufsicht in Pella übergeben und sind in zwei Gruppen losgezogen. Ich« – Parmenion sog Luft zwischen den Zähnen ein – »habe den Paionen und König Agis alle Wünsche erfüllt, die sie je hatten oder haben werden. Als wir damit fertig waren, sind wir nach Westen gezogen, und wir sind genau zum vereinbarten Zeitpunkt dort angekommen, wo Philipp dem Illyrer alle Wünsche von den Augen ablesen wollte. Leider sind dabei einige Geiseln – ah, beschädigt worden, so daß in bestimmten Gebieten keine Fürsten mehr herrschen, sondern der König unmittelbar. Bedauerlich.«

»Die Könige Agis und Bardylis haben also keine Wünsche mehr?«

Parmenion schüttelte den Kopf. »Sie sind nicht mehr in der Lage, Wünsche zu haben. Die Grenzen sind gesichert; es werden überall Straßen gebaut und Festungen angelegt. Die Fürsten sind durch Verwandtschaft oder die freundliche Entsendung ihrer Söhne zum Königsdienst – befriedet. Wir haben den Kern eines neuen Heeres, wie es in ganz Hellas kein zweites gibt. Es war insgesamt ein ordentliches Jahr, und wir gehen ersprießlichen Zeiten entgegen.« Er grinste breit und legte eine Hand auf die Schulter des jungen Philosophen. »Philipps *daimon,* Freund. Willst du nicht doch bei uns bleiben?«

Aristoteles rümpfte die Nase. »Ihr habt in einem Jahr Gewaltiges geleistet. Aber sicher? Sicher ist all das noch nicht. Die Illyrer werden wiederkommen, ebenso die Paionen. Was ist mit den Thrakern? Und Athen? Nicht zu reden von Persien.«

Parmenion winkte ab. Fast geringschätzig sagte er:

»Alles zu seiner Zeit. König Philipp ist jung, stark und listig. Makedonien wird nie wieder Spielball der anderen sein.«

»Was kommt als nächstes?«

»Die Götter.« Parmenion bemühte sich um ein ernstes Gesicht, aber es wurde eine Grimasse daraus. »Philipp und die Götter ... eine Sache für sich. Man ist der Ansicht, daß es eine gute Tat war, die alte lynkestische Hexe umzubringen. Aber Muttermord steht nicht im Ruch besonderer Tugend. Deshalb sagen die Priester, vor allem Philipps oberster Seher Aristandros, daß der König zum Tempel auf Samothrake reisen und Sühneopfer darbringen soll.«

Aristoteles zuckte zusammen. »Zum Tempel des Zeus und Ammon? Oder zu den Mysterien der Kabiren?«

»Sie sind eines, seit langem. Warum?«

Aristoteles tastete nach seiner Brust, berührte das Amulett. »Der alte Mann, von dem ich dieses Ding hier habe, hat über seltsame ägyptische Prophezeiungen gesprochen.«

Parmenion verdrehte die Augen. »Philipp und die Götter, Prophezeiungen, das Gerede des widderschlachtenden Telmessiers Aristandros ... Es gibt nur einen Grund für die Reise. Wenn Philipp gesühnt hat, werden alle, die jetzt noch schwanken, wirklich zu ihm stehen. Seine Taten sind dann gewissermaßen vom Olymp gebilligt.« Er kicherte. »Dabei gibt es da eine ganz andere Geschichte ...«

»Philipp und der Olymp? Ich erinnere mich – du hast gesagt, ihr hättet bei der Heimkehr am Olymp Rast gemacht. Und?«

»In der Nacht, damals, habe ich geträumt«, sagte Parmenion gedehnt. »Ich habe geträumt, die Götter seien vom Olymp gestiegen, um mit Philipp zu reden.«

»Welche Götter? Alle?«

Parmenion runzelte die Stirn. »Ich weiß es nicht. Alle und keiner. Irgendwie waren sie zu einem Ungeheuer zusammengewachsen. Ein gräßliches Wesen, das gleichzeitig alle Götter und dann doch keiner von ihnen war. Oder jeder einzelne. Dieses Ungeheuer kam zu Philipp. Ich weiß, daß ich mich im Traum unter einem flachen Kiesel verborgen habe. Parmenion hatte Angst, verstehst du. Die Götter haben Philipp etwas gefragt, aber ihre Stimme, die Stimme des Ungeheuers, war so entsetzlich, daß ich schreiend aufgewacht bin. Philipp ist ebenfalls aus dem Schlaf hochgefahren und hat mich geschüttelt.«

»Was hat dieses Götterwesen gefragt?«

Langsam, wie im Traum, wandte Parmenion ihm das Gesicht zu, aber es war kein ergriffener Ernst darin, sondern Hohn. »Die Götter haben gesagt: ›König der Makedonen‹, und das ist er ja noch gar nicht – ›König der Makedonen, die Welt ist, wie sie ist, weil wir sind, was wir sind. Bist du zufrieden? Was hältst du von allem?‹«

»Huh.« Aristoteles holte Luft. »Schade, daß du Philipps Antwort nicht geträumt hast.«

»Ich habe ihm den Traum erzählt. Da hat er gelacht und die Antwort gegeben.«

»Wie lautet sie?« Aristoteles riß die Augen auf.

Parmenion legte die Hand an sein Schwert. »Philipp hat gesagt: ›Was ich von der Welt halte? Nicht viel. Wir werden da einiges ändern.‹«

3.

Das Eine und die Vielen

»Laß uns, ehe wir mit den großen Dingen fortfahren, einige kleine bedenken, die nicht minder wichtig sind.« Aristoteles hob die Hand zum Kopf, kratzte sich das rechte Ohr außen und innen, betrachtete den Fingernagel und strich ihn an der Decke ab. »Zwei Namen, die du kennst, ehe wir uns wieder den Großen zuwenden, die jeder kennt. Emes und Dymas.«

Peukestas beugte sich vor. »Emes der Starke, jener Hypaspist, der aufstand und gegen Alexander sprach, als der König die altgedienten Kämpfer heimschicken wollte? Dymas der Sänger und Kitharist? Du kennst sie? Was haben sie mit der großen Erzählung zu tun?«

Aristoteles schwieg; seine Nase kräuselte sich, er ließ die Nasenflügel beben. »Platon war im Grunde ein Mystiker«, sagte er zögernd. »Er hat versucht, das Eine zu erfassen und daraus die Vielen zu erklären. Ich habe immer die Vielen begreifen wollen, um irgendwann festzustellen, ob es hinter allen, in allen oder vor allen das Eine gibt, und nun sterbe ich, ohne dorthin gelangt zu sein. Die Mysterien, alle Mysterien berichten von dem Einen, das wir alle einmal waren, ehe wir zu Vielen wurden – dem Einen, in das wir alle unausgesetzt heimkehren möchten, um die Spaltung aufzuheben und wieder Alles zu sein. Aber dieses Streben ist unmöglich, solange wir leben, und was nach dem Tod geschieht, sollte nicht Gegenstand des Denkens sein. Hier, im Leben, ist die Vielfalt unendlich bedeutender als die Einheit. Es ist die lichte Vielfalt von Hellas, die uns von der dunklen Einheit der Barbaren trennt, in der alle Dinge eines sind.

Deshalb müssen wir die Vielen bedenken, Peukestas, wenn du nicht vergebens nach den Spuren des Einen suchen willst, der für dich Alexander war.«

»Aber ...«

Aristoteles schüttelte heftig den Kopf. »Kein Aber jetzt, Makedone; später wirst du verstehen, warum wir diesen Weg so gehen sollten und nicht anders. Laß uns von Emes reden und von Dymas. Emes hat mir sein frühes Leben erzählt, kurz vor dem Übergang nach Asien, daher weiß ich vieles. Dymas war immer schweigsam; was ihn angeht, sind wir auf Mutmaßungen angewiesen und können sein Bild ausmalen, wie es uns gefällt, solange die Wahrscheinlichkeit nicht verletzt wird. Danach wollen wir uns wieder Philipp zuwenden, und Olympias.«

»Was weißt du von Emes? Gibt es da Wissenswertes?«

»Der Spott des edlen Makedonen ist verfehlt, Peukestas. Das Schwert Alexanders bestand aus sehr viel Emes und sehr wenig Peukestas. Ich weiß, daß er einen älteren Bruder hatte. Er ging mit Parmenion. Es gab eine Schwester; sie war neun, als Emes sieben wurde, und sie hütete in den Bergen die Schafe der Familie. Phlebas, der dem Dorf helfen sollte, konnte nicht alles auf einmal verändern; zu den Dingen, die unverändert blieben, gehörten Krankheiten und gewisse Einstellungen.

Als Emes sieben Jahre wurde, gebar die Mutter eine weitere Tochter; man reichte ihr das Kind, aber sie wandte das Gesicht ab. Der Vater nahm das Neugeborene und ging durchs Dorf, um zu sehen, ob jemand es haben und stillen wollte, aber er fand keine Amme, keine Mutter, keine Familie. Da wickelte er das Kind fest in ein Tuch, steckte das Bündel in einen Beutel, zusammen mit hartem Brot und ein wenig Käse, und hängte alles um Emes' Schulter. Den Jungen schickte er los, in die Berge, eineinhalb Tagesmärsche entfernt, um die Schwester beim Schafhüten abzulösen. Außer dem Beutel trug Emes nur seine Kleider – Schurz und Umhang –, ein Messer und eine Schleuder; er ging barfuß und gehorsam los und bedauerte das weinende Kind im Beutel, das er, den Befehlen des Vaters gemäß, an einer bestimmten Weggabelung in den Bergen zurückließ, für die Götter oder die Tiere.

Emes sah die Schwester, aber sie sah ihn nie mehr. Sie

war in den steilen Bergen gestürzt und hatte sich etwas gebrochen, vermutlich ein Bein. Emes erkannte sie an den roten Bändern, die den Schurz hielten. Das Gesicht und die großen schwarzen Augen hatten Krähen getilgt, Ameisen und Würmer den größten Teil des Körpers.

Emes begrub sie, so gut er konnte. Er zählte die Schafe, aß Käse und Brot und Beeren, trank Wasser aus den Quellen und Bächen; mit der Schleuder und mit flachen Steinen, die er treffsicher werfen konnte, erlegte er manchmal einen Vogel oder einen Hasen. Er nahm die Tiere aus und briet sie über Feuer, das er mit Messer und Feuerstein schlug; wenn er keine Tiere erlegen konnte, lebte er von Beeren, Kräutern und Wurzeln.

Eines Morgens erwachte er mit dem Gefühl des Unbehagens, dem Gefühl, daß etwas Unzulässiges geschehen sei. Er hatte schlimme Träume gehabt, war aber nicht beizeiten erwacht, um das Ärgste zu verhindern. Wölfe waren gekommen, später auch ein Bär; weniger als die Hälfte der Schafe blieb ihm. Die übrigen waren gerissen oder hatten sich auf der Flucht verlaufen; zwei oder drei tote Tiere sah er, als er in eine Schlucht hinabschaute.

Es war Herbst, und Emes wußte nicht, wie er heimkehren konnte. Er ahnte den Zorn des Vaters und die Wut der Mutter, deren einzigen wertvollen Besitz die Schafe darstellten, neben ein paar anderen Tieren und dem winzigen Feld.

Drei Nächte weinte und grübelte er; dann verließ er die steilen Schafweiden und ging in die Wildnis. Er machte einen weiten Bogen um das Dorf und erreichte die Straße etwa einen Tagesmarsch südlich. Auch die beiden nächsten Dörfer mied er, denn dort gab es Verwandte. Am fünften Tag holte er einen langsamen Händlerzug ein, der aus dem Norden zurückkehrte nach Makedonien – Obermakedonien, denn die Händler waren Lokrer und wollten durchs lynkestische Hochland hinabziehen nach Thessalien und dann heim.

So kam Emes, der geflohene Schafhirte aus dem Dorf an der Grenze, als Pferdetreiber und Handlanger von

Händlern weiter nach Süden, in einem Land, in dem das Gesetz des fernen Königs kaum etwas galt.

In der Lynkestis, dort, wo die Straßen von Nord nach Süd und von Ost nach West sich kreuzen, trafen um diese Zeit viele Händlerzüge aufeinander. Im großen Lager wurde gehandelt und getrunken; Emes sah sich um, sah die Vielzahl der Menschen und Tiere und Waren und beschloß, nach Osten zu gehen, nach Pella, wo Parmenion – der Name des bärtigen Helden brannte in ihm – auf ihn wartete. Sicher war er nicht genug gewachsen, aber vielleicht gab es in Pella andere Arbeit, bis Parmenion ihn verwenden konnte.

Das Händlerlager an der großen Kreuzung bestand aus Karren und Zelten, aus Pferden und Maultieren und Eseln und Ochsen. Abends brannten zahllose Feuer; überall roch es köstlich nach Braten und Gewürzen und heißem Wein.

Emes kehrte zu den Lokrern zurück; er zählte im Geist die Tage seines Dienstes bei ihnen und dachte an die zwei Obolen, die sie ihm für jeden Tag zahlen wollten. Er ging zu ihrem Feuer und bat um drei Drachmen für neun Tage Arbeit. Die Händler lachten und lobten ihn und gaben ihm heißen Wein zu trinken.

Als er erwachte, lag er gebunden auf einem holpernden Karren. Die Lokrer hatten ihn eingetauscht gegen Rebhühner, Gänse und Gemüse; er gehörte nun einem lynkestischen Bauern.«

Aristoteles unterbrach seinen Bericht, um Wasser zu trinken. Dann sagte er:

»Harte Arbeit auf den Feldern, bewacht von Hunden, ohne Kenntnis des Landes. Er wurde schweigsam und grimmig, und er wurde stark. Als er zwölf Jahre alt war, schlug er den Bauern nieder, ließ ihn aber leben. Er nahm, was er an Vorräten und Münzen fand, sperrte die schreiende Frau in einen Schuppen, erwürgte drei Hunde und machte sich auf den Weg zu Parmenion.

Aber dort kam er später an, und wir greifen vor. Laß uns in dem Jahr bleiben, in dem er eine Schwester aussetzte und die andere begrub. Es war das Jahr, in dem Philipp nach Samothrake reiste, wo er Olympias traf. Und das Jahr, in dem ein anderer Sklave im Westen freikam, wie mir Demaratos später erzählte.«

Als Dymas dreizehn Jahre alt war, änderte sich sein Leben. Nicht, daß es bis dahin ereignislos verlaufen wäre, aber diese große Änderung tilgte einen Teil seiner Vergangenheit, löschte die Gegenwart aus und schuf eine wilde, weite Zukunft.

Mit sieben Jahren hatte ihn die erste Veränderung ereilt. Die Mutter starb bei der Geburt eines toten Kindes, der Schwester, die er nie haben würde. Sein Vater, ein kunstfertiger Töpfer aus dem sizilischen Herakleia, verkaufte Haus und Besitz und schiffte sich mit dem Sohn ein, um in einer fremden Welt ein neues Leben zu beginnen. Soweit Dymas sich erinnerte, sollte es nach Kyrene gehen, aber dorthin gelangte der Vater nie und der Sohn erst später. Ungünstige Winde trieben das Schiff, auf dem sie reisten, weit nach Westen, ins Herrschaftsgebiet von Karchedon, wo man fremde Segler nur duldete, wenn sie durch Verträge geschützt waren oder Geschäfte in Karchedon selbst hatten. Herakleia hatte keinen Vertrag, das Schiff keine Geschäfte; der schnelle karchedonische Kriegsruderer, der sie aufbrachte, stand unter dem Befehl eines Mannes, der Geld brauchte. Seine Kämpfer enterten das Schiff; einige Männer leisteten sinnlosen Widerstand, so auch Dymas' Vater. Er starb unter den Schwertern der Westphöniker; sein Gesicht zeigte zuerst Schmerz, dann ein fast entrücktes Entzücken, die Erlösung von einem kummervollen Dasein; zuletzt, als er den Sohn anschaute, Bedauern und Sorge.

Die Überlebenden wurden in Hadrymes, einer Stadt an der Ostküste des Landes, von einem Sklavenhändler übernommen, der sie nicht lange behielt. Die Stärksten erwarb der Besitzer eines unterirdischen Steinbruchs im Norden; die jungen Frauen wurden an einzelne Käufer versteigert, die älteren Frauen und Männer und die wenigen Kinder nahm der Verwalter eines Guts im Hinterland. Es gehörte einem großen Kaufherren namens Adherbal, der viele Geschäfte und mehrere Güter besaß.

Zwei Jahre arbeitete Dymas auf den Feldern, säte und erntete Getreide, Obst, Gemüse. Die Arbeit war hart, aber erträglich insofern, als die Karchedonier mit Sklaven gewöhnlich sorgsam umgingen: Sie waren Gegenstände, die Geld gekostet hatten und mehr Geld einbringen konnten, wenn sie lange gesund blieben. Abends, an den Feuern, hörte Dymas tausend Geschichten – Lebensgeschichten, Lügengeschichten, Geschichten in Versen, in Liedern, in Tänzen. Er hatte ein gutes Gedächtnis und ein sicheres Ohr; oft genügte ihm einmaliges Anhören, um eine schwierige Melodie sauber nachzusingen oder ein langes Gedicht auswendig hersagen zu können. Außerdem war er geschickt mit den Händen. Der alte ägyptische Zimmermann des Guts, Sklave wie die meisten, die dort arbeiteten, sah ihn an einem Stück Zypresse herumschnitzen, beobachtete den Fortgang der eher zerstreuten Arbeit und sprach dann mit dem Verwalter des Guts.

Die nächsten zwei Jahre verbrachte Dymas in den Werkstätten. Er lernte die Hölzer und ihre Eigenschaften kennen, wurde vertraut im Umgang mit allen Werkzeugen, fertigte Truhen an und beschnitzte ihre Oberflächen mit Vögeln, Pferden und Palmen; er baute die kleinen, luftdicht schließenden Kästchen, in denen die Reichen ihre Salben aufbewahrten oder Schmuckstücke oder kleine Flaschen aus buntem Glas, die das ebenfalls auf dem Gut hergestellte gelbliche, wundersam duftende, hustentötende Zypressenöl enthielten.

Und er lernte weitere Sprachen. Hellenisch, seine Muttersprache, vergaß er nicht, denn unter den Sklaven waren viele Sikelioten wie er. Es gab auch Elymer, aus der sizilischen Urbevölkerung; ihre Sprache war sperrig, aber er brachte es zu einer gewissen Geläufigkeit. Ebenso schwierig erschien ihm anfangs das Westphönikisch der Herren und Aufseher, aber als er es wirklich beherrschte, liebte er die klangreiche, geschmeidige Sprache, die für

Gesänge so gut geeignet war wie für tückisch gedrechselte Gemeinheiten und Doppeldeutiges. Der alte Zimmermann lehrte ihn Ägyptisch; von ihm lernte er auch, mit Duldung des Verwalters, die verschiedenen Schriftsysteme des Hellenischen, des Phönikischen und des Ägyptischen.

Ein alter Sikeliot, vor Jahrzehnten in Syrakus geboren und im Krieg zwischen Dionysios und Karchedon in Gefangenschaft und Sklaverei geraten, besaß eine Lyra, außerdem einen Doppelaulos aus feingebohrtem Zedernholz: zwei schlanke Röhren mit je vier Löchern oben für die Finger und einem unten, für die Daumen, einem beinahe eiförmigen Mundstück und Schilfrohrblättchen, die im Mund des Blasenden den Ton erzeugten, der in die Flöten gelangte und dort verwandelt wurde. Der alte Mann brachte ihm bei, auf der linken Flöte den passenden Grundton zu blasen und auf der rechten die eigentliche Melodie; er lehrte ihn die Kunst des Überblasens, der Mehrfachtöne und der Verzierungen; er zeigte ihm, wie man aus Schafsdärmen Saiten für die Lyra machte, welche Dicke sie haben mußten, wie man die vier Saiten stimmte und spannte und mit den Fingern spielte und veränderte; er unterwies ihn streng im Umgang mit den verschiedenen Tongeschlechtern, die er lydisch und phrygisch und hellenisch nannte und die Dymas, dem sie als unterschiedliche Ansichten der einen großen Musik erschienen, nicht vermischen durfte, wenn er nicht wollte, daß der Sikeliot ihn ohrfeigte und ihm die Instrumente wegnahm.

Manchmal wunderte er sich darüber, daß die Karchedonier ihn schreiben und spielen ließen; dann begriff er, daß es ihnen einerseits gleichgültig war – denn er tat es abends, nach der Arbeit –, daß sie es andererseits billigten: denn es erhöhte seinen Wiederverkaufswert.

Als er elf Jahre alt war, kam der Besitzer, der große Kaufherr Adherbal, zum erstenmal auf das Gut nahe der Ostküste. Er sprach mit dem Verwalter und einigen Aufsehern, besichtigte die Werkstätten und die Unterkünfte, nahm gewissermaßen sein Gut in Besitz. Dymas beobachtete ihn verstohlen und beinahe enttäuscht. Der allmächtige Herr über das Gut, die Sklaven und die zahlreichen Leben war nur ein Mensch – ein Mann mit scharfgeschnittenen Zügen, einem fein ausrasierten, schwarzen Bart, weiten weißen Gewändern aus teurem Tuch, goldenen Ohrringen und gepflegten Händen. Er sprach wenig, stellte einige Fragen, sah alles und lauschte.

Drei Tage blieb Adherbal auf dem Gut; am Abend vor seiner Abreise ließ er Dymas ins Haupthaus kommen, das der Junge noch nie betreten hatte. Staunend und besorgt stolperte er über die weißen Platten des Bodens, sah die Bogengänge und die grünen Innenhöfe mit den Wasserspielen, warf sich schließlich in einem großen hellen Raum, der mit weichen Teppichen ausgelegt war und dessen Wände von Tuchbildern und Buchrollen in Gestellen starrten, auf die Knie und wartete auf das furchtbare Verhängnis.

Jemand reichte ihm ein kleines, auf den Knien zu haltendes Schreibpult mit festgeklemmter Papyrosrolle, Ried und Tintenbehälter. Auf ein Zeichen des Verwalters hin setzte Dymas sich auf den Boden.

Adherbal saß in einem Scherensessel; die Armlehnen waren aus geschnitztem Elfenbein, der Sitz mit einem Löwenfell belegt. Das Gesicht des Kaufherrn schien gleichmütig, fast gleichgültig.

»Schreib«, sagte der Verwalter. »Zuerst in der Sprache von Qart Hadasht, dann auf Hellenisch, dann mit ägyptischen Bildzeichen. Schreib dies, und ergänze die Rechnung: Der Kaufherr Adherbal hat in seiner Güte und Weisheit beschlossen, den Wert des Sklaven Dymas, den er für eineinhalb Minen erwarb – das sind wieviel *shiqlu*, wieviel Drachmen? –, so zu steigern, daß er bei einem Verkauf das Dreieinhalbfache seines Preises erbringt. Wieviel ist das?«

Dymas schrieb in Phönikisch, was der Verwalter gesagt hatte; er gab den Wert eineinhalb Minen mit 150 Drachmen oder 90 *shiqlu* an, das Dreieinhalbfache mit fünfeinviertel Minen oder 525 Drachmen oder 315 *shiqlu*. Er schrieb das gleiche mit hellenischen Zeichen auf Hellenisch, dann mit den vereinfachten Volks-Zeichen der Ägypter nieder, legte das Schreibried in die dafür vorgesehene Rille und reichte dem Verwalter den Papyros.

Adherbal streckte die Hand danach aus, las und schaute Dymas an. »Gut. Lyra und Aulos wirst du mir in Qart Hadasht vorspielen. Die Erzeugnisse deiner Holzwerker-Hände sind befriedigend. Ich will sehen, ob du zu Besserem taugst. Morgen früh reisen wir.«

Dymas schlief kaum in dieser Nacht; morgens nahm er bitteren Abschied von einigen: dem alten Ägypter, dem alten Sikelioten, einer Hellenin, die ihn gepflegt hatte, wenn er krank war, zwei oder drei etwa Gleichaltrigen, mit denen er gespielt und gerungen und gelacht hatte, einer zwölfjährigen Libyerin, die ihn auf den Mund küßte. Der Sikeliot fuhr sich mit der Hand über die Augen, drückte ihm den Doppelaulos aus Zedernholz in die Hand, wandte sich um und ging zu seiner Arbeit.

Die Reise führte zunächst zu einem weiteren Gut Adherbals, südlich von Tynes, am Ufer des nach dieser Stadt benannten Sees. Von dort ging es schließlich zur Hauptstadt. Der Reisezug bestand aus etwa dreißig Personen: Adherbal, seine Mitarbeiter, Diener, Sklaven, Treiber. Sie ritten am Nordufer des Tynes-Sees entlang, zwischen Feldern und durch Vorstädte, bis sie die große Landmauer von Qart Hadasht erreichten: den einzigartigen Schutzwall, der vom Ufer des Sees zu den Buchten im Norden reichte und über fünftausend Schritt lang war, fast sechzig Stadien. Ein zweiundzwanzig Schritt breiter, fünf Mannshöhen tiefer Graben mit Sicheln und Dornen; eine mit Stacheln bewehrte Schräge vor der ersten Mauer, zwei Männer hoch und sieben Schritt breit; ein weiterer Graben mit einem Wald aufrechter Speere darin, eine weitere bewehrte Schräge und die zweite Mauer, fünf Männer hoch und sieben Schritt breit, mit Brustwehr und Scharten für Bogenschützen und Schleuderer; ein weiterer Graben und dann der Große Wall: acht Männer hoch, fünfzehn Schritt breit, mit nach außen und nach unten gerichteten Eisenstacheln an der Kante der Brustwehr, mit viergeschossigen Türmen im Abstand von achtzig Schritt, mit Katapulten und Pechöfen und Waffenkammern. Dahinter zwei Reihen von Stallungen übereinander und Unterkünfte für die Kämpfer – für zwanzigtausend Fußkrieger, viertausend Reiter, viertausend Pferde.

Dann die Stadt, die größte und reichste der gesamten Oikumene. Sie betäubte Dymas, sie überforderte seine Wahrnehmung. Er sah die karchedonischen Offiziere an der Mauer, die kleine Söldnertruppe – Hellenen, Sikelioten, Kreter, Ägypter, Illyrer, Libyer, helle Gesichter, braune Gesichter, schwarze Gesichter – und die schweren Tore; er sah die Straßen und die Häuser und die Höfe voller Hühner, am Straßenrand einen Käfig mit gemästeten Hunden, Wasserverkäufer und Frauen mit Krügen; er sah Karchedonier in langen Wollgewändern und halbnackte Sklaven und zahllose heimisch gewordene Fremde, darunter viele Hellenen; er roch tausend Tiere und Menschenschweiß und den Duft der Frauen der Reichen und Gewürze und Feuerstellen und Küchen; aber er nahm eigentlich nichts von alledem wahr. Zu viel, zu bunt, zu heftig waren all die Einzelheiten, die das Ganze der großen Stadt ausmachten, einschließlich der Vorstädte fünfhunderttausend Menschen. Als sie über die Agora ritten, starrte er das Ratsgebäude an und die anderen Häuser, die es umstanden, hohe alte Häuser mit vielen Farben und Runzeln und Augen, und er dachte an die fast vergessene, schäbige kleine Agora von Herakleia. Sie ritten nach Norden, vorbei am Byrsa-Hügel, durch das Tor einer inneren Maueranlage, hinaus ins nördliche Vorland zwischen Stadt und Meer, die Megara, wo alte Herrenhäuser, Güter und Paläste hinter Mauern und Hecken standen, gleißend weiß im Nachmittagslicht oder mild und entrückt im Schatten der Zedern und Zypressen. Hier atmete Dymas auf.

Einen Teil der beiden nächsten Jahre verbrachte er im Handwerkerflügel des großen alten Hauses, in dem

Adherbal sich bei seiner Familie aufhielt, wenn ihn nicht Geschäfte oder Politik in die Stadt oder in die Ferne holten. Es gab eine Frau, eine stolze, abweisende Gestalt in kostbaren Gewändern, und es gab zwei Söhne und eine Tochter, aber sie alle gab es eigentlich nicht, sie waren weit fort, am Rand der Sichtweite. Es gab an die dreihundert Diener, Sklaven, Landarbeiter und Handwerker, die auf den Feldern, in den Gärten, Ställen, Küchen und Werkstätten zu tun hatten; mit ihnen mußte Dymas auskommen, und bis auf die üblichen Reibereien gelang dies auch.

Der Verwalter, ein Karchedonier namens Hiram, schien Vielseitigkeit zu schätzen und Gefühle zu verschmähen. Er mochte an die fünfzig Jahre alt sein; Haar und Bart waren grau, an der linken Hand fehlten die beiden kleineren Finger, und einmal, als er sich in Dymas' Anwesenheit für ein Fest umkleidete, sah der Junge die furchtbaren Narben auf Brust und Bauch, die aus einer lange zurückliegenden Schlacht zu stammen schienen. Er setzte Dymas nahezu überall ein, mit der einem Sklaven gegenüber ungewöhnlichen Höflichkeit einer Begründung, wenn auch nur gemurmelt: »Mal sehen, wozu du am besten taugst. Und was dich kräftig macht.«

Adherbals Landbau diente nur der eigenen Versorgung und war nicht Teil der vielfältigen Geschäfte. Dymas arbeitete, wie schon auf dem ersten Gut, mit Händen, Hacke, Schaufel, Sichel, Sense; er lernte, welche Obstsorten durch Aufpfropfen verbessert werden konnten; wie man durch Entfernen der Blätter und Stengel vor der Kelter leichteren, helleren Wein erzeugte und durch die Verwendung angefaulter oder überreif angeschrumpelter Beeren einen besonders schweren süßen Trank; als er zwölf Jahre alt war, durfte er Pferde zureiten. Jeden zweiten oder dritten Tag holte Hiram ihn in die Verwaltungsräume und ließ ihn Listen schreiben, Zahlen berechnen und zusammenstellen, die Rollen und Wachstäfelchen des Archivs ordnen, Preise und Verkaufswerte von Waren auswendig lernen. Er mußte Rinder, Schafe, Ziegen und Hunde schlachten, bei der Zubereitung helfen, Garzeiten und Gewürze unterscheiden. Schafsdärme, aus denen er Saiten für die Lyra machen wollte, nahm er mit in die Holzwerkstatt, in der er den größten Teil seiner Arbeitszeit verbrachte.

Sie wurde geleitet von einem Perser, der nicht Sklave, sondern bezahlter Vorarbeiter und Handwerksmeister war, etwa vierzig Jahre alt. Er war klein und hatte schlechte Augen, die nur nahe Dinge sahen, deshalb arbeitete er immer gebückt; er klagte oft über den Kopf und den Rücken. Alles, was der Ägypter auf dem anderen Gut ihm nicht hatte beibringen (oder was Dymas aufgrund seiner Jugend noch nicht hatte behalten oder begreifen) können, brachte der Perser ihm bei: die Eigenschaften lebender und toter Hölzer; die Jahreszeiten, zu denen bestimmte Baumarten am besten gefällt werden; welche Bäume stehend, welche liegend zu entrinden sind; welches Alter des lebenden und welche Ablagerungszeit des toten Holzes für welche Verarbeitung förderlich ist.

Zunächst wurden in der Werkstatt, in der unter Leitung des Persers je nach Bedarf zwischen fünf und fünfzehn Sklaven arbeiteten, Gegenstände des täglichen Bedarfs angefertigt oder ausgebessert – Betten, Stühle, einfache Truhen, die Holzteile der Feldwerkzeuge, Karren und derlei; hierzu war oft Abstimmung mit den Schmieden nötig, die auch Adherbals Waffen herstellten. Wenn nichts Dringendes zu tun war, wandten der Perser und Dymas sich Zierkisten, beschnitzten Truhen und anderen Lustarbeiten zu, die später von Adherbals Verkäufern übernommen wurden. Dymas fragte nie, welchen Anteil am Gewinn der Perser einstreichen mochte – dem Sklaven stand nichts zu.

Er schlief, wie alle anderen seines Standes, in einem von drei langen niedrigen Holzgebäuden, zuerst auf einer Strohmatte, später auf einem selbstgefertigten Bettgestell, mit Leder bespannt; das Leder hatte er von einem der Gerber erhalten, im Austausch gegen eine kleine Truhe, deren Oberfläche Dymas nach Entwürfen des Gerbers mit nackten Frauen und Männern in verwickelten Tätigkeiten beschnitzt hatte. Hierüber erfuhr er bald mehr, als er von der Beobachtung der Tiere und Menschen her wußte. In den heißen Nächten der Megara schlief er oft, in eine Decke gewickelt, unter einer uralten Zypresse etwas entfernt von den Sklavenunterkünften. Manchmal erwachte er nachts von Geräuschen in den nahen Büschen; eines Abends bemerkte eine Ägypterin, die ein wenig älter war als er, seine dunklen Haare an Wangen, Kinn und Oberlippe. Sie erkundigte sich, ob er auch ansonsten frühreif sei, und erkundete auf überraschende Weisen seine Körperbehaarung und jene Teile, wo das schwarze Leibeshaar am dichtesten wuchs.

Wenn die Arbeit getan war, am Abend, hockten die Sklaven und die Arbeiter zusammen, tranken Wasser und dünnes Bier, sangen und erzählten. Dymas lauschte zunächst nur; besonders tief berührten ihn die unheimlichen oder gräßlichen Geschichten über alte, ferne Götter und Helden. Später begriff er mehr von den anderen, einoder zweideutigen Liedern und Geschichten, die ihn anfangs kaltgelassen hatten. Einige Frauen und Männer beherrschten auch Instrumente. Ein Ägypter, der in der Werkstatt aushalf, hatte eine billige, mißtönende Harfe gebaut; jemand besaß eine Barbiton genannte weiterentwickelte Lyra aus rissigem Fichtenholz; es gab Rasseln, Handtrommeln und allerlei Schilfflöten. Am ersten Abend mit Musik hörte Dymas nur zu, obwohl ihm die Finger zuckten; er wußte, daß er mit dem Doppelaulos allein bessere Klänge hervorbringen konnte als all die anderen hier mit ihrem unterschiedlichen Lärm. Bei der nächsten Gelegenheit schnitzte er sich neue Rohrblättchen aus dem Schilf, das an einem kleinen Tümpel auf dem Gut wuchs, steckte sie in die Doppelflöte aus Zedernholz und beteiligte sich an der Abendrunde. Nach und nach hörten die anderen auf zu spielen, starrten ihn an, bewegten sich zu den Klängen und begannen zu tanzen.

Der Gerber half ihm bei der Anfertigung einer ledernen

Gesichtsbinde mit verstellbarer Schnalle hinten und zwei Löchern vorn, vor dem Mund; die Doppelflöte war besser zu spielen, wenn Dymas sich dem Hervorbringen der Töne ganz widmen konnte und die schnell zu Verkrampfungen führende Arbeit der Wangenmuskeln und Kiefer, das Halten der Mundstücke, durch die Binde erleichterte. Der Perser beobachtete ihn eine Weile beim Versuch, eine Lyra zu bauen; dann gab er ihm feineres Holz. Er verstand nichts von Musik, oder nicht mehr als jeder andere, betrachtete den Bau des Instruments mit den nüchternen Augen des um mechanische Vollkommenheit bemühten Handwerkers und schlug bald ein paar Verbesserungen vor. Nach längeren Beratungen mit einem der Schmiede bat er diesen um gewisse Arbeiten und hüllte sich in Schweigen.

An einem Abend, als Dymas in der Werkstatt die Festigkeit der Darmsaiten prüfte und sich daranmachte, die Lyra zu bespannen, kam der Perser zu ihm. Er trug einen länglichen Kasten, in dem es metallisch rappelte.

»Ich schulde dir dieses und jenes«, sagte er auf Persisch; Dymas hatte inzwischen auch diese Sprache gemeistert, die sie oft verwendeten, wenn sie spöttische Bemerkungen auszutauschen wünschten.

»Wieso, was schuldest du mir, Meister?«

»Die Zierkistchen und Truhen, Dymas – ich habe sie ja nicht allein gebaut.« Er hob die Hand, um Dymas' Einwände abzuschneiden. »Ich weiß, du bist Sklave, dir steht nichts zu, aber trotzdem. Vielleicht kommst du einmal frei. Ein Brandzeichen trägst du ja noch immer nicht. Man hat etwas anderes mit dir vor, nehme ich an.«

»Was denn? Weißt du etwas?« Dymas starrte den gebeugten Mann aufgeregt an.

»Ich weiß nichts. Ich denke nur manchmal. Die anderen Sklaven tragen Adherbals Pferdekopf eingebrannt, du nicht. Vielleicht warten sie, bis du ganz ausgewachsen bist; vielleicht haben sie andere Pläne. Aber darum geht es nicht. Sieh mal.«

Er hielt ihm den langen Kasten hin. Staunend nahm

Dymas die Gegenstände heraus, die der Schmied angefertigt hatte. Er begriff sofort, wozu sie dienen sollten.

Die Lyra, die er aus dem weitgereisten Holz einer Rotbuche gebaut hatte, sah etwa so aus wie ein aufrechtes Ei, dessen oberes Viertel abgeschnitten war. An den Kopfenden der beiden Seiten hatte Dymas mit Leim und Holzstiften fein geschnitzte Schlangenhäupter befestigt; sie blickten nach außen, voneinander fort. Unter ihren Hälsen, in sauber gebohrten Löchern, steckte der hölzerne Steg, an der linken Außenseite mit einem dickeren Holzpfropfen versehen, um ein Durchrutschen durch das Loch zu verhindern. An der rechten Außenseite saß ein aus Hartholz geschnitztes, auf den Steg geleimtes Zahnrad, das in ein entsprechend größeres auf der Lyra paßte. Wenn er den Pfropfen am anderen Ende entfernte, konnte Dymas die ineinandergreifenden Zahnräder lösen, den Steg drehen und neu befestigen; dies diente zur gleichzeitigen Grobstimmung aller vier Saiten. Die Feinstimmung erfolgte, indem er am Steg angebrachte Bällchen aus Wolle, Schwarte und Harz drehte, um die das obere Ende der jeweiligen Saite gewickelt war – eine klebrige Arbeit, die nie lange hielt, da entweder die Saite nachgab oder irgendwann das am Steg klebende Bällchen. Die Unterenden der Saiten wurden um den dicksten Teil des Holzbogens geschlungen und verknotet.

Nun hielt Dymas eiserne Kunstwerke in der Hand: eine rechteckige, dünne Platte mit vier Löchern nahe der Oberkante und einem Dutzend feinen Nagellöchern unten, einen Eisensteg mit vier Kerben zur Befestigung der Saiten, und hinter den Kerben saßen auf dicken Stiften Metallrollen mit zwei ineinandergreifenden Zahnrädern an der vom Steg abgewandten Seite. Die äußeren Zahnräder wiesen jeweils eine viereckige Vertiefung auf. Die Rollen oder Walzen zeigten außerdem seitlich kleine Löcher.

»Schau her.« Der Perser holte einen Hammer und dünne Nägel. Vorsichtig, um nicht das Holz zu beschädigen, nagelte er das eiserne Rechteck auf den unteren Teil des Bogens. Er nahm die dickste Saite, steckte sie durch das rechte der vier Löcher, zog sie fast ganz hindurch und schlug ins Ende des Darms einen Doppelknoten.

»So, nun kann sie nicht mehr durchrutschen.«

Dann entfernte er den Holzsteg, setzte den eisernen ein, befestigte ihn vorläufig mit kleinen Keilen, nahm die Saite, legte sie in die Kerbe, fädelte das obere Ende durch das seitliche Loch der Walze und machte auch hier einen doppelten Knoten. Dann hielt er einen vierkantigen Metallstift hoch, einen Schlüssel, steckte ihn in die Vertiefung des äußeren Zahnrads und drehte, bis die Saite straff war.

Seine Musik war besser und klang schärfer als je zuvor; sein Körper war ausgewachsen, seine Arbeitsleistung übertraf die vieler Älterer. An den Sklavenfeuern behandelte man ihn längst wie einen Mann, wozu die Ägypterin möglicherweise mehr beitrug als die Musik. Aber er spürte Grenzen und unsichtbare Ketten; oft saß er zu Beginn der Nacht irgendwo allein mit einem der Instrumente und brachte Töne hervor, die seiner düsteren Schwermut entsprachen, für die er keine Worte gefunden hätte. Andere fanden sie um so deutlicher.

»Wir können nicht, uns würde man sofort wieder einfangen und auspeitschen, oder schinden.« Die Ägypterin, die nackt neben ihm lag, deutete auf den Pferdekopf, der in ihre Schulter gebrannt war. Das Licht der Sterne und des Mondes und das der flackernden Feuer in der Ferne reichte aus, die Umrisse zu sehen. »Die Megara ist von der großen Seemauer umgeben, kein Durchgang außer für echte Karchedonier. An allen anderen Seiten sind Tore; Sklaven können in die Stadt und hinaus, wenn sie einen Auftrag ihres Besitzers nachweisen. Alle anderen ...« Sie machte eine Bewegung, als schnitte sie mit der Handkante Gras. »Aber du? Du kannst fortlaufen, Dymas. Du kannst als Handwerker arbeiten, als Musiker; du kannst schreiben und rechnen, beherrschst eine Reihe Sprachen. Und du bist stark genug.«

»Bin ich das? Ich bilde es mir ein, aber dann zweifle ich. Wie gut ist die Musik, die ich mache? Ich habe nie richtige Musiker gehört.«

Sie legte die Hand auf seine Brust. »Die Tore sind bewacht, aber man kann über Zäune, Mauern und Hecken steigen. Wir verraten dich nicht. Es ist nur schwierig, weit genug zu kommen.«

Er nickte; insgeheim hatte er die Möglichkeiten längst begrübelt. Und bezweifelte den Sinn. Eine Flucht, etwa um Mitternacht, mochte gelingen; er würde, da die Seemauer nur wenige kleine, scharf bewachte Tore hatte und unmittelbar am Gestade des Meeres endete, zur Stadt gehen oder laufen müssen. Nachts waren dort die Tore geschlossen; wenn er Glück hatte und seine Flucht nicht früher entdeckt wurde, konnte er bei Sonnenaufgang in die Hauptstadt gehen; man würde ihn nicht festhalten, da er kein Brandmal trug. Und dann? Im Lauf des Morgens mußte sein Fehlen auffallen; Hiram würde einen Reiter zur Stadt schicken, die zu groß war, als daß Dymas sie bis dahin bereits hätte durchqueren und verlassen können. Sie würden ihn fangen, an einem der anderen Tore: vor dem Hafen, an der Großen Landmauer, irgendwo. Es mußte eine andere, bessere Möglichkeit geben.

An einem Frühlingsabend richtete einer der Haussklaven ihm aus, Hiram wolle ihn sprechen. Der Verwalter hielt sich jenseits der Stallungen auf, in denen die besten und teuersten Tiere von Adherbals Zucht standen.

Adherbal war bei ihm; er betrachtete einen hellbraunen Hengst, den ein Stallknecht auf der eingezäunten Weide herumführte; Hiram stand neben ihm, an einen Pfosten gelehnt. Er warf Dymas einen gleichgültigen Blick zu und wandte sich ab, zur Weide.

Adherbal schaute über die Schulter; seine Augen waren eisig und schienen Dymas innen wie außen in einem Moment zu erfassen.

»Der Hengst hat einen guten Kopf, nicht wahr, Hellene?« sagte er auf Phönikisch. Dann, auf Persisch: »Die Brandzeichen sind unscharf, verglichen damit.« Er wechselte ins Hellenische: »Solltest du fliehen wollen, nimm mit, was der Perser für dich zurückgelegt hat, deinen Anteil an den feinen Holzarbeiten. Besser wäre es aber, du hättest noch einige Monde Geduld. Geh.«

Verblüfft und verwirrt stolperte Dymas fort. Er hütete sich jedoch, mit dem Perser zu sprechen. Ob Adherbal Gedanken lesen konnte? Niemand außer der Ägypterin wußte etwas, und sie bestritt empört, jemandem etwas verraten zu haben.

Dymas stellte den freien Handwerkern vorsichtige Fragen. Nach und nach änderte sich für ihn das Bild des reichen Handelsherrn Adherbal, der Gewinne machte und Pferde züchtete. Er erfuhr von geheimnisvollen Besuchen, oft nachts, wenn eigentlich niemand unterwegs sein sollte; er hörte von langen Abwesenheiten Adherbals, die keinem auffielen, weil man ihn ohnehin kaum je sah; der Schmied, der die Waffen des Karchedoniers herstellte, behauptete, mit dem, was in den letzten fünf Jahren entstanden sei, ließen sich mehrere Hundertschaften ausrüsten. Und Adherbal gehörte dem Rat der Stadt an.

Die Aufklärung kam nicht vollständig, aber deutlich genug, und sie ging einher mit der größten Umwälzung in Dymas' Leben. An einem Sommertag traf ein offenbar hochstehender Gast ein, mit zehn Reitern als Geleit. Er war sehnig, schwarzhaarig, trug die Kleidung eines edlen Karchedoniers, schien aber ein Fremder zu sein, vielleicht Sikeliot oder gar echter Hellene aus Hellas.

Die Reiter kehrten zur Stadt zurück, ohne mit jemandem gesprochen zu haben; der Fremde schien also länger zu bleiben. Küchensklaven berichteten von einem nicht üppigen Mittagessen und Vorbereitungen für ein feines Abendmahl; sie sagten, der Fremde sei Hellene, aus Korinth, ein Handelsherr, und er heiße Demaratos.

Abends sahen sie von fern, wie auf der weiten, überdachten Terrasse des Palastes gefeiert wurde – Adherbal, seine Frau, der Gast und Hiram nahmen teil, dazu etliche Karchedonier, die im Lauf des Nachmittags aus anderen Palästen der Megara oder aus der Stadt selbst gekommen waren. Am nächsten Morgen erschien der Fremde, zusammen mit Hiram, in den Werkstätten. Er sah sich um, sprach mit einigen Handwerkern, stellte Fragen, lauschte aufmerksam. Seine Augen, fand Dymas, waren nicht eisig, sondern schneidend.

Nach über einer Stunde kam Demaratos zu ihm und sah zu, wie er aus dem harten Holz des Ölbaums eine Figur schnitzte, eine Karchedonierin mit steilen Brüsten, die neben anderen ähnlichen Gestalten ein kleines Schreibpult zieren sollte. Als niemand sonst in der Nähe war, begann der Korinther schnell und leise zu sprechen, auf Hellenisch.

»Ich habe gehört, du bist gut mit den Händen, mit dem Kopf, spielst Lyra und Aulos, beherrschst mehrere Sprachen. Und hast kein Brandzeichen. Willst du frei sein?«

Dymas' Schnitzmesser rutschte ab; um ein Haar hätte er sich geschnitten. Er starrte den Korinther sprachlos an.

»Sag etwas. In mehreren Sprachen.«

Langsam und leise sagte Dymas, wobei er ins Phönikische, dann ins Persische, dann ins Ägyptische wechselte: »Edler Handelsherr Demaratos aus Korinth, wer würde nicht frei sein wollen? Ich frage mich nur, ob Freiheit das richtige Wort ist. Ich nehme an, du wirst mich dem Karchedonier abkaufen, so daß ich einer Sklaverei ledig werde um den Preis der nächsten.«

Demaratos steckte seine Hand in die weite Tasche seines Umhangs, zog sie heraus und zeigte Dymas die Handfläche, auf der ein Stein, ein Nagel, eine Münze, zwei Weizenkörner, ein Lorbeerblatt, ein Splitter Zedernholz, ein Lederriemchen, wie man es guten Pferden in Schweif oder Mähne bindet, ein Olivenkern, ein Würfel, ein Ring, ein Fetzen Papyros mit einem Schriftzeichen und eine Tonscherbe lagen. Nach wenigen Augenblicken schloß er die Hand und steckte sie in die Tasche.

»Was hast du gesehen?«

Dymas schloß die Augen; er sah die Hand vor sich und zählte die Gegenstände auf. Als er die Augen öffnete, sah er die Spur eines Lächelns um den Mund des Korinthers.

»Nicht schlecht. Später, wenn du es geübt hast, wirst du mir sagen können, welcher Stein es war, welche Münze, welche Länge, Dicke und Farbe das Riemchen hatte, welche Augenzahl der Würfel gerade zeigte, welches Zeichen auf dem Papyros stand. Aber – nicht schlecht. Willst du mitkommen? Reisen, das Meer und andere Länder sehen, frei sein abgesehen von kleineren Aufträgen, mit ausreichend Zeit für Musik?«

Dymas nickte wortlos; sein Herz klopfte im Hals.

Demaratos wandte sich ab. »Gut. Erinnere dich, daß du einen Onkel namens Lysandros hattest, früher, in – wo war es? Herakleia? Der Onkel ist aus Syrakus. Klar?«

Dymas bemühte sich, nicht allzu schlecht zu schnitzen; Demaratos wanderte weiter, sprach ein paar Worte mit Hiram und ging zurück zum Palast.

Einige Zeit später wurde Dymas geholt. Man brachte ihn auf die Terrasse, zu Adherbal und Demaratos. Der Karchedonier musterte ihn mit seinen eisigen Augen; diesmal schien jedoch Witz in den Augenwinkeln zu lauern.

»Stimmt das, du hast einen Onkel namens wie?«

»Lysandros, Herr; aus Syrakus.« Dymas kniete vor Adherbal und wagte kaum aufzublicken.

»Steh auf. Wenn es so ist, dann bist du ein lange verlorener Verwandter meines Handelsfreundes Demaratos aus Korinth. Demaratos hat die Tochter deines Onkels zur Frau genommen, oder so ähnlich. Steh auf, sag ich.«

Langsam erhob sich Dymas, hielt aber den Kopf gesenkt.

»Ein Verlust«, murmelte der Karchedonier »Wir haben zwei Minen für ihn gezahlt, und seine Ausbildung . . .«

». . . wurde vermutlich von anderen Sklaven bestritten und hat dich nichts gekostet, mein Freund.« Der Korinther kicherte. »Was willst du für ihn haben? Zwei Minen? Zuviel, wenn du mich fragst, er hat dir inzwischen durch seine Arbeit das Zwanzigfache eingetragen.«

Adherbal hob die Hände. »Du übertreibst – und du vergißt, daß er gegessen und getrunken hat, gekleidet wurde, gepflegt, wenn er krank war. Nein, zwei Minen? Lächerlich. Sagen wir zehn.«

Sie feilschten eine Weile; Dymas stand reglos daneben, mit gesenktem Kopf und heißen Wangen. Schließlich einigten sie sich auf viereinhalb Minen – eine irrsinnig hohe Summe, selbst für einen überaus vielseitigen und gebildeten Sklaven.

»Morgen früh«, sagte Demaratos. »Sieh zu, daß alles fertig ist, was du mitnehmen willst. Ich nehme an, Neffe des Vaters meiner Frau, daß du dich von Freunden verabschieden willst? Oder magst du diese Nacht schon außerhalb der Sklavenunterkünfte verbringen, wie es einem freien Hellenen zusteht?«

Dymas schüttelte stumm den Kopf; Adherbal stand auf und sagte mit einem leichten Glucksen: »Ich schätze, er wird sich von einem Perser aufrecht und von einer Ägypterin liegend verabschieden wollen. – Ich habe ihm noch etwas zu sagen, Demaratos.«

Der Korinther knurrte leise, erhob sich und ging ins Haus. Adherbal berührte Dymas mit der Spitze des linken Zeigefingers.

»Bin ich wie ein Vater zu dir gewesen, Junge? Antworte ehrlich.«

Dymas blinzelte. »Ich weiß nicht, wie karchedonische Väter sind, Herr; hellenische stelle ich mir anders vor.«

Adherbal lachte leise. »Näher, wärmer, so etwa? Du hast recht, und wir wollen keine weitere Verwandtschaft erfinden, nicht wahr? Eine derartige Erfindung am Tag reicht. Ich mache aus den viereinhalb Minen zehn, freier Hellene. Sie werden zu vier Hundertsteln verzinst, vom Bankhaus des Ratsherren Mago. Unter dem Stichwort ›Dymas schmäht Adherbal‹. Du hast gute Arbeit geleistet; du wirst weiter gute Arbeit leisten, Junge. Wo immer du dich aufhältst, werden hin und wieder Freunde von mir sein, die dich beobachten; manchmal werden sie sich zu erkennen geben und dich fragen, ob du Dinge gehört hast, die für Adherbals Geschäfte und Karchedons Belange bedeutsam sein könnten. Haben wir uns verstanden?«

Am nächsten Tag brachen Dymas und Demaratos auf, wieder mit Geleit. Dymas blickte nicht zurück; er hockte auf dem geliehenen Pferd, eine Hand am Tragriemen des Ledersacks, in dem eine Decke steckte, der Doppelaulos, die Lyra und der Beutel mit Münzen, den ihm der Perser wortlos in die Hand gedrückt hatte.

Demaratos' Schiff lag im großen, rechteckigen Handelshafen von Karchedon. Wie betäubt, immer noch ungläubig, sah Dymas zu, wie die Leinen losgemacht wurden und die Ruderer den großen Frachter durch die Ausfahrt brachten, durch den Kanal, in die weite Bucht. Er starrte mit schmerzenden Augen auf die unendliche hohe Seemauer, weiße Quader mit roten Verfugungen, die die Stadt schützte, und auf die großen Kriegsruderer in der Bucht. Irgendwann trat Demaratos neben ihn und sagte halblaut: »Das Geld kannst du auch aus der Ferne abheben. Was hat dir das Schlitzohr geboten, für gute Berichte?«

4.

Mysterien von Samothrake

Rauschrauch hauchen, Rauschkraut kauen, den widerlichen heißen Trank schlürfen, im Kreis in einer Höhle hokken, liegen, ächzen, stoßen und gestoßen werden, die Seele fliegen lassen, sich an Bäumen reiben oder die Zeder spalten und den Säugling hineinklemmen, Schweineblut und Kinderblut und Frauenblut. Der Ring, die Schlange, die den eigenen Schwanz beißt, dunkle Höhle weiche Formen lichter Tag und harter Stein, darum machte der Demiurg die Welt kugelförmig; es gibt etwas, das ist unterschiedslos vollendet; es geht der Entstehung der Welt voraus – wie still, wie leer! Selbständig und unverändert, im Kreise wandelnd ungehindert. Es tötet sich selbst und vermählt sich selbst und befruchtet sich selbst und gebiert und verschlingt, umschließend umschlossen. Wehe Insel muß entstehen muß verweilen darf nicht sinken will nicht sein will untergehen Meer Meer Meer. Er-und-sie Es ungetrennt – Atum er nahm seinen Phallos in die Faust um damit Lust zu erregen, ein Geschwisterpaar ist erzeugt, Shu und Tefnet, ausgespien ausgespuckt. Ah nein, das Herz der Hauch, nicht hat er mich empfangen in der Faust nicht ausgespien aus dem Mund, er atmet mich aus seiner Nase. Er fand in der Erde eine Unterlage, erhitzte sich und wurde schwanger, teilt und teilte sich, gebar nicht. Meer und Erde, Licht und Dunkel, Mutter Mutter, ich ich ich. Same Harn und Speichel, Kot und Atem, Wort und Wind: gebären. Der Himmel bewölkt sich, die Sterne regnen, die Berge wandern, die Kühe des Erdgottes zittern wenn sie ihn sehen wie er erscheint als ein Gott der von seinen Vätern lebt und von seinen Müttern ißt. Er ist es, der Menschen ißt und von Göttern lebt. Er hat den Göttern die Herzen genommen, er hat die rote Krone gegessen und hat die grüne verschluckt. Er ißt von den Lungen der Weisen, er lebt von den Herzen und von ihrem Zauber. Und er bebrütete die Wasser, da entstand eine Gestalt, das ist: die Nahrung. Aus Nahrung geboren sind die Geschöpfe, durch Nahrung haben sie ihr Leben, in diese gehen sie ein am Schluß. Durch Nahrung wachsen sie, Wesen durch sich, sich durch Wesen, so breitet der Gott sich, aus ihm entwickelt sich Nahrung, aus Nahrung Atem, Geist und Wahrheit, Welt und Ewigkeit. Alles was er schuf. Das beschloß er zu verschlingen. Er wird zum Verschlinger des Weltalls, ihm dient das Weltall zur Speise.

Da ist eine Mutter, sie frißt das Geborene trinkt dessen Schatten; da ist eine Mutter, sie hegt das Geborene hütet den Scheitel. Die Höhle der Zähne, die Höhle der Wärme; und draußen sind Krankheit und Hunger und Dürre und Eber und Drachen und drinnen. Die Göttin, sie hütet das göttliche Kind; die Ziege stillt Zeus, den der Vater wohl fräße; Isis gebar Horos, den der Skorpion sticht, da schafft sie ihn neu durch den Zauber. Fisch aus dem Meer, fällst zurück in das Meer; Knabe und Phallos, Kabir, dringt wieder hinein in die Höhle, befruchtet und stirbt, o Jüngling, Frühling Geliebter, gestorben geboren gestorben geboren, die Ziege die Hündin die Kuh die Sau die Taube die Biene die Mutter die Frucht ist geborgen.

Der Mutter die Schlange, der Mutter das Kind, der Mutter der Phallos. Wird Same wird Halm wird geschnitten. Die Göttin gebiert und erwählt und vermählt und verschlingt. Die fruchtbare Jungfrau gehört keinem Mann, ihr gehört jeder Phallos. Wir opfern den Jüngling, Mutter, den Frühling, damit du ihn wieder gebierst; dein Priester, Mutter, berauscht sich und rast – er tötet den Eber den Stier, er opfert dir Dolden und Kolben und Phallos, er schneidet, er kreischt, er verstümmelt sich selbst, er bringt dir das Opfer, Göttliche Mutter, damit du die Welt neu gebierst. Der heilige Priester mag leben für dich wenn die Jünglinge sterben, Göttliche Mutter, er gab dir ja alles. Blut ist die Nahrung, die Nahrung bringt Frucht.

Ich geh auf die Jagd. So wahr du mir lebst, ich hab mich

der Menschen bemächtigt, und es war erquickend für mein Herz. Da trank sie davon und es war köstlich und sie berauschte sich und erkannte die Menschen nicht, ihre Mähne rauchte von Feuer, ihr Rücken hatte die Farbe von Blut, ihr Antlitz glühte wie die Sonne, ihr Auge glühte von Feuer. Und Blut jeden Mond, und Frucht jeden Mond. Verschneiden und sterben, stutzen und ernten. Und er entmannte sich unter der Kiefer, er wurde die Kiefer, er wird an die Kiefer gehängt und als Kiefer gefällt.

Scher die Haare für die Mutter, scher den Bart, schneid den Halm. O Herrin, behalt für dich deinen Reichtum, mir genügt mein Gewand und mein Hemd, meine Nahrung – eß ich doch göttliche Speisen, trink ich doch Königswein. Ein Palast bist du, der die Helden zerschmettert, ein Jaspis, der geraubt ist aus Feindesland. Welchen Gatten liebtest du denn ewig, welcher deiner Buhlen konnte dich fesseln mehr denn Tammuz, den du jährlich tötest und jährlich beklagst, der dich jährlich befruchtet und liebt und verläßt? Du liebtest den Löwen und grubst ihm Fallen; das Roß liebtest du und gabst ihm Peitsche, Geißel und Sporn; du liebtest den Hirten, den Hüter, der täglich Zicklein dir schlachtet – du schlugst ihn, hast ihn in einen Wolf verwandelt; ihn verjagen die eigenen Hüteknaben, und seine Hunde zerfleischen ihn; und deinen Sohn, den Vielen, nach dem Beilager machtest du ihn zur Fledermaus, blindlings fliegt er und versengt sich die Flügel an deiner Sonne.

Isis war ich, Mutter und Schwester und Gattin dem Einen, Osiris, doch ihn zerstückelte Seth, sein Bruder und Feind. Ich hab ihn gesucht und beklagt und gefunden, erkannt und wiedergeboren, mich Jahr um Jahr mit ihm vermählt. Horos den Sohn, den Vater der Fürsten, trieb ich zum Kampf gegen Seth, doch als ich mich seiner erbarmte, zürnte Horos und schnitt mir den Kopf ab, da gab Thoth ihn mir verzaubert zurück und setzte ihn auf meine Schultern und ich war die erste der Kühe und stillte meine vier Söhne von Horos dem Vater den zeugte der tote Osiris mit dem Fisch, der sein Glied war.

Es reitet die Göttin; mit gespreizten Beinen reitet sie auf einem Schwein. Am-it, sie frißt die Seelen der Verworfenen nach dem Gericht – vorn ist sie Krokodil, in der Mitte Löwin, hinten ein Flußpferd. Sie erntet den Sohn, das Getreide; sie schlachtet die Menschen, sie watet in Blut bis zum Nacken, die Leber schwillt von Gelächter, das Herz ist voll Freude, sie jubelt; die weiße Mondkuh gebiert den Stier, sie wohnt ihm bei, sie tötet den Stier. Bestattet den Jüngling im Moor, in der Erde, gebt ihn dem Schoß seiner Mutter zurück.

Viele Dinge blieben für Olympias Rätsel, jedenfalls in den Einzelheiten. Was im Tempel geschah, bekümmerte sie kaum; das war für die gewöhnlichen Menschen, die zu den Göttern wollten oder Nachwuchs und Reichtum erhofften oder sich in den Mysterien verloren. Die wichtigen Dinge ereigneten sich an anderen Orten: in den Höhlen und Hainen. Dort wurden die Priester eingeweiht und ausgebildet, zu denen sie nun gehörte; und von dem, was die Priester erfuhren, gaben sie nur einen winzigen Teil an die Menschen weiter.

Manchmal, in Momenten der Hellsichtigkeit, wenn sie nach einem Rauschtrank zu schweben meinte oder nach Tagen des Fastens und der Sammlung reglos unter einem Baum kauernd die beschworenen Gestalten sah, begriff sie alles. Dann war sie nicht Priesterin, sondern Teil der Göttin. In lichten Nächten war ihr Verstand ein hoher glänzender Adler, dessen Federn die Sonne nicht sengen konnte. Dann sah sie die Umrisse jenseits der Bilder und Worte und begriff, daß die Mysterien nicht Geschichten von Göttern erzählten, sondern eine dreifach schreckliche schlichte Wahrheit: die Unterwerfung der Natur durch den Menschen, die Unterwerfung der Frau durch den Mann, die Verstoßung der Eltern durch das Kind. Die Große Furchtbare Mutter enträtselt und urbar gemacht; die Rasend Gebärende Tötende gezähmt, daß sie Kinder hütete, während Horos ein Geschlecht männlicher Könige einrichtete; Gorgo Medusa, furchtbare Mutter und

Herrin der Schlangen, die den Sohn Perseus den Heros behalten und opfern und in ihrer Höhle bergen wollte, aber Perseus der Sohn der Heros mußte sie töten, um die Meerschlange, die sie war, zu besiegen und Andromeda die Frau zu gewinnen, da er begriffen hatte, daß die Mutter, die Gorgo, nicht Alle-Frau war. Sie kreischte und raste, zerriß sich Kleider und Haut, weil sie nicht gefügige Kuh sein wollte und nicht mehr Ungeheuer, oder vielleicht lieber Ungeheuer denn Kuh, lieber Isis-Gorgo denn Isis-Hathor; und große fruchtbare Jungfrau – nicht keusch, sondern freie Herrin aller Männer statt gefügige Gattin des einen. Sie hoffte, daß der Perseus, der sie befreien und befruchten sollte, um Ammons Sohn und den des Horos zu gebären, seine Gorgo bereits getötet haben würde, und daß der Perseus, den sie austragen mußte, nie eine Andromeda sähe. Daß er Isis-Gorgo, die Schlange und den Vater in einer seiner Gestalten töten würde und Isis-Hathor, die sie nicht sein wollte aber vermutlich würde sein müssen, leben ließe.

Doch geschahen dann jene seltsamen Dinge, die sie zweifeln ließen, ob wirklich alles so verwickelt-einfach war. Sie lächelte, wenn sie Pilger sagen hörte, die Kabiren, thrakische Zwerge, seien alte Freunde der Großen Mutter, und sie seien dank ihrer Kleinwüchsigkeit immer damit befaßt, in unterirdischen Gängen und Stollen edle Metalle zu suchen, dort, wo kein ausgewachsener Mensch sich noch bewegen könne. Sie lächelte, weil sie wußte, daß die Kabiren Frucht und Phallos waren und die Erde Mutterschoß – aber dann, in einer jener flackernden Nächte, barst der Boden der Höhle, und ein mützetragender Zwerg brachte ihr ungemünztes Gold, das am Morgen zerschmolzen war. Sie lächelte, wenn sie von rasenden Priestern hörte, die der Großen Göttin statt eines Symbols den eigenen Phallos darbrachten – aber dann sah sie im Hain den Lydier, mit dem sie vor Stunden noch über die Götter und ihr Benehmen in den Versen Homers geredet hatte, in Zuckungen und Raserei verfallen, bis er sich schließlich mit einem fischförmigen Messer entmannte, vor ihren Augen, vor den Augen aller.

Und bisweilen, wenn sie erschöpft dalag, unkeusch jungfräuliche *hetaira* und Herrin aller Phalloi, benetzt vom Tau des Ägypters, des Hellenen, des Phrygers, des Thrakers, des Babyloniers, des Persers, klammerte sie sich an das Amulett, in dem sie die Vereinigung von Dunkel und Licht, Frau und Mann, Mutter und Vater, Fruchtbarkeit und *logos* sah. Dann fragte sie sich, warum der Babylonier und der Perser immer schwiegen.

Die Luft im Raum war schwer vom Geruch der Körper, vom Duft des Rosenwassers und des Rosmarinharzes. Die beiden Fensteröffnungen am Arkadengang waren mit hellen Tüchern verhängt; aus dem Licht des frühen Nachmittags, das den weißen Innenhof der Tempelgebäude füllte, machten sie fleischfarbene Dämmerung.

Der Ägypter rollte sich an den Rand der breiten Liege, setzte sich und tastete mit den Zehen nach seinen Gewändern. Er hob den weißen Schurz und das lange dunkle Priesterkleid auf. Mit einem immer noch erstaunten Lächeln sagte er über die Schulter: »Auch darin kann ich dir nichts mehr beibringen. Im Gegenteil . . . Ich danke dir.« Er erhob sich.

Olympias entfernte das Schwämmchen aus ihrer Scheide, richtete sich auf und streifte die Kette wieder über den Kopf. Horosauge und *ankh* lagen zwischen ihren Brüsten. Sie fuhr sich mit der Zunge über die Lippen und warf das lange brandrote Haar mit einer jähen Kopfbewegung zurück.

Der Ägypter kleidete sich an; flüchtig verneigte er sich vor der Statue des Widdergottes. Es war, als wollte er Zeus-Ammon um Vergebung für etwas bitten. Vielleicht dafür, daß er ihm nun den Rücken zuwandte.

»Morgen wird er kommen.«

Olympias öffnete die Augen weit, Gefäße eines tiefen schwarzen Lichts. »So bald? Und – woher weißt du?«

»So spät. Endlich. Und . . . ich weiß es eben.«

Einen Moment lang wirkte sie sehr jung, fast kindlich, und sehr einsam. »Und dann?« sagte sie mit dünner Stimme.

»Du bist eingeweiht – in alle Stufen des Mysteriums. Du weißt alles, was es zu wissen gibt – über den Gott und seinen Willen, über die Innenseite des Tempels und die Außenseite des Fleischs. Neun Tage dauert die Läuterung. Neun Tage wirst du ihn geleiten.«

»Wie?« Sie drehte sich auf die linke Seite, stützte sich auf den Ellenbogen.

Der Ägypter folgte den Bewegungen des Amuletts und der Brüste. »Er kommt als einer, der sühnen muß. Er hat Blut vergossen und muß Blutopfer darbringen. Neun Tage wirst du ihn dabei geleiten, als Priesterin, und neun Nächte als Gefährtin. Er ist groß, ein Herrscher unter den Männern. Stark, und sehr klug. Aber er ist kein frommer Mann. Sorg dafür, daß er deinen Körper mehr und frommer anbetet als Ammons Hauch.«

Sie lächelte. »Aber wenn er so stark ist und so klug, wie kann ich ihn dann zu meinem – unserem Werkzeug machen? Daß er meinen Sohn zeugt, Ammons Gefäß?«

Der Ägypter lachte halblaut. »Jede Frau kann einen klugen Mann lenken, aber nur eine sehr kluge Frau einen Trottel. Er ist kein Trottel – ihr solltet gut miteinander auskommen.«

Er wandte sich der Ammonstatue zu. Um den Hals des Gottes ringelte sich beinahe lebensecht eine große goldene Schlange. Der Ägypter neigte wieder den Kopf; dann streckte er die Hand aus und brach eines der goldenen Widderhörner von der Statue. Olympias stieß einen heiseren Schrei aus.

»Vergiß nicht«, sagte der Priester ernst, »Aristandros ist bei dir. Und ich werde mit dir sein, um dich anzuleiten, wenn du je Hilfe brauchst. So.« Er legte das verdrehte Horn des Widdergottes neben Olympias auf die Liege.

Mit weit aufgerissenen Augen sah sie zu, wie sich das Horn zu einer Schlange verwandelte, die sich entrollte, den Kopf hob und leise zischte.

»Riemen ... auf!«

Die Ruderer führten den scharfen Befehl des Kapitäns im gleichen Atemzug aus. Wie ein auf dem Bauch liegender Tausendfüßler, die Beine abgespreizt, glitt der Eindecker mit dem restlichen Schwung auf den Sandstrand. Unter dem Bug knirschte es; der Tausendfüßler zappelte und zuckte, ehe er sich ein wenig auf die linke Seite neigte. Segelsklaven warfen die beiden Ankersteine über Bord.

Parmenion nickte den Unterführern zu, die über den Mittelsteg rannten und Befehle bellten. Während die Hopliten sich reckten und zu Rüstungen, Waffen und Beuteln griffen, begannen Sklaven und Ruderer damit, das Gepäck des Königs und seiner Begleiter sowie die Vorratsbehälter von Bord zu hieven. Der Segelmeister ließ den Mast umlegen; Aristandros, der dort angelehnt gesessen hatte, stand auf und kam nach achtern. Der Seher trug einen braunen Chiton, einen dunklen Umhang und den topfähnlichen Filzhut des Reisenden.

Parmenion ergriff die ausgestreckte Hand des sitzenden Antipatros und zog ihn hoch. Dann grinste er den großen breitschultrigen Mann mit dem schwarzen Bart an, der neben dem Kapitän stand und immer noch die Augen zusammenkniff.

»Was zwicket deine Leber, o mein König?«

Philipp rümpfte die Nase. »Der Gedanke an das Gewäsch der Tempeltrampel, das ich jetzt tagelang über mich ergehen lassen muß.« Er zerrte an seinem Gürtel, an dem zwei kurze Schwerter hingen. Wie Parmenion und Antipatros trug er Sandalen mit Wadenriemen, weißen Chiton, einen leichten ledernen Brustschutz und den roten Umhang des Herrschers oder Befehlshabers. Antipatros war kahl unter dem Helm, den er angeblich auch beim Beischlaf nicht abnahm; Philipp und Parmenion waren barhäuptig. Die Waffen dienten eher als Symbole des Rangs; mit zwanzig Hopliten als Schutztruppe würde keiner der drei Männer zum Schwert greifen müssen.

Aristandros hatte Philipps Knurren gehört. »Sobald

wir an Land sind, solltest du deine Zunge an den Gaumen nageln.«

Der König bedachte ihn mit einem schrägen Blick; dann deutete er zum Land. Zwischen den hellen Häusern der hafenlosen Stadt Samothrake wimmelte es von Menschen.

»Was wollen die hier? Haben die alle ihre Mütter umgebracht?«

Antipatros zupfte an seiner Nase. »Diese Auszeichnung ist einzigartig und kommt nur dir zu.«

Aristandros preßte die Lippen zu einem schmalen Strich zusammen. »Sie sind aus dem gleichen Grund hier wie du: Teilnahme an den Mysterien, Aussöhnung mit den Göttern, Reue und Reinigung.« Er hustete. »Einige, habe ich gehört, glauben sogar an die Götter.«

Parmenion lachte. »Du solltest nicht zuviel von ihm erwarten. Muttermord ist keine besonders tugendhafte Handlung, aber wir wissen ja alle, was für ein Ungeziefer Eurydike war, oder? Das einzige, was zählt, ist die Stimmung in Pella. Wenn wir das hier hinter uns gebracht haben, werden die Leute sagen, es ist gut, er war bei den Göttern, jetzt laßt uns mit der Arbeit weitermachen.«

Philipps Beauftragte hatten zwei weite, helle Häuser mit gemeinsamem Innenhof, eigenem Brunnen und großer Sickergrube gemietet, außerhalb der östlichen Mauer. Die Hopliten bahnten einen Weg durchs Gewimmel der Stadt und hielten Händler und Bettler fern.

Philipp trat hart auf die gepflasterte Straße. Er betrachtete die Abfallrinnen, die erhöhten Gehsteige, die weißen zweigeschossigen Häuser und die sauberen, buntgekleideten Menschen. Seine Stimme klang leicht verdrossen, als er sich an Parmenion wandte.

»In Pella gibt es zuviel Dreck. Aber die haben hier dank ihrer Götter genug Geld, nehm ich an – all die Drachmen, die die Reisenden hinterlassen.«

Aristandros, der vor ihnen ging, sagte halblaut über die Schulter: »Du könntest ja Pella oder Aigai zum Mittelpunkt eines erhabenen Kults machen.«

Philipp schnaubte. »Der Preis ist mir zu hoch. Ein paar Männer wie du reichen mir.«

Die Straße mündete in einen von Zypressen beschatteten Platz mit Bogengängen. Vor einer Garküche hingen ein ganzer Hammel und ein halbes Rind an Spießen über einem wabernden Holzkohlenbett. Ein heller Sklave aus dem Norden schnitt Zwiebeln und Knoblauch klein, leerte das Brett in ein großes Holzgefäß, rührte darin herum und schöpfte mit einer Kupferkelle Wein und Gewürze heraus, die er vorsichtig über das Fleisch goß. Zwei Sklavinnen, fast noch Kinder, drehten die Spieße. Einige Tropfen des Suds fielen zischend ins Feuer und verwandelten sich zu einer Duftwolke.

Philipp blieb stehen und sah sich um; Parmenion hörte seinen Magen knurren. Neben der Garküche befand sich die Niederlassung eines Weinhändlers; die Behälter reichten von zierlichen Flaschen aus blauem Glas über bemalte Ziegenbälger bis hin zu vergoldeten, mannshohen Amphoren. Im nächsten Haus bot ein Bildhauer, den man bei der Arbeit beobachten konnte, alle nur denkbaren Formen und Größen von Göttern aus hellem Stein an.

»Er kann was.« Antipatros kicherte. »Ist aber auch nicht schwer. Einfach einen Stein nehmen und alles weghauen, was nicht nach Gott aussieht.«

»Das da hingegen ist göttlich.« Philipp starrte in die gleiche Richtung wie die meisten seiner Kämpfer. Ihre Augen mochten streunen, aber die Männer behielten die keilförmige Marschordnung auch während des Halts bei.

Im Eingang eines Hauses, vor dem eine üppige Aphrodite prangte, lehnten fünf junge Frauen; dem Haarschmuck nach eine Thrakerin, zwei Helleninnen, eine Perserin und eine aus Kusch oder dem südlichen Libyen. Sie trugen offene weiße Umhänge, darunter gelbe oder hellrote Hüftschärpen. Die Brustspitzen der Schwarzen waren mit einer leuchtenden Silberfarbe verziert, die der Thrakerin glommen purpurn. Die Kuschitin blickte zu Philipp hinüber; sie leckte sich die Lippen, hob mit einer Hand die linke Brust an, schob die Rechte vorn in ihren Schurz und deutete mit dem Kopf ins Haus.

»Ah ja. Es gibt also auch Priesterinnen der angenehmsten Art hier.«

Aristandros berührte Philipps Arm. »Spar deine Kraft für den Tempel – du wirst sie brauchen.«

Philipp sagte leise: »Hah!« Seine Kämpfer machten ihm grinsend Platz; mit ein paar großen Schritten hatte er das Haus der Wonnen erreicht. Er legte einen Arm um die Hüfte der dunklen Frau und streckte die Hand nach einer der Helleninnen aus. Er murmelte etwas; die Frauen lachten. Dann ließ er sie los, wies in den Himmel und auf einen seiner Krieger. Die Kuschitin hielt ihn am Gürtel fest; die Hellenin kniete und griff unter seinen Chiton. Philipp befreite sich, kam zu seinem Gefolge zurück und wandte sich an den jungen Hopliten.

»Du wirst diese beiden Karyatiden des Aphrodite-Hauses bei Sonnenuntergang abholen und zu mir bringen.«

»Mit Wonne, Herr.«

Philipp klopfte ihm auf die Schulter und brach in schallendes Gelächter aus, als er das säuerliche Gesicht seines obersten Sehers erblickte.

Archelaos, der Hausmeister, war mit den Köchen, den Badern und den meisten Sklaven vorausgegangen. Als Philipp und die anderen das helle Doppelhaus östlich der Stadtmauer erreichten, wurden sie mit einem Willkommenstrunk begrüßt. Die Sklaven waren bereits dabei, Gepäckstücke auf die vom Hausmeister bezeichneten Räume zu verteilen. Die Einrichtung war karg, aber geschmackvoll. Es gab einige gemauerte Lager, ansonsten Liegen aus Holz und Leder; in einigen Räumen standen hölzerne Truhen und große Tongefäße zur Unterbringung von Gegenständen. Ein Teil der Hopliten mußte im Hof lagern, da das zweite Gebäude nicht für alle Platz bot.

Philipp sah sich um, klatschte in die Hände und befahl,

ein warmes Bad vorzubereiten. Aristandros, Parmenion und Antipatros standen am Tisch im großen Speiseraum; der Seher trank Wasser und wies zwei Sklaven an, bestimmte Gepäckstücke vorzubereiten. Er nickte zum offenen Fenster; zwischen den wenigen weiteren Häusern begann der Wald, in dem jenseits eines kleinen Bachs das Heiligtum lag.

»Ihr habt es nicht weit, morgen früh.«

Philipp ließ sich auf die steinerne Bank fallen, über die Sklaven ein Bärenfell gebreitet hatten. »Wieso ihr? Was ist mit dir?«

Aristandros betrachtete ihn beinahe düster. »Ich begebe mich gleich in den Tempel, um die Dinge vorzubereiten.«

Philipp langte nach der kleinen Amphore und goß seinen Becher voll mit unverdünntem Wein. »Du mußt wissen, was du tust. Ich fürchte, hier ist das Essen besser. Und der Wein.«

»Du solltest nüchtern bleiben – bis auf weiteres«, sagte Antipatros. »Wir haben noch einiges zu klären.«

Philipp schnitt eine Grimasse. »Du erwartest doch wohl nicht, daß ich das Gehampel und Gebrabbel nüchtern über mich ergehen lasse, oder?«

Aristandros schnippte mit den Fingern und deutete auf eine lange Tonröhre; ein Sklave reichte sie ihm. »Immerhin hast du die Absicht, reinlichen Leibes im Tempel zu erscheinen. Das gibt mir Hoffnung.« Er nahm die Röhre entgegen und öffnete den Wachstuch-Verschluß an einem Ende.

»Ich gedenke, ein Bad zu nehmen, damit die beiden Dienerinnen der Aphrodite nicht ohnmächtig werden«, sagte Philipp. Er trank einen Schluck, dann noch einen, längeren. »Die Nasen deiner priesterlichen Brüder interessieren mich weniger als die Zungen der Wonnevollen.«

Aristandros zog eine Leinwandrolle aus der Röhre. »Im Tempel wird man dir eine *hetaira* geben, für die Dauer der Zeremonien. Sie soll dich zu den Göttern geleiten, Philipp; verlang keine anderen Dienste von ihr, hörst du?«

Philipp zupfte an seinem Ohrläppchen. »Solche anderen Dienste gehören aber doch auch zu ihrem Amt, oder nicht?«

Aristandros grunzte; dabei entrollte er die Leinwand.

»Was ist das?« sagte Philipp. »Die lynkestische Hündin, wie?«

Aristandros hob die ausgerollte Leinwand: das Bild der alten Königin Eurydike, von einem klugen und geschickten Maler leicht verjüngt. »Das stimmt, aber nachdem du sie getötet hast, solltest du von deiner Mutter nicht so sprechen.«

Philipp zuckte mit den Schultern und trank. Antipatros setzte seinen Becher ab und betrachtete das Gemälde.

»Was für ein Weib! Trotzdem ...«

»Ein Jammer, daß dieser Phöniker so früh gestorben ist«, sagte Parmenion. »Ein feines Auge und eine feine Hand hatte er.«

Philipp zeigte die Zähne. »Sieht so aus, als ob sie jeden Moment wiederkommt, um weiterzumachen. Ein Glück, daß ich ihr den Rückweg abgeschnitten habe. Was geschieht mit dem Bild?«

Aristandros rollte es ein und steckte es zurück in die Röhre. »Wir ... *du* wirst es den Göttern darbringen, mit Gold und Weihrauch.« Er deutete auf Lederbeutel, die einer der Sklaven an einer Rückentrage befestigte.

»Welche Vergeudung!« Philipp verdrehte die Augen. »Reichen Weihrauch und das Bild nicht? Nein? Nun ja – Hauptsache, die Alte ... Du gehst?«

Aristandros nickte. »Wir sehen uns morgen früh – wir alle. Ein Teil der Opferungen wird auf Thrakisch abgehalten. Brauchst du einen Übersetzer?«

Philipp winkte ab. »Als ob mich das Gezischel etwas anginge ... Außerdem kann ich Thrakisch.«

Aristandros ging zum inneren Türbogen. »Denk an meine Worte, König, was die *hetaira* angeht. Und komm nüchtern.«

Parmenion begleitete den Seher hinaus. Halblaut sagte er: »Du kennst ihn doch. Wenn du wirklich Wert darauf legst, daß er die Finger bei sich behält ... Du weißt, er kann keiner Frau widerstehen, und keine Frau ihm. Es ist dies eine Art Naturgesetz. Du hättest ihm sagen sollen, die Götter legen allerhöchsten Wert darauf, daß er es mit dieser *hetaira* treibt. Vielleicht hätte er es dann unterlassen.«

Aristandros blinzelte. »Ach ja?«

Parmenion sah hinter ihm und den beiden Sklaven her, die sein Gepäck trugen, kratzte sich den Nacken und murmelte: »Also, was soll das nun wieder werden, wenn es fertig ist?«

Als er in den Speiseraum trat, klatschte Philipp in die Hände und scheuchte die Sklaven hinaus. »Bis das Bad bereitet ist, will ich keinen sehen.« Er lehnte sich zurück und schloß die Augen. »Ihr zwei – hierbleiben.«

Antipatros hockte sich auf die Tischkante; Parmenion zog einen Scherenstuhl aus geschnitzter Zeder heran und setzte sich. »Also, diese Frau im Tempel ...«

Antipatros murmelte: »Da ist etwas unterwegs.«

Philipp gähnte; die Augen waren immer noch geschlossen. »Ich werde sie mir ansehen. Vielleicht erfahre ich dabei, welche düsteren Dinge Aristandros mit den hiesigen Priestern ausgebrütet hat.«

Antipatros und Parmenion blickten einander an.

Philipp richtete sich auf; seine Hand klatschte auf den Tisch. »Haltet ihr mich für ein Hündchen, das mit dem Schwanz wedelt, wenn die Krähe Aristandros pfeift?« Seine Augen waren klar und scharf; keine Spur mehr von Wein, Langeweile und Verdruß. »Wer umzingelt ist, sollte sich verkleiden und im Lager des Feindes die Waffen zählen. – Und jetzt zu etwas anderem, Freunde.«

Parmenion grinste. »Viel Zeit für andere Dinge wirst du nicht haben, Philipp. Dein Bad ist gleich fertig.«

Philipp kniff ein Auge zu. »Das Bad ist geräumig. Ihr beide stinkt. Ihr kommt mit. Dabei belauscht uns keiner.«

»Hier auch nicht.« Antipatros sprach leise. »Was hast du vor?«

Philipp leerte seinen Becher, rülpste, verschränkte die

Arme und lächelte. »Habt ihr euch überhaupt nicht gewundert?«

Parmenion atmete durch die Zähne ein. »Keine Ratespiele, Junge. Du weißt, wer Antipatros und Parmenion sind. Wir wissen, wer Philipp ist. Es muß schon etwas Größeres sein, sonst hättest du wenigstens einen von uns in Pella gelassen.«

»Ich frage mich«, sagte Antipatros, »ob es klug war.«

»Fragen und Klugheit bringen uns in diesem Fall nicht weiter.« Philipp faltete die Hände auf der Tischplatte; er blickte Parmenion lauernd von der Seite an. »Antipatros mit seiner Glatze und dem rasierten Kinn erkennt man überall. Bist du bereit, deinen feinen Bart zu opfern, Parmenion?«

»Wohin geht die Reise?«

»Wie weit geht ihr mit, Freunde?«

Antipatros rieb sich das Gesicht, als wollte er ein Gähnen oder Grinsen verbergen. »Auf welchem Weg?«

Parmenion knurrte etwas Unverständliches, dann sagte er halblaut: »Ah, komm schon – du weißt, daß wir mitgehen.«

Philipp nickte langsam; die Augen waren halb geöffnet, sein verhangener Blick tückisch. »Ihr habt meinem Vater gedient, meinem Bruder Alexandros, euch der Hexe und ihrem Beischläfer verweigert und Perdikkas beraten. Jetzt seid ihr mit mir. Warum?«

Parmenion holte tief Luft. »Wir wollen Makedonien stark und gesichert sehen. Wie es war, bevor einer von uns geboren wurde. Außerdem gefällt mir, wie du die Sache angehst. Du bist gut.«

Antipatros sagte beinahe feierlich: »Er geht voraus, Philipp, und macht dir den Weg frei. Ich folge und hüte deinen Rücken, damit du ruhig schlafen kannst.«

Philipp goß beiden Wein ein. »Also den ganzen Weg?«

»Den ganzen Weg, Junge.« Antipatros hob seinen Becher.

»Wo soll der Weg enden?« sagte Parmenion.

»Deiner beginnt in der Nähe von Maroneia.« Philipp

schaute ihn ausdruckslos an. »Wenn wir hier fertig sind. Wir werden dich und eine Handvoll unserer Leute an der Küste absetzen. Sie werden ohne Rüstung sein wie du; und du wirst deinen Bart opfern, Freund, damit du als ernster, asketischer Philosoph mit ein paar Schülern die Straße wandern kannst, die von Byzantion her über Maroneia, Abdera und Amphipolis zur Chalkidike und weiter nach Makedonien führt.«

Parmenion vergrub die Finger in seinem schwarzen Bart. »Ein Jammer, aber er wird wieder wachsen. Was soll ich auf diesem Pfad der Nachdenklichkeit tun?«

»Die Augen weit offenhalten.«

Antipatros kaute auf der Unterlippe. »Die Städte sind athenische Bundesgenossen, im Hinterland sitzen die Thraker. Und?«

Philipp lächelte; es war kein mildes Lächeln. »Die Städte, die Befestigungen, die Laune der Menschen, die Straßen, die Felder. Und die Goldminen des Pangaion.«

Parmenion beugte sich vor. »Die gehören Athen.«

Philipp nickte. »Das ist *Athens* Problem.«

»Was hast du vor? Nicht nächstes Jahr, nicht in zwei Jahren, sondern wohin geht der Weg – am Ende?«

Ein Sklave erschien. »Das Bad ist gerichtet, Herr.«

Philipp winkte. »Geh, bereite mehr Tücher – für drei. Wir folgen sofort.« Er stand auf, stützte sich auf den Tisch. Antipatros und Parmenion leerten ihre Becher und erhoben sich ebenfalls.

»Der Weg? In die Sicherheit und Ruhe, Freunde. Seit zweihundert Jahren ist es so, wie es ist. Athen, Theben, Sparta, Thessalien, Makedonien, die Achaier und Aitolier und Epeiroten und Phoker und Akarnanier und Ambrakier, jeder gegen jeden, mal mit dem einen, dann mit dem anderen verbündet. Die hellenischen Städte in Asien, die ewig von den Mutterstädten geschützt werden sollten und bei jeder Gelegenheit an die Perser verscherbelt werden, wenn der Großkönig sich wieder in hellenische Wirren einmischt. Dazu die Barbaren im Norden – Illyrer, Thraker, Paionen, Geten, Triballer.«

Leise und eindringlich sagte er: »Es muß ein Ende haben. Makedonien wird nur sicher sein, wenn ringsum alles ebenfalls sicher ist. Das ist das Ende des Wegs, Freunde. Ein Bund aller Hellenen, mit einem gemeinsamen Rat und einem gemeinsamen Heer und einem gemeinsamen Strategen. Mild und gerecht nach innen, ohne gewaltsame Auseinandersetzungen wie bisher; stark genug nach außen, um auch den König der Könige zwingen zu können, den Hellenen in Asien ihre Freiheit zu lassen.«

»In welcher Zeit, Herr?« sagte Antipatros heiser; er war bleich um die Nase.

»Zwanzig Jahre?« sagte Philipp. »Fünfundzwanzig? Bevor wir alle Zähne verlieren. Geht ihr diesen Weg? Er beginnt hier, wo Männer aus allen hellenischen Städten und Ländern zusammenkommen. Männer, deren Treue zu verkaufen ist, deren Freundschaft mehr Gold bringen wird, als sie kostet, deren Einfluß und Nachrichten alles Gold wert sind, das übrigbleibt, wenn wir mit dem Gold des Pangaion Makedonien und Makedoniens Heer stark gemacht haben. Geht ihr mit, Freunde?«

Parmenion stieß den angehaltenen Atem keuchend aus und ließ sich schwer in seinen Stuhl fallen. »Sobald meine Knie wieder gehorchen«, sagte er leise.

Antipatros lachte plötzlich. »Du wirst in Ruhe schlafen können, Philipp, ich schütze deinen Rücken.«

Parmenion hatte die Stirn gerunzelt; er starrte die beiden an. »Ihr seid wahnsinnig«, sagte er schließlich. »Natürlich bin ich dabei. Ich will mich sogar rasieren, Philipp. Wie fangen wir an?«

»Wir haben längst begonnen. Ihr wußtet es nur noch nicht. Morgen kommt ihr mit in den Tempel; danach werft ihr eure Netze aus, während ich den Unsinn der Priester erdulde. Und jetzt – ins Bad!«

Morgens tranken sie Brühe, aßen Fladenbrot und kaltes Fleisch und schauten schweigend aus dem Fenster. Weißgekleidete, geschmückte Menschen zogen in den

Wald, zum Tempel; immer wieder flatterten Vögel aus den Bäumen auf.

Philipp schob den hölzernen Teller von sich, wischte sich Mund und Hände mit einem feuchten Tuch, stand auf und ging mit vorsichtigen Schritten zum Fenster und wieder zurück. Sein Gang war steif.

»Wie eine Raubkatze mit einem Dorn in der Lende«, sagte Parmenion. »Hast du die beiden Frauen überlebt? Oder sie dich?«

Philipp lehnte sich an eine Säule und rieb sich den Rükken. »Ah, warum denn nicht? Ich bin ja noch keine sechsundzwanzig, kein alter Mann wie du – wie ihr beide.« Er lachte.

Antipatros faltete die Hände hinter dem Kopf und lehnte sich zurück; der Helm rutschte weit in die Stirn. »Willst du uns wirklich beide mitschleppen?«

»Wenn ihr nicht wollt ... Also, einen hätte ich schon gern dabei. Du weißt, einen, der mich gelegentlich tritt, wenn ich allzu unbotmäßig werde.«

»Nimm ihn.« Parmenion deutete auf Antipatros. »Er tritt genauer. Ich werde mich ans Fischen begeben.«

Philipp nickte. »Wart einen Moment. Ich hab eine kleine Überraschung für euch.«

»Was für eine Überraschung?«

Philipp grinste. »Abwarten. Müßte gleich kommen.«

Antipatros gähnte. »Überraschungen am Morgen ... Wir müssen noch etwas bereden, Junge; gestern abend sind wir nicht ganz fertig geworden mit der Politik, bevor dich das Fleisch rief.«

Philipp hob eine Braue.

»Deine Zeitvorstellungen. Du hast von zwanzig Jahren oder mehr gesprochen. In zwanzig Jahren bist du älter, als wir beide jetzt sind, und wir sind dann Greise. Wer soll weitermachen? Und – in welchem Amt?«

Parmenion pfiff leise durch die Zähne. »Reden wir davon, ja. Reden wir nicht von der Macht und den Zielen und der Lust, in Macht und Reichtum ein großes Ziel anzustreben. Reden wir *davon.*«

Philipp hob beide Hände und ließ sie wieder sinken. »Ihr verfinstert mein Gemüt! Das hat doch noch Zeit.«

»Hat es nicht.« Antipatros schob den Helm zurück und massierte sich die kahle Stirn. »Du wärmst den Thron für deinen Neffen Amyntas, als Vormund und Verweser. Alle behandeln dich als König, aber du bist nicht der König der Makedonen, Philipp. Pläne für zwanzig Jahre kannst du nicht machen. In fünfzehn Jahren, spätestens, wird dein Neffe Einwände erheben.«

Philipp blieb am Tisch stehen und stützte sich mit geballten Fäusten auf die Platte. »Sobald die wichtigsten Dinge geregelt sind, werde ich die Versammlung der Fürsten und Krieger auffordern.«

Parmenion stieß seinen Scherenstuhl zurück, stand auf und packte Philipp an den Schultern. »Komm zu dir, Junge. Du bist der dritte Sohn von König Amyntas. Deine Brüder sind tot, der zweite hat einen Sohn hinterlassen. Der König wird von der Versammlung gewählt, und die Versammlung muß nicht unbedingt einen wählen, der unmittelbar vom alten Herrscher abstammt. Er kann auch aus einem anderen Zweig kommen. Ein Lynkeste, ein Oreste, zum Beispiel. Du hast die lynkestische Hexe getötet; du hast Phila zur Frau genommen – aber sie hat bisher kein Kind. Du hast die Illyrerin zur Frau genommen, auch sie ist ohne Sohn. Nur eine Tochter. Dann hast du diese Tänzerin Philinna in dein Bett geholt – sie ist schwanger, aber sie ist aus Larisa, eine Thessalierin. Deine Verbindungen zu den Fürsten sind schwach, Philipp. Und: Solange ein kleiner Königssohn lebt, wird niemand den Onkel und Vormund zum König machen – es sei denn, er hätte selbst einen Sohn, der ihm nachfolgen kann, wenn etwas geschehen sollte. Einen Sohn von einer hohen Frau, nicht von einer Tänzerin.«

Philipp starrte Parmenion finster an; einen Moment sah er aus, als ob er zum Schwert greifen wollte. Dann lachte er, nahm Parmenions Hände von seinen Schultern und drückte sie. »Ich soll also meinen Samen nicht so vergeuden wie letzte Nacht? Ah, Freunde, und dann? Noch eine

Frau nehmen? Warum nicht? Einen Sohn zeugen? Und wenn er geboren ist, die Versammlung einberufen?«

Antipatros lächelte; dann gefror sein Gesicht. An Philipp und Parmenion vorbei schaute er zum Eingang. In einem schmierigen, zerfetzten Chiton, mit einer vielfach geflickten Pferdedecke um die Schultern erschien Drakon der Heiler. Er sah aus, als hätte er einige Tage lang weder geschlafen noch den Bart geschabt. Eine Wolke übler Ausdünstungen umgab ihn: halbverdauter Wein, ausgebrochener Braten, Harn, Düfte billiger Dirnen. Er hatte eine Rose zwischen den Zähnen und kaute gemächlich auf dem Stiel; dann nahm er sie in die Hand, spuckte einen Dorn aus und verbeugte sich stumm.

»Was machst du denn hier?« sagte Parmenion. »Statt in Pella.«

Philipp klatschte in die Hände. »Wein«, brüllte er, »Fleisch und Brot. Und ein heißes Bad.« Ein paar Sklaven brachten eilig das Gewünschte, andere huschten in Nebenräume. Philipp deutete auf die Steinbank mit dem Bärenfell; eigenhändig goß er einen Becher voll Wein und reichte ihn dem Heiler.

»Danke, Fürst der Makedonen – ich kann's gebrauchen.« Drakon klemmte sich die Rose hinter ein Ohr, nahm einen tiefen Schluck und seufzte genüßlich. Langsam ging er zur Bank und ließ sich nieder.

»Wie bereits gesagt« – Philipp grinste Antipatros an, dann Parmenion –, »gibt es auf Samothrake viele Dinge und viele Leute. Und meine kleinen Überraschungen. Manche Männer sind besser als andere dazu geeignet, überall herumzuwandern, ohne aufzufallen. Priester, zum Beispiel, denen ich mißtraue; und Heiler wie Drakon, dem ich meine Leber und meinen Thron anvertraue. Was hast du gefunden?«

»Moment«, knurrte Antipatros. »Seit wann ist er hier?«

»Seit zehn Tagen, Rückenbewahrer.« Drakon leerte seinen Becher mit einem Zug und schob die Rose wieder in den Mund. »Ich habe ein paar ganz nützliche Leute gesprochen, Philipp. Aus Athen, aus Milet, aus Byzantion, sogar aus Persien.«

»Persien, wie?« Philipp hakte die Daumen in seinen Gürtel. »Was machen Perser hier?«

»Diese Insel ist thrakisch, wie die meisten Einwohner – oder deren Vorfahren.« Parmenion musterte den Arzt aus schmalen Augen. »Thrakien war einmal eine persische Satrapie, wie all die Inseln hier.«

»Und es gibt Verbindungen.« Drakons Stimme klang unscharf, wie verschwommen in einer Lache aus Wein und Müdigkeit; und Rosen. »Die Mysterien . . . Ihr wißt ja, Dionysos ist auf dem Weg nach Indien auch sehr gründlich durch Persien gekommen. Und immer wenn man nach den Kriegen Verräter in Athen und Theben gesucht hat, waren die meisten von ihnen Anhänger eines oder mehrerer Mysterien.«

Philipp starrte ihn einen Moment unter zusammen gezogenen Brauen an; plötzlich entspannte sich sein Gesicht. Er deutete auf Antipatros.

»Du und ich, wir werden jetzt diesen mysteriösen Priestern unsere Aufwartung machen. Drakon sollte sich reinigen und schlafen – aber vorher Parmenion ein paar Hinweise geben. Sag mir noch eins: Was ist mit diesen Leuten, die du gesprochen hast? Sind sie willig? Muß man sie zwingen?«

Drakon grinste müde. »Nein; und sie sind sogar billig. Sie haben viele anregende Dinge zu erzählen. Über das, was man in Athen von den Ereignissen in Makedonien hält. Über das, was Artaxerxes plant.« Er kicherte. »Diese Insel und die Stadt – wunderbare Gegend, um Freunde zu gewinnen und Leute zu beeinflussen.«

Philipp rümpfte die Nase und sah zu, wie Antipatros die ausgewählten Sklaven zusammentrieb und ihnen Anweisungen gab. »Ich fürchte, ich werde eine Reihe falscher Freundschaften mit Priestern schließen müssen, ohne irgendwen beeinflussen zu können. Ich möchte, daß ihr euch um die wichtigeren Dinge kümmert, während ich mich angeblich mit den Göttern aussöhne.«

Vier Priester begrüßten den Herrscher Makedoniens: der Ägypter, Aristandros, ein Hellene, ein Thraker. Tempelsklaven übernahmen die Weihegaben; Antipatros konnte das Gefolge entlassen.

Es wurden nur wenige Worte gewechselt. Philipp gab sich keine Mühe, tiefere Anliegen oder Ergriffenheit zu heucheln; die Priester des Tempels, von Aristandros ausreichend vorbereitet, schienen derlei nicht zu erwarten. Mit schnellen Schritten geleiteten sie Philipp und Antipatros durch die verschiedenen heiligen Gevierte, vorbei an zahlreichen Altären, an geweihten Wassern, an einer Halle, in der junge Männer, völlig nackt, einander auspeitschten, während zwei Priester mit verhüllten Gesichtern rhythmische Gebete in veraltetem Thrakisch leierten; an einer anderen Halle, in der junge Frauen je einen großen steinernen Phallos umklammerten, umhüllt von erstickenden oder betäubenden oder berauschenden Wolken aus zahlreichen glimmenden Becken; vorbei an einem von zahllosen Säulen starrenden Innenhof, wo weißgekleidete Pilger mit geschlossenen Augen sangen und dabei die Oberkörper vor und zurück schaukelten.

Im Säulenhof vor dem Tempel des Zeus-Ammon berührte Aristandros Philipps Arm und sagte halblaut: »Die besondere Begrüßung für den besonderen Gast – du bist der erste, der heute den Tempel betreten darf.«

»Hat das Gold gereicht?« Philipp betrachtete die Tempeldiener und jüngeren Priester, die seit dem frühen Morgen anderen Pilgern den Eintritt verwehrt hatten und nun auf den Stufen eine Ehrenreihe bildeten.

Zwischen den wuchtigen Säulen der Vorhalle blieben die Priester stehen; der Hellene wandte sich an Philipp. Sein Lächeln war unecht und voller Zähne.

»Wir sind nur Mittler zwischen dir und den Göttern, Herrscher der Makedonen. Die Mittler wissen, wie groß dein Sehnen ist, der Läuterung und Aussöhnung teilhaftig zu werden. Die Mittler betrachten die Weihegaben als großmütig und reich; es ist unser Wunsch, Freundschaft und Wiederkehr des künftigen Königs der Makedonen zu bewirken.«

Philipp knurrte etwas und sagte halblaut: »Beim nächstenmal Preisnachlaß; ich habe aber keine weitere Mutter, die umgebracht werden müßte.« Antipatros stieß ihn mit dem Ellenbogen an.

Der hellenische Priester räusperte sich. »Was die Mittler angeht, so ist des künftigen Königs Pilgerreise zur Zufriedenheit gediehen und vollendet. Die Götter machen jedoch keine Ausnahmen. Wir erwarten daher Verständnis dafür, daß auch der Herrscher Makedoniens die volle Dauer der Feiern zu ... ertragen hat und daß nach der einleitenden Zeremonie seine Behandlung der aller anderen gleicht.«

Philipp grunzte und nickte. Sie gingen in den Tempel.

Olympias stand barfuß auf einem Stein mit blauen Adern. Sie trug den knielangen, ärmellosen Chiton aus weißem Leinen. Eine hellrote Schärpe, statt eines Gürtels eng um den Leib geschlungen, betonte Brüste, Hüften und Gesäß. Hellrot waren auch die Nägel an ihren Fingern und Zehen. Der im Tempel zum Dämmer gemilderte Tag, lodernde Fackeln und glimmende Becken, der wogende Widerschein auf Edelsteinen, Gold und Elfenbein umgaben sie mit vielfarbigem Feuer; es rieselte aus ihrem brandigen Haar.

Der Ägypter stellte sich zu ihrer Rechten, Aristandros zur Rechten von Philipp auf.

»Deine *hetaira*«, sagte der Seher aus Telmessos. Er nahm Philipps rechte Hand, der Ägypter die von Olympias.

Philipp stand starr. Seine Nase schien blutleer, seine Augen fraßen sich fest in Olympias' Gesicht. Sie seufzte kaum hörbar, öffnete ein wenig den Mund, schüttelte die Hand des Ägypters ab; ihre Blicke und die von Philipp schienen sich umeinander zu flechten. Als ihre Finger seine berührten, war es, als ob beide einen Moment lang schwankten. Der Ägypter trat einen Schritt zurück; auf dem Gesicht des Aristandros starb das Lächeln. Antipatros starrte die Frau an, offenbar fassungslos; dann ächzte er leise, sah Philipps Gesicht und schloß die Augen.

Philipp und Olympias preßten die Handflächen gegeneinander; die Finger verschränkten sich wie im Krampf. Der Makedone streckte die linke Hand aus; ohne von Olympias' Augen fortzuschauen, löste er die goldene Spange, die das aufgetürmte rote Haar zusammenhielt. Das Schmuckstück klirrte zu Boden, lag zwischen Olympias' Füßen. Mit einer Kreiselbewegung des Kopfes schüttelte sie das Haar aus.

Aristandros rang um Luft wie ein Ertrinkender; es war beinahe ein Schluchzlaut. Er ließ Philipps Arm los und ging langsam nach vorn, zum Altar vor der riesigen Statue des Gottes, wo die Tempelsklaven Philipps Weihegaben niedergelegt hatten. Die drei anderen Priester folgten. Philipp und Olympias standen einen Moment versunken und verloren, ehe sie sich mit einer spürbaren Anstrengung voneinander lösen, die Blicke und die Hände entflechten konnten. Nebeneinander gingen sie zum Altar des Zeus-Ammon. Antipatros bückte sich nach der goldenen Spange und steckte sie ein, ehe er folgte.

Der thrakische Priester hatte die Hände erhoben und die Augen geschlossen. Halblaut murmelte er Gebete, Anrufungen. Aristandros ging zu einem kleinen Tisch; dort lagen die Tonröhre und die Beutel mit Gold und Weihrauch, die er am Vortag mitgebracht hatte. Der Ägypter und der Hellene traten neben den Thraker.

Tempelsklaven schleiften einen jungen Widder herbei; sie hatten ihm die Schnauze mit einem weißen Tuch umwickelt, damit er den heiligen Ort nicht durch Blöken entweihte. Der Thraker ergriff ein scharfes, leicht gekrümmtes Opfermesser, hob es an seine Stirn und reichte es dem Hellenen, der die Bewegung wiederholte und das Messer dem Ägypter gab.

Die Sklaven versuchten, den strampelnden Widder auf den Altar zu wuchten. Der Ägypter schüttelte den

Kopf und deutete auf den Boden vor dem Altar. Einer der Sklaven packte die Hörner des Tiers und bog ihm den Kopf in den Nacken.

Philipp streckte den Arm aus; seine Finger schlossen sich um das Handgelenk des Ägypters. Der Priester wehrte sich; seine Lippen waren zusammengepreßt, er keuchte, seine Wangenmuskeln arbeiteten. Dann knackte etwas; der Ägypter stieß einen leisen Schrei aus und ließ das Opfermesser fallen.

»Meine Weihegaben.« Philipps tiefe, volle Stimme dröhnte durch den Tempel. »Mein Opfer.«

»Du ... du bist kein Priester.« Der Hellene starrte ihn an.

»Priester können opfern, und Könige.«

»Du bist kein König – *noch* nicht«, sagte Aristandros.

»Für Makedoniens Volk bin ich es, für die Fürsten werde ich es sein. Laßt den Gott entscheiden – wenn er das Opfer annimmt und die Leber des Widders gut ist, gilt, was ich sage. Wenn nicht, muß ich wieder etwas sühnen. Um so besser für euch.«

Aristandros warf Antipatros einen hilfesuchenden Blick zu, aber diesmal hielt Philipps Berater sich zurück. Mit dem Fuß stieß der Makedone das Opfermesser beiseite und bückte sich zu dem Widder. Er zupfte am Tuch; das Tier wurde ruhiger, als Philipp es berührte.

»Blöde Knoten«, knurrte er. Er kniete nieder, versuchte abermals, die Schnauze des Widders zu befreien. Olympias stand neben ihm, vielleicht einen halben Schritt zurück.

»Wer bist du, *hetaira?*« sagte Philipp über die Schulter.

Ihre Stimme war belegt, ein wenig aufgerauht, wie mit der stumpfen Seite einer Klinge berieben. »Olympias, Tochter des Neoptolemos und Nichte des Arybbas.«

Philipp runzelte die Stirn. »Könige der Molosser? Dann darfst du helfen.«

Der Ägypter hielt sich das rechte Handgelenk. Mit kaum unterdrückter Wut sagte er: »Das geht nicht – es ist unmöglich. Opfer stehen den Priestern zu, und den Königen. Solche Opfer jedenfalls. Eine Frau . . .«

Philipp wandte nicht einmal den Kopf. »Könige; und Königinnen. Der Vater meines Geschlechts ist Herakles; die Fürsten der Molosser stammen ab von Neoptolemos, der zuerst Pyrrhos hieß – der Sohn, den Achilles mit Deidameia zeugte. Wer bist du, daß du es wagst, in unserer Anwesenheit den Mund zu öffnen?«

»Priester des Amûn.« Die Stimme des Ägypters war ein Zischen.

»So laß deinen Gott entscheiden, ob er das Opfer annimmt. Hilf mir mit dem Knoten, Olympias.«

Der Ägypter faßte mit der gesunden Hand nach Olympias; sie schüttelte seinen Griff ab, ohne ihn anzusehen, kniete neben Philipp nieder und löste die Tuchbinde. Der Widder öffnete das Maul, gab aber keinen Laut von sich.

Philipp hielt das Tier an einem Horn. »Laßt ihn los.« Die Sklaven gehorchten; der Widder blieb ruhig stehen. »Bringt Brot. Auf dem Tisch liegt ein Fladen. Gebt ihn mir.«

»Brot für den Gott«, sagte der hellenische Priester mit einem unüberhörbaren Staunen in der Stimme.

»Bringt es her.«

Aristandros hob die Hände, ließ sie fallen, wandte sich um und holte selbst die Silberplatte mit den Fladen für die Opferung. Philipp hielt immer noch den Widder am Horn fest; mit der Rechten nahm er einen Brotfladen. Er streckte die Hand aus. »Du weißt, was es bedeutet?«

»Ich weiß es – *hetairos.*« Olympias' Stimme flackerte, aber ihre Augen waren stetig. Sie ergriff das Brot.

Philipp sagte halblaut: »Antipatros.«

»Ich höre.«

»Deine Hände, Hüter Makedoniens.«

Antipatros zögerte nicht länger, als ein Blinzeln dauert. Sein Entsetzen über den Anblick der schönen jungen Frau wog geringer als das Vergnügen über Philipps Auftritt. »Steht auf.«

Sie erhoben sich; Philipp nahm den Widder zwischen

die Beine. Antipatros legte die linke Hand auf Philipps, die rechte auf Olympias' Schulter.

»Den Segen der Götter, die Treue des Volks, gute Stunden und zahlreiche Kinder«, sagte er mit fester Stimme.

Olympias und Philipp zerrissen das Brot. Beide bissen von ihrem Teil ab, tauschten und aßen von der anderen Hälfte. Antipatros ließ sie los, nahm Aristandros die Silberplatte ab und hielt sie ausgestreckt vor sich, bis Olympias und Philipp die Brotreste darauf legten. Der Ägypter hatte sich abgewandt; er rieb sein Handgelenk. Der Thraker starrte stumm zum Antlitz des Zeus-Ammon hinauf, wo das Spiel der Lichter und Schatten ein dämonisches Lächeln zu bewirken schien. Der Hellene preßte die Handflächen gegen die Schläfen; seine Augen waren weit aufgerissen. Aristandros stand bleich und regungslos rechts neben dem Altar. Nur seine Augen bewegten sich: Sie zuckten zwischen Philipp und Olympias hin und her.

»Leg meine Gaben auf den Altar, Fürstin der Molosser und Makedonen.« Philipps Stimme war ein tiefes, heiseres Grollen.

Olympias ging zu den bereitgestellten Schalen, Beuteln und Ballen. Es waren die Gaben eines Königs, seiner und des Gottes würdig. Das Fell eines weißen Bären, auf unbekannten Wegen und durch viele Hände weit aus dem Norden hergebracht; silberne Schalen voller Münzen – *shiqlu* aus Karchedon, goldene persische Dareiken, goldene und silberne Löwenmünzen aus der Zeit des Lyders Kroisos, athenische Didrachmen, Ströme von Tetradrachmen aus Syrakus und anderen hellenischen Städten des Westens, Bronzemünzen mit seltsamen Bildzeichen und viereckigem Loch, Statere mit dem korinthischen Pegasus; ein Ballen feinsten, mit Goldfäden durchwirkten Leinentuchs; Silber und Gold in Stangen; silberne und goldene Pokale; Amphoren mit Wein aus vielen Gegenden . . .

Olympias legte von allem ein oder zwei ausgewählte Stücke auf den Altar. Philipp sah zu und kraulte den Hals des Widders. Als Olympias sich ihm wieder zuwandte, schob er ihr das Tier hin und zog sein Schwert. Der Hellene wollte ihm das Opfermesser reichen; Philipp winkte mit einer harten schnellen Handbewegung ab.

»Bruder«, sagte er leise; dabei schaute er dem Widder in die Augen, »nicht gefesselt und geknebelt sollst du zu den Göttern kommen.«

Olympias hielt den Widder fest; ihre Finger krallten sich in die Wolle des Rückens. Mit einem schnellen, sicheren Hieb trennte Philipp den Kopf des Tieres vom Rumpf. Das Blut spritzte durch die Luft, färbte die Gewänder des Ägypters und des Hellenen, bildete eine große Lache vor dem Altar. Philipp und Olympias nahmen das restliche Brot von der Scheibe, die Antipatros ihnen reichte, tauchten es ins Widderblut und verzehrten es. Der Thraker stieß dumpfe Klagelaute aus und reckte seine Arme dem Gott entgegen.

Scheinbar mühelos hob Philipp mit der Linken den Kadaver und legte ihn auf den Altar, zwischen die Gaben. Mit zwei Schnitten seines Schwerts öffnete er Bauch und Brust des Widders; die Gedärme quollen heraus. Philipp reichte Antipatros das Schwert, bückte sich und streifte die Sandalen ab. Barfuß trat er in die schlüpfrige Lache; er zog Olympias an der Hand mit sich.

Sie wechselten einen langen, brennenden Blick. Dann rissen sie die dampfenden Eingeweide auseinander. Olympias fand die Leber; sie reichte sie Philipp. Er hob sie hoch, drehte sie hin und her, betrachtete sie von allen Seiten, legte sie dann auf eine freie Stelle des Altars.

»Der Gott ist mit den Gaben zufrieden.« Er nahm Olympias' Hand, verschränkte seine Finger mit ihren; seine Stimme war tief und sicher und voll von unendlicher Gier. Olympias atmete schnell, beinahe keuchend. Sie rieb ihre Knie aneinander. »Er billigt das Opfer und die Opfernden.« Philipp streifte Aristandros mit einem spöttischen Blick. »Dann wollen wir zur Sühne schreiten.«

Rechts vom Altar, unmittelbar vor der Statue des Zeus-Ammon, standen zwei große Becken, in denen Holzkohle glühte. Philipp zog Olympias mit sich; Antipatros senkte die Augen zu den blutigen Spuren, die beide auf den weißen Platten hinterließen.

Philipp legte den schweren Beutel mit Goldmünzen vor der Statue nieder, zwischen den Becken. Er öffnete den anderen Beutel mit dem Weihrauch und verteilte das kostbare Harz aus dem Süden Arabiens auf beide Becken.

Als der strenge, satte Ruch aus den beiden Rauchsäulen den Tempel erfüllte, zog Philipp die Leinwand aus der Tonröhre. Das Bild seiner Mutter Eurydike, gemalt von einem großen und geschickten Maler aus Phönikien, der vor Jahren in Pella gelebt hatte und gestorben war.

Antipatros spürte, wie sich die winzigen Härchen in seinem Nacken aufstellten; verwirrt bedachte er, daß es gut sei, im übrigen einen kahlen Kopf zu haben. Das vom Vergnügen und von Bewunderung verdrängte Entsetzen stieg wieder in ihm auf. Er trat einen Schritt vor und beobachtete das Gesicht der jungen Frau.

Olympias sah zu, wie Philipp die Leinwand ausrollte und auf einen der glimmenden Weihrauchhaufen legte. Antipatros zog die Oberlippe zwischen die Zähne. Philipp musterte Olympias von der Seite, mit einem lauernden und gleichzeitig begehrenden Blick.

Olympias riß die Augen auf und beugte sich vor. Aus dem Chiton glitt das ägyptische Amulett; an der feinen Goldkette baumelte es einen Moment über dem Bild, das sich zu kräuseln begann. Philipp betrachtete es und blinzelte; dann lachte er dröhnend.

Antipatros sah, wie Olympias die Hände nach dem Bild ausstreckte. Dem Bild einer Toten, die aussah wie eine Zwillingsschwester der jungen Frau. Er stieß die angehaltene Luft aus und schloß die Augen.

Kurz nach Sonnenuntergang war es windstill und immer noch warm. Drakon saß nackt im seichten Wasser, schaute aufs Meer hinaus und kaute auf einem Lorbeerzweig. Weiter oberhalb hockten drei Hopliten, außer Hörweite.

Antipatros beendete seinen Bericht. »Tja, und dann sind sie irgendwo verschwunden. Wahrscheinlich dröhnt der Tempel von ihren Lustschreien. So etwas hab ich noch nie gesehen – daß sie nicht in der Widderblutlache übereinander hergefallen sind ... Als ob sie seit Beginn der Welt aufeinander gewartet hätten.«

Parmenions Gesicht war düster. Immer wieder bohrte er die Finger in den weißen trockenen Sand, füllte die Hände, hob sie und ließ Sand rieseln. »Gefällt mir nicht – nein, mag ich nicht.« Es waren weniger deutlich unterscheidbare Wörter als vielmehr ein heiseres Knurren.

Drakon wandte ihm das Gesicht zu. »Die Welt wurde nicht in Gang gesetzt, um deine Billigung zu finden, o Parmenion. Und der Wille des Königs ist wie Erdbeben und Springflut.«

»Bah.« Parmenion warf eine Handvoll Sand nach dem Arzt. »Ich brauche deine weisen Reden nicht, Knochenrenker. Und sie sieht aus wie die Alte, sagst du? Die lynkestische Hexe?«

Antipatros ließ sich auf den Rücken sinken. »Wie eine jüngere Schwester. Eine jüngere Zwillingsschwester, wenn es das gäbe.«

Drakon schlug mit der flachen Hand aufs Wasser. »Was regt ihr euch auf? Habt ihr noch nie bemerkt, daß die Frau, die ein Mann wählt, sehr oft seiner Mutter gleicht?«

Parmenion nahm den leichten Helm ab, füllte ihn mit Sand und goß ihn wieder aus. Nicht weit von Drakon hockte eine Möwe auf einem Fischkadaver. Sie blickte zu den Männern herüber und zeterte leise. Aus dem Wald oberhalb des Strands klangen die Stimmen von Pilgern, die vom Tempel zur Stadt gingen.

»Ich mag das nicht ... Wenn sie so ist und nicht nur so aussieht ... Nach dem, was du sagst, hat sie die gleiche Kraft, die gleiche Wucht. Wenn sie nicht nur so aussieht, sondern wirklich so ist, dann ... Und er hat sie als Fürstin der Makedonen bezeichnet, ja? Seine vierte Frau, mit deiner tätigen Mitwirkung, du Arschgesicht und Windbeutelgehirn.«

Antipatros schob den Helm in den Nacken. »Zu freundlich; allzu freundlich. Was hättest du denn gemacht?«

»Ah, ich weiß es nicht. Ich weiß nur, es gefällt mir nicht. Warum macht er sie denn gleich zur Herrscherin? Wäre es nicht genug, wenn er tausend Nächte lang seinen nimmermüden Dolch in ihre Scheide schöbe und ein paar Kinder machte? Die vierte Frau, ebensowenig Königin wie die ersten drei? Warum soll sie herrschen?« Er gluckste. »Wenn sie so ist wie die Alte, dann wird er sie am Ende umbringen.«

»Oder sie ihn. Vergiß diese Möglichkeit nicht«, sagte Drakon.

Antipatros winkte ab. »Philipp ist zäh. Mich beunruhigt etwas anderes.«

Parmenion betrachtete ihn mit herabgezogenen Brauen. »Da ist etwas in deiner Stimme, was mir fast genauso mißfällt wie alles andere. Bis auf die Art, wie er mit den Priestern umgesprungen ist.«

Antipatros stand auf, ging ein paar Schritte hin und her, klopfte den Sand von seinem Chiton und setzte sich wieder. »Irgendwas geht da vor sich ... Die Priester haben sie ihm als *hetaira* ausgesucht. Unser Aristandros, dieser Leberleser und Zeichenzähler, ist eine miese Krähe, wenn es je unter Priestern etwas anderes gab, aber dumm ist er nicht. Und die anderen ... Warum, Parmenion, warum suchen sie ausgerechnet diese Frau als *hetaira* für ihn aus? Tochter des Neoptolemos, Nichte von Arybbas, der in Epeiros herrscht, solange Olympias' Bruder Alexandros zu klein ist? Sie muß lange vorbereitet worden sein. Sie ist ausgebildet, verstehst du – so gut wie Priesterin. *Und* sie sieht aus wie Eurydike. Zu viele Zufälle. Und dann hat sie auch noch das gleiche Amulett wie die Alte.«

Parmenion erstarrte. »Was für ein Amulett?«

Antipatros malte die Umrisse in den Sand. »Aus Gold, wie es sich gehört. Ein ägyptisches *ankh*, dieses Henkelkreuz oder Schleifenkreuz, Zeichen für Lebenskraft, notfalls auch langes Leben nach dem Tod; und das *udjat*-Auge, das Falkenauge des Gottes Horos. Zeichen für

Weitsicht, Hellsicht, Voraussicht, für Fruchtbarkeit und Macht. Beide Zeichen sind alt; und altbekannt. Aber das Auge in der Schleife des *ankh* – seit wann bringt man sie zusammen, und was bedeutet es?«

»Die Lynkestin und ihr Beschäler, dieser Halbägypter, die hatten es«, sagte Parmenion leise.

»Aristoteles hat auch so ein Ding; bei ihm bedeutet es nichts – er sagt, er hat es von einem alten Händler, der weit im Norden gestorben ist. Einfach als Erinnerung. Aber die Lynkestin und jetzt die Molosserin, und immer ist ein Ägypter oder Halbägypter dabei ... Es gefällt mir nicht; nein, ich mag das alles überhaupt nicht.«

»Morgen früh fahren wir. Habt ihr alles vorbereitet? Und: Was machen die Gespräche mit fremden Menschen?« Philipp nahm mit beiden Händen den Becher von Drakon entgegen. Mit steifen Schritten ging er zur steinernen Bank und sackte ächzend auf das Bärenfell.

»Das Schiff ist bereit.« Parmenion rieb sich verdrossen die nackte Wange und das geschorene Kinn. »Wir haben viele kluge Reden gewechselt mit klugen Männern. Willst du das alles genau wissen – jetzt?«

Philipp trank, gluckste, trank noch einmal. »Nein. Schlafen, allein; vielleicht träumen. Ohhhh. Bereden können wir das an Bord.«

Parmenion nickte. »Wie du willst. Wo sind dein Seher und die Tempelhure?«

Philipp rammte den Becher auf die Tischplatte; er barst, und der restliche Wein verspülte die Splitter. »Du sprichst von meiner Gemahlin – deiner Fürstin!« Die rechte Hand tastete nach dem Griff des kurzen Schwerts.

Parmenion hob eine Braue. »Übernimm dich nicht, Junge. Du sprichst mit Parmenion.«

Philipp ließ das Schwert los und fuhr mit der Fingerspitze durch die Pfütze aus Wein und Becherstückchen. »Das Recht der freimütigen Rede gegenüber dem Fürsten kann man auch mißbrauchen, Makedone.«

Antipatros kicherte hohl. »So ist es recht. Schlagt euch. Es wird die Dinge bestens voranbringen.«

Parmenion grinste flüchtig. »Eben. Um die Dinge voranzubringen, sage ich, was ich sage – und was die Makedonen sagen werden. Ich glaube, du hast im Tempel deinen Verstand verloren, Philipp.«

»Oder wiedergefunden.« Philipp klatschte in die Hände; ein Sklave kam gerannt. »Wegwischen. Und bring mir einen neuen Becher. – Also *das* werden die Makedonen sagen?«

Drakon, an eine Säule gelehnt, kaute Pfefferminzblätter; seine Stimme war undeutlich. »Werden sie vielleicht. Jedenfalls werden sie sagen, wozu diese Fremde?«

»Und vor allem« – Parmenion stützte sich auf den Tisch und blickte in Philipps Augen – »werden einige sagen, Philipp hat sich von den Priestern einwickeln lassen. Aber es bleibt dabei; was immer sie sonst ist, sie ist eine Tempelhure.«

»Gewesen.«

Parmenion schnaubte. »Ist ein Bäcker der Sonnengott, wenn er das Backen einstellt und so viel säuft, daß sein Gesicht rot leuchtet? Ist eine Eiche ein Pfosten, wenn sie die Blätter verliert?«

»Parmenion dagegen bleibt Parmenion, auch wenn er Unsinn redet.« Philipp lächelte plötzlich. »Vielleicht ist es ja das Reden von Unsinn, das Parmenions eigentliches Wesen ausmacht.«

»Komm, überlaß das Wörterdrechseln den Philosophen. Ich weiß, es ist nicht mehr zu ändern; Antipatros hat euch das Brot hingehalten. Aber sag mir einen Grund, einen guten Grund, den ich dir vielleicht nicht abnehme, den ich aber ruhigen Mutes anderen gegenüber vertreten kann!«

Philipp schwieg, bis der Sklave, der den neuen Becher gebracht und den Tisch gesäubert hatte, den Raum verließ.

»Es gibt viele Gründe, Freund. Einer ist zwischen ihren Schenkeln.«

Parmenion seufzte. »Und dein Verstand in deinen Hoden, wie? Ist sie denn anders oder besser als die fünfhundert Frauen, die du bis jetzt beschlafen hast?«

Philipp grinste. »Wenn du es so genau wissen willst – ja.« Er wurde ernst, seine Stimme kaltes Eisen. »Habt ihr mir nicht gesagt, ich sollte eine edelgeborene Frau nehmen, die mir Kinder gebären kann, vielleicht einen Sohn? Reicht euch die molossische Königstochter aus dem Geschlecht des Achilles nicht? Wie edel soll die Mutter meines Nachfolgers denn noch sein?«

Parmenion wollte sich den Bart kratzen, der nicht mehr da war; statt dessen raufte er sich die Haare. »Aber sie war eine Tempelhure! Du kannst sie nicht zur Königin machen!«

»So? Kann ich nicht? Eine Königstochter, die auch Priesterin des Zeus und Ammon ist? Nichte des Herrschers von Epeiros, unseres unfreundlichen westlichen Nachbarn, der in Zukunft ein lieber Verwandter sein und unsere Grenzen achten wird? Sag es mir noch einmal, Parmenion. Sag mir noch einmal, daß ich sie nicht zur Königin machen kann. Sobald ich König bin.«

Antipatros hüstelte und sagte überaus sanft: »Das wäre ein guter Grund, Parmenion, nicht wahr? Aber ich glaube, es gibt noch einen.«

Parmenion warf ihm einen mißmutigen Blick zu. »Noch einen? Hoffentlich ist er besser.«

Philipp hob langsam den Becher und sah Antipatros über den Rand hinweg an. »Was meinst du, Freund?«

»Spiel nicht kindische Fragespiele mit uns.« Antipatros stand von dem Säulensockel auf, auf dem er die ganze Zeit gesessen hatte. »Dazu kennen wir dich zu gut. Was ist mit dem Amulett?«

Philipp lächelte und trank, lange und mit Genuß. Er wischte sich den Mund und setzte den Becher vorsichtig ab. »Gut, sehr gut. Es gibt mehrere Dinge zu sagen. Keine Gründe, Parmenion, die du anderen gegenüber vertreten kannst – außer dem einen, daß Olympias die Nichte von Arybbas ist.«

Parmenion steckte den kleinen Finger ins rechte Ohr. »Ich höre.«

»Ich kann und ich will nicht aus jedem hohen Haus Makedoniens eine Tochter zur Frau nehmen. Phila muß genügen, als Zeichen des guten Willens. Die übrigen Fürsten werden mit Wonne ihre Söhne in die Obhut des Herrschers geben, um sie zu guten Dienern und späteren Gefährten des Königs und, wer weiß, seines Sohnes heranwachsen zu sehen.«

»Mit Wonne, fürwahr.« Drakon spuckte ein paar zerkaute Minzeblätter in die hohle Hand und betrachtete sie wie ein Orakel.

»Mit dieser Vermählung ist nach dem Norden auch der Westen sicher. Und wir, meine Freunde, können uns um die Dinge kümmern, die für die kommenden Jahre wichtig sind. Es kommt aber noch eines hinzu.« Philipp beugte sich vor; die Ellenbogen ruhten auf der Tischplatte. »Aristandros ist nicht dumm; auch die Priester von Samothrake nicht. Wenn Priester so töricht wären, wie die Dinge sind, die viele Menschen ihnen glauben, gäbe es nirgendwo Tempel. Dieses ägyptische Amulett ... Eurydike hatte eines, nun sehe ich das gleiche bei Olympias. Aristandros redet mir lange zu, ich soll nach Samothrake reisen; die Priester hier werden wohl gewußt haben, daß ich komme. Eine molossische Fürstentochter ist nicht jeden Tag verfügbar; all das muß lange Zeit vorbereitet worden sein.«

Antipatros blickte Parmenion an; beide schwiegen und warteten. Schließlich sagte Philipp: »So viele Mysterien und Geheimbünde, die immer wieder ihre Finger in Geld und Politik und Krieg stecken haben ... Ich weiß nicht, welchem der tausend Bünde dieses seltsame Amulett entspricht; ich weiß nicht, was dieser Bund an Zielen verfolgt. Es ist aber klar, daß die Ziele etwas mit Makedonien zu tun haben. Mit meiner Mutter, mit meinem Vater, vielleicht mit dem Tod meines Bruders Alexandros. Ich weiß nicht, ob auch Perdikkas daran gestorben wäre. Aber eines weiß ich.« Er kniff die Augen zusammen, bis nur schmale Schlitze blieben; seine rechte Hand legte sich um den Schwertgriff. »Wenn diese Leute, wer immer sie sind, eine Waffe gegen Makedonien geschmiedet haben – ein Schwert, das vielleicht aus Ägypten stammt, vielleicht von Athen gelenkt wird, wer weiß –, wenn es so ist, dann gibt es irgendwo zweifellos auch vergiftete Pfeile. Man wird sie Makedonien in den Rücken schießen, wenn das Schwert sein Ziel nicht erreicht. Deshalb nehme ich das Schwert in mein Bett, Freunde; solange ich es im Bett habe, wird niemand einen Giftpfeil in meinen Rücken schießen. Vielleicht gelingt es mir, das Schwert schartig zu machen. Vielleicht kann ich es sogar aus der Hand jener winden, die es jetzt führen, und es selber zu unserem Nutzen verwenden. Deshalb – und aus den anderen Gründen.«

Parmenion nickte langsam; sein Gesicht hellte sich ein wenig auf.

In diesem Moment betrat Aristandros den Raum. Vielleicht hatte er bereits eine Weile hinter den Säulen gestanden, vielleicht hatte er die letzten Worte gehört. Sein Gesicht verriet nichts.

»Alle Vorbereitungen sind getroffen, Philipp. Morgen früh erwartet die Fürstin das Geleit.«

Philipp stand auf, dehnte sich, gähnte. »Ihr beide« – er deutete auf Parmenion und Drakon – »reist nicht mit. Ich habe es mir anders überlegt. Im Tempel war ein milesischer Händler, der übermorgen von hier weiter nach Thasos und Maroneia fährt. Er kann euch mitnehmen. Ich möchte, daß Antipatros alles erfährt, was wissenswert ist. Damit er es mir sagen kann. Und nun will ich bis morgen früh nicht gestört werden.«

5.

Hellas

Aristoteles legte sich auf die Seite und schaute hinüber zur Feuerstelle; auf dem Rost glommen nur noch Reste, die bald brechen und in den gemauerten Aschefänger stürzen würden. Die Decken und Felle, unter denen der alte Mann lag, gerieten durch die Bewegung ins Gleiten. Ein säuerlicher Geruch von krankem Fleisch und Verfall stieg auf. Peukestas bückte sich, nahm die Decken und breitete sie wieder über den Sterbenden. Dabei berührte er eines der Beine; es war eisig.

Er hatte beinahe vergessen, daß der Philosoph langsam erlosch. In den letzten Stunden war Aristoteles jünger geworden, durch den Zauber der Worte und Erinnerungen; seine Stimme war kräftiger, die Augen lebendiger als zuvor und ohne jenen siechen Feuerschein des Verglühens. Peukestas ging zum Rost, kniete nieder, legte weitere Rollen und neue Scheite zurecht und blies, bis aus der Glut wieder Flammen schlugen. Die oberste Rolle, ausgebreitet, mit winzigen schwarzen Zeichen bedeckt, kräuselte sich und verging; das letzte Wort, oben links, das Peukestas sehen konnte, war *Komödie*.

Aristoteles klatschte matt in die Hände. »Es gibt Bedürfnisse.«

»Kann ich helfen?«

Pythias kam durch den Schnurvorhang aus der Küche. »Nein; die Sklavin und ich werden tun, was zu tun ist. Vater, den Bottich?«

Peukestas verließ das Haus. Die Sonne war weit nach Südwesten gewandert; im klaren Nachmittagslicht lag der Brückendamm im Wasser des Euripos wie eine zerschnittene Larve auf silbrigem Tuch. Ein pfeilförmiger Schwarm großer Vögel flog von Norden her tief über die Wasserstraße zwischen Aulis und Chalkis. Durch die gelben und hellroten Blumen der Ebene näherte sich ein Reiter, einer der Kataphrakten.

Am Brunnen dösten die übrigen Männer. Sie hatten die Vorderbeine der Pferde zusammengebunden und Wasser in einen alten rissigen Trog gefüllt. Die Tiere konnten trinken und grasen, sich aber nicht entfernen.

Der Makedone kam heran und glitt von seinem Reitfell. »Es gibt Unterkunft – und Wein.« Er grinste. »Die hatten riesige Vorräte angelegt, und dann sind fast drei Viertel der Truppe abgezogen worden.«

Das Pferd stand am Trog; es trank, schnaubte und schlug mit dem Schweif. Peukestas lächelte.

»Klar, da müßt ihr helfen, keine Frage. Versorgt mein Pferd und laßt es hier. Wir treffen uns morgen, irgendwann vormittags, in Chalkis. Und laßt die Frauen heil.«

Durch die nicht länger verhängte Fensteröffnung zum winzigen Innenhof sickerte mildes Licht in den Raum. Aristoteles, von Pythias gestützt, trank eben die letzten Schlucke aus einem Napf und ließ sich wieder in die Kissen sinken.

Die Frau blickte Peukestas an. »Hast du Hunger? – Ich bring dir eine Schale davon. Und Brot?«

»Sehr gern, danke.«

Sie nahm den leeren Napf und ging. Aristoteles versuchte, ein Rasseln in der Brust wegzuhusten. Er schaute zum Feuer; Holz und Papyros brannten mit stetiger Flamme.

»Es ist sinnlos, ein Feuer zu machen und das Fenster zu öffnen.« Die Stimme des Sterbenden klang immer noch kräftig und frisch. »In der Sinnlosigkeit wohnt keine Tugend, aber jeder Genuß, dem die Mitte fehlt, ist sinnlos.«

Pythias brachte Brot und eine Schale duftender Brühe. Kleine Fleischstücke schwammen darin, mit Lauchstreifen und gerösteten Hirsekörnern. Peukestas dankte Pythias, die sich wieder zurückzog; Aristoteles sah zu, wie der Makedone die Schale an die Lippen setzte und die heiße Brühe schlürfte und kaute.

»Tugend ohne Mitte ist keine Tugend.« Der Philosoph starrte an die Decke; seine rechte Hand kroch wie selbständig über die Felle: ein großer humpelnder Käfer, eine verstümmelte Spinne. »Tugend ist nur in der Mitte. In der Zeit, von der wir reden, gab es die Mitte nur bei Philipp.«

Peukestas schluckte Fleisch und Hirse; er blies über die heiße Flüssigkeit. »Keine Tugend in Athen, dem Nabel und der Mitte von Hellas?«

Aristoteles schnaubte leicht. »Alles ist wie ein großes Rad. Es dreht sich, es rollt; es befördert Menschen und Waren, wenn es an einem haltbaren Karren befestigt ist; es dient als Töpferscheibe und zu anderen Dingen. Aber: Die Nabe muß ruhen, der Mittelpunkt darf nicht beben oder wandern. Als ob in der Nabe eine Waage wäre, die alles in ruhigem Gleichgewicht hält ... Deshalb sollte, wer Gesetze macht, alles bedenken: die Seelen, die Taten, die Folgen, die Ziele. Und die Lebensformen. Ein kluger Gesetzgeber sorgt dafür, daß die Menschen fähig sind, Plagen und Kriege zu bestehen, aber vor allem, daß sie in Ruhe und Frieden leben können. Das Nötige und Nützliche, aber auch und besonders das Rechte und Edle. So sollten Lehrer und Eltern arbeiten, so die Politiker, die Vormund des Ganzen sind. Aber ... Athen? Oder Sparta? Oder Theben oder andere hellenische Staaten?« Aristoteles runzelte die Stirn, hob den Kopf ein wenig und spuckte auf den Boden neben der Liege.

»Keine Tugend also in Athen?«

»Sie sind nie von dem ausgegangen, was richtig oder förderlich ist, immer nur von schnellem Gewinn. Ohne die Folgen zu bedenken. Sie haben ihre Völker nur zu dem Zweck kriegstüchtig gemacht, andere zu versklaven. Der Gesetzgeber muß aber die Bürger dazu bringen, kriegstüchtig zu sein, damit sie ihre Freiheit schützen können, nicht, damit sie andere unterwerfen. Das Ziel darf immer nur die Erhaltung oder Bewirkung eines für alle erträglichen Zustands sein. Friede ist der Sinn des Kriegs, nicht umgekehrt. Alle Politiker, die ich sah, wußten dies nicht. Sie konnten Schwerter schleifen, wenn es zum Krieg ging, aber sie ließen die Schneiden stumpf werden im Frieden. Sie haben nie begriffen, wie man Frieden führt, nur, wie man Krieg führt. Der einzige, der eine Waage und ein Maß besaß, war Philipp.«

»Der Kriegsherr, der Eroberer – Waage und Maß?«

Aristoteles zog die Decken bis ans Kinn und schielte zum Feuer. »Mehr Licht, mehr Wärme. – Ja, Philipp. Er war ein kluger Mann, maßvoll in seiner Maßlosigkeit. Seine Waage war gewaltig, aber gerecht. Er hat an einem Tag gewaltig gezecht, aber am nächsten war er ebenso gewaltig nüchtern. Er hat Kriege geführt, um den Frieden führen zu können. Er hat die Hellenen vereint, mit der Waffe – friedlich wollten sie sich nicht einigen. Er hat ihnen im Inneren die alten Gesetze gelassen und sie nur gezwungen, die Zwietracht zu beenden.«

Peukestas lehnte sich zurück, die Hände hinter dem Kopf verschränkt. »Ich bin Makedone«, sagte er langsam; »ich ehre das Andenken von Alexanders Vater. Aber Friedensfürst, Waage, Maß?« Er stand auf, ging zum Feuer, legte Holz und Papyros nach. »Vielleicht weiß ich nicht genug . . .«

Aristoteles schnitt eine Grimasse. »Niemand weiß genug. Die meisten wissen entweder zuviel oder zuwenig.«

Peukestas kehrte zu seinem Schemel zurück. »Ich weiß zuviel von Asien. Zuwenig von Hellas. All dies hier ist so – winzig. So gering. Ich habe mit Alexander die Sonne sinken sehen über Siwah und aufgehen über den Grenzbergen Indiens; ich habe der Mittagssonne von Babylon getrotzt und in der Nacht von Persepolis gebebt; ich habe im Oxos gebadet und im Nil, den der göttliche Homer Aigyptos nannte. Hellas war immer mit uns und in uns – die Wörter, die Gedanken, die Verse, die Gebräuche. Aber nun, da ich Hellas sehe, ist es schäbig und wiegt . . . so viel.« Er zeigte die leere Hand und drehte die Handfläche nach unten.

Aristoteles schwieg einige Momente. »Hellas«, murmelte er; dann, kräftiger: »Hellas ist ein Mensch, allein, unter der Sonne und den Göttern; alles denken im gleißenden Mittag, der keinen Schirm oder Schatten bietet; nicht wissen, ob man lebt, wohl aber, daß man sterben wird; die Musik und die Worte und die Formen; Homer, Sokrates und Lysippos. Hellas ist aber auch die Dämmerung der Götter, der Seher; das zuckende, kreischende Zwielicht der Mysterien; all der Halbschatten, in den jene fliehen, die den gleißenden Mittag und die Einsamkeit des Denkens nicht ertragen. Die Nacht der Angst und Knechtschaft, die schartigen Schatten der Zwietracht. Lichtes Begreifen der Tugend und strahlende Taten der Tugend, aber auch schäbiges Schachern um Vorteile. Folgenlose Erkenntnis, hintergangenes Wissen, verkaufte Freundschaft, gemeuchelte Liebe. Unter den Dingen ist allein der Mensch fähig zur Vernunft; unter den Menschen allein der Hellene zur Vernunft verpflichtet. Hellas ist diese Pflicht zu Vernunft, Denken und Tugend; Hellas ist auch die unausgesetzte Verletzung dieser Pflicht. Immer hat es großartige Barbaren gegeben, die durch Gnade, Zufall oder Willen aus dem Schatten in den Mittag getreten sind, die in hohem Grade Tugend und Vernunft besaßen – *obwohl* sie Barbaren waren. Tugend und Vernunft ablegen kann aber nur der, dem sie durch Erbe, Erziehung und Vorbilder angelegt wurden. Ein Barbar kann Mensch werden, nicht aber tierischer Schurke; das kann nur ein Hellene – weil er Hellene ist. Der Mensch ist das Maß aller Dinge, der Hellene ist das Maß aller Menschen. Die Oikumene im weiten Sinn ist die von Menschen und Barbaren bewohnte Welt, soweit wir sie kennen; im eigentlichen Sinn ist Oikumene jener Teil der Welt, der durch Menschen bewohnbar gemacht wird: aus dem Barbaren verschwinden. Ägypten, Babylon und Karchedon sind Teile der Oikumene insofern, als sie in gewissen Dingen mit Hellas übereinstimmen. Hellas ist nicht die Leere, die Alexander unersättlich in sich spürte und ausfüllen wollte; Hellas ist die Fülle, die Philipp erkannt hat und zur ruhigen Mitte machen wollte, zur Nabe, zum Nabel.«

Peukestas schloß die Augen. »Ein Bienenschwarm in

meinen Ohren«, sagte er wie ein alter müder Mann, »Hornissen in meinem Hirn, Ameisen in meinem Herzen. All das wäre Hellas – und Philipp soll es gewußt haben?«

Aristoteles blickte ihn beinahe mitleidig an. »Er wußte es. Parmenion wußte es auch. Wie Philotas, Kallisthenes und Kleitos. Hellas ist ein Gefäß, das auf dem Sockel seiner Vorzüglichkeit steht. In diesem Gefäß war ein Einsatz mit vielen Kammern, und all diese Kammern waren gefüllt mit Wein. Viel Wein, viele Sorten guten Weins. Nach außen war das Gefäß vielfach gesplittert, aber nur wenig Wein lief aus. Philipp hat die hellenische Amphore geflickt, er hat die Oberfläche mit besten Farben überzogen und den Einsatz herausgehoben, die Kammern aufgebrochen. Alle Weine haben sich vermischt, und mit ein wenig Ruhe hätten sie zusammen einen neuen, unerhört köstlichen Trank ergeben. Alexander hat vor den Sockel einen aufgeblähten Ziegenbalg gestellt, voll von Essig, und den Balg mit Röhren und Schläuchen an die Amphore angeschlossen. Da der Balg nicht auf dem Sockel stand, ist Wein in den Essig geflossen, nicht umgekehrt, denn es ist ein großes Gefälle zwischen Hellas und den Barbaren. Alexander hat vielleicht geglaubt, er könne Wein und Essig vermischen, und es würde Nektar daraus. Früher oder später wäre alles zu Essig geworden. Nur ist Alexander tot, und seine Nachfolger werden mit dem Schwert den aufgeblähten Ziegenbalg zerteilen, bis jeder einen Fetzen Fell und eine Pfütze Essig behält.«

Peukestas atmete tief. »Du vergißt eines«, sagte er heiser. »Die Schwerter werden auch die Amphore zertrümmern. Es sei denn, du wüßtest, wer beides, Amphore und Balg, retten kann. Nicht daß ich dein Bild billigte, aber nehmen wir es einfach so.«

Aristoteles kicherte: ein gehässiger alter Satyr, der sich noch einmal durch das Geäst neben der Quelle schwingt. »Ah, mein junger Freund, aber die trennenden Kammern, der rettende Einsatz – all das ist längst wieder in der Amphore. Sie wird ein wenig splittern, äußerlich, und sicher wird ein wenig Wein vergossen. Aber nicht aller Wein; wahrscheinlich nicht einmal viel.«

Peukestas seufzte. »Erzähl mir von Philipp. Ich muß mehr von Philipp und Hellas wissen, um Alexander verstehen zu können.«

Aristoteles rollte sich auf die Seite, das Gesicht dem Feuer zugewandt, und berichtete. Von Philipps Kühnheit und List; seiner Fähigkeit, lange zu warten; seiner Klugheit, gegenwärtig unerreichbare Dinge aufzuschieben; seinen Verträgen, die er wie Athen nur so lange einhielt, wie sie ihm nützlich waren – bis auf einen, den Vertrag mit den Thessaliern, seinen südlichen Nachbarn. Sie hatten ihm geholfen, als er die Macht übernahm, bedrängt von Athen, den Barbaren und makedonischen Gebietsfürsten; nicht viel Macht war das, was er übernahm, und kaum ein Sechstel des Landes, das fünfzig Jahre zuvor König Archelaos gehorcht hatte. Olynthos und die anderen Chalkidier hatten große Stücke besetzt, ebenso die Barbaren aus dem Norden, Athen hatte mit den Städten Pydna und Methone, nahe der alten Hauptstadt Aigai, die Landverbindungen nach Süden an sich gebracht. Aber die Thessalier schickten Philipp Reiter. Er sicherte die Grenzen, einigte das gedemütigte Volk, schmiedete aus den Trümmern des geschlagenen Heers eine neue Waffe, gewann die von seinen Vorgängern verlorenen Gebiete zurück.

»Ruhe«, sagte Aristoteles. »Ruhe und Frieden. Die Makedonen konnten schlafen und arbeiten. Dann ist er über die alten Grenzen hinaus nach Osten vorgedrungen – die Gold- und Silberbergwerke des Pangaion.« Er lachte leise. »Ich weiß noch, wie empört man in Athen war. ›Das Gebiet gehört uns, er soll die Finger davon lassen, wir werden ihm eins auf die Nase geben.‹ Sie haben dafür gesorgt – ich glaube, mit persischem Gold –, daß sich Thraker, Illyrer und Paionen gegen Philipp zusammentaten. Mit persischem Gold, attischem Silber, Waffen aus den Schmieden von Athen, hellenischen Söldnern. Und mit athenischen Schiffen, gebaut aus dem Holz, das Makedonien geliefert hatte. Auch die Makedonen kämpften mit athenischen Schwertern; in all dem, junger Freund, ist keinerlei Tugend – nur die Frage nach schnellem Nutzen. Die edlen Metalle des Pangaion-Gebirges? Hundert Jahre zuvor war es thrakisches Gebiet gewesen, immer wieder beansprucht und besetzt von den Leuten der Insel Thasos. Die Thasier haben es den Thrakern genommen, dann Athen den Thasiern, und nun nahm Philipp es den Athenern. Er hat die Minen gut genutzt, die Ausbeute gesteigert; er hat zwergwüchsige Phrygier ins Land geholt, du hast sie gesehen? Kleine Männer mit seltsamen Mützen, ausgestopft mit Stoffen und Fetzen, gegen Steinschlag in den Stollen. Tausend Talente haben ihm die Minen später im Jahr eingebracht, das Gewicht von hundertvierzig kräftigen Männern. Gold und Silber, um seine Hopliten zu bezahlen und Tore feindlicher Städte zu öffnen. Seine List, seine Staatskunst, seine Verträge und sein edles Metall haben mehr bewirkt als sein Schwert.«

Die Thessalier hatten ihm geholfen, nun half er ihnen. Als von Athen unterstützte Männer sich in mehreren Städten zu Tyrannen aufschwangen, zog Philipp nach Thessalien und vertrieb die Tyrannen; er gab den Städten ihre alte Ordnung und ihre alten Freiheiten zurück und wurde zum Bundesfeldherrn gemacht. Dann kam der Heilige Krieg: Die Phoker, in deren Land das Heiligtum von Delphi liegt, das sie zu hüten hatten, der Tempel des Apollon, von Hellenen aus der ganzen Oikumene besucht, um das Orakel zu befragen, von der ganzen Oikumene geheiligt und mit Schätzen versehen – die Phoker hüteten das Heiligtum nicht länger, sondern plünderten es; sie verwandten die Tempelschätze, um Söldner anzuwerben und zur größten Macht in Hellas zu werden.

»Einigkeit hätte nun herrschen sollen.« Aristoteles rümpfte die Nase. »Aber ... Hellas ist niemals das gewesen, was es der Idee *Hellas* gemäß hätte sein sollen. Hundertdreißig Jahre nach der Schändung hellenischer Tempel durch Xerxes war die Empörung immer noch groß genug, um einen Sühnefeldzug gegen Persien zu verlangen; jedenfalls bei vielen. Aber die Schändung des Heiligtums von Delphi wurde nicht für sich betrachtet, sondern im Hinblick auf den Nutzen. Einige wollten die Phoker bestrafen; andere eigentlich auch, aber sie verbündeten sich dann doch mit ihnen, weil der thessalische Bundesfeldherr Philipp ihnen bedrohlicher erschien als eine Vorherrschaft der ruchlosen Tempelschänder.«

»Du verfällst«, sagte Peukestas ohne Schärfe.

Aristoteles blinzelte. »Wie?«

»Du verfällst. Deine Reden über Hellas waren besser. Als Lobredner Philipps überzeugst du mich nicht.«

Aristoteles sah ihn reglos an.

»Ich sollte es nicht sagen. Es steht einem kleinen Krieger und Schreiber nicht zu, den großen Philosophen zu rügen. Aber das, was du sagst, und die Art, in der du es sagst ... Es hilft mir nicht, die Dinge zu verstehen. Es gibt mir keine Gewalt über die Dinge, Aristoteles. Ich kann mir nicht selbst einen Weg durch das Labyrinth suchen, denn du schreibst mir deinen vor.«

Aristoteles hüstelte. »Ei wie denn nun füglich, o Theaitetos«, murmelte er.

Peukestas schob den Schemel zurück; er stand auf und ging zu einem der Regale, dann zum Feuer, zum Fenster, wieder zurück zu den Papyrosrollen. »Das Kind, das die Hebamme Aristoteles hervorholen soll, ist schon gezeugt. Es ist noch nicht ganz reif, aber man muß es nicht verformen.«

Der Philosoph grinste. »Du hättest fünfundzwanzig Jahre eher geboren sein sollen; dann hättest du in Platons Akademie viele feine Stunden erleben können.«

Peukestas schüttelte den Kopf. »Dann hätte ich Philipp mein Schwert gewidmet. Dann wäre ich bei all den Ereignissen dabeigewesen und brauchte heute niemanden zu fragen. Weder makedonische Führer, deren Anliegen es ist, ihre eigene Bedeutung hervorzuheben, noch den sterbenden Stageiriten in Chalkis, der mir nicht von den Dingen berichtet, sondern seine Ansicht der Dinge vorträgt.«

»Haben die Dinge denn Wesen und Wahrheit außerhalb meiner Wahrnehmung? In dem Moment, da ich schwinde, wird auch dieses Haus schwinden – für mich.«

»Aber nicht für mich. Nicht einmal du wirst dann für mich schwinden. Ich werde dich weiterhin sehen, eine gewisse Zeit, als Leichnam.«

Aristoteles wischte mit der rechten Hand über die Decke. »Du verwirrst die Dinge, Kind. Du siehst dann einen Leichnam. Das Behältnis dessen, was einmal Aristoteles war. Der Unterschied zwischen Aristoteles und diesem Tisch, der wesentliche Unterschied, nicht die Abweichungen in der Gestalt, wird schwinden, wenn mein Leben schwindet. Es wird kein Aristoteles mehr sein, also auch kein Tisch und kein Haus – für Aristoteles.«

»Wohl aber für Peukestas. Und Pythias.«

»Ah, das sind andere Häuser und Tische. Sie haben nichts mit mir zu tun. Niemand steigt zweimal in denselben Fluß – wie wir wissen. Entweder hat sich der Fluß verändert, oder der Mensch. Es steigen aber nicht einmal zwei Menschen gleichzeitig in denselben Fluß. Für jeden ist der Fluß anders. Wie das Haus, der Tisch, der König der Makedonen. Für mich ist dieses Haus letzte Wohnung, hassenswert und abscheulich, denn ich werde in der Verbannung sterben. Für dich ist es vielleicht ein bedeutender Ort, denn hier hat der alte Aristoteles dir gezeigt, daß er nicht mehr fähig ist, einen jungen Makedonen weiße Dinge schwarz sehen zu lassen.« Er schloß die Augen. Sein Lächeln wirkte schwermütig; aus den herabgezogenen Mundwinkeln sickerte es in den Bart und verschwand. »Früher hätte Aristoteles so etwas mühelos gekonnt.«

Peukestas unterbrach seine Wanderung; er blieb vor der Liege und dem Tisch stehen. »Früher hätte Aristoteles so etwas nicht getan. Hast du mir nicht, als wir über Sokrates, Platon und dich sprachen, vom Denken gesagt, daß es sich mit den Dingen an sich befassen sollte, nicht mit den Dingen im Hinblick auf ihre Verwendbarkeit für ein vorher entworfenes Gebäude?«

Aristoteles gluckste. »Lange Arbeit, harte Arbeit; zu lang und hart für einen sterbenden Greis, der mit jeder Sekunde kindischer wird. In allen Mysterien gibt es die Versenkung. In Indien, hörte ich, sagen weise Männer ihren eigenen Namen tausendmal und mehr, bis er keinen Sinn hat. Oder den Namen eines Gottes. Erst wenn aller Sinn daraus gewichen ist, läßt er sich betrachten. Eine Idee, ein Ding, ein Wort oder eine Verknüpfung ... Erst wenn alle Bedeutung, die durch Sprache, Denken, Gewohnheit, langen Umgang daran haftet wie eine dicke Farbschicht – erst wenn all diese Bedeutungsschichten durch Denken, Bedenken, Betrachten, Verwerfen abgekratzt sind, kann das wirkliche Denken beginnen.« Er richtete sich mühsam auf, starrte in Peukestas' Augen. »Erst dann, Makedone – aber bis ich aus dem Licht in den ewigen Schatten trete, der vermutlich weniger Schatten als vielmehr Abwesenheit von Licht ist, bleibt nicht genug Zeit, um auch nur ein einziges Wort, ein einziges Ding zu denken.«

Peukestas schwieg, blickte in die Augen des alten Mannes, der immer noch auf die Ellenbogen gestützt verharrte. Mit einer Kraftanstrengung riß der Makedone sich los, wandte das Gesicht den Rollen zu, in den Ständern an der Wand, neben dem verhängten Durchgang zur Küche.

»Zuerst hast du mich in das Amulett schauen lassen und mir Bilder gezeigt, deine Bilder, gegen die ich mich nicht wehren konnte. Dann hast du mir Wörter gegeben, deine Wörter, die deine Bilder und Gedanken darstellen, gegen die ich mich erst jetzt wehre. Wohin willst du mich bringen?«

Aristoteles lachte gepreßt. »Du hast deine Sicht der Dinge mitgebracht. Ich muß dir meine Sicht der Dinge geben. Die Tugend ist in der Mitte; vielleicht auch die Wahrheit. Aber was ist Wahrheit? Vielleicht sind von dir bis zur Wahrheit zwei Schritte, vielleicht sind von mir bis zur Wahrheit auch zwei Schritte. Wenn ich dir sage, was vielleicht die Wahrheit ist, wirst du einen Schritt gehen und immer noch einen Schritt von der Wahrheit entfernt sein. Wenn ich dir meine Sicht sage und dich zum Widerspruch bringe, wirst du vielleicht zwei Schritte gehen und am Ende nicht deine und nicht meine, sondern die Wahrheit der Dinge finden.«

Peukestas rieb sich die Augen, ließ die Hände sinken, hob sie dann über den Kopf wie ein Ertrinkender, der nach treibendem Holz langt, von dem er nicht weiß, ob es nicht doch ein Krokodil ist. »Du weißt, was ich suche.« Seine Stimme war belegt.

»Du suchst nicht die Wahrheit. Du suchst einen Brief, in dem Alexander mir vielleicht geschrieben hat, wer nach seinem Tod das Reich bewahren kann und soll.«

»Ist dieser Brief, wenn es ihn gibt, denn nicht eine Wahrheit – Alexanders Wahrheit?«

»Was ist Wahrheit? Wir reden von Wünschen, die von aller Wahrheit gleich weit entfernt sein mögen. Der Wunsch des Eroberers, daß nach seinem Tod die Beute nicht aufgeteilt werde. Der Wunsch eines Diebes, eines Helden, eines Halbgottes? Der Wunsch eines Makedonen, einen Brief zu finden, mit dem er ein großes Gemetzel abzuwenden hofft? Der Wunsch eines Hellenen, daß dieses Gemetzel stattfinde, damit Hellas wieder frei sei von der Fesselung an Barbaren? Der Wunsch eines Sterbenden, der Hellas und das Reich Alexanders vielleicht für gleichermaßen unbedeutend hält und abwägen will, welches das geringere Übel ist und wo die Tugend liegt?«

Peukestas deutete auf das Feuer, auf die Wände mit Regalen, auf die Rollen. »Gibt es diesen Brief? Ist er schon verbrannt? Hat es ihn je gegeben?« Er wandte sich wieder Aristoteles zu.

Der Philosoph lächelte; seine Blicke überflogen die Rollen, die Röhren, die Fächer, die Ständer. Peukestas beobachtete ihn scharf, aber der Blick verweilte nirgendwo lange; unmöglich, auf eine bestimmte Rolle zu schließen.

»Es hat einen Brief gegeben.« Aristoteles ließ sich aufseufzend aufs Lager sinken. »Es gibt ihn noch. Ich weiß, wo er ist; ich kann ihn sehen.«

»Was steht darin? Welcher Name? Soll ich die Hände falten, vor dir knien?«

»Du wirst den Brief sehen. Später; am Ende. Jetzt weißt du doch gar nicht, was du mit ihm tun oder unterlassen kannst. Setz dich.«

Peukestas ächzte und raufte sich die Haare; langsam ging er zu seinem Schemel. »Sag mir wenigstens ... steht ein Name darin? Und welcher?«

»Ein Name, ja; ein Name, den alle kennen; ein Name, von dem niemand überrascht sein darf.«

Peukestas wartete, aber Aristoteles sprach nicht weiter. Der Makedone setzte sich. Mit unruhigen Fingern griff er nach dem Krug, der Wein und Wasser enthielt, und goß seinen Becher voll. Er trank, blickte zum Feuer, zu den Papyrosrollen, zu Aristoteles, trank wieder, setzte den Becher ab.

»Was hat dir an meinen Worten über Philipp mißfallen?«

Peukestas zog die Oberlippe zwischen die Zähne und kaute darauf. »Daß du mir nicht die Dinge berichtet hast, sondern deine Deutung. Ich weiß jetzt, wie Aristoteles Philipp sieht. Ich weiß aber nicht, wie ich Philipp sehen soll.«

»Was ist denn deiner Meinung nach meine Deutung?«

Peukestas zögerte. »Ah. Mhm. Die Verknüpfung der Dinge. Die Erörterung der Gründe. Es ist alles zu ... hellenisch.«

Aristoteles lächelte knapp. »Ah ja?«

»Philipp hat Trümmer genommen und daraus ein Reich gemacht. Er hat als Geisel in Theben, im Haus des Pammenes, hellenische Bildung genossen, er hatte Umgang mit vielen wichtigen Männern, er kannte den großen Epameinondas. Es war Epameinondas, der die thebanischen Hopliten mit der Sarissa ausgerüstet hat. Epameinondas hat die Phalanx der Sarissenträger erdacht – oder weiterentwickelt. Epameinondas und Pammenes haben Philipp zweifellos in die Geheimnisse hellenischer Bündnispolitik eingeweiht – daß Bündnisse nicht heilig, sondern nützlich sind, nicht für die Ewigkeit, sondern bis zur Erreichung des Ziels gelten.« Peukestas nahm den Becher mit beiden Händen, hob ihn hoch und sah Aristoteles über den Rand hinweg an.

Der Philosoph rührte sich nicht; er wartete.

»Philipp hat also, wie schon seine Vorfahren, vieles von den Hellenen übernommen. Kunst und Verse und Musik, Kenntnisse und Tücken. Aber« – er beugte sich vor – »Philipp war Makedone, nicht Hellene. Du weißt, wie schwierig es für die meisten Hellenen, selbst für Alexanders Freunde wie Eumenes war, von den Makedonen hingenommen zu werden. Nicht zu reden von Wertschätzung, Billigung oder Gehorsam ihnen gegenüber. Makedonen sind Hellenen, aber auch wiederum nicht. Wir haben uns immer als der eigentliche Kern des Heeres und des Reichs gefühlt, und irgendwie ist es einigen Männern leichter gefallen, Perser im Heer zu sehen als Hellenen. Was immer deine klugen Gedanken dir sagen mögen, Aristoteles: Philipp hat vieles gedacht und vieles getan, aber was er angestrebt und erreicht hat, diente nicht dem Ziel, Hellas zu heilen, sondern der Größe Makedoniens.«

Aristoteles schwieg noch immer. Seine dunklen Augen waren auf Peukestas gerichtet, aber seine Miene war unbewegt.

»Die Sicherung der Grenzen gegen die Barbaren, die Einnahme des Pangaion-Gebirges, die Vertragstreue und Freundschaft zu den Thessaliern, das Eingreifen, an ihrer Seite, in den Heiligen Krieg, an dessen Ende Makedonien fast den gesamten Norden von Hellas beherrschte; seine Verträge und Vertragsaufkündigungen, seine kühnen Vorstöße und klugen Rückzüge; all das für Makedonien, nicht für Hellas.«

»Ist er denn zu tadeln, weil er ein Ziel hatte, zu dessen Erreichen er auch Hellas heilen und befrieden mußte?«

»Ich bin Makedone. Philipp hat den Boden bereitet, der stark genug war, Alexander zu tragen; er und Parmenion haben jene scharfe Waffe geschmiedet, deren Teil ich lange war, das Heer – das Schwert, das in Alexanders Hand die Oikumene verändert hat. Ich bin stolz, meine Kraft und auch mein Blut gegeben zu haben. Ich hätte es, wenn ich früher geboren wäre, mit dem gleichen Stolz für Philipp gegeben – aber für den König der Makedonen, nicht den Wohltäter der Hellenen!«

Aristoteles lächelte. »Du tadelst ihn also dafür, daß es ihm nicht möglich war, seine Ziele zu erreichen, ohne gleichzeitig auch Hellas zu nützen?«

Peukestas seufzte. »Es steht mir nicht zu, Alexanders Vater zu tadeln. Aber ... Philipp und Alexander wollten etwas Neues, etwas Gewaltiges. Eine einige Oikumene, einen großen Aufbruch, das Ende des alten und den Beginn eines neuen Zeitalters, ohne kleinliche Bruderkriege und Geschacher um ein paar Drachmen. Eine neue Welt. Und in dieser neuen Welt war für die hellenischen Städte mit ihren ewigen Eifersüchteleien, Zwistigkeiten und Mäusekriegen ebenso wenig Platz wie für das morsche Reich des Großkönigs oder die von Verschnittenen gelenkten, käuflichen Satrapien.«

»Um auf der Gegenwart Makedoniens die Zukunft der Oikumene zu erbauen, bedurfte es der hellenischen Vergangenheit.«

»Schon, aber nicht der hellenischen Gegenwart. Jeder gegen jeden: alle zwei Tage neue Bündnisse; die athenischen Tempel von den Persern geschändet, aber Athen kämpft auf Seiten der phokischen Tempelfrevler. Sparta kämpft immer gegen Athen und mißbilligt den Frevel am Heiligtum in Delphi, aber man schuldet einem Gerichtsspruch zufolge den Thebanern Geld, und da die Thebaner gegen die Phoker antreten, schlägt Sparta sich auf die Seite Athens und der Frevler. Die Thessalier und Makedonen helfen den Thebanern; ein paar Jahre später sind die Thebaner die ersten, die auf Demosthenes hören und mit Athen, dem Feind von gestern, gegen Philipp Krieg führen, der ihnen eben erst geholfen hat. Einen Teil des Kriegs gegen die Phoker läßt Theben sich vom Großkönig bezahlen, der ihnen Silber schickt, damit Hellenen gegen Hellenen statt gegen Perser kämpfen. Athen nimmt persisches Gold, um gegen Philipp anzutreten. Gleichzeitig nehmen alle persisches Gold, um als Söldner des Großkönigs in Asien und Ägypten zu kämpfen – in Asien gegen hellenische Städte, in Ägypten gegen Hellenen und Ägypter, die das tun, was alle Hellenen tun sollten: die sich gegen Persien auflehnen. Was, glaubst du, hätte König Leonidas, der an den Thermopylen seine Pflicht und mehr tat, über seinen fernen Nachfolger Agesilaos gesagt, König von Sparta, der mit seinen Kriegern als Söldner nach Ägypten zog?«

»Gut, wenn junge Männer sich über den Mangel an Tugend bei Älteren erregen.« Aristoteles lächelte. »Aber da reden wir schon wieder vom Unterschied zwischen den Dingen, wie sie sind, und den Dingen und Menschen, wie sie sein sollten.«

»Meinst du denn nicht, daß die sich selbst zerfleischenden, käuflichen Hellenen das Recht verwirkt hatten, an der Gestaltung der Welt mitzuwirken? Oder glaubst du, aus diesem hellenischen Chaos hätte ein Oikumene-Kosmos werden können?«

Aristoteles bewegte die rechte Hand, als müsse er eine Fliege verscheuchen. »Wer spricht von Recht? Mitwirken an der Gestaltung in wessen Auftrag? Nach wessen Plan? Zu wessen Nutzen? Einheit in Vielfalt oder Monotonie und Knechtschaft? Aber wir sind viel zu weit, junger Freund; wir sprechen über das Ende, die Ziele und den Sinn, ehe wir noch die Anfänge und Grundlagen erörtert haben. Erinnere dich an das, was von Makedoniens König Archelaos gesagt wird, als ihn bei einem Gastmahl einer seiner kriegerischen Gefährten um einen goldenen Becher bat.«

Peukestas hob die Schultern. »Ich kenne die Geschichte nicht.«

»Archelaos starb vierzig Jahre bevor Philipp die Macht übernahm. Vielleicht hat man die Geschichte in Makedonien vergessen, aber in Hellas kennt man sie. Archelaos gab den Becher einem Diener und ließ ihn das Gefäß dem Euripides schenken. Als der Krieger ihn erstaunt ansah, sagte der König: ›Du hast natürlich das Recht, darum zu bitten, aber Euripides hat das

Recht, ihn zu bekommen, obwohl er nicht darum gebeten hat.‹«

Peukestas schwieg einige Momente. Dann sagte er, mit einem etwas ungeduldigen Seufzer: »Ich weiß, was Philipp getan hat, aber ich weiß kaum etwas über Philipp, den Mann.«

Aristoteles runzelte die Stirn. »Was soll ich dir sagen? Willst du solche kleinen Geschichten hören wie über Archelaos? Oder soll ich dir sagen, daß Philipp mir ein Freund war, Alexander dagegen ein Schüler? Soll ich von seinen Gelagen reden oder seinen tausend Frauen?«

»Sieben, nicht tausend.« Peukestas grinste.

»Sieben, mit denen er sich vermählt hat, und siebentausend zwischendurch.«

»Wie war Olympias? Das heißt – wie ist sie?«

Aristoteles kniff ein Auge zu. »Olympias? Welch ein Weib! Welch eine Hexe! Aphrodite und Erinys in einem – aller Reiz, alle Leidenschaft, aller Zorn und alle Herrschsucht.« Er räusperte sich. »Philipps größte Leistung, glaube ich. Reiche erobern und zerstören, das konnten viele, aber zwanzig Jahre eine Frau wie Olympias zähmen? Sie wird noch Ärger machen in den kommenden Jahren.«

»Erzähl mir von Philipp!«

»Ah, da gibt es viele Geschichten. Einige erzählt man sich von fast allen Königen. Diese, zum Beispiel. Als ein Schaber ihn fragte, wie er ihm den Bart stutzen sollte, sagte Philipp: ›Schweigend.‹ Vielleicht hat er es nie gesagt, vielleicht hat er es als bewußte Wiederholung der Worte eines anderen gesagt, aber es würde zu ihm passen – zu ihm, seiner scharfen Zunge, seinem Witz.«

»Mehr!« Peukestas lächelte und griff zum Becher.

»Es ist lange her, daß jemand von Aristoteles Witze hören wollte. Aber – warum nicht? Philipp liebte Witze. Er unterhielt ja Spitzel und Kundschafter überall; die mußten ihm nicht nur melden, was Athen oder der Großkönig oder die Phoker gerade beabsichtigten; sie mußten ihm auch alle guten Witze übermitteln. Manchmal waren es gar keine, aber er machte welche daraus. So habe ich gehört, als ich in Mieza war, wie ihm aus Athen die Namen der zehn für das neue Jahr gewählten Strategen gemeldet wurden. Plötzlich hat er sehr laut gelacht. Jemand fragt nach dem Grund für seine Heiterkeit; darauf sagt Philipp: ›Ich freue mich für die Athener, daß sie jedes Jahr durch eine Wahl zehn gute Feldherren hervorbringen können. Ich habe in fünfzehn Jahren im Feld nur einen guten Strategen gefunden: Parmenion.‹ Er war auch, was ein König sein muß, ein guter Richter und kannte die Menschen. Da gibt es die Geschichte von den beiden Raufbolden, die oft andere in ihre Händel hineinzogen. Sie wurden angeklagt, und Philipp hat den ersten dazu verurteilt, aus dem Land zu fliehen, und den zweiten dazu, den ersten zu verfolgen. Oder die alte Frau, deren Fall er nicht anhören wollte, weil er müde war; darauf sagte sie: ›Dann hör auf, König zu spielen.‹ Und er hat sich die Augen gerieben und sie angehört.«

»Wann genau wurde er König? Zunächst hat er ja nur anstelle seines Neffen geherrscht, nicht wahr?«

»Ah, das hing mit der Geburt eines Thronfolgers zusammen – ohne Sohn kein Thron, so etwa. Seine erste Frau, Phila, war kinderlos. Audata, genannt Eurydike, die Illyrerin, hat ihm eine Tochter geboren, Kynnane. Von der Tänzerin Philinna aus Larisa hatte er Arridaios. Aber sie war ja keine Fürstin, deshalb wäre Arridaios kaum in Frage gekommen.« Er seufzte. »Es war eigentlich unnötig, daß Olympias ihn vergiftet hat.«

Peukestas riß die Augen auf. »Ich kenne nur Gerüchte ... Hat sie wirklich? Er ist ja jetzt König ...«

»Dem Namen nach. Alexander ist tot, da haben eure Fürsten und Feldherren seinen schwachsinnigen Halbbruder zum König gemacht – er kann ihnen nicht schaden, nicht wahr? Ja, Olympias hat ihn vergiftet, als Alexander geboren war. Er wurde krank, ein langes schlimmes Fieber, danach war er ein lallender Narr. Er soll aber heute fast gesund sein, hörte ich.«

Peukestas schüttelte den Kopf. »Er lallt nicht mehr. Aber sonst?«

»Wie auch immer. Dann kam Alexander – der Sohn. Drei Jahre später Kleopatra. Olympias ist die einzige Frau, mit der Philipp zwei Kinder hatte. Und im Jahr der Geburt von Kleopatra hat er als fünfte Frau die Thessalierin Nikesipolis genommen. Dann kam noch die Tochter des Königs der Geten und zuletzt die Nichte des Attalos. Sieben. Hm. Er war ein starker Mann, Philipp. Aber zum König hat ihn die Versammlung der Fürsten und Krieger gemacht, als Alexander geboren war.«

»War das wirklich der Grund?«

Aristoteles lachte. »Natürlich nicht. Man mag es heute so darstellen, aber ... Nein. Philipp hatte Makedonien gesichert und vergrößert. Er hatte Athen getrotzt, Amphipolis und das Pangaion-Gebiet erobert und die Stadt Pydna eingenommen. Angeblich sind in jenem Jahr drei Dinge gleichzeitig geschehen. Philipps Sieg bei einem Pferderennen in Olympia; danach meldete man ihm Parmenions Sieg über ein illyrisches Heer und die Geburt des Sohns. Er soll gesagt haben, die Götter möchten in kleinerer Münze zahlen, damit er sich nicht an zu viel Glück gewöhnt. Aber das sind Geschichten. Es gab wichtigere Dinge.«

Immer noch kamen Männer aus dem großen Gebäude, einzeln und in Gruppen, einige hastig, andere fast widerwillig und zögernd. Auf der Agora standen weitere Gruppen. Die meisten Männer redeten wild durcheinander, mit heftigen Gebärden, suchten einander zu übertönen. Ein jüngerer Mann löste sich aus einem Knäuel und näherte sich drei Weißgekleideten, die scheinbar ruhig inmitten des Aufruhrs standen. Vor der grellrot und blau gestrichenen Stirnseite des Gebäudes flatterten ein paar Tauben; sie lenkten ihn ab. Er blieb stehen und sah zu, wie einer der Vögel auf dem kleinen Sims unter dem Bildnis des Sonnenwagens landete, sich aufplusterte, der Agora den Sterz zukehrte und weißlichen Kot ausschied. Der scharfe Brei fiel über die Kante des Simses, traf die hübsche, allzu gerade Nase der bunten Karyatide, troff vom Kinn der Dachträgerin und verrieselte zwischen ihren Brüsten.

Der junge Mann lachte und deutete auf die Taube und ihre Spuren. »Wie deine Rede, Demosthenes.«

»Was? Wie? Wieso?« Demosthenes war vielleicht siebenundzwanzig Jahre alt, mit dünnem Haupthaar und lichtem Bart. Hektische Flecken maserten sein Gesicht; seine Hände öffneten und schlossen sich, rieben Feuchtigkeit am Gewand ab und schwitzten sofort wieder. Die beiden anderen, etwas älter, folgten mit den Augen dem Fingerzeig und lachten.

»Was meinst du, Demades?« Demosthenes' Stimme war dünn und erregt; die Frage endete mit einem Quieklaut.

»Die Taube. Wie deine Rede. Erst schwang sie sich zum Himmel und den Göttern auf, dann geriet sie unter die Räder des Karrens von Helios, und am Ende gerann alles zu Scheiße.«

Nicht weit entfernt stand eine Gruppe von Männern aller Altersstufen um einen Greis in weißen Gewändern, mit weißem Haar und weißem Bart. Unter ihnen war Aristoteles einer der jüngsten. Der neben ihm Stehende wandte sich an den alten Mann.

»Hast du je eine derartige Darbietung erlebt, Meister?«

Der Greis schüttelte den Kopf. »Dieses Hinreden und dann auf der Fährte der eigenen Worte Zurückreden hat keinen Sinn im Gefüge der Dinge.«

Aristoteles verzog das Gesicht zu einer kleinen Grimasse und sagte halblaut: »Es muß doch einen Grund geben für diese außerordentliche Darbietung von, wie heißt er gleich?«

»Demosthenes.« Der Vierzigjährige neben ihm sprach ebenso leise; er hatte eine Augenbraue gehoben.

»Richtig. Vielleicht sollte der gute alte Platon zuerst einmal die Dinge, wie sie sind, untersuchen, ehe er versucht, sie in sein Gefüge der Dinge, wie sie sein sollten, hineinzuzwängen. Eh, Xenokrates?«

Der andere Mann lächelte, machte dann aber »Schschsch!« und legte den Finger an seine Lippen.

Demades beobachtete die zuckenden Hände von Demosthenes, sah sich um und grinste. Überall auf der Agora gab es nur ein Thema; alle starrten zu ihnen herüber. Die Mienen zeigten Verwunderung, Mißbilligung, Staunen, Empörung. Eine feiste Maus raste zwischen den Beinen der Herumstehenden hindurch, verfolgt von einem struppigen kleinen Hund. Demades zupfte einen der beiden Älteren am Arm. »Was meinst du, Aischines? Du bist doch weit genug herumgekommen . . .«

Aischines zuckte mit den Schultern. »Vor ein paar Jahren, in der Schlacht bei Mantineia, hatten wir einen sehr erregten Unterführer. Seine Befehle waren so ähnlich wie deine Rede hier, Demosthenes. Drei Schritte vor, nein, zwei zurück. Lanzen ausrichten, nein, Schwerter ziehen.«

Der vierte in der Gruppe schüttelte langsam den Kopf. »Also, ich muß sagen . . . Wozu sollte das bloß gut sein, Demosthenes? Zuerst machst du einen Riesenanlauf und zerfetzt deinen Gegner, dann gehst du pissen, und nach der Pinkelpause nimmst du alles wieder zurück und wäschst ihn rein. Deinen Gegner, meine ich.«

Die anderen lachten; Demosthenes starrte auf seine Finger.

Demades summte laut. »Also, eine sehr ausgefallene Art, sich in Athen einen Namen zu machen. Verlaß dich drauf, jetzt kennen dich alle. Ich weiß aber nicht, ob sie dich besonders schätzen.«

Demosthenes gelang es endlich, seine Hände zu beherrschen. Er verschränkte sie vor seinem Gemächt, als müsse er dort etwas schützen. »Ah, es gab einen Grund . . .«

Ehe er mehr sagen konnte, trat ein älterer Mann zu ihnen. Er nickte den anderen zu, sehr knapp.

»Eubulos möchte mit dir sprechen, Demosthenes.«

Demades pfiff durch die Zähne; Demosthenes lief wieder weiß und rot an.

»Eubulos? Der Herr der Gelder der Stadt?«

»Genau dieser. Komm bitte mit.«

Demosthenes verabschiedete sich von den anderen mit einem Wink, eher einer Zuckung von zwei oder drei Fingern, und folgte. Demades schaute hinterher, mit einem erstaunten Gesichtsausdruck. »Also, was bei allem ... Erst glänzt er, dann versaut er alles absichtlich, und jetzt holt ihn der große Eubulos höchstselbst zu sich. Wirre Zeiten, wirre Zeiten.«

Eubulos war völlig kahl; ihm fehlten sogar die Brauen. Er war wuchtig, aber nicht feist, etwa fünfzig Jahre alt; an mindestens drei Fingern jeder Hand steckten goldene Ringe mit leuchtenden Steinen. Als Demosthenes mit schlenkernden Beinen näher kam, stolperte und sich wieder zusammenraffte, entließ Eubulos die übrigen, die ihn umstanden, mit einer jähen Handbewegung. Ohne Gruß starrte er Demosthenes an, ohne eine Miene zu verziehen, ohne zu blinzeln. Demosthenes wurde weiß, dann hellrot, dann dunkelrot, aber er gab den Blick zurück, ohne die geringste Zuckung. Plötzlich nickte Eubulos, wandte sich zum Gehen und bedeutete Demosthenes mit einem Schnipsen, ihn zu begleiten.

Sie schwiegen, bis sie die Agora verlassen hatten und durch eine kleine, lehmige Straße gingen. Ohne den Kopf zu wenden, sagte Eubulos: »Das war eine gute Rede. Der erste Teil.« Seine Stimme war wie ein schartiges Schwert oder ein absplitternder Rammbock: verhüllte Gefahr.

Demosthenes fuchtelte mit beiden Armen in der Luft herum. »Große Ehre, große Ehre.«

»Für den zweiten Teil, ah, reine Jauche, muß es einen guten Grund geben. Einen Grund, aus dem du alles zurückgenommen hast. Was hast du sonst noch genommen – als Begründung?«

Demosthenes' Stimme rutschte aus der gewöhnlichen Sprechlage in hohes Quieken. »Dreitausend Dr ... Drachmen.«

Eubulos nickte. »Dafür arbeitet ein athenischer Handwerker sieben Jahre oder mehr. Nicht schlecht für eine halbe Rede.«

Demosthenes holte tief Luft, blickte den großen Eubulos von der Seite an und rannte gegen das Heck eines Maultierkarrens. »Ahú ... Es ... es hatte aber keine große Bedeutung, mußt du wissen. Wenn es ... wenn es wichtig gewesen wäre, weißt du, etwas von Wichtigkeit – bedeutsam, gewissermaßen, und die Wohlfahrt unseres großen und ruhmvollen Gemeinwesens berührend ...«

Eubulos' rechter Arm hieb durch die Luft, als ob er mit einem Beil etwas kürzen wollte. »Laß das. Du verdirbst alles. Was bedeutet dir dieses Gemeinwesen Athen?«

Demosthenes leckte sich die Lippen. Im Eingang einer kleinen Schänke stand eine junge, grell geschminkte Dirne; sie verzog das Gesicht, als er sie anstarrte, und ging ins Haus.

»Ah, Athen? Die Leber der Welt. Der Mittelpunkt von Hellas. Der Nabel der Demokratie.«

Zum erstenmal lächelte Eubulos. »Ein kleiner Teil der Bevölkerung, die, die das Bürgerrecht und genug Geld haben, geben ihre Stimme ab, während alle anderen zuschauen – ist das Demokratie?«

Demosthenes zuckte mit den Schultern. »Es ist, wie es ist. Besser so, als wenn ein Mann allein allen anderen Befehle gäbe.«

»Ganz recht. Es sei denn, man selbst wäre dieser Mann.«

Demosthenes hustete. »Das ... wäre Tyrannis.«

»Oder Demokratie, in der ein Mann klug genug ist, alle Wechselfälle zu überleben.«

Demosthenes nickte langsam; eine Mischung aus Staunen und Tücke kroch über seine Züge, wie eine Schlange aus Schatten.

»Diese Rede, die du gehalten hast ... sehr gut. Wurdest du mit der Gabe geboren?«

Demosthenes seufzte. »O nein. Mein Vater war Waffenschmied und Waffenhändler; er hinterließ mir ein Vermögen, das meine Vormünder veruntreut haben; und er hinterließ mir ein Unvermögen, meine Zunge. Sie ist zu lang, deshalb stolpern die Wörter aus dem Mund. Manchmal sind sie auch gekrochen. Ich mußte sehr lange üben, damit sie gehen oder gar marschieren können.«

Eubulos warf ihm einen Seitenblick zu; mit einem Unterton von Anerkennung sagte er: »Das gefällt mir. Es zeigt, daß du die Kraft hast, einiges zu überwinden. Sogar dich selbst. Und deinen Stolz, wie der zweite Teil der Rede zeigte. Wie zähmst du deine Zunge?«

Demosthenes grinste dümmlich, spuckte drei kleine Kiesel in seine Hand, hielt sie hoch. »Dassch isscht dassch Wistisste, o edler Eubuloss.« Er steckte die Kiesel in einen kleinen Beutel, den er an einer Schnur um den Hals trug; dann nahm er sie wieder heraus und hielt sie in der Hand. Es klick-klick-klickte unaufhörlich, während sie über einen von niedrigen, kränklichen Bäumen bestandenen Platz gingen, dann durch eine breitere Straße zu einem der Tore von Athen. Eubulos nickte einem Wachführer zu. Draußen lag ein kleiner Obst- und Gemüsemarkt; hinter dem letzten Stand wartete ein zweirädriger Wagen mit zwei Pferden. Ein hellhäutiger Sklave verbeugte sich vor Eubulos.

»Ich bin sehr beschäftigt, mit diesem und jenem.« Eubulos musterte das Gesicht von Demosthenes, der weiter fahrig mit den Kieseln klickte. Der Politiker kniff die Augen zusammen, beinahe zornig. »Ich brauche einen guten Mann, der mir bei diesem und jenem hilft. Der jung und stark genug ist, sich selbst und andere zu überwinden.«

Demosthenes deutete eine Verneigung an. »Großsche Ehre, edler Eubuloss. Wozzzschu brauchssst du ihn?«

»O ihr Götter, hör doch mit dem Klicken auf und steck die Dinger wieder in deinen Mund! – Wozu? Ach, für dies und das. Fremde Dinge, beispielsweise. Ich bin zu sehr mit dem Geld der Stadt beschäftigt, mit den Tempeln und den Theatern. Ich könnte einen gebrauchen, der sich hin und wieder um Kleinigkeiten wie Persien, Makedonien oder Theben kümmert. Und außerdem sein eigenes Glück und Vermögen macht und einen guten Namen, zum Beispiel mit Gerichtsreden, die nicht nur halb, sondern ganz gut sind.«

Demosthenes nestelte an dem leeren Beutelchen. »Aber ... um es zu etwas zu bringen, glaube ich, braucht man doch Geld. Und Reden bringen nicht ...«

Eubulos wandte sich jäh ab und stieg auf den Wagen. »Geld? Nein; es wird erwartet, daß du der Stadt Geld bringst, nicht Geld von der Stadt nimmst. Wenn du das tust, bist du erledigt. Unternimm etwas – aber so, daß keiner es sieht. Es gibt nicht viele Möglichkeiten, die ehrbar genug sind, um sich dabei beobachten zu lassen. – Er ist Römer«, sagte er; er wies auf den hellhäutigen Sklaven. »Römer taugen zu nichts. Jedenfalls nicht viel; aber mit ein wenig Ausbildung und genügend Peitscheschwingen geben sie immerhin gute Sklaven ab. Denk über Sklaven nach – zum Beispiel. Und verlaß gelegentlich die Stadt. Es erweitert das Gesicht und das Denken; außerdem kann man Athen nur ertragen, wenn man auf dem Land lebt. Komm in drei Tagen zu mir und sag mir, wie du dich entschieden hast.«

Wie ein Betrunkener torkelte, wankte und wanderte Demosthenes durch die engen Gassen, besudelte sich achtlos bis zu den Knien mit Lehm, Kot und Abfällen. Er schien Selbstgespräche zu führen, bewegte jedoch nicht den Mund; wie selbständig hoben, senkten und streckten sich Arme und Hände in all den Gebärden des Rhetors: emphatisch, beschwichtigend, zweifelnd, fragend, bekräftigend. Mit den Schultern schrammte er Hauswände; Chiton und Umhang starrten von abgeriebenem Kalk. Er rempelte Menschen an und stolperte über Hunde. Auf einem kleinen Platz mit Garküchen, Wohnhäusern, Läden und Schänken blieb er stehen, die Augen geschlossen. Die schrägen Strahlen der Nachmittagssonne badeten sein Gesicht; das Spiel von Licht und Laubwerk bildete zu seinen Füßen eine gelbliche Sonnenpfütze, aus der wie Rinnsale labyrinthische Lichtpfade und Schattenwälle fortstrebten. Um die Bäume tobten Kinder; sie kreischten, spielten Nachlaufen. Ein kleines Mädchen prallte gegen Demosthenes, stürzte, raffte sich auf und rannte weiter.

Demosthenes öffnete die Augen. Wie einer, der aus langem Schlaf erwacht und feststellt, daß sein Körper ihn an einen anderen Ort gebracht hat. Er zwinkerte und sah sich um. Dann nickte er erleichtert. In der rechten oberen Ecke des Platzes begann unter den Brennziegelbögen, zwischen einem Gemüseladen und der Werkstatt eines Knochenrenkers, die schmale Gasse, an deren Ende das Haus des Vereins rhodischer Kaufleute lag.

Er ging um den kleinen umwallten Schöpfbrunnen in der Platzmitte, wo der Besitzer eines mit Weinschläuchen beladenen Maultiers lehnte und mit einer schlanken, hochgewachsenen Dirne feilschte. Demosthenes schob die rechte Hand in den Gürtel und kratzte sich durch den Stoff. Die Frau hielt einen kleinen Krug in der Hand. Um die Hüften und unter den Brüsten trug sie stramm gewikkelte hellrote Schärpen; in ihrem rechten Ohr glitzerte eine Glasperle. Der sanfte Wind, der ihr Haar zu kräuseln schien, rührte in dem Sud von gebratenem Fleisch, von Öl und Schweiß und Kot, Abfällen, Knoblauch und Essig, der über dem Platz waberte wie eine Dunstschicht.

Seufzend riß Demosthenes die Blicke von dem wohlgeformten Ohr und dem glühenden Schmuck. Unter den Bögen saßen alte Männer auf Schemeln, Holzblöcken und Steinen vor einem hellblau und ockerfarben gestrichenen Haus. Sie tranken Bier; die tiefen Stimmen hallten durch den Bogengang. Vor ihnen, auf dem Platz, blökten und stanken junge Ziegenböcke, mit Schnüren an einen Pfeiler gebunden. Hieron der Hammelmacher, Schlachter, Verschneider und Mitbesitzer der billigen Bratstube, in der Demosthenes oft die Ergebnisse derartiger Händel genossen hatte, stritt mit der barfüßigen Ziegenhirtin um Preis und Nachlaß. Eben rammte er sein Messer in den Holzblock, hob die Arme und raufte sich die Haare. Demosthenes wich seitlich aus, um den Böcken zu entgehen; die Augen hingen an dem Mädchen. Sie war vielleicht vierzehn Jahre alt und trug nur einen kurzen, zerrissenen, dreckigen Chiton.

Ein harter Griff, kräftige Hände an Demosthenes' Oberarmen bewahrten ihn davor, in den Warenstapel eines Töpfers zu laufen.

»Gute Beine, ein netter Rücken, trotzdem solltest du aufpassen.«

Demosthenes versuchte ein schiefes Lächeln. »Ah, Apollonios.«

»Ah, Demosthenes.« Der rhodische Händler grinste. Seine weißen Zähne blitzten im gebräunten Gesicht, das ein dichter schwarzer Bart umgab. Demosthenes' schadhafte Zähne blieben verborgen; er lächelte mit geschlossenem Mund und fingerte seinen dünnen hellen Bart. Der Rhodier trug einen weißen weiten Umhang, auf dem Kopf befestigt durch Schnüre und baumelnde Schmucksteine.

»Bier, sagt man, wirft den Trinker auf den Rücken; Wein fällt ihn seitlich oder nach vorn. Welchen Trank hast du zu dir genommen? Du bewegst dich wie ein schlecht gedrechselter Kreisel.«

»Wörter«, sagte Demosthenes. »Wörter und Gedanken. Eiernde Ideen, gewissermaßen.«

Der Rhodier zupfte sich die Nase. »Wenn's weiter nichts ist ... Bist du zufällig hier?«

Sie gingen durch die schmale Gasse. Am Ast eines Baums schaukelte ein Eichhörnchen; es verschwand hinter der Mauer im Garten. Von irgendwo klang das Brüllen eines Rinds.

»Ich wollte in euer Haus. Zu dir, falls du da wärst.«

Apollonios grinste; er deutete auf die besudelten Unterschenkel und Sandalen des Atheners. »Sei froh, daß du mich getroffen hast. So hätte man dich nicht eingelassen. – Aber es ist gut, daß wir uns sehen. Ich brauche deine Dienste, Logograph – oder die eines anderen Redenschreibers.«

»Welche Art Ärger hast du diesmal?«

»Einer deiner schlitzohrigen Landsleute ... Aber laß uns darüber reden, wenn wir sitzen.«

Neben den anderen Gebäuden aus Lehmziegeln, Brennziegeln und Holz, von denen kaum eines mehr als ein Stockwerk besaß, wirkte das steinerne Haus des Vereins rhodischer Kaufleute wie ein riesiger Tempelbau. Die Vorderseite, mit schlanken bunten Säulen und von guten Malern und Bildhauern gestalteten Mauerflächen, lag an der Straße zum Piräus; die Rückseite schloß die schäbige Gasse ab.

Ein schwarzer Sklave kniete vor den Männern, löste die Sandalen und führte Demosthenes und Apollonios einige Stufen hinab in den von Fackeln und Lampen erhellten Badekeller. Während sie sich auszogen, schöpften zwei andere Sklaven heißes Wasser aus einem riesigen Bronzekessel in Bottiche und schleppten diese von der Feuergrube zu kleineren Bronzewannen neben einer Ausgußröhre. Mit heißem Wasser, Schwämmen und Bimsstein reinigten sie die Männer. Danach stiegen die beiden in das große, aus weißem glatten Stein gemauerte Becken, saßen auf den Stufen, entspannten sich und ließen sich von lauem Wasser umspülen. Während Demosthenes das *kopron* aufsuchte, einen Verschlag mit vier Bottichen nebeneinander, auf denen ein langes Brett mit Aussparungen lag, ließ Apollonios sich von einem syrischen Sklaven einölen und salben. Er befahl ihm, »diese dreckigen Fetzen« fortzuwerfen und für Demosthenes frische Gewänder bereitzulegen.

Im hellen Speiseraum, dessen weite Fensteröffnungen auf den Innenhof mit Sträuchern, einem Wasserbecken und Bogengängen blickten, nahmen sie eine leichte Mahlzeit zu sich: eingelegte Artischocken, Oliven, geschlitzte Feigen voller Schinkenstreifen; gesottene Bällchen aus Barschfleisch, das mehrere Tage in einer Tunke aus Wein, Rosmarin und fünfzig anderen Kräutern gelegen hatte; gerollte Brotfladen, gefüllt mit scharf gebratenen Fleischstückchen, gehackten Zwiebeln, Würzlauch und Steineppich; Scheibchen von kaltem, in Honig gebackenem Ferkel. Der Rhodier trank Wasser und Wein dazu, Demosthenes leerte mehrere Becher dunklen Biers aus der Brauerei des berühmten Kinesias.

»Ich habe schon von deiner ersten Redehälfte gehört.«

Apollonios verzog keine Miene; er betrachtete eines der Barschbällchen, das er mit seiner zweizinkigen Gabel aufspießte. »Und die zweite Hälfte muß dir wohl genügend eingebracht haben, wie?«

Demosthenes spuckte einen Olivenkern auf den Boden. »Weil ich nicht gezetert habe, als es um ein neues Gewand ging? Weil ich nicht gefragt habe, ob du dieses Mahl bezahlst?«

Apollonios grinste. »Alles äußerst ungewöhnlich.«

»Ich wundere mich nur, wieso die Geschichte von der Rede so schnell die Runde macht.«

»Ah, du weißt, kleine Orte wie Athen sind geschwätzig. In Babylon, Memphis oder Karchedon wäre es anders, aber hier ist dein Ruhm sicher. Wenn du, ah, gewisse Teile des heutigen Ruhms noch zu ändern vermagst, könnte er sogar lange halten.«

Demosthenes lehnte sich in seinem Scherensessel zurück und spielte mit dem Lederbeutelchen; die Kiesel klickten. »Ich habe schon mit der – Ausmünzung des Ruhms begonnen. Ein gewisser einflußreicher Athener gab mir zu verstehen, er schätze Leute, die sich über angeborene und sonstige Hindernisse hinwegsetzen. Damit er mich um so mehr schätzt, aber nicht allzu hoch veranlagt, habe ich gestottert und gezischt wie seit Jahren nicht.«

Apollonios nickte. »Auch das, oder einen Teil davon, weiß ich schon. Sieh dich vor. Eubulos ist ein harter Mann. Ein kluger Kopf, aber notfalls etwa so rücksichtsvoll wie ein Krokodil.«

»Lebensart und Verhalten von Krokodilen lassen sich berechnen, mein Freund. Leichter jedenfalls als gewisse menschliche Ausuferungen von Gefühl.« Demosthenes knabberte an einer Scheibe des gebackenen Honigferkels, legte sie dann zurück auf die Bronzeplatte. »Aber kommen wir zu deinem Anliegen. Du hättest nicht ungefragt ein neues Gewand und dieses Mahl für mich bestellt, wenn du nicht meiner Hilfe bedürftest.«

»Sei nicht zu sicher. Es gibt viele Logographen in Athen.«

»Aber nicht alle lassen sich auf deine Art von Geschäften ein, o Rhodier.«

Apollonios stützte die Ellenbogen auf den Tisch und verschränkte die Finger unterm Kinn. »Der Handelsherr Agathon hat eine nicht unbeträchtliche Ladung bei uns versichert. Weihrauch, syrischen Wein, ein Dutzend Elefantenzähne, einige Beutel aithiopischen Pfeffers, zwei Kisten voller Zierfläschchen aus den Werkstätten von Karchedon.«

Demosthenes blinzelte schnell. »Es muß ein größeres Schiff gewesen sein.«

»Es war ein großes Frachtschiff, wie es in Tyros oder Karchedon gebaut wird. Und eine ungewöhnliche Ladung – wie du weißt. Der Wert wurde auf sechseinhalb Talente festgesetzt. Agathons Vertreter im Hafen Rhodos hat zweieinhalb Talente an Versicherung bezahlt; wenn das Schiff mit der Ladung verlorengeht, erhält Agathons Handelshaus neun Talente von uns.«

»Vierundfünfzigtausend silberne Drachmen. Der Gegenwert von hundertsechzig jungen, schönen, in Liebesdingen vorzüglich kundigen Sklavinnen. Nett.«

»Oder fünfzehn Jahre Arbeit eines guten Handwerkers. Wer mit den Händen arbeitet, statt zu handeln, dem ist nicht zu helfen.«

Demosthenes rülpste. »Auch gute Gerichtsreden haben ihren Preis. Und nun ist das Schiff gesunken, wie?«

Apollonios legte sein Gesicht in traurige Falten. »Gesunken, ja; in einem furchtbaren Sturm vor der Küste von Kos. Ein Sturm, der so furchtbar war, daß man ihn an der Küste nicht bemerkt hat. Der so grauenhaft gewütet hat, daß alle Mitglieder der Besatzung ertrunken sind, bis auf den Kapitän. Und nun sollen wir zahlen. Aber irgendwie mißfällt es mir.«

Demosthenes schwieg einige Zeit; mit gerunzelter Stirn saß er da, stocherte zwischen den Zähnen, legte schließlich das Stäbchen beiseite und hob den Zeigefinger. »Die Sache ist in Athen oder in Rhodos zu verhandeln?«

»Hier. Leider.« Apollonios schüttelte langsam den

Kopf. »Als wir mit Agathons Vertreter verhandelt haben, lief noch dieser sinnlose Krieg der Bundesgenossen. Wir standen ja gegen Athen. Agathon hat darauf beharrt, einen möglichen Streit in Athen zu verhandeln. Er sagte, entweder bleibt der Seebund bestehen, nach einem athenischen Sieg, dann kommt sowieso nur Athen in Frage. Oder der Seebund löst sich auf, dann ist Athen immer noch die wichtigste Stadt – es sei denn, wir wollten überhaupt keine Geschäfte mehr mit Athen machen. Was wir uns nicht leisten können. Außerdem ist ja nie ganz sicher, ob nicht wieder ein Satrap des Großkönigs, Maussollos oder sonst jemand, die Finger nach Rhodos ausstreckt. Also Athen. Und ich kann wenig tun; ich bin kein Bürger.«

Demosthenes kratzte sich den Kopf. »Man müßte eine Reise machen«, sagte er langsam.

Apollonios hob die Brauen. »Woran denkst du?«

»Leute auf Kos befragen. Fischer. Wie das Wetter tatsächlich war. Feststellen, welche Schiffe zu dieser Zeit unterwegs waren. Derlei.«

Apollonios nickte mißmutig. »Du hast recht. Aber auch das gefällt mir nicht. Es kostet Geld.«

»Reden wir davon. Reden wir von Geld.« Demosthenes beugte sich vor; er sprach leise und sehr eindringlich. »Zwei Vorschläge. Ich mache eine kleine Seereise und betrachte die Küsten und andere Sehenswürdigkeiten der Gegend. Diese Reise, mein Freund, kostet dich nichts.«

Apollonios kaute auf der Unterlippe. »Ich fürchte mich vor dem zweiten Vorschlag, der mich um so mehr kosten wird. Wie lautet er?«

»Später, wir sind noch beim ersten. Ich vertrete dich – deine Bank und deine Versicherung in dieser Sache. Und in jeder anderen der nächsten, sagen wir, fünf Jahre.«

Apollonios zupfte sein rechtes Ohrläppchen. »Aha. Wieviel?«

»Das Dreifache dessen, was ein einfacher Logograph und Rechtshändler kostet. Dafür bekommt ihr einen guten Mann, mit sehr guten Verbindungen.«

»Und weiter?«

»Wenn ich etwas herausfinde und euch die Zahlung, oder wenigstens einen Teil der Zahlung an Agathons Handelshaus ersparen kann, will ich die Hälfte dessen, was ihr durch meine Arbeit spart. Wenn ich euch nichts ersparen kann, nichts.«

»Ich muß darüber nachdenken. Was ist der zweite Vorschlag?«

Demosthenes kicherte. »Ein neues Geschäft. Es gibt einige Dinge, die man versichern könnte, die aber noch keiner versichert.«

»Deine heutige Rede scheint dich wahrlich zu beflügeln. Da kommt der arme ehemalige Stotterer, Mündel, von seinen Vormündern um das väterliche Vermögen gebracht, und will mir eine Versicherung vorschlagen, an die kein Rhodier, kein Kreter, kein Sikeliot je gedacht hat?«

»Nicht einmal ein Phönikier.«

»Ah, da bin ich gespannt. Es muß ja etwas unendlich Teures sein. Willst du Goldmünzen zum Nennwert gegen Abnutzung versichern, oder was? Diesen unsinnigen Vorschlag hat neulich jemand gemacht, dem es allzu mühsam erschien, sein Geld einfach ins Meer zu werfen.«

»Ich will Geld einnehmen, nicht fortwerfen. Viel Geld. Bei geringer Gefahr des Verlusts.«

Apollonios schnaubte. »O ihr Götter, wer möchte das nicht? Ich lausche. Gewissermaßen bin ich voll und ganz Ohr.«

»Sklaven«, sagte Demosthenes.

»Sklaven? Nun ja, ein gutes Geschäft, vor allem in wirren Zeiten, in denen die Perser wieder größere Kriege führen und Gefangene machen. Hm. Ich habe schon einige Male überlegt, ob die Bank nicht in das eine oder andere Handelsgeschäft einsteigen sollte. Aber neu ist das nicht, Freund.«

»Das ist nicht neu. Aber du hast mich nicht verstanden.«

»Was willst du denn? Amphoren dagegen versichern, daß sie von Haussklaven zerbrochen werden?«

»Ich rede von Geld, nicht von Witzen. Unter dem Dach

deiner Bank und Versicherung, Apollonios: ein Zweig-Geschäft. Ein Haus, das sich am Sklavenhandel beteiligt. Rhodos ist dafür besser geeignet als Athen; ihr seid näher an den Märkten Asiens. Mehr Ware, mehr Nachfrage. Und das gleiche Zweig-Geschäft versichert Sklaven. Für, sagen wir, ein Zehntel des Kaufpreises. Für ein Jahr. Gegen Flucht.«

»Hah!« Apollonios hieb auf den Tisch. »Das ist neu. Das ist – ah, es ist einfach gut. Einfach, neu und gut.« Er hob seinen Pokal. »Mögen die Götter dir ein langes Leben gewähren. Mögen die Widerhaken deiner Gedanken niemals abbrechen und die Haare auf deinen Zähnen nimmer ausfallen.«

»Ich könnte«, sagte Demosthenes gedehnt, mit einem schrägen Grinsen, »zum Beispiel sämtliche Rechtshändel des neuen Geschäfts übernehmen, in Athen, versteht sich. Diese Übernahme hätte den Wert von, sagen wir, tausend Drachmen. Ich könnte ferner zweitausend Drachmen zuschießen. Wenn wir als Grundbetrag ein Talent ansetzen, zur Aufnahme des Geschäfts und für die ersten Tätigungen, besäße ich die Hälfte. Und ich habe lange Ohren und lange Finger.«

»Und eine lange Zunge.«

»Das auch. Ich weiß, was hier vorgeht. Wie viele Bauern ihre dritten und vierten Töchter verkaufen müssen . . .«

Apollonios trank einen Schluck. »Du bist ein Schwein. Ich zahle das andere halbe Talent.«

Zwei Tage und den größeren Teil zweier Nächte trieb Demosthenes durch die Gassen und Schänken und Freudenhäuser Athens: wie ein schmieriges Stück Holz in dünnflüssiger Jauche. Aber das Holz trieb in bestimmte Richtungen. Am Morgen des folgenden Tages begab er sich, gereinigt und abermals frisch gewandet, in das Haus des Eubulos, der mit Beamten und Schreibern über Streitfälle einer Phyle außergerichtlich beriet. Demosthenes bat um ein kurzes Gespräch; Eubulos stand knurrend auf und ging mit ihm in einen Nebenraum.

»Dein Begehr?« Eubulos stand neben einem Tisch.

Demosthenes starrte auf einen Schemel, zuckte dann mit den Schultern und blickte in Eubulos' Augen. »Dein edles Angebot, o Eubulos – ich will dir und unserer Stadt dienen, so gut ich kann.«

Eubulos zog den Inhalt seiner Nase hoch. »Das hättest du mir auch drüben sagen können. Noch etwas?« Er ging zum Türbogen.

Demosthenes bewegte sich nicht; halblaut sagte er: »Zu diesem hohen Zweck werde ich eine Seereise antreten.«

Eubulos blieb stehen, wandte sich um und kniff die Brauenwülste zusammen. »Seereise? Was soll daran dienlich sein?«

»Wieviel läge dir daran, edler Eubulos, ein Stück Tuch in die Hände zu bekommen, mit dem du den Mund des Zaleukos knebeln kannst?«

Eubulos kam mit langsamen, kleinen Schritten zurück in den Raum, ging zum Tisch, setzte sich und wies auf einen Schemel. »Zaleukos? Was hast du gefunden?«

Demosthenes ließ sich vorsichtig auf dem zerbrechlichen Schemel nieder. »Eine Möglichkeit . . . Man wird sehen, ob eine Gewißheit daraus zu machen ist.«

Eubulos drehte einen seiner Ringe herum und wieder zurück. »Es wäre nicht schlecht – für alle. Für die Stadt und den Frieden. Er will den Krieg gegen die Bundesgenossen neu anfachen; er hat kein Amt, aber Geld und Einfluß. Überall.«

»Überall?«

»In allen zehn Bezirken. Etwa ein Drittel der Räte ist ihm auf die eine oder andere Weise verpflichtet. Ganz gleich, welche der zehn Phylen den Vorsitz hat.«

»Darf ich fragen . . .«

»Kurz.«

»Du hast dafür gesorgt, daß der Krieg gegen die Bundesgenossen beendet wird – durch Nachgeben Athens. Warum?«

Eubulos blies die Wangen auf. »Das alles kostet sinnlos Geld. Und Menschen. Rhodos, Kos und die anderen waren mit uns verbündet, dann mit Sparta, dann wieder mit uns, zwischendurch mit dem einen oder anderen Satrapen des Großkönigs. Wir können sie nicht zwingen, unsere Befehle auszuführen. Mir ist lieber, sie sind unabhängig und helfen uns, wenn wir sie irgendwann einmal brauchen. Zaleukos hat überall Geld zu verlieren; deshalb will er sie unter athenischer Führung behalten. Aber was nützen uns Bundesgenossen, die unwillig sind und die wir, wenn wir sie brauchen, zur Hilfe zwingen müssen?«

»Wenn ich dich nun von Zaleukos befreien könnte?«

»Wäre dir meine Wertschätzung sicher.«

»Wieviel wiegt diese Wertschätzung?«

»Keinen einzigen Obolos. Aber wohlwollende Beachtung.«

Demosthenes nickte langsam. »Beachtung ist vielleicht auf die Dauer mehr wert.«

Mit einem der letzten Schiffe, die vor Beginn des Winters den Piräus anliefen, kehrte Demosthenes nach Athen zurück. Er kam nicht allein; mit ihm ging ein älterer phönikischer Seemann an Land. Demosthenes begab sich ins Gebäude der rhodischen Händler und führte ein längeres Gespräch mit Apollonios, der den Phöniker im Vereinshaus unterbrachte und die Kosten übernahm.

Zwei Tage später trafen sich Apollonios, der Seemann, Demosthenes, der Ratsherr Hagnias, der an diesem Tag den Vorsitz im Prytaneion hatte, der Handelsherr Agathon und Eubulos in dessen Haus. Demosthenes berichtete von seiner Reise, von Gesprächen mit Händlern, Fischern, Hafenverwaltern und Seeleuten.

»Es scheint«, sagte er, »daß ein bestimmtes Handelsschiff mit wertvoller Ladung, vom Haus des Apollonios hoch versichert, vor der Nordküste der Insel Kos untergegangen ist. Vor diesem schlimmen Ereignis lag es in einem kleinen Fischerhafen, in dem es keine Zollbeamten oder ähnlich zuverlässige Menschen gibt, zwei Tage und zwei Nächte neben einem anderen Frachtschiff. Einige Fischer sagen, dieses andere Schiff sei mit wertlosen Steinen beladen gewesen, und man habe sich gefragt, wer mit wertlosen Steinen handeln wolle. Nun könnte es aber auch sein, daß in den beiden Nächten die wertlosen Steine und die wertvolle Ladung des anderen Schiffs gegeneinander ausgetauscht wurden. Das zweite Schiff reiste nach Milet; seine Besatzung bestand aus trefflich erfahrenen Seeleuten, denen man kostbare Ladung anvertrauen kann – jenen, die unter der Führung eines gewissen Kapitäns und seines hier anwesenden phönikischen Steuermanns mit Weihrauch und anderen feinen Dingen Rhodos verlassen hatten. Wie sind sie nur auf das andere Schiff gekommen? Fragen über Fragen.

Man hat also offenbar die Ladungen ausgetauscht. Um es ein wenig unauffälliger zu machen, übernahm der Kapitän, der Rhodos mit Weihrauch verlassen hatte, nun die Steinfracht, während seine ehemalige Besatzung mit einem anderen Kapitän auf einem anderen Schiff Weihrauch und sonstige Waren, die für Athen bestimmt waren, nach Milet brachte. Der Kapitän hingegen fuhr mit seinem Schiff, das Steine geladen hatte und von billigen alten Sklaven bemannt war, nach Nordwesten. Ein Sturm, von dem niemand sonst etwas weiß, soll das Schiff versenkt haben; zufällig gelang es dem Kapitän, der – wie mir von Fischern versichert wurde – einen Brustschutz aus der Rinde der Korkeiche trug, den Untergang zu überleben und an Land zu schwimmen. Da aber eine Ladung Steine und ein paar ertrunkene Sklaven für niemanden von Belang sind, wurde gesagt, es sei eine kostbare Ladung gewesen, gehütet von guten Seeleuten. Eben jene Ladung, die von den Seeleuten, zu denen unser phönikischer Gast gehört, in Milet gelandet und dort mit Gewinn verkauft wurde.«

Hagnias blinzelte. »Eine schöne Geschichte. Wieviel, sagtest du, soll nun das Haus des Apollonios für das angeblich verlorene Warenvermögen zahlen?«

»Neun Talente.« Apollonios betrachtete aufmerksam das Gesicht von Eubulos; es war eine Steinmaske.

Agathon räusperte sich. Ein alter Mann, stark und

groß, mit kalten Augen. »Nun ja, in einem großen Handelshaus, das zahllose Schiffe unterhält, kann man nicht jede einzelne Bewegung überschauen. Nicht, daß ich etwa diese Geschichte für mehr als eine hübsche Erfindung hielte.«

Eubulos lächelte überaus freundlich. »Ach, man könnte ihr an der einen oder anderen Stelle mehr Glaubwürdigkeit und Gewicht verleihen.«

Agathon schob die Unterlippe vor. »Gewicht? In welcher Gewichtseinheit etwa? Scheffel, Talente oder was?«

»Neun Talente Gewicht.« Demosthenes schien seine Fingerspitzen zu zählen. »Vielleicht auch zehn, weil es eine weniger heikle Zahl ist.«

»Zehn?« Agathon kniff ein Auge zu. »Der Verzicht auf neun und die Zahlung von einem Talent?«

»Zum Beispiel.« Eubulos gähnte. »Das wäre, wenn man die Wahrheit der Geschichte voraussetzt, eine gute Lösung für einen Teil der Fragen. Es blieben aber noch andere.«

»Welche?« Agathon starrte an die Decke des Raums; ein Astloch in einem der Querbalken schien ihm besonders gut zu gefallen.

»Betrug«, sagte Hagnias. »Erpressung. Mord.«

Eubulos hob die Hände. »Abscheulich. Mord kommt aber kaum in Frage – immerhin waren es nur Sklaven. Sagen wir: leichtfertiger Umgang mit gebrauchten Handelsgütern.«

»Ein Talent an Demosthenes?« Agathon ergriff seinen Becher und roch am Wein, trank aber nicht. »Es müßte die Reisekosten ersetzen, oder? Mehr als das. Der Rest wäre die Dankbarkeit des Händlers Agathon für eine erbauliche und lehrreiche Geschichte, wie man sie in diesen trüben Zeiten nur noch selten zu hören bekommt.«

»Ein halbes Talent für Demosthenes«, sagte Eubulos sanft. »Und ein halbes für den Schatz der Stadt – als hochherzige Gabe. Zum Ausgleich der Kosten, die die Reden und Unternehmungen deines Schwagers Zaleukos verursacht haben, Handelsherr.«

»Ah.« Agathon richtete sich auf und setzte den Becher ab. »Ist das der Preis für die anderen möglichen Folgen, die sich aus den erfundenen Vorwürfen ableiten ließen?«

»Der Preis ist Zaleukos.« Eubulos verschränkte die Arme. »Er hat sich um das Wohl der Stadt verdient gemacht; ich finde, wir sind ihm Dank schuldig und sollten ihn entlasten. Er soll sich unbehelligt von schwierigen politischen Fragen in Zukunft ganz dem Wohl seiner Familie und dem Gedeihen seiner Geschäfte widmen.«

Agathon seufzte. »Es wird ihm nicht gefallen – ihr wißt ja, er hat diese lobenswerte Neigung, sich für das Gemeinwohl aufzuopfern. Aber ich werde mit ihm reden. Ich glaube, in letzter Zeit läßt seine Gesundheit zu wünschen übrig.«

Hagnias leerte seinen Becher und stand auf. »Die Amtsgeschäfte . . . Ich bin, glaube ich, hier nicht mehr nötig. Und mein Gedächtnis läßt nach. Wovon hatten wir eben geredet?«

Agathon trat neben ihn und legte ihm die Hand auf die Schulter. »Wir sprachen von einem kleinen Geschenk, das unsere Freundschaft erhalten und fördern soll.«

Hagnias nickte und lächelte. »Genau, davon sprachen wir. Ich wünsche Wohlergehen und gedeihliche Geschäfte.«

Eubulos begleitete sie bis zum Ausgang. Er hielt Demosthenes einen Moment zurück. »Komm morgen früh zu mir. Wir haben einige Dinge zu beraten. Ich bin zufrieden.« Die letzten Wörter sagte er sehr leise.

6.

Dymas

»Woher kommst du und was kannst du?« Der feiste Kaufmann griff zu einem ellenlangen Stäbchen, das in einem krummen Elfenbeinfinger endete, schob es vom Nacken abwärts unter den naßgeschwitzten Chiton, kratzte sich den Rücken und seufzte wollüstig.

Dymas hob die Schultern. »Ich war Sklave in Karchedon, Herr. Ein Händler, Verwandter, hat mich freigekauft. Ich habe zwei Jahre für ihn gearbeitet, im Lager und auf Schiffen. Jetzt bin ich frei. Ich kann stauen, rudern, Segel nähen, setzen und bergen. Ich habe auch schon gesteuert. Als Sklave war ich Holzwerker.«

Der Mileter kratzte sich noch immer; seine Echsenaugen betrachteten den jungen Hellenen, der barfuß vor ihm stand, mit ledernem Schurz und schwarzen Haarwäldern auf Brust, Bauch und Schultern.

»Ich brauche gute Leute, die billig sind und kein Verlust, falls etwas schiefgeht.« Er spuckte auf den Boden der Lagerhalle und deutete mit dem Kratzestäbchen auf einen Stapel Ballen und Kisten links neben dem Eingang. »Nach Pella. Weißt du, wo Pella ist?«

»Makedonien, Herr.«

»Dann weißt du auch, warum ich billige Leute brauche.«

Dymas grinste leicht. »Die Herbststürme?«

»Es wird knapp. Tuch aus Ägypten, Glasfläschchen und billiger Schmuck. Ein Händler in Pella will alles unbedingt vor dem Winter haben. Mein schlechtester Kapitän, das älteste Schiff und eine unfähige Besatzung. Die Ladung ist versichert; der Rest?« Er zuckte mit den Schultern.

»Man muß nehmen, was man kriegen kann. Was zahlst du, Herr?«

»Zwei Obolen am Tag. Und die zweifellos köstliche Bordverpflegung. Das Geld gibt es in Pella, falls ihr ankommt.«

Dymas nickte. »Ich wünsche dir einen guten Tag, Herr.«

Der Händler wartete, bis Dymas halb aus dem Eingang getreten war; dann rief er: »Halt. Was willst du haben?«

»Eine Drachme. Zehn jetzt, den Rest in Pella.«

Der feiste Mann hob die Hände. »O ihr Götter! Ein Fürstenlohn für Handlangerarbeit!«

»Ich sagte, ich kann auch steuern. Und das Boot ausbessern, wenn es sein muß. Außerdem ein wenig Musik machen, um die Leute aufzuheitern.«

»Es wird nicht viel sein ... Gute Musiker heuern nicht auf Herbstschiffen an. Sagen wir, drei Obolen, und gleich drei Drachmen Handgeld.«

Nach längerem Gezeter war der Händler schließlich bereit, vier Obolen zu zahlen und fünf Drachmen sofort. Als Dymas die Münzen einsteckte, erschien der Kapitän des Boots, auf dem er somit angeheuert hatte: ein Mann mit Holzbein, einem Auge und sicherlich sechzig Jahren. Er trug einen bräunlichen Chiton mit Weinflecken und torkelte leicht.

Dymas versprach, am folgenden Morgen zur Stelle zu sein und beim Laden zu helfen. Bei erträglichen Wetterverhältnissen, überlegte er, würden sie – falls das Schiff halbwegs gewöhnliche Geschwindigkeiten erreichte – mindestens fünfundzwanzig Tage benötigen, eher mehr. Fünfundzwanzig Tage bedeuteten sechzehn Drachmen und vier Obolen. Ein guter Handwerker verdiente eine Drachme am Tag; aber ein guter Handwerker würde etwa fünfzig Drachmen zahlen müssen, um als Fahrgast von Milet nach Pella zu gelangen.

Er verließ die Lagerhalle, die Teil der großen Hafenhalle war, ging vorbei an den Läden und Marktständen und der großen Latrine hinaus auf die Prachtstraße, die zu den Tempeln und dem Prytaneion führte. Im Handwerkerviertel, jenseits der großen Bauten, ging er schneller, bog um ein paar Ecken, duckte sich in den zu einem Innenhof mit Schänken und Werkstätten führenden Bogengang und wartete. Als er sicher war, nicht verfolgt zu werden, überquerte er den Innenhof, verließ ihn durch eine schmale Gasse auf der anderen Seite und stieg zwischen immer ärmeren, lehnenden Häusern eine steile ausgetretene Treppe hinauf. Auf halber Höhe des Hügels verschwand er in einem Gemüsegarten, hinter dem ein einraumiges Haus aus Lehm, Holz und Schindeln lag.

Die kinderlose Witwe war nicht da. Sie hatte das Haus geerbt, als ihr Mann, ein Fischer, vor nicht ganz einem Jahr ertrunken war. Das Haus, sonst nichts, nicht einmal ein paar Münzen. Sie war achtzehn, drei Jahre älter als Dymas, den man für zwanzig hielt. Sie nähte und flickte, arbeitete außerdem in einer Hafenschänke, wo sie früher oder später entdecken würde, daß es, solange sie jung war, ein besseres Geschäft sein mochte, ein wenig Schminke aufzutragen und jeden Tag fünf Seeleute statt fünf Tage lang einen zu beherbergen.

Mit einem mißmutigen Blick auf die Instrumente setzte Dymas sich an den wackligen Tisch. Er spuckte mehrmals in die angetrocknete Tinte, dann schrieb er ein paar Worte auf sein letztes Stückchen Papyros. Er wußte nicht, ob die Geschichte vom athenischen Logographen Demosthenes, der in Milet die Geschäfte eines Reeders erforscht hatte, für Demaratos von Belang sein konnte; vielleicht würde ihn aber die Tatsache fesseln, daß der Athener lange mit einem persischen Fürsten gesprochen hatte, von dem es hieß, er habe das Ohr des Großkönigs.

Als er den Bericht – drei Sprachen und dreierlei Schriftzeichen wild durcheinander – beendet hatte, rollte er den Papyrosfetzen zusammen, schob ihn in sein letztes Tonröhrchen, fand im Herd noch ein wenig Glut unter der Asche, zündete einen Span, dann ein Öllämpchen an, erhitzte Wachs und versiegelte das Röhrchen.

Dann ließ er sich auf den Strohsack sinken, Apamas Bettstatt. Er streckte die Hand nach der länglichen Tasche aus ungegerbtem Bocksleder aus, in der die Flöten steckten, berührte den aufgenähten Beutel für die Zungenblättchen, seufzte und nahm das Barbiton zur Hand. Die selbstgebaute Lyra hatte er schon in Syrakus zerbrochen, als er zum erstenmal wirkliche Musiker erleben durfte. Mit den Metallstückchen des Persers war sie genauer zu stimmen gewesen als fast alle anderen, die er in den zwei Jahren seit Karchedon gehört hatte; aber was war schon der schärfere Grundklang verglichen mit den Tönen, die richtige Musiker aus ihren Instrumenten hervorzaubern konnten – Instrumenten, die nicht nur ein eiförmiger Holzbogen waren, sondern Schallkästen hatten, angefertigt von besten Handwerkern, die die Wege der Töne kannten? Das armlange Barbiton, ein kleiner Schallkasten aus Buchsbaum mit zwei langen, hornartig einwärts gebogenen Armen, die das Joch der Saiten trugen (Steg nannte er nun jene Erhöhung unten am Schallkasten, oberhalb des Befestigungsplättchens, die die Saiten vom Körper des Instruments abhob), war nicht so gut zu stimmen, hatte aber mehr Klang. In seinem Reisebeutel verwahrte er immer noch die eisernen Wirbel und den Stimmschlüssel. Allerdings wußte er, daß er sehr viele Münzen würde ausgeben müssen, um weitere Wirbel für mehr als vier Saiten anfertigen zu lassen und ein Instrument zu finden, bei dem sich der Aufwand lohnte. Das Barbiton hatte fünf Saiten, die er zerstreut zupfte, während er über die nächsten Tage nachdachte.

Aber seine Gedanken irrten immer wieder ab, kehrten zurück zum vorigen Abend in der Schänke am Hafen, in der Apama arbeitete. Dort hatte er zum erstenmal einen Kitharisten gehört – oder eine Kithara, denn der Musiker war nicht besonders gut gewesen. Aber das Instrument – sieben Saiten zum Spielen, vier weitere zur Verstärkung der Klänge, ein gewaltiger Schallkasten, und welch kümmerliche Musik! Was müßte einer, der schnellere Finger und eine tiefere Seele besaß, damit anfangen können! Der Mann hatte die üblichen Dinge gespielt und schlecht dazu gesungen, was ihn nicht nur zu einem jammervollen Kitharisten, sondern auch noch zu einem schäbigen

Kitharoden machte, den nicht einmal die Fischer lange anhören mochten. Die üblichen Dinge – feierliche Hymnen auf Götter, an die keiner so richtig glaubte; heldische Paiane für Schlachten, in die keiner ziehen mochte; trübe Elegien auf Verstorbene, die keiner betrauerte; einen schrägen Hymenaios-Hymnos für eine Prunkhochzeit, wie sie keiner der Zuhörer je erleben würde. Dann war ein Fischer aufgestanden, Philodemos mit Namen, und hatte eines jener Liedchen gesungen, wie man sie in jedem Hafen hören konnte, und es war eine Erholung gewesen, vor allem, weil der Kitharist sich weigerte, sein hehres Instrument als Begleitung für derlei Unfug einzusetzen.

Dymas lächelte bei der Erinnerung daran; mit den Fingern der Rechten zupfte er die Saiten, mit denen der Linken veränderte er die Tonhöhe, indem er von rückwärts in die Saiten griff und so ihre Länge und die Dauer der Schwingungen beeinflußte. Wenn sie nicht frei schwangen, sondern gegriffen, klangen sie dumpf oder schnarrten; es mußte eine bessere Möglichkeit geben. Er spielte die Melodie des Liedes, murmelte die Worte dazu und pries noch einmal in Gedanken Philodemos, der die Trauermusik des Kitharisten beendet hatte.

Mancher bezahlt ein Talent für eine Nummer dem Mädchen,
vögelt beklommen verklemmt, ganz ohne Wonne und Lust.
Ich bezahl eine Drachme für fünfe bei Lysianassa,
fick ein ersprießliches Kind, gräm mich auch gar nicht dabei.
Entweder bin ich bescheuert, oder man sollte dem andren
mit einem blitzenden Beil endgültig kappen den Sack.

In Korinth hatte er an einem Abend drei Stücke des unsterblichen Aristophanes gesehen, zusammen mit einem alten Sklaven von Demaratos, der ihm die politischen Anspielungen erklärte; seitdem wußte er, daß die deftigen Wörter aus den Schänken längst ihren Weg auf die Bühne gefunden hatten und daß der Kothurn nicht umknickte, wenn ein Schauspieler derlei sprach. Aber bis zum gestrigen Abend hatte er nie geahnt, daß derbe Stegreif-Gesänge gute Verse sein konnten, und wäre nicht zufällig der Kitharist in der Schänke gewesen, mit seiner Weigerung, das Lied zu begleiten, hätte Dymas vielleicht erst viel später entdeckt, daß man diese Gesänge und bestimmte Formen von Musik verbinden konnte.

Er spielte, veränderte die Melodie, vermengte die Tongeschlechter, sang leise dazu. Nie hatte ihn jedoch der dumpfe Klang der Saiten, wenn er mit der Linken griff, so sehr gestört. Er dachte an Metall, an die Verbesserungen, die der Perser mit Hilfe des Schmieds in Karchedon vorgenommen hatte.

Auf einem Tischchen neben dem Strohsack lag ein Teil der Nähwerkzeuge von Apama, darunter ein Fingerhut. Dymas legte das Barbiton beiseite, nahm den kleinen Bronzekörper auf, starrte ihn von allen Seiten an und steckte ihn auf den linken Zeigefinger. Dann versuchte er sich an einer einfachen Tonfolge, auf einer Saite. Die Wirkung war erstaunlich: zwischen Daumen und bewehrtem Zeigefinger ließ, wenn er sauber griff, das Schnarren fast ganz nach, und der immer noch dumpfe Klang, dumpfer als bei einer frei schwingenden Saite, erhielt gewissermaßen einen metallischen Kern, der genauer und schärfer war

Abends, in der Schänke, in der Apama Wein und Fleisch umherschleppte, prüfte er die Wirkung bei den Fischern. Er sang ein einfaches Lied, das er oft gehört hatte, und begleitete sich dazu auf dem fünfsaitigen Instrument.

Es fürchte die Götter das Menschengeschlecht.
Sie halten die Herrschaft in ewigen Händen,
um sie zu mißbrauchen, wie's ihnen gefällt.

Sie schänden die Frauen, verwirren den Schwan,
sie schinden die Helden, sie schlachten die Kinder,
versenken die Schiffe im salzigen Schoß.

So reden die Priester. Wir flicken das Netz,
wir fangen den Fisch, um den Hunger zu lindern,
wir pflügen und säen und ernten die Frucht.

Die Hornhaut der Füße, die Schwielen der Hand
sind stärkere Götter als die für die Reichen.
Lern schwimmen, Freund, eh du Poseidon vertraust.

Die Fischer und Arbeiter lauschten stumm und gespannt; als Dymas endete, scharrten einige mit den Füßen, andere klopften auf die Tische.

»Laß es nicht die Priester und die Reichen hören«, sagte ein alter Mann. Er grinste. »Und spiel es noch mal.« Er legte eine Münze auf den Tisch und bedeutete dem Wirt durch Zeichen, er solle Dymas neuen Wein bringen.

Später, kurz bevor er und Apama die Schänke verließen, beugte sich ein anderer Mann über ihn und sprach leise, fast in sein Ohr

»Du bist weit gekommen, seit Karchedon. Und auch deine Musik, die ich nie zuvor gehört habe, kann dort nicht so trefflich gewesen sein. Es ist gut, hellenische Götter zu schmähen. Schmähst du auch Adherbal?«

Sie gingen hinaus, vor die Schänke. Unter dem hellen Himmel und den tausend Sternen, am Kai, berichtete Dymas jene Dinge, die er für berichtenswert hielt. Der Fremde hörte schweigend zu, nickte mehrmals, wiederholte die Namen Demosthenes und Agathon, murmelte etwas über persische Fürsten und drückte Dymas am Schluß einen kleinen Beutel in die Hand.

Den Beutel, der zehn silberne Halbdrachmen enthielt, ließ Dymas am nächsten Morgen auf Apamas Tischchen liegen. Sie schlief noch, als er ging.

Das Schiff war fast beladen; wenige Stunden nach Sonnenaufgang konnten sie auslaufen. Beim letzten Gang, mit einem Tuchballen auf der Schulter, machte Dymas einen Umweg, um dem Kapitän eines Schiffs, das Demaratos gehörte – jenes, mit dem er nach Milet gekommen war –, das versiegelte Tonröhrchen auszuhändigen.

Die Fahrt war entsetzlich. Die Besatzung bestand aus Irren, Säufern und Selbstmördern – bis auf den einbeinigen, einäugigen Kapitän, der keinen Schluck mehr trank, sobald sie Milet verlassen hatten. Er und Dymas hielten das Schiff auf Kurs, flickten das Segel, steuerten, besserten jeden Tag den Schiffsrumpf aus, der fast überall Wasser zog.

Der alte hochbordige Frachter hatte einen Mast, in dem Holzwürmer hausten; ein erhöhtes Achterdeck, dessen Planken an vier Stellen einbrachen, wenn man darauf trat; acht Ruder, vier für jede Seite, von denen drei abgesplittert, zerbrochen und mit Seilen halbwegs wieder haltbar gemacht waren; anders als bei den schönen Schiffen, wie sie von kunstfertigen Malern auf Amphoren verewigt wurden, gab es an Bug und Heck weder Fischköpfe noch schwerbrüstige Göttinnen.

Bis zum Hellespont schlichen sie zwischen den Inseln und an den Küsten entlang, verbrachten aber nur jede zweite Nacht an Land, denn der Wind war günstig und der Kapitän hart. Als sie den Hellespont erreichten, gerieten sie in einen warmen, kräftigen Herbstwind von Osten, aus dem Euxeinischen Meer; Dymas und der Kapitän berieten sich, dann wagten sie die Fahrt über die offene See, nach Samothrake, von dort weiter nach Thasos. An der Ostküste der Chalkidike endete die Fahrt; das Wetter schlug um, scharfer Westwind trieb sie zurück in die Mündung des Strymon. Mit einem Geschäftsfreund des feisten milesischen Händlers vereinbarte der Kapitän im Hafen von Amphipolis eine Beförderung der Waren über Land, nach Pella; Dymas ließ sich auszahlen und verdingte sich als Fuhrknecht.

Sie lieferten die Güter ab, in Pella, als der Herbst bereits kühl wurde. Dymas hielt nicht viel von der makedonischen Hauptstadt, die ihm eng und ärmlich erschien; er hörte wilde Geschichten über den König. Philipp wirkte in den Erzählungen wie ein Riese, der das enge Gefäß Pella bald sprengen würde, um sich auszubreiten. Er sah auch die wichtigsten Berater des Königs, den Feldherrn

Parmenion und den Verwalter Antipatros, und die schöne, feurige Königin.

Ein paar Tage hielt er sich im kleinen Hafen auf, der etliche Stadien vom Ort entfernt war; er lungerte in den Schänken, spielte abends seine neue Musik, trank schlechten Wein und genoß die Gastfreundschaft einer nach dem Ende der Schiffahrt kaum noch beschäftigten, in die Lieder verliebten Dirne. Irgendwann sah er eine schlanke Frau von fürstlicher Haltung, die mit verhülltem Gesicht in mehreren Läden am Kai merkwürdige Dinge kaufte. Die durch Demaratos' Ausbildung geschärfte Wahrnehmung verriet ihm, daß es die Königin war. Er beschloß, daß der Korinther eine Mitteilung hierüber später erhalten konnte, schrieb nichts auf und wanderte langsam südwärts. In Aloros arbeitete er einige Tage bei einem Wagenbauer, in Dion bei einem Möbelschreiner. Als der Winter kam, erreichte er Pherai in Thessalien und fand dort einen unberühmten, aber bei aller Einfallslosigkeit redlichen Instrumentenbauer, der ihm Obdach, Essen und eine halbe Drachme am Tag gab, damit Dymas ihm den Winter über bei der Bearbeitung, Glättung und Behandlung der verschiedenen Hölzer half.

Pherai war jedoch kein Ort für Neuerungen. In den Schänken wollte man die asiatischen und hellenischen Tongeschlechter nur unvermischt hören; die Priester und die Reichen, die die Stadt beherrschten, hatten lange Ohren und mißbilligten sogar die gleichzeitige Verwendung des Aulos, der dem Dionysos geweiht war, und eines dem Apollon geheiligten Saiteninstruments.

Im Frühjahr zog Dymas weiter. Das alte Maultier, das er billig erstanden hatte, trug seinen Besitz: den Ledersack mit Kleidung und anderen Gebrauchsgütern, die Ledertasche mit dem Doppelaulos, die mit Fellen gefütterte längliche Kiste für das Barbiton, und eine größere Felltasche, in der die schmucklose, selbstgebaute Kithara steckte. Von einem Hersteller in Pherai hatte er fünfmal elf glatte, gute Saiten gekauft, die besser waren als alles, was er selbst aus Schafsdärmen hätte fertigen können. Einige Metallgegenstände wie Stimmwirbel und besondere Greifaufsätze für die Fingerkuppen konnte oder wollte keiner der Schmiede von Pherai machen. Vielleicht in Theben, oder Athen; Dymas hatte keine Eile.

7.

Die Liebe der Olympias

Der Morgen war kalt und klar, nur über den Sümpfen nördlich der Stadt lag eine dünne Dunstschicht. Olympias' Atem bildete Wölkchen; sie zog den hellen Wollumhang enger. Unter ihr, jenseits der Palastmauer, fielen die schmalen Straßen vom Hügel schnell in die Vororte ab, zur Ebene und dem Gürtel trockengelegter Felder. Sie sah einige Bauern, ein paar Mistkarren; auf einem Platz am Stadtrand fuchtelte eine winzige Gestalt vor einem winzigen Maultier herum, dessen Störrischkeit riesig sein mußte.

Olympias lächelte und ging zurück ins Zimmer. Auf ihr Zeichen hin befestigte die stumme Thrakerin – man hatte ihr noch in der Heimat die Zunge herausgeschnitten, lange ehe sie Sklavin wurde – den mit durchscheinender Schweinsblase bespannten Holzrahmen wieder in der Fensteröffnung.

Die Sklavinnen hatten den Raum gesäubert. Die Öllampen waren aufgefüllt, ebenso die Kohlenbecken. Olympias ging in den Nebenraum, der nur durch einen Vorhang im Durchgang von ihrem getrennt war Auf dem Schemel am kleinen Tisch saß eine der Ammen; sie hielt den fünfzehn Monde alten Alexander auf dem Schoß und fütterte ihn mit einem Hornlöffel. Brei rann ihm aus den Mundwinkeln – Mehlbrei, mit Wasser und Stutenmilch und Kinnamon bereitet. Der kleine Bauch blähte sich beinahe, aber der Junge verlangte immer mehr.

»Ist Lanike nicht gekommen?«

Die Amme verneigte sich im Sitzen, eine schwierige Übung, da sie den Kleinen nicht absetzte. »Sie wird bald hiersein, Herrin. Sie will Proteas mitbringen und vielleicht später mit den Kindern in die Gärten gehen.«

Olympias fuhr ihrem Sohn mit den Fingerspitzen

durchs helle Haar und ging zurück in ihren Raum. Lanike, Tochter des vornehmen Makedoniers Dropidas, vermählt mit dem aus Olynthos stammenden Andronikos, war zwanzig Jahre alt, zwei Jahre jünger als die Königin; sie hatte wenige Tage vor Olympias einen Sohn geboren und einige Zeit im Palast gelebt, um auch Alexander zu stillen. Olympias dachte an die Launen der Natur; Lanike war ebenso blond wie Alexander, ihr elfjähriger Bruder Kleitos dagegen schon jetzt am ganzen Leib schwarz behaart. Lanikes Sohn, Proteas, hatte einen schwarzen Schopf, obgleich sein Vater ebenso rot war wie Olympias. Philipp, schwarzhaarig überall dort, wo Haare nur wachsen konnten, hatte einen blonden Sohn gezeugt. Sie seufzte kaum hörbar und streifte ihr breites Lager mit einem Blick. Nur die Bronzegefäße, abends mit heißem Wasser gefüllt und mit Fellen umwickelt, gaben in der Nacht Wärme, und der nackte Halbgott auf dem dunkelrot, hellgrün und golden leuchtenden Wandbehang hatte keine Ähnlichkeit mit Philipp.

Die Thrakerin stellte eine Schale mit Milch neben das Körbchen, in das die kleine Schlange irgendwann zurückkehren würde, durch das Loch in der Fensterbespannung. Sie deutete auf die Wärmegeräte; als Olympias nickte, zündete sie beide an und verließ dann den Raum. Der kaum mehr als kniehohe Eisenofen mit eingelassenem Bronzekessel, in dem Wasser erwärmt wurde, stand auf seinen Löwenfüßchen neben dem Tisch aus verziertem schwarzen Holz; das mit Wasser, Wein, Honig und Gewürzen gefüllte Tongefäß, erhitzt durch eine eingesetzte Metallröhre mit glühenden Holzkohlen, ruhte auf einer kleinen vierfüßigen Eisenplatte. Olympias setzte sich in den mit Fellen belegten Armsessel, rollte den Papyros aus, beschwerte ihn an den Rändern mit gegossenen Bleifiguren, die Bären und Wölfe darstellten, und las den begonnenen Brief an ihren Onkel. Dann nahm sie einen frischen Schreibhalm, zerkaute das eine Ende und schrieb weiter, wo sie abends aufgehört hatte.

Die üblichen Dinge – Fragen nach dem Ergehen des Herrschers, der die Geschicke der Molosser lenken sollte, bis Olympias' jüngerer Bruder Alexandros alt genug wäre; Fragen nach dem Befinden von Alexandros, der kaum zwei Jahre alt gewesen war, als sie in den Tempel von Dodona und dann nach Samothrake geschickt wurde; Mitteilungen über wichtige und unwichtige Dinge, Vorfälle im Palast zu Pella, der eigentlich nur eine ausgebaute, erweiterte Burg war; dann wieder Fragen nach Menschen, an die sie sich kaum noch erinnerte, und Bitten um Übersendung von Gegenständen, die ihr einmal teuer gewesen waren.

Lanike kam, brachte ihren Sohn und holte Alexander; Olympias knabberte an schalem Brot und schöpfte Glühwein in einen Becher, trank und grübelte.

Eine Dienerin erschien. »Herrin, des Königs Seher Aristandros ist hier.«

Olympias legte das Schreibried beiseite. »Wenn es sein muß . . .«

Aristandros trat ein, neigte den Kopf und ließ sich auf dem Stuhl nieder, auf den Olympias wortlos deutete.

»Da ich so lange nicht in den Genuß deines Anblicks kam . . .« Aristandros lächelte: nur mit dem Mund, die Augen waren fragend und kalt. »Wie ist dein Befinden, Königin – und wie geht es dem Gefäß des Ammon, dem Sohn des Gottes?«

»Dem Sohn des Königs Philipp geht es gut.« Olympias musterte das Gesicht des Sehers, die scharfen Augen, die scharfe Nase, den dünnen Mund, der ein überflüssiger Strich im dunkelbraunen Bart schien. »Und mir wird es wieder gutgehen, wenn erst der König unverletzt von der Grenze heimgekehrt ist.«

»Ich hörte, damit sei in den nächsten zwei oder drei Tagen zu rechnen.«

Olympias hob die Schultern. »Das mag so sein.«

Aristandros betrachtete den Glühweinwärmer. »Ein guter Trunk an einem kühlen Wintertag.«

Sie klatschte in die Hände. Als die Dienerin erschien,

ließ sie einen zweiten Becher bringen und von der Dienerin füllen.

»Es gab Zeiten«, sagte Aristandros, als die Dienerin gegangen war, »da hätte Olympias selbst den Becher gefüllt und mir gereicht.«

»Es waren dies Zeiten, als Olympias noch nicht wußte, daß neben den Spielzügen der Priester und Götter auch Könige zu spielen vermögen. Die einfachen Züge deines Spiels, Aristandros, langweilen mich heute, da ich begriffen habe, daß Philipps Spielzüge nie nur einem, sondern mindestens drei Zwecken dienen.«

»Beteiligt er dich an ihnen, oder siehst du sie nur aus der Ferne?«

»Er beteiligt mich an manchen und hört meine Meinung zu anderen. Aber du bist sicher nicht gekommen, um festzustellen, daß mir der König mehr bedeutet als ... du und die anderen, oder?«

Aristandros blies über die heiße Flüssigkeit in seinem Becher. »Ein Brief aus Samothrake. Der Ägypter wird im Frühjahr zu uns reisen, sobald die Schiffe wieder fahren.«

»Ich will ihn nicht sehen.«

»Darf ich nach dem Grund fragen?«

»Er geht dich nichts an. Die Königin ist dem Seher nicht zur Auskunft verpflichtet.«

Aristandros nickte. »Nicht die Königin, und es kann keine Rede sein von Pflicht. Aber sollte nicht die Priesterin des Hains von Dodona, die Priesterin des Tempels von Samothrake dem Priester des Palastes zu Pella ein wenig ... helfen?«

Olympias lachte, aber es war ein freudloses Lachen. »Die Priesterin? Die gibt es nicht mehr. Sie hat dieses alte, häßliche Gewand, das man ihr aufgezwungen hat, fortgeworfen und fühlt sich in den neuen Kleidern erheblich wohler.«

»Priestertum ist kein Gewand, das man ablegen kann.« Der Seher runzelte die Stirn. »Und wieso aufgezwungen?«

Olympias spielte mit dem Schreibried. »Du weißt es doch. Mein Vater war König von Epeiros. Neoptolemos, Sohn des Alketas. Ein guter Mann, ein guter Vater, aber ein schwacher Herrscher. Sein Bruder Arybbas, mein Onkel, hat ihn gezwungen, die Herrschaft mit ihm zu teilen. Meine Mutter starb bei der Geburt meines Bruders Alexandros, bald danach starb auch mein Vater. Ich weiß bis heute nicht, ob sein Tod natürlich war oder jemand nachgeholfen hat. Arybbas hat meine ältere Schwester Troas, die ihn verabscheut, zur Heirat gezwungen und sich zum Vormund von Alexandros gemacht. Damit er ungestört herrschen konnte, mußte er auch mich beherrschen – oder vertreiben. Welche Möglichkeit wäre wirksamer und unauffälliger als die Übergabe der Nichte an die Priesterinnen des Hains?«

Aristandros beugte sich vor; etwas wie Besorgnis lag in seiner Stimme und seiner Miene. »Wie geht Arybbas mit deinen Geschwistern um?«

Olympias zog die Mundwinkel herab. »Er läßt meine Schwester in Ruhe und hütet meinen Bruder – seit die Königin der Makedonen ihn beiläufig, aber mit Nachdruck darum gebeten hat.«

Aristandros trank einen Schluck, behielt den heißen, gewürzten Wein einige Momente im Mund und schien darauf zu kauen. »Wenn du es wünschst, will ich gern die Priesterschaft der Molosser auffordern, über deine Geschwister zu wachen.«

Olympias' Augen waren schmale Schlitze. »Woher diese Fürsorge? Willst du auch Troas und Alexandros zu Werkzeugen deiner finsteren Pläne machen?«

Aristandros schob die Unterlippe vor und schüttelte langsam den Kopf; seine Augen waren weit geöffnet, wie die eines unschuldigen Knaben. »Werkzeug? Finstere Pläne? O Herrin der Makedonen, wie sehr verkennst du mich!«

Olympias lächelte schwach. »Ein armer gekränkter verkannter Aristandros. Ich bin zerknirscht.«

Aristandros setzte den Becher ab. »Reden wir nicht von

Werkzeugen oder Kränkungen. Ich habe noch etwas, das ich in Gedanken wäge und dir mitteilen muß.«

»Sag es. Möglichst ohne Umschweife und Salbungen.«

»Wie du willst.« Aristandros lehnte sich zurück und verschränkte die Arme. »Dein Sohn. Alexander, Gefäß des Gottes.«

»Was ist mit Alexander?«

»An seinem ersten Geburtstag habe ich die Götter befragt . . . Ich wollte es dir sagen, aber dann . . .«

Olympias seufzte. »Sprich. Ohne Salbung, wie ich sagte.«

»Er wird nicht lange König sein. Wenn überhaupt.«

Olympias holte tief Luft. Ihre Augen sprühten grünes Feuer. »Wie kannst du es wagen . . .«

»Kein Wagnis.« Aristandros sprach leise, fast wie in Trauer. »Die Vogelzüge sagen es, die Lebern der Opfertiere sagen es. Ich habe mehrere Opfer dargebracht, und immer ist es die gleiche Ankündigung.« Er griff in die aufgenähte Tasche seines langen schwarzen Umhangs und holte ein Stoffbündel heraus.

Olympias hob die Hände, mit gespreizten Fingern. »Nicht . . . Was sagen die Vögel und die Lebern?«

»Alexander wird entweder sehr früh sterben, als Knabe – durch Gewalt. Oder nach wenigen Jahren einer großartigen Herrschaft. Jedenfalls wird er jung sterben. Vielleicht liegt es an dir, dafür zu sorgen, daß er überhaupt herrschen und Ammons Willen erfüllen kann.«

»Zeig es.« Olympias' Stimme war heiser, wie von Schmerzen aufgerauht.

Aristandros öffnete das Stoffbündel. Er nahm ein weiteres Tuch heraus, heller und voller Blutflecken, öffnete auch dieses.

Olympias beugte sich über die Widderleber, tastete, nahm sie in die Hände, hielt sie hoch, knetete, betrachtete sie von allen Seiten. Schließlich legte sie sie wieder in das Tuch, das Aristandros auf dem Schoß hielt.

»Und wer sagt mir«, flüsterte sie, »daß dies die Leber eines Tieres ist, das du den Göttern wirklich zu diesem

Zweck dargebracht hast?« Unter ihren geschlossenen Lidern sickerten Tränen hervor, rannen über die Wangen.

»Heute, bei Sonnenaufgang.« Aristandros' Gesicht war ernst. »Habe ich dich je belogen? Hat je ein Priester dich belogen?«

Olympias öffnete die Augen, trocknete sie mit dem Ärmel ihres Obergewandes. »Verbogen«, sagte sie heiser. »Verbogen habt ihr mich. Eine Tempeldirne gemacht aus mir. Mich zu eurem Werkzeug abgerichtet, wie man ein Tier zu einem bestimmten Zweck abrichtet. Meine Seele vergiftet, all das, ja. Aber gelogen? Nein – wenn nicht die Götter selbst Lüge sind.«

Aristandros wickelte die Leber ein und steckte das Bündel wieder in die Tasche. »Niemand hat je versucht, deine Seele zu vergiften, Olympias. Dazu hätte man deinen Willen brechen müssen, und den kann keiner brechen.«

Olympias schwieg; ihre Augen irrten durchs Zimmer, ihre Blicke verfingen sich im Vorhang zum Nebenraum.

Sanft, halblaut, eindringlich sprach Aristandros weiter. »Philipp hat dir zweimal geschrieben.«

Sie zuckte zusammen. »Woher weißt du das?«

Er breitete die Arme aus. »Wenn ich nicht viel mehr wüßte als andere, wäre ich ein schlechter Priester. Ein kurzsichtiger Seher. Philinna hat in der gleichen Zeit sieben Briefe von ihm erhalten.«

Olympias starrte ihn wortlos an.

»Angeblich – und ich glaube nicht, daß er es gesagt hat, aber es wurde mir so zugetragen ...« Er seufzte, legte seine Hände auf die von Olympias. »Ich bitte dich, nicht an ihm zu zweifeln; wahrscheinlich ist dies nur ein übles Gerücht. Eine schlimme Verleumdung. Je größer ein Mann, desto größer die Zahl der Neider und Schandmäuler.«

Sie schüttelte seine Hände ab. »Sag, was du zu sagen hast!«

»Nun gut. Wenn du unbedingt willst ... Nein, ich mag es nicht sagen.«

Olympias beugte sich vor. »Sag, was du zu sagen hast, Seher!« Sie schrie beinahe.

Aristandros hob die Hände; sein Gesicht war lauterer Schmerz. »Er soll gesagt haben ... Oder jemand in seiner Umgebung.«

»Was?!«

Aristandros schloß die Augen, rieb sich die Schläfen, atmete schwer. »Vielleicht war es ja auch nur ein Gerede während eines Gelages ... Zwei Barbarinnen, die er in der gleichen Nacht beritten hat, sollen gesagt haben, wenn Söhne aus der Lust entstünden, würden zweifellos Herrscher über die Stämme daraus. Jemand – ich glaube nicht, daß es Philipp war, Herrin –, jemand soll daraufhin gesagt haben, es gebe ja schon zwei Söhne, und vielleicht sei der Erstgeborene, Sohn einer thessalischen Tänzerin, doch eher zum König geeignet als der zweite, immerhin auch nur Sohn einer ... einer ... molossischen Tempeldirne.«

Olympias' Gesicht entspannte sich. »Geschwätz. Ich dachte, du hättest mir etwas Wichtiges zu sagen.«

»Ist es denn so nebensächlich?«

Sie hob die Schultern. »Geschwätz, noch einmal. Philipp ist kein großer Briefeschreiber. Sieben Briefe an Philinna? Ich glaube es nicht, und wenn schon ...«

Aristandros legte die Hand an die Tasche, in der die Leber steckte. »Wenn du vom Geschwätz absiehst, auch von der Wichtigkeit oder Unwichtigkeit der Briefe, solltest du doch anderes nicht vergessen, Königin der Makedonen.« Er betonte die Anrede.

Olympias blickte zur Fensteröffnung. Ein leises Rascheln: Die kleine Schlange kehrte von ihrem Morgenzug zurück, glitt die Wand hinab und näherte sich der Milchschale. »Was sollte ich nicht vergessen? Die Leber?«

»Die Leber. Alexander. Und die Königin. Wenn dein Sohn eines Tages nicht mehr der erste Anwärter sein sollte – wenn ihm etwas zustieße –, wärst du nicht länger Königin. Du mußt auch deine Stellung bedenken. Deinen Einfluß, deine Macht, deine Sicherheit.«

Olympias stand auf; sie blickte auf den sitzenden Seher hinab. »Es mag sein. Ich werde mich mit den Göttern beraten.«

Aristandros nickte und erhob sich; er ging zur schweren geschnitzten Holztür, die den Raum vom Gang trennte. »Und berate dich mit den Göttern auch hierüber: Dein Sohn wird entweder sehr früh durch Gewalt sterben, vielleicht, weil jemand nicht ihn, sondern Arridaios zum Thronerben machen will. Oder er wird die Oikumene verändern, die Welt, die Zeit, in wenigen Jahren, ehe er allzu jung zu den Göttern geht. Der größte der Könige, ein Fürst unter den Herrschern, das Staunen der Welt – aber er wird jung sterben, wie sein Vorfahr, dein Vorfahr, Olympias, der göttliche Achilles.«

»Ich werde es bedenken. Nun geh. Und – ich will den Ägypter nicht sehen.«

Den Rest des Tages verbrachte sie in tiefem Brüten. Sie ging in ihrem und dem Nebenraum hin und her, auf und ab; sie lag lange Zeit regungslos auf dem Bett und starrte an die Deckenbalken; sie nahm den Wandbehang, breitete ihn vor dem kleinen Altarstein aus fleischfarbenem Marmor aus und kniete, die Augen fest geschlossen, die Arme über der Brust gekreuzt; später streckte sie sich vor dem Altar aus, das Gesicht nach unten, in den dichten Stoff gepreßt. Sie aß nichts.

Abends, als die Sklavinnen und Ammen Alexander bereitgemacht hatten, entließ sie sie und nahm den Kleinen mit in ihren Raum. Während er herumtapste und die Schlange zu einer Schleife zu drehen versuchte, füllte sie heißes Wasser aus dem Ofenkessel in die Bettwärmer, wickelte Felle um die Bronzebehälter und holte die kleineren Decken aus dem Kindergemach. Dann nahm sie Alexander in die Arme, kniete mit ihm vor dem Altarstein, hielt ihn fest an die Brust gepreßt und wiegte sich vor und zurück; dabei murmelte sie unhörbare Gebete. Sie bettete den Kleinen auf ihr Lager und löschte alle Lichter, bis auf zwei der vier Hängelampen des hohen

Bronzeständers auf dem Tisch. Während der Sohn den Daumen lutschte, gluckste und langsam einschlief, beendete sie das Schreiben an Arybbas. Danach nahm sie einen mehr als armlangen Tuchstreifen, schlang einen Knoten in ein Ende, entblößte ihren Oberkörper und kniete vor dem Altar. Langsam, rhythmisch wiegte sie sich vor und zurück; dabei schlug sie sich mit dem Tuchknoten über die Schultern.

Sie schlief kaum in dieser Nacht. Einmal wachte Alexander weinend auf, weil sie sich an ihn klammerte, so daß er kaum Luft bekam. Am Morgen war ihr Gesicht gerillt; die Kissen waren feucht, und die Nägel hatten tiefe Furchen in beiden Handflächen hinterlassen.

Am Vormittag ging sie allein – bis auf die stumme Thrakerin, die fünf Schritte hinter ihr blieb – in den Ort. An einem trockenen, kühlen Wintertag war sogar Pella mit seinen stinkenden Gassen, den kleinen ungepflasterten Plätzen und den nahen Sümpfen erträglich. Olympias hatte den Umhang eng um die Schultern gezogen; die Thrakerin trug einen Bastkorb auf dem Kopf.

Olympias kaufte Kräuter; die meisten waren getrocknet, nur wenige frisch zu bekommen. Das Angebot war in den drei Läden, die sie aufsuchte, gleich reichhaltig oder karg; was sie im zweiten und dritten Laden erwarb, hätte sie auch im ersten kaufen können. Im kleinen Hafen der Stadt befahl sie der Thrakerin zu warten; sie selbst ließ sich von einem Ruderer mit seinem winzigen Kahn ans andere Ende des Kanals bringen, der Pella mit dem eigentlichen Hafen an der Mündung des Ludias verband. Dort gab es zwei oder drei Händler, die auch im Winter, wenn allenfalls noch Küstenboote verkehrten, seltsame Waren aus fernen Gegenden führten. Olympias hatte den Umhang vors Gesicht gezogen; nur Augen und Nasenwurzel waren frei. Sie kaufte zwei kleine, verstöpselte Gefäße aus rauchigem Glas, wie man sie in Ägypten oder Karchedon herstellte. Als sie den Laden verließ, der den vorderen Teil eines langgestreckten flachen Holzhauses am Kai einnahm, bemerkte sie, daß der Ruderer sie beobachtete. Eine Weile blickte sie über seinen Kopf hinweg auf die andere Seite der Flußmündung, wo oberhalb der auf den Strand gezogenen Fischerboote und der ausgespannten Netze eine Vielzahl schäbiger Hütten mit Binsendächern stand. Schließlich wandte sich auch der Ruderer dorthin, um zu sehen, was es zu sehen gäbe. Darauf ging Olympias langsam den kaum erhöhten, gemauerten Kai entlang, betrachtete die vertäuten Lastsegler, die sich mit dem leichten Wellengang knarrend hoben und senkten, und die Männer, die ausbesserten, Pech erhitzten oder vor den Schänken saßen und einem Musiker lauschten. Es roch wie in jedem Hafen: Salz und Brackwasser, Abfälle, faulige Pflanzen, Fisch. Die drei verlassenen Eindecker, die einen Großteil von Makedoniens vermeintlicher Flotte darstellten, lagen an der äußersten Mole, wie zerbrechliche Spielzeuge aus Borke. An einem Rammsporn hing eine Blumengirlande.

Sie betrat noch zwei Läden; im ersten kaufte sie ein Duftwasser, das nach schwerem Rosenöl roch, mit einem Hauch von Kitros, Kassia und kydonischen Äpfeln. Sie lächelte, als sie das Gefäß wieder verschloß; es waren Duftarten und Geschmäcke, die Philipps Mund entzücken würden.

Im zweiten Laden betastete sie kostbare Stoffe, kaufte aber nichts und kehrte langsam zum Ruderboot zurück. Der Mann hatte sie kommen sehen; er versuchte, bei der Heimfahrt ein Gespräch zu beginnen, verstummte aber bald, da die Königin auf nichts einging.

Sie ließ sich Öl, Mehl, Milch, Honig und einige Gewürze bringen, dazu geschliffene Messer und Schneidebrettchen. Das Öl goß sie in eine Bronzeschüssel mit hohem Rand, die sie auf den kleinen Tischherd stellte. Das Mehl ließ sie in einer Schale quellen, in Wasser und Milch, löste den Honig aus der Wabe, gab ihn hinzu und knetete alles mehrmals gut durch. Die meisten Kräuter, die sie gekauft hatte, waren überflüssige Ablenkung gewesen; sie endeten sofort in der Abfallkiste. Die wenigen, die sie wirklich benötigte, zupfte sie zurecht und zerkleinerte sie mit dem Messer auf dem Brett. Schließlich formte sie zehn Teigbällchen, füllte sie mit den zerschnittenen Kräutern und träufelte etwas aus den beiden Glasgefäßen hinein, rollte die Bällchen vorsichtig zwischen den Handflächen und warf sie in das siedende Öl.

An diesem Abend ließ sie Alexander in seinem eigenen Bett schlafen; sie hätte keine sichere Möglichkeit gehabt, die fertigen Bällchen vor ihm zu verbergen. Wieder verbrachte sie die Nacht fast ohne Schlaf, teils auf dem Lager, teils vor dem Altar. Am Vormittag schickte sie eine der Sklavinnen nach einem Mann, der in den Ställen arbeitete. Während sie wartete, legte sie die Schlange um ihren Hals und fütterte sie mit Fleisch. Wollte sie füttern, aber die Schlange nahm nichts an; Olympias hatte sich die Hände überaus gründlich gereinigt, geschrubbt, gesalbt, doch wich die Schlange immer wieder den Fingern aus. Schließlich glitt sie zum Körbchen, dann über den Sims zum Fenster und verschwand. Olympias zog ein paar welke Blumen aus einer weißen Vase und warf sie in die Abfallkiste, die die Sklavinnen früh geleert hatten.

Der Mann trat ein, verbeugte sich tief. Er konnte ebensogut fünfunddreißig wie fünfundvierzig Jahre alt sein und hatte das Gesicht eines zerstreuten Fuchses, der vergangener List nachsinnt.

»Admetos aus Tekmon?«

Er verneigte sich erneut.

Olympias musterte ihn scharf. »So lange her ... Langsam erkenne ich dich wieder. Deine Frau und deine Kinder sind noch in Epeiros?«

Er riß die Augen auf. »Woher weißt du ...«

»Vor vielen Jahren hast du meinem Vater Neoptolemos gedient. Ich hörte, du seiest vertrauenswürdig.«

Er hob die Schultern; seine Hände lagen starr an den Oberschenkeln. »Es ist nicht klug, jene zu hintergehen, die Gewalt über einen haben. Oder über die Familie.«

Olympias spitzte den Mund. »Ich hörte, deine Familie

lebt immer noch in Tekmon – warum sind sie nicht mitgekommen?«

»Ich mußte mich in Schuldsklaverei begeben und hoffe, bald zu ihnen heimkehren zu können.« Sein Gesicht war ausdruckslos, aber eine lauernde Hoffnung klang aus der Stimme.

»Man wird sehen. Solange ich dir vertrauen kann, ist deine Familie sicher. Je mehr ich dir vertrauen kann, desto eher könnte deine Schuldsklaverei enden.«

Admetos schloß die Augen. »Ich werde daran denken, Königin der Makedonen.«

»Du weißt, wo Philinna lebt, Philipps dritte Frau?«

Admetos nickte.

»Es ist ein kleiner Palast, außerhalb der Stadt, mit einem kleinen Garten zum Fluß.«

Admetos räusperte sich. »Verzeih, Herrin, aber nicht zum Fluß, sondern zum Kanal.«

Olympias zuckte mit den Nasenflügeln. »Wir werden hin und wieder in dieser Form prüfen, ob du zuverlässig bist.«

Admetos verneigte sich erneut.

»In diesem Garten wirst du, ohne daß Erwachsene dich bemerken, Arridaios etwas zu naschen geben. Hiervon.« Sie reichte ihm ein Beutelchen. »Es sind Teigbällchen. Gib ihm drei davon, hörst du?«

Admetos nahm den Beutel entgegen. »Drei. Darf ich etwas fragen, Herrin?«

Olympias wies auf die Tür »Nein. Geh. Vergiß nicht, es zu vergessen. Und denk an deine Familie.«

Am späten Nachmittag erschien Antipatros. »Gute Nachrichten soll man selbst überbringen; Boten sind für Unheil.« Er lächelte sie an; Olympias bat ihn, sich zu setzen, und füllte ihm einen Becher mit Glühwein.

»Welche gute Nachricht bringt dich hierher?«

Antipatros blickte zum Fenster, wo die kleine Schlange mit leisem Rascheln verschwand. »Philipp wird in einer Stunde eintreffen. Es geht ihm gut; er hatte ein paar

Schrammen, weil die Illyrer ihn mit Speerspitzen kratzen wollten. Sie sind längst verheilt.«

Olympias' Augen leuchteten. »Das ist die beste aller Botschaften, Freund des Königs. Gibt es Anweisungen oder Wünsche?«

Antipatros streifte das breite Bett mit einem Blick. »Ein festliches Mahl für die Fürsten und Hauptleute und ihre Frauen. Ein weiteres, in einem anderen Saal, für die Unterführer und einfachen Krieger, die mit herkommen. Die meisten sind ja auf dem Weg zu ihren Dörfern.« Er blinzelte. »Vorher ein wenig Zeit für den König, der sich erfrischen möchte.«

Olympias klatschte in die Hände; die Thrakerin kam nach wenigen Momenten. Mit mehreren anderen Dienerinnen teilte sie sich eine Kammer neben den Gemächern der Königin und mit diesen durch eine dünne, in Hohlziegel eingebettete Tonröhre verbunden.

»Das Bad – sofort«, sagte Olympias. »Gibt es heißes Wasser?« Die Thrakerin nickte und ging schnell hinaus.

»Wegen der Eile habe ich Anweisungen erteilt, ohne deinen Rat einzuholen.« Antipatros leerte den Becher und stand auf. »Ich hoffe, du wirst mir vergeben.«

»Es ist vortrefflich geordnet, wenn Antipatros es ordnet.«

Ihr Bad lag auf der anderen Seite des Gangs, zum Innenhof des Palasts. Regenbecken auf dem Dach des Mittelgebäudes speisten den Bronzekessel eines mit Holzkohle betriebenen Ofens, der in einer Nische im Gang stand. Das erhitzte Wasser floß durch ein Rohr in ein gemauertes Becken auf Ziegelsäulen im Bad. In diesem in Brusthöhe angebrachten Becken konnten je nach Bedarf heißes und kühles Wasser gemischt werden. Durch eine verstellbare Klappe strömte es in eine Röhre, die über der in den Boden eingelassenen Sitz- und Liegewanne in einer Art Sieb endete, so daß man sich berieseln lassen konnte; andere Zuleitungen führten unmittelbar in die Wanne und zu dem Waschtisch aus grünem Marmor – Geschenk des Königs, »daß die Schönheit deiner Augen dich widerstrahlend umgebe«. Nach dem Baden füllten die Dienerinnen gewöhnlich große Krüge mit dem gebrauchten Wasser, das nach und nach zum Spülen des ebenfalls aus grünem Marmor geformten Sitzes der Notdurft verwendet wurde, von wo es, wie das übrige Brauchwasser, durch Rohre an der Palastwand in die unterirdischen Kanäle aus Quadersteinen gelangte, die unter der Stadt hindurchführten und auf den Rieselfeldern am Nordrand endeten.

Olympias entkleidete sich mit Hilfe der Thrakerin; dann stieg sie in die Wanne, ließ sich berieseln, wusch ihr Haar und streckte sich im warmen Wasser aus. Eine fette Illyrerin mit feinen, zarten Fingern rieb Öl und Duftwasser in ihre Haut, entfernte das, was nicht in die Poren eindrang, mit einem Schaber aus Elfenbein, dann mit einem Schwamm. Olympias verließ die Wanne; sie stand auf dem dicken braunen Bärenfell, das die hellen Fliesen bedeckte, ließ sich von beiden Dienerinnen abtrocknen und lauschte auf die Geräusche aus dem Innenhof.

Der König war eingetroffen. Sie hörte, wie er einem Diener die Waffen gab, Antipatros begrüßte, ein paar Worte mit dem ebenfalls gerade eingetroffenen Parmenion wechselte. Olympias wies die Frauen an, das Wasser nicht aus der Wanne zu schöpfen oder abzulassen, und schickte sie fort. Von dem frisch gekauften Duftwasser, das Philipps Zunge entzücken sollte, goß sie etwa zwanzig Tropfen in die Handfläche, rieb es über die Brüste und in die Achseln, massierte es in ihr Schamhaar und strich über die Innenseiten der Oberschenkel. Dann nahm sie den weißen Überwurf.

Auf dem Gang kamen wuchtige Schritte näher; Philipps Stimme brüllte: »Weib – Fürstin – wo bist du?« Plötzlich stand er im Bad, lachte, breitete die Arme aus. Sie legte die Hände an seine Wangen, hielt sich an seinem Hals fest, fühlte sich umschlungen und an den harten Körper des Königs gepreßt, schloß die Augen, spürte seine Lippen, seine Hände, seine Muskeln, empfand jene köstliche Schlaffheit in den Knien, roch die Kraft und die

Pferde und das Lederzeug und wie ein Echo die Schärfe befleckter Waffen und den Schweiß und die Tage des Reitens und das Blut und den Wein und die Weite, einen Hauch von Winter und Nordwind und erstürmten Pässen und harzigem Holz und Brand. Mit fliegenden Händen half sie ihm, den Gürtel zu öffnen, und während er den Chiton zerriß, den über den Kopf zu streifen ihm die Geduld fehlte, und die Reitschuhe mit schlenkernden Bewegungen löste und durchs Bad fliegen ließ und den stinkenden Schurz zerfetzte, nahm sie den Schwamm und tauchte ihn ins Badewasser und kniete und wusch sein ragendes Glied und den harten haarigen Beutel und die Lenden, und er ächzte und knurrte und riß ihr den Schwamm aus der Hand und preßte ihn zwischen seine Hinterbacken, und sie wollte das Trockentuch nehmen und nahm doch den Mund, und dann hob er sie auf und trug sie über den Gang in ihr Schlafgemach und zum Lager und schleuderte den Überwurf irgendwohin und fand die kydonischen Äpfel und Kitros und Kassia und Rosenöl und folgte den Spuren mit der Zunge, und wahrscheinlich schloß die Thrakerin die Tür zum Gang.

Als Olympias am nächsten Morgen spät erwachte, fühlte sie sich einen Moment fremd und verirrt. Sie setzte sich aufrecht und begriff, daß sie in Philipps Gemach war, im Bett des Königs. Ihr Kopf schmerzte wie eine gepreßte Frucht; Zunge und Gaumen waren aus einzelnen Bastfasern gemacht und schmeckten nach schalem Wein und Lammbraten und zu vielen Gewürzen. Sie erinnerte sich mühevoll an das Festmahl, die Trankopfer und Trinksprüche und Getränke und Trünke und den Rausch; an die lederbezogenen Liegen vor den weißen Wandflächen, die das Flackern der tausend Fackeln und Lampen widerspiegelten und mit den Farben der Wandgemälde vermengten. Sie entsann sich nackter Tänzerinnen und Turner; war da nicht ein Feuerschlucker gewesen, vor dessen Mund Philipp mit röhrendem Gelächter eine gemästete, abgezogene, aufgespießte Bilchmaus hatte braten wollen?

Musiker; ein Kitharist, der einen Sänger begleitete; eine seltsame Melodie, zu der dieser Verse von Homer sang, passend zur Gelegenheit: von der Heimkehr des Odysseus, und wie bei seinen Worten Penelopes Knie weich wurden und ihr Herz aufging und sie die Arme um seinen Hals schlang, und wie sie sich reichlich der ersehnten Liebe erfreuten. Sie streckte sich und ächzte, weil ihre Lenden wund und hohl waren, und erinnerte sich der anderen Dinge – Philipp, wie er Berge von Speisen und Meere von Wein zu sich genommen hatte, ohne an Wucht und Kraft zu verlieren; wie er am Schluß über den Tisch sprang und den Sieger der Ringer, einen muskelbepackten ölglänzenden Kreter, mit wenigen Griffen bezwang und zu Boden schleuderte; und wie er dann, als viele längst lallten oder schnarchten, Olympias treppauf trug und durch die Gänge in seine Gemächer.

Sie lächelte, daß die zerbissenen Lippen schmerzten. Langsam stand sie auf, sammelte ihre Kleider, mußte sich nach dem Bücken einen Moment an der Tischkante festhalten und preßte die Hände gegen die pochenden Schläfen.

Später am Vormittag bat Admetos, vorgelassen zu werden. Sie hörte ihn schweigend an und nahm den Beutel entgegen, in dem noch immer acht Bällchen waren – er habe dem kleinen Jungen nur zwei geben können, dann sei eine Amme erschienen. Olympias entließ ihn mit dem Hinweis, derlei Bällchen ließen sich auch nach Epeiros übermitteln, etwa nach Tekmon. Als er gegangen war, warf sie die übrigen in ihr *kopron* und spülte mit dem restlichen Badewasser des Vortags nach. Dann schnappte sie nach Luft, lief ins Kinderzimmer und schärfte Alexanders Betreuerinnen ein, nur ja darauf zu achten, daß kein Fremder dem Kleinen etwas zu essen gäbe; dabei hielt sie ihn in den Armen und zerdrückte ihn fast.

Philipp war früh ausgeritten, um eine Söldnerunterkunft am Seehafen zu besichtigen. Nachmittags schickte er einen Diener, der Olympias zu einer Besprechung in den großen Beratungsraum bat. Als sie eintraf, sah sie zunächst nur Antipatros, Parmenion, den Arzt Drakon und den einäugigen sechsundzwanzigjährigen Antigonos, Truppenführer eines Söldnerverbands und Versorgungsplaner. Philipp war nur zu hören; er befand sich auf dem *kopron*, in einer durch Holzwände abgetrennten Nische. Die Tür des Verschlags war kaum angelehnt; man hörte den Zorn des Zeus, und Olympias sah die behaarte Hand nach dem Schwamm greifen, ihn in die Schale mit Duftwasser tauchen, wenig später im Bottich auswringen. Sie lächelte flüchtig und ging zum langen, dunklen Tisch, an dem die anderen saßen.

Drakon hatte einen Napf mit eingelegten Oliven vor sich stehen; er schien sie jedoch eher zu lutschen als zu kauen, biß dafür unendlich lange auf den Steinen herum, ehe er sie ausspie. Parmenion, Antipatros und Antigonos tranken Wasser. Olympias nahm den schwarzen Stuhl mit einer Sitzfläche aus verflochtenen Binsen neben Parmenion und ließ sich von ihm Wasser in den Becher gießen.

»Ah, was wollt ihr? Euch waschen oder trinken?« Philipp kam grinsend zum Tisch, goß aus einem Krater Wein in seinen Becher, ging zum Altarstein zwischen den beiden Fensteröffnungen, goß ein paar Tropfen hin, murmelte »für die Götter« und setzte sich dann Olympias gegenüber

»Aristandros würde sich wundern«, sagte Drakon undeutlich; er rollte den Olivenkern auf seiner Zunge herum. »Er schwört, daß König Philipp den Göttervater für einen Emporkömmling hält.«

Philipp wieherte vor Lachen; Antipatros schob den ledernen Haus-Helm in den Nacken und tippte mit dem Zeigefinger vor seine Stirn. »Aristandros übersieht, daß der König selbst Priester ist wie jeder König und deshalb keine besondere Achtung vor Priestern hat. Mangelnde Achtung vor Priestern hat aber nichts mit mangelnder Hinwendung zu den Göttern zu tun.«

Philipp hieb auf den Tisch. »Mach einen Witz, Antipatros!«

Parmenion kicherte. »Und er warf einen Igel in die Lüfte und sprach zu ihm: ›Flieg!‹«

Antipatros wedelte mit den Händen, als wären es Flügel, hielt dabei die Ellenbogen an den Leib gepreßt. »Witze? Zahllose Monde mußte ich wachen, damit nicht die Wühlmäuse dein Reich zerfressen, Philipp; nun bin ich müde. Ich erfreue mich der schwermütigen Aussicht auf einen langen Schlaf, nun, da du wieder in Pella weilst. Wenn ich aus diesem Schlaf erwache, werde ich lange frühstücken; erinnert mich doch danach an die Möglichkeit, daß irgend etwas witzig sein könnte.«

Drakon klatschte in die Hände; Philipp, der sich den Mund mit Wein spülte, grinste breit, und einige Tropfen rannen ihm aus den Mundwinkeln.

»Genug davon.« Er wischte sich den Mund mit der Hand, dann die Hand mit dem Chiton. »Der Staatsrat berät nun über den Staat. Schreiber!«

Vier ältere Männer traten ein, verneigten sich, setzten sich an einen Nebentisch, rollten Papyros aus, stellten Tintenschalen hin und griffen zu den Halmen. Jeder von ihnen würde einen Satz schreiben, immer in der gleichen Reihenfolge, und später würden sie die besprochenen Dinge und die zweifellos denkwürdigen Reden vollständig niederlegen.

»Parmenion – du bist dran.« Philipp lehnte sich zurück, den Becher in der Hand. Während Parmenion in sorgsamen, abgewogenen Sätzen über die kriegerischen Ereignisse und die politischen Folgen oder Voraussetzungen sprach, die Bewegungen und Erfolge des vergangenen Jahrs zusammenfaßte und die Aufgaben umriß, die im Frühling anstünden, sahen Philipp und Olympias einander in die Augen. Der König fuhr sich mit der Zungenspitze über die Lippen; einer seiner Füße kroch unterm Tisch zwischen Olympias' Beinen hinauf. Als Antipatros sich räusperte, grinste Philipp. »Ich verpaß schon nichts, Freunde; ob ihr's glaubt oder nicht – bei allem, was Parmenion erzählt, war ich dabei. Und ich bin stolz und dankbar, einem edlen und großherzigen Strategen zugesehen haben zu dürfen oder dürfen zu haben oder gedurft gehabt worden zu sein. Weiter.«

Parmenion kam zum Ende. Philipp kniff ein Auge zu und stupste Antigonos einen Zeigefinger zwischen die Rippen. »Und du hast immer noch kein neues Auge? Drakon, warum sammelst du nicht Augen statt Zähne? Wer will schon Zähne?«

Drakon zog die Oberlippe hoch, daß man sein weißes, ebenmäßiges, vollkommenes Gebiß sah. »Blinde, o König unter den Einäugigen, müssen kauen können; es sind aber schon viele sehenden Auges verhungert. Solltest du je ein Auge verlieren, werde ich es aufheben und in Gold einfassen.«

»Ich werde dich dafür füttern, Heiler. – Weiter. Antigonos.«

Der Truppenführer rieb sich die Narben, die wie ein Spinnennetz die leere linke Augenhöhle umgaben. Mit monotoner Stimme verlas er Zahlen und Münzmengen und Entfernungen: wie viele Söldner Makedonien verlassen hatten, wie viele neu angeworben worden waren, welche Vorräte er hatte anlegen lassen, wo die einzelnen Truppenteile für den Winter untergebracht waren. »Es wäre billiger, sie im Herbst zu entlassen und im Frühjahr neue zu werben«, sagte er zum Schluß. »Aber man verlöre viel Zeit.«

»Zeit ist teurer als Geld. Gute Arbeit, Freund. Und du, Drakon?«

Drakon spuckte einen Olivenkern auf den Boden, schob eine weitere Olive in den Mund und hob die Schultern. »Das einzig erwähnenswerte, neben den üblichen kleinen Krankheiten und den Verwundungen, sind zwei Dinge. Die Reinlichkeit der Unterkünfte, die Gewissenhaftigkeit, mit der neuerdings Trinkwasser und Ausscheidungen getrennt werden, haben größere Krankheiten, wie sie so oft vorgekommen sind, erheblich vermindert. Wir sollten hierin beharrlich sein. Das zweite erwähnenswerte Ding betrifft einen epeirotischen Heiler namens Leukos.« Drakon hüstelte und grinste. »Ein Mensch, der im Gegensatz zu mir einen dichten Vollbart trägt und im Moment Oliven kaut. Dieser Leukos war einige Tage zu Besuch bei einem berühmten Heiler, Kedalion, der einige gute neue Einfälle für das Aufschneiden von Bäuchen, das Ziehen von Zähnen und das Schienen mehrfacher Brüche hat. Kedalion lebt und wirkt in, ah, wie heißt der Ort gleich, Methone. Leukos hat viel von ihm gelernt, wenn es ihm auch nicht leichtfiel, immer mit molossischer Zungensteifheit zu sprechen.«

Philipp lachte. »Nicht alle Molosserzungen sind steif.« Sein Fuß kam wieder zu Besuch; Olympias blinzelte fast unmerklich. »Und was hat dieser Leukos sonst noch in Methone gesehen?«

Drakon schob die Olive aus der rechten in die linke Wange. »Er hat sich der Stadt erfreut.« Der Heiler entrollte einen Papyros und reichte ihn dem König. »Das sind die Befestigungen, die inneren Verbindungswege, die Lage der Waffenkammern, die Vorräte, die Tore, die Stärke der Mauern und die Punkte, an denen der Einsatz von Belagerungsmaschinen sinnvoll wäre.«

Philipp betrachtete die Zeichnungen und Zahlenangaben, rollte den Papyros wieder ein und schob ihn Parmenion zu. »Wenn du je wieder von Leukos hörst, richte ihm den tiefen Dank des Königs der Makedonen aus.«

Antipatros berichtete von Vorfällen in Pella, von Gesandtschaften, von Erkundigungen und Nachrichten; danach ließ Philipp die beiden Schreiber kommen, die ihn auf dem Feldzug begleitet hatten. Sie verglichen Aufzeichnungen, ergänzten oder kürzten, je nach Philipps Anweisungen, stellten eine Liste der von ihm geschriebenen und empfangenen Briefe zusammen.

»Zwei an Olympias.«

»Mit Wonne.« Philipp nickte heftig.

»Sieben an Philinna.«

Philipp seufzte. »Ein böses Weib. Zetert brieflich hinter mir her, ganz gleich, wo ich mich gerade aufhalte. Sie will dies, sie will das, ihr paßt jenes nicht, sie möchte dieses verändern, und warum ich so viel Aufhebens um Alexander mache, da sie mir doch viel eher einen Sohn geboren hat. Was soll ich mit ihr machen? Kann ich sie fortschicken und Arridaios hierbehalten? Ohne ihn wird sie nicht gehen. Ihn mit ihr fortlassen kann ich auch nicht; jemand könnte ihn als Geisel gegen uns verwenden. Fällt dir etwas dazu ein, Frau?«

Olympias zögerte nur einen Moment. »Er ist alt genug, um mit den anderen, den Söhnen deiner Fürsten und Gefährten, erzogen zu werden. Übergib ihn den Lehrern. Da es mit allen so geschieht, kann Philinna es nicht als absichtliche Kränkung ansehen. Und – du solltest ihr eine neue Behausung anbieten, mit größerem Garten und mehr Dienern; weiter weg von Pella.«

Parmenion nickte stumm; Antipatros und Drakon grinsten. Philipp lächelte. »Ein sehr guter Vorschlag. – Was meinst du dazu, Antigonos?«

Der Einäugige hob die Schultern. »Es steht mir nicht zu, mich dazu zu äußern, Herr.«

Philipp schnaubte. »Unfug. Jedem erwachsenen waffenfähigen Makedonen steht es zu, sich jederzeit zu allem zu äußern.«

Antigonos legte die Hände auf die Tischplatte; ohne von den Fingern aufzublicken sagte er: »Man könnte auch erwägen, das dann freiwerdende Gebäude am Kanal für die Erziehung zu nutzen. Gib es Lysimachos; ich glaube, die Verhältnisse hier im Palast sind ein wenig beengt.«

Philipp fuhr sich mit dem Handrücken über die Nase. »Hm. Nicht schlecht. Wir werden es erwägen. Weiter«

Die Gelder des Staats; die Notwendigkeit, allen Einwänden Athens zum Trotz mehr Schiffe zu bauen; einige von Antipatros überaus sarkastisch wiedergegebene Quengeleien von Gebietsfürsten. Dieses Problem führte zu einer anderen Erörterung. Die Söldnertruppen, fast ausnahmslos Fußkämpfer, blieben ganzjährig verfügbar und unterstanden unmittelbar dem König; zusammen mit Kämpfern aus den Königsländern etwa um Pella und Aigai hüteten sie auch in den Wintermonaten die Ordnung der beiden Städte sowie Leib und Leben des Herrschers. Die anderen Truppen – Reiter, leicht- und schwerbewaffnete Fußkämpfer, Störer, Aufklärer, Bogenschützen, Schleuderer – wurden nach Herkunftsgebieten gegliedert; ihre Bindung an den jeweiligen Fürsten war meistens stärker als die an den König. Aus den Fürstenfamilien kamen auch die Angehörigen der schweren Hetairen-Reiterei, die »Gefährten« des Königs. Die Söhne der Adligen wurden in Pella erzogen, unter der Leitung des strengen Leonidas und des milden Lysimachos; sie waren Unterpfand der Treue ihrer Sippen, Leibdiener des Königs, künftige Truppenführer, künftige Spiel-, Lern- und Kampfkameraden für Philipps Söhne.

»Und was mache ich mit den neuen Gebieten?« Philipp goß Wein nach und schwenkte den Becher; ein paar Tropfen schwappten über. Er verzog mürrisch das Gesicht und blickte in die Runde. »Die Treuen, die Tapferen, die Besten der Hetairen werden belohnt, indem ich ihnen neues Land gebe; sie kümmern sich um alles, mehren den Wohlstand des Reichs, aber gleichzeitig stärke ich sie. Gegen mich. Ich kann ihnen nicht noch mehr Land geben – aber was soll ich mit den neuen Gebieten tun? Wir haben nicht genug gute Leute, um es unter Königsverwaltung zu stellen.«

»Alte ausgediente Kämpfer?« sagte Parmenion. Dann schüttelte er den Kopf. »Das würde nur einen kleinen Teil der Probleme lösen – es gibt nicht genug alte Krieger.«

Olympias hob die Brauen; ihr Lächeln war mehrdeutig. »Ich habe die Abwesenheit des Königs genutzt, um alte Dinge zu erforschen. Die Tontafeln des Archivs von Aigai, das nach Pella verlegt wurde. Dabei habe ich einige hilfreiche Aufzeichnungen gefunden.«

Philipp betrachtete sie aufmerksam. »Sprich, klügste der Frauen. Welche Aufzeichnungen?«

»Dein Vorfahr Alexandros hat vor mehr als hundert Jahren das Reich erweitert – nachdem die Perser abgezogen waren. Er hat damals gar nicht genug Gefährten-Reiter gehabt, um ihnen allein die Aufsicht über die neuen

Gebiete zu geben. Außerdem hat er ihnen, mit gutem Grund, genauso mißtraut wie du heute. Darum hat er besonders kluge, tapfere, treue Kämpfer aus den Reihen der Bauern und Handwerker zu Fußgefährten gemacht und sie mit Land belohnt, das sie für ihn verwalten und gliedern sollten. Aus diesen *pezhetairoi* sind schnell richtige Adlige geworden, deren Nachfahren heute an deiner Seite reiten.«

Drakon grinste. »Der Rat einer klugen Frau . . . Philipp, es ist einiges daran.«

Parmenion hatte das Kinn auf die gefalteten Hände gestützt und starrte Olympias an. Antipatros nickte langsam. Antigonos schwieg.

Philipp kaute auf der Unterlippe. »Und das hatte keine Nachteile? Warum ist es in Vergessenheit geraten?«

»Ganz einfach.« Antipatros deutete mit dem Zeigefinger auf Philipps Brust. »Du, Philipp, Sohn des Amyntas, Enkel des Arridaios, Urenkel eines weiteren Amyntas und Ururenkel des Alexandros – du bist der erste makedonische Herrscher seit eben jenem Alexandros, der das Reich weiter ausdehnt. Alle, die nach ihm kamen, sein Sohn Perdikkas und dessen Söhne und Enkel, die vor deinem Vater König waren, haben es, wie der große Archelaos, bestenfalls geschafft, das Reich zu wahren, nicht aber zu mehren. Und wie wir allzu gut wissen, wurde es dann immer weiter vermindert, bis du das Schwert in die Hand genommen hast. Das heißt, daß es nach dem Tod des Alexandros vor hundert Jahren keine Gelegenheit mehr gab, neue Länder zuzuteilen. Bis jetzt.«

Philipp kniff die Augen zusammen und schaute von Antipatros zu Parmenion, dann zu Olympias. »Fuß-Gefährten?« Sein Gesicht entspannte sich; es nahm jenen scheinbar ruhigen Ausdruck an, der einem Ausbruch von List, Begeisterung oder Zorn voranging. »Olympias – es ist ein Vorschlag, der mir ausgezeichnet gefällt. Er hat, was alle guten Vorschläge haben sollten: mehrere Seiten.«

Drakon kicherte schrill. »Weißt du, was man in Methone sagt? Das Schlimme an Philipp ist, daß er die Patsche hinter seinem Rücken versteckt und erst zuschlägt, wenn mindestens drei Fliegen gleichzeitig zu erwischen sind.«

»Ah, aber es ist ganz ausgezeichnet. Fuß-Gefährten! Sie würden das neue Land besser verwalten als die Fürsten, weil sie selbst Bauern oder Handwerker sind und genauer sehen, was getan werden muß. Sie könnten ohne Dünkel und Dummheit vorgehen, die Fruchtbarkeit der Felder und Frauen mehren und das Reich stärken. Sie wären ihren bisherigen Fürsten entzogen und unmittelbar, gewissermaßen als Fürsten zweiten Ranges, dem König zugeordnet. Sie würden in der Versammlung für den König sprechen, gegen die Fürsten. Und sie werden die unübertreffliche neue Mitte der Phalanx bilden, die halbadligen Gefährten zu Fuß, erlesene Kerntruppe der Fußkämpfer!« Er hieb auf den Tisch. »Olympias, wie soll ich dir danken?«

»Gib mir mehr Geld.«

Als sich das Gelächter gelegt hatte, setzte sie hinzu: »Und vielleicht ein oder zwei Stückchen Land mit ein oder zwei Hütten. Zum Verschenken. Es würde dem König, und auch seinem Sohn Alexander, nicht schaden, wenn die Königin die Mittel besäße, gute Dienste oder besondere Treue zu belohnen.«

Wie immer, wenn Philipp zu ihr kam, hatte Olympias die Schlange der Thrakerin übergeben; er haßte Schlangen allgemein und dieses Tier im besonderen. Es war mittlerer Nachmittag; die Öfen, die Kohlenbecken und die Körper hatten den Raum erwärmt. Auf dem Gang hörten sie eine der Betreuerinnen, dann das Giggeln des Kleinen. Olympias stand auf, wickelte sich in ein weites weiches Tuch und holte Alexander. Während sie sich langsam anzog und dann am Tisch saß, einige Beeren aß und heißen Würzwein trank, spielte Philipp, nackt auf dem Lager, mit seinem Sohn, sang ihm unflätige Söldnerlieder vor, kitzelte ihn, warf ihn hoch und fing ihn auf. Als sich die Tür öffnete und ein Unterführer der Palastwache eintrat, johlten eben beide herum, als wäre auch Philipp ein kleiner Junge.

Der Krieger räusperte sich; Philipp blickte auf, mit einem Anflug von Verlegenheit. Dann lachte er, streichelte Alexanders Kopf und sagte:

»Erzähl es ruhig weiter – aber erst, wenn du selbst Kinder hast. Was gibt es?«

»Ein Bote von Philinna, Herr. Sie bittet um deinen besten Arzt. Dein Sohn Arridaios ist zu Tode erkrankt. Sie befürchtet das Schlimmste.«

Philipp schloß einen Moment die Augen. »Such Drakon; er soll sofort zu ihr gehen. Ich komme später.«

Als der Unterführer den Raum verlassen hatte, legte Philipp die Arme um Alexander und drückte ihn an sich. »Hast du es gehört, mein Kleiner? Dein Halbbruder ist krank. Glück für dich. Bleib gesund, hörst du?«

Admetos kniete, die Augen fest geschlossen; die Feuchtigkeit, die durch die Wimpern sickerte, war nicht bedeutend. Sie mochte insgesamt eine halbe Träne ergeben.

»Wie soll ich dir je danken, Herrin?«

Olympias ließ ihre Finger flattern; Admetos, der unter den Lidern hervorgelugt haben mußte, stand sofort auf.

»Dank mir am besten, indem du dich bemühst, mein Wohlgefallen zu mehren.«

Admetos verzog keine Miene. »Ich bin in deiner Hand. Ich und die anderen.«

»Sie sind immerhin vor den Nachstellungen deiner alten Gegner sicher. Und vor denen meines herrschsüchtigen Onkels.«

»Deine Hände, Herrin, sind ihnen dafür nun näher.« Admetos Stimme war belegt.

»Meine Hände?« Olympias spreizte die Finger, betrachtete sie, spielte dann wieder mit dem Schreibried und lächelte. »Meine Hände sind gütig, Admetos. Solange ich mich nicht wehren muß.«

Admetos verschränkte die Arme; er versuchte, den

Oberkörper steif zu halten. »Was sind deine Befehle, Herrin?«

»Sorg dafür, daß es deiner Frau und deinen Kindern an nichts fehlt. Haltet das Haus in Ordnung. Haltet die Ohren auf. Und hör dich um. Vielleicht erfährst du von einem Unterführer, der sich gern einmal mit mir unterhielte. Am besten ein junger Mann aus edlem Haus. Unterführer der Reiter, ein Mann aus Obermakedonien. Lynkeste, Elimioter, so etwa.«

Admetos nickte, stand, wartete. Olympias nahm ihn nicht mehr zur Kenntnis; nach einigen Atemzügen verließ er stumm den Raum.

Sie beendete das Schreiben, überflog es noch einmal, rollte es zusammen und erhob sich. Sie wies Ammen und Dienerinnen an, den Rest des Tages bestimmte Aufgaben zu erledigen und den Jungen zu beschäftigen, von dem sie sich nicht verabschiedete. Auf dem Gang erwiderte sie den Gruß der Posten, die den Zutritt von der Treppe her bewachten, mit einem Nicken und einer kleinen Grimasse, stieg die Treppe hinab ins erste Stockwerk, mußte wieder an Wachen vorbei und ließ sich zu Antipatros bringen, der in seinem großen, kargen Arbeitsraum über Rollen und Täfelchen brütete.

»Willst du diese unhandlichen Dinger nicht endlich abschaffen?« sagte sie statt einer Begrüßung.

Antipatros hob die Schultern und deutete auf einen Scherenstuhl. »Setz dich, Fürstin. Nein, warum? Sie sind billiger als Papyros, wir können Geld sinnvoller ausgeben als für Einfuhren aus Ägypten, außerdem sind die Wachstafeln mehrfach verwendbar. Was führt dich her?«

Sie reichte ihm die Rolle; Antipatros überflog sie.

»Dein werter Onkel«, sagte er gedehnt. »Ich weiß nicht, ob seine vielfältigen, ah, Unternehmungen unbedingt Philipps Beifall finden. Woher weißt du das alles?«

Olympias stützte die Ellenbogen auf die Tischplatte und das Kinn auf die verschränkten Hände. »Viele Dinge hört man eben einfach so nebenher. Beiläufige Bemerkungen, aus denen sich später ein ganz anderes Bild zusammensetzen läßt.«

Antipatros grunzte; er nahm ein neues Schreibried, kaute an einem Ende herum, bis es zum Pinsel zerfaserte, tunkte es in das kleine bronzene *melandocheion*, das frisch geriebene, mit Wasser verdünnte schwarze Tinte enthielt, und unterstrich einige Wörter, einmal eine halbe Zeile. »Die illyrische Gesandtschaft muß nichts bedeuten«, sagte er dabei halblaut. »Das sind seine wie auch unsere Nachbarn. Aber daß Arybbas offenbar beginnt, sich eines Teils seiner – deiner – Verwandtschaft zu entledigen, betrübt mich ein wenig.«

Olympias lächelte. »Das hast du liebevoll gesagt. Betrüben. Philipp wäre vermutlich äußerst betrübt, wenn meinem kleinen Bruder etwas zustieße, nicht wahr?«

Antipatros rieb sich die Nase, mit Daumen und Zeigefinger. »Arybbas ist Onkel und Vormund, mehr nicht, aber auch nicht weniger. Er soll Epeiros lenken, bis Alexandros alt genug ist, um König zu werden. Nicht weniger, aber auch nicht mehr.«

Olympias stand auf. »Wenn ich etwas tun kann ...«

Antipatros legte das Ried beiseite. »Du bist eine kluge Frau. Kluge Helfer gibt es nie genug. Aber nach den Erfahrungen mit Philipps Mutter ... ich kann ohne seine Einwilligung nicht bestimmen, wie weitgehend du Einblick in wichtige Belange erhalten darfst.«

Sie verzog das Gesicht. »Wir müssen es mit ihm bereden. Wo ist er jetzt? Wann kommt er zurück?«

»Er und Parmenion besuchen die südlichen Festungen und Vorratslager. Du weißt schon ...« Er grinste.

»Ja, in der Nähe von Methone.«

»Es wird sicher noch zwanzig Tage dauern, bis sie wieder herkommen.«

»Ich brauche einen Ort, an dem ich ... Dinge tun und Personen empfangen kann, ohne beobachtet zu werden.« Olympias machte eine weit ausladende Armbewegung. »Das hier ist fast noch schlechter geeignet als der Palast mit den hundert Wachen.« Der kleine Tempel, in dem Aristandros sich aufhielt, wenn er nicht am Hof war, stand auf einem Hügel am Flußufer; die Wege dorthin führten durch Felder oder durch den Sumpf und waren von weit her zu beobachten.

Aristandros beugte sich vor und stocherte im Kohlenbecken; es zischte und stank. Die beiden bescheidenen Wohnräume, die zum Tempel gehörten, waren aus kaum verputzten Bruchsteinen gebaut: kalt und klamm.

»Welche Dinge und Personen, daß du nicht beobachtet werden willst?« sagte der Seher, ohne von der Glut aufzublicken.

»Verschiedene.« Olympias kaute auf der Unterlippe; dann biß sie ein Hautfetzchen von einem Nagelbett ab. »Dinge zum Beispiel, von denen nicht ganz Pella wissen muß.«

Aristandros, noch immer vorgebeugt, hob den Kopf; sein Nacken färbte sich dunkelrot. »Ich wüßte einen Platz ... Aber er ist eigentlich den Mysten vorbehalten.«

»Kabiroi? Isis? Orpheus?«

»Dionysos.«

Olympias machte eine wischende Handbewegung. »Du vergißt, ich bin Priesterin. Ein Mysterium mehr oder weniger ...«

Aristandros keckerte. »Das sagst du so. Meinst du, der König wird es billigen, wenn die Herrin Makedoniens zur Mainade wird?«

»Philipp wird noch vieles billigen müssen ...«

»Ah.« Aristandros richtete sich endlich auf. »Nach allem, was aus dem Palast zu hören war, seid ihr euch doch bestens einig.«

Olympias lächelte; einen Moment verlor sich ihr Blick in der Ferne. »Das stimmt. Aber Einigkeit bedeutet nicht unbedingt Verzicht auf eigene Pläne. Die dem König nicht schaden.«

»Du wirst dich entscheiden müssen.« Die Stimme des Sehers war trocken, fast knarrend. »Entweder es schadet ihm nicht, oder es nützt dir. Entweder es bedarf nicht seiner Billigung und fördert deine Sache nicht, oder es hilft dir und deinem Sohn – und dem Gott; dann wird es aber Philipp nicht gefallen.«

»Bist du so sicher? Philipp braucht einen Sohn, der sein Werk fortsetzen und vollenden kann. Er muß Herrscher sein und Krieger; um König Makedoniens zu sein, muß er auch Priester werden. Was sollte Philipp nicht gefallen?«

Aristandros kniff die Augen zusammen. »Die Pläne des Gottes Ammon sind nur teilweise mit denen des Königs Philipp vereinbar. Ammons Gefäß, der künftige Pharao, muß aber auf alles vorbereitet werden.«

Olympias nickte. »Ich weiß. Ich sehe aber kein Problem, das heute schon gelöst werden müßte. Der Kleine ist gerade eineinhalb Jahre alt; wenn er zehn wird, müssen wir uns etwas einfallen lassen. Bis dahin?« Sie hob die Schultern.

»Erkenne dich selbst. Und gedenke deiner.«

Olympias betrachtete das reglose Gesicht des Priesters und Sehers. Aristandros war etwa so alt wie Philipp, vielleicht ein wenig älter. Während bei Philipp die Mühen, die durchwachten Nächte, die Märsche und Ritte, die Kämpfe und Liebschaften erste tiefe Furchen gegraben hatten, war sein Gesicht glatt und straff. Aber etwas anderes, andere Spuren, die nicht zu sehen, sondern nur zu fühlen waren, überschatteten die Augen. »Was meinst du?«

»Philipp und die Frauen, zum Beispiel.«

Olympias lachte. »Alle wollen mir Neid und Eifersucht einreden. Soll er doch spielen, mit wem er will. Wenn er heimkommt, gibt es nur mich. Und ich . . . spanne meine Leinen, webe mein Netz.«

Aristandros seufzte. »Überschätz dich nicht, Fürstin der Makedonen. Was du an Macht, an Einfluß, an Möglichkeiten hast, kommt nur durch Philipp. Wenn er dich eines Tages verstößt oder nur von der Macht fernhält wie die anderen Frauen, was dann?«

Olympias' Gesicht schien sich von allem Ausdruck zu leeren. »Ich bin heute unersetzlich in seinem Bett und an seinem Beratungstisch. Das kann sich ändern. Dann werde ich nur eine unter vielen sein, wie Philinna und die anderen. Aber ich werde immer eines sein: die Mutter Alexanders. Die Mutter des künftigen Königs der Makedonen.«

»Das ist deine Macht?«

»Das ist meine Macht.«

Aristandros nickte sehr langsam. »Nutze sie gut.«

»Es gefällt mir nicht.« Philipp riß an seinem Bart, klatschte dann in die Hände und spie ins Kohlenbecken. »Nein, überhaupt nicht.« Er starrte Antipatros an, unter herabgezogenen buschigen Brauen.

»Was gefällt dir nicht? Daß hinter deinem Rücken Dinge geschehen; daß ich sie entdecke, während ich deinen Rücken hüte; oder daß ich sie dir sage?«

Philipp packte die Rückenlehne eines Scherenstuhls und drückte zu. Die Knöchel traten weiß hervor, dann knirschte das Holz und brach. Philipp schleuderte die Stücke von sich; eines sprang vom Sockel des hellen Altarsteins zurück, schrappte über den Boden und blieb unterm Tisch liegen. »Was noch, Hüter meines Schlafs?«

Antipatros lehnte sich an die Tischkante. Der Fackelschein überzog seine Glatze mit rastlosem Gold. »Willst du dich nicht setzen?«

Philipp entblößte die Schneidezähne, knurrte etwas; er klatschte mehrfach laut in die Hände, brüllte nach Wein und ließ sich auf einen unversehrten Stuhl fallen. Ein Sklave brachte Krug und Becher, goß ein; Philipp stürzte den Inhalt des ersten Bechers herunter, ließ nachgießen und scheuchte den Sklaven mit einer Handbewegung aus dem Beratungsraum.

Antipatros ging zur verschlossenen, verhangenen Fensteröffnung. Er wandte sich um, das Gesäß am Sims, und starrte in Philipps Augen. »Was denkst du?«

Philipp hieb auf die Tischplatte. »Ich werde ernstlich zu denken beginnen, sobald du mir alles gesagt hast.«

Antipatros lächelte. »Alles? Wir wollen uns auf das Wichtige beschränken.«

»Fang an.«

»Sie unterhält ein Netz von Spitzeln. Einer der wichtigsten Leute ist dieser Molosser, Admetos. Das Netz arbeitet recht gut. Die Nachrichten, die sie weitergibt, beweisen es. Sie sorgt sich um ihren Bruder in Epeiros, und was sie über die Machenschaften von Arybbas erfährt, unterbreitet sie mir.« Antipatros lächelte knapp. »Sie weiß nicht, daß ich viele Dinge längst weiß; wir haben ja unsere eigenen Leute. Aber sie hat Einzelheiten erfahren, von denen ich nichts wußte.«

»Zutreffende Einzelheiten?«

»Ja. Ich habe das dann sofort prüfen lassen; alles stimmt. Aber das Netz erstreckt sich inzwischen über dein halbes Reich und weiter, Philipp. Nicht nur nach Epeiros. Und nicht nur aus Sorge um ihren Bruder. Sie hat versucht, über Admetos und andere Zugang zu den Führern deines Heers zu bekommen.«

Philipp grunzte.

»Ich habe ihr einen Köder zugeworfen. Einen jungen Unterführer der Hetairenreiter, der nicht weiß, daß ich weiß.«

»Wer ist es?«

»Ein Oreste, Eurymachos.«

Philipp grinste. »Eurymachos? Einer der Freier der Penelope? Sehr passend. Weiter.«

»Die Krankheit, an der Arridaios leidet ... Dein erster Sohn.«

Philipp tippte sich an die Schläfe. »Armes Kerlchen. Willst du sagen ...«

»Will ich sagen, ja. Wenn du Wert darauf legst, kann ich dir die Namen der einzelnen Händler nennen, bei denen sie Kräuter und Gifte gekauft hat. In Pella und im Hafen.«

Philipp starrte in den Becher, trank, rülpste. »Die Ähnlichkeit zwischen ihr und meiner Mutter ist überwältigend. Was für eine Hexe.« Er lachte plötzlich. »Und – was für ein Weib! Noch mehr?«

»Aristandros hat ihr sein Hügelhaus geöffnet.«

Philipp runzelte die Stirn. »Hügelhaus? Der Schuppen

im Wald, über der Höhle, wo sie diese Orgien feiern, rohes Fleisch fressen, sich berauschen, all das?«

»All das, ja.«

Philipp hüstelte in seinen Becher. »Das bedeutet also ...«

»Genau das bedeutet es. In diesem Augenblick bedeutet es genau das.«

»Es ist gut. War das alles?«

»Das, was wichtig ist.« Antipatros musterte ihn, beinahe erstaunt. »Du nimmst das so ruhig hin.«

Philipp grinste verzerrt. »Mein Freund, Hüter meines Rückens, Wahrer des Friedens – ich dachte, es wäre schlimm.«

Antipatros kratzte sich den kahlen Schädel. »Ist es das nicht? Was erwartest du denn noch?«

Philipp schnaubte. »Bei deinen Anfangseröffnungen, von wegen, was alles hinter meinem Rücken geschieht und daß Olympias das Reich gefährdet ... Ich dachte, es wäre wirklich ernst. Zuzutrauen ist es ihr ja.«

Antipatros schüttelte langsam den Kopf. »Ich begreife dich nicht. Olympias, deine Frau, die Königin, unterhält Spitzel gegen dich und das Königreich, vergiftet deinen Erstgeborenen, nimmt an Dionysos-Orgien teil, berauscht sich, läßt sich maskiert von maskierten Männern besteigen – und du sagst, es ist nicht ernst?«

Philipp breitete die Arme aus und ließ sie wieder sinken. »Es gefällt mir nicht. Aber es ist nicht ernst. Sie tut genau das, was ich erwartet habe. Laß sie an der langen Leine. Wenn sie aufhört zu bellen, wissen wir, daß die wirkliche Bedrohung beginnt.« Er reckte die Arme. »Ah, Götter, was für ein Weib! Ich wollte, sie wäre jetzt hier!«

»Was würdest du mit ihr machen?«

Philipp schloß die Augen. »Mich mit ihr auf dem Lager wälzen, war denn sonst?«

Etwas war anders. Etwas stimmte nicht. Die maskierten Gesichter, die nackten Leiber, die durcheinanderwogenden Tänzerinnen und Tänzer, die mit Weinlaub bekränzten Köpfe und Masken und Glieder, das schrille Kreischen, das Keuchen, die dumpf dröhnenden Worte des Sängers, alles war wie sonst, aber etwas war anders, sie wußte nicht, was. Sie kniete zwischen den Beinen eines Mannes, massierte seinen Phallos, knetete ihn, atmete schwer durch den schmalen Mundschlitz der Maske. Harte Hände berührten ihren nackten Rücken, ihr Gesäß, drängten sich zwischen ihre Schenkel; sie spreizte die Beine und ächzte, als der Mann von hinten in sie eindrang. Die Puppe – oder war es ein echtes Kind? – wurde von Männern mit weißen Masken und weißgeschminkten Oberkörpern hochgeworfen, hin- und hergereicht; ein Kreis bekränzter Frauen wirbelte um die Gruppe; jemand schrie den Namen des Gottes, dann wurde der kleine Dionysos in Stücke gerissen. Blut spritzte, oder war es Saft? Olympias ließ ihr Becken kreiseln; der Mann hinter ihr stöhnte und stieß immer wieder tief in sie hinein. Etwas war falsch – nein, nicht falsch, vielleicht war es so sogar ganz besonders richtig, genau, geziemend, aber es war anders.

Im Rausch entstand der Mythos wieder neu, überlagert von etwas, das anders war, das nicht dazugehörte. Sie sah die zerrissene Puppe, das zerfetzte Kind Dionysos, aber sie sah auch die Weltenschlange, die zerstückelt wurde; Dionysos war Tammuz und Osiris und viele andere. Rhea sammelte die Teile und fügte sie zusammen – eine alte Frau mit schlotternder Haut. Der Knabe Dionysos wurde als Mädchen verkleidet, in den Frauengemächern aufgezogen, war plötzlich Achilles, der schmollend unter den Maiden saß, wurde von den Nymphen mit Honig genährt, wuchs heran und verfiel dem Wahnsinn. Begleitet von seinem Erzieher Silenos und einer kreischenden Horde von Mainaden und Satyrn – woher kamen all die Bocksfüße? – zog Dionysos durch die Welt, der efeuumwundene Stab mit dem Tannenzapfen auf der Spitze war ein Phallos, und mit Hilfe der Amazonen besiegte Dionysos die feindlichen Titanen in Ägypten Ägypten Ägypten, und setzte König Ammon Amûn Om wieder in sein Reich ein, zog nach Indien, über Berge und durch Wüsten, erließ Gesetze, gründete Städte, pflanzte Wein, trank trank trank, kam nach Thrakien, nach Theben, verbreitete Wahn und Rausch, fuhr mit den Piraten übers Meer, ließ den Weinstock wachsen, der den Mast umwucherte, verwandelte die Ruder zu Schlangen, sich selbst in einen Löwen mit dem Gesicht zur Sonne, füllte das Schiff mit Geistertieren, machte die Piraten zu Delphinen, wurde endlich von der ganzen Welt verehrt, stieg zum Olymp hinauf und sitzet zur Rechten des Göttervaters und schlachtet ein Lamm und teilt den Fisch und reißt das Auge des Horos heraus und setzt Ammon wieder ein und löscht die Feueraltäre und beendet die Herrschaft der Perser und stirbt in Babylon und ist ein flammender Stern und ein Sternbild und stirbt und lebt weiter und erfüllt ihren Schoß, und dann ächzte der Mann hinter ihr schwer und sackte auf sie und sie hörte das grollende Keuchen und roch ihn und wußte, daß der Ägypter gekommen war.

8.

Splitter im Auge des Horos

Peukestas legte neues Holz aufs Feuer; und Rollen. Er zauderte, warf einen Blick über die Schulter.

Aristoteles hatte sich aufgerichtet und beobachtete ihn mit einem spöttischen Lächeln. »Keine Sorge; der Brief, den du suchst, ist nicht dabei. Er ist sicher.«

Peukestas riß einen Span von einem Scheit und zündete weitere Lämpchen an; es war Abend geworden. »Du siehst erstaunlich gut aus. Wie fühlst du dich?«

Aristoteles blinzelte; er schien in sich hineinzuhorchen. »Besser. Das Reden über Vergangenes bringt nicht nur die Vergangenheit zurück, sondern die Jugend des Redenden. Beweis für greise Torheit.« Er kicherte. »Aber es ist so, wenn es auch kindisch sein mag.«

»Sollen wir eine Pause machen?«

Der Philosoph seufzte leise. »Bald beginnt die endlose Pause. Nein; es ist . . .« Er zögerte, als ob er nach Worten suchte. »Diese Dinge haben meinen inneren Darm gebläht, seit du die erste Frage gestellt hast. Es erleichtert mich, derlei Luft abzulassen. Außerdem . . .« Er schloß die Augen, ließ sich wieder aufs Lager sinken. »Es wärmt mich; ich verbrenne mein letztes Feuer. Je schneller und heftiger es niederbrennt, desto mehr Würdelosigkeit des Dahinsiechens bleibt mir erspart.« Er nestelte an der dünnen Kette, die das ägyptische Amulett hielt.

»Ich verstehe vieles nicht«, sagte Peukestas halblaut.

Der Greis kicherte wieder. »Die Voraussetzung aller Philosophie. Was denn, Sohn meines Freundes Drakon?«

»Der immerwährende Krieg zwischen Philipp und Olympias, von dem in den Erzählungen die Rede ist. Bei dir beginnt er als Friede, Liebe und Leidenschaft.«

Aristoteles nickte. »Die Eigenschaften eines Menschen sind wahrscheinlich von vornherein da, sie müssen sich jedoch erst entwickeln, um zu ihrer ganzen Scheußlichkeit zu gedeihen. Was die Erzählungen und die Tragödien darstellen, sind abgeschlossene Entwicklungen; wir reden aber vom Verlauf des Entwickelns. Ich weiß nicht, ob die Dinge sich insgesamt so abgespielt haben, wie ich sie berichte; Philipp hat mir später vieles erzählt, als ich in Pella und Mieza war. Auch dein Vater kannte Dinge ... Jedenfalls glaube ich, daß wir große Gestalten wie Philipp und Olympias und natürlich Alexander nur erfassen können, wenn wir sie vor der endgültigen Ausprägung bedenken.«

Peukestas knabberte an einem Fetzen Fleisch. »Eine sehr lange Geschichte. Haben wir genug Zeit?«

»Wenn wir so weitermachen ...« Aristoteles richtete sich auf und zog das Amulett hervor. »Von dem, was mir an Leben bleibt, ist vielleicht schon die Hälfte vergangen. Zerronnen. Auf diese Weise würden wir zu Alexanders fünftem Geburtstag gelangen, bis ich sterbe.«

»Wie können wir vorgehen?«

»Du weißt, wer Philipp ist, wer Olympias, wer Demosthenes. Ich habe die Kraft wiedergewonnen, dir noch einige Bilder zu zeigen. Sie werden dir helfen, das zu sehen, was aus ihnen wird – geworden ist, auch ohne jeden Schritt des langen Weges zu kennen, den sie zurücklegen mußten. Es wird uns viel Zeit ersparen. Und viel Gerede.«

»Kannst du mir auch dazu verhelfen, den unendlichen und unsinnigen Wirrwarr der hellenischen Bruderkriege zu verstehen?«

Aristoteles lächelte; seine Stimme war voller Spott. »Wie denn, da ich selbst nichts davon begreife?«

»Der Heilige Krieg, der Bundesgenossenkrieg, die unaufhörlich wechselnden Bündnisse ...«

Aristoteles hielt das Amulett hoch und starrte ins Auge des Horos. »Es sind die Einzelheiten, die alles so wirr machen. Wenn man das große Bild zusammensetzt, wird alles klarer.«

»Haben wir denn die Zeit? Kannst du mir, wie es deinem Denken gemäß wäre, alle Einzelheiten geben, damit ich mein Bild selbst zusammensetze?«

»Nicht mehr. Das Wasser rinnt aus der Klepsydra meines Lebens; bald wird das Uhrwerk stillstehen. Aber ich kann tun, was Platon täte – dir mein Bild erläutern, damit du es hinterher bedenkst und vielleicht verwirfst.« Er lächelte.

»Wenn du sehr geschickt bist, kannst du echte Einzelheiten und falsche oder tückische Verknüpfungen zu einem in sich trefflichen, die Wahrheit glänzend verfälschenden Bild zusammenfügen.«

»Fürwahr. Es bleibt aber nichts anderes übrig. Du wirst mir vertrauen müssen – wie einem Dichter, der Wirklichkeit entstellt, aber ein Kunstwerk liefert, das eine neue Wirklichkeit und in sich richtig ist; oder einem Dolmetscher oder Übersetzer von Schriften, dessen Werk vielleicht ein neues Kunstwerk ist, ohne die Wahrheit dessen wiederzugeben, das er zu übersetzen behauptet.«

»Gib mir dein großes Bild, Aristoteles. Ich will es später prüfen.«

Aristoteles schwieg eine Weile; er ließ das Amulett sinken und starrte an die Balken der Decke. »Das große Bild . . . Beginnen wir mit den Mächten. Es gab immer hellenische Großmächte nach Spartas Niedergang – lange Zeit waren es Athen *und* Sparta. Beide hatten Feinde und Bundesgenossen, beide prägten ein ausgewogenes System von Beziehungen, um die eigene Macht und den eigenen Nutzen zu mehren und den des anderen zu mindern. Wenn einer schwächer wurde, führte das nicht zur Übermacht des anderen, da neue Mächte auftauchten, die das Geflecht wieder ausglichen – Theben, zum Beispiel. Oder Persien griff ein, um zu verhindern, daß eine der hellenischen Mächte zu stark wurde. Die Pflanzstädte an der Küste Asiens gehörten zu diesem System, ebenso die Inseln, in manchen Jahren sogar Teile Ägyptens, natürlich die sikeliotischen und italischen Städte wie Syrakus und Tarent. Erinnere dich, daß Athen und Sparta Heere und große Flotten entsandten, um dort einzugreifen.

Athen hat lange Zeit im Norden die Dinge bestimmt. Athen braucht den Weizen von jenseits des Bosporos, vom Euxeinischen Meer. Deshalb versucht Athen, die Stadt Byzantion zu beherrschen, die an der Meerenge liegt. Athen braucht, da die Vorräte an Edelmetallen in Attika nicht ausreichen, das Pangaion-Gebirge mit seinen Bergwerken; deshalb bemüht sich Athen, die Küstenstädte zu beherrschen, die verschiedenen thrakischen Völker und Könige gegeneinander auszuspielen. Wenn die Perser nach Thrakien übergreifen, schürt Athen Aufstände in Asien, um die Gewichte wieder auszugleichen.

Philipp hat Makedonien groß gemacht; das konnte er nur, indem er Gebiete eroberte, die zuvor Athen unterstanden. Er hat also nichts anderes getan als die Athener auch. Demosthenes selbst hat es ja gesagt, in seiner ersten Rede gegen Philipp. ›Philipp machte von seinem Kriegsrecht Gebrauch und schloß Bündnisse und Freundschaften‹, so sagte er damals: keinerlei Unrecht. Philipp hatte das Recht, zu tun, was er tat, aber er bedrohte damit die Macht und den Wohlstand Athens, wie vorher Athen Makedonien bedroht und zerstückelt hatte.

Es ist bei alledem, und dies zu bedenken wiegt schwer, niemals um Recht und Unrecht gegangen; wie es überhaupt zwischen Staaten niemals um etwas anderes geht als um Nutzen und Macht. Es geht aber auch innerhalb der einzelnen Staaten oder Städte nicht um Gut und Böse, sondern um Nutzen.«

Aristoteles streckte die Hand aus und deutete auf Peukestas. »Glaub nicht, ich hätte immer so gedacht; ich spreche jetzt mit der Vernunft des Greises, nicht mit der Überzeugung des Mannes. Vernunft und Überzeugtheit schließen einander fast immer aus. Wie ich feststellen mußte, als Hermias mir die Möglichkeit gab, ein Staatswesen nach meinen Ideen zu formen, und es war eine Katastrophe. Aber das tut nichts hierher.

Nehmen wir zum Beispiel den unseligen Bundesgenossenkrieg, der nur Philipp und den Persern nützte. In Athen gab es damals wesentlich zwei Gruppen: die heftigen Demokraten und die lauen Aristokraten, wenn du so willst. Die Demokraten besaßen die Mehrheit. Zu ihnen gehörte Zaleukos, von dem schon die Rede war; ihr wichtigster Politiker war damals Aristophon, ihr Stratege Chares. Aischines, der später die Seiten wechselte, war in seiner Jugend ein Anhänger Aristophons. Also, die Demokraten wollten die Not der eigenen Bevölkerung lindern, wie sie sagten, und deshalb die Not anderer mehren. Unsere Bundesgenossen Chios, Rhodos, Kos, Byzantion und deren jeweilige Verbündete lehnten sich gegen die Bevormundung durch Athen auf. Denn Athen wollte tributzahlende Befehlsempfänger, nicht Bundesgenossen. Maussollos, Satrap von Karien, half ihnen – damit war Persien mittelbar beteiligt; für große Eingriffe war aber damals die Stellung des Großkönigs zu schwach. Artaxerxes Ochos beschäftigte sich damit, den eigenen Thron zu sichern und aufrührerische Satrapen zu bekämpfen.

Die Demokraten Athens setzten durch, daß es zum Krieg kam. Der alte Isokrates schrieb eine flammende Friedensrede; darin hieß es, Chares und Aristophon selbst gäben ja zu, daß ihre Politik ungerecht sei, hielten sie aber für nützlich, weil die Eroberung und Unterwerfung neuer Gebiete notwendig sei für die Erneuerung des wirtschaftlichen und politischen Wohlergehens von Athen. Also Beherrschung statt Bündnis. Die Aristokraten waren für den Frieden, jedenfalls teilweise, nicht deshalb, weil es ihnen um Gerechtigkeit ging, sondern weil sie vorhersahen, daß der Krieg mehr kosten würde, als er im besten Fall einbringen konnte. Isokrates war für den vollkommenen Frieden, die allgemeine Freundschaft unter den hellenischen Staaten, ein Zusammenwirken bei Wahrung der inneren Autonomie aller.«

Peukestas lachte halblaut. »Die Rede hat er doch später noch mehrmals halten lassen; zugunsten von Philipp, nicht wahr?«

»Ah, so nicht, nein. Zugunsten von Hellas. Dreißig Jahre vor diesem Bundesgenossenkrieg hatte es eine derartige Friedensregelung gegeben, bei Verhandlungen in

Sparta. Aber diese *koine eirene*, ein hehres Ziel, war nur auf persischen Druck zustande gekommen. Der nächste allgemeine Friede gedieh dann unter Philipp, erzwungen durch den Sieg der Makedonen. Und die hochherzige Rede des alten Isokrates beruhte auf Überzeugungen, Wünschen, Gedanken – nicht auf der Erwägung von Nützlichkeiten; außerdem sagten Zaleukos und andere sofort, das sei eine Wiederholung des vom Großkönig angeordneten Zwangsfriedens. So kam es zum Krieg. In der Schlacht bei Embata wurde der demokratische Stratege Athens, Chares, von den früheren Bundesgenossen mit Hilfe des Maussollos geschlagen; das war der erste Dämpfer. Dann gelang es Demosthenes, Zaleukos auszuschalten. Anschließend konnte Eubulos einen Waffenstillstand und Friedensverhandlungen in Gang bringen. Und in dieser ganzen Zeit« – Aristoteles richtete sich auf und schlug eine Art Rhythmus mit der Hand – »befanden sich Makedonien und Athen im Kriegszustand, wegen Amphipolis und Methone und anderen Dingen oben im Norden. Aber es war ein Krieg der Worte, in dem Athen nichts unternahm. Erst als der Bundesgenossenkrieg beendet war, wurde Chares mit Truppen nach Thrakien geschickt, um dafür zu sorgen, daß bei dem Streit dreier Anwärter auf den Thron derjenige siegte, der Athen genehm war – nicht Philipps Schützling.«

Peukestas seufzte. »Wer soll dieses Knäuel entwirren?«

»Philipp hat es entwirrt, mit dem Schwert. Später. Der Bundesgenossenkrieg, der Heilige Krieg, der ungeführte Krieg gegen Makedonien – Athen, Sparta, Megalopolis, Theben, Korinth, die Phoker, die Achaier, alle waren unausgesetzt in etliche Kriege verwickelt. Ich hörte athenische Denker sagen, der böse Philipp habe ein friedfertiges, harmloses, liebenswertes Hellas überfallen und vergewaltigt. Nichts davon. Hellas war immer ein Vipernnest. Was Demosthenes später in seinen Brandreden gegen Philipp zu sagen hat, ist nicht, daß Makedonien die Freiheit der Hellenen bedroht, sondern daß Makedonien das tut, was eigentlich Athen zustünde. Die Freiheit, die

Philipp bedrohte, war Athens Freiheit, Makedonien und andere zu bevormunden.«

Peukestas schwieg; er hatte die Stirn gerunzelt und die Augen halb geschlossen. Aristoteles betrachtete ihn mit einem verhangenen Lächeln. Dann richtete er sich auf, schob mit einer Kraft, die ihm vor wenigen Stunden noch gefehlt hatte, Kissen zurecht, so daß er sitzen konnte, hielt das ägyptische Amulett hoch, wobei er den Ellbogen auf sein Knie stützte, und deutete mit der linken Hand auf den Boden neben seiner Liege.

»Komm, Sohn Drakons. Ich will dir einige Bilder zeigen. Schau ins Auge des Horos.«

Peukestas glitt von seinem Schemel und kniete neben der Liege. »Was ist das Geheimnis des Amuletts?«

Aristoteles hob die Schultern. »Genau weiß ich es nicht. Was ich weiß, will ich dir später sagen; jetzt wäre es zu früh. Schau hinein.«

Peukestas starrte ins Auge des Horos.

Olympias, deren neue Schwangerschaft sich abzuzeichnen beginnt, verabschiedet den zweijährigen Alexander mit einem Klaps, blickt der Pflegerin hinterher, fährt sich mit der Rechten über den schwellenden Bauch und verläßt ihre Räume. Sie geht durch die Gänge, vorbei an Posten, treppab, vorbei an weiteren Wachen, läßt sich von einem Diener bei Antipatros melden, der in seinem großen Arbeitsraum zwei Schreibern vorspricht.

Als Olympias eintritt, seufzt er leise, entläßt die Schreiber mit einer Handbewegung, bietet der Königin einen Sitz und einen Becher an.

»Nichts Neues, Olympias. Der Herbst beginnt, und sie belagern immer noch Methone.«

Olympias trinkt, schaut an sich hinunter, auf ihren Bauch, stellt dann den Becher ab und schiebt ihn weit von sich. »Was sind deine Pläne, Hüter des Königsfriedens?«

Antipatros hebt eine Braue. »Den Frieden des Königs zu hüten. Wieso?« Er steht neben der Fensteröffnung.

»Ich habe einige Klagen, Antipatros.«

»Die Klagen oder Wünsche der Königin sind mir Befehle. Natürlich.« Seine Stimme klingt wie Holzkohle, die zwischen zwei Steinen zerrieben wird; als ob er lieber das Messer zöge.

Olympias scheint den Unterton zu verstehen; sie entblößt einen Moment die Zähne. »Ich glaube, wir sollten einige Änderungen vornehmen. Es wäre für alle besser.«

»Welche Änderungen, Herrin?«

»Oft werde ich nachts wach, wegen der Krieger, beim Wachwechsel. Sie machen Lärm, und ich brauche Ruhe.« Sie legte die Hand an ihren Bauch. »Ich möchte, daß die Wachen abgezogen werden.«

Antipatros geht zu seinem Schreibtisch, nimmt ein Ried und kritzelt etwas auf einen Papyros. »Was noch, Herrin der Makedonen?«

»Außerdem behelligen sie meine Dienerinnen oder Sklaven, wenn ich sie mit Besorgungen losschicke. Ich will, daß dies endet.«

Antipatros kritzelt. »Noch etwas?«

»Noch einiges, ja. Ich hatte schon mit Philipp darüber gesprochen, als er das letzte Mal kurz hier war. Er sagt, ich soll die Dinge so einrichten, wie ich es für gut halte, und dich entsprechend anweisen – bitten, Freund des Königs.« Sie holt Luft, spricht sehr schnell weiter. »Außerdem sollten die anderen Frauen und . . . Kebsen, so weit sie noch im Palast leben, in andere Gemächer ziehen. Sie sind zu nah bei meinen. Ich fürchte um Alexanders Leben. Es gibt Neid und Eifersucht, wie du weißt.«

Antipatros schreibt, nickt, lächelt schwach.

»Dann zur Frage des Goldes. Philipp wollte mir mehr Geld zur Verfügung stellen, aber es ist nie genug im Schatz vorhanden. Philipp deutete an, daß er das System des Eintreibens von Steuern und Abgaben für unwirksam hält. Ich könnte einige gute Vorschläge machen.«

»Ist das alles?«

»Für heute, ja.« Sie blickt ihn an, mit einem gelassenen, selbstsicheren Lächeln.

Antipatros räuspert sich und legt das Schreibried beiseite. »Nun gut. Was die Wachen angeht, so werde ich ihnen befehlen, sehr viel leiser zu sein. Rücksicht auf die Bedürfnisse der Königin und ihres werdenden Kindes ist ebenso wichtig wie Schutz. Die Wachen werden folglich dafür sorgen, daß keiner, weder ein Sklave noch sonst jemand, deinen Schlaf stört. Zwischen Sonnenuntergang und Morgen sollst du von nichts und niemand behelligt werden.«

Olympias lauscht; ihr Gesicht zeigt Staunen und Unglauben.

»Was die anderen Frauen angeht, hast du zweifellos recht, wenn auch der König mir nichts darüber gesagt hat. Der Geldmangel im Schatz zwingt uns jedoch leider dazu, im Augenblick alles zu belassen, wie es ist. Ich werde mich um andere Gemächer für die Frauen kümmern, wenn das Philipps Wille ist, und sobald er mich anweist; es kann dies aber noch einige Zeit dauern. Was nun die Staatseinkünfte angeht, so habe ich erst gestern befohlen, das System insgesamt zu überprüfen, besonders auch die Leistungen einiger Steuereinnehmer, die Abgaben einiger Gebietsfürsten und die Erträge der Pangaion-Minen beziehungsweise die Art, in der Gold und Silber von dort nach Pella gebracht werden. Du siehst also, deine klugen Ratschläge, für die ich überaus dankbar bin, wurden bereits ausgeführt.« Er deutet eine Verbeugung an, geht zur Tür, öffnet sie, verbeugt sich abermals.

Olympias geht wortlos hinaus, Antipatros schließt die Tür, nimmt den Papyrosfetzen, auf dem er herumgekritzelt hat, wirft ihn auf ein Kohlenbecken und schüttelt langsam den Kopf. »Was für ein Weib!« Er klatscht in die Hände; die beiden Schreiber erscheinen wieder. Halblaut sagt er: »Was für eine Hexe!«

Der hölzerne Belagerungsturm ist auf rollenden Stämmen nah an die Mauer geschoben worden. Von der oberen Plattform, kaum geschützt durch eine Reihe runder Schilde, überschütten Bogenschützen und Speerwerfer die Verteidiger mit einem Geschoßhagel; zwei kleine Katapulte verschießen scharfkantige Steine und Metallbrokken. Neben dem Turm, abgeschirmt von Hopliten mit großen Schilden, ziehen Sklaven den Rammbock zurück, einen Eichenstamm mit Bronzespitze, befestigt auf einem Gestell mit acht Rädern. Dann kracht er wieder gegen die Mauer, wird abermals zurückgezogen. Mit ungeheurer Wucht rammt der Widder die beschädigte Mauer der Stadt Methone; diesmal steckt er fest. Als die Sklaven und die zu Hilfe geholten Maultiergespanne das Gerät mühsam lockern und wieder zurückziehen, knirscht das Mauerwerk; erste Steine stürzen herab und müssen weggeräumt werden, ehe der nächste Stoß geführt werden kann.

Plötzlich scheint die Mauer zu bersten, von innen; durch die unregelmäßige Bresche stürmen schwerbewaffnete Fußkämpfer, hauen die Sklaven nieder, verjagen die Maultiere, treiben die makedonischen Hopliten zurück. Männer mit Äxten, Tauen und Sägen umringen den Belagerungsturm; von der eben noch leeren Mauer fliegen Fackeln und Brandpfeile. Eine der großen Rollen löst sich, der Tragpfosten des Turms knickt ein. Dann stürzt der Belagerungsturm um; schreiende, brennende Kämpfer springen herunter, fallen, sterben auf dem steinigen Boden, zwischen den Holz- und Mauertrümmern, unter den Hufen der Pferde, die jetzt durch die Bresche hinausjagen. Methonische Reiter bilden einen Angriffskeil und galoppieren durch das kleinere makedonische Lager. Zelte gehen in Flammen auf, Unbewaffnete versuchen zu fliehen und werden niedergehauen. Ein Flug schwarzer Vögel verfinstert für Momente die Sonne des späten Nachmittags. Es ist die Stunde kurz vor dem Ende des täglichen Kampfs; die Stunde, da ein Teil der makedonischen Reiterei unterwegs ist, um Futter und Brennholz und Nahrung aus der Umgebung zu beschaffen. Ein makedonischer Trompeter bläst ein schrilles Signal; es bricht ab, als ein methonischer Speer die Kehle des Mannes trifft.

Im Hauptlager, in der Ebene zwischen Stadt und Meer,

brüllt Philipp Befehle, die im Durcheinander, in den Schreien und in den Signaltönen untergehen. Parmenion bemüht sich, die restlichen Hetairenreiter zusammenzutreiben; Philipp fuchtelt mit den Armen, deutet eine Bogenbewegung von der linken Seite an. Parmenion hebt die Hand und springt von hinten auf sein ungezäumtes Pferd.

Keine Zeit, eine ordentliche Phalanx zu bilden; kein Gedanke an den tödlichen Wall aus langen Sarissen, mit dem die Makedonen die Gegner zurückdrängen könnten. Der Belagerungsring ist gesprengt, das erste Lager überrannt, der Keil der Reiter und Fußkämpfer hat schon das Hauptlager erreicht. Einer der methonischen Reiterführer stürzt seitlich von seinem Tier, durchbohrt von einem Pfeil. Ein kreischendes Pferd kriecht noch zwei oder drei Mannslängen; es schleift verschlungene Eingeweide hinter sich her. Zelte und Karren stehen in Brand; es stinkt nach versengtem Fleisch, nach salzigem feuchten Eisen, Blut und Kot und Angst. Unmöglich, eine Schlachtreihe zu bilden. Der einäugige Antigonos bringt im hinteren Teil des Lagers ein paar hundert halbnackte Männer ohne Rüstungen zusammen; sie greifen zu Sarissen und versuchen, halb außerhalb des Lagers eine kleine Phalanx zu formen. Alles andere ist Handgemenge, Nahkampf; die Makedonen werden immer weiter zurückgedrängt.

Philipp steht mitten im dichtesten Gedränge; sein Stichspeer ist zerbrochen, das kurze Schwert liegt irgendwo; der König hat ein langes Schwert gepackt, hält es mit beiden Händen. Seine wuchtigen Hiebe haben drei oder vier Gegner gefällt; die taumelnde, schlängelnde Reihe der makedonischen Fußkämpfer scheint an Philipp zu hängen wie nasses Tuch an einem unverrückbaren Pflock. Hinter ihm sammeln sich halbbewaffnete, leichtverwundete, schon aus dem Kampf ausgeschiedene oder noch nicht einsatzbereite Männer. Von irgendwo kommt ein Pfeil, trifft Philipps Backenknochen und bleibt in seinem rechten Auge stecken.

Es ist, als ob alle es sähen, als ob alle wüßten, daß in

diesem Moment die Schlacht entschieden ist. Für ein paar Atemzüge scheint der Kampflärm abzuebben. Philipp taumelt. Dann klemmt er das lange Schwert zwischen die Knie, legt beide Hände um den Schaft des Pfeils und zerrt daran. Mit einem *schschllpp* reißt er den Pfeil heraus; der Augapfel steckt auf der Pfeilspitze. Aus der leeren Augenhöhle sickern Blut und Grus. Philipp starrt den Pfeil an, das linke Auge sieht den rechten Augapfel. Er pflückt den Apfel. Er wirft den Apfel in die Luft. Er schleudert den Pfeil ins Gedränge, trifft die Schulter eines methonischen Unterführers. Philipp packt sein Schwert, hebt es, stürzt sich mit furchtbarem Gebrüll auf die zurückweichenden Gegner, wie ein rasender Büffel. Die Makedonen, die Gefährten zu Fuß, die Leichtbewaffneten, die Söldner, alle eigentlich längst mutlos und geschlagen, folgen ihm, stoßen nach. Von rechts, im Laufschritt, die ersten drei Reihen mit gesenkten, die hinteren mit erhobenen Sarissen, greifen die halbnackten Kämpfer unter Führung des Antigonos ein, zertrümmern die methonischen Reihen, werfen sie zurück. Dann kommen Parmenions Reiter: aus dem Kampf herausgehalten, zurückgezogen, gerüstet, angewiesen, endlich losgelassen. Wie ein langer wuchtiger Sichelhieb mähen sie die hinteren Reihen der Methonen nieder, schneiden ihnen den Rückweg zur Stadt ab. Noch am selben Abend leert Philipp auf der Agora von Methone einen goldenen Becher und schleudert ihn ins Halbdunkel, zwischen die Feuer, die Fackeln, die Feiernden, die Betrunkenen, die brennenden Häuser. Drakon ist bei ihm, kaut auf Lorbeerblättern und versucht immer wieder, die Wange und die Augenhöhle des Königs zu pflegen.

Tage später, mitten in der Nacht, reitet Philipp in Pella ein. Im Innenhof des Palasts begrüßt er Antipatros, nickt den Wachen zu, springt vom Pferd, reckt die Arme, löst den Waffengurt, läuft ins Treppenhaus, treppauf, einen Gang entlang, bleibt stehen, geht langsam und leise weiter. Vor der Tür zu Olympias' Gemächern fährt eine junge Sklavin auf, die in eine Decke gewickelt auf dem Boden geschlafen hat. Philipp legt den Finger auf seine Lippen, öffnet die Tür, tritt fast geräuschlos ein.

Das Schlafgemach der Königin ist halbdunkel; zwei Öllampen und eine Fackel, dazu ein dumpf glühendes Kohlenbecken geben ein wenig Licht. Neben Olympias' breitem Bett steht ein kleineres. Alexander liegt darin; er schläft ruhig. Sehr leise, sehr sanft, sehr langsam geht Philipp zum Bett seines kleinen Sohns, kniet nieder und streckt die Hand aus, um Alexander zu streicheln. Dabei summt und surrt er leise. Alexanders ruhiges Gesicht verzieht sich zu einem Lächeln; er bewegt sich im Schlaf, schmiegt das Gesicht in Philipps Hand, die Lider flattern. Er öffnet die Augen. Mit einer entsetzlichen Zuckung erwacht er, reißt die Augen auf, stößt ein hohes gellendes Kreischen aus; sein Gesicht ist wie von einem Albtraum verzerrt. Er starrt in die gräßliche eiternde schartige Wunde, wo einmal das rechte Auge war.

Philipp, immer noch auf einem Knie, taumelt zurück, streckt dann erneut die Hand, um den Kleinen zu trösten. »Söhnchen«, sagt er halblaut, »ich bin's doch nur.« Unendliche Müdigkeit, unendliche Trauer schwingen mit. Alexander zieht die Decke übers Gesicht, springt dann aus dem Bett und läuft wimmernd zu Olympias, versteckt sich unter ihrer Decke.

Olympias ist wach; sie sitzt und mustert Philipp. Ein seltsames Lächeln kriecht über ihr Gesicht. Philipp steht auf, kommt zu ihr, streckt die rechte Hand aus. Die Königin hat ein Bärenfell bis zum Hals um sich gewickelt. Nun lockert sie es, läßt es auf die Hüften fallen.

Um ihren Hals, den Kopf zwischen den Brüsten, ringelt sich die Schlange des Ammon. Philipp hebt die Hände, stößt einen Würgelaut aus.

»Kein Platz für dich, Herr von Barbaren.« Olympias' Stimme ist leise und scharf, beinahe ein Zischen.

Murmelnd und fluchend geht Philipp hinaus, durch den Gang, durchs Treppenhaus, in einen anderen Flügel. Auf dem Boden vor etlichen Türen liegen Sklavinnen;

sie schlafen. Mit dem Fuß stößt er die erste an. Als sie auffährt, sagt er: »Wer ist da drin?«

Sie schaut zur Tür, dann zu ihm hinauf: »Korinna, Herr.«

»Korinna? Na gut, Korinna.« Er geht hinein und schließt die Tür.

Morgens, im Beratungszimmer, nimmt er Antipatros' Arm und zieht den Hüter seines Friedens zur Fensteröffnung.

»Was machen die Jungen? Die Königs-Knaben, die künftigen Gefährten?«

Antipatros schiebt das Kinn vor. »Soll ich jetzt auch noch die Erziehung übernehmen?«

Philipp lacht gequält. »Du wahrst das Reich, das ich mehre; das ist genug, Freund. Was weißt du von den Knaben?«

Antipatros hebt die Schultern. »Leonidas kümmert sich darum.«

»Der Molosser?«

»Genau der. Keine Besorgnis deswegen, Philipp; er ist ein entfernter Verwandter von Olympias, und er mag sie nicht. Sie haßt ihn.«

Philipp nickt; sein Gesicht ist grimmig. »Dann ist es gut. Und?«

»Er ist streng; er leitet die Erziehung und beaufsichtigt die anderen Lehrer. Leonidas kümmert sich vor allem um die härteren Dinge – die Körper, die Ausdauer, die Waffen. Wir haben einen guten Lehrer für Schrift und Musik gefunden. Lysimachos; er ist Akarnane. Malt auch ein bißchen. Und er braucht keine Rollen oder Tafeln; er hat alle hellenische Dichtung im Kopf.«

Philipp starrt aus dem Fenster. »Ich will, daß Alexander mit dem Unterricht beginnt.«

Antipatros schüttelt den Kopf. »Aber der Junge ist doch eben erst zwei Jahre alt . . .«

»Er soll nicht nur mit seiner Mutter und den Pflegerinnen zusammensein. Lysimachos kann ja sanft beginnen. – Und der Junge kriegt ein eigenes Zimmer.«

Eine Reihe miteinander verschmelzender Bilder: Athen, Delphi, eine Flußlandschaft, Meer, kahle schroffe Berge; leise und eindringlich die Stimme des alten Philosophen. Peukestas wußte, daß er kniete, daß er neben Aristoteles war, daß er ins Auge des Horos starrte; gleichzeitig war er in Athen, in Delphi, auf dem Krokusfeld, in einer persischen Satrapie. Der zweigeteilte Bann hielt ihn, spaltete ihn, trennte die Teile aber nicht.

»In dem Jahr, da Methone fiel, setzte sich in Athen der Aufstieg des Demosthenes fort. Seine Geschäfte gediehen, die Sklavenversicherung warf Geld ab, er wurde einer der besten und teuersten Redenschreiber; aber er nahm nur noch Geld, viel Geld, für politische und rechtliche Reden, die Eubulos genehm waren und Demosthenes nützten. Die Rede gegen Leptines, zum Beispiel, beziehungsweise gegen das von diesem vorgeschlagene Gesetz. Wie du weißt, wurden in Athen alle, die über ein bestimmtes Mindestvermögen verfügten, zwangsweise zu Abgaben und zur Bekleidung öffentlicher Ämter herangezogen – die sie selbst mit Geld auszustatten hatten. Wer sich besondere Verdienste erworben hatte, der Stadt besonders diente, oder wer besonders fähig, aber nicht reich genug war, konnte von diesen Abgaben befreit werden. Leptines wollte die Finanzen der Stadt aufbessern und die Befreiung von derlei Abgaben und Beiträgen aufheben; Demosthenes zerfetzte das Gesetz, indem er unter anderem darauf hinwies, daß Opferbereitschaft den guten Bürger auszeichne, und daß es schließlich irgendeine Form von Belohnung geben müsse, um etwa Freunden Athens, die eine an Philipp verlorene Stadt wieder den Athenern öffneten, entsprechend danken zu können. Das brachte Demosthenes den Ruf des strengen, opferbereiten Bürgers ein. Und weitere Aufträge, Geld, Einfluß.

Als Philipp auf seiten der Thessalier in den Heiligen Krieg eingriff, wurde er von den Phokern geschlagen. Er zog sich zurück, und während Parmenion das Heer neu aufbaute und verstärkte, schmiedete Philipp listige Bündnisse.«

Nahe der Mündung des Haliakmon, außerhalb von Aloros, begegnet Emes den heimkehrenden Truppen. Es regnet, die Wege sind tief und kaum gangbar. Die Kämpfer, müde, viele verwundet, mühen sich durch den Schlamm, ächzen unter ihrem Gepäck und den triefenden Lederdecken. Einige Einheiten sind unterwegs zurückgeblieben: in Thessalien, im Tempe-Tal, in Orten des makedonischen Südens wie Dion. Andere befinden sich längst wieder in Pella oder in Bergfestungen des Nordens und Nordwestens. Was hier ankommt, kriechend, ohne äußere Ordnung, ist die Nachhut des geschlagenen Heers. Emes hört, als er sich abends in Aloros in eine übervolle Schänke drängt, daß Parmenion bei ihnen ist. Daß Parmenion, der große listige Parmenion, sie seit Durchquerung des wichtigen Tempe-Tals, des einzigen bequemen Zugangs nach Thessalien, sich selbst überlassen hat. Er hört es, glaubt es nicht, kann es nicht begreifen. Braucht denn das ruhmreiche Heer den Führer nun nicht dringender als je zuvor? Wer soll sie aufrichten?

In der Nacht irrt Emes durch die Stadt, dann – immer noch in Regen und Finsternis – hinaus zum Strand, wo die Krieger durchnäßte Zelte errichtet haben, im nassen Sand liegen oder um zischende, bestenfalls glimmende Feuer aus feuchtem Holz hocken. Sie trinken bitteren Wein, mit Brackwasser versetzt, und essen die letzten Vorräte. Emes schleicht durch das Lager, das keines ist, nur ein Durcheinander; er spürt, daß keiner einen Zwölfjährigen willkommen heißen würde, und sei er auch noch so kräftig gewachsen; daß man mit einem Zwölfjährigen scheußliche Dinge gegen seinen Willen tun würde; daß wie die zischende Glut der Feuer im zertrümmerten Heer die Bereitschaft zu Gewalt und Verbrechen glimmt, üble Frucht von Niederlage, Mühsal und Enttäuschung. Die edlen Offiziere schlafen in Häusern in der Stadt; die edlen Reiter sind mit dem König nach Pella gezogen; die einfachen Kämpfer, Söhne von Bauern und Arbeitern und Handwerkern, aus den Dörfern, Bergen und Städten Makedoniens, murmeln von Aufruhr und Brand.

Irgendwo zwischen den Zelten hört Emes jemanden sagen, Parmenion sei allein, irgendwo am Rande des Lagers; ein anderer sagt, er sei nicht allein, sondern habe sich in die Stadt begeben; ein dritter behauptet, er zeche mit einigen Söldnern. Emes schleicht weiter und findet den Strategen, allein, am Rand des Lagers, wo der Strand in den Morast der Ebene übergeht. Parmenions Pferd, verschlammt wie der Feldherr, sucht Grashalme im Dreck. Parmenion sitzt auf einem Stein, die Arme verschränkt, und blickt nach Osten, wo über dem Meer bald die Sonne aufgehen wird; schon kann man die Umrisse der Dinge erkennen.

Emes hat gehört, aber nicht geglaubt, daß Parmenion alle Kämpfer seines Heers mit Namen kennt. Er tritt zu dem Strategen; wie aus dem Boden geschossen stehen plötzlich zwei Bewaffnete neben ihm, Söldner, Kreter vielleicht oder Rhodier.

Parmenion winkt ab; sie verschwinden. Mit zusammengezogenen Brauen betrachtet er den großen, starken Jungen, der stumm vor ihm steht: ein aufrechtes Stück Schlamm, die Erde Makedoniens. Dann lacht er.

»Du bist gewachsen, kleiner Emes. Und du kommst in einer schlechten Stunde.«

Emes öffnet den Mund, schließt ihn wieder, fuchtelt mit den Händen, deutet schließlich auf das verschlammte Reittier. »Laß mich dein Pferd striegeln, Parmenion.«

»Bis du alt genug bist zum Kämpfen, Junge?«

»Ja.«

Der Stratege nickt; Emes geht zum grasenden Pferd, reißt Halme aus, macht ein Büschel und beginnt das Tier abzureiben. Von irgendwo taucht einer der Söldner auf, gibt ihm einen nassen Fladen Brot und ein paar Schluck wäßrigen Wein aus einer Feldflasche.

Als es heller wird, sieht Emes die Söldner: harte, unbeugsame Männer, die am Rand des Morasts in Furchen, zwischen Sträuchern, hinter Steinen und Bodenwellen geschlafen haben, unsichtbar und immer bereit. Als es heller wird, hören sie den Lärm aus der Stadt und sehen, wie die verstreuten entmutigten Kämpfer vom Strand nach Aloros hineinlaufen. Parmenion sitzt reglos auf dem Stein; er wartet. Als in Aloros die ersten Flammen zu sehen sind, steht er auf, hält sich an der Mähne seines Pferdes fest, tritt in Emes' verschränkte Hände und steigt auf. Die Söldner bilden vier Reihen und folgen ihm wie Emes, der sich verloren vorkommt, bis einer der Männer ihm einen Lederschild und einen Kampfspeer reicht.

Die Stadt ist in den Händen der Krieger; ein Teil der Bewohner scheint geflohen zu sein oder verbirgt sich. Drei Gebäude, an der Agora, stehen in Flammen – Häuser, in denen makedonische Offiziere übernachtet haben. Die Kämpfer räumen unversehrte Häuser leer, in der Nähe des Platzes; drei Offiziere baumeln von Dachbalken, mit Seilen am Hals, fünf weitere stehen, von Speeren durchbohrt, an Pfosten gebunden. Neben ihnen, zeternd und flehend, drängen sich die Verwalter und königlichen Beamten der Stadt, von Kämpfern zusammengetrieben.

Parmenion reitet auf die Agora, gefolgt von den schweigenden, grimmigen Söldnern, in deren Reihen Emes einen Platz gefunden hat. Der Lärm, das Geschrei, die Plünderungen lassen nach, enden; der Platz füllt sich mit verdreckten, verlausten, verkommenen Kriegern – tausend, vielleicht fünfzehnhundert Mann. Sie drängen sich auf der Agora und in den Gassen; ein kleiner Trupp, die Speere ausgerichtet, treibt eine Gruppe Offiziere herbei.

Parmenion sitzt auf dem Pferd, stumm, gleichgültig. Irgendwo kreischen Frauen; ein brennendes Haus stürzt krachend zusammen. Emes schaut sich um; verblüfft stellt er fest, daß von den etwa vierhundert Söldnern kaum dreißig geblieben sind. Dann sieht er die anderen; sie haben sich am Rand des Platzes verteilt. Einige halten gespannte Bogen in Händen, andere blanke Schwerter, die nicht verdreckt sind. Wieder andere sind in die Gassen eingedrungen und kommen zurück, mit Plünderern, die sie entwaffnet haben.

Parmenion hat vor sich zu Boden gestarrt; nun hebt er

den Kopf. Er wendet sich an einen der zusammengetriebenen Offiziere.

»Wo seid ihr gewesen, Tolmides?«

Es ist, als ob die vielen Kämpfer nicht da wären. Der Offizier schluckt, ehe er antwortet.

»Die meisten in der Stadt, Herr; einige im Lager.«

Parmenion nickt. »Die im Lager waren und dies hier nicht verhindern konnten, sind schlechte Offiziere; sie werden viel zu lernen haben. Ihr anderen, Fürstensöhne, die ihr gemeint habt, euch stünden weiche Betten in der Stadt zu, während eure Männer draußen in Nässe und Kälte lagern, ihr seid keine Offiziere des Königs. Geht heim zu euren Müttern; sie werden euch in Windeln wikkeln und euch mit dem Lied von eurer Schande in den Schlaf singen.«

Einer der einfachen Hopliten schreit: »Sie gehen nicht; sie werden hängen!« Andere johlen.

Parmenion wartet, bis es wieder still ist. »Ich hatte nicht mit dir gesprochen, Andronikos aus Edessa. Warte, bis dein Stratege dir einen Befehl erteilt.« Seine Stimme, kalt und ohne Spur einer Erregung, hallt über die Agora. Die Kämpfer knurren und bewegen sich unruhig.

»Geht nach Hause, Kinder. Kommt wieder, wenn ihr erwachsen seid und auch die Niederlage mit Würde tragen könnt. Ihr seid entlassen – Bauern und Arbeiter Makedoniens. Der König kann euch für seine großen, ruhmreichen Ziele nicht verwenden.«

»Wo warst du denn die ganze Zeit?« ruft einer. »Warum hast du uns nicht geführt?«

Parmenion hebt ganz kurz eine Braue. »Geführt, Thoas? Führt man einen Haufen Schweine? Oder doch eher Krieger? Ich war bei euch, die ganze Zeit; ich habe gegessen, was ihr gegessen habt; ich habe im Dreck geschlafen wie ihr; meine Befehle sind nicht befolgt worden, trotzdem habe ich euch nicht verlassen. Wenn sie so kindlich geworden sind, dachte ich, muß der Vater bei ihnen bleiben, damit er sie an der Hand nehmen kann, wenn sie die Hand ausstrecken. Ihr habt die Hand aber nicht ausgestreckt, ihr habt am Daumen gelutscht und vor euch hin gewimmert. Wenn sich vom Kopf der Säule ein schwerer Stein löst, fängt man ihn nicht auf, um ihn wieder zu verwenden; man läßt ihn fallen, stürzen, aufschlagen, um zu sehen, ob er stark genug ist, ob er heil bleibt oder zerbricht. Ihr seid zersplittert. Wer mit Philipp und Parmenion auf den Gipfel steigen will, darf nicht beim ersten Stolpern aufgeben. Ihr seid nicht wert, den Sieg zu erringen – ihr, die ihr die Niederlage nicht ertragt. Geht heim. Und wenn ihr in einem Jahr von den großen Siegen hört, dem Triumph, dem Ruhm und dem Reichtum anderer, wirklicher Krieger, dann erinnert euch, daß ihr hättet dabeisein können.« Er wartet einen Atemzug lang; dann setzt er, fast mild, hinzu: »Geht heim; spielt mit Klötzchen, die euch nicht weh tun.«

Emes hält den Atem an; der Lärm auf der Agora betäubt ihn. Er sieht die schreienden, fuchtelnden Krieger; sieht, daß einige sich gegen andere wenden; sieht die schweigsamen, regungslosen Söldner am Rand; sieht Parmenion auf dem Pferd, wie ein Standbild.

Einer der älteren Hopliten tritt schließlich vor, als es ruhiger geworden ist. »Herr, wir wollen nicht heimgehen. Du hast uns aus einem bösen Traum geweckt. Führ uns weiter, Parmenion!«

Der Stratege schüttelt den Kopf. »Geht heim, Kinder. Wenn ihr Männer wärt, würdet ihr euch nicht hinter der Ausrede von einem Traum verbergen. Habt ihr denn geträumt, als ihr eure Offiziere getötet, die Stadt in Brand gesteckt, Frauen geschändet und Häuser geplündert habt? Seid ihr Schlafwandler? Ich kann Schlafwandler nicht zum Sieg führen; sie könnten im falschen Augenblick gähnen.«

Die entsetzliche Spannung lockert sich ein wenig; ein paar Männer lachen. Der ältere Kämpfer berät sich mit anderen; dann wendet er sich wieder an Parmenion.

»Wir wollen gutmachen, was wir getan haben, Herr. Gib uns Zeit, die Häuser wieder aufzubauen; dann führ uns weiter.«

»Ich kann euch nicht führen – andere haben euch hier geführt.«

»Wir wollen von dir geführt werden, Parmenion – Vater. Was soll mit denen geschehen, denen wir gefolgt sind?«

Überall Gedränge; an die dreißig Männer werden von den übrigen nach vorn geschoben, einige sind trotzig, die anderen jäh ernüchtert und angstvoll.

Parmenion blickt zum Rand der Agora. »Die Plünderer und Frauenschänder?«

Söldner führen weitere zwanzig Männer zum Mittelpunkt des Platzes. Parmenion richtet sich auf.

»Seid ihr Männer? Oder soll ich den Tapferen, die nicht zerbrochen sind, den Fremden, die gegen Geld getan haben, wozu Makedonen ohne Bezahlung fähig sein müßten, den Befehl geben?«

Es dauert nicht lange; nach wenigen Augenblicken sind die abgesonderten Aufrührer, Plünderer und Vergewaltiger gerichtet, von den Speeren ihrer ehemaligen Gefährten durchbohrt.

Parmenion betrachtet düster die Offiziere, die in der Stadt genächtigt haben. »Ihr da, geht heim zu euren Müttern. Nehmt eure Schande mit. – Herren der Stadt, Verwalter und Beamte des Königs: Holt eure geflohenen Mitbürger zurück. Die Krieger des Königs werden aufbauen, was zerstört wurde. Gebt ihnen zu essen; sie sind hungrig. Parmenion und Philipp werden alles bezahlen.«

In Athen lauscht Dymas den besten Kitharisten, hört die Lieder der größten Kitharoden, lernt die überlieferten Gesänge von Sappho, Alkaion und anderen Dichtern. Er verkauft das Barbiton; in den Schänken nahe der Agora bläst er den Aulos und spielt die Kithara, aber meistens verschmähen die feinen Athener seine neue Musik, die Hellenisches und Asiatisches vermengt und die Regeln herkömmlicher Liederdichtung und Begleitung übertritt. In den ärmeren Vierteln, wo weitgereiste Meistermusiker in ihren prunkvollen Gewändern selten hinkommen, wo jene leben, die keine Zeit haben, sich überkommenen Haarspaltereien, Vorschriften und theoretischen Verfeinerungen hinzugeben, lauscht man ihm gern; die frechen Worte, die perlenden Töne sind angenehm zu hören am Ende eines langen, heißen, mühseligen Arbeitstags. Einmal spielt er in einer Schänke, in die sich ein drahtiger, dunkelhaariger Handelsherr aus Korinth verirrt hat; im Piräus, wo Seefahrer aus der ganzen Oikumene Zerstreuung suchen, ehe sie sich wieder hinauswagen, spricht er Phönikisch mit Männern, die nicht aus Tyros stammen, sondern aus dem fernen Westen. Nach einem dieser Gespräche findet er einen Beutel in der Ledertasche für die Kithara; am nächsten Tag sucht er mehrere Feinschmiede auf, findet aber keinen, der die in Karchedon angefertigten Wirbel und Zahnräder in der nötigen Feinheit nachmachen kann. Er entsinnt sich seiner Zeit als Holzwerker, schnitzt die Dinge, die er braucht, drückt sie bei einer Töpferin in weichen Ton, nimmt die gebrannten Formen mit zu einem Eisengießer. Von einem der Schmiede, denen er die fertigen Wirbel zu ihrem Neid zeigt, läßt er sich flache, breite Ringe für die Fingerkuppen machen.

Zwei Jahre bleibt er in Athen; zuerst schläft er unter dem bestirnten Himmel, dann einige Monde bei einer Dirne, schließlich bei der Töpferin, deren kunstfertige Finger Wunderwerke erzeugen. Ein korinthischer Händler kauft nach und nach fast alles auf, was sie herstellen kann; einige Amphoren gelangen bis zu den Märkten von Karchedon und zieren ein altes Herrenhaus unter den Zypressen des nördlichen Vorlands.

Nach zwei Jahren bricht er wieder auf, zieht über Megara nach Korinth, wo er sich mit einem edlen Handelsherren streitet und wieder versöhnt; weiter nach Sparta, wo man ihn wegen seiner unerhörten Musik zu steinigen droht. Im Hafen von Gytheion hört er von der Niederlage des makedonischen Emporkömmlings Philipp gegen die Phoker. Als er in Kyrene von Bord geht, beginnt auch dort der – milde – Winter, und er erfreut sich der Gastlichkeit einer Witwe, deren Mann im Silphionhandel

Wohlstand errungen und den Neid sowie das Messer eines anderen Händlers erregt hat.

Im Frühjahr zieht er mit einer Karawane nach Westen, nach Karchedon, gepeinigt von gegensätzlichen Gefühlen: Erleichterung, nicht mehr Sklave zu sein, Heimweh bei bestimmten Erinnerungen, Überdruß wegen gewisser Geschäftsverbindungen. Mit einem sehr gealterten, todgeweihten Adherbal und seinem Helfer, einem listigen jungen Mann namens Hamilkar, bespricht er viele Dinge. Er erfährt, daß im fernen Hellas der König der Makedonen mit seinem neugebildeten Heer die Phoker vernichtet hat; er löst sein Guthaben bei einer Bank auf und läßt sich von einem Gerber und Lederwerker einen hohlen Gürtel anfertigen, in dem er viele Münzen aufbewahren kann. Hamilkar nimmt ihn eines Abends mit zu einer Unterredung mit einem persischen Fürsten, Bagoas, einem etwa dreißig Jahre alten Mann mit den Augen einer Giftschlange, den Händen eines Schnitzers und der Rede eines Verführers. Bagoas der Heile – so genannt, weil er anders als die meisten Träger dieses Namens kein Eunuch ist – macht ihm in Hamilkars Anwesenheit geschäftliche Vorschläge, gelegentliche Berichte betreffend; mit einem Schulterzucken hält Dymas die offene Hand hin und billigt das Gewicht des Beutels, den er erhält. Die Beziehungen zwischen Persien und Karchedon sind nicht unproblematisch, da die lange von Persien beherrschten Gebiete um Karchedons Mutterstadt Tyros sich vom Großkönig losgesagt haben und Karchedons Verbundenheit schwer wiegt; nicht schwer genug allerdings, um die Flotte, die das gesamte westliche Meer beherrscht, zur Unterstützung der Phöniker in den Osten zu schicken. In Persien hat man nicht vergessen, daß Karchedon die Hoheit des Großkönigs über Tyros, die sich nach Meinung der Perser dann auch über Karchedon als Tochterstadt erstrecken müßte, nie ernstgenommen hat: daß Karchedon vor langer Zeit Befehle des Xerxes, Schiffe zum Angriff auf Hellas zu stellen und mit dem widerwärtigen Verzehren von Hunden aufzuhören, durch eine Geschenksendung besonders fetter Masthunde und einen Angriff auf Syrakus zu eigenem Nutzen (oder Nachteil; er scheiterte) beantwortet hatte. Aber der gemeinsame Feind, Hellas, sorgt immer für Ausgleich; Hamilkar hat keine Einwände dagegen, daß Dymas nun ihn und Demaratos (er weiß es, natürlich) und Persien mit Nachrichten beliefert. Mit einem der letzten Herbstschiffe verläßt Dymas Karchedon und reist nach Syrakus, um Musik zu machen.

»Dann kamen die Makedonen zurück nach Thessalien, drangen weiter nach Süden vor und vernichteten das Heer der Phoker in einer großen Schlacht auf dem Krokusfeld. Daraufhin schlossen sich Thebaner und Athener, die eben noch gegeneinander gekämpft und gezetert hatten, sehr schnell zusammen, und als Philipp nach Delphi ziehen wollte, um die Phoker, die Schänder des Heiligtums, endgültig zu strafen, fand er die Thermopylen gesperrt – gesperrt von einem Heer aus Thebanern und Athenern, vereint in einem Bündnis, zu dem Demosthenes beigetragen hatte. Er begann sich nun von Eubulos zu lösen.«

Eubulos ist in seinem großen Arbeitsraum, mit Schreibern und Sklaven; er spricht mit einem Heerführer, der einen roten Umhang trägt und den verzierten buschigen Helm in der Hand hält. Demosthenes hockt auf einem Schemel, den Rücken an eine Säule gelehnt, und spielt mit seinen Kieseln.

Eubulos wirkt verbittert, aber gleichzeitig entschlossen. »Nein, und abermals nein. Eine endgültige Entscheidung ist noch nicht gefallen; was mich angeht, muß es auch keine geben. Ich sage dir aber noch einmal: Wir können uns nicht auf eine derartige Gefahr einlassen.«

Der Stratege verzieht das Gesicht. »Wir sind aber doch längst mittendrin, Eubulos. Auf beiden Seiten kämpfen Hellenen, sowohl für den Großkönig als auch für die abtrünnigen Satrapen. Memnon und Mentor, um nur zwei zu nennen.«

Eubulos schnaubt. »Rhodier, beide; Söldner. Du wirst zugeben, es besteht ein Unterschied zwischen rhodischen Söldnern und athenischen Bürgern, oder?«

»Aber du weißt doch, was auf dem Spiel steht. Die hellenischen Städte in Asien ... Sie brauchen Hilfe. Der Großkönig hat den Streit gegen Artabazos und Memnon fast gewonnen; danach wird er die Städte an der Küste überfallen. Artaxerxes bedroht alle Freiheit, die sich die Städte in den vergangenen Jahrzehnten erworben haben. Und wer soll ihnen helfen, wenn nicht Athen?«

Eubulos rauft sich die Haare. »Nein, nein, nein. Wir und andere haben diese Städte vor Jahrhunderten gegründet; sie mögen jetzt, in der Not, zu uns aufschauen wie Kinder zu den Eltern. All das, ja. Aber sobald keine Not mehr da ist, wenden sie sich wieder von uns ab. Hast du den Bundesgenossenkrieg vergessen? Sollen sie sich selbst schützen! Außerdem – wie könnten wir, jetzt, heute, den Großkönig gegen uns aufbringen und einen gewaltigen Krieg gegen Persien anzetteln?«

Der Stratege klingt mehr als sarkastisch. »Und Athen ist das Herz, die Leber, der Nabel all dessen, was Hellas ausmacht? So daß wir, wie gesagt wurde, niemals hellenische Orte in die Hände von Barbaren fallen lassen dürfen? Barbaren wie die Makedonen, die Hellenen sind, oder? Hab ich jedenfalls gehört.« Er schielt zu Demosthenes hinüber »Oder Barbaren wie die Perser, die ...«

Eubulos unterbricht ihn; seine Stimme ist scharf. »Was immer wer auch immer ist – es gibt einen Unterschied zwischen dem, was vielleicht gut sein mag, und dem, was sicher nützlich ist. Nützlich für Athen. Wir können uns gegen Theben oder Makedonien stellen, aber nicht gegen Asiens Unendlichkeit und die Macht des Großkönigs. Und was mich und die Kassen der Stadt angeht – wer sollte denn genug bezahlen können, um ein ausreichend großes Heer gegen alle Macht Asiens ins Feld zu schikken?«

Demosthenes hüstelt und steckt die Kiesel in den Mund. »Das können wir uns nicht leisten, wie wir alle wissen. Aber warum fragst du nicht deine asiatischen Freunde, unsere hellenischen Verwandten, ob sie vielleicht weitere Söldner anwerben möchten? Die Städte in Asien waren so lange frei und sind so wohlhabend, sie können ein großes Heer weit besser bezahlen als wir ...«

Der Stratege schneidet eine Grimasse, dreht sich um und stampft hinaus.

Eubulos seufzt und blickt Demosthenes an. »Was mich allein angeht, ich hätte vielleicht zugestimmt. Aber nach deiner glänzenden Rede konnten die Athener zu diesem weiteren Anschlag auf ihre Schätze und ihre Kriegstüchtigkeit doch nur nein sagen, und ich ... Nun ja. Manchmal frage ich mich, was aus dir noch werden kann. Und aus mir. Ich glaube, du hast gewisse Dinge viel zu schnell gelernt.«

Demosthenes lächelt mild. »Großer Eubulos – wie kannst du so etwas sagen? Habe ich dir nicht gut gedient, all die Jahre?«

»Zu gut. – Ach, es hat keine Bedeutung. Alles geht einmal zu Ende. Aber sag mir, glaubst du selbst wirklich an das, was du den Athenern gesagt hast? Daß Persien keine Gefahr für uns ist? Daß der Großkönig die Städte in Asien nur symbolisch beherrschen wird, statt sie zu unterdrükken? Daß unser Geld besser in neuen Abwassergruben und in Rüstung gegen Philipp aufgehoben ist?«

Demosthenes, der bisher an der Säule gelehnt hat, steht auf, mit sehr geradem Rücken. Eubulos kneift die Augen zusammen und scheint ihn zum erstenmal wirklich wahrzunehmen. Demosthenes' Stimme ist unendlich sicher.

»Ich glaube Teile davon. Die Städte drüben stinken vor Reichtum. Warum soll Athen den Kopf hinhalten? Außerdem versucht Artaxerxes nur, Persien nach einigen Jahrzehnten der Schwäche wieder so stark zu machen, wie es vor vierzig Jahren war. Das wird sehr lange dauern; wenn es ihm überhaupt gelingt. Bis dahin sollten wir an Dinge denken, die uns näher sind. Philipp, zum Beispiel.«

Eubulos verzieht das Gesicht. »Nicht schon wieder ...

Philipp versucht auch nichts anderes als Artaxerxes; er will Makedonien stark machen, zu einem gleichwertigen Nachbarn für Athen werden.«

Demosthenes blinzelt. »Er möchte, daß wir das glauben. Aber wenn er stark genug ist, wird er vom Nachbarn zum Feind werden und uns seinen Willen aufzwingen. Wenn wir jetzt nicht vorbeugen, könnte es bald zu spät sein.«

»Wenn wir ihm entgegentreten, wie du willst, und ihn an Dingen hindern, die ihm helfen und uns nicht schaden, *dann* machen wir ihn zweifellos zu unserem Feind. Im Moment verfolgt er Pläne, die gut für ganz Hellas sind. Gut für Makedonien *und* für Athen.«

Demosthenes verschränkt die Arme; sein Gesicht ist kalt. »Nichts ist gleichzeitig gut für ihn und uns, Eubulos. Für uns gibt es nur Athen, danach lange Zeit nichts, und dann Philipp noch längst nicht. Wenn wir Philipp als gleichrangig hinnähmen, wäre Athen nicht mehr der erste Staat. Und wir, ah, du und ich, hätten keine Bedeutung mehr.«

Eubulos blickt ihm nach, mit einer Grimasse, als er den Raum verläßt. Demosthenes geht schnell, ohne zu stolpern oder zu zögern. Er überquert mehrere kleine Plätze, geht durch enge Gassen und kommt schließlich zu einer schäbigen Taverne. Er geht durch den Innenraum, betritt den Hof; dahinter liegt ein langes niedriges Gebäude. Demosthenes klatscht in die Hände. Ein dunkelhäutiger Sklave erscheint.

»Wo ist der Phöniker?«

Der Sklave zuckt mit den Schultern. »Welcher der vielen?«

»Der Händler aus Kition – Hasdrubal.«

Der Sklave deutet auf einen der vier Eingänge. »Hinter jenem Vorhang, Herr.«

Demosthenes geht zum bezeichneten Durchgang, teilt den Vorhang, durchquert einen Gang, einen weiteren Innenhof, kratzt an einer schweren Holztür. Eine schwarze Sklavin öffnet, mustert ihn, nickt und läßt ihn ein.

Der phönikische Händler trägt ein langes Wollgewand und eine dunkelgraue Kappe; er liegt auf einem Lederlager, neben einem niedrigen Tisch mit Wein und Früchten. Ohne aufzustehen deutet er auf eine zweite Liege. Demosthenes läßt sich nieder.

»Nun? Wie ist es abgelaufen?«

Demosthenes nimmt die Kiesel aus dem Mund, steckt sie in den Beutel, trinkt einen Schluck aus dem Becher, den die Sklavin gefüllt hat. »Die Bürger Athens haben beschlossen, ihre Waffen nicht gegen den Großkönig zu erheben. Ich habe sie davon überzeugen können, daß Artaxerxes voller Wohlwollen ist.«

Hasdrubal lächelt. »Der Großkönig, o edler Demosthenes, ist wahrhaft voller Wohlwollen.«

»In welchem Ausmaß?«

Hasdrubal klatscht in die Hände. Zwei Sklaven schleppen eine Truhe aus feingeschnitztem schwarzen Holz herein und setzen sie ab.

»Du kannst sie öffnen, mein Freund. Dies ist ein Teil des persischen Wohlwollens.«

Demosthenes öffnet den Deckel. Die große Kiste ist voller Goldmünzen.

»Wieviel?«

Hasdrubal kichert. »Zwei Talente in Gold, edler Demosthenes. Im Moment etwa achtundzwanzig in Silber. Nicht ganz hundertsiebzigtausend Drachmen.«

Demosthenes schließt die Kiste, nickt, trinkt mehr Wein. Dann, halblaut: »Ich brauche eine Auskunft. Wie du vielleicht weißt, habe ich eine Hand, nun ja, den kleinen Finger im Sklavenhandel.«

»Ich weiß von deiner gedeihlichen Versicherung.«

»Zufällig höre ich von vielen Dingen. Wer mit einem Teil des Sklavenhandels befaßt ist, erfährt oft von anderen Teilen.«

Hasdrubal lächelt. »So ist es. Und?«

»Wie ich hörte, ist nach gewissen ... Auseinandersetzungen zwischen deinen nicht mehr ganz phönikischen Verwandten im Norden Libyens, Karchedon, und anderen Gegenden ein kleiner Posten hellhäutiger Knaben verfügbar. Aus italischen, sikeliotischen, iberischen Gebieten. Nun ist ein Knabe nicht viel wert, es sei denn, er besäße besondere Fähigkeiten. Ausgebildete Eigenschaften, gewissermaßen. Sagen wir: ein wohlerzogener Männerfreund, gebildet und ... verschnitten.«

Hasdrubal setzt sich aufrecht; sein Gesicht zeigt eine Mischung aus Staunen und Abwehr. »Widerlich. Machst du so etwas? Also, das ...«

Demosthenes bewegt die Hand. »Nicht im Traum würde ich daran denken, etwas so Scheußliches zu tun – eigenhändig. Ein Knabe ist bestenfalls zwei Minen wert, nicht wahr? Zweihundert Drachmen. Aber was würden deine persischen Freunde für einen wohlerzogenen, hellhäutigen, liebevollen Knaben zahlen – nicht zu reden von anderen Eigenschaften?«

Hasdrubal kann seinen Widerwillen nicht ganz unterdrücken. Langsam sagt er: »Vielleicht das Doppelte.«

»Und könntest du ...?«

Hasdrubal seufzt. »Es wäre dreckiges Geld. Was ist für mich dabei zu verdienen?«

Demosthenes lächelt. »Ein Viertel?«

Hasdrubal zeigt die Zähne. »Ein Drittel.«

Demosthenes ächzt. »Wenn es sein muß ...«

Weitere Bilder, manchmal wie durch Wasser betrachtet oder aus der Ferne; Peukestas kannte ihre Bedeutung, auch ohne begleitende Worte von Aristoteles. Oder hörte er doch die Stimme des Greises, nahm sie aber nicht bewußt wahr? Bei einigen Bildern spürte er etwas wie eine unter allem liegende Stimmung – Mitleid, Bedauern, Scham, Spott; es waren Empfindungen, die nicht zu den Bildern gehörten, sondern zu Aristoteles, die sich aber auf Peukestas übertrugen: Scham des Hellenen, der berichtete, wie Artabazos, Verwandter der Großkönige, Feldherr des Artaxerxes Mnemon, dann Satrap einer wichtigen nordwestlichen Provinz, sich mit dem Großkönig Artaxerxes Ochos überwarf – Artabazos, unterstützt vom

Rhodier Memnon und von rhodischen, attischen, lakedaimonischen Söldnern, Hellenen allesamt, verlor den Kampf gegen das Heer des Großkönigs, dessen erste Reihen ebenfalls aus hellenischen Söldnern bestanden: Hellenen, die für einen Barbarenherrscher gegen einen Barbarenfürsten und dessen Hellenen kämpften. Andere Hellenen, von Memnons Bruder Mentor aus Ägypten nach Phönikien gebracht, kämpften mit den Männern von Sidon gegen andere Hellenen, die zusammen mit den vielen Völkern des Reichs dem Großkönig dienten. Scham, weil der Stolz der Hellenen eine Frage der Kaufkraft anderer geworden war. Scham beim Gedanken an all jene bauchigen Schiffe, mit denen Leitos und Peneleos, Arkesilaos dazu und Klonios, mit Prothoenor die Schar der Boiotier zu Ilions Gestade brachten – fünfzig Schiffe stachen von ihnen in See, und es gingen auf ein jedes einhundertzwanzig boiotische Krieger; dreißig Schiffe mit Kämpfern des minyschen Orchomenos und Aspledons; vierzig der Phoker; vierzig Schiffe, dunkel und bauchig, auch der Lokrer; vierzig dunkle Schiffe des Volks von Euboia, rüstig, behaart nur hinten am Kopfe; fünfzig Schiffe aus Athen; zwölf aus Salamis; dann die Bewohner von Argos und des ummauerten Tiryns, Hermiones und Asines mit ihren geräumigen Buchten, von Troizen, Eiones, Epidauros, Aigina, Mases – achtzig dunkle Schiffe; die hundert Schiffe von Mykene und Korinth und den anderen Städten des Agamemnon; die sechzig der Lakedaimonier unter Menelaos; neunzig aus Pylos, Arene und Thryon; sechzig aus Arkadien, all die anderen aus Buprasion, Echinai, Ithaka, Aitolien, Kreta, Rhodos, Lindos, Syme, von Kos und tausend anderen Inseln, von Argos und Phylake und Pherai und Methone und Trikka und Ormenion und Gyrtone und Kyphos und Dodona und den Magnetern ... Scham, und Zweifel: Hatte denn nicht Athen den Retter Themistokles in die Verbannung getrieben, und hatte ihn nicht der gestrige Feind, Persiens Herrscher, freundlich aufgenommen und ihm einen Platz zugewiesen, wo er seine Tage vollenden mochte in Muße und Freundschaft?

Bedauern und Mitleid: Alexander, ein kleiner Junge, hält sich weinend die Ohren zu, während Philipp und Olympias einander anschreien; mit der Mutter im duftenden Bad, allzu zärtlich berührt; mit Aristandros vor dem Altar, gezwungen, in den Eingeweiden des Widders zu wühlen; mit Aristandros auf einem Hügel, Vogelschwärme betrachtend unter den düsteren Wolken; brütend im Zwielicht des Waldes, die Finger in die Brust gebohrt, als grübe er dort nach etwas, das kostbar war und verloren ist; mit andern Jungen und dem herben Leonidas beim Ringkampf, beim Fechten, beim Rennen durch Felder, bei allzu kargen Mahlzeiten; mit dem sanften Lysimachos beim Lernen und Wägen von Versen; an Olympias geschmiegt, wenn Philipp sich nähert, aber von ihr fortgeschoben, sobald der König verschwindet.

Spott und Anerkennung: Philipp und Parmenion im Gespräch, das Meer zur Linken, vor ihnen die Thermopylen, besetzt von hellenischen Kämpfern; Philipps List, der Abmarsch nach Norden; Zorn, Erleichterung, Ratlosigkeit in Athen; Demosthenes, der sich auf Aristophons Seite schlägt, im Gespräch mit Chares, dem Strategen der Demokraten – Chares, geschlagen von den Bundesgenossen, besiegt von Artaxerxes, zieht mit Kämpfern und Schiffen nach Thrakien, um Philipps Pläne zu stören; Philipps feines Spiel – die Schonung athenischer Bürger und Krieger, die nach dem von Chares verlorenen Kampf heimgeschickt werden, während alle anderen Gefangenen bleiben müssen, als Sklaven; die Eroberung und Zerstörung von Olynth; die Zerstörung des Geburtsorts von Aristoteles, Stageira (kein Zorn, nur ein wenig betrübte Verwunderung).

Bedauern und Kummer: die falsche Saat, die später schlimme Früchte bringt. Artabazos und Memnon, dem Großkönig unterlegen, fliehen mit ihren Familien nach Pella, wo Philipp sie freundlich aufnimmt. Barsine, Tochter des Artabazos, fünfzehn Jahre alt und reif; bald wird sie Mentors Frau werden, nach dessen Tod dann die seines Bruders Memnon; nun aber kümmert sie sich wie eine liebevolle große Schwester um Alexander, der sechs Jahre ist und ausgehungert nach Wärme.

Artabazos ist groß, dunkel, in feine Gewänder gekleidet, schwarz mit goldenen Stickereien und Säumen; sein Bart ist schwarz, die Gesichtszüge scharf und doch freundlich. Er reitet durch die Hügel um Aigai, gefolgt von einigen makedonischen Reitern. Auf seinem Pferd, vor ihm, sitzt Alexander, an die Brust des persischen Fürsten gelehnt. Er deutet nach links, wo die Hügel sich türmen und Wald in den Himmel wuchert.

»Hinter diesen Hügeln, mein kleiner Freund? Dort beginnt die Welt. In Pella oder Aigai sind allerdings viele der Meinung, daß die Welt dort endet.«

Alexander starrt in die Ferne, mit einem Ausdruck von Hunger oder vielleicht Gier. »Was ... wie sieht es aus, jenseits?«

Artabazos zuckt mit den Schultern. »Andere Hügel, Berge, Felder, andere Städte und Menschen. Dann, irgendwann, die See, das malmende Meer – das Mächtige Große Grüne, wie die Ägypter sagen.«

»Wem gehört die See?« Alexanders Augen sind hell und weit offen.

Artabazos lacht; der schwarze Hengst schnaubt leise. »Die See gehört keinem. Niemand besitzt die See, aber die See besitzt viele gute Männer und feine Schiffe. Hier, in der Nähe eurer Küsten, segeln und rudern die Athener darauf herum. Und natürlich ein paar Händler. Im Süden, weit von hier, fahren die Schiffe der Phöniker; sie dienen dem Großkönig. Im Westen, weit, weit fort, fahren die Handelsschiffe und Kriegsruderer des mächtigen Karchedon.«

»Wem gehört Karchedon?«

»Karchedon? Es wurde besiedelt, gegründet, heißt es, von Leuten aus Tyros, aber es gehört nicht den Tyrern. Karchedon besitzt weite Teile des nördlichen Libyen und der großen Inseln der Sikelioten und Sardonier und Kyrner. Aber es gehört nur sich selbst.«

»Wenn alles andere entweder den Hellenen oder den Persern oder meinem Vater Philipp gehört, muß Karchedon gewaltig sein. Und was liegt jenseits des Meeres?«

»Jenseits der See? Viele fremde Länder, wunderbar zu betrachten und gefährlich zu betreten. Das uralte Ägypten – aber davon hast du gehört, nicht wahr?«

Alexander nickt; die Augen verengen sich. »Dort herrschte einmal Ammon, der auch Zeus ist. Seine Söhne – seine Gefäße waren die Pharaonen.«

Artabazos runzelt die Stirn. »Das mag so sein. – Dann gibt es dort Arabien, mit Palmbäumen, die feierlich den Kopf neigen, wenn der Wind ihnen Nachrichten aus der glühenden Wüste bringt. Damaskos. Und Babylon, die älteste Stadt, die alle Geheimnisse hütet und sich nicht einmal erinnern kann, sie je vergessen zu haben. Große Ströme voll silbriger Fische. Dann andere Flüsse, noch gewaltiger, mit Krokodilen und Wasserschlangen. Dahinter liegt Iran – das große heilige Persien; dort ächzen die Stürme zwischen den höchsten Gipfeln, die selbst im Sommer von Schnee bedeckt sind. Dort gibt es unendliche Steppen im Norden, Bergketten, dazwischen weite felsige Hochebenen und Wüsten aus Salz; und die umfriedeten Gärten, *paradeisos* genannt, wo der König der Könige in seinen Träumen auf die Jagd geht. Mitten in den Gärten steht immer ein schlichter Altar und ein Haus des Heiligen Feuers, das unsere Priester hüten. Tausend verschiedene Völker mit verschiedenen Sprachen und alten Göttern – Mithras und Anahita, deren Verehrer unsaubere Dinge tun und im Rausch einen Stier töten. Dahinter liegen die tödlichen Berge, die Iran von Indien trennen. Und Indien, unermeßlich und geheimnisvoll. Mit seltsamen Gebräuchen und seltsamen Göttern und sehr seltsamen Menschen, die am Rand der Welt leben und diesen für die Mitte halten. Sie haben dort Elefanten, groß wie Häuser, Tiere wie ein wandernder Berg, mit zwei Schwänzen – einer vorn, einer hinten. Es gibt dort viele bunte Vögel, sie singen und kreischen nicht nur, einige können sogar das Sprechen lernen; und Vögel, die ihre Nester bauen, indem sie große Blätter zusammennähen. Tausend Flüsse gibt es dort, mit Silber und Gold, und Tempel für tausend Götter Und noch weiter fort liegen wunderbare Inseln mit edlen Steinen und schrecklichen Ungeheuern.«

Alexanders Wangen glühen, aber in seinen Augen steckt die Wurzel eines Schmerzes, einer langsam wachsenden Qual, die Jahre braucht, um zu reifen. »So viele Länder ... so viele Menschen. Und sag, haben sie alle – eine Seele?«

Artabazos seufzt. »Eine Seele?«

Alexander nickt, fast verbissen. »In der Brust soll sie sein, sagen einige; andere behaupten, sie sei im Samen. Aber in meiner Brust ist Leere, die immer danach schreit, gefüllt zu werden, vor allem nachts; so laut schreit sie, daß ich hochfahre und oft lieber gar nicht einschlafen mag. Und wenn die Seele im Samen ist, dann haben Frauen keine Seele, und auch Jungen nicht, denen der Samen noch fehlt, nicht wahr?«

Artabazos hält die Zügel mit der Linken und legt den rechten Arm um den Jungen, als wollte er ihn vor etwas schützen. Oder einfach an sich drücken. »Es gibt da viele Meinungen. Jene, die an Götter glauben und daran, daß nach dem Tod eines Menschen noch etwas mit ihm geschieht, glauben auch an eine Seele. Andere sind überzeugt, daß der Mensch erlischt wie eine Flamme – vergeht wie eine Pflanze. Daß nichts bleibt.«

»Wenn es sie gibt, die Seelen – könnte man sie dann stehlen?«

Artabazos reibt seinen Bart, sein Kinn über den unbedeckten Kopf des Jungen; es ist eine seltsam zärtliche Geste. »Wozu sollte man Seelen stehlen? Willst du dir eine beschaffen? Eine erste oder eine neue?«

Alexander lächelt schwach. »Die Söldner; sie erzählen wunderbare Geschichten, abends, am Feuer. Und Geschichten, die gräßlich sind. Eine habe ich gehört, von einem Mann, einem Kreter, der in Ägypten und Arabien gekämpft hat. Er sagt, dort gibt es Völker, die daran glauben, daß mißgünstige Götter, Dämonen vielleicht, sich von den Seelen der Menschen ernähren. Daß sie später auch den Leib haben wollen, weil sie selbst keinen Leib besitzen. Daß sie einem neugeborenen Kind, wenn es schwach ist und noch nicht von anderen Göttern geschützt wird, weil die Eltern oder die Priester ein Opfer vergessen haben ... also, daß sie einem kleinen Kind die Seele rauben und später, wenn der Körper gewachsen ist, in bestimmten Nächten versuchen, in den Körper einzudringen, um darin eine Weile zu wohnen.«

Artabazos' Gesicht ist voll von Trauer und Mitleid. »Und du fürchtest, diese Leere, die du in dir spürst, könnte so sein? Oh, mein Kleiner, wer hat dir diesen Unsinn erzählt? Selbst wenn es so wäre – deine Mutter, dein Vater, Aristandros der Seher, sie alle haben doch auf dich aufgepaßt.«

Alexander schließt die Augen, preßt die Lider krampfhaft zu. »Philipp war nicht da, als ich geboren wurde. Aristandros auch nicht. Olympias hat mich geboren und gleich an Lanikes Brust gelegt, statt mich selbst zu säugen. Philipp will einen Krieger und Herrscher aus mir machen; Olympias sagt, ich muß das Gefäß des Gottes Ammon sein, der auch Zeus ist. Hatte ich vielleicht zwei Seelen, die miteinander gekämpft haben und beide in diesem Kampf gestorben sind? Hat vielleicht Ammon meine Seele aus mir herausgesaugt, um selbst in mich zu schlüpfen, irgendwann; um mich als seelenloses Gefäß zu besitzen? Oder gibt es vielleicht doch diese Dämonen?«

Artabazos schweigt; er hält den Jungen immer noch fest, und Alexanders Finger berühren zögernd, als wäre es ein Wagnis, den Ärmel, dann die Hand des Persers. Sie reiten vorbei an Hütten, an Gesträuchgruppen, erreichen die ersten, etwas größeren Häuser eines Ortsrands.

»Seele«, sagt Artabazos halblaut, wie versonnen, »ist möglicherweise das, was wir aus uns machen. Die Länder und Städte, die wir sehen; die guten und bösen Dinge, die wir tun; die Menschen, mit denen wir zusammenkommen; all unsere Erfahrungen und Erlebnisse, die Gedanken, Gefühle und Taten, machen uns zu etwas, das vorher nicht da war. Jedenfalls nicht so. Vielleicht ist das am Ende die Seele, und am Anfang ist sie so zart und dünn, daß wir sie gar nicht wahrnehmen können.«

»Was sagen eure Götter dazu?«

»Wir haben nur einen Gott, den All-Weisen, der zu Beginn der Dinge alles schuf. Aber er war schon vor dem Anfang da, ehe die Dinge begannen. Er war immer und wird immer sein. Er hat zwei Kräfte in die Welt geschickt, zwei Geister; sie zeigen den Menschen die verschiedenen Wege, damit wir uns entscheiden können. Den Pfad des Lichts, des rechten Sinns, der Tugend, zeigt uns Ahurah Mazdah. Und der Weg der Dunkelheit, der schwarzen Taten, der Ruchlosigkeit führt zu Ahriman, dem Dunklen Herrn. Am Ende aller Dinge und Tage werden die Seelen aller Menschen über eine Brücke gehen – eine Brücke, die den schwarzen Abgrund des Nichts überspannt. Jenseits der Brücke wartet der gute Geist des Einen Gottes, um die Redlichen und die Üblen voneinander zu trennen. – Vielleicht sitzt er auf dem Geist eines wunderbaren Schimmels. Schau!«

Sie haben die Mitte des kleinen Orts erreicht; dort wird ein Vieh- und Pferdemarkt abgehalten. Alexander reißt die Augen auf, deutet auf einen tänzelnden Schimmelhengst und sagt: »Ohhhh!«

Artabazos gleitet vom Pferd und hebt Alexander herab; dann geht er zu den Bauern und Pferdezüchtern. Alexander will folgen, wird aber festgehalten.

Auf dem Boden, im aufgeweichten, zertrampelten Dreck, sitzt einer der wandernden Philosophen. Sein Haar ist verfilzt, der Chiton schlammig und kotig, die Fingernägel schwarz und verkrustet. Der Mann deutet auf Artabazos.

»Dein Freund, Junge?«

Alexander weicht einen Schritt zurück, rümpft die Nase und nickt fast widerwillig. »Warum?«

»Du solltest nicht mit ihm reiten. Oder reden. Dies sagt dir ein weiser Mann, der noch selbst in seiner Jugend dem großen Sokrates lauschen durfte.«

Alexander öffnet die Augen sehr weit. »Warum soll ich nicht mit ihm reden, o du sehr weiser Mann?«

»Er ist ein Barbar!«

Alexander blickt hin und her zwischen dem verdreckten Philosophen und dem edlen Perser. Dann sagt er: »Ach ja?« Er wendet sich ab und geht zu Artabazos, nimmt dessen Hand.

Auf dem Weg zu einer Versammlung wechseln Demosthenes und der jüngere, schlanke Demades einige Worte. Plötzlich entschuldigt sich Demosthenes, bittet den anderen zu warten und geht auf die andere Seite des kleinen Platzes, wo in einem Eingang ein betont unauffälliger Mann lehnt. Demades beobachtet alles.

»Also?« sagt Demosthenes.

Der Mann, ein attischer Bauer, zeigt ihm einen Korb; darin liegen mehrere große Fliegenpilze.

Demosthenes nickt. »Das sind die richtigen, ja. Wie viele kannst du mir besorgen?«

Der Bauer hebt die Schultern. »So viele, wie du haben willst. Sie sind giftig, niemand will sie – außer dir.«

Demosthenes kaut auf der Unterlippe. »Ich . . . was soll ich dir bezahlen? Wie lange brauchst du, um so einen Korb zu füllen? Wie viele gehen hinein?«

Der Mann starrt in den Korb. »Zwanzig bis dreißig, je nach Größe. Ich weiß, wo sie wachsen.«

»Hm. Sagen wir, eine halbe Drachme, für einen Korb?«

»Es kostet mich Zeit. Sagen wir – zwei Drachmen?«

Sie feilschen einige Momente; schließlich sagt Demosthenes, mit der Miene des Rechtschaffenen, der sich betrübt in sein Los fügen muß: »Nun gut, eine Drachme für einen Korb. Da sie so gut wie wertlos sind, ist es ein mehr als guter Preis. Und denk dran: Kein Wort darüber, ja?«

Als Demosthenes wieder zu ihm tritt, sagt Demades: »Was war denn das für ein Handel? Fliegenpilze?«

Demosthenes schneidet eine Grimasse. »Das hast du sehen können? Na gut – wieviel?«
»Wieviel was?«
»Wieviel willst du haben?«
Demades grunzt. »Fliegenpilze? Baaah.«
Demosthenes ächzt. »Stell dich nicht dümmer, als du ohnehin bist. Wieviel Geld?«
Demades runzelt die Stirn. »Was bietest du mir?«
Demosthenes zupft an seinem Chiton herum, wackelt mit dem Kopf. »Sagen wir – ein Viertel?«
Demades blinzelt. »Erklär mir doch bitte die Einzelheiten. Und komm weiter; die Versammlung wartet nicht auf uns.«
Sie gehen los; Demosthenes redet leise, mit einem schrägen Grinsen. »Die Perser, weißt du. Sie haben ja nicht nur die edlen Götter für Licht und Dunkel, sondern auch ältere, die vielleicht unsere Mysterien gestiftet haben. Um diese alten Götter zu feiern, töten sie Stiere im Kampf, oder sie hocken sich in Höhlen und berauschen sich.«
Demades seufzt. »Weiß ich doch. Und?«
»Wahrscheinlich haben sie früher einmal in einer anderen Gegend gewohnt – vielleicht einer Steppe. Jedenfalls gab es dort Fliegenpilze. Heute, in ihren Bergen, finden sie kaum welche. Sie beziehen sie, habe ich mir sagen lassen, vor allem aus Indien.«
Demades nickt, wartet ab.
»Sie werden getrocknet, zu Pulver zerstoßen, mit kochendem Wasser übergossen. Der Sud wird durch ein feines Tuch geschüttet und dann getrunken. Das verschafft ihnen schöne Träume, in denen sie wie Vögel durch den Himmel fliegen. Aber das ist natürlich nur für die Reichen, verstehst du? Die Armen können sich keine indischen Pilze leisten.«
»Sie wollen aber auch die Götter feiern, oder?«
Demosthenes grinst. »Erinnerst du dich an die alten Geschichten? Von wegen: Die Barbaren stinken aus dem Maul? Ein babylonischer Händler hat mir erzählt, was damit gemeint ist.«

»Nämlich?«

Demosthenes wirft ihm einen Seitenblick zu. »Wenn du Wasser trinkst oder Wein oder Bier, dann verläßt es hinterher deinen Körper und ist nichts als Pisse. Was den Wein auszeichnet, bleibt in dir. Bei diesem Rauschtrank ist es anders. Was darin ist . . . was für die feinen Träume und das Herumflattern und einen unermüdlichen Phallos sorgt, das bleibt nicht im Körper. Deshalb trinken die armen Perser, die sich nicht immer frischen Pilz leisten können, ihre eigene Pisse. Und fliegen wieder los.«

Demades sieht aus, als ob er sich übergeben wollte. »Und das verkaufst du ihnen?«

»Nein. Ich verkaufe an die Reichen. Natürlich.«

»Was bringt das ein?«

»Der Korb mit zwanzig Pilzen, manchmal auch dreißig, kostet mich eine Drachme. Die Perser zahlen zehn Drachmen. Für einen einzigen Pilz. Da ist aber noch der Zwischenhandel, die Beförderung. Also, wieviel?«

Demades spuckt aus. »Ich will nichts damit zu tun haben.«

»Auch ich wollte nichts damit zu tun haben.« Aristoteles schob das Amulett wieder unter sein Gewand und ließ sich aufs Lager sinken. »Damit nicht und auch mit vielen anderen Dingen.«

Peukestas erhob sich; die Knie schmerzten. Er ging langsam zu seinem Schemel. »Widerwärtig. Und ich dachte immer, Demosthenes sei der große Vorkämpfer der Hellenen gewesen, gegen alle Barbaren.«

Aristoteles starrte an die Decke, blickte dann hinüber zum Feuer. »Demosthenes? Ah, nein. Eubulos und seine Leute – dazu gehörte später auch Aischines; ein bißchen, jedenfalls einige Zeit, auch Demades und Philokrates – Eubulos wollte ein starkes Athen: Stärke durch Verträge, durch Frieden, durch Handel und Wohlstand. Als er Athen bedroht sah, durch Philipp, wollte er den Krieg, aber nur zur Wiederherstellung der alten Lage. Isokrates wollte immer den allgemeinen Frieden, und ein Bündnis aller Hellenen für den Kampf gegen die Perser – Rache für die Schändung der athenischen Tempel unter Xerxes. Demosthenes wollte Reichtum und Macht für sich und Hegemonie für Athen. Nicht Stärke wie Eubulos, sondern alleinige Vormacht. Damit seine Macht um so größer wäre. Demosthenes lenkt Athen, Athen lenkt Hellas, also lenkt Demosthenes Hellas. So etwa. Persien hat er nie als Bedrohung angesehen. Als Philipp zur Bedrohung zu werden schien, wollte Eubulos ein Bündnis aller Hellenen gegen Makedonien; Isokrates wollte Ausgleich mit Philipp; die Demokraten wollten Makedonien erobern, blindlings; Demosthenes wollte Krieg, ja, aber nicht im Bunde mit anderen Hellenen – das wäre eine Preisgabe der athenischen Vormachtwünsche gewesen. Demosthenes redete Athen in den Krieg gegen Philipp, ohne Bundesgenossen. Als Philipp gewann, bot er Frieden an; Demosthenes lehnte ab, und der Krieg ging weiter. Philipp gewann auch die nächsten Kämpfe, und diesmal konnte er den Frieden nicht nur anbieten, sondern bestimmen, zu seinen Bedingungen. Philokrates leitete die Gesandtschaft; Demosthenes und Aischines waren dabei. Anschließend pries Isokrates, völlig richtig, die Milde des Siegers und regte wieder den gesamthellenischen Bund gegen Persien an, unter Philipps Führung. Demosthenes betrieb eine feine Wühlarbeit, um Städte, die mit Philipp keinen Streit hatten, zum Eintritt in einen neuen Krieg zu bewegen – natürlich unter Führung Athens, das heißt unter Führung des Demosthenes.« Aristoteles schüttelte wieder und wieder den Kopf. »Athen war längst verrottet, und sie wibbelten darin herum wie abscheuliche Maden in verwesendem Fleisch. Ich habe Athen dann verlassen.«

Peukestas ging wieder zum Feuer, legte Holz und Rollen nach. »Bist du nur aus Abscheu gegangen?«

Aristoteles lachte hohl. »Soll ein Sterbender lügen? Nein; es gab mehrere Gründe. Abscheu war auch dabei. Enttäuschung sicherlich – ein Jahr nachdem Olynth und Stageira zerstört wurden, starb der greise Platon, und der eitle Aristoteles, nicht einmal vierzig Jahre alt, hatte gehofft, man werde ihn zum Leiter der Akademie wählen. Aber man wählte Platons Neffen Speusippos. Und Hermias, der in Athen denken gelernt hatte, inzwischen von den Persern verschnitten und zum Satrap der Lande um Atarneus gemacht – Hermias bot mir an, in sein Land zu kommen und dort einen Staat zu errichten, wie ich ihn mir vorstellte.«

»Also bist du zu ihm gegangen. Und gescheitert.«

»Gescheitert, ja. Es ist ein weiter Weg von dem, was ist, zu dem, was vielleicht besser wäre. Wahrscheinlich mußte ich in Atarneus scheitern, um den Weg zurück von Platon zu Sokrates zu finden.«

Peukestas grübelte; schließlich sagte er: »Warum haben die Perser ihn entmannt – Hermias?«

»Vielleicht, um ihn daran zu erinnern, daß er mit allem, mit Leib und Leben, Untertan des Großkönigs war – daß das Land nicht ihm gehörte, sondern Artaxerxes. Vielleicht auch nur, damit er nicht selbst eine Dynastie gründete, die später Anspruch auf die Gebiete hätte erheben können.«

»Und deine Frau – seine Tochter? Hatte er sie vorher gezeugt?«

Aristoteles lächelte matt. »Pythias, Mutter jener Pythias, die geheimnisvolle Dinge in der Küche tut, war nicht seine Tochter, sondern seine Nichte. Da er selbst keine Kinder haben konnte, hat er sie zu seiner Tochter gemacht.«

»Dein Staatsversuch . . .«

»Tugend des einzelnen bei allgemeinem Nutzen ist nicht durch gutes Zureden zu bewirken. Außerdem – vielleicht wäre derlei möglich, wenn man eine kleine Gruppe von Menschen auf einer Insel aussetzte. Eine mehr oder minder einheitliche Gruppe. Heute denke ich anders darüber. Die Vielfalt der Dinge, weißt du. Vielfalt, auch Vielfalt im Schlechten, ist Reichtum; einheitliche Tugend wäre Armut und Elend. In Atarneus waren zu verschiedene Menschen zusammen – Hellenen, Asiatiker, Asiaten, Perser, Meder, Skythen, Araber. Und die edlen

Herren des Landes, die Männer des Großkönigs, hielten nicht viel von unseren Versuchen.«

»Dann warst du wahrscheinlich erleichtert, als Philipp dich nach Pella holte.«

Aristoteles warf ihm einen unfreundlichen Blick zu. »Ich wäre nicht zu Philipp gekommen, wenn der Versuch nicht beendet gewesen wäre. Aristoteles flieht nicht; er läßt auch nichts Halbfertiges liegen. Nein; das war vorbei. Als dein Vater zu mir kam, hatte ich Atarneus schon verlassen. Ein wenig jedenfalls. Wir lebten außerhalb von Mytilene – auf der anderen Seite der schmalen Wasserstraße.« Er kicherte grimmig. »Bei gutem Wetter konnte ich die Bühne meines Scheiterns sehen.«

9.

Von Mytilene nach Mieza

»Das Problem heißt Demosthenes.« Parmenion hatte gewartet, bis die Schreiber, die Hofbeamten und die Unterführer gegangen waren. Der Herbstregen, der die Felder aufweichte und die Straßen in Kanäle verwandelte, schien durch die Steine des Mauerwerks zu dringen. Drakon füllte die vier Becher mit Glühwein, beschickte den Wärmer erneut mit Wein, Wasser, Honig und Gewürzen, stocherte in den Holzkohlen und setzte sich dann wieder an den Tisch. Er trug einen groben Wollumhang, den er enger um sich zog. Antipatros hatte die Ellenbogen auf dem Tisch, das Kinn auf den Fäusten, den Lederhelm fast auf den Augen; er starrte irgendwo hin. Philipp stand über ein Kohlenbecken gebeugt, die Arme ausgestreckt, und rieb sich die Hände.

»Das Problem«, sagte er über die Schulter, »hat viele Namen. Demosthenes ist einer.«

Die Flamme eines Öllämpchens flackerte; der stoffbezogene Holzrahmen schien die Fensteröffnung nicht ganz dicht zu verschließen.

»Welche Namen noch?«

»Parmenion.« Philipp grinste. »Drakon. Antipatros. Philipp. Probleme haben immer mehrere Seiten. Ich glaube, wir sind für Demosthenes ein größeres Problem als er für uns.«

Drakon wedelte mit einem Zipfel seines Umhangs. »Du. Parmenion. Antipatros. Aber ich doch nicht. Ich bin ein kleiner ahnungsloser Arzt. Zahnausreißer, Knochenrenker, Kräuterkauer. Was hat Demosthenes schon von mir zu befürchten? Außer daß ich versuche, eure Krankheiten und Wunden zu heilen und euer Leben zu verlängern.«

Parmenion rutschte tiefer in seinen Scherensessel. »Athen würde dir viel Gold bezahlen für ein wenig Gift.«

Drakon kniff ein Auge zu. »Ich habe alles Gift, was ich brauche. Und Gold? Bah.« Er trank, verschluckte sich und hustete.

Philipp verschränkte die Arme, so daß die Hände in den Achselhöhlen verschwanden, und ging langsam auf und ab. »Wir haben es fast geschafft«, sagte er leise. »Sechzehn verdammte blutige Jahre. Der Norden, Thessalien, Euboia, Bündnisse hier und da. Sparta ist ein Krähennest. Nur Theben und Athen zählen. Wenn Athen zustimmt, kommen die anderen auch auf unsere Seite.«

»Athen wird nicht zustimmen.« Antipatros nahm das Kinn von den Fäusten und betrachtete seine Fingernägel. »Demosthenes ist zu stark geworden; gegen seinen Willen geschieht nichts. Und was er will, wissen wir doch alle, oder? In einem großen hellenischen Bund, gleich, ob unter deiner Führung, Philipp, oder unter der eines anderen, wäre Demosthenes nur einer von vielen. Der Zehnte, vielleicht. Er will aber der Erste, der Größte, der Beste sein. Das kann er nur in Athen; und nur dann, wenn Athen die Hegemonie erreicht.«

»Der Schönste will er jedenfalls nicht werden. Schafft er auch nicht.« Drakon gluckste.

Philipp blieb stehen, den Kopf schiefgelegt. »Schön? Nein, fürwahr. Ich seh ihn noch bei den Friedensverhandlungen vor drei Jahren, wie er sich in Alexander vergafft. Als der Junge Homer vorgetragen und Harfe gespielt hatte. ›Bläst du ah auch die ah Flöte?‹ Und Alexander, wie der Blitz: ›Nicht ah deine.‹ Ha, ha, ha.«

»Unterschätz ihn nicht.« Parmenion schüttelte leicht den Kopf. »Was Knaben und sehr junge Mädchen angeht, da treiben ihn seine Drüsen. Ansonsten treibt ihn sein Ehrgeiz. Und er hat einen scharfen Verstand.«

»Ich unterschätze ihn nicht. Ich liebe nur gute Geschichten.« Philipp grinste, blickte dann aber sehr ernst. »Er hat es geschafft, aus eigener Kraft vom armen Waisenknaben zum reichen Mann zu werden, vom Niemand zu einem der mächtigsten Männer in ganz Hellas. Er weiß, was er will; und er hat keinerlei Bedenken, was seine Mittel angeht. Wie wir wissen, verhandelt er zur Zeit mit dem Großkönig. Wenn es zum Streit zwischen uns und Athen kommt, wird Artaxerxes ihm Gold geben. Persisches Gold, damit Hellenen gegen Hellenen kämpfen.«

»Er wird sagen, Philipp schließt Bündnisse mit Barbaren. Das darf ich dann auch.« Antipatros legte die Hände auf den Tisch; nacheinander bewegte er alle Finger, mit einem Ausdruck des Erstaunens im Gesicht.

Philipp schnaubte und hob die Hände. »Wir haben einen Vertrag mit Artaxerxes geschlossen; ja, und? Er hat sich mit seinen Satrapen ausgesöhnt, Artabazos ist wieder in Gnaden aufgenommen, Persien weiß, daß unsere Pläne in Thrakien und, ah, Richtung Byzantion nicht gegen Persien gerichtet sind. Wir wissen, daß Persien nichts gegen uns unternehmen wird. Das ist etwas anderes, Freunde – etwas ganz anderes als: persisches Gold nehmen, damit Hellenen gegen Hellenen kämpfen.«

Drakon schielte an seiner Nase entlang; er kaute auf einem Gewürzstückchen. »Was würdest du tun, wenn morgen eine athenische Gesandtschaft käme und sagte: Wir sind bereit, einen Heiligen Bund aller Hellenen einzugehen, Friede, Zusammenarbeit, Wohlstand für alle, keine sinnlosen Kriege. Aber im Heiligen Rat behält Athen den Vorsitz. Was dann?«

Philipp runzelte die Stirn. »Wenn die inneren Dinge der beteiligten Staaten nicht angetastet werden, wenn der allgemeine Friede tatsächlich sicher ist? Dann, Herr der Kräuter und Zähne, würde ich sinnvolle Vorschläge von Demosthenes anhören. Ich würde ihn sogar zum Hegemon wählen. Aber das ist eine Spielerei; wie du weißt. Demosthenes ist, was er ist und wie er ist, und deshalb ist so etwas ausgeschlossen. *Er* würde es nicht wollen.«

Sie schwiegen, bis Antipatros aufblickte und sich räusperte. »Spuck es aus, Junge.«

Philipp nickte. »Du kennst mich zu gut, nicht wahr?«

»Wir alle. Wenn wir nicht nach all den Jahren wüßten, wann wir einen neuen schwarzen Plan von dir zu erwarten haben, wären wir nicht wert, all deine schwarzen Pläne ausführen zu dürfen.«

Philipp lachte schallend. Er klatschte in die Hände. »Mehr Wein«, brüllte er. »Braten. Brot. Obst.«

Als die Sklaven alles gebracht hatten und auch der Hausmeister Archelaos wieder gegangen war, riß Philipp ein Stück von einem Brotfladen, nahm eine Scheibe kalten Braten in die andere Hand und ging zum Fenster. Er lehnte sich an den Sims, biß ins Fleisch, biß ins Brot und sagte mit vollem Mund:

»All die Jahre der Schonung – nichts. Wir haben athenischen Besitz geachtet, wir haben athenische Bürger geschützt, wir haben gefangene Athener sofort freigelassen, meistens mit Geschenken. Athen ist der Nabel, und Demosthenes ist der Schmutz in diesem Nabel. Wir wollen ihn ein wenig waschen.«

»Wie?« Antipatros spielte mit einer Feige.

Philipp schluckte; dann sagte er lauernd: »Wir haben ja noch ein paar andere Probleme. Wäre es nicht fein, wenn wir alle auf einmal lösen könnten?«

Drakon begann zu lachen; Antipatros verzog das Gesicht, als litte er unter Zahnschmerzen; Parmenion verschränkte die Hände hinter dem Kopf und starrte an die Decke.

»Ein neues Spiel, wie?« sagte er halblaut. »Wie viele Jahre wird es diesmal dauern? Und – ist es ein doppeltes, ein dreifaches Spiel?«

Philipp leckte Bratensaft von seinen Fingern. »Ah, kommt drauf an. Ob wir alle Probleme lösen können oder nur ein paar.«

Parmenion und Antipatros blickten einander an, dann Drakon, dann wieder den König. Sie schwiegen.

»Das Heer rostet ein.« Philipp hob den Daumen, dann die weiteren Finger, nach und nach. »Unsere edlen Gebietsfürsten haben nicht genug zu tun und finden, die Ausbildung ihrer Söhne am Hof sollte beendet werden. Olympias träufelt meinem Sohn immer noch Jauche in die Ohren. Olympias kümmert sich zu ausgiebig um ihren jüngeren Bruder, der einmal Herr von Epeiros werden soll. Arybbas, der dort schon viel zu lange sitzt, hat angefangen, in großem Umfang Briefe zu schreiben, unter anderem an Demosthenes. Wir haben es nicht geschafft, Athen durch Schonung und freundliche Angebote zu einem Bund zu bewegen; ich fürchte, wir müssen sie zwingen – aber *sie* müssen den Krieg erklären, nicht wir. Die übrigen Hellenen könnten es uns übelnehmen, und ihr wißt, ich bin mit einer sehr empfindsamen Seele geschlagen und leide, wenn mir jemand etwas übelnimmt. Und früher oder später, je nachdem, ob ein Bund zustande kommt, werden die Perser über uns herfallen; Artaxerxes schätzt an Verträgen besonders ihre kurzfristige Kündbarkeit.«

»Bißchen viel auf einmal. Was hast du vor?« Parmenions Augen waren Schlitze, sein Mund ein Strich.

»Olympias wird sich von ihrem Brüderchen verabschieden; er ist zwanzig und nicht dumm. Arybbas kann seine alten Tage in einem Häuschen am Meer verbringen und Briefe schreiben, soviel er will. Ich möchte, daß Antipatros ihn besucht, mit ein paar freundlich geschmückten Kämpfern. Und dem neuen König. Du weißt, welche Sorten Regelung ich vorziehe, nicht wahr?«

Antipatros nickte stumm; seine Brauen stiegen immer höher.

»Leonidas und Lysimachos werden weiterhin die Kleinen unterrichten; für die Großen werden wir uns etwas anderes einfallen lassen. Unterricht für Fortgeschrittene – Philosophie, Geschichte, Waffenkunde, Nachschubwesen, derlei.«

»Mieza«, sagte Parmenion leise.

Philipp starrte ihn einen Moment an, dann lachte er. »Sehr gut, alter Freund. Ein guter Lehrer, das Nymphaion am Berghang, weit genug weg von Pella, aber in der Nähe eines Übungslagers unserer Krieger. Ich danke dir. Die jungen Herren wären dort gut aufgehoben – und außer Reichweite von, beispielsweise, Olympias.«

»Und von gewissen Vätern.« Drakon nickte und zeigte

die Zähne. »Deine Frau wird es nicht mögen, Philipp, und die Fürsten werden es hassen. Aber wenn der Lehrer gut ist, können sie nichts dagegen sagen.«

»Du wirst den Lehrer besorgen, Drakon.« Philipp zwinkerte ihm zu. »Eine Aufgabe, die dir liegen sollte. Und eine, die deine Bedeutung unter den Problemen des Demosthenes erheblich mehren wird.«

»Wer soll der Lehrer sein? Oder soll ich blindlings suchen?«

»Ich denke an einen namhaften Philosophen, den ich kenne. Dem ich vertrauen kann. Dem wir alle vertrauen können.«

»Aristoteles?« Parmenions Stimme klang belegt.

»Genau der. Keiner der Fürsten kann etwas gegen ihn sagen; die Athener werden sich freuen; Hermias wird begeistert sein.«

»Wie kommt Hermias ins Spiel? Er ist ein Satrap des Persers. Was hat er damit zu tun? Und – was ist mit Athen und dem Versuch, Demosthenes den ersten Schritt tun zu lassen?«

Philipp sagte drei Sätze; langsam; ohne jede Betonung.

Das Schweigen, das folgte, dauerte viele Atemzüge lang. Schließlich begann Drakon zu kichern. Parmenion starrte Philipp an, als sähe er ihn zum erstenmal wirklich. Antipatros nahm den Helm ab, spuckte hinein, strich sich den kahlen Schädel und stieß den Becher um, als er danach greifen wollte. Der schale, kalte Glühwein bildete eine sternförmige Pfütze auf dem Tisch.

»Gut?« sagte Philipp; er zog die Oberlippe zwischen die Zähne, damit das Grinsen sich nicht zu schnell ausbreitete.

»Schwarzer *daimon*«, murmelte Antipatros.

»Es ist vollkommen.« Parmenion rieb sich die Wange. »Jeder einzelne Schritt führt in mehrere Richtungen zugleich. Wunderbar.«

»Wann soll ich reisen?« Drakon stand auf und ging zum Weinwärmer. »Noch geht es; die Herbststürme haben noch nicht begonnen.«

»Sofort. Sprich mit Aristoteles. Wirf ihm alle Köder hin, die er brauchen könnte. Ich glaube aber, es wird nicht viel Überredung kosten. Ich schätze, er langweilt sich da auf Lesbos.«

Philipp ging nicht sofort zu seinen Gemächern. Es war noch lange nicht Mitternacht; er machte einen Rundgang durch den Innenhof, sprach mit den Wachen, stieg dann die Treppen hinauf, die zu dem Korridor führten, an dem Olympias' Gemächer lagen, und, nicht weit davon entfernt, die Alexanders. Vor Olympias' Tür schlief, auf einer Matte zusammengerollt, die stumme Thrakerin. Philipp ging weiter, blieb plötzlich stehen, machte kehrt. Neben der Thrakerin stand ein Körbchen; darin lag ein halber getrockneter Fliegenpilz.

Geräuschlos öffnete Philipp die Tür. Die stumme Thrakerin erwachte, klammerte sich an sein rechtes Bein, zupfte an seinem Chiton. Philipp riß sich los. Er hörte Alexanders Stimme, wie benommen, fast lallend: »Aber ... aber ich will das nicht!« Dann die scharfe, zischelnde Stimme von Olympias: »Du mußt! Für die Götter!«

Olympias und Alexander saßen auf dem Bett, beide nackt. Alexanders Hände ruhten auf Olympias' Brüsten, die Hände der Königin auf Alexanders Schultern. Die Schlange schien die vier Arme zu umwinden, wie ein Knoten. Aus einem Becken stieg eine Weihrauchsäule; die Luft im Raum war dick und kaum zu atmen. Olympias bewegte sich langsam vor und zurück; ihr Gesicht zeigte einen Anflug von Ekstase. Alexander wirkte angewidert, gleichzeitig aber benommen oder berauscht.

Philipp schloß die Tür, geräuschlos. Die Thrakerin beobachtete ihn mit glimmenden Augen. Er schüttelte den Kopf, wandte sich ab und ging zum Treppenhaus. Als er sich an einen der Wächter wandte, klang seine Stimme wie eine Tonscherbe unter einem Schuh.

»Holt Archelaos her.«

Der Hausmeister lief die Treppen hinauf; er keuchte,

als er Philipp erreichte. Philipp nahm ihn mit in den Gang, ohne jeden Versuch, leise zu gehen oder leise zu reden. Die Thrakerin war verschwunden.

Zwischen Olympias' und Alexanders Türen, beide auf der gleichen Seite des Gangs, blieb Philipp stehen. »Archelaos, morgen besorgst du Baumeister und Zimmerleute. Ich will hier eine Wand haben, die den Gang verschließt. Genau hier. Mit einer starken, dicken Tür. Wenn alles fertig ist, schließ die Tür ab.«

Archelaos blinzelte im Fackellicht. »Abschließen? Ja, Herr. Wer bekommt die Schlüssel?«

Philipp wandte sich ab. »Wirf sie in einen Brunnen.«

Am nächsten Morgen brach Philipp auf zu einer kleinen Rundreise; er wollte mehrere Gebietsfürsten besuchen. Parmenion und Antipatros blieben in Pella, um Vorbereitungen zu treffen: für die Ausführung der Pläne, für das Frühjahr.

Philipp nahm nur wenige Reiter mit; sie wurden befehligt von einem seiner Edlen Gefährten, einem jungen, dunkelhaarigen Oresten namens Pausanias. Philipp ritt an der Spitze; neben ihm versuchte Antigonos der Einäugige, die schlechte Laune des Königs aufzubessern.

»Es muß doch sein, Philipp. Du selbst hast es gesagt. Man muß die Fürsten bei Laune halten.«

»Weiß ich. Aber Spaß machen muß es mir nicht, oder?«

»Du solltest immerhin so tun als ob. Wir werden bald die Burg von Attalos erreichen. Nicht der angenehmste aller Fürsten, aber treu – noch. Bei ihm werden viele andere sein, Väter deiner jungen Gefährten – und der künftigen Gefährten Alexanders. Du brauchst sie, dein Sohn wird sie brauchen, also – immer lächeln, Herr der Makedonen.«

»Na gut. Ich will es versuchen. So besser?« Philipp bleckte die Zähne; es sah weniger nach einem Lächeln aus als nach den Jagdvorbereitungen eines Wolfs.

In der Burg des Fürsten Attalos fand ein gewaltiges Festmahl statt. Anders als in Pella nahmen daran jedoch keine Sänger, Musiker oder Dichter teil. Es war ein Wettbewerb im Trinken, im Prahlen, im Essen, unterbrochen von einigen Ringkämpfen nackter Thraker und Illyrer. Attalos' elfjährige Nichte Kleopatra bediente den König, kümmerte sich aber kaum um seine Gefährten. Der junge Pausanias schien Gefallen an dem Mädchen zu finden.

»Du bist der Sohn des Kerastos, oder?« sagte sie.

Pausanias nickte; er strahlte sie an. »Aus der Orestis, ja. Kennst du meinen Vater?«

»Er ist ein mieser alter Bock.« Ihre Stimme klang harsch. Philipp kniff sein Auge zu und gluckste.

Pausanias holte tief Luft. »Es ist nicht üblich, Väter von Gästen zu beleidigen.«

»Das kommt auf die Gäste an. Kann man Knaben beleidigen, die einem unaufgefordert nachstellen?«

»Tss, tss, tss.« Philipp legte einen Finger auf seine Lippen. »Vertragt euch; wir wollen keine schlechte Stimmung erzeugen, oder? Magst du mir die wunderbaren Pferde zeigen?«

Attalos und zwei seiner engeren Freunde waren eben damit beschäftigt, das gläserne Auge aus dem Kopf des betrunkenen Antigonos zu holen. »Mal sehen, wieviel Wein in die Höhle geht, was?« sagte einer der Männer. Attalos brüllte vor Lachen.

Philipp stand auf; mit einem Griff leerte er seine rechte Augenhöhle, hielt den künstlichen Augapfel, den Drakon ihm eingesetzt hatte, in die Luft und ließ ihn in seinen Becher fallen.

»Ich habe festgestellt, daß ich danach viel besser sehe.« Er nahm das Auge aus dem Wein, lutschte es ab, steckte es wieder zurück und stieß ein lautes Wiehern aus. Kleopatra lächelte.

Attalos klatschte in die Hände. Pausanias streifte die Versammlung mit einem ausdruckslosen Blick und wandte sich zum Ausgang. Attalos stand auf und deutete auf ihn.

»He, Junge – hierbleiben.« Er blickte seine Freunde an.

»Hat er nicht einen wunderbar weichen, wogenden, wallenden Gang?«

Philipp und Kleopatra verließen eben den Saal; Pausanias sah sich unschlüssig um, fast hilfesuchend.

»Komm her, Junge; laß uns mal sehen, ob es unter dem Stoff auch so fein wogt. Und wallt.«

Pausanias schüttelte den Kopf und drehte sich um. Drei oder vier Männer sprangen auf, packten ihn, rissen ihm die Kleider vom Leib, zogen ihn zu einem Tisch und hielten ihn fest. Attalos trat hinter ihn, befühlte Pausanias' Gesäß und öffnete den Gürtel.

»Wie viele, sagst du? Sechs, sieben?«

»Sieben, Herr.« Pausanias war bleich und schien Mühe mit seinem Pferd zu haben. Er saß nicht gut.

Philipp kratzte sich den Bart und blickte zu den Hügeln, als ob er sie zählen müßte. Das herbstliche Land war grün und feucht.

»Und es geht dir nicht gut heute, wie?«

»Wund, mein König.« Pausanias' Gesicht war eine Fratze.

»Wund? Kommt beim Reiten schon mal vor.« Philipp grinste. »Tut mir leid, daß es geschehen ist, aber ... wie ich gestern hörte, müssen wir die Fürsten, ah, bei Laune halten.«

»Nicht meine Art Laune – Herr.«

Leise, aber sehr eindringlich sagte Philipp: »Attalos ist einer der wichtigsten Fürsten des Landes. Es wird keine Rache geben, hörst du?«

Pausanias schwieg; sein Gesicht wurde langsam dunkelrot.

»Ich weiß, es ist scheußlich. Schmach und Beleidigung und verletzte Ehre. Trotzdem – es geht nicht um einzelne, sondern um uns alle. Wenn ich jeden, der mich in den letzten Jahren beleidigt hat, umbringen wollte, hätte ich keine Zeit mehr, mich um das Land zu kümmern. Wir brauchen Attalos; dich und die anderen Oresten brauchen wir auch.«

Pausanias' Finger krallten sich in die Mähne des Pferds. »Du willst, daß ich meine Rache an dich abtrete?«

Philipp seufzte. »Ihr mit euren verworrenen Ehrbegriffen ... Gib mir deine Ehre, deine Rache und deine Treue – wie bisher, Junge. Ich werde sie hüten und mehren. – Was ist deine Aufgabe, im Moment? Gefährte des Königs und?«

»Ich führe eine Reihe, Herr – sechzehn Reiter.«

Philipp nickte; ein schräges Lächeln spielte um seinen Mund. »Du bist befördert. Ab sofort befiehlst du drei Reihen, eine halbe Hundertschaft. Damit gehörst du dem Stab an. Zufrieden?«

Pausanias zögerte. »Ich will nicht aus Mitleid oder zur Entsühnung befördert werden.«

Philipp gluckste. »Es ist eine Beförderung wegen Tapferkeit, Pausanias. Herausragende Tapferkeit bei einem, eh, Nachhutgefecht im Hinterhalt.«

Hoch oben am klaren Herbsthimmel kreiste ein Fischadler. Die Nachmittagssonne war noch immer stechend; die hellen Fliesen des Hofs, die weißen Säulen und die gelben Wände sammelten Licht und Hitze; der milde Westwind trug aus dem Inneren der großen Insel einen Hauch von Harz und sengenden Hölzern herbei, von den nahen Feldern das Singen der Zikaden, den Ruch von trockener Erde, Herbstblumen und Früchten, aber er war zu sanft, um die Hitze im Hof zu lindern.

Unter den Säulen, halb im Licht, halb im Schatten, ging Aristoteles mit drei Schülern auf und ab. Das Gespräch suchte die Wesensmerkmale der asiatischen Tyrannis von denen der hellenischen Tyrannis abzugrenzen; das Ziel, auf das Aristoteles behutsam hinarbeitete, sollte eine den Schülern neue Einschätzung der vorläufigen attischen Demokratie sein.

Ein zerlumpter, fast schwarzgebrannter Junge, der sich im Durchgang zum Hof mit zwei Sklaven zankte und nach Aristoteles schrie, unterbrach die Wanderung des Denkens. Aristoteles klatschte in die Hände.

»Laßt ihn zu mir!«

Die Sklaven gaben den Weg frei; der Junge kam näher, plötzlich ein wenig zaudernd. »Bist du Aristoteles, Herr?«

»Ja. Was willst du von mir?«

Der Junge rollte mit den Augen; die Botschaft, mühsam auswendig gelernt, kam stoßweise heraus. »Einer ... der dich auf einem Wagen getroffen hat ... als Paionen einen Bären losließen ... will mit dir reden, Herr.«

Aristoteles hob die Brauen, dann lachte er leise. »Sehr gut. Bring mich zu ihm. – Ihr wollt mich bitte für kurze Zeit freigeben.«

Der Junge ging voraus. Er nahm nicht den Weg zur Stadt, deren Mauern etwa zweitausend Schritt von dem Hain und den Gebäuden lagen, sondern führte Aristoteles durch die Felder, dann über eine Art Ziegenpfad auf die Küstenhügel, durch stachliges Gesträuch hinab in eine sandige Mulde, wieder aufwärts und schließlich zum Strand. Er deutete auf das Schiff, das nicht weit vom flachen Ufer auf der öligen See lag, und rannte dann wortlos nach Norden, zur Stadt.

Vom Schiff – es war ein hochbordiger Lastkahn mit einem Mast und hochgezogenem Heck, vielleicht zwanzig Schritt lang und sieben Schritt breit – löste sich ein winziges Ruderboot. Die beiden Ruderer waren unbewaffnet, aber Aristoteles sah in ihnen sofort makedonische Krieger – die Haltung, die Gesichter, die Ruhe. Sie baten ihn, einzusteigen und sich an Bord bringen zu lassen.

Drakon lehnte an der Bordwand; er kaute auf einem Myrtenzweig. Die Beeren waren entfernt, die Blätter zeigten Spuren guter Zähne. Der Heiler grinste, als er Aristoteles an Bord zog.

»Gut, dich zu sehen, alter Freund.« Der Philosoph legte einen Moment die Hände auf Drakons Schultern. »Was bringt dich her – und wozu die Heimlichkeit?«

Drakon nahm ihn am Arm und ging mit ihm zum erhöhten Achterdeck; dort standen zwei Klappschemel, ein kleiner Klapptisch, ein Weinkrug und zwei Becher. Die auffällig ordentliche Mannschaft, hellhäutige Männer, hielt sich weiter vorn auf.

»Du lehrst Wissen, Freund, aber die Klugheit sagt uns, daß zuviel Wissen manchmal Gefahr bergen kann.«

Aristoteles setzte sich; lächelnd nahm er den Becher entgegen. »Wie wahr. Aber Gefahr für wen?«

Drakon hob die Schultern; er zog den Zweig aus dem Mund und steckte ihn hinters rechte Ohr. »Für wen auch immer. Bisweilen ist allzu große Vorsicht einfach angebracht. Ich hatte zum Beispiel nicht das Bedürfnis, den zahlreichen Hafenwächtern der großen und ruhmreichen Stadt Mytilene Auskünfte über meine Absichten und Wünsche zu erteilen. Deshalb hier.«

Aristoteles trank; der Wein war kühl und mild. »Ich nehme an, daß du keine Zeit hast, meine Gastfreundschaft zu genießen. Vielleicht wäre auch das – unweise und gefährlich?«

Drakon nickte. »Nach Sonnenuntergang legen wir ab; wir wollen das aiolische Festland erreichen, in der Nacht.« Er wies mit dem Daumen hinter sich, nach Osten, über das Meer.

»Ihr werdet eure Gründe haben.«

Drakon zupfte an seinem rechten Ohrläppchen; der Zweig tanzte. »Gute Gründe, ja. Und außerdem Fragen. Ich brauche zwei Antworten von dir, bevor wir aufbrechen können.«

»Stell deine Fragen.« Aristoteles betrachtete das Gesicht des Arztes, dann schaute er in seinen Becher

»Grüße deines Spielgefährten der Kindheit, Philipp. Er will dich haben.«

Aristoteles hustete. »Er – was?«

»Aus zwei Gründen. Das sind auch die beiden Fragen.«

»Um was geht es?«

Drakon nickte langsam. »Gut; du bist also nicht von vornherein abgeneigt.«

Aristoteles seufzte leise. »Keine Umwege, Drakon. Spuck es aus.«

Der Heiler schloß die Augen. »Nachdem die gemeinsame Erziehung der edlen Fürstensöhne zu Treue und Nützlichkeit, auch ihrer Väter, bis zum zwölften Lebensjahr gesichert ist, möchte der König dies auch darüber hinaus ausdehnen. Es hätte den Vorzug, die weitere Treue der Väter zu festigen, die Söhne auf große Aufgaben vorzubereiten, ihre Bildung zu vertiefen. Und Alexander dem Zugriff von Mutter und Priestern zu entziehen.«

»Wo?«

»Mieza. Ein altes, seit langem ungenutztes Heiligtum an einem Berghang, inmitten von Wäldern, mit einer guten Quelle. Das Nymphaion wird ausgebaut; im Frühjahr ist es verwendbar, als Unterkunft und Lehranstalt. In der Nähe liegt eine kleine Festung; sie wird geleitet von Kleitos dem Schwarzen.«

»Warum schwarz?«

Drakon öffnete die Augen und grinste. »Er ist am ganzen Körper behaart wie ein schwarzer Bär. Er ist edler Abkunft, Gefährte des Königs, Bruder von Lanike, die Alexander gestillt hat. In dieser kleinen Festung wird ein Teil der weiteren Ausbildung stattfinden; außerdem sorgt Kleitos dafür, daß weder Wölfe noch Bären noch Olympias den Unterricht stören.«

Aristoteles' Stirn war gefurcht; er schien zu grübeln.

»Wie alle Maßnahmen des Königs«, sagte Drakon mit einem Hauch von Ehrfurcht, gemischt mit Spott, »hat auch diese, wenn sie denn durchgeführt wird, den Vorzug, eine ganze Reihe von Dingen zugleich zu bewirken. Ausbildung, Fürstentreue, verläßliche und fähige Gefährten für den künftigen König, Schutz vor unerwünschten Einflüssen. Und Bezahlung eines möglicherweise zur Zeit gelangweilten und unterbezahlten Philosophen, an dessen Fähigkeit und Zuverlässigkeit kein Zweifel erlaubt wäre.«

Aristoteles nickte, stumm.

»Weiter?«

»Wahrscheinlich muß ich zuerst zustimmen, ehe ich weiteres hören darf, wie?«

Drakon grinste. »Deine Weisheit, die man rühmt, o Aristoteles, ist gering im Vergleich zu deiner Klugheit, die keiner genug preisen kann.«

»Ha.« Der Philosoph rieb sich die Augen. Der auffrischende Abendwind sorgte für leichten Seegang; das Schiff hob und senkte sich. Irgendwo knarrten Hölzer, und ein Schwall von salziger Luft und sonnenheißem Pech vermengte sich mit dem Duft des Weins und dem Ruch der Körper.

»Ein guter Plan, ohne Zweifel. Und . . . sehr verlokkend. Was hat Philipp gesagt hinsichtlich der Entlohnung? Auch Philosophen müssen ja leben. Ebenso die Frau und die Sklaven des Haushalts.«

»Gold«, sagte Drakon. »Und Silber, beides in ausreichenden Mengen. Der Unterhalt des Nymphaion, die Beschaffung von Nahrung und allem, was nötig ist. Du wirst, wenn deine Zeit in Mieza zu Ende ist, zehn Jahre sorglos leben können. Samt Frau und Haushalt.«

Aristoteles schwieg lange; er starrte aufs Meer hinaus. Ein paar Fischerboote steuerten den Hafen von Mytilene an. Ein großer Fisch schnellte aus dem Wasser, schnappte nach etwas und tauchte klatschend wieder ein.

Drakon wartete gelassen. Er trank einen Schluck Wein, stellte den Becher auf den kleinen Tisch und faltete die Hände auf dem Schoß.

Plötzlich atmete Aristoteles tief durch, ächzte und sagte leise: »Ja. Weiter.«

Drakon zögerte, als müsse er seine Worte sorgsam abwägen. »Philipp wird einen bewaffneten Spaziergang nach Byzantion unternehmen. Im Frühjahr.«

Aristoteles kniff die Augen zusammen, wartete, aber Drakon sprach nicht weiter.

»Und?«

Drakon hob die Schultern und lächelte. »Wo bleibt deine Klugheit, Philosoph?«

Aristoteles seufzte. »Das mit Byzantion durfte ich erst erfahren, nachdem ich zugestimmt habe, nicht wahr? Philipp hat einen Vertrag mit Artaxerxes geschlossen, wie alle wissen – Persien hat freie Hand in Asien, Philipp hat freie Hand in Thrakien und ... Umgebung. Philipp will ein Bündnis aller Hellenen, ein Ende der unsäglichen Bruderkriege. Ein gleichberechtigtes Bündnis, allgemeinen Frieden und niemandes Hegemonie läßt Athen nicht zu, weil Demosthenes Athens Hegemonie will. Also muß es, bevor ein Bündnis zustande kommt, entweder eine friedliche Einigung zwischen Makedonien und Athen geben, was nicht denkbar ist; oder es kommt zum Krieg, an dessen Ende Philipps Bündnistraum steht, wie ihn auch der alte Isokrates geträumt hat. Hellas, alle Städte und Staaten, bei innerer Autonomie, nach außen unter Philipps Führung.«

Drakon trank, schwieg, wartete.

Aristoteles blickte über das Meer, nach Osten. »Das Bündnis würde auch die hellenischen Städte Asiens umfassen – Hellas beiderseits der See. Kein persisches Gold mehr zur Förderung hellenischer Bruderkriege; keine hellenischen Söldner mehr im Dienst des Großkönigs zur Unterdrückung anderer Hellenen. Ein guter, großer, großartiger Traum. Allgemeiner Friede, Sicherheit, Wohlstand, Handel statt der ewigen Ströme sinnlos vergossenen Bluts. Aber – Athen ist der Nabel, das Herz, die Leber von Hellas. Wenn Philipp Athen angreift, was er bisher vermieden hat, werden sich die meisten hellenischen Staaten zu Athen schlagen. Und gegen *alle* Hellenen wäre auch Philipps wunderbares Heer zu gering. Deshalb muß Athen den Krieg beginnen. Dann werden die meisten anderen Hellenen zusehen und abwarten. Ist das Philipps Spiel? Das heißt, er macht Demosthenes, der den Krieg will, gewissermaßen zu seinem unfreiwilligen Helfer oder Bundesgenossen. – Sehr fein. Byzantion ist mit Athen halb und halb verbündet. Byzantion schürt Unruhe gegen Makedonien. Ein Zug gegen Byzantion sichert Philipps Herrschaft in Thrakien, schafft ihm breitere und bessere Grundlagen für die Zukunft, zieht wahrscheinlich Athen in den Krieg. Und später? Wenn es später nach Asien geht, um die anderen hellenischen Städte vom Joch der Barbaren zu befreien, ist das ganze Land nördlich des Bosporos in Philipps Hand.« Er nickte langsam, dann schneller, heftiger. »Ein guter Plan. Wie immer vielseitig.«

Drakon hob den Becher und betrachtete Aristoteles über den Rand hinweg. »Da ist noch etwas. Zur Verbesserung der Möglichkeiten, wenn es irgendwann gegen Persien geht.«

Aristoteles hob die Brauen. »Was denn? Habe ich etwas damit zu tun?«

»Du hast vorteilhafte Familienbeziehungen ...«

Aristoteles zuckte zusammen. »Schwarzer *daimon*«, sagte er leise.

Im Frühjahr lief eine kleine Flotte den Hafen von Mytilene an; sie bestand aus vier Trieren und drei Lastschiffen. Der Besitz des Aristoteles, Haushalt, Bücher, Frau, Mitarbeiter und Sklaven fanden genug Raum. Die Schiffe fuhren weit nach Westen, in den Hafen von Aloros, südöstlich der Mündung des Haliakmon. Maultierkarren, Pferdekarren und Reittiere warteten schon, ebenso ein Trupp makedonischer Reiter als Bedeckung. Am Südufer des Haliakmon zog man landeinwärts, bis zur alten makedonischen Königsstadt Aigai, wo Philipp den letzten Teil des Winters verbracht hatte, mit Plänen und Vorbereitungen. Er selbst geleitete den Zug zum Fluß, zu einer Furt. Nicht weit jenseits lag die Stadt Beroia, am Fuß des Bermion-Gebirges, und ein wenig weiter nordwestlich, halb in den Bergen, das Nymphaion von Mieza. Philipp und Aristoteles ritten abseits, als die Karren durch die Furt fuhren.

»Wenn es dann dazu kommt«, sagte Philipp, »daß Artaxerxes uns angreift, werden sich die Hellenen schon hinter uns stellen. Sie wissen doch, was auf dem Spiel steht. Nicht einmal die Thebaner und Athener sind so dumm.«

Aristoteles lächelte. »Es gibt zweifellos Grenzen des menschlichen Verstandes und Wissens, mein Freund;

Grenzen der hellenischen Dummheit sind mir aber bisher nicht bekannt. Vielleicht macht uns das ja so einzigartig.«

Philipp grinste; dann wurde er ernst. »Nun denn – hast du mit Hermias gesprochen?«

Aristoteles nickte; er sprach leise und langsam. »Der Onkel und Pflegevater meiner Gemahlin, Satrap der persischen Lande von Aiolis, hegt keine freundschaftlichen Gefühle für den Großkönig. Du weißt, sie haben ihn entmannt. Er empfindet dies in gewisser Weise als Verlust.«

Philipp grunzte. »Er hat in gewisser Weise recht.«

»Er ist bereit, mit einem vertrauenswürdigen Mann zu sprechen. Schick Parmenion oder Antipatros – oder Drakon.«

»Und?«

Aristoteles lächelte grimmig. »Hermias wird dir das Recht einräumen, dein Heer in seiner Satrapie an Land gehen zu lassen. Du wirst seine Häfen, seine Straßen, seine Vorräte nutzen können, wenn es zum Krieg kommt zwischen dir und seinem ungeliebten Herrn, dem Großkönig Artaxerxes Ochos.«

Philipp holte tief Luft, dann lehnte er sich weit zur Seite und drückte Aristoteles' Schultern.

Niemand wußte, welcher Nymphenart das alte Heiligtum von Mieza einmal geweiht gewesen war. Es gab zwei kleine Quellen – eine oberhalb des Nymphaion, deren Wasser ein Becken und eine Zisterne speiste, eine kleinere zwischen den Gebäuden, hochgemauert als Schöpfbrunnen mit Überlauf –, aber neben Quellennymphen mochten es auch Baumgöttinnen gewesen sein: Die Berghänge hinter Beroia waren dicht mit Nadelbäumen bewachsen, bis auf das Gebiet um das Nymphaion, wo es Mischwald gab, und das Nymphaion selbst lag unter uralten Eichen, Eschen und Buchen. Die meisten derartigen Orte waren einmal Sitz von Dryaden gewesen.

Baumeister, Zimmerleute, Steinmetze und Sklaven des Königs hatten die alten Gebäude hergerichtet, erweitert, ergänzt. Der eingeebnete Platz am Hang bot einen weiten

Blick auf die Ebene und die bewaldeten Höhen ringsum; der Weg von Beroia streifte eine kleine Wettkampfbahn, ehe er das Nymphaion erreichte. Die Wohngebäude, Nutzräume und die Unterrichts- und Wandelhallen schlossen den Platz zum Berg hin ab, überragt von den wuchtigen Laubbäumen mit ihren ausladenden Kronen. Gegenüber der Wegmündung lag das lange, flache Gebäude aus hellem Stein mit dunklem Holzdach, in dem die fünfundzwanzig Schüler untergebracht waren.

Antipatros selbst hatte sie von Pella herbegleitet; sein Sohn Kassandros war dabei, ebenso Hektor, der dritte Sohn von Parmenion. Aristoteles hatte die Jungen begrüßt und eine kleine Rede gehalten, als sie im Halbkreis vor ihm standen, vor dem Nymphaion, einige mit scheinbarer Gelassenheit, andere bereits mit jenem Ausdruck des Hochmuts, der ihrer edlen Geburt entsprach und den es zu mindern galt.

»Da ihr alle edelbürtig seid, kennt ihr eure künftige Verantwortung gegenüber dem König und dem Volk. Es wird euch daher eine Freude sein, für die Dauer eures Aufenthalts hier gewisse Verantwortungen und Arbeiten auf euch zu nehmen, angeleitet von mir und anderen Lehrern, deren notwendige Strenge euch immer daran erinnern mag, daß nur der wirklich herrschen kann, der zu gehorchen gelernt hat. Das Fehlen von Leibdienern, Salbmeistern und anderen Helfern ist ein Vorzug, der euch bilden und später über jene erheben wird, die niemals gelernt haben, ohne solche Krücken zu leben. Die Diener und Sklaven des Nymphaion sind nicht euch unterstellt; sie unterstehen mir und den anderen Lehrern. Ihr werdet ihnen keine Befehle erteilen; sie werden von euch keine Befehle entgegennehmen. Alle Arbeiten außerhalb des Haushalts, sofern sie nötig sind, werden von euch getan. Später, als Fürsten und Führer, werdet ihr euch glücklich preisen, all jene Dinge, die ihr bei anderen beaufsichtigen müßt, selbst zu vollkommener Zufriedenheit erledigen zu können – von der Reinigung des Leibes, der Schlafräume und der Latrinen bis hin zum langen Lauf bergauf, etwa von der Festung nahe Beroia hierher.«

Kleitos der Schwarze, der die Festung befehligte, hatte an einer Eiche gelehnt und gegrinst. Einer seiner besten Unterführer, ein etwa 20jähriger Fürstensohn namens Koinos, würde sich der Jungen besonders annehmen und dafür sorgen, daß nicht etwa von Müttern ausgeschickte Sklaven den Weg zum Nymphaion fanden. Koinos war auch derjenige, der die Versorgung des Nymphaion mit allem Lebensnotwendigen überwachte. Das Gebiet um Beroia war unmittelbares Königsland; Philipp hatte angeordnet, daß alle Lieferungen an Aristoteles vom Versorgungswesen der Festung zu leisten seien, die wiederum Zugriff auf die Vorräte des königlichen Steuerpächters in Beroia hatte. Zu allem anderen hatte Kleitos angeordnet, daß jederzeit vier zuverlässige Kämpfer das Nymphaion bewachten. Sie aßen mit den Lehrern und den Jungen, schliefen aber in einer Hütte am Weg.

Während die Schüler ihre wenigen mitgebrachten Dinge – vor allem Schreibzeug und Kleidung – in den großen Schlafraum brachten, in dem fünfundzwanzig schmale niedrige Bettgestelle standen, bat Aristoteles die Männer auf die schattige Terrasse hinter seinen Wohnräumen. Stroibos, ein junger Schreiber und Vorleser, begleitete die Jungen, um von Anfang an für Ordnung zu sorgen. Antipatros, Kleitos, Koinos, Aristoteles, sein Neffe Kallisthenes, der Dichter Aischrion, der Musiklehrer Alkippos und der junge Arzt Philippos saßen bis in die Nacht hinein bei Wein und Braten. Später nahm Kleitos den Philosophen beiseite.

»Ein Wort – unter uns, Aristoteles.«

»Ich lausche mit Gewinn, ohne Zweifel.«

Kleitos lächelte, hob den Becher und blickte zu den gleißenden Sternen hinauf. »Sie sind weniger zahlreich und nicht so weit entfernt – deine Schüler. Aber sie sollen einmal leuchten wie jene dort oben.«

Aristoteles blinzelte.

»Meine Männer werden ein Auge auf die Jungen werfen. Und auf die Sklaven.«

»Eine weise Vorkehrung, Kleitos. Kein Haushalt ist vollständig ohne seine Sklaven, aber einige von ihnen wissen ihre Lage und Stellung nicht zu schätzen.«

Kleitos grinste. »Genau. Manche ziehen sogar die Bitternis der Freiheit jeder Annehmlichkeit vor, die die Arbeit unter der Leitung des Aristoteles birgt.«

Keiner der Schüler war jünger als zwölf, keiner älter als fünfzehn Jahre. Einige würden im Lauf des Jahres sechzehn werden und Mieza wieder verlassen, wie Philipp es wünschte und Aristoteles es billigte, um Aufgaben für Erwachsene zu übernehmen, beim Heer oder in der Verwaltung des Reichs. Andere würden ihren Platz in der Schule einnehmen; für den Herbst war der Bau einer weiteren Schlafhalle vorgesehen, damit im folgenden Jahr die Anzahl der Schüler verdoppelt werden konnte.

Nach Ablauf des ersten Monats, als der Sommer begann, hatten sich kleine Gruppen gebildet, die Koinos nicht auseinanderreißen wollte; als er damit begann, immer die Hälfte der Jungen für jeweils zehn Tage in die Festung zu holen, achtete er darauf, die neuen Freundschaften nicht zu beschädigen. Die Fürstensöhne kannten einander längst alle aus Pella, aber in Mieza wurde durch das enge Zusammensein ebenso leicht Freundschaft aus der flüchtigen Kenntnis wie Feindschaft. Kleitos, der zu Beginn häufiger selbst nach Mieza ritt, um nach den Dingen zu sehen und mit Aristoteles zu reden, kam jedesmal nachdenklicher zur Festung zurück. Neben Alexander, über dessen Fortschritte und Führung Philipp unterrichtet werden wollte, lag ihm natürlich sein Neffe besonders am Herzen, Lanikes Sohn Proteas. Im Spätsommer besuchte Drakon, der Heiler, den das Heer in Thrakien entbehren konnte, sämtliche Festungen der makedonischen Kernlande, um die Gesundheit der Kämpfer zu prüfen. Er verbrachte zwei Tage und zwei Nächte in der Festung bei Beroia.

»Keine Zeit, keine Zeit«, sagte er, als Kleitos ihm einen Ritt nach Mieza vorschlug. Sie saßen außerhalb der Festung, unter den Sternen, und tranken Wein aus Lederflaschen. Die Luft war schwer und süß von überreifen Gräsern und faulenden Waldbeeren. In der Krone der Eiche, an deren Stamm sie lehnten, raschelte irgendein Nachttier; Fledermäuse rasten durch den Samthimmel.

»Du verpaßt etwas. Einiges. Aristoteles ist gut.«

Drakon schnaubte, trank einen Schluck, kratzte sich das Kinn. »Ich weiß, daß er gut ist. Trotzdem: keine Zeit. Auf der Rückreise hol ich das nach.«

»Was ist denn so eilig?«

Drakon kicherte leise. »Was weißt du von den neuesten Entwicklungen?«

»Nicht viel. Nur, was man so hört.«

»Alexandros macht seine Sache gut, in Epeiros; der alte Arybbas ist nach Athen geflohen und weint Demosthenes etwas vor. Philipp hat den bewaffneten Spaziergang nach Byzantion aufgeschoben; er sieht andere Möglichkeiten, die im letzten Winter noch nicht zu ahnen waren. Voriges Jahr hat er die Spartaner geärgert, indem er Messenien und Arkadien als unabhängig anerkannt hat Und, wie du dich erinnern wirst, weil du ja dabei warst: Unser Heer und die wachsende Flotte haben Eretreia und Oreos auf der schönen Insel Euboia besetzt.«

»Ich weiß.« Kleitos schabte mit dem Hinterkopf an der Eichenrinde. »Ich durfte Parmenion dabei helfen. Und?«

»Das hat offenbar schon gereicht, um Athen aufzurühren. Unsere besonderen Freunde Demosthenes und Hypereides, zu denen jetzt auch noch der einflußreiche Politiker Hegesippos gekommen ist, verbünden sich gerade mit Korinth und Akarnanien und noch ein paar anderen, gegen uns. Schätzungsweise werden sie im Frühjahr versuchen, Euboia zurückzugewinnen. Der König von Sparta ist als Söldner nach Italien gegangen, nach

Tarent. Artaxerxes hat sein Reich wieder stark gemacht; im Augenblick nehmen die Perser Ägypten auseinander.«

»Also großes Durcheinander, wie üblich. Was ist daran neu und verheißungsvoll?«

Drakon rutschte langsam am Stamm zu Boden, lag auf dem Rücken und blickte in den Nachthimmel. »Solange Artaxerxes in Ägypten zu tun hat, hält Philipp es für sinnvoll, Thrakien neu zu ordnen – gründlich. Basis für Weiteres; du verstehst? Gut. Wenn Demosthenes und den anderen tatsächlich ein handlungsfähiger Bund gelingt, der im nächsten Jahr zuschlägt, können wir uns den Umweg nach Byzantion ersparen. Das wäre ja nur ein Köder gewesen.«

»Was, wenn die Athener nur Euboia besetzen und dann aufhören?«

»Gehen wir nach Byzantion. Die Kämpfe in Thrakien sind dann eine gute Vorbereitung. Philipp spielt auf Abwarten. Solange die Spartaner als Söldner in Italien sind, können sie nicht den Athenern helfen. Gut für uns. – Erzähl mir von Aristoteles.«

»Ah, gleich. Was ist mit deiner Reise?«

»Ich schaue mich um und berichte Philipp und Parmenion, wie die Dinge stehen. Beroia ist in Ordnung. Es könnte aber nicht schaden, wenn du noch ein paar Kämpfer mehr hättest.«

Kleitos knurrte etwas.

»Werben, verstehst du? Ausheben. Wie du willst. Sieh zu, daß du bis zum Frühjahr mindestens eineinhalbmal so viele hast wie jetzt.«

»Aristoteles«, sagte Kleitos.

»Was ist mit ihm?«

»Die paar guten Leute, die ich bei ihren Besuchen in Pella gesehen habe, waren nicht genug, um mein Philosophenbild zu ändern.«

Drakon kicherte. »Zottelbärtige Greise, die im Dreck sitzen und Unsinn verkünden, aber keine Ahnung von der Wirklichkeit haben?«

»So etwa, ja. Aristoteles ist anders. Er weiß, was er will, und er weiß, wie er es erreicht. Scharfes Auge, beste Menschenkenntnis, riesiges Wissen, und feine Fingerspitzen für den Umgang mit unseren schwierigen Fürstensöhnen. Nach diesen wenigen Monaten kann er von jedem einzelnen sagen, wozu er sich eignet. Harpalos, der Sohn des Machatas, wird nie ein großer Krieger werden, aber keiner übertrifft ihn im Umgang mit Zahlen und mit Geld. Er weiß alles über die Märkte in Athen, Rhodos und Kypros. Andere sind dabei, die einmal Parmenion erreichen oder übertreffen werden. Mein Neffe Proteas könnte einen guten Komödianten abgeben, aber niemals einen Führer von Männern. Kassandros« – Kleitos klackte mit der Zunge –, »du weißt, der älteste der Söhne von Antipatros, Kassandros ist ein Gefäß des Hochmuts. Aristoteles hat ihn zehn Tage zu einem Köhler in den Bergen geschickt. Als er zurückkam, war er unter der Dreckschicht grün und blau geschlagen, aber er hatte den Hochmut verloren und weiß alles über das Leben im Wald und die Herstellung von Holzkohle.«

»Wie sieht der Unterricht aus?«

»Kleine Gruppen. Sie lernen alles. Das gesamte Wissen in Geographie, Geometrie, Geschichte, Politik – wie es sein sollte, und wie es ist. Theorie und Praxis der List, des Verrats, des Ränkeschmiedens ebenso wie Staatsformen, Tugenden und Vertragsrecht. Alle hellenische Dichtung. Redekunst; die Bedeutung der einzelnen Töne, Lautstärken, der langen und kurzen Silben für das Gemüt des Zuhörers, den man beeinflussen will. Es ist immer theoretisch und praktisch zugleich. Orakel, Vogelschau, Eingeweide; Heilkunst; Heilpflanzen; die strategische Bedeutung von Sonne, Wind, Boden und Nahrung bei der Planung einer Schlacht. Musik. Schauspiel. Was immer dir einfällt, es ist alles da.«

Drakons Zähne blitzten im Sternenlicht. »Ich habe nichts anderes erwartet. Achten sie ihn? Oder gehorchen sie ihm nur, weil Antipatros es befohlen hat?«

Kleitos beugte sich vor, die Ellenbogen auf die Knie gestützt. »Sie verehren ihn. Er weiß mehr über Heilpflanzen und Knochenbrüche als der Arzt Philippos, und der ist nicht schlecht. Als ein großartiger Kithara-Spieler bei ihnen war, hat Aristoteles mit ihm über Harmonie und Tongeschlechter geredet, bis der Musiker aufgab. Wenn Aischrion, der Dichter aus Mytilene, mit ihnen Verse untersucht oder sie eigene Verse schreiben läßt, kann Aristoteles sie nach einmaligem Anhören sofort aufsagen und verbessern. Stroibos arbeitet mit ihnen an der Lesbarkeit und Richtigkeit ihres Schreibens, aber Aristoteles schreibt schneller, und seine Kalligraphie ist beeindruckend. Kallisthenes, sein Neffe, hat eine ätzende Zunge; neulich abends, als ich oben war, haben er und Aristoteles aus dem Stegreif eine komödiantische Beschimpfung aufgeführt, die selbst Aristophanes zu Jubel hingerissen haben würde. Kallisthenes hat irgendwann aufgegeben, weil Aristoteles auch dies besser kann. Noch wichtiger ist vielleicht etwas anderes.«

Da er nicht weitersprach, wartete Drakon stumm ab.

»Die Sprache.« Kleitos schüttelte den Kopf. »Attisch, natürlich. Vom Morgen bis zum Abend. Erigyios – ah, den kennst du nicht, ein Junge aus Amphipolis; ich glaube, der Vater kommt ursprünglich aus Mytilene. Sein Bruder ist auch hier, heißt Laomedon; beides helle Köpfe und gute Freunde für Alexander. Jedenfalls, Erigyios hat mir das erzählt, vor ein paar Tagen, als ich die Gruppe hier hatte und mit stumpfen Lanzen gegen erfahrene Hopliten geschickt habe. Einer der Männer hat einen ziemlich scheußlichen Fluch losgelassen; da fängt Erigyios an zu lachen und erzählt, so ähnlich hätten neulich Krateros und Perdikkas auch geredet, als Aristoteles die Jungs nachts geweckt hat, um ihnen ein bestimmtes Sternbild zu zeigen. Kehliges Makedonisch, irgendwas wie: ›Warum kann einen dieser blötschköpfige Hurensohn von Flachlandhellene nicht in Ruhe ratzen lassen‹, und ob man sich wegen dieser Himmelsfunzeln derart bepissen muß. Haben natürlich gemeint, der versteht den Dialekt nicht. Er hatte wohl auch bis dahin, wenn die untereinander Heimlichkeiten auf Makedonisch ausgetauscht haben, nie was gesagt.«

Drakon grinste. »Und?«

»Aristoteles, ganz kühl, in breitem Obermakedonisch: ›Anders als ihr zwei verlausten Schorfschwänze und Bettnässer will ich klüger sterben als mein Arsch. Setzt euch in Bewegung.‹ Und dann ist er mit den beiden bis zum übernächsten Morgen, bis die Jungs umgefallen sind, durch den Wald marschiert und hat ihnen Flüche, Beschimpfungen und die Namen der Sternbilder in allen hellenischen Dialekten beigebracht, von Syrakus bis Naukratis und rauf nach Byzantion.«

Der alte Ägypter, Freund, aber Sklave von Aristoteles, hockte auf der Brunnenumrandung, die dürren Spinnenbeine übereinandergeschlagen. Es war noch früh, kurz nach Sonnenaufgang, aber schon fast heiß. Unter dem scharfen kleinen Messer verwandelte sich die dicke Eichenwurzel in ein getreues Abbild des Nearchos, samt Hakennase und spitzem Kinn. Der Junge aus Amphipolis, Sohn eines reichen kretischen Händlers und Philipp-Freundes, saß neben Alexander auf dem Boden und sah zu. Späne rieselten auf die Steine und Flechten. Der Ägypter trug nur einen langen Lederschurz; einen Lappen hatte er über den linken Oberschenkel gezogen und stemmte das Holz darauf. Er wirkte ausgemergelt: der Hals zu dünn für den Kopf, die von der Haut mühsam zusammengehaltenen Rippen, die Unterarme, die man scheinbar mit einer Hand zerbrechen konnte, die dürren, erschreckend beweglichen Finger. Von der Schneide des Messers blitzten Strahlen der Sonne, die halbhoch über den Tälern gegenüber stand. Eine graubraune Maus hatte am Rand des freien Platzes zugeschaut, auf den Hinterbeinen hockend; irgendwo im Gestrüpp raschelte es – ein Wiesel, eine Schlange? –, und das kleine Tier huschte unter einen Strauch mit giftroten Beeren.

Mylleas, Pantaleon und Amphoteros, der jüngere Bruder von Krateros, rührten Farben an; in den vergangenen

Tagen hatten sie unter Leitung eines hellenischen Sklaven weite Ausflüge gemacht, um in zwei Tälern, wo nach den Regenfällen des Winters Erdrutsche tiefere Bodenschichten freigelegt hatten, die Zutaten zu suchen. Mit Kalk, geronnener Milch und dem Abrieb von rostigen Eisenstäben vermengt, sollten die zu Pulver zerstoßenen Erden Farben ergeben, hatte jedenfalls der Sklave behauptet. Im Moment ergab alles nur ein fröhliches Gemansche in alten Tontöpfen. Aristoteles hatte die hellen, geschlämmten Flächen des Schlafgebäudes für Malversuche freigegeben.

Sechs oder sieben nackte Morgenläufer, unter ihnen Ptolemaios, Seleukos und Hephaistion, kamen erhitzt und prustend aus dem Wald zurück und rannten zur Zisterne. Marsyas erwischte als erster den großen Bronzetopf, tauchte ihn ein, drehte sich um, begoß die anderen Schwall um Schwall. Triefend und glänzend liefen sie über den Platz und verschwanden im Schlafgebäude. Hephaistion kam sofort wieder zurück; in der linken Hand hielt er einen hellen Leinenschurz. Er näherte sich dem Brunnen, blieb hinter Alexander stehen, leicht gebückt, legte ihm die Rechte auf die Schulter und beobachtete das feine Messerwerk des Ägypters. Plötzlich räusperte er sich, wurde ein wenig rot, hielt sich den Schurz vor den Leib, wandte sich ab und zog das vernähte Leinen an. Alexanders Mundwinkel stiegen unmerklich; dann wischte er mit der Hand das Lächeln fort.

Nach dem kargen Frühstück – Wasser, Brot, Oliven, Feigen –, das sie mit den Lehrern am großen Tisch im Eßraum zu sich nahmen, wechselte Aristoteles ein paar Worte mit seiner hübschen, dunkelhaarigen Frau. Pythias war fünfzehn Jahre jünger als er; wenn sie über den Platz oder durch die Gänge schritt, hing immer mindestens die Hälfte aller Schüleraugen an ihr. Sie lächelte, zupfte an ihrem langen, hellen Gewand, das bis auf die bloßen Knöchel fiel; dann beugte sie sich vor und sagte leise etwas. Aristoteles blinzelte, lachte schallend, nickte und stand auf.

»An die Arbeit, Fürstensöhne!« Er blickte sie der Reihe nach an. »Heute kommen die Kämpfer aus Beroia zurück; morgen seid ihr dran. Wir wollen sehen, daß wir die begonnenen Dinge vollenden. Ehe ihr alles vergeßt. Die Blonden zu mir, die Dunklen zu Kallisthenes.«

Alexander, Hephaistion, Attalos, Kassandros, Neoptolemos und Mylleas folgen dem Philosophen in die kleine Wandelhalle, während die übrigen ihr Schreibzeug holten, um sich von Kallisthenes am Eßtisch in die Geheimnisse der attischen Kurzschrift einweihen zu lassen.

»Der Begriff der Freiheit«, sagte Aristoteles. »Gestern sprachen wir davon, daß Freiheit *von* etwas weniger wichtig ist als Freiheit *für* etwas. Kassandros.«

Der Sohn des Antipatros starrte auf seine Zehen. Sein muskulöser Oberschenkel zuckte. Er stand auf einer bläulichen Platte nahe der Westseite des unbedachten Teils; zur Hälfte lag sie noch im Schatten. Er schob den Fuß vor, bis die Zehen im scharfen Schatten des östlichen Daches verschwanden.

»Sehr gut; zum Beispiel deine Zehen.« Aristoteles verzog keine Miene. »Wenn sie gefesselt sind, etwa von einem straffen Tuch, sind sie unbeweglich, und du wirst Probleme bei Laufen haben. Wenn sie frei sind von dir und deinen Füßen, mußt du leiden, und deine Zehen sterben, nützen also weder dir noch sich. Die Freiheit für die Bewegung bei fortdauernder Unfreiheit vom Fuß . . .«

Alexander gluckste leise. »Ist denn nicht Freiheit nur Trug, Aristoteles? Kassandros nutzt die Freiheit, seinen Geist schlummern zu lassen, während sich seine Muskeln bewegen. Ist das seine Entscheidung, oder zwingt etwas ihn dazu?«

Kassandros warf ihm einen düsteren Blick zu.

»Was ist Freiheit anders als freundlicher Trug?« Aristoteles klopfte an die Säule, neben der er stand. »Wenn wir sagen, Säule ist nur das, was in bestimmter Weise geformt ist, fest an einer Stelle steht, vielleicht etwas trägt, dann binden wir die Säule nicht nur in ein Netz von Wörtern, sondern in ein System von Bezügen und Zwecken ein.

Wenn die Säule nichts trüge, wenn sie frei im Wald stünde, ohne Sockel, locker auf dem Waldboden, etwa auf einer Moosschicht, wäre sie dann noch eine Säule?«

Hephaistion fuhr sich mit dem Zeigefinger über die Nase. »Ist denn ein Koch nur dann ein Koch, wenn er kocht? Ist er nicht auch Koch, wenn er schläft oder badet?«

Attalos, ein schlanker, drahtiger Junge, den man wie Hephaistion für einen Bruder Alexanders hätte halten können, lächelte ein wenig spöttisch. »Ich glaube, du verwechselst Sein und Zweck. Der Koch *ist* ein Mensch; sein möglicherweise selbstgewählter *Zweck* ist es, für andere zu kochen. Die Säule dagegen *ist* Säule.«

Alexander schüttelte den Kopf. »Wenn sie nichts mehr trägt, sondern nur im Wald herumsteht und gafft?« Er lachte. »Dann sieht sie aus wie eine Säule, unterscheidet sich aber nur äußerlich von einem Obelisken.«

Aristoteles grinste, sagte aber nichts.

Neoptolemos hatte ihn beobachtet. »Was belustigt dich, o Fürst der Weisen?«

»Eine Erinnerung, meine jungen Freunde. Die Erinnerung an etwas, das Pythias sagte.«

»War es das, worüber du so gelacht hast?«

»Mhm. Sie empfahl mir heute früh, in Fortsetzung einer ersprießlichen Schlaflosigkeit, gewisse Eigenarten des Daseins etwa in Form eines Obelisken zu erörtern. Aber zurück zur Freiheit. Und zum Sein. Die Säule ist niemals frei, denn Freiheit findet nur da statt, wo es Entscheidung gibt. Säulen können sich nicht entscheiden – Köche dagegen durchaus. Es ist aber immer eine Entscheidung zur Unfreiheit. Zu einer eingeschränkten Form von Freiheit, jedenfalls. Zügellosigkeit und Freiheit können nicht gemeinsam gedeihen, denn Freiheit ist die Anwendung der Tugend; Zügellosigkeit ist der Tugend Feindin. Der Krieger, der nur deshalb kämpft, weil man es ihm befiehlt, ist nichts als ein Sklave des Befehls. Tugend wohnt in dem, der kämpft, weil er die Notwendigkeit sieht und mit Freude das anstrebt, was die höchste Tugend der Freien ist – der Kampf zur Wahrung der eigenen Freiheit. Ein Sklave kann in Zügellosigkeit schwelgen; dabei wird er nur alle Tugend verlieren und doch nie Freiheit gewinnen. Unter der Herrschaft eines Tyrannen, der seinem Volk die Entscheidung für die Tugend oder die Untugend abnimmt, kann es daher keine Tugend geben und auch keine Freiheit, nur Sklaverei.«

Mylleas blickte Alexander von der Seite an. »Tugend und Tyrannen – ist für einen Athener nicht jeder König ein Tyrann? Heißt das, Demosthenes zufolge, daß die Untertanen von König Philipp ebenso tugendlos sind wie die Bewohner Persiens?«

Alexander hob die Brauen, schwieg aber.

Aristoteles wartete; als niemand etwas sagte, seufzte er. »Nicht jeder Monarch ist ein Tyrann. Euer König, der Herrscher Makedoniens, ist stärker an die Mitwirkung des Volks gebunden als die Politiker von Athen – zumindest in vielen Hinsichten. Bei großen Ereignissen muß er die Versammlung aller Waffenfähigen befragen. In Athen war das Stimmrecht lange abhängig vom Vermögen, von Reichtum. Vielleicht ein Zehntel aller Bewohner Athens, aller erwachsenen Bewohner Athens, ist stimmberechtigt. In Makedonien sind sozusagen alle erwachsenen Männer stimmberechtigt. Und Athen treibt das Stimmrecht gelegentlich zu weit, indem auch Dinge, für die bestimmte Kenntnisse notwendig sind, der stimmberechtigten Menge zur Entscheidung vorgelegt werden. Rechtshändel werden entschieden durch Abstimmung unter Leuten, die vielleicht kein Rechtsempfinden und keine Rechtskenntnisse haben. Strategen werden gewählt von Leuten, die weder selbst strategische Fähigkeiten besitzen noch diese bei anderen beurteilen können. Nein, nicht jeder Monarch ist ein Tyrann. Philipp kann nicht seine Fürsten und Heerführer wie Sklaven handhaben; sie sind freie Männer, und alle wichtigen Entscheidungen des Königs müssen von der Versammlung gebilligt werden. Sonst, meine jungen Freunde, fehlt diesen Entscheidungen die Tugend, die allein Gültigkeit verleiht. Wir stehen in der gleißenden Mittagssonne des Verstands und der Verantwortlichkeit; es ist keinerlei Zwielicht, keine schattige Nische für uns vorgesehen – freie tugendhafte Männer verbergen sich nicht. Dies ist es, wofür unsere Vorfahren gekämpft haben, wovon Homer in unsterblichen Versen sang, worüber die besten Philosophen sprechen. Es ist fern von allem, was Perser und andere Barbaren tun, die blind ihren Führern folgen – die keine Tugend besitzen – die wie Sklaven sind, ohne Sklaven zu sein – die wie tot sind, aber untot. Wir, meine jungen Freunde, sind Menschen; jene sind wie Vieh.«

»Kann es denn nicht auch tugendhafte Barbaren geben? Edle Perser zum Beispiel – Menschen?«

Aristoteles musterte Alexanders Gesicht; es war verschlossen. »Kann jemand ein guter Zimmermann werden, wenn er weder weiß, was Holz ist, noch Werkzeuge besitzt? Vielleicht, ja; durch Zufall und bewundernswerte Leistung. Aber selten. Der Sohn eines guten Zimmermanns mag beschließen, Töpfer zu werden; aber dann weiß er noch immer, was Holz ist, und er weiß, daß die Grundsätze des einen Handwerks auch auf das andere anwendbar sind. Deshalb gibt es sicher viele schlechte Hellenen – aber jedenfalls mehr schlechte Hellenen als gute Perser.«

Nachmittags kam die Gruppe zurück aus Beroia; Kleitos begleitete sie selbst. Nachdem er Aristoteles und die anderen Lehrer begrüßt und Anordnungen für den Aufbruch am nächsten Morgen getroffen hatte, nahm er Alexander beiseite. Sie gingen über den Platz, zwischen den Gebäuden hindurch in den Wald, langsam.

»Meine Schwester Lanike, die dich wie eine Mutter gesäugt hat, schrieb mir aus Pella. Sie sendet dir Grüße und hofft, daß es dir wohl ergeht.«

»Es geht mir gut; ich danke dir – und ihr.« Alexander lächelte, dann zögerte er. »Hast du ... gibt es vielleicht ... Grüße von meiner Mu ... von Olympias? Oder Philipp?«

Kleitos hob die Schultern. »Philipp ist in Thrakien. Oder auf dem Heimweg von dort nach Pella. Und Grüße von Olympias? Um die Wahrheit zu sagen, ja und nein.«

»Gibt es in der Wahrheit ein Ja und gleichzeitig ein Nein?« Alexander schnitt eine Grimasse.

Kleitos kratzte sich den Kopf. »Ich fürchte, das gibt es. Ich fürchte, in der Wahrheit gibt es nicht nur ein Ja und ein Nein, sondern auch viele Warum und Wieso und Vielleicht. Und sehr wenig Wahrheit. Aber ich schätze, das muß Aristoteles entscheiden. Ich bin ja nur ein dummer Krieger.« Er grinste.

»Wenn Krieger dumm wären, hätten sie keine Tugend. Und da du ein freier Mann bist, Kleitos, darfst du nicht dumm sein. Also sag die Wahrheit – was ist mit Olympias?«

Sie waren stehengeblieben, gingen zurück zu den Gebäuden. Kleitos klopfte Alexander auf die Schulter. »Gut gesagt, mein Freund. Du weißt, wozu du hier bist und warum ich dich im Auge behalte?«

Alexander sah ihn von der Seite an. »Ich bin hier, wie die anderen, um etwas zu lernen. Und du bist hier, um dafür zu sorgen, daß keiner sich da einmischt.«

Kleitos nickte. »Genau. Also?«

»Also bist du nicht hier, um mir etwas von meiner Mutter zu erzählen.«

Kleitos zwinkerte. »Abermals richtig. Muß ich behaupten, es täte mir leid?«

Alexander lächelte und nahm Kleitos' Arm. »Muß ich jetzt behaupten, es täte *mir* leid?«

Beide lachten. Plötzlich schüttelte Kleitos den Kopf und sagte: »Ich sehe was. Bleib hier.«

Alexander lehnte sich an einen Baum und verschränkte die Arme. Etwas wie Sehnsucht, Trauer und Trotz, aus gleichen Teilen zu einer namenlosen Mischung geworden, lag in seinen Augen. Kleitos ging auf Zehenspitzen zum hinteren Eingang der großen Küche, einer Halle mit weiten Fenstern, mit Feuern, Herden, Töpfen, Kesseln und Sklaven.

Der Hauptkoch, ein hellhäutiger Sklave, nackt bis zu den Lenden, stand neben einem gewaltigen Bronzekessel voller Brühe, er rührte mit einem langen Holzlöffel, warf Dinge hinein und murmelte.

»Und freu dich, wie meine Mutter gesagt hat, und ein bißchen Salz, daß du ein Hellene bist, noch etwas gewürfelten Hammel, weil das heißt, du bist frei, und wilden Thymian, und nie wird man dich zum Sklaven machen, außerdem ein wenig Liebstöckel, und das hat sie gesagt, und dann haben wir die Schlacht verloren, und Minze und Rosinen, und jetzt bin ich Sklave bei den Barbaren, und Brotkrümel, und koche für sie, und das Restchen gebratenes Lamm, für Barbarenbälger, und pissen muß ich auch.« Er langte nach einem kleineren Kessel, lupfte den Schurz an, ließ sein Wasser in den Kessel rinnen, hob ihn hoch und grinste breit. »Ah, die merken den Unterschied nicht. Barbaren haben doch keine Ahnung von gutem Essen, wie?« Er hob das Gefäß, um es in den großen Suppenkessel zu leeren. Dann hielt er inne, wie gefroren, und seine Augen traten aus den Höhlen.

Die kalte Spitze des Dolchs berührte eine Stelle neben seinem linken Schulterblatt. Kleitos' Lächeln war Eis, und seine Stimme Winter.

»Und jetzt, Koch für Barbarenbälger, trink.«

Mit fadendünner Stimme sagte der Koch: »Muß ich?«

Kleitos bewegte den Dolch ein wenig. »Du mußt. Alles.«

Niemand hatte etwas bemerkt; Olympias hatte ihm den Weg gewiesen. Pausanias war eben aus Thrakien heimgekommen, mit Philipp und einem Teil des Heeres. Es gehörte zu seinen Aufgaben, die Wachen im Palast zu überprüfen. Er hatte dies getan, gründlich und mit Einfallsreichtum Anweisungen erteilt, öde Gänge durchwandert, einen ungenutzten Raum betreten, die Fensteröffnung vorsichtig erkundet – niemand konnte diesen Teil des Gebäudes sehen; dann war er auf den äußeren Sims gestiegen und nach kurzer Kletterei in einem anderen Fenster verschwunden.

Olympias wußte, daß alle wußten, daß Philipp vor vielen Jahren aufgehört hatte, der Königin Bett zu beehren, oder zu besudeln. Alle wußten, daß Olympias bisweilen tagelang aus dem Palast verschwand, um die Zeit in einem entlegenen Haus zu verbringen, das Aristandros dem Seher gehörte – ein Haus auf einem Hügel, über einer Höhle, in der Dionysos gefeiert wurde. Keiner wußte genau, was bei diesen Feiern geschah, außer den Eingeweihten, die nicht darüber redeten. Niemand wußte, wie die leidenschaftliche Königin mit dem Hunger des Fleisches verfuhr. Pausanias würde gedürstet, gehungert und gelitten haben, fern von Pella; Olympias mochte herrisch und hochfahrend sein, herrschsüchtig und hart, aber sie war unvergleichlich und setzte ihre Mittel ein. Er war süchtig; sie genoß es und wußte, daß es ihm auch beim nächsten Treffen nicht gelingen würde, die Maske der Königin zu durchschauen. Selbst im Moment der höchsten Lust war das Gesicht beherrscht.

Sie redeten nicht viel; sie erschöpften einander in der Zeit, die Pausanias erübrigen konnte, ehe man ihn vermissen würde. Sie hatten nie viel geredet; irgendwann hatte er versucht, ihr sein Inneres zu entblößen, aber sie war mit seinem Äußeren zufrieden. Sie kannte die Geschichte der Schmach, seinen Haß auf Attalos und Kleopatra; sie hatte ihm versprochen, mit einem kalten Lächeln, ihm zur Rache zu verhelfen, seine Ehre wieder herzustellen, sobald es möglich (und nötig) sein würde – gegen seine Treue, seine Dienste, sein Schweigen und die gelegentliche Nutzung seines Fleischs.

Als sie erschöpft nebeneinander lagen, berichtete er kurz von den Dingen, die sich in Thrakien ereignet hatten. Er hätte vielleicht lieber von anderen Dingen geredet, von Gefühlen und Gier, aber sie hatte ihn wissen lassen, daß ihr daran nichts lag.

Als er verschwunden war, wieder durch das Fenster, ließ Olympias den gealterten, ergebenen Admetos kommen, der von Vorgängen in Pella und im Palast erzählte. Sie entließ ihn bald, stand eine Weile am Fenster, starrte über die Mauern, beugte sich dann vor. Unter dem Sims hatte eine Spinne ein verwickeltes Netz erschaffen. Olympias sah zu, wie die Spinne sich einer Fliege näherte, die längst nicht mehr zappelte. Sie hauchte einen Kuß hinab. »O Schwester«, murmelte sie, »du bist – sehr gut. Aber mein Netz ist besser.«

Sie verließ ihre Gemächer, hieb mit der flachen Hand gegen die Wand, die den Gang versperrte, wandte sich nach links, ging an den Wachen vorbei, öffnete in einem entlegenen Gang eine Tür und betrat einen Raum, in dem Gerümpel stand. Sie verschob nichts von alledem, stieg über zerbrochene Einrichtungsgegenstände und kletterte auf den äußeren Sims. Rechts, in einem Winkel des Mauerwerks, verlief eine Röhre senkrecht. Sie nahm an der Dachkante Regenwasser auf; ein Stockwerk tiefer war das *kopron* von Philipps Beratungsraum angeschlossen. Die Begrüßungen mußten inzwischen vorüber sein; der König würde sich gereinigt und erfrischt haben und nun zu den wichtigen Dingen kommen. Olympias preßte das Ohr an die Röhre.

»Also, wie ist es gewesen?« Philipps Stimme klang gelassen.

Parmenion antwortete, mit einem leisen Glucksen. »Alles bestens. Aristoteles hat die Dinge sehr gut vorbereitet. Hermias ist mit allem einverstanden.«

Philipp, mit verhaltenem Triumph: »Häfen, Straßen, Vorräte, alles? Notfalls auch sein Heer? Wunderbar.« Er kicherte. »Wenn Artaxerxes das wüßte . . .«

Olympias lauschte noch einige Momente; dann kehrte sie in ihre Gemächer zurück, setzte sich an den Tisch und dachte lange nach. Schließlich verzerrte sich ihr Gesicht zu einer scheußlichen Maske; sie begann zu schreiben. Dabei murmelte sie: »Demosthenes wird begeistert sein.«

Als sie fertig war, ließ sie abermals Admetos kommen. »Hier.« Sie reichte ihm die versiegelte Briefrolle. »Für meinen Onkel Arybbas, der bisweilen unterrichtet werden möchte – an seinem Zufluchtsort. Wie ich hörte, sind Kaufleute aus Athen in Pella.«

Admetos verneigte sich. »Ich werde es besorgen, Herrin.«

10.

Ägyptische Nacht

Naukratis, dreihundert Jahre zuvor von milesischen Händlern als Stapelplatz am westlichen Nilarm gegründet, war lange die einzige Stadt gewesen, in der Hellenen Waren anlanden und Handel treiben durften; ägyptische Zollverwalter erhoben ein Zehntel vom Warenwert als Einfuhrsteuer, die königlichen Beamten der Stadt ein Zehntel von den Umsätzen der Händler, Handwerker und sonstigen Gewerbetreibenden einschließlich der Dirnen, die zu Buchführung angehalten wurden. Daneben gab es im Lauf der Zeit von anderen Hellenen errichtete Tempel einzelner Götter, die von den Gläubigen (und den Heimatstädten) Geld verlangten; es gab das Hellenion, einen Gemeinschaftstempel als Gründung von acht hellenischen Städten; es gab den Stadtteil der Ägypter mit Tempeln für Amun und Thoth. Und es gab, wie überall am Wasser, den großen Hafen mit Schänken und Hallen und Läden und Menschen, denen die Götter weniger wichtig waren als die Leute und das Geld.

Als Dymas sechsundzwanzig wurde, im Jahr nach dem makedonisch-athenischen Frieden des Philokrates, kehrte er von Asien, wo er fast ein Jahr lang in den hellenischen Küstenstädten Musik gemacht und Gesänge gesungen hatte, nach Athen zurück. Im Sommer verließ er Hellas mit einem Handelsschiff, das Töpferwaren und Goldschmiedearbeiten nach Naukratis brachte. Er war des Landes und der Leute überdrüssig, und der ewigen Anwürfe ob seiner Vermengung der verschiedenen Tongeschlechter. Für ihn waren sie nichts als dies, eben verschiedene Möglichkeiten von Musik – nichts als andersartige Unterteilungen der Strecke, die zwischen einem Ton auf einer hohen und dem gleichen Ton auf einer tieferen Ebene lagen. Ob man diese Strecke in vier Töne unterteilte, in fünf, in acht, in elf, in dreiundzwanzig oder gar, wie manche, in einunddreißig, ob diese Unterteilungen sämtlich volle Töne waren oder Ton-Bruchteile, ob die Götter derlei billigten oder ob der eine oder andere Bewohner des Olymp sich durch bestimmte Töne und Tonverbindungen gekränkt fühlen könnte (und diese Kränkung durch Priestermund kundtat), war Dymas gleich. Für ihn waren die Töne Stoff, wie Holz für den Schnitzer oder Marmor für den Hauer. Stoff zur Verfertigung von Klangteppichen, zur Einkleidung von Träumen, zur Ausgestaltung von Albträumen, zur Verschränkung von Klängen und Worten. Es reizte ihn, etwa eine lichte, klare Melodie aus dem ionischen Tongefüge ins phrygische zu übertragen, wo sie fremd und ekstatisch wurde, oder ins lydische, was ihr eine tiefe und ebenso fremdartige Schwermut gab. Die einfachen Athener, die mit Genuß zuhören konnten, empörten sich jedoch, sobald ein vermeintlicher Kenner ihnen sagte, da seien hellenische und barbarische Klänge gemischt; dann forderten sie ihn auf, keinen fremdländischen Unfug zu spielen.

Die Hellenenstädte in Asien mit ihrer Mischbevölkerung waren da offener; derlei Gebote oder Vorschriften kümmerten sie nicht. In Ephesos hatte er ungeheuren Erfolg gehabt mit einem frechen Gesang in unregelmäßigen Hexametern und dreierlei Tongattungen. Das Lied, erzählt oder gesungen von Odysseus, berichtete eine mögliche Geschichte: Als der Held aufbrechen wollte, um mit den anderen gen Ilion zu ziehen, drohte ihm die an Lysistrate angelehnte Penelope damit, ihn künftig nicht mehr ins Bett zu lassen, wenn er in den Krieg zöge. Er zog dennoch – »wenn ich erst fern von ihr weile, kann mir ihr Beischlafverbot sowieso gleichgültig sein«. Dann stellte er jedoch fest, daß es bei dem Kriegszug nicht um Ruhm, Ehre, Beute, Rache oder Macht ging, sondern lediglich darum, einem betrogenen Schlappschwanz namens Menelaos die Frau wieder zu beschaffen, und Odysseus hielt es nicht für sinnvoll, daß Tausende stürben, nur um einem die Hörner abzuschleifen. Also kehrte er heim, durch die Unbilden des Geschicks und des Wetters mit jahrelanger Verzögerung; in Ithaka warf man ihn aus dem Palast, denn »drinnen waltet die züchtige Hausfrau, die schäbige Schlunze« mit ihren vierzig Räubern, die sie Freier nennt; und draußen, auf dem Meer, bläht sich das Segel des Prunkschiffs, auf dem Telemachos mit vielen Freunden und Gespielinnen den Rest des Vermögens verpraßt – »er macht die Nächte zum Tag und meine Tage zur Nacht.« So saß Odysseus unter den Eichen, würfelte mit dem schielenden Schweinehirt, stellte mit düsterer Befriedigung fest, daß jenes unverrückbare Bett, das er seinerzeit gezimmert hatte, auch den Belastungen durch Penelope und vierzig Mann gleichzeitig gewachsen war: »Ich hab ihn haltbar gebaut, meinen erhabenen Pfühl.« Schließlich beschloß er, zu einer neuen Fahrt aufzubrechen, um jenseits der Säulen des Herakles nachzusehen, ob die Welt nicht anderswo runder sei.

In Athen zürnten einige wegen Schändung des hellenischen Erbes und des göttlichen Homer – an Stellen, bei denen man in Ephesos schallend gelacht hatte. Dymas verließ die Stadt, Hellas und Europa. Es kam hinzu, daß er der ewigen Berichte an Demaratos, Hamilkar und Bagoas überdrüssig war, und hier half ihm der Zufall. Oder schien ihm zu helfen. Demaratos hielt sich in Makedonien auf, wo es ihm gelungen war, ein Monopol vom König zu erhalten – nur Demaratos durfte das begehrte makedonische Schiffbauholz, das feine Pech und die anderen zugehörigen Dinge erwerben und ausführen. In seiner Abwesenheit hatten die Demokraten in Korinth beschlossen, einen Politiker und Strategen namens Timoleon mit einer Flotte nach Syrakus zu entsenden, um Einfluß auf die Verhältnisse in Sizilien zu nehmen. Der Westteil der Insel, unter der Herrschaft Karchedons, war davon unmittelbar betroffen; es kam zum Krieg zwischen Karchedon und Syrakus, also zwischen Karchedon und Korinth – Hamilkar und Demaratos beziehungsweise ihre Städte hatten somit andere Sorgen.

Dymas begab sich nach Ägypten, das einige Jahre zuvor einen persischen Wiedereroberungsversuch abgewehrt hatte. Er hoffte, dort weder von Korinthern noch von Karchedoniern noch von Persern behelligt zu werden. Er wußte, daß es nur ein halber Schritt war; die vollständige Trennung von seinen drei Auftraggebern erwog er jedoch nicht – vorerst. Er konnte nicht sicher sein, ob nicht einer oder mehrere beschlössen, er wisse zuviel, als daß er einfach aufhören könne; jedenfalls lebendig. Außerdem fand er ihr Spiel aufregend und fesselnd. Als Musiker verdiente er längst mehr, als er zum Leben brauchte, aber man konnte ihm ein paar Finger brechen, ein böswilliger Zuhörer oder der Gemahl einer von Dymas' Musik allzu Entzückten mochte ihm eine Hand abhacken, und dann wären gelegentliche Zahlungen für Berichte mehr als willkommen.

Drei lange, träge Monde in Naukratis lagen hinter ihm, heißer Sommer und heiße Nächte. Der Besitzer einer großen Schänke am Hafen, ein Halbhellene namens Dexippos, hatte ihn in einer anderen Schänke spielen hören, am dritten Tag nach seiner Ankunft, und ihm ein geräumiges Zimmer zum Fluß, Essen, Trinken und eine Drachme am Tag geboten. Dymas verlangte zwei und bekam nun eineinhalb, die er sich täglich auszahlen ließ, da er die Gewohnheiten des menschlichen Gedächtnisses kannte.

Die Schänke lag an einem hochgemauerten Teil des Hafens: ein Gebäude auf zahllosen kleinen Steinsäulen gegen Schlangen, Skorpione und die jährlichen Überschwemmungen. Oberhalb der Säulen war alles aus Holz, bis auf die gemauerten Herde und Öfen der Küche. Das untere Geschoß, vom Kai über eine neunstufige Treppe zu erreichen, war ein großer Raum mit Tischen, Bänken und wenigen Liegen, unterteilt nur durch die Tragpfosten des oberen Geschosses, in dem einzelne, durch Schilfwände abgetrennte Zimmer lagen. Die Einrichtung des Raumes, den der Wirt Dymas zur Verfügung gestellt hatte, bestand aus einem breiten, lederbespannten Bettgestell mit erträglich sauberen Decken, einem Tisch, zwei Stühlen mit Schilfsitzen, einer Truhe für Kleider und andere Habseligkeiten, einem Gestell mit Waschkrug und Becken sowie einem Zuber mit breitem Rand, zum Aufsitzen. Leerung und Reinigung oblagen einem schwarzen Sklaven, dem Dymas am ersten Abend eine silberne Drachme mit der Eule Athens gab.

Zur Schänke gehörten ferner fünf Dirnen – eine Ägypterin, eine Hellenin, eine Halbhellenin und zwei Nubierinnen –, die abendlich einige der oberen Zimmer nutzten. Wie alle anderen wurde auch dieser Teil des Geschäfts in hellenischer Währung abgewickelt, da die wichtigsten Umsätze im Seehandel mit Hellas gemacht wurden und überdies die Münzen des Pharao Nekhetar-Khabuf (die Hellenen nannten ihn den zweiten Nektanebos) neuerdings minderwertige Beimischungen enthielten. Die Dienste der Mädchen kosteten eineinhalb Obolen oder, für die ganze Nacht, eine Drachme; die Hälfte behielt Dexippos.

Soweit Dymas beurteilen konnte, lohnte sich die Musik für den Wirt; die Schänke war beinahe jeden Abend voll. Statt der hundert Gäste, die sie faßte, seien vorher meist nur etwa fünfzig bis sechzig gekommen, sagte der schwarze Sklave. Dymas hob die Schultern; eigentlich bekümmerte es ihn kaum. Er hatte zu essen und zu trinken, ein Bett, konnte Musik machen, wie es ihm und den Zuhörern gefiel, brauchte sich weder um Priester noch um Kunstrichter zu scheren und blieb von Anfragen seiner fernen Auftraggeber verschont. Die Stadt langweilte ihn, wenn er sich auf Erkundungsgänge begab – die zahllosen Tempel, die Lager, die Niederlassungen der Handelshäuser, die Häuser der Reichen auf dem künstlichen Hügel im Schwemmland, weiter draußen die Gärten, die Äcker, dann der Schilfdschungel, all dies unterschied Naukratis kaum von tausend anderen Städten. Die Priester in ihrer Vielzahl hatten genug damit zu tun, sich und die Tempel zu hegen; sie kümmerten sich nicht um reisende Musiker. Die Niederlassung des Handelshauses des Demaratos, geleitet von einem jüngeren Korinther namens Nikarchos, sah aus wie alle anderen Handelsstätten, und Nikarchos schien keine Ahnung von den besonderen Beziehungen zwischen Dymas und Demaratos zu haben. Manchmal kam er abends in die Schänke, um gesottene Flußfische zu essen, das feine ägyptische Bier zu trinken und der Musik zu lauschen.

Auch die ärmeren Viertel hatten kein eigenes Gesicht; zu viel wurde jedes Jahr vom Nil überflutet und weggeschwemmt, neu errichtet und wieder verspült. Die drei trägen Monde nach Jahren der Wanderschaft erschienen Dymas wie jäher Stillstand; zunächst erholsam, später immer zäher und öder.

Manchmal spielte er abends den Doppelaulos, eher um das Instrument nicht zu verlernen, für das er aus Nilschilf große Vorräte an Zungenblättchen schnitt. An schwülen Nachmittagen saß er oft unter einer Zypresse am Fluß, nördlich der Stadt, schnitt ältere, harte Schilfhalme zurecht, bohrte Grifflöcher hinein und versuchte, eine Einrohr-Flöte mit sechs Tonlöchern (und einem für den Daumen) zu entwickeln. Meistens spielte er die Kithara, sein selbstgefertigtes, schmuckloses Instrument mit dem großen Schallkasten und elf Saiten. Vier dienten zur Verstärkung der Töne, indem sie mitschwangen, wenn er auf den übrigen sieben die entsprechenden Punkte griff und über dem Schallkasten anschlug. Alle wurden mit dem karchedonischen Schlüssel gestimmt und saßen auf Eisenwirbeln. Der Umfang war groß; sechsmal kehrte auf tieferer Ebene der höchste erreichbare Ton wieder. Mit den metallbesetzten Fingerkuppen der Linken, der scharfen Stimmung und den guten Därmen war es ihm längst gelungen, das Schnarren und die Dumpfheit gegriffener Saiten zu überwinden und bis zu fünf Töne gleichzeitig zu erzeugen, dazu zwei leere Saiten zu berühren und die vier freien mitschwingen zu lassen.

Eines Nachmittags hatte er wieder unter der Zypresse gesessen, gelegen und wieder gesessen; die Halbhellenin aus der Schänke wollte von ihm keine eineinhalb Obolen, sondern Musik. Er spielte auf der unbefriedigenden neuen Rohrflöte; noch immer stimmte etwas mit den Abständen und der Größe der Löcher nicht. Vom Fluß her hörten sie den schwermütigen Gesang von Ruderern, die einen Getreidekahn stromauf trieben. Das Lied bestand aus sechs Tönen in seltsamen Sprüngen aufwärts und abwärts, die immer wiederkehrten. Die Worte, bis zur Bewußtlosigkeit wiederholt, lauteten auf Ägyptisch:

Totentanz Ruderhand
fahr ich zur Unterwelt
ruh ich mich endlich aus
brech ich den Rudergriff
tanz ich den Totentanz
Totentanz Ruderhand . . .

Als sie zum Hafen zurückkehrten, sahen sie, daß der Getreidekahn am anderen Ufer festgemacht hatte. Diesseits, genau gegenüber, lag ein prachtvolles Schiff mit Verzierungen aus Ebenholz und Elfenbein. Der Bug war der aufwärts gebogene Kopf einer gräßlichen Seeschlange, mit offenem Maul, das Heck ein lächelndes Krokodil mit blutroten Zähnen. In der Mitte, hinter dem umzulegenden Mast, stand eine schilfgedeckte Hütte aus dünnem polierten Zedernholz, bemalt mit ägyptischen und hellenischen Götterbildern. Die Besatzung – sieben kräftige Nubier – räumte das Deck auf, goß den Restinhalt von Wasserbehältern in den Fluß, rollte Taue ein und aus. Ein hellhäutiger Mann, etwa in Dymas' Alter, stand an der Bordwand und starrte in den lehmigen Strom, mit einem Ausdruck unendlicher Schwermut: Sehnsucht nach dem endgültigen Krokodil. Aus dem Zedernholzhäuschen drang die keifende Stimme einer Greisin, dann das kehlige, besänftigende Gurren einer jungen Schwarzen.

Abends hatte Dymas eben mit einem Sappho-Lied zur Kithara begonnen, als der schwermütige Mann, die Alte und die Junge eintraten. Die junge Frau war schlank und groß, mit tiefen Stammeskerben auf den Wangen, fast kahlem Schädel, dem Gang einer Gazelle und den Augen einer satten Löwin. Die Lippen wirkten eher von Küssen geschwollen denn wulstig; um den Hals trug sie an einer dünnen Goldkette einen menschlichen Unterkiefer, dessen Zähne an ihren hohen Brüsten nagten. Der Oberkörper war mit einem hellroten Tuch umwunden, um die Hüften lag ein hellgrünes, das Ende zwischen den Schenkeln nach vorn geführt und vor dem Nabel mit dem Anfang verschlungen.

Die alte Frau war klein, zahnlos, ihr Gesicht eine Wüstenei aus Runzeln und einzelnen Barthaaren; und zwei kleinen, schwarzen, scharfen Augen. Sie trug ein bis auf die Füße fallendes Gewand aus feinstem Leinen, mit Purpur gefärbt und mit Goldfäden gesäumt. Die Nase war entweder verdeckt oder ersetzt worden durch eine kunstvolle aus getriebenem Gold. Auf dem Kopf trug die Greisin eine lange bunte Wollmütze, herabgezogen bis fast zum Hals; ein paar dünne weiße Haare lugten noch hervor. An den Fingern steckten vierzehn Goldringe mit Steinen und Gemmen.

Der schwermütige Mann trug nur einen Chiton und Sandalen; er führte die Frauen zu einem Tisch in der Mitte. Dymas beendete das Sappho-Lied und ging ohne Unterbrechung zu einer langsamen ionischen Tanzweise über. Er sah, wie Dexippos sich zu den neuen Gästen begab, deren Zahlungsfähigkeit außer Frage stand; bald brachte er ihnen Wasser und Wein, Becher, frisches Fladenbrot und eingelegte Früchte, dann eine Schale mit Hirse, Fleischbällchen, Lauchstreifen, in Wein gedünstete Feigen, die besten Stücke großer Flußfische, gebraten in Fett und Kräutern, abgelöscht mit Bier. Der Mann und die junge Frau aßen mit den Händen; die Alte verlangte eine Platte und eine Gabel, mit der sie alles kleinknetete, ehe sie es dem zahnlosen Mund zuführte.

Dymas hatte bereits gegessen. Er stand, an einen Tisch gelehnt, etwa in der Mitte der vom Fluß fortführenden Längsseite der Schänke, spielte eine weitere Tanzweise, verwarf dabei in Gedanken den Vortrag eines Lieds, in dem der Sänger den Göttern für seine einzelnen Körperteile (mit jeweiliger Nutzanwendung) dankt, darunter

Nase und Zähne. Als er das Stück beendet hatte, zog er die linke Hand aus der Tragschlaufe, setzte sich auf den Tisch und stemmte den Schallkasten der Kithara auf den linken Oberschenkel. Nun konnte er die Finger freier bewegen: Auch für diese hatte der Sänger den Göttern gedankt – für das Streicheln und Kneifen und Würgen.

Er sang ein kurzes, munteres Trinklied, spielte dann die Melodie weiter ohne Gesang, übertrug sie aus ionischen in phrygische Tonsprünge, kehrte zu den ionischen zurück. Danach legte er die Kithara beiseite und nahm ein Rohr seines Doppelaulos. Mit der Linken klopfte er rhythmisch gegen den Schallkasten der liegenden Kithara, mit den Fingern der Rechten spielte er jene seltsame Endlosweise der Ruderer, mit Verzierungen und verschliffenen Doppeltönen. Er sah, wie die alte Frau aufhorchte und leise etwas zu der jüngeren sagte, die den Kopf wandte und Dymas nachdenklich betrachtete.

Er griff wieder zur Kithara, hielt sie auf dem Oberschenkel, stimmte zwei Saiten schärfer und spielte die sechs Töne des Ruderlieds, immer ein wenig versetzt, auf der körpernächsten höchsten Saite, dann auf der zweiten, dritten, vierten. Als er die siebte, die tiefste Saite erreichte, zupfte er nicht mehr, sondern berührte sie nur oben mit den Metallkuppen. Die leisen, sirrenden Klänge vermengten sich mit schmerzenden Obertönen, als er das Elfenbeinplektron nahm und die Saite anriß. Er kehrte zurück zur ersten, legte das Plektron fort, spielte die sechstönige Melodie gleichzeitig, zweistimmig, auf der ersten und der dritten Saite, flocht Verzierungen hinein, ging zu einer ekstatischen phrygischen Fassung über, zu der er halblaut die Worte sang. In der Schänke war es sehr still geworden.

Dymas lehnte sich auf dem Tisch zurück, an den Tragpfosten; er schloß die Augen und spielte die Kräuselwellen des Nils, die lehmige Bugwoge des Kahns, die schnellen Silberleiber von Fischen, die tiefe böse Furche eines Krokodils. Er wob den Wind hinein, der am Ufer durchs Ried strich; einen Fischreiher, der langsam, langsam das

Wasser verließ und aufflatterte; und die Totenklage um den ertrunkenen Flußschiffer, der nicht in die Unterwelt einging, weil es sie nicht gab.

Er wußte nicht, wieviel Zeit verstrichen war, als er endete und die Kithara sinken ließ. Nach einem Moment der Stille bebte die Schänke von Getrampel, Fußscharren, Klatschen und Fäusten, die auf Tischplatten hämmerten.

Dymas öffnete die Augen, lächelte, neigte den Kopf und glitt vom Tisch. Er wußte, daß es gut gewesen war, und daß man ihn dafür aus den besseren Kreisen Athens ausgestoßen, ihm in Sparta die Kithara zerbrochen hätte. Eine der beiden Nubierinnen, die vorher oder zwischendurch auch als Schankmägde arbeiteten, brachte ihm einen großen Becher mit unverdünntem Wein.

»Von der Alten«, murmelte sie.

Er nahm den Becher, hob ihn und blickte zur Greisin hinüber; sie winkte ihm. Langsam ging er an ihren Tisch; der Schwermütige schob ihm einen Stuhl hin.

»Ich danke dir, Mutter, und trinke auf dein Gedeihen.«

Die Alte kicherte. »Nicht viel Gedeihen, Musiker. Die Zeit meines Gedeihens ist vorbei. Aber du ... Warst du schon einmal in Kanopos?«

Er schüttelte den Kopf. »Nur angelegt, auf der Fahrt hierher. Eine Nacht, frisches Wasser, dann weiter.« Die Stadt an der Mündung des westlichen Nilarms, an dem auch Naukratis lag, war der erste Anlegehafen, Stapelplatz ohne königliche Verwalter, ein Gewirr aus alten und neuen Gebäuden, Tempeln und Freudenhäusern, Banken und Schänken. Dort gab es Ägypter, Hellenen, Juden, Phönikier, Karchedonier, Etrusker, Elymer, Iberer, Kelten – alle seefahrenden Städte und Völker der Oikumene, alle Sprachen, alle Münzen und kein Gesetz.

»Du solltest nach Kanopos kommen.«

»Warum, Herrin des Weins?«

»Die besten Schänken, Dymas. Die besten Musiker,

ohne priesterliche Aufsicht; alle Waren, die von und nach Naukratis durch Kanopos gehen, aber ohne Zöllner. Gaukler, Dichter, Wahnsinnige, Messerstecher, das Leben. Was willst du hier, in diesem öden Kaff?«

»Was machst du in Kanopos? Bist du von dort?«

Die Alte zerrte an ihrer Wollmütze, als müsse sie die ohnehin unsichtbaren Ohren noch mehr verhüllen. »Sag du es ihm.« Sie stieß die junge Frau mit dem Ellenbogen an.

»Es gibt dort ein großes altes Haus, aus Steinen, am Meer neben der Mündung.« Ihre Stimme war rauh und doch weich, kehlig und doch hell, wie ein in kostbares Tuch gewickeltes Messer. »Vielerlei Geschäfte, auch Nachrichten aus der ganzen Oikumene. Einige Räume im Haus sind ungenutzt, viele Rollen zu lange nicht gelesen. Man kann dort kommen und gehen – vor und nach der Musik und anderen Dingen.« Ihr Hellenisch war makellos wie die Zähne.

Dymas riß sich von den schwarz-grün gesprenkelten Augen los und sah, daß die Alte ihn mit einem listigen Lächeln beobachtete. Der schwermütige junge Mann starrte an die Decke; aus dem Augenwinkel, den Dymas sehen konnte, rannen Tränen.

»Seewind, Junge«, sagte die Greisin. »Salz und Tang. Gerüche und Gerüchte. Messer und Musik. Wir fahren morgen früh.«

Dymas kratzte sich den Kopf. »Kann ein Musiker dort leben?«

»Besser als hier – du jedenfalls. In Kanopos kann man das Gute vom Schlechten unterscheiden, und vom Sehr Guten. Du bist besser als sehr gut. Was willst du hier?« Dann beugte sie sich vor und flüsterte: »Dort wärst du auch nicht weiter fort von gewissen anderen Dingen, als du es hier bist.«

Er zuckte zusammen. »Welche anderen Dinge?«

Sie blickte in der Schänke umher. »Soll ich dir sagen, wer von diesen Männern hier den Pharao mit Nachrichten versorgt? Ich sehe zwei, die für die Perser arbeiten und in zwei Atemzügen tot wären, wenn die Ägypter es wüßten.«

Bei der Erwähnung der Perser hatte sich ihr Gesicht einen Moment verzerrt; der Schwermütige trocknete die Tränen und entblößte die Zähne.

Dymas nahm einen großen Schluck, hustete und wischte sich den Mund. »Wer bist du, Mutter?«

Sie lächelte mehrdeutig. »Eine alte Frau, die gewisse Geschäfte macht und gern Freunde in der Nähe hätte, da gewisse Freunde in der Ferne nicht immer ausreichen. Zumal ein guter alter Freund vor kurzem gestorben ist.«

Dymas hielt die Luft an, sagte aber nichts.

»Adherbal.« Sie murmelte. »Und Demaratos weiß, daß du hier bist. Was das angeht, ist Kanopos weder näher noch weiter.«

In Kanopos begann und endete der westliche Teil des Nilhandels; Ägyptens Handel mit den westlichen Ländern der Oikumene wurde über Kanopos abgewickelt. Hier begannen und endeten die großen Karawanen nach dem Westen, Kyrene und Karchedon; Küstenboote brachten Waren aus dem Osten, aus Babylon und Damaskos, Arabien und Tyros, die im Hafen von Pelusion umgeschlagen wurden, vor dem östlichsten Nilarm, weil die Karawanen entweder dort endeten oder stromauf zogen, statt mehrere Nilarme zu überqueren. Seeleute aus allen Ländern, Dirnen, Gaukler, Schlangenbeschwörer, Magier, Musiker, Handwerker; Schiffbauer und Frachtversicherer, Bettler und Banken. Und Spione.

Nach dem Zusammenbruch der persischen Herrschaft über Ägypten hatte es in Kanopos das übliche Gemetzel gegeben; die Perser waren zu verhaßt, als daß man sie lediglich vertrieben hätte. Überall in Ägypten konnten gesuchte Verbrecher Zuflucht in Tempeln finden, aus denen man sie nicht mit Gewalt herausholen durfte; dieses heilige Recht galt nicht für Perser. Aber nach den ersten wüsten Unruhen hatte sich in Kanopos schnell alles wieder auf den Handel besonnen; und die Pharaonen hatten weise darauf verzichtet, die offene Stadt unter ihre tatsächliche Herrschaft zu stellen. Die Festung am anderen Nilufer diente zur Bekämpfung von Seeräubern, falls nötig, oder zur Niederschlagung größerer Unruhen, aber die Kämpfer waren keine Ägypter, sondern Söldner, in sich so gemischt wie die Bevölkerung der Stadt. Nilaufwärts, nach Süden hin, mehrere Tagereisen entfernt, lagen die wirklichen Festungen. Und die Zollplätze. Was aus dem frei wuchernden kanopischen Handel ins Land floß, brachte dem Pharao mehr ein, als die Erhebung von Abgaben bei zwangsläufig gedrosseltem Handel unter staatlicher Aufsicht, mit streng angewandten Gesetzen hätte ergeben können.

Bei der langsamen Fahrt flußabwärts von Naukratis machten sie keine weitere Pause an Land. Es war später Sommer, die Nächte hell und klar, der Fluß so kurz vor der Mündung harmlos. Ohne Segel und Ruder ließen sie sich von der Strömung treiben; zwei Nächte verbrachten sie an Bord, Kleonike und die schwarze Sklavin Tekhnef in der Hütte, Dymas und die anderen irgendwo an Deck. Der schwermütige Mann, Mandrokles, sprach kaum und entkleidete sich nie, beteiligte sich auch nicht an Planschereien, wenn Dymas oder die Nubier in der Hitze des Tages die Gewänder abwarfen und sich an einem Seil in den Fluß hängten. Bei diesen Gelegenheiten stellte Dymas fest, daß Kleonike aufmerksam zuschaute, Tekhnef ihn anzublinzeln schien – aber er war nicht sicher – und Mandrokles mit einem seltsamen Funkeln in den Augen die Gemächte der Männer betrachtete.

Nach Sonnenuntergang saßen sie auf dem erhöhten Heck, ohne Lichter, um nicht noch mehr Mücken anzulocken, und redeten bis in die Nacht. Auch hieran beteiligte sich Mandrokles kaum; er stand am Steuer, starrte voraus und schien ganz mit seiner Innenwelt beschäftigt. Seine Zurückgezogenheit war die einzige an Bord mögliche; daß auch körperliche Entleerungen vor aller Augen über die Bordwand vorgenommen werden mußten – nur Kleonike verwendete einen Zuber in ihrer Hütte –, ließ

Dymas die Gelassenheit der Frauen angesichts badender Männer besser begreifen. Tekhnef hängte sich bei derlei Bedürfnissen an einer Vorrichtung aus Seilen und Hölzern über die Bordwand, entkleidete sich, wenn sie schon halb im Wasser war, und badete anschließend. Mandrokles benutzte die gleiche Vorrichtung, legte lediglich vorher den Chiton ab und öffnete den Schurz unter Wasser.

Dymas fand einige dieser Vorgänge befremdlich, hielt sich aber mit Bemerkungen zurück. Aus rein gefühlsmäßigen Gründen erwähnte er bei den Gesprächen, die sich auch um Demaratos und andere gemeinsame Bekannte drehten, seine persischen Verbindungen mit keinem Wort. Kleonike erzählte, mit einem bitteren Unterton, von der Fahrt flußauf nach Memphis – sie verwendete den ägyptischen Namen Men-nufre – und den sinnlosen Versuchen, mit den höchsten Beamten des Pharao bestimmte Vorschläge zu erörtern. Sie sprach leise, so daß außer Tekhnef, Mandrokles und Dymas keiner sie hören konnte.

»Welche Vorschläge?«

»Es gibt Kreise in Hellas und anderswo, die eine andere Politik wünschen. Aber Nektanebos ist ein Trottel und grausam dazu. Als Persien schwach war und Ägypten sich befreite, haben alle Völker bis nach Babylon darauf gewartet, daß die Ägypter auch ihnen helfen – aus Eigennutz, denn je weiter die Perser zurückgeworfen werden, um so sicherer ist Ägypten. Aber Nektanebos hat, anders als seine Vorfahren, nicht einmal nach dem Versuch der Wiedereroberung Ägyptens, den er vor ein paar Jahren abwehren konnte, zurückgeschlagen. Er hat zugesehen, wie die Phönikier und Syrer einen Aufstand entfesseln, sieht immer noch zu, obwohl jeden Tag Bittgesandtschaften aus Sidon und Damaskos zu ihm kommen, und er läßt die Leute im eigenen Land, die eine tatkräftigere Politik fordern, hinrichten.«

»Was hast du damit zu tun, Kleonike?«

»Ich hatte Angebote zu überbringen, ein gemeinsames Vorgehen gegen Artaxerxes betreffend. Ägypten, Sidon,

Damaskos, ein Aufstand in Babylon, ein Angriff eines hellenischen Heers im Norden. Aber man hat mich nicht einmal mit dem zuständigen Berater des Pharaos reden lassen.«

Dymas summte leise vor sich hin. »Hellenen? Welche? Wer hat denn ein Heer? Makedonien?«

Kleonike starrte ins Wasser, das leise gluckerte. »Wer auch immer, es ist gleich. Nie gab es eine so gute Gelegenheit. Tyros steht zu den Persern, nicht aus Neigung, sondern aus Berechnung. Wenn Persien wirklich ins Wanken geriete, sagen wir: geraten wäre, durch einen ägyptischen Gegenangriff, hätten sich andere beteiligt. Die stärkste Flotte der Oikumene, Dymas; aber dann kam es zu diesem unseligen Beschluß der Korinther, und nun ist Karchedon auf Sizilien gebunden. Wenn Karchedon mitgemacht hätte, wäre auch Tyros dabei. Alles hing an Nektanebos, der sich mit nubischen Sklavinnen vergnügt und meint, die Festung Pelusion werde schon ausreichen, um einen persischen Angriff abzuwehren.«

Dymas dachte an lange zurückliegende Berichte. Tonlos sagte er: »Als ob . . . die Beschlüsse in Korinth von den Persern beeinflußt wären.«

Kleonike hob die Schultern und zupfte an ihrer Wollmütze. »In Hellas ist jederzeit zuviel persisches Gold im Umlauf. – Aber wie die Priester des Amûn sagen: Nektanebos ist ein Abkömmling von Söldnern; sein Blut ist unecht. Er ist nicht Gefäß des Amûn, nicht Sohn des Horos. Die Rettung« – nun sprach sie sehr leise – »soll aus dem Norden kommen.«

Dymas verschränkte die Arme. »Und ich hatte gedacht, ich könnte Musik machen, ohne Politik. Jetzt hat mich alles wieder eingeholt.«

Kleonikes Haus war sicherlich zweihundert Jahre alt, mit hundert Räumen, verwinkelten Gängen, zugemauerten Treppen, verborgenen Türen in den Wänden; mit seltsamen Luftschächten, durch die man von einem Ende des Hauses zum anderen flüstern konnte; mit erlesenen

Kunstgegenständen aus der ganzen Oikumene, Meisterwerken athenischer Bildhauer vergangener Jahrhunderte, mit Tausenden Schriftrollen und mit Kellerräumen tief im Schlamm, in denen Bier und Wein kühl lagern konnten.

Kanopos hielt alles, was Kleonike versprochen hatte. Dymas verdiente sehr gut, spielte in Schänken vor kundigen und oft begeisterten Zuhörern; er tat sich mit anderen Musikern zusammen – eine Verbindung von mehreren Flöten, Tympanon, Kithara und Harfe, letztere meisterlich gespielt von einer mitteltalten Ägypterin, die Melodiebögen entwarf und ihm für die Kithara weitergab oder seine Klangteppiche mit seltsamen Harmonien unterlegte – und nutzte Kleonikes Räume, um zu lesen und viele Lieder zu schreiben, auszufeilen und vorzubereiten. Wenn eines fertig war, verbrannte er die Rollen mit den Entwürfen und Fassungen einschließlich der letzten. Die Vorstellung, auf Papyros gefesselt in die Ewigkeit einzugehen statt mit dem Wind und den Klängen zu verwehen, schien ihm furchtbarer als ein Gefängnis.

In der ersten Nacht in Kleonikes Haus kam Tekhnef zu ihm, und es war wie fließendes Feuer, zuckende Berge und malmendes Meer. Es ließ nicht mit der Zeit nach, wie bei allen anderen Verbindungen zuvor; es festigte sich und erhielt Tiefe durch lange Reden unter den Sternen, durch Blicke und Berührungen und Schweigen. Sie war Sklavin, seit zehn Jahren Besitz Kleonikes, gleichzeitig aber Vertraute und frei.

Kleonikes Geschäfte, geleitet von dem schweigsamen schwermütigen Mandrokles, dessen Schwermut beim Umgang mit Geld verflog, erstreckten sich auf alles, womit man handeln konnte; außerdem besaß sie mehrere Schänken, zwei Garküchen und drei Häuser für die Lust.

Fast drei Jahre lang vergaß Dymas die Zeit und das Schweifen. Dann geschahen jene Dinge, die ihn daran erinnerten, daß nicht einmal in Kanopos, und in Kanopos schon gar nicht, Leben ohne Entsetzen möglich war. Und ohne Politik.

Eines Abends, als Tekhnef nicht im Haus war, holte

Mandrokles ihn zu einer Besprechung. Kleonike wartete in ihrem größten Raum; sie lag ausgestreckt auf einer marmornen, mit Löwenfellen belegten Bettstatt. Ihr Gewand war voller Weinflecken, ebenso der Boden, die Teppiche und die Felle. Die Augen der alten Frau waren rot und geschwollen; der Raum stank nach Wein, nach Trauer, nach Rauschkräutern, die in einem Kohlenbecken glühten.

Neben ihr lag eine verzierte Kithara. Wortlos deutete sie darauf und auf den Becher, den Mandrokles dem Musiker reichte. Dymas trank; da er noch nicht gegessen hatte und der Wein unverdünnt war, spürte er bald die Wirkung, die von den stechenden Rauchwolken vermehrt wurde. Er nahm die Kithara, die trotz aller Verzierungen technisch der seinen weit unterlegen war; er stimmte sie notdürftig und spielte, all dies immer noch wortlos. Mandrokles lag ausgestreckt auf dem Boden, trank und weinte. Kleonike begann, zu Dymas' Spiel mit rauher Stimme eine düstere Geschichte zu erzählen, von wahnsinnigen Göttern und Palästen in Treibsand; von gräßlichen Ungeheuern und leichenfressenden Dämonen; von einem Helden der Vorzeit, die Nachzeit war, der eine Höhle verließ und eine tausendköpfige Schlange zerstückelte und seine Mutter befruchtete und tötete und seinen Vater erst erkannte, nachdem er ihn gemeuchelt hatte, und der am Ende immer noch in der gleichen Höhle war, die er verlassen zu haben glaubte.

Berauscht, verfinstert, verloren spielte Dymas immer schneller. Irgendwann stand Mandrokles auf, drehte sich zur Musik und begann sich zu entkleiden, den Rücken zu den anderen gewandt. Als er nackt war, breitete er die Arme aus, drehte sich nicht mehr, stand einen Moment starr und wandte sich Kleonike und Dymas zu. Er hatte keine Hoden und kein Glied; nur einen Halm, an dessen Ende eine verknotete schlauchartige Verlängerung aus Tiergedärm saß.

»Deshalb hasse ich die Perser«, schrie er. Dann warf er sich wieder auf den Teppich und schluchzte.

»Spiel weiter. Sieh mich an.« Kleonikes Stimme kam aus jahrhunderteweiter Entfernung. Sie nahm die Mütze ab, zum erstenmal. Beide Ohrmuscheln fehlten. Sie stand schwankend auf, hob das Purpurgewand, streifte es über den Kopf. An ihrem Hals hing ein Amulett, das *ankh*-Zeichen mit dem Horos-Auge in der Schlaufe; es lag zwischen Brüsten, die zerfleischt worden und vernarbt waren und fransig. Der Unterleib mußte von hundert Lanzenstößen geöffnet und zerschlitzt worden sein; alles war eine Wüste aus Narben und Verwerfungen.

»Deshalb hasse ich die Perser!«

Irgendwann erwachte er, mit schmerzendem Schädel, in einer Lache von Erbrochenem, auf einem der Gänge des Hauses. Tekhnef richtete ihn auf, half ihm in seine Räume, half ihm sich zu säubern, bettete ihn an ihre Brust und summte ihn in den Schlaf.

Am nächsten Tag suchte er Kleonike auf. Er war nicht sicher, ob alles nur ein furchtbarer Albtraum gewesen war. Die Greisin stand vor den Käfigen des hellen Zimmers zum Strand, in dem sie all die kleinen Vögel hielt, denen sie seit Jahren das Sprechen beizubringen versuchte. Sie blickte ihn über die Schulter an, schaute dann wieder auf die Käfige, in denen Gesang und Geflatter und Geschnatter waren.

»Du mußt fort, Dymas.«

Er blieb stehen, starrte ihren Rücken an. »Was ... warum?«

»In wenigen Tagen werden die Truppen und die Büttel von Nektanebos die Stadt besetzen; seine Spitzel sind längst unter uns. Und – in wenigen Monden werden die Perser hier sein.«

»Die Perser? Was ist dann mit dir und Mandrokles?«

Sie hob die Schultern. »Kann man uns mehr antun? Wir werden versuchen, soviel wie möglich zu bewirken, zu retten, mitzunehmen auf das letzte Schiff. Aber du, du mußt vorher gehen.«

»Warum?«

»Du hast einige Lieder gesungen, Dymas, und laut, zu

laut bestimmte Dinge gesagt.« Sie seufzte. »Nimm Tekhnef mit. Sie ist frei.«

»Aber ...« Er versuchte sich zu erinnern, nicht an den vergangenen Abend, sondern an Musik, Worte, Gesichter. »Wenn Tekhnef frei ist, muß sie selbst entscheiden. Aber ich glaube dir nicht.«

Kleonike schob einen Napf mit Wasser in den Käfig eines grellrotgrünen Vogels und schloß die winzige Gittertür. »Was glaubst du mir nicht?«

»Die Lieder ... hier und da ein wenig unwirsch, aber doch kein Grund für ... Maßnahmen. Und wenn alles so wäre, wie du sagst, müßte doch ... Ich meine, wenn es hier von Spitzeln wimmelte, wenn bald die Perser hier wären, müßte man doch in der Stadt etwas merken. Es ist aber ruhig.«

Sie sah ihn ausdruckslos an. »Sei nicht kindisch, Dymas. Du *willst* nicht sehen, oder? Nach all den Jahren, in denen du selbst Berichte gemacht hast – was erwartest du von Herrschern? Glaubst du, du müßtest zum Mord an Nektanebos aufrufen, um ihm zu mißfallen? Oder seinen Leuten? Meinst du, nach all den Jahren, Herrscher brauchten einen Grund, wenn sie etwas tun wollen? Und nach all deinen Jahren leiser Arbeit verlangst du laute, aufsehenerregende Spitzel?«

Er ballte die Fäuste und versteifte sich. »Selbst wenn du hierin recht hast – was ist mit den Persern? Es müßten doch Gerüchte ...«

Sie unterbrach ihn; diesmal war ihre Stimme hart. »Wach auf, Junge. Du hörst keine Gerüchte. Du bist zum Träumer geworden in Kanopos, hast alles verlernt oder vergessen. Du verbringst die Tage am Meer und mit Versen, die Abende mit Musik, die Nächte mit Tekhnef, du hörst nichts und siehst nichts mehr! Tennes, der König von Sidon, ist zum Verräter geworden und zu Artaxerxes übergelaufen; Gaza ist gefallen, das persische Heer steht vor Pelusion.«

»Ich – ah ...« Er hob die Hände über den Kopf, ließ sie fallen, drehte sich um und ging hinaus. Erregt und verwirrt lief er durch die Stadt, durch den Hafen, über die Seestraße. Er bemühte sich zu hören, zu sehen, zu erfassen. Die Festung jenseits des Flusses schien ruhig; etwas in ihm, lange unterdrückt oder ungenutzt, erwachte und sagte ihm, daß es drüben zu ruhig sei. Auch in Kanopos war es still, aber es war die gewöhnliche Mittagsstille. Er trank heißen Kräutersud in einer Strandschänke, aß in Brot gerollte scharf gewürzte Fischbällchen, kehrte schließlich heim in Kleonikes Haus.

Die Greisin befand sich in einem ihrer zahlreichen Zimmer, im zweiten Geschoß, über den Räumen, die Dymas bewohnte. In der Ecke nahe dem Fenster sah er eine offene Bodenklappe; Kleonike machte eine Bewegung, als ob sie sie schließen wollte, kam ihm dann aber ein paar Schritte entgegen. Sie nestelte an der goldenen Nase; ihre Augen waren dunkel. »Nun? Hast du gesehen?«

Er schüttelte den Kopf. »Nichts. Alles ist ruhig.« Er ließ sich auf eine gepolsterte Holzbank fallen. »Habe ich den vergangenen Abend nur geträumt? Oder war alles so, wie . . .«

Sie zog die Mundwinkel herunter, machte noch ein paar Schritte und blieb vor ihm stehen. Dann schob sie die Wollmütze hoch; er sah die Löcher der Ohren. Sie faßte sich an den Hals und zog das Amulett hervor. Sie berührte die Nase.

»Dies kann ich nicht abnehmen; ein guter Arzt hat es im Fleisch befestigt. Aber auch wegen der Nase hasse ich die Perser.«

Dymas holte tief Luft; einen Moment lang schwindelte ihn. »Was ist mit dem Amulett, Mutter?«

Sie lächelte müde. »So hast du mich lange nicht mehr genannt. Das Amulett? Leben und *logos,* Dymas; es ist aber auch mehr. Ein ägyptisches Zeichen, ein karchedonisches Zeichen, ein tyrisches Zeichen, ein chaldäisches Zeichen.«

»Was . . .« Er unterbrach sich, weil er ein Geräusch hörte; es klang wie ein unterdrücktes, fernes Schluchzen, und es schien aus der Ecke zu kommen, aus der Bodenklappe. Er stand auf; Kleonike betrachtete ihn mit einem traurigen Lächeln, streckte die Hand aus, als ob sie ihn festhalten wollte, zuckte dann mit den Schultern.

Er ging zur Bodenklappe, bückte sich und blickte in das Loch. Ein wenig vergröbert, aber doch deutlich sah er in einem silbrigen Spiegel, der den Widerschein anderer Spiegel aufzufangen schien, sein Schlafgemach; auf dem Bett lag Tekhnef, auf dem Bauch, schluchzend.

Er richtete sich auf, mit einer Grimasse. Kleonike kaute auf der Unterlippe.

»Was ist das?« sagte er heiser.

Sie runzelte die Stirn. »Was soll es sein? Was bleibt mir denn vom Leben außer – betrachten? Es ist gut, daß ihr fast immer Licht gemacht habt, bei eurer einfallsreichen Liebe.«

Dymas öffnete den Mund, dann schloß er ihn wieder, wandte sich ab und lief hinaus.

Abends ging er mit Tekhnef zu der Musikschänke, in der er mit anderen bis in die Nacht hinein spielen wollte. Die Frau war ungewöhnlich schweigsam, versonnen, versunken; er hatte ihr nichts von allem gesagt, war aber beinahe sicher, daß sie alles wußte.

Die Straßen waren belebt wie immer. Die Sonne ging unter wie immer. Sie sahen fremde und vertraute Gesichter; der Weinhändler nahe der Musikerschänke schloß eben seinen Laden. Der Milchverkäufer, nebenan, schob einen einachsigen Karren in seinen Hof; am Morgen würde er den trommelartigen Behälter mit dem weißen Trank füllen, das Maultier vorspannen und rufend und singend durch die Straßen ziehen. Dymas lachte plötzlich grimmig; die weiße Unschuld frischer Milch . . . Eine Änderung in einem Vers eines seiner Lieder drängte sich auf. Tekhnef musterte ihn von der Seite und faßte nach seiner Hand, blieb aber stumm.

In der Schänke warteten die anderen Musiker bereits. Dymas nahm die Kithara, trank einen Schluck Wein. Der Hellene mit dem Tympanon schlug einen schleppenden Rhythmus an; seine Finger krabbelten über das straffe Leder, die Bronzeschellen des Rahmens klirrten. Der Nubier mit der Handtrommel fiel ein, dann der Aulet, dessen Bronzeflöte an diesem Abend besonders schrill klang. Die Harfe, dann die Kithara. Dymas spielte sicher, aber ein wenig zerstreut; er beobachtete. In der Schänke waren viele Stammgäste, die übliche Anzahl Fremder, andere Musiker oder Gaukler. Etwas lag in der Luft, eine ungreifbare Spannung. Tekhnef saß in der Nähe, verkrampft und mit weit offenen Augen. Ein Gesicht, hinten, im Schatten einer Säule, kam Dymas bekannt vor, er konnte es aber nicht einordnen. Die flackernden Fackeln, die Öllampen, der Widerschein des Herdfeuers aus der Küche machten alles zu einem Gewirr aus Lichtern und Finsternis.

Die Harfe stieg in waghalsigen, fast beißenden Sprüngen zum Grundton hinab, perlte noch einmal auf und wurde dumpf. Dymas übernahm; er spielte auf zwei Saiten, vier Töne gegeneinander versetzt, die Grundmelodie eines Stücks. Die Flöte übernahm, kehrte die Töne um, Trommel und Tympanon verschoben den Rhythmus immer weiter nach hinten, zu einem feierlichen Stolpern.

Dann sang Dymas, die Augen auf Tekhnef und dem Fremden.

Irgendwann nach dem Galgenberg, früh am Morgen –
als das Auge zu schwelen begann, sich im Teppich
der Lügen verlor; als die heiligen Klänge der Nacht,
die über die Kanäle ihr Netz aus Gedanken
weben und werfen, dem Mordlied der Dämmerung wichen;
als die Geister der Flaschen beschworen waren,
die die bitteren Träume ergebnislos trinken –,
da hüllte ich mich in das Mauservlies des Vergessens.

Angenehm zu vergessen sind Königsworte,
Bruchblicke träger Tiere und innige Rätsel,
wenn der Pfad vom Abend zum Morgen versickert.
Nur in der Nacht, wenn die Stadt schläft, nasch ich nackt
von der feindlich besetzten, köstlichen Gosse.

Irgendwann dieses Morgens, als durch Gesetz
die Sonne neu bestimmt und untertan wurde,
gab ich auf und vergrub mein Königsgefühl.

Worte bersten am hinteren Ende der Flucht,
schlecht gestimmte Worte ehrbarer Mörder,
Meuchlerseelen in purpurnen Hofgewändern.
Der Ratschluß des Herrschers steckt widerlich an; er gab
nach langem Verdenken seine Gesprächsliste aus.
Meide die Namen, flieh ihre Träger, vergiß,
mit wem der Herrscher wann welche Dinge beredet.
Ich las die Liste und zertrat meine Augen.

Früh spannt der Milchmann die Löwen vor seine Trommel
zur Unterwanderung. Sind die Löwen erst müde,
wird die Milch sauer. Die Schwäche der Löwen ist
die Tücke der Leute. Das Sternenlicht scheut den Tag;
Tag ist Erfindung lichtscheuen Gesindels,
das im Tempel, beim Herrscher oder sich selbst
Ausreden vorweisen will. Darum trink die Gesänge
nachts, und lausch nur selten den Taglügen jener.

Aus den Augenwinkeln sah Dymas bei den letzten Klängen eine Bewegung, dann ein metallisches Blitzen. Er riß die Kithara hoch; das geschleuderte Messer zertrennte drei Saiten und ließ den Schallkasten dröhnen. Im Hintergrund der Schänke, in den Schatten, begann ein Handgemenge; alles schrie durcheinander, Tische stürzten um, Becher zerbrachen auf dem Boden.

Tekhnef kroch durch Tischtrümmer zur Tür; ihre Augen flehten Dymas an, mitzukommen. Er hielt das Messer in der Hand, das er aus der Kithara gezogen hatte, wog es, spähte mit zusammengekniffenen Augen ins Zwielicht, in dem alles durcheinanderrannte; an mehreren Stellen rangen Männer miteinander. Er suchte nach dem Gesicht des Fremden, sah es aber nicht. Vorsichtig, die zerstörte Kithara als Schild erhoben, turnte er über Trümmer und Stühle zum Ausgang. Die anderen Musiker waren bereits geflohen; die Ägypterin hatte ihre Harfe zurückgelassen.

Auf dem engen Platz vor der Schänke drängten sich die Menschen des Viertels; erregte Reden und wildes Gefuchtel – niemand wußte so recht, was geschehen war. Einige hatten Messer in den Händen. Von rechts, aus der zum Hafen führenden Gasse, tauchten Kämpfer auf, mit Helmen und Panzern und gesenkten Speeren. Dymas drängte sich an der Wand der Schänke entlang nach links, wo Tekhnef wartete. Jemand berührte ihn am Arm; es war der Fremde. Im Licht des Vollmonds, der über den Dächern und dem Meer stand, sah Dymas, daß der Mann ägyptische Gewänder trug; sein schwarzer Bart war gestutzt und ausrasiert. Aber die leisen Worte waren Persisch.

»Du solltest verschwinden – eine Empfehlung von Bagoas.«

Dymas starrte ihn wortlos an, umklammerte die Kithara. Das zerstörte Instrument gab klagende Mißklänge von sich, als er die Saiten mit dem Unterarm berührte.

Der Perser schob ihn ungeduldig weiter. »Mach schon.« Er zischte fast. »Du bist zu schade für ein Messer und nicht wichtig genug für eine Leibwache. Wir müssen ein paar Leute zum Schweigen bringen, keiner kann sich um dich kümmern. Ein Schiff aus Kition läuft bald aus; beeil dich.«

Dann war er verschwunden, als hätte ihn der Boden oder die Menge verschlungen. Tekhnef faßte nach Dymas' Hand und zerrte ihn fort, zum Meer, zur Mündung, zum Haus, durch wirre Gassen.

»Was wollte der Mann?« Sie keuchte, bemühte sich, halblaut zu sprechen.

Dymas hielt sie fest; sie standen vor Kleonikes Haus. »Er will, daß ich verschwinde. Ein Perser. Sie bringen wichtige Leute um. Das Messer war eine Aufmerksamkeit des Pharao. O ihr Götter, was geschieht hier?«

Tekhnef hielt ihn mit ausgestreckten Armen bei den Schultern; ihre Worte waren kaum zu hören. Der Lärm, den sie hinter sich gelassen hatten, nahm zu; aus den Augenwinkeln sah Dymas Schatten zwischen den Bäumen des Platzes auftauchen.

»Sie ... sie hat gesagt, ich bin frei. Nimm mich mit.«

»Komm.« Er hielt immer noch die Kithara, nahm das Messer zwischen die Zähne und zog Tekhnef mit der rechten Hand ins Haus. Die Stille jenseits der schweren Tür war wohltuend. Und unheimlich.

Sie liefen durch die Gänge, zu Kleonikes Gemächern. Dann schrie Tekhnef auf und preßte eine Hand vor den Mund.

Die Tür zu Kleonikes Arbeitsraum stand offen; von einem Deckenbalken baumelte Mandrokles. Dymas ließ die Kithara fallen, nahm das Messer in die Rechte und duckte sich unter den Beinen des Mannes hindurch, der von Leben und Schwermut erlöst war.

Ein Raum nach dem anderen, alle verwüstet, alle ohne Kleonike. Tekhnef folgte langsam, mit aufgerissenen Augen.

Sie fanden die Greisin im Zimmer, das zum Strand blickte. Die Vogelkäfige waren zertrümmert. Kleonike lag auf dem Boden, die toten Augen fast aus dem Kopf gequollen. Das Gewand war zerschlitzt. Jemand – es mußten mehrere gewesen sein – hatte auf dem Steinboden Feuer gemacht; Fackeln und Lampen gab es genug. Sie hatten die goldene Nase aus dem Kopf der Greisin gerissen, im Feuer erhitzt und in ihre Wange gedrückt; das Gesicht war versengt und blutverschmiert. Sie hatten das Amulett glühend gemacht und in Kleonikes Brust gebrannt. Sie hatten die kleinen Vögel getötet und ihr in den Mund gestopft. Die silbernen Spiegel gegenüber den Fensteröffnungen waren verbeult.

Dymas wandte sich ab, schaute hinaus aufs Meer. Halb am Strand, aber deutlich im Begriff aufzubrechen, lag ein großer Lastensegler.

Der Musiker ächzte halblaut; er spürte, daß ihm Tränen die Wangen hinabrannen. Sanft aber nachdrücklich schob er die erstarrte Tekhnef aus dem Raum, weiter, bis sie wieder bei Mandrokles' Leichnam angekommen waren.

Dymas hob die Kithara auf; mit zuckenden Händen riß er das Joch und die Eisenwirbel aus dem zerstörten Instrument. Das Krachen und Bersten schien Tekhnef aus der Erstarrung zu wecken. Sie stieß einen lauten, schrillen Klageschrei aus.

Wenige Atemzüge später, wie es schien, hatten sie Dymas' prallen Münzgürtel, die Aulostasche, einen Beutel mit seinen und Tekhnefs wichtigsten Habseligkeiten beisammen. Tekhnef zögerte, dann lief sie durch das leere Haus, aus dem die übrigen Haushaltssklaven geflohen schienen, verschwand irgendwo und tauchte mit einem schweren Ledersäckchen voller Goldmünzen wieder auf. Kleonike brauchte sie nicht mehr.

Auf dem Gang zur Treppe hielt Tekhnef plötzlich an und gab Dymas Zeichen: schweigen, lauschen. Sie hörten Stimmen, Männer, die Ägyptisch redeten; die verschlossene Haupttür, Eisen und hartes Holz, krachte und knirschte, brach aber noch nicht.

Tekhnefs Gesicht verzerrte sich; sie machte kehrt, gefolgt von Dymas, der das Haus gar nicht so gut kennen konnte wie sie. Eine Tür, die Wand zu sein schien; eine steile enge Treppe; ein Luftzug aus dem Dunkel; über ihnen die Schreie und das Getrampel von Männern; ein Holzdeckel über der Öffnung am Ende eines röhrenartigen Gangs, durch den sie kriechen mußten; dann waren sie im Freien, zwischen Büschen, unmittelbar oberhalb des Strands.

In der Stadt brannten einige Häuser; von überall waren Schreie und Kampfgeräusche zu hören. Der Frachter, der halb am Strand gelegen hatte, war in tiefes Wasser geschoben worden, wandte dem Land die Backbordseite zu und schien zu warten. Der Vollmond, zwischen Mast und Rah eingeklemmt, übergoß das Meer mit Silber. Dymas watete ins Wasser; hinter sich hörte er Keuchen und Planschen und spürte Tekhnefs Hand an seinem Rücken. Ein bärtiges Gesicht hob sich über die Bordwand.

»Seid ihr die Händler aus Kition?« stieß Dymas hervor; im letzten Moment erinnerte er sich daran, daß die kyprische Stadt ein alter phönikischer Stützpunkt war, und sprach statt Hellenisch das reine Küstenphönikisch des Ostens.

Der Mann grinste, schüttelte den Kopf und deutete nach Osten. Ein anderer Frachtsegler, der wahrscheinlich im Hafen gelegen hatte, glitt unter dem Mond und den Sternen aufs Meer hinaus.

Eine Stimme, hinter Dymas und Tekhnef, klang auf. Dymas erkannte sie sofort; sie sprach Westphönikisch und gehörte Hamilkar aus Karchedon.

»Los, macht schon, oder wollt ihr hierbleiben?«

Arme reckten sich ihnen entgegen, halfen ihnen an Bord. Hamilkar kam als letzter; am Strand liefen Männer mit Fackeln zusammen. Sie hörten Metall klirren und sahen den Widerschein des Mondes und der Fackeln auf Waffen.

Als die ersten Leute vom Strand ins Wasser wateten, tauchten nahezu geräuschlos die Ruderblätter ein; der Frachter bewegte sich quälend langsam, weg vom Strand, von den Fackeln, von den Verfolgern, fort von Kanopos und den Bränden, die die Nacht über Ägypten zerrissen.

Tekhnef kauerte am Fuß des Masts; sie hatte das Gesicht auf die Arme gelegt, die auf den vor die Brust gezogenen Knien ruhten. Hamilkar stand auf dem Achterdeck und gab Anweisungen; dann kam er die Stufen zum Hauptdeck herab und blieb vor Dymas stehen.

»Glück für dich, Musiker. Wir waren nicht deinetwegen hier und hätten nicht gewartet.«

Dymas nickte langsam. »Ich mag blind und taub sein, aber ich überschätze mein Gewicht im Spiel der Mächte keineswegs. Was tust du hier? Ich hätte angenommen, du seist mit Timoleon und dem Krieg auf Sizilien beschäftigt.«

Hamilkar grinste; im Mondlicht waren seine Zähne

weißgelb. »Das tun andere. Weiter draußen warten ein paar von unseren Kriegsschiffen, für alle Fälle. Ich wollte gewisse . . . Spuren beseitigen, ehe es zu spät ist. Und wenn große Dinge geschehen, die man nicht verhindern kann, sollte man sie wenigstens aus der Nähe betrachten, um aus ihnen zu lernen.«

11.

Freund des Königs

Die Tage flossen ineinander; der mächtige Strom des Wissens, dessen Quell Aristoteles war und der sich später in den Jungen zum See staute, wusch und verspülte die Zeit, bis sie aus einer gleichförmigen Reihe glatter Einheiten bestand, dem gesichtslosen Gleithang des Flusses. Hin und wieder bildeten sich Strudel des Streits, Klippen, Untiefen, das eine oder andere Stückchen Prallhang, aber nur von wenigen Ereignissen ließ sich hinterher sagen, wann etwa sie sich zugetragen hatten. Ebenso gleichförmig, aber in sich meßbarer waren die Tage in der Festung bei Beroia; anders als die Stauung von Wissen war der Erwerb fortschreitender Fähigkeiten zu fühlen: Muskeln, die härter wurden, zunehmende Geschicklichkeit im Umgang mit Schwert und Lanze, Ausdauer. Und einzelne Vorgänge waren dramatischer als oben in Mieza, wo Freund- und Feindschaften sich langsam entwickelten und nichts aufregender sein konnte als der Abschied eines Schülers oder die Ankunft eines neuen. Keiner hätte sagen können, wann die zähe Feindschaft zwischen Alexander und Kassandros begann, denn sie entlud sich nie: Sie war nur vorhanden. Alle dagegen wußten, daß es ein klarer Herbstmorgen war, als Harpalos – im Reiterkampf mit Lederrüstung und stumpfen Speeren – vom Pferd stürzte und sich Knöchel und Unterschenkel brach. Die Kunst der Ärzte konnte ihn nicht ganz wiederherstellen; er hatte keine Schmerzen, als alles verheilt war, aber er würde bis an sein Ende hinken, und es war das Ende seiner Tage als Lehrling der Kriegskunst.

An irgendeinem warmen Tag sprachen sie über Herakleitos; Alexander und Aristoteles verbissen sich in den Satz, daß kein Mensch zweimal in den selben Fluß steigen könne. »Der Fluß fließt, der Mensch verändert sich; beim zweitenmal sind beide nicht mehr die selben, sondern andere«, sagte Hephaistion. Dann kam Alexanders Einwand: leise, mit verhaltenem Feuer, scheinbar unbeteiligt.

»Der wissende Betrachter kann das sagen – Herakleitos, oder Aristoteles. Der Fluß weiß es nicht, denn er hat kein Bewußtsein. Der Mensch, der hineinsteigt, weiß es vielleicht, beim zweitenmal. Aber was, wenn der Mensch, der in den Fluß steigt, nicht weiß, wer er ist? Wenn er keine Seele hat und kein Bewußtsein?«

Kassandros gähnte laut und murmelte etwas über seelenlose Königssöhne, die jeder anständige Fluß ausspeien sollte; Aristoteles blinzelt und nahm sie in der Wandelhalle mit auf einen Gang durch die Lehre vom Sein und die Fragen der Identität und die Rätsel des Logos, der in dem Einen ebenso ist wie in den Vielen und dem Ganzen, weshalb die Sinne dem einzelnen die Anwesenheit des Logos andeuten können, dessen Bedeutung die Vernunft erschließen mag. Kassandros setzte sich an eine Säule und döste; die anderen folgten wie gefesselt den Reden und Gegenreden, Fragen und Gegenfragen, windungsreich wie der Lauf des Maiandros und ebenso zielstrebig wie jener Fluß, der am Ende doch ins Meer mündet. Es war, als ob der Philosoph und sein Schüler einen Schaukampf austrügen, mit scharfen Schwertern föchten.

Die Ankunft der Gruppe, die die letzten zehn Tage in der Festung verbracht hatte, beendete das Ringen. Aristoteles legte Alexander beide Hände auf die Schultern, küßte seine Stirn und entließ die Jungen.

Koinos brachte einige Briefrollen – von Antipatros an Aristoteles, von Antipatros an Kassandros, von Vätern oder Müttern an die Söhne, vom König an den Lehrer, von Philipp an Alexander, kurz und sachlich; von Olympias, ebenso kurz und ohne jedes Gefühl.

Alexander fehlte beim Mittagsmahl; er war in den Wald gerannt. Hephaistion suchte und fand ihn, immer noch rennend, springend, als müßte er Energie ablassen wie ein übervoller Schlauch Wasser. Er stürzte sich mit einem Schrei auf Hephaistion; sie begannen zu ringen, bis sie erschöpft waren und nur noch keuchen konnten. Hephaistion setzte sich mühsam auf und lehnte sich gegen den Stamm eines Baumes; Alexander lag auf dem Rücken und starrte hinauf in die Äste, die wispernden Blätter, die trägen dünnen weißen Wolken. Er murmelte etwas.

»Was sagst du?«

Alexander schloß die Augen, nur einen Moment. »Wer ist ich? Wer bin Alexander?«

Hephaistion seufzte. »Die Leere? Immer noch? Oder schon wieder?«

»Immer. Als ob ... jemand alles aus mir herausgesaugt hätte.«

Hephaistion klackte mit der Zunge. »Denkst du wieder an diese arabischen Geister? Schläfst du deshalb so schlecht?«

Alexander murmelte mit zusammengebissenen Zähnen: »Ich hasse Schlaf. Etwas geschieht nachts mit uns, was wir nicht beherrschen können. Ich will es nicht.« Er lachte gepreßt. »Wer bist du, Hephaistion?«

»Dein Freund.«

Alexander versuchte zu lächeln. »Ich weiß. Das ist mehr, als ich verlangen kann. Aber reicht es dir?«

Hephaistion legte die Hand auf Alexanders Stirn. »He, was ist los? Kalter Schweiß.«

»Ich friere, Freund. Warum gibt es so wenig Wärme?«

Hephaistion schaute auf die geknickte Briefrolle, die in Alex anders Gürtel steckte. »An deiner Stelle würde ich mich das auch fragen. Ich habe gesehen, daß meine Eltern ... zärtlich zueinander waren.«

»Meine führen immer nur Krieg. Gegeneinander. Gegen alles.«

»Ja. Also. Was ...« Er fuchtelte mit der Rechten in der Luft, als wären Wörter Mücken; dann lächelte er traurig und streckte die Hand aus. Alexander ergriff sie.

»Nachts ... Wenn ich nicht doch schlafe, frage ich mich, was zwischen Sonnenuntergang und Sonnenaufgang mit der Sonne geschieht. Könnte sie nicht eines Tages einfach wegbleiben? Oder eine andere sein? Ist es vielleicht jeden Tag eine andere Sonne? Bist du sicher, daß du morgens der Hephaistion bist, der sich abends niedergelegt hat?«

»Ich glaube, Helios ist irgendwie ... außerhalb. Über allem, jenseits von all dem hier. Die Welt ist eine Kugel – oder eine Scheibe, wie andere sagen. Und die Sonne ist ein riesiger göttlicher Feuerball, der von Ost nach West über den Himmel rollt und nachts wieder zurück, unter der Scheibe – oder Kugel.«

»Wie sieht die Unterseite aus? Wie sieht unsere Unterseite aus, nachts? Welche Ungeheuer hocken auf der Unterseite und warten darauf, daß die Sonne von Westen nach Osten über sie hinwegzieht?«

Hephaistion zögerte; sein Daumen streichelte sanft, wie selbständig Alexanders Handrücken. »Du meinst nicht die Sonne, oder?«

»Ich meine, vielleicht ist das hier, du, der Wald, Aristoteles, Olympias, Philipp, vielleicht ist das alles in Wahrheit die Unterseite. Und die richtige Welt, in der ich mein Glied der Göttin opfern und Schlangen töten muß, ist so furchtbar, daß wir uns nicht an sie erinnern wollen, wenn wir hier sind.«

»Vielleicht ist sie herrlich, und wir sehnen uns nach ihr, ohne es zu wissen. Der Elysische Garten unserer Nachtseite.«

»Das wüßte ich – oder würde es ahnen. Dann hätte ich nicht diese ... Furcht vorm Schlafen.« Er ließ Hephaistions Hand los und rollte sich auf den Bauch. »Ob die Leute am Rand der Welt wissen, wie es an der Unterseite aussieht? Ob man vom Rand der Welt zur Unterseite hinabsteigen kann?«

Hephaistion hob die Schultern.

»Meinst du, wenn wir nach Osten gingen, weit, weit nach Osten, dorthin, wo die Sonne herkommt – ob die Menschen, die da leben, mehr über die Wärme wissen? Wie man Wärme gewinnt?«

Hephaistion wiegte den Kopf. »Dann müßten die Leute fern im Westen alles über Kälte wissen.«

Alexander lachte grimmig. »Meine Mutter ist aus dem Westen, aus Epeiros. Sie weiß viele kalte Dinge.«

An einem der heißesten Tage des Sommers streiften sie mit Aristoteles und Philippos dem Arzt durch den Wald, immer bergauf, um Heilpflanzen zu suchen. Alle trugen Körbe und Lederflaschen mit Wasser. Die Luft, dick und süß, schien zu stehen; Myriaden Bienen füllten die Welt mit Gedröhn, bis kein Platz mehr für Worte oder Atem blieb.

Auf einer Lichtung nahe dem Gipfel kniete Aristoteles im Gras, rupfte einige breite Blätter und hielt sie hoch.

»Wie ich euch oft gesagt habe, ist es nicht gut, Theorien aufzustellen, große Weltbegriffe zu entwickeln, ehe man Tatsachen gesammelt hat. Viele Heiler, nicht zu reden von Philosophen, verfahren so – sie teilen die Natur auf in die Bereiche der vier Elemente und denken dann tiefe Gedanken über die Beziehungen zwischen Feuer, Feuerblumen und Feuerkrankheiten. Natürlich ist das viel leichter, als die wirklichen Eigenschaften der Dinge herauszufinden. Die Eigenschaften der Pflanzen, zum Beispiel. Dies hier ist saurer Ampfer; es gibt viele Arten davon. Ihr kennt die Pflanze; viele von euch haben die Blätter gekostet; sie sind säuerlich und frisch. Man kann sie auch auflegen, wenn ein Skorpion einen gestochen hat. Sie helfen, das Gift aus der Wunde zu ziehen. Die Samen, in Wein eingenommen, sind gut gegen allerlei Durchfallkrankheiten.«

Auf der anderen Seite des Berges hatten vor Jahren Feuer und Sturm den Wald vernichtet; hier gab es nur den Himmel, wenige Steine, Gesträuch und Moos. Aristoteles warf die Beeren fort, über deren Schädlichkeit er sich lange geäußert hatte, kniete nieder und deutete auf einen dichtbewachsenen Flecken neben einer verstrüppten Senke.

»Thymian, meine Freunde. Wilder Bergthymian, dessen Tugenden noch nicht durch Gartenzucht verzärtelt sind. Man nimmt ihn, um Speisen zu würzen; man kann ihn aber auch in Weinessig kochen oder in Rosenwasser und auf Stirn und Schläfen verreiben, wenn der Kopf schmerzt. Wir werden ein wenig damit spielen, wenn wir wieder unten sind.«

Später, in einem Nebental, in dem Wermut wuchs: »Vier oder fünf Wermutsamen stillen jedes Nasenbluten ... Ich wünschte ...« Er rieb sich die Augen, legte den Kopf in den Nacken und starrte in den Himmel. »Ah, es gibt so vieles ... In fernen Ländern muß es Tausende heilsamer Pflanzen geben, von denen wir nichts wissen. Wenn je einer von euch dorthin gelangt ...«

An einem kühlen Herbstnachmittag saßen sie auf dem Platz, um den Brunnen. Hephaistion hockte auf dem Brunnenrand und las aus einer dicken Rolle vor; Aristoteles lehnte neben ihm, zu seinen Füßen, das Gesicht den anderen zugewandt.

»›Er herrschte über diese Völker, obwohl sie nicht die gleiche Sprache redeten wie er und jedes Volk eine eigene Sprache hatte; dennoch vermochte er ein so weitläufiges Gebiet mit der Furcht zu überziehen, die er einflößte, daß er alle Männer mit Schrecken füllte und keiner ihm zu widerstehen suchte; und in allen konnte er ein so lebhaftes Begehren wecken, ihm zu gefallen, daß sie immer von seinem Willen gelenkt sein wollten.‹«

Aristoteles berührte Hephaistions Knie. »Gut gelesen. Nun laßt uns dies einen Moment erwägen. Enthalten die Worte, die wir gehört haben, wahrhaft Wissenswertes? Sie behandeln einen Herrscher, seine Staatskunst und seine Kriegführung – aber erfahren wir wirklich etwas?«

Ptolemaios hob die Hand. Er war schlank, sehnig, kräftig, seine dunklen Augen glitzerten. »Xenophon sagt, daß Kyros all diese Völker dadurch beherrscht hat, daß sie ihn fürchteten und ihm gefallen wollten. Das heißt, er war sowohl stark als auch freundlich. Wahrscheinlich bedeutet es, daß er stark und furchtbar war, wenn die Dinge es erforderten, und sanft, mild, gütig, freundlich, wenn alle Dinge und Menschen so waren, wie sie sein sollten. Das könnte bedeuten, daß er vor allem ein gerechter König war und imstande, das Richtige und das Falsche zu unterscheiden. Und daß er nach dieser Unterscheidung gehandelt hat.«

Aristoteles verschränkte die Arme und nickte langsam. »Richtig und gut gesagt, Ptolemaios. Aber – sind dies wissenswerte, erfahrbare Tatsachen? Ja, Krateros?«

Der stämmige Sechzehnjährige, der Mieza bald verlassen würde, breitete die Arme aus. Der Umhang öffnete sich und zeigte die gewaltigen Muskeln. Sein breites Gesicht wirkte verhalten belustigt. »Nein es sind keine faßbaren Tatsachen, keine greifbaren Vorgänge. Es klingt wie eine Aufzählung von Eigenschaften, die ein guter Herrscher eben haben sollte; nicht wie eine echte Beschreibung.«

Aristoteles nickte und lächelte; er blickte Alexander an. »Nun, Sohn des Königs, was hältst du von Xenophons Einleitung und seinen Äußerungen über den großen Kyros?«

Alexander stand auf und streckte die Hand aus; Hephaistion reichte ihm die Rolle. »Am Schluß dieses Teils sagt Xenophon: ›Da ich glaube, daß dieser Mann alle Bewunderung verdient‹, und weiter unten, ›daß er in der Beherrschung von Menschen so überaus vortrefflich war‹. Das zeigt ganz deutlich, daß Xenophon hier die Beschreibung eines idealen Herrschers anstrebt. Diese Vorstellung an sich ist aber schon platonisch, und wie du, edler Aristoteles, uns gelehrt hast, sollte man immer zunächst die Tatsachen ermitteln und erst danach eine Theorie erbauen – wenn überhaupt. Dies hier ist entweder eine Theorie, zu deren Stützung später Tatsachen hinzugezogen oder erfunden werden; oder es ist eine Folgerung, die uns dargeboten wird, bevor das, woraus sie sich ergibt, erzählt worden ist.«

Aristoteles nickte. »Sehr gut. Willst du noch mehr sagen?«

Alexander lächelte flüchtig; seine Augen richteten sich auf eine ferne Wolke. »Wenn dies keine Theorie wäre, sondern eine Folgerung, könnten wir darin Tatsachen finden, Wissenswertes. Betrachten wir es einmal so, als wäre es eine Folgerung. Xenophon spricht von verschiedenen Völkern, nicht Stämmen, mit verschiedenen Sprachen – das heißt, das Reich des Kyros muß tatsächlich sehr groß gewesen sein. Um diese Völker zusammenzuhalten, muß er ein sehr gut erdachtes, reibungsloses System zur Übermittlung von Nachrichten und Befehlen besessen haben. Was nun die Sprachen angeht, so läßt dieser Punkt darauf schließen, daß es viele gute Übersetzer gab – wahrscheinlich eine königliche Übersetzerschule.« Er machte eine Pause, überlegte. »Das wiederum bedeutet viele gute Lehrer, und genug Geld, sie und die Schule zu bezahlen. Was nun Sanftheit oder Freundlichkeit angeht, das kann bei verschiedenen Völkern Verschiedenes bedeuten. Was dem einen freundlich erscheint, mag für den anderen Schwäche oder Lästerung göttlicher Befehle sein. Wenn es wirklich allen ein ›lebhaftes Begehren‹ war, ihm zu gefallen, dann muß er alle sehr gut gekannt und geachtet haben, die Menschen ebenso wie die Gebräuche und Götter. Das heißt, er muß alles für alle und ein Gelehrter gewesen sein, mit einem vorzüglichen Netz von Spitzeln. Schließlich noch dies: Damit sie ihn in diesem riesigen, weitläufigen Reich alle fürchten, reicht es nicht aus, hier und da ein paar kleine Festungen mit Truppen zu unterhalten, um Stämme oder Völker zu befrieden. Zweifellos hatte er derlei Festungen und Stützpunkte, aber wenn es nötig war, muß er fähig gewesen sein, sehr schnell große Truppenstärken aufzubieten und zu verlegen. Das wiederum verlangt eine gute Versorgung mit Getreide, mit Viehfutter, mit Wasser, dazu Waffen und Heiler. Und Tiere, um alles zu befördern – die Vorräte wie die Krieger. Solche Vorräte lassen sich aber nicht in einem hungernden Land horten; vermutlich kam das Getreide auch den einfachen Menschen zugute, wenn sie es brauchten. Und jedenfalls muß Kyros, wenn Xenophons Worte nicht reine Erfindung oder Rhetorik sind, große Mengen von Reitertruppen für schnelle Bewegungen gehabt haben. Und viele Sammler und Übermittler von Nachrichten. Und sehr viele Staatsdiener für die Verteilung und Aufsicht.«

Er setzte sich und reichte Aristoteles die Rolle. Hephaistion zwinkerte und lächelte ihm zu; Ptolemaios und Krateros pfiffen durch die Zähne.

Aristoteles schwieg einen Moment; schließlich sagte er halblaut: »Sehr gut, sehr überzeugend, Alexander. Wir dürfen aber natürlich nicht vergessen, daß Xenophon in seiner Schrift über die Erziehung des Kyros das Bild eines idealen Herrschers entwirft, wie wir Hellenen ihn uns vorstellen. Weder wußte Xenophon viel über den wirklichen Kyros, noch ist es möglich, daß je ein Barbarenkönig das war, was wir uns als Herrscher wünschen würden. Und folglich . . .«

Alexander erhob sich. »Mit deiner Erlaubnis . . .«

Aristoteles nickte.

Alexander räusperte sich. »Wenn es unser gleißendes Mittags-Denken ist, im Gegensatz zum Zwielicht-Glauben der Barbaren . . . wenn es das ist, was uns überlegen macht und ein Streben nach Tugend erst erlaubt – warum haben denn all diese Völker Persiens so lange tugendhaft in Frieden miteinander gelebt, während wir, die wir doch so überlegen sind, ewig tugendlos Krieg miteinander führen?«

Aristoteles verzog das Gesicht, aber seiner Stimme war kein Unwille anzuhören. »Du selbst hast deine Frage bereits mit der Fragestellung beantwortet, Alexander. Es ist eben jenes helle Licht der Vernunft, das uns Unterschiede wahrnehmen läßt. Die Völker Persiens sind umnachtet und unterwürfig, zur Wahrung des Friedens gezwungen. Wir, als freie Menschen, lassen uns nicht zwingen. Sie leben ruhig wie Vieh in einer Herde, wir . . . ziehen den Streit vor. Vielleicht lernen wir andere Formen des Zusammenseins, wenn die Welt älter geworden ist, aber du darfst niemals vergessen, daß wahre Harmonie von innen kommen muß, als Ergebnis der Tugend; nicht von außen, als Ergebnis fremder Gewalt.«

Im Winter wurden die Felder um Beroia zu unendlichen Schlammwüsten. Koinos und die anderen Unterführer liebten das Flachland in dieser Jahreszeit, ebenso die älteren Kämpfer der Festung, weil es die beste Gelegenheit war, die Fürstensöhne Dreck fressen zu lassen.

»Ein Vorzug von Philipps Heer ist die Schnelligkeit«, sagte Koinos spöttisch. Es war Abend, der Himmel grauschwarz, ein paar Schneeflocken vermischten sich mit dem kalten Regen, der den Blick auf die Berge verwehrte und die Welt zu Morast und zischenden Hölzern machte, die nicht brennen wollten. »Wir sind schneller als die anderen hellenischen Heere, weil wir fast immer auf den Troß verzichten können. Wir können auf ihn verzichten, weil unsere tapferen, harten, ruhmreichen Kämpfer, zu denen ihr bald gehören werdet, alles selber tragen, was sie brauchen könnten. Waffen, Rüstung, Vorräte, Schaufeln, Schanzgerät. Dreckig seid ihr, Jungs; und eure Waffen werden rostig und schartig, wenn ihr sie nicht pflegt. Was war das denn schon, heute? Hundertfünfzig Stadien seit dem Frühstück.«

»Seit welchem Frühstück?« Leonnatos ähnelte einem Köhler, der seinen Meiler in einem Lehmloch unterhält. Das kurze Schwert war schlammbedeckt, die Beinschienen nicht zu sehen, der mit Bronzeplättchen besetzte Brustpanzer wie der Bauch eines Käfers, den man aus einer Pfütze fischt.

»Wer fragt nach Frühstück, wenn er mit erprobten Kämpfern des Königs die Mühen und Freuden teilen darf?« Koinos grinste. »Da es euch nicht gelingt, Feuer zu machen, solltet ihr andere Möglichkeiten finden, euch zu wärmen. Ich werde nun ein köstliches Abendmahl zu mir nehmen – zwei Hände voller Körner, im Regen aufgequollen, langsam gekaut. Wenn ich damit fertig bin, will ich euch angetreten sehen, mit sauberen Waffen und Rüstungen. Alexander, sei so gut und reinige deine *und* meine Sachen.«

Der Schlammpfuhl, der ihnen als Nachtlager dienen sollte, war im Sommer eine Rinderweide. Es gab kein

Feuer; Zelte waren nicht vorgesehen, die Verwendung von Decken eher fraglich, da sie als Unterlagen für die Packstücke dienen mußten. Jeder trug etwas mehr als die Hälfte seines eigenen Gewichts, zusätzlich zu Waffen und Panzern. Am Rand der Morastwiese lagen ein paar Felsen, irgendwann von den Göttern oder einem Erdrutsch dort abgeworfen. Auf einem der Felsen saß Kleitos der Schwarze, ebenso verdreckt wie alle anderen; aber im zunehmenden Dunkel leuchteten die Metallteile seiner Ausrüstung.

Koinos nahm sich die angetretenen Kämpfer vor. Seine Waffen und die Alexanders gehörten zu den saubersten. Die dreißig erfahrenen Hopliten hatten ihre Ausrüstung mit wenigen, lange beherrschten Handgriffen gereinigt. Einige der Fürstensöhne waren weniger erfolgreich gewesen. Koinos schnitt eine Grimasse.

»Die jungen Herren stehen nicht besonders gerade. Seid ihr etwa müde? Tut euch etwas weh? Bedauerlich, aber leider sind die Ammen mit den warmen feuchten Tüchern heute anderswo beschäftigt. Ein bißchen Bewegung nach dem langweiligen Marsch bringt euch auf andere Gedanken, glaube ich. Laomedon, deine Waffen sind wie die Füße einer Krähe, die in Tinte gebadet hat. Hekataios – ist das ein Schwert oder ein Stück Scheiße? Perdikkas – na ja. Meleagros, willst du deine Feinde mit der Lanze stechen oder schminken?« Er klatschte in die Hände. »Los, los, Beeilung. Gleich wird es Nacht, dann könnt ihr den eigenen Dreck nicht mehr sehen. Vorher – saubermachen. Das gilt für Laomedon, Hekataios, Meleagros und Simmias. Wenn ihr euer Zeug gesäubert habt, und zwar gründlich, übernehmt ihr die erste Wache. Nein, Alexander, du nicht – noch nicht. Du schläfst ja sowieso erst gegen Morgen ein, wenn überhaupt; es wäre also Vergeudung, dich für eine der frühen Wachen einzuteilen. Du kommst zur letzten, morgen früh. Was? Essen? Ja, was denn noch? Eßt, während ihr um das Lager geht, ihr vier. Die anderen wegtreten!«

Alexander nahm den Beutel mit Getreide und seine Lederflasche; dann ging er zu dem Felsen, auf dem Kleitos saß. Er hatte sich in ein Schaffell gewickelt und lächelte verhalten.

»Na, und wie gefällt es dir?«

Alexander hob die Schultern, lehnte sich an den Felsen und ließ den Regen auf die offene Hand fallen, die ein paar Weizenkörner hielt. »Nicht schlecht.«

»Koinos ist gut, was? Manchmal vergißt man fast, daß er ebenso edler Herkunft ist wie ihr.«

Alexander nickte und aß, langsam, gründlich.

»Aber das muß so sein.« Kleitos legte ihm eine Hand auf die Schulter. »Ihr werdet später einmal diese Männer führen. Ihr dürft von ihnen nichts verlangen, was ihr nicht auch zu geben bereit seid. Und fähig. Deshalb.«

Alexander nickte, malmte, schluckte, wischte sich die Hand am triefenden Chiton. »Ich weiß es. Keine Klage. Es ist nicht besonders spaßig, aber sinnvoll.«

Kleitos summte; plötzlich sagte er. »Da war so ein Unterton, oder? Als ob es andere Dinge gäbe, die weniger sinnvoll sind.«

Alexander spuckte aus. »Philipp will, daß ich Krieger und Herrscher werde. Fein. Ruhm und Ehre und Tod und Unsterblichkeit. Das höchste Ziel; dafür kann man sich auch mal im Schlamm suhlen. Olympias will, daß ich den Willen der Götter erfülle, und Aristandros auch. ›Du mußt Ammon gehorchen. Du mußt ein zweiter Achilles werden. Du mußt dies werden und das werden.‹ Aristoteles macht mich zu einem Gelehrten. Du und Koinos, ihr macht mich zu einem guten Putzer.« Er lachte gepreßt. »Keiner will, daß ich ich bin. Keiner fragt, was ich tun will.«

Kleitos glitt vom Felsen, stand neben ihm, nahm ihn bei den Schultern, drehte ihn zu sich und sah ihm in die Augen. Sie schienen zu brennen, in einem seltsam sengenden Licht. »Wer bist du, Sohn des Königs? Wer willst du sein, künftiger Herrscher der Makedonen? Was willst du tun, Erbe der Pflicht?«

Das Licht flackerte, schien zu erlöschen, flammte wieder auf. »Ich will wissen. Erfahren. Finden. Königssohn, Herrscher, Pflicht – das sind Gewänder, Zubehör, Panzerungen und Namen. Wie soll ich sie tragen oder ausfüllen, ohne daß ich weiß, wer sie trägt? Wer ist ich?«

Kleitos nickte langsam und legte eine Hand an Alexanders Wange. Sie brannte. »Vielleicht sind wir, was wir tun. Vielleicht ist alles, was wir mitbringen, wie Ton, den wir selbst formen und brennen müssen. Hundert Dinge sehen, zehn Dinge tun, um inwendig ein Ding zu begreifen. Und erst wenn wir zehntausend Dinge sind, innen, wissen wir, wer das ist, der da in uns steckt.«

»Zehntausend Menschen sein, um einer zu werden? Zehntausend Leben leben, um sterben zu können? Zehntausend Städte erobern, um in einer wohnen zu wollen? Zehntausend Stadien gehen, um den Boden unter den Füßen zu finden? Zehntausend Speisen essen, um einmal gesättigt zu sein, zehntausend Amphoren Wein leeren für einen Rausch?«

»So ähnlich, Freund.«

Alexander lächelte müde und traurig. »Vor ein paar Tagen hast du noch ›Junge‹ gesagt.«

»Das steht mir nicht mehr zu, Krieger. Gestern habe ich dich auf den Armen gehalten, morgen werde ich dir gehorchen müssen; wie kann ich dich heute ›Junge‹ nennen?«

»Ich will wissen.« Alexanders Stimme wurde brüchig, wie ein Schreibhalm, den starke Zähne zerfasern. »Ich will den Wind reiten und sehen, wo er geboren wird. Ich will ein Seil flechten aus Sand. Ich will die Münze prägen, die nur eine Seite hat. Ich will den Rand der Welt sehen, jenseits aller Berge und Wüsten. Die Welt ist ja eine Münze, die nur eine Seite hat und die keiner zahlen kann, oder? In welcher Münze haben die Götter Achilles bestochen – oder belohnt?«

Kleitos seufzte. »Er war dein Vorfahr, und deine Mutter hat viel von ihm geredet, damit du nicht du, sondern er wirst. Ein zweiter Achilles. Warum nicht ein erster Alexander? Es stimmt zwar, daß es besser ist, jung und ruhmvoll zu sterben, als alt und namenlos zu leben. Aber – wenn du schon ein zweiter Was-auch-immer werden willst, warum dann nicht Odysseus? Er wurde alt, und er hatte ebensoviel Ruhm wie Achilles. Warum nicht Odysseus? Warum nicht das Meer befahren bis zum Rand der Welt und darüber hinaus?«

»Kommst du mit?« Alexanders Augen durchbohrten das Zwielicht und fraßen sich fest in Kleitos' Gesicht.

Kleitos ächzte; langsam sank er auf ein Knie. »Ich werde dir folgen, Fürst, wohin du auch führst.« Dann stand er auf, hob den verschmutzten Zipfel des Schaffells und betrachtete ihn. Er lächelte und sah Alexander an. »Wenn du älter bist, Sohn meines Königs.«

Alexander schloß die Augen. »Das Meer befahren ... Ich kenne nur den Strand. Gibt es das Meer wirklich?«

»Ja. Aber ich hätte nicht so sprechen sollen. Das Meer gehört uns nicht, es ist schon aufgeteilt. Hier herum gehört alles den Athenern, die Demosthenes gehorchen. Der Rest gehört den Phönikiern, die Persien dienen. Und im Westen gehört alles den anderen Phönikiern, Karchedon; die Karchedonier dienen nur sich selbst.«

»Irgendwann muß ich nach Karchedon gehen – oder segeln. Vielleicht kennen sie den Rand der Welt, und den Weg zur Unterseite.«

Der Winter war lang und trübe, nicht nur für die Neuen, die Aristoteles zunächst im fertigen zweiten Gebäude unterbrachte, bis er beschloß, sie und die »Alten« zu mischen. Auch die Schüler, die von Anfang an in Mieza gewesen waren, litten unter Anfällen von Heimweh. Es kam noch hinzu, daß einige der älteren, Männer von sechzehn Jahren, Mieza verließen, von den Eltern oder von Philipp angefordert, um in Pella, in fernen Festungen oder beim Heer in Thrakien Dienst zu tun. Seleukos gehörte zu ihnen, ebenso Marsyas, Menelaos und Nearchos. Mylleas aus Beroia, Sohn eines alten Gefährten des Königs, lud einige mehrmals für etliche Tage und Nächte in die Stadt ein.

Auch im Winter ging Alexander morgens und abends zum nachträglich angebrachten steinernen Trog neben der Zisterne, um sich von Kopf bis Fuß zu waschen. Kallisthenes sagte spöttisch, wahrscheinlich habe seine Mutter ihn zu oft und zu heiß gebadet; Alexander warf eine Wurzelbürste nach ihm, und Aristoteles ermahnte seinen Neffen, die spitze Zunge ein wenig im Zaum zu halten. Auch einige der Schüler spotteten über Alexanders Reinlichkeit; Philipps Sohn hob lediglich die Brauen. Hephaistion sah ein paar Tage lang zu; dann stand er morgens ebenfalls früher auf und lief nackt durch die Kälte zum Trog. Sie halfen einander, Öl und Salben zu verteilen und den Überschuß mit einem Schaber zu entfernen.

Der Frühling kam, dann der Sommer, und mit ihm kam Parmenions ältester Sohn, Philotas. Er war fast zwanzig Jahre und sollte die in der Festung Beroia liegenden Truppen prüfen – im Auftrag seines Vaters und des Königs. Er verbrachte einige Tage in Mieza, dann noch ein paar in der Festung, als ob er sich von Alexander und Hephaistion, mit denen er schon vor zwölf Jahren gespielt hatte, nicht trennen könnte. Zur besseren Prüfung der Krieger nahm er auch an den Wettkämpfen teil.

Einige der neuen Jungen, mit ihnen Hephaistion und Ptolemaios, wurden von Kleitos einer Strafgruppe zugeteilt.

»Ihr dürft nie vergessen«, sagte er grinsend, »daß jedes Heer ohne Führer auskommen kann, aber nicht ohne einfache Kämpfer. Sie sind es, die die Bürde tragen. Deshalb will ich, daß ihr tragen übt. Im Winter, im Sumpf, ist das ganz lustig, aber nun wollen wir sehen, wie es euch in der Hitze mundet.« Langsam, ein Stück nach dem anderen, verschwanden die Jungen unter Helm, Gurt, Schild, Schwert, Lanze, Sarissa, Dolch, Vorratsbeuteln, Lederflasche, Zeltbahn, Brustschutz, Schaufel. Koinos übernahm, ließ sie mit den wegen irgendwelcher Vergehen zu bestrafenden Hopliten zwei Reihen bilden und jagte sie dann im Dauerlauf um den Mittelplatz der Festung, bis die ersten zusammenbrachen.

Philotas und Alexander hatten lange Schwerter erhalten, nicht zum Stechen geeignet, sondern zum Hauen. Sie fochten gegen ältere Männer. Philotas war bald entwaffnet und sah mürrisch zu, wie Alexander ohne sichtbare Mühe seinen Gegner zurückdrängte, ermüdete, ihm schließlich das Schwert aus der Hand schlug.

Perdikkas und Krateros waren den Leichtbewaffneten zugeteilt; sie mußten Pfeile auf eine Zielscheibe schießen. Krateros traf dreimal den Rand, zweimal weiter in der Mitte. Der alte Kreter, der die Bogenausbildung leitete, klopfte ihm auf die Schulter

»Nicht schlecht, Junge. Ein Jammer, daß du Truppenführer wirst. Aus dir könnte ein guter Kämpfer werden. Was für ne Verschwendung.«

Sie lachten. Perdikkas nahm den Bogen, spannte ihn ohne Pfeil, spannte weiter; die Muskeln wölbten sich, und plötzlich zerbrach der Bogen. Er warf die Stücke fort und schnitt eine Grimasse.

»Ist das für Männer oder für Kinder?«

Der Kreter grinste und reichte ihm einen anderen Bogen, der aus mehreren Dingen zusammengesetzt war; die Sehne hing an einem Ende. »Versuch's mal damit. Zuerst die Sehne befestigen.«

Perdikkas versuchte es, lange, auf fünf oder sechs Arten; schließlich gab er völlig verschwitzt auf. »Also, das ist unmöglich.«

Der Kreter schüttelte den Kopf. »Für einen makedonischen Krieger sollte nichts unmöglich sein. Schau, sogar ein alter schwacher Kreter kann es.«

Er nahm den Bogen; Alexander, Philotas und Krateros schauten zu. »Woran erinnert uns das?« sagte Alexander lächelnd.

Philotas hob die Schultern. »Der Bogen des Odysseus?«

Der Kreter blickte auf; er zwinkerte. »Er besteht aus den Hörnern eines Steinbocks, ein wenig Holz, ein wenig Eisen und sehr viel Leim. Seht ihr?«

Er stellte den Fuß auf das Ende, an dem die Sehne bereits hing, bog den Bogen über sein linkes Knie, bis aus der Krümmung nach rechts eine Krümmung nach links geworden war, und befestigte das andere Ende der Sehne.

»Das ist, was Penelopes Freier nicht tun konnten. Nur Odysseus, der seinen eigenen Bogen kannte, war dazu imstande.«

Der Kreter reichte Perdikkas die Waffe. »Jetzt versuch es. Die Pfeile fliegen dreihundert Schritt weit.«

Ein Hoplit, vielleicht vierundzwanzig Jahre alt, kam zu ihnen und sah aufmerksam zu. Perdikkas legte einen Pfeil auf und spannte, mit sehr viel mehr Mühe als bei dem ersten Bogen. Er zielte und ließ den Pfeil los, der in den Himmel stieg, weit über die Zielscheibe hinaus. Perdikkas schnitt eine Grimasse, während die anderen lachten. Er wandte sich dem Hopliten zu.

»Du da, lachen kann jeder. Mach es besser.«

Der erfahrene Schwertkämpfer lächelte, nahm einen Pfeil und schickte ihn fast in die Mitte der Scheibe; der Kreter nickte und pfiff durch die zahnlosen Gaumen.

Perdikkas schob die Unterlippe vor. »Ich geb's ja zu. Gut gemacht. Wie heißt du?«

Der Hoplit legte die rechte Hand an die Brust. »Emes.«

Perdikkas hob die Brauen. »Emes? Huh. Klingt wie aus den allerletzten Bergen. Ist das ein Name oder eine Krankheit?«

Alexander legte eine Hand auf die Schulter des Hopliten und lachte. »Es ist eine Stärke.«

Einige verbrachten die Nächte nicht in der Festung, sondern in der Stadt; Kleitos und Koinos hatten keine Einwände. Nur einmal sagte Koinos leise, als Ptolemaios morgens übermüdet mit steifen Beinen erschien: »Armes Beroia.«

Philotas war längst abgereist; es war der letzte Morgen vor der Rückkehr nach Mieza, dem Austausch. Sie verbrachten ihn mit Nahkampfübungen, bis alle schwitzten. Ptolemaios rümpfte die Nase, als er Hephaistion in den Sand warf.

»Wie kann man schwitzen und dabei immer noch gut riechen? Ihr wascht euch zuviel, glaub ich.«

Alexander zog Hephaistion hoch. »Du dagegen stinkst. Wie ein stößiges Tier.«

Ptolemaios lachte. »Dabei fällt mir was ein.«

Koinos begleitete wieder die Gruppe der Jüngeren; die anderen, die schon ihr zweites Jahr hier verbrachten, gingen allein oder in kleinen Gruppen. Der Weg führte von der Festung durch ein weites Wiesengelände nördlich der Stadt, dann durch Buschwerk in der Nähe eines Flusses. Alexander und Hephaistion gingen langsam, schweigend, – dicht nebeneinander. Auf einem kleinen Hügel machten sie halt, aßen ein paar Trauben und tranken Wasser aus der Lederflasche.

Als sie weitergingen, hörten sie Geräusche aus einer der Strauchgruppen. Alexander lächelte schräg; vorsichtig bogen sie Zweige zur Seite. Zwischen den Büschen lag Ptolemaios auf dem Rücken; auf seinen Lenden ritt ein schlankes, dunkles Mädchen. Ptolemaios hatte die Augen geschlossen; er keuchte. Das Mädchen starrte blicklos ins Blattwerk, in den Himmel, den Kopf weit im Nacken; ihr Atem rasselte.

Alexander und Hephaistion gingen weiter, stumm, bis sie den Fluß erreichten, an dessen flachem Ufer sie aufwärts wanderten. Wo der Sand und die Weiden endeten und das Ried begann, blieb Alexander stehen, drehte sich um und blickte zurück. »*Das*«, sagte er heiser.

Hephaistion lächelte: ein langsames, träges Lächeln. »Das ist der Vorgang, durch den wir entstanden sind.«

Alexander sah ihn nicht an. »Was Hengste tun . . . was deine Eltern, meine Eltern gemacht haben . . . ist es anders als das, was . . . Männer miteinander tun? Was Achilles und Patroklos getan haben?«

»Nicht sehr, glaube ich – Achilles.« Hephaistion blickte ihn an, seine Augen, seinen Mund, dann zog er den Schurz aus und watete ins Wasser.

Alexander stand am Ufer, wie versunken. »Vielleicht ist es sauberer?«

Hephaistion verzog das Gesicht. »Wie meinst du das?«

»Keine Kinder, derentwegen man sich streiten muß. Kein Gebrüll. Keine Eifersucht.«

Hephaistion hob die Schultern, bückte sich, schöpfte Wasser, ließ es über seinen Bauch rinnen. »Die Spartaner haben immer gesagt, es wäre sauberer, das stimmt. Und Epameinondas hat von Thebens Heiliger Schar gesagt, sie wären deshalb unbesiegbar, weil kein Feind zwischen einem Kriegerpaar durchbrechen kann, das ... zwischen zwei Kämpfern, die ... ein Paar sind und die Seele des anderen in sich aufgenommen haben.«

Alexander nickte langsam; er streifte den Schurz ab und warf ihn auf das letzte Stück Sand. »Die Seele?« Seine Stimme war kaum zu hören. »Vielleicht ist sie ja wirklich im Samen.«

Hephaistion betrachtete ihn, aufmerksam; wieder schöpfte er Wasser mit den Händen, hob sie zum Gesicht, aber die Röte wurde immer tiefer, trotz des kühlen Wassers. Einen Moment lang steckte er den Daumen in den Mund. Dann lachte er und streckte die Hand aus.

»Komm. Wir wollen uns waschen.«

Alexander watete in den Fluß, kam zu ihm, bespritzte ihn. Sie begannen zu kichern, rangen einen Moment lang miteinander. Alexander schien die Tropfen in Hephaistions kurzem blonden Haar zu zählen; dann schob er ihn ein wenig von sich, näherte sich ihm wieder. Sein Zeigefinger fuhr über Hephaistions Arme, die Schultermuskeln, die Brust.

»Du bist sehr stark – Patroklos.« Er hauchte es fast in Hephaistions Mund.

»Dein Atem ... er ist süß.« Hephaistions Stimme war voll von Staunen. Er beugte sich vor und berührte Alexanders Schulter mit der Zunge. »Und sogar dein Schweiß.«

Sie standen im Wasser und sahen einander in die Augen. Hephaistion legte die flache Hand auf Alexanders Brust; Alexanders Hand hob sich, sank wieder, stieg, berührte Hephaistions Hüfte. Dann küßten sie einander, sehr behutsam, als könnte etwas zerbrechen. Alexander zog Hephaistion hinüber zum Ufer, zu einer schmalen sandigen Stelle im Schilf.

Aristoteles kümmerte sich nicht um die erotischen Unternehmungen seiner Schüler, sofern sie sich außerhalb des Nymphaions ereigneten. Seine Ausführungen in den langen Gesprächen über hellenische Entwicklungen und Eigenarten, meist in der Wandelhalle, oft auch im Wald, schienen eine gewisse Billigung zumindest der erzieherischen, vorbildhaften Bindungen Bartloser an Erwachsene zu bergen; im übrigen enthielt er sich jeder Wertung. Er sprach von den Praktiken der Kreter, die angeblich in alter Zeit zur Knabenliebe gelangt sein sollten, um die Überbevölkerung ihrer Insel zu mindern; von der Einweihung in allerlei Mysterien; mit Spott erwähnte er Xenophon, dem die Knabenliebe, wie die zwischen Männern, als zersetzend und unnatürlich galt – »unnatürlich wie Verse, Tempel, Pflüge? Auch sie kommen im Tierreich nicht vor und sind dem Menschen nicht eben angeboren. Eigentlich können wir nichts über die Natur des Menschen sagen, dessen lange Geschichte nichts anderes ist als Entfernung, Entwöhnung von der Natur und Kampf gegen die Natur. Was ist widernatürlicher als das Abschneiden von Fingernägeln oder das Stutzen von Bärten?«

In diesem Sommer wurde Pythias ein wenig sichtbarer. Die stille, schöne, anmutige Frau hatte sich immer im Hintergrund gehalten, weil es ihr entsprach und auch, um die Heranbildung der Jungen zu Teilen eines männlichen Ordnungssystems nicht zu beeinträchtigen. Aber sie war immer da, eine warme, liebevolle Gegenwart hinter den Dingen; die Ruhe und Kraft, die Aristoteles bei ihr fand, verwandelte er in Güte und Geduld und gab sie an die Schüler weiter. Wer unter den Jüngeren mütterlichen Trost brauchte, fand ihn bei Pythias, deren Herrschaft über den Haushalt, die Versorgung, die innere Ordnung von Mieza ebenso unumschränkt wie still war.

Eines Abends bat sie Alexander zu einem Gespräch. In der blauen Schärpe, die sie um die schlanken Hüften gewunden hatte, steckte eine Briefrolle. Sie gingen den Weg nach Beroia hinab, nicht weit, nur bis jenseits des Lauf- und Kampfgeländes. Eine leichte Brise linderte die Hitze des Tages; etwas wie Rauch von einem fernen Waldbrand lag in der Luft und überdeckte die näheren Gerüche der Blumen, Sträucher und Bäume. Es war kurz nach Sonnenuntergang; der Himmel war noch hell, und der Vollmond stand wie eine Silbermünze auf dem Grat des Hügelzugs gegenüber.

Pythias setzte sich unterhalb des Weges auf einen vor Jahren gestürzten Stamm. Jüngere Schüler hatten Efeu und Flechten entfernt und am Holz herumgeschnitzt, als ob sie hier in den Bergen einen Einbaum wider die nächste große Flut erschaffen wollten. Als es dunkler wurde, versickerte langsam der Strom von Ameisen, die ihre mysteriösen Geschäfte ruhen ließen und wenige Schritte links des Stamms in einem mannshohen Hügel verschwanden. Der Mond löste sich vom Berg und schwang sich in den Himmel, um zwischen glitzernden Sternen zu grasen. Alexander lehnte neben Pythias; er hielt den Kopf gesenkt und sah zu, wie unterhalb des leichten hellen Leinengewands ihre Füße mit den Sandalen und dann mit dem Waldboden verschmolzen.

»Du kannst sprechen oder schweigen, wie du möchtest.« Pythias' Stimme war dunkel und warm, wie der Abendwind. »Es ist nichts, was *ich* mit dir zu bereden hätte. Ein Brief von Olympias.«

Sie legte die Hand an die Rolle; Alexander seufzte leise.

»Die Verbesserung der Verbindungen zwischen Mieza und der Welt hat ihre Nachteile.« Pythias lächelte verhalten. »Wir erfahren, was an anderen Orten vorgeht, und andere Orte hören oder lesen Dinge, die sich hier ereignen. Deine Mutter ist besorgt, und die Art ihrer Besorgnis hindert sie daran, sich an Aristoteles zu wenden.«

Alexander blickte auf; um seinen Mund lag ein spöttisches Lächeln. »Olympias hat sich nie durch irgend etwas hindern lassen, das zu tun, was sie für tunlich hielt. Wenn sie an dich schreibt statt an Aristoteles, dann nicht aus Zweifel oder Feinfühligkeit, sondern weil sie sich größeren Nutzen verspricht.«

Pythias betrachtete ihn aufmerksam. Als sie weiterredete, klang ihre Stimme ein wenig härter, als spräche sie nicht zu einem Schüler des Philosophen, sondern mit einem gleichrangigen Erwachsenen. »Es ist ein langer Brief einer scharfsinnigen Frau. Kluge Gedanken über das Zusammenleben von Männern und Frauen, Männern und Männern, Frauen und Frauen. Nichts davon ist ungebührlich oder verwerflich, sagt sie, solange nicht die wichtigen Dinge außer Acht gelassen werden. Es ist ein sehr gewöhnlicher Vorgang, daß ein Mann einen Mann liebt oder eine Frau eine Frau. Dies ist unter Hellenen so, und auch unter Barbaren; Perser und Kelten, sagt man, sind der Knabenliebe besonders zugetan. Die meisten Hellenen lieben sowohl Männer als auch Frauen. Vielleicht sogar in dieser Reihenfolge.«

»Was ist mit Aristoteles – wenn ich fragen darf?«

Pythias sah ihm in die Augen. »Du darfst, denn daran ist nichts Geheimes. Aristoteles gehört zu den wenigen Hellenen, hellenischen Männern, die nur Frauen lieben. Es ist sein Kummer, und auch der meine, daß uns die Götter bisher die Freude eines Kindes versagt haben. Aber du kennst ihn ja; du weißt, daß er seine Wünsche und Werte niemandem aufdrängt, anders als Platon. Meistens spricht er sie nicht einmal aus – wenn es nicht gerade um den Unterschied zwischen Hellenen und Barbaren geht.« Sie kicherte leise. »Aber in dieser Sache gibt es da keinen Unterschied; jedenfalls nicht im Grundsätzlichen. Nur, vielleicht, in der philosophischen Bewertung. Aber die überläßt Aristoteles jedem selbst.«

Alexander nickte. »Und meine Mutter überläßt sie nur sich, nicht wahr?«

Pythias atmete durch die Zähne. »Nein – jedenfalls nicht *so*. Sie bittet mich, dir zu sagen, daß du lieben kannst, wen immer du willst, ohne ihre Liebe zu verlieren; solange du daran denkst, daß der Sohn eines Königs Vorbild sein und selbst Söhne zeugen muß.«

Alexander nickte wieder. »Die Liebe meiner Mutter?« Sein Gesicht war ebenso gelassen wie seine Stimme; es war, als spräche er vom Wind, von Holz, von Wasser. »Nun ja, die Liebe meiner Mutter. Sie braucht sich keine Sorgen zu machen; ich weiß, was ich Makedonien schulde. Makedonien, nicht Olympias. Der Sohn eines Königs und einer Königin hat seine Eltern in Dankbarkeit zu ehren; auch ohne Liebe, notfalls. Olympias hat mir immer gesagt, was und wie ich zu denken, zu reden, zu handeln, mich zu kleiden und zu ernähren habe. Sie wird mir nicht vorschreiben, wen ich warum lieben soll, darf und kann; oder wen nicht.«

Aristoteles und Pythias hatten andere Sorgen, in diesem Sommer. Antipatros selbst kam nach Mieza, ohne Gefolge, um die schlimme Nachricht zu überbringen. Er kam abends an, erfrischte sich ein wenig, fühlte sich aber danach immer noch unwohl, wie es schien.

Sklaven hatten einen kleinen Tisch und bequeme Scherensessel auf die Terrasse am Hang gebracht, oberhalb der Gebäude. Es gab Brot, eingelegte Oliven, Salzfisch, Feigen, Lammfleisch, kydonische Äpfel, Birnen, Waldbeeren, Wein und Wasser. Rechts und links hatte man große Fackeln in den Boden gerammt. Es war windstill; sie brannten stetig, erfüllten die Luft mit dem Ruch von Harz und Pech und zogen Mücken und anderes Kleingetier an, das folglich die Speisen und die Speisenden nicht belästigte. Die Sonne war längst hinter dem Berg versunken; ein letzter Widerschein färbte den Osthimmel über dem Tal. Einige Jungen trieben sich noch auf dem Platz vor den Gebäuden herum, planschten mit Wasser oder sprachen in Zweier- und Dreiergruppen miteinander. Nach und nach wurde es stiller, als immer mehr in den Schlafhallen verschwanden.

Antipatros hatte darum gebeten, Alexander hinzuzuholen. »Der Sohn des Königs wird Philipp bald einen Teil der Pflichten abnehmen müssen; besser, er wird nicht länger von den unerfreulichen Dingen ferngehalten.« Mit Zustimmung von Antipatros nahm auch Nikanor an diesem Abendmahl teil. Er war fünfzehn Jahre alt, wie Alexander; die beiden verstanden sich gut. Nikanors Eltern stammten aus Stageira, dem Heimatort von Aristoteles, den Philipps Truppen vor sieben Jahren ebenso zerstört hatten wie Olynth und andere chalkidische Städte. Sie waren nach Aloros gezogen; die Jugendfreundschaft zwischen Aristoteles und Nikanors Vater hatte die Jahrzehnte überdauert. Im Frühjahr war die Mutter gestorben, nach langer Krankheit; wenige Wochen später auch der Vater, als das Schiff, mit dem er von Aloros nach Samothrake reiste, in einen Sturm geriet und sank. Pythias und Aristoteles hatten den Sohn der toten Freunde, der ohnehin als Schüler in Mieza weilte, als Pflegesohn angenommen, an Stelle jener eigenen Kinder, die das Schicksal oder die Götter ihnen verweigerten.

»Du sagtest, Alexander wird . . .?« sagte Pythias.

Antipatros hatte ausnahmsweise den Helm abgenommen; er fuhr sich mit der Hand über den kahlen Schädel. Sein Gesicht, eben noch entspannt und beinahe fröhlich, legte sich in kummervolle Falten. In wenigen Jahren würde er sechzig werden; seine Bewegungen waren immer noch flüssig und energisch, aber nun sah man ihm plötzlich das Alter an.

»Er wird – wenn nicht wundersame Dinge geschehen.«

Alexanders Hand, die sich nach einer Feige ausstreckte, sank zurück, auf den Tisch, dann in den Schoß. »Warum?«

Antipatros betrachtete ihn offen und nickte langsam, als ob der Anblick ihn befriedigte. »Ich weiß nicht, was ihr hier oben erfahrt . . .«

»Zuviel von der einen Sache und zu wenig von der anderen.« Aristoteles grunzte leise. »Meinst du Euboia?«

Die Insel, im Vorjahr von makedonischem Gold, makedonischen Freunden und makedonischen Truppen unter Parmenion eingenommen, stand wieder auf der Seite

Athens: Das von Demosthenes geschaffene Bündnis und die Krieger Athens hatten die kleinen makedonischen Besatzungen vertrieben.

»Aber sie gehen nicht weiter.« Antipatros klang grämlich. »Wir hatten erwartet, daß sie nun auch in Hellas, auf dem Festland, nach Norden vorstoßen. Sie tun es nicht, sie warten ab. Deshalb werden wir im nächsten Jahr die Dinge tun, die wir schon letztes Jahr hätten tun können.« Er griff nach dem Becher. »Und dafür brauchen wir alles, was wir aufbieten können. Die Festungen im Kernland werden nicht aufgelöst, aber verkleinert; wir können es uns nicht leisten, auf ausgebildete Kämpfer und gute Offiziere wie Kleitos zu verzichten. Wahrscheinlich« – er seufzte, kniff ein Auge zu und schielte in den Becher – »muß auch der alte Antipatros ins Feld ziehen. Parmenion an einer Stelle, Philipp an einer anderen, Antipatros an einer dritten. Dann, Sohn meines Herrn und Freundes, wirst du entweder an Philipps Seite in den Kampf ziehen, oder du wirst die Dinge in Pella in jenem Gleichgewicht halten müssen, die gute Herrschaft ausmacht und guten Kampf ermöglicht.«

Alexander schwieg; Pythias betrachtete ihn und sah, daß seine Augen glänzten.

»Aber das ist nicht alles. Leider.« Antipatros setzte den Becher ab, legte die Hände auf den Tisch und blickte zwischen Pythias und Aristoteles hin und her. »Wappnet euch, o meine Freunde, denn es gibt eine betrübliche Nachricht für euch.«

Pythias faltete die Hände im Schoß; Aristoteles beugte sich vor. »Sprich.«

Antipatros seufzte. »Ungern – aber deshalb bin ich gekommen. Hermias ...« Er räusperte sich. »Dein Oheim und Pflegevater, Pythias, dein Freund, Aristoteles, unser Verbündeter ... Jemand hat von den Dingen erfahren.«

»Von welchen Dingen?« Alexanders Stimme klang hell und metallisch.

»Es gab ein geheimes Abkommen«, sagte Aristoteles tonlos. »Ich habe es in die Wege geleitet, Parmenion hat es ausgehandelt. Wenn es zum Krieg zwischen Makedonien und Persien käme, zwischen deinem Vater, Junge, und dem Großkönig, dessen Satrap Hermias ist, dann hätte Hermias deinem Vater alles zur Verfügung gestellt – Häfen, Straßen, Vorräte, Gold, Kämpfer. Und?«

Alexander kaute auf der Unterlippe; seine Augen suchten Pythias, dann Aristoteles, schließlich Antipatros.

»Dazu bin ich gekommen«, wiederholte der alte Makedone leise. »Jemand hat alles erfahren; wir wissen nicht, wer es war, noch auf welchem Weg. Der Großkönig wurde . . . man hat es ihm mitgeteilt, und er hat Mentor geschickt, den Rhodier. Hellene gegen Hellene, wie üblich, im Dienst der Perser. Mentor hat Hermias gefangengenommen; soviel wir wissen, hat er ihm nahegelegt, sofort alles zu gestehen. Dann, so soll Mentor gesagt haben, ›dann kann ich dich jetzt, hier und heute, ehrenvoll töten – oder töten lassen. Gift, Schwert, Lanzen, was du willst.‹ Aber Hermias war ein tapferer Mann, er hat nichts gesagt. Und deshalb mußte Mentor ihn den persischen Fürsten übergeben, die in der Nähe waren.« Antipatros streckte die Hand aus, legte sie auf Pythias' gefaltete Hände; seine Stimme klang brüchig. »Sie haben ihn tagelang gefoltert, aber er hat geschwiegen, bis in den Tod. Tapfer, aber so nutzlos. Sie wußten ohnehin alles.«

Pythias schloß die Augen. Aristoteles berührte ihre Schulter, sanft, beinahe furchtsam. »Nicht nutzlos«, sagte er heiser; er räusperte sich. »Nicht nutzlos. Tugend ist niemals nutzlos. Sie ist immer sinnvoll, auch wenn sie keinen Zweck verfolgt. Ohne Hermias' Aussage haben die Perser nur die Behauptung eines Verräters, eines Spitzels, was auch immer. Sie haben nichts, was es ihnen erlauben würde, Philipp der Kriegsvorbereitung zu bezichtigen. Früher oder später wird es, *muß* es zum Krieg kommen. Artaxerxes hat sein Reich wieder stark gemacht; vielleicht stärker, als Persien je war. Er herrscht von den Grenzen Indiens bis nach Ägypten, bis hinauf nach Troja, bis zur Meerenge, an deren anderem Ufer Byzantion liegt. Er *wird* Hellas angreifen, sobald es ihm sinnvoll erscheint.

Und dies ist der unmittelbare Nutzen, den die Tapferkeit des Fürsten von Atarneus hat: Sie hat Artaxerxes keinen Vorwand für einen sofortigen Angriff geliefert; sie hat Philipp und uns allen, allen Hellenen, Zeit verschafft. Zeit, die wir nutzen müssen.«

»Wenn wir nur wüßten«, knurrte Antipatros.

Nikanor war hinter Pythias getreten und hatte die Arme um ihren Hals gelegt. Aristoteles lehnte sich in seinem Sessel zurück und starrte in die Zweige, hinauf zu den Sternen. Alexanders Stimme berührte ihn wie ein Peitschenhieb; er zuckte zusammen.

»Wer nimmt persisches Gold für den Kampf von Hellenen gegen Hellenen? Wem nützt es, Persien und Makedonien in den Krieg zu treiben, zu einem Zeitpunkt, da Artaxerxes bereit ist und wir nicht? Wen stärkt es? Wollen wir Athen sagen, oder gleich Demosthenes?«

Aristoteles nickte ganz langsam. »Ich kenne ihn. Es wäre ihm zuzutrauen. Alles wäre ihm zuzutrauen.«

Antipatros griff nach dem Weinkrug. »Aber woher weiß er es? Jemand in Pella muß Demosthenes ... Oder jemand aus der Umgebung von Hermias.«

Die nächsten Tage nach der Abreise von Antipatros überließ Aristoteles seinen Helfern die Leitung des Nymphaion. Er trauerte, wie Pythias, nicht um einen Toten, nicht wegen des Todes, sondern wegen der Art des Sterbens; darum, daß ein Tapferer, ein Herrscher und Philosoph, ein treuer Freund, zum zweiten Mal von den Barbaren gefoltert worden war. In der Jugend hatten sie ihm die Lust genommen, ihn zum Eunuchen gemacht; nun hatten sie ihm die Möglichkeit heiteren Alterns geraubt, und das Leben.

»In Delphi«, sagte Aristoteles viele Tage später, als er in der Wandelhalle einige der älteren Schüler versammelt hatte, »wenn die hellenischen Wirren es zulassen – in Delphi will ich ihm einen Stein weihen.« Er lachte plötzlich, fast heiter oder jedenfalls gelassen. »Wie ihr seht, meine jungen Freunde, ist auch ein alternder Philosoph bisweilen Opfer seiner Gefühle. Vielleicht wird derlei leichter zu ertragen sein, wenn ich ein paar Jahre älter bin. Sagen wir, fünfundvierzig oder fünfzig Jahre alt. Aber heute ...« Er verschränkte die Hände auf dem Rücken. »Manche laufen in den Wald, rammen den Kopf gegen Bäume, wenn etwas in ihnen brodelt. Andere zerschmettern alle irdenen Behältnisse des Haushalts. Wieder andere greifen zum Schwert, stürzen sich hinein, um das Brodeln aus sich herauszulassen, oder töten jemanden, der nichts mit alledem zu tun hat, nur um sich Erleichterung zu verschaffen. Ich will keine Theorie der Dichtkunst aufstellen, erneuern oder umstoßen, und sicher ist dies kein allgemeiner Vorgang, aber bei mir, heute, löst das Brodeln den dringlichen Wunsch aus, Verse zu schreiben und zu sagen. Vielleicht sind Verse etwas, das durch Metamorphose aus Brodeln entsteht, wie der Schmetterling aus der Raupe. Vielleicht ist alle Dichtung nur Verdrängung.«

»Sag uns die Verse!« Alexanders Stimme war ungewöhnlich weich, fast streichelnd.

»Wenn du willst ... Sie sind nicht gut, einige jedenfalls. Ich glaube, gut sind jene, die ich auf den Stein werde schreiben lassen, in Delphi. Etwa so:

Ihn ließ meucheln der König der bogentragenden Perser,
trat das heilige Recht aller Götter in Staub,
hatte ihn nicht überwunden in offenem Kampf mit der Lanze,
sondern die Tücke und List eines Verräters genutzt.

Mag angehen, mag angehen. Schlecht als Vers, aber nicht ganz schlecht als Nebenform des Brodelns.« Er lachte.

Hephaistion hob die Hand. »Da wir bei Versen sind ... Ich hörte, ich weiß nicht mehr, wer es erzählt hat, daß Aristoteles einmal Verse zum Lobe Platons geschrieben haben soll. Und nachdem ich in den Genuß gekommen bin, Aristoteles in Mieza zu lauschen, kann ich mir darunter eigentlich nicht so recht etwas vorstellen.«

Die anderen kicherten; Alexander legte eine Hand auf Hephaistions Schulter.

»Ist es wahr?« sagte er mit einem Glucksen. »Hast du wirklich Platon in Versen gepriesen?«

Aristoteles lächelte. »Ihr wollt unbedingt schlechte Verse hören, wie? Nun ja, ich habe Verse geschrieben, die in Athen allgemein als Lob auf Platon aufgefaßt werden. Oder, was das Lob noch erhöhen würde, als Preislied auf einen, der einen Gedenkaltar für Platon errichtet.

In das berühmte Athen kam er und hat dort gebaut
einen Altar der innigen Freundschaft zu jenem Gelehrten,
den zu preisen auch nur Frevlern das Recht nicht erlaubt,
ihm, der als einziger oder als erster der Sterblichen deutlich
durch sein Vorbild und durch kluge Methoden bewies,
daß man sich gut und gleichzeitig glücklich selbst formen kann.
Keiner vor ihm errang jemals solch hohes Verdienst.

Es ist aber anders gemeint.« Aristoteles kratzte sich den Kopf und grinste spöttisch. »Nicht Platon ist jener höchste Gelehrte; das ist Sokrates. Platon hat eine Art Altar erbaut, in Worten und Gedanken, das stimmt; aber indem er von der Freiheit des Fragens zur Knechtschaft des Systems gelangte, wurde er gleichzeitig zum Frevler, der eigentlich nicht preisen darf.«

Er wandte sich den Schülern zu; einen Moment lang bohrten sich seine Blicke in die Augen Alexanders. »Sich selbst formen, bilden, sich selbst gleichzeitig zum guten und zum glücklichen Menschen bilden – zum Beispiel als denkender Herrscher, der all das, was ihm als das Beste erscheint, auch seinem Volk gewährt. Als Führer, Vater, Lenker, Bildner. Hermias hat es versucht; vielleicht ist er gescheitert, ich weiß es nicht. Vielleicht waren die Sterne und die Götter ihm nicht hold. Oder die Umstände. Aber dies, das Beste, die – Bestheit, die wir *arete* nennen, ist dies nicht die höchste Tugend, die anzustreben mehr wiegt als alles Gold und aller Kriegsruhm?« Er runzelte die Stirn; dann lächelte er. »Da ihr offenbar in der Laune seid, schweifenden Gedanken und schlechten Versen zu lauschen ...

Jungfer Arete, die du mit Mühsalen folterst die Menschen,
aber zugleich das herrlichste Lebensziel bildest:
Deiner Schönheit zuliebe
strebt man in Hellas zum Tode sogar,
nimmt gewaltige Plagen auf sich, ohne Rast.
Solche Macht über Menschen hast du, ein Feuer, das niemals erlischt,
stärker ist es als Gold, als der Wille der Eltern,
als die Gewalt des wohlig blinzelnden Schlafes.
Deinetwegen meisterten eifrig der zeusentsprossene Herakles
und die Söhne der Leda vielerlei schwierige Pflichten,
wollten deine Gunst sich ewig erringen.
Sehnsucht nach dir trieb einstmals Achilles und Ajax hinab in den Hades;
um deine Schönheit entsagte der Herr von Atarneus dem Glanze der Sonne.
Lieder sollen hinfort seine Taten erhöhen,
Mnemosynes Töchter, die Musen,
mögen auf ewig ihn preisen: die Achtung,
die er dem Zeus, dem Hüter der Gastlichkeit, zollte,
seine Freundestreue die, einmal gewährt, nimmer wankte.

Aber dies alles ist, wiewohl aufrichtigem Brodeln entsprungen, doch nur leichtfertiges Anbändeln mit jener schönen Dämonin, die ihre Gunst Homer und Pindar gewährte. Soll ich vor ihr knien – nachdem ich über meine Versfüße gestolpert bin?« Er klatschte in die Hände. »Wenden wir uns wieder anderen Dingen zu. Prosa, Freunde.«

An einem klammen, stürmischen Frühlingsabend erschien der König. Er hatte nur drei Begleiter bei sich; die übrigen waren in der Festung Beroia geblieben. Philipp war naß, müde und alt; die Furchen, die seit vielen Jahren sein Gesicht zu einem fruchtlosen Ackerland machten, waren zu tiefen Kerben und Rillen geworden und hatten sich vermehrt.

»Ich brauche den Jungen. Und die meisten anderen

auch. Wie macht er sich?« Der König stand vor dem Feuerkasten in Aristoteles' Wohnraum. Während er sprach, wischte er mit einem Tuch über Haare und Gesicht, warf es auf den kleinen Tisch, rieb sich die Hände über dem Feuer. Pythias brachte Brühe, Braten und Wein; diesen Gast zu bedienen überließ sie nicht den Sklaven.

Aristoteles goß Wein und Wasser in die Becher; er sah, wie Philipps Hände an Gurt und Schwert herumzupften. »Er ist fertig, wenn es das ist, was du wissen willst. Im Sommer wird er siebzehn. Natürlich hat kein Mensch je ausgelernt ...«

Philipp trat nach seinem Brustpanzer, der auf dem Boden lag; er packte den Helm, drehte ihn um, kratzte sich mit dem Helmbusch den Nacken. »Ist er – gut?«

»Zu welchem Zweck?«

Philipp bleckte die Zähne. Einige waren schwarz und verstümmelt, und im Oberkiefer klafften mehrere Löcher. »Weißt du, um was es geht? Hast du Gerüchte oder Nachrichten bekommen?«

Aristoteles zuckte mit den Schultern. »Nachrichten – nein. Und Gerüchten mißtraue ich. Aber du solltest ein paar Tage mit Drakon verbringen. Deinem Arzt.«

Philipp hob die Brauen. »Warum denn das?«

»Er hat in all den Jahren so viele Zähne gesammelt. Vielleicht könnte er dir ein paar neue einsetzen.«

Philipp spuckte in den Feuerkasten. »Gah. Zähne von Toten ... Also, die Gerüchte. Ich hab sie jetzt in der Tasche.«

»Wen oder was?«

Philipp lächelte grimmig. »Die Hurensöhne, Athen. Ich hab die Schnauze voll, verstehst du.«

Aristoteles nickte bedächtig. »Du willst also nun die bewaffneten Spaziergänge unternehmen?«

Philipp ging zu einer Säule, lehnte sich mit dem Rükken dagegen und rieb; dabei seufzte er wohlig. »Ahhh. Ja. Seit zwanzig Jahren habe ich alles versucht, um eine hellenische Einigung zu erreichen. Als gleichberechtigter

Herrscher, oder als Führer. Seit zwanzig Jahren hat Athen alles gehemmt und verhindert. Weil sie mit niemandem gleich sein wollen, sondern immer die ersten – und nicht, um Dinge zu bewegen, um beispielsweise einem Krieg gegen Artaxerxes vorzubauen, sondern einfach so.«

Aristoteles lächelte matt. »Es sind eben immer einige gleicher als die anderen.«

»Und wie sehr, ja. Wir werden alt, Aristoteles – wir beide. Du siehst noch nicht so aus, aber ich spüre es. Vierundvierzig, was? Ich kann nicht noch mal zwanzig Jahre warten und planen und bauen und zerstören. Isokrates wußte, worum es geht. Wenn Persien stark ist, besetzt es die hellenischen Städte in Asien und mischt sich in die hellenische Politik ein. Manchmal stiftet es Frieden, wie beim Königsfrieden vor, ah, siebenundvierzig Jahren, indem es Athen, Sparta und Theben zur Einigung zwingt. Meistens stiftet es Krieg von Hellenen gegen Hellenen, um Persien noch stärker zu machen. Wenn Persien sehr stark ist und Hellas sehr schwach, kommt der Überfall. Heute ist Persien stärker, als es zu Zeiten von Dareios und Xerxes war. Der Großkönig hat alle Satrapen gezwungen, vor ihm zu knien; er hat Phönikien und Ägypten und Babylon sicherer im Griff als je zuvor. Er verfügt über die großen Flotten der phönikischen Städte. Die hellenischen Inselbewohner vor seiner Küste lecken ihm die Füße. Und was haben wir? Ein paar Schwachköpfe in Theben. In Athen kein Themistokles, sondern dieser aufgeblasene Windbeutel. In Sparta kein Leonidas; Spartas König zog als Söldner nach Italien.«

Es war wie Regen aus einer übervollen Wolke; Aristoteles ließ seinen alten Freund reden, und je länger Philipp sprach, desto ruhiger wurde er.

»Hermias, unser guter Vertrag ... Ich bin sicher, daß Demosthenes ihn an die Perser verkauft hat, obwohl ich nicht weiß, woher der Athener alles wußte. Die Zeit ... vielleicht ist das Leben ein Schlauch, und das Wasser darin ist die Zeit, die zur Verfügung steht, um alles zu tun, was getan werden muß. Der Schlauch ist leck, mein

Freund. Das Wasser läuft aus; wir haben nicht mehr viel Zeit. Isokrates, wie gesagt, hat es immer gewußt und laut davon gesprochen.« Philipp kicherte plötzlich. »Nun ja, nicht gesprochen. Er hat seine feinen Reden geschrieben und andere sprechen lassen. Was hatte er eigentlich? Einen Sprachfehler? Feigheit vor Volksmassen? Ah, es ist gleichgültig. Jedenfalls hat er es immer gesagt – Hellas muß einig und nach innen friedlich sein, um Wohlstand für alle zu erreichen und Persien widerstehen zu können. Besser noch wäre es, die persische Drohung durch einen Kriegszug aller Hellenen zu beenden, für immer, und Rache für die Schändung der Tempel zu nehmen, Rache für die Zerstörung der Akropolis. Immer hat er sich den ausgesucht, der seiner Meinung nach am besten geeignet gewesen wäre, die Führung zu übernehmen in Einigung und Kampf. Sparta und Athen zusammen, dann Jason von Pherai, dann dieser Wahnsinnige aus Syrakus, schließlich der andere Wahnsinnige aus Pella.« Philipp schnaubte. »Nun werde ich ihn endgültig beim Wort nehmen.«

Aristoteles hob einen Becher, hielt ihn Philipp hin. Der König kam langsam zum Tisch, blickte sich um, als müsse er sich davon überzeugen, daß nirgendwo jemand auf der Lauer lag; er ließ sich schwer in den Scherensessel fallen.

»Und was willst du nun tun?«

Philipp trank, wischte sich den Mund mit dem Unterarm und rülpste. »Ich darf nicht anfangen – nicht ganz, jedenfalls. Athen muß den Krieg erklären. Weil Athen immer noch das Herz aller Dinge ist. Wenn ich Athen angreife, stellen sich fast alle Hellenen hinter Demosthenes. Wenn Athen uns den Krieg erklärt, werden viele Hellenen die Notwendigkeit bezweifeln und entweder auf unsere Seite treten oder zumindest nicht Demosthenes helfen. Wir haben es mit Euboia versucht, unsere Freunde dort an die Macht gebracht, kleine Besatzungen in die Städte gelegt. Mehr wäre ein Eroberungskrieg gewesen, den wir gegen hellenische Orte nicht führen dürfen – heute. Demosthenes hat einen Bund zustandegebracht – nicht für

Hellas, nicht gegen Persien, sondern hinter sich und gegen Philipp. Sie haben Euboia, na ja, befreit; aber sie sind nicht weitergegangen. Das wäre meine Hoffnung gewesen. Hermias war eine Nebenhoffnung, gewissermaßen, im Vorblick auf Persien. Wie gewisse Fehlschläge in Ägypten.« Er hob den Becher und schaute Aristoteles über den Rand an. »Jetzt werden wir sie eben zwingen müssen.«

»Du willst also Byzantion angreifen, wie damals schon geplant?«

»Byzantion, und Perinthos.«

Aristoteles pfiff leise. »Bosporos und Propontis – die ganze Küste! Mit welcher Begründung?«

Philipp grinste breit. »Mit der besten aller Begründungen – zur Verteidigung. Beide Städte sind mehr oder minder mit Athen verbündet. Von beiden Städten gehen Störungen aus; immer wenn es mir gelungen ist, Thrakien halbwegs zu beruhigen, schüren Athen, Byzantion und Perinthos wieder Unruhen. Es ist schlecht für Makedonien, für Thrakien – sogar Thraker möchten hin und wieder in Frieden ihre Felder bestellen –, für Hellas, für den Handel mit den Steppen im Norden. Für alle.«

»Und du meinst, Athen, also das Bündnis des Demosthenes, wird dich angreifen, sobald du Byzantion und Perinthos belagerst?«

Philipp lächelte unendlich sanft und tückisch. »Wenn die Städte fallen, beherrscht Makedonien den ganzen Norden und die Meerengen. Das kann Athen nicht hinnehmen. Und notfalls, wenn Demosthenes sich nicht mit seiner Kriegspolitik durchsetzen kann, werde ich noch ein wenig nachhelfen.«

»Wie, Herr der Makedonen?« Aristoteles' Stimme klang gleichzeitig bewundernd und spöttisch.

»Laß dich überraschen, Fürst der Philosophen. Parmenion, der mich übrigens bat, dir seine Verehrung und Freundschaft zu Füßen zu legen, ist unterwegs nach Osten, mit den meisten Truppen.« Philipp kniff die Augen zusammen. »Wir werden ein paar neue Dinge erproben; neue Belagerungsmaschinen und bewegliche

Türme, die nicht gleich umfallen, wenn man an ihnen zupft. Polyidos – du kennst ihn, glaube ich – hat den Winter über Einzelteile entworfen; sie werden mit Schiffen und Karren dorthin gebracht und zusammengebaut. Parmenion und ich werden zwischen Byzantion, Perinthos, dem großen Fluß im Norden, Istros, und Thrakien für den Fortschritt der Dinge sorgen. Antipatros wird zwischen Illyrien und Thessalien hin und her wandern, in tiefer Nachdenklichkeit; er wird den Thessaliern die Wangen tätscheln, wenn ihnen die Furcht ins Gemüt steigen sollte; er wird dem König der Illyrer die Nase putzen, wenn dieser sie allzu tief in unsere Dinge steckt; er wird Straßen anlegen, von Norden nach Süden, oder vorhandene ausbessern; er wird Vorratslager einrichten – es könnte ja sein, man weiß es nicht, daß Athen uns den Krieg erklärt und wir dann schnell große Truppenverbände nach Süden verlegen müssen; häh. Und er wird Krieger werben und ausbilden.«

»Deshalb ...«

Philipp beugte sich vor, die Unterarme auf der Tischplatte. »Genau – deshalb. Ich brauche Alexander, und die besten der anderen. Er ist jung; gewisse Dinge lernt man erst mit der Zeit. Wissen aus Büchern, sein Leben in Pella und Mieza, der Umgang mit Fürstensöhnen und rauhen Kämpfern in Beroia, all dies wird ihn, wenn er gut ist, fähig machen, Pella zu leiten – den Hof, die Verwaltung, den Nachschub. Erfahrene Kämpfer will ich ihm nicht unterstellen, bevor ich ihn nicht selbst im Kampf gesehen habe. Denn dies ist eine Sache, die man nicht aus Büchern lernen kann.«

»Das weiß er – wie die anderen.« Aristoteles hob den Napf mit der Brühe, die inzwischen ein wenig abgekühlt und trinkbar geworden war. »Sie wissen es, weil ich es ihnen gesagt habe.«

Philipp verschränkte die Hände hinter dem Kopf und starrte Aristoteles lange an. »Ich danke dir«, sagte er dann gedehnt. »Ich hatte gehofft, daß du unter den Philosophen vielleicht als einziger weißt, wo das nützliche Wissen, das man mit Wörtern vermitteln kann, enden muß und wo die Tat beginnt. Sag – ist er gut genug?«

Aristoteles blies noch einmal über die Brühe, trank, setzte den Napf ab. »Alexander ist der beste Schüler, den ich je hatte. Aber ...«

»Aber was?«

»Er hat einige seltsame Ideen über Hellenen und Barbaren und ihre Gleichwertigkeit. Und ... er ist zu gut.«

Philipp verzog das Gesicht. »Wie kann jemand zu gut sein?«

Aristoteles schloß die Augen; er sprach halblaut und sehr ernst. »Inwendig ist der Mensch ein System von Waagen und Schalen. Liebe und Haß. Geiz und Großmut. Tugend und Niedriges. Größe und Feigheit. Wenn die Schalen gleichmäßig gefüllt sind, die Waagen ausgewogen, dann kann ein Mensch seinen Platz im Gefüge der Dinge einnehmen und sein Bestes tun. Wenn eine der Schalen zu voll oder nicht voll genug ist, wenn die Waage kippt, wird er vielleicht zu gierig oder geht durch allzu weitherzige Großzügigkeit zugrunde oder ist zu kriegerisch und vergißt, daß auch Gold oder Verträge oder Versprechungen zum Ziel führen können. Wenn die Liebste nicht eingesperrt ist, sollte man die Wand ihres Hauses nicht mit dem Kopf niederrammen, sondern die Tür benutzen.«

Philipp rümpfte die Nase. »Ja. Und weiter?«

»Alexander ist ausgewogen. Soweit man dies von einem jungen Mann sagen kann. All seine Freunde ... Die Welt wird von ihnen hören, später; hier, in Mieza, habe ich sie als Teile eines Gefüges erzogen, als Gleiche, damit sie lernen, miteinander und mit anderen zu leben. Rücksicht, Einpassung, all diese Dinge. Keiner hat Herausragendes getan; es war auch nicht nötig. Keiner hat auffällige Eigenschaften entwickelt, weil ich ihnen dazu keinen Anlaß gegeben habe. Ich habe ihnen nur helfen können, ihre inneren Waagen auszuwiegen. Du wirst ihnen nun die Aufgaben übertragen, an denen sie sich beweisen müssen. Sie werden sich beweisen; der eine als

Krieger, der andere als Denker. Perdikkas ist ein Kämpfer; Harpalos ist ein Rechner; Alexander? Sein inneres System ist sehr fein, und sehr schwierig auszuwiegen. Weil seine Waagen feiner sind und seine Schalen größer als die aller Menschen, denen ich je begegnet bin. In ihm sind mehr Götter und Dämonen, als du und ich ertragen könnten. Solange seine Waagen ausgewogen sind, kann er sich zum größten König und wunderbarsten Führer von Männern entwickeln. Wenn aber eine Schale, die der Liebe oder der Gier oder der Tugend oder gleich welche, wenn also eine Schale und damit nur eine der zahllosen inneren Waagen deines Sohns das Gleichgewicht verliert, dann wird er die ganze Welt vernichten. Vielleicht.«

Philipp fuhr sich mit der Hand über die Augen und grunzte. »Klingt gefährlich. Wie soll ich mit ihm umgehen?«

»Vorsichtig, mein Freund. Und versuch, *sein* Freund zu sein.«

»Sein Freund? Ich bin der König, und sein Vater!«

Aristoteles lächelte. »Das ist ein Zufall. Freundschaft bedarf der Bemühung.«

12.

Der Weg nach Chaironeia

Der sieche, säuerliche Ruch im Raum wurde stärker so wie die Stimme des alten Philosophen schwächer. Aristoteles hatte sich mehrfach vom Rücken auf die Seite und wieder zurückgerollt; dabei waren die Decken und die Felle in Unordnung geraten. Peukestas stand auf, dehnte sich und deckte den Sterbenden wieder zu; die Beine waren eiskalt.

Aristoteles dankte mit einer Handbewegung; er wies zum niederbrennenden Feuer, dann auf einen Stapel Rollen. »Diese nicht; es sind Abschriften von Briefen, die dir nützlich sein könnten. Alle anderen . . .«

Peukestas legte nach und fachte das Feuer wieder an. Der Philosoph sprach weiter, immer schneller, immer schwächer. Von Mieza, Pella und Stageira, von Philipp und Alexander und Pythias, die ihm alle Kraft und Wärme gab. Pythias, die sanfte, die allzu schmächtige Pythias, deren Leib zerriß und sich verblutete, als ein Jahr später, im Jahr der athenischen Kriegserklärung an Philipp, das so lange ersehnte Kind geboren wurde, die Tochter, die den Namen der Mutter erhielt. Mieza, das Nymphaion, das Philipp seinem Freund schenkte, damit weiter makedonische Fürstensöhne und andere dort unterrichtet werden konnten. Pella, die Hauptstadt, in der alle Fäden gesponnen wurden. Stageira, wo Aristoteles geboren war – ein Trümmerfeld, seit Philipp die Stadt hatte zerstören lassen, in dem Jahr, in dem auch Olynth fiel. Ein Jahr nach dem Ende von Alexanders Unterricht, vielleicht eineinhalb, sagte Philipp bei einer kurzen Begegnung in Pella, inzwischen habe er sich von den Vorzügen der Ausbildung in Mieza überzeugt: Er habe ihre Auswirkungen an seinem Sohn und anderen beobachten dürfen. Deshalb stünde Aristoteles noch etwas zu. Aristoteles bat um den Wiederaufbau seiner Geburtsstadt; und Philipp möge die Vertriebenen heimkehren lassen und die versklavten Stageiriten freikaufen.

»Ein königlicher Preis, und teuer«, sagte Philipp mit einer Grimasse.

Aristoteles verzog keine Miene. »Ich bin es wert. Dein Sohn ist es wert. Und du solltest dir für weniger zu schade sein.«

Es gab viele Gründe für den Philosophen, in Makedonien zu bleiben. Das Nymphaion mit seinen nahezu einzigartigen Möglichkeiten; der Wiederaufbau von Stageira, zum Teil nach Plänen, die in Mieza erarbeitet wurden; die Fortsetzung der begonnenen Arbeiten, zu denen nicht nur die Ausbildung junger Makedonen zählte, sondern auch die Erstellung der Listen des Wissens, aller verfügbaren Kenntnisse verschiedenster Sachgebiete; nicht zuletzt die fortdauernde Gunst des Königs und seines Thronschatzes, die mit den Jahren immer tiefere Freundschaft zu Antipatros – und die Tatsache, daß Aristoteles, Makedonenfreund und Fürstenbildner, in Athen nicht willkommen gewesen wäre. Das Herz von Hellas nahm ihn erst auf, als nach dem Untergang Thebens, nach dem Frieden, nach Alexanders Sieg und asiatischem Aufbruch die Stellung der Makedonenfeinde um Hypereides und Demosthenes geschwächt war. Erst dann gab es die Möglichkeit, im nordöstlich Athens gelegenen Bezirk um das Heiligtum des Apollon Lykeios eine eigene Schule zu begründen: für die Erforschung der Dinge, wie sie sind. Vorher hätte Aristoteles allenfalls als Gehilfe von Speusippos und, nach dessen Tod, von Xenokrates in der Akademie daran mitarbeiten können, derlei Forschung zu hintertreiben durch Errichtung von Denkgebäuden über die Welt und die Dinge, wie sie nach Platons Meinung sein sollten.

Der Sterbende sprach schneller, fiebriger; etwas schien ihn zu drängen oder zu hetzen. Peukestas hatte Mühe, den Gedankensprüngen zu folgen. Pythias, Mieza, Stageira, das Lykeion, Erinnerungen an Hermias, Rückgriffe auf Anekdoten aus Pella, dann wieder Zusammenfassungen langer Gespräche mit Antipatros, Vorgriffe auf Briefe Alexanders, eine Verurteilung des Kallisthenes und seiner ungezähmten Zunge; immer neue Bruchstücke von Gedanken über das Hellenische und das Barbarische: freies lichtes Denken zur Gestaltung der Welt gegenüber dumpfem düsteren Verweilen in knechtischem Glauben und Gehorchen. Namen, Vorgänge, Geschichten ohne Anfang und Ende: der Korinther Demaratos, Freund Philipps, der Alexander den unvergleichlichen Hengst Bukephalos schenkte und später, als Philipp und Alexander miteinander gebrochen hatten, die Versöhnung bewirkte; die schöne Kallixeina, von Olympias dafür gekauft, daß sie Alexander von Hephaistion trenne und in die Freuden des weiblichen Fleisches einführe, von Alexander kühl mißachtet; die kriegerischen und politischen Verwicklungen.

Während die Reden des Greises immer wirrer wurden, füllte sich das Zimmer mit Gestank. Pythias hatte in der Küche oder einem der anderen Räume vielleicht geschlafen, vielleicht geweint; plötzlich erschien sie, mit verquollenen Augen und hängenden Mundwinkeln. Sie atmete tief ein, legte die Hand auf Aristoteles' Stirn und bat Peukestas mit einer Kopfbewegung, den Raum zu verlassen; dann rief sie nach der alten Sklavin.

Peukestas trat aus dem Haus. Milder Wind strich über den Hügel, streichelte sein Gesicht. Erst jetzt wurde ihm klar, wie stickig es drinnen gewesen war. Er breitete die Arme aus, damit der Wind leichteren Zugang zu ihm fand; mit vollen Zügen genoß er die heile Luft auf dem Hügel. Irgendwo weiter östlich flackerte ein Feuer in der Ebene; der Meeresarm glitzerte unter den Sternen und dem Mond. Peukestas suchte und fand den großen Bottich; nachdem er sich erleichtert hatte, ging er hinab zum Brunnen, machte kehrt, stieg hinauf zum Haus. Der sieche, säuerliche Geschmack wich nur sehr langsam aus Mund und Nase. Aus dem kleinen Beutel, den er an einer Schnur um den Hals trug, zog er ein paar Blätter Minze, schob sie in den Mund und kaute, wie sein Vater es immer getan hatte. Wieder blickte er zum Himmel empor. Die Sterne waren milder und weniger zahlreich als die von Babylon. Alles war milder – die Luft, die Speisen, die Städte, das Land. Er versuchte, sich an die Kindheit zu erinnern, fand aber nur die Spuren jüngerer Ereignisse und Gerüche. Aristoteles' Worte schoben sich zwischen die Welt und die Wahrnehmung. Er bündelte seine Gedanken, beschwor Pella, die Stadt und die Landschaft, die er mit dreizehn Jahren verlassen hatte. Unglaublich, daß dies erst zwölf Jahre her sein sollte; Milet und Ephesos und Gordion und Ägypten und Babylon und Persien, die Berge und die Wüsten und die Ströme, sengende Hitze und schneidende Kälte, Eilmärsche in voller Rüstung durch staubige, steinige, feindselige Landstriche; baktrische Sonnenaufgänge, deren Schönheit und Einsamkeit Tränen in die Augen trieb, und Sonnenuntergänge über der arabischen Wüste oder im Dunst von Babylon; der Rausch des Geschmacks von Blut auf Stahl, lang und gierig; der Rausch in den Armen einer Perserin, schnell und heftig; die starren Augen der toten Kameraden, die Reihen der Gefangenen, die die Grube ausheben mußten; der Schweiß und das Entsetzen der Pferde beim Gebrüll des ersten Elefanten. Und immer wieder der sanfte Nachtwind im Herbst von Euboia.

Als Pythias aus dem Haus trat und leise nach ihm rief, mußte es kurz vor Mitternacht sein, wenn die Sterne nicht logen.

»Du kannst wieder zu ihm. Es geht ihm besser.« Ihre Stimme war flach, eine Hand nestelte an der Hüftschärpe.

»Möchtest du, daß ich ihn in Ruhe lasse?«

Sie lachte gepreßt. »Wozu? Er wird den Mittag nicht mehr erleben. Nein, es ist besser, wenn er sprechen und denken kann. Nur so daliegen und erlöschen ... wäre nicht angemessen. Sprich mit ihm – frag ihn – ermuntere ihn. Darf ich dabeisein?«

»Wer bin ich, daß ich über dich und deinen Vater zu bestimmen hätte? Nichts von dem, was ich wissen will, ist geheim.«

Sie legte die Hand auf seinen Unterarm. »Komm.«

Aristoteles trug ein frisches Gewand. Das Lager war mit neuen Decken versehen. Pythias setzte den Rahmen in die Fensteröffnung; die saubere Luft füllte sich mit Ruch von brennendem Holz und von Weihrauch. Das Feuer loderte; jemand hatte Asche und verkohlte Reste entfernt.

»Man wird wieder zum Säugling.« Aristoteles sah erfrischt aus, beinahe ausgeruht. »Ich glaube, ich hatte auch oben einen, ah, Ausfluß. Wörter und Gedanken, ungeordnet und ungehindert ausgeströmt aus einem Kopf, der zum After des Geistes geworden war. Setz dich.«

Peukestas blieb am Fußende des Lagers stehen. »Bist du sicher, daß du . . .?«

Aristoteles versuchte zu lächeln und klopfte mit der flachen Hand auf die Decken. »Ich bin. Ich könnte sogar . . .« Er stützte sich auf einen Ellenbogen und zog das ägyptische Amulett hervor. »Nicht mehr lange, fürchte ich. Vielleicht sollten wir die Gelegenheit nutzen, solange die Kraft reicht. Knie neben mir, Junge.«

Peukestas warf Pythias einen Blick zu; die Frau erwiderte ihn nicht. Sie schob einen Schemel zur Wand, am Kopfende des Lagers, setzte sich und lehnte mit dem Rükken an den Steinen.

Aristoteles hustete; einen Moment kippten seine Augen hoch, und Peukestas sah nur das Weiße. »Vieles von dem, was noch zu berichten ist, kannst du den Briefen meines Neffen Kallisthenes entnehmen. Einige Briefe, die ich von anderen, von den alten Schülern erhalten habe, sind nicht mehr hier – sie sind in Athen, wenn man sie nicht verbrannt hat; besonders wichtige Vorgänge, die darin geschildert wurden, will ich dir erzählen. Dann wird der Teil kommen, den du selbst miterlebt hast. Meine Kraft reicht noch für einige wenige – Denkbilder. Knie; schau ins Auge des Horos, Sohn Drakons.«

Peukestas ließ sich langsam auf ein Knie nieder. »Wo sollen wir weitermachen?«

Aristoteles kicherte heiser. »Du bist sehr zuvorkommend. Du könntest ja auch sagen, wir sollten da weitermachen, wo der Alte angefangen hat zu sabbern, nicht wahr? Ich weiß noch, was ich abgesondert habe. Es war wie Durchfall, Peukestas; man sieht sich dabei zu, kann es aber nicht verhindern.«

»Wenn du es sagst ...«

»Viele Dinge habe ich aus Philipps letzten Jahren ohnehin nicht gesehen – nur gehört, manchmal nicht einmal von Zeugen, sondern als Gerücht.«

»Die großen Dinge sind verzeichnet. Sag mir, was du sagen kannst – die Dinge, die nicht verzeichnet sind. Dinge, die mir helfen, die Aufzeichnungen besser zu verstehen, oder zu bezweifeln.«

Aristoteles ließ sich in die Kissen sinken. Die Hand mit dem Amulett ruhte auf seiner Brust. Einen Moment sah Peukestas ein drittes Auge, ein verzerrtes Dämonenauge, aus der Brust des Philosophen wachsen, und es war, als ob es weiter wüchse, um schließlich die ganze Brust auszufüllen. Als würde Aristoteles zu einem dämonischen Auge, ganz Schau, ganz Wahrnehmung, gleichzeitig ganz Umwandlung des Wahrgenommenen zu etwas Fremdem, Unheimlichem. Er schüttelte sich, blieb weiter auf einem Knie neben dem Lager, unfähig, sich von dem Anblick und den Gedanken loszureißen.

Aristoteles begann halblaut zu sprechen; es war wieder die beherrschte, gegliederte Rede, nicht das springende, strömende Hecheln der letzten Zeit vor der Unterbrechung. Er schilderte die wichtigsten Grundzüge der wie immer dreifach wirksamen, listigen Unternehmungen Philipps. Und seine großen Helfer: Parmenion, einfallsreich und notfalls tückisch auf dem Schlachtfeld, erfahren und ebenso kühn wie umsichtig; Antipatros, der gute Freund des Philosophen, ein großartiger Verwalter und Mehrer; zu ihnen kam nun Alexander.

»Viel kann ich dir nicht erzählen, über Alexander und

seine Zeit in Pella. Die Art der Arbeit, die er dort zu tun hatte, eben die Verwaltung, die Ordnung, die Sorge um die täglichen Dinge, die Einhaltung des Rechts, die Beschaffung von Vorräten, all dies ist erst dann auffällig oder sichtbar, wenn es lückenhaft und schlecht gemacht wird. Die schlichte Tatsache, daß niemand etwas über bedeutende Ereignisse weiß, daß alle Dinge ruhig und ungestört flossen, ist ein Beweis dafür, daß Alexander, der in diesem Jahr siebzehn wurde, vollkommen und großartig gearbeitet haben muß. Den guten Verwalter darf man nicht bemerken, nur der schlechte fällt auf.

Die großen Dinge? Demosthenes betrieb den Krieg, wie Philipp es gewollt hatte; und er nahm persisches Gold dafür, wie Philipp es erwartete. Artaxerxes wollte noch ein wenig aus der Ferne zusehen, wie die Hellenen einander zerfleischen. Alles begann mit der Belagerung von Byzantion und Perinthos, aber Philipp konnte die gut befestigten Städte nicht einnehmen, und solange sie nicht gefallen waren, wollte Athen nichts tun, allen Reden von Demosthenes zum Trotz. Man sah daran auch die Ernsthaftigkeit von Athens mit Tributen bezahlter Schutzverpflichtung anderen hellenischen Staaten gegenüber – sie wurden erst dann schutzbedürftig, wenn sie zerstört, also Athen nicht mehr gefährlich waren. Aber Philipp hatte auch dies erwartet.«

Aristoteles schwieg; er hielt die Lider fest geschlossen, als wollte er einschlafen. Dann begann er leise zu keckern, wie ein gehässiger Vogel. »Er war gut, o ja. Er hat mit allem gerechnet und hatte für alles die richtige Antwort. Er hatte viele junge neue Offiziere und unerfahrene Truppen; und er hatte viele Landstriche im Rücken, als er vor Byzantion lag – Landstriche, die von athenischen Gesandten aufgesucht wurden, und die Gesandten brachten persisches Gold und Athens kluge Worte. Also ordnete Philipp den Nachschub folgendermaßen: Verwundete, begleitet von einsatzfähigen Kämpfern, verlassen das Belagerungsheer und ziehen nach Pella, auf der südlichen Straße, die Küste entlang. Sie gehen nicht schnell; überall bleiben sie ein paar Augenblicke. Sie sorgen dafür, daß man den Worten der Gesandten, den Worten des Demosthenes, dort nur sehr bedingt und mit Vorbehalten lauscht. Neue Truppen, aus Pella, unter der Führung frischer Fürstensöhne, ziehen gleichzeitig über die Nordstraßen nach Byzantion, durchs Innere des Landes, bessern die Straßen und die Treue der Thraker aus, müssen hier und da ein wenig eindringlicher überzeugen, mit Schwert und Lanze; sie beruhigen verwirrte Gemüter und Länder, und wenn sie Byzantion erreichen, haben sie alle die ersten wirklichen Erfahrungen miteinander und mit der Welt gemacht und sind nicht mehr ganz so grün. Antigonos der Einäugige war immer unterwegs, um fremde Söldner anzuwerben und neue Kämpfer aus den makedonischen Bergen hervorzuzaubern, die er nach Pella schickte. Die Festung in der Hauptstadt leitete Kleitos der Schwarze; bei der Ausbildung der neuen Leute und der Verlegung nach Byzantion oder Perinthos erhielten Männer wie Perdikkas, Ptolemaios oder Krateros letzten Schliff und tiefe Einblicke. Antipatros sicherte den Süden und Westen, und die Athener taten nichts. – Bis Philipp seine Flotte einsetzte. Bisher hatte er die beiden Städte nur von Land her belagert; auch, um die Athener in Sicherheit zu wiegen.«

Attika brachte schon lange nicht mehr genug Getreide hervor, um die wachsende Bevölkerung zu nähren. Athen war abhängig vom Weizen des Nordostens – aus den weiten Ländern jenseits von Byzantion, am Gestade des Euxeinischen Meers. Die makedonische Flotte war klein und wurde nicht eingesetzt; also schienen die Seeverbindungen sicher zu sein. Dann kam die Erntezeit; es kam die Zeit der großen Weizenflotte, die in den Häfen der hellenischen Städte am Euxeinischen Meer zusammengestellt wurde und zum Bosporos fuhr, vorbei am belagerten Byzantion, durch die Propontis, vorbei am belagerten Perinthos, dann ins Meer des Aigeus, vorbei an Samothrake und Thasos, nach Süden, zum Piräus: nach Athen. Aber plötzlich war die makedonische Flotte da, brachte die Getreideschiffe auf, beschlagnahmte Athens Weizen. Und Athen, das Freunde und Bundesgenossen im Stich ließ, auch wenn sie schon belagert wurden, erklärte nun endlich Philipp den Krieg. Es wurde aber Herbst, zu spät, um noch etwas zu unternehmen.

»Das geschah erst im folgenden Jahr. Mit persischem Gold wurden zwei Flotten ausgerüstet, unter Chares und Phokion nach Norden geschickt. Aber die makedonische Flotte war verschwunden, und als die Athener bei Perinthos und Byzantion an Land gingen, hatte Philipp die Belagerung schon abgebrochen. Er selbst zog mit einem Teil des Heers zur thrakischen Nordgrenze, zum Istros, um die Grenzen zu begradigen. Der Rest marschierte unter Parmenion nach Westen; Parmenion löste Antipatros ab, der wieder als Verwalter und Hüter nach Pella kam. Dann wurde Philipp im Kampf verwundet; Alexander zog zum ersten Mal in den Krieg, kurz, aber mit Können und Glück. – Komm, knie neben mir, Peukestas. Einige Dinge weiß ich, die ich dir zeigen kann – solange die Kräfte reichen. Schau ins Auge des Horos.«

Außerhalb von Pella werden Truppen ausgebildet. Kleitos sitzt auf einem schwarzen Pferd, neben ihm Alexander auf dem weißen Bukephalos. Alexander sieht müde und erschöpft aus; er hat ein paar Worte mit den Besuchern gewechselt – unter ihnen Aristoteles –, die auf Karren aus der Stadt gekommen sind; nun wendet er sich wieder den Kämpfern zu.

Ein Trupp besteht aus erfahrenen Kriegern; einige tragen noch kleinere Verbände oder weisen frisch verheilte Wunden auf. Emes ist unter ihnen. Die Gruppe, etwa fünfzig Männer, wird geführt von Krateros und Ptolemaios. Beide tragen die gleiche Ausrüstung wie die Hopliten, zusätzlich aber purpurfarbene Stoffetzen auf der linken Schulter.

Die zweite Gruppe, ebenfalls um die fünfzig Kämpfer, besteht aus jungen, erst halb ausgebildeten Leuten unter dem Befehl von Perdikkas und Philotas. Neben Alexander, auf einem ruhigen, behäbigen Pferd, sitzt ein Trompeter. Auf Alexanders Handbewegungen hin bläst er Signale; beide Truppenkörper setzen sich in Bewegung: vorrücken mit geschulterten Sarissen; schwenken, Sarissen gesenkt und gerade ausgerichtet; Bildung eines nach allen Seiten von Sarissen starrenden Vierecks; Auflösung des Vierecks zur Phalanx; Auflösung der Phalanx zu kleinen Kampfgruppen. Die älteren Männer sind schnell, genau und zuverlässig; die Reihen der Neuen sind Schlangenlinien, und was bedrohlich ausgerichtete Sarissen sein sollten, sieht eher aus wie ein unordentliches Nadelkissen. Perdikkas brüllt Befehle, die nicht ausgeführt werden; Philotas rauft sich die Haare, als die Gruppe wie ein wibbelndes Wurmknäuel zum Stillstand kommt.

Kleitos zuckt die Schultern. »Die lernen es noch, Alexander. Ich hab schon Schlimmeres gesehen.« Seine Stimme hallt über das Feld.

Alexander richtet sich auf; es ist, als ob die Bürde der Arbeit mit Schreibried und Papyros und Zahlen von seinen Schultern glitte. Sein Gesicht wirkt frischer als noch vor wenigen Augenblicken. Er wendet sich an die Gruppe der Neuen.

»Ihr seid ein lausiger Misthaufen«, sagt er mit heller, schneidender Stimme. »Vielleicht lachen sich die Athener tot, wenn sie euch sehen. Es wäre das erste Mal, daß Lächerlichkeit einen Sieg bewirkt. Aber darauf wollen wir uns nicht verlassen.«

Die älteren Kämpfer lachen, während er vom Pferd gleitet. Er ist unbewaffnet, trägt keinen Helm, nur einen ledernen Brustschurz mit Metallplatten. Alle Augen hängen an ihm, fast hungrig, als er mit federnden Schritten zu den Neuen geht und einen von ihnen herausfordert.

»Greif mich an, mit dem Schwert. Los doch. Keine Angst, komm!«

Der junge Mann blickt erstaunt drein, dann läßt er die Sarissa fallen, zieht das Kurzschwert und greift an. Alexander weicht aus, duckt sich, hält den Unterarm des anderen, lähmt die Hand mit einem Fingerdruck auf den wichtigsten Nerv, schüttelt das Schwert aus den Fingern, wirft den Mann über die Schulter zu Boden, nimmt das Schwert auf und berührt den Hals des Liegenden mit der Schwertspitze – all dies in einer einzigen, fließenden, geschmeidigen Bewegung. Es ist etwas darin wie im Gang einer schlanken jungen Frau, die mit einem Krug auf dem Kopf durch die Straßen gleitet. Von den anderen Kämpfern ist ein seltsames Geräusch zu hören. Kein beifälliges Raunen, kein anerkennendes Knurren – eher ein Girren, beinahe sanft und begehrlich: das Girren einer Menge, die einer sinnlichen Tänzerin zuschaut.

Alexander wirft das Schwert fort, reicht dem Liegenden die Hand, zieht ihn hoch. Er wendet sich einem anderen zu. »Wehr dich«, sagt er, fast liebevoll. Er nimmt die Sarissa, die der erste Gegner hatte fallen lassen, und noch ehe der zweite den Schild heben und das Schwert ziehen kann, ist die Spitze des langen Speers an seiner Kehle.

»Das muß schneller gehen – aber du wirst es schon lernen.« Alexander lächelt flüchtig. »Andernfalls werden wir um dich trauern und deine Gebeine ehren. Verspreche ich.«

Gelächter; Alexander dreht sich um, betrachtet die erfahrenen Kämpfer. Einer von ihnen sagt, wie zu einer besonders schönen Dirne: »Wen von uns willst du, Alexander? Versuch es doch.«

Alexander lächelt, blickt die Reihe entlang, nickt. »Warum nicht? Krateros!«

Krateros zieht das Schwert, reicht es Alexander, der immer noch die Sarissa hält, bietet ihm dann seinen Helm an. Alexander lehnt ab.

»Emes – Bogenbieger, Mann mit einem starken Namen, komm.«

Emes strahlt und tritt vor. Alexander hat das Schwert in den Gürtel gesteckt. Er hält die Sarissa in beiden Händen, wirbelt sie herum, läßt sie in den Himmel fliegen, fängt sie auf, läßt sie wie ein Gaukler um seinen Kopf tanzen. Wieder hört man das Girren der Männer; Emes schweigt und beobachtet ihn mit schmalen Augen. Plötzlich richtet Alexander die Sarissa auf Emes' Kehle. Emes' Schwert glitzert, fliegt auf, hackt in das Holz der langen Lanze, trennt die Spitze ab. Alexander läßt den Schaft fallen, zieht das Schwert und greift an. Sie kämpfen, fechten, vor und zurück, die Schwerter klirren und blitzen; langsam treibt Alexander den Hopliten zurück, stolpert jäh, taumelt, und als Emes sich auf ihn stürzt, zuckt Alexanders Schwert hoch. Emes' Waffe wird aus der Hand geschleudert und landet zehn Schritte entfernt. Alexander läßt seines fallen, springt Emes an wie eine Katze. Sie ringen, kurz und wild; dann liegt der Krieger auf dem Rükken. Alexander zieht ihn hoch, lächelt, als Emes ihm die Hand küßt, und geht zu seinem Pferd.

»So stark«, sagt Emes leise, mit einem Staunen in den Augen. »Und sein Schweiß ist mild.« Er schüttelt den Kopf.

Im Palast, in den Arbeitsräumen des Königs, sind alle Tische übertürmt von Rollen, Tafeln, Schreibzeug; dazwischen verlieren sich ein paar Becher und leere Platten, auf denen einmal Speisen gelegen haben. Es ist spät; Öllampen, Fackeln und ein sechsarmiger Lampenständer erhellen die Dinge. Alexander sitzt und schreibt; bei ihm sind weitere Schreiber – Sklaven – sowie Hephaistion und ein fetter junger Mann, dessen Nasenspitze irgendwann einmal von einem Messer gespalten wurde und nie ganz zusammengewachsen ist.

Er reicht Alexander eine Rolle, vollgekritzelt mit wirren Zeichen.

Alexander liest und reibt sich die Augen. »Nicht schlecht, Eumenes – für einen Hellenen.«

Eumenes grinst. »Ich hab's von Philipp gelernt, vier Jahre lang. Außerdem geht's um Tatsachen und Zahlen. Dabei gibt es keinen Unterschied zwischen Hellenen und Makedonen.«

»Futter und Getreide für die Pferde.« Alexander murmelt, während er die Liste überfliegt. »Ziemlich großzügig berechnet. Immerhin gibt's da doch überall Gras, oder?«

Eumenes legt ein Schreibried an seine Nasenspitze, in die vernarbte Gabelung. »Die Pferde laufen aber nicht nur mit Gras. Sie tragen Kämpfer; sie müssen schnell sein; sie müssen in die Schlacht. Besser, wir haben zu viel für sie als zu wenig.«

Hephaistion reicht Alexander eine neue Liste. »Da muß das ganze Zeug hin. Die Namen der befestigten Stützpunkte in Thessalien; die nächsten Häfen; die schon vorhandenen Vorratslager; die Stellen, an denen neue angelegt werden müßten; die nötigen Mannschaften und Packtiere; die Entfernungen. – Wenn alles gutgeht.«

Alexander lehnt sich zurück. »Sehr gut. Du hast zwei Fehler gemacht. Ungefähre Entfernungen reichen nicht, aber genaue haben wir nicht – nicht dein Fehler.«

»Was ist der andere Fehler?« Hephaistion legt eine Hand auf Alexanders Schulter und schaut auf die Liste.

»Hier. Wie ich meinen Vater kenne, bleibt er nicht da stehen.«

Hephaistion runzelt die Stirn. »Aber ... wenn es tatsächlich zum Krieg kommt, zu Lande, dann ist das die Stelle, wo die entscheidende Schlacht stattfindet. Immer.«

Alexander schüttelt sehr langsam den Kopf. »Damit werden sie rechnen. Sie werden die Thermopylen besetzen und sperren, wie du es voraussiehst. Und deshalb wird Philipp sie dort hocken lassen und weiträumig umgehen. Also müssen wir uns überlegen, wie wir den Nachschub weiterbringen können.«

Eumenes hüstelt. »Wenn die Verbindungen so lang werden, überlang, gibt es nicht genug Getreide für alle. Männer und Tiere.«

»Natürlich gibt es genug.« Alexander lächelt müde. »Vorratslager der Thebaner. Athenische Getreideschiffe. Die Städte im Hinterland.« Er steht auf, gähnt und streckt sich. »Ich hätte gern morgen früh einen Plan. Wenigstens in Umrissen, Eumenes. Entfernungen, geschätzte Mengen, Anzahl der benötigten Karren und Packtiere. Zelte für die Heiler. Verbandszeug. Die nächsten Häfen und die Stärke ihrer Besatzungen. Die Listen von Philipps Spitzeln liegen da hinten.«

Eumenes schneidet eine Grimasse. »Mach ich. Du hast drei Nächte nicht geschlafen, ich nur zwei, also leg dich hin. Schlaf, wenn du kannst. Wir arbeiten alles aus.«

An einem anderen Abend begegnet Alexander auf dem Gang Olympias und Aristandros. Sie lächeln, offenbar voller Erwartungen; er nickt ihnen kühl zu und geht weiter. Sie schauen hinterher; Olympias kaut auf der Unterlippe und verdreht die Augen. Admetos kommt aus einem anderen Raum, tritt zu ihnen; sie verschwinden in Olympias' Gemächern.

Alexander geht fahle flackernde Gänge entlang, vorbei an Posten, treppab, bis er eine große Halle erreicht. Musik dringt ihm entgegen, der Klang von Flöten, Kitharas und Lyren, Gelächter, klirrende Becher, die Stimmen von Frauen und Männern. Er bleibt einen Moment stehen.

Die weißen Wandflächen spiegeln hundert Lampen und Fackeln wider; hellrote, bläuliche und ockerfarbene Rahmen und Friese entstellen das Licht, überziehen alles mit einem Traumschein. Mitten in der Halle lodert ein offenes Feuer in einer mit grünen Steinen ausgelegten Vertiefung, die eigentlich für Fußwaschungen vorgesehen ist oder, mit Matten ausgelegt, für Darbietungen von Athleten. Einige seiner Freunde und Gefährten sind anwesend, dazu Offiziere aus der Festung, Mitarbeiter der Verwaltung, andere Gäste aus der Stadt, Dirnen, Sklavinnen. Kleitos erhebt sich schwankend, als Alexander eintritt, und reckt die rechte Faust, die einen triefenden Becher hält. Dann sackt er wieder auf der weißen Steinbank zusammen, zieht ein Bein unter das andere, wühlt mit der linken Hand in den Decken und Fellen und wendet sich erneut Krateros zu, dessen Bewegungen unhörbare Worte unterstreichen. Auf einer anderen Liege hat Ptolemaios eine Amphore im Arm und ein halbnacktes Mädchen auf dem Schoß. Neben ihm liegt Perdikkas; er läßt sich von einem hübschen blonden Knaben mit rotem Beerenmund und einem dunklen Mädchen gleichzeitig liebkosen.

Fast in der Mitte des Raums, aber eher neben als über dem Feuer, turnen zwei Zwergwüchsige auf einem schwankenden Tau. Sie schneiden Fratzen und versuchen einander zu Fall zu bringen, indem sie Weinbeeren werfen und aus halbleeren Schläuchen eine gelbliche Flüssigkeit verspritzen. Einer der Musiker in der Ecke legt Pfeile auf die tiefste Seite seiner Lyra und schießt auf einen Turm aus alten irdenen Bechern; als er endlich trifft, stürzt alles mit Getöse und Geknirsche zusammen. An einer Wand steht auf einer Plattform ein Käfig, in dem ein doppelköpfiger Hund alles verdrossen beobachtet.

Alexander setzt sich neben Philotas; von einem Sklaven läßt er sich Wein und viel Wasser mischen, trinkt ein wenig, sieht sich um, lauscht und unterdrückt ein Gähnen. Philotas bietet ihm lächelnd Weintrauben an; Alexander dankt und pflückt einige Beeren ab.

Später nähert sich Hephaistion, mit nacktem Oberkörper und einigen Kratz- oder Bißwunden am Hals; er zieht an der Hand ein braunhäutiges, dunkelhaariges Sklavenmädchen mit sich und beugt sich zu Alexander hinab.

»Keine Kinder«, sagt er leise.

Alexander nickt, lächelnd. »Kein Streit.«

»Kein Gebrüll?«

»Keine Eifersucht. Genieß es, Patroklos.«

Hephaistion und das Mädchen verschwinden. Alexander lächelt immer noch, schließt die Augen, scheint zu schlummern. Perdikkas kommt zu ihm, mit dem Knaben und dem Mädchen, bietet ihm beide an. Alexander steht auf, küßt Perdikkas' Stirn und geht hinaus. Er durchquert den Hof, nickt den Wachen zu, geht durch das Tor, wandert durch die stille nächtliche Stadt, über Straßen und Plätze, zum Stadttor. Die Posten grüßen und öffnen den mannsgroßen Durchlaß. Alexander schlendert zwischen den Hütten der Vororte entlang, bis er offenes Feld erreicht. Irgendwo schreit ein Nachtvogel; der Wind rauscht im Ried am Rand des Sumpfs. Kein Mond am Himmel, der Unendlichkeit ist, geschmückt vom gleißenden Diadem der Sterne. Alexander legt den Kopf in den Nacken, schaut hinauf und breitet die Arme aus.

»Wie lang noch, Apelles?«

Der Maler blickt über den mit Leintuch bespannten Holzrahmen zum breiten Bett; ein Balken Abendsonne fällt durch die Fensteröffnung und ergießt sich wie geschmolzenes Gold über das Gewirr der Glieder und Felle.

»Macht weiter. Ich bin gleich fertig. Nur noch ein paar Striche.«

Er ist etwa fünfunddreißig Jahre alt; sein Chiton besitzt die Farben des Regenbogens und die Reinlichkeit der Suhle eines Wildschweins. Er steht neben einem niedrigen Tisch voller Tontöpfe mit Farben, daneben Haarpinsel unterschiedlicher Dicke und Dichte; in der linken Hand hält er eine rechteckige Palette mit bunten Vertiefungen. Die Rechte führt das feinstens zugekaute Rohrpinselchen, mit dem er die letzten Striche anbringt.

Er malt das Gesicht, das entrückte, fast aufgelöste Gesicht einer leidenschaftlichen jungen Frau, voll von Lust und Schmerz. Das Stöhnen, das ihrem Mund auf dem Leinentuch fast anzusehen ist, wird lauter, ebenso das härtere Ächzen des Mannes. Apelles blickt wieder über den Rand; diesmal lächelt er und nickt.

»Ja. Wunderbar. Dranbleiben. Hart. Ja. Nichts, was der strahlenden Wucht des Ausdrucks einer Frau bei der Liebe gleichkäme.«

Er legt das Röhrchen weg, wählt einen der feinsten Pinsel. Das Bild ist fast beendet. Die Laute vom Lager kommen schneller, höher, schriller, verebben schließlich.

Alexander löst sich aus den Armen der Sklavin, rollt sich auf den Rücken; sein Atem beruhigt sich. Er lächelt. Sie mustert ihn mit einem rätselhaften und rätselnden Blick.

»Fertig«, sagt Apelles. »Ihr beide, und ich auch. Ich glaube, ich werde es *Pankaste wird von ihrem Herrn geliebt* nennen. Die schiere Wahrheit – lauter und nackt. Götter, ist sie schön!«

Alexander steht auf, legt Schurz und Chiton an, dann die Sandalen. Pankaste beobachtet ihn; plötzlich lächelt sie versonnen und starrt zu den Balken der Decke hinauf.

Alexander tritt neben Apelles, betrachtet die Frau auf dem Bild, die Frau zwischen den Decken, die Frau auf dem Bild.

»Dies ist wohlgetan, Apelles. Kein Wunder, daß man dich den größten aller lebenden Maler nennt. Wunderschön.«

Apelles nickt; er blickt hinüber zu Pankaste. »Wunderschön – fürwahr.«

Alexander sieht ihn an, dann sie, dann beginnt er beinahe tückisch zu lächeln. »Morgen breche ich auf. Mein Vater will mich an seiner Seite haben, im Krieg. Dort ist kein Platz für schöne Sklavinnen, Pankaste.«

Beide beobachten ihn: Apelles aufmerksam und ein wenig verwundert, Pankaste mit einem Ausdruck von Zufriedenheit und Zustimmung. Alexander legt eine Hand auf die Schulter des Malers.

»Ich danke dir – für alles, Pankaste«, sagt er halblaut. Dann, lauter: »Laß mich das Bild behalten, Freund. Du hast sie auf diesem Laken vollkommener besessen, als ich es je auf jenem Laken dort könnte.« Er nickt zum Lager, wendet sich ab und geht zur Tür. »Sie gehört dir. Wenn sie will.«

Die Truppen verlassen Pella; nur eine kleine Besatzung bleibt zurück, und natürlich der Stab unter Antipatros. Mit den jungen Gefährten folgt Alexander einer langen Marschsäule von Fußkämpfern; neben ihm reitet Hephaistion. Hinter den Reitern kommen die letzten Karren, vollbepackt mit Vorräten, Waffen, Verbandszeug; die meisten sind längst unterwegs oder werden vor der Stadt zu einem Zug geordnet. Ganz zum Schluß gehen die Treiber neben ihren bepackten Maultieren.

Unterhalb der Burg, an einer Ecke des Platzes, sitzt ein

wandernder Philosoph auf der nassen Erde; als Alexander vorbeireitet, spricht er lauter.

»Dies aber gilt nicht nur für die Künste und Kenntnisse des Friedens. Auch in den Dingen des Krieges ist vollkommene Meisterschaft nur zu erlangen von jenen, die den Weisen und Weitgereisten lauschen oder ihre Schriften lesen.«

Alexander zügelt sein Pferd, steckt die Hand in den breiten Gürtel und zieht eine Münze heraus. Sie ist aus Gold und zeigt auf der einen Seite den bekränzten Kopf des Apollon, auf der anderen einen Wagenlenker auf einem Zweispänner. Alexander wirft dem Philosophen die Münze zu.

Der Mann fängt sie, betrachtet sie. »Ein goldener Stater des Königs Philipp«, sagt er fast ehrfürchtig. »Wofür, Sohn des Königs?«

Alexander entblößt die Zähne. »Damit du schweigst.«

Antipatros betritt die Gemächer des Königs, nimmt den Helm ab, kratzt sich den kahlen Schädel. Archelaos, der Hausmeister, reicht ihm einen Silberbecher voll Wein. Antipatros nimmt, lächelt, trinkt; dann geht er zum Fenster und tritt neben Eumenes, der hinausschaut über die Stadt und die letzten Maultiere des Zugs verschwinden sieht.

»Na ja, nun denn.« Antipatros wendet sich den Tischen zu; alle sind übersät von Rollen und Listen. »Irgendwie wäre ich doch lieber mit ihnen gezogen als ... bei *dem* hier zu bleiben.« Er schneidet eine Grimasse und deutet auf das Schreibgebirge. »Aber ihr habt alles vortrefflich geregelt.«

Eumenes deutet eine Verbeugung an. »Pflicht, edler Antipatros, und Vergnügen. Lust, gewissermaßen.«

»Lust? Baaah ... Ich höre, du hast mit Alexander gut und gründlich zusammengearbeitet, Hellene.«

Eumenes nickt. »Ich hoffe, das macht dir nichts aus. Daß ich Hellene bin.«

Antipatros grinst. »Es soll Vipern ohne Gift geben.« Er

setzt sich, schiebt die Unterlippe vor, summt, starrt auf die Rollen und Tafeln. »Gute Arbeit, wie gesagt. Ich hab ja nur das andere Ende von eurer Arbeit mitgekriegt, gewissermaßen, aber es hat mich beeindruckt. Kein Vergnügen, immer zwischen Thessaliens Norden und den Grenzen Boiotiens herumzuwandern und die Dinge zu ordnen. Immerhin brauchte ich mich nicht um all das zu sorgen, was aus Pella gekommen ist. Hast du es allein geschafft?«

Eumenes setzt sich ihm gegenüber, trinkt einen Schluck Wein. »Ich habe in den letzten Jahren viel von dir und von Philipp gelernt, aber allein ...? Nein. In Wahrheit hat Alexander das meiste gemacht; ich hab ihm nur geholfen. Die meisten Ideen und Anweisungen kamen von ihm. Aber das ist unwichtig; es zählt nur, daß du zufrieden bist; daß alles richtig ist.«

»Brav. Wenn ihr erwachsen seid, ihr alle, meine ich, könntet ihr am Schluß sogar ganz brauchbar werden.« Er grinst und wendet sich an Archelaos. »Setz dich zu uns. Ich muß das eine oder andere wissen.«

Archelaos geht zu einem der Regale, nimmt ein Bündel Rollen und kommt zum Tisch.

»Was ist das?« Eumenes kneift die Augen zusammen.

»Haushalt.«

Eumenes ächzt.

Ein dunkelhäutiger Sklave, unsichtbar im Schatten der Sträucher, beobachtet Olympias und Aristandros; sie stehen vor dem kleinen Altar außerhalb des Hauses auf dem Hügel. Der Eingang zur Mysterienhöhle ist versperrt. Olympias hat die Arme zum Himmel erhoben; ihr weißes Gewand flattert im frischen Wind. Aristandros beendet die Betrachtung der Eingeweide, wirft Kopf und Gedärm in einen Korb und beginnt, den geopferten Widder zu zerlegen. Die Schlange zischt und schiebt den Kopf unter Olympias' Kleid, zwischen die Brüste.

Aristandros antwortet, sehr leise, auf beinahe geflüsterte Bemerkungen der Königin. Allmählich wird das

Gespräch lauter und heftiger; schließlich läßt der Seher das Messer fallen und fährt herum.

»Du hast aber doch keinen Grund, dich einzumischen! Was machst du mit mir? Nicht zu reden vom Staat! Du weißt, ich bin dein Freund, ich versuche dir zu helfen – aber vergiß nicht, ich habe andere Pflichten. Ich bin auch der oberste Priester und Seher des Königs!«

Olympias hebt nicht einmal eine Braue. »Ruhig, Aristandros; beruhige dich. Ich habe dir nur ein paar Ratschläge gegeben. Wer würde sich denn einmischen wollen?«

Aristandros bläst die Wangen auf. »Ha. ›Wer würde sich denn einmischen wollen‹ – und das aus deinem Mund!«

Olympias bleibt kühl. »Ein einziges Mal habe ich mich in etwas eingemischt. Ansonsten habe ich nur guten Rat gegeben. Oder nennst du es einmischen, wenn eine Mutter sich um die Erziehung ihrer Kinder kümmert? Nennst du es einmischen, wenn die Königin dem König Dinge vorschlägt?«

»Ich kenne einige deiner Vorschläge, ich erinnere mich auch an einige deiner . . . Eingriffe in die Erziehung. O ja, und wie. Wenn das keine Einmischung ist, was dann? Wann hättest du dich je wirklich eingemischt?«

Olympias lächelt. »Du schweigst? Versprich es – schwör es!«

Aristandros seufzt und wendet sich wieder dem Widderfleisch zu. »Ich schwöre es, bei Zeus, der Ammon ist.«

»Einmal habe ich mich eingemischt, als ich zufällig von einem schlechten Vertrag hörte, den Philipp mit jemandem abgeschlossen hatte. Damals habe ich einen Brief geschrieben.«

Aristandros zuckt zusammen, schneidet sich tief in den linken Zeigefinger, läßt das Messer fallen und hebt die Hände. »O ihr Götter! Vertrag! Und die Perser haben Hermias gefoltert. Du? Ah, aber . . . Das ist Verrat!«

Olympias lächelt eisig. »Kein Verrat. Ich habe es für Alexander getan. Mein Sohn ist das Gefäß des Gottes Ammon. Wie du wohl weißt. Ammon will, daß seine Herrschaft über Ägypten wiederhergestellt wird. Das ist Alexanders Aufgabe. Er wird sie erfüllen. Später. Ein Krieg Philipps gegen Persien wäre jetzt nicht sinnvoll, für Ammon.«

Aristandros starrt sie an, ungläubig, mit verzerrtem Gesicht. »Aber – ah, das ist Wahnsinn!« Er schüttelt den Kopf und rauft sich die Haare, beschmiert sie mit Blut und Darmstückchen. »Nicht zu reden von allem anderen, aber ... Götter! Alexander soll nach Ägypten, das Reich der Perser zerstören, ihre Herrschaft in Ammons Land beenden – aber er kann doch nicht dorthin *fliegen!* Er *muß* durch Asien marschieren, mit dem Heer, und die Perser bekämpfen. Der Vertrag, wenn alles gutgegangen wäre, hätte die Dinge sehr viel einfacher für ihn gemacht. Und – Philipp ist erst fünfundvierzig, er ist stark und gesund, er ist König und wird es noch lange sein. Indem du ihn schwächst, was du getan hast, schwächst du Makedonien, und wenn Alexander Ammons Willen erfüllen soll, braucht er ein starkes Makedonien.«

Olympias nickt; noch immer spielt das eisige Lächeln um ihre Mundwinkel. »Philipps Macht kümmert mich nicht, da er mich nicht an ihr teilhaben läßt. Und mein Sohn wird tatsächlich einmal ein starkes Makedonien brauchen – Makedonien und Hellas zusammen. Philipps Pläne, der Vertrag mit Hermias, all das hätte vielleicht zum Krieg gegen Artaxerxes geführt, ehe Hellas geeint ist. Es wäre Schwäche gewesen und zu schlimmerer Schwäche geworden. Deshalb ...«

Aristandros steht reglos da; nur die Lider flattern. »Du schwächst also den Vater, um später den Sohn zu stärken? In der Hoffnung, daß er dann seine Macht mit dir teilt? Du ... bist wahnsinnig, Olympias.«

»Hüte deine Zunge, Priester! Du sprichst mit der Königin!«

Aristandros lächelt schwach. »Ich würde auch dem König sagen, er sei wahnsinnig, wenn ich es für sinnvoll hielte. Meine Zunge hüte ich, wenn *ich* es will. Oder die

Götter. Außerdem wäre ich an deiner Stelle nicht so sicher, was die späteren Verläufe angeht.«

Olympias deutet mit dem Zeigefinger auf ihn. »Denk nach, Aristandros. Philipp ist ein großer König und Krieger. Wenn es zum Krieg mit Persien kommt, kann er siegen oder verlieren. Wenn er siegt, beendet er Persiens Herrschaft; vielleicht nicht nur an der Küste Asiens, vielleicht sogar in Ägypten. Die Götter wollen aber, daß Alexander dies tut, nicht Philipp. Und wenn Philipp verliert, ist Makedonien so geschwächt, daß Alexander es gar nicht erst versuchen kann. Deshalb *darf* Philipp den Krieg nicht führen.«

»Und du bist so sicher, daß dein Einfluß auf Alexander, auf Alexander den König, größer sein wird als dein Einfluß auf Philipp? Bedenke, er war bei Aristoteles, und als er zurückkam, um in Philipps Abwesenheit das Land zu lenken, hat er nicht viel um deinen Rat gegeben. Er ist nicht dein Werkzeug, Olympias.«

»Er wird es sein.« Ihre Stimme ist ruhig, gelassen, vollkommen sicher.

Aristandros hebt die Schultern. »Wie du meinst. Auch Königinnen dürfen träumen. Nur – laß mich aus dem Spiel. Meine Pflichten gelten dem König, den Göttern, dem Volk. Und wenn ich du wäre, würde ich dafür sorgen, daß Alexander nie etwas von deinen Plänen und ... Briefen erfährt.«

Olympias lacht leise. »Philipp ist stark und gesund. Er wird noch lange König sein. Du sagst es. Alexander wird lange warten müssen, wie? Und was, wenn er nicht so lange warten muß? Wenn er die Macht früher erhält – aus meinen Händen?«

Aristandros starrt sie an, stumm, mit halboffenem Mund.

Olympias nickt. »Und vergiß nicht, du bist mein Mitwisser.«

Aristandros spuckt aus. »Der Vertrag? Deine Pläne für die ... Machtübergabe? Ich weiß nichts!«

Olympias lächelt. »Du weißt es. Ich werde sagen, du

hättest es von Anfang an gewußt. Wem wird man glauben, Priester?«

Der dunkelhäutige Sklave kehrt in den Palast zurück. Er sucht Archelaos, aber der Hausmeister ist nirgends zu finden. Antipatros ebensowenig; beide scheinen außerhalb von Pella unterwegs zu sein. Der Sklave nähert sich zögernd, dann entschlossen dem Hauptmann der Palastwache. Pausanias wehrt ihn zunächst ab, lauscht dann doch, unterbricht ihn nach wenigen Worten, nimmt ihn mit in einen der vorderen Türme, neben dem Tor; dort sind Wachstuben, und dort ist Pausanias' Schreibstube. Sie steigen höher, auf die oberste Plattform. Pausanias lehnt sich an die Mauerkante, winkt den Sklaven zu sich. Dann packt er ihn und stößt ihn vom Turm.

Alexander wechselt ein paar Worte mit Kleitos, nachdem die Boten und Aufklärer berichtet haben und neue losgeschickt worden sind. Die Marschsäule kriecht unter der Vormittagssonne nach Süden; es ist heiß, der Sommer versengt die Felder rechts der Straße. Links, reglos in der Windstille, blendet das Meer; der Verband der Lastschiffe, fast immer auf gleicher Höhe mit den Truppen, ist eine dunkle Erleichterung, eine Sammlung von Ruhepunkten für die Augen – noch. Philipps Bote hat das Marschziel genannt; Chaironeia liegt im Binnenland.

Alexander wendet Bukephalos und reitet zurück, vorbei an den marschierenden Kämpfern, die unter ihren Waffen und Packen schwitzen. Weiter hinten, auf einem der Karren, sichten Drakon und Philippos, am Vortag von Mieza aus zu ihnen gestoßen, die Vorräte der Heiler. Sie reinigen und schleifen Drakons Werkzeug, die Knochensägen, die Wundmesser, die Zangen. Um sie her stehen und liegen Bündel und Körbe: Kräuter, saubere Tücher, Kistchen mit weiteren Messern, Nadeln, Klammern.

Philippos hält ein paar merkwürdig geformte Zangen hoch, dann ein sehr langes, dünnes, gerades Messer. »Wozu ist das alles?«

Drakon kaut auf einem Zahnstocher; mit schnellen Bewegungen der Zunge und der Lippen befördert er ihn in einen Mundwinkel. »Die Zangen sind zum Entfernen von Pfeilspitzen aus einem Körper. Und das Messer? Du weißt, es gibt Wunden, die zu schlimm sind, als daß wir sie je heilen könnten. Das Messer ist mein besonderer Freund, ein Herzenfresser und Seelenesser. Der Freund, der die Qualen beendet.«

Philippos läßt das Messer fallen, als ob es glühend heiß wäre. Alexander reitet vorbei, wendet dann erneut und bleibt neben dem Karren. »Gute Zusammenarbeit?« Er zwinkert.

Philippos lächelt gequält. »Gut, gut. Von Aristoteles habe ich alles gehört, was ich je über Heilkräuter wissen wollte. Von Drakon höre ich jetzt alles, was ich nie über Messer wissen wollte.«

Drakon grinst, spuckt den Zahnstocher aus und langt nach einem kleinen Brett, auf dem Kräuterhäufchen liegen: Steineppich, Salbei, Schlangen- und Königskraut, Minze. Drakon hackt und schneidet alles, nicht zu klein, und rollt es zu Bällchen, die er in ein Lorbeerblatt wickelt. Es gelingt ihm, diese Arbeit kunstvoll zu beenden, ohne auf dem holpernden Karren etwas zu verschütten.

»Wozu ist das gut?«

Drakon steckt ein Bällchen in den Mund. »Zum Kauen, Alexander, wozu sonst? Es macht den Atem rein und angenehm. Du brauchst es nicht; dein Atem ist ein Wunder.«

»Warum kaust du immer?«

Drakon grinst, bückt sich und hebt einen Beutel hoch; darin rasselt es. Er öffnet ihn – es ist schon fast ein Sack – und zeigt Philippos und Alexander seine Sammlung feinster Zähne. »Gesunde Dinge kauen macht die Zähne gesund; kräftige Dinge kauen macht sie kräftig. Oder hält sie gesund und kräftig. Ihr wißt ja, ich schneide Leuten, die ihre Zähne verloren haben, die Gaumen auf und pflanze ihnen neue ein.«

Philippos schüttelt sich; Alexander grinst. »Dann könntest du doch eigentlich aufhören zu kauen und deine Zähne ausfallen lassen. Ich bin sicher, Philippos würde dir die besten aus deiner Sammlung einsetzen.«

Beide Heiler betrachten einander; beide sagen gleichzeitig: »O nein.«

13.

Der Antrag des Demosthenes

Von Kanopos nach Kyrene, von dort mit einem korinthischen Frachter über Pylos, Korkyra und andere Plätze nach Korinth – für Tekhnef war es zunächst eine beschwerliche Reise. Sie war bisher nur auf dem Nil gefahren und litt tagelang unter Seekrankheit; später genoß sie die Fahrt ebenso, wie sie die Enge an Bord haßte. Niemand, außer dem Kapitän in seinem Verschlag unter dem Achterdeck, war je allein oder außer Sicht der anderen. Manchmal saßen Dymas und Tekhnef im Bug, zählten die Sterne, gaben ihnen neue wunderliche Namen, sprachen leise über die Zukunft. Einiges bedurfte keiner Erörterung. Dymas wollte wandern, eine neue, noch bessere Kithara besitzen und sie noch besser spielen, vielleicht eine wandernde Musikertruppe für vielschichtige Klänge und berauschendes Zusammenspielen aufbauen; wenn nicht jemand sie beraubte, hätten sie für Jahre genug Geld. Er hatte die zehn Minen aus Karchedon niemals angerührt; sie lagen in einem Bankhaus von Korinth, mit dem auch Demaratos Geschäfte abwickelte. Er besaß die Münzen in seinem Gürtel, noch einmal fünf Minen, etwas über fünfhundert Drachmen. Die Goldmünzen, die Kleonike nicht mehr gebraucht hatte, ließen sich in Korinth hinterlegen oder in Silber umwechseln und würden fast drei Talente ergeben, an die achtzehntausend Drachmen: ein ungeheures Vermögen.

Erörtert werden mußte jedoch, ob Tekhnef ihn begleiten wollte oder sich dabei langweilen würde. Sie war frei; ihr gehörte eigentlich alles, was sie aus Kleonikes Haus geborgen hatte. Aber sie wollte mitkommen, den Norden und andere Weltgegenden sehen, Dymas' Tage ertragen und seine Nächte teilen. Vielleicht, schlug sie mit einem schrägen Lächeln vor, könnte sie ein wenig üben und ihn später auf dem Aulos begleiten, wozu sie möglicherweise mit Lust imstande sei.

Etwas anderes, das keiner Erörterung bedurfte, waren Kinder, die sie nie haben würden. Dymas wollte nicht, da er es nicht für sinnvoll hielt, Kindern unstetes Wanderleben zuzumuten, samt den zwangsläufig damit verbundenen Gefahren und Mühen. Tekhnef konnte keine Kinder haben. Anders als bei manchen Völkern im Inneren Libyens war es bei ihrem Stamm nicht üblich, Mädchen den winzigen Phallos zu nehmen, damit sie nie bestimmte Formen von Lust empfänden; sie war jedoch nicht geraubt, sondern vom Stamm verkauft worden, und vorher hatte die uralte Heilerin sie einer grauenhaften Metzelei unterzogen, damit sie nie Kinder gebäre, in Gefangenschaft und fern vom Heiligen Ganzen. Die zackige Narbe lief quer über ihren Unterleib.

Widrige Winde hielten sie einen halben Mond im Hafen von Korkyra fest; sie genossen die Zeit an Land, in einem Zimmer über einer Schänke. In Korinth begaben sie sich, nachdem sie ähnliche Unterkunft gefunden hatten, zu dem von Demaratos empfohlenen Bankhaus, wo sie das Gold und einen Teil des Silbers ließen.

Demaratos kümmerte sich um seine heimischen Geschäfte und war ausnahmsweise nicht auf Reisen. Grimmig äußerte er sich zum sizilischen Krieg und den Verwicklungen seiner Heimatstadt: »Es geht zu Ende; Tausende sind gestorben und werden noch sterben, und am Ende ist alles wie vorher. So leicht ist Karchedons Macht nicht zu erschüttern.«

Dymas berichtete von den Dingen, die er gesehen und gehört hatte; Demaratos lauschte schweigend. Schließlich sagte der Musiker:

»Mit Hamilkar habe ich vereinbart, daß ich, wenn es *mir* gefällt, hin und wieder Dinge berichte, die ich für wichtig halte. Auch dir gegenüber will ich so verfahren. Betrachte mich als – freien Mitarbeiter, der keine Aufträge mehr entgegennimmt.«

Sie verbrachten den Winter in Korinth. Dymas ließ sich

eine neue, bessere Kithara bauen, mit dem Metalljoch und den Wirbeln, die er gerettet hatte, und lehrte Tekhnef die Kunst des Aulos und die Gesetze der Töne.

Im Frühjahr gingen sie an Bord eines Schiffs, das eine der tausend Inseln zwischen Hellas und Asien ansteuerte; sie fuhren von einem Eiland zum anderen, machten Musik, ohne allzu viel Feindschaft auszulösen durch die Vermengung der Klänge und die unübliche Tatsache, daß ein Kitharist oder Kitharode mit einer Frau auftrat. Den Winter über lebten sie auf Delos; im Frühjahr nahm ein Frachtsegler sie mit zum Piräus, nach Athen.

Einige erkannten Dymas wieder, obwohl seit seinem letzten Aufenthalt sechs Jahre vergangen waren. In den Schänken, in denen er damals gespielt hatte, hieß man ihn willkommen, trotz seiner vermischten Musik und trotz der Frau, die noch dazu schwarz war und Barbarin.

An dem Abend, als ein Bote die Nachricht von Philipps kühnem Zug brachte, saßen sie vor einer Schänke am Nordrand der Agora, aßen und redeten. Sie sahen, wie der staubbedeckte Mann zwischen den Tischen und den beweglichen Verkaufsständen entlanglief. Später sahen sie die augenblicklichen Vorsitzer der Phylen, die Ratsherren des Prytaneion aus der runden Tholos kommen, wo sie gemeinsam gespeist hatten; sie sahen, wie sich die Panik ausbreitete, wie würdige Männer in weißen Gewändern über die Agora rannten, Tische umstießen, Zelte und Verkaufsstände in Brand setzten, um die Stadt zu wecken, zu sammeln. Dann hörten sie, daß der Makedone die unüberwindlichen, so oft überwundenen, von einem Heer gesperrten Thermopylen einfach umgangen hatte und bereits im Besitz der weit östlich davon gelegenen Stadt Elateia war, auf dem Weg nach Attika. Am nächsten Tag war Dymas auf einem der obersten Ränge des Dionysos-Theaters, als Demosthenes seine bis dahin heftigste Kampfrede hielt.

Zwei Tage später verließen sie Athen, gingen zum Piräus, fanden ein Schiff, das sie nach Kreta mitnahm, wo sie bis zum nächsten Frühjahr blieben. Als sie Athen wieder erreichten, hatte der furchtbare Makedone die Stadt noch immer nicht angegriffen, und es war wieder Zeit für einen der Anträge des Demosthenes.

Eubulos und Demades hatten sich abgesprochen. Der jüngere Mann sollte den letzten, wahrscheinlich vergeblichen Versuch machen, Demosthenes im rhetorischen Zweikampf niederzuringen; der alte angesehene Eubulos sollte alles durch eine gemessene, gemäßigte Rede vorbereiten. Draußen war kaltes Frühjahr; ein beinahe eisiger Seewind fegte über Athen. In der Versammlung wurde es immer hitziger; niemand konnte aussprechen; keinem gelang es, länger als einige Momente die Ruhe herzustellen. Redner wurden unterbrochen, niedergeschrien, manche gaben auf. Die Mehrheit, das stand fest, war hinter Demosthenes; zum Teil aus Überzeugung, zum Teil aus Reue darüber, nicht früher auf ihn gehört zu haben, zum Teil auch, möglicherweise, aus anderen, minder ehrbaren Gründen.

Eubulos, alt und müde geworden, hatte gegen den Rat von Demades und Aischines im Vorjahr darum gebeten, von der Bürde der öffentlichen Gelder und ihrer Verwaltung befreit zu werden – zu einem ungünstigen Zeitpunkt, im frühen Sommer, als Athens Flotten noch nicht aus dem Norden heimgekehrt waren, wo sie Byzantion und Perinthos entsetzen und Philipp in die Schranken weisen sollten. In der damals herrschenden Stimmung war es Demosthenes mühelos gelungen, seinen Parteigänger Lykurgos zum Nachfolger bestimmen zu lassen. Eubulos hatte altes Ansehen in den Streit einzubringen, war aber nun seit fast einem Jahr ohne Amt. Aischines, ohne Zweifel einer der geschicktesten Redner und nahezu unübertrefflich in seiner Bedenkenlosigkeit – selbst Demosthenes schien ihn gelegentlich deshalb zu bewundern –, war nicht in der Stadt und hätte auch bei Anwesenheit allenfalls seinen Hals in Gefahr gebracht, wenn er als Redner aufgeboten worden wäre. Er hatte etwa zu der Zeit, da Lykurgos die Nachfolge des Eubulos antrat und

Athen den Krieg zur See betrieb, in Delphi geweilt, wo auf Betreiben Philipps nur sieben Jahre nach dem Ende des Dritten Heiligen Kriegs der Vierte Heilige Krieg beschlossen worden war, gegen Amphissa und Ostlokris, wiederum wegen Frevels. Aischines hatte zugestimmt; ferner hatte er bei der nächsten Beratung, im Herbst, dafür gesorgt – wenn auch nicht allein –, daß die im Rat zu Delphi versammelten Heiligen Gesandten der angeschlossenen Städte und Staaten die Amphiktyonie aufforderten, Philipp zum obersten Feldherrn in diesem Heiligen Krieg zu machen.

»Und wenn schon«, sagte Eubulos laut; einen Moment herrschte gespannte Stille. »Was ist geschehen? Noch ist nichts geschehen, was nicht rückgängig zu machen wäre oder in allgemeinem Nutzen enden könnte. Amphissa und die östlichen Lokrer haben gefrevelt; die delphische Amphiktyonie hat Philipp zum Feldherrn gemacht. Es steht Delphi frei, einen Feldherrn zu bestimmen – hättet ihr geschrien, wenn sie einen Athener gewählt hätten, sagen wir Chares?«

Hypereides sprang auf, hurtiger, als man es dem von Wohlleben geblähten Leib des Makedonenfeindes zugetraut hätte. »Chares?« rief er. »Chares, o edler Eubulos, ist ein guter Seemann, seit Jahren Stratege zur See, Nauarch Athens. Delphi hat keine Flotte!«

Eubulos wartete, bis das Gelächter endete. »Ich danke für die Belehrung, teurer Hypereides; wie konnte ich dies nur vergessen, da ich doch selbst jahrelang eure Schätze an Chares und seine Niederlagen verschwenden mußte?«

Hier und da wurde Empörung laut; Hypereides wechselte einen Blick mit Demosthenes, der zögerte und dann Lykurgos zunickte. Lykurgos stand auf und hob die Hand.

»Als dein unwürdiger Nachfolger in diesem Amt, edler Eubulos, teile ich einige deiner Einschätzungen. Es mag aber sein, daß die Unternehmungen des ruhmreichen und verdienstvollen Chares deshalb gescheitert sind, einige jedenfalls, weil ihm nicht genug Mittel zur Verfügung standen. Weil, ah, jemand die Gelder der Stadt nicht in ausreichendem Umfang für den Ausbau der Flotte verwenden wollte.«

Eubulos biß die Zähne zusammen; seine Wangenmuskeln arbeiteten. »Ich habe dafür gesorgt, daß die Flotte verdreifacht wurde. Wer mir vorwirft, zum Schaden Athens gespart zu haben, der ist ein Lügner!«

Demosthenes lächelte und deutete auf Lykurgos. Demades seufzte. Leise sagte er einem seiner Mitarbeiter: »Jetzt kippt es. Darauf hätte Eubulos sich nicht einlassen dürfen.«

Lykurgos breitete die Arme aus; ein mildes, gleichzeitig überlegenes und zerknirschtes Lächeln um die Lippen. »Fern sei es von mir, solches behaupten zu wollen, Eubulos; wir alle wissen, was wir dir verdanken. Es gab aber andere, wie du weißt – denken wir nur an Philokrates, der vor sieben Jahren jenen schändlichen Frieden mit Philipp durchgesetzt hat; der Philipps Eroberungen bestätigte; der die Rüstung Athens gehemmt und vermindert hat; den unser Freund Hypereides, ein Wohltäter der Vaterstadt, zu Recht anklagte; dessen Verurteilung zum Tode Hypereides erwirkte. Jener große Hypereides, der im vorigen Jahr aus eigenem Vermögen und ohne darum viel Aufhebens zu machen der Stadt zwei Trieren gestiftet und ausgerüstet hat!«

Eubulos hob die Schultern. »Verdienstvoll. Hypereides hat auch genug an euch verdient, daß er sich um euch verdient machen kann.«

Gelächter; Demades grinste leicht. »Schafft er es doch?« murmelte er; sein Mitarbeiter rümpfte die Nase.

»Aber reden wir nicht von den Verdiensten des teuren, ach wie so teuren Hypereides. Reden wir von den Dingen, um die es wirklich geht. Vor fast zwanzig Jahren hatten wir den Bundesgenossenkrieg; fast gleichzeitig begann der Dritte Heilige Krieg. Nun haben wir den Vierten. Wir hatten Kriege zwischen Athen und Sparta und Theben und überhaupt fast allem, was Hellenen je an Staaten gegründet haben. Man könnte sagen, sobald irgendwo zwei Hütten stehen, handelt es sich um einen Staat, und ab der dritten schiefen Holzhütte beginnt die Bereitschaft, Krieg gegen andere Schuppen zu führen. Erinnert euch weiterhin daran, daß es nicht die Athener waren, die Spartas Seeherrschaft beendet und durch die eigene ersetzt haben – es waren die Perser, mit ihren phönikischen Flotten. Erinnert euch an den Beginn der großen Kriege – Menschenalter ist es her, zu Zeiten des Dareios. Hellenische Städte in Asien, frei und wohlhabend, die so lange die Lande ringsum beherrscht hatten, gerieten unter die Herrschaft der Perser und erhoben sich. Wer hat ihnen geholfen? Nicht wir, Freunde; sie waren unsere Kinder, und wir haben sie den Barbaren überlassen. Dann . . .«

Demosthenes holte tief Luft, stand auf und unterbrach Eubulos. Seine hohe Stimme schnitt, wie ein Messer oder eine Peitsche; diesmal brach sie nicht.

»Ja, edler Eubulos; du hast recht, edler Eubulos, und keine Einwände sind möglich gegen deine trefflichen Kenntnisse der entlegenen Geschichte, edler Eubulos.« Seine Stimme wurde ein wenig weicher, honigweich. »Wir haben sie nicht gerettet, wir haben zugelassen, daß Dareios sie niedertrampelt. Aber unsere Vorfahren waren stolz, Eubulos; als Dareios verlangte, daß sie ihm symbolisch hellenische Erde schicken sollten, zum Zeichen der Unterwerfung, da haben sie sich geweigert.«

»Und wie!« sagte Eubulos. »Sie haben die Heiligkeit der Gesandten verletzt – die Gesandten des Dareios getötet!«

»Ein Fehler, ein Frevel, zweifellos. Wir sind heute klüger, zum Glück; auch der Großkönig ist klüger als sein ferner Vorfahr. Damals, Männer von Athen, kam Dareios mit einem gewaltigen Heer, und es wurde bei Marathon vernichtet. Sein Sohn, Xerxes, folgte einige Jahre später, verwüstete Hellas, schändete die Tempel Athens, zerstörte die Akropolis – und wurde geschlagen. Erinnert euch, daß damals der König der Makedonen auf persischer Seite in den Kampf zog! Und heute . . .«

Demades sprang auf. »Fesselnd, Demosthenes, höchst aufregend und lehrreich. Aber findest du nicht, daß deine Zwischenrufe in eine eigene Rede zu münden beginnen? Laß Eubulos sprechen; was du sagen willst, kannst du danach sagen. Ich verspreche, daß ich dich immer nur kurz unterbreche.«

»Und heute«, kreischte Demosthenes, »zieht wieder ein Barbar durch Hellas, mit einem Heer, und auch er wird vernichtet werden!«

Eubulos stand ohne zu schwanken: ein ohnmächtiger Fels in der Flut. Demades schloß die Augen; in dem Getöse konnte er sein eigenes Seufzen nicht mehr hören. Demosthenes fuchtelte mit den Armen. Es war nicht festzustellen, ob er die Versammlung beruhigen oder noch weiter aufpeitschen wollte.

Es dauerte sehr lange, bis Eubulos weitersprechen konnte. Sein Gesicht war eine Maske, die Stimme brüchig. »Da ihr offenbar entschlossen seid, den Weg zu gehen, der ins Unheil führen muß . . .«

Er wurde von mehreren Schreiern unterbrochen, die wiederum von anderen niedergeschrien wurden.

». . . will ich nur die wichtigsten Dinge zusammenfassen, erwähnen, berühren. Vor zehn Jahren, vor zwölf Jahren, vor vielen Jahren . . .«

Hypereides brüllte: »Dreizehn, vierzehn, fünfzehn!«

». . . wurde Philipp in den Dritten Heiligen Krieg gezogen. Er machte Friedensvorschläge; wir haben sie nicht angenommen. Wir haben die Thermopylen besetzt – Philipp ist ausgewichen, weil er nicht die Schlacht, sondern den Frieden und die Einigung wollte. Wir haben ihn zum Kampf gezwungen; er hat erneut Frieden angeboten; wir haben wieder abgelehnt. Wir haben ihn *gezwungen*, uns zu besiegen; wir haben ihn *gezwungen*, in eine Lage zu kommen, in der er die Bedingungen des Friedens festsetzen konnte.«

»Armer Philipp«, sagte Lykurgos. »So furchtbar gezwungen zu werden.«

»Seit Jahren bietet er einen Heiligen Bund aller Hellenen an – mit gleichen Rechten und innerer Autonomie für alle. Wir haben immer alles abgelehnt. Wir haben ja sogar Krieg gegen unsere eigenen Bundesgenossen geführt, als sie gleichberechtigt sein wollten statt Knechte. Seit vielen Jahren . . .«

»Siebzehn«, sagte Hypereides. »Achtzehn. Neunzehn. Ruhe.«

». . . warnt Philipp uns davor, den Großkönig zu unterschätzen. Persien hat uns vor fünfzig Jahren einen allgemeinen Frieden aufgezwungen; dann begann der Verfall. Artaxerxes hat ihn aufgehalten, umgekehrt; er hat Ägypten wieder unterworfen, er hat seine Satrapen botmäßig gemacht, er hat das Reich gestärkt. Nun schickt er uns Gold, damit wir gegen Philipp kämpfen. Sobald wir Hellenen einander zerfleischt haben, wie wir es immer tun, wird Artaxerxes zuschlagen. Philipp weiß es. Philipp hat uns gewarnt. Im vorigen Jahr hat er erneut Frieden angeboten, die Einrichtung eines Bundes, eines Heiligen Hellenischen Bundes, der endlich Frieden halten und Persien strafen soll für die Schändung unserer Tempel, für die Unterdrückung der Hellenen in Asien. Wir haben abgelehnt, weil wir nicht Frieden, sondern unsere Vormacht wollen. Theben hat die Thermopylen besetzt – Philipp ist ausgewichen, *weil er den Krieg nicht will!* Selbst in dieser Lage hat er ein Bündnisangebot gemacht.«

Es war ein wenig stiller geworden. Nicht, weil Eubulos sie beeindruckt hätte; die meisten hörten einfach nicht hin.

»Bedenkt, ehe ihr den letzten unwiderruflichen Entscheid fällt: Wir können die Makedonen als gleichberechtigte Hellenen anerkennen – und alle anderen Hellenen auch. Wir können Frieden schließen, ohne etwas von unserem Ansehen, unserem Wohlstand, unseren Einrichtungen zu verlieren. Wir können die Bedrohungen abwehren – denn nicht Persien ist die eigentliche Bedrohung: Wir selbst sind es, mit unserem ewigen Hader. Oder wir gehen den Weg des Demosthenes. Viele

Tote, viele Kosten, viel Zerstörung, und am Ende die Schwächung aller.« Er setzte sich; hier und da scharrten einige Athener mit den Füßen, ein paar klatschten.

Demosthenes erhob sich, verneigte sich in Richtung Eubulos und streckte den Versammelten die Hände entgegen, die Handflächen nach oben.

»Die Probleme, über die ihr beratet, Männer von Athen, sind entscheidend für die Zukunft; ich will daher Vorschläge für ihre Lösung machen. Es sind nicht wenige Fehler, die für die schlechte Lage verantwortlich sind, und sie haben sich auch nicht im Laufe kurzer Zeit angehäuft; doch ist nichts mißlicher, als daß ihr euch nur solange mit den Dingen beschäftigt, wie ihr als Zuhörer dasitzt oder eine Neuigkeit gemeldet wird; danach geht jeder fort, ohne sich darum zu kümmern, ja ohne auch noch daran zu denken. Die Rücksichtslosigkeit und Habgier, die Philipp an den Tag legt, ist so groß, wie ihr gehört habt; daß es aber unmöglich ist, ihm darin durch Reden Einhalt zu gebieten, weiß jeder. Wenn es darum ging, über unsere Rechte zu reden, sind wir niemals unterlegen, sondern stets beherrschen wir unsere Gegner und haben die besseren Begründungen.«

Demades stand auf. »Da du vom Reden redest, o Demosthenes, will mir scheinen, daß du diese Rede schon vor drei Jahren gehalten hast. Damals, als Hermias kurz vor der Hinrichtung stand.«

»Dein Gedächtnis sei gepriesen!« Demosthenes klatschte in die Hände. »In der Tat hat sich seither wenig geändert, so daß ich Teile der damaligen Rede wiederholen möchte. Nicht für meine Freunde, deren Verhalten tadellos ist – für dich, Demades, und deine Leute. Für Eubulos. Für alle, die immer noch träumen! Steht es denn deshalb mit Philipps Verhältnissen schlecht oder mit denen der Stadt gut? Wenn er die Waffen ergreift und ausrückt, um alles zu wagen, wir hingegen untätig dasitzen und über unsere Rechte reden, dann geben Taten gegenüber Worten den Ausschlag, und alle richten sich nicht nach dem, was wir vortragen, sondern nach dem, was wir tun: aber unser Handeln ist nicht dazu angetan, jemanden, dem Unrecht widerfährt, davor zu bewahren. Darum haben sich die Menschen in den Städten in zwei Parteien gespalten. Die einen lehnen es ab, über jemanden eine Gewaltherrschaft auszuüben oder unter dem Joch eines anderen zu stehen, sondern wollen in Freiheit und nach den Gesetzen gemäß der Gleichheit ihr politisches Leben bestimmen; die anderen streben nach der Herrschaft und sind zu einer Abhängigkeit von einem anderen bereit, mit dessen Hilfe sie glauben, ihre Ziele durchsetzen zu können; Leute, die auf Philipps Seite stehen und die nach Tyrannis und Gewaltherrschaft streben, haben überall die Oberhand gewonnen, und ich weiß nicht, ob unter allen Städten außer Athen und Theben noch eine demokratisch geführt wird!«

»Ich glaube, du verwechselst zweierlei«, sagte Demades. »Demokratie und Demosthenokratie.«

Demosthenes lachte mit den anderen; dann fuhr er fort. »Diejenigen, die unter Philipps Einfluß Politik betreiben, haben bei allem politischen Handeln das Sagen, zuerst und am meisten von allem dadurch, daß sie, wenn sie bereit sind, sich mit Geld bestechen zu lassen, einen Geldgeber für ihre eigenen Interessen haben, und zweitens, was nicht von geringerer Bedeutung ist, weil ihnen jederzeit, wenn sie es fordern, eine Streitmacht zur Verfügung steht, um ihre Gegner zu bezwingen. Wir aber gleichen Menschen, die Rauschmittel getrunken haben. Dadurch stehen wir dann so sehr in schlechtem Ruf, daß von den Staaten, die in Gefahr schweben, die einen mit uns um die Vorherrschaft streiten, die anderen um den Ort der gemeinsamen Beratungen, und einige entschlossen sind, eher für sich allein Verteidigungsmaßnahmen zu ergreifen als mit uns zusammen.«

»Du meinst wohl Chalkis.« Demades wedelte mit einem Zipfel seines Gewandes. »Aber du entstellst die Dinge. Sie wollten durchaus mit uns zusammen kämpfen, aber gleichberechtigt, nicht als unsere – deine – tributpflichtigen Diener.«

»Es gibt aber einige Leute, die, noch bevor sie die Reden über die Probleme angehört haben, sogleich fragen: ›Was ist also zu tun?‹, nicht, um danach zu handeln, sondern um den Redner loszuwerden. Trotzdem muß man euch sagen, was zu tun notwendig ist. Ihr müßt die feste Überzeugung gewinnen, daß Philipp gegen die Stadt Krieg führt und den Frieden gebrochen hat, und daß er der ganzen Stadt und ihrem Boden übelgesinnt und feindlich ist und auch den Göttern der Stadt, die ihn vernichten mögen; doch bekämpft er nichts mehr als den freiheitlichen Staat, und seine Absichten und Bestrebungen haben kein größeres Ziel, als diesen zu vernichten.«

»Deshalb«, schrie Demades in den Beifall, »bietet er ja auch immer Frieden und Ausgleich an. Deshalb schont er athenische Gefangene und entläßt sie.«

»Er will die Herrschaft haben, in euch allein sieht er dabei seine Rivalen. Wenn er aber euren guten Verstand voraussetzt, dann muß er zu dem Schluß kommen, daß ihr ihn haßt. Und er weiß genau, daß ihm, auch wenn er über alle Völker die Macht hätte, noch keine Sicherheit gegeben wäre, solange bei euch die Demokratie besteht, sondern daß, falls ihm etwas zustieße – wofür es für einen Menschen viele Möglichkeiten gibt –, alles, was jetzt unter Zwang zusammengehalten wird, sich euch zuwenden und bei euch seine Zuflucht suchen wird. Denn ihr seid in der Lage, den Herrschsüchtigen Widerstand zu leisten und allen Menschen zur Freiheit zu verhelfen. Daher will Philipp nicht, daß eure Freiheit seine Interessen beeinträchtigt.

Als erstes müßt ihr ihn als unversöhnlichen Feind unseres freiheitlichen Staates und unserer Demokratie ansehen; zweitens muß euch klar sein, daß alles, was er jetzt unternimmt, sich gegen uns richtet. Also paßt euch der Art an, in der Philipp Krieg führt: Gebt denen, die sich zur Wehr setzen, Geld und alles, was sie brauchen, entrichtet selbst Kriegssteuern, Männer von Athen, und sorgt für ein Heer, schnelle Kriegsschiffe, Pferde und alles übrige für den Krieg. Denn wie wir jetzt die Dinge anpakken, das ist lächerlich; und ich glaube, daß Philipp selbst wohl wünscht, daß die Stadt nicht anders handle als so wie ihr jetzt.

Wenn jemand meint, das erfordere viel Kosten, viel Mühen und Arbeit, so hat er völlig recht; zieht er jedoch die Folgen in Betracht, die der Stadt drohen, falls sie das nicht tun will, so wird er finden, daß es seinen Vorteil hat, wenn wir freiwillig unsere Pflichten erfüllen. Was ein freier Mann Zwang nennen würde, ist nicht nur eingetreten, sondern schon längst dagewesen, und wir müssen darum beten, nicht in den Zwang von Knechten zu geraten. Und welcher Unterschied besteht da? Daß für den freien Mann den größten Zwang das Gefühl der Schande wegen der Geschehnisse hervorruft, und ich wüßte keinen stärkeren zu nennen; bei dem Knecht hingegen bewirken ihn Schläge und körperliche Züchtigung. Doch das möge nicht geschehen, und es ist schon würdelos, es zu erwähnen.«

Demades klatschte laut und langsam. »Fürwahr, edler Demosthenes. Würdelos, es zu erwähnen. Dann doch lieber ohne große Worte Sklaven versichern, Knaben verstümmeln, persisches Gold annehmen.«

Er wurde niedergeschrien. Demosthenes achtete nicht auf ihn. Als es ruhiger wurde, sagte er: »Persisches Gold, jawohl. Gold von Verbündeten. Nichts braucht die Stadt für die bevorstehenden Ereignisse so sehr wie Geld. Es haben sich glückliche Umstände ergeben; wenn wir sie richtig nutzen, könnte der Erfolg eintreten. Denn die Leute, denen der Großkönig vertraut und die er für seine Wohltäter hält, sind voll Haß auf Philipp. Es bleibt unseren Gesandten nur noch, dem Großkönig möglichst gefällig zu Gehör zu bringen, daß derjenige, der beiden Unrecht tut, gemeinsam zu strafen ist, und daß für den Großkönig Philipp viel gefährlicher ist, wenn er vorher uns überfallen hat. Denn wenn uns ein Unheil trifft, so wird er sogleich ohne Hemmungen gegen den Großkönig ziehen.«

»Und dabei sollten wir helfen«, schrie Demades. »Bevor uns ein Unheil trifft.«

»Ich sehe, daß mancher zwar vor dem Herrscher in Susa und Ekbatana in Furcht ist und sagt, er sei der Stadt feindlich gesonnen, obwohl er ihr schon früher aus ihrer schwierigen Lage geholfen und auch jetzt seine Hilfe zugesagt hat; andererseits erlebe ich, daß derselbe Mann über den ganz nahe vor den Toren immer mächtiger werdenden Räuber der Hellenen sich anders äußert. Das muß mich doch in Erstaunen versetzen.

Ihr seid von dem Grundsatz abgewichen, den euch eure Vorfahren mitgegeben haben, und Leute, die diese Politik treiben, haben euch eingeredet, daß es überflüssig und nutzlos sei, an der Spitze der Hellenen zu stehen und mit einer festen Streitmacht allen, die Unrecht erleiden, zu helfen. Infolgedessen gelangte ein anderer in die Stellung, die ihr hättet einnehmen müssen, und dieser wurde reich, mächtig und Herr über vieles, und das mit Recht; denn ein ehrenvolles, großes und stolzes Vorrecht, um das während einer langen Zeit die bedeutendsten Städte untereinander stritten, riß er, da es aufgegeben war, an sich.

Wenn ihr nun die Fülle an Waren und das Angebot an Lebensmitteln auf unserem Markt seht und der Ansicht seid, daß die Stadt sich in keiner schlechten Lage befindet, so beurteilt ihr dies weder angemessen noch richtig. Denn nach solchen Maßstäben ist nur zu beurteilen, ob ein Markt oder ein Volksfest schlecht oder gut ausgestattet ist. Doch eine Stadt, die Philipp als alleinige Widersacherin und Führerin des Freiheitskampfes aller ansieht, darf man nicht danach messen, ob es mit ihrem Warenangebot gut steht, sondern ob sie auf die Treue ihrer Verbündeten bauen kann und ob sie stark ist, danach muß man sie beurteilen; aber das alles sieht bei euch unsicher und gar nicht gut aus.«

»Warum sollte die Stadt schöner sein als du, da du sie doch gestaltest?« sagte Demades. »Und die Treue der Verbündeten, die du als Knechte behandelst! Du redest Unsinn, Demosthenes!«

Demosthenes zeigte ihm die Zähne. »Sobald es zur Beratung unseres Verhältnisses zu Philipp kommt, steht stracks jemand auf und sagt, daß man keinen Unsinn reden und nicht den Krieg fordern darf, und ›einige Leute wollen euch um euer Geld bringen‹ und andere Redensarten. Doch bin ich der Ansicht, daß wir nicht den Aufwand für unsere Rettung als Last ansehen dürfen, sondern die Folgen, wenn wir dazu nicht bereit sind. Warum sagen sie, daß diejenigen, die dazu raten, euren Besitz nicht preiszugeben, Kriegstreiber sind? Weil sie die Schuld für die Widrigkeiten, die der Krieg mit sich bringen wird – denn es ist unumgänglich, ja unumgänglich, daß der Krieg viele Beschwerden mit sich bringen wird –, auf diejenigen abwälzen wollen, die es vorziehen, euch das Beste zu raten. Sie glauben nämlich, daß, wenn ihr einmütig Philipp Widerstand leistet, ihr ihn bezwingen werdet und ihnen selbst dann die Möglichkeit genommen wird, sich von ihm kaufen zu lassen.«

Hier stand Eubulos auf, konnte sich aber im Gejohle kein Gehör verschaffen, hob die Hände und ließ sich wieder auf seinen Sitz fallen.

»Philipp will eure Stadt nicht in seine Gewalt bringen, nein, er will sie völlig vernichten. Er weiß, daß ihr weder in Knechtschaft leben noch euch einer Herrschaft unterwerfen könntet – denn ihr seid zu herrschen gewöhnt –, daß ihr ihm aber mehr Schwierigkeiten als alle anderen Menschen machen könnt. Deshalb wird er euch nicht schonen. Es muß euch also bewußt sein, daß der Kampf auf Biegen und Brechen geht, und ihr müßt diejenigen, die sich Philipp verkauft haben, vor aller Augen zu Tode prügeln; denn es ist unmöglich, ja unmöglich, die äußeren Feinde zu bezwingen, wenn ihr nicht die in der Stadt selbst im Zaume haltet.«

Demosthenes wartete, den Kopf ein wenig zurückgelegt, die Augen halb geschlossen, ein entrücktes Lächeln um den Mund. Als der Lärm leiser wurde, hob er wieder die Arme.

»All dieses Gerede führt zu nichts. Laßt uns Taten sehen. Laßt uns Taten tun! Hypereides, unser aller Freund

und Wohltäter, hat vor einigen Tagen vorgeschlagen, die kriegerische Stärke Athens zu vermehren. Es ist ja ein Recht, ein teures Vorrecht der Bürger, für die Stadt zu kämpfen. Hypereides sagte, man solle bedenken und erwägen, ob nicht in dieser Zeit wichtigster Entscheidungen das Bürgerrecht ausgedehnt werden soll – auf die unter uns wohnenden Fremden aus anderen hellenischen Gegenden. Er schlägt, mit anderen Worten, die Bewaffnung der Metoiken vor, und im äußersten Notfall auch die Freilassung und Bewaffnung der Sklaven. Ich sage euch – nein! Nichts davon! Wir werden, vereinigt mit den tapferen Thebanern, die Anmaßung des Makedonen in den Staub treten! Dazu, Männer von Athen, sind wir Manns genug! Wir, die freien Bürger der Stadt, ohne Fremde und Sklaven. Laßt uns aufbrechen; laßt uns zu den anderen gehen, die schon ausgezogen sind. Laßt uns ein Ende machen! Laßt uns beschließen, keines der tückischen Angebote Philipps anzunehmen, sondern das Recht und die Tugend durchzusetzen! Laßt uns beschließen, daß nun, nach der Jugend, auch die Älteren ausziehen zum Sieg und zum Ruhm! Laßt uns alle waffenfähigen Bürger bis fünfundvierzig Jahre aufbieten! Laßt uns frei sein, groß und ehrenvoll! Laßt uns siegen! – Der Antrag des Demosthenes!«

Die Versammlung trampelte, schrie, klatschte, tobte; von überall kamen Männer, um Demosthenes auf die Schulter zu klopfen, sein Gewand zu berühren, seine Handgelenke zu umfassen. Der alte Sprecher des Rats hob die Arme, aber es dauerte sehr lange, bis es ruhiger wurde.

Plötzlich sprang Demades auf. Er verneigte sich vor dem Sprecher, der eben förmlich »Der Antrag des Demosthenes« rufen wollte, um die Abstimmung einzuleiten. Demades ging dorthin, wo Demosthenes stand. Ringsum wurde es endlich völlig still. Demosthenes blickte ihm verblüfft entgegen; und sehr mißtrauisch.

Demades lächelte. Er legte den rechten Arm fast liebevoll um die Schultern seines Widersachers.

»Ich habe nur dies zu sagen, Freunde, Athener, tapfere Männer, kriegstüchtige Bürger der Stadt! Wie ihr alle bin ich überwältigt. Ich glaube nicht, daß ein anderer Antrag als der des Demosthenes hier und heute sinnvoll wäre.«

Demosthenes schnitt eine Grimasse. »Was hast du vor, du Schuft?« sagte er leise.

»Deshalb will ich nur eines sagen, nur eines hinzutun, nur eines fordern. Ja, laßt uns alle hinausziehen, gemeinsam kämpfen, gemeinsam siegen, oder, wenn es den Göttern so gefällt, gemeinsam in Ruhm und Ehre sterben. Aber wir wollen noch mehr tun als dies; wir wollen den Antrag des Demosthenes ergänzen. Damit er wirklich alles umfasse. Niemand soll sagen, die Älteren des Rats hätten keine Gelegenheit erhalten, sich mit der Tugend und Kraft der Jugend zu messen. Laßt uns, dies meine erste Ergänzung, alle waffenfähigen Athener bis zum fünfzigsten Lebensjahr aufbieten! Und laßt uns die Kriegskasse der Stadt füllen, damit alles bestens bereitet werde. Nicht nur das Gold des Artaxerxes, sondern eigenes Gold und Silber wollen wir einbringen! Demosthenes in seiner Bescheidenheit hat vergessen zu erwähnen, daß er zehn Talente in Gold beizutragen wünscht. Ich besitze nicht so viel, aber drei Talente in Silber, für Waffen und Vorräte und Heilkräuter, will ich mit Lust der Stadt stiften! Dies wären meine Ergänzungen zum Antrag. Laßt uns nun abstimmen über den Antrag des Demosthenes!«

Der Sprecher sagte die Wörter abermals; die Abstimmung war fast einmütig. In dem Gewirr, dem brodelnden Lärm, den Schreien wandte sich Demosthenes mit verkniffenem Gesicht an Demades.

»Was hast du dir dabei gedacht? Du . . . Belastung des Erdbodens!«

Demades legte einen Finger an die Nase. »Ich hatte vor einigen Tagen leider keine Gelegenheit, dir Glück zu deinem sechsundvierzigsten Geburtstag zu wünschen, edler Demosthenes. Und zufällig weiß ich, daß der Perser nicht nur der Stadt Athen, sondern auch einem ihrer edelsten Bürger Gold geschenkt hat.«

14.

CHAIRONEIA

Mit sechsundzwanzig zählte Emes schon zu den Alten, aber es gab deren viele. Ein paar saßen an einem der wenigen Feuer, wachten, sprachen leise mit den Posten, die aus dem Dunkel kamen, einen Schluck Wasser mit sehr wenig Wein tranken und weitergingen. Offiziere waren in der Nähe, beredeten noch einmal die Anweisungen der Strategen oder stritten um genaue Schrittlängen von bestimmten Teilen des Lagers zu bestimmten Teilen des Schlachtfelds.

Emes hockte ein paar Armlängen vom Feuer entfernt. Trotz aller Unruhe hatte er sich bei Sonnenuntergang hingelegt und geschlafen, zur Verwunderung jüngerer Kämpfer. Er erinnerte sich an seine ersten Einsätze, vor denen er auch nicht hatte schlafen können, obwohl er damals nur als Parmenions Pferdebursche und Lanzenschleifer mitgezogen war, nicht als Krieger. Zwei Obolen hatte er bekommen, am Tag, dazu das Lageressen, viele Erlebnisse, Gefahren, Mühsal und das Gefühl, einer großen Gemeinschaft anzugehören. Er hatte gesehen und gespürt, wie Parmenion und Philipp aus dem Chaos, der Niederlage, dem Regen und Aufruhr von Aloros ein neues Heer aufbauten, das im folgenden Jahr die Phoker vernichtete. Noch ein Jahr später ging sein Dienst bei Parmenion zu Ende; mit vierzehn, voll ausgewachsen und begierig, begann er die Ausbildung zum Hopliten, erhielt drei Obolen am Tag, eine halbe Drachme, und die schweren Waffen des Fußkämpfers, aber auch dessen schweres Gepäck. Der König hatte mit Parmenion und Antipatros, gegen den Widerstand vieler Fürsten, gewisse Neuerungen durchgeführt. Die Einheiten wurden nicht mehr nur nach Herkunftsgegenden zusammengestellt, die Offiziere nicht von den Fürsten der jeweiligen Gegend, sondern vom Stab des Heeres ernannt, die Bewaffnung einheitlich gemacht. Früher hatten die Kämpfer ihre eigenen Speere, Schwerter und Panzer mitgebracht oder von Handwerkern und Herstellern gekauft, vom Sold. Philipp hielt es für wirksamer und billiger, Waffenschmiede, Speerschäfter, Lederwerker und andere Fachleute als Heeresteil zu führen, zu besolden und nach einheitlichen Vorschriften Waffen anfertigen zu lassen; dafür senkte er den Sold ein wenig, weil die Krieger ihn weder für Grundnahrung noch für Waffen ausgeben mußten.

Sie besserten ihn allerdings gelegentlich auf, wie ihre Kampfkraft. Der wichtigste Teil der Ausbildung waren die ewigen Grenzgefechte – gegen Illyrer, Paionen und Thraker; dabei wurden besonders die Neuen eingesetzt, unter erfahrenen Offizieren, oft zusammen mit Söldnern aus dem Süden, und dabei gab es oft genug Gelegenheit zu gründlichen Plünderungen.

Nach einem Jahr als Hoplit erhielt Emes vier Obolen. Es folgte der Olynthische Krieg, der Zug durch die Chalkidike, dann der Marsch nach Hellas, die Nicht-Erstürmung der Thermopylen. Die anstrengenden Märsche, Philipps verblüffende Winkelzüge: In dieser Nacht machte Emes sich mit einem gewissen Erstaunen klar, daß der kommende Tag auf dem Feld von Chaironeia die erste wirkliche Schlacht sein würde, Grenzgefechte und Scharmützel nicht gerechnet, die das Heer als Ganzes zu bestehen hatte, seit jenem Tag vor dreizehn Jahren, als die Phoker auf dem Krokusfeld vernichtet wurden. Die großen Erfolge, die die hellenische Welt verändert hatten, waren fast immer durch List, durch Gold, durch schnelle Märsche und überraschende Rückzüge errungen worden. Oder durch Überfälle, wie bei dem vier Jahre zurückliegenden Zug unter Antipatros nach Epeiros, wo sie den Molosserkönig Arybbas abgesetzt und seinen Neffen Alexandros zum Herrscher gemacht hatten – zu schnell, zu wuchtig, als daß Arybbas auch nur die Grenzfestungen hätte verstärken können, ehe es zu spät war.

Er dachte an ruhigere Tage, Festungsdienst in Beroia,

Ausbildungsdienst in Pella, an zwei oder drei Frauen, an die ganze Drachme, die er nun jeden Tag erhielt, die aber nicht ausreichen konnte, eine Familie zu ernähren. Eine Familie, die er nicht haben wollte; seine eigene in den Bergen loszuwerden war schwer genug gewesen. Er wollte dieses Leben und sonst keines: die Feuer und die anderen Kämpfer, die wachen Nächte, die Märsche, das Gelächter, die Lieder und notfalls, irgendwann, möglichst fern in der Zukunft, ruhmreichen Tod in einer strahlenden Schlacht, wie es den Göttern gefiel.

Jemand legte ihm eine Hand auf die Schulter. Er blickte auf und sah das Gesicht des schwarzen Kleitos.

»Denkst du etwa, Emes?«

Er lachte. »Ich erinnere mich an die Zukunft.«

Kleitos grinste. »Gut so. Kämpfer, die vor der Schlacht denken, taugen nicht viel. Denken macht müde.« Er ging weiter.

Kleon, auch schon seit Olynth dabei, rekelte sich und grunzte. »Als ob man denken müßte, um müde zu werden. Mann, werd ich reinhauen, wenn alles vorbei ist. Ich glaub, die da drüben haben besseres Futter als wir. Hmmm – attischer Schinken, Wein, aber Bäche davon, und zwar unverdünnt. Wehe, jemand zwingt mich, vor Ablauf von drei Tagen nüchtern zu werden.«

»Schinken«, sagte Emes leise. »Feigen. Im Kephissos gibt's Fische.« Sein Magen knurrte; er wühlte im Beutel und zerkaute eine halbe Handvoll Körner. »Besser so, als während der Schlacht scheißen müssen, was?«

»Wie lang geben wir uns, und denen?« sagte Kleon. »Eine Stunde, zwei Stunden? Mehr nicht, sonst wird's zu heiß.«

»Vielleicht sitzen drüben jetzt welche, die das gleiche über uns sagen.«

Kleon spuckte aus. »Vergiß es. Philipp, und Parmenion, und Alexander – wer soll uns da besiegen? Ich war dabei, als der Junge zum ersten Mal geführt hat, oben gegen die Thraker. Wie ein Alter. Keine Zweifel, kein Schwanken, und nie ›geht vor‹, sondern immer ›mir nach‹.« Er kicherte. »Vielleicht waren wir deshalb so gut – schnell drauf, damit ihm nix zustößt. Und dabei immer freundlich, nicht wie ein paar von den Hochnasen.«

»Ich frag mich grad was anderes. Wie macht er das, daß er immer so gut riecht?«

Kleon hob die Schultern. »Wahrscheinlich wäscht er sich öfter als du, Mann. Falls Götter sich waschen müssen.«

»Götter?«

»Na ja, fast.« Er grinste. »Wir haben's doch gut, oder? Können uns sogar die Götter aussuchen. Und lieber *den* als die Bande vom Olymp. Von denen hat nämlich noch keiner bei uns mitgemacht, wenn's drauf ankam.«

Lange vor Morgengrauen regte sich das Lager. Philipp, Alexander und Aristandros, umgeben von den meisten Offizieren und vielen Kämpfern, brachten die Weihopfer dar; der Altar war ein flacher weißer Stein in der Nähe des Königszelts.

Die Ebene wurde langsam grau; aus dem feuchten Boden und den Wasserläufen stiegen Nebelschwaden. Philipp wandte sich an den Einäugigen. »Du weißt, was zu tun ist? Los.«

Antigonos hob die Hand und winkte die Unterführer der Leichtbewaffneten zu sich; sie verließen das Lager.

Nur wenige Meilen oberhalb der Stelle, wo er in den Kopais-See mündete, verlief der Kephissos hier nach Südosten, nahe am Fuß des steilen, kaum noch bewaldeten Akontion. Ein Teil des makedonischen Lagers befand sich auf der untersten Hangterrasse, wo der Boden schon trokken, aber noch beinahe eben war. Nach Westen zu flachte sich der Berg ab; der Uferstreifen begann unmittelbar am Fuß des Hangs und war schmal. Gegenüber mündeten drei Bäche, die aus den Bergen südlich der Ebene kamen. Einer brachte den Schmutz der boiotischen Stadt mit, die auf einem Ausläufer des Gebirgszugs lag; die beiden anderen flossen aus östlich der Ortschaft liegenden Tälern.

Es gab drüben eine kleine Burg, vermutlich von den

Einwohnern als Akropolis bezeichnet. Darin hatten die Athener und Thebaner ihren Stab untergebracht. Die beiden großen Mannschaftslager befanden sich dort, wo die anderen Bäche aus den Bergen kamen: zuerst das der Athener, am Haimon, dann das der Thebaner und der übrigen Boiotier an dem Rinnsal, dessen Name Molos war. Der Bach, der die Abfälle von Chaironeia zum Kephissos spülte, hatte keinen Namen; oder keiner der Aufklärer und der Gefangenen wußte ihn.

Der Dunst wurde lichter; fern über dem Kopais-See rötete sich der Himmel. Es war nun hell genug, um abends unvollendet gebliebene Arbeiten wieder aufzunehmen. Koinos und einer von Alexanders jungen Gefährten, Laomedon, trieben die Sklaven und Gefangenen der letzten Monate an. Die begonnenen Latrinengräben wurden zum Fluß hin verlängert; Zimmerleute und ein paar Leichtverletzte, die nicht in die Schlacht ziehen würden, errichteten einen niedrigen Zaun mit breiten Balken, zum Aufsitzen.

Philipp stieg zu einem Felsvorsprung hinauf, der etwa zehn Mannslängen über dem Lager in die Ebene ragte; er winkte Parmenion und Alexander, ihm zu folgen. Als Alexander sich noch einmal umwandte, sah er neben dem nächsten Feuer Perdikkas stehen. Er hatte den Brustschutz umgehängt, aber noch nicht verschnürt; die weißen Zähne blitzten im Zwielicht.

Philipp starrte in den Dunst. Der Nebel löste sich langsam auf, zuerst zu Schwaden, an einigen Stellen zu Schlieren und Schleiern. Die harten, lange und gut ausgebildeten Krieger der Makedonen, die thessalischen Reiter, die thrakischen und illyrischen Hilfstruppen, die Kernmannschaft der Söldner, sie alle wußten, daß es nicht gut war, vor dem Kampf reiche Mahlzeiten zu sich zu nehmen; nur wenige Feuer brannten, es wurde nicht gekocht oder gebraten. Auf der anderen Talseite stachen Punkte durch den Nebel; der Boden dort schien von Feuerstellen gesprenkelt zu sein.

»Sie werden sich in die Schurze machen.« Parmenion war Philipps Blick mit den Augen gefolgt.

Philipp hatte nicht geschlafen; das zerklüftete Gesicht war ruhig. Nur um die Augen lag ein Ausdruck, den Parmenion zu gut kannte: Trauer.

»Habe ich ihnen genug Angebote gemacht?« sagte Philipp leise.

Parmenion blickte Alexander an, als wollte er ihn mit den Augen zu Philipp schieben. Alexander nickte unmerklich; er legte die Hand auf die Schulter seines Vaters.

»Mehr Angebote als genug. Bündnisse, Gleichberechtigung, Frieden, du hast es immer wieder angeboten, Vater. Als sie sich bei den Thermopylen schlagen wollten, bist du ausgewichen. Sie haben es nicht verstanden; sie haben deine Gesandten zurückgeschickt. Was heute da unten geschieht, ist nicht deine Schlacht – bis jetzt. Es ist die Schlacht des Demosthenes. Es wird aber deine Schlacht sein. Unsere.«

Philipps Gesicht hellte sich ein wenig auf. »Lysikles hat den Oberbefehl; er taugt nicht viel. Chares hat auf See so oft versagt, daß man ihn dem anderen unterstellt. Sie sind überlegen – den Zahlen nach.«

Parmenion pfiff auf zwei Fingern. »Kleitos, Philotas.« Seine Stimme hallte über das Lager. »Fertigmachen!«

»Sind wir noch immer der gleichen Meinung wie gestern?« Philipp fuhr sich über das linke Auge.

»Sie werden ohne Zweifel so vorgehen, wie du es erwartest.« Parmenion hieb sich mit der flachen Hand auf den Brustpanzer. »Bleibt es bei der Aufstellung?«

Alexander schwieg; er wartete ab. Philipp kratzte sich den Nacken. »Sohn?«

Alexander blickte wieder zur anderen Talseite; zwischen den Feuern war deutlich Bewegung, aber noch hing der Nebel zu dicht.

»Die Athener neben den Hügeln von Chaironeia, die Thebaner und Boiotier zum Fluß hin«, sagte er langsam. »Die Besten auf dem Flügel am Fluß – Thebens Heilige Schar. Sie werden den Angriff führen; die übrigen werden vorrücken, aber eher behutsam.«

»Die Lager . . .« Philipp knurrte etwas Unverständliches. »Es sei denn, sie nehmen die längeren Wege auf sich – Athener aus dem oberen Lager zum Fluß, Thebaner aus dem unteren nach oben. Ah, nein; wenn drüben Parmenion stünde ...«

Parmenion lachte. »Dann hättest du jetzt schon verloren, Philipp. Gib dir Mühe.«

Philipp schnaubte. Sie hörten die Stimmen der Offiziere, das Klirren der Waffen und Rüstungen. Irgendwo wieherten ein paar Pferde. Klammer Schweiß, Nachtgerüche, ein Hauch von den Latrinen, vermengt mit zu wenig Feuerrauch. Zu wenig, um der Mischung die vertraute Schärfe zu geben. Dann der Duft von heißem Kräuterwein; Hephaistion kam mit einem großen Gefäß zu ihnen. Sie tranken, leerten den Krug; Hephaistion nahm ihn wieder entgegen, lächelte knapp und glitt vom Felsen.

Philipp wischte sich den Mund und atmete tief durch. »Wir werden die Sache etwas anders angehen als gestern besprochen. Ein paar Änderungen.« Er deutete zum anderen Hang, wo sich die Umrisse der Burg von Chaironeia abzuzeichnen begannen. »Parmenion. Du nimmst die Söldner, wie besprochen, die meisten Pezhetairen und den kleineren Teil der Thessalier. Ich ... die übrigen Pezhetairen und die Barbaren.«

Parmenion sog zischend Luft durch die Zähne. »Den rechten Flügel?«

Philipp wandte sich an seinen Sohn. »Du mußt ein gutes Auge haben, und Kraft, und Ruhe, Alexander. Ich gebe dir, was ich gestern noch selbst nehmen wollte. Du erhältst die übrigen Thessalier und die Gefährten zu Pferd – die ganze schwere Reiterei. Den linken Flügel. Es ist deine Schlacht.« Er legte ihm die Hände flach auf die Schultern, ließ die Finger gereckt.

Alexander starrte in das wilde, wüste Gesicht. Langsam, sehr langsam hob er die Arme und legte die Hände auf Philipps Schultern. »Unsere Schlacht«, sagte er heiser. »Du bist der Amboß; du wirst den Angriff der Athener auf dich ziehen, die wahrscheinlich gar nicht angreifen sollen. Parmenion hält die Mitte. Ich werde angreifen – gegen die Heilige Schar, die selbst angreifen soll. So?«

Philipps Finger bogen sich endlich, drückten, bohrten sich in die Schultermuskeln. »Du der Hammer, Parmenion der Arm, ich der Amboß. So sei es. Aufbruch!«

Alexander hielt ihn fest. »Ich danke dir, König der Makedonen. Du und Parmenion, ihr habt das Schwert geschmiedet; ich bin stolz, es führen zu dürfen.«

»Die Mitte geradehalten, wie?« knurrte Parmenion. »Wenn wir Athener wären, würde ich es nicht wagen, aber mit unseren Leuten . . . Guter Plan, alter Freund.« Er grinste und wandte sich zum Gehen. Über die Schulter sagte er: »Und wer zählt die Knochen?«

Das Geplänkel der Leichtbewaffneten in den Hügeln hatte bereits begonnen. Weit rechts, am Fluß, marschierte die heilige Blüte der Thebaner. Demosthenes fand sich plötzlich neben Demades, als die Athener ihr Lager verließen. Vor ihnen, neben ihnen, hinter ihnen Tausende Landsleute; durch die Lücken, die noch zu schließen waren, sahen sie weit voraus die furchtbare Phalanx des makedonischen Haupttreffens. Sie wußten, daß es Tausende waren, sechzehn Reihen tief gestaffelt; sie wußten, daß nur die ersten drei Reihen die langen Sarissen ausgerichtet halten würden, sobald es losging. Aber es war wie eine von Eisen und Tod starrende Wand.

»Der Boden ist feucht.« Demades blickte zu den Seiten, dann wieder nach vorn, wo die schrägen Strahlen der Morgensonne auf den Spitzen der makedonischen Sarissen glitzerten.

»Sehr aufregend. Und?«

Demades warf ihm einen Seitenblick zu. »Kein Staub; wir werden alles sehen können. Nämlich nichts, sobald wir dran sind. Und wenn die Sonne höher steht, gibt es den nächsten kleinen Nebel.«

Sie waren langsamer gegangen; ein athenischer Unterführer rempelte sie von hinten an. »Los, los, aufschließen.« Dann erkannte er die Männer. »Um Vergebung – aber . . .«

Demosthenes öffnete den Mund, Demades kam ihm zuvor.

»Deine Pflicht, ich weiß. Wir gehorchen, wie jeder gute waffenfähige Bürger.«

Demosthenes knurrte etwas über Demokratie. Es klickte. Er blieb stehen, nahm die Kiesel aus dem Mund, betrachtete sie mißmutig und steckte sie in den Beutel, den er unter dem Brustschutz trug.

Demades grinste. »Du solltest sie im Mund lassen. Sonst verstehen die Makedonen dich nicht, wenn du um Gnade bittest.«

Demosthenes verzog das Gesicht. Schweigend gingen sie weiter. Vor ihnen schlossen sich die Reihen und Glieder. Sie befanden sich fast in der Mitte der Aufstellung; nicht weit rechts von ihnen richteten sich die boiotischen Bundesgenossen aus. Irgendwer bei ihnen sang, zwei oder drei Stimmen fielen ein – ein Spottlied auf jemanden, vielleicht einen Herrscher, alt und seit Jahrzehnten immer wieder abgeändert. Weiter vorn flehte jemand mit flakkernder Stimme die Götter an, ihm Tugend, Ruhm und Tod zu gewähren; die Stimme brach mit einem erstickten Schluchzlaut ab. Es roch nach Tausenden von Männern, die lange marschiert waren und in schmierigen Decken geschlafen hatten, ohne sich waschen zu können. Es roch nach Schweiß, nach Eisen, nach Angst.

Der Unterführer war weitergegangen; nun stand er neben einem Mann, der sich wand, zur Seite und nach vorn beugte und dann würgend übergab. Dabei stieß er hohe quiekende Laute aus. Der Helm, noch nicht festgebunden, rutschte vom Kopf und fiel in die Lache. Der kurze Chiton unter dem Brustschutz war verfärbt; eine bräunliche Flüssigkeit rann die Beine hinab.

Der Unterführer stieß ihn an. Der Mann raffte sich auf, bückte sich nach seinem Helm und ließ die Stoßlanze fallen. Irgendwie gelang es ihm, mit seltsam verrenkten Gliedern den Helm zu halten, die Lanze aufzuheben und das Schwert mit dem Ellenbogen tiefer in den Gürtel zu schieben.

»Zuviel Wein«, sagte er heiser. »Götter – zuviel Wein.« Er richtete sich auf, nickte, als der Unterführer leise etwas sagte, band den Helm fest und ging nach vorn.

»Ein tapferer Mann«, murmelte Demades. »Viel tapferer als mancher, der mit einem Lied und einem Lachen in den Kampf zieht. Wer die Furcht besiegt, kann auch den Feind besiegen. Wer keine Furcht kennt, ist wahrscheinlich nur dumm.«

Demosthenes zischelte. »Warum muß ich ausgerechnet neben dir stehen und mir so etwas anhören?«

Demades tippte mit der Spitze seiner Lanze an seinen Kesselhelm. Er war schlicht, ohne jeden Schmuck; der von Demosthenes hatte eine Art Wulst aus vergoldeter Bronze.

»Du wirst dir noch viel mehr anhören müssen. Todesschreie, Demosthenes; das Kreischen der Verwundeten; nicht zu reden vom Jammern der Witwen und Waisen. Dein erster Kampf?«

»Der war vor zehn Jahren. Und vor drei Jahren auf Euboia.«

»Vor zehn Jahren? Als Philipp immer ausgewichen ist und keine Schlacht wollte? Und auf Euboia, wo wir in ein paar Städte einmarschiert sind, die freiwillig die Tore geöffnet haben?« Demades klackte mit der Zunge. »Viel Vergnügen.«

Schwach, eben noch hörbar, drang von weit rechts etwas zu ihnen, was am Ursprungsort der Töne rhythmisches Gebrüll sein mochte. Demosthenes lauschte mit verdrehtem Kopf.

»Die Schwüre der Liebenden«, sagte Demades. »Die Pärchen der Heiligen Schar. Machen sie immer. Kein Feind soll unversehrt zwischen uns treten und so weiter.«

Der Aufmarsch war beendet. Über dreißigtausend Athener, Boiotier und Thebaner standen etwa zwanzigtausend Makedonen, Verbündeten und Söldnern gegenüber. Etwas wie feierliche Stille lag über der Ebene. Dann quäkte eine Salpinx, weitere fielen ein. Heisere, gebrüllte Befehle. Ein paar Meldereiter galoppierten hinter den athenischen Truppen entlang. Der linke Flügel rückte vor, dann die Mitte; die saubere Ordnung der Aufstellung zerfiel, als die Reihen und Glieder sich bewegten. Von links, aus den Hügeln, wo die Leichtbewaffneten beider Seiten längst den Kampf eröffnet hatten, flogen Wolken von Pfeilen auf, ein Hagel aus Steinen und geschleuderten Metallstückchen ging auf die linke Flanke der Athener nieder. Die ersten Männer fielen; Schreie, neue Befehle, der Versuch, ein Kampfgeschrei auszustoßen.

»Hast du sie gesehen?« Demades und Demosthenes, nebeneinander, in einem der letzten athenischen Glieder, blickten geradeaus, nach vorn, wo sich beim Vorrücken immer wieder Lücken auftaten. »Gefällt mir nicht. Die stehen da so ruhig. Wir hätten es nicht tun sollen, weißt du. Hellenen gegen Hellenen, wie üblich. Ah ja. Die Suppe, die du seit zwanzig Jahren anrührst ...«

Der Vormarsch der Athener und Boiotier stockte, wurde wieder angetrieben, stockte erneut. Der linke Flügel flatterte gewissermaßen unter dem Pfeil- und Steinhagel aus den Hügeln. Lysikles, der den Oberbefehl hatte, schickte Meldereiter los; wieder quäkten Signaltrompeten. Einige Reihen Hopliten des linken Flügels schwenkten und stürmten in die Hügel, um die Belästigung durch die makedonischen Leichtbewaffneten zu beenden; Männer aus den hinteren Gliedern, in schwerem Laufschritt, mußten nach vorn und zur Seite, um die Lücken zu schließen.

Die makedonischen Glieder standen reglos in der Morgensonne; kein Laut, kein Ruf, kein Schrei, kein Signal war von ihnen zu hören. Eine gespenstische, genaue Bewegung erfolgte plötzlich in der Mitte, wo offenbar das schwere Fußvolk, die Kerntruppe stand: Die drei ersten Glieder senkten die Sarissen, hielten die langen Speere waagerecht. Ein Wall aus Eisenzähnen auf sechs oder sieben Schritt langen Schäften starrte den Athenern und Boiotiern entgegen – ein Wall, den sie rot färben mußten, mit dem eigenen Blut, um nahe genug an die Gegner heranzukommen, um ihre Stichlanzen und die kurzen Schwerter einsetzen zu können. Der Vormarsch stockte.

Inzwischen stand die Sommersonne halbhoch am Himmel; Dunst stieg aus der feuchten, von zahllosen Schritten aufgewühlten Erde. Demosthenes kniff die Augen zusammen, bis sie schmale Schlitze bildeten. Die Makedonen wurden nicht unsichtbar; dazu war der Dunst zu fein. Aber wie Geister verschwammen sie plötzlich, ohne völlig ungenau zu werden. Dann, immer noch lautlos, mit gleichmäßigen Bewegungen, rückte der rechte Flügel vor, dem linken der Hellenen entgegen. Der Aufprall der ersten Glieder ließ den Boden wanken, zerfetzte die Luft, verfinsterte die Welt. Kampfschreie und Todesschreie, das Wimmern von Verstümmelten, das Klirren von Eisen auf Eisen, ein dumpferes Dröhnen, wo Lanzen auf Schilde stießen, und der stechende Gestank von Blut und Kot und Schweiß und Angst und Gier betäubten die Männer in den hinteren Gliedern, die noch nicht eingreifen durften, noch nicht eingreifen mußten.

Etwas schien weiter vorn zu geschehen, etwas zugunsten der Verbündeten. Demades stolperte über einen Toten, raffte sich wieder auf. Sie rückten vor, immer weiter; der Boden war übersät mit Waffen und Leichen, mit stöhnenden, niedergetrampelten Männern aus Athen. Demosthenes trat auf die Brust eines gefallenen Makedonen, taumelte, blieb stehen. »O die Füße«, ächzte er.

Demades schnitt eine Grimasse. »Was ist los?«

Demosthenes hüpfte auf einem Bein weiter. »Ein Stein ... Kiesel.«

»Hast du wieder an den Zehen gelutscht?«

Demosthenes grunzte, hüpfte und ließ sich zu Boden sinken. Demades rief über die Schulter zurück: »Was war mit deinem Antrag?«

Demosthenes hob die Hand, blieb sitzen, zog eine Sandale aus. Er hockte auf und zwischen Sterbenden und Toten beider Seiten, hielt sich den Fuß. Er zog den Beutel unterm Brustschutz hervor, nahm die Kiesel heraus, betrachtete sie und steckte sie in den Mund. Langsam zupfte er das Schwert, Stückchen für Stückchen, aus dem Gurt, legte es neben sich, legte die Lanze auf den Boden, zwischen zwei Leichen. Den Helm behielt er auf.

Es dauerte nicht einmal zwei Stunden, vom ersten Zusammenprall bis zum Ende, zur hellenischen Katastrophe, zum Albtraum und zur Flucht. Zu Triumph und Rausch und Würgen.

Sie ritten durch die Ebene, vorbei an marschierenden Abteilungen auf dem Weg zu ihren Stellungen. Parmenion schwieg; seine Augen waren überall. Hin und wieder winkte er jemandem zu oder deutete auf etwas. Philipp brüllte Befehle, rief einzelnen Männern, die er alle mit Namen anredete, Aufmunterungen, Scherze oder Unflätigkeiten zu. Alexander hielt Ausschau nach einigen Gefährten, die er in der Schlacht an seiner Seite sehen oder vielleicht spüren wollte. Am Rand eines sumpfigen Stücks, wo der Bach Molos sich sickernd verbreitete, zügelte Philipp seinen schwarzen Hengst.

»Trennung. Die Götter mögen mit dir sein, Sohn. Meine Gedanken sind es – sofern ich sie lange genug von anderen Dingen losreißen kann.« Er streckte den Arm aus, berührte Alexanders Hand. Mit dem Kinn wies er auf eine Gruppe berittener Gefährten. »Krateros, Laomedon, Meleagros zu mir!«

»Aber . . . meine Freunde.«

»Im Krieg gibt es keine Freunde, nur Fragen der Nützlichkeit, Junge.« Parmenions tiefe Stimme schnarrte wie eine beschädigte, mit dem Fingernagel angerissene Saite.

Philipp grinste. »Du hörst es. Du brauchst Ungestüm, auf deinem Flügel. Wir brauchen die Gelassenen, die Wägenden, die mit den harten Wangenmuskeln, die Durchbeißer.«

Die besonders tüchtigen, besonders edlen, besonders ausgezeichneten jungen Offiziere, die keine eigenen Einheiten hatten, wurden neu aufgeteilt. Parmenion stöhnte, als Philipp ihm die lynkestischen Fürstensöhne Heromenes, Alexandros und Arrhabaios nahm, um sie der Leibtruppe unter Pausanias zuzuteilen. »Du hast Attalos.«

Der König blinzelte. »Den kann ich mit seinen Leuten nicht in Pausanias' Nähe holen, oder? Also!«

Parmenion hielt sich zurück. Auch als die Schlacht begann, griff er nicht ein. Er saß hoch aufgerichtet auf seinem Pferd, hinter dem mittleren Abschnitt der makedonischen Reihen, umgeben von einigen Stabsoffizieren und Meldereitern. Er beobachtete, nahm Meldungen entgegen, erteilte halblaut äußerst knappe, genaue Befehle. Alles mochte davon abhängen, daß bestimmte Bewegungen keinen Moment zu früh, aber auch keinen Moment zu spät ausgeführt wurden, wenn Philipps Meisterplan aufgehen sollte.

Thebens Heilige Schar, die Unbesiegbaren, die Liebenden, die Heroen: Sie waren geachtet, gefürchtet, sie waren die Besten, und sie waren sicher, daß niemand sie angreifen würde. Immer waren sie es, die den Angriff vortrugen, und es waren immer die anderen, die ihnen gegenüberstanden, die sich meist vergebens bemühten, dem Angriff zu wehren. Sie hielten den rechten Flügel der hellenischen Aufstellung, in der Ebene am Kephissos, wo kein Hügel, kein Fels, keine Enge ihre Wucht und Beweglichkeit mindern konnte. An diesem Tag mehrten sie ihren unsterblichen Ruhm durch tapfere Gegenwehr, Tugend und Tod.

Die Männer nahmen das übliche Gerangel kaum zur Kenntnis. Sie folgten ihren Offizieren und kümmerten sich nicht darum, welcher Stratege aus welchen Gründen welche Stabsoffiziere bei sich haben wollte.

Emes sah Philotas, Parmenions Sohn, zu Fuß, in der Rüstung eines Hopliten. Er ging vielleicht zehn Schritte vor der Gruppe her, die wie von selbst Reihen bildete, und unterhielt sich mit einem der älteren Unterführer. Es war gut, ihn dabeizuhaben. Sohn des großen Parmenion und *hetairos* Alexanders; irgendwie waren die jungen Männer etwas Besonderes. Alle schnell und sehnig, immer vorneweg, lebendiger als die meisten Stabsoffiziere; sie konnten anpacken und, o ihr Götter, sie konnten saufen, ohne umzufallen. Perdikkas, Krateros, Ptolemaios, Seleukos, die ganze Truppe; alle bis auf Alexander selbst, der kaum trank. Vielleicht, überlegte Emes, hatte er als Junge zu oft einen betrunkenen Vater gesehen. Denn Philipp war auch darin der Größte aller Makedonen.

Alexander und die anderen Jungen mußten irgendwo weiter links sein; vorhin hatten sie ihn aus der Ferne gesehen, und es war, als wäre eine warme Woge durch die Reihen geschwappt. Als wäre die Sonne vorzeitig aufgegangen, die eben erst auf den Himmel kroch. Es würde noch ein paar Jahre dauern, bis sie alle ganz entwickelt waren, richtige Gesichter kriegten und die nötigen Makken; irgendwie unterschieden sie sich jetzt nur durch die Haarfarbe. Aber sie waren sehr gut, und in ein paar Jahren würden sie alle unvergleichlich sein. Es hatte nur zustimmendes Brummen gegeben, als die Kämpfer hörten, daß Philipp den rechten Flügel nehmen und seinem Sohn die Hetairenreiter überlassen wollte, die sonst der König selbst führte. Sie standen den Besten gegenüber, Thebens Heiliger Schar, und wem außer Alexander und seinen Gefährten kam es zu, sie zu besiegen? Niemand zweifelte daran, daß sie siegen würden, sie alle, gegen die Übermacht der verbündeten Hellenen. Es zweifelte aber auch keiner daran, daß es blutig werden würde.

In der Reihe von sechzehn Mann, am linken Flügel der Teil-Phalanx, war Emes zweiter hinter dem Unterführer. Die besten vorn und hinten; in der Mitte die Jüngeren. Drüben sahen sie die Hellenen, die sich ausrichteten; es schien die Stelle zu sein, wo Athener und Boiotier nebeneinanderstanden. Emes zerbrach sich einen Moment den Kopf darüber, weshalb Parmenion die Phalanx in mehrere Gruppen spaltete; er war aber noch nicht zu einer Erklärung gelangt, als Philotas die Sarissa reckte und dann quer hielt.

Die Reihen standen still. Philotas drehte sich um, musterte die Gesichter im ersten Glied, nickte und lächelte.

»Ihr steht gut, Männer. Habt ihr die Schlangenlinien gesehen, die unsere Freunde drüben machen? Sie haben zu gut gegessen und getrunken, fürchte ich; hoffentlich haben sie uns noch etwas übrig gelassen. Sie werden sich in die Schurze machen, wenn's losgeht. Paßt auf, daß ihr nicht darauf ausrutscht. Und – bleibt einfach stehen. Kein Vormarsch, kein Durchhauen, nur die Stellung halten. Den Rest erledigen andere. Wir wollen die Schlacht ja nicht allein gewinnen. Philipp und Alexander würden sich sonst grämen.«

Salpinx-Signale schnitten das Gelächter ab. Die Hellenen marschierten vor, zögernd, wie es schien. Philotas hob die Sarissa. Die ersten drei Glieder richteten die Sarissen aus: Unterführer einschließlich Philotas, Emes und seine Nebenleute, die Männer dahinter. Und Totenstille.

Alexander ritt an die Spitze des Keils; neben ihm und hinter ihm Perdikkas, Ptolemaios, Seleukos, Hephaistion, Erigyios. Die Heilige Schar, angegriffen statt anzugreifen, wankte und brach auf, als die schwere thessalische Reiterei und die Panzerreiter der makedonischen *hetairoi* mit Schreien, wie Rasende, mit ungeheurer, betäubender Wucht in sie hineinstieß, hineinfraß, die ausgerichteten Reihen zerfetzte.

Auf dem rechten Flügel ließ Philipp seine Truppen vorrücken, den Kampf der Fußkrieger eröffnen; dann gab er den Befehl, langsam zu weichen. Parmenions Mitte, der rechte Teil seines Treffens, von Kleitos und Koinos geleitet, machte die rückwärts gerichtete Bewegung mit, langsam, zäh, ohne wirklich nachzugeben. Die stärksten Teile der Phalanx, in der Parmenions Söhne Philotas, Hektor und Nikanor standen, gab keinen Fußbreit Boden preis.

Die schiefe Stellung, die sich ergab, zwang die Athener, die Philipp gegenüberstanden, ihre Glieder auszudünnen, zu überdehnen, um Fühlung mit dem zurückweichenden Gegner und den verbündeten Boiotiern rechts von ihnen zu halten. In diese Schwachstelle stießen plötzlich Thessalier und Söldnerreiter vor – Parmenions Phalanx öffnete sich, um sie durchzulassen. Das Treffen der Verbündeten zerriß. Hinter den athenischen und boiotischen Reihen trafen die durchgebrochenen Reiter auf Alexander und die Kataphrakten, die Thebens Heilige Schar zertrümmert hatten und nun das boiotische Haupttreffen von der Seite und im Rücken angriffen.

Überall brannten Feuer, unsichtbare Flammen in der Sommersonne. Die Makedonen hatten die Vorräte aus den beiden hellenischen Lagern geholt und schwelgten. Nach den Mühen der Eilmärsche, der kargen Kost, der Enthaltsamkeit des Morgens und der gewaltigen Anstrengung des Kampfs ergaben die Krieger sich dem Sieg, unterlagen dem Triumph. Teile der gegnerischen Ausrüstung, die Bettgestelle der athenischen Führer, die Klapptische und Schemel der boiotischen Offiziere wurden zu Feuerholz, über dem sich an Sarissen halbe Ochsen drehten. Besonders beeindruckt waren die makedonischen Truppen von den ungeheuren Weinvorräten der hellenischen Verbündeten.

Sklaven und Gefangene trugen Verwundete beider Seiten dorthin, wo die makedonischen und hellenischen Heiler, von Parmenion nach der Schlacht allesamt Drakon unterstellt, ihre Zelte und Werkzeuge hatten, halb im Schatten eines Felsvorsprungs am Fuß des Akontion und oberhalb der Latrinen. Hier war das Wasser des Kephissos noch sauber.

Drakon kniete neben einem blutüberströmten Mann, dessen linker Arm entsetzlich zerfleischt und mehrfach gebrochen war; er hing so gut wie leblos von der Schulter. Drakon kaute auf einem breiten Grashalm. In der Hand hielt er eine scheußliche Säge mit groben Zähnen, verkrustet und an mehreren Stellen rostig.

»Haltet ihn gut fest!«

Drei Männer drückten den Verwundeten auf den niedrigen Tisch; ein vierter nahm den über die Kante baumelnden Arm und zog ihn straff. Der Krieger kreischte vor Schmerzen und Furcht, konnte aber die Augen nicht von Drakons Säge abwenden. Dann sackte sein Kopf, er verlor das Bewußtsein.

Erigyios, Ptolemaios, Kleitos, ein paar Schreiber und mehrere überlebende Führer der Heiligen Schar gingen über den Teil des Schlachtfelds, wo der von Alexander geführte Reiterangriff den Verband der Besten Thebens zertrümmert hatte. Philipps Anweisungen waren lästig und eindeutig: die Toten zu ehren und Namenslisten anzulegen.

Pausanias kam von einem der Feuer unterhalb Chaironeias zum König, um über die Verwundeten und Gefallenen der Leibtruppe zu berichten; er sah Attalos, der neben Philipp stand, spuckte aus und wandte sich ab.

Eine große Menge entwaffneter Hellenen, unter ihnen Demades, hockte zwischen vier Feuern, bewacht von kretischen Bogenschützen und wandernden Posten. Einer der Makedonen, in voller Rüstung, biß in ein halbes Huhn, während er auf und ab ging; die andere Hälfte steckte auf der Spitze seiner Lanze. Gefangene und Sklaven schleppten Brotfladen, Wasserschläuche, einige Weingefäße und Kessel mit Brühe zu den Hellenen.

Philipp, Parmenion und Alexander standen mit Truppenführern in der Nähe und berieten. Hephaistion, den Kopf mit einem blutigen Fetzen umwickelt, ließ sich auf einen herumliegenden Bettzeugbeutel fallen, verschränkte die Arme über dem Knie und legte das Gesicht in die linke Ellenbeuge. Immer mehr Makedonen sammelten sich um den König, der plötzlich in die Hände klatschte und brüllte: »Ruhe!« Dabei grinste er. Während der Lärm abebbte, legte er den Arm um Parmenion, der sich halb umgedreht hatte und zusah, wie gefallene Athener zu einem abgeteilten Feldstück getragen wurden; auch dort standen Schreiber und Gefangene, die vielleicht einige Namen der Toten nennen konnten.

»Das ist alles, was blieb vom Antrag des Demosthenes«, sagte Parmenion heiser.

Philipp, der sich eben seinen Kriegern zugewandt hatte, stand mit offenem Mund und stieß ein jaulendes Geräusch aus; Parmenion zuckte zusammen.

»Der Antrag des Demosthenes!« schrie der König.

Die Offiziere, dann die übrigen Kämpfer nahmen den Ruf auf, unter Gejohle und Gelächter; sie begannen einen Rhythmus zu klatschen und wiederholten die Formel noch und noch. Philipp und Parmenion, Attalos, Demetrios, Antigonos, Koinos und andere bildeten eine lange Reihe, die Arme ausgestreckt und auf die Schultern des Nebenmannes gelegt, tanzten vor, zurück und seitwärts, mit gemessenen Schritten, zu dem brausenden Gesang »der ANtrag DES demOStheNES – der ANtrag DES demOStheNES – der ANtrag DES demOStheNES ...«

Alexander war zu Hephaistion getreten; beide sahen mit einem halben Lächeln zu. Aus der unübersehbaren Masse der Gefangenen sprang plötzlich Demades auf und brüllte mit der Stimme des erfahrenen Redners: »HALT!« Dann, als einige der singenden Tänzer sich unterbrachen und zu ihm umschauten, rief er:

»Hört auf damit! Es ist widerlich und schändet die Götter!«

Wachen kamen von zwei Seiten und wollten sich einen Weg zu ihm bahnen, durch die Menge der hockenden und sitzenden Gefangenen. Alexander klatschte in die Hände und rief: »Halt, laßt ihn!«

Philipp löste sich von Parmenion und Attalos und wandte sich den Gefangenen zu. Er kniff die Augen zusammen.

»Wer bist du denn, daß du so kühn redest?«

Demades stand hoch aufgerichtet, mit hängenden Armen da. Seine Stimme klang verächtlich, aber sein Gesicht war ausdruckslos. »Ich bin Demades, der Athener. Und nicht so kühn wie du, Philipp. Ich beleidige lediglich einen Barbaren, der sich in würdelosem Gehüpfe ergeht. Du bist viel verwegener, denn du schmähst die Götter und zertrampelst die Ehre der Toten. Deine Waffentat hat dich neben Agamemnon erhoben, aber du redest wie das Schandmaul Thersites.«

Attalos schnitt eine Grimasse und legte die Hand an den Schwertgriff. Philipp grinste. Parmenion sagte sanft, fast liebevoll: »Das gefällt mir.«

Philipp winkte Alexander zu sich, dann deutete er auf die Wachen. »Bringt ihn her – ehrenvoll. Kann mir jemand sagen, wie der Ratsherr Demades gekämpft hat?«

Parmenion hüstelte. »Ich kann es dir sagen. Er hat drei von unseren Männern getötet, im Nahkampf, und wollte sich überhaupt nicht ergeben.«

Philipp und Alexander tauschten Blicke aus; Alexander nickte und lächelte. Philipp brach plötzlich in schallendes Gelächter aus.

»Du warst dagegen, gegen den Antrag des Demosthenes, nicht wahr? Und ... er ist geflohen, glaube ich, aber du bist geblieben. Ich mag das. Ich mag einen kühnen Mund, wenn er einem tapferen Mann gehört. Sei unser Gast, Demades. Alexander, bewirtest du ihn?«

Alexander ging Demades entgegen, aber der Athener hielt ihn mit einer Handbewegung auf. »Ich will weder Gast sein noch bewirtet werden. Ich bin nichts als ein waffenfähiger Bürger Athens – wie all die anderen hier.« Er wies auf die Masse der Gefangenen.

Philipp seufzte. »Nach dem Sieg binde den Helm fester; nach der Niederlage schärfe die Zunge, was? Na gut. Wenn ich dich nun bäte, neun kluge Athener auszuwählen und mit ihnen, als Gesandtschaft, in deine Stadt zu gehen, würdest du dann geruhen, mein Gast zu sein?«

Stille. Die meisten Makedonen waren ebenso überrascht wie Demades und seine Schicksalsgefährten. Parmenion begann zu lächeln. Alexander bedeutete den Wachen, sie sollten sich zurückziehen.

Demades kratzte sich den Kopf. »Zehn Männer als Gesandtschaft? Kommt drauf an ... Es hängt davon ab, was wir in Athen sagen sollen. Man könnte uns ja hinrichten, wenn deine Botschaft unerfreulich sein sollte.«

Philipp hob die Hände über den Kopf, ließ sie fallen, ächzte. »Müssen wir das hier verhandeln? Im Sitzen, bei Wein und Braten, ist das Feilschen vergnüglicher. Komm.« Er wandte sich ab. Demades zögerte einen Moment, dann folgte er langsam.

Parmenion wartete, bis Demades und Alexander mit

Philipp verschwunden waren; er fuhr sich mit dem Finger die Nase entlang und betrachtete Attalos, Antigonos und die anderen Offiziere.

»Die Hellenen sind weiter zu entwaffnen«, sagte er laut. »Wenn das geschehen ist, werden sie wie entwaffnete Gäste behandelt – edle Geiseln, nicht Gefangene.«

»Dies ist widerlich und würdelos.« Eubulos sah sich in dem kleinen, dunklen Raum um; er rümpfte die Nase und machte ein paar Schritte hin zu der Bank aus schwarzem Holz, die an der rückwärtigen Wand stand. Hoch über ihr waren zwei winzige Öffnungen im Mauerwerk angebracht, eher zur Verbesserung der Luft denn zur Beleuchtung. Gegenüber, neben der schweren Holztür, gab es eine größere Fensteröffnung; sie war verschlossen mit einem vielfach unterteilten Rahmen, der kleine bunte Glasstückchen hielt. In der Mitte des Raums stand ein dunkler Tisch, übersät mit Weinflecken und Brandstellen, darum her etliche Schemel.

Lykurgos legte die Hand an sein kantiges Kinn. »Würdelos, fürwahr. Aber notwendig. Setz dich, edler Eubulos.«

Der alte Mann ließ sich auf die Bank fallen und blinzelte. »Notwendig? Welche Notwendigkeit zwingt mich, Athen zu verlassen und den Piräus aufzusuchen, um im Hinterzimmer einer schäbigen Spelunke mit euch was auch immer zu beraten?«

Lykurgos wechselte einen Blick mit Hypereides. Der fette Politiker hatte die Oberlippe hochgezogen. »Nicht meine Vorstellung von einem gemütlichen Treffen.« Seine Stimme war leise und scharf. »Aber es muß sein. Es gibt ein paar Dinge zu beraten.«

Eubulos schloß die Augen. »Tief sind wir gesunken. Früher konnten solche Beratungen auch in Hinterzimmern in Athen erledigt werden.« Er öffnete die Augen wieder und starrte die beiden anderen an. »Worauf warten wir?«

Lykurgos holte Luft, um etwas zu sagen, unterbrach

sich aber, als es an der Tür scharrte. Er öffnete. Eine blinde schwarze Sklavin tappte herein. Sie trug ein Brett; darauf standen Becher. Ihr folgte ein kleiner Junge mit vorstehenden Augen und verquollenen Zügen; seine Zunge schien im linken Mundwinkel festgewachsen zu sein. Speichelfäden rannen ihm übers Kinn. Er trug eine halbgroße Amphore. Sie war asymmetrisch geformt, eher wie ein Ziegenbalg denn wie ein Gefäß.

»Sieben Becher?« sagte Eubulos, als die beiden den Raum verlassen hatten. »Wer kommt denn noch?«

Lykurgos goß ein und reichte zuerst Eubulos mit einer Verbeugung, dann Hypereides mit einem Grinsen einen Becher. »Rat mal.«

Eubulos schnaubte. »Wenn ich wüßte, was ihr hier eigentlich bereden wollt . . .«

Hypereides kam zum Tisch und lehnte sich an die Kante. »Die Lage, edler Eubulos. Was sonst?«

»Seit wann müssen Ratsherren die Lage der Stadt Athen in einer Kneipe im Piräus bereden?«

Lykurgos hob die Schultern. »Gewisse Teilnehmer an dieser Besprechung sollten zur Zeit in Athen nicht gesehen werden.«

»Ah.« Eubulos trank, schluckte, blinzelte wieder. »Ich werde alt, meine Augen sind müde, meine Ohren werden immer schlechter. Vergeßlich bin ich auch.«

Hypereides lachte; die goldene Schnalle, die über dem Wanst den Umhang zusammenhielt, hüpfte wie ein Zicklein. »Recht so. Wir sollten alles vergessen, was heute hier gesagt wird. Nur eines nicht: das, worauf wir uns am Ende einigen.«

Eubulos knurrte leise.

Lykurgos ließ sich auf einen Schemel sinken, blickte zur Tür, dann zu Eubulos. »Es dauert.« Seine Mundwinkel zogen sich herab. »Hoffentlich nicht zu lange. Dieser Sommersturm . . .«

Eubulos hob die Brauen. »Sommersturm? Piräus? Jemand von einem Schiff? Hm. Ich weiß nicht . . . Wem gehört der Laden hier?«

Hypereides lächelte. »Wir kommen der Sache näher. In diesem Raum treffen sich gelegentlich Leute, deren Bedeutung ein Treffen erheischt; allerdings ist die Reinlichkeit ihrer Absichten bisweilen minder groß als ihre Bedeutung, und es kann geschehen, daß ihre Herkunft in bestimmten Momenten eine Wanderung durch Athen wenig ratsam erscheinen läßt.«

»Bah.« Eubulos lehnte sich zurück und rieb den Rücken an der Wand. »Red nicht so geschwollen – falls du anders reden kannst. Wer ist es? Perser? Phönikier?«

»Ein edler Perser. Nach der Katastrophe von Chaironeia wimmelt die Stadt ohne Zweifel von Philipps Spitzeln ...«

Eubulos verschränkte die Arme und reckte das Kinn vor. »Ich habe mit den Persern nichts zu bereden. Und Chaironeia hätte nicht stattgefunden, wenn ihr nicht alle auf das Geschwätz von Demosthenes hereingefallen wärt.«

Lykurgos entblößte die Zähne in einem freudlosen Lächeln. »Es widerstrebt mir, edler Eubulos, ebenso wie dir, die wichtigsten Dinge der Stadt hier zu bereden. Ich bin immer für den offenen Streit und die Ehrlichkeit gewesen – wie du weißt. Es gibt aber Umstände, die behutsame Umwege erzwingen.«

»Wer noch? Mit dem Perser sind wir vier.« Eubulos klang bestenfalls verdrossen.

»Die edelsten Häupter Athens.« Hypereides grinste breit.

»Unmöglich.« Eubulos kniff die Augen zu. »Einige der edelsten sind gefallen. Demades ist gefangen. Phokion ist unterwegs zu Philipp. Wer bleibt?«

»Phokion«, murmelte Lykurgos; er kaute auf der Unterlippe. »Ein Jammer. Ein rechtschaffener Mann. Ein guter Stratege. Mit mehr Unterstützung hätte er Olynth retten können. Vor vier Jahren hat er Philipp daran gehindert, Megara zu besetzen. Er hat den Tyrannen Kleitarchos aus Eretria vertrieben und überhaupt Euboia gerettet. Nachdem Chares versagt hatte, ist es ihm zu danken, daß die Flotten Byzantion und Perinthos entsetzen konnten. Warum . . . warum konnten wir ihm nicht den Oberbefehl in Boiotien geben?«

Eubulos lachte rasselnd. »*Weil* er ein rechtschaffener Mann ist. Ein kluger und gerechter Mann. Der sich nie auf ein Treffen im Hinterzimmer einlassen würde, ebenso wie er sich geweigert hat, etwas mit eurem wahnsinnigen Krieg zu tun zu haben.«

Hypereides legte die Hände flach auf den Tisch; er stand gebeugt und starrte auf Eubulos hinab. »Vergangen. Vorbei. Da die anderen sich verspäten, laß uns schon mal anfangen.«

»Womit?«

»Mit den Dingen, um die es geht.« Er richtete sich wieder auf und zählte an den Fingern ab. »Philipp hat gesiegt; was werden seine Forderungen sein? Die Vernichtung Athens? Theben hat er bereits besetzen lassen; der boiotische Bund ist aufgelöst, Theben hat die Hegemonie verloren. Mit wem können wir noch rechnen? Der Herrscher der Lakedaimonier ist tot – Archidamos, König von Sparta, ist in Italien gefallen, als Söldner, mit vielen seiner Männer. Sparta scheidet aus. Der edle Perser, den wir erwarten, bringt Nachrichten vom Tod des Großkönigs.«

»Was?« Eubulos fuhr auf. »Artaxerxes Ochos ist tot?«

Hypereides seufzte. »Er hat Persien wieder groß gemacht; in seinem Schatten konnte manches gedeihen. Nun ist der Baum gefällt worden, durch Gift. Sein Sohn, Arses, ist der neue Großkönig; er ist wohl grundsätzlich gewillt, sein mildes Wohlwollen über uns zu ergießen, aber Genaues wird der Gesandte sagen. Sobald er eintrifft.«

Eubulos blickte auf den Tisch und die Becher. »Wer sind die anderen drei? Wir, der Perser – wer noch?«

»Xenokrates .«

Eubulos starrte Lykurgos an. »Der Leiter von Platons Akademie? Er ist aus Chalkedon; kein Athener. Und – was soll er hier?«

Hypereides setzte sich endlich hin. »Er hat, auf unsere

Bitten, einen Brief geschrieben und mit schnellem Boten abgeschickt. Nach der Katastrophe.«

»An wen?«

»An Aristoteles. Mit der Bitte, auf Philipp einzuwirken, damit die Bedingungen nicht allzu hart werden.«

Eubulos grunzte. »Blödsinn. Aristoteles wird nicht auf Xenokrates hören und Philipp nicht auf Aristoteles. Was ist das hier eigentlich, diese Versammlung? Athener, die einen Chalkedonier anflehen, er möge sich bei einem Stageiriten verwenden, damit dieser auf einen Makedonen einredet? Ist das der Stolz Athens? Würmer. Ratten. Geschmeiß.«

Hypereides hob die Schultern. »Danke, gleichfalls. Wozu verhilft uns Stolz in dieser Lage?«

»Mit mehr Stolz und Verstand wärt ihr ... aber es hat ja doch keinen Zweck.«

»Vater der Heimat«, sagte Lykurgos leise; es klang durchaus nicht spöttisch. »Vielleicht hast du recht. Vielleicht hätten wir wirklich einen Ausgleich suchen sollen. Aber es ist jetzt zu spät dazu. Der Schaden ist geschehen; wir müssen versuchen, ihn zu begrenzen. Für Athen, nicht für oder gegen die eine oder andere Partei.«

Eubulos starrte zur Tür. »Wer noch?«

»Aischines.« Hypereides sagte es mit einem Unterton von Ablehnung, von Bedauern, beinahe von Haß. »Der Makedonenfreund. Der Friedensfreund. Vielleicht hat er ja Einfälle.«

»Wer noch?«

Hypereides sah Lykurgos an; Lykurgos setzte ein schräges Lächeln auf, das sofort wieder abrutschte und zu einer Grimasse wurde.

Eubulos beobachtete sie; er richtete sich auf und hieb auf den Tisch. »Also ist das Schwein entkommen? Ist *er* der siebte?«

Demosthenes kroch förmlich auf dem Bauch vor Eubulos. Großer Meister. Mein Lehrherr. Du dem ich alles verdanke. Die anderen sahen mehr oder minder unbewegt zu; einzig der Gesandte des neuen Großkönigs erlaubte sich einen Gesichtsausdruck der Verwunderung.

»Arses, mein Herr, und seine Berater, Bagoas der Hurtige und Bagoas der Heile, versichern die Stadt und die Bürger ihres unverbrüchlichen Wohlwollens und der weiteren Hilfe im Kampf gegen den gemeinsamen Feind.« Der Perser machte eine Pause und musterte die Gesichter von Eubulos und Aischines. Xenokrates nutzte die Gelegenheit, um aufzustehen und zur Tür zu gehen.

»Wenn die edlen Herren der Stadt mir vergeben ...«

Hypereides hielt ihn am Ärmel des langen Chiton fest. »Wohin so eilig, Freund?«

Der Philosoph aus Chalkedon kicherte schrill. »Was ich zu sagen hatte, habe ich gesagt. Was ich hören wollte, habe ich gehört. Wenn es um die Zukunft und ... hintergründige Absprachen geht, möchte ich lieber gehen, ehe ich höre, was ich später besser nicht gehört haben sollte.«

»Ein kluger Mann.« Der Perser wandte sich den anderen zu, nachdem die Tür geschlossen worden war. »Wir rechnen auf eure Bündnistreue. Natürlich hat sich, seit ich aufbrach, die Lage ein wenig geändert. Chaironeia verändert vieles. Wie steht es damit?«

Lykurgos räusperte sich. »Man wird vorsichtiger auftreten müssen.«

»Das ist gewiß. Aber – *wie* vorsichtig?«

Aischines hatte sich neben Eubulos niedergelassen und zu Boden gestarrt; nun blickte er auf. »Ihr seid ganz einfach wahnsinnig – immer noch. Das Heer ist geschlagen, Theben besetzt, keiner weiß, was Philipp mit Athen anstellen wird, und ihr redet mit einem Gesandten des Großkönigs, als ob Athen über sich und die Zukunft verfügen könnte.«

Der Perser lächelte. Er hatte lange, weiße Zähne und einen gestutzten schwarzen Bart. Seine Kleidung war unauffällig: Chiton, Reiseumhang, Sandalen. An den Fingern blinkten ein paar Ringe, aber sie schienen nicht übermäßig kostbar. Nur die Haltung und hin und wieder ein Gesichtsausdruck unterschieden ihn von einem beliebigen reisenden Händler. »Vielleicht sollte ich mich zurückziehen, bis ihr Einigkeit über die Lage der Stadt erzielt habt?«

Hypereides klang verärgert. »Es gibt zwei Gruppen. Die Makedonenfreunde und die Athener ...«

Aischines unterbrach ihn. »Ich lasse mir von dir nicht absprechen, daß ich Athener bin. Die zwei Gruppen unterscheiden sich durch andere Dinge. Die Vernünftigen, die wissen, daß man Hellas einigen muß, auch wenn Athen nicht die Führung dabei erhält. Und die Gestrigen, die meinen, nur das, was Athen zur Hegemonie verhilft, sei hinnehmbar. So einfach. Eubulos und ich vertreten die erste Gruppe; Demosthenes, Lykurgos und Hypereides die andere. Bevor wir weiterreden, sollten wir vielleicht von dir erfahren, was dein Herr in den kommenden Jahren zu tun beabsichtigt.«

Der Perser runzelte die Stirn. »In den nächsten Jahren? Eine lange Zeit, Athener. Zunächst einmal muß Arses seine Herrschaft sichern und festigen. Von den indischen Grenzbergen bis nach Ägypten, von Arabien bis zum Bosporos, vor allem in den Herzen und Köpfen seiner Untertanen. Unter diesen Umständen kann kein Eingreifen in Hellas oder Makedonien erwogen werden. Ich bin auch nicht hier, um euch zu raten, tut dies oder unterlaßt jenes. Meine Aufgabe ist nur, festzustellen, wie sich eurer Meinung nach die Beziehungen zwischen Athen und dem Großkönig entwickeln sollten. Dabei müssen wir, natürlich, über Philipp reden.«

»Was meinst du – Zögling?« Eubulos blickte hinüber zu Demosthenes, der die Hände im Schoß gefaltet hatte und entrückt, beinahe verträumt blickte.

Der Redner fuhr sich mit den Fingern durch den dünnen Bart. »Ich? Wozu?«

»Was wird Philipp verlangen, für den Frieden?«

Demosthenes wiegte den Kopf. »Die Auslieferung einiger Leute. Das Ende unseres Seebunds. Die Aufgabe unserer Selbständigkeit. Die Hinnahme einer Besatzungstruppe. Ein Bündnis mit ihm, gegen Persien. Einen seiner Vertrauten als Herrscher – als Satrap. Was weiß ich denn.«

Eubulos beugte sich vor. »Ich höre dich noch reden. Er haßt uns. Er will uns vernichten. Jetzt scheinst du nicht mehr überzeugt davon, daß er die Stadt zerstören will, oder?«

Demosthenes lächelte. »Ach, edler Eubulos, du weißt doch, was man so im Eifer sagt, wenn es gilt, bestimmte Ziele zu erreichen.«

»Auslieferung, wie?« murmelte Aischines; er starrte Demosthenes an. »Gute Idee. So würden wir dich endlich los.«

»Der Großkönig hat seit je gute Freunde aufgenommen, wenn sie seines Schutzes bedurften.«

Demosthenes hob die Hand und nickte. »Ich danke dir und deinem Herrn. Ich werde es erwägen. Aber noch ist es nicht so weit.«

»Ausliefern!« knurrte Eubulos. »Athen mag besiegt sein, Athen mag eine Dummheit begangen haben, Athen mag auf die Gnade des Makedonen angewiesen sein – aber ausliefern?«

»Wie können wir dem vorbeugen?« Hypereides wandte sich an Lykurgos. »Du hast noch nichts dazu gesagt.«

»Ich weiß es nicht. Wir wissen ja nichts. Demades ist bei Philipp, wie Phokion. Was können sie erreichen? Was will er?«

Aischines lachte. »Was er will? Das, was er seit zwanzig Jahren will: einen hellenischen Bund. Wir haben ihm nicht zugehört – *ihr* habt ihm nicht zugehört, als er es im Guten gefordert hat. Jetzt wird er euch zwingen.«

»Wie? Wie wird er uns zwingen?« Demosthenes klickte mit den Kieseln in seinem Mund. »Mit dem Schwert?«

»Das hat er schon getan. Nachdem wir ihn dazu gezwungen haben. Wenn er Athen angriffe, wer sollte die Stadt verteidigen?«

Hypereides sprang auf und ging unruhig hin und her. »Wir können den Metoiken das Bürgerrecht geben. Die Sklaven freilassen und bewaffnen.«

»Gegen Philipps erfahrene, glänzend ausgebildete, siegreiche Truppen? Pah.«

»Was denn dann, Eubulos? Weißt du Besseres?«

»Setz dich, Hypereides. Und hört mir alle zu. Auch ich weiß nicht, was auf uns zukommt. Es wird härter sein, als wir hoffen, vielleicht aber auch milder, als wir befürchten. Nur über eines müssen wir uns klar sein: Kein Geheimvertrag mit Persien rettet uns, wir müssen uns selbst retten. Indem wir beweisen, daß wir verläßlich sind, daß wir bereit sind, neue Verträge zu schließen; daß wir die Schuldigen bestrafen.«

Demosthenes knirschte mit den Zähnen, lachte aber dann. »Klingt gut, Eubulos. Und wenn Philipp in die Stadt reitet, wie viele Leichen willst du ihm zeigen?«

Aischines hob die Hand. »Es ist nicht gesagt, daß Philipp selbst kommt. Vielleicht schickt er einen Gesandten. Parmenion. Antipatros. Oder seinen Sohn, Alexander.«

»Antipatros ist von Pella unterwegs hierher«, sagte Demosthenes. Er grinste. »Wie meine, eh, Verbindungen mir sagen. Parmenion ist nach der Schlacht mit einem Teil des Heeres losmarschiert, Richtung Korinth und wahrscheinlich weiter nach Süden. Auf die Peloponnes – Sparta. Und Alexander? Ich habe ihn kennengelernt, vor, uh, acht Jahren. Damals war er ein Jüngelchen, ziemlich blöde, fast schwachsinnig.«

Aischines kicherte. »Ich weiß. Ich kenne die Geschichte. Er hat sich geweigert, deine Flöte zu blasen, wie? Und *du* hast blöde ausgesehen.«

Demosthenes zuckte mit den Schultern. »Spielt das eine Rolle? – Ihr wollt mich also den makedonischen Wölfen vorwerfen?«

Eubulos verdrehte die Augen. »Zu gern. Aber das geht nicht. Wir müssen einen anderen opfern. Damit Philipp sieht, daß wir es ernst meinen – und wir müssen es so machen, daß alle begreifen, daß wir uns nicht in unsere inneren Angelegenheiten reden lassen. Du bist leider zu wichtig.«

Aischines und einige andere ehrenwerte Männer gingen der Gesandtschaft entgegen. Sie kamen zurück, begleitet von Demades und Phokion. Alexander und Antipatros blieben vor der Stadt, im Lager, das die makedonischen Truppen am Rand der Straße nach Acharnai und Theben aufgeschlagen hatten.

Demades und Phokion berichteten von den langen Unterredungen zunächst mit Philipp, dann während der Reise mit Antipatros und Alexander; es seien verschiedene Überlegungen ausgesprochen, zum Teil auch erörtert worden, aber niemand wisse genau, was der König und sein Sohn beabsichtigten. Die Truppen? Das sei nur ein Teil des Heers, aber ausreichend zum Sturm auf Athen; schnell aufzubauende Belagerungsmaschinen in Einzelteilen seien im Troß.

Der Rat beschloß, die Tore offen zu lassen. Abends kam eine makedonische Reitertruppe zum Acharnai-Tor, hielt, ritt eine Weile die Mauern entlang. Die Stadt war unruhig; als Demosthenes sich in der Nähe der Agora zeigte, flogen ein paar Steine. Man schlief nicht gut in dieser Nacht; Demosthenes verbrachte sie im Haus der rhodischen Händler, wo er lange mit einem Fremden sprach, von dem es nur hieß, er habe einen gepflegten schwarzen Bart und sei gewiß kein Händler.

Am nächsten Morgen erschienen makedonische Truppen vor den anderen Toren. Alle standen offen, wenn sie auch von Skythen und athenischen Wachmannschaften gehütet wurden, aber die Makedonen ritten nicht ein. Vormittags kam ein Offizier, als Bote; er wandte sich an den Vorsteher des Dionysos-Theaters: Der bedeutende Schauspieler Lyson und seine Leute wollten am folgenden Tag auf die Bitte des makedonischen Prinzen und zur Erbauung der Bürger Athens einige Stücke aus verschiedenen Werken ruhmreicher Athener aufführen. Nach kurzer Rücksprache mit dem Prytaneion wurde das Theater für diesen Zweck freigegeben. Allerdings rätselte man, weshalb es ausgerechnet dieser von allen in Frage kommenden Orten sein mußte. Warum nicht ein Platz, ein anderes Theater, ein Stadion? Das Dionysos-Theater war schäbig, heruntergekommen, mit unebenen Gängen und Sitzen aus morschem Holz.

Nachmittags liefen Gerüchte durch die Stadt. Alexander sei bereits eingezogen. Alexander werde am folgenden Tag nach der Aufführung die Stadt besetzen lassen. Die Makedonen würden die Stadt überfallen, während alle waffenfähigen Bürger im Theater säßen. Demosthenes sei geflohen. Eine persische Flotte werde abends den Piräus erreichen. Nein, Philipp und Parmenion stünden mit dem Hauptheer nur wenige Stunden entfernt.

Die Vorführung war für den mittleren Nachmittag angesetzt. Es war ein heißer, strahlender Sommertag. Mittags verließ ein langer Zug makedonischer Truppen das Lager und schien zu verschwinden. Die Athener, die in der Nähe des Acharnai-Tores gewartet hatten, wurden enttäuscht. Dann hörte man die Trompeten, von Westen: Die Makedonen hatten einen großen Bogen gemacht und näherten sich nun auf der Heiligen Straße. Sie ritten in die Stadt ein, in ordentlichen Reihen: nur Kataphrakten und leichte Reiter, kein einziger Fußkämpfer. Das Zaumzeug der Pferde, die Helme und Brustpanzer der Männer, die Schilde und Lanzen und Schwerter: Alles blitzte in der Sonne.

In der Mitte des prachtvollen Zugs ritt Alexander auf einem weißen Pferd ohne Zaumzeug, sogar ohne Decke. Er trug nichts als einen weißen Chiton mit Purpursaum, dazu einen schlichten Ledergurt. Keine Waffe, kein Stück Rüstung, kein Helm. Er wirkte schmächtig, fast zerbrechlich, und strahlend schön. Die Sonnenstrahlen sammelten sich in seinem blonden Haar: Phoibos Apollon selbst schien gekommen, die Stadt zu besuchen. Und eine Theateraufführung zu sehen.

Lysons Schauspieltruppe, unbeeindruckt von der erlauchten Versammlung, bot eine seltsame Mischung dar; die Bewegungen waren genau, die Verse schwebten, die Worte waren bestens zu vernehmen, aber insgesamt löste die Aufführung Unbehagen aus. Was auch an zwei oder drei überleitenden Worten liegen mochte. Ein Stück aus dem *Archelaos* des Euripides, behandelnd die edle Abkunft des makedonischen Königshauses, wurde vom Chor einstimmig eingeleitet mit der Erklärung, es handle sich um ein Werk eines in Athen vergessenen, seinerzeit aus Athen geflohenen Dichters namens Euripides, den der kunstsinnige Herrscher der Makedonen vor siebzig Jahren zu seinem *hetairos* erhoben habe. Ein Stück aus den *Babyloniern* des großen Aristophanes – der Protagonist trug eine Maske, die dem Gesicht des Demosthenes ähnelte – löste den Chor zu Einzelmasken auf: Sklaven, die unter der Peitsche des Protagonisten mit der Handmühle schufteten und Namen wie Rhodos, Kos, Olynth, Byzantion, Chalkis, Megara trugen: Athens geknechtete Bundesgenossen. Es folgte ein Stück aus den *Rittern* des Aristophanes, mit dem Protagonisten in der Demosthenes-Maske als barbarischer Sklave des Herrn Demos, über den er durch Schmeichelei, Aneignung fremden Verdienstes und Brutalität gegenüber seinen Mitsklaven eine Tyrannis errichtet hat. Zum Schluß gab es ein Stück aus den *Persern* des Aischylos, dessen Worte – dem Chor zufolge – von Philipps Sohn Alexander, einem Schüler des Aristoteles, leicht verändert worden waren: die bittere Klage des Volkes und der Königin über den ungerechten, schändlichen und dazu schlecht vorbereiteten Krieg, der so viel edles Blut gekostet und nichts erbracht hatte als Schande und vielleicht die Erkenntnis, daß man falschem Rat gefolgt sei.

Alexander verließ das Theater als erster, gefolgt von Antipatros. Draußen bestieg er Bukephalos und ritt von der Südseite zur Nordseite der Akropolis, zur Agora. Dort waren inzwischen makedonische Hopliten eingetroffen, die die wichtigsten Zugänge und Gebäude besetzt hielten und Packlasten mitgebracht hatten. Die Körbe und Ballen wurden geöffnet: Sie enthielten Weihrauch, Harze, Tücher, Weihgaben. Alexander opferte an allen Altären, bestieg Bukephalos und verschwand. Mit ihm verschwanden seine Kämpfer, seine Unterführer, der grimmig schweigsame Antipatros. Der Schauspieler mit der Demosthenes-Maske bat das Volk von Athen für den nächsten Morgen zu einer Bürgerversammlung.

Dymas verfolgte die Darbietungen vom obersten Rang des Theaters aus. Lysons Schauspieler waren nicht schlecht, aber die hin und wieder eingreifenden – oder einfallenden – Musiker konnten offenbar nicht einmal richtig stimmen.

Tekhnef war nicht im Theater – sie war eine Frau; sie war schwarz; sie hatte keinen Zutritt, und keine Lust. Dymas war zwar kein Athener, nicht einmal Metoike, gelangte jedoch ohne Schwierigkeiten in den großen Halbkreis. Was immer am Ende herauskommen mochte – die Makedonen würden ohne Zweifel nicht Athen zerstören, was Demosthenes zufolge ihr oberstes Ziel sein sollte. Wenn Philipp es wirklich wünschte, hätte er nicht seinen Sohn und Antipatros geschickt, um die Seelen zu verwirren und Auftritte zu gestalten, sondern wäre selbst gekommen, mit dem ganzen Heer.

Eine Weile hatte er, zuerst beim Einreiten, dann im Theater, den Sohn des Makedonen beobachtet. Antipatros, Verkörperung der Staatlichkeit und List, aber auch der Dauer und des Ausgleichs, schien nur als Berater mitgekommen zu sein; die Leitung der seltsamen bewaffneten Gesandtschaft lag ohne Zweifel in Alexanders Händen. Dymas hatte keinerlei Hang zu Knaben oder älteren Männern, räumte aber ein, daß der Königssohn, schlank und etwas kleiner als die meisten, mit heller Haut, hellen Haaren und geschmeidigen Bewegungen, sicherlich der schönste Mann war, den er je gesehen hatte. Unübersehbar war auch, daß die harten makedonischen Kämpfer ihn vergötterten. Sohn des großen Philipp, jung, strahlend, angenehm im Umgang – wie zu hören war; Demades sollte es gesagt haben – und außerdem fähig als Verwalter, gerecht als Richter, gewaltig als Kämpfer, zweimal siegreich als Führer: Wen sonst sollte man vergöttern? Der Musiker begriff auch sehr gut die Stimmung in Athen, die nach dem Einreiten der Makedonen umgeschlagen war. Zumindest teilweise. Sie hatten gehaßt und gefürchtet, und nun ritt Apollon selbst ein; sie hatten, von Demosthenes bearbeitet, mit den Schwertern der Barbaren gerechnet, und nun lud man sie zu einer Theateraufführung.

Mehr als alles andere beschäftigte den Musiker jedoch der Vollmond. Es war später Nachmittag oder früher Abend; vom höchsten Rang des Dionysos-Theaters konnte er sehen, wie die strahlende Scheibe über die Akropolis stieg, hell sichtbar im sinkenden Sonnenlicht. Als es schnell dunkler wurde und das Licht des Mondes das ganze Theater erreichte, glühte die Glatze des Antipatros, in der ersten Reihe, wie mattes Gold auf. Das echte Gold daneben war Alexanders Schopf.

Jemand berührte ihn am Arm, als nach dem Ende der Vorstellung alles zu den Ausgängen drängte. Dymas wandte sich um.

»Demaratos! Was machst *du* denn hier?«

Der Korinther zwinkerte. »Gewisse Dinge muß man sich ansehen. Hast du einen Augenblick Zeit?«

Sie begaben sich zu einer kleinen Schänke, nordöstlich des Theaters, jenseits der großen Straße, die um die Akropolis führte.

Demaratos trank schwarzes Bier, Dymas zögerte und schloß sich an. Der Korinther blickte nach rechts und links und beugte sich vor.

»Die Stimmung in der Stadt gefällt mir nicht.«

Dymas zuckte mit den Schultern. »Sie hat mir noch nie gefallen, seit ich zum ersten Mal hier war. Was mißfällt dir?«

»Diese Mischung . . . Einerseits nachhallender Haß, mit Stolz und Trotz vermengt. Andererseits beginnende Begeisterung für Alexander. Und in der Mitte eine ungeheure Mehrheit von dumpfen Zweifeln und Ergebenheit. Ein Instrument, auf dem Demosthenes vorzüglich spielen könnte.«

Dymas kniff die Augen zusammen. »Warum bekümmert es dich – Händler?«

Demaratos lachte unterdrückt. »Sagen wir, es gibt viele Dinge, an denen mir liegt. Eines ist die schöne *Eirene* [Friede], in deren Gesellschaft die Geschäfte besser gedeihen als unter der Fuchtel des Ares.«

»Friede um jeden Preis, Korinther?«

Demaratos schnitt eine Grimasse. »Keineswegs. Wenn die Freiheit bedroht ist und das Wohlergehen, dann ist kein Krieg zu teuer. Aber Philipp bedroht weder die Freiheit noch den Wohlstand der Athener. Die Friedensbedingungen sind mehr als mild.«

Dymas hob eine Braue. »Friedensbedingungen? Bis jetzt kennt keiner sie – soweit ich weiß.«

Demaratos starrte in sein Bier. »Ah, du weißt, ich habe gute Beziehungen, hierhin und dorthin. Hast du Zeit, heute?«

»Was willst du von mir?«

»In der Stadt laufen viele Männer herum, die im Auftrag des Demosthenes Stimmung gegen Makedonien zu machen versuchen. Alles, damit es nicht zu einem Ausgleich kommt.« Leiser setzte er hinzu: »Einige, die so etwas tun, oder tun könnten, in der richtigen Umgebung, sind aber *gegen* Demosthenes. Sagen wir, sie tun einem alten Korinther den Gefallen, Demosthenes durch dummes Geschwätz, das angeblich von ihm stammt, mehr zu schaden, als sie es durch kluge Reden je könnten.«

Dymas rümpfte die Nase. »Und jetzt soll ich mit der Kithara losziehen und ihnen Anlaß dazu geben?«

»Klug, mein Freund, aber nicht klug genug. Sie werden dir Anlaß geben, gewisse Lieder zu singen – Verse vorzutragen.«

Dymas lehnte sich zurück. »Nein.«

»Nein?«

»Berichte schreiben, Nachrichten sammeln, wenn mir danach zumute ist, das ist eines. Meine Kunst, Demaratos, steht niemandem zur Verfügung außer der Kunst selbst und dem Vergnügen der Menschen, oder ihrer Trauer.«

Demaratos lächelte. »Jeder hat seinen Preis, Dymas. Auch du.«

»Nicht in diesem Fall.«

»Doch. Einen Preis gibt es, den du mir immer zahlen wolltest und den ich bis jetzt abgelehnt habe.«

Dymas hielt einen Moment die Luft an. »Du sprichst von viereinhalb Minen, um die du mich in Karchedon gekauft hast.«

»Sing, Dymas; sing heute abend, und du bist frei.«

Dymas sang. In einer Schänke begann jemand, kaum daß Dymas eingetroffen war und zu stimmen begann, mit einer Preisrede auf den Krieg, zur Festigung der athenischen Vorherrschaft, die, wie jeder wisse, nötig sei zum Wohle aller Hellenen. Dymas unterbrach ihn, indem er ein abgewandeltes Lied Sapphos sang.

Einer sagt: die Reiter; der zweite: Fußvolk;
jener: Schiffe seien das Schönste auf der
weiten Erde. Ich aber will euch sagen:
das, was man lieb hat.

Mit ein wenig Denken kann dies auch jeder
leicht verstehen. Helena, allerschönste
aller Frauen, wollte als ihren Mann den
tapfersten Helden,

der das stolze Troja von Grund auf tilgte.
Nicht der Tochter, nicht der geliebten Eltern
dachte sie, nein, Kypris verführte sie durch
innige Liebe.

Meiner Lydia wogendes Schreiten, ihre
lichten Augen möchte ich lieber sehen
als der Lyder Streitwagen und ihr waffen-
starrendes Fußvolk.

In einer anderen Schänke pries ein Mann die Beharrlichkeit des Demosthenes, der unzugänglich für die Reize des Eros oder jenes neuen Apollon auf dem Stolz Athens bestand.

Dymas rief: »Laß mich dazu ein Lied singen, Freund; wie wir wissen, fand ja heute etwas im Theater des Dionysos statt. Ich habe hier ein leicht abgewandeltes Gebet des großen Anakreon an Dionysos.« Dann sang er.

Herr, dem Eros, der junge Stier,
dunkeläugiger Nymphen Schwarm
und sogar Antipatros
scherzend folgen, der weithin auf
hohen Bergen dahin du schweifst,
herzlich bitte ich dich: O komm,
komm zu uns und erhöre mein
heißes Flehen in Gnade!
Dem Demosthenes rate gut,
laß, Dionysos, redlich ihn
diese Liebe erwidern!

Auf dem kleinen Platz vor einer belebten Schänke ließ Dymas sich nieder, trank Wein und hielt die Kithara auf dem Schoß. Jemand stand auf und schmähte die Zecher, daß sie in der Stunde der Not ihrer Vaterstadt zu trinken wagten, statt zu den Waffen zu greifen. Dymas griff in die Saiten und sang.

Die dunkle Erde trinkt den Regen,
die Bäume trinken aus der Erde.
Das Meer trinkt alle Ströme,
die Sonne trinkt die Meere,
der Mond trinkt Sonnenglanz.
Athen, von Rednerworten trunken,
trank Blut und tränkte Chaironeia.
Nun trinkt das Volk begierig auch
des Königssohns Schönheit und Licht.
Warum willst du, von Zorn betrunken,
mir diesen milden Trank verwehren?

Aber dieser Redner schien echt zu sein. Als sich Beifall und Gelächter gelegt hatten, schrie er wieder los. Dymas ließ ihn eine Weile reden, dann stand er auf, die Kithara aufs Knie gestemmt, den Fuß auf einem Stuhl. Er klemmte den beweglichen Hornbogen, mit dem er die Stimmung aller Saiten zugleich erhöhen konnte, fast über die Mitte der sieben Spielsaiten, schlug einige schrille Unharmonien und sang.

Was soll ich mit dir machen,
schwatzhafte Eule du?
Bei deinen leichten Flügeln
dich packen und sie stutzen?
Soll ich etwa die Zunge
aus deinem Schnabel reißen?
Im Traum liebt' ich Eirene,
so wonnevoll verstöpselt,
und fast wär's mir gekommen,
da weckt mich dein Gezeter!

In der letzten Schänke schließlich, in der ein halb betrunkener Mann ein weiteres Lob auf Demosthenes in die Nacht schrie, brüllte Dymas ihn mit mächtiger Stimme nieder und sang.

Könnte man jedem Menschen öffnen die Brust,
gründlich zu wägen des Herzens Inhalt und Wesen,
und zum Freund jenen wählen, der ohne Falsch ist –
ach, wie einsam wäre Demosthenes dann!

Er legte die Kithara fort, trank, nahm lächelnd die Beifallsbekundungen entgegen. Ein alter Bekannter trat an seinen Tisch.

»Nett. Außerdem die Wahrheit. Ich hab dich aber noch nie so laut singen hören.«

Dymas nickte. »Ich hatte auch noch nie einen Grund, so laut zu singen.«

»Welchen Grund denn?«

»Freiheit.«

Ein halbes Dutzend Reiter, gefolgt von vielleicht fünfzehn Sklaven und Dienern, näherte sich einem kleinen Lager, das fast auf dem Strand errichtet war, zwischen der hellen herbstlichen See und den braunen Hügeln. Philippos der Heiler glitt von seinem Falben und wandte sich an einen der leichtbewaffneten Posten; der Mann lehnte an einem Felsen und aß eine Stopfwurst.

»Nee, wir machen hier nur ein bißchen sauber. Paar Verwundete und Streuner, das Übliche. Durchgang, zwischen Philipp und Pella.«

Philippos suchte zwischen den Zelten und Hütten und fand schließlich Drakon, der vor einem der größeren Zelte verwundete und fußkranke Makedonen versorgte, vielleicht fünfzehn oder zwanzig. Aus dem Lager führten schwere Karrenspuren nach Norden, wurden zu einem dünnen Strich und verschwanden in den Hügeln. Drakon kaute auf einem Zweig von irgendeinem Obstbaum und betrachtete das Gemächt des Hopliten Emes, der ein dumpfes Ächzen hören ließ, als der Arzt unabsichtlich mit dem hängenden Ende des Zweigs die Wunde berührte.

»Wird heilen, Junge. Ziemlich schnell. Als ob wir sonst keine Sorgen hätten ... Wie hast du das gemacht?«

Emes versuchte ein Grinsen. »Meinungsverschiedenheit. Eine schöne Boiotierin. Hinterher war mir der Preis zu hoch, und sie hatte ein Messer.«

Drakon blickte auf und grinste Philippos an, wandte sich dann wieder dem Krieger zu. »Also, die nächsten paar Tage solltest du nicht an nackte Frauen denken. Huh, hätt ich nicht sagen sollen, was? Da geht's schon los.« Er schüttelte den Kopf; Emes wimmerte leise. »Ist schon in Ordnung für nen Krieger, von wegen stramm und bereit und so; wird aber zuerst mal weh tun. Mach dir keine Sorgen, nichts ist für die Ewigkeit, du nicht und der nicht. Ehe du stirbst, kannst du ihn wieder verwenden.«

Philippos lachte. »Ein herzhaftes Wort zur falschen Zeit. Wie steht's denn?«

»Schräg«, knurrte Emes. »Der Kleine drückt sich vorm Üben. Keine Weiber, kein Plündern, kein Geld. Scheißkrieg.«

Drakon stand auf; grinsende Helfer umringten Emes, ohne jeden Versuch, ihm zur Hand zu gehen. »Gut, dich zu sehen, Philippos. Wie war's in Athen?«

Philippos hob die Schultern. »Groß, laut, schmutzig.« Er sah zu, wie Drakon in einem Stapel von Werkzeug nach einer bestimmten Säge wühlte. »He, woher hast du die?« Es war eine schöne und scharfe Säge, mit glänzenden kleinen Zähnen und Elfenbeingriff.

»Hat er geklaut«, sagte Emes.

»Und die Verhandlungen?« sagte Drakon; er hielt die Säge hoch.

Philippos setzte sich auf einen Schemel; einer der Helfer brachte Wasser und Wein. Drakon kaute immer noch auf seinem Zweig und kratzte etwas von der Säge – Blut oder Schmutz.

»Die Verhandlungen?« Philippos kicherte und berichtete von den Ereignissen in Athen, dem Lager, den Ritten zur Stadt, der Theateraufführung. »Danach ging alles glatt. Alexander hat ihnen zuerst nen heiligen Schrecken eingejagt mit diesem Hin und Her und Euripides und Aristophanes. Dann haben er und Antipatros noch mal mit Demades, Phokion und Aischines geredet, nicht mit den anderen, und ihnen ein paar Hinweise gegeben. Der Rest hat eigentlich darauf gewartet, daß wir Athen niederbrennen. Hatte Demosthenes ihnen ja auch oft genug gesagt, von wegen, Philipp haßt Athen und will die Stadt zerstören, dieser ganze Unsinn. Jedenfalls – Alexander verlangt den Kopf von Demosthenes, die Auflösung des Seebunds, die Auflösung der Flotte, dies und das, natürlich den Verzicht auf persisches Gold und so weiter. Alles einerseits sehr sachlich, ohne Schärfe, anderseits unendlich liebenswürdig. Die Athener haben ihn längst nicht mehr Alexander genannt, sondern Apollon. Dann haben sie, als Zeichen guten Willens und Beweis fortdauernder Eigenständigkeit, ihren obersten Strategen bei Chaironeia, Lysikles, zum Tode verurteilt, weil er das Heer in den Untergang geführt hätte. Demades hat öffentlich mit Alexander verhandelt und in Athen ein sehr großes helles Gesicht gekriegt; angeblich ist es ihm ja gelungen, die Stadt zu retten. Dabei war das, was hinterher bei den Verhandlungen rausgekommen ist, genau das, was Alexander von vornherein haben wollte. Demosthenes wird nicht ausgeliefert; die Stadt behält ihre Autonomie, verpflichtet sich aber, im Winter bei den Bundesverhandlungen in Korinth mitzumachen und dem Bund beizutreten, den Philipp haben will; der attische Seebund wird aufgelöst, aber Athen behält seine Flotte – und verpflichtet sich, einem hellenischen Bund Heer und Flotte zur Verfügung zu stellen. Und Antipatros stand finster daneben, die ganze Zeit. War gut abgesprochen. Ein Blick auf sein Gesicht, und dann doch lieber Alexanders Forderungen nachkommen.«

Drakon legte eine kleine Feile an und schliff an zwei Zähnen der feinen Säge herum. »Wir haben also alles gekriegt, was wir haben wollten?«

Philippos grinste. »Nicht nur das. Philipp hat für den Winter alle Hellenen außer Sparta nach Korinth eingeladen. Athen hat zugestimmt und wird zu allem Ja sagen – also machen die anderen Hellenen auch mit. Philipp kriegt seinen Bund. Demades ist der große Mann; Demosthenes ist zumindest vermindert. Und Alexander? Wenn er zwei Tage länger geblieben wäre, hätten die Athener ihn zum Gott erhoben. Er hat allen den Kopf verdreht. Und der berühmte Leochares macht auf Kosten der Stadt Athen zwei Statuen aus Gold und Elfenbein, von Philipp und Alexander, für den Rundbau in Olympia, den Philipp gerade errichten läßt. – Also, hör mal, diese Säge . . .«

Drakon feilte immer noch. »Also Friede und Freundschaft? Und ein hellenischer Bund?«

»Und alles, was Philipp je haben wollte. Dank Alexander. Woher hast du diese Säge, Mann? So was Feines hab ich noch nie gesehen.«

»Hast du unterwegs gute Zähne gefunden?«

Philippos hob die Hände über den Kopf. »Hör doch mit deinen Zähnen auf, sonst schlag ich sie dir aus. Gib mal her, das Ding. Oooh, wirklich wunderschön. Die beste Arbeit, die ich je gesehen hab. Muß doch ein Vergnügen sein, damit einen Knochen abgesägt zu kriegen.« Er untersuchte den Elfenbeingriff; erhaben, in feinsten Umrissen, waren darauf Elefanten zu sehen, ein Pferdekopf, Palmen, Frauen mit steilen Brüsten, am Knauf das Zeichen der Göttin Tanit.

»Kommt aus Karchedon.« Drakon streckte die Hand aus und nahm die Säge wieder an sich. »Gute Arbeit, stimmt. Und scharf.«

»Karchedon? Im Westen, in Libyen? Wie kommt das hierher?«

»Hat ein athenischer Arzt mir gegeben. Nach der Schlacht, als wir zusammen die Trümmer beseitigt und geflickt haben.«

»Geschenkt? Oha. Muß aber doch kostbar sein.«

Drakon grinste. »Na ja, nicht richtig geschenkt. Sagen wir, er hat sie verloren.« Er nahm eine andere Säge, hielt sie hoch: ein scheußliches Raubtier, rostig, schartig, mit stumpfen und abgebrochenen Zähnen. »Genauer gesagt, er ist umgefallen. Ohnmächtig geworden, als er gesehen hat, wie ich *damit* ein Bein abschneide. Dabei hat er seine Säge verloren.«

Im Winter wurde der Korinthische Bund begründet; Philipp und die hellenischen Staaten mit Ausnahme Spartas schlossen eine Symmachie, den ewigen Bundesvertrag zur Erhaltung des allgemeinen Friedens. In Korinth wurde ein Bundesrat eingerichtet, das Synedrion, bei dem alle beteiligten Staaten Gesandte und Bevollmächtigte unterhielten; Philipp wurde zum Hegemon und Bundesfeldherrn bestimmt. Die Mitglieder sicherten einander innere Autonomie zu sowie Wahrung der jeweiligen Verfassungen durch ein allgemein gültiges Verbot gewaltsamer Umwälzungen. Der Bund beschloß den Rachefeldzug gegen Persien, mit Philipp als allein bevollmächtigtem Strategen, mit Heeresfolge der hellenischen Staaten, mit Einsatz der athenischen Flotte zur Unterstützung des hauptsächlich makedonischen Landheers.

»Philipps Traum«, sagte Aristoteles. »Die Einheit der Hellenen, das Ende der ewigen Bruderkriege. Aber zur Vorbereitung des Kriegs gegen den Großkönig blieb noch vieles zu tun. Und dabei hat Alexander einen seiner zwei großen Fehler gemacht.«

»Was wäre der andere?« Peukestas runzelte die Stirn. »Ich weiß nur von diesem einen.«

Aristoteles lachte leise. »Beide haben mit den Barbaren zu tun. Sein größter Fehler war, daß er versucht hat, die Barbaren wie Hellenen zu behandeln, eine Verschmelzung zweier Dinge zu bewirken, die nicht zu verschmelzen sind. Sein erster Fehler, damals, ging in die gleiche Richtung.«

Er selbst sei in Stageira gewesen und habe nichts unmittelbar gesehen oder erlebt, aber die guten Beziehungen zu den ehemaligen Schülern und zu Antipatros hätten ihn später in Kenntnis gesetzt – in Kenntnis von vielen Dingen, die nicht unbedingt allen Chronisten bekannt gewesen seien.

»Es ist unverständlich – wenn man nicht einige Dinge berücksichtigt. Alexander wußte immer sehr wohl, was er wert war. Du kennst die Geschichte, nehme ich an, von seiner Antwort, als man ihm vorschlug, bei seiner Schnelligkeit und seinem vorzüglichen Umgang mit Pferden solle er doch bei den Wettkämpfen von Olympia teilnehmen. Er wollte nicht; er sagte, sich im Feld zu messen sei eine Sache, da seien alle Männer gleich, aber im Spiel und im Wettkampf gebe es Unterschiede, und da er es in Olympia nicht mit Wettkämpfern königlichen Ranges zu tun haben werde, wolle er weder sich noch die anderen beschämen. Ähnlich war es ja auch, als er bei seinem letzten Aufenthalt in Korinth, als das Synedrion ihn zu Philipps Nachfolger als Hegemon machte, dem kynischen Lästerer Diogenes begegnete.«

»Lästerer?« Peukestas schüttelte den Kopf. »Du erstaunst mich, Aristoteles. Ich ... er gilt doch als großer und wichtiger Denker, als Philosoph.«

Aristoteles grunzte matt und tastete nach der Hand seiner Tochter. »Ein Schluck Wein, Kind. – Danke. Philosoph? Sokrates hat gefragt, ob es Tugend gebe. Platon hat versucht, den Menschen vorzuschreiben, was sie als Tugend zu verstehen hätten. Ich habe versucht, Listen aller Kenntnisse anzulegen, auch aller Vorgänge, die den Menschen als tugendhaft gelten, um später, irgendwann einmal, aus diesen Listen und Kenntnissen ein allgemeines Gesetz der Tugend ableiten zu können. Was vielleicht gar nicht möglich ist. Diogenes hat einfach nur gesagt, es gebe keine Tugend. Er hat die Reinlichkeit verachtet, was sein Recht ist, wenn es ihm denn gefällt – aber er hat es durch Gestank, den er verbreitete, den anderen ebenfalls aufgezwungen. Er hat die Höflichkeit des Umgangs der Menschen untereinander geschmäht. Er hat das Geld und die Besitzenden verachtet – sein gutes Recht; aber dann hätte er sie nicht anbetteln dürfen. Nein, Diogenes war kein Philosoph; er war ein Narr. Als Alexander ihn fragte, ob er etwas für ihn tun könne, und Diogenes sagte: ›Geh mir aus der Sonne‹, da soll Alexander gesagt haben: ›Wenn ich nicht Alexander wäre, möchte ich Diogenes sein.‹ Es wurde dies gedeutet als Achtung, geradezu Ehrfurcht des Königs vor dem Denker.«

»Und? Deiner Meinung nach?«

»Es war das genaue Gegenteil. Diogenes war zu minderwertig, um etwa eine Strafe oder derlei zu verdienen. Alexander, der König, der Herrscher, Schüler eines nicht völlig unbedeutenden Philosophen, wollte etwas ganz anderes sagen – wenn ich nicht der Beste wäre, der ich ja bin, möchte ich lieber nicht der Zweitbeste sein, sondern dann gleich der Letzte – der letzte Dreck.«

Peukestas zögerte, dann lachte er. »Soviel zu Diogenes. Du wolltest von Alexanders Fehler reden.«

Aristoteles schloß die Augen. Halblaut sprach er von Philipps klugen Plänen – für den nächsten Brückenkopf in Asien. Er wollte seinen erstgeborenen Sohn, den fast schwachsinnigen Arridaios, mit der Tochter eines Satrapen vermählen. Die Vorgänge seien nur erklärbar, wenn man Dinge voraussetze, die wahrscheinlich, aber unbewiesen seien: Olympias, und Besorgnisse Alexanders. Olympias habe möglicherweise in dem Angebot Philipps an den Satrapen Pixodaros eine Gelegenheit gesehen, den Verlauf der Dinge in ihrem Sinn zu fördern; Alexander habe möglicherweise befürchtet, sein längst nicht ausgebrannter, tatendurstiger Vater werde ihn noch jahrelang im zweiten Glied stehenlassen. »Dabei hatte er ihn deutlich herausgehoben, bevorzugt, mit schwierigen Dingen betraut. Chaironeia war Alexanders Schlacht, der Beitritt Athens zum Bund war Alexanders Werk; er hätte wissen müssen, daß Philipp ihn nicht hinter, sondern neben sich handeln lassen würde.«

Aber vielleicht habe Olympias den Sohn überzeugen können, der Vater wolle ihn abschieben, wolle Arridaios, der eben doch nur fast, aber nicht ganz schwachsinnig war, zum neuen Thronfolger aufbauen. Deshalb schickte Alexander hinter Philipps Rücken einen eigenen Gesandten an Pixodaros, teilte diesem mit, Arridaios sei ein lallender Narr, und für die Tochter des Satrapen komme eigentlich nur Alexander selbst als Gemahl in Frage. Daraufhin weigerte sich Pixodaros natürlich, Arridaios zu erwägen; und Philipp sah einen klugen und hilfreichen Plan durchkreuzt.

»Antipatros hat mir davon erzählt.« Aristoteles lachte leise. »Philipp ist wie ein rasender Stier über Alexander hergefallen; er hat ihn, wie die Makedonen so treffend sagen, unangespitzt in den Boden gerammt. Als ob der König ein derartiges Mißtrauen seines Sohns verdient hätte! Schlimmer noch: als ob der künftige Herrscher Makedoniens gut genug wäre für die Tochter eines Satrapen.«

Und Philipp habe dann die Gelegenheit genutzt, sich endgültig der Königin zu entledigen. Deren ewige Eingriffe und Ränke damit beendet werden sollten. Phila, die erste Frau, hatte ihm keine Kinder geboren; Audata, die Illyrerin, war Mutter einer Tochter, Kynnane, die Philipp mit seinem Neffen Amyntas vermählt hatte, dem Sohn seines Bruders und Vorgängers Perdikkas; Philinna, die Tänzerin aus Larisa, hatte Arridaios geboren; Olympias schließlich Alexander und Kleopatra. Die fünfte Frau, Nikesipolis aus Pherai, wiederum eine Thessalierin, war bei der Geburt der Tochter Thessalonike gestorben, als Alexander eben vier Jahre alt war, oder fünf; zuletzt hatte Philipp zur Besiegelung des Friedens und zur Sicherung der Nordgrenzen Meda zur Frau genommen, die Tochter des Getenkönigs Kothelas, im Jahr vor der Schlacht bei Chaironeia.

»Außer Olympias waren sie alle – nebenher. Nur Olympias war rechtmäßige Gemahlin, Fürstin, Herrscherin. Nun sah Philipp voraus, daß der Persien-Feldzug ihn lange aus Makedonien fernhalten würde, und daß eine Erneuerung und Festigung der Bindungen zwischen ihm und den Gebietsfürsten hilfreich wäre. Ein kluger Gedanke, ein richtiger Gedanke, und ein furchtbarer Fehler.«

15.

Verschworen und verbannt

Seit Stunden ritten sie bergauf, immer nach Nordwesten. Die fruchtbare lynkestische Hochebene, die im Sommer braun und verbrannt sein würde, lag längst hinter ihnen, ebenso die von Pella im Osten über Edessa weit nach Westen, zur illyrischen Küste führende Straße. Dort, in einem großen umwallten Gasthaus, hatten sie die Nacht verbracht. Es war gut gewesen, nach all den Monden wieder die vertrauten Laute zu hören, den späten lynkestischen Frühling zu riechen, mit Bauern und Händlern in der eigenen Sprache über die wichtigen Dinge zu reden: die Äcker, die Saaten, die Frühlingsregen, die Verheerungen der Wildschweine, winterliche Wolfsjagden. Und die Abgaben für den Herrscher der Makedonen, dem so viele junge Männer der Gegend gefolgt waren. Es war auch gut gewesen zu sehen, zu hören, zu spüren, daß hier der Herr von Pella immer noch weniger galt als die Fürsten der Lynkestis. Philipp war weniger König der Makedonen als vielmehr Argeadenfürst, dem Eorden, Lynkesten und andere Hochland-Bewohner seit langem tributpflichtig waren, mehr nicht.

Von einer verkrüppelten Pinie, weit rechts voraus, am Rand eines steinigen, von Steinmauern umgebenen Felds flatterte träge ein großer Vogel auf. Zu weit fort, um es genau sagen zu können; Heromenes hielt ihn für einen Geier. Er richtete sich auf, holte tief Luft und stieß einen langen, schrillen Schrei aus. Das Pferd blieb ruhig. Arrhabaios, der vor ihm ritt, drehte sich um. Der Muskel an seinem linken Auge zuckte sehr schnell – Zeichen der Freude oder Erregung. Im dichten Buschwerk am Fuß des Hangs zeterten ein paar Rebhühner, flogen aber nicht auf.

»Ist was?«

Heromenes grinste. »Reine Lust, großer Bruder. Die teure Heimat.«

Arrhabaios hob die Schultern und blickte wieder nach vorn. Der steinige Weg wand sich zwischen Hügelkuppen, Gebüsch und kleinen Feldern den Hang entlang, immer aufwärts. Von einem flachen Stein in der Wegmitte, über dem die Luft waberte, glitt eine Schlange nach rechts, unter die Zweige eines Stachelbuschs mit gelblichen Blüten.

Gegen Mittag rasteten sie unter breiten Eichen in einem Nebental; es gab hier eine Quelle, die sich zu einem Bach entwickelte, der weiter nördlich in einen Arm des Erigon floß. Heromenes hatte das Gefühl, jeden Stein und Strauch zu kennen. Chaironeia, Korinth, Sparta, der Hafen von Gytheion waren nur noch Namen aus fernen Weltgegenden, eigentlich längst ohne Bedeutung.

Einer der Sklaven durfte nicht rasten; sie schickten ihn voraus. Als sie am mittleren Nachmittag das Tal erreichten, an dessen Nordende die kleine Burg stand, wartete der Verwalter bereits, um ihnen das Willkommen zu entbieten, das den Herren der Berge zustand: den mit einem Lächeln angedeuteten Kniefall, den Becher mit Wein und Wasser, Brot und Obst. Sie nahmen es entgegen, ohne von den Pferden zu steigen.

»Ein paar Tage Ruhe, ehe wir zum Vater reiten.« Arrhabaios beschirmte die Augen mit der Hand und schaute über das weite grüne Tal. Pferde und Rinder grasten am Flußufer, zwischen Wasser und Weg; die Felder oberhalb der Weiden waren sauber und offenbar gut bestellt; an den Hängen, um die Steinhütten mit ihren umfriedeten Gemüsegärten, wimmelte es von Schafen und Ziegen.

»Ist Alexandros nicht mitgekommen?«

Heromenes wandte sich um, beinahe unwillkürlich; hinter ihm und Arrhabaios ritten ein paar beurlaubte lynkestische Leibkrieger, Diener und Sklaven. »Er hat Aufträge von Philipp zu erledigen, in Pella und Therme. Vielleicht kann er im Sommer heimkommen.«

Die Burg war auf einem Felssockel errichtet, die

Grundmauern gewaltige Steinquader. Darüber ragten die eigentlichen Mauern und Türme auf: ein wildes Gemisch aus Bruchsteinen, Ziegeln und Lehm, hier und da von mächtigen Baumstämmen gestützt und mit Bronzeringen gesichert. Sie ritten durchs Tor; die Diener des Haushalts, die Familie des Verwalters und ein paar Pferdeknechte warteten im Burghof, auf den unebenen Platten. Sie halfen den heimkehrenden Fürstensöhnen von den Pferden, nahmen ihnen Waffen und Rüstungen ab und geleiteten sie ins Wohngebäude. Der große Saal – die Steinwände teils geschlämmt, teils mit dunkel gebeizten Hölzern verkleidet – duftete nach frischen Blumen, nach dem Eintopf aus Bohnen, Zwiebeln, Schaffleisch, Schweinefleisch und Rindfleisch, nach erhitztem Wein.

Heromenes und Arrhabaios nahmen die Burg wieder in Besitz, wenn auch nur für einige Tage. Der eigentliche Familiensitz, behaust von den Geistern der Ahnen und dem alten, harten Vater, lag weitere eineinhalb Tagesreisen nordwestlich in den Bergen. Aber auch hier gab es die Dinge der Kindheit, des Erinnerns und der Überlieferung: alte Wappenschilde an den Wänden, erbeutete Waffen, Trophäen aus den Jahrhunderten der Selbständigkeit und der Tributpflicht, Aufzeichnungen auf gebrannten Tontafeln, Bilder auf polierten Holzscheiben, schwere schwarze Truhen zur Aufbewahrung von kostbaren Tüchern, Fellen, Münzen und anderem Gut.

Abends, nachdem der Verwalter sie verlassen hatte, saßen die Brüder vor dem lodernden Feuer, tranken Wein und beredeten die Nachrichten aus den Bergen. Und die Pläne.

»Was denkst du nun – fern von Pella, vom Heer und dem Argeaden?« Heromenes musterte das Gesicht des anderen, über den Rand des silbernen Bechers.

Arrhabaios' Auge zuckte. »Ich halte es noch immer für . . . gefährlich. Es muß gut vorbereitet sein.«

»Wollen wir den Vater einweihen?«

»Ich weiß nicht. Ich bin nicht einmal sicher, ob wir mit Alexandros reden sollten.«

Heromenes setzte den Becher ab, hart. »Er ist unser Bruder!«

Arrhabaios nickte; seine Stimme klang nicht besonders begeistert. »Aber er ist viel mit Alexander zusammen.«

»Vielleicht hast du recht. Nach dem, was wir über die Lage in den Bergen gehört haben, sollten wir es trotzdem versuchen. Auch ohne Alexandros.«

Arrhabaios schwieg einen Moment. Seine Blicke streiften die düsteren Wände entlang; die alte schartige Streitaxt glomm schwach im Widerschein des Feuers. »Die hohen Abgaben. Die Abwesenheit der Söhne, die Philipps Kriege führen müssen. Die Dinge im Süden, in Hellas, die hier niemanden berühren. Und Philipp hat die Grenzen gesichert – dafür sollten wir ihm dankbar sein.«

Heromenes grinste. »Wir sind ihm unendlich dankbar. Sein, ah, Schutz war wertvoll. Und ist überflüssig. Die Paionen und Illyrer können uns nichts mehr anhaben. Wann war die Zeit je besser für . . . die Lynkesten?«

Arrhabaios nickte langsam. »Bleibt immer noch die Frage: Wer tut es, wann, wie? Und wer soll König in Pella sein?«

»Wir müssen sehr vorsichtig sein.« Heromenes beugte sich vor, ergriff einen Stock und stocherte im Feuer. »Lassen wir Vater aus dem Spiel. Kein Wort zu Alexandros. Sie werden zustimmen, wenn alles vorbei ist, aber . . .«

Arrhabaios schnitt eine Grimasse. »Es wird sehr schwierig werden, alles vor Vater zu verbergen. Du kennst ihn doch. Um die Sache in Gang zu bringen, brauchen wir viele Helfer, viele der Edlen aus der Gegend. Sie sind ihm alle ergeben; wir können nicht sicher sein, daß sie ihm nichts davon sagen.«

»Wir können überhaupt nicht sicher sein. Wir sind erst dann sicher, wenn alles getan ist.«

»Philipp ist gar nicht so schlecht – als Führer und König, wenn man ihn für sich nimmt. Aber jetzt, als hellenischer Hegemon und Bundesfeldherr, wird er schwierig, noch schwieriger als ohnehin. Der Herrscher der Argeaden, na ja, Makedonen – der König in Pella kann nicht herrschen wie ein Tyrann; er muß uns befragen – die Edlen, die Offiziere, die Waffenfähigen. Der hellenische Bundesfeldherr dagegen muß das nicht; sein Amt hat er vom Synedrion in Korinth, nicht von uns erhalten. Er braucht unseren Rat nicht, auch nicht unsere Zustimmung. Es wird vielen nicht gefallen – nicht nur hier in der Lynkestis. Ich nehme an, wenn alles getan ist, werden auch die Eorden, die Oresten, die Pierier und fast alle anderen zustimmen.«

Heromenes fuhr sich durch das drahtige dunkle Haar. »Haben wir die Plätze getauscht? Es kommt mir so vor, als ob ich *mich* reden hörte. Wo sind deine Einwände und Vorbehalte?«

Arrhabaios kicherte halblaut. »Einer muß doch hin und wieder warnen. Aber nicht dauernd. Jedenfalls: Wer auch immer Philipp nachfolgt, wird sehr vorsichtig sein müssen. Die Hellenen werden ihm nicht gehorchen. Der Krieg gegen den Großkönig wird nicht stattfinden. Der Bund wird aufgelöst. Das Heer ist dann zu groß, der König wird es nicht mehr bezahlen können. Und die Bedeutung der Fürsten wächst.«

Heromenes gähnte. »Das hatten wir doch schon alles. Sind wir denn einig, wer König sein soll?«

Arrhabaios runzelte die Stirn. »Es gibt nur einen. Wie du sehr gut weißt. Vor Philipp war Perdikkas König; sein Sohn Amyntas ist dreiundzwanzig, klug, ein guter Kämpfer, gesund. Und er wurde von einer orestischen Mutter geboren. *Nicht* von einer Epeirotin.«

»Amyntas.« Heromenes kniff die Augen zusammen. »Er wird sich zum König machen lassen – wer würde sich weigern? Aber was ist mit Alexander? Wenn Philipp stirbt ...«

»... wird Alexander von Philipps Freunden, von Parmenion und Antipatros und dem Heer, zum König erhoben. Er hat Pella gut gelenkt, als Philipp im Feld war. Er hat die Schlacht von Chaironeia gewonnen. Er hat Athen in den Bund gebracht – geredet. Die Krieger küssen den Boden unter seinen Füßen.«

»Also keine Aussichten für Amyntas, solange Alexander lebt.« Heromenes' Stimme klang dumpf; er hatte den Kopf in den Nacken gelegt und sprach durch die Zähne.

»Solange Alexander lebt.« Arrhabaios hob den Becher.

Heromenes trank ihm zu, stumm.

»Aber das können wir nicht allein.« Arrhabaios stand auf und ging durch den Saal, zur Tür, machte kehrt. »Es sei denn, wir wollten nicht leben. Es wird Gold kosten. Sehr viel Gold.«

Heromenes schob die Unterlippe vor. »Wieviel, meinst du, wird es wert sein?«

Arrhabaios blieb stehen; er stemmte die Fäuste in die Hüften. »Kommt drauf an. Kommt drauf an, wen du fragst.«

»Demosthenes, zum Beispiel. Und – den Großkönig.«

»Hah.« Arrhabaios ließ sich in seinen Sessel sinken. »Natürlich. Auflösung des Bundes von Korinth. Freiheit für die hellenischen Staaten. Einfluß für die Fürsten der Berge. Kein Krieg gegen Persien. Ja, es müßte Demosthenes und Arses einiges wert sein.«

»Was verlieren wir?« Heromenes beugte sich vor, die Ellenbogen auf die Knie gestützt, das Kinn in der rechten Handfläche. »Sind wir sicher, daß ein schwacher König stark genug ist, um dafür zu sorgen, daß Illyrer und Paionen nicht zu schnell erstarken?«

»Man kann ... Verträge schließen. Sie werden ebenfalls nicht undankbar sein, wenn Philipp ausfällt.«

Sklavinnen und Sklaven, unter der Aufsicht von Admetos, schleppten Packen, Bündel und Truhen aus den Gemächern der Königin. Zimmerleute, von Archelaos abgestellt, zerlegten das große Bett aus geschnitztem Holz mit Elfenbein und Leder. Andere Diener rollten Bärenfelle und feine Teppiche ein. Die Körbe mit Kleidern und Tüchern, am Vortag von Dienerinnen unter Leitung der stummen Thrakerin gepackt, wurden hinausgetragen. Gegenüber, im Bad, bauten Handwerker des Palasts die kostbaren Becken aus.

Olympias stand im Nebenzimmer, in dem einmal die Kinder geschlafen hatten. Sie trug das lange, goldverzierte weiße Kleid, die mit bunten Steinen und Silberknöpfen besetzten Reisestiefel und den Purpurumhang. Die Schlange hatte sich um den Hals geringelt, wiegte den Kopf hin und her und zischte. Alexander, am Fenstersims lehnend, schien die gespaltene Zunge zu beobachten. Er hatte die Arme verschränkt, die Hände weit unter die Achseln geschoben: als ob er sich zusammenhalten müßte, um nicht zu bersten oder zu zerfallen. Sein Gesicht war bleich.

Aristandros trat beiseite, als Admetos erschien, um einen großen Weidenkorb mit Rollen, Tintenfläschchen, Schreibhalmen und anderen Kleinigkeiten zu holen. Der Seher wirkte gelassen wie meistens; in seinen Zügen waren allenfalls Entschlossenheit und ein wenig Unbehagen zu lesen.

»Es ist der Wille der Götter«, sagte er mit flacher Stimme.

»Wahnsinn, Wahnsinn, Wahnsinn!« Olympias kreischte beinahe. Sie reckte die Arme, als wollte sie mit ihren roten Nägeln Aristandros' Augen auskratzen. »O welcher Wahnsinn! Ich habe Ammons Gefäß geboren, und nun wirft Philipp mich hinaus wie ein altes benutztes Tuch. Keine Macht, kein Reichtum, kein Einfluß. Und mein Sohn, Ammons Gefäß, wird in Pella festgehalten, an der kurzen Leine, statt losziehen und sein Schicksal erfüllen zu können, wie es dem Nachkommen des göttlichen Achilles zusteht. Welch ein Wahnsinn!« Sie schüttelte die immer noch tiefrote Mähne; die Schlange pendelte und zischte.

Alexander lehnte reglos am Sims, wie eine Statue aus Eis. Nur seine Wangenmuskeln lebten.

Aristandros versuchte, die flackernden Augen der Königin mit dem Blick festzuhalten. »Der Wille der Götter.« Seine Stimme klang etwas schärfer. »Ich habe es dir so oft gesagt, Olympias. Macht, Reichtum, göttliche Ehren, was immer du begehrst – all dies ist nichts, nur ein Stäubchen in der Sonne, verglichen mit dem Willen der Götter.«

Alexander sagte, fast unhörbar: »Und was genau ist der Wille der Götter – deiner Meinung nach, Seher?«

Aristandros wandte sich dem jungen Mann zu, aber Olympias sprach schneller. »Daß du Ägypten eroberst und befreist, Ammons Herrschaft wiedererrichtest, dein Schicksal erfüllst, mein Sohn. Und ich werde der Mond sein, du die Sonne, Helios. Je heller du strahlst, um so mehr Licht ist mein.« Jäh war ihre Stimmung umgeschlagen; nun lächelte sie. Dann überzog wieder eine Wolke ihr Gesicht – eine Mischung aus Stolz und Gier, Widerwillen und Empörung.

Alexander schien sich selbst zu umarmen; er schauderte. »Ist das alles so?« Er wandte sich Aristandros zu.

Der Seher breitete die Arme aus. »Mehr oder weniger. Ammon hat dich auserwählt. So sagen es die Sterne, alle Orakel, und auch der heiligste und älteste Tempel von allen – Ammons Heiligtum in Siwah, in der Wüste.«

Leise, fast zischend sagte Alexander: »Habe ich denn keinen eigenen Willen? Bin ich eine Puppe an seltsamen Fäden, die ins Nichts und in die Ewigkeit führen, in die Schwärze, wo die Götter und meine Ahnen an ihnen zupfen? Bin ich denn nur ein Schauspieler, der Achilles darstellen muß, mit Wörtern und Bewegungen, die ein anderer erdacht hat? All dies nur, weil Achilles einer meiner frühen Vorfahren ist?«

»Das tut doch nun gar nichts zur Sache.« Olympias starrte Aristandros an, der etwas hatte sagen wollen. »Philipp hat einen Teil des Heers nach Asien geschickt, um den Weg zu bereiten – seinen Weg. Es ist nicht der deine, Sohn. Parmenion führt dieses Heer, und er wird entweder siegen oder untergehen. Wenn er mit dem Heer untergeht, verlierst du viele gute Männer, die du brauchst, um das zu tun, was zu tun ist. Wenn er gewinnt, verlierst du sie auch, denn dann werden sie nicht deinen Zielen dienen, sondern denen von Philipp und Parmenion. Philipp hat mich entehrt und verstoßen – mich, die Mutter von Ammons Gefäß!«

»Entehrt?« Alexander hob eine Braue. »Immerhin gibt

er dir *seine* Leibtruppe als Geleit. Pausanias wird dich schützen und ehren, bis du in Epeiros bist.«

Olympias hob die Hände, fast beschwörend. »Weniger Ehre für mich, Sohn, als Berechnung. Philipp wird die Nichte von Attalos zur Frau nehmen – zur rechtmäßigen Gemahlin und neuen Königin. Pausanias haßt Attalos und seine Tochter. Es ist besser, wenn sie nicht zusammentreffen. Ehre, pah! Sie ist Makedonin, und Philipp ist keineswegs zu alt, um noch neue Kinder zu zeugen. Bedenk es, Alexander! Wenn Kleopatra ihm einen Sohn gebiert, wird er Makedone sein, reiner Makedone, was du nicht bist. Wer wird Philipps Thron und Macht erben? Bedenk es, Alexander! Und – komm mit, komm mit mir, nach Epeiros! Hier bist du verloren, oder du wirst es bald sein. Alexandros, mein Bruder, dein Onkel, König in Epeiros – Alexandros wird helfen – dir, mir, uns!«

Aristandros schloß die Augen. Er murmelte etwas, hob dann die Hände zum Himmel.

Alexander starrte die Schlange an, mit schmalen Augen. »Du ... denkst, was ich befürchte? Du willst das Land mit Krieg überziehen? Gegen Philipp und sein mächtiges Heer, das Hellas bezwungen hat? Gegen meine Freunde und Waffenbrüder, gegen Parmenion und Perdikkas und Hephaistion und die anderen?« Er stöhnte dumpf auf. »Du wirfst einen bösen Schatten auf meine Seele. Du erstickst mein Feuer.«

Olympias kam zu ihm, mit schnellen, trippelnden Schritten; sie legte die Hände auf seine Schultern. »Vergiß sie. Vergiß sie alle, auch ... deinen Lustknaben Hephaistion! Komm mit, Sohn Ammons. Dies hier ist nicht länger deine Heimat.«

Alexander schüttelte sie ab. »In Athen«, sagte er, fast verträumt, »habe ich einen Altar gesehen, geweiht Dem Unbekannten Gott. Es kann oder muß einen geben, der all die anderen Götter beherrscht und lenkt, der sie bindet. Wie kannst du sagen, ich darf mir nicht aussuchen, welchem Gott ich dienen will? Wie kannst ... wer bist du, daß du sagen kannst, mein Platz ist hier oder da?«

»Ich bin deine Mutter!«

»Und Philipp ist mein Vater.«

»Nein. Philipp ist nicht dein Vater, Alexander.«

Sein Gesicht verdüsterte sich. »*Was* sagst du da?«

»Philipp ist nicht dein Vater. Philipp war nur – ein Werkzeug. Dein Vater ist Ammon.«

Alexander zögerte; dann lachte er grimmig. »Sehr gut. Zwischen Vätern und Söhnen gibt es ja oft Streit. Ich brauche diesen Kampf also nicht gegen Philipp zu führen, sondern kann meinen Zorn an Ammon auslassen .«

Aristandros schüttelte den Kopf; sehr ruhig sagte er: »Das ist lästerlich, Alexander.«

Er hob die Schultern, straffte sich, ließ die Arme baumeln. »Man hat mich gelehrt, das blendende Mittagslicht des Denkens zu nutzen, um das Zwielicht des Aberglaubens zu bezwingen. Wenn du das lästerlich nennst, ist dies nur deine Ansicht. Ich werde selbst die Götter befragen. Der Sohn des Königs braucht keinen Priester – ich brauche dich nicht, daß du zwischen sie und mich trittst und mir ihre Weisungen übersetzt und deutest. Vielleicht verbergen sich die Götter im blendenden Licht der Sonne, so daß keiner sie sehen kann, ohne zu erblinden. Ich glaube aber nicht, daß sie sich im Bauch der Nacht verbergen, und auch nicht im Nebel der Orakel. – Ich wünsche dir eine gute Reise, Mutter.« Er neigte den Kopf und ging hinaus.

Olympias, die Arme halb erhoben zu einer Umarmung, starrte hinter ihm her, das Gesicht eine Maske aus gefrierendem Zorn, aus Ungläubigkeit, Enttäuschung und Schmerz. »Entgleitet mir denn alles?« Ihre Stimme hob sich wie zu einem Kreischen, brach dann und wurde dumpf. »Nichts mehr in der Hand? Nichts mehr mein eigen?«

Aristandros kratzte sich den Kopf; um seine Augen lag die Andeutung eines Lächelns. »Wir sind geboren, um zu sterben.« Seine Stimme war kühl und schien aus der Ferne zu kommen. »Wir ergreifen, was wir nicht halten können. Der Mensch ist eine Frage, die am besten unbeantwortet bleibt, glaube ich. Wenn es auch meine Aufgabe sein mag, Antworten zu finden auf Fragen, die keiner je stellt. Wenn dein Sohn die Götter herausfordert, dann tut er dies, weil die Götter es so angeordnet haben. Er ist an einem Ort, wo du und ich ihn nicht mehr berühren können.«

Ein paar Stunden mochten die Dinge warten oder von anderen getan werden. Noch ehe der Zug der Königin, die keine Königin mehr war, Pella verlassen hatte, waren Alexander und Hephaistion zu Pferd im Hafen von Pella eingetroffen. Sie ließen die Tiere auf einer Wiese am Westende. Hephaistion befahl dem Jungen, der dort Schweine hütete, auf die Pferde zu achten. Alexander hielt eine Drei-Obolen-Münze hoch und gab sie dem Jungen, mit einem Lächeln.

Sie schlenderten über den Hafendamm, schwiegen, betrachteten die Läden und die Leute. Ein Frachtschiff aus Ägypten lag am Kai. Dunkelhäutige Männer mit Augen, die viel Salz und Weite gesehen hatten, luden Ballen feinster Gewebe aus, Krüge und spitzbödige Amphoren mit ägyptischem Wein, die auf dem Kai in Gestellen untergebracht wurden, und Kisten voll bunter Fläschchen, Elfenbeinschnitzereien, Götterfiguren und Amuletten aus Silber, Gold, Goldbronze und farbigen Steinen. Alexander versuchte, mit den Leuten zu reden; sie waren freundlich, sprachen aber kaum Hellenisch. Und sie rochen seltsam, nach endlosen Tagen auf See, nach Salzwasser und Salzfleisch und Salzfisch, nach fremden Gewürzen und Bilge und Schweiß. Hephaistion stand mit gerümpfter Nase ein paar Schritte entfernt.

Das kleine Segelboot, ein Geschenk Parmenions an Alexander, lag an der Innenseite der Außenmole, die Hafenbecken und Meer trennte. Sie stiegen hinein, ruderten durch die Ausfahrt, setzten das Segel und ließen sich vom Nordwestwind, den Wellen und einem Gespräch treiben, das nach und nach einschlief. In der Ferne kroch träge einer der neuen Dreidecker vorüber, gegen den Wind, möglicherweise unterwegs nach Aloros, wo einige der Trieren lagen, sofern sie nicht die Küsten schützten oder am Hellespont Parmenion und seiner asiatischen Truppe den Rücken freihielten. Delphine näherten sich dem Boot, umkreisten es, verschwanden wieder; später sahen sie Thunfische. Irgendwann refften sie das Segel und ließen das Boot dümpeln. Alexander stand auf und zog sich aus; er glitt über die Bordwand und schwamm. Hephaistion zögerte kurz, dann folgte er.

Plötzlich sprang der Wind um; er wurde kräftiger und kam aus Südwesten. Sie mußten sich anstrengen, um wieder an Bord zu gelangen, ehe das Boot zu weit entfernt war. Lachend ließen sie sich von Wind und Sonne trocknen. Alexander breitete die Kleidungsstücke auf dem Boden aus, setzte sich, blickte zu Hephaistion auf und streckte die Hand aus.

Der Wind trieb das Boot zur Küste, ein Stück östlich des Hafens. Ein Bach mündete hier ins Meer, in einem Dschungel aus Schilf. Das Boot schnüffelte sich zwischen die Halme, setzte dann mit dem Bug auf und ruckte zwei-, dreimal.

Hephaistion löste sich aus Alexanders Armen, kniete und blickte über Bord. »Gestrandet. Ah, das ist der Bach.«

Alexander stand auf, legte den Schurz an und streifte den Chiton über. Er beugte sich vor, stützte sich mit dem Ellenbogen auf Hephaistions Schulter, mit der anderen Hand auf die Bordwand und starrte die Halme an, dann das Wasser des Bachs, der sich wenige Schritte entfernt mit dem Meer vermischte.

»Es fließt. Alles fließt. Alles ist dauernd im Wandel. Vielleicht steigen wir ja nicht nur nicht zweimal in den selben Fluß – können wir zweimal ins selbe Boot steigen?«

Hephaistion blickte zu ihm auf, mit einem traurigen Lächeln. »Du klingst betrübt, Lieber. Was ist los?«

Alexanders Stimme war Jahrhunderte entfernt. »Es ist feige, den Tod durch Wasser zu fürchten. Oder den Tod in der Schlacht. Den Tod überhaupt – man kann ihn immer sehen, in welken Blumen und zahnlosen Greisen. Aber ist es auch feige, wenn einer etwas fürchtet, was er nicht sehen kann?«

Hephaistion berührte Alexanders Rücken. »Was ist es, das du nicht sehen kannst, Achilles?«

»Irgendwo ist da ein Band – ein Saum – eine Kante oder Schneide auf Dunkelheit. In meinem Kopf. Außerhalb meiner Sichtweite. Dunkelheit, die immer näher zu kommen droht.« Er setzte ein schräges Lächeln auf. »Manchmal spüre ich, daß ich nicht schlafen darf, weil mich die Dunkelheit einholen und umfangen wird, wie eine Falle, während ich schlafe und sie nicht vertreiben kann.«

Hephaistion blickte bestürzt. »Aber ... dieses Dunkel ... weißt du, woraus es gemacht ist? Ist es ein Dunkel, das aus Fieber entsteht, aus Trunk, aus Erschöpfung, aus Wahnsinn – welche Art Dunkel ist es?«

»Ich weiß es nicht – noch nicht. Das Dunkel aus zu viel Licht, die Blindheit der zu deutlichen Sicht?« Er zuckte mit den Schultern, richtete sich auf und starrte wieder in den Bach. »Und alle reden darüber, aber sie geben dem Dunkel andere Namen. Verschiedene.«

»Wer ist das, sie alle? Was für Namen?«

Alexander summte leise, dann pfiff er, als ein paar Vögel aus dem Ried aufflogen. Er schaute ihnen nach, beinahe neidvoll. »Manchmal wünschte ich, ich könnte einfach alles fallenlassen und fliegen, wie diese Vögel. Dich und die anderen mitnehmen, Krateros, Perdikkas, Ptolemaios, Erigyios, Leonnatos, Eumenes, du weißt schon, die ganze Bande, einfach alles fallenlassen und wegfliegen, den Wind nach Norden reiten, zwischen den Barbaren versickern, irgendwas.«

Hephaistion nickte. »So ähnlich fühle ich mich manchmal auch. Bloß ...«

Alexander seufzte. »Ich weiß; es ist darin keine Tugend. Ein Feigling kann rennen und sich verbergen, aber wir, wir müssen uns den Dingen stellen, sonst entgleiten uns alle Dinge. Und dann ist nichts mehr von uns übrig, was noch wert wäre, versteckt zu werden. Weißt du, ich glaube, dieses Dunkel hat wirklich Namen. Viele. Einer davon ist Schicksal. *Moira.* Was es schickt, was geschickt wird, was vielleicht in uns angelegt wurde und wächst und ausbricht.«

Hephaistion biß sich auf die Lippe. »Wir tun nichts dazu, können ihm aber nicht entgehen – so?«

Alexander nickte, sehr langsam. »Und dann das Gefühl, alles, das ganze Leben diesem dunklen Wort opfern zu müssen. Das Leben, die Wünsche, die Freunde, die Gedanken, alle Sehnsucht. Eben alles. Erinnerst du dich, wir haben einmal ... Oder war das Kleitos? Ich weiß es nicht mehr. Keiner hat mich je gefragt, was ich tun will; alle sagen mir immer, was ich ihrer Meinung nach sein und tun sollte. Philipp will, daß ich seinen Thron übernehme, seine Träume träume, seine Kriege führe, seine Eroberungen vollende, seinen Frieden kröne. Aber jetzt wird er die Nichte von Attalos zur neuen Königin machen, neue Kinder zeugen, vielleicht einen Sohn. Olympias ist aus Epeiros, ich bin eigentlich nur Halbmakedone, diese neuen Kinder werden reinblütige Makedonen sein, verwandt mit einem der wichtigsten Fürsten. Was, wenn ... Ah, du weißt schon. Und Parmenion ist in Asien, mit dem halben Heer, um den Boden zu bereiten, die hellenischen Städte zu befreien, die Perser zurückzutreiben. Vielleicht ist gar nichts mehr zu tun übrig, wenn ich ... falls ich je König werde. Olympias wollte immer nur ein Werkzeug aus mir machen, Gefäß des Ammon, der auch Zeus ist; etwas, das sie benutzen, verwenden, verbiegen konnte, zu ihrem eigenen Nutzen und ihrer eigenen Macht und ihrem eigenen Ruhm. Aristandros will, daß ich Priester und König zugleich bin, sagt aber, ich lästerte die Götter, sobald ich wie ein Priester denke. Dann gab es da natürlich Aristoteles, und Parmenion, und Antipatros, und, ah, Artabazos und all die anderen. Und ... Achilles, der in meinem Blut ist, der in höchstem Ruhm starb, ja, wie auch ich sterben will, aber muß es so bald sein, so jung?« Er drehte sich um und sah Hephaistion in die Augen. »Sag es mir, Patroklos.«

Hephaistion legte die Hand auf Alexanders Unterarm. »Du hast Freunde, weißt du?« sagte er, sehr eindringlich. »Freunde, die dir nicht sagen, was du tun und sein sollst; Freunde, die dich einfach wegen dessen lieben, was du bist.«

Alexander berührte ihn an der Schulter; er lächelte. »Wegen dessen, was ich bin? Eine kostbare Gabe des Schicksals seid ihr, meine Freunde – aber: Was bin ich denn? Wer ist Alexander?«

Mit der Begründung, sie wolle alte Freunde besuchen, ließ Olympias den Zug über die nördliche Straße reiten: nicht von Pella Richtung Aloros und Aigai, dann den Haliakmon aufwärts in die Elimiotis, durch das Land der Tymphaier, über das Pindos-Gebirge nach Epeiros, sondern nach Edessa, zum Begoritis-See, in die Lynkestis. Pausanias wußte, wie alle, daß Olympias dort keine Freunde hatte und daß die Straße ein Umweg war, wenn man nach Epeiros wollte; aber er stellte keine Fragen, und die ehemalige Königin belohnte ihn auf ihre Art, nachts, wenn es sich so einrichten ließ, daß niemand etwas bemerkte. Ohne sein Wissen schien sie noch von Pella aus Boten vorausgeschickt zu haben; in einem großen Gasthof wartete einer ihrer Vertrauten mit der Nachricht, die Herren einer nahen Burg würden es sich zur Ehre anrechnen, die Schwester des Königs von Epeiros bewirten zu dürfen. Pausanias, sechs ausgewählte Männer der königlichen Leibtruppe und Olympias mit zwei Dienerinnen verließen am nächsten Morgen die Straße, der der übrige Zug langsam folgte, und ritten in die Berge. Pausanias rätselte eine Weile, was ausgerechnet die anmaßenden Lynkesten Heromenes und Arrhabaios dazu bewogen haben mochte, die verhaßte Epeirotin zu sich zu bitten, hüllte sich dann aber in das Gewand des Schweigens und den Umhang der Geduld.

Die ersten Hochzeitsgäste, aus ganz Makedonien und Teilen von Hellas gekommen, hatten sich bereits zurückgezogen. Alexanders Schwester Kleopatra war nicht mehr zu sehen; sie schien der neuen Kleopatra, Philipps Königin, keine besonders innigen Gefühle entgegenzubringen. Philipp trank heftig, ebenso Attalos, Onkel und ehemals Vormund der Braut. Kleitos hielt sich aufrecht und trank wenig; zwischendurch verließ er gelegentlich den Festsaal, um nach den Wachen zu sehen. Pausanias, dessen Aufgabe dies eigentlich gewesen wäre, begleitete Olympias auf ihrer Reise nach Epeiros und fehlte. Antipatros führte ein langes, offenbar verwickeltes Gespräch mit einer Sängerin; Antigonos, der Einäugige, lehnte schweigend an einer Wand: Auch seine Liebe zu Attalos war begrenzt.

Zwischen den prunkvoll gewandeten, größtenteils längst betrunkenen Gästen saß Alexander: steif, angespannt, in schlichten weißen Gewändern ohne jeden Schmuck. Aus einem Silberbecher trank er Wasser mit wenig Wein, lauschte, sprach kaum.

Der einzige im Saal, der sich durch seine Kleidung wirklich von den anderen abhob, war Parmenion. Er trug die Sachen, die er unterwegs getragen hatte; er roch nach Pferd und Feld, und sein Chiton war ebenso befleckt wie der Umhang, der hinter ihm über der Lehne lag.

Plötzlich sprang er auf; seinen Bewegungen waren weder die mehr als sechzig Jahre anzumerken, noch die Mühen der Reise, noch die Mengen des Weins. Auch seine Zunge war beherrscht, wie immer. Er hob den Becher. Irgendjemand grölte »Ruhe!«

»Große Freude, Wonnen und Frohlocken allenthalben, König und Herr, Freund und Gefährte – und ihr alle! Um diesem Fest beiwohnen zu können, ehe der König seiner neuen Königin beiwohnt, um die Hochzeit zu bezeugen vor dem Zeugen, habe ich unser Heer in Asien verlassen und bin geritten, hart und schnell – und ich hoffe, Philipp wird dies in dieser Nacht ebenfalls tun.«

Gelächter; jemand schrie: »Hart reiten und schaumig reiten, ja, und abreiben.« Philipp wieherte vor Lachen; Kleopatra lächelte. Alexander verzog keine Miene.

Parmenion trank einen großen Schluck. »Wie auch immer – gerade rechtzeitig zur Feier habe ich Pella erreicht, um mit euch allen zu feiern. Nicht zuletzt auch mit ihm, der eines Tages Philipps Ruhm und Macht erben wird – mit Alexander, denn dir, Junge, kann eine neue und *andere* Mutter nicht schaden.«

Wieder dröhnte Gelächter auf. Nur Attalos lachte nicht mit. Alexander hob den Becher und versuchte, Parmenion zuzulächeln.

»Ich bedaure, euch so bald wieder verlassen zu müssen, im Morgengrauen, aber es ist meine Aufgabe, die Truppen bereitzumachen für den Tag, da König Philipp zu uns kommt, um uns zu unerhörten Siegen in Asien zu führen.«

Philipp röhrte etwas; es ging im Gelächter und Beifall unter.

»Ich bin gekommen, wie ich war und bin – schmutzig und befleckt, keine Zeit, die Kleidung zu wechseln. Aber meine Freude ist um so lauterer. Und ich hoffe, ihr alle stimmt mir zu, daß bis zum Morgen noch einige lautere Dinge befleckt sein sollten, und daß der König komme, bevor ich gehen muß.«

Parmenion setzte sich, grinsend. Durch den Beifall und das Gelächter brüllte Philipp, mit schwerer Zunge: »Darauf kannst du wetten, alter Freund.«

Attalos kam schwankend auf die Füße; er hob seinen Becher, blinzelte hinauf, schien sich am Gefäß festzuhalten. Er schielte Parmenion an, dann Philipp, dann Alexander; irgendwer rief wieder um Ruhe.

»Und noch etwas sollten wir nicht vergessen.« Attalos rülpste, schüttelte sich, sprach dann klarer. »Viele von uns, von den alten Fürsten und ihren Familien, waren nie besonders glücklich über Philipps Königin. Weil wir den König achten, haben wir die Epeirotin geehrt. Aber laßt uns jetzt darauf trinken, daß das Ergebnis dieser Nacht, und vieler Nächte mehr, die Verbindung von Makedoniens König mit einer makedonischen Frau, uns einen rechtmäßigen makedonischen Erben bringe.«

Alexander sprang auf, weiß wie eine frische Wand. Er schrie: »Was bin ich denn, du mieser Schuft? Ein Bastard, oder was?« Er schleuderte seinen Becher in Attalos' Gesicht.

Wer noch stehen konnte, war aufgesprungen. Alles schrie durcheinander, aber nur für Momente. Attalos, blutrot, warf mit seinem Becher; Alexander wich mit einer knappen Bewegung aus. Er bekam wieder Farbe; seine Hände waren ruhig, seine Haltung straff. Die Augen, ein ätzendes Blau, bohrten sich in Attalos' Gesicht.

Philipp erhob sich schwerfällig. Er schwankte und stützte sich auf Kleopatras Schulter. Die neue Königin blickte teils verängstigt, teils belustigt zwischen Philipp, Attalos und Alexander hin und her.

»Ich lasse es nicht zu, daß mein Sohn Gäste beleidigt – nicht den Onkel und Vormund der Königin!«

Kleitos kam mit kleinen Schritten näher; Parmenion war aufgestanden und wechselte Blicke mit Antipatros, der das Gesicht verzog, als ob er an Kopfschmerzen litte.

Alexander richtete sich noch straffer auf; seine Stimme war schneidend. »Vielleicht sollte der König der Makedonen seine Verwandtschaft sorgfältiger auswählen.«

An Philipps Schläfe pochte eine Ader, sein Gesicht war verzerrt. »Was willst du damit sagen?«

Alexander blieb ganz kühl. »Wer den Sohn beleidigt, beleidigt auch den Vater. Du solltest die Dinge in ihrer Reihenfolge betrachten.«

»Ich betrachte, was und wie und wann *ich* will. Meine ...«

Alexander unterbrach. »Ist es deine neue Politik, dich mit Schuften und Gesindel gemein zu machen?«

Philipps Gesicht wurde zur Fratze; er riß sich von Antipatros los, der ihn zurückhalten wollte. »Halt die Schnauze, Zwerg – raus. Sofort. Ich will dich nicht mehr sehen.«

Alexander nickte. »Besser so. Menschen sollten sich nicht mit Schweinen im Stall suhlen.«

Auf Kleitos' Zeichen hielten Männer der Leibwache Attalos fest, der nach einer Waffe suchte. Philipp brüllte wie ein wunder Eber, schob Antipatros beiseite, machte ein paar taumelnde Schritte zu Alexander hin, hob die rechte Hand wie zum Schlag, nestelte am Griff seines Zierschwertes, blieb an einer Teppichfalte hängen und krachte zu Boden.

In die lähmende, betäubte Stille hinein sagte Alexander eisig: »Seht ihn an. Er prahlt damit, daß er euch nach Asien führen will, kann aber nicht einmal einen Raum durchqueren.«

Kleitos und Parmenion ergriffen Alexanders Arme und führten ihn aus dem Saal. Philipp versuchte sich zu erheben, kam langsam auf ein Knie; Antipatros reichte ihm die Hände, um ihn hochzuziehen. Attalos sackte auf seine Liege; das Gesicht zeigte nichts als Trunkenheit und Triumph. Kleopatra kaute an der Nagelhaut ihres linken kleinen Fingers. Antigonos der Einäugige versuchte, die übrigen Gäste zu beruhigen. Philipps Gesicht war tiefrot; seine Hand lag am Griff des Zierschwerts.

In der Vorhalle ließen sie Alexander los. Kleitos pfiff auf zwei Fingern; von irgendwo erschienen Koinos und Perdikkas. Er sprach leise mit ihnen.

Parmenion, schlagartig nüchtern und überlegen, starrte in Alexanders Gesicht. »Sohn, das war sehr gut. Es war aber auch sehr schlecht.«

Alexander hob den Kopf ein wenig mehr. »Wie meinst du das?«

Parmenion grinste. »Attalos ist eine Sau. Ich weiß es; er ist ja mein Schwiegersohn, und du hast recht, man soll sich seine Verwandten besser aussuchen. Ein Jammer, daß man ihn nicht in Pferdekotze ertränken kann. Ich fürchte, ich werde ihn mitnehmen müssen.«

Kleitos war mit Perdikkas und Koinos fertig; beide verschwanden im Laufschritt. Er wandte sich Parmenion und Alexander zu und nickte. »Parmenion hat recht.«

»Ich verstehe nicht . . .«

Parmenion verschränkte die Arme und lehnte sich an eine Säule. »Du mußt aus dem Weg. Sofort. Nimm ein paar Freunde mit – aber laß Hephaistion hier. Philipp wird das verstehen – du bist verärgert, aber nicht sein Feind. Geh nicht zu Philipps Feinden, Junge: nicht nach Persien, nicht nach Athen. Und bei allen Göttern, geh nicht zu deiner Mutter nach Epeiros. Verlaß das Land, bis er nach dir schickt.«

»Meinst du, er wird nach mir schicken?« Alexander klang ungläubig.

Kleitos hüstelte. »Ich geh rein, nach dem Rechten sehen. Falls ...« Er legte die Hand auf Alexanders Schulter; dann umarmte er ihn kurz.

Parmenion sah plötzlich alt aus, uralt und besorgt. »Er liebt dich doch, Junge. Er wird dich zurückholen wollen, sobald ... sobald das hier vorbei ist. Zuerst muß er Attalos loswerden. Natürlich. Bleibt wohl an mir hängen; ich werd ihn vermutlich mit nach Asien nehmen müssen. Halt die Ohren offen, Sohn. Und, wie gesagt – laß Hephaistion hier. Vielleicht kann er Philipp weichklopfen.«

Alexander nickte langsam. »Du bist weise. Ich will tun, was du sagst, Parmenion – mein Vater.«

Parmenion lächelte mühsam und umarmte Alexander. Kleitos tauchte plötzlich wieder auf, mit einem schrägen Grinsen.

»Er ist der Herr, auch wenn er betrunken ist. Er weiß genau ...«

»Was sagt er?« Parmenion runzelte die Stirn.

»Alexander ist verbannt, mit seinen besten Freunden. Harpalos, Nearchos, Ptolemaios, Erigyios, Laomedon. Ausdrücklich diese fünf. Ebenso ausdrücklich haben alle anderen hierzubleiben, vor allem Hephaistion.«

Pythias war vor einiger Zeit in die Küche gegangen, um ein Nachmitternachts-Mahl zu bereiten. Der Duft von Fleisch, Fett und Gewürzen zog durchs Haus. Aristoteles schnupperte und unterbrach seine Erzählung. Zwei der Öllämpchen erloschen gleichzeitig; da auch das Feuer fast niedergebrannt war, schien der Raum erfüllt von tanzenden Dämonenschatten.

Peukestas stand vom Schemel auf und streckte sich. Mit knurrendem Magen blieb er einen Moment neben dem Lager des Sterbenden.

»Du mußt dich eingesperrt fühlen.« Aristoteles, eingesunken zwischen Decken und Fellen, schrumpfte und dehnte sich wieder aus, als die Flämmchen der letzten Lampen flackerten. »Krieger lieben die frische Luft, wie man sagt.«

Peukestas kauerte vor der Feuerstelle, legte Holz und Rollen nach, blies und hustete, als Asche aufflog. »Die Nächte unter freiem Himmel.« Er hustete noch einmal. »Es ist ein wenig stickig hier.«

»Öffne das Fenster. Vielleicht hilft es.«

Der Makedone nahm den Rahmen aus der Öffnung; die Nachtluft aus dem kleinen Innenhof war schal und bestenfalls lau, aber erfrischend im Vergleich zur Luft im Raum, die nach Wein roch, nach Krankheit, wucherndem Tod und längst verzehrten Speisen. Die neuen Düfte aus der Küche konnten sich erst jetzt richtig entfalten.

Pythias brachte drei flache Tonschalen; darin schwammen kleine schwarze Würste, nicht in Öl, sondern in Schweinefett gebraten, mit Zwiebeln und Lauch. Aristoteles fühlte sich kräftig genug, um aufrecht zu sitzen, viele Kissen und Decken im Rücken, und ohne Hilfe zu essen. Als sie fertig waren, trug Peukestas die Schalen in die Küche; Pythias füllte die Öllämpchen auf, durch spitze Bronzetrichter, zündete sie an und setzte den Rahmen wieder in die Fensteröffnung.

»Vieles von dem«, sagte Aristoteles, »was in dieser Zeit geschah, weiß ich von Demaratos dem Korinther. Ein alter Freund, Gastfreund Philipps, Freund und Begleiter Alexanders.«

»Ich weiß. Ich habe ihn gekannt. Nein, nicht gekannt; dazu war ich zu weit weg von der Mitte der Macht. Aber ich habe ihn gesehen. Ein tapferer Mann.«

Aristoteles lächelte. »Fürwahr. Er muß damals etwa so

alt gewesen sein wie ich heute. Er hat die Aussöhnung zwischen Philipp und Alexander bewirkt; später ist er mit nach Asien gegangen. Trotz seines Alters. In der ersten großen Schlacht hat er an Alexanders Seite gekämpft. Er ist dann, glaube ich, irgendwo in Persien gestorben, kurz vor dem Aufbruch nach Indien, nicht wahr?«

»Alexander hat ihn prachtvoll geehrt, mit einer Feier und einem riesigen Grabhügel. Aber der war leer; die Gebeine von Demaratos hat der König nach Korinth heimführen lassen.« Peukestas ließ sich wieder auf dem Schemel nieder. »Ich habe wenig davon mitbekommen; es war die Zeit meiner Verwundung und Krankheit. Der Grund, weshalb ich nicht mit nach Indien gezogen bin. Ich habe das Fest nicht gesehen, nur den Hügel. Du hast ihn gekannt – Demaratos?«

»Aus Pella, ja. Er war Gastfreund bei Philipp, wie gesagt; aus dieser Zeit kannten wir uns. Wir haben viele gute, lange Gespräche gehabt. Von jener kostbaren Art, die ohne persönliche Vertraulichkeiten die Stunden zwischen Sonnenuntergang und Morgengrauen erfüllt.«

»Wo warst du, als es zu diesem Zwist kam zwischen Philipp und Alexander?«

»Ich war dabei.« Aristoteles lachte halblaut. »Ich war einer der geladenen Gäste. Damals, Peukestas, vor fünfzehn Jahren, ließ mich bisweilen die Weisheit im Stich. Als der Streit ausbrach, konnte ich nur zusehen; ich lag in einer Ecke, auf einer mit Fellen gepolsterten steinernen Liege, betrunken – zu betrunken, um aufzustehen und etwas zu sagen, was doch keinem genutzt haben würde. Demaratos war auch dabei. Wir sind dann zusammen nach Mieza geritten und haben überlegt, wie der Bruch zu heilen wäre. Später hat er mir von seiner Reise nach Illyrien erzählt.«

Irgendwo in den öden, grauweißen Steinwüsten Illyriens begriff Demaratos, was Karst bedeutete. Bisher hatte er sich unter *dikella* steinige Ebenen vorgestellt, ohne Wasser, ohne Grün, ohne Menschen. Nun ritt er mit zwei Dienern und wechselnden illyrischen Führern über knirschenden Boden, flechten- und grasbedeckten Kalkstein, in dem sich immer wieder Trichter öffneten. Einer der Führer brachte ihn abends, nach einem langen Gespräch in Fetzen mehrerer Sprachen, zu einem unterirdischen Fluß, der alle Rede übertönte und das Licht der Fackeln blitzend brach. Er aß mit Dorfbewohnern, die an einem kleinen See wohnten und behaupteten, es sei dies eine riesige Quelle. Er zog über Flächen, die immer wieder aufgebrochen waren, durchfurcht wie von Götterkarren. Alle zwei Tage erreichte er das Gebiet eines anderen illyrischen Teilfürsten; mit jedem mußte neu verhandelt werden.

Die Verbannten hausten im allerletzten Dorf auf dem allerletzten Hügel der bewohnbaren Welt, zwischen Ziegenhirten und wilden Kräutern. Die aus Bruchsteinen aufgetürmten, mit Soden und Rindestückchen gedeckten Hütten sahen scheußlich aus. Bei näherer Betrachtung stellte Demaratos jedoch fest, daß er weit Schlimmeres gesehen und erwartet hatte. Sieben der Hütten waren in erträglichem Zustand: die Arbeit von Alexander, Ptolemaios, Erigyios, Laomedon, Nearchos und Harpalos. Der illyrische Gebietsfürst ehrte die Gäste, den Sohn des fernen furchtbaren Philipp und seine Gefährten, indem er ihnen für die Dauer ihres Aufenthalts das Dorf und die Bewohner zu eigen gab und außerdem einige seiner Töchter sowie andere Mädchen sandte. Die Gäste ehrten ihren Gastgeber, indem sie sich der Illyrerinnen erfreuten, die Häuser bewohnbar machten und aus Langeweile nützliche Dinge taten. Laomedon, der angeblich eine fremde Zunge zu verstehen und zu sprechen begann, wenn er nur zehn Atemzüge lang hatte lauschen dürfen, sprach tatsächlich fließend den örtlichen Dialekt, soweit Demaratos dies beurteilen konnte. Auch hatte er inzwischen Alexander und Ptolemaios die Grundzüge des Persischen gelehrt. Erigyios und Nearchos bauten Karren, besserten Häuser aus, ersetzten die schwachen Holzbögen der Hirten durch zusammengesetzte Waffen von großer Durchschlagskraft, mit denen man noch auf zweihundert Schritt einen Wolf oder anderes töten konnte. Harpalos, Mann der Zahlen und Waren und Märkte, hatte mit der Erschließung der Gegend für den Handel begonnen; im siebten Haus türmten sich Schnitzereien, Metallfinger, Salzsäcke, Felle, Sackpfeifen von angeblich erstaunlicher Klangfülle.

Im übrigen waren die jungen Männer rastlos. Lange Ritte, Erkundungszüge, nächtliche Orgien reichten nicht aus, den ungeheuren Tatendrang zu befriedigen und die scheinbar unerschöpfliche Energie vor allem von Alexander und Ptolemaios aufzubrauchen. Harpalos der Hinkende konnte bei vielen Dingen nicht mitmachen; für die anderen gab es zu wenig zu tun. Sie rannten um die Wette, kleine Strecken im Tal oder große Strecken über die Hügel und durch die ausgespülten Klüfte; sie rangen, droschen mit klobigen Schwertern aufeinander ein, stemmten Steine, bauten Häuser und rissen sie wieder ab. Die Beziehungen zu den Einheimischen waren unterschiedlich. Alexander war umgänglich – Könige können sich Herablassung leisten. Nearchos ging alles mit kretischer List und Freundlichkeit an. Die makedonischen Fürstensöhne dagegen nahmen hin, was man ihnen darbot, und taten, was zur Behebung ihrer Langeweile nötig war; ansonsten wahrten sie eine anmaßende, hochfahrende Ferne.

Es war Nachmittag, als der Korinther das Dorf erreichte. Er entlohnte seinen Führer, der sich sofort auf den Heimweg machte; dann besichtigte er die Gebäude.

»Gute Arbeit habt ihr geleistet. Wie war der Winter?«

»Trocken und warm.« Nearchos deutete auf den gemauerten Kamin. »Haben wir kaum gebraucht.«

Die Häuser der jungen Männer aus Pella hatten vielerlei Feinheiten aufzuweisen. Nearchos' Haus, das er mit einer schlanken, hellblonden Illyrerin teilte, war aus Bruch- und Feldsteinen gebaut, mit Kalkmörtel befestigt und verfugt, innen mit mehreren Kalkfarben gestrichen; zwei Innenwände waren mit hellem Holz getäfelt. Die

Decke, in dieser Gegend ansonsten unüblich, bestand aus dicken Balken mit einer Bretterschicht, das Dach aus flachen Steinen und Holzschindeln auf einem Lattengerüst, ebenfalls mit Kalkmörtel. Es gab einen doppelten gemauerten Rauchabzug, für den Kamin und den teils gemauerten, teils aus Metallplatten bestehenden Herd. Das breite Bett – ein niedriges Holzgestell, mit Leder bespannt und mit Decken und Fellen belegt – stand etwas erhöht auf einem Sockel aus kleineren Steinen und Mörtel. Felle und grobe Knüpfarbeiten aus Schilf bedeckten den übrigen Boden, fein verfugte flache Steine. An zwei Wänden standen Regalgestelle mit Lederrollen und Hausrat.

»Und ein großer Dank an Aristoteles«, sagte Nearchos, der Demaratos' Blicke mit einem Lächeln verfolgte. »Er hat uns all dies gelehrt. Dabei haben wir so oft geächzt, weil wir gar nicht wissen wollten, wie man eine Töpferscheibe baut oder ein Tierfell enthaart, reinigt, spannt, trocknet, mit Stein und Kreide glättet, um anschließend darauf zu schreiben. Wir hatten ja Papyros – aber hier oben ist der Einzelhandel mit ägyptischen Einfuhrgütern schlecht entwickelt.«

»Was ist mit den Lederrollen?«

Nearchos ging zu einem der Regale und zog eine Rolle heraus. »Zeichnungen und Berechnungen. Und ein paar Versuche, in attischer Kurzschrift über Vorfälle zu berichten.«

Demaratos betrachtete die Zeichnungen auf der Haut; sie waren übersichtlich, genau und reich an Einzelheiten. »Eine Art Ofen, wie?«

»Ein Kalkofen.« Nearchos deutete mit einer Kopfbewegung nach draußen. »Steht am Fuß des Hügels, an der Nordseite. Komm, sieh dir die anderen Häuser an.«

»Was habt ihr denn sonst noch so gebaut hier oben?«

Während sie den Rundgang machten, erzählte Nearchos von den kargen Anfängen und den Labyrinthen der Langeweile. »Wir haben natürlich zuerst mal versucht, ein trockenes Haus zu kriegen. Für alle. War ein bißchen eng, vor allem, als dann die Mädchen dazukamen. Und gelegentlich ein bißchen laut. Also mehrere Häuser. Hausrat – es gab hier nur unsägliche Dreckpötte; also haben wir angefangen, in der Umgebung nach brauchbaren Böden zu suchen, mit Dank an Aristoteles, und dann fing das Töpfern an, mit kleinem Brennofen und allem, was dazugehört.« Inzwischen hatten sie eine kleine Schmelze und eine Schmiede, eine Gerberei, einen ersten Webstuhl, danach ein paar verfeinerte und verbesserte; die Stelle am Rand des alten Dorfs, wo die Häuser standen, war mit Walzen eingeebnet worden; von der Quelle weiter oberhalb hatten sie eine mit Platten abgedeckte Wasserleitung zum Platz zwischen den Gebäuden gezogen, die dort in einem Becken mit mehreren Trögen und einem Abfluß endete.

Und sie hatten die Gegend erforscht. Erigyios und Alexander hatten Karten gezeichnet, lange Gewaltmärsche zu Fuß unternommen, bei denen sie eine Holzperlenkette trugen und für jedes mit geübten, gleichmäßigen Schritten zurückgelegte Stadion – zweihundert Schritte – eine Perle abzählten. Mit Laomedons Hilfe hatte Alexander lange Gespräche mit den Alten geführt, um alles über die Heilkräuter und die Heilkunst der Illyrer zu erfahren. Ptolemaios war zum Waffenschmied geworden; seine Messer, Schwerter und Lanzenspitzen hatten in kürzester Zeit Ruhm errungen, nicht nur in diesem Dorf und den umliegenden, sondern auch weiter fort.

»Harpalos hatte ein paar gute Einfälle.« Ptolemaios kratzte sich die behaarte Brust und grinste breit. Er trug ein schlichtes illyrisches Obergewand mit halblangen Ärmeln; es wurde über den Kopf gestreift, hatte einen bis kurz oberhalb des Nabels reichenden Ausschnitt am Hals und endete in Höhe des Gemächts. Darunter trug er nur einen Schurz. Für seine Arbeiten und die langen Wege, die er wie die anderen zurücklegte, schien es besser geeignet als der übliche hellenische Chiton.

Demaratos betrachtete die Versammlung auf dem Platz zwischen den Häusern: junge, hagere, sehnige Männer, die sich wie Raubtiere bewegten; schlanke, schweigsame

Frauen, die der Korinther keinesfalls schön, wohl aber feurig nennen mochte mit ihren kleinen Nasen, glimmenden Augen und schwieligen Händen; Sklaven, denen man das Staunen über die vielen Veränderungen ansah. Schlagartig fühlte er sich alt und verbraucht.

»Was für Ideen?«

Ptolemaios kaute auf der Unterlippe. Er hatte überlange Eckzähne, und die Kerbe im Kinn war fast eine Grube. »Ach, tausend Dinge. Das erste, was er gemacht hat, war, alles Geld einzusammeln, das wir bei uns hatten. Und dann hat er Geschäfte gemacht. Ich schätze, was den Wert der Waren angeht, die er hortet, sind wir heute zehnmal wohlhabender als im Herbst.«

Alexander kniff ein Auge zu. »Manchmal frage ich mich, ob Philipp sich mehr gedacht hat, als zuerst für uns sichtbar war.«

»Was meinst du?« Demaratos betrachtete den künftigen König der Makedonen, der in diesem Sommer zwanzig Jahre alt würde. Er war einen halben Kopf kleiner als die anderen, schmächtiger, aber jede Bewegung verriet harte Muskeln und unendliche Energie. Im Gesicht hatte sich etwas verändert; der Korinther konnte es nicht gleich benennen. Es waren keine Linien oder Runzeln, dazu war das Gesicht immer noch zu jung. Etwas wie neue Umrisse unter dem Fleisch, eine unerwartete und unbeugsame Härte, wie unter lieblichen Pflanzen verborgene Steinwälle.

»Vielleicht hat er uns einen Gefallen getan.« Alexander führte seine rätselhafte Rede nicht weiter aus; er nickte einer Illyrerin zu. »Reden wir später darüber. Wir wollen das Festmahl vorbereiten, zu Ehren des weitgereisten Gastfreundes Demaratos.«

Er ging zu einem Gestell an der Südseite seines Hauses; dort standen mehrere Tongefäße unterschiedlicher Größe. Er hob eines herunter, rührte mit einem Holzlöffel darin und goß durch ein Tuch, das die Frau spannte, eine dunkle Flüssigkeit in einen kleineren Topf. Im Tuch sammelten sich allerlei Dinge – Kräuter, Bröckchen, zerfallene

Reste von Tieren, bei denen Demaratos nicht wußte, ob er genau wissen wollte, was es einmal gewesen war.

Die anderen verteilten sich, um ihren Teil der Vorbereitungen zu erledigen. Der Korinther sah zu, wie Alexander das Tuch nahm, verknotete und auswrang; die restliche Flüssigkeit sickerte in den Topf. Die Illyrerin kam aus dem Haus, mit einem Schemel, Mörser und Stößel; sie setzte sich in die Sonne und zerkleinerte Salzbrocken.

»Magst du kosten?« Mit einem Lächeln hielt Alexander dem Korinther den Topf hin. »Du mußt wissen, ich bin hier der Kräuter- und Würzmeister.«

Demaratos tauchte den kleinen Finger in die schwarze Brühe und berührte seine Zunge. »Ahuuu.« Er schluckte und verdrehte die Augen. »Was . . . eine Art *garon*, oder?«

Alexander nickte. »Ein paar Flußfische, sehr kleine, und Eingeweide von größeren, mit Salz, tausend Kräutern, ein paar Tropfen vom hiesigen Wein, der scheußlich ist.«

»Ah. Ich habe chalkidischen Wein dabei. Darf ich ihn als meinen Beitrag zum Mahl anbieten?« Er klatschte in die Hände und befahl einem seiner Sklaven, den Schlauch herbeizubringen.

»Wir werden dir ewig danken.« Alexander senkte spöttisch den Kopf. »Zurück zur Tunke. Sie hat vier Monde in diesem großen Topf in der Sonne gestanden und vor sich hin gestunken. Das Wichtigste sind zerstoßene Iriswurzel und Thymian.«

»Laß mich nochmal . . .« Demaratos kostete erneut; diesmal war er vorsichtiger. »Also, hm, ein bißchen scharf, aber eigentlich nicht schlecht. Iris, wie?«

»Sie ist hier sehr gut, sehr kräftig.«

Die Sklaven schleppten Schemel und Tische aus den Häusern auf eine ebene, felsige Stelle westlich von Laomedons Haus. Am Rand fiel der Hügel steil ab, zu steil sogar für Ziegen; lediglich einige Stachelbüsche, die Laomedon zufolge im Herbst rötliche Beeren trugen, konnten sich dort halten. Die weite, zerklüftete Trichterlandschaft erstreckte sich vom Fuß des Hügels gen Norden, durchsetzt von immer wieder versickernden Wasserläufen, gesprenkelt mit Buschgruppen. Der Weg, den Demaratos gekommen war, schlängelte sich zwischen Trichtern, Sträuchern, Wäldchen und grünen Flächen zuerst nach Westen, dann nach Süden und verschwand in einer Schlucht. Gegenüber der Terrasse zog sich am Fuß eines graugrünen, schrundigen Berges ein seltsamer Morast in Schlangenlinien dahin. Das ganze Land wirkte wie eine uralte, aber noch nicht vernarbte Wunde, unbestimmbarer Körperteil eines insgesamt schorfbedeckten verdrossenen Titanen, dessen fortdauernde geistige Abwesenheit das Überleben von Menschen eben noch zuließ.

Der genau im Westen ragende Berg, über dem die Sonne immer schneller sank, beunruhigte Demaratos einen Moment; plötzlich fiel ihm ein, woran er ihn erinnerte, und er brach in Gelächter aus.

Erigyios blickte ihn verdutzt von der Seite an; er breitete Felle über die Schemel und den für Demaratos bestimmten Scherenstuhl. »Was hast du?«

»Der Berg, drüben.« Demaratos deutete, wieherte, hielt sich die Seiten. Im Abendlicht besonders scharf umrissen schien dort ein Kopf aufzuragen, das Profil mit klumpiger Nase, fliehendem Kinn und dünnen Bartfransen nach Norden gerichtet.

»Na ja, ein Gesicht, aber was ist daran so witzig?«

Demaratos ließ sich in den Sessel plumpsen. »Ihr könnt es nicht wissen, fürchte ich.« Er gluckste abermals. »Bis auf Alexander – oder?«

Alexander schüttelte den Kopf. »Ich weiß nicht, was du meinst.«

»Aber du warst doch in Athen! Ah, ich vergesse, daß er sich sehr zurückgehalten haben dürfte, als du da warst. Das da drüben ist ein getreues Abbild des unübertroffenen und unerträglichen Demosthenes.«

Beim Essen schwiegen sie zunächst; die Verbannten genossen den Wein, den Demaratos mitgebracht hatte. Nur Alexander trank kaum davon; er aß auch spärlich. Die Illyrerinnen saßen ein wenig abseits und unterhielten sich leise in ihrer groben Sprache. Demaratos war verblüfft über die Güte und Reichhaltigkeit des Mahls. Es gab süßliche, vergorene, mit Mehl angedickte Ziegenmilch, in der trockene Beeren vom letzten Herbst schwammen; in Öl gesottene Bällchen aus Hirse, Kräutern und gehacktem Fleisch; etliche frische, gebratene Flußfische, zu denen die von Alexander bereitete Tunke wunderbar schmeckte; ein ganzes gebratenes Zicklein; Frühlingszwiebeln; eingelegte Gemüsearten, deren Namen Demaratos nicht kannte; mit Honig gebackene hauchdünne Brotfladen; Ziegenkäse; dazu Wein und Wasser.

Schließlich seufzte Demaratos zufrieden auf, leckte sich die Finger, wischte sie am Chiton ab, rülpste und sah die jungen Männer der Reihe nach an. Harpalos, mit feinem, ausrasiertem schwarzen Bart, trotz seiner Behinderung ebenso drahtig und geschmeidig wie die anderen, erwiderte den Blick mit ausdruckslosem Gesicht. Erigyios blinzelte und zupfte an seinem rechten Ohr, in dem ein kleiner Silberring mit baumelndem Löwenköpfchen steckte. Laomedon tupfte sich die fleischigen Lippen und verzog ein wenig das Gesicht; die von einem Messerstich verbliebene Narbe auf der rechten Wange krümmte sich. Ptolemaios hatte die Arme verschränkt und drei Finger der Rechten an Kinn und Wange gelegt. Nearchos saß gerade und schaute an Demaratos vorbei, wie die abweisende Statue eines mit entlegenen Gedanken befaßten Rechtsgelehrten. Alexander, die Hände hinterm Kopf gefaltet, blickte in die Ferne, ins Blut des Himmels über der Stelle, wo die Sonne versunken war.

»Ich lobe eure bemerkenswerte Zurückhaltung.« Der Korinther lächelte. »Es ziemt sich so, für Fürstensöhne und treffliche Krieger. Nur wer sich selbst beherrscht, kann andere leiten.«

Ein kleiner Muskel zuckte im Gesicht von Ptolemaios, der einen Moment seine langen Eckzähne entblößte. Alexanders Augen zeigten immer noch den sehnsüchtigen, fernen Blick.

»Ihr werdet euch denken können, daß ich nicht ohne

Botschaften und Aufträge in diese barbarische Einöde komme. Aber laßt mich auf meine Weise beginnen. Die wichtigen Dinge zuerst.«

Er nippte an seinem Wein, schloß die Augen und berichtete vom Herbst und vom Winter in Pella, von Philipps abflauendem Zorn, vom knospengleich schwellenden Bauch der neuen Königin, von der Entsendung des halben Heers nach Asien, von Parmenion und Attalos, die beide jenseits des Hellespont vordrangen, um die hellenischen Städte vom persischen Joch zu befreien und den Boden für Philipp vorzubereiten. Von der Ruhe in Hellas, Ruhe ohne Bruderkriege; und von Olympias, die in Epeiros am Hof ihres Bruders Alexandros Gift sprühte und Fäden spann.

»Ich weiß.« Alexander sprach sehr leise. »Sie verfolgt mich mit Briefen, sogar hier. Komm zu uns. Hilf mir, den Krieg gegen Philipp zu bereiten. Wo bleibst du? Warum bist du nicht gleich hergekommen. Hast du auch genug zu essen. Du solltest häufiger schreiben, wenn du schon nicht kommst. Schreib mir, wann du kommst. Wie viele Krieger brauchen wir, um Philipp angreifen zu können.« Er seufzte, ohne seine Lage zu verändern, aber der sehnsüchtige Ausdruck war verhaltenem Zorn und etwas anderem gewichen – Abwehr, Ekel? Demaratos war nicht sicher.

»Und?« Der Korinther sagte nur dieses eine Wort.

Alexander wandte ihm das Gesicht zu; es wirkte hart und entschlossen. »Krieg gegen meinen Vater? Gegen meine Freunde und Waffenbrüder? Mit ein paar Molossern und Barbaren gegen das beste Heer der Oikumene?« Er hob die Brauen. »Es wäre Wahnsinn. Und Frevel. Man kann mit den Göttern hadern, das Schicksal verfluchen, den Eltern trotzen; aber es ist unmöglich, den Willen der Götter zu wandeln, Moira zu rühren, Vater und Mutter nicht zu ehren. Sie sind Teil des Ganzen, das uns ausmacht. Ich kann nicht Zeus mit einem Blitzstrahl vernichten. Ich kann nicht meine Mutter schänden. Ich kann nicht Krieg gegen Philipp führen.«

»Philipp ... hatte zu gewissen Zeiten andere Vorstellungen.«

Alexander lachte halblaut. »Er hat das Land von einem Raubtier, einer giftigen Riesenschlange befreit, die längst nicht mehr seine Mutter war. Die seinen Vater und seinen ältesten Bruder und viele andere getötet hatte. Ich ...« Er zögerte, schluckte, trank Wasser und räusperte sich. »Ich würde, wenn es zu einer solchen Lage käme, das gleiche tun. Das Andenken meiner Mutter ehren und das Ungeheuer töten. Besser ist es aber, dafür zu sorgen, daß ein solches Ungeheuer sich nicht entwickeln kann. Oder ... einen Käfig bauen.«

Ptolemaios schnitt eine Grimasse. »Bist du denn so sicher, daß das Ungeheuer nicht schon da ist?«

»Gekränkter Stolz, gehemmte Herrschsucht, verquere Eitelkeit.« Alexander klang wie ein alter, weiser, über den Zustand der Menschen betrübter Mann. »Mehr nicht. Vielleicht ist darin, dahinter, ein Ungeheuer; man muß dafür sorgen, daß es nicht herauskommt.«

Demaratos blähte die Wangen und ließ die Luft mit einem leisen Knall entweichen. »Du sagtest vorhin, am Nachmittag, Philipp hätte euch vielleicht einen Gefallen getan ...«

Alexander antwortete nicht; Laomedon warf seinem Bruder Erigyios einen auffordernden Blick zu.

»Ich glaube, was Alexander meint ... Also, der König hat ihn und uns verbannt, wegen eines Streits, um Alexander aus dem Weg zu haben, während er die Belange des Königreichs neu ordnet, die Gebietsfürsten neu an sich bindet, all dies. Gleichzeitig« – Erigyios faßte wieder nach dem Ohrläppchen – »hat er uns gezwungen, das Beste aus uns und der Lage zu machen. Es ist eine Erprobung, eine Prüfung.«

Demaratos nickte langsam. »So ist es, meine Freunde. Eine schwere Prüfung sollte es werden. Philipp weiß, was ihr hier tut ...«

»Woher?« Harpalos fuhr auf und kniff die Brauen zusammen.

»Philipp weiß fast immer, was diejenigen tun, an deren Wohl ihm liegt oder deren Ränke er zeitig durchschauen will. Philipp unterhält Spitzel in Athen und Theben, aber auch in Susa und Pasargadai. Und in Parsa – das ist Persepolis. Wie könnte er da versäumen, sich über euch Gedanken zu machen? Er ist zufrieden.«

»Warum? Womit?«

»Weil ihr tut, was er erhofft hatte. Er ist zufrieden mit den Zeichnungen, Maschinen und Bauwerken von Nearchos; mit der Art, wie Harpalos die Schätze eures kleinen Reichs mehrt; mit Laomedons Forschungen in Sprache und Gebräuchen; mit Erigyios' Jagd- und Verführungskünsten; mit den Waffen und Waffentaten des Ptolemaios; mit der Art, wie Alexander all das tut, was jeder einzelne von euch macht, und wie er alles zusammenhält.«

Er betrachtete sie. Sie sagten nichts, aber die Mienen hatten sich verändert; Demaratos las Fragen, Staunen, Anflüge von Ärger, Neugier.

»Vor allem wollte er wissen, wie es mit der Treue steht, mit der Verläßlichkeit.« Der Korinther fuhr sich mit der Hand über die Augen. Es wurde nun schnell dunkel. Und kühl; er fröstelte und zog das Fell enger um die Schultern.

»Er sagte mir: ›Wenn ich Alexander mit seinen Freunden verbanne, und der Junge geht nicht zu seiner Mutter, rüstet kein illyrisches Heer gegen Makedonien aus, obwohl er beides könnte und dies beweist – dann kann ich ihm in Krieg und Frieden, in der Schlacht und in den Staatsgeschäften meinen Rücken anvertrauen.‹ Und – er ist zufrieden, mit euch allen.«

»Was kommt als nächstes?« sagte Alexander.

»Wie meinst du das?«

»Ich kenne meinen Vater. Er tut nichts, ohne mindestens eine dreifache Absicht dabei zu haben.«

Demaratos lachte. »Das ist wahr. O wie wahr, Sohn meines Gastfreundes.« Er beugte sich vor. »Du und ich, wir beide reiten morgen. Er braucht dich. Die anderen bleiben hier. Und zwar aus mehreren Gründen. Philipp sagt, wenn einige Illyrer besseres Leben gekostet haben, werden sie nicht so leicht wieder zu schlechten Waffen greifen, um die Grenzen anzutasten. Philipp sagt, wenn sie Fortschritte erleben, können sie zu Freunden und Verbündeten werden. Philipp will, daß ihr eure Arbeit fortsetzt. Und daß ihr, wenn er euch ruft, später, im Sommer, oder spätestens im nächsten Jahr, daß ihr ihm dann gut ausgebildete, gut bewaffnete Bundesgenossen mitbringt.«

Es dauerte lange, bis der Korinther die erregten Reden und Gegenreden, die Entrüstung und Enttäuschung so weit beschwichtigt hatte, daß er fortfahren konnte.

»Außerdem – sicher ist sicher. Im Krieg und beim Herrschen gibt es keine Freunde. Wie ihr wißt. Es gibt vor allem Nutzen; Fragen der Nützlichkeit und der Erfordernisse. Philipp ist ein kluger Mann. Und ein sehr listiger Herrscher. Er hat euch und andere aus Pella verbannt, aufgeteilt, um euch zu prüfen und den Nutzen für Makedonien zu mehren.«

»Welche anderen?«

Demaratos blickte Alexander von der Seite an. »Oh, diesen und jenen. Philotas ist bei Parmenion, in Asien; Krateros in einer Festung in den lynkestischen Bergen; Koinos in Thessalien. Alle erledigen ihre Aufgaben bestens – und alle sind fern von Pella.«

»In den lynkestischen Bergen?« Alexanders Stimme klang verträumt. »Ich dachte es mir ...«

»Die Grenzen gegenüber Epeiros.« Demaratos legte den Kopf in den Nacken; die ersten Sterne waren am Himmel. »Du hast es dir gedacht, wie? Wenn er dich prüft, wird er Alexandros keinesfalls blind vertrauen, zumal nicht dann, wenn Olympias bei ihm ist und ihm Gift ins Ohr träufelt. Nein, er sieht sich vor, zu unser aller Wohl. Und dies ist das einzige, was noch zu tun bleibt, ehe er nach Asien gehen kann.«

»Was hat er vor?«

»Epeiros fester an sich binden. Alexandros so fest an sich binden, daß Krateros und die anderen abgezogen werden können. Daß die Grenzen ewig sicher sind.«

Alle starrten ihn an.

»In wenigen Monden, im Frühsommer, wird er deine Schwester Kleopatra mit deinem Onkel Alexandros vermählen.«

Wut und Wein forderten ihre Opfer. Nach und nach verschwanden alle in ihren Häusern. Demaratos und Alexander blieben zurück; und die Illyrerin, die Alexanders Lager teilte.

»Du hast kaum getrunken. Magst du meinen Wein nicht?«

Alexanders Zähne blitzten im Widerschein des Feuers, das am Rand der Terrasse brannte. »Doch, er ist gut.«

Demaratos sah zu, wie die Illyrerin, die das Feuer neu angefacht hatte, geräuschlos und beinahe gleitend zu ihrem Schemel zurückkehrte. Ein Schatten unter den Schatten. »Ist es Philipps Schatten?«

Alexander betrachtete ihn aufmerksam. »Du bist sehr scharfsinnig, Demaratos. Ja. Gegröle in der Nacht; die ewigen Streitereien zwischen ihm und Olympias, die nur halb so schlimm waren, wenn keiner etwas getrunken hatte.« Er starrte ins Dunkel und sprach halblaut weiter. »Bewußtlosigkeit, weißt du. Ich habe mich beobachtet, und andere, nach zuviel Wein. Es ist wie Schlaf, ohne zu schlafen. Man sagt Dinge, die man nicht meint. Man tut Dinge, die man sonst nicht täte. Wer traurig ist, wird noch trauriger, wer munter ist, noch munterer. Andere, die freundlich sind, werden plötzlich zu giftigen Tieren. Die dunkle Innenseite, oder Unterseite . . . Dämonen. Es ist schlimm genug, daß keiner weiß, wer er ist, und daß jede Nacht, im Schlaf, ein völlig Fremder da liegt. Es muß nicht durch Wein herbeigeführt werden.«

Demaratos seufzte leise. »Du bist streng. Und du vergißt, daß Wein auch andere Eigenschaften hat. Du hast den ersten und den letzten Schluck deines Bechers den Göttern hingegossen. Gift? Würdest du den Göttern Gift weihen?«

Etwas wie schneidender Spott lag in Alexanders

Stimme. »Den Göttern? Da sie über allem sind, ist ihnen alles gleich geheiligt oder schändlich. Die Weinspritzer waren für den Unbekannten Gott.«

Der Korinther musterte die Illyrerin. Die kurze Nase warf keinen Schatten; der breite, volle Mund war ein wenig zusammengepreßt. Die braunen Haare, die in die Stirn fielen, waren schwarz in der Schwärze der Nacht und von einem fremdartigen Rot, wo sie die Glut des Feuers auffingen. Sie schien den Blick zu spüren und wandte ihm das Gesicht zu.

»Welche anderen Eigenschaften sollte Wein sonst noch haben?« sagte Alexander.

»Er wärmt. Er schmeckt, wenn er gut ist. Und er ist ein Band zwischen den Menschen. Wie gemeinsam erlittener Hunger oder eine gemeinsam durchfochtene Schlacht, so gibt auch gemeinsam getrunkener Wein Nähe und Wärme. Er kann die Nächte erhellen und die Reden fließen lassen. Sie werden dadurch nicht besser oder tiefer, aber angenehmer. Leichter zu ertragen. Und man schläft gut – danach.«

»Er nich schlaf«, sagte die Illyrerin. Zum ersten Mal hörte Demaratos ihre Stimme; sie war rauh und schartig, wie ein altes Messer, dessen Schärfe nicht mehr offensichtlich, aber durchaus noch vorhanden ist. »Er nich schlaf, auch nach Zusammenliegen er wach und lauf.«

Alexander starrte ins Feuer. »Nähe, Wärme . . . Der angenehme Druck, mit dem bisweilen das Bündel der tausend Halme, die ein Mensch ist und von denen er vielleicht ein oder zwei Dutzend kennt, zusammengebunden wird. Die wenigen Momente, in denen ich weiß, wer ich bin. Oder zu wissen glaube.«

»Das Bündel?« Demaratos gähnte und rieb sich die Augen. »Die Halme sind all die Dinge, die du in dir hast. Aber sie hängen auch ab von Dingen um dich her. Odysseus war Niemand, als er keine Heimat hatte. Um Jemand zu sein, brauchst du einen Ort. Mauern und Wände. Den Baum, in dessen Schatten du den einen Traum geträumt hast, an den du dich Jahre später erinnerst, wenn die gleiche Mischung aus Gerüchen wie damals wieder in deine Nase dringt – eine bestimmte Erde, Gras in Blüte, Eselskot, der Geruch der Füße und Kleider des Treibers, der eben vorübergeht, verschütteter Wein, Erbrochenes neben einem Brunnen, all das und mehr.« Er grübelte einen Moment. »Platon hat ein unbewohnbares Staatswesen erdacht, einen Un-Ort, an dem alle Niemand wären. Du hast vielleicht deinen Ort noch nicht gefunden.«

»Wo ist dein Ort, Demaratos?«

»Mein Ort? Korinth. Ich kann die Heimat verlassen, weil ich sie in mir trage. Ich bin immer mit einem Teil in Korinth, weil ein Teil von Korinth immer in mir ist.«

»Dieser Ort hier ...« Alexander deutete mit dem rechten Arm ins Dunkel, dann auf das Haus, auf die Illyrerin, die ihn mit einem verhangenen Lächeln ansah. »Hier bin ich Jemand gewesen. Ich hatte Aufgaben – die Freunde zusammenhalten und antreiben, Häuser bauen, ein kleines Reich errichten. Es hat Augenblicke gegeben, Momente, in denen ich wußte, wer Ich ist. Es gibt Momente, in der Vereinigung zweier Körper, in denen die tausend Halme ein Bündel werden und das Bündel immer dichter gepreßt ist. Dann kommt der Moment des Wissens. Aber das ist zugleich der Moment der Auflösung, in dem die Halme weiter zerstreut werden als je zuvor. So scheint es, jedes Mal. Und da alle Frauen und Männer dies erleben, ist es vielleicht so, daß wir alle in diesem winzigen Moment, zwischen dichtester Bündelung und vollkommener Zerstreuung, wenn wir fühlen, daß wir Jemand sind, der sofort erlischt – vielleicht ist es so, daß wir in diesem Moment alle Menschen sind, daß keiner Jemand, sondern jeder Alle ist. Wie auch dann, wenn man Wissen weitergibt, das die Geschlechter und die Jahrhunderte angehäuft haben. Irgendwie bin ich Aristoteles, wenn ich ein Heilkraut so berühre, wie ich es von Aristoteles gelernt habe. Und sie« – er deutete auf die Frau – »wird irgendwie Alexander sein, wenn sie zu ihren Leuten zurückgeht und ihnen Dinge zeigt, die sie hier gesehen hat. Aber ich werde morgen ein anderer Alexander sein. Einer, der neben dir durch die Einöde reitet und nicht nach Pella heimkehren will, wonach er sich sehnt.«

»Vielleicht nennt dir dein Sehnen irgendwann den Ort, der dein ist. An dem du du sein wirst.«

Alexander lächelte gequält. »Mein Ort? Mein Sehnen? Immer die andere Seite des Berges. Die Oikumene. Der Rand der Welt. Vielleicht muß ich alle Orte sehen.«

»Dann mußt du alle Menschen werden.«

16.

Die Klingen von Aigai

Dymas probte mit anderen Musikern – Tekhnef, ein Tympanist, eine Meisterin auf der Harfe, ein zweiter Kitharist, eine Sängerin – für die ungewöhnlichste Musiktruppe der Oikumene, als ein Bote ihn zu sprechen verlangte. Ein Hellene aus Asien, ohne Zweifel, aber das war nicht ungewöhnlich – die Frau mit der Harfe stammte aus Halikarnassos.

»Was willst du?« sagte Dymas unwirsch, als er dem Mann ins Freie gefolgt war.

»Eine Empfehlung von Bagoas.«

»Hah.«

»Er erwartet dich im Piräus. Ich soll dich an dies und jenes erinnern, wenn du keine Lust haben solltest. An eine Nacht in Ägypten, zum Beispiel.«

Wortlos stieg Dymas auf den Wagen, nachdem er den anderen ungenau Bescheid gesagt hatte. Das Gefährt, von zwei Pferden gezogen, brachte sie zum Piräus, zum Hafen, zum Kai. Dort stiegen sie in ein Ruderboot, das von vier stummen Sklaven zu einem prachtvollen Segler gesteuert wurde, der mehrere Stadien vom Kai entfernt mit einem Treibanker auf der Reede lag.

Bagoas war nicht fett, aber fülliger geworden. Dymas schwieg, bis der Perser ihm Wein eingeschenkt hatte. Sie saßen allein auf dem Achterdeck, auf seidebespannten Sitzen, unter einem golddurchwirkten Leinendach.

»Du wirst dich fragen.« Bagoas sprach nicht weiter.

Dymas grunzte. »Nein.«

Bagoas lächelte dünn. »Deine Mitarbeit hat nachgelassen, Musiker.«

Dymas nickte. »So ist es. Ich habe mich von alledem getrennt. Keine Berichte mehr – weder für Hamilkar noch für Demaratos noch für dich.«

»Das stimmt nicht.« Bagoas strich sich den Bart. »Du berichtest, wenn du magst; du berichtest nur nicht mehr als Befehlsempfänger – oder gegen Geld.«

»Dann sagen wir: Ich mag nicht mehr – für dich jedenfalls nicht.«

»Wegen Kanopos?«

Dymas starrte auf seine Fingerspitzen. Die Abdrücke der engen Metallkuppen waren gut zu sehen; vor einer Stunde hatte er noch die Kithara gehalten. »Nein, nicht wegen Kanopos, Perser. Was dort geschehen ist, war grausam, aber alle Mächte sind grausam, wenn es ihnen sinnvoll erscheint. Ich zweifle nicht daran, daß auch die Hellenen oder Karchedonier die alte Frau und die anderen getötet hätten, wenn es für sie nötig gewesen wäre. Die Art, in der es geschehen ist, nicht die Tatsache des Tötens ...«

Bagoas verzog keine Miene. »Zu deinem Glück weiß ich, daß du treu bist. Du hast außer zu denen, die es ohnehin wissen, nie über unsere Verbindung gesprochen. Wenn es anders wäre, hätte ich dich längst töten lassen.«

»Was willst du? Warum holst du mich her?«

Bagoas beugte sich vor. »Zweierlei. Ich will, daß du ohne Auftrag gelegentlich Dinge bemerkst und berichtest, wenn dir danach zumute ist. Sagen wir, jedes Jahr einmal. Oder öfter – wenn dir danach zumute ist. Ansonsten bist du frei, kannst gehen wohin du willst, ohne Sorge um persische Messer.«

»Ich werde es mir überlegen.« Dymas knurrte eher, als daß er sprach. »Das war alles?«

»Nein. Zwei Dinge. Wichtige Dinge, die ich im Augenblick keinem anderen anvertrauen kann. Sie sind der Preis für deine unbedrohte Freiheit.«

Dymas zog die Nase hoch und spuckte aus. »Was ist es?«

Bagoas lächelte, noch dünner als zuvor. »In einer Stunde wird ein Geschäftsfreund an Bord kommen. Ich werde hier, an dieser Stelle, mit ihm gewisse Dinge bereden. Du wirst unter Deck sitzen und lauschen. Dann wirst du aufbrechen, um das, was du gehört hast, Demaratos zu berichten. Er ist noch nicht, aber bald in Aigai.«

Dymas hob die Hände und ließ sie wieder sinken. »Aigai! O ihr Götter! Was soll ich in Makedonien!«

»Berichten. Einem anderen würde er nicht glauben. Und einem anderen kann ich diese Sache nicht anvertrauen.«

»Was ist das für ein seltsames Spiel – Bagoas der Heile verrät einem Korinther in Makedonien, was er mit einem Athener zu bereden hat?«

Bagoas runzelte die Stirn. »Es ergibt sich eben manchmal, daß bestimmte Ziele nur auf Umwegen anzusteuern sind. Frag nicht nach den Zielen, du wirst nichts erfahren.« Er starrte in Dymas' Augen. »Dein Leben, Musiker, und das von Tekhnef.«

Dymas schwieg lange Momente. Schließlich sagte er, mit heiserer Stimme: »Gut. Zum letzten Mal, Perser. Aber sag mir etwas anderes – etwas, das mich seit Kanopos beschäftigt.«

»Was ist es?«

»Die alte Frau, Kleonike. Sie hatte ein Amulett. Deine Leute haben es ihr in den Leib gebrannt. So, wie sie es getragen hat, schien es viel zu bedeuten.«

Bagoas lachte. Er beugte sich vor und malte mit weinfeuchtem Finger ein *ankh* auf die Elfenbeinplatte des Tischs, dann in die Schlaufe das Auge des Horos. »Dies?«

»Dieses, Bagoas.«

»Leben und Logos, Musiker. Es ist das Zeichen einer Gruppe von Leuten. Vieler Leute, die Persiens Herrschaft beenden wollen. Leben und klaren Verstand und die alten Götter, so etwa, und Freiheit vom Joch der Großkönige.«

»Wer gehört dazu? Nur Ägypter?«

»Sie haben ein ägyptisches Zeichen genommen, weil es bestimmte Inhalte hat, und Ähnlichkeit mit anderen. Wenn du die Augen zusammenkneifst, bis das *ankh* verschwimmt, erhältst du das Zeichen der Tanit – Göttin der Tyrer und Karchedonier. Wenn du, mit zusammengekniffenen Augen, auf das Zeichen des Horos schaust, bildet es mit dem *ankh* ein Zeichen in der keilförmigen Schrift Babylons. Das Zeichen für Gott.«

»Sie sind also deine Gegner?«

Bagoas nickte. »So etwa. – Trink aus und geh unter Deck, Musiker. Such dir eine bequeme Lage.«

Dymas lauschte. Er war nicht besonders verblüfft, als er die Stimme des Atheners hörte, die jeder kannte: die Stimme von Demosthenes. Er verheimlichte dem Perser etwas; Bagoas spürte es auch, konnte die Zurückhaltung des Redners jedoch nicht überwinden. Was Demosthenes zu sagen hatte, war allerdings wichtig genug: Attalos, Onkel der makedonischen Königin, einer der wichtigsten Fürsten, zur Zeit in Asien als Stellvertreter des Strategen Parmenion, war bereit, beim Tod Philipps Parmenion und andere Offiziere ermorden zu lassen und Philipps Neffen Amyntas auf den Thron zu heben. Makedonien würde gegen persisches Gold und politische Zusicherungen Athens den Bund von Korinth auflösen, sich aus Mittelhellas und Asien zurückziehen und Friedensverträge für die Ewigkeit schließen.

Auf dem langen Weg nach Norden, ohne Tekhnef, grübelte Dymas immer wieder, welches Spiel Bagoas spielen mochte. Welche Rolle Demaratos hatte. Was Demosthenes warum für sich behielt. Und was man in Aigai mit der Mitteilung anfangen konnte.

Er fand Demaratos erst nach langem Suchen; Aigai und Umgebung waren übervoll von Gästen, die der Hochzeit des Epeiroters Alexandros mit Philipps Tochter beiwohnen wollten.

Der Korinther hörte sich alles an. Er schien sehr nachdenklich. Schließlich sagte Dymas:

»Ich weiß nicht, um was es bei diesem verdeckten Spiel geht, aber kannst du etwas damit anfangen?«

Demaratos kaute auf der Unterlippe. »Sei froh, daß du nicht mehr weißt, Dymas; du wärst innerhalb weniger Stunden tot, trotz aller Versicherungen des Persers. Ja, ich kann etwas damit anfangen; nein, ich weiß nicht, was es soll. Es ist eine Warnung – offenbar will jemand Philipp töten, vielleicht hier, heute, morgen. Jemand, der mit Attalos in Verbindung steht. Demosthenes hat etwas verborgen, sagst du? Vielleicht weiß er, wer den Mord begehen soll. Ich frage mich nur, warum Bagoas uns das wissen läßt. Es wäre doch gut für Persien ... Ich will sehen, was ich tun kann. Vielleicht sollten morgen im Theater alle ohne Waffen sein.«

Dymas hob die Brauen. »Kannst du das bewirken? Wer bist du?«

Demaratos lächelte. »Ein korinthischer Händler mit Beziehungen. Ich danke dir.«

Manchmal fühlte sie sich alt. Eine alte Frau, die bald vierzig sein würde. Sie lächelte, als sie an die vergangene Nacht dachte, an den kräftigen Ambrakier, an die Jugend. Langsam watete sie ins flache Uferwasser des Pambotis-Sees, tauchte ein und schwamm. Das Alter glitt von ihr, blieb zurück in den Kräuselwellen. Sie drehte sich auf den Rücken, ließ sich treiben.

Es war ein warmer, windstiller, klarer Tag. Der Gipfel des hohen Tomaros, den die Molosser Tmaros nannten und den oft Wolken verbargen, war deutlich zu sehen. Olympias schloß einen Moment die Augen und breitete die Arme aus, wie einer der Adler des Zeus, dem der Gipfel geheiligt war. Sie flog auf dem Wasser.

Verjüngt und erfrischt stieg sie wieder an Land. Die stumme Thrakerin, alt und faltig geworden, half ihr beim Abtrocknen und reichte ihr die Gewänder. Sie durchquerten den schmalen Schilfgürtel, gingen über die Bohlen des erhöhten Wegs durch den Ufersumpf und zurück in den Ort. Olympias hatte begonnen, Dodona zu hassen. Aber an diesem Morgen liebte sie alles: die Straßen mit den tanzenden, unebenen Steinen; die schäbigen Häuser, zu lange nicht mehr beworfen; die dunkel gekleideten Frauen und die Männer mit den harten Augen; den dreieckigen Platz mit dem verkrüppelten Baum und der alten Stele des Gottes. Nicht einmal der Dreck der göttlichen Tauben, die den Orakelhain ebenso besudelten wie die Stadt, störte sie.

Das Haus, in dem der König – sie dachte kaum noch an ihn als den kleinen Bruder Alexandros; die Macht und die Ansichten hatten jede Innigkeit beendet – sie untergebracht hatte, lag auf einem Hügel; von der Terrasse sah sie rechts den Hain und den Berg, unter sich die Stadt, dahinter den See, links, nach Westen, die von Sümpfen und kleinen Seen durchsetzte Ebene, in der kaum eine Tagesreise entfernt Passaron lag, von Alexandros vorübergehend zur Hauptstadt erwählt, schäbig und bedeutungslos und, soweit es sie betraf, am anderen Ende der Welt. Aber neben dem Bett in ihrem größten Gemach, in dem sie die Nacht verbracht hatte, stand der Schreibtisch, und auf dem Schreibtisch lag der Brief, den der Ambrakier übermittelt hatte. Eine versiegelte, mit sorgfältigst verknoteten Fäden umwickelte Rolle in einer mit Wachs verschlossenen und auch außen versiegelten Röhre aus rötlichem Ton. Sie hatte die Siegel erbrochen und die Fäden durchschnitten. Die Leidenschaft der Nacht, die Höhepunkte des Beilagers waren ihr danach wie eine geziemende Fortsetzung der Wonnen erschienen, die der Brief enthielt, die Demosthenes ihr in dürren Worten bescherte.

Sie hatte gewußt, daß Passaron leer war – der König und sein Hofstaat hatten den Ort verlassen, vor vielen Tagen. Sie waren durch Dodona gekommen und dann weiter nach Osten gezogen, zum Zygos-Paß, durch die Berge ins nördliche Thessalien, weiter zum Oberlauf des Haliakmon und flußabwärts, nach Aigai, zur alten Königsstadt Makedoniens. Sie hatte gewußt, daß Philipp zur Festigung des Friedens ihre Tochter Kleopatra mit Alexandros vermählen wollte; sie hatte gewußt, daß Alexandros, der aus seiner langen Zeit in Pella das Mädchen kannte, das im Herbst siebzehn Jahre alt sein würde, die Vermählung vor allem aus politischen Gründen wünschte. Sie hatte gewußt, daß all dies nun geschehen sollte, und sie hatte jede einzelne Phase des Unternehmens gehaßt. Sie hatte die Götter angefleht, im Zygos-Paß Steine regnen zu lassen und Alexandros darunter zu begraben. Sie hatte geträumt, ihre Tochter treibe sich als

Dirne in Hafenschänken herum, und der Traum war ihr ein Genuß gewesen, verglichen mit dem Gedanken an die Vermählung. An das endgültige Scheitern aller Versuche, die nicht unbeträchtliche Kriegsmacht von Epeiros gegen Philipp in Gang zu bringen.

Sie trat auf die Terrasse, einen Becher mit unverdünntem Wein in der Hand, und blickte nach Osten; sie träumte sich in die Luft, hoch über den Tomaros, so hoch, daß sie bis Aigai schauen konnte. Sie trank einen Schluck, dann noch einen und noch einen. Auf das Wohl des widerwärtigen Atheners, der ihr mitgeteilt hatte, persisches Gold sei über einen tyrischen Händler nach Aloros gelangt und dort gewissen lynkestischen Fürsten ausgehändigt worden, die dafür sorgen würden, daß am Tag der Hochzeit die Frage der Thronfolge erörtert werden könne. Auf das Wohl des Hauptmanns der Königswache; sie würde Pausanias nicht vermissen, dessen Körper Vorzüge hatte, die durch sein allzu anhängliches Gemüt gemindert wurden. Auf das Wohl des Admetos, dem sie einen letzten Auftrag gegeben hatte. Er würde endlich frei sein; und er würde nicht wissen, welchen Zwecken der harmlose letzte Auftrag diente.

Olympias leerte den Becher. Einen Moment hielt sie ihn in der Hand; dann schleuderte sie ihn von der Terrasse, den Hang hinunter; dabei stieß sie einen langen, schrillen Schrei aus, einen Schrei der Lust und des Triumphs. Er hallte weit über die Ebene, an diesem windstillen Morgen. Im heiligen Hain flogen ein paar Tauben von den Eichen auf.

Wieder eine endlose Nacht, vielleicht die letzte, für den einen oder anderen. Heromenes ließ die Würfel über das Brett rollen. Draußen war der gleichmäßige Schritt der Posten zu hören, ein Gemurmel vom Feuer im Innenhof der Festung. Niemand sollte die hochstehenden Gäste stören oder gar bedrohen können, die aus ganz Hellas angereist waren.

Drei tropfende Fackeln erhellten die Wachstube, in der

Heromenes, Arrhabaios und Pausanias saßen und würfelten. Pausanias war halb betrunken; die beiden lynkestischen Fürstensöhne hatten ihn lange beobachtet und wußten, wieviel er vertrug. Er durfte nicht nüchtern werden, aber auch nicht besinnungslos betrunken.

Die Lynkesten gehörten nicht zur königlichen Leibwache, der einige von Alexanders Gefährten zugewiesen worden waren, darunter Perdikkas, Leonnatos und der »Zwillingsbruder« des Thronfolgers, der blonde schmächtige Attalos, der in dieser Nacht Postendienst tat. Die Vorbereitungen der Hochzeitsfeier, die gewaltige Menge der Gäste, die nötigen scharfen Sicherheitsvorkehrungen, nicht zuletzt auch die Probleme der Versorgung, Betreuung und Unterbringung der edlen Gäste aus der halben Oikumene hatten nicht nur die Zahl der in und um Aigai eingesetzten Diener und Sklaven vervielfacht, sondern auch die der Kämpfer. Makedonische Gebietsfürsten brachten ohnehin Einheiten ihrer Landes- oder Haushaltstruppen mit, denen oft die jeweiligen Fürstensöhne als Hauptleute vorstanden. Fürsten und Fürstensöhne gehörten zu den geladenen Gästen; ihre Begleitmannschaften wurden den königlichen Leibtruppen gleichgestellt und arbeiteten bei der Versorgung und Betreuung der Gäste mit. Heromenes und Arrhabaios kümmerten sich mit ihren Leuten um Thessalier, Boiotier, Lokrer und Phoker, die in einer Zeltstadt ein wenig flußaufwärts von Aigai untergebracht waren. Andere hatten Aufnahme in Häusern der Stadt gefunden, verbrachten die Nächte in den Gebäuden umliegender Festungen, schliefen auf flachbödigen Flußschiffen, die am Ufer des Haliakmon festgemacht waren, auf Karren, oder einfach so, unter den Sternen.

Heromenes hatte sich freiwillig für eine der unangenehmsten Aufgaben gemeldet: die Überwachung, Anlage, Säuberung und Betreuung der Latrinen. Aigai und fast alle anderen Orte am Fluß waren auf das Wasser des Haliakmon angewiesen, da die Brunnen längst nicht mehr ausreichten, um die wachsende Bevölkerung mit

Trinkwasser zu versorgen. Tausende Gäste durften nicht einfach tagelang den Fluß zum Abwasser machen – Gäste, ihre Diener, Sklaven, Wächter, Treiber, Köche, Reittiere, Packtiere, Zugtiere, Schlachttiere. Heromenes und seine Leute – Sklaven und lynkestische Sippenkrieger –, unterstützt von Haushaltstruppen des Königs, besorgten Wasser, legten Kot- und Abfallgruben an, leerten sie, und sie hatten deshalb überall freien Zugang und Zugriff auf Einrichtungen von Burg und Palast.

Die Stadt und das Land waren unruhig, aber in der Burg war kaum etwas davon zu hören. Sie wußten, daß draußen die Musiker und Tänzer, Sänger, Schauspieler und Dichter durch die Gassen und Schänken zogen, von Feuer zu Feuer; daß die Bäcker und Wurstmacher und Köche und all ihre Helfer und Sklaven ebenso durch die Nächte arbeiteten wie die Fuhrleute, die Obst und Getreide und Wein und Fleisch heranschafften. Im Wachraum war nichts zu vernehmen außer den Schritten der Posten draußen, dem Zischen und Knistern der Fackeln, dem Gemurmel der Männer im Hof, wo hin und wieder brennendes Holz knackte oder polternd stürzte, und dem Rollen der Würfel.

Sie waren Kunstwerke, von einem Schnitzer in Aloros angefertigt aus dem Oberschenkelknochen eines Auerochsen. Arrhabaios hatte sie besorgt; der Knochenschnitzer war ein wenig verwundert gewesen über die Sonderwünsche, die leichte Unregelmäßigkeit, die mit dem Auge nicht wahrgenommen werden konnte. Pausanias gewann nahezu unausgesetzt; auf seiner Seite des Tischs türmten sich Münzen – silberne Halbdrachmen aus Athen, makedonische Goldstatere mit dem Kopf des Apollon, persische Dareiken, Münzen aus Tyros und Korinth und Syrakus.

»Genug für eine längere Reise«, sagte Heromenes halblaut.

Pausanias schnitt eine Fratze. Seine Augen waren rot unterlaufen. Er sprach kaum, brütete, würfelte und gewann. Sie hatten über das Reich und die Sippen gesprochen, über das Heer in Asien unter Parmenion und jenem anderen, dessen Namen keiner nennen wollte, über die Ehre und die Rache, über das kurze Gedächtnis von Königen, die manchmal Schande geschehen ließen und den Schänder schützten, wodurch sie die Schuld übernahmen. Irgendwann fiel Pausanias' Kopf neben die Münzen, lag auf dem Tisch; sein Schnarchen dröhnte durch den Wachraum. Heromenes wickelte sich in eine Decke und legte sich auf die Bank neben der Tür; Arrhabaios übernahm die Wache.

Vor Morgengrauen strömten die Gäste zum Theater von Aigai, wo die größten, schönsten und wichtigsten Darbietungen stattfinden sollten. Es war der letzte Tag und der Höhepunkt der Hochzeitsfeiern. Die Vermählung hatte bereits stattgefunden; Gesandte der wichtigsten hellenischen Städte – außer Sparta – hatten Philipp goldene Kränze und Kronen gereicht. Demades, der mit Aischines und Hypereides aus Athen gekommen war, hatte Philipp den Ehrenrang eines schutzbefohlenen Gastfreunds der Stadt verliehen. Hypereides war als einziger der Makedonenfeinde in den Norden gereist; Philipps Einladung hatte auch Männern wie Lykurgos gegolten, selbst Demosthenes wäre willkommen gewesen, aber sie hatten sich für unpäßlich, unabkömmlich, reiseuntüchtig erklärt.

Die meisten Gäste trugen Blumenkränze und hatten ihre besten Kleider angelegt; es waren mehr als zwanzigtausend Menschen im Theater versammelt. Demaratos, in einem langen, goldbestickten Chiton und purpurgesäumten Umhang, stand neben Aristoteles und Kallisthenes, dessen bissige Bemerkungen von den Umstehenden teils mit Gelächter, teils mit Schweigen oder bisweilen auch Zischen verfolgt wurden. Die Musiker, die den Tag beginnen sollten, hielten sich noch hinter der Bühne auf.

Kallisthenes deutete auf den rechten Eingang; sie standen in einem der mittleren Ränge und konnten wie die meisten anderen sehen, was in der unmittelbaren Umgebung des Theaters geschah.

»Da müßten sie gleich kommen. Wo bleibt der dreizehnte Gott? Die anderen zwölf sind vermutlich abwesend.«

Wunderbar gearbeitete Statuen der olympischen Gottheiten schmückten den Eingang; sie waren aus Elfenbein und Gold und mit kostbaren goldenen Kränzen geschmückt. Philipp hatte zum Zeichen seiner Würde und Macht sein eigenes Bild als dreizehntes zu ihnen stellen lassen.

»Mäßige deine Zunge. Es könnte sein, daß dich der Blitz des Zeus erwischt«, sagte Aristoteles halblaut.

Kallisthenes lachte. »Oder ein donnernder Furz des Dreizehnten.«

Vom Palast her näherte sich der Festzug; im Theater stiegen einige auf die Sitze, um besser sehen zu können. Vor dem Eingang standen ausgewählte Männer, die edelsten von Philipps Leibwache. Aristoteles erkannte einige seiner Schüler – Perdikkas, Leonnatos, Attalos, Hekataios. Sie waren geschmückt, mit hellen Umhängen, roten und goldenen Schulterspangen, goldenen oder vergoldeten Waffengurten, aber sie trugen keine Schwerter, nur die bekränzten Lanzen, die sie senkrecht vor sich hielten. Ebenso weitere Wachen im Eingang und an der Innenseite, neben und auf der Bühne. Die frühe Sonne glitzerte auf den Spitzen der Lanzen, füllte das Theater mit weichem Licht, belebte die tausend Farben der Gewänder und Kränze, leuchtete golden auf Philipps Kopfschmuck.

Der König trug ein schlichtes weißes weites Gewand, keine Waffen, keinen Panzer. Rechts von ihm ging Alexander, links der neue Schwiegersohn, Schwager und Verbündete, König Alexandros von Epeiros. Beide waren ebenfalls ganz in Weiß gekleidet, mit Gold bekränzt und waffenlos. Ein paar Schritte hinter ihnen folgte ein Trupp der königlichen Leibwache, angeführt von Pausanias; sie trugen Festgewänder mit leeren Waffengurten und hatten nicht einmal Lanzen, anders als die Wächter am und im Theater.

Danach, von den Rängen noch kaum zu sehen, kam die

Gruppe der Frauen – Kleopatra, die Braut, die andere Kleopatra, Philipps hochschwangere Königin, die edlen Fürstinnen der Makedonen.

»Sieht er nicht süß aus?« sagte Kallisthenes. »Seine Glatze ist frisch beworfen worden, glaube ich.« Er deutete auf Antipatros, der vor der Bühne wartete, zusammen mit einigen der wichtigsten Berater, Freunde und Offiziere. An diesem Tag trug nicht einmal Antipatros einen Helm. Antigonos der Einäugige, gleich neben ihm, hatte seinen wilden Bart gestutzt und sich in Purpur gehüllt.

Aus der Schar der Geschmückten vor dem Eingang trat ein Mann vor und rief Philipp etwas zu. Im erwartungsvollen Geraune der Gäste war nichts zu hören, es schien aber ein Scherzwort zu sein, denn der König lachte und blieb stehen. Mit einer Handbewegung bedeutete er den anderen, sie sollten weitergehen und ihre Plätze einnehmen. Alexander und Alexandros traten in den Eingang. Der Thronfolger war blaß in seinem weißen Gewand.

»Wie frischer Käse«, sagte Kallisthenes. Er kicherte. »Wie eine magere Made in frischem Käse. Alexander, die makedonische Königsmade. Oder Larve. Käseraupe.«

Demaratos seufzte und stieß ihn mit dem Ellenbogen an; Aristoteles wandte sich nicht um, aber seine Stimme war ungewöhnlich scharf. »Halt doch endlich dein dummes Maul, Neffe.«

Der Mann, mit dem Philipp irgendwelche Worte wechselte, war ein lynkestischer Fürstensohn, Arrhabaios, soweit Aristoteles sich erinnerte. Philipp stand allein vor ihm; die Leibwache hielt Abstand, der ganze Zug stockte.

Pausanias, Hauptmann der königlichen Leibwache, trat näher; als ob er Philipp bitten wollte, er möge doch weitergehen. Philipp wandte sich ihm zu. Pausanias' Hand verschwand einen Moment in der Brustfalte seines weißen Gewands, kam zum Vorschein, hielt einen Doch, hob sich und stieß zu.

Einige Lidschläge lang schien die Welt den Atem anzuhalten. Totenstille lag über dem Theater, über den Wegen. Philipp stand, schwankte, stürzte; Pausanias stieß Arrhabaios beiseite und rannte los, einen Nebenweg hinab, zu einem alten Tempelchen. Etwas bewegte sich dort; der helle Schweif eines Pferdes?

Dann brach das Chaos aus. Ein vieltausendstimmiger Schrei des Entsetzens stieg aus dem Theater auf. Alexander und Alexandros liefen zurück zum gestürzten König; gleichzeitig rannten Männer der Wache los, hinter Pausanias her. Heromenes, der in der Nähe seines Bruders Arrhabaios gestanden hatte, schloß sich ihnen an; plötzlich hatte er eine Lanze.

Demaratos schlug die Hände vors Gesicht. Kallisthenes starrte mit aufgerissenen Augen hinüber zum Ort des Mordes. Aristoteles, bleich und gesammelt, folgte dem Mörder mit den Augen. Pausanias hatte einen guten Vorsprung; er würde das wartende Pferd erreichen, aufspringen und davonreiten, ehe ihn jemand daran hindern konnte. Der Philosoph erkannte einige der Verfolger an ihren Bewegungen – er hatte sie jahrelang laufen, stehen, sitzen, ringen und schlummern sehen. Perdikkas war dabei, Leonnatos, Attalos.

Plötzlich strauchelte Pausanias und schlug lang hin. Wein wuchs dort neben dem Weg; Wein umwucherte den kleinen Tempel, neben dem das Pferd wartete. Vielleicht hatte er sich in einer Weinranke verfangen. Er kam auf die Knie, auf die Füße; dann waren sie bei ihm. Heromenes führte den ersten Stoß. Aristoteles sah die Lanzen blinken; danach nur noch Getümmel. Er wandte sich ab.

Allmählich ließen der Lärm, das Geschrei, die Rufe nach. Die Makedonen im Theater hatten die Kränze vom Kopf genommen; man hörte Frauen weinen. Aristoteles sah, daß auch viele hellenische Gäste nicht mehr geschmückt waren. Einige hatten sich die Festgewänder vor der Brust zerrissen. Demaratos saß reglos, in sich versunken; neben ihm Kallisthenes, kreideweiß. Aristoteles stieß ihn an.

»Denk daran, daß du immer alles aufzeichnen wolltest«, rief er. Bloßes Reden wäre unhörbar gewesen.

»Dies ist ein furchtbarer Tag, für uns alle. Schau hin, damit du später schreiben kannst.«

Kallisthenes blickte zu ihm auf, öffnete den Mund, schloß ihn wieder. Tränen rannen seine Wangen hinunter.

Eine Hand fiel auf die Schulter des Philosophen. Aristoteles wandte sich um. Demades war mit den anderen Athenern ein paar Ränge herabgestiegen. Aischines hielt einen Blumenkranz in den Händen und zerfetzte ihn mit kleinen, ruckartigen Bewegungen. Sein Gesicht war düster. Der Makedonenfeind Hypereides hatte die Stirn gerunzelt. Demades, blaß und verstört, drückte Aristoteles' Schulter.

»Was . . . was geschieht jetzt? Du kennst sie doch alle.«

Aristoteles schüttelte langsam den Kopf. »Ich kenne sie nicht alle. Ich weiß nicht, was in einem solchen Fall in Makedonien geschieht. Der Fall ist nicht gerade alltäglich. Und Philipp war einzigartig.«

Hypereides zuckte mit den Schultern. »Wie man's nimmt. Doch, du hast recht, Philosoph. Er war einzig. Was bedeutet es für Hellas? Für Athen? Freiheit?«

Demades fauchte. »Die hatten wir, auch unter Philipp. Es bedeutet allenfalls Krieg und Verwüstung, Mann. Wenn nicht jemand den Kopf behält.«

»Wer?« sagte Aischines rauh.

Aristoteles wandte sich ab und versuchte, sich einen Weg abwärts durch das Gedränge zu bahnen. Langsam, unendlich langsam kam er voran. Er war noch weit von der Fläche vor der Bühne entfernt, als der scharfe Klang von Trompeten die Luft zerriß.

Alle hatten es gesehen. Antipatros bewegte sich als erster. Die Führer der Leibwache, die auf ihrem Posten geblieben waren, sahen seine Hände, verstanden, gaben die stummen Befehle weiter. Antigonos, Demetrios, Glaukos, andere erfahrene Offiziere, die ältesten der Gebietsfürsten und einige Dutzend Kämpfer bildeten mit ihren Leibern einen Ring um die Stelle, wo Philipp in einer Blutlache lag. Aber sie schützten nicht den Sterbenden, der vielleicht schon tot war; sie schützten einen Lebenden.

Alexander kniete neben seinem Vater, bettete dessen Haupt in seinen Schoß. Seine Wangen waren naß, als er sich über das Gesicht des Königs beugte. Philipps Auge bewegte sich, zur Seite, nach unten, nach oben; er schien zu blinzeln, die Lippen zuckten. Vielleicht sagte er etwas, aber außer Alexander konnte niemand es hören. Einige Schritte entfernt lag die Königin; sie war nicht ohnmächtig geworden, sie war gestürzt. Ihre Hände rieben immer wieder über den Bauch. Sie hatte die Lider wie im Krampf geschlossen, warf den Kopf hin und her und stieß ein schrilles Wimmern durch die Nase aus. Alexandros stand hinter Alexander, die Hand auf dessen Schulter gelegt, und schaute zu den Frauen, die sich um die liegende Königin drängten. Alexanders Schwester war dabei, die neue Herrin von Epeiros.

Drakon kaute auf einem Weinblatt. Er kam mit schnellen Schritten zum Kreis; Antipatros ließ ihn durch. Der Arzt kniete neben Philipp und Alexander nieder, beugte sich über den König, tastete nach der Wunde, hielt das Ohr an Philipps Mund; dann nahm er, ohne sich aufzurichten, Alexanders rechte Hand und legte sie auf die Augen des Königs. Er richtete sich sehr langsam auf, suchte Antipatros mit einem langen, traurigen Blick und schüttelte den Kopf. Er stand auf und ging zu den Frauen, kniete neben der schwangeren Königin, die nun Witwe war, sprang wieder auf und brüllte Befehle. Ein paar Mann der Wache kamen mit einer Decke, Lederriemen und Lanzen, fertigten eine Trage und hoben Kleopatra sanft darauf.

Antipatros stieß einen tiefen Seufzer aus, als endlich, endlich die Bläser von irgendwo Befehle erhielten und die Salpingen an die Lippen setzten.

Den scharfen Klängen der Signale folgte eine fast betäubende Stille, in der die Schritte der eintreffenden Truppen zu hören waren. Kleitos der Schwarze übernahm die

Leitung; seine schnellen, harten Befehle waren gut zu hören. Das Gelände um das Theater wurde weiträumig abgesperrt; Hopliten und Bogenschützen bildeten eine Kette, besetzten die Seiten, die Ausgänge, die Bühne. Kleitos lief ein paar Schritte weiter, sah sich um, übertrug Hephaistion die Führung der unmittelbaren Leibwache, deren Hauptmann Pausanias gewesen war, trat dann zu den Fürsten und legte die rechte Hand auf die Brust. Sein Gesicht zeigte Entsetzen, aber seine Stimme schwankte nicht.

»Es ist alles gesichert, Hüter des Friedens.«

Antipatros nickte; der schützende Ring löste sich auf. Vom kleinen Tempel her kamen Krieger mit dem Leichnam des Mörders. Hephaistion und die anderen Fürstensöhne der Leibtruppe traten zu Alexander; Hephaistion berührte ihn sanft an der Schulter. Sie hoben Philipp auf; Alexander stützte den Kopf des Toten. Er blickte aus verschleierten Augen die Fürsten an, riß sich sichtbar zusammen und nickte Antipatros, Antigonos und Kleitos zu. Gemeinsam trugen sie Philipp ins Theater.

Die Gebietsfürsten berieten, kurz und offenbar ohne Meinungsverschiedenheiten. Der Älteste kam mit schweren Schritten zur Bühne. Er wartete. Kleitos sah sich um, winkte dem königlichen Hausmeister Archelaos und ging ihm ein paar Schritte entgegen. Archelaos trug ein langes Bündel; langsam und steif trat er zu Kleitos, verneigte sich, hielt ihm das Bündel hin. Er weinte laut.

Aristandros, der höchste Priester Makedoniens, schlug das schwere, mit Purpur gefärbte und mit Goldfäden bestickte Tuch zurück. Dann streckte er die Arme aus und hielt einen Moment lang die Hände über das offene Bündel. Er sah sich um, wies mit dem Kinn auf einen der einfachen Hopliten.

»Du da. Komm her.«

Emes trat vor, nachdem er die Lanze und das Schwert seinem Nebenmann gegeben hatte. Aristandros wandte sich den Fürsten zu, dem Theater, den Makedonen und den Gästen, die mit dieser Handlung eigentlich nichts mehr zu tun hatten.

»Die Gunst der Götter«, rief der Priester und Seher. »Ihre Gnade bewirke Heil. Das makedonische Volk in Waffen!«

Emes kniete und streckte die Arme aus, die Handflächen nach oben. Aristandros nahm das mannslange, uralte, kostbar verzierte Schwert der Könige aus dem Tuch, legte es auf die Hände des Kriegers, murmelte etwas. Im Theater war es totenstill; dennoch verstand keiner, was der Seher sagte.

Emes erhob sich, schwankend. Er ging zu Kleitos, der in die Knie sank und die Arme ausstreckte.

»Die Hauptleute!« rief Emes.

Kleitos nahm das Schwert entgegen, stand auf, hielt es hoch und ging zum Ältesten. Dieser kniete nicht.

»Die Fürsten und Väter!« sagte Kleitos. Er reichte dem Ältesten das Schwert und murmelte etwas. Der alte Fürst hob die Brauen und nickte knapp. Er wandte sich der Versammlung zu, stemmte das große Schwert, zeigte es.

»Wir konnten ruhen, denn das Schwert des Königs wachte und schützte uns.« Seine Stimme hallte durch das Theater. »Der König konnte ruhen, denn Antipatros hielt Wache. Der König wird ruhen, denn Antipatros wird wachen.« Er reichte das Schwert weiter. Antipatros nahm es und hielt es hoch.

»Hüter des Friedens«, sagte der Älteste der Fürsten. »Bewahrer des Schwerts der Könige. Bis das Volk und die Väter den neuen König wählen, muß einer herrschen und hüten. Willst du das Schwert bis dahin tragen, oder willst du es einem geben, der würdig ist, bis zum Tag der Wahl die Macht auszuüben?«

Antipatros hielt das Schwert auf seinen ausgestreckten Armen. Er wandte sich um, dorthin, wo der Leichnam des Königs lag. Alexander stand bleich und gefaßt, das weiße Gewand vom Blut seines Vaters besudelt. Neben ihm der König von Epeiros, Alexandros. An ihre Seite war noch einer getreten, ein kräftiger junger Mann, vier Jahre älter als Alexander: Amyntas, Sohn des Perdikkas – Philipps Neffe, für den Philipp zunächst als Vormund geherrscht hatte, ehe er selbst zum König gewählt worden war.

Antipatros ging zu den drei jungen Männern. Seine Schritte wurden immer langsamer, immer schwerer. Er kniete vor ihnen nieder, neben dem Leichnam Philipps. Die Spitze des Schwerts berührte den Boden. Antipatros hielt den Kopf gesenkt; er betrachtete das Gesicht des toten Herrschers, des ermordeten Freundes. Dann blickte er auf.

Alexandros von Epeiros hatte die Arme verschränkt; sein Gesicht war Trauer und Beherrschung. Alexander, in der Mitte, starrte in die Ferne, mit brennenden Augen; seine Arme hingen wie leblos herab. Amyntas blinzelte schnell; er betrachtete den Griff des Schwerts, dann Antipatros. Die linke Hand lag an seiner Hüfte, die rechte kroch wie von selbst durch die Luft nach vorn.

Antipatros hielt die Klinge; die Spitze berührte noch immer den Boden. Langsam bewegte er die Arme. Das Schwert kippte, neigte sich, der Knauf berührte Alexanders Brust.

Philipps Sohn kehrte aus weiter Ferne zurück. Mit der Rechten nahm er die Waffe; mit der linken Hand ergriff er Antipatros' Rechte und zog ihn hoch. Er hob das Schwert.

Kleitos blickte die Bläser an. Die schrillen, mißtönenden Klänge aus den Salpingen hallten durch das Theater. Archelaos und Aristandros traten zu Alexander, der das Schwert wieder ins Tuch legte, das der Hausmeister hinhielt. Der Priester wickelte die Waffe ein.

»Es ist wohl – bis zur Wahl.« Der Älteste der Fürsten legte eine Hand auf Alexanders Schulter. »Bis das Volk und die Väter den neuen König bestimmen, wollen wir klagen. Geht heim, Freunde, und auch ihr, Gastfreunde, und klagt um ihn, der unter uns der Größte war.«

An diesem Tag schwitzte sogar der eisige Lykurgos. Es war schwül; die Hitze hing wie ein umgestülptes Suppengefäß über Athen. Kein Wind. Die Sonne stand hoch im Südosten.

Eubulos erhob sich ächzend. Der alte Mann trug nur einen Leinenschurz und einen schmalen Umhang, der eher dazu diente, den Schweiß aufzusaugen. »Noch etwas?«

Lykurgos blickte ihn an, als ob er die Rippen zählen wollte, die durch die Haut nach außen strebten. Mit einer matten Bewegung schob er das Tintentöpfchen von sich und rollte den Papyros ein.

»Nein, das wäre alles. Ich danke dir, edler Eubulos. Ohne deine Hilfe hätte diese, ah, Unregelmäßigkeit nicht so schnell geklärt werden können.«

Der Greis hustete und hielt sich einen Moment an der Tischkante fest. »Die Gelder der Stadt ...« Er knurrte, räusperte sich, schluckte Schleim. »Es sieht besser aus als in vielen anderen Jahren.«

Lykurgos wischte sich die schweißnasse Hand am Chiton und stand ebenfalls auf. »Philipps Friede.« Er schnitt eine Grimasse. »Der Zuwachs im Handel und die Ersparnisse durch den Wegfall von Teilen der Rüstungskosten machen mehr aus als die Verluste, der Ausfall der Tributzahlungen unserer alten Bundesgenossen. Aber ... Athen ist entmannt, Eubulos.«

Der alte Mann hob die Brauen und stampfte mit dem Stock auf die Fliesen. »Unsinn. Entmannt, pah. Schau dich um. Die Stadt wimmelt von Kindern. Keines davon hat Philipp gezeugt.«

Lykurgos lachte. »Du weißt, was ich meine. Übrigens, unter uns, Eubulos, im Vertrauen zwischen guten alten Feinden: Wenn es um Sachfragen geht, arbeite ich sehr gern mit dir zusammen. Dein Wissen ist zu wertvoll, als daß man es brachliegen lassen sollte. Über das, was wir als Stolz Athens betrachten, müssen wir uns dabei ja nicht streiten.«

Eubulos blinzelte. »Diese Versöhnlichkeit verstört mich. Laß uns doch bitte den Anstand wahren und nicht so tun, als hätten wir mehr gemein, jenseits von Sorgen um die Gelder der Stadt. Und der Stolz Athens? Wir sollten stolz darauf sein, daß heute niemand hungern muß.

Daß die Waisen genährt und die Witwen getröstet sind. *Das*, edler Lykurgos, wäre mein Stolz – wenn ich noch ein Amt besäße. Daß wir nicht mehr damit befaßt sind, andere Hellenen umzubringen, bedrückt mich keineswegs.«

Lykurgos nickte stumm; seine Mundwinkel zogen sich abwärts. Nebeneinander verließen sie das Ratsgebäude. Im Schatten, in den Räumen des steinernen Hauses, hatten sie bereits geschwitzt; die Hitze draußen, auf dem Platz, in der Vormittagssonne, traf sie wie ein Keulenschlag. Schweigend gingen sie über die Agora.

In der Mitte des Platzes wartete eine Geistererscheinung auf sie. Eine einsame Gestalt, in einem weißen Festtagsgewand, auf dem Kopf einen Lorbeerkranz, drehte sich langsam im Kreis, die Arme ausgebreitet. Lykurgos blieb stehen und berührte Eubulos' Arm.

»Durchgedreht«, sagte er leise. »Armes Schwein. Gestern ist seine einzige Tochter gestorben.«

»Dank seiner und deiner Reden sind bei Chaironeia tausend Athener sinnlos gestorben. Mein Mitgefühl hat Grenzen.«

Lykurgos grunzte und ging weiter. Demosthenes bemerkte sie, hörte mit dem langsamen Tanz auf, ließ die Arme sinken und sah ihnen entgegen. Sein von Hitze und Empfindungen gerötetes Gesicht troff; er stank nach Wein und Erbrochenem.

»Freude, o Freude – Athener, frohlocket«, schrie er. Dann tanzte er wieder; dazu schlug er mit den Armen wie mit Flügeln.

»Freude?« Eubulos gluckste. »Über den Wahnsinn des Demosthenes?«

»Demosthenes war nie klarer als heute.« Der Politiker drehte sich schneller, taumelte, blieb stehen, klatschte in die Hände und machte einen Luftsprung. »Nie war Demosthenes so sehr Herr seiner selbst. Nie war ein Tag der Freude wie dieser. Frohlocket, Athener, ihr seid wieder frei!«

Lykurgos und Eubulos wechselten einen Blick.

»Es ist nämlich so.« Demosthenes streckte die Arme aus, als ob er die beiden Männer an sein beflecktes Gewand drücken wollte. »Heute früh gelang einem Dolch in Aigai, was den Schwertern und Lanzen in Chaironeia verwehrt blieb. Der Tyrann ist tot. Philipp ist gefallen. Goldener Tag der Freiheit für Hellas!«

»Woher willst du das wissen?« Eubulos zog die Brauen zusammen. »Wenn du nicht allzu sehr von Sonne und Wein geküßt wurdest . . .«

»Ich weiß es.« Demosthenes lachte laut.

»Aber auch der schnellste Bote braucht drei Tage, mindestens, von Makedonien hierher.«

Demosthenes nickte heftig und klatschte wieder in die Hände. »In drei Tagen werdet ihr es glauben. Frohlocket, Athener.«

Eubulos wandte sich kopfschüttelnd ab. »Was immer ich in drei Tagen glauben werde«, sagte er über die Schulter, »frohlocken werde ich sicher nicht. Ich werde mich fragen.«

»Was wirst du dich fragen?«

Eubulos sah Lykurgos eindringlich an. »Entweder ist er wahnsinnig. Oder . . . er weiß zu früh zu viel.«

17.

Alexander

In der Nähe des Palastes prallte Aristoteles mit Demaratos zusammen, der blindlings aus einer Gasse gerannt kam.

»Wohin willst du so eilig? Das Unheil ist geschehen, Freund. Lauf ihm nicht nach.«

Demaratos zupfte an seinem Gürtel. Er hatte schlichte Alltagskleidung angelegt. »Ich muß, ah, ich suche Alexander. Oder Antipatros. Oder einen anderen Hochrangigen.«

Aristoteles wies mit dem Daumen hinter sich. »Da ist der Palast. Zähl die Wachen; keine Maus kommt durch. Kein Wunder, an diesem Tag.«

»Du kennst sie doch . . .«

Aristoteles schnaubte. »Es ist gleich, ob Lehrer oder Gastfreund. Der König ist ermordet worden, und jetzt müssen die alten und die jungen Wölfe entweder das Fell aufteilen oder zusammenhalten. Dabei brauchen sie keine Fremden.«

Zwei Reihen Schwerbewaffneter riegelten den kleinen alten Königspalast ab. Er lag am Rand von Aigai, an einem Platz, auf den sieben Gassen mündeten. Ziersäulen und Bogengänge über Läden und vor Schänken ließen den Platz kleiner und dabei prächtiger scheinen. Die Vorderseite des Palasts mit kräftigeren Säulen, weißroten Flächen und erhabenen Bildnissen der alten Herrscher Makedoniens war zum Greifen nah, aber so weit entfernt und unzugänglich wie der Mond. Die Kette der Krieger begann an der langen flachen Unterkunft der Palastwachen und endete auf der anderen Seite neben der Gasse, die nach Südwesten führte, aus der Stadt in die Berge.

»Aber ich muß! Es ist wichtig, vielleicht lebenswichtig!«

Die Sperrkette öffnete sich, um jemanden durchzulassen: Philippos der Heiler kam aus dem Palast. Aristoteles rief seinen Namen.

Der Arzt war müde und niedergeschlagen, wie alle. »Ist es nicht ein furchtbarer Tag?« Er breitete die Arme aus und ließ sie nicht sinken, sondern fallen. »Gute und schlimme Dinge so nah beieinander. Einer stirbt, einer wird geboren.«

»Wer?«

Philippos rieb sich die Augen. »Kleopatra hat Philipp eine Tochter geboren. Ein paar Tage zu früh, und ohne Begeisterung. Sie wird Europe heißen. Mutter und Tochter sind gesund. Was auch immer das heute zählt.«

»Wir müssen unbedingt mit Antipatros reden. Oder Alexander.«

Philippos schob die Unterlippe vor; Demaratos blickte den Philosophen erstaunt an. »Wieso wir? Ich. Oder hast du auch ein Anliegen?«

»Anliegen haben heute Tausende. Ich habe eine wichtige Nachricht.« Aristoteles sprach leise. »Die vielleicht zur Aufklärung der Hintergründe beitragen kann.«

Demaratos pfiff durch die schadhaften Zähne. »Ich auch. So ein Zufall.«

Philippos grinste. »Die Herren Makedoniens beraten, und die hellenischen Gäste wissen alles, was die Fürsten wissen müßten, um ihr Amt auszuüben? Aber . . . na ja, es ist gleich. Sie sind nicht hier.«

»Wo sind sie denn?«

Philippos zuckte mit den Schultern. »Ich nehme an, in der Burg. Aber ob wir da reinkommen? Wir wollen es versuchen.«

Die Festung, auf dem Hügel im Herzen von Aigai, war noch gründlicher abgesperrt als der Palast. Die klobigen dunklen Mauern schienen tot, aber auf den Wehrgängen hörte man Schritte und Klirren. Das schwere Tor war geschlossen, bis auf den mannshohen Durchlaß für Menschen; davor und dahinter standen Schwerbewaffnete mit angelegten Lanzen.

»Eine dringende Nachricht für Antipatros«, sagte Philippos, als sie vor den Posten standen.

Der Unterführer verzog nicht einmal das Gesicht. »Was immer du bringst, kann nicht dringend genug sein, um jetzt zu stören.«

»Wer hat den Befehl am Tor?«

»Geh weg.«

»Legst du Wert auf deinen Kopf, Hoplit?«

Der Mann grinste. »Ich würde ihn verlieren, wenn ich euch durchließe.«

»Demaratos aus Korinth, Gastfreund Philipps; er hat Alexander aus Illyrien heimgeholt und weiß etwas über den Mörder. Aristoteles aus Stageira, Freund von Philipp, Antipatros und Parmenion, Lehrer Alexanders – er weiß etwas. Ich bin Philippos der Heiler, *hetairos* des Prinzen. Noch einmal: Wer hat den Befehl hier?«

Der Krieger zögerte; dann drehte er sich halb um und murmelte etwas. Einer der Männer jenseits des Tores verschwand außer Sicht und kehrte nach ein paar Atemzügen zurück.

»Warten. Sie suchen Kleitos. Er wird entscheiden.«

Sie warteten schweigend. Es dauerte sehr lange, bis Kleitos der Schwarze erschien. Das Gesicht unter dem schlichten Kesselhelm war angespannt und düster; es hellte sich nicht auf, als er die Wartenden ansah.

»Sehr wichtig?« sagte er, ohne jede Begrüßung.

»Wahrscheinlich lebenswichtig – für Alexander.« Aristoteles' Stimme war flach und scharf.

»Wie gestern abend«, sagte Demaratos.

Kleitos seufzte. »Kommt.« Er trat beiseite.

Philippos berührte Aristoteles an der Schulter. »Viel Glück für euch. Er weiß, wo er mich findet, wenn er mich braucht.«

Kleitos führte die beiden Hellenen über den gepflasterten Innenhof. Überall standen und saßen Kämpfer in Gruppen, unterhielten sich leise oder starrten einfach in die Luft. Sechzehn Mann der Leibwache, in vergoldeten Rüstungen, aber mit echten Waffen, hüteten Philipps

Leichnam, der auf einem Gerüst lag. Zu seinen Füßen, wie ein hingeworfenes Bündel auf den Steinen, lag verkrümmt, in eine schäbige Decke gehüllt, die Leiche des Mörders Pausanias.

Sie stiegen eine breite Treppe mit eingesunkenen, abgewetzten Stufen hinauf. Überall sperrten Posten die Gänge, die Absätze, die Durchlässe und die Fenster. Kleitos ging schnell, mit harten Schritten. Vor einer schwarzen, uralten Holztür mit Bronzebeschlägen blieb er stehen; auch hier Posten, sechs Mann mit schweren Waffen.

»Ich verlasse mich auf die Dringlichkeit eurer Anliegen«, sagte er. »Es ist nicht die Zeit für Förmlichkeiten.«

Demaratos war blaß; er nickte nur. Aristoteles lächelte mühsam.

Kleitos schlug mit der Faust gegen die Tür. Sie wurde sofort geöffnet; drinnen standen weitere vier Hopliten, allesamt wohl von Kleitos oder einem noch Höheren ausgewählt, zuverlässig und bedingungslos treu. Sie hüteten nicht etwa einen Beratungsraum, sondern eine Zwischenkammer vor einer neueren, helleren Tür, in deren glatter Oberfläche die Fackeln sich spiegelten.

»Aufmachen.«

Kleitos bedeutete den beiden Hellenen zu warten; er trat durch die Tür, die einer der Wächter sofort hinter ihm schloß. Die Blicke der Männer waren beinahe greifbar feindselig.

Die Tür ging auf, Kleitos winkte. »Eintreten – und viel Glück!« Er ließ sie an sich vorbeigehen, dann verschwand er wieder auf dem Gang.

Alexander lehnte an einem der Fenster zum Innenhof; er trug immer noch das weiße Gewand, besudelt vom Blut des Vaters. Darüber hatte er einen mit Bronzeplättchen besetzten Lederpanzer gestreift. Im Gurt steckten Schwert und Dolch; eine Lanze lag auf dem Fenstersims. Das Gesicht war bleich, angespannt, zeigte aber keine Regung, als er Demaratos und Aristoteles sah.

An einem langen Tisch aus dunklem Holz, auf dem Wein- und Wasserkrüge, Becher und eine Obstschale standen, zwischen Papyrosrollen, Täfelchen aus Wachs und Ton sowie Schreibzeug, saßen der Hausmeister Archelaos, Antigonos der Einäugige, Drakon, der Stabsoffizier Demetrios und der Älteste der Fürsten, Medios aus Edessa. Antipatros, mit Helm und Rüstung, hockte auf der Tischkante. Neben ihm stand Hephaistion; er hielt eine Rolle in der Hand. Auf einem Schemel, den Rücken an einem Wandbehang mit goldenen Löwen und blutiger Sonne, saß Alexandros von Epeiros.

»Die edlen Hellenen!« Drakon stand auf, mit einem halben Lächeln, und rückte zwei Scherenstühle zurecht.

Antipatros glitt von der Tischkante, kratzte sich den Bart und kam ihnen ein paar Schritte entgegen. Er wechselte einen stummen Blick mit Demaratos; dann wandte er sich an Aristoteles.

»Bist du sicher, Freund, daß du schweigen wirst?«

Aristoteles hob nur die Brauen.

Antipatros deutete auf Demetrios und Hephaistion. »Ihr beide – raus.« Sein Blick streifte den König von Epeiros. »Alexandros, du ebenfalls.«

Sie starrten ihn an, verblüfft, zornig, empört. Alexander stieß sich vom Sims ab und machte ein paar Schritte in den Raum hinein.

»Was soll das? Warum sollen sie gehen?«

Antipatros zuckte mit den Schultern. »Es ist notwendig. Du wirst gleich verstehen, Alexander.«

Der Sohn des toten Königs nickte den drei Männern zu; sie gingen hinaus, langsam und widerwillig. Alexander wartete, bis sich die Tür hinter ihnen geschlossen hatte.

»Und jetzt eine gute Erklärung, Antipatros.« Seine Stimme war wie ein Peitschenhieb.

Antipatros musterte den Philosophen. »Weißt du es?«

Aristoteles ließ sich auf einen der Stühle fallen. »Was? Die Bedeutung des Korinthers?«

Demaratos kicherte plötzlich. »Ich hätte wissen müssen, daß dem Scharfsinn des Aristoteles nichts entgeht.«

»Wovon redet ihr eigentlich?« Alexander kam zum

Kopfende des Tisches und stemmte die Fäuste auf die Platte.

»Sie reden davon, daß deines Vaters Gastfreund Demaratos seit vielen Jahren Philipps wichtigster Beschaffer von Nachrichten und Aufklärer von Finsternissen ist.«

Alexander kniff die Augen zusammen, betrachtete den Korinther; langsam entspannte sich sein Gesicht. Dann begann er lautlos zu lachen. Er beugte sich vor und legte die Hand auf Demaratos' Schulter.

»Wohlgetan, Freund meines Vaters. Nun, da ich es weiß, scheint es mir so offensichtlich, daß ich mich frage, wieso ich es nicht längst . . .« Er blickte zu den älteren Makedonen hinüber. »Wer weiß es?«

Antipatros und Medios zuckten wie auf Verabredung mit den Schultern. Archelaos stieß Drakon an.

»Wir.« Der Heiler machte eine Kreisbewegung, die den Beratungsraum umfassen sollte. »Außer uns? Hm. Kleitos?«

»Aufforderung zum Raten?« Alexander ging zurück zum Fenster. »Parmenion – natürlich. Wer sonst?«

»Keiner. Niemand.« Demaratos rümpfte die Nase. »Ich wäre ein schlechter Aufklärer, andernfalls. Vielleicht gibt es den einen oder anderen, der mich irgendwie mit Makedonien in Verbindung bringt. Aber sicher nicht als Kopf, allenfalls als Zuträger.«

Aristoteles räusperte sich. »Ihr solltet eure Wachsamkeit nicht überschätzen und den Verstand eurer Gegner nicht gering achten, Makedonen. Wenn ich durch stilles Beobachten und Bedenken dahintergekommen bin – was ist dann mit Olympias? Mit Demosthenes? Mit den Persern? Seid ihr *so* sicher?«

Antipatros knurrte etwas; Medios sagte mit knarrender Stimme und müdem Gesicht: »Damit sollten wir uns später befassen. Es gibt vordringlichere Dinge zu klären.«

Alexander hakte die Daumen in den Gürtel. »Es ist gut, daß du die anderen hinausgeschickt hast, Antipatros. – Wirst du uns weiter deinen Kopf leihen, Demaratos?«

Der Korinther blickte von Alexander zu Antipatros, zu

Drakon, zu Alexander. Aristoteles legte ihm eine Hand auf den Oberschenkel und hüstelte.

Demaratos nickte dem Philosophen zu. »Ich bedenke es, Freund. Es hängt alles zusammen. Ich will dem König der Makedonen weiter helfen. Nicht dienen; ich habe nie gedient und nie Befehle entgegengenommen. Helfen – wenn der neue König es wünscht. Abhängig davon allerdings, wer der neue König ist.«

Alexander zeigte keine Regung. »Sprich. Oder sprecht, beide. Weshalb seid ihr hier?«

»Laß mich beginnen.« Demaratos blickte Aristoteles von der Seite an; der Philosoph nickte.

»Viele andere Mitteilungen müssen warten; sie sind für den Augenblick belanglos. Nur eines. Auf einem phönikischen Prunkschiff, aus Kition, das den Piräus anlief, befand sich ein hoher Berater des Großkönigs. Er ist nicht an Land gegangen; Demosthenes ist zu ihm an Bord gekommen. Der Perser hatte Gold mitgebracht, und vermutlich Nachrichten, aber das weiß ich nicht. Ich weiß nur, daß Demosthenes Nachrichten hatte.« Demaratos runzelte die Stirn. »Sie sind nicht sehr erfreulich.«

Medios lachte; es klang eher wie ein Gebell. »Heute wurde unser König ermordet. Ich bezweifle, daß irgendetwas uns unerfreulich scheinen kann, verglichen damit.«

Alexander verschränkte die Arme. »Sprich weiter, Freund meines Vaters.«

»Die Mitteilung ist nicht sehr genau, weil nicht alles zu hören war. Offenbar gibt es eine Verabredung zwischen Demosthenes und einem hochstehenden Makedonen, einem Fürsten, über die Thronfolge; für den Fall, daß Philipp etwas zustößt. Diese Verabredung wurde nicht mündlich getroffen, sondern brieflich. Sie besagt, daß der Makedone, der Fürst, sich im Fall von Philipps Tod dafür einsetzt, Amyntas zum König zu machen. Und Parmenion und andere zu töten.«

Archelaos saß stumm da, die Augen auf die Tischplatte gerichtet. Drakon betrachtete einen Granatapfel und streckte die Hand nach ihm aus. Antigonos hatte sich abgewandt und musterte den Wandbehang, unter dem der Epeirote gesessen hatte; der goldene Löwe schien die blutige Sonne anzubrüllen. Medios hielt die Hände unterm Kinn gefaltet und rieb mit den Ellenbogen den Tisch.

»Wer ist es?« Antipatros schob den Helm zurück und starrte Demaratos an; sein Gesicht war zu einer Fratze verzerrt, gefrorener Ekel und geronnene Wut.

»Du weißt es.« Alexanders Stimme klang hell und unbeschwert. »Wir alle wissen es, nicht wahr? Attalos.«

Antipatros hob die Brauen und wartete.

Demaratos nickte langsam, fast widerwillig. »Briefe sind zwischen dem Athener und dem Fürsten gewechselt worden. Gestern habe ich es Philipp gesagt – allein. Deshalb heute keine Waffen im Theater. Aber ...«

Aristoteles beugte sich vor. »Bevor ihr zu lange über Attalos nachdenkt – ich habe zwei Dinge zu sagen. Das eine ist: Angeblich soll persisches Gold in die Lynkestis gelangt sein, über den Hafen von Aloros. Es ist ein Gerücht. Das zweite, was zu sagen wäre, ist eine vertrauliche Mitteilung von Admetos, dem alten Diener der, ah, alten Königin. Auf dem Weg nach Epeiros wurde Olympias von den lynkestischen Fürstensöhnen Heromenes und Arrhabaios bewirtet; als sie sich zur Ruhe begeben hatte, haben die Lynkesten lange mit Pausanias gesprochen.«

Keiner sagte etwas. Aristoteles musterte die Gesichter und setzte ein dünnes Lächeln auf. »Arrhabaios war, wenn ich mich nicht irre, der Mann, der Philipp auf dem Weg ins Theater aufgehalten hat. Und Heromenes hatte eine Lanze und war bei denen, die Pausanias getötet haben.«

Immer noch Schweigen; nur Demaratos grunzte leise. Aristoteles' Lächeln gefror. Sehr langsam sagte er: »Rühre ich im falschen Kessel?« Er blickte Alexander an. »Deine Freunde Perdikkas, Leonnatos und Attalos der Tymphaier, Sohn des Andromenes, haben Pausanias getötet. Zusammen mit Heromenes. Was ... wie ist deine Rolle hierbei? Deine Tränen schienen echt.«

Antipatros stieß lang angehaltene Luft aus. Alexander lächelte ein wenig traurig, wie es schien.

»Wir sind schon weiter«, sagte er leise. »Mißtraust du mir wirklich, Aristoteles?«

»Kein Wunder.« Antipatros nahm den Helm ab, hielt ihn einen Moment in den Händen und schleuderte ihn dann gegen die Wand. Es klirrte; der bronzene Kesselhelm sprang zurück, blieb vor Medios' Füßen liegen. Der alte Mann rührte sich nicht.

»Kein Wunder. Es ist alles derart verwickelt und böse.« Antipatros' Stimme bebte; mit beiden Händen fuhr er sich über den kahlen Schädel. »Attalos. Die Perser. Demosthenes. Die Lynkesten. Pausanias. Amyntas. Olympias. Und die Jungs – Perdikkas und die anderen. Wer soll sich da durchfinden?«

Alexander unterbrach; ohne Schärfe, aber entschieden. »Wir wollen einige Dinge klären. Holt die anderen wieder rein und macht weiter. Ich ... werde Aristoteles und Demaratos etwas zeigen.«

Er ging zu einer Nische, neben dem Wandbehang, und berührte einen Löwenkopf des steinernen Schmucksokkels. Dann stemmte er sich gegen das Mauerwerk. Es öffnete sich, quietschend, wie eine Drehtür. Alexander nahm eine Fackel aus der Eisenfaust an der Wand und winkte den beiden Hellenen.

Aristoteles und Demaratos erhoben sich, langsam. Der Korinther blickte Antipatros und Medios an. »Wer befiehlt?« Seine Stimme war kaum zu hören.

Antipatros grinste schräg und deutete auf Alexanders Rücken; Medios nickte. Alexander, der eigentlich nichts gehört haben konnte, sagte: »Ich.« Seine Stimme klang dumpf aus dem Gang.

Aristoteles seufzte und folgte dem Korinther. Sie gingen einige Schritte ins Dunkel, halb erhellt von der flakkernden Fackel. Der enge Gang, vermutlich eingemauert zwischen den Wänden zweier nebeneinanderliegender Räume, endete an einer steilen, schmalen Wendeltreppe, die aufwärts und abwärts ging.

Alexander stieg voraus, in die Tiefe. Die Steine waren feucht und glitschig, die Luft schien aus einem vergangenen Jahrhundert übriggeblieben.

Als sie nach Aristoteles' Schätzung unterhalb des Burghofs sein mußten, endete die Treppe. Vor ihnen, in einem etwas breiteren Gang, glommen in ein paar Nischen und auf Mauervorsprüngen abgestellte Öllämpchen. Etwas wie der Widerhall eines dumpfen Geheuls wurde schriller und brach plötzlich ab.

Alexander öffnete eine eisenbeschlagene Tür. Fünf Männer waren in dem feuchten, schwarzen, nur von einigen Fackeln erleuchteten Raum. Der Boden schien Grundfels zu sein, die Wände waren pockige Quader, die Decke gewölbtes Gemäuer.

In einer Ecke, den Rücken zum Raum, stand Attalos. Das Gesicht des schmächtigen, blonden Makedonen war blaßgrün; er stemmte sich mit beiden Armen gegen die Wand und würgte. Um seine Füße hatte sich eine Lache von Erbrochenem gebildet. Nicht weit von ihm, die Hände an Eisenringe gefesselt, die in die Wand eingelassen waren, hing Arrhabaios. Seine Augen waren weit aufgerissen, die Lippen zerbissen, die Kleidung zerfetzt. Neben ihm stand Leonnatos, die Arme verschränkt. Sein Gesicht war blaß und grimmig.

Perdikkas bückte sich eben nach einem Wassereimer, füllte eine Kelle und leerte sie über dem Gesicht von Heromenes. Der Lynkeste lag auf einem Tisch; er war nackt. Die Hände waren, wie die seines Bruders, an Wandringe gebunden, die Füße an die mächtigen Tischbeine, die Beine gespreizt. Perdikkas wandte sich um und blickte den Eintretenden entgegen. Auch sein Gesicht war wie das von Leonnatos zur Maske geworden, in der außer Abscheu, Überwindung und Entschlossenheit nichts zu lesen stand.

Heromenes regte sich und stöhnte. Er hob den Kopf, sah Alexander und die beiden Hellenen, fletschte die Zähne, ließ den Kopf wieder sinken.

»Hast du keinen anderen Folterer?« Demaratos' Stimme war belegt.

»Wem soll er denn trauen?« Perdikkas hob die Schultern, betrachtete seine Hände, schloß und öffnete und schloß die Fäuste.

»Die Grundlagen der Staatskunst.« Aristoteles preßte die Lippen zu einem Strich. »Was habt ihr drei euch bloß gedacht?«

Perdikkas' Maske verrutschte; einen Augenblick lang war er der Schüler, den der große Lehrer bei einem dummen Fehler ertappt hat. »Nichts«, murmelte er. »Wir sind ... wir haben einfach mitgemacht. Es war so ... überzeugend, so richtig. Und – ah.« Er schüttelte den Kopf.

Leonnatos ließ etwas hören, was in anderer Umgebung vielleicht ein trübes Kichern gewesen wäre; hier, in dieser Lage, war es nur ein Krächzen. »Wir; ich; also.« Er ächzte. »Wir haben, wenn überhaupt, nur zwei Gedanken gedacht. Wie furchtbar, so nah vor uns, und wir konnten nichts tun; er war unser König, Führer und Vorbild. Und das zweite – wenn Alexander etwas damit zu tun hat ... Er ist unser Freund, und dann dürfen keine Spuren bleiben.«

»Woher hatte Heromenes die Lanze? Alle, bis auf euch und die übrigen Lanzenträger, waren unbewaffnet.«

Alexander hatte die Daumen wieder im Gürtel. Seine Stimme war beherrscht. Er stand mit gespreizten Beinen und wippte auf den Füßen. »Pausanias hat alles überwacht. Er hatte das Messer unterm Gewand. Er hat auch dafür gesorgt daß Heromenes die Lanze verstecken konnte.«

Arrhabaios stieß ein hohles Kichern aus. »Ich hab ihm gesagt, es ist falsch. Aber er wußte alles besser.«

Perdikkas warf ihm einen langen Blick zu. »Du kannst ja doch reden! Warum erspart ihr uns nicht dieses ...« Wieder betrachtete er seine Hände.

»Wenn das herauskommt, was ich befürchte«, sagte Alexander tonlos, »will ich nicht, daß irgendein Henker es hört.«

»Warum tust du es dann nicht selbst?« schrie Heromenes. »Komm, Junge, pack zu. Es wären doch nicht die ersten Eier, die du anfaßt.«

Alexander entblößte einen Moment lang seine Zähne. »Die such ich mir selber aus, Lynkeste. Außerdem« – er wandte sich Aristoteles und Demaratos zu – »würde *mir* niemand glauben. Was immer ich aus ihnen herausholte, wäre sinnlos, weil jeder sagen könnte, Alexander hat es sich ausgedacht, weil es ihm hilft, oder ihn selbst entlastet.«

»Das wird man auch von deinen Freunden sagen.«

»So ist es, Aristoteles mein Lehrer. Deshalb danke ich euch, daß ihr mitgekommen seid. – Perdikkas.«

Der breitschultrige Mann mit dem fein ausrasierten, schwarzen Bart seufzte und nickte. Er wandte sich wieder zum Tisch. Demaratos schloß die Augen, als Perdikkas' Hände nach den Hoden des Lynkesten griffen. Aristoteles beobachtete Alexander von der Seite. Im Gesicht seines ehemaligen Schülers regte sich nichts, als Heromenes aufbrüllte.

Lähmung und Trübsinn wären vielleicht bei Regen erträglicher gewesen; das strahlende, heiße Sommerwetter über Aigai machte alles unwirklich und schrecklich. Gäste brachen auf, nur Gemurmel, die Räder und die Tiere striemten die Stille.

Dymas versuchte, keinen Anteil zu nehmen, aber der Dunstkreis des Todes und der Trauer umschloß auch ihn. Er hatte keinerlei Bindungen an Makedonien; Philipps Leistungen erschienen ihm bemerkenswert; der Sohn und wahrscheinliche Nachfolger hatte ihn in Athen beeindruckt; all dies, ja, aber kein Grund zur Trauer. Irgendwie fühlte er sich jedoch an allem zumindest mitverantwortlich; er empfand sich als Todesboten – nicht einmal einen Tag, nachdem er die Botschaft des Persers überbracht hatte, war der König ermordet worden. Er schlurfte eine Weile durch die Stadt, ohne etwas zu sehen oder zu hören. Am späten Nachmittag saß er, den Rücken am Stamm, unter der Rotbuche auf dem Hügel am Fluß, wo er die Nacht verbracht hatte und wo seine Dinge – Beutel und Kithara – unberührt lagen.

Eher wie von selbst nestelten seine Finger an der Tasche, in der das Instrument steckte. Er hielt die Kithara in den Händen, überrascht, betrachtete sie, dann seine Hände, die Adern darin und die Poren und Schwielen, als ob alles einem anderen gehörte. Mit der Außenseite des rechten Daumens strich er über die Saiten; die zweite und die fünfte klangen schräg. Er holte den kantigen Schlüssel hervor, steckte ihn in die Öffnungen der Wirbel, stimmte und zupfte ein paar Töne. Das Plektron aus Elfenbein, dann die Bronzekuppen für die Finger der Linken. Eigentlich tat er nichts dazu; nicht Dymas, sondern *es* spielte, wie *es* regnet oder dunkel wird.

Zwischen Hügel und Fluß lagerten einige Krieger; als der Tag sich neigte, zündeten sie Feuer an, aßen und tranken. Da kein Wind ging, waren die Klänge von Dymas' Kithara weit zu hören; er hielt die Augen geschlossen und ließ seine Finger über die Saiten irren. Als er irgendwann aufblickte, sah er, daß zwischen den Feuern und am Hügel fast fünfhundert Leute ihm lauschten, die meisten Krieger, ein paar mochten Bauern oder ärmere Bewohner von Aigai sein.

Er seufzte, schloß die Augen wieder und spielte weiter. Langsame Tänze, Melodien alter Klagelieder, verbunden mit Abschweifungen, die kreiselnde Krähen sein mochten, stürzende Geier, Strudel über einem sinkenden Schiff.

Jemand brachte ihm Wein in einer Lederflasche. Dymas lächelte, nickte, unterbrach das Spiel und trank. An einem der nächsten Feuer, umrissen von den Flammen und dem Widerschein des Sonnenuntergangs, sah er den kraftvollen Krieger, der morgens im Theater Makedoniens Volk in Waffen vertreten und das Königsschwert weitergereicht hatte. Dymas wäre niemals ins Theater gekommen, ohne die Hilfe von Demaratos; auf einem der hintersten, höchsten Ränge war er Zeuge geworden.

Eine schlanke, fast zerbrechliche Gestalt in einer dunklen Decke, die das Gesicht verhüllte, kam langsam von der Stadt her, taumelnd und stockend, ließ sich dann ein wenig rechts von Dymas neben einem Nußgesträuch nieder.

Der Musiker nahm noch einen Schluck; dann spielte er wieder. Zu einer trüben, schweren, lydischen Melodie, die sich immer neu verwandelte, umkehrte, zurückfand zum Beginn, sang er Verse, die er in Athen von einem heimwehkranken Skythen gehört hatte; auch sie kehrten immer wieder.

Steppenwind, hartes Gras, wirbelnde Hufe im Abend.
Fern vom Lachen der Liebsten erstick ich in Städten.

Plötzlich sprang der große Hoplit auf und kam näher. Er legte die Pranke über die Saiten; der Mann stank nach Wein und Entsetzen.

»Spiel für den toten König«, schrie er. »Ein Klagelied für Philipp.«

Dymas blieb sitzen. »Ein Klagelied? Gut, aber nicht für deinen König, Freund, den ich nicht gekannt habe. Eines für einen anderen Toten – für alle Toten.«

Der Krieger hockte sich nieder, mit verzerrtem Gesicht. Dymas begann mit dem seltsamen Lied der ägyptischen Ruderer, ging in anderem Rhythmus zu einer Klage für Kleonike über.

Totentanz Ruderhand
fahr ich zur Unterwelt
ruh ich mich endlich aus
brech ich den Rudergriff
tanz ich den Totentanz
Äxte und Hämmer im Hof, bald bilden sie Kreise.
Söldner frösteln um Feuer im rötlichen Dämmer.
Niemandsland Nacht, besetzt von Schlangen und Dolchen.
Meine gelehrigen Vögel hab ich gegessen,
meine Götter brannte man mir in den Leib.
Noch verhüllt die Nacht mich und die gräßlichen Spiegel.

Bald erbricht sich der Tag über meinen Kadaver;
Tag, der Wände verschärft und Gedanken verwischt –
Totentänze des Morgens, Krähenkreise.
Totentanz Ruderhand
Steppenwind hartes Gras
Totentanz Ruderhand ...

Der Hoplit richtete sich mühsam auf und hob die Hand, in der ein Messer blinkte. »Spiel für den König!« schrie er.

Dymas zog ein Knie an sich, bereit, sofort aufzuspringen. Die Rechte ließ die Kithara los und faßte nach dem Messer im Gürtel. »Musik, Freund, gehorcht nicht deinen Befehlen – nur meinen.«

Die schmächtige Gestalt bei dem Nußstrauch schien durch die Luft zu fliegen; eine Hand griff nach der des Kriegers und bog sie zurück. Der Hoplit ächzte.

»Friede, Emes.« Die Decke glitt vom Kopf und enthüllte das Gesicht Alexanders. »Spiel weiter, Musiker – *deine* Musik. Gegen die Nacht.«

Wie die meisten Hochzeitsgäste verließen die Athener Aigai noch am Tag des Mordes. Die zwangsläufig folgende innermakedonische Auseinandersetzung war nicht ihr Geschäft, um so mehr aber die Erschütterungen, die die Ereignisse in Athen auslösen würden.

Demades war überrascht und beinahe glücklich, als Hypereides in der Versammlung den heftig fuchtelnden Demosthenes unterbrach.

»Das ist alles Unfug. Es mag ja sein, daß du innigste Kenntnisse geheimster Vorgänge besitzt. Es würde mich im übrigen durchaus erfreuen zu erfahren, wieso du, wie ich hörte, am Tag der Ermordung bereits davon wußtest. Aber, ah, lassen wir das jetzt.«

Hypereides kratzte sich den Kopf und rieb sich die Augen. Sie waren sehr schnell gereist, in acht Tagen von Aigai nach Athen; die Mühen des Ritts hatten den Umfang des Politikers vermindert, und sein Gesicht war grau und eingefallen. Aber die Stimme trug und schnitt, wie eh und je.

»Du sagst, wir sollten Alexander vergessen. Ein dummer Junge, ein Einfaltspinsel. Mag sein. Es mag auch sein, daß die Makedonen nicht ihn, sondern diesen Amyntas zum neuen König machen. Ich bezweifle es. Aber« – er wandte sich an Demades – »wir haben ihn ja gesehen, als das Schwert überreicht wurde. Wir haben gesehen, mit welcher Gier Amyntas es betrachtet hat. Wer die Macht will, wer sie so gierig will, wird sie auch verwenden. Wie du allzu gut weißt, Demosthenes.«

Er wartete ungerührten Gesichts, bis das Gekicher der Versammlung endete.

»Ferner will ich nur zwei Dinge sagen. Erstens: Wer immer König von Makedonien ist, Alexander oder Amyntas, mag kleiner oder dümmer oder harmloser sein als Philipp, aber – er hat Makedoniens Heer, er hat Parmenion, er hat Antipatros. Ihr wißt, daß ich kein Makedonenfreund bin, aber solange Philipps Heer weiterbesteht und von Männern wie Parmenion geleitet wird, ist es für jeden Feind der Makedonen recht unerheblich, wer König ist. Sollte der neue Herrscher sich Parmenions entledigen und Antipatros verbannen, sähe es anders aus, aber das bleibt abzuwarten. Und zweitens: Wir haben einen gültigen Vertrag, wir sind Teil des Bundes von Korinth. Dessen Hegemon Philipp war. Philipp ist tot. Der neue König wird vielleicht versuchen, ebenfalls Hegemon und alleiniger Stratege des Bundes zu werden, aber auch das bleibt abzuwarten. Nur: Wenn wir jetzt, wie Demosthenes es vorschlägt, alle Verbannten heimholen, den Thebanern helfen, die makedonische Besatzung aus der Kadmeia zu vertreiben – vorausgesetzt, es gelänge uns –, die anderen hellenischen Staaten gegen Makedonien aufzuwiegeln und den Bund von Korinth aufzukündigen, ohne zuvor mit allen Beteiligten in Korinth darüber zu beraten – dann, edle Athener, brechen wir einen heiligen Vertrag. Und das sollten wir nicht tun; wir sollten abwarten.«

Er setzte sich. Demades versuchte, die Stimmung einzuschätzen; Hypereides' Worte hatten sicher Eindruck gemacht, aber entschieden hatten sie nichts. Es war auch nicht der Tag der Entscheidung; damit würde man ohnehin warten, bis sichere Nachrichten aus Pella eintrafen. Die Mehrheit, an diesem Tag, würde sich vermutlich trotz allem auf Demosthenes' Seite schlagen.

Demosthenes schien es zu ahnen oder zu wissen; er nickte Hypereides lediglich zu, mit einem verkrampften Lächeln. Demades seufzte und stand auf.

»Abgesehen von allem anderen«, sagte er scharf, »ist das, was Demosthenes vorgeschlagen hat, nicht nur Unfug, wie Hypereides sagt, sondern gefährlicher Unfug. Gefährlich für uns – sagen wir: selbstmörderischer Unfug. Dreimal hast du uns in einen Krieg gegen Philipp geredet. Olynth, Byzantion, Chaironeia. Einmal ist nichts dabei herausgekommen, zweimal endete es für uns in einer Katastrophe. Erinnert euch an Chaironeia. Ich finde, das sollte sogar für die Eitelkeit des Demosthenes ausreichen. Du hast mit deiner Zunge mehr Athener getötet als Philipp mit dem Schwert. Laßt uns von anderen Dingen reden. Bevor Demosthenes wieder mit seinem ewigen Wahn anfing, ging es, glaube ich, um die Frage, ob wir mehr Geld und neue Sklaven brauchen für die Reinigung der Straßen und Plätze der Stadt.« Demades musterte Demosthenes mit einem schiefen Grinsen. »Zu viel Scheiße in Athen, heißt es.«

Gelächter. Eine Stimme weit hinten rief: »Demades hat recht. Es stinkt.«

Wieder Gelächter. Demosthenes stand auf, hob die Hände über den Kopf, ließ sie fallen und ging zum Ausgang.

Demades lachte. »Wenn du jetzt hinausgehst, Demosthenes, trägst du nicht zur Lösung des Problems bei. Im Gegenteil; du bringst noch mehr Scheiße auf die Straßen.«

Tage später in Pella erlebten sie einen anderen Alexander. Demaratos mußte bleiben, weil zu viele Dinge, die ihn betrafen, neu zu regeln waren; Aristoteles kam durch Pella, weil Makedoniens Hauptstadt für ihn am Reiseweg nach Stageira lag. Antipatros bat ihn, einige Tage zu verweilen und mit gutem Rat auszuhelfen.

Sie saßen am langen Tisch in den Gemächern des Königs. In Philipps Beratungsraum. Nichts war verändert. Philipps Waffen, soweit sie nicht in der vorläufigen Grabpyramide zu Aigai lagen, hingen an ihren Plätzen an der Wand; Philipps Statuen standen, wo sie immer gestanden hatten. Die Wandbehänge waren die gleichen, ebenso die Stühle, das Schreibzeug, der *kopron*-Verschlag, der rote Mantel am Haken neben dem Fenster.

Alexander saß am Tisch, vor sich einen unberührten Becher mit Wasser und Wein. Sein Gesicht war düster und angespannt; er starrte auf die Rollen und das Tintengefäß aus Silber mit den getriebenen Bildern einer Hirschjagd. Antipatros ging zwischen Tisch und Fenster hin und her, hin und her; irgendwann blieb er stehen, warf Aristoteles einen hilfesuchenden Blick zu, rang die Hände.

»Das geht nicht so weiter, Junge. Zehn Tage Trauer – zehn verlorene Tage. Ich weiß, du hast ihn geliebt, aber . . .«

Alexander hob die rechte Schulter. »Ich fühle mich immer noch, als ob ich ihn umgebracht hätte.«

»Das hättest du vielleicht tun sollen; dann wären die Dinge jetzt einfacher.« Aristoteles' spöttische Stimme schnitt durch die trübe Aura, die Alexander umgab, aber nur einen Moment lang. Das Feuer, der Zorn erloschen, und Alexander blickte wieder auf die Tischplatte.

»Hör auf, seine Sachen anzustarren. Wirf sie weg.« Antipatros hieb auf den Tisch. »Wir müssen Makedonien bedenken. Ein trauernder Sohn nützt uns nichts; wir brauchen einen Herrscher.«

»Ich bin nur Alexander der Sohn. König bin ich noch nicht.«

Antipatros nickte. »Morgen findet die Versammlung der Krieger und Fürsten statt. Sie werden dich zum König machen, ohne jeden Zweifel. Wen denn sonst?«

Alexander zog die Oberlippe zwischen die Zähne und sah sich um. Antigonos starrte ihn an, mit einem verkrampften Lächeln, als ob er ihm durch den Blick seines heilen Auges Kraft übermitteln wollte. Das gläserne Auge schielte ein wenig. Medios schwieg, wie fast immer; seine Lider waren geschlossen. Demetrios lag in seinem Sessel und sah zu den Deckenbalken hinauf. Alexandros von Epeiros, auch er inzwischen eingeweiht, hatte die Hände auf dem Tisch gefaltet und betrachtete seinen Siegelring. Archelaos nahm nicht an der Beratung teil, ebensowenig einer der jungen Gefährten Alexanders. Aristoteles stand auf und trat hinter Demaratos, der wie geistesabwesend auf ein von der Rolle gerissenes Papyrosblatt schaute.

»Wem kann ich trauen – außer euch? Wer sagt denn, daß die Entscheidung, die morgen hier fällt, überall hingenommen wird? Werden die Thessalier mich zum Archon machen, die Amphiktyonen mich anerkennen, der Bund von Korinth?«

Aristoteles stützte sich auf die Schultern von Demaratos, der sich nicht regte und weiter den Papyros beschaute. »Sie alle werden den König der Makedonen anerkennen. Wenn er sich als König erweist. Wer außer dir sollte es sein?«

Alexander blickte ihn an; er wirkte erschöpft, mutlos. »Ich weiß es nicht. Arridaios, mein Halbbruder – er ist älter als ich.«

»Ein stotternder Narr. Weiter!« Demaratos sprach scharf, immer noch ohne die Augen vom Blatt zu nehmen.

»Amyntas. Er sagt, er weiß nichts von den Plänen der Lynkesten; er sagt, er hat nichts mit Attalos zu tun. Er ist der Mann meiner Halbschwester Kynnane . . .«

»Ich habe seine Augen gesehen. Sein Gesicht. Seine Hände. Als Antipatros mit dem Schwert vor euch kniete. Was immer er sagt – glaub ihm nicht.«

Alexander betrachtete den Korinther. »Bist du so sicher?«

Antipatros ging zu Alexander, packte ihn an den Schultern und schüttelte ihn; der Scherenstuhl ächzte und knirschte. »Wach auf, Alexander. Willst du die Krone denn nicht?«

Alexander schloß die Augen. »Muß ich sie wollen?«

Demaratos ließ das Blatt endlich sinken. »Es kann sein, daß ein Teil der Leute von Attalos, vielleicht noch ein paar Männer aus der Lynkestis, dazu die üblichen Querköpfe dich nicht wollen. Aber ich *weiß,* daß du die wichtigsten Fürsten hinter dir hast. Und die Kämpfer, die den Boden küssen, wo du gegangen bist.«

»Du – *weißt?*« Zum ersten Mal beteiligte sich Medios an der Beratung; er hatte die Brauen zusammengekniffen, und in seiner Stimme schwang eine ungewisse Drohung.

Der Korinther blickte ihn nicht an. »In der Tat, Medios, ich weiß. Weil Philipp mich gebeten hat, all dies und mehr zu wissen.«

»Ich möchte ... ich wollte, es gäbe eine Höhle, in der nichts von der Welt zu spüren ist.« Alexanders Stimme war eher ein Flüstern.

Antipatros hob die Hände, ballte sie zu Fäusten, verschränkte sie im Nacken. »Trauer, ja, und Reue – oder Bedauern. Das fühlen wir alle, wenn einer stirbt, der groß war und länger hätte leben sollen. Aber du kannst dich nicht verstecken. Das Heer will dich. Die Fürsten wollen dich – fast alle.« Er atmete tief ein. »Parmenion und Antipatros wollen dich. Was soll in Makedonien geschehen, gegen das Heer, gegen Parmenion, gegen Antipatros? Und bevor du fragst, ja, ich bin sicher; ja, ich weiß es. Wir haben darüber gesprochen, ehe Parmenion nach Asien ging.«

Mit hohler Stimme sagte Alexander: »Dann ist es also mein Schicksal? Nichts, was ich wählen kann?«

Antipatros verzog das Gesicht. »Wärst du lieber eine Blume? Ein Büffel? Es ist dein Schicksal, ein Mensch zu sein. Ein Mann. Sohn eines Königs.«

»Und einer Königin.« Alexandros von Epeiros hob die Hand mit dem Ring. »Vergeßt Olympias nicht.«

»Ich will nicht über ... meine Mutter reden. Nicht jetzt.«

»Ah, aber du mußt! Du mußt über vieles reden und entscheiden, Junge. Du kannst dich nicht verbergen.«

Aristoteles nickte. »Was Antipatros sagt, ist die Wahrheit. Du stehst im hellsten Licht, Alexander. Aller Augen sind auf dich gerichtet. Keine Höhle, keine Nische. Selbst dein Schweigen ist hörbar, selbst dein Schatten ist grell.«

Alexander stand auf, schob den Stuhl zurück und ging zum Fenster. Er verschränkte die Arme, schob die Hände unter die Achseln. »So kalt«, murmelte er.

Drakon, der in der Ecke neben dem *kopron* lehnte, hustete. »Sollen wir Feuer machen?«

»Es ist nicht der Raum.« Demaratos klang fast mitleidig. »Es ist kalt und einsam, da oben.«

»Wäge es ab – mit deinen inneren Schalen.« Aristoteles wühlte in seinem Bart. »Parmenion und Antipatros. Kleitos. Antigonos. Demetrios. Medios. Das Heer. Alexandros der Lynkeste, der sich von seinen Brüdern losgesagt und sich dir zu Füßen geworfen hat. Demaratos. Deine Gefährten. Bedenk, was Philipp getan hat. Bedenk, was auf dem Spiel steht. Erwäge das Gelächter des Demosthenes und den Jubel der Perser.«

»Und denk an die Grenzen«, sagte Antipatros eindringlich, fast flehend. »Wenn Pella wankt, wird der Bund von Korinth zerbrechen. Athen wird seine langen Arme ausstrecken, Theben wird sich anschließen. Die Illyrer, die Paionen, die Thraker, die Triballer. Sie alle wissen inzwischen, daß Philipp nicht mehr lebt. Es muß . . .«

Alexander ächzte. »Können wir das nicht bis morgen aufschieben? Wenigstens bis morgen?« Er wartete nicht auf eine Antwort; mit hängenden Schultern ging er zur Tür und verschwand.

Sie sahen einander an, ratlos. Demaratos stand auf; er nickte Drakon zu. Der Arzt verdrehte die Augen und ging hinaus. Der Korinther stülpte die Lippen vor, bis die Nase fast im Schnauzbart versank.

»Ich mag es eigentlich nicht. Aber es muß wohl sein. Vergeßt, was ihr jetzt seht.«

Er ging zur Wand, wo neben dem flachen Altar sein Lederbeutel stand, und holte einige Dinge heraus. Die anderen sahen ihm zu, mit fragenden, staunenden oder gleichmütigen Blicken.

Der Korinther hielt Knochenplättchen hoch; einige waren flach, andere gewölbt. Er legte sie auf den Altar, murmelte etwas, bückte sich, zog ein Tuchbündel und eine kleine Holzdose aus dem Beutel. Dann verwandelte er sich.

Er schob die flachen Scheibchen in seine Sandalen, die gewölbten in den Mund; er zog den Chiton aus, streifte den Leinenschurz auf die Oberschenkel hinab, schob ein tuchumwickeltes Plättchen zwischen die Beine, unmittelbar unter dem Gemächt; er zog den Schurz wieder hoch, rollte den weißen Chiton zusammen, nahm einen mit hellroten Streifen gesäumten braunen Chiton, zog ihn über den Kopf stopfte den zusammengerollten hellen darunter, vor den Bauch; er musterte seine schlanken, kaum vom Alter gezeichneten Finger, öffnete die Holzdose und nahm Schmuckstücke heraus: drei Ringe mit schweren Steinen für die linke, zwei für die rechte Hand, ein Ohrgehänge aus Gold und roten Steinen, das er im rechten Ohrläppchen befestigte, wo keiner je ein Loch gesehen hatte. Er öffnete das Lid eines Bronzedöschens, berührte den Inhalt mit den Spitzen der Zeigefinger, fuhr sich durchs Gesicht; er klappte das Döschen zu, nahm ein anderes, rieb sich etwas in die grauschwarzen Haare und den Bart. Er bückte sich wieder, stopfte die überzähligen Dinge in den Beutel und hielt einen gelben Umhang hoch, den er über der rechten Schulter mit einer Spange schloß. Dann drehte er sich um.

Der drahtige, angegraute Händler aus Korinth war verschwunden. Ein Mann mit breitbeinigem Watschelgang und steifen Hüften kam zum Tisch. Haar und Bart waren graugesprenkeltes Rotblond, die Hängebacken glänzten fast fiebrig rot. Schmuck, Wanst und Gang lenkten allerdings völlig ab vom neuen Gesicht.

Antipatros klatschte in die Hände; Aristoteles brach in

Gelächter aus. Medios sagte nichts, aber seine Augen funkelten.

Einige der jungen *hetairoi,* Offiziere der Burg, hohe und edle Diener des königlichen Hauses saßen, lagen, tranken und plauderten im großen Festsaal. Ringsum an den Wänden brannten Fackeln; in der Mitte loderte ein Feuer zwischen zwei Metallspiegeln, die es unendlich hin und her warfen. Eine Gruppe von Musikern mit Schellen, Rasseln, Lyren, Syringen, mehreren Sorten Flöten und einer Harfe war auf der erhöhten Plattform zugange; vor ihnen drehten sich einige halbnackte Tänzerinnen. Kleitos und Hephaistion bemühten sich vergebens, Alexander Becher mit Wein aufzudrängen. Er sah sich nach Wasser um, goß einen Becher voll und nippte.

»Du willst nüchtern bleiben – heute? Ehe du König wirst?« Eumenes war schon zu betrunken, um noch gerade zu stehen; er stützte sich schwer auf Leonnatos und stierte Alexander an.

Alexander hob kurz die Schultern, lächelte und nickte Drakon zu, der sich zu Perdikkas gesetzt hatte und den Becher hob.

Irgendwann stand Alexander auf, beinahe unbemerkt. Er verließ den Saal und wanderte durch den Palast. In den Gängen brannten Fackeln und Lampen. Je weiter er kam, um so stiller wurde es; der Lärm aus dem Festsaal verebbte, und die Schritte der Posten im Hof kamen wie aus weiter Ferne. Im Treppenhaus saßen Wachen; sie sprangen auf und grüßten, die Hand auf der Brust; Alexander lächelte und ging weiter, Treppen hinauf und hinab, Gänge entlang. Vor den Räumen, die einmal Olympias bewohnt hatte, blieb er kurz stehen. Eine Sklavin, die vor der Tür auf einer Matte schlief, wimmerte im Traum. Von drinnen hörte er das leise Summen einer Frau, das Schmatzen und Gurgeln eines Säuglings, dann ein zufriedenes Giggeln. Er starrte die Wand an, die Philipp im Gang hatte mauern lassen; die Tür war geöffnet. Er ging hindurch, mit weichen Schritten, fast wie ein

Schlafwandler, streckte den rechten Arm aus, ließ die Fingerkuppen am Gemäuer schrappen. Dann wieder treppab, immer tiefer, vorbei an weiteren Wachen; eine halboffene Tür zog ihn an, und er betrat die riesige, von zuckenden Schatten erfüllte Küche. Der Lagerraum nebenan, nur durch einen Ledervorhang abgetrennt, quoll über von all dem, was für den nächsten Tag gebraucht wurde: halbe Schweine; Ochsenhälften; Hunderte kopflos tropfender Hühner, gerupft und ausgenommen; Bottiche mit lebenden Flußfischen, Seewasserwannen mit Meerestieren; gewalzte, zum Backen vorbereitete Brotfladen; Berge von Würsten und Schinken; ungeheure Mengen von Obst und Gemüse; große Gestelle voller Amphoren.

Er ging zurück in die Küche, gefolgt vom matten Schnappen und den Flossenschlägen der Fische, vom Plätschern des Wassers. Im riesigen gemauerten Herd glomm noch ein Rest Glut unter der Asche; in der Höhlung darunter, auf dem Boden, türmten sich ausgeglühte Holzkohlenschlacke, Asche und Abfall. Die Restglut, ein einsames Öllämpchen auf einem Tisch mit Schlachtermessern, eine zu drei Vierteln niedergebrannte Fackel gaben Zwielicht und zeugten Schatten. Er stand einen Moment vor den Gerüsten mit zahllosen Kesseln und Gefäßen. Dann ging er zurück zum Tisch, zögerte, schaute sich um. Er wimmerte leise, ließ sich auf die Knie nieder, kroch unter den Herd, wühlte sich in Asche und Abfall, zog die Knie an die Brust und umklammerte die Unterschenkel mit den Händen, unausgesetzt murmelnd.

Lange lag er so. Er hörte ferne Schritte, wie ungenaue Wassertropfen; er hörte den Gesang der Fische in ihren Bottichen und das Heulen der geschlachteten Hühner; er hörte die Schuppen der Schlange, die um die Welt kroch; er hörte das Malmen des Sandkorns, das eine Stadt zerdrückte; er sah als stechende Flamme den Schrei der Möwe, die sich in einen Dorn stürzt; er roch Kassia und Sesamöl, kydonische Äpfel und den blutigen Leibschurz der Königin und die Eingeweide des Widders; er fühlte die Gedärme der Nacht um seinen Hals und Splitter im Salböl der Worte und die Augen die seine Seele ritzten; er schmeckte die Qual einer reißenden Saite, das Sprudeln von Bernstein und zottige Zungen. Er atmete Feuer, die Morgensonne auf blutiger Klinge.

Langsam dehnte er sich, streckte sich, kroch aus der Höhlung. Taumelnd kam er auf die Beine und wankte zum Tisch. Mit zuckenden Fingern strich er über die Messer, die Klingen, die Griffe. Ein schlanker, spitzer Stahl, die Klinge eines zum Ausweiden benutzten Messers, deutete auf ihn, auf seine Lenden. Er berührte den Horngriff und stöhnte. Er ließ das Messer wieder los. Er begann leise zu summen, schaukelte den Oberkörper vor und zurück. Aus den Augenwinkeln sah er das Schlachterbeil, das im Hackklotz steckte. Er riß es heraus, hielt es hoch, legte den linken Arm auf den Klotz, legte die Klinge des Beils aufs Handgelenk.

Ein Geräusch, vom Lagerraum her. Alexander fuhr herum. Einen der Deckel mußte er wohl offengelassen haben; ein Aal war aus dem Zuber entkommen und wand sich über die Steine. Er tötete ihn mit dem Beil, hackte den peitschenden Leib in tausend Stückchen, zermalmte den Kopf mit der flachen Klinge. Das Beil ließ er auf dem Boden liegen, als er wieder zum Herd ging, mit schnellen sicheren Schritten. Er kniete, füllte die Hände mit Asche und Dreck, beschmierte sich Haar, Gesicht und Arme, zerriß den weißen Chiton und rieb Asche und Abfall über die Fetzen.

Am Rand der Stadt, wo sich die Wiesen zum Kanal senkten, saß zwischen zwei Häusern ein Bettler mit zerrissenen Kleidern, verschmiert von Asche und Dreck. Leute kamen aus der Gasse, einige der zahllosen Kämpfer, Bewohner der Stadt, allesamt angelockt von Feuern, von Lampen und Gelächter, Musik und Kreischen auf der Wiese. Drakon ging vorüber, der Arzt des Königs, langsam, die Augen am Boden; ein fetter rotwangiger Mann mit Schmuck an den Händen und im Ohr watschelte über die Wiese. Der Bettler sah nichts; er summte leise vor sich hin, der Oberkörper pendelte vor und zurück; sein Haar stand zu Berge, die Augen waren verdreht und wirr, die rechte Hand hielt er ausgestreckt. Einer der wandernden Philosophen kam vorbei, sah ihn, spuckte ihm in die Hand und ging weiter. Zwei Hopliten, beide betrunken, Arm in Arm; einer blieb stehen und warf dem Bettler eine Münze in die Handfläche.

Alexanders Faust schloß sich. Er hob sie vor die Augen, öffnete langsam die Finger, starrte die kleine Silbermünze an wie ungläubig; dann kam er schwerfällig auf die Füße und stolperte durchs schartige Dunkel zu den Feuern. Die Musik brach ab, nur das pulsierende Pochen von Trommeln setzte sich fort, wurde lauter, wilder, schneller. Ein Feuerfresser erbrach Glut vor einem Karren; ein Schwertschlucker zeigte die Klinge herum, damit die Leute sehen konnten, daß sie echt war. Schlangenbeschwörer und Ringer, Gaukler und Wahrsager; ein paar Männer und Frauen tanzten, umrissen von den Feuern, die sich wie zuckende Schlangen im Wasser des Kanals spiegelten, unter den Bäumen, jenseits der Sträucher. Alexander starrte einem Mann nach, der einen gewaltigen Bären an einer Leine herumzerrte und ihn tanzen ließ. Er spielte immer noch mit der Münze und ging dann zu einem der Karren, vor dem eine alte Frau saß und Dinge hütete, die wahrscheinlich einer Gruppe von Pantomimen gehörten: Tücher, Töpfe, Dosen.

Alexander berührte sie an der Schulter. »Hier ist eine Münze für dich, Mutter. Ich brauche Schminke – aber schau nicht hin.«

Die Alte nahm das Geld, deutete auf die kleinen Gefäße und lächelte wie verträumt. »Keine Sorge, Junge; ich bin blind.« Ihre Augen waren Schlitze, die Haut gelblich.

Alexander kauerte nieder und starrte in die Töpfchen und Dosen; er drehte einen beschlagenen Metallspiegel hin und her, der das Lodern mehrerer Feuer bündelte und ihn blendete. Irgendwo brach ein Streit aus; er hörte schrille Stimmen, Gebrüll, einen Schrei, dann ging das Fest weiter. Die wahnsinnigen Trommeln wurden ein wenig leiser; in der Nähe spielte ein Kitharist schnelle Läufe, Einzeltöne, dann fremdartig klingende, unhellenische Vier- und Fünfklänge, immer im Rhythmus der Trommeln. Ein beißend heller Aulos fiel ein, andere Instrumente kamen hinzu. Vom nächsten Feuer stieg eine Wolke verbrannten Hammelfetts auf; es stank nach Wein und Körpern und feuchter Erde.

Alexander stand auf; von seinem zerfetzten Chiton riß er einen langen Tuchstreifen ab. Er ging in einem weiten Bogen um die Feuer, die Tanzenden, die Trinkenden zum Kanal, kniete zwischen den Sträuchern an der Böschung. Der nicht ganz volle Mond machte das Wasser zu leicht gekräuselter Molke. Fledermäuse rasten durch den Himmel; eine Eule schrie, und die Luft zwischen den Sträuchern war voll vom schweren Duft des Geißblatts. Etwas anderes mischte sich darunter, nicht nur Harn und Kot; etwas Schärferes.

Er beugte sich über das Wasser und betrachtete das Gesicht des hübschen Hermaphroditen, die hellroten Lippen, die geschwungenen Brauen, die dunklen Lider, die durch Ocker und Asche betonten Wangenknochen. Er tauchte den Tuchfetzen ins Wasser und reinigte, so gut es ging, sein verdrecktes Haar, ohne das Gesicht zu verschmieren.

Der scharfe Geruch wurde deutlicher; in der Nähe kroch etwas über den Boden, bog Halme und Sträucher; ein Ächzen und Knurren, das plötzlich endete. Alexander ließ den Tuchfetzen fallen, zog das Messer aus dem Gürtel und ging dem Ruch und dem erstorbenen Geräusch nach.

Ein Dutzend Schritte weiter, zwischen den Sträuchern am Ufer, fand er den Leichnam eines Mannes. Vielleicht war er es gewesen, der vorhin bei dem Streit jenen schrillen Schrei ausgestoßen hatte. Der Bauch war von einem tiefen Stich geöffnet; Eingeweide hingen heraus, quollen durch die Finger der rechten Hand, die im Tod noch immer verkrampft den Schnitt zu schließen suchten. Das Gesicht war verzerrt, die Zunge zwischen den Zähnen.

Gesicht und Kleidung, soweit noch vorhanden, wirkten fremd, nicht nur durch den Tod. Der Mann mochte zwanzig Jahre alt gewesen sein, vielleicht ein Thraker, jedenfalls kein Makedone aus Pella. Alexander kniete neben ihm, tastete ihn ab; im Gürtel steckte ein Beutelchen mit Goldmünzen. Er nahm es an sich.

Summend, tänzelnd schwebte er zu den Feuern, schloß sich den Tänzern an. Ein junger, schlanker, dunkler Mann, einer der königlichen Leibtruppe, nahm ihn bei der Hand und zog ihn mit sich. Alexander folgte ihm ein paar Schritte, dann befreite er sich und wanderte zwischen den Feuern hindurch. Jemand reichte ihm einen Becher mit unverdünntem, schwerem Wein; er trank, leerte ihn, warf ihn hoch. Unmittelbar neben den Musikern, betäubt von den Klängen und der schnell einsetzenden Wirkung des Weins, tanzte er mit älteren Frauen einen wirbelnden Rundtanz; sie nahmen ihn mit zu einem Feuer, an dem ein triefender Weinkrug kreiste. Er biß in Fleisch – Hammelbraten, mit Knoblauch eingerieben –, das eine Hand aus dem Halbdunkel ihm hinhielt. Jemand, Mann oder Frau, versuchte ihn zu küssen, Hände schoben sich unter seinen Chiton.

Er kicherte, löste sich, kroch zur Seite, kam schwankend auf die Beine. Nicht weit von ihm, von einem der letzten, äußersten Feuer beleuchtet, sah er eine junge Frau. Sie hatte langes, glimmend schwarzes Haar, eine dunkel schwappende Woge; sie tanzte allein. Das Haar fiel über die halb entblößten Schultern und die Decke, die sie als Umhang trug: eine rote Decke mit einem weiten Loch, durch das sie den Kopf gesteckt hatte. Sie war zerbrechlich und schmerzhaft schön; das Gesicht einer wunden Aphrodite oder Astarte zeigte Qual und Ekstase. Alexander war bei ihr, sie tanzten wie miteinander verwachsen. Die junge Frau öffnete die Augen, lächelte, küßte ihn, ohne die Bewegungen zu unterbrechen, dann sagte sie leise: »Oh, aber dein Atem ist süß.«

Sie küßten einander wieder, standen einen Moment starr und sahen sich in den Augen des anderen gespiegelt. Die Frau deutete mit dem Kopf, kaum merklich, zum Rand des Feuerkreises, zum Ende der Wiese, wo das offene Land begann. Musik, Stimmen, Trommeln und Feuerschein blieben zurück, als sie in den kleinen Wald gingen. Auf einer Lichtung neben dem Wasser übergossen Mond und Sterne sie mit Honigmilch. Sie blieb stehen, wandte ihm das Gesicht zu, lächelte traurig und entrückt; wie eine Schlange wand sie den Körper, so daß die rote Decke von den Schultern zu den Füßen hinabglitt. Ihre Brüste waren schwarz gefärbt, mit Silberstäubchen an den Spitzen. Sie war nackt. Sie hatte keine Arme.

Alexander stand einen Moment starr; zwei Tränen rannen ihm die Wangen hinab. Er zerriß den Chiton endgültig, stieg aus dem Schurz, warf den Beutel des Toten auf die rote Decke. Die junge Frau ließ sich zu Boden sinken. Er legte sich zu ihr, nahm sie in die Arme, vergrub sein Gesicht zwischen den schwarzen Brüsten.

Im Innenhof der Burg, die gleichzeitig Palast und Festung war, staute sich trotz der frühen Stunde die Hitze. Es war die Hitze des Sommers, die Hitze der Bratfeuer, die Hitze der Körper. Keine Bilchmaus hätte noch Platz gefunden. An die dreitausend Mann Kerntruppen – Hetairenreiter und Pezhetairen – standen dort dicht an dicht, ohne Rüstung, in weißem Chiton, nur mit Lanze. Die schrägen Strahlen der Morgensonne machten die Spitzen zu einem Meer aus rötlichen Flammenzungen. Alle Offiziere der näheren Festungen waren da, mit Purpurschnüren auf dem Weiß der Schultern. Ebenfalls in Weiß, viele mit bekränzten Köpfen, standen die Fürsten der Städte und Lande Makedoniens bei den Kriegern; die älteren saßen auf Schemeln. Viele waren von den Feiern in Aigai und der Trauer um den toten König gleich nach Pella gekommen, statt in die entlegeneren Heimatgebiete zu reisen.

Am oberen Ende der Treppe, vor dem flachen Altarstein, brachten Alexander und Aristandros das übliche Opfer für die Götter dar: Fleisch, Brot, Früchte, Wein. Bei ihnen waren Medios, Antipatros, Archelaos und Alexandros von Epeiros; einige Stufen tiefer standen Antigonos und Demetrios, zu denen sich eben Kleitos gesellte: die Vertreter der Offiziere. Noch einer kam nun aus dem Hof, stieg die Treppe hinauf und blieb unterhalb von Kleitos stehen: Alexandros der Lynkeste. Ein leises Raunen, mehr ein Hauch als ein Flüstern, lief über den Hof. An der Seite, wo sich Küche und Speisekammern befanden, drehten sich die Bratspieße; während der Feier versuchten die Köche und Küchensklaven, leise zu sein, was nicht immer gelang.

Nach dem Opfer trat Medios vor, der Älteste der Fürsten. Aristoteles, am Fenster des Beratungsraums, spürte neben sich eine Bewegung und drehte sich um. Drakon und Demaratos hatten den Raum betreten und kamen zu ihm. Beide wirkten müde, übernächtigt; aber auch zufrieden. Der Korinther erinnerte nicht mehr an einen feisten watschelnden Lüstling; Aristoteles blickte die beiden fragend an.

»Alles in Ordnung.« Drakon gähnte, hielt die Hand vor den Mund und rekelte sich kurz. »Er wird es machen.«

»Seid ihr sicher?«

Demaratos rümpfte die Nase. »So sicher, wie man sein kann.«

»Was ist geschehen?«

Drakon wandte sich ab und starrte aus dem Fenster; Medios' Stimme hallte über den Platz. Er sprach von den Vorzügen tugendhafter und starker Könige, die sich zum Besten des Volks um Kraft und Wohlstand bemühen und kluge Söhne hinterlassen, wenn die Götter sie abrufen.

Demaratos verschränkte die Arme und trat einen Schritt zurück. »Wir haben ihn nicht aus den Augen gelassen. Wir haben gesehen, was er gesehen, gehört, was er gehört, vernommen, was er gesagt hat. Wir wissen, ungefähr, was er gefühlt und gedacht haben mag, und wir waren immer nah genug, um notfalls helfen zu können. Es war nicht nötig.«

Aristoteles schnaubte. »Ein esoterischer Vortrag, mein Freund. Kannst du es nicht ein wenig exoterischer machen?«

Demaratos lachte. »Später. In ein paar Jahren. Oder Jahrzehnten. Vielleicht schreib ich es für dich auf. Mal sehen. Jedenfalls . . .«

Er unterbrach sich. Medios hatte seine Rede beendet; die Versammelten stampften rhythmisch mit den Lanzenschäften.

Antipatros trat vor und hob die Hände. »Keine lange Rede von mir, Freunde, Fürsten der Makedonen, Herren des Landes, Hüter des Friedens, Krieger und Gefährten. Philipp war euer König, ein gewaltiger Kämpfer, ein großer Mann. Groß in der Schlacht, groß und weise im Gericht, mächtig und unüberwindbar im Gelage – ebenso furchtbar in seinem Zorn wie herrlich in seiner Freundschaft. Ist es so?«

Ein vieltausendstimmiges »So ist es!« dröhnte durch den Hof.

»Viele von euch waren Ziegenhirten, Bauern, Tagelöhner. Und Tagediebe.«

Gelächter.

»Es ist kaum zwanzig Jahre her. Philipp hat euch aus den Bergen geholt, er hat euch bewaffnet, gekleidet, genährt. Ist es so?«

»So ist es!«

»Makedonien war ein Trümmerhaufen, zerrissen von innerem Streit, ein Spielball für Fremde, für Hellenen und Barbaren. Philipp hat uns geeint, er hat uns stark gemacht, er hat uns die Kraft und den Stolz gegeben. Ist es so?«

»So ist es!«

»Der König wurde ermordet, von einem Mann, dem er sein Leben anvertraut hatte. Aber dieser Mann war nicht allein; es gab mehrere Verräter. Sie werden nicht lange leben – zwei habt ihr bereits gerichtetet, in Aigai. Die übrigen werden leben, bis wir alles von ihnen erfahren haben, was wir wissen müssen. Wir, und der König der Makedonen, der entscheiden soll, was mit ihnen geschieht. Entscheiden, und bestrafen. Ist es so?«

»So ist es!«

»Ihr, Freunde und Gefährten, vor allem ihr, die ihr siegreich wart in den Bergen Illyriens, in den Steppen Thrakiens, auf den Feldern Boiotiens, vor den Toren Athens, ihr seid das Schwert Makedoniens, das Schwert des Königs! Ist es so?«

»So ist es!«

»Und dies« – er reckte das alte große Schwert der Könige – »ist das andere Schwert. Ihr kennt es, ihr, die ihr das eine Schwert seid. Wer soll diese beiden furchtbaren Waffen tragen? Wer soll diese beiden herrlichen Schwerter führen, für uns, für euch, für alle? Wer anders als der rechtmäßige Erbe, ein großer Kämpfer, der euch zum Sieg bei Chaironeia geführt hat – ein gerechter Herrscher, dessen Klugheit Pella genoß, als Philipp im Feld war? Wer außer ihm? Dies ist Philipps Sohn, Alexander. Wer außer ihm wäre stark genug, beide Schwerter zu halten? Wer klug genug, beide Schwerter zu führen? Wer mächtig genug, diese Bürde zu tragen? Wollt ihr ihm beide Schwerter geben?«

»Wir wollen!«

Antipatros und Medios hielten das Königsschwert hoch, Aristandros berührte den Griff. Alexander nahm das Schwert entgegen und zeigte es den Versammelten. Aristoteles kniff die Augen zusammen und musterte den neuen König, der dort drüben scheinbar ungerührt im Jubel stand. Es war nicht der verwirrte Junge vom Vorabend. Aristoteles blickte Drakon und Demaratos von der Seite an; beide waren versunken in das Schauspiel.

Alexander hob die rechte Hand. Der Lärm wurde leiser, endete, endete doch nicht, verwandelte sich zu etwas, das Aristoteles schon einmal gehört hatte: jenes unglaubliche Girren der Männer, wie damals auf dem Platz außerhalb der Stadt.

Alexander lächelte. Seine Stimme, hell und kühl, trug

weit, füllte den Hof, drang durch die offenen Tore bis zur Menge, die vor dem Palast stand.

»Ich danke euch – euch allen. Ich will euch jetzt nicht langweilen mit den Dingen, die gemeinsam zu tun sind, oder der Art, wie Philipps Herrschaft vollendet werden sollte. Ich nehme an, ihr werdet das öfter hören, als einigen von euch lieb ist.«

Viele lachten; eine kräuselnde Kicherwelle breitete sich im Hof aus und verebbte.

»Hinter euch, drüben, ist für jeden ein Tropfen Wein und ein Krümel Brot bereitet.« Er wies auf die Bratfeuer, die Platten mit gebratenen Fischen, die Türme gebratener Hühner, die Wälle von Amphoren. Wieder flackerte Gelächter auf.

»Eßt, trinkt, seid fröhlich, Freunde. Wir werden bald zu euch kommen – sobald wir fertig sind mit den Dingen, die getan werden müssen. Was man so Arbeit nennt. Und eine Bitte: Betrinkt euch nicht zu früh zu gründlich. Vielleicht brauche ich heute noch euren nüchternen Rat.«

Der Beratungsraum füllte sich schnell. Medios war nicht dabei; die Kleinarbeit, die eigentlichen Herrschergeschäfte waren nicht Sache der Fürsten, sondern der Offiziere, der Beamten, der vom König berufenen Berater. Demetrios kümmerte sich um die Belange im Hof, Archelaos um den Palast, Aristandros um die Götter. Die beiden Hellenen und der Arzt setzten sich an den langen Tisch, als Alexander sie mit einem knappen Lächeln und Handbewegungen dazu aufforderte. Ferner waren anwesend Antipatros, Alexandros von Epeiros, Antigonos, Kleitos, Eumenes, Perdikkas, Hephaistion, Hekataios, Leonnatos und Seleukos, außerdem fünf Schreiber. Diener brachten Wein, Wasser, Becher, Platten mit dampfendem Braten, Obst und Brot herein.

Antipatros sah zufrieden aus, aber auch ein wenig beunruhigt. »Das wäre das. Kommen wir zur Sache. Ah, wie fühlst du dich, Alexander?«

Antigonos schüttelte leicht den Kopf. »Er sieht besser

aus als gestern, Antipatros, aber man fragt einen König nicht, wie es ihm geht. Man bittet ihn zu führen.«

Alexander schien müde, aber hellwach; sein Gesicht war anders als am Vortag. Härter und weicher zugleich. Er spürte Aristoteles' Blicke und nickte ihm zu. »Bittet man den König wirklich?« sagte er. Es war keine Frage.

Antipatros hatte den Unterton offenbar überhört. Er betrachtete die jungen Gefährten und schob die Unterlippe vor. »Perdikkas, Hephaistion, Seleukos, Leonnatos, Hekataios; hm. Ich hab ja nichts dagegen, daß du deine Freunde zum Feiern mitbringst, es ist dein Tag; aber wir haben wichtige Dinge zu bereden.«

Alexander nickte. Seine Züge veränderten sich nicht, nur der Ausdruck der Augen: Er wurde schärfer, wie die Stimme.

»So ist es, Antipatros. Wichtige Dinge. Mein Vater pflegte zu sagen, er könne schlafen, weil du wachst. Wirst du auch für mich wachen?«

Antipatros hob den Becher. Seine Stimme klang trokken und angespannt. »Wenn dies der Wunsch des Königs ist.«

»Es ist der Wunsch des Königs.« Alexander lächelte nicht mehr. »Da Parmenion nicht hier ist, muß ich mich auf euch beide als die Ältesten verlassen, Antipatros – und Antigonos.«

Antigonos faltete die Hände auf dem Tisch. »Wir sind Diener des Herrschers der Makedonen. Sprich.«

»Ich brauche keine Diener – nicht hier, nicht in dieser Runde. Ich brauche Freunde und Gefährten.«

Antipatros nickte; Antigonos grinste schwach. »Dann sprich als Freund und Gefährte. Aber sag uns, Freund Alexander, Gefährte König, wie kommt es, daß du heute – anders bist?«

Alexander schien einen Moment nach innen zu schauen. »Es war eine lange Nacht, Antigonos. Manche Nächte sind länger als andere. Einige können ein ganzes Leben umfassen. Ich habe Dinge gesehen, gehört und getan. Ich habe erfahren, daß es gut ist, Augen zu haben und

Arme und Hände. Und sie nutzen zu können. Kleitos, deine Schwester gab mir ihre Milch, als ich klein war. Nun gib du mir dein Wissen.«

Aristoteles bemerkte ein leichtes Unbehagen bei Alexanders jungen Gefährten; sie tauschten Blicke, als müßten sie einander versichern, daß dies dort Alexander sei. Nur Hephaistion schien ungerührt.

Kleitos betrachtete Alexander mit einem offenen, fast herzlichen Lächeln. »Ich habe dir einmal gesagt, ich würde dir überallhin folgen. Hast du es vergessen – König?«

»Ich habe es bewahrt und gehütet, Freund. Sprich.«

Kleitos nickte; sein Gesicht wurde ernst. »Es sind Boten gekommen; ich habe seit dem Morgengrauen mit ihnen geredet. Und – ein Schnellsegler vom Hellespont.«

Alexander runzelte die Stirn. »Das sollten wir später besprechen. Die wichtigsten Dinge ... Zuerst andere. Alexandros, wann reist du heim?«

Der König von Epeiros hob die Schultern. »Bald. Morgen. Es sei denn, du brauchst mich.«

Alexander wandte sich an die Schreiber. »An Olympias, Mutter des Königs, Schwester des Königs von Epeiros und so weiter. Die üblichen Dinge, mit großer Freude; ich bitte sie, nach Pella heimzukehren und sende ihr Verehrung. Drei Ausfertigungen. Kannst du eine mitnehmen und ihr geben?«

Alexandros' Mundwinkel zuckten. »Wenn du willst ... Aber ein Bote wäre schneller.«

»Es ist nicht so eilig.« Alexander lächelte grimmig. »Dazu später mehr. Demaratos, hast du Geschäfte in Illyrien?«

Der Korinther grinste. »Diesmal nicht. Schick einen Boten.«

»Gut. Drei Ausfertigungen. Einer mit einem verläßlichen Boten. Die üblichen Anreden, Meldung von der Ermordung und dem neuen König, dessen Befehl an Ptolemaios, Nearchos, Harpalos, Erigyios und Laomedon, sofort heimzukehren. Desgleichen an Koinos, Krateros,

Philatos – ah, Hephaistion, übernimm du das. Du weißt, wen ich haben will. Nimm einen Schreiber mit; macht alles fertig, ich unterschreibe selbst. Alexandros, du auch – Schreiber und Anweisungen für den Aufbruch an deine Leute.«

Der König von Epeiros, Hephaistion und zwei Schreiber verließen das Beratungszimmer; Alexandros' Gesicht war beinahe empört.

»Demaratos.«

Der Korinther zeigte keine Gemütsregung. »Ich habe schon mit Kleitos gesprochen; unsere Leute melden alle das gleiche. Laß ihn reden.«

Alexander nickte nur. Kleitos räusperte sich; seine Augen zeigten, daß er immer noch überrascht war.

»Es ist zu früh, um ganz sicher zu sein, aber es wird Unruhen geben. An *allen* Grenzen, Alexander.«

»Außer Epeiros, vermutlich.«

»Außer Epeiros, ja. Was ist mit den Hellenen?«

Kleitos sah Demaratos an. Der Korinther lächelte.

»Was erwartest du? Thessalien ist treu – bis auf ein paar Orte im Süden. Theben ist unruhig seit der Nachricht von Philipps Tod, aber die makedonische Besatzung der Burg reicht – noch. Vielleicht solltest du mehr Männer in die Kadmeia schicken. Nicht sofort, aber bald. In den anderen Städten des Bundes sieht es ähnlich aus. In Athen hat Demosthenes mit der neuen Wühlarbeit begonnen. Es heißt, er habe ein paar Stunden nach Philipps Tod, als er noch nichts davon wissen konnte, bereits darüber gesprochen.«

»Es würde zu anderen Dingen passen.« Alexander zog die Brauen zusammen. »Später kommen wir darauf zurück. Was ist mit dem Heer in Asien?«

Kleitos bückte sich und hob einen Beutel hoch, der unterm Tisch gelegen hatte. Er enthielt Schriftrollen.

»Günstige Winde – sie haben es nach drei Tagen gewußt. Attalos muß sich sehr schnell entschieden haben. Er schickt dir einige … anregende Briefe. Parmenion weiß offenbar nichts von ihrem Inhalt. Er legt dir sein

Schwert zu Füßen und versichert dich der Treue und Zuneigung aller.«

»Wir können nicht zu lange warten. Parmenions Treue ist so sicher wie die Wiederkehr der Sonne an jedem Morgen, aber andere könnten wanken. Was ist an Truppen verfügbar?«

Antipatros schwieg; er hatte die Arme verschränkt und die Augen geschlossen. Antigonos und Kleitos wechselten einen Blick; der Einäugige deutete auf Rollen, die vor ihm lagen.

»Einige der besten Verbände sind in Asien, mit Parmenion und, äh, Attalos. Wir haben ungefähr fünfzehntausend Mann Fußtruppen und dreitausend Reiter. Dazu die Leute in den Grenzfestungen und die Söldner, die überall verteilt sind. Nicht sehr viel.«

Alexander nickte. »Wahr, und wir werden sie aufteilen müssen, um allen Gefahren zugleich begegnen zu können. Denn die Gefahren werden sich gleichzeitig ergeben. Es muß sein. Leonnatos, Eumenes. Nehmt einen Schreiber und bereitet vor. Ich unterschreibe später selbst.«

Er schloß einen Moment die Augen; schnell und genau nannte er Festungen, Truppenstärken, Namen von Befehlshabern, den Umfang von Verstärkungen, wohin diese zu verlegen seien, welche Vorkehrungen für den Herbst und Winter man treffen solle.

Eumenes und Leonnatos gingen mit dem Schreiber hinaus. Kleitos lächelte mühsam.

»Das hast du alles im Kopf? Wozu brauchst du *uns*?«

»Um mir zu sagen, ob es stimmt.« Alexander sah ihm in die Augen. »Du und Antigonos, ihr werdet heute noch reisen. Wir müssen schnell handeln. Die Illyrer, die Paionen, die Thraker, sie alle werden im Herbst ernten und Wintervorräte anlegen. Und im Winter schleifen sie die Waffen. Im Frühjahr fallen sie über uns her. Wenn wir sie nicht daran hindern. Die Hellenen sind schneller – und selbst wenn sie abwarten, wir können es uns nicht leisten, auch sie im Frühjahr gegen uns zu haben. Nicht alle gleichzeitig.« Er starrte auf seine Hände, überlegte, holte tief Luft. »Heute sollen sie feiern, morgen ausschlafen. Übermorgen breche ich mit allem auf, was Pella entbehren kann. Ihr reitet heute, ihr nehmt unterwegs jeden Mann mit, der nicht unbedingt in den Festungen gebraucht wird. Die Söldner aus dem Süden, Kreter, Sikelioten, was auch immer, schickt nach Pella. Antipatros und Leonnatos und Demetrios übernehmen sie, für die Nordgrenzen. Alle Thraker, Paionen, Triballer, Illyrer mit euch nach Süden. Sichert das Tempe-Tal, rückt durch Thessalien vor. Wir treffen uns . . . zwischen Pherai und Kynoskephalai.«

»Was hast du vor?« Zum ersten Mal sprach Antipatros.

Alexander grinste; einen Moment sah er aus wie ein Junge, der einen Streich ausheckt. »Wir wollen doch nicht, daß Demosthenes sich unnötig Mühe macht.« Er klang ganz sanft, fast liebevoll. »Ich möchte die Thermopylen besetzen, ehe die Athener und Thebaner Zeit haben, große Pläne zu machen. Dann hätten wir im Frühjahr den Rücken frei, wenn wir in den Norden ziehen.«

»Was ist mit Asien?«

Alexander seufzte; seine Augen hatten wieder jenen fernen, sehnsüchtigen Ausdruck. Leise sagte er: »Lieber gestern als heute würde ich . . . Aber es hat keinen Sinn, nach Asien aufzubrechen, wenn Hellas und der Norden nicht vollkommen ruhig und für Jahre gesichert sind. – Wie lange werdet ihr brauchen?«

Antigonos und Kleitos sahen einander an; beide wirkten wie betäubt, überrannt und am Weg zurückgeblieben. Aber auch begeistert; das Feuer begann zu glimmen.

»Bis zum Tempe-Tal? Bis Pherai? Bis zu den Thermopylen?« Antigonos kniff sein heiles Auge zu. »Vorräte. Waffen. Münzen. Packtiere. Karren. Alles, was dazugehört?«

Kleitos murmelte Zahlen; dann hustete er und schaute auf. »Dreißig Tage. Von hier bis Kynoskephalai.«

Alexander lächelte. »Ich werde in fünfundzwanzig Tagen die Thermopylen besetzen. Wollt ihr nicht dabei sein?«

Antigonos stöhnte dumpf und hob die Hände; Kleitos

kaute auf einem Stück Wangenfleisch, das er zwischen die Backenzähne gezogen hatte. Dann stand er auf und schlug Antigonos auf die Schulter; den Beutel mit Rollen schob er Demaratos zu.

»Auf, Einauge. Du mußt dein Schwert striegeln, deine Frau gürten und dich von deinem Pferd verabschieden. Oder so.«

»Wir werden den Mittag betrachten, zusammen, unten im Hof. Mit einem Schluck. Dann reitet ihr.« Alexander lächelte beiden zu, als sie gingen, dann wandte er sich an Demaratos. »Nun?«

Der Korinther deutete auf Perdikkas. »Laß ihn beginnen. Wir wollen ein Bild zusammensetzen. Es wird keinem gefallen.«

Perdikkas leerte seinen Becher, legte das Bratenstück fort, an dem er geknabbert hatte, und betrachtete Alexander.

»Im Verlies von Aigai habe ich dich zum ersten Mal gesehen, König.« Seine Stimme war rauh. »Heute bist zu zehn Jahre älter. Wo soll ich beginnen?«

»Vorn.«

Perdikkas hielt sich mit beiden Händen an seinem leeren Becher fest; Aristoteles lächelte mild und goß Wasser nach, dann Wein.

»Zur Klärung – Alexandros, der dritte Bruder, wußte nichts. Sie haben ihn nicht eingeweiht; sie waren mißtrauisch. Pausanias ist vor Jahren von Attalos entehrt worden; ihr kennt die Geschichte. Philipp hat ihm damals befohlen, sich nicht zu rächen, sondern die Rache dem König zu übertragen – und die Ehre. Diese Bergfürsten – Pausanias ist, ah, war Oreste – haben da ja strenge Vorstellungen. Als Philipp die Nichte von Attalos zur Königin gemacht hat, übernahm er, für Pausanias, auch die Schande, die für einen guten Oresten keineswegs nach sechs Jahren vergessen ist. Nun wird es heikel.«

Perdikkas schaute Alexander an, beinahe flehend; der König schloß die Augen und nickte kaum sichtbar

»Wie du meinst. Einer deiner Zunftbrüder, Aristoteles ... ein wandernder Denker namens Hermokrates ...«

»Sprich ruhig weiter. Er taugt nichts.« Der Philosoph lächelte schwach.

Demaratos räusperte sich. »Hermokrates war ein paar Tage in Pella. Mit Olympias hat er die Höhle des Dionysos aufgesucht. Später, soweit ich weiß, hat er lange mit Pausanias geredet. Weiter, Perdikkas.«

»Hermokrates soll ihm gesagt haben, Ruhm sei das einzige, was erlittene Schande aufheben kann. Ruhm, und Rache. Am besten Ruhm *durch* Rache. Pausanias hat gefragt, wie er, als Fürstensohn, aber letzten Endes doch einfacher Kriegerführer, zu unsterblichem Ruhm gelangen könne; Hermokrates soll ihm gesagt haben, indem du entweder unsterbliche Ruhmestaten tust oder einen tötest, der schon unsterblich berühmt ist. Dann wird man deinen Namen immer mit dem seinen zusammen nennen. Und wenn du ganz sicher sein willst, tu es, wenn die ganze Oikumene zusieht.«

»Welcher König eher als Philipp, welcher Tag besser als jener in Aigai?« murmelte Antipatros.

»Pausanias ...« Perdikkas brach ab; wie hilfesuchend starrte er den Korinther an. »Die letzten Schreiber sollten gehen.«

Demaratos verzog das Gesicht. »Muß ich die unangenehmen Dinge sagen?« Er wartete, bis die Schreiber den Raum verlassen hatten. »Nun gut. Pausanias hat seit Jahren mit deiner ... Olympias das Lager geteilt.«

Alexander regte sich nicht; er hielt die Augen geschlossen, atmete nicht schneller, zuckte mit keinem Muskel. Nur seine Nase trat stärker hervor: Sie wurde blaß.

Perdikkas übernahm wieder. Mit monotoner Stimme berichtete er von den Dingen, die Heromenes und Arrhabaios ausgesagt hatten, ehe man sie hinrichtete. Von Gesprächen; von Briefen nach Athen und Persien; von persischem Gold und Verheißungen des Demosthenes; von Gesprächen mit Olympias und Pausanias; vom Wunsch der Bergfürsten, den übermächtigen Schatten des Königs durch neues Licht zu tilgen. Von Briefen an Attalos, Onkel der neuen Königin, Schwiegersohn und Stellvertreter Parmenions als Befehlshaber in Asien.

»Wenn sie nicht gelogen haben; aber das glaube ich nicht, nicht in *der* Lage.« Mit einer Grimasse betrachtete er seine Hände. »Arrgh. Sie, und zumindest Attalos, wahrscheinlich auch Persien und Demosthenes, wollten Philipp töten, Amyntas zum König machen, fertig. Pausanias wollte Philipp töten, um Ruhm zu erringen und die Schande zu tilgen. Olympias ... wollte Philipp beseitigen, um dich zum König zu machen. Damit du den Willen der Götter erfüllst. Und damit sie durch dich Macht und Unsterblichkeit erlangt. Zwei verschiedene Pläne, Alexander. Aber – wo kommen sie zusammen? Wer hat sie verknüpft? Wer hat dafür gesorgt, daß wir von der, ah, den Begegnungen zwischen Pausanias und den Lynkesten erfahren?«

Demaratos beugte sich vor. »Es gibt da noch etwas.«

Aristoteles warf ihm einen warnenden Blick zu; Drakon legte die linke Hand auf den Arm des Korinthers.

Alexander öffnete sehr langsam die Augen und sah Demaratos an, sah Drakons Hand, sah Aristoteles' Gesichtsausdruck. Er lächelte traurig.

»Keine Schonung – Freunde. Wer hat Hermias verraten? Wer hat Demosthenes die Möglichkeit gegeben, Hermias an die Perser zu verraten? Alles nur, damit das Gefäß des Ammon ungehindert und unvermindert all das tun kann, was Ammon gefällt?« Er biß die Zähne zusammen und atmete tief. »Nun denn. Das Gefäß des Ammon ist zerbrochen. Was machen wir mit Amyntas?«

Antipatros grunzte. »Ich dachte schon, du würdest das Naheliegende vergessen. Willst du gelegentlich ruhig schlafen? Ach, ich vergaß, du schläfst ja nicht.«

Perdikkas stand auf; er schien von einer schweren Last befreit und zu großen Dingen entschlossen. »Ich muß etwas tun«, sagte er durch die Zähne. »Amyntas? Vergiß ihn, Alexander. Es hat ihn nie gegeben. Wenn du willst.«

Alexander blickte ihn an, dann Seleukos. »Ich will ihn vergessen – gründlich.« Er zog sein Messer, hielt es an der

Klinge und reichte es Perdikkas. »Ich danke dir, Freund. Seleukos, geh mit. Und ... danach setzt euch mit Archelaos zusammen, der alles weiß und alle kennt. Wer könnte noch beteiligt sein. Amyntas' engste Freunde. Attalos' wichtigste Freunde und Verbündete. – Ich werde selbst mit Kynnane reden – später. Sie soll nicht zusehen.«

Nun waren nur noch Antipatros, Aristoteles, Demaratos, Drakon, Hekataios und Alexander übrig. Antipatros streckte die Hände nach dem Schriftenbeutel aus, den Kleitos hinterlassen hatte; Alexander nickte.

Der alte Makedone entrollte die Briefe und überflog sie. Sein Gesicht verfinsterte sich; schließlich trommelte er mit beiden Fäusten auf den Tisch.

»O ihr Götter! Das ... das ist unglaublich.« Er schob eine der Rollen Alexander hin. »Er hat die Frechheit – also, mir fehlen die Worte. Er schickt dir Abschriften seiner Briefe an Demosthenes und der Briefe des Atheners an ihn. Darin wird über die Beseitigung des Prinzen Alexander und die Einsetzung von Amyntas verhandelt. Und nun schickt er dir alles mit der Bemerkung, er hätte sich wohl geirrt, und so ernst sei das alles nicht gemeint.«

Hekataios stand auf, trat hinter Alexander und legte ihm die Hände auf die Schultern. Die Miene des jungen *hetairos* zeigte Ekel und Entschlossenheit.

»Asien?«

Alexander legte den Kopf in den Nacken, schaute zu seinem Gefährten auf und lächelte matt. »Ich danke dir, Freund. Schreib du den Brief an Parmenion; ich unterschreibe, sobald er fertig ist. Such dir ein paar Männer, denen du vertraust. Nimm eine Triere. Nein, nimm drei – zur Sicherheit.«

Hekataios verließ die Beratung. Alexander erhob sich, ging zum Fenster und blickte hinab in den Hof, wo das große Fest immer lauter wurde. Ohne sich umzudrehen sagte er:

»Drakon, Demaratos – Sammler und Übermittler von Nachrichten, leiht ihr mir Augen und Ohren, wie ihr es für Philipp getan habt?«

Drakon betrachtete den Rücken des Königs. »Einige Dinge müßten geändert werden ...«

Alexander wandte sich ihnen wieder zu. »Ich weiß. Viele Dinge. Und das Heer braucht neue Ärzte, eine bessere Versorgung. Unter Philipp war es schon viel besser als in allen anderen Heeren von Hellas. Vielleicht in der ganzen Oikumene. Aber – wir verlieren noch immer zu viele gute Männer, die nicht sterben müßten, wenn mehr Heiler und Kräuter und Verbände vorhanden wären. Du und Philippos?«

»Bis auf weiteres – ja.«

»Nutzt die klugen Kräuterlisten, die Aristoteles besitzt, meine Freunde.«

»Es gibt noch andere Dinge, die geändert werden müssen.«

Alexander legte eine Hand auf Drakons Schulter und seufzte. »Ich weiß, ich weiß. Morgen. Nicht jetzt.«

Demaratos kicherte. »Auge und Ohr soll ich dir leihen? Vergißt du nicht etwas, Junge?«

Alexander setzte sich wieder und trank einen Schluck Wasser. »Ich habe schon nachgezählt. Mein Vater hat mir an die achtzig Talente hinterlassen, im Schatz; und fünfhundert Talente an Schulden. Die Bergwerke werden neues Gold liefern – langsam. Die Steuereinnehmer und Zöllner werden Geld bringen – sehr langsam. Zu langsam. Ich werde mich auf meine Freunde stützen müssen. Die hier sind und die herkommen. Ptolemaios wird Truppen aufstellen und ausbilden, und aus der eigenen Tasche bezahlen – zuerst. Nearchos wird Architekten, Straßenbauer, Techniker jeder Art anwerben – und aus der eigenen Tasche bezahlen. Eumenes wird ein neues System des Verwaltens und Aufzeichnens entwikkeln – und bezahlen. Harpalos wird den Staatsschatz regeln – und aufstocken. Was kannst du mir leihen, Demaratos?«

Der Korinther grinste. »Ich habe gute Geschäfte gemacht, nicht zuletzt mit Hilfe deines Vaters. Ich sehe aufregende Zeiten vor uns, von denen ich etwas miterleben möchte. – Ich kenne da einige Leute ... Wie wäre es mit fünfhundert Talenten?«

Alexander riß die Augen auf. »So viel?«

»Wie gesagt, es gibt Leute, die bereit wären, ihr Geld in ein verheißungsvolles Unternehmen zu stecken. Wenn du nicht nach ihren Namen fragst.«

»Ich danke dir – Freund Demaratos. Demaratos mit den klugen Augen. Demaratos, dem nichts entgeht.« Alexander lächelte boshaft. »Demaratos mit Watschelgang und Hängebacken, mit Ringen an den Fingern und am rechten Ohr. Oder war es das linke? Wie auch immer – ich danke dir. Sei sicher, daß ich es dir vergelten werde. Später.«

Demaratos erholte sich schnell von seiner Verblüffung. »Es gibt ein kretisches Wort, König der Makedonen. Wenn ein König bei dir Schulden hat, hast du ein Königreich. Wie sollte ich mich nun anders fühlen als – königlich?« Er lachte.

Drakon blickte zwischen Alexander und Demaratos hin und her. Er schien etwas sagen zu wollen, schüttelte dann jedoch den Kopf.

Alexander blinzelte. »Hast *du* den Aal beseitigt, Drakon? Auch dir danke ich.«

Der Heiler hob die Hände; Aristoteles sah ihn zum ersten Mal fassungslos.

Antipatros stand auf. »Nicht, daß ich eure geheimen Botschaften verstünde. Es geht mich auch nichts an. Aber es gibt noch eines, was sofort zu klären wäre – Herr.«

Alexander kam zu ihm, mit kleinen Schritten. Er legte ihm beide Hände auf die Schultern und sah ihn eindringlich an. »Antipatros, mein Vater. Hüter meines Rückens. Ich sage nein.«

Antipatros blinzelte sehr schnell. »Was meinst du?«

»Vielleicht ist sie ein Ungeheuer.« Alexander nahm die Hände von den Schultern des alten Mannes und ließ sie baumeln. Sein Gesicht veränderte sich, die Augen waren in der Ferne. »Wenn alles stimmt, was sie und der Seher sagen, bin ich an eine bestimmte Zukunft gefesselt, gebunden auf ein Rad aus Feuer ... Ein Ungeheuer töten, die Mutter schänden, den Vater schlachten, mein Glied der Göttin opfern, Gefäß des Ammon sein – all dies, und mehr, wollen die Götter.« Sein Blick kehrte zurück, irrte im Raum umher, ruhte auf Aristoteles. »Nun denn.« Das Gesicht wurde hart und kalt. »Den Vater hat ein anderer geschlachtet, und was die übrigen Dinge angeht, soweit sie nicht schon geschehen sind, gedenke ich den Göttern zu trotzen und das Rad und die Fesseln zu zerstören. Vielleicht ist sie ein Ungeheuer. Aber da die Götter wollen, daß ich sie schände und töte, werde ich sie nicht anrühren. Sie darf nie, nie, nie die Macht in die Hände bekommen. Aber sie wird leben – auch aus politischen Gründen.«

Aristoteles sog Luft durch die Zähne. »Was immer sonst dahinterstecken mag, er hat recht, Antipatros. Viele werden sagen, er sei der einzige, dem Philipps Tod nützt. Man wird an der Verschwörung, oder den Verschwörungen, gründlich zweifeln. Amyntas, Attalos, Heromenes, Arrhabaios, Pausanias – wie viele werden noch sterben müssen, damit ihr sicher sein könnt? Der Tod von Olympias wäre ein Segen für die Oikumene, denn sie ist ein Ungeheuer. Aber nicht nur in Athen würden dann viele sagen: Seht, das ist der Beweis – erst der Vater, dann die Mutter, damit er alles allein hat und keinem etwas schuldet.«

Demaratos nickte. »So ist es. Die heute hier waren, die draußen feiern, die dich kennen, Alexander, lieben und bewundern dich. Aber schon die Brüder und Vettern der Bergfürsten, jene, die dich nicht gesehen haben, sind nicht unbedingt hinter dir und mit dir. Nein, Antipatros, du hast einen klugen König. Er weiß, daß die Macht unsicher ist, schwankend wie der Fuß, der einen Speer und sonst nichts als Brücke zwischen sich und dem Abgrund hat. Ein Fehltritt, und du stürzt; ein falscher Entschluß, und das Land steht in Flammen. Olympias darf nicht umkommen. Jedenfalls noch nicht.«

Alexander war einen halben Kopf kleiner als Antipatros, aber irgendwie schien es, als ob der alte, erfahrene Hüter des Staats zum jungen König aufschaute.

»Es soll sein, wie du sagst, Alexander.« Er versuchte ein wenig zu grinsen, was ihm nur mühsam gelang; dabei schaute er über Alexanders Schulter Aristoteles an. »Ich bin zufrieden – Junge. Nun sag mir nur noch, warum du den hellenischen Gedankengaukler die ganze Zeit dabeihaben wolltest.«

Alexander runzelte die Stirn und wandte sich dem Philosophen zu. »Warum?«

Aristoteles antwortete. »Weil er, o edler Antipatros, befürchtet hatte, ihr könntet aus lauter Schrecken über seine Verwandlung und seine Beschlüsse den Widerspruch vergessen, da, wo Widerspruch angebracht ist. Deshalb wollte er mich dabeihaben, denn er weiß, daß Aristoteles als Philosoph nicht viel taugt, bei anderen Dingen jedoch oft klarer sieht als jene, die mit ihnen befaßt sind.« Er kicherte leise. »Außerdem plagt ihn eine gewisse Eitelkeit – die Eitelkeit des Schülers, der wissen will, ob der Lehrer mit ihm zufrieden ist. Nun, wie ist es, Alexander?«

Der König lächelte. »Du bist zufrieden, Aristoteles.«

18.

Jenseits der Thermopylen

Antipatros war nicht im Palast, als der Reisezug der Mutter des neuen Königs eintraf. Probleme des Nachschubs für das in Eilmärschen nach Hellas vordringende Heer Alexanders, Probleme der Versorgung der verstärkten Grenztruppen im Norden und Nordosten, Probleme des Nachschubs für die Männer am Hellespont, das Ausbleiben einer Nachricht über Attalos und Hekataios – zu viel zu tun, zu wenig Zeit. Hinzu kam, daß der eine oder andere *epistates* die Belange der von ihm verwalteten Stadt nicht mit einem der zuständigen Beamten, sondern mit Antipatros selbst besprechen wollte; desgleichen die Steuereinnehmer, desgleichen die Richter.

Olympias ritt in den Hof des Palasts, geführt und gefolgt von berittenen Dienern, von Sklaven, von Maultierkarren mit dem Besitz der Königinmutter. Ein paar Mann der Palastwache grüßten, zunächst verwirrt; Sklaven und Diener des Haushalts liefen herbei, um zu helfen. Olympias erkundigte sich nach Antipatros, nach Archelaos, aber auch der Herr des Haushalts war nicht zu finden. Mit einem dünnen Lächeln gab sie Anweisungen hinsichtlich des Gepäcks; dann stieg sie die Treppen hinauf. Ein Offizier der Palastwache trat ihr in den Weg, sichtlich von Zweifeln geplagt; Olympias schob ihn beiseite, und er wagte es nicht, Gewalt gegen Alexanders Mutter anzuwenden.

Sie wanderte langsam durch die Gänge, bis sie zu jenem kam, an dem ihre ehemaligen Gemächer lagen. Auch hier standen Posten, die bei ihrem Anblick grüßten, dann von einem Fuß auf den anderen traten und sie schließlich durchließen.

Sie betrachtete die Stelle im Gang, wo Philipp die Mauer hatte errichten lassen, die nun verschwunden war, spurlos. Dann hob sie die Schultern, richtete sich auf und trat zur Tür, hinter der Kleopatra lebte, Philipps Witwe.

Die Wachen standen am Ende des Gangs, schon halb im Treppenhaus. Etwas wie faßbares Unbehagen lag in der Luft. Und Stille. Von irgendwo, durch einen Boten herbeigeholt, tauchte Archelaos auf. Er kam die Treppe heraufgerannt. Bei den Wachen blieb er keuchend stehen.

»Wo ist sie?«

Einer der Männer deutete in den Gang.

Archelaos starrte ihn ungläubig an. »Ihr habt sie da reingehen lassen? O ihr Götter!« Er schob die Männer beiseite und lief zu den Gemächern der Witwe.

Ein langer, schriller Schrei hallte durch den Gang, durchs Treppenhaus, durch den Palast. Archelaos zuckte zusammen, stand einen Moment wie gelähmt; dann riß er die Tür auf.

Kleopatra lag auf dem Boden, in einer Blutlache; die rechte Hand klammerte sich um den Dolch, der in ihrer Brust steckte. Auf dem Schoß lag Philipps Tochter Europe, kaum zwei Monde alt. Das Wickeltuch war tiefrot. Der Kopf des Säuglings lag unnatürlich schräg; nur ein Hautfetzen verband ihn noch mit dem kleinen Körper.

Archelaos stieß ein würgendes Grunzen aus. Olympias stand ein paar Schritte entfernt, zwischen den Leichen und dem Fenster. Die Schlange ringelte sich um ihren Hals.

»Ah, Archelaos, gut dich zu sehen.« Sie betrachtete ihn mit einem milden, beinahe vorwurfsvollen Lächeln. »Wie kann man eine offensichtlich verwirrte Frau alleinlassen, mit ihrem Kind und einem Dolch?«

Archelaos starrte sie an. Sein Gesicht war kalkweiß.

Eumenes hatte abgenommen. Der fette Hellene, Leiter des königlichen Archivs, war mit der zweiten Heeresgruppe in Eilmärschen durch Thessalien gezogen, als Alexander mit der Hetairenreiterei bereits die Thermopylen besetzte. Nun saß er vor einem Zelt, eine Hand auf dem mit Rollen übersäten Tisch, in der anderen ein Hühnerbein. Er kaute und starrte über den schmalen Strand hinaus aufs Meer. Nur die knappen, vollmundigen Bemerkungen, mit denen er Fragen seiner Schreiber beantwortete, zeigten, daß er keineswegs döste.

Der Teil des Lagers, in dem die Nachrichten ausgewertet, gebündelt und an den König weitergegeben wurden, befand sich am Stadtrand von Alpenos, östlich der Engen. Leonidas, der große Spartaner, treu, wie das Gesetz es befahl, hatte hier sein Versorgungslager gehabt, als er die Thermopylen gegen die Heere des Xerxes verteidigte.

Eumenes hatte in den heißen, grünblauen, stinkenden Quellen gebadet; er hatte mißmutig die schroffen, bewaldeten, unzugänglichen Hänge und Höhen betrachtet und im Geiste Philipp gedankt, der die Straße erweitert und geebnet hatte. Die drei »Tore« genannten Durchlässe, jeweils etwa fünfzehn Stadien voneinander entfernt, waren mit Mauern gesichert und von makedonischen Kerntruppen besetzt. Ein Teil des Heeres lagerte westlich der Engen, zwischen den Bergen, den Flüssen und der Stadt Antikyra; das Hauptlager befand sich weiter östlich, zwischen Alpenos und Nikaia.

Die älteren Krieger und viele Offiziere kannten den Ort längst; sie waren unter Philipp durch die Engen gezogen, hatten sie bei anderer Gelegenheit umgangen, hatten beim Ausbau der Straße mitgearbeitet. Außerdem waren sie Makedonen; die sagenhafte Bedeutung der Thermopylen für Hellas mochte ihnen Achtung einflößen, verbunden mit einer gewissen Geringschätzung jener, die sich so oft und fast immer vergebens in der trügerischen Sicherheit gewiegt hatten, die Felsen, Meer und Helden hier doch nie bieten konnten. Für den Hellenen Eumenes war es ein heiliger Ort; er hatte geweint, als er die Thermopylen zum ersten Mal sah und betrat. Geweint, der Helden der Vorzeit gedacht, den Göttern Opfer dargebracht, das Gedächtnis des Verräters Ephialtes verflucht. Und dann, den Weinbecher in der Hand, über sich selbst gelacht – als ob, jenseits der Sage, die

Perser tatsächlich vom Verrat eines Mannes abhängig gewesen wären, der ihnen den Bergpfad, die Umgehung zeigen konnte.

Drakon war morgens aufgebrochen, um sich der Fußkranken und Siechen in den verschiedenen Lagern anzunehmen: Männer mit Fieber, mit verdorbenem Magen, mit geschwollenem Knöchel, mit entzündeten Körperteilen – das Übliche nach einem harten Marsch. Er war zu Fuß nach Osten gegangen; nun kam er zu Pferd von Westen, aus der Enge des letzten Tores. Er ritt bis unmittelbar neben Eumenes' Zelt, sprang ab, überließ das Tier einem Sklaven und kam zum Tisch.

Eumenes warf den Hühnerknochen fort und deutete auf den Schreiber, der mit dem Brief an Aristoteles beschäftigt war. »Weiter. – Drakon, der beste unter allen schlechten Ärzten, fiel eben vom Pferd. Sein ehrwürdiges Alter von beinahe fünf Jahrzehnten verbirgt er hinter ehrlosem Benehmen und einem ehrenrührigen Bart, wie du weißt. Er kaut auf einer welken Asphodele; sein Gesicht, das Dräuen des Zeus im Gewitter, verheißt Übles. – Später weiter. Na, Herr der Knochensägen?«

Drakon schob den Unterkiefer vor; die welke Blume richtete sich auf wie ein Phallos. »Laßt uns allein. Was ich zu sagen habe, ist nur für deine Ohren, o Bauchiger.«

Eumenes entließ die Schreiber mit ein paar Handbewegungen; er beugte sich vor, goß einen zweiten Becher voll und schob ihn dem Heiler hin. »Wein, mit etwas Wasser. Die Sonne geht ja bald unter, da darf man. – Also, was ist?«

Drakon setzte sich auf einen Haufen aus Fellen und Decken, nahm die Blume aus dem Mund, trank einen Schluck und streckte die Beine aus. »Ah. Böse Neuigkeiten, Freund. Ich habe, da ich ohnehin drüben war« – mit dem Kopf wies er nach Westen, jenseits der Thermopylen –, »die Boten abgefangen, die Briefe beschlagnahmt und mich seither gefragt, wer von uns beiden der Überbringer sein soll.«

Eumenes legte sein Gesicht in weinerliche Falten. »Ich

bin schlecht zu Fuß. Außerdem ist ein häßlicher schlanker Greis wie du für Leute wie Apollon und Alexander eher erträglich als ein feister Mann im besten Alter. Allein mein Anblick würde den König daran erinnern, daß er zu lange nichts gegessen hat.«

Drakon starrte vor sich auf den Boden; mit dem rechten Fuß scharrte er Sand zu einem Häufchen und ebnete es sogleich wieder ein. »Na gut. Ich gehe. Hast du etwas für ihn?«

Eumenes wühlte in den Rollen. »Willst du Papyros, oder reicht dir zunächst eine Zusammenfassung?«

»Kein Papyros.«

Der Hellene nickte. »Gut. Übliches ist dabei; Meldungen aus rückwärtigen Lagern und Festungen, der Stand des Nachschubs, dergleichen. Und zwei Dinge von Bedeutung, aber nicht so eilig, daß er sie vor der Abendbesprechung haben müßte.« Er hielt eine Rolle hoch, dann eine zweite. »Kamen mit einem Schnellsegler an, heute mittag.«

»Was ist es?«

»Ein Brief von Hekataios, ein Schreiben von Parmenion. Beide behandeln Attalos und was damit zusammenhängt. Parmenion hat dann noch eine hastige Nachschrift hingekritzelt. Sie haben Attalos von seinen eigenen Leuten hinrichten lassen; keiner hat sich geweigert. Das Heer am Hellespont ist treu. Wichtiger – na ja, Parmenion hat die Dinge in der Hand, deshalb ist es nicht so überraschend; wichtiger ist die Nachschrift.« Er fuchtelte mit der zweiten Rolle. »Die Söldnerführer, Memnon und Mentor, haben ihnen ja heftig zugesetzt und sie an den Hellespont zurückgedrängt. Wie wir zu gut wissen. Seit einiger Zeit war da aber Ruhe – jedenfalls fast. Parmenions Nachschrift sagt, weshalb.«

Drakon ächzte. »Mach's doch nicht so spannend.«

Eumenes lächelte. »Nachrichten aus dem Inneren des persischen Reichs brauchen lange. Vor allem Bestätigungen. Arses ist tot – ermordet.«

Drakon fuhr auf. »Was?«

»Der Großkönig wurde wahrscheinlich von Bagoas dem Hurtigen umgebracht – dem Eunuchen, der ihn vor ein paar Jahren auf den Thron gehoben hat. Der neue Großkönig heißt Dareios, aber es bleibt alles in der Familie. Arses war der jüngste Sohn von Artaxerxes Ochos, Dareios ist ein Sohn von Arsames, dem Bruder von Ochos' Vater. Also, er ist ein Vetter von Artaxerxes und ...«

Drakon stand auf. »Deine Familiengeschichten kümmern mich jetzt nicht. Es gibt andere; Familiengeschichten, die schlimmer sind.«

»Was denn?«

Drakon winkte dem Sklaven, der ihm das Pferd brachte und auf Drakons Handbewegung hin außer Hörweite ging. Leise sagte der Arzt:

»Meldung von Archelaos. Olympias ist wieder in Pella. Sie hat – ah, es war keiner da, der sie hätte hindern können. Sie hat Kleopatra und das Kind umgebracht und behauptet, Kleopatra hätte es selbst getan, in einem Anfall von Verwirrung.«

Eumenes schloß die Augen. »Viel Vergnügen bei der Weitergabe. O ihr Götter – was für eine Hexe!«

Bei Sonnenuntergang kehrte Drakon zurück. Er ließ sein Pferd in der Obhut der eigenen Sklaven und kam mit langsamen, steifen Schritten zu Eumenes, der eben den letzten Brief des Tages beendet hatte und den Haufen der von Alexander zu unterzeichnenden Rollen sichtete.

»Na?«

»Selber na. Hast du was zu trinken?«

»Mit Wasser?«

»Bah.«

Eumenes goß einen Becher voll, unverdünnt; Drakon trank ihn halbleer, im Stehen. Dann erst setzte er sich auf einen der Klappstühle.

»Heute keine Besprechung mehr; er will niemanden sehen. Er ist weiß geworden wie, ah, wie frischer Käse. Du sollst zwei Briefe fertigmachen. Einen an Olympias – Verehrung des Sohnes und so weiter. Leider sei nach neuesten Erkenntnissen eine Menge persischer Meuchelmörder unterwegs; daher müsse die Bewegung wichtiger Menschen eingeschränkt werden. Klartext, den Schmus kannst du ja dazutun: Olympias hat den Palast nicht zu verlassen, außer, wenn sie zu Aristandros und seinem Tempel will. Inner- und außerhalb des Palastes scharfe Bewachung. Der andere Brief, doppelt, an Archelaos und Antipatros: Olympias ist schärfstens zu bewachen; desgleichen Arridaios, Kynnane und überhaupt alle, denen sie möglicherweise etwas antun könnte.«

Eumenes seufzte. »Wie schön. Wann läßt er sie endlich erwürgen?«

Drakons Gesicht zog sich in die Länge; er krallte die Finger der Rechten in den grauschwarzen Bart. »Nie. – Ah, noch etwas. Morgen kommt eine Gesandtschaft aus Athen. Mal sehen, wie sie sich diesmal rauswinden.«

Je näher sie den Thermopylen kamen, um so langsamer wurde der Zug. Einige der Gesandten ritten, andere saßen auf zweirädrigen Karren, die von Pferden gezogen wurden; Demades und Demosthenes gingen zu Fuß. Demades unterhielt sich mit einem der Diener über die Art, in der die Geschenke an den König zu verpacken und zu überreichen seien. Die ersten Häuser von Nikaia lagen vor ihnen; in zwei Stunden, so schätzten die Führer, würden sie das Hauptlager der Makedonen erreichen. Reitertruppen hatten sie kurz angehalten, eine Weile geleitet und waren dann wieder verschwunden.

Demosthenes, der vorausging, blieb plötzlich stehen und wartete, bis Demades neben ihm war. Demades seufzte und schickte den Diener fort.

Demosthenes fingerte an seinem Reiseumhang herum. »Ah, ich, also . . .«

Demades schaute ihn von der Seite an, mit einem unverhohlenen Ausdruck von Abscheu. »Darauf warte ich, seit wir Athen verlassen haben.«

Demosthenes schnitt eine Fratze. »Wäre es nicht, bei allem, was den Menschen durch die Gnade und Verfügung der ewigen Götter zu erkennen gestattet ist, eine durchaus denkbare Annahme, daß der siegreiche junge König der Makedonen Anstoß nehmen möchte an einer Friedensgesandtschaft, die Demosthenes unter ...«

Demades sagte halblaut: »Aaaah! Erspar mir dein dummes Geschwätz. Heb es dir auf für deine gehörlosen Anhänger.«

»Meinst du nicht, daß etwas an meiner Überlegung sein könnte?«

Demades nickte. »Daran ist zweifellos etwas. Das Übliche nämlich. Eitelkeit, solange du bei den Gewinnern bist; und Feigheit, wenn es ans Bezahlen geht.«

Der Zug hatte sich bereits ein wenig von ihnen entfernt. Demosthenes schaute hinter den anderen her, dann auf die Straße, zurück, nach rechts und links, als ob er etwas suchte. Makedonen, zum Beispiel. Er gab sich offenbar Mühe, tapfer und unbesorgt dreinzuschauen.

Demades hob die Hände. »Also gut; hau ab. Wahrscheinlich ist es auch besser so. Wenn sie dich als heiliges Opfer hätten, wären deine Leute noch unerträglicher.«

Demosthenes stieß einen tiefen Seufzer aus. »Das werde ich dir nie vergessen, edler Demades. Ich schulde dir mein Leben.«

Demades grinste; er lockerte ein Tuch, das er um die Hüfte gelegt hatte. »Dein Leben? Nicht der Rede wert.«

»Aber was, wenn er, ah, Alexander, meinen Kopf verlangt?«

Demades nahm das gelöste Tuch und warf es über den Kopf des Demosthenes, der nun aussah wie ein wandernder Bettler. »Deinen was? Kopf? Ich sag ihm die Wahrheit. Daß du nie einen hattest.«

»Kann ich sie haben? Behalten?« Peukestas deutete auf die Rollen; einige kringelten sich auf dem Tisch, andere steckten in einem hohen, engen Weidenkorb. »Die von Eumenes sind sehr unterhaltsam. Und die anderen ...«

Pythias kniete vor dem Feuer, das sie neu anfachte; sie wandte den Kopf. »Du kannst dich auch gleich in dein Schwert stürzen, Makedone.«

»Wieso?«

Aristoteles grunzte nur; Pythias stand auf, nahm die Ölkanne und den schmalen Trichter, um die Lämpchen aufzufüllen. Ohne Peukestas anzusehen, sagte sie:

»Alexander ist tot, aber die anderen? Ich glaube nicht, daß Olympias dich einen Atemzug länger leben läßt, als sie braucht, um dich zu erstechen oder zu vergiften. Sobald sie nur ahnt, daß du derlei in deinem Besitz hast. Solange sie lebt, kannst du es nicht benutzen. Und sie ist zäh – nach allem, was ich weiß. Auch die übrigen leben ja noch. Ptolemaios, Perdikkas, Eumenes – alle bis auf deinen Vater. Nicht zu vergessen der Hüter des Reichs, Antipatros.«

»Ein guter Freund«, murmelte Aristoteles. »Ich hatte viele gute und schlechte Schüler, dazu einige treffliche Feinde. Aber nur drei wirklich gute Freunde. Philipp, der alles schuf, ist tot; Parmenion, der sein Schwert war, ist tot. Antipatros der Hüter, der Mehrer, der Verwalter – er weiß, daß ich diese Schriften habe. Er weiß auch, daß ich sie niemals mißbrauchen würde. Nein, Peukestas; du kannst sie nicht haben. Sie werden brennen; später.«

»Und die Dinge, die ich nun weiß? Die ich gelesen und gehört habe?«

Aristoteles lächelte müde. »Gerüchte. Du kannst sie niederschreiben, wenn du deines Lebens überdrüssig bist. Ist denn nach allem, was in diesen Stunden gesprochen und gelesen wurde, das Wesen der Macht immer noch so undeutlich für dich? Bist du nicht zusammengezuckt, als Aristoteles und Demaratos so selbstverständlich der Folterung von Heromenes und Arrhabaios beiwohnten? Hast du es nicht – begriffen?«

Peukestas schwieg; er betrachtete die Rollen im Korb.

Die Stimme des Philosophen klang gelangweilt. »So viele Träumer. Wer die Macht hat, wer sie behalten und sichern will, ganz gleich, ob aus Eigennutz oder zugunsten des Volks, muß diese Dinge tun. Demaratos wußte es; er war zu lange zu nah an der Macht. Ich wußte es; ich habe zu viele Mächtige gekannt und mit ihnen gesprochen. Und Gedanken gedacht. Deshalb bin ich nicht zurückgeschreckt, damals in Aigai. Ich habe es nicht *gemocht*, wenn dieses schwache Wort dir etwas sagt. Ich habe es widerwärtig gefunden; und notwendig. Was wird Olympias mit *dir* anstellen, wenn sie weiß, daß du diese Rollen hast? Oder auch die anderen, die auf ihnen verzeichnet sind? Die seit Jahrzehnten die Macht verwalten, verwenden, gebrauchen, mißbrauchen? Eumenes, ein harmloser fetter Hellene? Ah, aber du irrst dich, Sohn Drakons. Er ist notfalls wie jenes lange Messer, mit dem dein Vater die unheilbaren Verwundungen behandelte. Er würde abwägen, sich erinnern oder es versuchen; er würde nach langem Denken sagen, wahrscheinlich sei nichts in den Briefen, was ihn gefährden oder belasten könnte. Und dann würde er dich zerquetschen, wie einen Käfer, der einfach durch sein Brummen, sein bloßes Dasein lästig ist – weil er den großen Eumenes gezwungen hat, einige Atemzüge lang über unwichtige Dinge zu grübeln. Perdikkas hat mir nie geschrieben, aber er weiß, daß andere es getan haben. Er würde die Schultern heben, mit seinem gezähnten Lächeln. Drakons Sohn besitzt gefährliche Schriften? Unwichtig – aber das Reich ist aufzuteilen, wer wird sich auf wessen Seite schlagen, was wird Olympias tun, kann durch die Schriften ein gefährliches Ungleichgewicht entstehen, kann man sie verwenden? Er würde das Andenken deines Vaters ehren, Peukestas; dann würde er dich erdrosseln lassen und die Briefe lesen, um sie gegen die anderen zu benutzen. Krateros, der gemütliche Bär, Freund der einfachen Krieger? Er würde dir den Hals umdrehen, mit einer Hand; mit der anderen würde er nach den Rollen greifen.«

»Du ... du gibst mir tödliche Waffen in die Hand, die ich nicht verwenden kann.«

Aristoteles ächzte; mühsam drehte er sich auf die

Seite. Pythias kniete neben dem Lager und reichte ihm Wasser, half ihm trinken.

»Ich danke dir, Kind. – Es ist Wissen, Peukestas. Wissen ist Macht, Wissen ist eine Waffe, wenn man es als Waffe einsetzt. Das richtige Wissen zur falschen Zeit ist eine tödliche Waffe; zwei Tage früher oder später kann es harmlos sein, lau und unschädlich. Und wichtiger als die Waffe ist die Hand, die sie führt. Was waren die unermeßlichen Heere des Dareios gegen – euch? Dareios hatte gewissermaßen keine Hände; ihr wart in den Händen von Alexander, von Parmenion, von Kleitos, Philotas, Perdikkas, Hephaistion und den anderen. Dieses Wissen, das dort auf Rollen verzeichnet steht, in der Hand eines Mannes, der damit umgehen kann, ist eine furchtbare Waffe. In deiner Hand wäre es Selbsttötung, Peukestas.«

»Nenn mir die Hand, und ich gebe die Waffe weiter.«

Aristoteles lachte. »Du irrst. Du wirst sie nicht weitergeben. Unter den Rollen, die hier liegen – und von denen erst ein geringer Teil verbrannt ist –, gibt es zweierlei Waffen. Die eine Art, in der richtigen Hand, könnte das Reich Alexanders dauerhaft festigen. Die andere Art könnte es sehr schnell zerstören. Diese Art, Peukestas, hältst du in der Hand; aber deine Hand ist zu schwach, und die Zerstörung des Reichs ist das Gegenteil dessen, was du anstrebst.«

»Gib mir die andere Waffe.« Der Makedone hob flehend die Hände. »Gib sie mir – gib mir den Brief, in dem Alexander seinen Nachfolger benannt hat!«

»Bist du sicher, daß dieser Brief nicht zur Zerstörung führt? In deiner Hand? Geh die Namen durch – die Namen derer, die vielleicht in Frage kommen. Antipatros, Perdikkas, Ptolemaios, Seleukos, Antigonos, Krateros, Meleagros, all die andren. Geh du, Peukestas, Sohn Drakons, machtloser wiewohl edler Makedone, mit diesem Brief zu den Fürsten und Führern. Was, glaubst du, wird Perdikkas tun, wenn nicht sein Name der Name des Auserwählten ist? Was Ptolemaios, was Krateros, was die anderen? Glaubst du, die Herren der Welt unterbrechen ihren Streit – wegen der Worte eines Toten, geschrieben an einen anderen Toten, mit toter Tinte auf totem Papyros?«

Peukestas schwieg; er trank hastig. Dabei spürte er, als er die brennenden Augen schloß, die Blicke von Pythias, die ihn beinahe mitleidig musterte, und die von Aristoteles – kühl, entrückt, gleichmütig und unendlich überlegen.

»Wie ging es weiter?« sagte er schließlich, kaum hörbar.

Aristoteles setzte sich auf, mit Pythias' Hilfe. Er schaute zum Weidenkorb, in dem Rollen standen, dann zur Wand, zu den Regalen, in denen immer noch viele Rollen lagen. Dann lächelte er flüchtig.

»Die wichtigen Dinge sind noch da. Eine Rolle, neben anderen, die du besitzen kannst – ich will sie dir schenken, wenn du magst. Aber sie behandelt Ereignisse des nächsten Jahres. Laß uns noch kurz verweilen. Die athenische Gesandtschaft ... Nun ja, sie gaben Alexander, was er haben wollte – nicht den Kopf des Demosthenes, den verlangte er auch erst später, wie du selbst wirst lesen können. Die unglaubliche Schnelligkeit, mit der er aus dem Norden nach Hellas gekommen war, lähmte jeden Widerstand, der sich erst hätte gründlicher regen müssen, um wirksam zu werden. Er bekam Athens Zusage, daß der Bund von Korinth weiter bestehen sollte. Daß Athens Flotte für den Rachefeldzug gegen Persien zur Verfügung stünde. Er reiste nach Delphi und Korinth, und als er im späten Herbst nach Pella heimkehrte, war er König der Makedonen, Archon der Thessalier, Feldherr der delphischen Amphiktyonie, Hegemon und Stratege des Bundes von Korinth – er war all das, was Philipp gewesen war.

Er war aber auch mehr. Damals schon, zumindest in mancher Hinsicht. Er hatte begonnen, das Heer umzubauen. Es gab neue Begriffe; Wörter, Peukestas, die den Dingen neue Bedeutung verleihen. Sein Vater hatte aus dem Fußvolk eine Kerntruppe hervorgehoben und zu

Gefährten zu Fuß gemacht, Pezhetairen. Die übrigen hießen Hopliten, wie alle. Alexander nannte sie nun alle Pezhetairen; und die Kerntruppe Schildträger, Hypaspisten – Hopliten, einfache Hopliten, mochten für Athen in den Kampf ziehen, aber Makedoniens ruhmreiche, unbezwingliche Fußkämpfer mit den langen Sarissen sollten anders heißen. Er erweiterte die Einheiten, die Philipp aufgebaut hatte – die besonderen Truppen, die Techniker, die Belagerer, die Geographen, die Wegvermesser, die Baumeister, die Heiler. Und wie sein Vater tat er nichts ohne dreifachen Nutzen. Der Feldzug, den er im Frühjahr begann, hatte vielerlei Hintergründe; über den Verlauf wirst du gleich selbst lesen können.

Die Hintergründe waren etwas anderes. Bevor er nach Asien gehen konnte, mußten die Grenzen sicher sein. Er mußte wissen, ob er sich auf die Gebietsfürsten, die Verbündeten, die Beamten in Pella verlassen konnte. Ob Antipatros nicht doch schon zu alt war, um Pella zu leiten und Olympias zu zähmen. Was die Hellenen tun würden, wenn er weit fort war. Und wie das Heer, Philipps Heer, mit den neuen Hypaspisten, mit den Kerntruppen, mit den thessalischen Reitern und den verbündeten Agrianen unter seiner Führung kämpfen konnte. Er mußte wissen, ob die Offiziere Philipps verläßlich waren, und ob er sich bei seinen jungen Gefährten nicht nur auf die Treue, sondern auch auf ihre Fähigkeiten stützen konnte. All dies.

Und all dies beschrieb Ptolemaios, Sohn des Lagos, und er gab mir, ehe sie nach Asien aufbrachen, eine Abschrift. Später bat er mich, etwas einzufügen; ich habe es versäumt, du kannst es nachholen.«

»Was ist es?«

»Als sie am Istros standen, den die Kelten weiter am Oberlauf Danoubis nennen, und die Insel im Strom war voller Feinde, ebenso das andere Ufer, da empfand, schrieb Ptolemaios mir, Alexander jene ungeheure Sehnsucht, die ihn später immer weiter trieb, oder zog. Sehnsucht nach dem anderen Ufer, nach der anderen Seite der Berge, nach der verborgenen Seite der Dinge, nach der

Unterseite des Schattens und der Rückseite des Windes. Er habe damals nicht gewußt, wie gewaltig dies Sehnen war und sein würde, schrieb Ptolemaios; deshalb habe er es nicht erwähnt.«

»Das Sehnen Alexanders ...«, murmelte Peukestas.

Aristoteles hustete; er ließ sich wieder sinken, lag auf dem Rücken. »Das Sehnen Alexanders, ja. Aber darüber werden wir zu reden haben – später. Lies. Es ist die besonders dicke Rolle, zu deinen Füßen, im Korb. Die mit dem roten Band.«

Bei Frühjahrsbeginn zog Alexander nach Thrakien zu Triballern und Illyrern, weil er von Abfallbestrebungen erfahren hatte und es ihm nicht geraten schien, sich weit von der Heimat zu entfernen, ohne diese Völker der Grenze befriedet zurückzulassen. Er brach von Amphipolis auf und drang in das Gebiet der sogenannten Freien Thraker ein, wobei er Philippoi und das Orbelosgebirge links liegenließ. Dann überschritt er den Nestos und kam nach neun Tagen an den Haimos. Dort stellten sich ihm am Aufstieg zur Paßenge eine Masse von Einheimischen in Waffen sowie die Freien Thraker entgegen. Sie hatten Karren zusammengefahren, Schutzwehr zur Verteidigung, falls man den gewaltsamen Durchbruch versuchte. Zugleich wollten sie diese Karren auf die makedonische Phalanx hinabrasen lassen; je dichter diese Säule war, desto gründlicher würden die herabrollenden Fahrzeuge sie zersprengen.

Alexander überlegte, wie man sicher das Gebirge überqueren könne. Als er zu der Ansicht gekommen war, einen anderen Weg gebe es nicht, befahl er den Schwerbewaffneten, sie sollten, wenn die Wagen herabkämen, auseinandertreten. So könnten die Wagen durch sie hindurchfahren. Die aber, die im Gelände feststeckten, sollten sich zu Boden werfen und unter den aneinander gelegten Schilden zusammenrollen, damit die Karren über sie hinwegbrausten. Und wie Alexander vermutet hatte, verlief alles weitere: Die einen schufen Lücken, bei den anderen rollten die Karren über die Schilde hinweg und richteten wenig Schaden an. Verluste gab es nicht.

Dann stürmten die Makedonen mit Gebrüll auf die Thraker los. Alexander ließ die Bogenschützen vom rechten Flügel vor die anderen Teile der Phalanx rücken, weil sie sich dort leichter bewegen und die Thraker beschießen konnten, wo sie sich näherten. Er selbst nahm Leibtruppen, Hypaspisten und Agrianen und bezog seinen Platz auf dem linken Flügel. Mit Pfeilschüssen trieb man die Thraker zurück; dann bezwang die Phalanx im Nahkampf die nicht gepanzerten, schlecht ausgerüsteten Gegner, so daß diese, als Alexander vom linken Flügel aus angriff, die Waffen wegwarfen und bergab flohen. Etwa tausendfünfhundert von ihnen kamen um, gefangen wurden wegen ihrer Behendigkeit und Geländekenntnis nur wenige. In makedonische Hand jedoch fielen alle Frauen, die sie begleiteten, sowie die Kinder und die ganze Habe.

Alexander ließ die Beute zum Verkauf in die Küstenstädte bringen. Er selbst überstieg den Gebirgskamm und marschierte durch das Haimosgebirge zu den Triballern. Dabei kam er zum Fluß Lyginos, der vom Istros aus in Richtung auf den Haimos drei Tagereisen entfernt ist. Syrmos, der Triballerkönig, hatte Frauen und Kinder der Triballer zum Istros geschickt und sie dort auf eine der Inseln im Fluß hinüberbringen lassen. Der Name der Insel ist Peuke. Auf diese Insel hatten sich beim Anrücken Alexanders auch die den Triballern benachbarten Thraker geflüchtet, selbst Syrmos war mit seiner Umgebung dorthin geflohen. Die Hauptmasse der Triballer befand sich auf dem Rückzug zu dem Fluß, von dem Alexander tags zuvor aufgebrochen war.

Als er von dieser Bewegung hörte, kehrte er um und marschierte gegen die Triballer, auf die er traf, als sie gerade das Lager aufgeschlagen hatten. Überrascht suchten sie sich im bewaldeten Flußtal zum Kampf aufzustellen. Alexander ordnete die Phalanx in Marschsäulen und führte sie; Bogenschützen und Schleuderer ließ er vorauslaufen, um die Barbaren mit Pfeilen und Steinen zu beschießen, in der Absicht, sie in offenes Gelände herauszulocken. Und in der Tat, in Schußweite geraten, rannten sie im Pfeilhagel zum Gegenangriff, um die Bogenschützen in einen Nahkampf zu verwickeln. Alexander gab Philotas den Befehl, mit den Reitern aus Obermakedonien rechts die Feinde anzugreifen, wo sie am weitesten vorgelaufen waren; Herakleides und Sopolis mit der Reiterei aus Bottiaia und Amphipolis ließ er links vorstoßen. Die Phalanx und auseinandergezogen vor dieser die übrigen Reiter sollten in der Mitte vorrücken.

Solange man lediglich mit Schußwaffen kämpfte, waren die Triballer kaum im Nachteil. Als aber die Phalanx mit aller Wucht in sie einbrach und auch die Reiterei nicht mehr nur Speere warf, sondern unterstützt durch die Wirkung der Pferdeleiber überall herandrängte und über sie herfiel, wandten sie sich zur Flucht durch den Wald in Richtung auf den Fluß. Dreitausend gingen dabei zugrunde. Nur wenige wurden gefangen, denn der Wald vor dem Fluß war dicht, und die hereinbrechende Nacht hinderte die Makedonen an der Verfolgung. Von den Makedonen fielen elf Reiter, dazu an die vierzig Fußkämpfer.

Am dritten Tag nach dieser Schlacht kam Alexander an den Istros, den größten der Flüsse in Europa. Dort traf er die Kriegsschiffe an, die befehlsgemäß durch das Euxeinische Meer und anschließend flußaufwärts von Byzantion her gekommen waren, bemannte sie mit Bogenschützen und schweren Fußkämpfern und wollte die Insel anlaufen, auf die sich Triballer und Thraker geflüchtet hatten. Man versuchte eine Landung; die Barbaren stellten sich zur Abwehr am Ufer der Insel überall dort auf, wo die Schiffe sich näherten. Deren Zahl indes war gering und auch die Streitmacht auf ihnen klein. Im übrigen erwies sich die Insel an den meisten Stellen auch als zu steil für eine Landung und die Strömung des Flusses als reißend, so daß an ein Herankommen nicht zu denken war. So zog

Alexander die Schiffe wieder ab und beschloß, über den Istros selbst gegen die Geten vorzugehen, die er schon in Massen am jenseitigen Ufer versammelt sah, um ihn an der Landung zu hindern. Es waren dies etwa viertausend Reiter und mehr als zehntausend Mann zu Fuß. So stieg er selbst auf eines der Schiffe, ließ überdies die Lederhäute, unter denen die Leute zu nächtigen pflegten, mit Heu vollstopfen, zu Flößen verbinden und an Booten zusammenholen, was sich in der Gegend fand. Den Fluß überschritten zusammen mit Alexander eintausendfünfhundert Reiter sowie etwa viertausend Mann zu Fuß.

Man setzte noch in der Nacht über, und zwar an einer Stelle, wo sich ein hohes Getreidefeld befand. So ließ sich besser verbergen, wie man sich dem Ufer näherte. Am Morgen rückte Alexander noch vor Tagesanbruch durch das Getreide vor, wobei er den Leuten befahl, die Lanzen quer zu halten und so die Halme umzuknicken, bis man auf unbebautes Gelände kam. Die Reiterei folgte der Fußtruppe, solange man durch das Getreide marschierte; als man aber das Feld hinter sich hatte, zog Alexander selbst sie nach rechts und befahl Nikanor, die Phalanx in Schlachtordnung auseinandergezogen vorzuführen. Die Geten hielten bereits dem ersten Ansturm der Reiter nicht stand, denn Alexanders Kühnheit schien ihnen ganz unglaublich, mit der er in einer Nacht über den Istros gelangt war, ohne eine Brücke zu schlagen; etwas Furchtbares war für sie auch die geschlossene Reihe der Phalanx, und ein schrecklicher Schlag der Reiterangriff. So flohen sie zuerst in die Stadt, für sie etwa dreißig Stadien vom Fluß entfernt. Als sie sahen, wie Alexander seine Phalanx den Fluß entlang heranführte, um zu vermeiden, daß sie eingekreist würde, wenn die Geten eine Falle gelegt hätten, die Reiterei hingegen in Kampfformation, da verließen sie auch die Stadt, denn sie war nur mangelhaft befestigt. Sie nahmen an Frauen und Kindern auf die Pferde, was diese tragen konnten, und flohen zu unbewohntem Land, möglichst weit vom Fluß entfernt. Alexander nahm die Stadt und in ihr alles, was die Geten zurückgelassen hatten; die Beute ließ er durch Meleagros und Philippos nach rückwärts bringen. Er zerstörte den Ort und brachte am Ufer des Istros Dankopfer für Zeus, Herakles und den Istros selbst dar. Dann führte er noch am gleichen Tag alle seine Leute unversehrt ins Lager zurück.

Darauf kamen zu Alexander Gesandte von anderen Völkern, die in Unabhängigkeit am Istros wohnen, dazu auch von Syrmos, dem König der Triballer, sowie den Kelten. Sie sagten ausnahmslos, sie kämen, weil sie nach einem Freundschaftsvertrag mit Alexander strebten, und es wurden mit ihnen allen gegenseitige Abmachungen beschworen. Die Kelten fragte Alexander auch, was sie von allen Dingen, die den Menschen zustoßen könnten, am meisten fürchteten. Sie sagten, sie fürchteten sich lediglich davor, daß ihnen der Himmel auf den Kopf falle. Sie seien zwar voller Bewunderung für Alexander, doch wenn sie Gesandte zu ihm schickten, so geschehe dies weder aus Furcht noch weil sie sich Nutzen davon versprächen. Diese Leute nun nannte er Freunde und machte sie zu Bundesgenossen. Dann schickte er sie heim und bemerkte zur ganzen Sache nur, die Kelten seien Windbeutel.

Er wollte nun in das Gebiet der Agrianen und Paionen vorrücken. Da trafen Meldungen ein, Kleitos, Sohn des Bardylis, sei abgefallen und Glaukias, König der Taulantier, habe sich diesem angeschlossen. Zugleich meldeten die Boten, die Autariaten hätten die Absicht, ihn unterwegs anzugreifen. Daher schien es ihm das beste, sofort aufzubrechen. Zu dieser Zeit befand sich Langaros, der König der Agrianen, schon lange befreundet mit Alexander, im Lager und hatte die ansehnlichsten, bestgerüsteten seiner Leibtruppen bei sich. Als er hörte, Alexander erkundige sich über die Autariaten, sagte er, um diese brauche man sich keine Sorgen zu machen, sie seien die Schlappsten der ganzen Gegend. Er selbst werde bei ihnen einfallen, damit sie sich etwas mehr um ihre eigenen Dinge kümmerten. Dies führte er mit Genehmigung

Alexanders dann auch durch und brandschatzte ihr Gebiet.

Langaros wurde von Alexander geschätzt und erhielt solche Geschenke, die bei den Makedonen als die ehrenvollsten gelten. Vor allem aber versprach Alexander, ihm seine Schwester Kynnane zur Frau zu geben, sobald er nach Pella käme. Indes starb Langaros bald nach der Rückkehr aus dem Felde an einer Krankheit.

Alexander zog den Fluß Erigon hinauf nach Pellion. Diese Stadt war der bestbefestigte Platz der ganzen Gegend; deshalb hatte Kleitos sie besetzt. Alexander lagerte am Eordaios in der Absicht, am nächsten Tag die Mauer zu stürmen. Die Leute des Kleitos hielten jedoch die umliegenden steilen und dichtbewaldeten Berge besetzt, um die Makedonen von allen Seiten anzugreifen. Glaukias, der Taulantierkönig, war mit seinen Hilfstruppen noch nicht zur Stelle.

Alexander rückte nun gegen die Stadt vor. Da töteten die Gegner drei Knaben, drei Mädchen und drei schwarze Widder und brachen auf, mit den Makedonen den Kampf zu beginnen. Sobald es aber zum Nahkampf kam, liefen sie davon, obwohl die von ihnen besetzten Stellungen kaum zugänglich waren. Man fand die geschlachteten Opfer so, wie sie sie liegengelassen hatten.

Am gleichen Tage noch gelang es Alexander, die Stadt einzuschließen. Er errichtete vor den Mauern ein Lager und wollte die Gegner mit Hilfe der Umwallung abriegeln. Jedoch erschien tags darauf Glaukias, der Taulantierkönig, mit starker Streitmacht, und Alexander mußte den Plan fallenlassen, denn nicht nur Zahl und Kampfkraft der in die Stadt Geflohenen waren groß, auch Glaukias würde ihm mit einer Masse Leute zusetzen, wenn er den Sturm auf die Mauern wagte. So schickte er Philotas mit Reitern sowie Tragtieren auf Verpflegungssuche. Glaukias, der das Abrücken des Philotas und seiner Leute bemerkte, ging gegen sie vor und besetzte die Hügel rund um die Ebene, in der man Getreide mähen wollte. Nun aber nahm Alexander Hypaspisten, Bogenschützen und

Agrianen sowie etwa vierhundert Reiter, um ihnen zu Hilfe zu kommen. Den Rest des Heeres ließ er vor der Stadt, um zu verhindern, daß man herauslief und sich mit Glaukias vereinigte. Glaukias verließ, als er Alexander heranrücken sah, die Hügel wieder, und Philotas konnte sich mit seinen Leuten ins Lager retten. Bei Kleitos und Glaukias aber herrschte die Ansicht, man habe Alexander in einem für ihn höchst ungünstigen Gelände eingeschlossen. Die steilen Berge ringsumher waren mit einer Menge Reiter, vielen Speerschützen, Schleuderern und einer großen Zahl Gepanzerter besetzt, und auch die Eingeschlossenen in der Stadt waren bereit anzugreifen. Das Gelände, durch welches Alexanders Zufahrtsweg führte, war eng und waldig, begrenzt überdies an der einen Seite durch den Fluß, an der anderen durch einen steilen Berg mit senkrecht aufragenden Klippen, so daß der Platz kaum ausreichte, in Viererreihen durchzumarschieren.

Diesen Umständen gemäß stellte Alexander seine Truppen auf, und zwar so, daß die Phalanx eine Tiefe bis zu hundertzwanzig Mann bekam. Links und rechts ließ er diese durch je zweihundert Reiter sichern, wobei er befahl, völlige Stille zu halten und auf seine Befehle zu achten. Als erstes befahl er den Hopliten, die Lanzen aufrecht zu halten, dann auf ein Zeichen sie zum Angriff zu fällen und dabei mit gesenkter Lanze einmal eine Rechtsschwenkung zu vollziehen, dann wieder nach links zu schwenken. Indem er dabei die Phalanx schnell vorwärts marschieren ließ, änderte er so fortwährend die Marschrichtung, und indem in einem fort die Ordnung gewechselt wurde, formierte die Phalanx sich immer wieder neu. Schließlich ließ er den linken Flügel eine Art Stoßkeil bilden und den Gegner angreifen.

Dieser hatte längst schon über die Schnelligkeit und Genauigkeit gestaunt, mit der man Alexanders Befehle ausführte. Nun aber hielt man dem Angriff der Truppe nicht stand, sondern verließ die nächstgelegenen der Hügel. Alexander befahl, den Schlachtruf anzustimmen und mit den Lanzen gegen die Schilde zu schlagen. Die Taulantier gerieten durch diesen Lärm noch mehr in Verwirrung und führten deshalb eiligst ihre Leute zur Stadt zurück.

Als Alexander sah, daß einige der Gegner noch einen Hügel besetzt hielten, an dem sein Zufahrtsweg vorbeiführte, ließ er seine Leibwache und die Hetairen, die er bei sich hatte, die Schilde nehmen und zu Pferd steigen, um hügelaufwärts anzugreifen: Dort sollte die Hälfte absitzen, falls die Gegner den Platz weiter zu behaupten suchten, und zusammen mit den Berittenen den Kampf beginnen. Als die Gegner sahen, daß Alexander gegen sie vorrückte, gaben sie den Hügel auf und zogen sich in die Berge zurück. Nun besetzte Alexander mit seinen Hetairen den Hügel und holte die Agrianen zusammen mit den Bogenschützen heran, insgesamt zweitausend Mann. Die Hypaspisten ließ er über den Fluß gehen, gefolgt von den nachrückenden Phalanxabteilungen: Sobald sie drüben wären, sollten sie eine Linksschwenkung vollziehen, so daß sofort nach Überschreiten des Flusses Schild an Schild stehe und das Ganze den Eindruck einer dicht geschlossenen Reihe mache. Er selbst bezog einen Beobachtungsposten und konnte von dem Hügel aus jede feindliche Bewegung überblicken. Die Gegner sahen die Phalanx über den Fluß gehen und griffen von den Bergen herab an, um über Alexander und seine Umgebung herzufallen, die als letzte abrückten. Jetzt aber stürzte sich Alexander selbst mit seinen Leuten auf sie, und auch die Phalanx erhob ihr Schlachtgeschrei, als wolle sie durch den Fluß zum Gegenstoß antreten. Und da rissen die Barbaren aus.

Alexander führte Agrianen und Bogenschützen im Geschwindschritt an den Fluß und durchschritt diesen als erster. Als er sah, daß die Gegner noch immer versuchten, das Ende seiner Säule anzugreifen, stellte er am Ufer die Schleudergeschütze auf und ließ diese schießen, so weit sie reichten und was sie an Geschossen hergaben; schießen sollten auch die Bogenschützen noch mitten im Wasser. Die Leute des Glaukias wagten nun nicht mehr, in

Schußweite zu kommen, und so gelangten die Makedonen über den Fluß, ohne daß einer von ihnen getötet wurde.

Zwei Tage später erfuhr Alexander, daß Kleitos und Glaukias mit ihren Truppen eine ungünstige Stellung bezogen hatten, und daß weder Posten aufgestellt noch Wall oder Graben um das Lager gezogen waren. Auch lagerten sie weit auseinandergezogen. Da nahm er die Hypaspisten, die Agrianen und die Bogenschützen sowie die Phalanxabteilungen von Perdikkas und Koinos und ging noch während der Nacht über den Fluß. Das übrige Heer hatte Befehl zu folgen. Als er die Zeit für einen Überraschungsangriff gekommen sah, wartete er die Vereinigung mit den übrigen Truppen nicht ab, sondern schickte Bogenschützen und Agrianen vor. Diese fielen völlig unerwartet über den Gegner her, wo er am schwächsten war und sich der Stoß am härtesten auswirken mußte. So tötete man die einen noch im Schlaf. Was floh, fing man mühelos, so daß viele bei ihrer panischen Flucht vernichtet werden konnten. Etliche wurden lebend gefangen. Die Verfolgung erstreckte sich bis zum Bergland der Taulantier, und wer sich retten konnte, dem gelang dies nur, indem er seine Waffen fortwarf. Kleitos selbst floh zunächst in die Stadt, zündete diese aber an und zog sich zu Glaukias ins taulantische Gebiet zurück.

Während dieser Zeit waren einige, die man aus Theben verbannt hatte, von gewissen Leuten aus der Stadt dorthin zurückgeholt worden, um einen Aufstand anzuzetteln. Sie ergriffen Amyntas und Timolaos, Angehörige der Besatzung der Kadmeia, die sich außerhalb der Festung aufhielten, und töteten sie. Dann zogen sie in die Bürgerversammlung und hetzten die Thebaner auf. Dem Volk schienen sie um so glaubwürdiger, weil sie versicherten, Alexander sei in Illyrien umgekommen, ein Gerücht, das überdies bei vielen weit und breit die Runde machte, war er doch schon seit geraumer Zeit abwesend, ohne daß man irgendeine Nachricht von ihm erhalten hatte. Alexander glaubte, die Ereignisse in Theben keineswegs auf die leichte Schulter nehmen zu dürfen. Seit langem schon hatte er Athen in ähnlichem Verdacht und unterschätzte die thebanische Tollkühnheit keineswegs, vor allem, falls die Spartaner mitmachen würden und sich andere peloponnesische Staaten sowie die nie ganz zuverlässigen Aitoler der thebanischen Bewegung anschlössen. So marschierte er durch eordaiisches und elimiotisches Gebiet an den stymphaischen und parauaischen Bergen vorbei und erreichte am siebten Tage Pelinna in Thessalien. Von dort aus konnte er sechs Tage später in Boiotien einfallen, so daß die Thebaner erst von seiner Durchquerung der Thermopylen erfuhren, als er mit dem ganzen Heer bereits in Onchestos stand. Und auch jetzt noch verkündeten die Drahtzieher des Abfalls, es handle sich lediglich um eine Heeresgruppe des Antipatros, die aus Makedonien eingetroffen sei. Alexander sei tot, und den Boten, die meldeten, es sei Alexander selbst, der heranrücke, setzte man schwer zu.

Er selbst brach von Onchestos auf und erreichte am nächsten Tag Theben, und zwar beim Tempelgebiet des Jolaos. Dort lagerte er, denn er wollte den Thebanern noch Zeit geben, ihre Haltung zu ändern. Diese aber stürmten, Reiter und Leichtbewaffnete in Menge, aus der Stadt heraus bis an das Lager Alexanders, beschossen die Vorposten und töteten dabei sogar eine geringe Anzahl Makedonen. Nun sandte Alexander Leichtbewaffnete und Bogenschützen, ihren Vorstoß abzuwehren.

Am nächsten Tag zog Alexander mit dem ganzen Heer an den nach Eleutherai und Attika führenden Toren vorbei, rückte aber nicht einmal jetzt bis an die Mauern vor, sondern schlug ein Lager in der Nähe der Kadmeia auf, um der Besetzung der Burg aus der Nähe Hilfe bringen zu können. Die Thebaner hatten die Kadmeia durch einen doppelten Wall eingeschlossen, daß niemand von außen die Eingeschlossenen unterstütze. Andererseits sollten auch diese nicht durch einen Ausfall bei ihnen Schaden anrichten, wenn sie selbst sich die Gegner draußen vornahmen. Alexander wollte sich immer noch mit den Thebanern lieber auf gütlichem Wege als im Kampf auseinandersetzen und verharrte in seinem Lager nahe der Kadmeia. Nun erwogen einige Thebaner, zu Alexander hinauszugehen und für die Mehrzahl des Volkes Verzeihung für den Aufstand zu erhalten. Die Verbannten aber, dazu die, die sie herbeigeholt hatten, meinten, man habe von Alexander nicht die geringste Milde zu erwarten, und trieben daher das Volk mit allen Mitteln in den Kampf. Alexander verzichtete vorerst trotzdem auf jeden Angriff.

Perdikkas, der die Vorposten des Lagers befehligte und mit seiner Abteilung nicht weit von den Verschanzungen des Gegners stand, wartete Alexanders Angriffssignal gar nicht erst ab, sondern rückte aus eigenem Ermessen als erster an die Befestigung heran und fiel nach deren Zerstörung über die thebanische Bewachung her. Ihm folgte Amyntas, Sohn des Andromenes, und führte seinerseits die eigene Abteilung vor, als er sah, daß Perdikkas bereits in die Befestigung eingedrungen war. Sobald Alexander dies merkte, führte er den Rest des Heers heran, damit jene beiden nicht abgeschnitten durch die Thebaner in Gefahr gerieten. Er gab Bogenschützen und Agrianen das Zeichen, anzugreifen und ebenfalls in die Verschanzungen einzubrechen, hielt sich aber mit den übrigen Hypaspisten vorerst noch außerhalb.

Inzwischen drängte Perdikkas energisch nach, um auch die zweite Verschanzung zu durchstoßen, wurde jedoch durch einen Speer getroffen, stürzte nieder und mußte schwerverwundet ins Lager gebracht werden. Nur mit Mühe überstand er seine Verletzungen. Seine Leute schlossen nun die Thebaner ein, wobei sie Unterstützung durch die Bogenschützen erhielten. Aber während sie den Thebanern nachsetzten, wandten sich diese plötzlich zum Gegenstoß, und nun war es an den Makedonen, sich zurückzuziehen. Dabei fielen der Kreter Eurybotas, Führer der Bogenschützen, und siebzig seiner Leute. Die übrigen flohen zur Leibtruppe und Hypaspisten zurück.

Alexander erkannte, daß zwar seine Leute davonliefen, sich bei der Verfolgung jedoch auch die Ordnung der Thebaner aufgelöst hatte; so fiel er über sie mit der geschlossenen Phalanx her, und diese drängte die Gegner wieder in die Stadt hinein. Dabei gelangten auch Makedonen in die Stadt. Die Mauern zu besetzen, hatte man wegen der großen Zahl aufgestellter Vorposten unterlassen. So kamen die einen von außen an die Kadmeia heran, vereinigten sich mit deren Besatzung und stiegen gemeinsam in die untere Stadt hinab; die anderen stiegen über die Mauern, die inzwischen von den mit den Fliehenden in die Stadt gelangten Leuten besetzt worden waren, und stürmten zum Marktplatz. Kurze Zeit noch hielten sich die Thebaner. Als aber die Makedonen von allen Seiten herandrängten und auch Alexander bald hier, bald dort zu sehen war, liefen die thebanischen Reiter auseinander und galoppierten aus der Stadt. Wer zu Fuß war, suchte sich zu retten, so gut es ging.

Nun aber begannen in ihrem Zorn weniger die Makedonen als vielmehr Phoker, Plataier und die anderen Boioter wahllos die Thebaner niederzuhauen, obwohl diese bereits den Widerstand aufgegeben hatten. Dabei machte man keinen Unterschied zwischen denen in den Häusern, in die man einbrach, anderen, die sich noch zur Wehr setzten, und wieder anderen, die als Schutzflehende zu den Heiligtümern geeilt waren. Und weder Frauen noch Kinder wurden verschont.

Diese Katastrophe erschütterte wegen der Bedeutung der eroberten Stadt, der Schnelligkeit, mit der das alles geschah, und nicht zuletzt wegen der Ungewöhnlichkeit der Vorgänge die übrigen Hellenen nicht weniger als die unmittelbar Beteiligten.

Den Thebanern legte man die voreilige und völlig unüberlegte Abfallbewegung wie auch die Besetzung als Folgen göttlichen Zornes aus, und dies nicht ganz ohne Grund, ähnlich wie auch das Gemetzel seitens der Stammesgenossen, das die Folge uralten Hasses war. Und nicht ganz zu Unrecht führte man die völlige Versklavung der Stadt, die ja an Stärke und Kriegsruhm zu dieser Zeit alle anderen überragte, auf den Zorn der Gottheit zurück; denn dies sei nach langer Zeit die Rache für den Verrat Thebens im Perserkrieg und zugleich auch für die Einnahme von Plataiai trotz vorher abgeschlossener Verträge, wobei man die Stadt vollkommen versklavt hatte.

Die an der Eroberung der Stadt beteiligten Bundesgenossen, denen Alexander die Regelung der thebanischen Angelegenheit übertrug, beschlossen, die Kadmeia weiterhin besetzt zu halten, die Stadt selbst aber zu zerstören und ihren Landbesitz mit Ausnahme der heiligen Stätten den Bundesgenossen zu übertragen. Frauen, Kinder und was an Männern noch übrig war, sollten in die Sklaverei verkauft werden, ausgenommen Priester, Priesterinnen und Gastfreunde Philipps oder Alexanders sowie anderer Makedonen. Das Haus des Dichters Pindar sowie dessen Nachkommen ließ Alexander aus Verehrung für diesen bewahren.

Als bekannt wurde, was den Thebanern zugestoßen war, verurteilten die Arkader, die den Thebanern ursprünglich hatten zu Hilfe kommen wollen und schon aufgebrochen waren, eiligst alle die zum Tode, von denen sie zu solcher Unterstützung veranlaßt worden waren; die Eleer nahmen ihre Verbannten wieder auf, weil diese Alexander genehm waren, während die Aitoler Gesandte, jeder Stamm für sich, zu Alexander schickten, um sich zu entschuldigen, weil sie ebenfalls bei der Nachricht vom thebanischen Aufstand den Abfall versucht hätten.

In Athen feierte man gerade die Großen Mysterien, als einige thebanische Flüchtlinge unmittelbar aus dem Gemetzel dort eintrafen. Vor Schreck ließ man Mysterien Mysterien sein und brachte aus dem offenen Land seine Habe in die Stadt in Sicherheit. Die Volksversammlung wählte auf Antrag des Demades zehn Gesandte, um sie zu Alexander zu schicken, und zwar Leute, von denen man wußte, daß ihnen Alexander gewogen war: Sie sollten ihm die Glückwünsche des athenischen Volkes zu seiner unversehrten Rückkehr aus dem illyrischen und triballischen Krieg sowie für die Bestrafung des thebanischen Abfallversuches überbringen. Er gab der Gesandtschaft eine freundliche Antwort, verlangte unter anderem aber durch ein Schreiben die Auslieferung von Demosthenes, Lykurgos, Hypereides, Polyeuktos, Chares, Charidemos, Ephialtes, Diotimos und Moirokles. Sie nämlich seien verantwortlich für die Katastrophe Athens von Chaironeia und auch für das, was man später bei Philipps Tod verbrochen habe; auch nannte er sie am Abfall der Thebaner nicht weniger schuldig als die Aufständischen in Theben selbst.

Die Athener lieferten diese Männer nicht aus, sondern schickten eine zweite Gesandtschaft zu Alexander mit der Bitte, er möge seinen Zorn gegen die zur Auslieferung Verlangten fahren lassen. Das tat Alexander denn auch, vielleicht weil ihm der Zug nach Asien wichtiger war und er keinen Grund zu bösen Gedanken unter den Hellenen zurücklassen wollte.

Nachdem dies geregelt war, zog Alexander heim nach Makedonien und brachte dem olympischen Zeus Opfer dar. Auch veranstaltete er Spiele in Aigai; es wurde sogar ein Wettkampf zu Ehren der Musen abgehalten. Um diese Zeit gab das Standbild des Orpheus in Pierien Schweißwasser von sich, was die Seher jeder in seiner Art auslegten. Aristandros aus Telmessos sprach Alexander Mut zu, denn es sei offenkundig, daß Epiker und alle, die sich als Sänger mit künstlerischer Verklärung beschäftigten, gewaltig zu tun haben würden, Alexander und seine Taten in Worten und Tönen zu besingen.

19.

Aufbruch

Hilf mir, Muse, die Taten des Mannes zu singen,
den es nach Trojas Zerstörung so weit umhertrieb.
Vieler Völker Städte und Wesen erfuhr er,
litt auch auf den Meeren vielerlei Qualen
um die eigene Rettung, die Heimkehr der Freunde.
Aber die Freunde vergingen trotz all seiner Mühen,
durch Vergehen und Frevel gingen sie unter,
Narren, da sie die Rinder des Sonnengotts fraßen.
Drum schien Helios nie auf den Tag ihrer Heimkehr.
Hilf mir auch hiervon zu singen, himmlische Muse …

»Hilf, schwarze Göttin, mir, ihn zum Schweigen zu bringen!« Aristoteles hob in gespielter Verzweiflung die Hände und lächelte Tekhnef an. Sie beugte sich vor und schob das Tympanon über den Tisch, bis es in einer Pfütze Mondlicht ruhte; die Schellen klirrten kurz.

Dymas ließ die Kithara sinken. »Was mißfällt dir, Herr der Gedanken?«

»Vieles, Sklave der Saiten. Mein mißratener Neffe Kallisthenes wird, wenn die Götter ihm wohlwollen und Asien ihm genug Zeit läßt, meine begonnene Arbeit fortsetzen und eine heile, unverderbte Fassung der Gesänge des göttlichen Homer erstellen. Und nun kommst du – *damit* an.«

Demaratos hatte dem Philosophen nicht alles, aber doch vieles über den Musiker erzählt. In jenem Herbst, da Alexander Theben zerstören ließ, schrieb Aristoteles an Dymas in Athen, er werde im Frühjahr dorthin kommen und eine Art Akademie einrichten; er hoffe, lange Gespräche über die Welt, die Musik und gewisse Vorfälle in Karchedon, Kanopos und anderswo führen zu können, um das schadhafte Wissen eines Philosophen durch die kundigen Äußerungen eines Musikers zu ergänzen.

Dymas und Tekhnef hatten längst die Hoffnung aufgegeben, mit den in Athen lebenden oder durch Athen reisenden Musikern ihre Träume verwirklichen zu können. Die einen waren allzu seßhaft und schreckten davor zurück, durch die gesamte Oikumene zu wandern; andere waren entweder nicht gut genug oder zu sehr auf bestimmte Formen festgelegt als daß sie Dymas' Vermählung hellenischer, phrygischer, lydischer, ägyptischer und phönikischer Musik hätten vollziehen können. Es blieben Wanderlust, Überdruß hinsichtlich Athens, und dazu die Aussicht oder Gewißheit, in Asien andere, bessere, lebendigere Musiker finden zu können. Daher hatten sie beschlossen, Athen den Rücken zu kehren und sich entweder gleich nach Asien zu begeben oder zunächst in den Norden, um im Frühjahr auf den Spuren oder im Troß von Alexanders Heer durch den Osten zu ziehen. Dymas schrieb an den Philosophen, der sie daraufhin bat, nordwärts zu reisen und ihn in Mieza oder, falls sie früher kämen, in Stageira aufzusuchen.

Das Nymphaion, in dem bald andere Lehrer die edle Jugend Makedoniens unterrichten würden, eignete sich trefflich als Winterheim. Die Luft war klar und scharf, seltener Schnee eine Erquickung, die Sonne niemals eine Last, und die Gebäude widerstanden gleichermaßen der Hitze wie der Kälte und dem Sturm. Drei Monde lagen nun schon hinter ihnen; aus den langen durchredeten Nächten des Anfangs war eine vorsichtige Freundschaft geworden, in die der Philosoph Tekhnef immer stärker und inniger einschloß. Die kleine Tochter befand sich bereits in Athen, mit den meisten anderen Angehörigen des Haushalts; Aristoteles sprach kaum über seine tote Gemahlin, genoß aber sichtlich die Anwesenheit einer Frau, die nicht Sklavin oder Dirne war.

Dymas griff nach dem Becher mit gewürztem Wein, trank und spuckte irgendein Kraut ins neben ihm stehende Kohlenbecken. »Was ficht dich an? Mangelnde

Achtung? Größere Singbarkeit? Fünf Versfüße zum Tanzen statt sechs zum Stolpern? Die Ausmerzung all der grauenvollen Beiwörter, die nicht Homer entsprechen, sondern den Redefiguren seiner Tage?«

Aristoteles grinste. »All das ficht mich an, genau. Mir fehlen die rosenfingrige Eos und derlei. Wer wagt es, sich an Homer zu vergreifen?«

»Als er noch sang, hatte er vielen zugehört, und was er verwenden konnte, hat er genommen. Er hat nicht für Fürsten und Philosophen gesungen, sondern für Dirnen und Kämpfer und betrunkene Seeleute im Piräus. Auch anderen ist es so ergangen wie ihm, und es ist gut, daß gesungene Worte leben und sich verändern. Nur wenn sie auf Ton oder Papyros gefesselt sind, sterben sie, und nur wenn sie tot sind, können Philosophen und andere ihre schändlichen Gelüste an ihnen befriedigen. Vielleicht hat man zu seiner Zeit sagen müssen, die rosigen Finger der Eos streichelten den Himmel; müssen wir nicht heute, da wir an die Morgenröte, nicht aber an Eos glauben, dies nicht – übersetzen? ›Ehe die rosichten Finger der Eos den Himmel liebkosten, glitt ein trunkener Sänger von dem erhabenen Pfühle, und es flohen frohlockend aus dem Gehege der Zähne diese geflügelten Worte: Freunde, ich muß mal pissen.‹«

Tekhnef brach in Gelächter aus, Aristoteles wieherte. Dymas kam leicht taumelnd auf die Beine und ging hinaus, sein Wasser an einer Eiche abzuschlagen. Es war eine kalte klare Spätwinternacht; die Wölkchen heißen Harns wurden im Licht des Mondes zu fahlem Gold.

Als er wieder ins Haus trat und sich in den Scherensessel fallen ließ, befragte Aristoteles Tekhnef nach den Sangesbräuchen ihrer Heimat, an die sie sich kaum noch erinnerte.

»Ich war zehn, und was ich vor allem weiß, sind die späteren Dinge. Aufgewachsen bin ich als Sklavin einer Halbhellenin in Ägypten, wie du weißt. Wenn ich in mich horche, höre ich viele Stimmen; die meisten sind hellenisch oder ägyptisch und reden Hellenisch oder Ägyptisch. Dann wurde ich die Gefährtin dieses trunkenen Kitharoden und zog mit ihm durch Hellas und Asien und zu den Inseln. Was sich am Oberlauf des Nils tat, ist mir fremder als die Berge Makedoniens.« Sie lachte leise. »Und nun will er wieder nach Asien, angeblich, um dort neue Musiker zu finden. Ich glaube, mein Gefährte lechzt eher danach, das Gemetzel zu sehen und in eherne Verse zu gießen – fünffüßige Verse, die geflügelt verschweben auf dem Gesang, statt in den Ketten von Tinte und Papyros zu schmachten.«

»Wohl gesprochen, Gespielin des Nachtwinds.« Dymas trank, rülpste, nahm die Kithara und zupfte ein paar Töne, die wie volltrunkene Satyrn durch wirres Geäst zu hüpfen schienen.

Köstlich ist es, den Wein
aus Feindesschädeln zu schlürfen;
köstlicher, unter den Sternen
bei der Liebsten zu liegen.

»Asiens Sterne sind dafür ganz besonders geeignet.«

Aristoteles betrachtete ihn aufmerksam. »Wein aus Feindesschädeln schlürfen – o Musiker: Hast du dies je getan?«

Dymas runzelte die Stirn. »Als geflügeltes Wort genommen: ja. Ansonsten ziehe ich Becher vor.«

»Hast du getötet?«

Dymas schloß die Augen. »Ich habe getötet, Aristoteles. Zweimal auf Schiffen, als ich ohne das Messer niemals an Land gekommen wäre. Dreimal an Land, als ich ohne das Messer nie wieder Sterne gesehen hätte. Es hat aber keine Bedeutung. Bedeutung« – er öffnete die Augen, blickte Tekhnef an und lächelte langsam – »hätte es, wenn die darin verwickelten Menschen wichtig gewesen wären. Wichtig für mich. Sie waren dies nicht, ich hatte sie nie zuvor gesehen. Es waren keine Feinde im guten Sinn – alte Vertraute, deren Haß man jahrelang gehegt hat. Sie kamen einfach so vorbei, wollten meine Kehle und den Gurt mit Münzen zertrennen. Einer wollte Tekhnef mit Gewalt nehmen.«

Aristoteles nickte. »Dann ist es gut. Ich hatte gefürchtet, du seiest einer jener Sänger, die vielleicht von Blut reden, aber beim Klang der Schwertermusik in Ohnmacht fallen. Wirst du das Gemetzel besingen?«

»Ich weiß es nicht. Vielleicht komme ich nicht nahe genug heran, um es wirklich zu sehen. Vielleicht reißt es mich so sehr hin, daß ich die Kithara um ein Schwert eintausche und nur noch kämpfe, statt zu singen. Wer weiß.«

»Du könntest drüben Bagoas treffen.«

Dymas grunzte. »Ich hoffe es. Ich will ihn noch dies oder jenes fragen. Vielleicht wäre es nicht schlecht, die Kithara einzutauschen; mit einer Schwertspitze an der Kehle würde er vielleicht antworten.«

Er sprach nicht weiter, auch nicht, als Aristoteles nach den möglichen Fragen fragte. Tekhnef räusperte sich und sagte leise:

»Manchmal spricht er im Schlaf. Von Kleonikes Leichnam und dem ins Fleisch gebrannten Amulett. Hat es etwas damit zu tun, Liebster?«

Dymas seufzte. »Ich wußte nicht, daß ich nachts spreche. Ich weiß nicht einmal, ob es Dymas ist, der dann spricht; vielleicht sind wir ja nachts andere Menschen. Aber es stimmt, damit hat es etwas zu tun.«

Aristoteles lächelte verhalten. Er beugte sich vor und nestelte an seinem Hals; dann hielt er das Amulett in der Hand und ließ es pendeln. Mond und Feuer sammelten sich im Auge des Horos.

»Woher hast du es?«

»Von einem sterbenden Händler, der zuvor Seefahrer war. Er hat einmal eine Botschaft aus Ägypten in den Norden gebracht.«

Dymas lauschte mit unbewegtem Gesicht, Tekhnef mit weit geöffneten Augen, während Aristoteles berichtete, was er von den Reden des Mannes behalten hatte – von Ammons neuem Gefäß, das aus dem Norden kommen sollte, um die Perser zu zerschmettern und Ammons Herrschaft neu zu errichten.

»Das Amulett«, murmelte der Musiker schließlich. »Kleonike hat von den Reden der Ammonspriester gesprochen. Bagoas sagte, es sei das Zeichen der Gegner des Großkönigs – von Karchedon über Ägypten und Tyros bis Babylon. Hamilkar habe ich nicht danach fragen können; seit meinem Gespräch mit Bagoas habe ich den Karchedonier nicht mehr gesehen. Demaratos wußte vom Amulett, konnte mir aber auch nicht mehr sagen. Oder wollte nicht; vielleicht, um mich nicht in Gefahr zu bringen.« Er hob die Hände, streckte sie wie abwehrend aus. »Irgend etwas stimmt an dieser ganzen Geschichte nicht. Wenn Bagoas das Haupt aller Spitzel der Perser ist und in dieser Eigenschaft Artaxerxes und Arses und dem neuen Großkönig Dareios gedient hat beziehungsweise dient; wenn Hamilkar das Haupt der Spitzel und Nachrichtenbeschaffer von Karchedon ist, wie vorher Adherbal; wer ist dann Demaratos? Nur ein korinthischer Händler? Was hat er in Aigai und Pella getan?«

Aristoteles hob die Schultern. »Ich weiß es nicht, Dymas. Vergiß nicht, er war seit vielen Jahren ein guter Freund, Gastfreund Philipps, und hat mit ihm Geschäfte gemacht. Es muß gar nicht mehr sein; er hatte einfach Philipps Ohr.«

Tekhnef blinzelte. »Du lügst, Aristoteles. Du lügst sehr geschickt, aber du lügst.«

Dymas lachte. »Schönste Gazelle der nächtlichen Auen meines Gemüts – zweifellos hast du recht, aber es ist unziemlich, dem edlen Philosophen, der unser Gastgeber ist, derlei ins Gesicht zu sagen.«

Aristoteles machte eine wischende Handbewegung. »Ich hatte das Gesicht eben abgewandt; die herkömmlichen Sitten wurden nicht beschädigt. Aber du warst noch nicht fertig, Musiker.«

»Ja. Es ist da noch etwas. Wenn all dies so ist, gleichgültig, wer Demaratos in Wahrheit sein mag, korinthischer Händler oder Haupt aller geheimen Freunde Makedoniens, bleiben mehrere Fragen. Kleonike gegenüber habe ich nie von Bagoas gesprochen, weil sie die Perser haßte. Hamilkar, Demaratos und Bagoas wußten, daß ich alle drei mit Nachrichten versorgt habe. Als ob ... als ob sie nicht gegeneinander, sondern irgendwie miteinander arbeiteten. Warum hat Bagoas mich zu Demaratos geschickt, damit der Korinther vom Verrat des Attalos erfährt? Es hat den Mord an Philipp nicht verhindert, aber es ist doch fast, als ob Bagoas, der den Tod Philipps wünschen mußte, ihn hätte verhindern wollen. Und irgendwie glaube ich, er wußte mehr über das Amulett; was er sagte, klang so, als ob da noch etwas wäre. Aber was?«

Aristoteles breitete die Arme aus; im Zwielicht wurden alle Gebärden zu verschatteten Ungeheuern, die aufflogen und sich nirgends niederließen. »Es klingt so. Ich weiß es nicht, und dies ist keine Lüge, schwarze Göttin der Klänge. – Ich bitte um eines, Dymas. Wenn du – wenn ihr in Asien erfahrt, was hinter allem ist, wo die Fäden zusammenkommen und welches Bild sie ergeben, laßt es mich wissen.«

Tekhnef nickte stumm; Dymas richtete sich auf. »Ich nehme an, du wirst von deinem Neffen Kallisthenes, der bei Alexander ist, mit Nachrichten versorgt werden. Ist er nicht näher am Quell aller Geheimnisse?«

Aristoteles seufzte. »Das Geheimnis ist Alexander. Er ist so viele Menschen ... Kallisthenes ist ein guter Schreiber und ein schlechter Menschenkenner; seine spitze Zunge, die er nie zügeln kann, wird ihn eines Tages umbringen, und ich werde demjenigen, der ihn tötet, nicht einmal zürnen können. Mein Neffe sieht, was man ihm zeigt; du, Dymas, und vielleicht noch mehr du, schwarze Göttin, ihr seht, was man vor euch verbergen will. Ich weiß nicht, ob Alexander weiß, welche Finger das Amulett halten, das ja auch seine Mutter trägt, noch, ob er herausfinden will und kann, was das eigentliche Spiel ist. Wenn ihr es erfahrt, und wenn ihr die Erkenntnis überlebt, laßt es mich wissen!«

Pythias hatte lange verkrampft auf dem Schemel gesessen, nahe dem Kopf ihres sterbenden Vaters. Nun stand sie auf, dehnte sich, gähnte und rieb sich die Augen.

»Dieses Nichtstun macht hungrig. Wer von euch möchte etwas?«

Peukestas wickelte das rote Band um die ineinandergedrehten Rollen. Er hatte laut gelesen, hin und wieder durch Bemerkungen oder Erklärungen des Philosophen unterbrochen. Seine Kehle war trocken.

»Hunger weniger – aber ein heißer Wein wäre nicht schlecht.«

»Und du, Vater?«

Aristoteles kehrte aus entfernten Gegenden des Denkens zurück. »Ah – Luft, Pythias. Und warmer Wein, ja. Laß ein wenig Luft herein; ich fürchte, unser junger Freund erstickt.«

Pythias öffnete den Schnurvorhang und löste das Türbrett; Peukestas half ihr, ebenso mit dem Fenster. Kühle, frische Herbstluft drang durch die beiden Öffnungen; der Himmel über dem kleinen Innenhof begann sich grau zu färben. Peukestas atmete tief.

»An einem frühen Herbstmorgen ist etwas in der Welt, das wie Aufbruch schmeckt.« Aristoteles setzte sich auf; mit geschlossenen Augen und weit offenen Nasenlöchern sog er die Frische ein. »Aufbruch, ja. O wie wahr. Aristoteles bricht auf; heute.« Er öffnete die Augen und lächelte Pythias an, die in die Küche ging. Peukestas sah, wie sich ihr Rücken versteifte und der Gang unsicher wurde – nur einen Moment.

»Ich habe immer bedauert, daß die großen Aufbrüche im Frühling stattfinden, meistens jedenfalls. Die Gründe sind klar und vernünftig. Im Winter ist es kalt und naß und stürmisch; nur waghalsige Kapitäne laufen dann aus, und an Land ist man besser daheim aufgehoben. Trotzdem – keine Zeit ist wie ein guter Herbst. Man weiß, was das Jahr des Lebens gebracht oder genommen hat; die Pflanzen und die Erde atmen tiefer und riechen kräftiger. Nicht der süßliche Geruch des Frühlings; es ist der schärfere, reichere Ruch des Herbstes, der uns sagt, daß etwas Neues beginnt und etwas Altes endet. Deshalb habe ich versucht, neue Anfänge im Herbst zu machen. Es ging nicht immer – jedenfalls nicht sofort. Als ich von Athen fortging nach Atarneus, das war im Herbst. Auch der kleine Wechsel von Atarneus nach Mytilene. Dein Vater kam im Herbst zu mir, und mein Entschluß, nach Makedonien zu gehen, nach Mieza, fiel im Herbst, wenn auch der Umzug erst im Frühjahr erfolgen konnte. Als ich Makedonien verließ, um nach Athen zurückzukehren, war es ebenfalls Frühling. Anders als heute, da ich dieses Gefängnis, den alten siechen Leib aufgeben werde.«

Peukestas stand am Fenster, das Gesäß an den Sims gelehnt; die Augen des Philosophen richteten sich auf ihn, sahen ihn aber nicht. Sie waren fern, sehr fern. Das Gesicht wirkte kräftiger, voller, gesünder als abends oder in der Nacht. Er sah nicht aus wie einer, der bald sterben wird.

»Warum habe ich nicht früher daran gedacht?« Aristoteles murmelte nun, sprach in sich hinein. »Das Sehnen Alexanders ... Ist es nicht eher ein herbstliches Gefühl? Wir alle haben ihn als Erfüllung des Frühlings gesehen, in seiner Jugend, seinem Drängen, seinem – Sehnen. Ist es nicht doch ein Herbst-Sehnen; der Drang, das alte herbstliche Hellas, dessen Sonne sich längst neigt, durch einen gewaltigen Aufbruch in den nächsten Frühling zu retten?«

Peukestas wartete.

»Aber darüber werde ich im langen Winter meines Gestorbenseins nachdenken.« Aristoteles' Augen kehrten in die Gegenwart zurück; er lächelte fast fröhlich. »Vielleicht gibt es sie alle ja doch, die Götter und die Unterwelten; dann werde ich über Platons Kopf hinweg mit Sokrates sprechen können, im Schatten, wenn der Fährmann mich ans andere Ufer gebracht hat; dann werde ich auch Alexander sehen und über den Herbst befragen. Aber bleiben wir hier, Sohn Drakons. Reden wir von Aufbrüchen.

Im Herbst, damals, ah nein, es war Sommer; Alexander war noch nicht zurück vom Istros. Damals erhielt ich ein Schreiben aus Athen; Demades teilte mir mit, eine Gruppe einflußreicher Männer sei dafür, daß neben der Akademie Platons ein zweites, anderes großes Lehrgebäude errichtet werde. Man bot mir alles, was ich nur wünschen konnte – einen guten Ort, und zumindest für den Anfang ausreichende Geldmittel. Delphi mag der Nabel der Welt sein; jener Spalt, aus dem die Pythien ihre verschleierten Weisheiten hören. Aber Athen ist der Mittelpunkt all dessen, was Hellas ausmacht – das Bemühen, die Schleier zu zerreißen, die vor dem Wissen hängen; das helle klare gnadenlose Licht der Vernunft und der helle gnadenlose Wahnsinn, Zwillingsbruder des Denkens; die klügsten und dümmsten Menschen; Waren aus der ganzen Oikumene, die Theater und Schauspieler, die besten Speisen, die besten Dichter, die schlechtesten Politiker, Platons Nachkommen für die Fehde und Themistokles' Nachkommen für die Freundschaft, die letzten guten Kitharisten und vorzüglichen Aulosbläser... Ah, Unsinn, ich schwärme.« Er lachte.

Peukestas kicherte halblaut. »Gut, den großen Aristoteles schwärmen zu hören. Aber – ich habe einige deiner Schriften gelesen und entsinne mich, daß du die Aulosmusik als orgiastisch verurteilt und verbannt hast.«

Aristoteles verdrehte den Kopf; Pythias kam mit einem Brett aus der Küche. Darauf standen neue Becher und ein dampfender Krug.

»Du hast nicht gründlich gelesen, Peukestas. Ich habe die orgiastische Musik als unethisch und somit ungeeignet für die Verwendung bei der Erziehung der Jugend bezeichnet. Das ist keine Rede wider den Aulos; es ist eine Rede wider eine bestimmte Form, ihn zu verwenden. Außerhalb der Jugenderziehung ist mir die Musik der Auleten immer lieb gewesen. Wie heißer Wein – ich danke dir, meine liebe Tochter – wie heißer Wein, den man nicht trinken sollte, wenn man kühlen Kopf bewahren will.«

Er trank, aufrecht auf dem Lager sitzend. Pythias kauerte zunächst auf dem Boden, setzte sich dann bequemer hin, den Rücken an die Liege gelehnt. Peukestas ging mit seinem Becher zurück zum Fenster. Die ersten Vögel sangen; der Himmel wurde heller, bald mußte die Sonne aufgehen.

Aristoteles erzählte von seinen Sommerwanderungen durch Makedonien, das er vor dem Aufbruch noch einmal betrachten wollte. Er berichtete von der Erntezeit und dem Alltag, von den Reden der Schiffbauer in Therme und dem Schweigen der unermeßlichen Wälder, die Schiffbauholz und Pech lieferten und doch unberührt schienen. Und von einer unfreiwilligen Belauschung, als er außerhalb Pellas den Hügel erstieg, auf dem Aristandros der Seher über der Höhle des Dionysos seinen kleinen Tempelbezirk unterhielt.

Olympias war bei ihm; vier makedonische Krieger, die sie begleitet und bewacht hatten, warteten am Fuß des Hügels, im Schatten einer Eiche. Olympias und der Seher sprachen laut, im Tempel, wo Aristandros Kräuter und Feldfrüchte auf dem Altar ausgebreitet hatte, Wein als Gabe vergoß und dann mit Olympias aus einem silbernen Becher trank.

»Da oben hockt er, am Ende der Welt«, sagte die Frau erbittert. »Am Ufer dieses Flusses, Istros, verhandelt er mit Barbaren. Wartet auf ihre Gesandtschaften. Ah, was könnte er statt dessen alles tun!«

Die Stimme des Sehers war laut, aber beherrscht; es klang, als hätten sie dies schon mehrmals besprochen, und als verlöre Aristandros demnächst die Geduld. »Es ist eine Möglichkeit, notwendige Dinge zu tun, und die Sicherung des Friedens der Grenzen dient nicht nur dem Volk und dem König, sie gefällt auch den Göttern.«

»Ich bin müde, Aristandros – müde, alt und ungeduldig. All die Jahre ohne wirkliche Macht, ohne wirklichen Einfluß, ohne die Möglichkeit, die Dinge so zu gestalten, wie ich es für nötig und sinnvoll und unabdingbar halte. Neben einem Gemahl, der nicht auf mich hört. Nun habe ich alles getan, was ich tun konnte, um meinen Sohn an die Macht zu bringen, wo er Ammons Willen erfüllen kann. Und wo er mir jene kleine Macht geben könnte, die ich brauche, um die nötigen Dinge zu tun. Für die Götter und ihren Einfluß im Volk; für dich; für mich; für alle. Und jetzt? Jetzt sitzt er da oben im Norden, Antipatros hält mich von allem fern, und was ist mit dem Willen Ammons?«

»Diese Dinge brauchen ihre Zeit. Um Ammons Herrschaft in Ägypten wieder zu errichten, braucht dein Sohn festen Halt unter den Füßen – ein sicheres Makedonien mit sicheren Grenzen. Am Schluß wird er gehen, wohin er gehen muß, weil die Götter und die Moira es so festgesetzt haben. Er wird nach Ägypten gehen, die Perser vertreiben, Ammons Herrschaft wieder errichten; er wird das Staunen der Welt sein und jung sterben, als von allen bewunderter Halbgott. Ist dir das nicht genug?«

Olympias' Stimme hallte herb und beißend durch den Tempel. »Nein, Aristandros, es ist mir nicht genug. Denn – was habe ich davon?«

Aristoteles gab das Gespräch wörtlich wieder; dann sprach er von den Vorfällen in Hellas, die durch Alexanders Entschlossenheit und die betäubende Wucht seines Vormarschs endeten, ehe aus dem leichten Grollen ein schreckliches Beben werden konnte. Und von der Heimkehr des Philosophen nach Athen, ohne noch einmal mit dem König zusammengetroffen zu sein.

»Drakon und Demaratos haben mir noch einige Briefe geschrieben; später natürlich Kallisthenes, mein Neffe. Und Dymas. Aber das war nach dem Übergang, aus Asien. Drakons Schreiben enthielten viele Dinge, die er nicht genau wissen konnte, sondern lediglich aus Anzeichen und Hinweisen erschloß. Und es gibt weitere Aufzeichnungen anderer, nicht nur von ihm und Demaratos. Nimm die Rolle dort, mit der abgerissenen Ecke.«

Die letzten Opfer, die letzten Weihegaben in Pella. Ein Teil des Heeres war bereits in den letzten Wintertagen nach Osten gezogen; Alexander hatte die Dinge für Hellas und Makedonien geregelt und würde nun folgen, mit den anderen. Für Antipatros ließ er Anweisungen zurück, dazu zwölftausend Fußkämpfer und tausendfünfhundert Reiter. Und Olympias, ehrenvoll zu bewachen und außer Reichweite der Macht zu halten.

Krieger, Offiziere, Palastbeamte, der Stab des Antipatros, Olympias und andere sahen zu, als der König und Aristandros, der ihn nach Asien begleiten würde, das letzte Opfer darbrachten.

Drakon und Demaratos standen in der Nähe des Altars; sie hatten die kleinen Unstimmigkeiten bemerkt, die beim Opfer aufgetreten waren – Aristandros' Zögern bei der Auslegung dessen, was die Leber des getöteten Widders bedeute; Alexanders schnelle, schneidende Worte, halblaut am Altar, die den Seher zwangen, bestimmte Dinge zu sagen.

Als das Opfer beendet war und im Hof der Aufbruch der letzten Truppenteile begann, wandte sich Alexander noch einmal an seinen Seher. Drakon und Demaratos waren immer noch in der Nähe; Alexander hatte sie erblickt, schien sich aber nicht um sie zu kümmern.

»Wir brechen nun alle zusammen nach Asien auf.«

Aristandros nickte. »Wie ich sehr wohl weiß, Gefäß des Ammon.«

Alexander verzog verärgert das Gesicht. »Du solltest mich in dieser Zeit nicht als Gefäß des Ammon betrachten, Priester, sondern als König der Makedonen und obersten Bundesfeldherrn aller Hellenen. Kannst du das?«

Aristandros lächelte beherrscht. »Ich will es versuchen, König.«

Alexander nickte. »Klingt schon besser. Wir haben das mehrmals besprochen. Falls du es vergessen hast oder nicht glauben mochtest, was ich sagte, laß es mich wiederholen. Unsere Ahnen glaubten an einen ganzen Haufen von Göttern, die sich mehr oder minder wie Wegelagerer benehmen. Der große Homer hat sie in Ketten gelegt, Ketten aus dem Erz seiner Verse. Der große Euripides hat, auch hier in Pella, in seinen Stücken die Namen der Götter neu verwendet, als Bild oder Schlüssel für menschliche Geisteszustände. Ich glaube, daß die Götter genau das sind – Bilder, die wir erdacht haben, um unseren Ängsten und Zweifeln und Hoffnungen Gestalt geben zu können. Aber das ist für dich und mich und ein, zwei andere. Für das Heer werden wir so tun, als ob wir an die Götter und die Notwendigkeit dieser Opferhandlungen glaubten.«

Aristandros blickte ihn nachdenklich an. »Was immer du sagst, Alexander, König, Herr. Aber du weißt so gut wie ich, daß *du* tatsächlich glaubst ...«

Alexander unterbrach ihn scharf. »Was immer ich glaube, zählt jetzt nicht. Noch weniger Bedeutung hat das, was du über meinen Glauben zu wissen meinst. Ich glaube, daß es vielleicht einen Gott gibt, vielleicht den Unbekannten Gott der athenischen Altäre, der all die anderen beherrscht und leitet und bindet. Einen Gott, vielleicht den geheiligten Geist der Perser, der sich nicht aufführt wie ein Räuber und Mörder aus den illyrischen Bergen. Einen Gott, der Wärme und Wissen und Liebe und rechter Sinn ist. Aber – was zählt, ist das Heer. Die Männer. Sie sind nichts ohne Führung, ich bin nichts ohne sie. Sie glauben an Zeus, den Häuptling aller Wegelagerer, und an all die anderen. Ich sage nicht, daß ich überzeugt wäre, all dies sei Unfug. Vielleicht ist etwas daran; vielleicht sind all diese Wegelagerer und Mutterschänder zusammen der Eine Gott, den ich suche. Deshalb will ich nicht nur den Schein wahren; du und ich, wir werden die Gebräuche achten und Opfer darbringen und um Rat und Leitung bitten und die Orakel befragen. Das Heer muß sehen, daß wir glauben – oder daß wir wenigstens so tun, als ob.«

Aristandros nickte wieder; seine Augen waren Schlitze. »Wozu erzählst du mir all diese Dinge, die ich doch weiß?«

Alexander streckte die Hand aus und faßte den Umhang des Priesters an, mit Daumen und Zeigefinger. »Ich sage es dir, damit du das Wichtigste begreifst – das Allerwichtigste. Das Heer zählt; nicht dein Glaube oder mein Zweifel. Und ich führe das Heer. Du willst, daß ich nach Ägypten gehe; ich weiß es. Ich werde nach Ägypten gehen, und weiter, mit dem Heer, und du kommst mit. Aber« – nun zerrte er an Aristandros' Umhang – »begreif eines, o höchst edler und wertvoller Seher und Priester Aristandros von Telmessos: Wenn ich ein Orakel will, gib mir den Spruch, den ich will – anders als eben bei der Leber. Wenn die Leber schlecht ist, wirst du sagen, sie sei gut – außer, ich befehle etwas anderes. Wenn du glaubst, die Götter seien gegen mich, wirst du dem Heer sagen, daß die Götter auf unserer Seite sind.«

Aristandros schloß die Augen. »Aber ich muß den Göttern gehorchen ...«

Alexander grinste plötzlich, wie ein Junge. »Wenn ich das Gefäß des Ammon bin, bin ich ein Gott. Gehorch *mir.*«

Nur Drakon war noch in der Nähe, als Alexander sich von Olympias verabschiedete. Bukephalos schnaubte und scharrte im Hof; die Diener warteten. Antipatros stand bei ihnen; er betrachtete den Abschied oben, auf der Treppe, mit einem undurchschaubaren Gesichtsausdruck.

Sie umarmten einander, langsam, wie Liebende, und blieben einige Zeit eng aneinandergepreßt stehen. Olympias ergriff schließlich die Schultern ihres Sohns, schob ihn von sich, nahm ihn dann bei beiden Ohren und küßte ihn auf den Mund. Als sie sprach, war es, als ob sie die Worte in seinen Mund hauchen wollte, auf seine Zunge, in sein Innerstes.

»Reite schnell und reite gut, mein Sohn. Unterwirf die Lande, mein Sohn. Ich will deinen Ruhm. Ich will deine Standbilder sehen, überall, neben den Altären von Zeus, der Ammon ist. Unterwirf die Lande, die Länder, die Berge und Wüsten und Menschen, mein

Sohn. Und – schick mir Silber, schick mir Gold, schick mir Schmuck und Reichtümer, Sklaven und kostbare Tücher und Duftstoffe. Die Mutter des größten Königs soll besser dastehen als irgendeine Bergfürstin, Sohn. Schick mir all die Reichtümer, die du findest, die dir zufallen, die dein sein werden. Ich kann sie gebrauchen – für mich, für dich, für das Königreich, wenn du zuläßt, daß ich Antipatros auf den Platz verweise, der ihm zukommt...«

Alexander legte seine Hand auf ihre Lippen. Mit einem beinahe traurigen Lächeln sagte er: »So viel für dich, Mutter? Der Reichtum der ganzen Welt? Und was soll ich für mich behalten?«

Olympias küßte die Innenseite seiner Hand. »Es ist nicht der Wille der Götter, daß du lang genug lebst, um dich deiner Siege und Reichtümer zu erfreuen.«

Alexander starrte einen Moment in ihre Augen; dann ließ er sie los, wandte sich ab, lief die Treppe hinunter, umarmte Antipatros wortlos und sprang auf sein Pferd.

»Die Sonne geht auf. Ein neuer Tag. Jeder neue Tag ist der letzte, Kinder. Alexanders neuer Tag, als er selbst das Königsschiff über den Hellespont steuerte, war sein erster in Asien – und sein letzter in Hellas. Er selbst war sein Charon, wie es sich für einen König geziemt, und der Hellespont sein Styx. Denn an diesem Tag starb Alexander.

In Elaios brachte er ein Opfer dar am Grab des Protesilaos, der mit Agamemnon nach Troja zog und als erster Asiens Boden betrat. Als sie auf dem Schiff waren und den halben Weg nach Asien zurückgelegt hatten, schlachtete er einen Stier und brachte Poseidon aus goldener Schale ein Trankopfer dar. In voller Rüstung betrat er dann als erster den Boden Asiens. Aber...« Aristoteles hob die Hände; sein Lächeln war eher eine Grimasse.

»Drakon war bei ihm. Und der Musiker, Dymas, der

während der Überfahrt die Kithara spielte und die Opferhandlung mit feierlichen Gesängen begleitete. Drakon schrieb, Dymas habe, als die Opfer dargebracht waren, die Tonart gewechselt und zwei Spottlieder gesungen. Eines auf den Fährmann, der sich für die Sonne hält und nicht weiß, daß er der Mond ist; ziemlich wirr, fürchte ich. Und eines auf die Zurückbleibenden, die meinen, das Schiff, das sich entfernt, gehe am Horizont unter, während vom Schiff aus die Zurückbleibenden Zurückgebliebene sind, Untergänger.

Da, so schrieb Drakon, drehte Alexander sich um, schaute nach Europa zurück, stieß einen langen lustvollen Jubelschrei aus und sagte: ›Ich danke den Göttern, die mich aus Misthaufen, zänkischen Dörfern und Mäusekriegen erlöst haben.‹ Dann behauptete er, er wisse nicht, wer Olympias sei und könne sich nicht einmal daran erinnern, Demosthenes je vergessen zu haben.«

Peukestas lachte flüchtig. »Wie gut ich ihn verstehen kann. Oder zu verstehen hoffe. Aber was meinst du damit, daß er an diesem Tag starb, Aristoteles? Und ...«

Der Philosoph unterbrach ihn. »Er war viele Menschen und viele Rätsel. Zauderer und Dränger, hellwacher Träumer, klar wie Wasser und undurchsichtig wie schwerer Wein, liebevoll und grausam, alles von allem und von allem mehr als jeder andere. Beutegierig und großzügig – vor dem Aufbruch hat er noch alle neuen und freigewordenen Ländereien verteilt, und schließlich hat Perdikkas gesagt: ›Aber was behältst du für dich?‹ Da soll Alexander geantwortet haben: ›Meine Freunde und meine Hoffnung‹, und Perdikkas gab die Geschenke zurück und sagte, dann wolle er auch nicht mehr. Alexander war alles, für alle. Sagen wir so: Der Mensch, der Philipps Sohn und Erbe war, starb an diesem Tag, wenn er auch seinen eigenen Tod erst später begriff. Verkündet hat er ihn, soweit ich weiß, zum ersten Mal, als er später das Angebot des Dareios ablehnte, der ihm alle Länder westlich des Euphrat geben wollte.«

Peukestas knurrte leise. Dann sagte er: »Und was war

nun mit dem Amulett? Und mit Bagoas? Ich habe ihn ja gesehen, aber ich weiß nichts.«

Aristoteles lächelte. »Das Amulett und Bagoas? Ah, Freund, das ist eine andere Geschichte.«

ENDE DES ERSTEN TEILS

Anhang

Namen & Begriffe

Im Prinzip wurde dem Kontext entsprechend jeweils die griechische Fassung verwendet, dies jedoch nicht immer konsequent. Die deutschen Namensformen Philipp und Alexander sind den großen Makedonenherrschern vorbehalten; jeder andere Träger dieser Namen ist ein Philippos oder Alexandros. Die bekanntesten Ortsnamen finden sich in ihrer eingebürgerten deutschen Form (Athen/Piräus/Theben statt Athenai/Peiraieus/Thebai); daß mir Milet (statt Miletos) erträglich, Halikarnaß (statt Halikarnassos) dagegen scheußlich erscheint, ist ebenso subjektiv wie das Gefühl, die griechische »Petersilie« durch den absurden deutschen »Steineppich« ersetzen zu sollen, der im Text weniger modern wirkt. Lateinische Begriffe wie »Grieche« oder »Karthago« sind im Mund eines Hellenen des 4. Jahrhunderts v. Chr. unmöglich; ebenso unmöglich, aber wegen seiner Handlichkeit unvermeidlich ist etwa der »Offizier«, dessen griechische Entsprechung (?) *lochagos* im Deutschen genauso ungeläufig ist wie die einzelnen militärischen oder zivilen Rangbezeichnungen der Zeit.

Hinsichtlich der Topographie Makedoniens habe ich mich an die neueren Ausgrabungen gehalten, die Aigai beim heutigen Vergina lokalisieren statt, wie lange angenommen, weiter nordöstlich bei Edessa. Pella, heute im Binnenland, lag damals noch fast an der Küste des seither verlandeten Golfs von Therme (Saloniki). Die Karte zeigt an dieser Stelle den wahrscheinlichen damaligen Küstenverlauf.

Allianzen & Agenten

Nach dem Untergang der alten Reiche Ägyptens und Mesopotamiens gab es von 510 bis 330 v. Chr. drei wirtschaftlich und politisch miteinander verflochtene, konkurrierende Großmächte im Mittelmeer: Karthago im Westen, etwa im Dreieck Libyen-Gibraltar-Korsika; Persien im Osten, zwischen Nil, Indus und Hellespont; und die jeweilige griechische Hegemonialmacht, abwechselnd Sparta und Athen mit wechselnden Verbündeten. Sizilien und Kyrene waren ebenso Schauplätze des Engagements von Sparta und Athen wie z. B. Kleinasien; Karthago war durch Handelsinteressen und das Sonderverhältnis zu seiner Mutterstadt Tyros in den Osten eingebunden; Xerxes ließ die Dardanellen peitschen und wies die Karthager an, keine gemästeten Hunde mehr zu verzehren – zwei ähnlich ergebnislose Unterfangen; wenn Sparta sich mit Persien verbündete, nahm Athen Kontakte zu Karthago auf; als Theben unter Epameinondas kurzzeitig Hegemonialmacht war, holte man sich einen karthagischen Schiffbaumeister für die Flottenrüstung; der von Athen verbannte Themistokles ging ebenso selbstverständlich nach Persien wie später Artabazos nach Pella, nicht zu reden von Gestalten wie Alkibiades, der binnen weniger Jahre athenische, spartanische und persische Kommandoposten innehatte, nicht zu reden auch vom griechisch-karthagischen Dauerkontakt bzw. Dauerkonflikt auf Sizilien.

Nach vielen Auseinandersetzungen verzeichnen die Historiographen Hinrichtung oder Verbannung von Verrätern, Spionen etc. der jeweils anderen Seite; auch der gegenseitige Austausch gefangener Spione ist spätestens zur Zeit Hammurabis nachweisbare Gepflogenheit. Man wird allerdings zwischen realen politischen Gegebenheiten einerseits und Kenntnissen der Historiographen andererseits zu unterscheiden haben, oder überhaupt zwischen Praxis und Theorie. Mit den Kenntnissen, die die antiken Geographen von der Welt hatten, wäre kein Fernhändler je an ein Ziel gekommen; da die genaue Kenntnis von Karawanenwegen, Wasserstellen, Anlegehäfen, Entfernungen etc. Voraussetzung für Handel und Gewinn war – »Wissen ist Macht« – und mindestens ebenso wichtig wie Kapital, kann man wohl davon ausgehen, daß erfahrene Händler und Kapitäne dieses Wissen nur zunftintern weitergaben, auf keinen Fall jedoch zur allgemeinen Verbreitung einem Eratosthenes oder Hekataios verfügbar machten. Zweifellos wußten die jeweils Regierenden der Großmächte nicht nur durch Händler und permanent im gesamten Mittelmeer verschobene Söldnerkontingente Bescheid über Vorgänge in den anderen Ländern; ebenso zweifellos wurden aber die jeweiligen Spionagedienste nicht zu Nutz und Frommen von Historiographen offengelegt. Daß es auch bei guter Fernaufklärung und detaillierten Kenntnissen der Interna des Gegners zu Fehleinschätzungen kommen kann, belegen CIA und KGB.

Philipps »Geheimdienst« scheint sehr effektiv gewesen zu sein und wurde wohl ähnlich professionell gehandhabt wie die einzigartig professionelle makedonische Armee. Abgesehen von Belagerungen, Scharmützeln und Auseinandersetzungen mit den Phokern im Dritten Heiligen Krieg, gab es zwischen Makedonien und den griechischen Staaten genau eine offene Feldschlacht: Chaironeia 338 v. Chr. Alle anderen Erfolge Philipps waren Früchte von Diplomatie, von Manövern, von Bestechungen, von genutzten Detailkenntnissen über Interna. Ähnlich effektiv müssen die gleichen Leute später für Alexander gearbeitet haben, der – soweit sich dies aus den Quellen rekonstruieren läßt – nicht nur vor den militärischen Auseinandersetzungen genau wußte, wo welche gegnerischen Einheiten in welcher Stärke unter welchem Kommando standen, sondern auch lange voraus die Qualitäten persischer Satrapen kannte und wußte, wen er als Verwalter übernehmen konnte und wen besser nicht. Die Aufklärung der Perser, Karthager und Athener war ebenfalls genau genug, um den jeweils besten Adressaten für Bestechungsgelder o. ä. zu kennen. Daß ein Teil der Alexander-Literatur den zunächst ausbleibenden persischen Widerstand nach Alexanders Asien-Übergang als Versagen der persischen Aufklärung oder Fehleinschätzung der persischen Führung deutet, scheint mir unhaltbar; die Abwehr derartiger Invasionen fiel zunächst in die Zuständigkeit der betroffenen Satrapien, eine Mobilisierung der gesamten Heeresmacht nahm mehr Zeit in Anspruch und konnte erst erfolgen, wenn die Satrapien überfordert waren, und schließlich konnten auch frühere griechische Invasoren (z. B. Agesilaos 396 f., vgl. Chronologie) zunächst unbehelligt landen.

Es liegt, wie gesagt, in der Natur der geheimdienstlichen Dinge, daß genaue Namen, Daten etc. hierzu von den antiken Historiographen nicht verzeichnet sind. Bagoas »der Heile« ist fiktiv bzw. aus mehreren realen Persern der Alexandertexte (vor allem Arrian) zusammengesetzt. Der Korinther Demaratos war Händler und Gastfreund Philipps, schenkte Alexander den Hengst Bukephalos und brachte die Versöhnung zwischen Philipp und Alexander zustande; seine Rolle in der Geschichte (er begleitete Alexander bis an die Grenzen Indiens, wo er starb) geht über jene Dinge hinaus, die man einem bloßen Händler und Gastfreund abnehmen würde. Alles andere ist unbeweisbare, aber möglicherweise plausible Spielerei. Der Karthager Hamilkar erscheint in Alexanders letzten Tagen als Gesandter in Babylon; daß in einem Moment, in dem nur noch zwei Großmächte übrig sind, die westliche Großmacht Karthago – nächstes Angriffsziel Alexanders – einen bloßen Händler nach Babylon schicken soll, scheint mir eine viel fantastischere Annahme zu sein als die, daß es sich bei ihm um den Chef der karthagischen Geheimdienste gehandelt haben könnte.

Über diese beiden wichtigen Bereiche des antiken Lebens ist kaum etwas bekannt. Genaues über die Mysterien wußten offenbar nur die Initiierten, die einer Schweigepflicht unterlagen und schwiegen; der »innere Monolog« der Olympias im 4. Kapitel ist der zweifellos unzulässige Versuch, mit Hilfe antiker Sakraltexte aus Griechenland, Ägypten, Mesopotamien und Indien unter Hinzuziehung von C. G. Jung und Erich Neumann eine Unschärfe-Relation des Mysterienkomplexes zu erstellen.

Die Versuche neuerer Musikwissenschaftler, aus den theoretischen Schriften von Pythagoras und Boethius (und den Äußerungen z. B. von Platon und Aristoteles über die Bedeutung der Musik) eine Art Rekonstruktion zu bewerkstelligen, lesen sich wie das hypothetische Unterfangen, aus einem Essay von Descartes und einem von Adorno die gesamte Musik zwischen Bach und Bartok zu destillieren. Überdies stellen die Theoretiker oft die für praktische Belange falschen Fragen. Es ist sicher, daß die Musik (und ihre Bedeutung im Leben) in Griechenland ebenso entwickelt war wie Dichtung, Architektur, Malerei und Plastik; daß es enge Beziehungen zwischen Dichtung und Musik, zwischen Musik, Tanz und Kultus gab. Wir haben jedoch keinerlei Tondokumente, und die wenigen mit Buchstaben verschlüsselten Hinweise auf Melodien reichen nicht aus, wirklich Substantielles zu sagen. Andererseits sind die Dinge längst nicht so kompliziert, wie die Musikwissenschaft sie macht. Wir wissen, daß die Griechen auf Musik ähnlich reagiert haben wie wir – sie konnte Heiterkeit auslösen, Gelassenheit, Schwermut, Ekstase; wir wissen nur nicht, welche Sorte Musik welche Empfindungen auslöste. Was Aristoteles entzückte, wäre für uns möglicherweise Katzenmusik; ihm dagegen könnte ein a-Moll-Akkord äußerst dissonant klingen. Was an der grundsätzlichen Ähnlichkeit des Reagierens auf Musik nichts ändert.

Spätestens im 5. Jahrhundert v. Chr. gab es in Griechenland und anderen Mittelmeerländern professionelle Musiker, Virtuosen. Aus der bildlichen Darstellung antiker Instrumente wie Lyra oder Kithara lassen sich keinerlei Schlüsse auf ihre Stimmbarkeit ziehen; allerdings wäre die Annahme absurd, professionelle virtuose Musik auf Saiteninstrumenten hätte sich darauf beschränkt, unscharf gestimmte Saiten anzureißen, ohne sie durch Greifen zu modifizieren. Das ist nur bei den vielsaitigen Harfen denkbar. Wer einmal versucht hat, eine frei schwingende Saite in der Tonhöhe durch Greifen zu verändern, weiß, daß dabei nur dumpfes Knurren und Schnarren

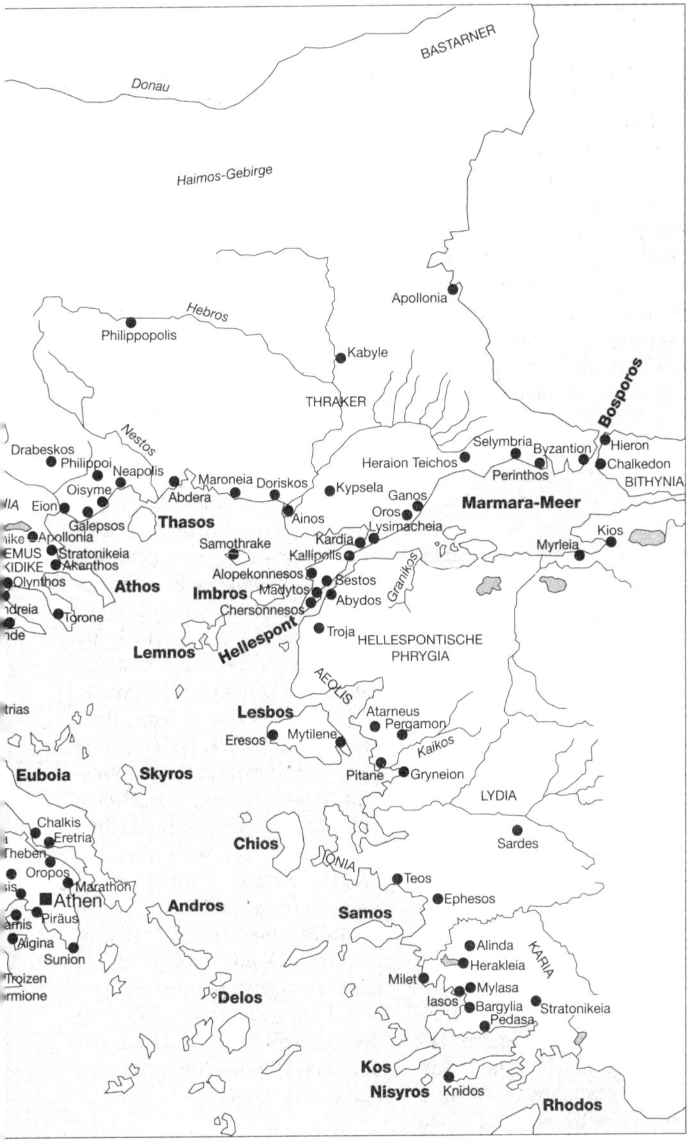

BASTARNER
Donau
Haimos-Gebirge
Apollonia
Hebros
Philippopolis
Kabyle
THRAKER
Bosporos
Nestos
Drabeskos
Philippoi
Neapolis
Abdera
Maroneia
Doriskos
Kypsela
Heraion Teichos
Selymbria
Byzantion
Hieron
Chalkedon
Perinthos
BITHYNIA
Oisyme
Eion
Galepsos
Thasos
Ainos
Ganos
Oros
Marmara-Meer
Lysimacheia
Kios
Myrleia
Apollonia
Stratonikeia
Akanthos
Olynthos
Athos
Samothrake
Kardia
Kallipolis
Alopekonnesos
Sestos
Madytos
Abydos
Imbros
Granikos
Chersonnesos
Torone
Troja
HELLESPONTISCHE
PHRYGIA
Lemnos
Hellespont
AEOLIS
Lesbos
Atarneus
Pergamon
Eresos
Mytilene
Kaikos
Pitane
Gryneion
Euboia
Skyros
LYDIA
Chalkis
Eretria
Theben
Chios
Sardes
Oropos
IONIA
Teos
Marathon
Athen
Ephesos
Andros
Samos
Piräus
Aigina
Alinda
Sunion
Herakleia
KARIA
Milet
Mylasa
Iasos
Bargylia
Stratonikeia
Delos
Pedasa
Kos
Knidos
Nisyros
Rhodos

GLOSSAR

Einige Begriffe, die in ihrer Funktion für den Roman bereits im Text erläutert sind, wurden hier nicht mehr aufgenommen, da z.B. »Ammon: ägyptischer Gott, von den Griechen mit Zeus gleichgesetzt« nicht über die Erklärungen im Text hinausgeht, also lediglich eine Verdoppelung wäre, eine ergiebigere Erläuterung andererseits zum enzyklopädischen Stichwortartikel werden müßte, den man bitte in hierfür zuständigen Nachschlagewerken suche.
Zu Gegenden, Volksstämmen etc. konsultiere man die Karte.

Agora: »Versammlung, Marktplatz«; in griech. Städten der meist zentrale Platz mit Rats- und Verwaltungsgebäuden.

Aulos: Flöte, in der Antike meist als Doppelaulos, wobei eine Flöte die Melodie, die andere einen Bordunton spielt.

Boule: »Wille, Rat, Ratsversammlung«, in Athen und anderswo die institutionalisierte Volksversammlung; sie tagt im *Bouleutherion.*

Chiton: »Unterkleid, Hemd, Gewand«, der gemeinmediterrane Leibrock (bei den Römern Tunika), ursprünglich wohl phönikisch; von Männern meist kurz (Oberschenkel), von Frauen meist lang getragen, mit kurzen Ärmeln und verschiedenen Formen des Gürtens.

Dareike: gr. *dareikos*, pers. Goldmünze zunächst von Dareios I., später allgemein auch für die Goldmünzen anderer Großkönige; entsprach 20 *sigloi* (Silber-Schekel).

Drachme: zunächst Massemaß, daraus wurde Münze, regional und zeitlich unterschiedlich. Die athenische Drachme (zu 6 Obolen) bestand aus ca. 4,4 g Silber und entsprach einem Sechstausendstel eines Talents (ca. 26,2 kg). Die ursprüngliche Unterteilung des babylonischen Massemaßes Talent (1 T. 5 60 Minen, 1 Mine 560 Schekel) wurde in Griechenland teilweise dezimalisiert: 100 Drachmen 5 1 Mine, 60 Minen 5 1 Talent. Mine und Talent sind jedoch keine Münzwerte, sondern nur Rechnungs- und Masseeinheiten. Drachmen wurden zu unterschiedlichen Zeiten auch als Vielfaches geprägt: Zwei- (Didrachmen), Vier- (Tetradrachmen), auch Zehndrachmenstücke (Dekadrachmen) mit entsprechend höherem Gewicht und Feingehalt. Lange Zeit war 1 Drachme der Basissold für Soldaten, der Tageslohn eines qualifizierten Handwerkers etc.

epistates: »Vorsteher, Befehlshaber«, in Makedonien vom König ernannter und diesem verantwortlicher »Bürgermeister« einer Stadt.

Euxeinisches Meer: das Schwarze Meer.

Hegemon: »Führer, Feldherr, Fürst, Gebieter«.

hetairos: »Freund, Gefährte, Kamerad«; *hetaira* ist all dies weiblich sowie später auch »Dirne, Buhlerin«. In Makedonien war der König eine Art *primus inter pares,* die übrigen Fürsten nicht Untertanen, sondern Gefährten, aus denen sich Offizierskorps und Reiterei (Hetairenreiter), aber auch die höheren Verwaltungsämter rekrutierten. Besonders bevorzugte *hetairoi* Philipps oder Alexanders wurden zum *somatophylax* (»Leibwächter«) ernannt.

Kadmeia: angeblich vom sagenhaften Kadmon gegründete Burg/Zitadelle der Stadt Theben.

Karchedon: griech. Name von Karthago, phön. Qart Hadasht, »neue Stadt«.

Kassia: Gewürz; unklar, ob es sich hierbei um eine bestimmte Lorbeerform oder um eine spezielle Verarbeitung von Zimtöl handelte.

Kataphrakten: schwere gepanzerte Kavallerie.

Kinnamon bzw. *Kinnamomon:* Zimt.

Kithara: Saiteninstrument mit großem Schallkasten und bis zu elf Saiten; *Kitharist* ist der Musiker, der die Kithara spielt, *Kitharode* jener, der sie zur eigenen Gesangsbegleitung verwendet.

Kitros: zitronenähnliche Frucht.

Kepsydra bzw. *Klepshydra:* Wasseruhr.

koineeirene: »allgemeiner Friede«.

kopron: »Scheißhaus«, Abtritt, Toilette.

kydonische Äpfel: Quitten (nach der kret. Stadt Kydonia).

Logograph: »Redenschreiber«, Verfasser von »(meist Gerichts-) Reden gegen Bezahlung.

Lyra: Leier.

Mainade: »Rasende«, berauschte, bzw. in Ekstase geratene Frau.

Medimnos: »Scheffel«, ca. 52 l, unterteilt in 48 *choinikes* à 1,08 l.

Metoike, Metöke: »Ansiedler, Beisasse«; Fremder, der Gastrecht genießt, aber keine Bürgerrechte besitzt; »Gastarbeiter«.

Parasange: ca. 5,5 km.

Phyle: ursprünglich »Stamm«, später Bezirk; im 5. Jh. vC bestand Athen aus zehn Phylen, deren jede 50 Abgeordnete entsandte.

Prytaneion: Gemeindehaus, Heimstatt des staatlichen Herdfeuers; hier tagten die 50 Abgeordneten der jeweils für 35 oder 36 Tage zuständigen Phyle; Vertreter der übrigen neun Phylen nahmen an den Beratungen teil.

Stadion: ca. 180 m.

Stater: ursprünglich Massemaß (ca. 8,1 bis 8,7 g), dann auch Gold- oder Silbermünze (z.B. als silberner Didrachmon). Philipps Goldstater und die entsprechenden späteren Prägungen Alexanders hatten den Gegenwert von 20 Silberdrachmen.

Truppenteile, Ränge etc.: sehr unsicher, da von den antiken Autoren nie genau definiert. Basiseinheit scheint die Reihe von 16 (ursprünglich wohl 10) Kämpfern gewesen zu sein, geführt von einem Dekadarchen (»Herr von Zehn«, Zehnerschaftsführer). Bei der Reiterei gab es die vermutlich 16 3 16 Mann umfassende Ile (etwa Schwadron) sowie Unterteilungen (Halb-Ile etc.); ähnliche kleinere Gruppierungen dürfte es auch beim Fußvolk gegeben haben. Die nächste größere Einheit, Pentekosiarchie (»Fünfhundertschaft«) unter einem Pentekosiarchen, bestand aus 32 3 16 Mann, war also eine Fünfhundertzwölfschaft.
Unter Philipp und Alexander bestand das makedonische Kernheer im wesentlichen aus folgenden Teilen: a) der Phalanx der »normalen« Fußtruppen, schwere Hopliten, ausgerüstet mit Schwert, kleinem Schild, und der bis zu 6 m langen Sarisse, gegliedert in 6 Taxeis, wobei jede Taxis (oft nach Gebieten rekrutiert) aus 3 Pentekosiarchien bestand, also 6 3 3 3 512, zusammen 9216 Mann, dazu Offiziere, Stäbe, Melder, Troß, etc.; b) der »Garde« der Hypaspisten, 3 Taxeis zu je 2 Pentekosiarchien, zusammen 3072 Mann, ausgerüstet mit größerem Schild, Schwert und kurzem Stoßspeer (Xyston), die im Gegensatz zur defensiven Phalanx meist offensive Aufgaben hatten, ebenso wie c) die Hetairenreiterei, ursprünglich aus vom König belehnten Adligen, berittene »Gefährten«. Unter Philipp waren es etwa 800 Mann, von Alexander später verdoppelt; ihre Bewaffnung bestand aus Schwert und Xyston. Daneben gab es zahlreiche spezialisierte Truppenteile – Belagerer, Leichtbewaffnete, Aufklärer, »Gebirgsjäger« –, z. T. rekrutiert aus unterworfenen oder tributpflichtigen Stämmen mit beson-

deren Kampftraditionen. Einigermaßen undurchschaubar sind die von Alexander in den letzten Jahren vorgenommenen Neugliederungen; es scheint sich um die Bildung von straffer organisierten, selbständigen, z. T. auch gemischten Verbänden gehandelt zu haben, wahrscheinlich als Fünfhundert- und Tausendschaften, letztere bei den Reitern Hipparchie, bei den Fußkämpfern Chiliarchie genannt. Allerdings taucht der Rang eines Chiliarchen mehrfach auf – einmal als »Tausendführer«, dann aber auch als Bezeichnung/Ehrentitel für Perdikkas im Sinn eines Oberbefehlshabers.

Mit vorangestelltem Asterisk (*) markierte Personen sind erfunden, die übrigen historisch gesichert, wenn auch nicht in jeder Einzelheit ihres Verhaltens im Roman. Die meisten Lebensdaten sind Mutmaßungen, da die antiken Autoren nur selten präzise Altersangaben machen. Alexanders Daten sind gesichert, ebenso die von anderen wichtigen Personen; z. B. heißt es über Antigonos Monophthalmos, er sei 81 Jahre alt gewesen, als er bei Ipsos fiel, so daß 382 als Geburtsjahr in Frage kommt. Von vielen anderen weiß man, daß sie zumindest ungefähr Altersgenossen Alexanders gewesen sein müssen, da sie als seine Jugendfreunde erwähnt werden – Hephaistion, Harpalos, Nearchos, Ptolemaios, etc. Bei Nearchos, Aristandros und anderen ist kein Todesdatum erwähnt; die Angaben in der nachstehenden Liste sind also frei erfunden, wenn auch möglicherweise wahrscheinlich aufgrund der Umstände.
Einige Namen tauchen in den Quellen und im Roman mehrfach auf; von den vielen Trägern etwa der Namen Ptolemaios oder Attalos sind hier nur die wichtigsten aufgeführt.

*Adherbal: karthagischer Kaufherr, Vorgänger von Hamilkar als Leiter des karth. Geheimdiensts.

*Admetos: Vertrauter der Olympias.

*Agathon: athenischer Kaufherr.

Aischines: athen. Politiker, ca. 389-314, Gegner des Demosthenes.

Alexandros: a) A. II., ältester Bruder Philipps, ca. 390-368, nach einjähriger Herrschaft von seinem Schwager Ptolemaios von Aloros ermordet;
b) Alexandros von Epeiros: Bruder der Olympias, geboren ca. 360, seit 352 zur Erziehung in Pella, ab 342 König von Epeiros, starb 331 auf einem Feldzug in Italien;
c) Alexandros der Lynkeste, Bruder der Verschwörer Heromenes und Arrhabaios; Reiterführer unter Alexander, Ende 334 des Postens enthoben, ca. 330 verhaftet und kurz nach Philotas angeklagt und hingerichtet.

Amyntas: a) A. III., Vater Philipps, König von Makedonien 393-369, ermordet von seinem Schwiegersohn Ptolemaios von Aloros, vermutlich auf Anstiftung der Königin Eurydike;
b) A. IV, Sohn von Philipps

Bruder und Vorgänger Perdikkas III., ca. 362-336, von Alexander »beseitigt«.

Antigonos: genannt Monophthalmos, »der Einäugige«, hoher maked. Offizier unter Philipp und Alexander, ca. 382-301. Seit 334 Satrap von Groß-Phrygien; nach Alexanders Tod während der Diadochenkriege zeitweilig »König von Asien«.

Antipatros: maked. Feldherr und Politiker, neben Parmenion wichtigster Helfer und Freund Philipps, unter Alexander Stadthalter für Europa; ca. 400-319.

Apelles: der berühmteste Maler der griech. Antike, zeitweilig in Pella und mit Alexander befreundet.

*Apollonios: rhodischer Kaufmann, Geschäftsfreund des Demosthenes.

*Archelaos: königlicher Hausmeister in Pella.

Aristandros von Telmessos: oberster Seher und Priester unter Philipp und Alexander, ca. 385-?.

Aristoteles: der Philosoph, Sohn des früheren Leibarztes von Philipps Vater Amyntas, später von Philipp als Lehrer nach Mieza/Makedonien geholt und dort Erzieher Alexanders (etwa 342-340), ab 334 in Athen; ca. 384-322.

Arrhabaios: lynkestischer Fürstensohn, mit seinem Bruder Heromenes in die Ermordung Philipps verwickelt und hingerichtet.

Arridaios: oder Arrhidaios, Alexanders schwachsinniger Halbbruder, Sohn Philipps und der Thessalierin Philinna, 358-317; 322 von der maked. Heeresversammlung als Philippos III. Arridaios zum Teil-König gemacht, 317 von Olympias ermordet.

Artabazos: persischer Fürst, ca. 387-325, bekleidete hohe zivile und militärische Ränge, lehnte sich ca. 350 als Satrap gegen Artaxerxes III. auf und verbrachte einige Jahre in Pella.

Arybbas: Onkel der Olympias, seit etwa 360 Regent (für den minderjährigen Alexandros) in Epeiros, 342 von Philipp abgesetzt, ging dann nach Athen.

Attalos: a) maked. Fürst, Schwiegersohn Parmenions, Onkel und Vormund von Philipps letzter Frau Kleopatra, als Beteiligter an der Verschwörung gegen Philipp und Alexander 336 ermordet;
b) vornehmer junger Makedone, Freund Alexanders, dem er angeblich wie ein Zwilling glich;

nahm am Asienzug als Offizier teil (328 Taxiarch, in Indien Trierarch der Flotte). Er war mit Perdikkas' Schwester vermählt; über sein Ende ist nichts bekannt.

*Bagoas der Heile: persischer Fürst, Leiter des pers. Geheimdiensts.

Bagoas der Holde: schöner pers. Eunuch, Günstling und Liebling Alexanders.

*Bagoas der Huldreiche: pers. Politiker.

Bagoas der Hurtige: Eunuch, »graue Eminenz« am pers. Hof; beseitigte 338 Artaxerxes III. Ochos, half Arses auf den Thron, beseitigte 336 auch diesen und stützte Dareios III., der ihn bald darauf töten ließ.

Barsine: Tochter des Artabazos, mit diesem ca. 350-348 in Pella, später vermählt mit dem rhodischen Söldnerführer Mentor, nach dessen Tod mit seinem Bruder Memnon, nach dessen Tod einige Zeit Geliebte Alexanders, dem sie spätestens 328/27 einen Sohn Herakles gebar. 309 zusammen mit ihm von Polyperchon umgebracht.

Demades: athen. Politiker, Gegner des Demosthenes, Makedonenfreund, ca. 380-319.

Demaratos: Kaufherr aus Korinth, Gastfreund Philipps, später auch Alexanders, ca. 400-327.

Demetrios: hoher maked. Offizier unter Philipp und Alexander.

Demosthenes: athen. Politiker, Makedonenfeind, berühmter Redner; ca. 382-322.

Drakon: maked. Arzt.

*Dymas: fahrender Sänger und Musiker.

*Emes: maked. Hoplit.

Erigyios: vornehmer Makedone, Jugendfreund Alexanders, mit diesem in Mieza erzogen, von Philipp und Alexander verbannt; ca. 356-327.

Eubulos: athen. Politiker, lange Zeit wichtigster Finanzpolitiker der Stadt, ca. 410-330.

Eumenes: Grieche aus Kardia, schon unter Philipp als Verwaltungsmann in Pella, mit Alexander befreundet; ca. 362-316. Verwaltete unter Alexander die »Königlichen Tagebücher« und sonstige Hof-Aufzeichnungen; nach Alexanders Tod anfangs einer der mächtigsten Diadochen in Asien.

Eurydike: a) Gemahlin von Amyntas III., Mutter Philipps;

vermutlich 369 an Amyntas' Ermordung beteiligt, ermordete mit ihrem Schwiegersohn Ptolemaios von Aloros 368 sowohl die eigene Tochter, Ptolemaios' Frau Eurynoe, als auch den eigenen Sohn, Alexandros II., herrschte mit Ptolemaios bis zum Regierungsantritt ihres zweiten Sohnes Perdikkas 365; angeblich 359 von Philipp getötet;
b) Audata, Tochter des Illyrerkönigs Bardylis, 359 Philipps 2. Frau, Mutter der später mit Amyntas IV. vermählten Kynnane, nannte sich (oder wurde genannt) seit der Vermählung mit Philipp Eurydike;
c) wahrscheinlich eigentlicher Name von Philipps letzter Frau Kleopatra b).
d) Tochter von Amyntas b) und Kynnane/Eurydike b), 322 mit Arridaios vermählt, mit diesem 317 von Olympias ermordet.

Hamilkar: karthag. Kaufherr und Politiker, Leiter des karth. Geheimdienstes.

Harpalos: Jugendfreund Alexanders, Finanzgenie, Schatzmeister zunächst des Heeres, später des Reichs; nach undurchsichtiger »Flucht« 333 zeitweilig in Megara, 331 wieder bei Alexander, der ihn sofort in alter Funktion weiterverwendete. 324 floh er mit Geld und Truppen nach Griechenland, vermutlich 323 auf Kreta ermordet.

*Hasdrubal: phönikischer Händler, Geschäftsfreund des Demosthenes.

Hekataios: Jugendfreund Alexanders, überbrachte den Hinrichtungsbefehl gegen Attalos nach Asien.

Hephaistion: Alexanders *alter ego,* vornehmer Makedone, in den letzten Jahren 2. Mann des Heeres, 324 in Ekbatana gestorben.

Hermias: Satrap, Fürst von Atarneus/Kleinasien, Onkel der Frau des Aristoteles, nach Geheimvertrag mit Philipp von den Persern hingerichtet.

Heromenes: Fürstensohn aus der Lynkestis, mit seinem Bruder Arrhabaios in die Ermordung Philipps verwickelt und hingerichtet.

Hypereides: athen. Politiker und Händler, Parteigänger des Demosthenes, ca. 390-322.

Kallisthenes: Autor und Historiograph, Neffe des Aristoteles, ca. 370-327.

Kassandros: Sohn des Antipatros, ca. 356-297; nach dem Tod seines Vaters einer der wichtigsten und mächtigsten Diadochen.

Kleitos: »der Schwarze«,

hoher maked. Offizier unter Philipp und Alexander, Bruder von Alexanders Amme Lanike, ca. 367-328. Seit 330 zusammen mit Hephaistion Führer der Hetairenreiter; im Streit von Alexander ermordet.

*Kleonike: halbhellenische Handelsherrin in Kanopos/Ägypten.

Kleopatra: a) Schwester Alexanders, mit Alexandros von Epeiros vermählt, 353-309; auf Befehl des Antigonos ermordet, als sie sich mit Ptolemaios b) vermählen wollte.
b) Nichte des Attalos, letzte (7.) Frau Philipps, hieß ursprünglich wohl Eurydike; ca. 354-336.

Koinos: hoher maked. Offizier unter Philipp und Alexander, Taxiarch; erzwang als Sprecher der meuternden Truppen die Umkehr in Indien und starb wenige Tage später; ca. 362-325.

Krateros: Freund Alexanders, mit ihm in Mieza erzogen; beim Asienzug von Anfang an Taxiarch, später Oberbefehlshaber nach Alexander, zuletzt von diesem als Stratege für Europa vorgesehen; fiel im 1. Diadochenkrieg; ca. 358-321.

Laomedon: vornehmer junger Makedone, Bruder des Erigyios, Freund Alexanders, mit diesem von Philipp verbannt. Auf dem Asienzug zuständig für die »kriegsgefangenen Barbaren«, Stabsoffizier; nach Alexanders Tod Satrap von Syrien, 319 von Ptolemaios gefangen. Über sein Ende ist nichts bekannt.

Leonidas: Lehrer Alexanders in Pella.

Leonnatos: Freund Alexanders, mit ihm ihn Mieza erzogen; hoher Offizier während des Asienzugs, nach Alexanders Tod Satrap des nördlichen (hellespontischen) Phrygien, 322 bei Krannon gefallen.

Lykurgos: athen. Politiker, Antimakedone, ca. 390-324.

Lysimachos: a) Lehrer des jungen Alexander;
b) *hetairos* Alexanders, Stabsoffizier, in den letzten Jahren immer in Alexanders Nähe, nach dessen Tod einer der mächtigsten Diadochen, beherrschte zeitweilig Teile Makedoniens und Kleinasiens sowie Thrakien, fiel 80jährig gegen Seleukos; ca. 361-281.

*Mandrokles: Geschäftsführer der Kleonike.

Medios: a) *hoher Makedonenfürst, Ältester des Staatsrats;
b) einer der *hetairoi* Alexanders, Gastgeber beim »letzten Gelage« in Babylon.

Meleagros: Jugendfreund Alexanders, mit ihm in Mieza erzogen; Offizier (Taxiarch); ca. 356-322.

Memnon: rhodischer Söldnerführer in pers. Diensten, ca. 380-333.

Mentor: Bruder Memnons, ebenfalls Söldnerführer, ca. 390-340.

Nearchos: Kreter, Jugendfreund Alexanders, unter Alexander zunächst Satrap von Lykien und Pamphylien, dann Kommandeur der indischen Flotte; nach Alexanders Tod wieder Satrap, später mit Antigonos verbündet, nach 314 nicht mehr erwähnt.

Nikanor: a) Stief-, später Schwiegersohn des Aristoteles, mit Alexander befreundet; ca. 358-315;
b) einer der Söhne Parmenions, Führer der Hypaspisten in Asien, gestorben 330 in Persien durch Krankheit.

Parmenion: maked. Fürst, wichtigster Stratege Philipps und Alexanders, ca. 400-330; nach der Hinrichtung seines Sohnes Philotas in Alexanders Auftrag ermordet.

Pausanias: a) maked. Thronprätendent, von Philipp besiegt;
b) Führer von Philipps Leibgarde, ermordete 336 Philipp in Aigai.

Perdikkas: a) P. III., älterer Bruder und Vorgänger Philipps, fiel 359 gegen die Illyrer;
b) Jugendfreund Alexanders, mit diesem in Mieza erzogen; auf dem Asienzug von Anfang an Taxiarch, später nach Alexander, Hephaistion und Krateros höchster Mann des Heers. Bei Alexanders Tod übernahm er dessen Siegelring; sein Versuch, das Reich (und seine eigene Macht) zu konsolidieren, löste den 1. Diadochenkrieg aus. 321 wurde er von den eigenen Leuten (im Auftrag u. a. von Seleukos) am Nil ermordet.

*Peukestas: junger Makedone, befragt den sterbenden Aristoteles.

Philippos: Arzt, Freund Alexanders, später sein Leibarzt.

Philokrates: athen. Politiker, handelte 346 mit Philipp einen nach ihm benannten Frieden aus, wurde später deshalb in Athen angeklagt und auf Betreiben von Demosthenes und Hypereides in Abwesenheit zum Tode verurteilt.

Philotas: Sohn Parmenions, Jugendfreund Alexanders, Offizier schon unter Philipp; in Asien Führer der Hetairenreiter, 330 nach einer angeblichen Verschwörung gegen Alexander hingerichtet.

Polyperchon: maked. Offizier, führte seit ca. 333 eine Taxis; 324 zusammen mit Krateros als Kommandeur der Veteranen nach Europa geschickt. Über seine Rolle in den Diadochenkriegen vgl. Chronologie.

Proteas: Sohn Lanikes, Neffe des Kleitos, mit Alexander befreundet und in Mieza erzogen; bemerkenswerter Trinker. Ende 334 von Alexander zu Antipatros geschickt, von diesem als Flottenkommandeur verwendet, ab 332 wieder bei Alexander.

Ptolemaios: a) von Aloros, Schwiegersohn von Amyntas III., den er 369 ebenso umbrachte (umbringen ließ?) wie 368 seine Frau Eurynoe und seinen Schwager Alexandros II.; 365 von Perdikkas III. getötet;
b) P., Sohn des Lagos, Jugendfreund Alexanders und mit ihm zusammen verbannt. Seit ca. 330 hoher Offizier; nach Alexanders Tod erhielt er Ägypten, das die von ihm begründete Dynastie bis 30 vC beherrschte. Lebenszeit ca. 356-282.

Pythias: a) Aristoteles' Frau, Nichte des Hermias;
b) Aristoteles' Tochter, später vermählt mit Nikanor.

Roxane: baktrische Fürstentochter, geb. ca. 345, seit 327 mit Alexander vermählt, dem sie postum einen Sohn (Alexander IV.) gebar. Nach Alexanders Tod brachte sie vermutlich eigenhändig seine zweite Gemahlin Stateira (ebenfalls schwanger) um. Ca. 310 ließ Kassandros sie und den 12jährigen Thronfolger töten.

Seleukos: Jugendfreund Alexanders, mit ihm in Mieza erzogen und von Anfang an Offizier beim Asienzug; später Begründer der Seleukidendynastie, ermordet 281/280. Zu seiner Rolle in den Diadochenkriegen vgl. Chronologie.

Sisygambis: Mutter des Dareios, seit 333 bei Alexander; sie starb 323.

*Tekhnef: Nilotin, Musikerin.

CHRONOLOGIE

ca. 1100-700 vC – Herausbildung der griech. Städte und Siedlungsgebiete (Athen, Sparta, Korinth, Theben; Attika, Boiotien, Thessalien, etc.); griech. Besiedlung des westlichen Kleinasien; Griechen übernehmen Seefahrt, Handel und Schrift von den Phönikiern.

ca. 750 Homer.

750-550 Griech. Kolonisation von der Krim bis zur Provence, Gründungen u. a. in Südfrankreich (Massalia/Marseille, Nikaia/Nizza), Unteritalien (Kyme/Cumae, Rhegion/Reggio, Kroton/Crotone, Taras/Tarent), Sizilien (Syrakosai/Syrakus, Katane/Catania, Zankle/Messana/Messina, Akragas/Agrigent), Nordafrika (Kyrene), Ägypten (Naukratis, Rhakotis) usw.

592 Griech. Söldner in Ägypten.

ca. 540 Ende der griech. Expansion im Westen nach Seesieg der verbündeten Karthager und Etrusker gegen Griechen vor Korsika, wenig später karthag. Siege in Westsizilien und westlicher Kyrenaika: Festlegung der Einfluß- und Siedlungsgrenzen. Gleichzeitig Ende der Expansion nach Osten, als ab 546 Kleinasien unter persische Hoheit gerät.

530f. Perser erobern Ägypten; Perserreich vom Indus bis zum Nil und Bosporos.

521 Beginn der Regierung von Dareios I.

513 Skythen-Feldzug der Perser zur Donau; Thrakien wird pers. Satrapie; Dareios schickt Gesandte bzw. Aufklärer nach Griechenland und Unteritalien.

500 Beginn des »jonischen Aufstands« der kleinasiatischen Griechen gegen Perser; Athen und Eretreia stellen Schiffe, Sparta verweigert Hilfe.

493 Endgültige Niederlage der Aufständischen, Wiederherstellung der persischen Herrschaft, Dareios' Feldherr und Schwiegersohn Mardonios überschreitet den Hellespont, sichert Thrakien;

Makedonien unter Alexandros I. (ca. 498-454) pers. Vasallenstaat.

491 Pers. Gesandte fordern symbolische Unterwerfung der Griechen; Athen und Sparta lehnen ab, Ermordung der Gesandten.

490 Pers. »Straffeldzug«, Eroberung der Inseln; Sieg der Athener unter Miltiades bei Marathon, Beginn des Aufstiegs von Athen zur zweiten Macht neben Sparta. Boiotier besiegen Thessalier und vertreiben sie aus Mittelgriechenland.

487 Seekrieg Athen–Aigina.

485 Dareios I. stirbt; Nachfolger Xerxes rüstet für Rachefeldzug (Brückenbau über Dardanellen, Anlegung von Depots in Thrakien etc.).

482 Flottenbauprogramm des Themistokles in Athen.

480 Persischer Angriff; Zug des Xerxes durch Thrakien und Makedonien; Makedonen müssen Heeresfolge leisten. Einnahme der Thermopylen, Besetzung und Verwüstung von Boiotien und Attika, Zerstörung Athens. Griech. Seesieg bei Salamis, gleichzeitig Sieg der Westgriechen (Syrakus, Akragas) auf Sizilien gegen Karthager.

479 Zweite Besetzung Athens; Griechen lehnen Mardonios' Friedensbedingungen ab. Sieg der verbündeten Griechen bei Plataiai (Boiotien), Flottenunternehmen gegen Kleinasien mit Erstürmung des pers. Schiffslagers.

478 Flotte befreit Griechenstädte auf Zypern, Einnahme von Sestos und Byzantion, Öffnung der Handelswege zu den Getreideländern am Schwarzen Meer.

477 Aufforderung der Jonier an Athen, kleinasiatische Griechen gegen Persien zu schützen; Gründung des Attischen Seebunds (Inseln und Kleinasien unter Athens Hegemonie; Bundesgenossen stellen Schiffe oder zahlen Tribut), Athen wird stärkste Wirtschaftsmacht. – Im Westen drängt Hieron von Syrakus (478-467) Etrusker zurück, dehnt sein Reich auf Unteritalien aus, herrscht mittels Geheimpolizei.

471 Themistokles verbannt, flieht nach Persien.

470 Als Folge der Kriege zwischen Syrakus und Etruskern verliert Athen Absatzmärkte im Westen, Preissturz bei attischer Keramik etc.

469f. Offensive Weiterführung des Kriegs gegen Persien, Anschluß weiterer Städte Kleinasiens an den Attischen Seebund. Spannungen zwischen Sparta und Athen wegen athenischen Machtzuwachses.

466 Spartaner siegen gegen Argos und Tegea, festigen ihre Hegemonie auf der Peloponnes.

465-463 Athener belagern vom Seebund abgefallene Insel Thasos, nehmen sie ein und annektieren thasische Besitzungen in Thrakien. Xerxes stirbt, Nachfolger wird sein Sohn Artaxerxes I. (bis 424).

464 Aufstand in Messenien gegen Sparta; Athen sendet Hilfsheer für Spartaner, das 462 von Sparta zurückgewiesen wird.

461 Athen kündigt Bund mit Sparta, verbündet sich mit Argos; Korinth und Aigina bilden Koalition mit Sparta. Neuorientierung der athenischen Außenpolitik unter Perikles mit doppeltem Ziel: Fortführung des Perserkriegs, Schwächung Spartas.

460 König Inaros (Libyer) versucht in Ägypten Aufstand gegen persische Herrschaft, Athen schickt Hilfsflotte.

459 Kapitulation der Messener gegen Sparta; Athens Flottenpräsenz im Golf von Korinth stört die korinthische Stellung im sizilisch-italienischen Getreidehandel.

457 Sparta interveniert in Mittelgriechenland, um Thebens Hegemonie in Boiotien gegen Athen zu stützen; Kämpfe zwischen Thebanern und Spartanern einer-, Athenern andererseits.

456 Aigina kapituliert nach 3jähriger Belagerung vor der athenischen Flotte; Piräus übernimmt Aiginas Handel und wird größter Umschlaghafen der hellenischen Welt. Athenische Flotte in Ägypten von Persern blockiert.

455 Athener zerstören spartanische Werften in Gytheion, Höhepunkt der Macht Athens.

454 Zusammenbruch des ägyptischen Aufstands gegen Persien; athenische Flotte im Nildelta vernichtet. – In Makedonien Beginn der Herrschaft Perdikkas' II. (bis 413), der die Landgewinne und Machtposition seines Vorgängers Alexandros I. nicht halten kann und immer weiter in die griechischen Konflikte einbezogen wird.

453 Athenischer Flottenzug unter Perikles zum Golf von Korinth, Anschluß der Achaier, Ausdehnung der Macht- und Wirtschaftsinteressen Athens nach Westen durch Verträge mit sizilischen Städten. Vereinbarung eines fünfjährigen Waffenstillstands zwischen Sparta und Athen. – Vereinigung der nichtgriechischen Sikuler auf Sizilien zum Kampf gegen sizilische Griechen.

450 Fortsetzung des Seekrieges gegen Persien, athenische Flotte siegt bei Salamis/Zypern.

449 Friedensvertrag zwischen Persien und Athen; kleinasiatische Griechenstädte erhalten Autonomie innerhalb des persischen Reichs, Athen respektiert persisch-phönikische Handelssphäre im Ostmittelmeer und mischt sich nicht mehr in Ägypten ein. Athen ist damit neben Persien und Karthago dritte Großmacht im Mittelmeer.

448 Gesamtgriechische Friedenskonferenz in Athen kommt nicht zustande wegen Widerstands von Sparta. Krieg der delphischen Amphiktyonie gegen Phoker um Unabhängigkeit des Heiligtums (2. Heiliger Krieg).

447 Erhebung in Mittelgriechenland gegen Athen; Boiotien, Phokis, Lokris nach Sieg bei Koroneia unabhängig.

446 Megara und Euboia fallen von Athen ab, Euboia wird zurückerobert. Friede zwischen Athen und Sparta auf der Basis des jeweiligen Besitzstands.

445 Athen gibt nach Friedensschluß Westexpansion auf und orientiert sich nach dem thrakisch-pontischen Norden mit Gründung

von Kolonien und zunehmender Intervention in Thrakien und Makedonien.

440 Krieg zwischen Tarent und Thurioi in Süditalien; Samos fällt vom Seebund ab.

439 Samos von Athen erobert.

438 Innere Kämpfe in Epidamnos (illyrische Küste), Streit zwischen Korinth und Korkyra um Intervention.

433 Hilfsgesuch von Korkyra an Athen wegen korinthischer Rüstung; Athen nimmt gegen Korinth und Sparta gerichtete Westpolitik wieder auf, entsendet Hilfsflotte.

432 Poteidaia (korinthische Kolonie auf der Chalkidike) fällt vom Seebund ab, von Athen belagert. Handelssperre Athens gegen das mit Sparta verbündete Megara. Sparta fordert ultimativ Aufhebung der Sperre, Freigabe Poteidaias und Aiginas, volle Autonomie der Mitglieder des Seebunds. Athen lehnt ab. Kriegsbeschluß Spartas.

431 Beginn des Peloponnesischen Kriegs; Sparta verbündet sich mit peloponnesischen, mittelgriechischen, sizilischen Staaten, Athen mit Makedonien und Thrakien. Archidamos II. von Sparta verwüstet Attika, Thebaner überfallen das mit Athen verbündete Plataiai, Plünderungszug der athenischen Flotte gegen Aigina und die Peloponnes.

430 Archidamos wieder in Attika, Flottenzug der Athener unter Perikles zur Peloponnes. Pest in Athen führt zu Friedensgesuch, das Sparta ablehnt.

429 Poteidaia kapituliert vor den Athenern; Archidamos belagert Plataiai; Athener von Olynthiern auf der Chalkidike geschlagen. Flottensieg der Athener bei Naupaktos gegen Peloponnesier. Thraker fallen in Makedonien ein.

428 Lesbos fällt vom Seebund ab, Athener belagern Mytilene; Archidamos wieder in Attika.

427 Lesbos von den Athenern, Plataiai von den Spartanern einge-

nommen. Bürgerkrieg auf Korkyra, beendet durch Eingreifen der athenischen Flotte; Koalitionskrieg auf Sizilien, Intervention der Athener auch dort. Tod des Archidamos.

426 Athenische Feldzüge in Aitolien und Akarnanien.

425 Agis II. von Sparta fällt in Attika ein; athenische Siege gegen Spartaner und Korinther.

424 Athenische Erfolge in Akarnanien und auf der Peloponnes; Heeresreform des Brasidas in Sparta, Vorstoß von Brasidas gegen Athens Verbündete im Norden, Makedonien unterstützt Sparta. Niederlage der Athener gegen Boiotier. In Sizilien Bündnis der dortigen Städte gegen athenische Einmischung. Abzug der athenischen Flotte. Tod von Artaxerxes I., sein Nachfolger Dareios II. (bis 404) erneuert Frieden mit Athen.

423 Erfolge von Brasidas im Norden.

422 Neues Bündnis zwischen Athen und Makedonien.

421 Friedensschluß zwischen Athen und Sparta, nicht anerkannt durch Spartas Bundesgenossen Korinth, Megara und Theben; dies führt zu einem Bündnis Athens mit Sparta und einem Bündnis der Peloponesier mit Argos. Neue Spannungen zwischen Athen und Sparta wegen unvollständiger Erfüllung der Friedensbedingungen.

420 Bündnis Spartas mit Boiotien; Bündnis Athens mit Argos, Mantineia, Elis; Elis schließt Spartaner von den Olympischen Spielen aus.

419 Athen unterstützt Angriff von Argos gegen Epidauros.

418 Spartaner unter Agis II. besiegen Argiver und Athener bei Mantineia, Wiederherstellung von Spartas Hegemonie auf der Peloponnes.

416 Athenischer Flottenzug gegen die spartafreundliche Insel Melos. Hilfsgesuch von Segesta (Sizilien) an Athen gegen Selinus und Syrakus.

415-413 Sizilischer Feldzug der Athener mit 260 Schiffen und 25 000 Mann.

414 Belagerung von Syrakus; Sparta entsendet Hilfsheer.

413 Athenische Niederlage vor Syrakus, Kapitulation. In Makedonien Regierungsantritt von Archelaos I. (bis 399), der nach 40jährigem Niedergang die Königsmacht wieder stärkt, das Heer reformiert und einen Hofkreis griechischer Kulturträger sammelt; zeitweilig halten sich Euripides, Thukydides, der Maler Zeuxis, der Musiker Timotheos u.a. in Pella auf. – Dekeleia in Attika von Spartanern besetzt, Wiederausbruch des Kriegs.

412 Vertrag zwischen Sparta und Persien gegen Athen, persische Hilfsgelder und Flottenunterstützung für Sparta.

411 Athen verliert Euboia; Seesieg der Spartaner vor Eretreia, Seesieg der Athener am Hellespont.

410 Athenischer Seesieg vor Kyzikos (Propontis) schwächt Sparta und ermöglicht wieder Getreidehandel mit Schwarzmeer-Kolonien Athens. – Auf Sizilien wenden sich die nichtgriechischen Elymer aus Segesta um Hilfe an Karthago.

409 Erfolge der Athener unter Alkibiades im Norden, der Spartaner auf der Peloponnes. – Karthager, Elymer und Sikuler greifen sizilische Griechen an, Zerstörung von Selinus und Himera.

408 Einnahme von Byzantion, Chalkedon u. a. durch Alkibiades; spartan. Flottenführer Lysandros befreundet sich mit pers. Prinzen Kyros und erhält wieder Gelder für Sparta. – Stellungskrieg und Rüstungen auf Sizilien.

407 Seesieg der Spartaner gegen die Athener vor der kleinasiatischen Küste.

406 Athenische Flotte im Hafen von Mytilene eingeschlossen. In Athen Einschmelzung von Weihgeschenken, Flottenbau, Bewaffnung von Sklaven und Greisen, Bündnisverhandlungen mit Karthago. – Karthager erobern Akragas; in Syrakus wird

Dionysios zum allein bevollmächtigten Feldherrn gewählt. – Seesieg der Athener südlich von Lesbos; die siegreichen Strategen in Athen wegen versäumter Bergung schiffbrüchiger Seeleute hingerichtet.

405 Lysandros stellt mit persischem Geld spartanische Flotte wieder her, Seesieg gegen Athener im Hellespont (3000 Gefangene getötet), Blockade des Piräus, Hungersnot in Athen. – Dionysios, gestützt auf Söldnerheer, macht sich zum Tyrannen von Syrakus; Karthager erobern Gela und Kamarina. Friedensschluß zwischen Karthago und Syrakus unter Anerkennung des neuen Status quo.

404 Athen kapituliert; Korinth und Theben fordern völlige Zerstörung der Stadt, von Sparta abgelehnt. Auf Samos kultische Verehrung des Spartaners Lysandros (erste Vergöttlichung eines Griechen zu Lebzeiten). – Tod von Dareios II., Nachfolger Artaxerxes II. Mnemon (bis 358). Ägypten fällt unter Amyrtaios II. von Persien ab und bleibt bis 342 unabhängig. – Beginn der jahrzehntelangen spartanischen Vormacht in Griechenland. In Syrakus Beginn der Herrschaft des Dionysios I. mit Hilfe von Leibgarde und Geheimpolizei, Befestigungen, Aufrüstung (Verstärkung der Flotte auf 300 Schiffe), Enteignung von Großgrundbesitzern, Einführung einer Vermögenssteuer etc.

402-400 Krieg Sparta–Elis; Elier zum Eintritt in den Peloponnesischen Bund Spartas gezwungen.

401 In Persien Erhebung des Kyros gegen Artaxerxes II. mit Hilfe griechischer Söldner. Nach Kyros' Tod in der Schlacht bei Kunaxa/Euphrat Rückmarsch (*Anabasis*) der griech. Söldner unter Xenophon zum Schwarzen Meer.

400 Satrap Tissaphernes rüstet zur erneuten Unterwerfung der kleinasiatischen Griechen; Sparta verspricht ihnen Hilfe. Beginn des spartanisch-persischen Kriegs (bis 386) mit ersten Feldzügen in Kleinasien.

399 Nach dem Tod des Archelaos Niedergang Makedoniens unter mehreren rasch aufeinander folgenden schwachen Königen. In Sparta Beginn der Herrschaft von König Agesilaos (bis 360). In

Athen wird Sokrates wegen Gottlosigkeit und Jugendverführung zum Tode verurteilt.

398 Der athen. Stratege Konon tritt in persische Dienste und erhält Befehl über pers. Flotte.

397 Dionysios erklärt Karthago den Krieg; Eroberung von Eryx und Motye. Karthager gründen Lilybaion (Marsala) als neuen Stützpunkt und starten Gegenangriff.

396 Karthager erobern Motye und Eryx zurück, belagern Syrakus, Ausbruch einer Seuche im Belagerungsheer. – Kleinasienfeldzug des Spartaners Agesilaos.

395 Spartanischer Sieg bei Sardes gegen Perser. Persische Hilfsgelder an griechische Staaten zur Finanzierung eines Aufstands gegen Sparta. Bündnis zwischen Boiotien, Athen, Korinth, Argos, Euboia, Lokris und Akarnanien gegen Sparta mit Bundesrat in Korinth.

394 Agesilaos bricht Offensive in Kleinasien ab; spart. Sieg bei Korinth gegen die Verbündeten. Im Sommer Seesieg der Perser bei Knidos, Untergang der spart. Flotte, Ende der spart. Seeherrschaft in der Ägäis. Perser sichern kleinasiatischen Griechen Autonomie zu.

393 Pers. Flotte verwüstet Spartas Küsten; Wiederaufbau der athen. Befestigungsanlagen mit persischem Geld; Erneuerung des Attischen Seebunds. – Amyntas III., König von Makedonien (bis 370), versucht sein geschwächtes Reich durch wechselnde Bündnisse zusammenzuhalten.

392 Friede zwischen Syrakus und Karthago mit karthag. Gebietsverlusten; Athener ernennen Dionysios ehrenhalber zum Archon von Sizilien. – Sparta bietet Frieden an gegen Abtretung bzw. Aufgabe aller kleinasiatischen Griechenstädte und schlägt allgemeinen Frieden (*koine eirene*) mit Autonomie aller Staaten vor; Athen lehnt ab. Athenisch-spartanische Kämpfe um den Hafen Lechaion bei Korinth.

391 Beginn der Expansion von Syrakus, Übergriffe nach Süditalien. Neuer spart. Feldzug in Kleinasien; Athens Flottenpolitik führt zu Spannungen mit Persien.

389 Athen. Flottenzüge; Bosporos und kleinasiatische Inseln zurückerobert; Athen unterstützt Aufstand auf Zypern gegen Persien.

388 Dionysios erobert Unteritalien; Platon besucht Syrakus.

387 Annäherung Sparta–Persien als Folge der athen. Politik, Sperrung des Hellespont durch spart.-pers. Flotte. – Rom von Kelten erobert.

386 Bündnis zwischen Dionysios und italischen Kelten. – Annahme des von Persien und Sparta ausgehandelten »Königsfriedens«: Griechen in Kleinasien gehören zu Persien, alle anderen griech. Staaten sind autonom, Athens Bündnisverträge werden aufgelöst. Herstellung der Hegemonie Spartas unter persischer Militärgarantie.

385 Dionysios gründet Kolonien an der Adria. – Beginn der gewaltsamen Hegemoniepolitik Spartas in Griechenland. Athenische Söldner unterstützen Ägypten gegen pers. Wiedereroberungsversuch.

384 Flottenzug des Dionysios gegen Etrurien, Anlage eines Hafens in Korsika. Unteritalische Griechenstädte suchen Bündnis mit Karthago gegen Syrakus.

383 Athen. Söldner unterstützen Odrysenkönig Kotys bei Eroberung von ganz Thrakien; makedonische Gebietsverluste.

382–374 Krieg des Dionysios gegen Karthager und södital. Griechen. Beginn des Olynthischen Kriegs: Angriff der Spartaner gegen Chalkidike, Olynth unterworfen und zur Heeresfolge gezwungen. Besetzung der Burg Theben (Kadmeia) durch Spartaner.

379 Erhebung Thebens gegen Sparta, Bündnis Thebens mit Athen, thebanische Hegemonie in Boiotien. Dionysios erobert Kroton.

378 Zweiter Attischer Seebund, gegen Sparta, unter Wahrung der Bedingungen (Autonomie etc.) des Königsfriedens. Erfolgloser Zug der Spartaner gegen Theben.

377 Maussollos, Satrap von Karien, macht sich unter pers. Oberhoheit selbständig, Hauptstadt Halikarnassos.

376 Athen. Flotte siegt bei Naxos gegen Spartaner, Erneuerung der athen. Seeherrschaft, Wiederherstellung des Chalkidischen Bunds mit Olynth.

375 Weiterer Seesieg der Athener gegen Sparta, Bündnis Athens mit Makedonien, Niederlage der Spartaner in Boiotien gegen Theben. Dionysios besiegt Karthager in Westsizilien.

374 Karthager siegen bei Kronion/Nordsizilien, Friede mit karth. Gebietsgewinnen. – Erneuerung des Königsfriedens, Sparta erkennt Athens Seegeltung an.

373 Thebaner zerstören Plataiai. Perser greifen mit griech. Söldnern Ägypten an, werden von Ägyptern und griech. Söldnern zurückgeschlagen.

372 Athenische Flotte besetzt Korkyra und Kephallenia, Ende der spart. Seemacht auch im Westen. Einigung Thessaliens unter dem Tyrannen Jason von Pherai, Aufrüstung, Plan eines Kriegs gegen Persien.

371 Zusammenbruch der Hegemonie Spartas, spart. Hilfsgesuch an Persien, Annäherung Athen–Sparta auf der Basis des Königsfriedens, Ausschluß der Thebaner unter Epameinondas wegen Verletzung der Autonomie boiotischer Städte. Spartanischer Kriegszug gegen Theben endet mit schwerer Niederlage gegen Epameinondas. Neue Bündnisse Athens gegen Theben. Einführung des Ammonskults in Athen, Gleichsetzung Ammons mit Zeus.

370 Erhebung Arkadiens gegen Sparta; Peloponnes-Zug des Epameinondas beendet Spartas Großmachtstellung. Jason von Pherai ermordet; Ermordung des Amyntas III. von Makedonien, Nachfolger sein Sohn Alexandros II.

369 Bündnis Sparta–Athen, Sperrung des Isthmos; Epameinondas durchbricht Sperre und zieht erneut in die Peloponnes. Thebaner Pelopidas interveniert in Thessalien, Makedonen besetzen Larisa.

368 Letzter Karthagerkrieg des Dionysios, ohne Gebietsveränderungen. Dionysios und seine Söhne erhalten durch Ehrenbeschluß athenisches Bürgerrecht. Bündnis des Dionysios mit Athen. – Ptolemaios von Aloros, Schwiegersohn von Amyntas III., läßt dessen Sohn Alexandros II. ermorden und regiert, mit der Witwe Eurydike, als Vormund für Alexandros' jüngeren Bruder Perdikkas. Der dritte Sohn des Amyntas, Philipp, wird als Geisel nach Theben gebracht.

367 Tod des Dionysios. Epameinondas zieht nach Thessalien (befreit den vom Tyrannen Alexandros von Pherai festgesetzten Pelopidas) und auf die Peloponnes, Anschluß Achaias an Theben. Pelopidas und der Spartaner Antalkidas verhandeln gleichzeitig mit Artaxerxes II. in Susa (»Wettkriechen der Griechen«); pers. Friedensdekret zugunsten Thebens, Selbstmord des Antalkidas.

365 Weitere Expansion Thebens, Widerstand Athens. Epameinondas läßt durch karthagischen Baumeister Nobas Flotte bauen. Der Spartanerkönig Agesilaos dient Persien als Söldnerführer und erhält Geld für Sparta. Ermordung des Polemaios von Aloros; Perdikkas III., König von Makedonien, holt Philipp aus Theben heim.

364 Flottenzug des Epameinondas, Anschluß von Byzantion, Chios, Rhodos an Theben; Anschluß von Pydna, Methone und Poteidaia an Athen, Pelopidas siegt und fällt gegen Alexandros von Pherai, Boiotier beherrschen Thessalien.

362 Satrapen-Aufstand gegen Artaxerxes II. Letzer Zug des Epameinondas in die Peloponnes, Sieg und Tod in der Schlacht bei Mantineia gegen Athener und Spartaner. Friedensschluß auf der Basis des Status quo.

361 Agesilaos von Sparta als Söldnerführer in ägyptischen Diensten gegen Persien. – Alexandros von Pherai besiegt athen. Flotte.

360 Perdikkas III. besetzt Amphipolis; thrakische Expansion unter Kotys auf Kosten athenischer Besitzungen. Tod des Molosserkönigs Neoptolemos in Epeiros, Regentschaft seines Bruders Arybbas als Vormund für Neoptolemos' Sohn Alexandros.

359 Perdikkas III. fällt gegen Illyrer; Thronwirren in Makedonien; Perdikkas' Bruder Philipp II. setzt sich gegen mehrere von Athen, Thrakien und Gebietsfürsten unterstützte Prätendenten durch, regiert zunächst als Vormund für Perdikkas' Sohn Amyntas IV. Tod Artaxerxes' II., Nachfolger sein Sohn Artaxerxes III. Ochos.

358 Alexandros von Pherai ermordet. Philipp II. und sein Stratege Parmenion besiegen Paionen und Illyrer; Philipp unterstützt Larisa gegen Pherai (Thessalien).

357 Dionysios II. von Syrakus (seit 367) von seinem Schwager Dion mit Hilfe der Karthager abgesetzt, Alleinherrschaft Dions mit Versuch einer Durchführung von Platons Staatstheorie. – Philipp II. vermählt sich mit Olympias, Tochter des Neoptolemos von Epeiros. Eroberung von Amphipolis. – Beginn des athenischen Bundesgenossenkriegs; wegen athen. Hegemoniepolitik fallen Chios, Rhodos, Kos und Byzantion vom Seebund ab und verbünden sich mit Maussollos von Karien.

356 Niederlage der athen. Flotte bei Embata. Philipp erobert athen. Küstenstädte im Norden (Poteidaia, Pydna); Alexander III. (der Große) geboren; Philipp besetzt thasische Stadt Krenides, Umbenennung in Philippoi. – Phoker werden auf Betreiben Thebens in Delphi wegen Kultfrevels angeklagt und verbünden sich mit Sparta. Besetzung Delphis, Aufstellung eines Söldnerheeres aus Mitteln des delphischen Tempelschatzes; Dritter Heiliger Krieg.

355 Niederlage der Phoker gegen Boiotier und Thessalier. Philipp nimmt Königstitel an. Ende des athen. Bundesgenossenkriegs, Athen erkennt Unabhängigkeit der Abtrünnigen an.

354 Angriffskrieg der Phoker unter Onomarchos, Besetzung der Thermopylen. Eubulos, Leiter des Finanzwesens in Athen, reformiert und saniert athen. Staatskasse; Beginn der polit. Karriere des Demosthenes.

353 Onomarchos besetzt Orte in Boiotien und besiegt Philipp in Thessalien.

352 Philipp schlägt Phoker in Südthessalien, Onomarchos fällt. Ver-

treibung des Tyrannen Lykophron von Pherai, Wiederherstellung alter Stadtrechte in Thessalien durch Philipp. Vorstoß Philipps gegen Phoker nach Süden löst Panik in Griechenland aus; Athener und Peloponnesier besetzen Thermopylen. Philipp zieht ab. Alexandros, Thronfolger in Epeiros (Bruder der Olympias), zur Erziehung an den Hof nach Pella geholt.

351 Weitere Kämpfe zwischen Phokern und Boiotiern. Philipp schließt Bündnisse mit Thrakien und Byzantion.

350 Hermias, Schüler Platons und Freund des Aristoteles, wird als persischer Satrap Tyrann von Atarneus und Assos.

349 Philipp unterwirft chalkidische Städte, bedroht Olynth. Bündnis Athen–Olynth, erste Rede des Demosthenes gegen Philipp.

348 Olynth erobert und zerstört, Euboia fällt von Athen ab. Erfolglose athen. Feldzüge für Olynth und gegen Euboia.

347 Boiotier besetzen Abai in Phokis. Tod Platons; Aristoteles geht an den Hof des Hermias und vermählt sich mit dessen Nichte Pythias. Dionysios II. wieder in Syrakus.

346 Erfolge von Philipps Zermürbungstaktik: Phoker zum Frieden gezwungen, Ende des Heiligen Kriegs, Thermopylen an Philipp übergeben, Delphi wieder unabhängig, Phokis zur Rückzahlung des geplünderten Tempelschatzes verpflichtet, Philipp an Stelle von Phokis in den Amphiktyonen-Rat aufgenommen. »Philokrates-Friede« zwischen Philipp und Athen auf der Basis des Status quo, in Athen verfochten von Philokrates, Eubulos und Aischines, gegen Demosthenes und Hypereides.

345 Beginn der langjährigen Agitation des Demosthenes gegen Makedonien. Artaxerxes III. Ochos erneuert Persiens Großmachtstellung, wirft mit Hilfe griech. Söldner unter Memnon und Mentor Aufstände in Kleinasien, Zypern, später Phönikien nieder.

344 Neuer Zug Philipps gegen Illyrer; Philipp zum Archon des Thessalischen Bunds gewählt. Korinth entsendet Söldnerheer

unter Timoleon nach Syrakus zur Beseitigung der Tyrannis. Karthager versuchen Blockade; Dionysios ergibt sich und wird nach Korinth verbannt.

343 Philipp erkennt Messenien und Arkadien als selbständig gegenüber Sparta an; Euboia von Parmenion besetzt; in Athen Philokrates auf Antrag des Hypereides verurteilt. Vertrag Philipps mit Artaxerxes: Makedonien verzichtet auf Eingriffe in Kleinasien, Persien überläßt Makedonien Griechenland, Aufhebung der pers. Garantien des Königsfriedens.

342 Timoleon besiegt Karthager bei Segesta, karthag. Gegenoffensive. Rückeroberung Ägyptens durch Perser. Philipp setzt Arybbas als Regent von Epeiros ab und dessen Neffen, seinen Schwager Alexandros, als König ein. Geheimvertrag mit Hermias von Atarneus; Aristoteles kommt als Erzieher nach Mieza/Makedonien. Spartas König Archidamos III. geht als Söldnerführer nach Italien.

341 Athener nehmen Oreos/Euboia ein und gründen proathenischen Städtebund auf Euboia; Kriegsreden des Demosthenes gegen Philipp. Hermias wird nach Verrat des Geheimvertrages gefangengenommen und hingerichtet; Hymnos des Aristoteles auf Hermias.

340 Demosthenes erreicht Hellenischen Bund gegen Philipp; Makedonen belagern Perinthos und Byzantion und kapern athenische Getreideschiffe. Athen erklärt den Krieg.

339 Timoleon/Syrakus und Karthago schließen Frieden bei unverändertem Besitzstand. Athen schickt Flotten nach Perinthos und Byzantion, Philipp zieht ab und unterwirft Thrakien bis zur Donaumündung. Auf Betreiben Philipps beschließt Delphi Vierten Heiligen Krieg wegen Kulturfrevels, diesmal gegen Amphissa und Ostlokris; Thebaner besetzen Thermophylen. Philipp wird zum Feldherrn der delphischen Amphiktyonie berufen, umgeht Thermopylen und besetzt Elateia in Phokis; Panik in Athen.

338 Nach Bündnis zwischen Theben und Athen weicht Philipp westlich aus und besetzt Amphissa, Delphi, Naupaktos; Archidamos von Sparta fällt in Italien. August: Schlacht bei Chairo-

neia/Boiotien, Makedonen schlagen verbündete Athener, Thebaner und Boiotier. Theben besetzt; Alexander als Philipps Gesandter verhandelt in Athen, schonender Friede: Auflösung des Seebunds, Wahrung der athen. Autonomie, Athen behält Heer und Flotte. Zug Philipps durch die Peloponnes bis Gytheion; im Winter Gründung des Korinthischen Bundes mit ewigem Bündnisvertrag zur Wahrung des allgemeinen Friedens bei innerer Autonomie aller Staaten; Philipp bevollmächtigter Bundesfeldherr. Griechen (außer Sparta) garantieren Heeresfolge bei Rachefeldzug gegen Persien. Artaxerxes III. stirbt, Nachfolger Arses.

337 Korinthischer Bund beschließt Straf- bzw. Rachefeldzug gegen Persien wegen Zerstörung von Athen und Schändung griech. Heiligtümer (480/79), Philipp wird mit der Führung des Kriegs beauftragt. Vermählung Philipps mit Kleopatra, Nichte des Gebietsfürsten Attalos (Schwiegersohn von Parmenion); Attalos ficht Alexanders Thronfolgerecht an, Zwist zwischen Alexander und Philipp. Alexander verbannt, geht nicht zur bereits aus dem Land gewiesenen Olympias nach Epeiros, sondern in die illyrische Einöde. Entsendung eines makedonischen Teilheers unter Parmenion und Attalos nach Kleinasien.

336 Persische Truppen unter Memnon drängen Makedonen von Ephesos und Milet zurück bis an den Hellespont. Philipp vermählt seine Tochter Kleopatra mit Alexandros von Epeiros; bei der Hochzeitsfeier in Aigai wird Philipp ermordet. Thronwirren in Makedonien. ALexander III. der Große setzt sich durch, läßt Rivalen und Gegner hinrichten bzw. ermorden, kommt durch schnellen Zug nach Griechenland einer Erhebung zuvor, wird in Thessalien, Delphi und Korinth als Nachfolger Philipps in den jeweiligen Ämtern bestätigt. – Dareios III. Kodomannos (bis 330) nach Ermordung des Arses neuer König von Persien.

335 Balkanfeldzug Alexanders zur Sicherung der Grenzen, Unterwerfung der thrakischen Triballer, Überschreitung der Donau, Sieg gegen die Geten, anschließend Niederwerfung eines Aufstands in Illyrien. In Athen erhält Demosthenes persische Hilfsgelder gegen Makedonien; Erhebung in Theben, Athen und der Peloponnes. Alexander gelangt in Eilmärschen von Illyrien nach Boiotien, Theben verweigert Kapitulation, wird erobert

und zerstört. Athen erklärt seine Ergebenheit, verweigert aber Auslieferung des Demosthenes.

334 Alexander überschreitet ohne pers. Widerstand den Hellespont; Beginn seines Asienzugs mit makedonischem Heer, kleinen griechischen Bündniskontingenten, Söldnern und Flotte (ca. 160 Schiffe, davon 20 von Athen gestellt). Sieg am Granikos über pers. Westheer, anschließend Eroberung weiter Teile Kleinasiens. – Sein Schwager und Onkel Alexandros von Epeiros, Bruder der Olympias, setzt nach Italien über, wo er Tarent (im Bündnis mit Rom) gegen unteritalische Stämme unterstützt.

333 Söldnerführer Memnon wird pers. Oberbefehlshaber im Westen, gewinnt Inseln und Teile der Küste zurück, plant Offensive gegen Griechenland und Makedonien; athenische Gesandtschaft bei Dareios. Memnon stirbt während der Belagerung von Mytilene an einer rätselhaften Krankheit. Alexander erobert kleinasiatisches Hinterland, löst Knoten von Gordion, Vorstoß südlich ans Meer, im November Schlacht bei Issos mit Sieg über Dareios' Hauptheer.

332 Eroberung Phönikiens, Parmenion erbeutet Dareios' Kriegsschatz in Damaskos. Im August wird Tyros nach siebenmonatiger Belagerung zerstört. Alexander lehnt Friedensangebot des Dareios (Bündnis und Abtretung der Länder westlich des Euphrat) ab, erobert Gaza und stößt nach Ägypten vor, wird im November in Memphis als Pharao und Sohn Ammons anerkannt.

331 Gründung von Alexandreia; Zug zum Ammonstempel von Siwah; Verwaltungsreform in Ägypten; Aufbruch nach Mesopotamien. Dort Anfang Oktober Sieg bei Gaugamela gegen vielfache pers. Übermacht. Einzug in Babylon; im Dezember Besetzung der pers. Hauptstadt Susa. – Erhebung Spartas unter König Agis III.; auf Drängen des Demosthenes beteiligt sich Athen nicht am Aufstand gegen Makedonien. Nach anfänglichen Siegen unterliegt Agis bei Megalopolis gegen Antipatros und fällt. – Alexandros von Epeiros wird bei Bruttium/Italien ermordet.

330 Eroberung der persischen Kernlande, Plünderung und Brandschatzung von Persepolis. In Ekbatana beendet Alexander den

panhellenischen Rachefeldzug, entläßt griechische Kontingente; Parmenion bleibt mit einem Teil des Heeres zur Sicherung der Verbindungen in Ekbatana zurück; Alexander verfolgt den fliehenden Dareios. Dieser wird (Juli) von Bessos gefangengenommen und ermordet. Bessos macht sich zum Großkönig als Artaxerxes IV.; ebenso Anspruch Alexanders auf Rechtsnachfolge. Alexander übernimmt Siegel und Diadem des Großkönigs und läßt Dareios feierlich bestatten. Opposition des makedonischen Offiziersadels gegen Orientalisierung wird niedergeschlagen; Philotas (Führer der Hetairenreiterei) wegen angeblicher Verschwörung hingerichtet, sein Vater Parmenion ermordet. Unterwerfung des iranischen Nordostens.

329 Hungersnot in Griechenland, Beginn der Inflation nach Ausmünzung des pers. Goldschatzes; Alexander läßt Getreide nach Griechenland und Makedonien liefern. Er überschreitet den Hindukusch nach Norden; Widerstand der Ostiranier unter Bessos, der von Ptolemaios gefangen und als Usurpator hingerichtet wird. Vorstoß nach Norden bis zum heutigen Samarkand (Marakanda); Aufstand der Sogdier unter Spitamenes, der im Winter Marakanda besetzt.

328 Heeresreform; Einstellung persischer Mannschaften; Neugliederung des Heers in selbständige kleinere Einheiten. Krateros wehrt Vorstoß des Spitamenes ab, makedonische Offensive nach Norden. In Marakanda tötet Alexander im Streit seinen Lebensretter Kleitos. Im Winter wird Spitamenes von Skythen ermordet, Zusammenbruch der Erhebung.

327 Unterwerfung des östlichen Sogdien; Alexander vermählt sich mit Fürstentochter Roxane, versucht persisches Hofzeremoniell einzuführen und bricht Widerstand durch Terror (u. a. Hinrichtung von Aristoteles' Neffen Kallisthenes). Aufbruch von Baktrien nach Indien.

326 Alexander überschreitet Indos, Vorstoß nach Osten; im Juni Sieg am Hydaspes (Jhelum) gegen König Poros; Bau einer Indosflotte, Unterwerfung des Punjab. Am Hyphasis (Bias) Meuterei des durch Strapazen und Monsun erschöpften Heeres, Umkehr.

325 Unterwerfung der Indos-Ebene, Kampf mit indischen Mallern,

lebensgefährliche Verwundung Alexanders. Sicherung der Indosmündung durch Festungsbau, Rückkehr nach Westen in drei Gruppen: Flotte unter Nearchos, nördliche Heeresabteilung unter Krateros über gangbare Straßen, südliche Gruppe unter Alexander durch die gedrosische Wüste. Von Alexanders Heeresgruppe überlebt etwa ein Drittel.

324 Alexander erreicht persische Kernlande, Nearchos' Flotte die Tigrismündung. Hinrichtung unbotmäßiger Satrapen; Schatzmeister Harpalos, Jugendfreund Alexanders, flieht mit Söldnern und 5000 Talenten von Babylon nach Athen. Massenhochzeit von Susa zur Verschmelzung von Makedonen und Persern, Neugliederung des Heeres durch Aufstellung persischer Einheiten. Alexander erläßt Amnestiebefehl für Griechenland und erzwingt Rückkehr aller Verbannten (außer Thebanern). In Opis/Tigris meutern makedonische Veteranen gegen ihre Entlassung; Alexander verkündet Gleichstellung von Makedonen und Persern und verlangt Eintracht und Gemeinschaft. Folgenlose Aussöhnung mit den Veteranen, die – 11 000 Mann – unter Krateros nach Makedonien heimgeschickt werden. Krateros soll Antipatros als Statthalter für Europa ablösen; Antipatros »zum Rapport bestellt« nach Babylon, wohin er jedoch aus »Altersgründen« nicht reist. Hephaistion stirbt in Ekbatana.

323 Alexanders Rückkehr nach Babylon, Hafen- und Flottenbau, Vorbereitung eines Zugs um Arabien mit anschließendem Westfeldzug gegen Karthago und bis nach Gibraltar. Am 29. Mai erkrankt Alexander nach Gelage; am 31. Mai setzt er den Beginn des Arabienzugs für 4. Juni fest; sein Zustand verschlechtert sich. Am 10. Juni (28. Daisios des maked. Kalenders) stirbt er mit nicht ganz 33 Jahren in Babylon.
Makedonische Heeresversammlung in Babylon regelt Nachfolge wie folgt: Alexander IV., nach Alexanders Tod geborener Sohn Roxanes, und Arridaios, Alexanders Halbbruder, als Philippos III. Arridaios werden gleichberechtigte Könige. Bis zur Volljährigkeit des ersteren Gewaltenteilung und Leitung der Reichsteile durch »vormundschaftliche« Statthalter: Perdikkas als Oberbefehlshaber in Asien, Krateros als Heerführer und »Vorsteher des Königtums« in Asien, Antipatros als Stratege von Makedonien und Griechenland, Lysimachos für Thrakien, Antigonos der Einäugige für Phrygien und Lykien, Eumenes

für Kappadokien, Ptolemaios der Lagide für Ägyten, weitere Sonderstellungen für Seleukos, Kassandros (Sohn des Antipatros), Leonnatos, Peithon etc. Alexanders Arabien- und Westfeldzug werden ebenso kassiert wie die Gleichberechtigung der Orientalen.

Unter dem Einfluß von Hypereides und Demosthenes erklärt Athen den Korinthischen Bund für aufgelöst und ersetzt ihn durch Bündnisse gegen Makedonien; Aufstellung eines Söldnerheers unter Leosthenes. Bei den Thermopylen zwingt Leosthenes Antipatros zum Rückzug in die Stadt Lamia, wo die Makedonen eingeschlossen werden. Thessalien und Peloponnes schließen sich Athen an. Aristoleles verläßt Athen, um einer Anklage wegen »makedonischer Gesinnung« zu entgehen, und begibt sich nach Chalkis/Euboia.

322 Leosthenes fällt vor Lamia, Antiphilos wird sein Nachfolger. Leonnatos (Satrap des Hellespontischen Phrygien) unternimmt Hilfszug für Antipatros, Belagerung von Lamia beendet. Antiphilos drängt Antipatros nach Norden; Leonnatos fällt. Im Sommer Niederlage der athenischen Flotte gegen Makedonen bei Amorgos; Ende der Seemacht Athen. Krateros kehrt mit Alexanders Veteranen aus Asien zurück; Antipatros und Krateros siegen bei Krannon/Thessalien über griechisches Bundesheer. Athen kapituliert vor Antipatros, Demokratie und griech. Bund aufgelöst, makedonische Besatzung im Piräus. Hypereides wird hingerichtet, Demosthenes flieht und begeht Selbstmord. Aristoteles stirbt in Chalkis. – Politische Intervention von Korinth und Karthago beendet »Demokratenherrschaft« in Syrakus. – Erster Diadochenkrieg (bis 319); Bündnis zwischen Antigonos, Antipatros, Krateros, Ptolemaios, Lysimachos gegen den nach Alleinherrschaft und Reichseinheit strebenden Perdikkas; diesen unterstützen Eumenes, Peithon, Seleukos, Olympias. Ptolemaios' Feldherr Ophellas besetzt Kyrene; Karthager verlegen Grenzbesatzung zurück und schaffen »Pufferzone« an der östlichen Syrte.

321 Alexanders Leiche soll zur Ammonsoase gebracht werden; Ptolemaios »konfisziert« sie in Ägypten, setzt sie in Memphis bei, später in Alexandreia. Perdikkas greift Ägypten an, wird nach gescheitertem Nilübergang und Niederlage von Peithon und Seleukos ermordet. In Kleinasien siegt Eumenes gegen Krateros und Antipatros, Krateros fällt. Bei Triparadeisos (Syrien) Neu-

verteilung der Macht unter den Verbündeten: Antipatros Reichsverweser, sein Sohn Kassandros und Antigonos Heerführer in Asien, Seleukos Statthalter in Babylonien, Peithon erhält die östlichen Satrapien. Einigung mit Ptolemaios, der Ägypten, Kyrene »und was er Richtung Sonnenuntergang als speererworbenes Land hinzugewinnen werde« behalten soll. Karthager verlegen Grenze gegen Kyrene/Ägypten ca. 200 km nach Westen zurück.

320 Antigonos überwirft sich mit seinem Stellvertreter Kassandros und strebt Herrschaft in Asien an; er schlägt Eumenes in Kappadokien und schließt ihn in der Festung Nora ein. Ptolemaios beginnt Verwaltungsreform in Ägypten und gründet synkretischen Staatskult des Sarapis (Osiris 1 Apis).

319 Tod des Antipatros, der nicht seinen Sohn Kassandros, sondern Alexanders alten Taxiarchen Polyperchon zum Nachfolger, Kassandros zu dessen Stellvertreter ernennt. Kassandros läßt den athenischen Politiker Demades wegen alter Verbindungen zu Perdikkas hinrichten; Perdikkas' Bruder Alketas in Pisidien von Antigonos geschlagen. Ptolemaios besetzt Syrien und Phönikien. – Beginn des 2. Diadochenkriegs (bis 316): Antigonos und Kassandros erkennen Polyperchon nicht an; dieser verkündet im Namen von Philippos Arridaios die Freiheit aller Griechenstädte und zieht makedonische Besatzungen ab. Olympias unterstützt ihn. Polyperchon ernennt Eumenes zum Strategen von Asien. – Auf Sizilien Putschversuch des Strategen Agathokles, der Syrakus belagert; karthagische Intervention.

318 Agathokles beendet Belagerung, vorläufige Einigung zwischen ihm und Karthago sowie syrakusischen Oligarchen. – Eumenes verliert Kleinasien und Syrien an Antigonos, den Seleukos und Ptolemaios unterstützen. Antigonos stellt Kassandros Flotte zur Verfügung; Kassandros besetzt den Piräus. Polyperchon setzt sich auf der Peleponnes durch, gleichzeitig wird jedoch seine Flotte bei Byzantion von Antigonos vernichtet.

317 Kassandros besetzt Athen, ernennt Demetrios von Phaleron zum Haupt eines oligarchischen Systems. Im Namen ihres Mannes Philippos Arridaios erklärt Eurydike (Enkelin Philipps) Polyperchon für abgesetzt und überträgt Kassandros die Reichsverweserschaft sowie Antigonos den Oberbefehl in Asien.

Bürgerkrieg in Makedonien: Kassandros/Arridaios/Eurydike gegen Polyperchon/Olympias/Roxane/Alexander IV. Zunächst Erfolge von Polyperchon und Olympias, die Philippos Arridaios und Eurydike umbringen läßt. In Babylon Vereinigung von Antigonos, Seleukos und Peithon gegen Eumenes, unentschiedene Schlacht in Medien. – In Syrakus erfolgreicher Putsch des Agathokles.

316 Agathokles beginnt mit Aufrüstung und Expansion auf Sizilien, belagert Messana (Messina), bricht die Belagerung jedoch nach karthagischer Intervention ab. – Antigonos siegt bei Susa über Eumenes und läßt ihn hinrichten; Seleukos, von Antigonos bedrängt, flieht zu Ptolemaios. Kassandros setzt sich in Makedonien durch, Hinrichtung der Olympias; Roxane und Alexander IV. »in Gewahrsam«. Antigonos inoffiziell »König von Asien«.

315 Beginn des 3. Diadochenkriegs (bis 311), »völkerrechtliches« Ende des einheitlichen Alexanderreichs durch Übergang von persönlichen zu zwischenstaatlichen Bündnissen. Kassandros, Lysimachos, Ptolemaios und Seleukos verbünden sich gegen Antigonos, der Syrien besetzt und Polyperchon zum Strategen der Peleponnes macht; dafür tritt Polyperchon ihm die de facto bei Kassandros liegende Reichsverweserschaft ab. Polyperchons Sohn Alexandros geht zu Kassandros über und wird von diesem zum Strategen der Peleponnes gemacht, gegen seinen Vater. Antigonos baut weitere Flotte und gründet Bund der Inselbewohner.

314 Kassandros besiegt die mit Antigonos verbündeten Aitoler, dehnt Makedonien bis zur Adria aus.

313 Antigonos erobert Kleinasien; Aufstand in Thrakien gegen Lysimachos. Ophellas, Statthalter des Ptolemaios in Kyrene, macht sich selbständig. Lysimachos setzt sich gegen Odrysen und Thraker durch.

312 Antigonos beauftragt seinen Sohn Demetrios mit Kriegsführung gegen Ptolemaios; Demetrios erobert Syrien und Phönikien zurück, wird dann bei Gaza von Ptolemaios besiegt. Ptolemaios besetzt erneut Syrien; mit seiner Unterstützung gewinnt Seleukos Babylonien zurück – Beginn der Zeitrechnung

der späteren seleukidischen Dynastie. Antigonos und Demetrios beginnen Gegenangriff, drängen Ptolemaios nach Ägypten zurück.

311 Demetrios erobert Babylon; Verständigungsfriede auf der Basis des Status quo: Kassandros erhält Makedonien bis zur Volljährigkeit Alexanders IV., Lysimachos behält Thrakien, Ptolemaios Ägypten, Antigonos Asien, Seleukos wird ausgeschlossen. Alexander IV. bleibt in Gewahrsam bei Kassandros. Anerkennung der Unabhängigkeit der griechischen Städte, kein neuer Reichsverweser. – Agathokles beginnt auf Sizilien Krieg gegen Karthager.

310 Karthagischer Gegenangriff; Agathokles verliert alle eroberten Gebiete, wird in Syrakus eingeschlossen und startet Verzweiflungsunternehmen: Einschiffung des Heeres, Überfahrt nach Afrika, Belagerung von Karthago, erster Sieg bei Tynes (Tunis). – De facto existieren nun fünf Monarchien im ehemaligen Alexanderreich: Seleukos in Babylonien (»Ausschluß« beim Friedensvertrag berührte seine tatsächliche Position nicht), Antigonos im übrigen Asien, Ptolemaios in Ägypten, Lysimachos in Thrakien, Kassandros in Makedonien. Um den (bei Volljährigkeit von Alexanders Sohn) drohenden Machtverlust zu verhindern, ermordet Kassandros Roxane und den 12jährigen Alexander IV. Seleukos gibt Babylon als Hauptstadt auf und gründet Seleukeia am Tigris. Ptolemaios besetzt Zypern und macht seinen Bruder Menelaos zum Statthalter.

309 Polyperchon erhebt Herakles, Sohn Alexanders von Barsine, bei Volljährigkeit zum Thronfolger; Kassandros bietet Polyperchon Beteiligung an der Herrschaft und die Strategie der Peloponnes an. Daraufhin läßt Polyperchon Herakles erdrosseln. Damit ist das makedonische Königshaus in der männlichen Linie ausgerottet. Ptolemaios greift Kleinasien an, will sich mit Alexanders Schwester Kleopatra vermählen, um legitime Dynastie zu gründen. Antigonos läßt Kleopatra in Sardes ermorden. – Zur Unterstützung des Agathokles zieht Ophellas von Kyrene gegen Karthago, wird dort in seinem Lager auf Geheiß des Agathokles ermordet.

308 Freundschaftsvertrag zwischen Kassandros und Ptolemaios; Ptolemaios interveniert in Griechenland, besetzt Sikyon und

Korinth, erneuert den Korinthischen Bund. Rückeroberung von Kyrene durch Ptolemaios.

307 Antigonos' Sohn Demetrios besetzt Athen, vertreibt maked. Besatzung. Wiederherstellung der Demokratie. Pyrrhos, Sohn eines illyrischen Königs, wird Herrscher von Epeiros und macht sich unabhängig von Kassandros. – Karthager besiegen Agathokles, der mit den Resten seines Heeres nach Syrakus heimkehrt.

306 Demetrios erobert Zypern, bedroht Ägypten von See her; Feldzug des Antigonos scheitert nach Niederlage gegen Ptolemaios im Nildelta.

305 Nach Antigonos nehmen nun auch Ptolemaios, Kassandros, Lysimachos und Seleukos Königstitel an. Vergebliche Belagerung des ptolemaischen Rhodos durch Demetrios. Seleukos unterwirft Baktrien und tritt indische Satrapien an den Maurya-Herrscher Chandragupta ab.

304 Kassandros belagert Athen, wird von Demetrios aus Mittelgriechenland verdrängt, Friede zwischen Rhodos und Antigonos/Demetrios.

303 Erfolge von Demetrios gegen Polyperchon auf der Peleponnes. Pyrrhos von Epeiros verbündet sich mit Demetrios.

302 Antigonos und Demetrios erneuern den Korinthischen Bund und vereinbaren einen allgemeinen Frieden sowie letzten Endes gegen Kassandros gerichtete Bündnisse. Kassandros bringt ein Gegenbündnis mit Ptolemaios, Seleukos und Lysimachos zustande – 4. Diadochenkrieg. Kassandros geht in Thessalien gegen Demetrios vor, Lysimachos in Kleinasien gegen Antigonos.

301 Demetrios räumt Griechenland, um seinem Vater zu Hilfe zu kommen. Schlacht bei Ipsos/Phrygien: Lysimachos und Seleukos (mit indischen Kriegselefanten) siegen, Antigonos fällt, Demetrios flieht nach Ephesos. Endgültige Aufteilung des Reichs, nicht jedoch Ende der Diadochenkriege. In den folgenden Jahrzehnten entsteht eine Vielzahl kleinerer Fürstentümer in Kleinasien (Pontos, Bithynien, Pergamon, Kappadokien etc.), daneben die hellenistischen Großmächte mit wechselnden Grenzen und fortdauernden Auseinandersetzungen (5. Diadochenkrieg

288–286, 6. Diadochenkrieg 282–281, zahlreiche Auseindandersetzungen um Syrien, Griechenland usw.), vor allem das Reich der Seleukiden (311/281–63 vC, umfassend etwa Babylonien, Persien, Nordsyrien, östliches Kleinasien), das der Ptolemaier (320–30 vC, Ägypten Kyrenaika, Sinai, Teile Palästinas), das der Antigoniden (Antigonos Gonatas, Enkel des A. Monophthalmos, wurde nach seinem Sieg über vordringende Kelten 276 als König von Makedonien anerkannt; 167 vC gelangte Makedonien unter röm. Verwaltung). Die ca. 300 vC Lysimachos unterstehenden Gebiete wurden teils von Makedonien übernommen, teils wurden daraus die o. g. kleineren Fürstentümer.

Alexander in Asien

Inhalt

1. HERR DER ZEHNTAUSEND WESEN

Klarer kühler Morgen; durch Tür und Fenster drangen vom Innenhof das Schnarchen der alten Sklavin, ein Hauch von Salz und betauten Gräsern, Flügelschläge großer Vögel und der vielfältige Gesang der kleinen.

Pythias bat wortlos um Hilfe; Peukestas ging zur Mitte des Raums und verschränkte die Hände. Sie trat hinein, hielt sich einen Moment am Kopf des Makedonen fest und langte zur Decke hinauf. Ihre Sohlen waren hart und rissig.

Aristoteles folgte seiner Tochter mit den Augen, als sie die Luke aufstieß. Der Holzdeckel quietschte in den Angeln und krachte auf das flache Dach. Einige Vögel flatterten kreischend auf; im Innenhof endete das Schnarchen jäh in einem Gurgeln.

Vorhin, in der matten Helligkeit, die aus dem ummauerten Hof durch Tür und Fenster in den Raum spülte, war das Gesicht des Philosophen voller gewesen, kräftiger als während der Nacht. Nun, im scharfumrissenen Lichtbalken aus der Luke, sah Peukestas einen Sterbenden. Die Augen waren verglimmende Holzkohlen in unwirklicher Ferne, die Haut eine runzlige Wachsschicht, in deren Tönung die Fahlheit des Todes näherrückte. Wie ein fransiger Schatten huschte die Sklavin in ihren dunklen Gewändern durch den Raum und verschwand in der Küche, wo sie die Holzplatte der Hintertür aushakte; mehr Licht und ein Ruch von Gartenkräutern, Gemüse und Abfall füllten das Haus.

Pythias zupfte ihren weißen Chiton zurecht, ehe sie vor der Liege niederkniete. Sie blickte über die linke Schulter zurück zu Peukestas, ein trübes Flehen in den Augen. Die Sklavin erschien mit dem Abort-Bottich. Der Makedone nickte, wandte sich ab und ging in den Innenhof, nahm die Holzblenden aus dem Tor, trat unter den gemauerten Bogen und dann vor das Haus.

Es war kühl und feucht im Schatten. Die Sonne hing noch tief im Osten, jenseits des weißen Gebäudes, in dem der größte Denker der Hellenen auf den Tod wartete. Ein Adler kreiste über der dunkelgrünen Ebene, geleitet von einem Krähenschwarm. Peukestas' Pferd graste hinter dem hochgemauerten Brunnen am Fuß des Hügels. Einen Moment kamen ihm die Bewegungen des Tieres seltsam vor; dann bedachte er die zusammengebundenen Vorderbeine. Schwacher Südwestwind kräuselte die Küstenebene. Das Gemenge aus Müdigkeit, Erregung und äußerster Anspannung ließ Peukestas alles überscharf wahrnehmen. Er sah Huflattich und Löwenzahn am Hang, jedes Blatt des Strauchs neben dem Brunnen, jede Schattenmaserung des Farns darunter, jeden einzelnen Grashalm der Ebene; er hörte Ameisen hasten, unterschied das Zirpen trockener Grillenbeine von dem feuchter und den leichten Flug der hungrigen Lerche vom schweren des Vogels, der einen Wurm im Schnabel trug; er roch die Ausdünstung seines Reittiers, das feuchte Leder des Zügels, die verschlossene Süße der Strauchblüten. Der überscharfe Morgen starb stumpf in der Dunstschicht über dem Meeresarm – Eos war spröde, so früh; noch hatte sie mit ihren Rosenfingern den Ziegenbart des dösenden Poseidon nicht ausreichend gezaust.

Pythias rief ihn zurück ins Haus. Als er eintrat, breitete sie frische Decken und ausgeschüttelte Felle über ihren Vater. Die Sklavin kauerte vor der Feuerstelle. Sie hatte den Rost gereinigt, die Asche entfernt und streute Späne und Bastkringel auf zwei große Holzstücke. Aus der Küche brachte sie einen Wasserkrug, Brot und Fleisch auf einem Brett, eine Schale mit Früchten, eine Holzscheibe mit bräunlichen Würfeln. Wortlos huschte sie wieder hinaus, in den Küchengarten.

Pythias wies auf die Lukenöffnung; Peukestas verschränkte abermals die Hände. Als das Dach verschlossen war, holte sie ein paar Rollen Papyros. Aristoteles räusperte sich schwach.

»Nicht die, meine Tochter. Leg sie zurück und nimm aus dem Fach darunter.«

»Er ist jetzt bis zum Bauch wie Eis«, sagte Pythias leise. »Hilfst du mir beim Verschließen der Öffnungen?«

Peukestas unterdrückte ein Ächzen; er dachte an den kühlen Morgen, die Hitze des Tages, den stickigen Raum. Langsam, übergründlich brachte er die Blenden in Tür und Fenster an.

Pythias machte Feuer; danach stützte sie den Vater, damit er aus dem Metallbecher trinken konnte.

»Einen Würfel?« sagte sie.

Aristoteles zögerte, ließ sich in die Felle sinken. »Ich weiß nicht, ob dieser Trümmerhaufen einer Kräftigung bedarf … Nun ja, ich will es versuchen. Es rettet die Süße der Nacht in die Bitternis des letzten Tags. Vielleicht.«

Pythias reichte ihm einen der bräunlichen Würfel.

»Was ist das?« Peukestas hockte sich auf den Schemel und goß Wasser in seinen Becher.

»Kydonische Äpfel, zu Mus zerstoßen, mit Honig vermengt, an der Luft getrocknet und mit Sesam bestreut.«

Peukestas kostete. Ein Zahn begehrte auf. Als der Makedone mit kaltem Wasser nachspülte, wurde aus dem Aufbegehren ein Aufstand.

»Ahhh. Mein Vater pflegte zu sagen, gegen Zähne sei nur die Zange wirksamer als Süßes. Ich glaube, er hatte recht.«

»Drakon, Hüter der Zähne … Wo hatten wir die Geschichte unterbrochen, Sohn meines Freundes?«

»Wir sprachen von Alexanders Ende und Übergang nach Asien, und von Bagoas und den Amuletten. Aber das, sagtest du, sei eine andere Geschichte.«

Aristoteles lutschte an dem süßen Würfel, den er in der Linken hielt. Mit der Rechten zog er das Amulett aus dem Gewand und ließ es baumeln. Er starrte ins Auge des Horos; das goldene *ankh* glomm und leuchtete plötzlich, als das Feuer aufflackerte.

»Eine andere Geschichte, ja …« Die Stimme des Sterbenden war matt, aber noch nicht kraftlos; sie war aschebedecktes Feuer, nicht ganz erloschen, das angefacht werden will. »Laß uns bei dem Übergang und seiner Vorgeschichte verweilen.« Aristoteles steckte das Amulett fort; Pythias breitete ein Fell auf dem Boden aus und setzte sich, den Rücken an die Wand gelehnt, neben den Durchgang zur Küche.

»Laß uns reden von dem, was die Menschen erzählen, und dem, was wirklich geschah.«

»Was meinst du?« Peukestas riß ein Stück vom Brotfladen ab und streckte die Hand nach dem Fleisch aus. »Die Vorbereitungen? Die königlichen Geschenke?«

»All dies. Es ist eine schöne Geschichte – Alexander, der viele Menschen war und viele Rätsel, verteilt und verschenkt die neugewonnenen Länder, und Perdikkas, *hetairos* des Königs, gibt das Geschenk zurück, weil auch er nicht mehr besitzen will als Alexander, dem die Freunde und die Hoffnung bleiben. Eine schöne, eine rührende Geschichte für die Menschen, die in bösen Tagen schöne Dinge erzählen wollen. Und obwohl noch immer viele leben, die damals dabeiwaren, läuft diese Fassung der Vorgänge bereits um. Eine befriedigende, gut ausgemünzte Lüge, Peukestas, ist weit kostbarer und einträglicher als der abgegriffene Obolos der Wahrheit.«

»Was ist denn in diesem Fall die Wahrheit?«

»Daß Alexander, Antipatros, Parmenion und nicht zuletzt Demaratos der Korinther, beraten von der Versammlung der wichtigsten Berater und Offiziere, den Schritt nach Asien jahrelang vorbereitet hatten. Das Netz der Kundschafter, von Demaratos über Asien geworfen, barg geschwätzige Fische. Sie erzählten, daß der neue Großkönig Dareios Mühe hatte, sich in den fernen Gebieten seines Reichs durchzusetzen. Daß die Herren der westlichen Satrapien zunächst allein mit Parmenions Heer fertigwerden mußten, das schon unter Philipp nach Asien gekommen war. Daß die meisten hellenischen Städte an der asiatischen Küste nicht bereit waren, einen Aufstand gegen die Perser zu wagen, solange Persiens Macht nicht gebrochen war.«

Der sterbende Philosoph schloß die Augen, als könne er so besser die Schätze seiner Erinnerung überprüfen. Schnell, halblaut, mit wohlerwogenen Sätzen schilderte er die Lage, die Alexander zwölfeinhalb Jahre zuvor hatte erkennen und verändern müssen.

Nach der Hinrichtung des Verräters Attalos war Parmenion, nun alleiniger Befehlshaber des Heers in Asien, weit nach Süden vorgestoßen. Die Satrapen des Westens ließen sich Zeit mit dem Gegenstoß; zu klein war Parmenions Heer, als daß es sie allzu sehr beunruhigt hätte, trotz der List und

Kühnheit des Feldherrn. Persische Kerntruppen, verstärkt von Aushebungen in den Küstenländern und einer großen Anzahl hellenischer Söldner unter der Führung des erfahrenen Memnon, brachten Parmenion zum Stehen und trieben ihn langsam zurück nach Norden, zum Hellespont, wo er sich mit seinen Kämpfern für den Winter verschanzte. Die persischen Kräfte, auf verschiedene Winterlager verteilt, waren zu weit entfernt, um Alexanders Übergang zu behindern; und Alexander kam früher als erwartet, als das Frühjahr kaum begonnen hatte. Wären sie näher gewesen, hätten sie den Übergang dennoch kaum verhindern können – Parmenions Heer konnte ihn abschirmen, oder es konnte aufbrechen und die Perser hinter sich herziehen.

»All dies«, sagte Aristoteles, »war zwei Jahre lang in allen Einzelheiten vorbereitet und geplant worden. Mit Landkarten, auf denen die Wege und Höhenzüge und Pässe verzeichnet waren, mit genauer Kenntnis aller Brunnen, aller Dörfer, aller Städte und ihrer Befestigungen; mit eingehenden Erforschungen der Familienverhältnisse und des Besitzes aller persischen Fürsten. Mit Berechnungen darüber, wieviel Vorrat und Kriegsgerät zu welcher Zeit an welchen Ort geliefert, welche Festungen und befestigten Häfen zuerst erobert, eh, befreit werden sollten. Und mit den Zielen.«

»Was waren diese Ziele – deiner Meinung nach?«

Aristoteles lächelte spöttisch. »Meiner *Meinung* nach? Frag nach meinem Wissen, Freund, nicht nach Vermutungen. Bei einigen Beratungen war ich anwesend, da ich einige Landstriche südlich der Troas – Mysien und Lydien – gut kannte. Von anderen Beratungen weiß ich, weil mir davon berichtet wurde. Nein, keine Meinung – Wissen, Peukestas. Ziel des großen hellenischen Rachefeldzugs gegen Persien zur Tilgung der alten Schmach – Rache für die Entweihung hellenischer Heiligtümer durch Xerxes – war von Anfang an die Eroberung oder Befreiung der hellenisch besiedelten Küstenlande, bis ins nördliche Syrien, zum Oberlauf des Euphrat. Nicht mehr, aber auch nicht weniger.«

Peukestas kaute darauf, und auf kaltem Fleisch. Er schluckte schwer. »Alexander hat aber doch von Anfang an ...«

Aristoteles unterbrach mit einer ruckartigen Handbewegung. »Er hat davon gesprochen – er und einige seiner jungen Freunde. *Aber:* Alle Vorbereitungen, alle Planungen endeten irgendwo in Kilikien. Niemand hat wirklich daran gedacht, nach Babylon oder gar Persepolis zu gehen. Der große hellenische Rachefeldzug, auf Betreiben Philipps und des alten, toten Isokrates vom Bundesrat in Korinth beschlossen, sollte nicht ins persische Herzland führen, sondern die Barbaren aus den hellenisch besiedelten Teilen Asiens vertreiben. Außerdem war für alles andere kein Geld da. Nicht einmal für den Beginn.«

»Ich weiß. Alexander hat später davon gesprochen. Daß er beim Übergang nur ein paar hundert Talente hatte, aber zweimal soviel Schulden.«

Aristoteles stieß ein trockenes Kichern aus. »Dann, junger Freund, vergiß die hübschen Erzählungen und bedenk die Vergabe neueroberten Landes in Thrakien noch einmal. Alexander wußte genau, wie die Leute denken. Wenn er diese neuen Königsländer seinen Freunden und Fürsten, oder auch reichen Händlern, verkauft hätte, um Geld für den Feldzug zu bekommen, hätten wahrscheinlich alle gesagt, das ist in Ordnung, wir verstehen das, es muß so sein; es hätte aber keinerlei Glanz darauf gelegen, und keine Tugend. Deshalb, Peukestas, hat er seinen Fürsten und Freunden, Gefährten und Offizieren die Ländereien *geschenkt.* Eine wahrlich königliche Handlung. Glanz, Ruhm, Preis und edelste Tugendhaftigkeit. Und nachdem er sie beschenkt hatte, konnten die Empfänger sich kaum weigern, ihm Geld zu leihen. Geld, Waffen, Vorräte. *Das* war Alexanders Großmut – in diesem Fall.«

Peukestas leerte seinen Becher, füllte ihn wieder aus dem Wasserkrug, den er in der Hand behielt. Einige Augenblicke spielte er scheinbar zerstreut mit dem Gefäß; dann setzte er es ab und sagte: »Ich kann ihn nicht tadeln.«

»Wer spricht von Tadel? Er hat klug gehandelt. Kluge Handlungen sind oft jene, die sich am wenigsten für schöne Geschichten zur Erbauung der Leute eignen. Aber auch die schönen Geschichten entspringen einer sehr klugen Handlung.«

Peukestas lächelte flüchtig. »Du meinst Kallisthenes?«

»Mein Neffe. Eitel, selbstgefällig, scharfzüngig und in das Drechseln feiner Sätze verliebt. Ihm hat es nichts ausgemacht, Vorgänge ein wenig zu verändern, solange sich das Ergebnis gut las. In seinen Briefen nach Athen hat er die Dinge so dargestellt, wie Alexander sie dargestellt haben wollte; dafür hat der König ihn nicht daran gehindert, hier und da bissige Bemerkungen einzuflechten; sie machten alles ja nur wahrscheinlicher. Kallisthenes, lorbeerbekränzter Historiograph, Neffe des Aristoteles – wer hätte den Hellenen besser die Taten des Makedonen verkaufen können? – Aber ich bin müde ... müde. Der Schatten schwarzer Schwingen.«

Aristoteles wies auf das Gestell mit Rollen, die nicht verbrannt werden sollten. »Nimm die aus dem oberen Fach. Schreiben von Dymas, Drakon, Kallisthenes, Ptolemaios. Lies; und dann frag.«

Am Nordufer des Hellespont, bei Sestos, liefen einige Tage lang alle Fäden zusammen. Die Stadt lag Parmenions Brückenkopf in Asien gegenüber; im Hafen und den angrenzenden Buchten hatten sich die Schiffe zur Versorgung und Beförderung des Heers gesammelt.

Dymas überbrachte Grüße an Parmenion: von Antipatros und Aristoteles. Er tat dies am ersten Abend, als Alexander und seine wichtigsten Berater im Lager außerhalb von Sestos mit dem alten Strategen zusammentrafen. Zu Beginn des nicht eben üppigen Mahls – Brotfladen, Trockenobst, Trockenfisch, Wein und Wasser – im schmucklosen Zelt des Königs sang Dymas, von Demaratos bedrängt, zwei oder drei Tanzlieder mit spöttischen Versen. Er beobachtete den Korinther, der Parmenion etwas zuflüsterte; wahrscheinlich etwas über Dymas' Vorleben, denn der alte Stratege musterte ihn anschließend aufmerksamer, als die bloße Musik es verlangt hätte, und lud ihn ein, »drüben in Asien« die Gastfreundschaft seines Zelts zu genießen.

Alexander wirkte zerstreut, in Gedanken längst auf dem jenseitigen Ufer. Er aß kaum, trank nur Wasser, hörte zu, schlüpfte dann – wie ein Schauspieler die Masken wechselt – nacheinander in mehrere Rollen: der junge König, der besorgte Männerführer, der gute Freund (Hephaistion saß neben ihm), der Bedächtige, der Verwegene, der Vorausblickende, der Zaudernde. Parmenion und Demaratos tauschten Kenntnisse und Ergebnisse der Fernaufklärung aus. Arsites, der Satrap des Hellespontischen Phrygien, Arsamenes aus Kilikien und Spithridates, Herr der lydischen und ionischen Satrapie, hatten sich mit dem rhodischen Söldnerführer Memnon und den übrigen wichtigen Beratern in Zeleia versammelt, jenseits des Flusses Granikos. Der größte Teil der hellespontischen Küste, von Perkote über Arisbe und das Sestos gegenüberliegende Abydos bis hinab zur Ebene von Ilion war gesichert, hellenisch, freundlich und von kleinen makedonischen Besatzungen gehalten; Parmenions verschanztes Winterlager befand sich an einer Bucht außerhalb von Abydos. Das Heer der Satrapen beherrschte das Hinterland und die Küste im Nordosten, ab der Stadt Lampsakos. Die fast ausschließlich phönikische Flotte des Großkönigs war weit entfernt: Nichts und niemand würde den Übergang nach Asien hemmen oder gar verhindern können. Alexander, der eben noch mit schmachtendem Blick an Hephaistions Lippen gehangen hatte, wurde zum kühlen Strategen; halblaut, aber scharf sagte er etwas zu Demaratos und Parmenion. Der alte Makedone hob die Brauen, der Korinther zuckte zusammen, dann lachten beide und nickten, wobei sie sich keine Mühe gaben, ihr Erstaunen zu verbergen.

Dymas verließ die Versammlung bald; draußen war es noch nicht völlig dunkel. Er hätte zu gern gewußt, was Alexander gesagt hatte, aber im Lärm der übrigen Zechgäste war es nicht zu hören gewesen. Er suchte Tekhnef und fand sie bei den Pferden. Sie hockte auf ihrem ledernen Gepäckbeutel und spielte leise auf der Doppelflöte; es klang nach neuen, noch nicht ausreichend biegsamen Stimmblättchen.

Die große, schlanke Frau mit schwarzer Haut, kurzem Kraushaar und tiefen Stammeskerben auf den Wangen erregte einiges Aufsehen in den Hafenschänken von Sestos. Nach der langen Zeit mit Alexanders Heer – seit Pella hatten sie nur die Kämpfer und den Troß gesehen – wollten Dymas und Tekhnef die Vorzüge der Stadt nutzen. Der Hafen wimmelte von Seeleuten und Händlern, die Geschäfte mit den

Truppen beiderseits des Hellespont machten, aber für gute Musiker gab es Platz. In einem zweistöckigen Gasthaus am Kai fanden sie ein Zimmer, das fast nur aus dem breiten lederbespannten Bettgestell bestand, dazu Wein und Essen für ihre Musik, die Gäste anlockte, und viele der Zuhörer warfen Münzen in die Schale auf dem Tisch, hinter dem Tekhnef den Doppelaulos zu Dymas' Kithara blies: schnelle, fröhliche, abwechslungsreiche Tanzweisen mit verwickelten Rhythmusänderungen. Ein Fischer setzte sich zu ihnen; er schlug eine fellbespannte Trommel und folgte ihnen durch die rhythmischen Labyrinthe, ohne sich oder sein schwarzzahniges Grinsen zu verlieren.

Am übernächsten Tag brach Alexander mit makedonischen Kerntruppen, etwa sechstausend Mann, nach Südwesten auf; das verwickelte, aufwendige, aber auch langwierige und langweilige Unternehmen des Übersetzens gab er in die Hände Parmenions und der beiden Stäbe. Dymas und Tekhnef schlossen sich dem König an, der nach Elaios zog, um von der gleichen Stelle wie die homerischen Helden nach Asien zu gelangen.

Es wurden Altäre errichtet, Trankopfer dargebracht, der Seher Aristandros verhieß unendliche Triumphe aufgrund der Lebern von Opfertieren und der Flugrichtung eines Vogelschwarms. Alexander und Hephaistion salbten und ölten sich, um tanzend den Gräbern von Achilles und Patroklos die gebührenden Ehren zu erweisen. Tekhnef wollte dem Schauspiel unbedingt beiwohnen; Dymas hatte weniger hochfliegende Wünsche und verabredete sich mit ihr für den Abend in Parmenions Zelt, etwa zwei Reitstunden nordöstlich im Winterlager. Als er aufbrach, sprach Alexander eben von den Vorzügen des großen Homeros, der – wiewohl Hellene – auch die edlen Gegner zu preisen vermocht hatte und den Sieg der Hellenen ja noch erhöhte, indem er darauf verzichtete, die besiegten Trojaner als asiatische Barbaren zu bezeichnen. Alexander schwor den versammelten Sechstausend, da zu beginnen, wo Achilles geendet hatte, und sie von Sieg zu Sieg zu führen; nur eines, sagte er, neide er dem Vieledlen Zornmütigen: daß er einen Sänger wie Homeros gehabt habe, denn was seien unsterbliche Taten, wenn sie nicht in würdiger Weise unsterblich bedichtet würden. Worauf Kallisthenes, wie üblich das Herz auf der Zunge, ein wenig spitz sagte, er wolle Prosa dreschen aus des Königs Großtaten – Verse seien für Halbgötter.

Dies trug sich kurz nach Sonnenaufgang zu. Als Dymas das Hügelgelände erreichte, in dem, unweit von Parmenions Winterlager, die neuen Kämpfer ihre Zelte aufgeschlagen hatten, waren dort viele erst beim Morgenmahl. Vor einem größeren Zelt mit purpurgesäumten Eingangsflügeln saß Alexanders Halbbruder Arridaios, von dem es hieß, er sei in seiner Jugend von Olympias vergiftet worden, damit er nicht als Erstgeborener, Sohn Philipps und der Tänzerin Philinna, Thronrechte beanspruchen könne. Arridaios galt als schwachsinnig oder bestenfalls halben Sinnes; Dymas hatte ihn sich immer als sabberndes Wrack vorgestellt. Er beobachtete ihn, vom Pferd aus, einen Moment lang sehr aufmerksam. Das Gesicht wirkte verschlossen, die Bewegungen beherrscht, und der Musiker fragte sich, ob nicht Arridaios ein weiterer Schauspieler war, einer von vielen, der die Maske des Blöden trug, um zu überleben, anders als viele edle Makedonen, Nebensprosse der königlichen Sippe.

Langsam ritt Dymas durch das geordnete Chaos des See-Lagers. Am mittleren Vormittag ging es eher ruhig zu. Die Morgenmahlzeit beendet, das Mittagessen noch nicht bereitet, zahlreiche Abteilungen zu Fuß, zu Pferd und mit Karren unterwegs, um im ausgebluteten Land noch etwas aufzutreiben, andere Einheiten zu besonderen Übungen irgendwo im Gelände; Fußkämpfer mit Schanzgeräten zerlegten Verhaue, lockerten und säuberten Pfosten, um sie auf Karren zu stapeln, und füllten an mehreren Stellen die zu Beginn des Winters ausgehobenen tiefen Gräben auf. In der Ebene außerhalb der Wälle suchten Tausende Reit- und Zugtiere nach übersehenen Halmen oder knabberten an Sträuchern und jungen Bäumen, deren Laub und Rinde sie längst abgeknabbert hatten. Um ins Lager zu gelangen, mußte Dymas den kleinen Bach durchqueren, der Parmenions Leute den Winter über mit Trinkwasser versorgt hatte und in die kleine Bucht mündete; jenseits des Lagers mündete dort auch der andere Bach, der, vom ersten abgeleitet, durch die Latrinen floß. Die Zelte des Berg-Lagers waren weißgraue und braune Tupfer in der Ferne.

Zwischen beiden Lagern verkehrten Meldereiter; und Leute vom jeweiligen Troß kamen und gingen, mit Fragen, Aufträgen, Listen, Gegenständen. Einige Feldbäckereien waren noch in Betrieb; zwei wurden, da sie genug ausgekühlt waren, für den morgigen Aufbruch zerlegt, Steine, Eisenplatten und Roste auf Karren geschleppt. Der Musiker schätzte, daß nicht einmal ein Drittel von Parmenions Leuten im Lager weilte; dennoch war es ein brodelndes, wimmelndes Chaos.

Ein Zug Troßsklaven, die Getreide, Früchte und Fisch zu einem der großen Kochplätze trugen, versperrte ihm den Weg. Dymas tätschelte den Hals seines Pferdes und spähte mit zusammengekniffenen Augen über die Träger hinweg. In der Mitte des Lagers, vor einem mit Holz verstärkten und verkleideten Zelt, sah er Parmenion an einem Tisch sitzen.

Als er endlich den kleinen Platz vor der Behausung des Strategen erreichte, glitt er von der Reitdecke, nahm den Sack, der all sein Gepäck enthielt, und die gefütterte Tasche mit der Kithara vom Rücken des Tiers und überließ es einem der halbwüchsigen Burschen. Nun erkannte er auch einige der anderen, die – mit dem Rücken zum Lager an Parmenions Tisch saßen: Philotas war dabei, der Sohn des Strategen, ein paar Schreiber, ein älterer makedonischer Reiterführer namens Lysandros, und der rundliche Hellene Eumenes. Auf dem Tisch, umgeben von Rollen und Schreibzeug, standen Becher und zwei Krüge, Wein und Wasser.

Parmenion blickte auf. »Ah, der edle Kitharode. Woher kommst du?«

Dymas deutete mit dem Daumen hinter sich. »Von Ilions trüben Auen, Herr der Schwerter.«

Parmenion grinste kurz. »Trübe Auen? Regnet es da, oder was?«

Dymas legte Sack und Kithara in eine Nische des Zelteingangs, setzte sich auf einen Hocker und goß Wasser und Wein in einen unbenutzten Becher.

»Auf dein Wohlergehen und deinen unsterblichen Ruhm, Stratege. Nein, es regnet nicht. Alexander hat heute früh Altäre errichten lassen; jetzt tanzen er und Hephaistion nackt und mit Kränzen im Haar um die Gräber von Achilles und Patroklos. Kallisthenes brüllt dazu Verse aus den Werken des hehren Homeros, und Aristandros zählt Krähen oder derlei.«

»Welch edles Tun«, sagte Eumenes. »Haben sie wenigstens zahlreiche Zuschauer?«

»Einige tausend Mann, ja. Rhythmisches Klatschen und alles, was dazugehört. Zum Lobe der Götter und Heroen. Inzwischen sind sie wahrscheinlich mit dem Tanzen fertig und plündern den Tempel der Athene.«

»Spotte nicht.« Parmenion faltete die Hände hinter dem Kopf, ächzte und drückte den Rücken durch. »Es sind die großen Gebärden, die das Heer liebt. Das Volk, ganz allgemein. Dann wird er also etwa jetzt seine Rüstung und seine Waffen der Athene weihen und zum Ausgleich dieses große Schwert empfangen, das man dort im Tempel gehütet hat? Das Schwert des Achilles?«

»Ich nehme an, damit sind sie inzwischen auch fertig. Was weißt du von diesem Schwert?«

Parmenion hob die Schultern; Philotas betrachtete seinen Vater von der Seite und lachte.

»Er mag es nicht sagen, also hörst du es von mir. Es gab da ein riesiges, rostiges, schartiges Ungeheuer von Schwert. Vor eineinhalb Jahren traf es sich, daß der Priester, der den Tempel hütete, sterbenskrank wurde; zufällig zu einem Zeitpunkt, als einer der vielen Freunde des Korinthers in der Nähe war. Da das Gebiet ...«

»... unter unserer Aufsicht stand«, sagte Parmenion, »und die Krankheit des Priesters eine war, die durch gewisse Kräuter bewirkt worden sein könnte ... Nun ja. Jedenfalls gab es einen neuen Priester, und durch die Wunder der Götter auch ein neues Schwert – nicht ganz so riesig, dafür aber ein scharfes, neues Wunderwerk der Kunst meines besten Waffenschmieds.«

Dymas schüttelte langsam den Kopf; dabei lächelte er. »Weiß er das?«

»Wer? Alexander?« Parmenion runzelte die Stirn. »Es war sein Einfall. Ein sehr guter dazu. Demaratos hat nur dafür gesorgt, daß die Idee durchgeführt werden konnte. – Dann werden sie also am mittleren Nachmittag hier sein, nehme ich an. Und wo ist deine schwarze Göttin?«

»Sie ergötzt sich am Anblick nackter Makedonenfürsten, der mich vertrieb. Sie wird mit ihnen herkommen. Ist für die Nacht vor dem Aufbruch Raum in einem der Zelte hier?«

Parmenion grunzte. »Seid meine Gäste. – Weiter, Eumenes.«

Der Hellene tippte mit dem zerkauten Schreibried auf eine Rolle. »Die Bedürfnisse der Heiler – vor allem Kräuter und reine Tücher. Es sind Berechnungen für die Zukunft; in den nächsten Tagen kann man sich darum kümmern. Die Schmiede jammern über zu wenig Eisen ...«

»Alle jammern immer.« Parmenion klang beinahe heiter. »Was ist das Nächste?«

Dymas stand auf, den Becher in der Hand. Er nickte den anderen zu und machte sich auf den Weg zu den Latrinen, um sich zu erleichtern. Bevor der Lagerlärm zu laut wurde, hörte er Eumenes über den Mangel an Brennstoff für Kochfeuer sprechen.

Als er von den Latrinen zum kleinen Hügel oberhalb der Bucht ging, ließ er sich den Becher neu füllen, an einem langen Tisch, wo Sklaven und Köche die Speisung der Offiziere vorbereiteten.

Vom Hügel hatte er sich einen weiten Blick auf den Hellespont erhofft, aber es war ein dunstiger Tag. In der Bucht lagen einige kleinere Lastkähne, teils im Wasser, teils halb auf dem Strand. Weiter draußen glitzerten zahlreiche Segel durch den dünnen Dunst nahe dem asiatischen Ufer; wie viele Schiffe es insgesamt sein mochten, ließ sich nicht schätzen. Zum ersten Mal bedachte Dymas die ungeheuren Schwierigkeiten der Versorgung. Das Heer befand sich nicht auf feindlichem Gebiet; das nördliche, Hellespontische Phrygien unterstand persischen Satrapen, war aber größtenteils von Hellenen besiedelt. Abydos und Arisbe, ebenso Perkote weiter nordöstlich, waren hellenische Gründungen mit hellenischer Bevölkerung und kleinen makedonischen Besatzungen, die Parmenion dorthin geschickt hatte. Städte, auf deren Hilfe und guten Willen man angewiesen war, und auf deren Lieferungen; Städte, deren fruchtbares Umland von Bauern bearbeitet wurde, die ebenfalls Hellenen waren. Unmöglich, zu Beginn eines großhellenischen Feldzugs solche Gebiete zu plündern. Außerdem war das Frühjahr noch jung; abgesehen von Gras für die Tiere gab es kaum etwas, das man hätte plündern können. Die Erntezeit war weit.

An Bord eines Kahns in der Bucht meckerten Schafe und Ziegen. Ein älterer Mann beugte sich über die Bordwand, winkte zu Dymas herauf, lupfte seinen Chiton und pißte einen scharfen Strahl ins Uferwasser.

Vor Parmenions Zelt hatten sich die Schreiber bis auf einen verzogen; Parmenion und Eumenes gingen die Mannschaftslisten durch, Philotas und Lysandros redeten leise über Vorfälle bei der Überfahrt. Dymas packte die Kithara aus, setzte sich auf den Schemel und begann zu stimmen, während Eumenes und Parmenion ihre Zahlen verglichen. Sie waren gleichermaßen schwindelerregend wie unglaubwürdig.

Parmenions Heer bestand noch aus 11 000 Fußkämpfern und 1000 Reitern, sämtlich Makedonen; nun kamen die Truppen Alexanders dazu. An Fußkämpfern waren es 12 000 Makedonen; 7000 Stammeskrieger – Odrysen, Triballer und andere – von den Grenzen Makedoniens, bewaffnet und ausgebildet wie die makedonischen Kämpfer; 5000 Söldner; 1000 Bogenschützen und Agrianen, die zähen Schleuderer und Speerkämpfer aus dem Norden; und 7000 Krieger aus Städten des hellenischen Bundes. Bei den Berittenen waren nur 600 Hellenen, davon 200 Athener; ferner 1800 Makedonen, 1800 Thessalier und 900 thrakische und paionische Krieger, leichte Reiter für Erkundungen und Aufklärung. Zusammen 43 000 Fußkämpfer und 6100 Reiter.

Dymas hatte nach dem Stimmen begonnen, ein kleines leichtes Tanzstück zu spielen; er brach in einem schrillen Mißklang ab. Eumenes drehte sich zu ihm um und fletschte die Zähne; Parmenion blickte auf.

»Es tut weh«, sagte der dicke Hellene.

»Mir auch.« Dymas schob die Kithara in die Ledertasche. »Wo sind all die makedonischen Krieger der letzten Jahre geblieben? Und – zweihundert Reiter aus Athen, die paar

Bundeskrieger aus anderen Gegenden: Ist das der große gesamthellenische Rachefeldzug?«

Eumenes grinste. »Ich als Hellene weiß sehr gut, weshalb dies so ist, wie es ist.« Er wandte sich wieder zum Tisch und zu den Rollen.

»Warum ist es so? Edles Mißtrauen?«

Parmenion zuckte mit den Schultern. »Edel? Nichts an alledem ist geheim; sonst könntest du nicht hier sitzen. Auch das Mißtrauen ist nicht geheim, Dymas. Alexander hat zwölftausend erfahrene Fußkämpfer und tausendfünfhundert Berittene bei Antipatros zurückgelassen, dazu etwa fünf- oder sechstausend Mann, die in hellenischen Städten als Besatzungen liegen. Das ist wegen der großen Liebe zwischen Hellenen und Makedonen. Wir haben eine Flotte zusammengekratzt, die uns, so gut es geht, den Rücken freihalten soll. Zehn makedonische Trieren, hundertdreißig Schiffe von überall her, und zwanzig aus Athen ...«

»Athen hat doch allein mehr als zweihundert Kriegsschiffe!«

»Möchtest du von einer Flotte abhängig sein, deren Treue nicht sicher ist? Was, wenn die guten Kampfschiffe der Perser kommen, gebaut und bemannt von erfahrenen phönikischen Seeleuten, und zweihundert athenische Trieren beschließen, daß ihnen die Perser eigentlich doch lieber sind als die Makedonen? Vielleicht, nachdem sie ein liebevolles Schreiben von Demosthenes erhalten haben?« Der Stratege beugte sich vor und hieb mit einer Papyrosrolle auf den Tisch. »Möchtest du, wenn du König oder Stratege wärst, durch Asien ziehen, Dymas, mit einer großen Menge unzuverlässiger Kämpfer? Die Perser haben fast zehntausend hellenische Söldner, gute Männer, geführt von einem guten und klugen Strategen, Memnon. Wenn es zur Schlacht kommt, können wir uns auf unsere Söldner, die Stammeskrieger und die Makedonen verlassen. Und die Thessalier, natürlich. Die Hellenen? Wir werden sie gut aufteilen, so, daß sie vielleicht keinen Nutzen bringen, aber jedenfalls keinen Schaden anrichten können. Wenn ich zehntausend hellenische Hopliten hätte, würde ich gar nicht in den Kampf ziehen; dann könnten wir uns gleich ergeben. Sie würden nämlich sofort überlaufen.«

»Weiter!« Eumenes fuchtelte mit Rollen und Schreibried. »Wir haben noch viel zu erledigen.«

Lysandros und Philotas hatten aufmerksam gelauscht; nun redeten sie wieder leise miteinander, während Parmenion und Eumenes die übrigen Listen verglichen, abstimmten und fortlegten. Dymas hörte zu, überwältigt von Zahlen und Notwendigkeiten. Für die 6100 berittenen Kämpfer gab es etwas mehr als 8000 Pferde, dazu je 2000 Zug- und Packtiere des Trosses. Die Anzahl der Köche, Sklaven, Bäcker, Schmiede, Lederwerker, Heiler, Helfer, Knaben, Treiber, Dirnen, Priester, Schreiber, Schreiner, Landvermesser, Musiker, Gaukler, Kräutersammler, Straßenbauer, Baumeister, Schauspieler, Bader, Belagerer, Bartscherer und all der anderen Nichtkämpfer belief sich auf fast 15 000 Menschen – zusammengefaßt unter Troß. Nach Eumenes' Berechnungen brauchte ein Mann etwa eineinhalb *choinikes* Getreide am Tag, ein Pferd oder Maultier fünf *choinikes;* je nach Jahreszeit und Verfügbarkeit mußten Gras oder Grünfutter in gleicher Menge für die Tiere beschafft werden, falls sie nicht grasen konnten, und für die Menschen brauchte man Früchte, Gemüse, Fisch, Fleisch: Dinge, die nicht lange aufbewahrt und deshalb immer nur durch Zukauf oder Plünderung beschafft werden konnten. Im fruchtbaren, grünen Nordphrygien war auch im Frühjahr Weideland ebenso reichlich vorhanden wie Wasser, so daß die Versorgung vor allem Getreide betraf. 12 000 Tiere brauchten jeden Tag etwa 60 000 *choinikes* Korn, 65 000 Menschen noch einmal 100 000 oder etwas weniger – zusammen über 3000 Medimnen für einen Tag.

»Wir werden morgen früh noch etwa dreißigtausend Medimnen haben, zehn Tage Vorrat, wie gewünscht«, sagte Eumenes. Er schien zufrieden. »Solange wir den Hellespont entlangziehen, können wir die Schafe und Rinder, die auf den Kähnen lärmen, nach Bedarf schlachten, und mit ein wenig Glück liefern uns Abydos, Arisbe und Perkote noch ein wenig dazu. Gut. Was …«

Dymas berührte ihn an der Schulter. »Zehn Tage? Warum nicht mehr?«

Eumenes seufzte. »Es wäre schön, wenn du einfach schweigend zuhören könntest, Kitharode. Um mehr mitzunehmen, braucht man entsprechend mehr Tiere, die wieder mehr zu fressen brauchen. Das Verhältnis wird dann ungünstig. Noch etwas? Oder können wir jetzt weitermachen?«

Dymas lachte. »Eines noch, edler Eumenes. Warum nehmt ihr keine großen Herden mit – Rinder, Schafe, Ziegen?«

»Die fressen nur bei Tag. Aber wir brauchen die Tage, um Strecken zurückzulegen. Klar? Also, wie steht es mit dem Geld, Parmenion?«

Der Stratege knurrte leise. »Schlecht, wie sonst? Wie es sich für edle Makedonen gehört, denen der Fürstendienst eine Lust ist, leben die meisten Offiziere von eigenem Vermögen. Parmenion bezieht keinen Sold. Mich könnte sowieso keiner nach Wert bezahlen.« Er grinste schwach. »Die Soldkiste ist so gut wie leer, Eumenes. Bis jetzt sind die Männer bezahlt, und vielleicht reicht es noch einmal für drei oder vier Tage. *Meine* Männer, wohlgemerkt. Wieviel hat Alexander mitgebracht?«

»Siebzig Talente«, sagte Eumenes leise, fast verschämt.

Lysandros sog scharf die Luft zwischen den Zähnen ein; Philotas nickte langsam, und Parmenion schloß einen Moment die Augen.

»Siebzig Talente?« sagte er dann. »Laß mich rechnen.«

Er runzelte die Stirn; Eumenes kritzelte mit dem Ried auf einem Papyrosfetzen, und Dymas überschlug die Zahlen. Die Söldner mochten eineinhalb Drachmen am Tag bekommen, die einfachen Hopliten eine, die Reiter zwei, mit Abzügen für unerfahrene Hellenen und Zuschlägen für Altgediente.

»Etwa sechzigtausend – zehn Talente am Tag. In sieben Tagen, oder in acht, können wir also keinen Sold mehr zahlen?« Parmenion klang weniger erstaunt als müde.

»So ist es, edler Stratege.« Eumenes stand auf und klemmte Rollen unter den Arm; die übrigen nahm sein Schreiber. »Nun denn. Nachdem wir also alles abgeglichen und vereinigt haben … Wir sehen uns.«

Parmenion nickte. »Wird sich nicht vermeiden lassen, Hellene.« Er blickte den beiden nach; Lysandros räusperte sich.

»Darf ich sprechen?«

»Natürlich; warum mußt du fragen?«

Philotas lachte. »Weil du der Stratege bist, Vater, und ich einer von Alexanders Gefährten, und Lysandros hat vermutlich etwas Unerfreuliches auf dem Herzen.«

Parmenion hob die Schultern. »Sprich. Das ist immer das Recht der Edlen und der Offiziere gewesen. Der König ist nur einer von uns.«

Lysandros wies auf das Lager allgemein. »Es gibt einige Unruhe unter den Männern.«

Parmenion kniff die Augen zusammen. »Ich dachte, ihr wärt alle ausgeruht.«

»Kein Scherz, Herr. Den Männern ist vieles gleichgültig, aber einige, und fast alle Offiziere, sind nicht glücklich darüber, daß all diese Hellenen jetzt zum Heer gehören.«

Philotas lächelte, aber als er sprach, war seine Stimme scharf. »Du meinst also, wir sollten sie alle wegschicken, Dymas und Eumenes auch, und nur vollblütige Makedonen behalten? Vielleicht Alexander als Ausnahme zulassen, weil er zwar nur halb Makedone ist und halb Molosser, aber immerhin ganz König? Was sind denn die anderen für dich – Vieh?«

Lysandros verzog keine Miene. »Natürlich nicht. Aber sie sollten höchstens als Kämpfer mitmachen, Hopliten, Peltasten, was auch immer, keinesfalls als Offiziere. Ich meine, am Schluß, wer weiß, kommt vielleicht noch jemand auf den Gedanken, Perser oder Ägypter oder überhaupt Barbaren zu Offizieren zu machen, und das wäre das Ende.«

»Ach, wäre es das?« sagte Parmenion. »Das Ende wovon genau?«

»Das Ende dieses großen und ruhmreichen Heeres.«

»Sorg dich nicht um dieses Heer, Freund. Heere enden in der Regel durch Niederlagen, oder durch Zersetzung, nicht aber dadurch, daß sie gute Kämpfer aufnehmen, die zufällig eine andere Sprache sprechen. Noch was?«

Lysandros nickte und beugte sich vor; er sprach nun fast vertraulich, mit einem schrägen Seitenblick auf den Musiker. »Ja, noch was. Seit zwanzig Jahren kämpfen wir jetzt zusammen, Parmenion. Kämpfen, marschieren, bluten, sterben ...«

Philotas gluckste. »Persönlich gestorben bist du aber selten.«

Pharmenion schüttelte den Kopf. »Sei still, Junge. – Was ist mit diesen zwanzig Jahren?«

»In dieser ganzen Zeit haben wir immer gewußt, was wir tun, worum es geht. Makedoniens Grenzen sichern, den Frieden sicherer machen, derlei. *Und* wir haben immer unseren Sold erhalten, früher oder später. Jetzt wissen wir nicht, um was es geht. Dieses Gerede, von wegen Rachefeldzug gegen Persien im Auftrag aller Hellenen, bah. Wir haben keine Ahnung, was auf uns wartet, aber wir wissen genau, daß bald kein Geld mehr da ist.«

Philotas öffnete den Mund, wütend, schwieg aber, als Parmenion ihn scharf ansah. Der Stratege schien ungerührt, fast heiter.

»Also, was Geld angeht – hast du Hunger, Durst, fehlt dir was? Nein? Gut, dann kann es ja nicht so schlimm sein, edler Fürst, Offizier, Makedone Lysandros. Und – um was es geht, wohin wir gehen? Eines ist: Geld. Alles Gold Persiens. Das Gold, das die Perser genommen haben, als sie die hellenischen Städte Asiens eroberten, als sie Hellas und Makedonien und die Tempel überall geplündert haben. Seit fast zweihundert Jahren waren sie eine Bedrohung, für uns alle, Hellenen und makedonische Hellenen, um es sauber auszudrücken. Wir werden diese Bedrohung jetzt beseitigen und alle befreien, die von den Persern unterdrückt waren. Und das, Freund Lysandros, wird uns Ehre einbringen, unsterblichen Ruhm, und mehr als unsterbliche Mengen Gold. Überleg mal – geh zwanzig Jahre zurück. Was warst du damals?«

Lysandros lächelte. »Jünger.«

»Ah, wohl wahr, gilt für uns alle. Du hast in einer schäbigen kleinen Burg an der sumpfigen Grenze gehockt; die meisten deiner Mitkämpfer waren Schafhüter, Söhne von Schafhütern und dazu verurteilt, Väter und Großväter von Schafhütern zu sein, die immer ängstlich Ausschau halten nach dem nächsten Essen, immer in Sorge wegen des nächsten Barbareneinfalls, der das Dorf zerstören würde. Philipp hat Krieger aus euch gemacht, die Grenzen und die Dörfer sind sicher. Kein Barbar wagt Makedonien anzugreifen. Und jetzt sehnst du dich nach deinen alten Lebensumständen? Noch etwas. Es ist kaum ein Jahr her, da gab es hier zwei Heere. Weißt du noch?«

Lysandros nickte langsam. »Ich hatte es fast vergessen.«

»Attalos und seine Männer, alle Makedonen, aber mehr einer bestimmten Sippe und ihren Absichten verbunden. Und wir. Jetzt, nach etwas mehr als einem Jahr mit Märschen, Angriffen, Rückschlägen, sehe ich keinen Unterschied mehr; ich sehe nur noch Makedonen. Und das« – er wies ungefähr nach Südwesten – »ist Troja. Das heilige Ilion. Wo Hellenen und asiatische Barbaren zehn Jahre lang kämpften. Unsere Vorfahren haben zehn Jahre gebraucht, um eine einzige Stadt zu erobern. Wir werden nicht einmal fünf Jahre benötigen, um alle Länder bis zum Euphrat zu befreien. In fünf Jahren werdet ihr alle reich sein, ihr werdet in Gold baden und nach Silber stinken. *Dann,* in fünf Jahren, komm wieder und erzähl mir vom Unterschied zwischen Makedonen und Hellenen im Heer. Heute bin ich sehr mild, mein Freund. Wenn du es bis dahin nicht besser weißt, in fünf Jahren, Lysandros, werde ich dir eigenhändig den Arsch aufreißen und geschmolzenes Gold hineingießen. Und jetzt geh mir aus den Augen.«

Als Lysandros gegangen war, begann Philotas leise zu lachen.

»Was erheitert dich, Sohn?«

Philotas stand auf, kam zum Tisch und legte die Rechte auf seines Vaters Schulter. »Ich habe selten einen so überzeugend etwas vertreten hören, woran er nicht glaubt.«

Parmenion ächzte leise. »Ich fürchte, du wirst mich noch oft Dinge verkaufen hören, die ich selbst nicht haben will.«

Philotas wurde ernst. »Was denn?«

»Diese wunderbare, biegsame, tödliche Waffe ...« Er blickte über das Lager, zu den kaum sichtbaren Zelten am Hang der Hügelkette. »Noch ist es das Heer, das Philipp, Antipatros und Parmenion geschmiedet und geführt haben. Mit den alten Offizieren und der alten Kampfkraft. Noch. Du kennst ihn doch besser, Junge. Weißt du, was er plant? Mit euch?«

»Wen meinst du – wer ist ›euch‹?«

»Die jungen Gefährten. Die Zöglinge von Mieza. Die *hetairoi* Alexanders. Nicht die *hetairoi* des Königs; das sind alle edlen Makedonen. Ich meine euch, die jungen Löwen.«

Philotas lachte, versuchte ein Löwengebrüll auszustoßen, wie er es bei den Vorführungen wandernder Tierbändiger gehört hatte, ließ sich dann auf einen der Schemel fallen.

»Nichts hat er mit uns vor, Vater. Er wägt die Dinge und entscheidet nach Sinn und Ziel, nicht nach Vorlieben. Aber das weißt du doch ebenso gut wie ich.«

»Ich weiß es? Vielleicht wage ich nicht, zu glauben, was ich nicht genau weiß.«

Philotas beugte sich vor und starrte in die Augen seines Vaters. Dymas blickte wie gefesselt hin. Für einen Moment wirkte Parmenion unendlich alt, unendlich müde.

»Dann will ich es dir sagen. Einer, ich weiß nicht mehr wer, Leonnatos oder Meleagros, vielleicht auch Perdikkas, hat ihn gefragt – noch drüben, vor dem Übergang –, was unsere Aufgabe im Heer der Alten sein solle. Und Alexander sagte: ›Gehorchen und euch empordienen. Im Krieg gibt es keine Freunde, nur gute und schlechte Offiziere. Wer Antigonos oder gar Parmenion ersetzen will, muß sie erst einmal übertreffen.‹ Reicht dir das?«

Parmenion nickte. »Vorläufig.«

Dymas räusperte sich. »Der dumme Musiker bittet, fragen zu dürfen ...«

»Frag.«

»Was ist die Treue des edlen Parmenion?«

Der Stratege betrachtete ihn lange und eindringlich; dann sagte er, beinahe tonlos: »Parmenions Treue gehört Makedonien. Und dem König, der Makedonien verkörpert.«

Philotas holte Luft, schwieg aber. Dymas sog Fleisch der rechten Wange zwischen die Backenzähne und kaute einen Moment darauf. Dann lachte er.

»Eine gute Antwort auf eine schlechte Frage, Herr. – Ich nehme an, du legst keinen Wert darauf, daß ich die Zahlen und Überlegungen der edlen Herren Parmenion und Eumenes in Verse gieße und in den Lagern singe.«

Parmenion hob nur kurz die Brauen.

»Und nun?« sagte Dymas leise. »Zehn Tage Vorräte, sieben Tage Sold. Was wird dann?«

Philotas rümpfte die Nase. »Das entscheidet der König.«

»Was könnt ihr tun?«

Parmenion bleckte die Zähne; sie waren nicht mehr vollzählig, und einige sahen finster aus. »Tun? Warten. Marschieren. Hoffen.«

»Hoffen? Worauf?«

»Auf die persischen Satrapen. Daß sie uns schnell eine Schlacht liefern.«

»Und wenn nicht?«

Parmenion breitete die Arme aus. »Sind wir erledigt.«

Parmenion war die halbe Nacht mit Alexander in den Lagern unterwegs. Dymas und Tekhnef nutzten die Zeit, das Zelt und die Nähe. Die schwarze Südägypterin fühlte sich allerdings nicht besonders wohl in der rein makedonischen Umgebung des Strategen, wie sie sagte; sie zöge es vor, die nächsten Tage und Nächte bei anderen Heeresteilen zu verbringen. Dymas stimmte zu; ihm war es gleichgültig.

Das Zelt Parmenions, des Fürsten und Strategen, war karg. Die für den Winter an der Wetterseite angebrachte Holzverschalung und der hölzerne Vorbau stellten die einzigen Formen von Schwelgerei dar. Im Inneren gab es strohgefüllte Säcke, zusammengenähte Häute und ein paar Felle; leichte Truhen – Holzrahmen, mit Leder bespannt – zur Aufbewahrung von Kleidung, Schreibzeug und anderen notwendigen Dingen; Klappstühle und Klapptische; und Waffen. Auf einem der Tische standen ein Krug mit einem Viertel Wein und drei Vierteln Wasser, ein paar Becher, ein Brettchen mit Brot, kaltem Fleisch und Trockenobst, und ein Öllicht.

Dymas und Tekhnef hatten fast geschlafen, als der Stratege kam. Er knurrte etwas, trank ohne abzusetzen einen Becher leer, wickelte sich in seinen Umhang und streckte sich auf Säcken und Häuten aus. Als der Lagerlärm sie weckte, war Parmenion schon wieder verschwunden.

Dymas hatte einen umfangreichen Haushalt erwartet: Köche, Bader, Sklaven, vor allem eine Gruppe von Fürstenknaben: Söhne der edlen Gefährten des makedonischen Herrschers, die im Leibdienst zugleich auch ihre Ausbildung als künftige Offiziere und *hetairoi* erhielten, Unterpfand der Treue ihrer Väter und gelegentlich Gefäße der Lust des jeweiligen Herrn und Besitzers. Aber Parmenion vertraute seinen Schlaf, seine Ernährung und seine Sicherheit ergrauten Kriegern an, zumeist Thessaliern, zum Kämpfen zu alt und zur Heimkehr zu heimatlos. Einer von ihnen brachte Dymas und Tekhnef ein kleines Metallbecken mit kaltem Wasser, zur Reinigung, und trug das Tischchen mit dem nächtlichen Essensvorrat hinaus, unter das Vordach.

Das Feldherrnzelt war eine Insel im Chaos des Aufbruchs. Mindestens die Hälfte aller Abteilungen war bereits abmarschiert, aber dadurch schien sich die Zahl der im Lager befindlichen Kämpfer verdoppelt zu haben. Melder zu Fuß und zu Pferd woben ein undurchschaubares Gewirk von Fäden zwischen Einheiten, die schon unterwegs waren, Truppenteilen, die erst losmarschieren sollten, Troß und Versorgung, den Lastschiffen, die sämtlich noch in der Bucht lagen, den Verbänden in den Hügeln, den Reitergruppen, die mit dunklen Aufträgen in der Ebene umherzogen, den Stäben, die nicht dort waren, wo sie sein sollten …

Tekhnef setzte sich mit dem Rücken zum Lager; sie trank verdünnten Wein und aß Brot, kaltes Fleisch und ein wenig Obst. Dymas, stehend, war zu neugierig und zu aufgeregt, zwang sich aber zu einer Art Frühstück, wobei er den alten Thessalier mit Fragen löcherte.

Als Parmenion erschien, mit einem Schweif aus Offizieren, Helfern, Meldern und Männern des Trosses, tauchte ein großer, schlanker, dunkelhaariger Mann auf, mit dem Dymas schon einmal flüchtig zu tun gehabt hatte: Kleitos der Schwarze, einer der Führer der Hetairenreiter, aus Alexanders engstem Stab, hoher Offizier schon unter Philipp. Er nickte dem Musiker zu, lächelte Tekhnef an und schnippte mit den Fingern, um Parmenions Aufmerksamkeit zu erhalten.

Der Stratege hob die Hand, erteilte noch ein paar Befehle, entließ dann alle anderen und kam zum kleinen wackligen Tisch, auf dem ein Metallnapf stand. Er enthielt vielleicht eine halbe *choinix* Getreide; die Körner schwammen in einer Brühe aus Wein, Wasser und Kräutern und hatten zu quellen begonnen: Parmenions Morgenmahl.

»Gut geschlafen?« Er zwinkerte Dymas und Tekhnef zu. »Ihr müßt die geringe Gastlichkeit vergeben, aber …« Dann wandte er sich an Kleitos. »Was gibt's? Alles unterwegs?«

Kleitos ließ sich von dem Thessalier einen Becher reichen, nippte, runzelte die Stirn. »Dünnes Gesöff. – Ja, alles unterwegs. Das Hauptlager bei Arisbe ist aufgelöst; Alexander ist jetzt wahrscheinlich vor Perkote.«

»Neuigkeiten?« Parmenion schlürfte aus dem Napf, kaute gründlich, schluckte; all dies, ohne sich zu setzen oder das Lager einen Moment aus den Augen zu verlieren.

»Alles wie gewünscht.« Kleitos grinste. »Sind wir unter uns?«

Parmenion warf Dymas einen Blick zu. »Sind wir?«

Dymas deutete mit dem Becher auf Tekhnef. »Sie weiß, was ich weiß.«

»Gut.« Kleitos sah sich nach einem Stuhl oder Schemel um, setzte sich und blinzelte zu Parmenion auf. »Ein Schnellsegler. Die Güter von Arsites bei Daskyleion sind niedergebrannt; die von Memnon bei Lampsakos werden gehütet wie ... ach, wie auch immer. Demaratos schwört, daß die besprochenen Mitteilungen inzwischen in Zeleia sind; die Perser wissen jetzt alles, was sie wissen sollen.«

»Sind das die geheimen Reden, die ihr drüben, bei Sestos, ausgetauscht habt?« sagte Dymas.

Parmenion rümpfte die Nase. »Du bist sehr aufmerksam. Ja, darum ging es – teilweise. Aber du hast doch bestimmt noch mehr, oder?«

Kleitos kicherte. »Kluger alter Parmenion. Alexander will, daß du mit dem Hauptheer südlich an Lampsakos vorbeiziehst. Ich soll deinen Belagerungszug übernehmen und nach Lampsakos führen. Diades und Charias sind mit ihren Geräten schon vorausgeeilt.«

Parmenion kniff die Brauen zusammen. »Will er ernsthaft ...?«

»Nein, will er nicht. Wir haben keine Zeit – kein Geld – kein was auch immer. Wie du weißt. Er will die Perser nur ein bißchen kitzeln.«

»Gut. Und dann?«

»Wie geplant. Wenn die Perser tun, was sie tun sollen, heißt das.«

»Und wenn nicht?«

Kleitos hob die Schultern. »Wenn sie sich trotz allem an

das halten, was Memnon zweifellos vorschlagen wird, kenne ich einen, der sehr enttäuscht ist.«

»Wieso ist Alexander eigentlich so sicher, daß Arsites und die anderen Satrapen *nicht* auf den Rhodier hören werden?«

Kleitos blickte Dymas an. »Du kennst die Perser doch.«

»Ein wenig.«

»Was glaubst du?«

»Ich weiß nicht, über welche düsteren Geheimnisse ihr redet.«

Parmenion gluckste, kaute und deutete mit dem Kinn auf Kleitos.

Der Offizier leerte seinen Becher, rülpste und verschränkte die Arme. »Es ist ganz einfach. Und sehr schwierig«, sagte er langsam. »Hast du dich nie gefragt, warum wir gerade *jetzt* hier sind? Statt ein wenig früher oder viel später?«

Dymas schob die Unterlippe vor. »Gefragt schon, aber ich dachte, es wäre einfach eine Sache der Vorbereitung gewesen.«

»Du kennst unseren kleinen listigen *daimon* nicht.« Kleitos schüttelte den Kopf; einen Moment lang verrieten seine Augen so etwas wie Staunen, oder Bewunderung. »Er ... sein Vater, Philipp, hat nie etwas getan, ohne mindestens drei Dinge mit einem Schlag erledigen oder bewirken zu können. Alexander ist genauso, nur noch besser. Vorbereitungen sind eines – die Truppen, die Schiffe, die Vorräte. Das zweite, was er berechnet hat, sind ... deine früheren Mitarbeiter.«

»Die Kundschafter und Spitzel des Korinthers?«

»Und die der Perser. Es mußten bestimmte Kenntnisse so geschickt verteilt werden, daß sie die Perser nach und nach erreichen, gewissermaßen unauffällig. Eine Verwandte von Memnon, die auf Rhodos lebt, hat ein Geschenk des makedonischen Königs erhalten. Zum Beispiel. Oder jetzt die neueren Dinge – die Güter des Satrapen brennen, die von Memnon werden verschont. Wir haben hellenische Bundestruppen, wie ihr wißt; Memnons hellenische Söldner im Dienst des Großkönigs wollen angeblich zu uns überlaufen. Wollen sie natürlich nicht, aber Demaratos sorgt dafür, daß die Perser es glauben. Er sorgt auch dafür, daß sie ihre Reiterei überschätzen – weil angeblich Persiens Lanzenreiter das einzige sind, was Alexander wirklich fürchtet.« Er lachte. »Wir werden sehen ... Dann waren der Boden und das Wetter zu bedenken. Die Perser mußten schon aus den Winterlagern heraus, aber noch nicht völlig versammelt sein. Wir sind für sie zu früh, als daß sie Parmenions Brückenkopf hätten angreifen können, nach dem Winter, aber so spät, daß sie ihr Heer schon in der Nähe zusammengezogen haben. Wären wir früher gekommen, hätten sie vielleicht den Norden Phrygiens geräumt; wir brauchen aber die Schlacht sehr bald. Wenn sie sich stellen, wird bald danach das erste Getreide reif sein – sobald unsere Vorräte und die der Perser aufgezehrt sind. All dies und mehr war zu bedenken. «

»Ich dachte immer, Krieg besteht daraus, daß zwei Heere sich treffen und messen«, sagte Dymas. »Aber dieses Bild ...«

»Die Ernten, das Wetter, die Bewegungen des Gegners. Was wir im Moment versuchen ist, Mißtrauen zu säen, um den Sieg zu ernten. Memnon ist der beste Stratege des Großkönigs. Wir müssen ihn möglichst ausschalten, bevor es zum Kampf kommt.«

»Was könnte er tun? Was könnte er *anders* tun als die Satrapen?«

Parmenion stellte den leeren Napf auf den Tisch. Mit den Fingerspitzen strählte er sich den grauen Bart; dabei grinste er leicht. »Wenn ich Memnon wäre und im Heer des Großkönigs zu sagen hätte, wüßte ich, was ich täte.«

»Nun sag es schon.«

»Die Vorräte des Landes wegschaffen oder zerstören. Die Lagerhäuser niederbrennen. Die Felder vernichten. Mit einem kleinen Heer immer gerade außer Reichweite bleiben. Und mit der großen Flotte und den besten Truppen nach Makedonien übersetzen.« Er beugte sich vor. »Dieser Feldzug, unserer, wäre in drei Monden erledigt.«

Dymas schloß die Augen. »Sie werden nicht auf ihn hören, wenn er das vorschlägt.«

»Warum?« Kleitos' Stimme klang drängend.

Der Musiker öffnete die Augen wieder. »Alexander weiß es, nehme ich an. Hat er nicht als Knabe lange mit ... ah, Artabazos gesprochen?«

»Das hat er. Er beruft sich auf den edlen Perser. Und?«

»In den Ländern, aus denen sie kommen, in den iranischen Kernländern, sind guter Boden und Wasser heilig. Auch das Feuer ist heilig und darf nicht verunreinigt werden. Es ist die heilige Pflicht der Verwalter und der Krieger, den Landbau zu schützen.«

Kleitos seufzte auf; er schien erleichtert. »Das sagt Alexander auch, aber es ist gut, dies von einem anderen zu hören, der sich auskennt.«

»Du meinst also, sie werden nicht auf Memnon hören?« sagte Parmenion.

Dymas nickte. »Ein Satrap, der das verbrennt, was er schützen soll, kann sich gleich in sein Schwert stürzen.«

Einige Einheiten, vor allem Reitertrupps und Aufklärer, legten große Entfernungen zurück, schwärmten immer wieder aus, sicherten meilenweit voraus und nach Süden, während die Hauptmasse zunächst nach Nordosten den Hellespont entlangzog, abgeschirmt von den schnellen Truppen zur Rechten und den Trieren zur Linken. Neben den Kampfschiffen hielten sich, teils unter Segeln, teils gerudert, die zahllosen Lastkähne und Frachter in Ufernähe; abends versorgten sie das Heer mit Fleisch, Fisch und Trockenfrüchten. Die Hauptmasse – Troß und Fußtruppen – legte am Tag vielleicht sechzig Stadien zurück, eine Entfernung, die ein guter Marschierer in zwei Stunden bewältigen konnte. Wenn die ersten Zelte abgebrochen wurden, begannen die Bewohner der letzten mit dem Frühstück, und wenn die zuerst Aufgebrochenen mit dem Lagern begannen, meistens am frühen Nachmittag, setzten sich die letzten gerade in Bewegung.

Dymas und Tekhnef schlossen sich jeden Tag einer anderen Gruppe an. Auf dem Weg von Arisbe nach Perkote zogen sie mit den Wegmessern und Geographen, die Landkarten verfertigten und alles erreichbare Wissen über die Gegend sammelten. Die Männer gingen paarweise neben den Karren her, auf denen ihre Habseligkeiten und Werkzeuge lagen. Die Schrittzähler – immer zu zweit – trugen Schnüre mit Tonperlen verschiedener Farben und Größen. Ein kleiner Karren, dessen Räder höchstens zwei Fuß Durchmesser hatten, wurde von Sklaven hinter einem großen Karren hergezogen. An einem der Räder des kleinen Wagens war ein Sporn oder dicker Nagel angebracht, der nach innen wies und bei jeder Umdrehung des Rads mit hellem *ping* gegen einen von der Karrenkante baumelnden Eisenstab stieß. Auf dem großen Wagen saßen Männer mit Wachstafeln und Ritzstiften; einer machte bei jedem *ping* einen Strich auf sein Täfelchen, ein anderer kritzelte auf Zuruf der Schrittmesser Dinge auf sein Wachsbord. Dymas hätte gern mit dem berühmtem Baiton gesprochen, aber der Führer der Geometer und Bematisten ließ sich nicht blicken.

»Er ist beim König«, sagte ein junger Mathematiker, der einen der zahlreichen Meßtrupps beaufsichtigte. Er hatte einen starken athenischen Zungenschlag.

»Was macht er da? Sollte er nicht arbeiten?«

Der junge Mann lachte. »Dafür hat er doch uns. Du bist Dymas, nicht wahr? Ich habe dich vor Jahren in Athen gehört. Als du gegen Demosthenes gesungen hast – Spottverse.«

Dymas neigte übertrieben den Kopf. »Ich bin geehrt, daß die Männer der Wissenschaft schnöden Zeitvertreib in Wirtshäusern und gewisse Begleitumstände nicht vergessen. Wie kommst du aus Athen hierher?«

»Ich bin zu jung, als daß ich noch unter dem großen Platon, dem ich gelauscht habe, vieles hätte lernen können, wohl aber unter seinen Nachfolgern. Über gemeinsame Bekannte geriet ich auch an Aristoteles, der das Sammeln und Messen dem Bau schwebender Gedankenpaläste vorzieht.« Er gluckste. »Er schrieb mir, aus Mieza, daß Alexander auch allerlei Wissenschaftler mitnehmen wolle, und er hat mir die Möglichkeit vermittelt, meine Kenntnisse praktisch zu erproben.«

Dymas deutete auf die Schrittzähler, dann auf den kleinen Karren, dessen *ping* ihm in den Ohren weh tat. »Was hat es damit auf sich, Freund? Wie heißt du, damit ich dich anreden kann?«

»Eukleides. Also, der König will möglichst genaue Landbilder von uns haben. Entfernungen, Höhen, Tiefen, genauer Verlauf der Flüsse und Bergketten, Anzahl der Bewohner,

Umfang und Anlage von Städten und Dörfern, Art des Bodens und seiner Nutzung, Pflanzen, Nutztiere – einfach alles. Dies hier ist die Meßabteilung; für Tiere und Menschen sind andere zuständig.«

Er berichtete von den Vorbereitungen, den nötigen Vereinheitlichungen der Maße, erklärte Tekhnef und Dymas einige der Hilfsmittel.

»Wir stehen«, sagte er, »zum Beispiel auf einer Straße und wollen wissen, wie hoch ein Berg ist, der rechts von uns aufragt, und wie weit er von der Straße entfernt ist. Diese Lederschnur« – er deutete auf einen Pflock, um den vielfach gefärbtes Leder von der Dicke eines kleinen Fingers gewickelt war – »ist ein Stadion lang. Wir legen sie auf die Straße und peilen den angenommenen Mittelpunkt des Berges am Boden, also auf Höhe der Ebene an. Mit Hilfe von Peilstangen richten wir das Band dann so aus, daß die von beiden Enden des Bandes zum Berg führenden gedachten Strecken mit dem Band den gleichen Winkel bilden. Wenn wir die Grundstrecke und die beiden Winkel haben, können wir die Länge der Seitenstrecken berechnen – der Schenkel. Wo sie sich schneiden, den dritten Winkel bilden, liegt der Berg.«

Er hielt ein Gerät hoch, das aus mehreren mit engen Ringen und Schnüren verbundenen Holzstöcken bestand, die jeweils durch Kerben und bunte Striche vielfach unterteilt waren.

»Das ist zur Bestimmung der Höhe. Ein Mann preßt die Wange an den Boden, unmittelbar am Lederband; ein zweiter zieht dieses Gerät so weit auf, daß der Liegende den Gipfel des Bergs genau zehn Schritte entfernt hinter oder neben der Spitze des Meßstocks sieht. Wir bestimmen den Winkel, und da wir wissen, wie weit der Berg entfernt ist, können wir – jedenfalls ungefähr – die Strecke vom Gipfel zum Boden berechnen: die Höhe.«

Ein größeres Problem war die Vereinheitlichung der Wegmaße gewesen. Aus seiner Kenntnis der verschiedenen Meßweisen hatte Aristoteles bei den vorbereitenden Beratungen folgende Einheiten vorgeschlagen: Grundlage solle sein das attische Stadion, bestehend aus einhundert Orgyien; eine Orgyia bestehe aus sechs Fuß, der Fuß aus sechzehn Daktylen oder Fingerbreiten. Dreißig Stadien wiederum sollten ergeben eine Parasange, das ursprünglich nur ungefähre persische Maß der Wegstunde eines guten Marschierers.

»Das Rad des kleinen Karrens hat nicht ganz zwei Fuß Durchmesser; wenn es sich einmal dreht, hat es genau eine Orgyia zurückgelegt. Wir« – er kicherte leise – »bezeichnen diese Einheit inzwischen als ein *ping*. Man gewöhnt sich dran, übrigens; nach ein paar Tagen lassen die Ohrenschmerzen nach. Die Schrittzähler haben lange Zeit Ketten um die Fußknöchel getragen, mit Messerklingen vorn. Wenn ihr eure empfindsamen Nasen und Augen über ihre Füße beugt, könnt ihr bei allen viele kleine Narben sehen. So haben sie sich daran gewöhnt, Schritte einer bestimmten Länge zu machen – drei Schritte für eine Orgyia, die ursprünglich als ein Doppelschritt galt. Aber gerade auf unebenem Boden ist es oft unmöglich, regelmäßig lange Schritte zu machen.«

»Und die Perlenschnüre?« sagte Tekhnef. »Zum Zählen?«

»Ja. Eine Perle für dreißig Schritte, zehn Orgyien. Zehn Perlen für ein Stadion; nach zehn Perlen folgt auf den Schnüren jeweils eine dickere. Die Schnüre reichen immer für drei Stadien; dann rufen die Bematisten es den Männern auf dem großen Karren zu, die Striche auf ihre Wachstafeln machen. Abends werden die Ergebnisse auf Papyros übertragen, zusammen mit den Aufzeichnungen der Männer, die sich um Biegungen, Wasserläufe, Berge und Ortschaften kümmern.«

Die Grundlagen für die Berechnungen, sagte Eukleides, hätten vor Jahrzehnten schon Männer wie Pythagoras oder Thales geschaffen; er selbst habe sie mit Aristoteles' Hilfe für die tägliche Verwendung vereinfacht.

»Ich werde nicht mehr lange hierbleiben«, sagte er schließlich. »Was ich feststellen wollte, weiß ich jetzt. Im Herbst will ich wieder in Athen sein. – Macht ihr heute abend Musik?«

An diesem Abend unterhielten sie die Geometer und andere Wissenschaftler; Eukleides kannte erstaunlich viele schäbige Verse über einzelne Körperteile und ihre Verwendung zu Lust oder Schmach; Dymas prägte sie sich ein, und Tekhnef entzückte die Zuhörer, die nicht mit schrägen Bemerkungen geizten, durch ihr Flötenspiel ebenso wie durch wüste Erzählungen aus ihrer Heimat im Süden Ägyptens.

Am nächsten Tag banden sie die Zügel ihrer Pferde an den Karren, auf dem Drakon der Heiler saß und wie immer Kräuter, Zweige oder Halme kaute. Als sie sich zu ihm gesellten, war es ein Kirschzweig; er nahm ihn aus dem Mund, grinste sie mit starken, weißen Zähnen an und hielt den Zweig hoch.

»Was ihr hier seht, ist nicht nur gut für meine Zähne, sondern es wird uns auch den Sieg gegen die Perser sichern.«

»Was hast du vor?« Dymas half Tekhnef auf die Karrenfläche und zog sich selbst hoch. »Willst du einen Kirschblütenzauber machen, um die Satrapen zu blenden?«

Drakon lachte schallend. »Ich werde es erwägen, obwohl für derlei Unsinn Aristandros zuständig ist. Nein – was ihr hier seht, ist das kleine Geschwist des großen Baums, der festes, schweres Holz liefert. Übrigens auch guten Bast; in Gordion hat man ihn verwendet, um die Deichsel an einem bestimmten Karren zu befestigen. Von diesem Holz schleppen wir, zur Freude der Lanzenschäfter und Waffenschmiede, große Vorräte mit uns herum.«

»Quassel nicht so gelehrt«, sagte jemand, der hinter Drakon auf dem Karren lag. »Was ist mit dem Holz?«

»Wie wir wissen, o mein dummer Freund, besteht die Bewaffnung der edlen persischen Reiter aus gekrümmten Schwertern und vor allem aus jeweils zwei leichten Wurfspeeren. Leicht, gut in der Hand, aber schlecht zum Stoßen. Die Sarissen der Phalanx und die Speere der makedonischen Reiter sind aus diesem besonderen Kirschbaumholz – härter, schwerer; und die Reiterspeere sind auch länger als die der Perser. Woran ihr sehen könnt, daß ich durchaus kriegstüchtig kaue.«

»Bah«, sagte der Liegende. Er richtete sich auf, stützte sich auf die Ellenbogen. »Wann ist mein Fuß wieder heil? Ich kann dein Gerede nicht mehr ertragen, Drakon.«

»Oh, steig ab, lauf, entspann dich, und viel Vergnügen.«

»Was fehlt ihm?« sagte Tekhnef.

Drakon schob den Zweig in den Mundwinkel. »Zwei, nein, drei Dinge. Das geringste Übel ist, daß dieser Trottel sich einen Dorn in den Fuß getreten hatte, und er kam damit erst zu den Heilern, als die Entzündung fortgeschritten war.«

»Kein Dorn, ein Splitter«, sagte der Mann; er schnitt eine Grimasse. »Ein Scheißsplitter von einem dieser Scheißschiffe bei der Scheißüberfahrt.«

»Vier Dinge fehlen ihm.« Drakon zwinkerte. »Zweitens ist er dumm; drittens ist sein Wortschatz karg, wie ihr hört, um nicht zu sagen: bitterarm.«

»Und viertens? Na, komm, was fehlt mir noch?«

»Es fehlt nicht, das ist es ja; du hast davon zuviel. Du bist Kreter. Und alle Kreter lügen.«

»Ich lüge nicht.« Der Fußkranke grinste breit.

»Siehst du, du lügst schon wieder. Bist du Kreter?«

»Ja.«

»Dann lügst du, denn alle Kreter lügen. Also bist du kein Kreter, du hast nämlich ›ja‹ gesagt. Also lügst du, vor allem, wenn du die Wahrheit sagst.«

Der Kreter ächzte. »Hör doch auf damit, Mann. Wann sind wir endlich am Fluß?«

»Welcher Fluß?«

»Wo's die Schlacht geben wird.«

Drakon schüttelte den Kopf und blickte zu Tekhnef und Dymas; er schien verblüfft. »Ich weiß von keinem Fluß und keiner Schlacht.«

»Überall reden sie nur noch davon. Daß die Perser uns an einem Fluß erwarten. Gra, Gru, irgend so was.«

»Granikos«, sagte Dymas. »Sie haben sich irgendwo jenseits des Granikos versammelt. Aber wieso sollen sie da auf uns warten?«

Der Kreter zuckte mit den Schultern. »Weiß ich nicht; aber alle reden davon.«

Keiner wußte wieso, aber alle bestätigten es, abends, als Tekhnef und Dymas an den Feuern der Söldner saßen, Musik machten und mit den Männern tranken. Ägypter waren dabei, vor den Persern geflohen und im Süden der Peloponnes, auf der Halbinsel Tainaron angeworben, wie Zehntausende Söldner vor ihnen; die berühmten kretischen Bogenschützen, meist unmittelbar auf Kreta angeworben;

Fußkämpfer aus den Städten und Dörfern Achaias; illyrische Stammeskrieger mit riesigen Schwertern und Wieselfellkappen; Ausgestoßene, Verbannte oder flüchtige Verbrecher aus den hellenischen Städten Siziliens und Süditaliens, und neben den Sikelioten sogar eine Handvoll Etrusker und vier Römer; Land- und Heimatlose aus den Gebieten in Asien – Klazomenai, Smyrna, Ephesos, Halikarnassos; viele Hellenen und Mischblütige aus Lykien und Kilikien; streunende Phöniker; Hunderte von den Inseln Rhodos, Samos, Delos, Chios, Lesbos, Imbros, Kos, sogar aus dem Norden, von Samothrake, und ein paar ehemalige Seeräuber von Patmos; Hellenen aus den Pflanzstädten des Nordens, aus Byzantion, Odessos, Sinope, aus Kardia – Heimat des Eumenes –, aus allen Häfen des Euxeinischen Meers; Kelten; skythische und getische Kämpfer aus den Steppen nördlich des Euxeinischen Meers; Hellenen und Libyer aus Kyrene – ein ungeheures Gemisch von Sprachen, Trachten, Waffen, Gesichtsformen. Auch die meisten Nichthellenen beherrschten wenigstens einige Brocken der Umgangssprache.

Die Ebene, in der sie lagerten, war keineswegs gesprenkelt von Feuern wie der Himmel von Sternen. Es gab zu wenig Brennholz, und davon wurde das meiste für die Kochfeuer benötigt. Dymas erzählte – da saß er bei Achaiern, allesamt Hopliten – mit einem leichten Grinsen von den Gepflogenheiten der Karawanenmänner Arabiens und Asiens, die den Dung ihrer Tiere sammelten, trockneten und als Brennstoff nutzten.

»Wir sind Fußkämpfer und haben keine Tiere«, sagte einer der Männer; er hatte eine ausgezackte Narbe auf der Wange. »Und wenn wir welche hätten – baah.«

»Ihr werdet euch dran gewöhnen, später.«

Dann redeten sie wieder von der Schlacht, die bald an einem Fluß stattfinden würde. Natürlich gab es eine einfache Erklärung: Irgendwer hatte etwas von einem der Aufklärer oder Meldereiter aufgeschnappt. Aber so, wie die Männer davon sprachen, wurde der Fluß, der vermutlich eher ein Bach war, zum Strom am Rande der Welt, und die Schlacht zum gewaltigen Ringen zwischen Alexander, Herrn des Lichts, samt seinen Mitstreitern einerseits und einer düster drohenden Finsternis jenseits des Wassers. Einer der Achaier kam spät nachts von den Karren herbeigetorkelt, wo die Dirnen mit den Kämpfern zechten und kreischten, wenn nichts anderes anlag. Er lallte ein wenig, war aber noch gut zu verstehen.

»Zwei Tage. Dann, am dritten, geht's rund.«

»Wer sagt das?« knurrte einer der anderen.

Der Mann deutete mit dem Daumen über die Schulter. »Eine von den Frauen ... Hat sie aus nem Hammelknochen gelesen.«

Die Sterne begannen bereits zu verblassen, als Tekhnef endlich den kleinen Hügel fand, wo die beiden Pferde mit zusammengebundenen Vorderbeinen gegrast und gelegen hatten und nun den Morgenwind schnupperten. Sie wühlte sich auf der großen Lederdecke unter die Felle an Dymas' Seite. Im unsicheren Licht wirkten ihre Augen angstvoll.

»Was ist, Liebste?« Dymas hatte sich gesorgt und kaum geschlafen, sagte es aber nicht.

Sie drückte sich an ihn. »Ich war bei den Ägyptern«, flüsterte sie. »Heimweh austauschen. Und dann hab ich mich verlaufen. Es ist so ... riesig. Und wirr. Ich ersticke.« Sie bebte.

Dymas legte beide Arme um sie. »Wir treiben im tosenden Meer; keine Zeit, nach Luft zu schnappen. Aber die Strömung verändert die Welt.«

»Laß uns der Strömung von weitem zusehen.« Unter den Fellen nestelte sie an seinem Schurz. »Ich will wieder allein bei dir liegen, unter den Sternen oder zwischen Holzwänden, aber nicht umgeben von fünfzigtausend Kriegern. Durch die Hafenstädte ziehen, trinken, Musik machen, Geschichten hören, die Sonne sinken sehen über den Wellen.« Sie setze sich auf und streifte den Chiton ab.

Dymas streckte die Hände nach ihren Brüsten aus. »Schwarze Tränen des Zwielichts«, murmelte er.

Später, als sie keuchend und erhitzt nebeneinander lagen, erzählte er von der seltsamen Schlacht am seltsamen Fluß: einem Ereignis in der Zukunft, das vorzeitig zum fernen Mythos geworden war.

»Nach der Schlacht ... Nach der Schlacht gehen wir.«

Am nächsten Tag schien das Gewirr des Heerbanns noch zuzunehmen. Pausenlos jagten Meldereiter zwischen den aufbrechenden, marschierenden oder rastenden Gruppen hin und her. Einige Abteilungen erhielten offenbar besondere Befehle, marschierten schneller, ließen ihren jeweiligen Troß zurück; im Lauf des Nachmittags verschwanden sämtliche Söldner, und plötzlich bestanden die Marschsäulen nur noch aus Fußkämpfern. Von den makedonischen und thessalischen Reitern war nichts zu sehen; abends, auf der Suche nach einem Lager, trafen Dymas und Tekhnef lediglich einen kleinen Trupp berittener Burschen, die aber keine Auskunft gaben: Hochfahrende makedonische Adelssöhne, Königsknaben, hatten es nicht nötig, mit hergelaufenen Musikern zu reden. In der Heimat, bei Philipps Kriegszügen und auch auf den ersten Unternehmungen Alexanders hatte die alte Regel gegolten, daß jeder edle Krieger der Hetairenreiterei einen ebenfalls berittenen Burschen haben solle, die besten Fußtruppen einen Sklaven, Waffenträger oder Burschen für je vier Mann, die Hopliten der gewöhnlichen Phalanx einen für je zehn Krieger; für den Feldzug in Asien waren auch diese alten Regeln aufgehoben oder geändert worden, um nicht den Troß unendlich aufzublähen. Deshalb erlaubte die Anzahl irgendwo herumlungernder Burschen keine Rückschlüsse auf die Anzahl der Reiter, denen sie folgen mochten. Und keiner wußte, wo der König und Parmenion waren. Es schien aber auch keinen zu bedrücken; ein Unterführer der Phalanxabteilung des Perdikkas sagte, der Junge und der Alte wüßten schon, was zu tun sei, und man könne ihnen blindlings folgen. Nicht einmal die Abwesenheit des Taxiarchen Perdikkas, eines von Alexanders jungen Gefährten, schien eine Rolle zu spielen.

In der Dämmerung kam ein Melder zu dem Feuer, an dem Dymas und Tekhnef sich niedergelassen hatten.

»Der König wünscht eure Gesellschaft«, sagte er, ohne vom Pferd zu steigen.

»Woher weiß er, daß wir hier sind?«

»Er weiß immer, wo alle sind.«

Tekhnef und Dymas nahmen die Instrumente und folgten dem Reiter; ihre Pferde ließen sie zurück. Jenseits eines kleinen Hügelzugs standen die Zelte des Königs und der Stabsoffiziere. Ein Bach, der zwischen den Hügeln entsprang, schien zahllose Knaben und Männer mit Gefäßen anzuziehen; weiter unten drängten sich Pferde wie gestutzte Pappeln am Wasserlauf. Der Himmel zeigte noch Spuren des Tags; im Westen flackerte letztes Rot. Es war zu hell, außer für die kräftigsten Sterne und den Mond; die glimmenden Feuer rechts und links des Bachs wirkten vom Hügel wie gestürzte Sterne, und tausend Speerspitzen, Schmuckschilde, goldene und silberne Verzierungen an Zelten und Rüstungen vervielfachten und verzerrten die Lichter.

Der Melder glitt vom Pferd, deutete auf das größte Zelt und führte dann sein Tier den Bach hinab zu einer Art Koppel; Sklaven und einige Königsknaben bewachten dort wohl die kostbareren Tiere. Man hatte Pfosten eingerammt und Seile zwischen ihnen gespannt, die im schwindenden Licht nur noch zu ahnen waren.

Als sie sich dem Zelt näherten, kam der König mit schnellen Schritten, fast im Dauerlauf, von rechts herbei, offenbar aus einer Mulde zwischen den Hügeln. Sein Heiler und *hetairos* Philippos folgte keuchend. Alexander sprang über den Bach, blieb stehen, betrachtete eine dunkle Masse, die er in den Händen hielt, und wandte sich zu Philippos um.

»Übrigens gibt der Sud dieses Krauts, richtig verdünnt, seltsame Träume. Als ob man flöge. Unverdünnt kann er zu Wahnsinn führen.«

Philippos klackte mit der Zunge. »Das haben wir aber nicht von Aristoteles gelernt.«

Alexander lächelte; seine weißen Zähne blitzten im Widerschein der Feuer. »Ah, du hast nicht aufgepaßt, Freund.«

Philippos schnaufte; seine Brust hob und senkte sich schnell. »Doch, hab ich wohl. Für Gifte ist eher deine Mutter zuständig, nicht Aristoteles.«

Alexander drückte ihm das dunkle Zeug in die Hand und wischte seine Finger am Chiton. »Olympias weiß einiges über Gifte, aber Aristoteles weiß mehr. Er hat es nur nie so deutlich gesagt.«

»Dann muß ich zu klein und zu dumm gewesen sein, um es mitzukriegen.«

Der König lachte. »Gewesen? Bist du denn gewachsen und klüger geworden?«

Er wandte sich den Musikern zu, die auf ihn warteten. Als er nahe an Dymas herantrat, sah dieser, daß Alexander etwas kaute, und er roch den milden Atem: Minze.

»Dymas, Tekhnef, ich danke euch, daß ihr meiner Bitte gefolgt seid. Geht ins Zelt, laßt euch bedienen; ich komme bald nach. Sobald ich mich gesäubert habe.« Er blickte an sich hinab; der Chiton war verschmiert, die Sandalen von Lehm verkrustet, wie die Unterschenkel insgesamt.

»Wir danken für den ehrenvollen Ruf, Herr«, sagte Dymas.

Alexander nickte knapp und lief zu einem kleineren Zelt, neben dem großen aus Leder und weißen Tüchern, vor dem Posten standen. Licht fiel aus dem Eingang; als sie näher kamen, hörten sie gedämpftes Stimmengewirr.

Das Zelt des Königs war etwas mehr als doppelt mannshoch, zehn Schritte breit und sicherlich zwanzig Schritte tief. Den Boden bedeckten große, vernähte Lederstücke und Felle. Eine Vielzahl kleiner und größerer Tische standen zwischen den Sitzbänken, Schemeln und Klinen. Dymas kannte oder erkannte die meisten der etwa vierzig Männer, die dort saßen und lagen, bedient von Königsknaben. Parmenion war da, ebenso seine Söhne Hektor, Nikanor und Philotas; die Führer der sechs Phalanxabteilungen, Perdikkas, Koinos, Amyntas, Philippos, Meleagros und Krateros; die älteren Offiziere und Berater wie Demaratos, Antigonos und Demetrios; die Reiterführer Agathon, Philippos und Kalas; andere hohe Offiziere und *hetairoi* wie Klearchos, Attalos, Hephaistion, Ptolemaios, Laomedon, Seleukos, Kleitos der Schwarze und sein Neffe Proteas. Aristandros der Seher hockte wie eine windgezauste Krähe neben dem Eingang, in schwarzem Umhang und offensichtlich schwärzlicher Laune. In der Mitte, von schlichten Fellen bedeckt, stand die Kline des Königs, leer; Hephaistion lehnte rechts auf einer Liege, links rekelte sich Alexanders Halbbruder Arridaios. Er trank aus einem einfachen Zinnbecher, Wein troff vom Kinn auf das schon reichlich besudelte, ehemals weiße Obergewand; aber die Augen waren eisig und wachsam. Ein Offizier, der den größten Teil der Söldner befehligte, und der Lynkeste Alexandros halfen Proteas beim Trinken, von Kleitos mißmutig beobachtet. Der Lynkeste hielt den Becherarm des für Wein und schlechte Witze berühmten Mannes, während der andere aus einem irdenen Krug nachgoß: unverdünnten Wein. Arridaios zwinkerte, rülpste und deutete auf Kleitos' Neffen.

»Dhu dha« – er sabberte beim Sprechen; seine Zunge war zu lang – »eheh, Protheass, dhu bisst hier falssch: Wirth hätthsst dhu werdhen ssollen.«

Gleich am Eingang standen ein paar Tische und leichte Bänke für die Unterhalter: eine Harfenspielerin – neben Tekhnef die einzige Frau in der Runde –, zwei Sänger, zwei Schauspieler mit Komödienmasken lose am Hals, ein Magier, ein Trommler und zwei Männer mit Lyren. Dymas und Tekhnef setzten sich zu ihnen. Während der Musiker sich mit Wein und kaltem Braten bediente, überlegte er, ob die Abwesenheit bestimmter Männer etwas bedeuten mochte. Kallisthenes fehlte, ebenso der hinkende Schatzmeister Harpalos; Eumenes von Kardia und der Kreter Nearchos, die Führer der technischen Truppen und der Wissenschaftler. Alle Anwesenden gehörten zu den Kampfeinheiten, bis auf Arridaios, oder sie waren – wie der alte Demaratos und der vermutlich nicht eben kampftüchtige Proteas – *hetairoi* des Königs und damit Teil der Gefährtenreiterei, selbst wenn sie nicht in die Schlacht ziehen sollten. Entweder hatten die anderen besondere Vorbereitungen zu leisten, oder der König hatte absichtlich nur jene geladen, die in der bevorstehenden Schlacht wichtig sein würden.

Arridaios klatschte in die Hände und deutete auf die Musiker. Der Trommler und die beiden Lyristen begannen, die Frau mit der Harfe fiel nach der ersten Hälfte einer schnellen Tanzweise ein. Sie waren nicht schlecht, aber auch nicht gut. Tekhnef holte ihren Doppelaulos hervor, blies leise ein paar Töne, verzog das Gesicht und setzte die Flöten wieder ab; Harfe und Lyren, vorher wahrscheinlich aufeinander abgestimmt, waren fast einen Ton zu tief, als daß sie hätte mitspielen können. Nach dem Ende des Stücks nahm Dymas die Kithara und schlug ein paar Harmonien, die durchs Zelt wallten; Tekhnef spielte einige schnelle Läufe. Die anderen

Musiker begriffen und begannen umzustimmen, was bei der Harfe sehr lang dauern würde.

Dymas spielte einen beinahe feierlichen, schleppenden Tanz, den er vor Jahren in Halikarnassos gehört hatte, eine schräge Mischung persischer und karischer Tönungen. Tekhnef befestigte die lederne Gesichtsbinde, die Kiefer und Wangen hielt, so daß die Auletin, ohne sich um den im Mundraum entstehenden Druck (und die Verzerrung des Gesichts) kümmern zu müssen, alle Aufmerksamkeit den zu erzeugenden Klängen widmen konnte. Sie blies auf dem linken Aulos einen tiefen Dauerton; die rechte Flöte übernahm in höherer Lage Dymas' Melodie, mit kleinen Verzierungen. Der Mann mit der Trommel – einem mit Kalbfell gespannten Hohlrad – kannte sich offenbar in asiatischen Verfremdungen aus: Er verschob nach und nach die Betonung vom ersten auf den zweiten, dritten, vierten, dritten, zweiten Schlag, was Dymas mit einem freundlichen Grinsen begrüßte.

Eine der beiden Lyren nahm die Melodie auf; die zweite ließ sich nicht recht stimmen: Der Ball aus Schwarte und Harz, um den die vierte Saite gewickelt war, gab immer wieder nach. Schließlich knurrte der Musiker, ließ die Saite völlig schlaff und benutzte nur die übrigen. Als auch er die Melodie gefunden hatte, nickte Dymas übertrieben und hörte einen Moment auf zu spielen. Halblaut sagte er:

»Macht das immer so weiter, ja?«

Als die Lyristen blinzelten, verließ Tekhnef ihre höhere Lage. Ohne den Grundton der linken Flöte zu verändern, wanderte sie mit der rechten fast zwei Drittel der Klangstufen herab und spielte zuerst die Melodie, dann nur noch Verzierungen um diesen neuen Grundton herum. Was zunächst schmerzhaft befremdlich klang, wurde zu einem vielfarbigen, mehrschichtigen Töneteppich, als Dymas auf der Kithara eine dritte, abermals versetzte Stimme dazu spielte. Einer der Lyristen stolperte; im Zelt herrschte plötzlich angespannte Stille. Die ungewohnte Mehrstimmigkeit machte den Musikern zu schaffen; beide Lyristen schwitzten und schnitten Grimassen. Der Trommler grinste und begann mit Anderthalb-Schritt-Schlägen; schließlich fiel die Harfe ein, zaghaft, mit Einzeltönen aufwärts und abwärts wie eine lückenhafte Wendeltreppe, die sich mal nach links, mal nach rechts drehte.

Als das Stück endete, hörte man zunächst nur das erleichterte Schnaufen der Lyraspieler, die mit hellen Fingern aus einem chaotischen fremden Land heimkehrten. Dymas sah Parmenion nicken, wie viele andere; Proteas rülpste – wahrscheinlich war es höchste Anerkennung, daß er dies während der Musik unterlassen hatte –, die meisten starrten auf einen Punkt hinter den Musikern.

Eine Hand legte sich auf Dymas' Schulter; dann hörte er Alexanders Stimme. Der König mußte schon länger dort gestanden haben.

»Beifall wäre erniedrigende Beleidigung ob dieser Kunst.«

Alexander nickte den anderen Musikern zu, beugte sich zu Tekhnef, hauchte ihr einen Kuß auf die Stirn und ging dann zu seiner Kline. Er deutete auf die Sänger. Während er sich von einem Königsknaben den Becher mit reinem Wasser füllen ließ und an einem Fetzen Brot knabberte, brachen die Sänger allzu laut, allzu dramatisch in Homerisches aus, unbegleitet. Die Musiker legten die Instrumente beiseite und wandten sich dem Wein und den Speisen zu.

Bei den übrigen Darbietungen – Tekhnef und Dymas spielten noch mehrmals mit den anderen, allerdings ohne die Führung zu übernehmen; der Magier verwandelte hinter bläulichem, stinkendem Rauch einen Brotfladen in einen weingefüllten Becher; die Schauspieler sprachen etwas Derberes aus dem Werk des Aristophanes – wurde teils lauter, teils leiser geredet. Nichts kam an die überraschende Wucht und Vollkommenheit jenes ersten gemeinsamen Stücks heran; Tekhnef zwinkerte Dymas irgendwann spöttisch zu. Der Kitharist hatte das Instrument wieder in die Ledertasche geschoben und beobachtete die Männer, die in wenigen Stunden das Heer der Satrapen des Großkönigs sehen sollten, schlitzende Schwerter, blutige Lanzen, die vielen Gesichter und Stimmen des kreischenden Todes. Sie wirkten allesamt gelassen; einige waren nüchtern, andere leicht berauscht oder völlig betrunken, und er begriff jäh, daß es ihre Arbeit war, Männer zu führen und sich der Unsterblichkeit im Kriegstod zu stellen; wie es seine Arbeit war, Saiten zu stimmen und Klänge zu weben: kein Grund zur Erregung.

Und er beobachtete den König. Irgend etwas an Alexander war unausgesetzt in Bewegung – ein Muskel, ein Fuß, eine Hand, die hellblauen Augen; als ob ständig Kraft abfließen müsse, weil andernfalls das Gefäß börste. Immer wieder fühlte Dymas sich an einen geschliffenen Kristall erinnert, den er einmal besessen und verloren hatte, ein unendlich zartes und unendlich hartes Ding mit zahllosen Flächen, deren jede anders war, auf unterschiedliche Art vollkommen, immer neu und überraschend, wie das Licht wechselte. Ein Blick zu einem der dienenden Fürstenknaben, mit einer kaum wahrnehmbaren Handbewegung zum vier oder fünf Schritte entfernt liegenden Hephaistion: zwei Formen inniger Liebkosung, die für Momente ein flackerndes Dreieck im Raum entstehen ließen. Leise Worte und eisiger Blick, die Aristandros' mürrischen Monolog zu torkelnden Wörtern und stammelnden Gebärden machten. Anmut und Höflichkeit gegenüber den Älteren, vor allem Parmenion; spöttische Vertraulichkeit gegenüber den gleichaltrigen Gefährten. Kummerwolken im Gesicht, als Arridaios mit fahrigen Bewegungen aufbrach; offener Hohn, als Kleitos und Demetrios den besinnungslos betrunkenen Proteas wegschleppten, wie eine aufgelöste Gliederpuppe. Grimmiger Witz, als er von der vorgetäuschten Belagerung der Stadt Lampsakos berichtete – einer Belagerung, zu der er weder Zeit noch Lust noch die Mittel hatte, solange das Heer der Satrapen in der Nähe war – und von den fünfzig Talenten, die die reichen Händler für die Verschonung des Orts gezahlt hatten; Skepsis und Mißbilligung, als Antigonos der Einäugige von den Karren der Händler und Huren sprach, denen Harpalos angeblich zuviel abpreßte für das Recht, das Heer begleiten und versorgen zu dürfen. Ein leichtes Lächeln im entspannten Gesicht, den Kopf ein wenig schief gehalten, als er einer Zote lauschte, die Ptolemaios, Sohn des Lagos, aus einem makedonischen Bergdorf erzählte; jäh überspült von einer Woge des Leuchtens aus dem Inneren, als er einen von dem scheinbar unbeachteten Sänger entstellten Vers des Homeros verbesserte; Hoheit ohne Herablassung in der Gebärde, mit der er die Musiker und Unterhalter entließ, dann ein beinahe flehender Befehl der Augen, die Tekhnef und Dymas zum Bleiben anhielten. Wie erbärmlich einfach, einfältig dagegen die beiden Schauspieler mit ihren Masken.

Und noch etwas, das langsam in Dymas' vom Wein gedämpfte Sinne drang: die Kraft und Schönheit aller Bewegungen, Harmonie und Beherrschtheit; und der Duft. Die anderen Männer rochen nicht, oder sie stanken nach Schweiß, nach Pferden, nach ehrlichem Schmutz. Alexander hatte gebadet und sich von den feinen Fingern des Meisters Athenophanes kneten und salben lassen. Helle Haut, helles Haar, helle Augen, der helle Chiton, all dies nicht einmal durch die Schwärzlichkeit von Aristandros zu schwächen, dessen frühen Abschied keiner bedauerte.

Irgendwann stieß Tekhnef ihn an; sie lag neben ihm auf der breiten Kline, die vorher drei Offiziere getragen hatte.

»Schau mich an.« Die schwarze Frau aus dem Süden Ägyptens flüsterte kaum hörbar.

Dymas riß sich von Alexander los. »Was ist?«

Tekhnef legte eine Hand auf seinen Schurz, tastete nach dem Gemächt. »Ich liebe ihn auch, aber verlier dich nicht völlig in seinem Zauber.« Sie lächelte ein wenig.

Beide waren müde, aber sie spielten, als der König sie aufforderte. Nur er und Hephaistion lauschten; die anderen waren nach und nach gegangen, als letzter Perdikkas, nach ein paar heftigen, wenn auch leisen Worten, die Hephaistion mit einem Schulterzucken beantwortete. Wein und Müdigkeit nahmen der Musik die letzte Genauigkeit, aber Tekhnef und Dymas waren zu gut, und auch die Verschwommenheit glitzerte.

Am Schluß des langen, langsamen, schneckengleich in sich zurückgewundenen Stücks ging Hephaistion; er berührte Alexanders Schulter und nickte den Musikern kühl zu. Im Eingang blieb er stehen, um einen müden Melder und zwei Königsknaben durchzulassen, die Deckenrollen und Reisesäcke trugen.

»Ihr seid meine Gäste.« Alexander richtete sich auf, zupfte das Fell der Kline zurecht und wies mit dem Kinn zu den

Lasten. »Es ist spät, der Weg zu euren Pferden wäre lang. Die Tiere sind da?«

»Ja, Herr.« Die Knaben legten die Decken und Säcke nieder und zogen sich zurück, als Alexander die Hand bewegte.

Der Melder trat näher, legte die Hand an die Brust und reichte dem König eine zerknitterte Rolle.

»Die Anordnung des feindlichen Lagers, Herr.«

»Es ist gut; geh schlafen.« Alexander entrollte den Papyros, überflog die Mitteilungen seiner Aufklärer, runzelte die Stirn und legte die Rolle beiseite.

»Spielt«, sagte er. Mit den Fingerspitzen rieb er seine Schläfen, dann fuhr er sich mit den Händen über die Augen.

Tekhnef sprach halblaut; ihre rauhe Stimme klang nach Staunen und Mitleid. »Solltest du nicht schlafen, Herr? Du bist erschöpft, und wir alle brauchen deine Kraft.«

Alexander blinzelte; er ließ sich auf die Kline sinken und starrte hinauf ins Zeltdach. Die meisten Kerzen und Fackeln waren niedergebrannt; nur einige Öllämpchen flackerten noch.

»Die Nacht sickert in meinen Kopf.« Seine Worte waren kaum zu hören. »Die dunkle Hälfte des Kosmos. Mein dunkler Teil, der mich übernehmen will. Ich hasse Schlaf. Spielt.«

Dymas leerte seinen Becher und füllte Wasser nach statt des schweren Weins. Er spielte eine Folge gleitender Töne, weh und weit, schwarzer Wind auf Brackwasser. Tekhnef blies schrille Klagelaute darüber, wechselte bald in eine mildere Lage und folgte dem Kitharisten in ein schweifendes Nachtlied, die Halbträume vor dem Schlummer. Alexander lag mit geschlossenen Augen, seine Brust hob und senkte sich langsam, gleichmäßig. Dymas dachte zerstreut an die Geschichten, die man sich erzählte über die Nachtgewohnheiten des Königs und darüber, daß er den Wein schmähte, der anderen zu Schlaf verhelfen mochte, nicht aber ihm, der zu oft gesehen hatte, wie der Wein seines Vaters dunkle Hälfte, Zank und Gebrüll hervorbrachte.

Als das Stück eigentlich beendet war, nahm Dymas den Hauptteil noch einmal auf, änderte ihn ab, dumpfer und weicher, spielte abermals zu Ende, umwunden von Tekhnefs Verzierungen. Sicher, dem König zu Schlaf verholfen zu haben, ließen sie schließlich die Instrumente sinken. Tekhnef gähnte; Dymas konnte kaum noch die Augen offenhalten.

Alexander lag noch immer auf dem Rücken, die Augen geschlossen. »Ich danke euch, ihr Wohlmeinenden. Ihr seid müde, nicht wahr?« Er stand auf und kam zu ihnen, nahm Tekhnefs Hand, aber seine Worte richteten sich an Dymas, und irgendwie waren sie nicht überraschend.

»Das Flötenspiel ... Ich würde gern den Rest der Nacht mit der schwarzen Frau verbringen.«

Dymas spürte Tekhnefs Blick; seine Gedanken rasten durch die acht gemeinsamen Jahre. Mühsam löste er die Augen vom König und betrachtete die Frau, die Gefährtin, die Mitspielerin. Etwas zog ihm die Kehle zu; als er sprach, war es mehr ein Krächzen.

»Tekhnef ist ein Mensch, kein Besitztum. Ich habe nicht über sie zu verfügen.«

Tekhnef schloß die Augen; eine Träne rann über die Wange. »Die schwarze Frau liegt nur bei dem Kitharisten, oder sie liegt allein, Herr. Ich werde die Ehre, die der König mir erwiesen hat, bis zu meinem Tode hegen.« Sie berührte Alexanders Hand mit den Lippen.

Er streifte ihre Wange mit den Fingerspitzen und richtete sich auf. Dymas, stummer betäubter Betrachter, sah mit unfaßlicher Geschwindigkeit die Ausdrücke wechseln: der verblüffte Herrscher, der fröstelnd Wärme Suchende, der zürnend Verschmähte, der verlassene Junge, der müde Führer von zehntausend Kriegern. Wie das Antlitz des Teichs, vom Wind gepeitscht, das den Himmel spiegelt, an dem von Wind gejagte Wolken Fetzen bilden, die Sonne ver- und enthüllen, sich zu dichten Massen binden und wieder aufreißen, immer in Bewegung, immer getrieben.

Dann wirkte er nur noch nachdenklich; er verschränkte die Arme vor der Brust und ging auf und ab in dem engen Raum zwischen den Tischen und Liegen. Halblaut, wie verloren sagte er:

»Dies Ding, das ich bin, hält mich am Leben. Ein Gefäß, in dem zehntausend Wesen rasen und sich balgen, und jedes hat eine helle und eine dunkle Seite. Wenn mein Wille mich verläßt, wenn ich schlafe, fürchte ich oft, eine der Schlangen, ein *daimon,* wird die anderen und mich überwältigen. Ich weiß nicht, wer Alexander ist; mit Grauen und Abscheu denke ich an den, der dann Alexander sein wird. Der Tag scheucht die Schatten in die Abgründe, aber nachts ... Reden; Geschichten, erzählt von weitgereisten Männern der Nacht; die lichten Labyrinthe der Musik ...« Er seufzte. »Bänder, die das Gefäß zusammenhalten.« Wieder tasteten die Fingerspitzen nach den Schläfen; einen Moment schien es, als träten die Augen hervor. »Ich kann beschließen, nur von Apelles gemalt zu werden. Aber ob die Bilder gut sind, entzieht sich meinem Befehl. Ich kann Kallisthenes anweisen zu schreiben, aber seine Kunst wird niemals die des göttlichen Homeros sein; da versagt mein Befehl. Ich könnte sagen, ich will nur *eure* Musik; aber wäre sie noch gut, wenn ich es jeden Tag befehlen müßte?«

Dymas stand auf und ging zu ihm; er blieb zwei Schritte vom König entfernt stehen. »Herr, morgen oder wann auch immer wirst du deinen Kriegern befehlen, in die Schlacht zu gehen, dir zu folgen. Wenn die Schlacht vorüber ist und das Heer der Satrapen vernichtet, werden Tekhnef und ich deinen Sieg preisen und euch verlassen.«

»So bald? Warum?«

Dymas zögerte, suchte nach Worten. Tekhnef, irgendwo hinter ihm, sagte leise:

»Wir ersticken.«

Alexander hob die Brauen. »Ersticken?« Dann lächelte er müde. »Ah, ich verstehe. Zu viele Menschen?«

»Dies auch. Es ist nicht leicht zu beschreiben. Eine Stadt ist ein verworrenes, undurchschaubares Gerät, eine Maschine aus Rädern, Kolben, Riemen, Pflöcken, die ineinandergreifen, und alles hat seinen Platz und seinen Sinn; aber ebenso gibt es leere Plätze für jene, die nicht Teil der Maschine sind – Musiker, zum Beispiel. Dein Heer, Herr, ist noch undurchschaubarer; für uns jedenfalls. Und hier gibt es keinen leeren Raum für uns, auf Dauer. Wir müßten Teil des Räderwerks werden; das wäre das Ende unserer Musik. Oder wir müssen gehen.«

Alexander richtete sich auf. Plötzlich sprühten seine Augen; als er die Hände auf Dymas' Schultern legte, schien etwas vom König zum Musiker zu fließen: Feuer, Kraft, Wucht; und würgende Sehnsucht nach Grenzenlosigkeit.

»Ich bin das Räderwerk.« Alexanders Stimme: Liebe, Macht und Verheißung. »Ich bin jedes Teil und das Ganze. Es gibt darin Raum für Musiker; Raum und Gold. Willst du Feuer sein in der Sonne, Blut in der Wüste, ein Schrei auf dem Gipfel?«

Alle Müdigkeit war aufgehoben, es gab weder die Zeit noch ihre Folgen. Dymas sah nur den König, spürte unbändige Energie, roch Salz und Weite, ahnte unvorstellbare Musik.

Dann schob sich etwas in seine baumelnde Hand, hielt sie fest. Er blickte nach unten und sah Tekhnef, die neben ihm kniete. Das Feuer erlosch; Alexanders Hände auf seinen Schultern waren Menschenhände, und Dymas begann sich zu fürchten.

»Nein, Herr. Ich will zu Tekhnefs Aulos die Kithara spielen, in Hafenschänken Wein trinken und die Geschichten hören, die Frauen und Männer erzählen. Die immer neuen Geschichten, die sie jeden Tag erzählen über die täglichen Dinge, Arbeit, Liebe und Sterben.«

Alexander lächelte. Er nahm die Hände von Dymas' Schultern. »Komm, ich will dir etwas zeigen. – Keine Sorge, Tekhnef; er kommt zurück.«

Widerstrebend, wie es schien, ließ Tekhnef die Hand fahren. Mit Schritten, die immer noch frei waren von Schwere und Müdigkeit, folgte Dymas dem König zum hinteren Ende des Zelts, durch einen kleinen Ausgang, in die Nacht, in ein anderes, geringeres Zelt. Zwei Königsknaben schliefen dort, auf dem Boden zusammengerollt; ein Öllämpchen flackerte am Fußende von Alexanders Lager, das aus einfachen Decken und Fellen bestand. Auf einer schlichten Holztruhe lagen Waffen und Teile einer Rüstung.

Alexander nahm den gelbrot glimmenden Schild und hielt ihn hoch; die Kanten zeigten Rost. Er war kreisrund, etwa eine Armlänge im Durchmesser.

»Die anderen Waffen aus Troja waren falsch«, sagte der König. »Wie du wahrscheinlich weißt. Dies hier ist echt. Es ist vielleicht nicht der Schild des Achilles, aber er stammt aus der gleichen Zeit.« Die Stimme blieb leise, änderte weder Tonfall noch Nachdruck, die Knaben schliefen ruhig weiter; dennoch griff etwas nach Dymas. »Mein Schildträger wird in der Schlacht bei mir sein, mit den üblichen Dingen. Willst du diesen Schild für mich tragen, Dymas – einen achaischen Schild aus den Tagen von Ilions Untergang?«

Wie betäubt sank Dymas auf die Knie, streckte die rechte Hand aus und berührte den rostigen Rand. »Laß mich in der Schlacht neben dir gehen, Herr«, sagte er heiser. »Mit diesem Schild; bis ans Ende des Wegs.«

Er blickte auf; Alexander starrte irgendwo hin, ins Dunkel des Zelts, in die lichte Ferne.

Dann lachte er kurz und gepreßt; seine Augen kamen zurück, streiften Dymas, richteten sich auf den Schild, den er zu den übrigen Waffen legte.

»Steh auf, Kitharist. Nur Spielzeug. Der Schild ist ebenso unecht wie das andere. Geh zu deiner schwarzen Frau.« Etwas wie Spott oder Verachtung klang hinter den Worten.

Dymas stand auf, mühsam; er stolperte zurück ins große Zelt. Spielzeug. Er ging bergauf, gegen den Sturm, brauchte ein dunkles Jahr wirbelnder Gedanken, bis er wieder bei Tekhnef war.

Sie schaute ihm entgegen, aus den Falten einer Decke. Seine lag neben ihr, auf der Kline. Die Augen waren schwarz und schmerzten.

»Ich habe es bis hierhin gespürt«, sagte sie mit brüchiger Stimme. »Du zitterst. Komm.«

Dymas kroch zu ihr, in ihre Arme, suchte Zuflucht wie ein gehetztes Tier. Nach langem, knisterndem Schweigen murmelte er:

»Die zehntausend Wesen ... Es muß eisig sein in dieser Höhe, und einsam ... Wer sich ihm nähert, verfällt ihm. Wer ihn sehen will, muß ihm fern bleiben. Ich hab ihn geliebt, gefürchtet, bewundert, bedauert, alles in ein paar Augenblicken.«

»Und jetzt?«

Er ächzte leise. »Nur Entsetzen.«

2. DIE ENTHAUPTUNG

Im Morgengrauen ging ein leiser Nieselregen nieder. Ptolemaios, Sohn des Lagos, Gefährte des Königs, wickelte sich in einen grauen Umhang und ging zu dem zischenden Postenfeuer. Einer der Männer reichte ihm einen Becher mit Kräutersud, ein wenig Wein und Honig.

»Scheißzeug; macht die Wege tief.« Der Älteste der Posten hockte auf den Fersen neben dem Feuer; er wies mit dem Kinn ins nasse Grau.

Ptolemaios grunzte, rieb sich mit der Linken die Augen und schlürfte von dem Gebräu. »Schschsch. Heiß. Was für Wege?« Er grinste. Irgendwo wieherte ein Pferd, ein zweites antwortete, weiter weg. Der graue Nieseldunst wurde heller, aber nicht durchsichtiger.

»Dann eben Schlamm.« Der älteste Hoplit spuckte aus. »Hat Philipp schon immer gesagt – besser Schlamm als gar kein Dreck.«

Ptolemaios lachte. Aus der Gürteltasche holte er eine Handvoll Getreidekörner; langsam und gründlich kaute und malmte er, spülte immer wieder mit kleinen Schlucken nach. Der Fußkämpfer beobachtete ihn und schob die Unterlippe vor.

»Nett«, sagte er schließlich.

»Was?«

»Zu sehen, wie der edle Ptolemaios, Fürst und *hetairos*, im Regen hockt und den gleichen Fraß kaut wie wir.«

»Hmf. Ist Harpalos zurück?«

»In seinem Zelt; vor drei Stunden, ungefähr.«

»Sonst was Besonderes?«

»Nichts.«

»Und er?« Ptolemaios machte eine Kopfbewegung hinüber zum großen Zelt des Königs.

»Unterwegs.«

»Seit wann?«

Der Posten runzelte die Stirn. »Halbe Stunde, vielleicht ein bißchen mehr.«

»Hat er geschlafen?«

»Glaub ich kaum. Erst Musik, dann Reden. Als ich übernommen hab, hat er gesessen und geschrieben. Die beiden Musiker schlafen hinterm Eingang.«

Ptolemaios nickte. »Na gut. Warten. Die andern müssen nicht vorm Wecken aufstehen.«

Er erhob sich, schüttelte die Nässe von seinem Umhang und machte einen Rundgang. Auch die anderen Posten meldeten nichts Besonderes. Als er zum Bach kam, hörte er gedämpftes Schnauben und matte Hufschläge. Aus den grauen Schleiern tauchte Bukephalos auf, der helle ochsenköpfige Hengst, den Demaratos vor Jahren dem Königssohn geschenkt hatte. Alexander glitt vom Rücken des Tiers und ließ es trinken. Er trug nur einen ledernen Schurz und war wie üblich ohne Decke oder Zaumzeug geritten. Der kraftvolle Körper und der blonde Schopf waren naß.

»Ich bibbere, wenn ich dich nur sehe«, sagte Ptolemaios.

Alexander lachte kurz. »Du wirst weich, Freund.« Er wandte sich wieder Bukephalos zu, streichelte den Hals des Hengstes und flüsterte ihm etwas ins Ohr, wie es schien. Das Pferd schnaubte leise und suchte mit der Schnauze Alexanders Handfläche.

Ptolemaios holte Körner aus seiner Tasche und ließ sie in Alexanders Hand gleiten.

»Danke. Dein Mittagessen?«

»Hmh.«

Alexander schnalzte; mit Lippen und Zunge leerte Bukephalos die Hand; dann rieb er den Kopf an der Schulter des Königs.

»Ist Harpalos zurück?«

Ptolemaios deutete mit dem Daumen hinter sich. »Schläft in seinem Zelt.«

»Hast du Geld bei dir?«

»Alles, was ich besaß und bei mir trug, gab ich meinem König und Freund, o nackter Morgenreiter. Abgehärmt wate ich durch tauichtes Gras und nähre mich, dem Vieh gleich, von Körnern und Grünem.«

»Vielleicht sollte ich dir statt Kallisthenes das Dichten übertragen. Also, du hast nichts?«

»Was brauchst du denn so früh?«

Alexander rümpfte die Nase. »Nicht viel – ein paar Statere.«

»Nicht viel!« Ptolemaios spielte den Empörten. »Ein goldener Stater, das sind zwanzig Silberdrachmen – zwanzig Tage Sold, Herr.«

»Kriegst du Sold?«

Ptolemaios lachte. »Man hat mir unsterblichen Ruhm und die Enden der Erde verheißen; wer fragt da nach Sold?«

»Gut.« Alexander schnappte mit den Fingern und wandte sich ab; der Hengst folgte ihm. Ptolemaios ging neben dem König her, der sich Harpalos' Zelt näherte.

»Was hast du vor?«

»Stehlen, was sonst?« Alexander grinste, legte den Finger auf die Lippen und verschwand im Zelt des Schatzmeisters. Nach wenigen Augenblicken kehrte er geräuschlos zurück; in der offenen Handfläche zeigte er Ptolemaios fünf Goldmünzen.

»Hat nen schweren Schlaf, der Hinkende, wie? Wozu brauchst du das Zeug denn so früh?«

»Ich will nicht die Göttin der Morgenröte bestechen, falls du das meinst; es ist für die Musen.«

»Häh?«

»Mach den Mund zu, Ptolemaios; du siehst dämlich aus. Für die beiden Musiker, zum Abschied.«

»Sie sind gut; ein Jammer, daß sie gehen. Heute?«

»Sie haben gesagt, nach der Schlacht, aber ich nehme an ...«

Er sprach nicht weiter; Ptolemaios musterte sein Gesicht, die Haltung des Körpers, dann nickte er langsam. Alexander ging ins große Zelt; Bukephalos schlug mit dem rechten Vorderhuf auf den weichen Boden und spielte mit den Ohren.

Sie hatten vorzügliche Musik gespielt, die beste, an die Ptolemaios sich erinnern konnte, und sie waren als letzte beim König geblieben. Die schwarze Frau ... Vielleicht hatte sie, hatten beide Alexander etwas abgeschlagen, und er hatte sie dafür auf eine der zehntausend Weisen ein wenig gedemütigt. Es spielte keine Rolle; am Morgen vor dem Aufbruch zur Schlacht zählten die geknickten Seelen von Musikern weniger als ein Sandkorn am Wegrand.

Der Vormittag hatte bereits begonnen, als endlich die Sicht besser wurde. Von den Hügeln aus betrachtete Ptolemaios den Aufbruch des Heers, die Marschsäulen der Fußkämpfer, die immer wieder in Schlammlöcher sackenden Karren, die Reitertrupps, die galoppierenden Melder. Es war ein vertrautes Bild, geordnete Bewegung, unübersichtlich nur für solche, die es nicht kannten. Und obwohl es vertraut war, war es doch jeden Tag neu. Und es bewegte etwas in der Brust; etwas, das er nicht befragen wollte. Am Abend, vor dem Fest in Alexanders Zelt, hatte er versucht, einen immer wieder abgebrochenen Brief an den Meister des Fragens zu schreiben, seinen alten Lehrer Aristoteles; er war wieder nicht zum Ende gekommen. Vielleicht sollte er einfach den Versuch aufgeben, dem fernen Philosophen zu erklären, daß Ptolemaios, Sohn des Lagos, dankbar war für vieles und nun beschlossen hatte, gewisse Dinge nicht mehr zu befragen, nicht Philosoph zu sein, sondern Fürstensohn, Königsfreund und Männerführer. Er seufzte.

Als er zu seinem Zelt zurückkehrte, hatte der Knabe, der ihm als Bursche diente, die wichtigsten Dinge bereits verpackt; auch der unfertige Brief war eingerollt, das Schreibzeug verstaut. Ptolemaios gab ein paar Anweisungen; zwei Männer der Stabswache halfen dem Knaben und einem Sklaven beim Abbrechen des Zelts.

Die Musiker waren nirgends zu sehen.

Ptolemaios beschrieb dem Knaben den Weg und den Treffpunkt; dann ließ er ihn, den Sklaven und die Packpferde zurück und ritt zu der Schar der Hetairenreiter, die er anzuführen hatte. Ihnen brauchte er keine Befehle zu erteilen; sie wußten Bescheid und kannten bereits die genaue Uferstelle, die sie übernehmen sollten. Ptolemaios gab das Zeichen zum Aufbruch, folgte ihnen aber nicht, sondern ritt kreuz und quer durch das aufgeweichte Gelände, um zu ordnen oder zu helfen, wo es nötig war.

Bestimmte Truppenteile bewegten sich schneller als andere; aus den Verzerrungen der gewöhnlichen Ordnung versuchte er die genauen Pläne des Königs zu erraten. Irgendwann lachte er laut; das war, als er seine Kenntnisse der Anordnung des feindlichen Lagers und seine Mutmaßungen über Alexanders Absichten im Geist nebeneinanderhielt. Ein schräg nach links vorstoßender Keil, der das Heer der Satrapen aufreißen würde ...

Am Nachmittag kam es beinahe zu einer Katastrophe. Der König, der seine Anweisungen gegeben und sich dann wie Ptolemaios und andere bei vielen verschiedenen Einheiten unterwegs aufgehalten hatte, erreichte das flache, versumpfte Gelände am Westufer des Granikos fast gleichzeitig mit der Phalanxabteilung des Krateros. Ptolemaios sah Alexander mit dem riesigen Bären reden und hörte das brüllende Gelächter von Krateros weit übers Feld. Dann brach es jäh ab, als Alexander etwas bemerkte und sein Pferd herumriß. Ptolemaios ritt näher, ebenso andere Offiziere. Er sah Kleitos den Schwarzen, Parmenion, Perdikkas, und vom Fluß her näherte sich Demaratos.

Der Granikos floß hier fast genau nach Norden; flußauf und flußab war das Gelände höher und steinig. Der kleine See in der Ebene, kaum drei Stadien diesseits des Flusses, mochte einmal das ganze Flachland bedeckt haben; die von Büschen bestandenen Ufer und die grünen Flächen ringsum waren der geeignete Lagerplatz. Das jenseitige Ufer des Granikos war höher, eine nicht ganz mannshohe Bank aus Lehm und losem Gestein. Dort war das Heer der Satrapen aufgestellt; die Nachmittagssonne glitzerte auf Tausenden von Lanzenspitzen, Helmen und Rüstungen. Die Perser, Söldner und Hilfstruppen würden keinen Fuß ins Wasser setzen; Alexanders Kämpfer würden durch den Fluß waten müssen, der etwa dreißig Schritte breit war und nicht sehr tief, aber auch nicht seicht. Die Anordnungen des Königs waren klar gewesen – welche Truppenteile zu welchem Zeitpunkt welche Uferstelle besetzen sollten: Angriff unmittelbar nach der Ankunft.

Und jemand, vermutlich Parmenion – denn kein anderer hätte es gewagt –, hatte den größten Teil der Reiterei absitzen lassen; hinter einer Kette thessalischer Reiter und Söldnereinheiten begannen die Fußkämpfer der Phalanxabteilungen mit dem Lagern. Die ersten verschlammten Karren des Trosses trafen eben ein. Die Hypaspisten, Makedoniens beste Fußkämpfer unter dem Befehl von Parmenions Sohn Nikanor, bildeten einen zweiten Schirm hinter den Söldnern, aber ihre Waffenträger und die Karren mit Ersatzspeeren und allem anderen waren weit hinter ihnen geblieben, am Seeufer.

Alexander raste. Bis Ptolemaios nah genug war, um etwas zu hören, hatte das Geschrei geendet. Er würde Kallisthenes fragen, der mit buchstäblich gespitzten Ohren auf einem bräunlichen Pferd hing; oder vielleicht doch lieber nicht. Alexanders Augen waren blutunterlaufen, die Schläfenadern kleine böse Schlangen. Parmenion saß reglos auf seinem Rappen; der rote Umhang hing locker von den Schultern, Gesicht und Hände schienen entspannt. Um die Mundwinkel mochte ein winziges Lächeln zucken, es konnte aber auch ein Spiel der Sonne im ergrauten Bart sein. Hinter ihm, als einziger zu Fuß, stand einer der technischen Offiziere, Aristoboulos. Die Krempe des Schlapphuts verdeckte sein Gesicht; die Beine waren bis zu den Knien verschlammt.

»Die da drüben«, sagte Parmenion ruhig, »sind ausgeruht und haben gegessen. Unsere Männer waren nicht vier, sondern sechs Stunden unterwegs, und nicht auf gutem Boden, sondern im Schlamm. Sie sind erhitzt und müde; der Fluß ist eisig.« Er beugte sich vor; der Rappe stellte die Ohren auf. »Alexander, diese Schlacht ... Wenn wir siegen, ist es nur der Anfang. Es sind kaum iranische Truppen dabei, der Großkönig ist weit, Asiens Macht fast nicht gefordert. Wenn wir geschlagen werden, ist es das Ende. Deshalb.«

Alexander schwieg; er starrte den erfahrenen Strategen an, als ob er ihn mit Händen und Zähnen zerreißen wollte. Ptolemaios fühlte sich gestreift von etwas wie einem heißen Hauch; er wußte, wenn er dort säße, auf dem Rappen, spränge er jetzt ab, um Alexanders Knie zu berühren und in seinen Augen Befehle zu lesen.

Parmenion rührte sich nicht. Lange Zeit sprach niemand. Endlich räusperte sich Kleitos; er winkte Koinos herbei, der weiter entfernt scheinbar unbeteiligt den Nacken seines Pferdes getätschelt hatte.

»Kriegsrat. Was sagen deine Leute, Koinos?«

Der Führer jener Taxis, deren Männer hauptsächlich aus der Orestis stammten – wie er –, zögerte mit der Antwort. Er schob den schlichten Kesselhelm in den Nacken und hob die Brauen. Ptolemaios erwartete unbewußt das spöttische Lächeln, mit dem Koinos die Leistungen seiner Zöglinge während der Ausbildung in Beroia bedacht hatte; aber einer dieser Zöglinge war der zornige König, und andere wie Meleagros oder Perdikkas waren inzwischen ranggleich mit ihrem ehemaligen Führer. Ptolemaios hatte immer versucht, in gewissen Hinsichten Koinos nachzueifern, wie dies auch der »Bär« tat, Krateros. Koinos war ein vorzüglicher Männerführer, umsichtig, kaltblütig im Gefecht, hart und erfahren schon unter Philipp; anders als viele der jüngeren Offiziere – besonders Hephaistion, aber auch Leute wie Perdikkas – beharrte er jedoch nicht auf seiner edlen Herkunft, behandelte die einfachen Krieger nicht von oben herab. Er war beliebt bei den Hopliten – wie Parmenion, wie Krateros. Und wie Kleitos, der durch das eine Wort »Kriegsrat« alles zurechtgerückt hatte: Es war das Recht der Edlen und Offiziere, vor einer wichtigen Entscheidung den König zu beraten; es war ihr Recht, nicht immer seiner Meinung zu sein. Er mochte später die Gegenstimmen mißachten, aber er mußte sie hören.

Alexander bewegte sich; der Zorn des Achilles schwand. Der König zupfte an seinem braunen Regenumhang, streifte ihn ab und enthüllte den weithin leuchtenden vergoldeten Brustschutz. Er war zur Schlacht bereit gewesen, mußte sich nun fühlen wie ein schneller Läufer, der um eine Ecke gebogen ist und vor eine Mauer prallt, mit der er nicht rechnen konnte.

Ptolemaios stieß die Luft aus, die angehalten zu haben ihm nicht bewußt war. Parmenions Härte, Alexanders Zorn, Kleitos' Worte, Koinos' Zögern ... Plötzlich sah er einen Abgrund, in den beinahe alle gestürzt wären, und einen eisigen Augenblick lang zweifelte er, daß dieser Riß unter ihren Füßen sich wieder schließen lassen würde. Die alten Offiziere, das von Philipp und Parmenion geformte Heer einerseits, Makedonen mit ihren Vorzügen und Beschränkungen; auf der anderen Seite der junge König und seine jungen Freunde, Makedonen auch sie, aber hellenisch erzogen; dazwischen, mehr als unbehaglich dazwischen, all jene, die zwangsläufig auf beiden Seiten standen: Hektor, Nikanor und Philotas, Freunde des Königs und Söhne Parmenions; Kleitos, dessen Schwester Alexanders Amme gewesen war und der den Jungen immer bewundert und gefördert hatte, wie ein junger Onkel oder älterer Bruder; oder Ptolemaios, der sich zu Alexanders engsten Freunden zählte und in diesem Moment wußte, daß ihm das Heer ohne Parmenion unvorstellbar war. Mit der Spitze des rechten Zeigefingers rieb er die Stelle, wo seine Nase einmal gebrochen und zu einer Art Falkenschnabel geworden war.

Koinos schien zu befinden, daß das Schweigen lange genug gedauert hatte und alle wieder bei Sinnen sein mußten.

»Meine Leute?« sagte er. Er wies mit dem Daumen hinter sich. »Sie haben das Gold auf den Rüstungen der Satrapen gesehen und wollen Beute machen; sie denken an ihre Beutel, aber auch an ihre Bäuche. Sie sind müde und hungrig.«

Alexander nestelte an den Lederbändern, die den prunkvollen Helm mit den beiden weißen Federbüschen von einem Knopf des Brustschutzes baumeln ließen. »Lagern. Morgen früh greifen wir an.«

Ohne jemanden anzusehen, trieb er Bukephalos an, ritt zwischen Parmenion und Kleitos hindurch, fort. Kallisthenes öffnete den Mund, klappte ihn aber hörbar wieder zu, als Parmenion die Hand hob.

»An die Arbeit. Schweigen ist gut, wenn Dinge zu erledigen sind.«

»Was ich zu erledigen habe, ist nicht schweigsam«, sagte Kallisthenes. Er spitzte den Mund und starrte Parmenion an; dann grinste er. »Soll ich nach Hellas berichten, Alexander sei nach Überschreiten des Hellespont vom greisen, trottelig gewordenen Parmenion daran gehindert worden, dieses Rinnsal da zu überqueren?«

Kleitos legte die Hand an den Schwertgriff. Halblaut, durch die Zähne, sagte er: »Hüte deine freche Zunge, Schreiber. Nur die Achtung vor deinem Onkel ...«

»Laß Aristoteles aus dem Spiel. Wir sprechen von makedonischen Holzköpfen und dem, was ich Hellas von ihnen erzählen soll.«

Parmenion lachte. »Laß ihn, Kleitos. Er leidet an krankhaftem Beleidigungsdrang. Irgendwann wird er über seine Zunge stolpern. Schreib, was du willst, nur hindere uns nicht an der Arbeit.«

Kurz vor Sonnenuntergang kam Ptolemaios auf seinem Rundgang zum Lager der Taxis des Krateros; unter den 1500 Hopliten und ihren Unterführern waren viele alte Bekannte. Er tauschte eben mit dem langen Emes Erinnerungen an gewisse Knaben in gewissen Ausbildungslagern aus, als ringsum die Männer aufsprangen und zur Lagermitte drängten, unter großem Gejohle und Geschrei.

Alexander war erschienen, immer noch in schimmernder Rüstung. Bei ihm waren einige Offiziere des Stabs, außerdem Harpalos und ein paar seiner Leute, die einen schweren Handkarren zogen.

Alexander wartete, bis der Lärm sich gelegt hatte. Er wirkte gelassen, beinahe heiter, blinzelte Ptolemaios zu und klatschte in die Hände.

»Männer«, sagte er laut. »Freunde und Gefährten – ich weiß, viele von euch sind ungeduldig, aber es ist besser, sich ein wenig auszuruhen und zu stärken, bevor man einen Fluß durchquert.«

Einige Männer lachten; Krateros, der wie ein breiter Turm hinter Alexander aufragte, verkniff sich ein Grinsen.

»Ich weiß, daß ihr sofort das Wasser da durchqueren und einige kleinere Hindernisse am anderen Ufer beseitigen könntet.«

Wieder Gelächter und zustimmendes Murmeln.

»Die Götter waren gut zu uns; sie haben uns mit ihrem Regen erfrischt und dafür gesorgt, daß der Marsch nicht allzu langweilig war; Schlamm macht Dinge viel anregender, die sonst öde und gewöhnlich wären.«

Wie eine Kräuselwelle breitete sich Gekicher aus.

»Ihr seid frisch genug, um den Granikos zu überwinden und die Leute zu vertreiben, die auf dem anderen Ufer herumlungern. Es sind sogar einige gute Kämpfer dabei, Verräter – Söldner aus vielen hellenischen Städten. Aber fürchtet euch nicht, meine Kleinen; sie sind den Satrapen so kostbar, daß sie in den Hügeln bleiben, nicht am Ufer aufgestellt werden. Sie könnten ins Wasser fallen, naß werden, und ihre Schwerter würden rosten.«

Das Gekicher schwoll zu einer Flut des Gelächters an.

»Ich weiß, daß all dies für euch nur ein Abendspaziergang wäre, Freunde – aber danach wärt ihr vielleicht ein wenig müde und könntet den Sieg nicht so richtig genießen. Deshalb werden wir diese kleine Auseinandersetzung auf morgen früh verschieben. Unsere Feinde gähnen; sie langweilen sich; sie haben den halben Tag am Ufer gestanden und müssen die ganze Nacht damit rechnen, daß wir es uns doch noch anders überlegen. Morgen früh werden sie unausgeschlafen sein, unwirsch und in schlechter Verfassung. Deshalb wollen wir heute abend gut essen und gut trinken, und dann gut schlafen. Ich weiß, daß eure Vorräte knapp sind, aber das macht nichts; eßt, was ihr habt – morgen werdet ihr aus den reichen Vorräten der Perser Festmähler feiern!«

Er sah sich um, wartete, bis der Jubel und Beifall ebenso abgeklungen war wie das Lachen, dann wies er hinter sich, auf Harpalos, dessen Leute und den Handkarren.

»Es ist, wie ihr wißt, nicht üblich, vor einer Schlacht Sold auszuzahlen; sparsame Feldherren verschieben es lieber auf später, weil sich die Anzahl der Soldempfänger vorteilhaft verringern könnte. Lacht nicht, Freunde, ihr wißt, daß es so ist. Nun weiß ich aber, daß ihr morgen alle noch dabeisein werdet. Bis auf, vielleicht, einen oder zwei – Männer, die besonders großartig gekämpft und unsterblichen Ruhm errungen haben werden. Es ist also keine Verschwendung, wenn ich euch schon heute abend den Sold für die letzten fünf Tage und die nächsten fünf Tage auszahlen lasse. Tut mir nur einen Gefallen, Freunde – versucht morgen nicht, mit eurem neuen Reichtum die Perser zu bestechen. Auf Überläufer ist kein Verlaß.«

Die Leute von Harpalos, unterstützt von einigen Offizieren der Taxis, übernahmen die Auszahlung; Alexander wechselte noch ein paar halblaute Worte mit Krateros. Dann gingen er und Harpalos weiter zur nächsten Abteilung der Phalanx, wo der nächste Karren vermutlich bereits wartete.

Im Zwielicht der Sterne, des halbverhüllten Mondes und der Feuer schlenderte Ptolemaios durch die dünne Postenkette zum Fluß, wo er Kleitos und Demaratos fand. Drüben, auf dem anderen Ufer, standen ebenfalls Wächter, unscharf umrissen von tausend flackernden Feuern im Lager der Satrapen. Anders als bei den von Philipp und Parmenion geschmiedeten makedonischen Truppen schien es dort keinerlei einheitliche Ausrüstung zu geben. Einer der Posten trug lockere Tierfelle und eine spitze Mütze, dazu einen länglichen Schild und ein Bündel Speere; er war, soweit dies im unsicheren Licht zu sehen war, glattrasiert. Der nächste hatte einen langen schwarzen Bart, eine Art Kopftuch, matt glitzernde Rüstungsteile am Oberkörper und einen knielangen Rock; seine Waffe war der Bogen. Er stand, offenbar in ein Gespräch vertieft, neben einem Kämpfer mit lederner Gesichtsmaske, weitem, hellem Umhang und Krummschwert. Ein paar Schritte flußauf von ihnen trug der nächste Posten die gewöhnliche Ausrüstung eines hellenischen Hopliten – vermutlich einer der Söldner des Rhodiers Memnon.

Kleitos hockte auf einem flachen Stein am Ufer und starrte hinüber; Demaratos stand neben ihm.

»Na, wichtige Erkenntnisse?«

Kleitos wandte den Kopf. »Ah, Ptolemaios. – Erkenntnisse? Nur, daß die da drüben wahnsinnig sind. Alle Götter Asiens müssen ihnen ins Gehirn geschissen haben.«

Demaratos klackte mit der Zunge und watete ins Wasser. »He, Bruder«, rief er. »Woher?«

Der hellenische Posten beugte sich vor, ohne die hohe Uferbank zu verlassen. »Demophon, aus Korinth. Und du?«

Demaratos lachte. »Auch aus Korinth. Die Welt ist klein. Habt ihr wenigstens einen guten Überblick von den Hügeln, wenn ihr schon nicht zum Einsatz kommt?«

Der andere hob die Arme. »Geht so. Und fürs Zuschauen reicht der Sold allemal.«

Ein scharfer Ruf, vermutlich von einem Offizier; der Korinther grunzte, hob den Arm und trat ein paar Schritte zurück; Demaratos watete wieder ans Ufer.

»Was zu beweisen war«, murmelte er. »Wenn wir es nicht ohnehin schon wüßten.«

Sie hörten plötzlich ein unheimliches, schrilles Pfeifen, gefolgt von fernem Geprassel. Drüben wurden erregte Stimmen laut, dann kehrte Ruhe ein.

Kleitos wies nach Süden, wo flußauf die Ufer anstiegen. »Der Belagerungszug«, sagte er. »Und ein paar Kreter. Die haben Tuchröhren an Pfeile gebunden und schießen hin und wieder über den Fluß. Die Luft heult in den Dingern, wie in Flöten. Und die Belagerer buddeln Kies, dann schmeißen sie das Zeug mit einem Katapult rüber. Tut keinem weh, stört die aber beim Schlafen.«

»Wieso sind die alle wahnsinnig?« sagte Ptolemaios.

Kleitos schwieg; Demaratos bückte sich nach einem flachen Kiesel, den er über den Fluß warf. Der Stein sprang dreimal auf, ehe er versank.

»Sie hätten alles niederbrennen sollen, damit wir nichts zu essen finden. Haben sie nicht getan; ihre Götter wollen das nicht. Sie hätten uns folgen, verfolgen, zermürben sollen; statt dessen bieten sie uns die Schlacht. Sie haben einen guten Strategen, Memnon; dem mißtrauen sie, weil wir seine Besitzungen nicht niedergebrannt haben.«

Kleitos grunzte. »Vergiß nicht, du hast ein paar Gerüchte ausgestreut.«

Demaratos winkte ab. »Auch das, ja. Jedenfalls hören sie nicht auf ihn; die Satrapen sind gute Ortsverwalter, aber keine Krieger. Und sie haben ein paar tausend hellenische Söldner – unter Memnons Befehl die besten Fußkämpfer in Asien. Aber weil sie ihm und denen mißtrauen, stellen sie sie morgen nicht am Ufer auf, sondern lassen sie in den Hügeln warten.«

Ptolemaios zog den Umhang enger; ihn fröstelte. »Gibt es vielleicht noch andere Gründe dafür?«

Demaratos warf ihm einen schrägen Blick zu. »Gar nicht dumm, Junge. Ja, die gibt es. Sie rechnen damit, daß gepanzerte, dicht gedrängte, über dem hohen Ufer noch höher aufragende Reiter mehr Furcht einflößen als Hopliten. Und – sie wollen Alexander. Die Satrapen werden ganz vorn sitzen; sie wissen, daß Alexander, so, wie er veranlagt ist, selbst als erster auf sie losgeht.«

»Und wenn er fällt«, sagte Kleitos langsam, »ist der Krieg vorbei. Parmenion wird das Heer – den Rest – nach Makedonien zurückbringen, aber Asien ist dann sicher.« Er blickte Ptolemaios eindringlich an. »Du und ich und noch ein paar, wir werden unmittelbar neben ihm sein. Vor ihm. Hinter ihm. Du weißt, es wäre das Ende – für die meisten. Er ist unersetzlich. Außerdem ...« Er schwieg.

Demaratos legte eine Hand auf Kleitos' Schulter. »Alle lieben ihn, ich weiß. Aber du hast recht. Sie werden uns ans Ufer lassen, ins Getümmel ziehen, und wenn er fällt, stoßen die Söldner rechts und links vor und rollen die Flanken auf. Es darf nicht geschehen. Deshalb – gebt acht auf ihn. Ich werde das auch tun.«

Kleitos zuckte zusammen; Ptolemaios war sprachlos vor Verblüffung. Der Korinther, Handelsherr, Gastfreund Philipps und Alexanders, Kopf der Kundschafter Makedoniens, war 66 Jahre alt; wahrscheinlich hatte er nie den höchsten Einsatz gescheut, es hatte ihn aber auch noch keiner je im Kampf gesehen.

»Du?« sagte Kleitos. Er klang fast zornig. »Die Götter staunen ob deines Muts, Freund, aber – wer soll das Netz der Kundschafter auswerfen, einholen und neu knüpfen, wenn du fällst?«

Demaratos hob die Schultern. »Einer von euch – ihr beide kennt das Große Spiel. Wie Antigonos, der mit dem einen Auge mehr sieht, als gut für ihn ist.« Er lachte leise. »Nearchos weiß, was ich weiß. Niemand ist unersetzlich – außer *ihm.*«

Ptolemaios unterdrückte ein Gähnen. »Wo sind unsere Söldner?« sagte er schließlich, als das Schweigen unbehaglich wurde.

Demaratos blickte nach Norden. »Flußab. Die Aufklärer haben gemeldet, daß es dort eine Furt gibt. Und die Satrapen halten es nicht für nötig, sie zu bewachen.«

In der Nähe von Alexanders Zelt, an einem der Postenfeuer, erkannte Ptolemaios zwei Offiziere aus dem Stab von Parmenion. Einer lag auf dem Rücken, schnarchend; der Feuerschein erhellte sein Gesicht. Der andere hatte die Arme auf die hochgezogenen Knie gelegt und starrte in die Flammen. Einer der Posten sagte, Parmenion sei bei Alexander, schon lange; Ptolemaios zögerte einen Moment, hob dann die Schultern und ging in sein Zelt.

Am Morgen brachte ihm der Sklave verdünnten Wein, heiß, mit Kräutern und Honig, dazu einen Brotfladen und ein Stück kalten Braten. Ptolemaios aß, hockte sich zur Entleerung auf den breitrandigen Bottich, den der Sklave später reinigen würde, und sah dem Knaben zu, der die Waffen und Rüstungsteile bereitlegte.

Im allgemeinen Durcheinander zwischen den Zelten gelang es ihm bald darauf, einen der Königsknaben zu befragen. Es war der 13jährige Peukestas, Sohn des Heilers Drakon.

»Sie haben nur da gesessen und sich angestarrt, ohne ein Wort, bis zum Morgengrauen. Dann ist Parmenion zu seinen Leuten gegangen, und Alexander hat ein paar Momente geschlafen.«

»Schweigen und Starren? Uhhh.« Ptolemaios zupfte an seinem Helmband. Er erinnerte sich an einen kleinen Zorn Alexanders, an ein Starren, das ihm die Eingeweide des Geistes herausgerissen und seine Gedanken verwüstet hatte, und empfand etwas wie Ehrfurcht, ehrfürchtiges Staunen. Wer außer Parmenion hätte dem König trotzen können, stundenlang?

Auf halbem Weg zum Fluß holte er die anderen ein, die edelsten und besten, die Blüte der fürstlichen Gefährten. Er sah nur freudige Gesichter, hörte Scherze und Gelächter. Alexander ritt einen Falben, hatte offenbar beschlossen, Bukephalos zu schonen. Er trug seinen dunkelroten Umhang und schickte eben drei Melder mit letzten Anweisungen los.

Dann begann der Rausch. Undeutlich nahm Ptolemaios wahr, daß das jenseitige Ufer einen prächtigen Anblick bot: Tausende von Reitern, viele mit geschmückten, vergoldeten Brustpanzern, mit kostbaren Helmen, mit bunten verschiedensten Gewändern; später hörte er, es seien sechs große Truppenteile gewesen – flußabwärts, auf dem rechten Flügel, die Meder, dann die Baktrer, beide befehligt von Rheomithres; daneben die Paphlagonier unter Arsites, dem Satrapen des Hellespontischen Phrygien; dann die Hyrkanier unter Spithridates, Satrap von Lydien und Ionien; daneben die Reiter aus Kilikien unter ihrem Satrapen Arsames; zuletzt auf dem linken Flügel Reiter aus allen übrigen Gegenden unter Memnon.

Alexander trabte an, winkte aber den Gefährten, ein wenig zurückzubleiben und ihre Stellung am Ufer einzunehmen. Er ritt vor die aufgereihten Truppenteile, allein, warf plötzlich seinen Umhang ab und reckte den rechten Arm. Blendend warf sein vergoldeter Brustschutz die Sonne zurück; blendend stachen die weißen Federbüsche des Helms durch den Glanz: als wäre ein Gott erschienen. Die Makedonen jubelten und schrien. Langsam, unbeeindruckt vom Hagel der Steine und Lanzen, ritt der König weit nach links, dorthin, wo Parmenion wartete. Sein Flügel bestand aus drei Taxeis, thrakischen Reitern, hellenischer Bundesreiterei und den Thessaliern. Die beiden Männer grüßten einander; Alexander legte seine Hand auf Parmenions Arm, riß das Pferd herum und galoppierte zum rechten Flügel, den er lenkte. Dort standen die drei übrigen Taxeis, die Hypaspisten, die leichten Lanzenkämpfer, die paionischen Reiter, dann die Gefährtenreiter unter Philotas, schließlich die Bogenschützen und die Agrianen.

Aber all diese Einzelheiten, die Kallisthenes getreulich aufschrieb, erfuhr Ptolemaios viel später. Der Neffe des großen Aristoteles nahm nicht an der Schlacht teil; mit Schreibzeug und Schreibern hielt er sich hinter den Reihen auf und verzeichnete, was geschah, was er sah, was ihm berichtet wurde. Ptolemaios wartete mit klopfendem Herzen und rauschenden Ohren auf die Rückkehr des Königs, wie die anderen Gefährten, wie Alexanders Waffenträger Aretes, wie Demaratos, wie Kleitos, wie die Edelsten und Besten Makedoniens.

Plötzlich verschwand Alexander, war lange Momente nicht zu sehen, als die Bogenschützen, die rechts von den Gefährtenreitern gestanden hatten, zum Flußufer vorrückten und die Perser mit einem Pfeilhagel überschütteten. Sie hatten den Befehl erhalten, auf die Pferde zu zielen, um möglichst große Verwirrung anzurichten, und dies taten sie. Hinter ihnen, für die Gegner halb verdeckt, aber beunruhigend zu ahnen, stießen die links der Hetairenreiter aufgestellten vier Truppenteile unter Amyntas nach rechts vor, schräg zum Fluß, ins Wasser, griffen Memnons aufgereihte Truppen an, die den linken Flügel des Gegners bildeten und durch den jähen Ansturm weiter nach links gedrängt wurden, fort von den Kriegern unter Arsames. Ptolemaios sah die Lücke am anderen Ufer, dann sah er nichts mehr, hörte nichts mehr, war nur noch Blut und Kraft und Bewegung und Feuer.

Hinter Alexander, der in den scheinbar gegenläufigen Bewegungen wieder sichtbar wurde, rasten die Hetairenreiter los – nach links, nicht in den Fluß gegen Arsames' Truppen, sondern schräg flußabwärts, dorthin, wo die Hyrkanier von Spithridates standen. Einen Moment gab es ein Loch zwischen den persischen Abteilungen; die ersten Gefährten erreichten dort das Ufer und bildeten einen Kopf, dann einen Keil. Endlich entschied Arsames, einen Teil seiner Männer nach links zu schicken, Memnon zu Hilfe, die übrigen zu Spithridates, gegen Alexander. Der Rest von Alexanders Flügel, zunächst weit links von den Hetairen, befand sich nun neben oder hinter diesen und rückte in geschlossenen Säulen vor, in den Fluß. Parmenion wartete.

Irgendwie kamen sie ans Ufer, irgendwie überwanden sie die ins Wasser gerittenen ersten Reihen der Perser. Von oben regnete es Lanzen, die leichten Wurflanzen der Reiter des Großkönigs. Das Wasser schäumte auf, hier und da blutig, Kämpfer stürzten von rasenden Pferden, Ptolemaios schob einen Gefährten beiseite, der wie ein Standbild saß, eine Lanze in der Kehle, dann hinter den anderen ins Wasser kippte. Die Uferbank, Lehm und Geröll und Steine; kreischende Pferde und brüllende Männer, Todesschreie und Anfeuerungen in vielen Sprachen. Im dichten Knäuel rangen Pferd mit Pferd, Krieger mit Krieger, nachstoßende Hopliten drangen in die Lücken, rückten vor über die Toten, trieben mit den überlangen Sarissen die persischen Reiter zurück. Die Hetairen waren am Rand des Wirbels, im Wirbel, waren der Wirbel; die harten Stoßlanzen, die Schäfte aus Kirschholz besser als die leichten splitternden Wurflanzen der Gegner.

In der Mitte des Strudels war Alexander, weithin sichtbar dank der leuchtenden Rüstung und des blendenden Helms.

Die persischen Reiter wichen vor ihm zurück – nicht aus Furcht, sondern um den Weg für ihre Fürsten zu öffnen, die den König der Makedonen selbst besiegen wollten. Alexanders Lanze brach, in einem dieser Zweikämpfe. Er schrie – wie durch ein Wunder war es im Getümmel klar zu hören – nach seinem Waffenträger Aretes, aber der focht nicht weit entfernt, einen abgebrochenen Schaft in der Hand. Ptolemaios rammte seinem Gegner die Waffe in die Achselhöhle und wollte sein Pferd vorantreiben; aber da drängte Demaratos sich neben den König und reichte ihm seine Lanze.

Mithradates, Schwiegersohn des Großkönigs, raste an der Spitze eines Keils von Reitern in den blutigen Wirbel; Alexander wandte sich ihm zu, stieß ihm die Lanze ins Gesicht und warf ihn vom Pferd. Hinter ihm tauchte Roisakes auf und ließ das Krummschwert auf den Helm des Königs niedersausen; es gelang ihm aber nur, einen der weißen Büsche und einen Teil des Helms abzutrennen. Taumelnd, benommen, sackte Alexander einen furchtbaren Moment vornüber; dann riß er das Pferd herum und trieb seine Lanze durch den Panzer in Roisakes' Brust. Der Satrap Spithridates war bei Roisakes gewesen, hatte zwei Hetairen getötet und befand sich nun in Alexanders Rücken. Er hob die blutige krumme Klinge.

Kreischend brach das von einer Lanze getroffene Pferd unter Ptolemaios zusammen. Ringsum kreiste der wahnsinnige Tanz, über tote und sterbende, ausschlagende, schreiende Pferde. Er fühlte die Erde beben, aber es waren nur Nase und Zähne eines Gestürzten, die unter seinem Fuß brachen. Er sah Philotas, der sich auf seinem Pferd zurückbog und den Speer aus dem Auge eines Persers riß; er sah Seleukos mit Lanze und Schwert, Hephaistion mit einem aufgerafften Krummsäbel, den er beidhändig führte, Rücken an Rücken zwischen berittenen und stehenden Gegnern; einen Perser auf einem Bein, der über seinem toten Pferd stand und mit dem Schwert nach dem Blutstrahl aus dem Beinstumpf hieb, ehe er langsam, zäh, wie durch Sirupluft fiel; sah Nikanors Hypaspisten sich zwischen die persischen Reiter drängen, mit dem runden Schild Hiebe und Stiche von oben abwehren, das Schwert in die Beine der Reiter, in die Bäuche und

Sehnen der Pferde hacken; sah Perdikkas mit Schwert und Lanze auf der Uferbank, brüllend, vor der Sarissenwand seiner Hopliten; sah einen gestürzten Hetairen Gedärme in den Bauch zurückstopfen und einen zweiten Kopf von seiner Schulter grinsen, der zu einem Enthaupteten gehörte; sah durch blutige Schlieren den Unterkiefer eines Persers über dessen Brust nach unten rutschen und eine schaumige, blasige Spur hinterlassen; sah das Schwert sich zurückziehen und unter dem Punkt, wo der Kiefer gewesen war, in den Hals des Gegners fahren, und er begriff, ohne zu begreifen, daß es sein Schwert war.

Sah die blutige krumme Klinge in der Faust von Spithridates über Alexanders Kopf, kaum noch geschützt vom zertrümmerten Helm, hörte sich schreien, sah die Klinge unendlich langsam sinken und plötzlich wirbeln und blitzen und auffliegen wie einen verstörten Vogel, als Kleitos der Schwarze den Arm des Satrapen mit einem gewaltigen Schwerthieb von der Schulter trennte und dann die Spitze seiner Waffe unter dem Brustschutz in den Bauch des Fürsten grub. Ließ den Schrei steigen, sandte einen zweiten hinterher, der den ersten im Himmel umtanzte, und Alexander lächelte Kleitos an, als gäbe es Zeit für Lächeln.

Dann hatte er keine Gegner mehr; er schmeckte Blut und roch Blut und Eingeweide und Kot und feuchtheißes Eisen, der Blick klärte sich, das Rauschen in den Ohren wurde schwächer, die maßlose Lust und Gier zu töten ließen nach. Er stand mit ausgestrecktem Arm, das Schwert erhoben, und sah die Phalanxabteilung des Perdikkas gemessen vorrücken, die Sarissen gesenkt. Von den Reiterblocks der Perser, die weiter flußab gestanden hatten, strömten Verstärkungen herbei, als die Mitte der Schlacht zusammenbrach. Das war der Moment, auf den Parmenion geduldig gewartet hatte. In die aufgelösten, zur Mitte drängenden Truppenteile ließ er seine drei Taxeis vorstoßen, zertrümmerte die Reste des rechten persischen Flügels mit seiner Reiterei, führte diese dann hinter die Reihen des Gegners und überließ die strudelnde Flanke den Söldnern, die in der Nacht weiter nördlich die Furt durchquert hatten und nun das Schlachtfeld erreichten.

Irgendwer hatte ein Pferd verloren; Ptolemaios nahm das triefende Schwert zwischen die Zähne, schwang sich auf den Rücken des Tieres und galoppierte hinter Alexander her. Die Hetairenreiterei verwüstete die fliehenden Reihen der persischen Kämpfer; die Hopliten der Phalanx folgten. Alexanders Arme bewegten sich wie Tuchfetzen im Sturm; er deutete auf die Hügel. Ptolemaios' Pferd stolperte über etwas Weiches und schleuderte ihn zwischen tote Perser.

Als er sich aufrappelte, hinter den Gefährtenreitern hersah und sich langsam umdrehte, starrte er in Kleitos' Gesicht. Dessen Augen waren voller Staunen. Und Entsetzen. Er blutete aus mehreren leichten Wunden, an Händen und Armen. Sein Pferd hatte alle vier Beine in den Boden gestemmt, bleckte die Zähne und blies fleckigen Schaum.

Kleitos ließ sich vom Rücken des Tiers gleiten und schob den Helm in den Nacken. »Der Zorn des Achilles«, murmelte er; seine Augen folgten den Reitern und Fußkämpfern, die wie eine tosende Flut die Hügel umspülten. Die Hügel, auf denen fünftausend hellenische Söldner standen, in ordentlichen schimmernden Reihen. Hopliten, die unter Memnons Befehl das Flußufer hätten hüten und verteidigen können, die nicht in den Kampf eingegriffen hatten, nicht hatten eingreifen dürfen, weil der Sieg und der Ruhm und die Ehre den Satrapen und ihren Kriegern gehören sollten.

Ein paar Offiziere aus Parmenions Stab kamen langsam angeritten, gefolgt von Parmenions thessalischer Leibtruppe. Ptolemaios und Kleitos sahen, wie der alte Stratege zu den Hügeln schaute, ächzte und einen Moment die rechte Hand vor die Augen legte.

»O nein, das nicht. Oh, nicht das auch noch.«

Kleitos berührte das Knie des Strategen; seine Hand bebte. »Jemand muß das verhindern ...«

Parmenion entblößte die Zähne. »Ja. Aber wer soll *ihn* aufhalten?«

Im Durchgang vom kleinen zum großen Zelt blieb Alexander stehen, wandte sich um und sagte: »Verbrenn die blutigen Fetzen.« Dann trat er in den Kreis der Offiziere und Gefährten. Er trug frische Kleidung, hatte gebadet und leuchtete hell. Bis auf Hephaistion trugen die anderen ihren Schmutz, ihr Blut und ihre Wunden unbehandelt.

Alexander blickte sich um, wandte sich an die Schreiber, die neben dem Haupteingang standen. »Die Namen unserer Toten? Fertig? Gut. Ihre Familien erhalten allen Besitz, Sold für drei Monde und Befreiung von Steuern.« Langsam setzte er hinzu: »Sie sollen geehrt sein. Ihr Name lebt fort. Eumenes!«

Der fette Hellene war bereits gründlich betrunken; er lag auf einer Kline und hob mühsam den Kopf. »Alexander?«

»Bist du noch fähig, das alles abschreiben und einordnen zu lassen?«

»Für dich immer, o mein König-nig.« Er stand auf, taumelte ein paar Schritte, stürzte über einen Schemel und blieb auf dem Boden liegen.

Niemand lachte. Parmenion starrte in die Flamme eines Öllämpchens, beide Hände um einen Becher gelegt. Kleitos hustete.

»Was geschieht mit den gefangenen Hellenen?«

Alexander nahm den Silberbecher mit Wein, den Hephaistion ihm reichte. »Wo ist Kallisthenes?«

»Hier.« Aristoteles' Neffe hatte in einer Ecke leise mit Nearchos gesprochen; nun kam er zum König. Dabei stieß er Ptolemaios beiseite, der im Weg stand. Alle standen. Bis auf Eumenes. Fast alle tranken. Die Speisen auf den Tischen waren unberührt.

»Schnapp dir ein paar von *unseren* Hellenen, Offiziere der Bundestruppen, und stell fest, wer von den Gefangenen Athener ist. Absondern; ich weiß noch nicht, was wir mit ihnen machen. Die übrigen – gefesselt nach Makedonien, zur Zwangsarbeit, in den nächsten Tagen.«

Gemurmel begann, brodelte, erstarb wieder; alle Augen hingen an Alexander.

Parmenion nickte langsam. »Du hast recht, Alexander. Ich hatte es nicht gleich begriffen.«

Alexander lächelte und trank einen Schluck Wein.

»Was begriffen?« sagte Demetrios heftig. »Was hat es für einen Sinn, Alexander, wie ein toller Wolf über die hellenischen Söldner herzufallen, die nicht gegen uns gekämpft haben in der Schlacht, drei Fünftel zu töten und die anderen zu versklaven?«

Viele Offiziere knurrten zustimmend; andere nickten stumm.

Alexander hob die Brauen; er schien völlig unbeteiligt. »Ihr wißt doch alle, wie sehr uns die hellenischen Städte lieben, nicht wahr?« Ein paar Männer lachten. »Auch du weißt es, Demetrios. Athen ist wichtig. Wir müssen uns die Athener gewogen halten – so gut es geht. Die anderen folgen, wohin Athen geht. *Aber:* Die anderen müssen wissen, was sie erwartet, wenn sie als Söldner oder Verbündete der Perser antreten.«

Langsam entspannten sich die Gesichter; die meisten Männer schienen zu begreifen. Viele nickten, einige lächelten.

Parmenion sah Alexander lang an. »Hast du dies schon bedacht vor ... vor dem Gemetzel?«

Alexander stellte den Becher ab, trat zu Parmenion und legte ihm beide Hände auf die Schultern. »Ist das wichtig, Parmenion, mein Vater – solange es richtig ist?«

Perdikkas gluckste. »Wie willst du denn die Athener bei Laune halten? Sie werden weinen, wenn sie von unserem Sieg hören.«

Alexander drehte sich um; sein Lächeln war sehr schräg, sehr gehässig. »Mit einer Gabe – einer Gabe wie Honig, in dem viele Stacheln stecken.«

»Und zwar?«

Alexander schloß die Augen. »Dreihundert der besten erbeuteten Rüstungen für Pallas Athene, mit dem Schriftschild: Von Alexander, Sohn Philipps, und den anderen Hellenen außer den Spartanern, aus der Beute von den Persern, die Asien bewohnen.«

Zum ersten Mal brach Gelächter los. Antigonos der Einäugige klatschte in die Hände. »Außer den Spartanern ... Das ist gut, das gefällt mir. Den Spartanern wird es auch gefallen. Aber warum dreihundert Rüstungen, Freund?«

Alexander öffnete die Augen; er griff nach dem Becher, hob ihn und blickte Antigonos über den Rand hinweg an. »Dreihundert Unsterbliche, mein Freund, haben unter König Leonidas von Sparta die Thermopylen verteidigt, bis zum letzten Blutstropfen, gegen das Heer des Xerxes. Dreihundert Spartaner. Diesmal wollte Sparta nicht – nicht unter Führung der makedonischen Barbaren. Damals waren keine Athener dabei. Diesmal, Freunde, auch nicht – außer einigen Söldnern bei den Persern. Keiner bei uns. Deshalb dreihundert – für die Göttin Athens.«

Ptolemaios lehnte das Gesäß ans Kopfstück einer Kline; er nippte an seinem Wein und kaute immer wieder grinsend auf dieser kostbaren höflichen Unverschämtheit herum. Müdigkeit lähmte seine Glieder, nur der Kopf war wach, überwach. Ein Teil von ihm lauschte den klaren, wohlgesetzten Worten, mit denen der König den Freunden, Gefährten, Edlen und Offizieren dankte; ein zweiter Teil tastete sich zurück zur Schlacht, um noch einmal Grauen und Verzückung zu kosten. Die Gefechte ohne Zahl und Namen, in thrakischen Wäldern und illyrischen Schluchten, selbst der Tag in der Ebene von Chaironeia, sie alle waren ausgelöscht. Das Geschrei der Hauptleute, Schall und Tosen. Ein weiterer Teil wunderte sich über die Helligkeit des Zelts, die weiß durchscheinenden Stoffbahnen, erleuchtet nur von zwei kargen Öllampen. Dann begriff er, mit lautlosem Stöhnen, daß es früher Nachmittag war; daß nicht Abend und Feier und Feuer und Ruhe, sondern lange Stunden der Arbeit vor ihm und den anderen lagen. Der Kampf hatte etwa eine Stunde nach Sonnenaufgang begonnen, nicht länger als eine Stunde gedauert, noch einmal eine Stunde das entsetzliche Blutbad auf den Hügeln. In seiner Erschöpfung konnte er sich nicht einmal erinnern, wieder durch den Fluß gegangen oder geritten zu sein, um das Zelt des Königs zu erreichen.

Man hatte die Karren und den übrigen Troß fast bis zum Westufer des Granikos gebracht; Sklaven, Troßknechte, Fußkämpfer aus an der Schlacht kaum beteiligten Einheiten und Männer der technischen Truppen, allesamt Drakon unterstellt, hatten die nötigen Dinge über den Fluß geschafft und dort unter Aufsicht der Heller begonnen, die Verwundeten zu versorgen. Ptolemaios sah, wie Drakon einen von Eumenes' Schreibern festhielt.

»Du wirst die Liste der ruhmreichen Toten ergänzen müssen«, sagte er.

Philippos, Bindenschlangen um den Hals und allenthalben von Blutspritzern besudelt, ächzte leise. Drakon hob eine Braue und zog dann ein langes, glitzerndes Messer aus dem Gürtel.

»Hier, Junge. Du hast noch nicht alles gelernt.«

Dann wandte er sich ab und ging dorthin, wo Alexander neben ein paar Leichtverwundeten kauerte, mit ihnen sprach und lachte, sich erzählen ließ, welchen Heldentaten sie ihre Wunden verdankten. Philippos starrte einen Moment in den Himmel, bewegte lautlos die Lippen, betrachtete den langen Dolch. Ptolemaios verlor ihn für kurze Zeit aus den Augen; endlich kamen die Männer, auf die er gewartet hatte: der lange Emes und ein weiteres Dutzend Hopliten aus der Taxis des Krateros. Auf Befehl des Königs sollte Ptolemaios mit Hilfe einiger Gefangener und unterstützt von eigenen Leuten die gefallenen Perser sammeln und sichten, die Edlen und die Schlichten trennen, die Namen der toten Führer verzeichnen und alle zur Bestattung vorbereiten. Krateros und seine Leute hatten erst spät in die Schlacht eingegriffen und waren nicht allzu erschöpft; außerdem konnte Ptolemaios sich darauf verlassen, daß Emes und die von diesem ausgesuchten Kameraden schlimmstenfalls die Hälfte der wertvollen Dinge einstecken würden, die ein beliebiger anderer Trupp hätte verschwinden lassen.

Aber für seinen Geschmack waren ohnehin zu viele Männer auf dem Schlachtfeld. Perdikkas ließ drüben an den Hügeln von Gefangenen und ein paar Makedonen die toten Söldner plündern, zusammentragen und eine riesige Grube ausheben. Drakon und Philippos mit anderen Heilern und Helfern kümmerten sich um die Verwundeten; Alexander, Parmenion und andere gingen umher und sprachen mit den Überlebenden; Hephaistion stand neben dem wachsenden Berg aus Waffen und Rüstungsteilen der gefangenen und gefallenen hellenischen Söldner und beaufsichtigte deren Bewachung und Versorgung. Ptolemaios unterdrückte ein Grinsen; die hochmütigen Edlen Hephaistion und Perdikkas hätten gewiß andere Tätigkeiten vorgezogen. Aber insgesamt …

Er steckte zwei Finger in den Mund und pfiff, lang und schrill. Von den weit über zweihundert Männern, die auf dem Schlachtfeld umherwanderten, sich immer wieder bückten und dann weitergingen, zuckten viele zusammen und schauten herüber.

Erigyios, der langsam das Ufer entlangritt, trieb sein Pferd zu Ptolemaios.

»Ist was?«

Ptolemaios deutete allgemein über das Feld. »Kannst du dir ein paar Mann schnappen und all die zusammentreiben, die nicht Drakon oder mir helfen?«

Erigyios kniff die Augen zusammen. »Plünderer, was? Da wird gründlich gefleddert. Fehlt hinterher alles in der Kriegskasse. Ist gut; ich kümmer mich drum.«

Wenige Momente später entstand, wie aus dem Boden gestampft, eine Sperrmauer zwischen Schlachtfeld und Fluß; Erigyios hatte in der Nähe lagernde Thessalier aus Parmenions Kerntruppe aufgetrieben.

Erleichtert wandte sich Ptolemaios wieder seiner Aufgabe zu. Der persische Offizier neben ihm – aus der Leibwache des geflohenen Satrapen Arsites – weinte, als er aufgereiht nebeneinander liegende Gefallene abschritt. Er raufte sich die Haare und zerriß sein Brustgewand. Aus der Zeit, da Laomedon ihnen in der Verbannung Persisch beigebracht hatte, waren Ptolemaios genug Brocken geblieben, um sich mit dem Mann zu verständigen; nach und nach begriff er, was den Offizier so sehr erschütterte.

Es war nicht die Menge der Toten. Ein Gefallener ist ein schlimmer Anblick, zwei, drei, vier ebenfalls, und irgendwie wird es in der Wiederholung, nach der fünften oder sechsten Schlacht, nicht leichter für den, der sie anzufassen, auszuziehen und zu begraben hat. Aber die Menge vervielfacht das Entsetzen nicht. Bei Chaironeia und in Thrakien hatte Ptolemaios Schlimmeres gesehen, größere Leichenberge, auch gräßlichere Verletzungen. Es mochten vielleicht 600 gefallene Perser sein, die hier zusammengetragen wurden; Perdikkas' Leute bei den Hügeln hatten fast 3000 tote Söldner zu verarbeiten.

Es war nicht die Menge; es waren die Namen und Gesichter. Die mit dem Großkönig verwandten Tausendschaftsführer Roisakes, Niphates und Petines. Spithridates, Satrap von Lydien und Ionien. Mithrobarzanes, Satrap von Kappadokien. Mithradates, Schwiegersohn des Großkönigs Dareios. Arbupales, Sohn des Dareios und Enkel des Artaxerxes. Pharnakes, Bruder der Gemahlin des Dareios. Omares, Führer aller Söldnertruppen im persischen Westheer.

Je länger die Liste wurde, desto deutlicher begriff Ptolemaios, was das wirkliche Ergebnis der Schlacht war. Die in Hellas unbesiegten, unbesiegbaren Reiter und Fußkämpfer, von Philipp und Parmenion zu einer wunderbaren Waffe geschmiedet, hatten ihre Unbesiegbarkeit in Asien bewiesen, geführt von Alexander. Die Verluste der Gegner waren geringer als in vielen Kämpfen mit vergleichbarem Einsatz – aber es war das einzige Heer zwischen dem Hellespont und Babylon. Von den fast vierzig Tausendschaften, die geflohen waren – neben den 2000 Hellenen hatte man kaum 500 Perser gefangen –, würden die meisten im Land versickern, heimkehren in die Küstenstädte, in denen man sie angeworben oder ausgehoben hatte; andere mochten Zuflucht suchen in Festungen, sich örtlichen Strategen unterstellen und auf neue Befehle des Großkönigs warten. Aber bis Dareios selbst aus den Tiefen Asiens ein neues Heer heranführte, würde es keinen großen geordneten Widerstand mehr geben, nur Belagerungen und Scharmützel.

Denn sie hatten das Westheer des unermeßlichen Reichs enthauptet. Memnon, dem die Perser aber mißtrauten, war entkommen, ebenso der Satrap des nördlichen Phrygien, Arsites. Alle anderen Führer, die das westliche Asien einigen und ein neues Heer hätten aufstellen können, lagen hier, in tapferem Kampf gefallen. Ptolemaios dachte an die 56 Hetairen, 137 sonstigen Reiter und 211 Fußkämpfer, Makedonen und Verbündete, die nicht mehr lebten; die meisten von ihnen gefallen bei den Hügeln, gegen die hellenischen Söldner, deren Angebot, sich zu ergeben, Alexander abgelehnt hatte. Zu viele, viel zu viele, aber andererseits: der Preis. Kallisthenes würde zweifellos die Anzahl der toten Feinde verdoppeln, die der eigenen Gefallenen dritteln, Alexander die Auseinandersetzung mit Parmenion und die Schlacht an einem

Tag gewinnen lassen; sei's drum. Er würde in gewisser Weise recht haben, ohne es – als Nichtkämpfer – zu wissen. In seinen schönen Berichten, weniger Aufzeichnung denn Instrument der Beeinflussung, wäre es inzwischen der nächste Tag, da die Schlacht ja nachmittags stattgefunden haben würde. Der Tag nach der Schlacht, mit hochtrabenden Reden und der feierlichen Bestattung der Gefallenen beider Seiten. Es war der nächste Tag für Ptolemaios, und für viele andere, die sich kaum noch auf den Beinen halten konnten – als hätten sie in wenigen Stunden mehrere Tage zurückgelegt, ohne auszuruhen; vielleicht ein halbes Leben.

Zwischen toten Pferden fanden Emes und seine Leute einen Mann von Nikanors Hypaspisten; er war bei Bewußtsein, heulte dumpf, als sie ihn bewegen wollten, und er war entsetzlich verstümmelt. Ptolemaios pfiff wieder und winkte Philippos herbei, der nicht weit entfernt neben einem anderen Verletzten gekniet hatte. Die Hand des Arztes, der wie so viele andere in Mieza Schüler des Aristoteles gewesen und an anderes gedacht hatte, krampfte sich um den Griff des langen Messers; die Knöchel traten weiß hervor.

Er legte die andere Hand auf die Stirn des Wimmernden. »Sieht nett aus, Mann«, sagte er. »Ich glaub aber, ich kann dir helfen. Wird einen Moment weh tun. Also, halt mal kurz die Luft an, Augen zu, und denk dran: nicht lachen.« Der Verwundete entspannte sich; Philippos stieß ihm die lange glitzernde Klinge ins Herz.

»Zweihundertzwölf«, murmelte Ptolemaios.

In der Nähe der Grabhügel, im Schein von Fackeln und Feuern, sichteten die Leute von Harpalos die besseren Teile der Beute (abzüglich der 300 Schmuckrüstungen, sämtlich vergoldet, die nach Athen geschickt werden sollten), während die Waffenschmiede und ihre Helfer die Vorräte an schlichten Rüstungen, Schwertern, Lanzen und sonstiger Ausrüstung prüften: was noch verwendbar war, was eingeschmolzen werden konnte, was nicht einmal dazu taugte. Bis auf diese beiden Trupps, dazu die Gefangenen und ihre Bewacher sowie die Verwundeten und ihre Pfleger, hielten sich alle anderen wieder auf dem Westufer auf, im Lager.

Ptolemaios torkelte vor Müdigkeit; aber bevor er in seinem Zelt zusammenbrechen durfte, gab es noch etwas zu tun. Er tat es ungern, aber er wußte, wie knapp die Vorräte an Münzen und münzbarem Metall waren, wie dringend sie die Beute brauchten; und daß man trotz der Aussagen von Gefangenen das Feldherrenlager der Perser noch nicht gefunden hatte. Dort mußte der Kriegsschatz sein – wenn es nicht den Geflohenen gelungen war, alles mitzunehmen. Aber darum würden er und Philotas sich am nächsten Tag kümmern.

Er zog den dunklen Umhang enger, verdeckte sein Gesicht mit der schlaffen Kapuze und näherte sich dem Feuer, an dem die Leute saßen, die Emes ausgesucht hatte. Niemand sah ihn kommen. Die Kämpfer hockten auf den Fersen, auf Decken, auf dem Boden, tranken Wein und Wasser, aßen Brot und kaltes Bratfleisch, getrocknete Früchte, einer knabberte an einer Zwiebel, die er irgendwo auf dem Schlachtfeld – vielleicht im Beutel eines Gefallenen – gefunden haben mußte.

Emes, ein riesiger Rücken und lange flackernde Schatten, hielt einem der Kameraden etwas hin. »Pack mal an; ich ziehe.«

Der andere faßte zu; Emes zerrte und zerrte und grunzte schließlich. »Götter! Sitzt ja vielleicht fest! Wie hat der die je drauf gekriegt?«

Er zog das Messer aus dem Gürtel und hielt den Gegenstand des Gezerres hoch. Es war eine Hand, am Gelenk abgeschnitten. Auf jedem der vier Finger steckten zwei Ringe, nur der Daumen war ärmlich nackt. Emes trennte den kleinen Finger von der Hand. »Nicht zu reden von kämpfen. Könnte einer von euch ein Schwert halten, mit dem ... Gepäck?«

Sie lachten. Einer der Männer fuhr mit den Fingerspitzen über einen Schwertgriff, der mit rötlich und grünlich schimmernden Steinen besetzt war. »Kommt drauf an.« Er hob die Schultern. »Angeben kann man bestimmt fein damit, aber kämpfen?«

Drei der Männer zählten Münzen aus einem Lederbeutel; sie machten zwölf Häufchen daraus. Andere untersuchten die Lichter des Feuers in den Krümmungen vergoldeter Rüstungsteile. Ein Hoplit klopfte den Brustpanzer eines Fürstenpferdes ab, offenbar reines Gold; der neben ihm zeigte den mit Gold und funkelnden Steinen geschmückten Kopfputz eines Pferdes herum.

Endlich war es Emes gelungen, die Ringe von den Fingern zu lösen. Er hielt einen ins Licht. Der Stein schien zu flakkern; das verwandelte Feuer troff aus ihm in die Nacht, wie flüssiges Lodern eines fernen Sterns. »Nett. Aber wie teilen wir den ganzen Kram?«

»Ich hab nen Vorschlag für euch Gauner«, sagte Ptolemaios.

Sie zuckten zusammen, fuhren herum; er streifte die Kapuze ab und stand mühsam auf. Hinter sich hörte er Schritte.

»In dem Beutel da, was ist das? Die Münzen? Statere? Dareiken? Jedenfalls Gold. Jeder eine, Jungs; den Rest« – er schälte sich aus dem Umhang und warf ihn neben Emes auf den Boden – »packt ihr da rein; ich bring ihn zu Harpalos.«

Keiner sagte etwas; sie starrten auf ihre Füße oder auf einen Punkt hinter Ptolemaios. Er drehte sich um; dort stand Hephaistion, die Augen düster, die Lippen zu einem schmalen Strich gepreßt.

»Wird's bald?« Ptolemaios wandte sich wieder den Hopliten zu. Langsam, widerstrebend, sammelte Emes die kostbaren Dinge ein und ließ sie ohne hinzusehen in den Umhang fallen.

»Weitermachen.« Ptolemaios grinste müde, bückte sich, band den Umhang zum Beutel und gähnte. »Und laßt euch nicht mehr bei so etwas erwischen, Freunde. Plünderung gibt's nur, wenn sie ausdrücklich erlaubt oder befohlen wird.«

Hephaistion begleitete ihn ein paar Schritte. »Nur um diesem Abschaum keinen Zwist zwischen Offizieren vorzuführen, hab ich nichts gesagt«, knurrte er. »Bist du wahnsinnig? Die gehören alle ausgepeitscht – und du gibst jedem zwanzig Tage Sold!«

»Danke für dein Schweigen am Feuer«, sagte Ptolemaios durch die Zähne. »Das ist kein Abschaum; es sind Makedoniens beste Krieger.«

»Bauernlümmel.«

»Nimm alle Bauernsöhne aus der Phalanx, hochedler Hephaistion; was bleibt dann noch, um Schlachten zu gewinnen?«

»Kein Grund, sie wie edle Männer zu behandeln!«

»Tu mir einen Gefallen, ja? Nachdem du, edler Fürstensohn, Zögling des Aristoteles, *hetairos* und Buhlknabe des Königs, am Feuer so nett geschwiegen hast – halt doch einfach die Fresse. Erzähl's Alexander, wenn du willst, aber ...«

»... worauf du dich verlassen kannst!«

»... aber laß mich in Ruhe. Du hast mir nichts vorzuschreiben.«

Vor Morgengrauen weckte ihn der Knabe. Ptolemaios fühlte sich immer noch zerschlagen; mürrisch leerte er einen Becher mit heißer Flüssigkeit und kaute auf etwas Zähem, ohne das geringste zu schmecken.

Philotas wartete bereits; mit ihm warteten zwei Abteilungen Hetairenreiter und eine Abteilung Thessalier, zusammen 150 Mann. Sie ritten durch den Fluß, vorbei an den Gräbern, an den Hügeln; sie folgten einem Hinweis, den Drakon von einem leichtverletzten Perser erhalten hatte. Zwei Stunden später, als das Morgengrau zum Morgen wurde, erreichten sie etwa dreieinhalb Parasangen südöstlich des Flusses ein Tal mit einem Bachlauf; dort fanden sie Spuren und galoppierten weiter.

Das Fürstenlager der Perser, eilig abgebrochen und auf Karren und Packtiere geladen, war ein langer, langsamer Zug zwischen braungrünen Hängen. Diener, Sklaven, ein paar Mann Bedeckung, vielleicht drei Dutzend geflüchtete Kämpfer – mehr nicht. Mit ein paar Männern ritt Ptolemaios weit über die Spitze des Zuges hinaus und fand frische Hufspuren und die Abdrücke von Karrenrädern.

»Da gibt's noch mehr«, sagte er, als er zu Philotas zurückritt, der Anweisungen gab und zusah, wie die Karren und Tiere in einem Halbkreis geführt und zur Rückkehr zum Granikos gezwungen wurden.

Parmenions Sohn grinste. »Du klingst gierig. Herakleitos sagte, Krieg sei der Vater aller Dinge. Gier muß die Mutter sein.«

Ptolemaios lachte. »Sehr schön, Philotas. Nebenbei – ich liebe diese Mutter; wenn ich die Augen behalten darf, werd ich da glatt zu Oidipus. Außerdem – was immer da zu finden ist, wir brauchen es.«

Philotas nickte und deutete auf die Karren. »Nach dem ersten Durchsuchen sieht's so aus, als ob hier nur kleine Mengen Münzen wären. Kein Kriegsschatz. Wo mag der sein?«

»Wieviel Mann kann ich haben?«

»Reichen fünfzig?«

Ptolemaios hob die Schultern. »Muß wohl reichen. Schick mir noch ein paar, sobald du welche entbehren kannst.«

Philotas beugte sich zu ihm herüber und schlug ihm auf die Schulter. »Gutes Jagen!«

Sie galoppierten los, überquerten einen kleinen Fluß, folgten einem langgestreckten Hügelzug, kamen in ein grünes Tal mit niedergebrannten Häusern – einige rauchten noch – und jagten durch einen nicht allzu hoch gelegenen Paß. Von dort sahen sie, was sie gesucht hatten: einen weiteren Zug mit Karren und Packtieren. Die wenigen Berittenen, die ihn begleiteten, leisteten kaum Widerstand, als die Hetairenreiter sie umzingelten und den Zug anhielten.

Ein besonders prächtiger Karren, eher ein Schiff, mit acht Rädern und vier Achsen, gezogen von zwölf Pferden, erregte sofort Ptolemaios' besondere Aufmerksamkeit und Zuneigung. Mit einigen Begleitern ritt er dorthin, befahl den drei Männern, die den Wagen lenkten, sofort abzusteigen, und ließ einen seiner Leute mit dem Schwert den schweren, bestickten Vorhang öffnen.

Innen war ein Palast, mit kostbar geschnitzten Möbeln und Truhen. Auf einem Lager aus unbezahlbaren, feinstgeknüpften Teppichen lag ein sehr fetter, alter, kahlköpfiger Mann. Er war in gelbe und schwarze Tücher aus Seide gewickelt und trug Ringe an sämtlichen Fingern und in den Ohren. In einer Hand hielt er einen wunderbar gearbeiteten Rankenkelch aus Gold, in der anderen ein halbes gebratenes Huhn. Zwischen seinen haarigen Beinen kniete eine nackte Sklavin, die sich mit Mund und Händen um sein Wohlergehen bemühte. Der fette Mann zeigte keinerlei Überraschung oder Empörung, als der Vorhang zerschlitzt wurde. Er knurrte etwas; das Mädchen kroch über sein rechtes Bein und verbarg sich hinter dem Teppichstapel. Beinahe freundlich wedelte er mit dem Huhn, hob den Kelch, trank Ptolemaios zu.

»Wie ersprießlich, auf der Straße liebenswerten Fremden zu begegnen«, sagte er. »Trübsinnig ist es, ja, und ohne jedes Ergötzen für einen alten Mann, allein zu reisen.«

»Wahrlich, sehr ohne Ergötzen.« Ptolemaios sprang vom Pferd auf den Palastkarren. »Überhaupt einer der trübsinnigsten Anblicke, die ich je sah. Wer bist du?«

Der fette alte Mann lächelte wieder und neigte das kahle Haupt. »Bagoas lautet der nicht erwähnenswerte Name. Fünfundsechzig Jahre habe ich vergeudet, ehe mir das Vergnügen ward, dein edles Antlitz schauen zu dürfen.«

Ptolemaios grinste, kratzte sich den Kopf und öffnete den Mund. Die Pferde, unruhig ob des Getümmels um sie her, machten plötzlich ein paar Schritte, ehe die Makedonen sie wieder zum Stehen bringen konnten. Der Karren rumpelte über einen Stein; Ptolemaios wäre fast gestürzt, konnte sich aber aufrecht halten, indem er nach dem kostbaren Tuch über sich griff. Es riß; blauer Himmel wurde sichtbar.

»Alt und brüchig, ohne jeden Wert«, sagte Bagoas. »Ich schulde dir Dank für die Güte, daß du mir die erbärmliche Beschaffenheit des Tuchs zeigst.« Er biß in sein Huhn; die Augen waren kalt und scharf. Ptolemaios nickte langsam und rief einen Befehl.

Der Palastkarren bewegte sich – ein Halbkreis, zurück nach Nordwesten.

»Es ist unziemlich, der Eile zu frönen, wenn man in guter Gesellschaft ist«, sagte Bagoas. »Laß mich teilhaftig werden deiner Honigstimme, edler Makedone. Habe ich vielleicht wesentliche Dinge vergessen beim Aufbruch heute früh?«

Ptolemaios grinste wieder. »Ich will den Honig meines Namens in dein Ohr ergießen, o würdiger Bagoas. Ptolemaios, Sohn des Lagos – damit ich nicht unhöflich erscheine.«

Bagoas nickte überaus freundlich. »Sehr zuvorkommend. Und welche Ehre. Jener Ptolemaios, von dem es heißt, sein richtiger Vater sei Philipp?«

Ptolemaios starrte ihn einen Moment fassungslos an.

Bagoas lächelte. »Eine unverdiente Ehre, wahrlich. Und – reisest du allein, oder mit feinen Gefährten?«

Ptolemaios grinste, mit entblößten Zähnen. »Feine Gefährten, ja, und viele. Du brauchst es gar nicht erst mit schäbigen Schlichen zu versuchen, falls du das vorhattest.«

Bagoas leerte seinen Kelch. »Schliche? Der arme alte Bagoas kennt viele Lieder, auch ein paar Tanzschritte, aber Schliche?«

Auf dem langen Rückweg zum Granikos ließ Ptolemaios zwei Reiter neben dem Karren. Bagoas blieb auf seinen Teppichen hocken und zeigte sich nicht. Gegen Mittag kam ihnen Philotas mit mehreren Dutzend Hetairen entgegen.

»Ich hab nen sehr schrägen Fisch an Land gezogen«, sagte Ptolemaios mit einem Grinsen.

»Sieht aus, als ob da ein bißchen Geld drin wäre.« Philotas ritt neben ihm, nach einem schnellen Blick in den Wagen. »Bist du sicher, daß du alles hast?«

Ptolemaios nickte. »Ich hab ein paar Leute weiter vorreiten lassen – keine Spuren mehr, außer von verstreuten Flüchtenden. Nee, das da drin dürfte alles sein. Und *das da* ist sehr schwer und stinkt nach Macht und Reichtum.«

Philotas hob die Schultern. »Soll Alexander sich mit befassen. Ich frag mich bloß, wo der Rest der Perser abgeblieben ist.«

»Früher oder später finden wir die irgendwo, keine Sorge.« Ptolemaios lächelte. »Die müssen für sich selber sorgen. Oder hattest du vor, sie liebevoll zu pflegen?«

3. WAHRHEITEN UND WAFFEN

Für den größten Teil des Heeres war der Tag nach der Schlacht ein Tag des Ruhens und Räumens. Abteilungen aller Reitertruppen – Aufklärer, Hetairen, Thessalier, Thraker, Hellenen – waren im Land unterwegs, um festzustellen, wohin die fliehenden Perser sich wandten, wo die entkommenen Führer wie Memnon oder Arsites sein mochten, ob wirklich alle Teile des gegnerischen Lagers gefunden waren, und überhaupt, was sich in der weiteren Umgebung abspielte. Die übrigen Kämpfer schliefen, aßen, würfelten, reinigten sich, belästigten die Versorger, warteten darauf, daß nach dem Sieg endlich die Händler des nördlichen Phrygien ihre umwallten Städte verließen und zu ihnen kamen, ohne Furcht vor der Rache des Satrapen.

Arbeit gab es jedoch für die Offiziere der Truppen und Stäbe, natürlich für die Heiler und Pfleger, außerdem für die Versorger und Teile der übrigen Nichtkämpfer. Die aus sieben bisher gefundenen Lagern herbeigeschafften Vorräte des Gegners waren zu sichten, aufzulisten, umzupacken; die Beute an Münzen oder nach Schmelzung münzbarem Metall mußte gezählt und gewogen werden; Schmiede und Waffenmeister prüften die Güte von vielen tausend Schwertern, Panzern und Speerspitzen – letztere wurden, wenn sie noch verwendbar waren, von den minderwertigen Schäften gelöst, mit neuem Lanzenschuh versehen und erhielten dann den harten Schaft aus Kirschholz. Alexander war mit seinen engsten Beratern den ganzen Tag im Lager unterwegs, immer gefolgt von Eumenes oder mehreren von dessen Schreibern, zur verläßlichen und umfassenden Führung der Königlichen Tagebücher, und von Kallisthenes und seinen Helfern.

Artistoteles' Neffe blieb ungewöhnlich still – weniger weil er, Parmenions Rat befolgend, seine Zunge hütete, sondern weil die Menge, Vielfalt und Verschiedenheit der Dinge ihn überwältigte: Chaos für ihn, Kosmos für die Männer des Heers.

»Merk dir die Zahlen, oder schreib sie auf.« Alexander lächelte spöttisch, als er sah, wie Kallisthenes und seine Männer die tragbaren Pulte umhängten und in den Ledertaschen kramten, ob dort auch genug Wachstäfelchen seien. »Und bevor du später alles auf Papyros festhältst, wollen wir die Zahlen vergleichen. Sie stimmen nämlich nie.«

»Was stimmt an ihnen nie?«

Alexander kaute auf der Unterlippe; dann lachte er. »Man muß sie berichtigen, für die Empfänger deiner Briefe. Du wirst zum Beispiel feststellen, daß nur fünfundzwanzig Hetairenreiter im Kampf gefallen sind.«

»Aber ...«

»Ich weiß, die Zahl der Toten ist größer. Aber – die übrigen wurden verletzt und starben *nach* der Schlacht. Sie gehören also nicht in die Liste – jedenfalls nicht in die Briefe, die du nach Athen schickst, zum Ergötzen der Hellenen, die ob des gewaltigen Sieges in Treue und Begeisterung verstummen sollen. Ferner, und das kannst du nicht wissen, werden etwa doppelt so viele Perser gestorben sein, wie bisher gestorben sind.«

Kallisthenes grinste; das Spiel gefiel ihm. »Woran sind sie gestorben, und wann?«

Alexander breitete die Arme aus. »Bei unseren Männern sind wir genau, weil wir genau sein können. Hier können wir unterscheiden, wer in der Schlacht, gleich nach der Schlacht oder Tage später stirbt. Beim Gegner nicht, weil wir nicht dabei sind. Hier dürfen wir keine genauen Unterschiede machen, verstehst du, weil Genauigkeit allzu kleinlich wäre. Nach alter Erfahrung sterben viele bei der überstürzten Flucht; andere verirren sich in der Gegend und verhungern oder verdursten. Wenn, sagen wir, fünfhundert Perser gefallen sind, kannst du von tausend Toten ausgehen.«

»Muß man das immer verdoppeln?«

»Nein, keineswegs. Das hängt von den Umständen ab. Wenn um uns Wüste wäre, müßten viele Flüchtende verdursten – mehr als fünfhundert. Wenn, andererseits, das Gemetzel besonders furchtbar gewesen wäre, könnte eine Verdoppelung leicht dazu führen, daß mehr Gegner gefallen sind, als zunächst überhaupt in die Schlacht zogen. Dann muß man das Heer der Feinde entsprechend vergrößern.«

Kallisthenes hüstelte; Eumenes warf ihm einen beinahe hämischen Seitenblick zu. »Es ist also auf jeden Fall tunlich, der Wahrheit auszuweichen, um nicht mit ihr zusammenzuprallen?«

Alexander lachte. »Viele haben sich dabei verletzt. Aber was ist Wahrheit? Hier ist Wahrheit das, was wir wissen müssen, um handeln zu können – wir brauchen die genauen Zahlen. In Hellas, vor allem in Athen, ist Wahrheit das, was uns und unserer Sache nützt.«

Kallisthenes achtete auf die feinen Unterschiede; seine Briefe an Aristoteles enthielten zumeist beide Wahrheiten. Ihm berichtete er, wie Alexander mit jedem Führer jeder Ile sprach, die aus 16 Reihen zu je 16 Mann bestand, und wie die Ilarchen berichteten, daß etliche Reihen nunmehr verkürzt seien. Nur bei den Fußkämpfern gab es größere Einheiten – zwei Ilen eine Pentekosiarchie, deren drei zusammen eine Taxis. Daß die »Fünfhundertschaft« tatsächlich aus 512 Kämpfern bestand (und jede der sechs Taxeis der makedonischen Hopliten somit aus 1536 Männern), störte ihn zuerst rein sprachlich, aber er gewöhnte sich ebenso daran wie an die Reihenführer, die *dekadarchoi* genannt wurden, obwohl sie nicht 10, sondern 15 Kämpfer führten und selbst der jeweils sechzehnte waren. Nichts, so beschloß er bei sich, würde ihn in diesem Zusammenhang je wieder erstaunen, denn (so schrieb er seinem Onkel) »der *logos* ist unendlich dehnbar, der Geist schweift wie er will, und um das Zusammenleben großer Menschenmengen in Frieden oder Krieg zu erfassen, muß er furchtbar schweifen. Allein die Feststellung, daß die schwere Sarissa, die sechs Schritte lang ist, nur von Fußkämpfern mit beiden Händen gehalten werden kann, ist so erstaunlich wahr, daß demgegenüber die Tatsache einer Ile der thrakischen Reiter, die *sarissophoroi* heißen, weil sie zu Pferd einhändig eben jene Sarissa verwenden, als von ungewöhnlich heftiger Nichtigkeit befallen erscheint. Auch daß die Hopliten der gewöhnlichen Phalanx sämtlich Fuß-Gefährten heißen, was früher der Name der unberittenen Leibwache des Königs war, ist eine dieser weiträumigen Schweifereien; die Leibwache bilden heute, neben den edlen Reitern, die schildtragenden Hypaspisten, und damit sie sich nicht nur durch leichtere Bewaffnung und größere Schnelligkeit von den Hopliten unterscheiden, besteht bei ihnen eine Taxis nur aus vier, nicht wie sonst aus sechs Ilen. Wie in diesem schweifenden Durcheinander allerdings jemand genaue Zahlen, Bedürfnisse, Notwendigkeiten und Vorzüge zu ermitteln vermag? Dazu bedarf es eines weitschweifenden Geistes, edler Aristoteles; aber ich sehe, ich schweife ab. Daher will ich dir ohne Umschweife ferner mitteilen, daß bei einer Reihe von sechzehn Kämpfern der erste der erste, der zweite aber der letzte ist, der dritte hingegen der zweite. Der erste, wichtigste Kämpfer und Führer, der *dekadarchos*, führt die Reihe in den Kampf; der zweitwichtigste Mann geht am Ende, um unziemliche Ausbrüche von Albernheit oder Müdigkeit bei den vor ihm Gehenden zu mindern …

Sie sind wahrlich die Blüte, die Dekadarchen; ich glaube nicht, daß einer von ihnen schreiben kann oder sich nach dem Arschwischen die Finger reinigt, mit denen er es vollbrachte. Alexander – und die Götter wissen, er ist kein Demokrat – kennt sie dennoch fast alle mit Namen; statt als minderes Vieh behandelt er sie als Waffenbrüder, darin Parmenion gleich, den die Jahre im Feld jener Feinheit beraubt haben, die selbst den tüchtigen Demokraten zwischen wertem und unwertem Umgang unterscheiden läßt. Andere, edlere, deren Geist nicht schartig und abgewetzt ist, mißbilligen derlei zutiefst; so sah ich, als der König mit einem Bauerntölpel von Dekardarchen namens Emes belanglose Scherze über des Großkönigs goldenes Bildnis machte, zu dessen Besitz jenem Emes die Gunst des Lagiden Ptolemaios verholfen, düsteren Unmutes Hauch des Hephaistion ebenmäßige Züge bewölken. Auch besaß dieser Emes die Dreistigkeit, den König ohne jede Ehrerbietung mit Namen anzureden und zu verlangen, Alexander möge doch bald entsprechende Bildnisse seiner Anmut fertigen und an die groben Krieger verteilen lassen. Philipps Sohn lachte herzhaft, wie über einen guten Scherz, und klopfte dem Tölpel gar noch auf die Schulter.«

Den ganzen Tag sprach Alexander mit den Führern von Reihen, von Zügen (vier Reihen), von Gruppen oder Halb-Ilen (vier Züge), von Ilen, von Pentekosiarchien, von Taxeis; er lobte und tadelte, lauschte erlogenen Heldengeschichten, ritt durch den Fluß, um abermals nach den Verwundeten zu schauen, wobei er zu Kallisthenes' Entsetzen selbst Hand anlegte, um widerliche Wunden widerwärtiger Hopliten mit Kräutern und Umschlägen zu versehen, und zu Kallisthenes' Ungemach waren eine Handvoll Getreide und ein Becher Wasser, im Stehen eingenommen, die einzige Nahrung während des Tages.

Unter all den Dingen, deren Bedeutung er bezweifelte und deren Zusammenspiel im Gefüge des Heers er kaum erfaßte, verlor Kallisthenes irgendwann völlig den Überblick, und die Geduld. Er hatte das undeutliche Gefühl, wichtige Entwicklungen zu sehen, die er aber nicht in Worte fassen konnte; weniger für seinen Onkel Aristoteles, der ohnehin mehr von allem verstand als Kallisthenes, wohl aber für die wichtigen, mit dem Abschreiben und Verteilen der Briefe in den hellenischen Städten betrauten Männer wollte er auch die Dinge des Kriegs darlegen, die gewaltigen Neuerungen, die Philipp begonnen hatte und die Alexander – wie sein Vater mit Parmenions Hilfe – fortsetzte und ausbaute: die gleichzeitige Verwendung unterschiedlicher Truppen und Waffen zu verschiedenen Zwecken. So ritzte er mit dem Eisengriffel wirre Zeichen in die Täfelchen, rüstete die schnellfüßigen agrianischen Speerwerfer mit dem schweren Kirschholz-Xyston der Hetairenreiter, Thessalier und Hypaspisten aus, machte kurzerhand aus Paionen Thraker und aus Odrysen Illyrer, erklärte die Ile makedonischer Bogenschützen zu Kretern, schlug die Kreter den Leichtbewaffneten zu, verwandelte alle Kataphrakten aus schweren Reitern zu Belagerungsgeräten, warf schließlich seine Tafeln auf den Boden und trampelte unter Wutgeschrei darauf herum, wobei er im Geist bereits einen Brief entwarf, an einen Freund in Athen. Diesem würde er mitteilen, wie sehr er sich nach den schlichten Wirrnissen von Masken und Gewändern, Duftwässern und Rebsorten, Versmaßen und Redefiguren sehne, und daß er statt haariger Kriegerbeine endlich wieder die Vorzüge der enthaarten Schamteile attischer Buhlmaiden begehre. Für seine ihm vom König auferlegten Pflichten verließ er sich im übrigen auf die drei Schreiber, deren Aufzeichnungen er später mit denen des Stabs von Eumenes vergleichen würde.

Nearchos blies gestreuten Sand vom letzten Papyros, als er Demaratos lachen hörte. Der alte Korinther deutete ins Gewimmel des Lagers; er mußte ungeheuer scharfe Augen haben.

»Was ist?«

Demaratos gluckste. »Da. Kallisthenes tanzt.«

Antigonos blickte von seinem künstlichen Auge auf, das er in der linken Handfläche rollen ließ. »Wo?« Er kniff das heile Auge zusammen; dann lachte er auch.

Nearchos stand auf, trat hinter Demaratos und blickte dessen Arm entlang. Er schnalzte leise.

»Hat wahrscheinlich wieder was nicht verstanden und ist wütend, aber immer über andere, nie über sich.«

Antigonos räusperte sich. »Seltsam, wie nah in einer Familie höchste Geistesschärfe und anmaßender Stumpfsinn liegen können. War er immer schon so?« Der ergraute makedonische Offizier blinzelte den Kreter an.

Nearchos setzte sich wieder auf seinen Schemel und legte den Papyros zu den übrigen. »Immer ist ein langes Wort. In Mieza war er zeitweilig zu ertragen; da waren wir ja die dummen Jungs, und er durfte uns etwas beibringen.«

»Warum hat Alexander ihn mitgenommen?«

Nearchos hob die Schultern. »Wegen Aristoteles, nehm ich an. Und aus einer Art Treue; immerhin haben wir ja jahrelang zusammengehockt.«

Demaratos schüttelte sanft den Kopf. »Unterschätzt ihn nicht; seine Zunge ist wie der Zahn einer Viper.«

Antigonos gluckste. »Wahr, edler Demaratos; dafür ist sein Geist hurtig wie, ah, eh, sagen wir, schnellfließend wie Hirsebrei und scharf wie der Blick dieses Auges.« Er hielt den kleinen Ball aus glasiertem Ton hoch, mit dem er gespielt hatte.

»Aber das wiegt der werte Kallisthenes mühelos auf.« Nearchos grinste. »Durch erlesene Eigenschaften wie Eitelkeit und Anmaßung, beispielsweise.«

»Nichts schöner, als an einem lauen Nachmittag die Minderwertigkeit anderer lästernd zu feiern.« Demaratos klopfte auf den Klapptisch. »Wir haben zu arbeiten, Freunde!«

Nearchos starrte auf das künstliche Auge, das Antigonos eben hochhielt und auf sich selbst richtete. »Mann, du machst mich wahnsinnig. Warum steckst du das Ding nicht endlich ein?«

Antigonos seufzte. »Es tut weh. Jedes der künstlichen Augen, die ich bisher hatte, hat weh getan.«

»Dann wirf es weg.«

Antigonos verzog den Mund. »Wegwerfen? Ah, vielleicht in anderer Form wegwerfen, ja – soll ich es dir schenken? Für eines deiner Eier, zum Beispiel?«

Demaratos knurrte. »Erledigt eure Spiele des Abschneidens und Tauschens später. Zur Sache! Haben wir die Kundschafter alle, Nearchos?«

Der Kreter nickte. »Namen, Aufenthalt, letzter Bericht, neue Anweisung.« Er legte die Hand auf die gestapelten, mit einem flachen Stein beschwerten Rollen.

Demaratos lächelte. »Dann wißt ihr soviel wie ich. In der nächsten Schlacht muß ich mich nicht mehr so vorsehen.«

»Du bist unersetzlich, alter Mann, und für einen Korinther ziemlich gut.« Antigonos zwinkerte mit der leeren Augenhöhle. »Was fehlt noch?«

»Die Frage, wohin das Netz der Kundschafter berichten soll.«

Antigonos warf das Auge hoch und fing es auf. »Eine schwierige Frage. Wie hast du das denn gemacht, wenn du in Hellas unterwegs warst? Du bist ja nicht immer in Korinth gewesen, auch nicht in Pella.«

»Das ist wahr, aber man konnte nach Korinth oder Pella berichten, und was wichtig war, wurde weitergeleitet. Und wenn ich ansonsten unterwegs war, konnte ich immer angeben, wo etwa ich wann etwa sein würde. Nur – jetzt, auf diesem Zug?« Er zuckte mit den Schultern. »Wir müssen Orte und Zeiten angeben können. Wie geht es weiter?«

»Das wird sich in den nächsten Tagen finden«, sagte Antigonos. »Beim nächsten oder übernächsten Kriegsrat. Bisher hat Alexander nicht viel dazu gesagt, oder?«

»Ein bißchen.« Nearchos zog eine übersichtliche, an Einzelheiten überreiche Karte unter dem Papyrosstapel hervor. »Zwei Dinge sind klar. Wir müssen die wichtigsten Städte haben; das sind vor allem die Hauptstädte der Satrapien und die Häfen – die Satrapen sind die einzigen, die Widerstand leisten können, sie haben das Geld, Dareios wird für die gefallenen Satrapen neue ernennen; und die Häfen brauchen wir, um unsere rückwärtigen Verbindungen halten zu können und die persische, das heißt phönikische Flotte auszuschalten. Das wäre erstens. Zweitens ist nach allen Berichten und nach dem, was wir durch im feindlichen Lager gefundene Karten wissen, das Binnenland weitgehend unwegsam – Dürregebiete, steinige Hochebenen, Bergketten.«

Demaratos hatte die Augen geschlossen und die Arme vor der Brust verschränkt; er regte sich nicht, und Nearchos begriff, daß all dies eine Prüfung war. Er wollte einen Blick mit Antigonos wechseln, aber der erfahrene Offizier grinste nur leicht.

»Ah, du weißt also auch schon alles? Kleiner dummer Kreter Nearchos, bitte weitermachen mit der Prüfung?«

Demaratos hob ein Lid, das unendlich schwer zu sein schien. »Alle Kreter lügen, wie wir wissen; deshalb unterziehen wir dich dem Verfahren der Wahrheitsfindung. Mach weiter.«

Nearchos ächzte; dann deutete er auf verschiedene Punkte der Karte. »Tyaly Drayahya«, sagte er. »Sparda. Yauna. Karka.«

Antigonos gluckste wieder. »Der Kleine kann Iranisch, toll. Wozu zählst du die Satrapien auf?«

»Weil es um sie geht. Die daskylische Satrapie im Norden, die sardische, die ionische, die karische. Das sind unsere nächsten Ziele. Ich nehme an, hier oben wird es ein paar Aufräumarbeiten geben – vielleicht schickt Alexander Parmenion nach Daskyleion, um Arsites einzufangen und die Lage zu bereinigen. Der Rest des Heers dürfte der Küste folgen, zurück nach Lampsakos und Ilion, dann immer nach Süden. Es ist das beste Verfahren; die Flotte kann uns dabei abschirmen und versorgen. Wissen wir, wo die persische Flotte ist?«

»Im Süden, weit, weit im Süden.« Demaratos gähnte, ohne die Augen zu öffnen. »Phöniker und Kyprer haben Sonderwünsche, man hat es nicht eilig, man ist ohnehin so hoch überlegen, daß ein wenig Zuspätkommen eher den Reiz erhöht. Weiter.«

»Vielleicht kommen wir bis Milet, ehe die phönikische Flotte eintrifft. Dann wird es ... schwierig.«

»Was würdest du tun? Kreter sind ja nicht nur feine Lügner, sondern auch gute Schiffer.«

Nearchos zögerte. »Sie haben die besseren Seeleute, ihre Flotte ist fast dreimal so groß, und unsere besteht vor allem aus unzuverlässigen Hellenen. Ich weiß es nicht.«

Demaratos öffnete die Augen. »Das ehrt dich. Zuzugeben, daß man etwas nicht weiß, ist der wichtigste Hinweis darauf, daß man bereit ist zu lernen.«

»Also, jetzt haben wir Ende Daisios«, knurrte Antigonos.

»Thargelion«, sagte Nearchos; er grinste. »Ich habe mich nie mit euren Monatsnamen anfreunden können.«

»Bah. Sagen wir, bis Ende Gorpiaion – das ist Metageitnion, für euch? Oder meint ihr, wir brauchen länger, bis Milet?«

Nearchos hob die Brauen und deutete zum Nordrand des Lagers, wo Alexander und seine Begleiter sich eben aufhielten, um mit den Thessaliern zu reden. »Frag den Häuptling.«

»Schreib.« Demaratos rümpfte die Nase. »Auf alle Briefe, Kreter: ›Apelles malt die Karyatide aus Shkudra, wie sie der Artemis den Kater opfert.‹ Klar?«

»Überhaupt nicht.« Antigonos bleckte die Zähne. »Was soll das? Was ist mit Apelles, welche Karyatide, was für ein Kater?«

»Du mußt noch viel lernen, Freund.« Demaratos schüttelte den Kopf und machte ein Gesicht, als wäre ein naher Verwandter gestorben, ohne ihm etwas zu hinterlassen. »Shkudra ist die ehemalige Satrapie Thrakien und Makedonien, nicht wahr? Die Karyatide ist im Zweifelsfall eine Frau – ein Mädchen – *koré*, das Sternbild, das dem Löwen folgt; also dem Kater. In Ephesos gibt es den zerstörten Tempel der Artemis, wie sogar makedonische Barbaren wissen sollten. Und der berühmte Apelles hält sich zur Zeit in Ephesos auf. Wie ich Alexander kenne, wird er sich von ihm malen lassen. Also Ephesos – das ist nicht weit von Milet. Man wird uns finden. Ich frage mich nur, ob das nicht für Leute, die eines der Schreiben abfangen, zu durchsichtig ist.«

»Wenn ich es schon nicht verstehe ...«

»Eben.« Demaratos kicherte. »Da du, werter Antigonos, es

nicht begreifst, besteht die Gefahr, daß jeder Perser es mühelos versteht.«

Die Sonne war bereits untergegangen, als der lange Zug das Lager erreichte. Die hohen Offiziere und Berater, vor dem Zelt des Königs versammelt, tranken Wein, aßen Brot und warteten darauf, daß die halben Ochsen, die Hühner und Lämmer – reiche Vorräte schienen den Satrapen ebenso wichtig gewesen zu sein wie Ruhm, Ehre und Tod – über den Feuern endlich gar wurden. Alexander beriet mit Parmenion im Zelt; Nearchos hörte hin und wieder ein paar Wortfetzen.

Philotas und Ptolemaios ritten mitten in die Versammlung; ihnen folgte ein langer schwerer Wagen, gezogen von allzu vielen Pferden.

Parmenion und Alexander kamen aus dem Zelt, als der Lärm anschwoll. Philotas und Ptolemaios glitten von den Reittieren und bauten sich grinsend vor dem König auf.

»Na, habt ihr was gefunden?«

»Dies und das«, sagte Philotas.

»So, wie ihr beide grinst, muß es etwas Größeres sein.«

Ptolemaios lachte laut. »Ziemlich groß, Alexander. Und fett dazu. Ich glaube, wir haben einen guten Fang gemacht. Berge von Münzen, Sklaven, Teppiche, feine Tücher, Duftwässer, überhaupt alles.«

»Können wir gut gebrauchen. Aber warum grinst ihr so?«

Ptolemaios streckte die Hand aus. »Komm, herrlicher Fürst, schau selbst.«

Alexander folgte ihm zum Wagen. »Was ist da drin? Eine alte Frau?«

Ptolemaios kicherte schrill. »Nicht ganz.« Er öffnete den schweren Ziervorhang. Bagoas blinzelte ins Licht der Feuer und Fackeln, lächelte und neigte den Kopf, ohne von seinen Teppichen aufzustehen.

»Der König der Makedonen. Nicht der Mangel an Sonnenlicht oder der Überfluß an Feuer blendet meine trüben alten Augen, o Herr, sondern die Pracht deiner Schönheit und deines Ruhms.«

Alexanders Gesicht gefror zur Maske, während rings um

ihn die Offiziere johlten. »Dann schließ die Augen und sag mir, wer du bist.«

Bagoas lächelte immer noch. »Wie ich bereits deinem werten Gefährten Ptolemaios sagte, ist mein Name kaum der Erwähnung würdig. Bagoas – ein reichlich dünner Name, der kaum meinen Leib umfaßt, meinen Zwergengeist hingegen erstickt.«

Philotas gluckste. »Ist er nicht süß?«

Alexander nickte sehr langsam; er sah sich um und winkte Demaratos herbei.

Bagoas patschte auf seine Kissen und Teppiche. »Magst du dich nicht zu einer kleinen Plauderei mit einem wertlosen Kadaver niederlassen, o Strahlender?«

Alexander wechselte einen Blick mit Demaratos, der neben ihn getreten war; als der Korinther die Schultern hob, deutete Alexander auf seine Wachen. »Durchsuchen.«

Ptolemaios schaute verblüfft, Philotas pfiff leise. Nearchos ging zu Demaratos und sah zu, wie die Wachen des Königs auf den Wagen stiegen. Sie warfen Bagoas nicht gerade hinunter, waren aber auch nicht sanft. Seine Augen wirkten eisig; er verzog jedoch keine Miene, hob nur die Hände in mildem Staunen.

»Durchsuchen? Mich? Natürlich, bitte sehr, aber ihr werdet nicht viel von Wert finden. Laß mich jedoch zunächst deine Hand küssen, Herr – wie es einem fetten alten Niemand zukommt, wenn er der Verkörperung der Herrlichkeit gegenübersteht.«

Alexander bedeutete den Wachen, mit der Durchsuchung fortzufahren. Einige der Männer stöberten auf dem Wagen herum, zwei hielten Bagoas fest, zwei weitere wickelten ihn aus seinen Gewändern. Im Kreis der Offiziere – fast alle waren aufgestanden und näher getreten – war das Lachen und Johlen erstorben. Man hörte Holz im Feuer knacken, irgendwo zischte tropfendes Fett in einer Flamme. Parmenion, mit schmalen Augen, nickte offenbar beifällig und wandte sich dann ab, um eines der ersten durchgebratenen Hühner zu nehmen; er riß ein Bein ab und reichte es Alexander.

Unter den Schichten von Seide, die seinen Körper umgaben, hatte Bagoas eine stattliche Waffensammlung verborgen, die nach und nach zum Vorschein kam: drei Dolche, ein Kurzschwert, eine Art Glasnadel mit Griff, zwei kleine Flaschen, die möglicherweise Gift enthielten, eine Lederscheide mit einer verfärbten, wahrscheinlich vergifteten Pfeilspitze, ein weiterer kleiner Dolch im rechten Ärmel, eine Metallbürste mit feinsten Borsten im linken, schließlich ein Körbchen, das an einem Lederstreifen um seinen Hals hing, vor dem fürstlichen Wanst, zuvor unter den Kleidungsschichten nicht einmal zu ahnen. Nackt bis auf einen Lederschurz stand Bagoas vor dem König.

»Vorsicht«, sagte Ptolemaios scharf. Er nahm den Korb, zog den hölzernen Schließpflock heraus und warf alles ein paar Schritte weit weg zu Boden. Eine kleine Schlange wand sich heraus; einer der Wächter tötete sie mit einem Schwerthieb.

»Fieses Tier; absolut tödliches Gift.« Drakon der Heiler kniete neben der Schlange nieder, betrachtete sie, rupfte dann einen Grashalm aus, roch daran, schob ihn in den Mund und kaute. Er stand auf, nickte dem König zu. »Sehr spannend. Die Götter haben dich mit klugem Mißtrauen gesegnet. Darf ich?«

Alexander nickte; Drakon zog sein Messer und zerschnitt Bagoas' Schurz.

»Immerhin.« Er grinste. »Die meisten, die Bagoas heißen, sind Eunuchen – der hier nicht.«

Vorsichtig packte er eines der Handgelenke des fetten Persers, der zwischen Lanzenspitzen stand und sich nicht rührte. Drakon untersuchte die Finger, dann die der anderen Hand. Als er aufblickte, lag etwas wie ehrfürchtiges Staunen in seinem Gesicht.

»Gehört das alles ihm?« Er deutete auf den Waffenstapel. »Nettes Kerlchen. Ihr Götter, was für ein Biest! Sogar seine Fingernägel sind geschliffen und vergiftet. Sag mal, mit wem warst du verabredet?«

Bagoas zuckte mit den Schultern. Die Fettmassen wabbelten kaum; sie schienen mehr Muskeln zu bergen als zunächst vermutet. Alle Freundlichkeit war verschwunden; Bagoas' Stimme klang herb.

»Verabredet? Ich war mit euch allen verabredet. Ein Jammer, daß du so aufmerksam bist, und so gründlich, Herr.

Und ich sage dir meine Achtung. Wer mich überlebt, hat es verdient.«

Alexanders Gesicht zeigte noch immer keine Regung. Er winkte weitere Wachen herbei. »Ich vertraue ihn dir an, Drakon. Zieh ihm die Haut ab, siede ihn, stutz ihm die Fingernägel, spül seine Gedärme mit Essig, was immer du für sinnvoll hältst, um ihn von seinem Gift zu befreien. Aber laß ihn leben. Ich will mich mit ihm unterhalten.«

»Kein Grund für Grausamkeiten, herrlicher König.« Bagoas reckte die Hände in die Luft. »Ich sage ihm alles, was an mir verborgen ist. Nur laß mich zuerst deine Hand küssen.«

Alexander hob eine Braue; ein verqueres Lächeln spielte um seine Mundwinkel. »Haltet seinen Kopf.« Er trat zu Bagoas, der sich im Griff der Kämpfer nicht mehr rühren konnte. »Nun mach den Mund auf. Ich habe bei Aristoteles einiges über Kräuter und Gifte gelernt. Oh, was für hübsche Fangzähne.« Die beiden oberen Eckzähne von Bagoas waren zu Spitzen geschliffen und verfärbt. »Irgendein Gift, gegen das du dich gestählt hast, nehme ich an. Bringt ihn weg. Aber zerbrecht ihn nicht.«

Drakon grinste. »Darf ich?« Er bewegte die rechte Hand, als ob er etwas ausreißen müßte.

Alexander lächelte sanft. »Ach ja, deine Sammlung bester Zähne. Natürlich. Er hat zuviel davon im Mund. Aber sieh dich vor.«

Demaratos nickte Nearchos zu und legte eine Hand auf Alexanders Arm.

»Wenn du gestattest, wollen wir ihm dabei zusehen und einige Fragen stellen.«

Alexander faßte sich ans rechte Ohrläppchen. »Ist er *der* Bagoas?«

Demaratos wiegte den Kopf. »Ich glaube nicht, aber ...«

»Gut. Fragt ihn viele Fragen. Und erzählt mir die witzigsten seiner Antworten.«

Einer der Männer auf dem großen Wagen stieß einen leisen Schrei aus, Überraschung und Freude. Unter dem Teppichlager, das etwa drei Schritt lang und zwei breit gewesen war, befanden sich vier Holzkisten mit Eisenbeschlägen. Jemand reichte eine Axt hinauf.

Die Kisten waren bis an den Rand gefüllt mit goldenen Dareiken; Nearchos schätzte, daß jede der Kisten etwa vier Talente fassen konnte, vielleicht auch fünf. 20 Talente in Gold, entsprechend 400 Talenten Silber. Er rechnete, 400 mal 6000 Drachmen – fast sechsmal soviel, wie Alexanders Schatz zu Beginn des Zuges in Asien betragen hatte; mehr als 40 Tage Sold für das gesamte Heer. Und doch, wie wenig angesichts des Benötigten. Er dachte an die übrige Beute, die sie nach der Schlacht gemacht hatten. Insgesamt mochte es nun viel besser aussehen, aber selbst wenn die Münzvorräte für 60 oder vielleicht 70 Tage ausreichten: Der Weg bis Milet allein wäre länger, es gab kein zweites persisches Heer zu schlagen, kein zweites Lager zu plündern, wohl aber die Flotte mit 160 Schiffen und fast 30 000 Mann zu bezahlen, wie das Heer. Er streifte Bagoas, der alles betrachtete, mit einem Seitenblick; der Perser schien weder überrascht noch besonders betrübt.

Alexander dehnte sich; er faltete die Hände hinter dem Kopf. »Ich hatte mich schon gewundert, daß er so gar nicht aufstehen mochte.«

Ptolemaios hustete. »Es tut mir leid, Freund. Ich glaube, ich war ein bißchen unaufmerksam, angesichts des feisten Leibs.«

Alexander legte ihm eine Hand auf die Schulter. »Wir alle lernen unaufhörlich, Ptolemaios. Ich bin froh, daß du unaufmerksam warst, denn gerade das hat mich mißtrauisch gemacht. Wenn er in Ketten gestanden hätte, könnte ich ihm vielleicht die Hand zum Kuß gereicht haben.«

Einer der Krieger auf dem Wagen klatschte in die Hände. Er und zwei oder drei andere hatten mit Äxten und Schwertern im Boden gestochert; sie hoben einige Bretter. Darunter, die ganze Länge und Breite des großen Wagens, war eine unterarmhohe Schicht Goldmünzen auf Goldbarren, darunter erst der eigentliche Boden, verstärkt durch Eisenstangen.

»Jetzt verstehe ich die vier Achsen und all die Pferde«, sagte Philotas heiser.

Alexander lächelte. »Ein guter Fang, Freunde. Genug für etliche Tage.« Er wandte sich um, nickte Drakon zu und wies auf Bagoas. »Behandle ihn nur halb so unsanft. Immerhin hat er uns ein feines Geschenk gemacht.«

Kurz vor Mitternacht betrat Nearchos das große Königszelt. Er wußte, daß er im Licht der Öllampen und Fackeln bleich war, und vermutlich sah man seinem Gang die weichen Knie an, aber er riß sich zusammen.

»Mit Empfehlungen von Drakon, Demaratos und Bagoas dem Huldreichen.« Er legte ein Tuch auf den Tisch neben Alexanders Kline.

Der König öffnete es mit spitzen Fingern. »Nett. Hat er es genossen?« Er betrachtete vier verfärbte Zähne und zehn zugeschliffene, verfärbte Fingernägel.

Parmenion stand auf, schob Seleukos und Erigytos beiseite, die ihm den Weg versperrten, sah die vierzehn kleinen, blutigen Gegenstände und schnitt eine Grimasse.

»Er dürfte herzlich gelacht haben. Mit deiner Erlaubnis ...« Er neigte den Kopf.

Alexander sprang auf und berührte Parmenions Schulter. »Gute Tage, Parmenion mein Vater – und komm schnell nach!«

Er blieb stehen, bis der alte Stratege das Zelt verlassen hatte, zusammen mit einigen Offizieren, die vor Morgengrauen die ausgewählten Truppenteile – ein Belagerungszug war bereits aufgebrochen – nach Daskyleion führen sollten.

»Was sagt er denn?«

Nearchos wartete, bis Alexander sich wieder hingelegt hatte; dann zog er einen Schemel heran, setzte sich und griff nach einem Becher mit Wein. Sein Hände zitterten ein wenig; der Blick des Königs war beinahe mitleidig.

»Neben vielen ...« Die Stimme versagte; Nearchos räusperte sich und hustete mehrmals. Ptolemaios sprang auf und klopfte ihm den Rücken; von Hephaistion kam ein verächtliches Schnauben. Antigonos zwinkerte, als wolle er sagen: Mach dir nichts draus.

»Neben vielen anderen Männern und Verschnittenen namens Bagoas gab es vor allem drei, die erwähnenswert sind. Bagoas der Hurtige, Bagoas der Heile und Bagoas der Huldreiche.«

Einige Offiziere lachten; Perdikkas und Krateros schlugen einander kichernd auf die Schultern.

»Wie wär's mit Perdikkas der Schnüffelnde und Krateros der Schnarchende?« sagte Laomedon, der hinter ihnen saß.

Alexander winkte ab; seine Hand war schlaff. »Weiter.«

»Bagoas der Hurtige stieg unter Großkönig Artaxerxes auf, vor etwa zwanzig Jahren. Der Verschnittene lenkte die Dinge in der Hauptstadt, wenn Artaxerxes unterwegs war. Also: oft. In dieser Zeit diente Bagoas der Huldreiche dem König bereits als Schatzmeister des Heers, und Bagoas der Heile lenkte die Kundschafter – die Spitzel überall in den Ländern am Meer, soweit sie für Persepolis wichtig waren. Demaratos kennt ihn natürlich seit langem, ist ihm aber nie begegnet.«

Alexander bewegte die Finger der Rechten; er wechselte einen Blick mit Hephaistion. »Weiter, Nearchos.«

»Offenbar hat es nie Zweifel daran gegeben, daß Bagoas der Heile ein treuer Diener des Großkönigs ist; jedenfalls hat er alle Veränderungen unvermindert überstanden. Der große Eunuch und der Huldreiche dagegen haben zuviel Einfluß, Macht und Vermögen angehäuft; Artaxerxes wurde mißtrauisch und wollte möglicherweise beide beseitigen lassen. Sie haben davon erfahren.«

»Von wem?« Alexander setzte sich auf und runzelte die Stirn. »Hat er das gesagt?«

»Er behauptet, es nicht zu wissen.«

»Unwahrscheinlich.«

»Demaratos hat da auch seine Zweifel, aber ... Nun ja. Wer, außer Bagoas dem Heilen, der immer alles wissen muß, hätte es wissen können? Vielleicht war er dem Großkönig doch nicht so treu ergeben. Jedenfalls – die beiden erfuhren, daß sie ausgeschieden werden sollten ...«

»Ausgeschieden!« Alexander lachte. »Ein hübsches Wort für einen derartigen Vorgang.«

»Stammt von Bagoas dem Huldreichen. Sie haben Geld und Einfluß aufgeboten und Artaxerxes beseitigt; wahrscheinlich hat Bagoas der Hurtige selbst zum Dolch gegriffen, aber das ist ungewiß; der Huldreiche war nicht in Persepolis, als es geschah. Der Hurtige hat dann Arses auf den Thron gebracht, für eine ... Übergangszeit. Arses ließ sich aber nicht so leicht lenken wie erhofft. Also haben der Huldreiche und der Hurtige auch diesen Großkönig gestürzt. Ermorden *lassen*, diesmal. So kam Dareios zur Macht, aber er war nicht die Wahl der beiden, sondern der Fürsten des

Ostens – er hatte am Rand der Welt Krieg geführt und sich dabei ausgezeichnet, wie man sagt. Der Hurtige stützte ihn, weil ihm nichts anderes übrigblieb; der Huldreiche schloß sich dem Eunuchen an. Beide haben wohl erwartet, in ihren alten Stellungen zu bleiben, aber dann ließ Dareios den Hurtigen umbringen ...«

»Zustände wie in Makedonien«, sagte Kallisthenes laut. Niemand lachte; Alexander blickte einen Moment unwillig.

»Und der Huldreiche mußte enger als zuvor mit Bagoas dem Heilen zusammenarbeiten, der offenbar das Vertrauen des Großkönigs in sehr hohem Maße genießt. Von ihm, dem Herrn der persischen Kundschafter, hat er den Auftrag erhalten, die Gelder des westlichen Heeres zu verwalten; und den Auftrag, sich notfalls fangen zu lassen, um gewisse Dinge, die nicht durch das Schwert zu schaffen waren, durch Gift zu erledigen.«

Alexander preßte die Lippen zusammen und schüttelte mißmutig den Kopf. »So hilflos, wie du dreinsiehst, weißt du offenbar ebenso gut wie ich, daß diese Geschichte Lücken hat. Das ist ein Selbstmordunternehmen, selbst wenn alles gelingt. Zu so einer Aufgabe meldet man sich entweder freien Herzens, oder man wird dazu verurteilt; wer aber dazu verurteilt wird, bleibt nicht in einer Stellung, in der er über die Schätze der westlichen Satrapen und ihrer Kämpfer verfügt.«

Nearchos lächelte hilflos. »Auch Demaratos weiß da nicht weiter; ohnehin rätselt er seit Jahren über die Beweggründe für gewisse Taten seines persischen Gegenspielers. Des Heilen.«

»Ich werde dem Huldreichen einige Fragen stellen; morgen. Ihr habt vielleicht nicht nachdrücklich genug gefragt.«

Nearchos blickte zu Boden; seine Halsmuskeln arbeiteten. »Wir haben so gründlich und nachdrücklich gefragt, daß er im Moment keine weiteren Fragen beantworten kann; er ist ohnmächtig.«

Vom Ergebnis weiterer Verhöre erfuhr Ptolemaios in den nächsten Tagen nichts; Alexander hatte ihm eine halbe Ile Hetairenreiter unterstellt, dazu ein paar kretische Bogenschützen auf Beutepferden sowie ortskundige Führer. Tagsüber durchkämmten sie das zunehmend unwirtliche Land weiter südlich, fanden kaum erwähnenswerte Dinge, nur wenige versprengte Flüchtlinge und fast nichts Eßbares. Abends ergänzte er die Briefe an Aristoteles, an Antipatros und an Freunde und Verwandte in Pella. Manchmal sahen sie von einer Anhöhe aus im Norden einen Teil des langen, langsamen, bunten Wurmes, der sich vom Granikos zurück nach Westen wand. Es war eine Lust, durch die klare Luft der Öde zu reiten und nicht so viele Menschen um sich zu haben; Ptolemaios begriff sehr gut, daß Alexander seine jungen Gefährten und Freunde erproben mußte, mit kleinen Aufgaben wie dieser, ehe er ihnen größere Einheiten unterstellen konnte. Deren erfahrene Führer auch nicht so ohne weiteres zu ersetzen waren.

Bei Abydos stießen sie wieder zum Heer; Alexander nutzte die Reste von Parmenions Winterlager für einen zweitägigen Aufenthalt, für die Erledigung hinderlicher Dinge und zur Vorbereitung des weiteren Zugs. Ptolemaios berichtete – kurz, im Stehen, nachmittags – und erfrischte sich durch ein Bad im Hellespont. Danach ließ er sich von anderen Offizieren auf den neuesten Stand bringen.

Noch für den Abend, spätestens für den folgenden Tag wurde Parmenion erwartet: Seine Aufgabe war bereits erledigt. Arsites, Satrap des Hellespontischen Phrygien, hatte sich nach der verlorenen Schlacht in seine Hauptstadt Daskyleion begeben, ohne lange mit den örtlichen Behörden zu sprechen. Er hatte seine Frauen und Kinder sowie den größten Teil der Sklaven an Bord eines Schiffs bringen lassen, das vom einige Parasangen entfernten Hafen in Richtung Byzantion fahren sollte; sie hatten Gold und Briefe mitgenommen, an befreundete Händler. Arsites war dann in den nahen *paradeisos* geritten, das königliche Jagdgehege, begleitet von zwei Sklaven und einigen Männern seiner Leibwache. Im kleinen Palast des *paradeisos* hatte er einen Brief an Dareios geschrieben und sich in sein Schwert gestürzt.

Da nach dem Tod des Satrapen – und dem Tod vieler Führer am Granikos – niemand einen geordneten Widerstand leiten konnte, hatten die Städte der Satrapie ihre Tore geöffnet. Parmenion ließ kleine, später zu verstärkende Besatzungen zurück, übergab die von persischen Beamten oder einheimischen Tyrannen geleiteten Verwaltungen den sofort entstehenden demokratischen Ausschüssen und brach nach Abydos auf.

Dort befaßte Alexander sich mit den Problemen des Nachschubs und der rückwärtigen Verbindungen. Die Flotte setzte die gefesselten hellenischen Söldner des Großkönigs und ihre Bedeckung nach Sestos über, für den langen Marsch nach Makedonien, in die Bergwerke und Steinbrüche.

Ptolemaios schloß sich Alexander an, der mit einigen Beratern und Drakon – der Arzt kaute auf einem dünnen Kirschzweig – die Verwundeten besuchte und je nach Zustand verteilte. Einige sollten im Lager bleiben, bis zur Genesung; anderen überließ der König die Wahl zwischen Heimkehr nach Makedonien (es waren die am schwersten Verwundeten, die keinen weiteren Marsch oder Kampf würden bestehen können) und Ansiedlung in den Städten am Hellespont, als Teil der Besatzungen.

Philippos tauchte von irgendwo auf; drei Sklaven folgten ihm. Sie schleppten dicke, aber offenbar nicht allzu schwere Säcke.

»Allerlei Kräuter«, sagte der junge Heiler. »Teils aus den Bergen, teils aus den Vorräten der Perser.«

Alexander nickte, öffnete einen der Säcke, roch am Inhalt. »Gut. Denkst du an …?«

»Alles.« Philippos grinste und winkte einen der Sklaven herbei. »Die beiden Säcke sind für Aristoteles. Ich frag mich bloß, was er daraus macht. Ein Perser – Heiler – hat gesagt, die wären gut gegen dies und das, aber es sind Kräuter, die wir nicht kennen.«

Alexander lächelte. »Ach, der alte Aristoteles liebt derlei kleine Rätsel. Schafft sie zu Eumenes.«

Der fette Hellene, schweißgebadet, überwachte Sklaven und Schreiber, die Bündel von Papyrosrollen in Wachstuchbeutel einnähten. Als Philippos, Ptolemaios und der Sklave mit den Kräutersäcken erschienen, rang er die Hände.

»Wozu soll das nun wieder gut sein?«

»Zu nichts, wahrscheinlich.« Philippos bleckte die Zähne. »Alexander findet aber, Aristoteles sollte sie trotzdem kriegen. Das sind Kräuter.«

Eumenes knirschte mit den Zähnen. »Also noch was nach Athen. Was bin ich eigentlich – Briefzusteller? He, mach den Sack da noch mal auf.«

Einer seiner Schreiber ächzte, nahm ein Messer und öffnete die Verschnürung eines großen Ballens.

»Noch was nach Athen?« sagte Eumenes.

Auf einem Karren, nicht weit entfernt, hockte Kallisthenes; er hob den Arm. »Hier. Wartet noch einen Augenblick. Ich beende gerade einen langen Brief an Aristoteles.«

Eumenes schnitt eine Fratze. »Marschiert eigentlich dieser ganze Haufen durch Asien, bloß um Aristoteles zu unterhalten?«

Am nächsten Morgen brach das übliche Chaos des Aufbruchs aus. Zusammen mit Leonnatos und Perdikkas – dessen Taxis einen Tag später folgen sollte, als Nachhut zu Fuß – und einigen anderen Offizieren übernahm Ptolemaios den immer beliebten Sondereinsatz des Zusammentreibens streunender Kämpfer und des Verjagens der Huren und Händler. Dort, wo die Karren der Händler in Reihen und Kreisen standen, zwischen eilig aufgebauten Hütten und bunten Zelten, sah noch nichts nach Aufbruch aus.

Leonnatos blieb vor einem Zelt stehen, lauschte kurz und brüllte dann in den Eingang.

»Los, rauskommen, Abmarsch!«

Eine Stimme, die Ptolemaios bekannt erschien, klang von innen.

»Grad bin ich gekommen, dann kann ich auch gehen. Scheiße.«

Im Eingang tauchte der lange Emes auf, gekleidet in ein überlappendes Grinsen, die Gewänder in der Hand. Hinter ihm spähte eine Frau heraus, ebenso reich an Nacktheit wie an Jahren und Gewicht.

»Feine Herren!« Sie entblößte ein schadhaftes Gebiß. »Wollt ihr ein wenig Erleichterung suchen?«

»Erleichterung?« Perdikkas spuckte aus. »Dies, und Behaglichkeit, könnte ich schon brauchen – aber hier? Gah.«

Leonnatos lachte. »Sei nicht grob zu ihr, Freund. Du könntest in Verlegenheit kommen …«

Perdikkas deutete auf einen großen Käfig voller Rebhühner und sonstiger eßbarer Vögel, der eben auf einen Karren gestemmt wurde. »Ich könnte auch mein Horn mit dem Messer zuspitzen und Enten ficken. Los, Männer, Beeilung.«

Weitere Krieger tauchten aus Zelten auf, darunter eine Dreiergruppe, die Abschied nahm von einem wahrhaft ungeheuren Berg an Weiblichkeit. Leonnatos bekam Stielaugen.

»Drei auf einmal? O ihr Götter!«

Ptolemaios kicherte. »Götter? Die drei da? Na ja ...«

Die Händler – die vor allem Fleisch, Getreide, Gemüse, Obst, Brot feilboten, aber auch Messer, billigen Schmuck, Süßigkeiten oder Amulette – ließen sich Zeit. Einer, der mit verschränkten Armen an seinem Karren lehnte und den Maultieren beim Fressen zusah, sagte laut:

»Wir haben keine Eile. Wir folgen – langsam. Ohne uns kommt ihr nicht weit.«

Perdikkas hob die Schultern. »Wir sind ohne euch bis hierhin gekommen, oder?«

»Ah, jetzt ist es aber anders. Ihr habt euch mit den Persern und ihrem Heer vergnügt. Kein Heer mehr übrig, also, was haben die Krieger jetzt, wenn sie Vergnügen suchen? Was brauchen sie? Frauen und Händler – keine Offiziere.« Er lachte.

Drei Tage später, außerhalb von Antandros, lagerten sie oberhalb der Küste; es war dunstig, und das ferne Lesbos ließ sich nicht einmal ahnen. Alexander empfing Abgesandte der Stadt; als sie wieder gegangen waren, nicht ohne Geschenke und frische Vorräte zu hinterlassen, brachte einer der Königsknaben Ptolemaios die Aufforderung, ins Zelt des Königs zu kommen.

Dort gab es gebratene Vögel, Lamm, Rinderteile, ausreichend Wein, um eine ganze Ile zu ertränken. In Ständern loderten Fackeln, auf allen Tischen zwischen den Klinen standen jeweils zwei Öllampen. Ptolemaios begrüßte Alexander, ließ sich auf der ihm gewiesenen Liege nieder und schaute sich um. Es war nicht ganz die übliche Versammlung; Parmenion und Philotas waren da, nicht jedoch Hektor und Nikanor. Alexanders Halbbruder Arridaios fehlte ebenso wie Proteas und etliche der hohen Offiziere. Ptolemaios nickte den Freunden, Gefährten und Beratern langsam zu: Hephaistion, Krateros, Perdikkas, Kallisthenes, Drakon, Philippos, Eumenes, Baiton der Bematist, Nikias von den Belagerern, Kleitos, Koinos, Meleagros, Amyntas, Kalas ... In der Mitte, nahe bei Alexander, zwei eher ungewohnte Gestalten in der Runde: Aristandros der Seher, diesmal in hellen Gewändern, und Bagoas, ein schrumpfender Berg mit nagellosen Fingern und schillernden Seidenkleidern.

Die Unterhaltung schien sich wieder um die Hintergründe für Bagoas' Anwesenheit, Gift und Gold gedreht zu haben. Der Perser hob den Becher und schüttelte ausdauernd den Kopf.

»Ich sagte es schon so oft, daß es mir wie ein uraltes Lied vorkommt – ich weiß es nicht. Ich wurde vom Gipfel der Gunst gestürzt, Herr, und ich habe nicht gefragt, wie tief ich fallen sollte. Ich habe getan, was man mir als Möglichkeit des Überlebens bot.«

Demaratos und Nearchos, halb hinter einer herunterhängenden Zeltbahn verborgen, machten Geräusche des Zweifelns; Antigonos setzte sich auf und beugte sich vor, bis er fast von der Kline fiel.

»Aber all diese Teile, die du uns anbietest, fügen sich nicht zu einem sinnvollen Bild zusammen, Perser! Du verlierst Macht und Einfluß – aber du erhältst die Aufsicht über die Gelder des Westheers. Du bist den Satrapen unterstellt, die du bisher aus der Ferne befehligen durftest – aber sie müssen dich fragen, wenn sie Geld ausgeben wollen. In der Vergangenheit hast du ihnen geboten, vielleicht auch dem einen oder anderen einen Gefallen getan – und wir sollen glauben, daß sie nun weder Rachsucht noch Dankbarkeit zeigen? Du bist ihnen unterstellt, sagst du, in Wahrheit aber gleichgestellt, sage ich – und dennoch wappnest du dich wie ein gedungener Meuchelmörder mit Gift und Dolchen? Du hast angeblich den Auftrag, Alexander und möglichst viele andere von uns zu töten – bewegst aber deinen Arsch nicht von den Teppichen und den Geldkisten?«

Bagoas bewegte den Arm, der den Becher hielt; seine Gewänder sprühten in allen funkelnden Farben des Regenbogens. Ptolemaios sah, wie Alexander die Augen verengte.

»Es könnte sein« – Bagoas' Stimme klang wie glattes Öl

und schartige List –, »daß all dies, die Schätze und dieser arme Leib, ein Geschenk an euch sein sollen ...«

»Von wem?« Demaratos machte nicht einmal den Versuch, Spott und Zweifel aus seiner Stimme herauszuhalten.

»Vielleicht von Bagoas dem Heilen?« sagte der Perser.

Der Korinther schnaubte. »In all den Jahren hat Bagoas uns nur ein Geschenk gemacht – die Warnung vor dem Mordanschlag auf König Philipp. Wozu ... ach, es ist alles zu wirr.«

Alexander streckte die Rechte aus. »Laß mich dein Gewand fühlen, Bagoas.«

Der Perser wälzte sich von seiner Liege und ging zum König. Alexander nahm den Stoff zwischen Daumen und Zeigefinger, rieb, tastete, betrachtete; etwas wie Sehnsucht lag plötzlich in seinem Blick.

»Das ist Seide, nicht wahr? Aber unendlich viel feiner als all die Stückchen, die ich bisher gesehen habe. Wo webt man dieses Tuch? Welche Pflanze liefert die Fäden?«

Bagoas wickelte sich aus seinem Obergewand und reichte es dem König. »Ein minderwertiges Geschenk, Herr; möge es dir zur Freude gereichen und dich daran erinnern, daß ein nutzloser fetter Mann deiner mit Bewunderung und Ehrfurcht gedenkt.«

Alexander runzelte die Stirn. »Gedenke meiner, indem du Fragen beantwortest. Und – danke für die Gabe.«

Bagoas watschelte zu seiner Liege zurück und ließ sich seufzend nieder. »Es heißt, kleine Würmer, die bestimmte Blätter verzehren, scheiden die Fäden aus, Herr ...«

Kallisthenes keckerte laut. »Wie man aus Scheiße etwas machen kann, was teurer ist als Gold ...«

»Genaues weiß ich nicht. Es kommt aus einem Land jenseits von Indien, weit jenseits der Grenzberge Irans.«

»So viel zu sehen«, murmelte Alexander. Dann fuhr er sich mit der freien Hand über die Augen und wischte den Ausdruck der Sehnsucht weg.

»Dieser schrumpelnde Greis«, sagte Bagoas, »bedauert o wie so tief, daß er dich ansonsten nicht überzeugen kann. Mein armseliges Zungengewackel ist deinem Ohr wie Essig, und wo sollte ich Honig finden?«

Alexanders Lächeln war beinahe verächtlich. »In meinen Ohren brauche ich weder Honig noch andere Klebrigkeiten, Bagoas – nur die einfache Wahrheit.«

Bagoas strahlte breit. »Die Wahrheit, Herr der Makedonen? Die Wahrheit ist eine für den obersten Strategen des Bundes von Korinth; eine andere für den Sohn Philipps. Und wieder eine andere für den Sieger am Granikos. So viele eurer Philosophen und unserer Priester haben uns so viele verschiedene Wahrheiten dargereicht – oder feilgeboten. Wie könnte ich ...?«

Aristandros klatschte in die Hände; er schnitt eine Grimasse. »Am Ende sind all diese verschiedenen Wahrheiten nur kleine Stückchen der einen großen Wahrheit. Aber ich fürchte, du hast bisher nicht einmal versucht, uns deine kleinen Wahrheiten zu sagen, Bagoas. *Ich* habe bis jetzt nur Lügen gehört – kleine Lügen, die etwas Großes verbergen sollen.«

Alexander betrachtete das düstere Gesicht seines obersten Sehers mit einer Mischung aus Erwartung und Billigung. »Und was verbirgt er, nach deiner Meinung?«

Aristandros hob die Schultern und starrte in seinen Becher. »Er ist wie Wein, Bagoas – Bagâvayâh. Schwer, mit vielerlei Geschmack, man kann ihn anschauen, aber nicht hindurchsehen, und wenn man zu viel von ihm zu sich nimmt, verursacht er Erbrechen und kreiselnden Kopfschmerz.« Aristandros blickte auf und lächelte schief. »Ich glaube, er verbirgt vieles vor uns, aber auch vor sich selbst. Ich bin nicht sicher, daß er selbst weiß, was er eigentlich anstrebt. Was ist es denn, edler Perser – was hält dich in Bewegung? Ist es Gier, Durst nach Wissen, Hunger nach Macht?«

Alexander nickte und musterte Bagoas. »Also?«

Bagoas stülpte die Lippen vor und zwinkerte Aristandros zu. »Gier? Durst nach Wissen? Hunger nach Macht? Ach, braver Aristandros, du unterschätzt mich. Was ist das schon – Wissen, Macht, Reichtum, Weisheit, Einfluß? Nichts, verglichen mit dem, was ich begehre.«

Parmenion stützte sich auf einen Ellenbogen; mit einer zweifelnden Grimasse sagte er: »Es muß ja gewaltig sein ... Laß uns, edler Bagoas, gnädiglich wissen, wessen du begehrst. Was ist denn größer als diese verworfenen Dinge?«

Langsam, überdeutlich sagte Bagoas: »Etwas, was ihr nicht verstehen werdet, außer vielleicht Eumenes. Ihr alle seid Krieger. Ich bin nur ein fetter alter Mann, harmlos und ohne Freunde. Und ich suche das, was so nah ist und doch so fern.« Er blickte nun völlig ernst. »Ich will nur leben. Überleben. Dauern.«

Perdikkas spuckte aus. »Das ist das Gerede eines Feiglings.«

Alexander musterte Bagoas mit Augen, die scharfe Schlitze waren. »Ist das alles? Nicht Ruhm, nicht Macht, nicht Weisheit? Nur ein langes Leben? Ewiges Leben, in unsäglicher Dauer und Schande?«

Bagoas breitete die Arme aus. »Einfach dies, zu sein und nicht zu enden. Das ist die wesentliche Voraussetzung für alles andere. Du kannst weder Reichtum noch Ruhm noch Weisheit noch Macht erlangen, wenn du gestorben bist, Alexander. Das mußt du vor dem Tod erledigen. Also schieb ihn hinaus und gewinn mehr Zeit für die Dinge, an denen dir liegt. Der Tod ist nicht das Ende, sagen unsere Priester; aber er ist das Ende aller faßbaren, irdischen Dinge.«

»Was sagen denn eure Priester?« sagte Philippos. »Ich habe so viele tote Männer aufgeschnitten und nie etwas namens Seele gefunden. Was sagen deine Priester, Perser?«

Bagoas schloß die Augen, als müsse er gründlich nach innen blicken. »Es gibt viele Priester und vielerlei Gerede. Da gab es den alten Glauben, den uns Mithra der Stier schenkte, Mithra, der Herr des Bundes; und auch Anahita gab ihn, die Göttin der Liebe und Fruchtbarkeit. Alte, uralte Götter, so alt wie Ägyptens Apis oder der kretische Stier Minos, und was auch immer ihre ursprünglichen Lehren gewesen sein mögen, wissen heute nicht einmal die Priester. Und weil sie es nicht wissen, dies aber nicht zugeben dürfen, vermengen sie dies und das. Mithra, heißt es, wurde aus einem Felsen geboren, und er hatte zehntausend Augen und Ohren. Den Großen Stier, erste Schöpfung der geheimen oberen Götter, hat er überwältigt und in eine Höhle gesperrt. Später zerschnitt er ihm die Kehle, und aus dem Blut des Stiers entstanden alle Pflanzen.«

Bagoas öffnete die Augen, richtete sich auf und lächelte ein wenig spöttisch. »Aber all das ist ungewiß. Mithra, das heißt

›Freund‹, aber wessen Freund? Er ist der Gott der warmen, lebenspendenden Luft, aber sein Heiligtum ist die Höhle. Ihm zu Ehren scharen sich immer wieder die Menschen in Höhlen zusammen, opfern Stiere und berauschen sich mit *hauma,* einem Trank, der aus giftigen Pilzen gewonnen wird; im Rausch empfindet man, daß man fliegt. Und andere Dinge, die den hochmögenden Verschnittenen mißfallen, da sie ihnen abgehen.« Er grinste und hob die Schultern. »Aber insgesamt sind die alten Götter nichts als Bilder, Sinnbilder der Lebenskraft, der Lust, Anlässe für sinnlose Orgien. Die ich dem Sterben bei weitem vorziehe, aber das ist nicht der Gehalt, den die Priester hineinlegen. Dann kam Zarathushtra, ein Prophet, der neue Dinge verkündete, die vielleicht nur die alten in neuem Gewand waren. Aber auch seine Verkündigung liegt so lange zurück, daß die Überlieferung ungenau ist. Manche sagen, er sprach von einem geheimen höheren Gott, der zwei widerstreitende Kräfte in die Welt sandte: Ormuzd – Ahura Mazda –, Herr des Hellen Oberen, des Guten, und Ahriman, Herr des Dunklen Unteren, des Bösen. Andere sagen, Ormuzd sei der Obere Gott selbst, Ahriman sein Widersacher. Mithra ist Helfer des Ormuzd. Wieder andere sagen, der Prophet habe lediglich die beiden Teile des alten Mithra getrennt und Ormuzd für die warme Luft, Ahriman für die dunkle Höhle genommen. Gleichviel – die alten Götter sind Elemente des Lebens, der Pflanzen, der Tiere, der Menschen, aber nicht des Geistes. Vielleicht ist auch der Große Stier, den Mithra immer wieder tötet, das Leben, das der Geist des Menschen unterwerfen und zähmen muß, indem er Gesetze und Ordnungen schafft ... Der Gott des Geistes, der Reine Geist, der All-Weise Herr, nennen wir ihn Ormuzd; er will, daß wir mit Rechtem Sinn leben und handeln. Sein Gebot, sein Reich und seine Lehre ist *rtam,* das ist die Rechte Ordnung, und ihre Durchführung ist seine Herrschaft unter den Menschen. Daß man sein Tagewerk erledige, mit Freude, als reine und saubere Pflicht. Daß man keine Tiere opfere, sondern bete und sich versenke. Kein *hauma,* sondern Gedanken. Daß man Früchte darbringe – die Reinheit des Geistes ist wie die Flamme des Feuers, genährt von unreinen Dingen wie Holz oder – Menschenleibern, aber die Flamme muß über den Dingen schweben. Also beten wir den All-Weisen Herrn an, der alle Dinge schuf; wir verehren ihn, indem wir ihm Früchte darbringen auf unseren nackten Feueraltären, indem wir Brot rösten, indem wir Datteln aufschlitzen, oder andere Früchte, damit er ihre Seelen, ihren Duft, ihren Geist atmen kann. Sagen wir, wie einige Priester es sagen: Der All-Weise Herr sandte zwei Große aus, Ormuzd und Ahriman, den Hellen Herrn und den Dunklen Herrn, und wir müssen einem von beiden folgen, uns für das Gute oder Böse, die Lauterkeit oder den Schmutz entscheiden. Den Geist oder den Körper – das Denken oder die Befriedigung der Sinne. Nachdem wir gestorben sind, kommen unsere Seelen zum Abgrund des Grauens, der überspannt ist von der Brücke des Erwählers. Der Erwähler ist der dritte Große, den der All-Weise ausgesandt hat; ein Geist, der die Seelen prüft und wägt und gemäß ihren Verdiensten in den ewigen Lichtgarten oder die ewige Finsterhöhle schickt.« Bei seiner langen Rede hatte Bagoas den Oberkörper langsam vor und zurück geschaukelt; seine Stimme war rauh und fern gewesen, in einem fremden Singsang, der kaum ins Hellenische finden wollte. Nun blickte er auf, lächelte in die schweigende Runde und hüstelte.

»Natürlich glaube ich kein Wort von alledem. Aber es ist eine nette Geschichte, und wie alle Göttergeschichten und Lehren dient auch diese dazu, den Staat zu erhalten und die Menschen zur Achtung der Gesetze zu bringen. Man muß den Tod heiligen, damit die Menschen ihn nicht fürchten; man heiligt ihn am besten, indem man ihn zu einem Tor, einem Übergang in ein anderes Leben erklärt, und wenn dort die Seelen nach ihren Verdiensten gewogen werden, bedeutet das, daß sie vor dem Tod tugendhaft und gesetzestreu sein müssen. Todesfurcht ist die Fessel, die das Raubtier Mensch bändigt. Und Verklärung des Todes ist der Köder, der Helden in die Schlacht gehen läßt.«

Aristandros nickte sehr langsam, sagte aber kein Wort. Alexander blickte zwischen seinem Seher und dem fetten Perser hin und her; dann lächelte er, aber es war ein trauriges Lächeln.

»Es gibt also keine Wahrheit in euren Göttern und großen Geistern?«

Bagoas zuckte wieder mit den Schultern. »Wer kann das sagen? In allem findet der Suchende die Wahrheit, die er hineinlegt. In all diesen Geschichten ist immer noch ein Gott hinter den Göttern; vielleicht ist er wirklich da – irgendwo; vielleicht ist bei ihm die Wahrheit. Es mag so sein, es mag anders sein, es mag eine Wahrheit und eine Ordnung geben, die wir noch nicht erkennen können, oder, vielleicht ... vielleicht gibt es keinerlei Wahrheit und keine Ordnung, nur ein wirres Chaos, in dem wir Ordnung träumen, um nicht unterzugehen. Wir armen Sterblichen werden dies herausfinden, wenn wir gestorben sind. Nichts, oder Etwas, nach dem Tod. Aber es ist noch keiner zurückgekommen, um davon zu berichten. Deshalb ziehe ich es vor, zu währen, zu dauern, zu überleben, zu rätseln, zu glauben oder nicht zu glauben oder aufbauend zu zweifeln; mein Durst nach Wissen in diesen Fragen ist kleiner als mein Durst nach Wein. Und anders als mein Hunger nach Speisen kann mein Hunger nach Erhellung warten – sehr lange.«

Mit einem gerade noch wahrnehmbaren Hauch von Verachtung sagte Parmenion: »Leben wie eine Pflanze ... Du willst also keine großen Dinge tun, um dich selbst zu erfüllen, dich selbst zu erschaffen? Kranke pflegen, Städte bauen, deinem Volk zu Gesundheit verhelfen, Hungernde speisen, Schiffe lenken, ruhmreichen Tod in der Schlacht finden oder in Versen als Wohltäter der Welt gepriesen werden – nichts von alledem, nur andauern wie, nun ja, wie ein Stein, ein Pilz, ein Fisch?«

»Bin ich denn ein Fisch?« Bagoas grinste. »Ich schwimme, also bin ich ein Fisch? Ich denke, also bin ich ein Gedanke? Ist es das? Ich bewege mich nicht, also bin ich ein Stein? Oh, Parmenion, größter der Strategen des Königs, ich will dir meine Wahrheit sagen: Ich will nicht in Reichtum sterben noch in Elend, nicht in Ruhm noch in Schande. Am liebsten stürbe ich gar nicht.«

Sanft, fast liebevoll sagte Alexander: »Für einen, der den Tod fürchtet und nur leben will, bist du sehr tapfer gewesen, Bagoas. Wenn es dir gelungen wäre, mich oder sonst jemanden hier zu vergiften, wärst du eines gräßlichen Todes gestorben und hättest dir tausendmal gewünscht, nur Nägel und Zähne zu verlieren.«

Drakon kicherte trocken. »Das hat ihm trotzdem nicht gefallen, Alexander. Er wollte mich beißen.« Aus einer wassergefüllten Schale nahm er ein paar Blätter – Salbei, Minze, Thymian –, schob sie in den Mund und begann zu kauen.

»Nun ja, er hat sein Gift verloren und will uns mit Honig beschmieren. Ich weiß, er besitzt immer noch seine beiden besten Waffen – die Schneide der Zunge und die Phalanx der Gedanken.« Alexander blinzelte. »Aber ich will nur die Wahrheit von dir, Bagoas.«

Bagoas lächelte. »Ich habe sie dir gegeben. Ich kann sie in herben Worten wiederholen, wenn du willst, Herr. Wie ich zu Beginn des Abends sagte: Du wirst nirgendwo offene Arme finden, und nirgendwo Antworten. Du wirst den ganzen Weg freikämpfen müssen, sogar gegen die hellenischen Städte Asiens. Alle Antworten, alle Wahrheiten wirst du selbst erfinden und erschaffen müssen. Und du hast noch nicht einmal den Saum des iranischen Reichs berührt.«

»Nicht? Nicht einmal den Saum?« sagte Ptolemaios. »Und was ist mit der Schlacht, die wir gewonnen haben?«

Bagoas runzelte die Stirn und machte eine Handbewegung, als ob er Sand fallen ließe. »Ein paar iranische Kämpfer und hellenische Söldner, die zufällig in der Nähe waren. Wie weit seid ihr gekommen? Hundert Parasangen? Hundertfünfzig? Weniger? Wißt ihr denn, daß es so, wie ein Adler fliegt, mehr als tausend Parasangen sind von hier bis zur Grenze Indiens, wo das Reich des Königs Darayava'ush endet? Und ihr seid keine Adler, tapfere Makedonen. Ihr werdet jeden Schritt gehen und um jeden Schritt kämpfen müssen, auf Straßen, die sich schlängeln, durch Berge, die die Unterseite des Himmels berühren, durch Eis und Schnee, durch brennende Wüsten, die trostloser und unfruchtbarer sind als die Worte eurer Philosophen. Zehntausend Meilen Müdigkeit für euch, ehe ihr auch nur die Herzlande Irans seht, Parsa und Medien. Die Berge, die Wüsten, die großen Flüsse, die ihr überqueren müßt, die mächtigen umwallten Städte, die euch nicht einlassen werden. Und Darayava'ush hat noch nicht einmal begonnen, ein Heer gegen euch aufzustellen. Eure große Schlacht ... sie war nur ein Scharmützel. Vierzigtausend Krieger, fünfundvierzig, das ist euer Heer?

Wenn Darayava'ush euch entgegenkommt, früher oder später, wird das nur die Anzahl der Kämpfer seiner Vorhut sein. Vielleicht haut ihr euch einen Weg durch diese Vorhut, aber dann trefft ihr auf hunderttausend Krieger, die euch erwarten, und hinter ihnen noch mehr.«

Dann lachte er plötzlich, legte den Kopf halb auf die rechte Schulter und blickte lauernd auf den König. »Aber vielleicht wollt ihr ja gar nicht so weit. Was sind eure Kriegsziele? Ionien? Kilikien? Die von Hellenen erschlossenen Küstengebiete?«

Alexander machte eine wischende Armbewegung. »Später. Du klingst wie – eine Verheißung des Untergangs. Wir wissen, daß Persien groß und stark ist, aber damit werden wir uns befassen, wenn es soweit ist.«

Parmenion knurrte leise. »Er hat aber in einigen Punkten recht, Alexander. Zum Beispiel, was uns hier erwartet. Die Hellenenstädte in Asien, die zu befreien oder zu erobern sind, was aufs gleiche hinausläuft. Sie kommen mit den Persern zurecht, können leben, und sie zahlen dem Großkönig und den Satrapen weniger Steuern, als zum Beispiel Athen von denen verlangte, die Mitglieder des Attischen Seebunds waren.«

Bagoas schnitt eine Grimasse. »Wenn Geld so ein Problem ist ...«

Eumenes hielt einen abgenagten Hühnerschenkel hoch; mit vollem Mund sagte er: »Ist es, klar. *Und* ein Vergnügen. Wieso?«

Wie beiläufig sagte Bagoas, als das Gelächter verklungen war: »Nun ja, diese bescheidene Gestalt ohne jede Bedeutung könnte möglicherweise ...«

Alexander hieb auf den kleinen Tisch; ein Becher stürzte um. »Hör mit diesem Gerede auf, Bagoas. Sprich geradeaus. Ich weiß, du denkst krumm, aber begradige deine Zunge, sonst laß ich sie schienen.«

Bagoas lächelte zuvorkommend. »Ganz wie du wünschst, erhabener Herr. Wer bin ich, dir zu widerstehen? Deshalb will ich es ganz geradeaus sagen: wieviel?«

Perdikkas sprang auf und schrie: »Wieviel *was?*«

Ptolemaios deutete auf Bagoas, mit einem hämischen Grinsen. »Ich schätze, er wird uns jetzt fragen, wieviel wir haben wollen – als Gegenleistung für den Verzicht auf weiteren Vormarsch.«

Alexander lächelte dünn. »Nur theoretisch, Bagoas – wieviel, meinst du, würde dein König zahlen?«

Bagoas hob die Schultern. »Ich weiß es nicht. Was sind Makedoniens Jahreseinkünfte? Tausend Talente Silber? Zweitausend?«

Eumenes fuchtelte mit einem fetttriefenden Hühnerflügel. »Also, eh, ja, ungefähr, was, Harpalos?«

Er sah sich um, aber Harpalos war nicht im Zelt.

Bagoas rieb sich die Nase. »Hmmm. Ein Kämpfer erhält eine Drachme am Tag – im Durchschnitt, ja? Ein Talent reicht also für sechstausend Männer für einen Tag. Sagen wir, es sind zweiundvierzigtausend Krieger – sieben Talente am Tag, ungefähr zweitausendfünfhundert im Jahr. Mehr als Makedonien einnimmt. Ohne das Heer kannst du Hellas nicht halten, König; Makedonien würde wieder bedeutungslos. Und wenn du das Heer halten willst, um Hellas klein und Makedonien groß zu sehen, mußt du Kriege führen und Beute machen ... Wenn nun der große Alexander, seine edlen Freunde und Offiziere sich aus Asien zurückzögen – zehntausend Talente?« Er schaute sich um, betrachtete die Gesichter, sah Erstaunen, Unglauben, Verachtung, Begeisterung. »In Gold – das sind zweihunderttausend in Silber.«

Ins drückende Schweigen hinein knurrte Parmenion etwas; Eumenes legte sich auf seine Kline, hielt den Hühnerknochen über sich und sagte leise: »Uuu-allallalei!«

Hephaistion begann zu kichern; Krateros klackte mit der Zunge.

»So viel Geld?« sagte Kallisthenes. »Du meinst, Dareios würde das an uns vergeuden?«

Bagoas seufzte. »Vergeudung, ja. Aber er könnte in seiner unergründlichen Weisheit beschließen, genau dies zu tun.«

Wieder zog Schweigen wie ein klammer Nebel durchs Zelt. Endlich sagte Alexander, immer noch mit dem dünnen Lächeln:

»Nun, meine edlen Freunde? Was sagt ihr dazu?«

Philotas blickte Parmenion an. »Vater?«

Parmenion starrte blicklos ins Leere. »So viel, für so wenig«, murmelte er.

Aristandros setzte sich auf. Er lächelte, aber seine Stimme war schneidend. »Parmenion sagt es. So viel für so wenig. Ist also Persien, dessen Saum wir nicht berührt haben, ein weites Gewand, in das wir wie Läuse zu kriechen uns anschicken? Wer zahlt so viel Gold, um Läuse zu vertreiben? Mir scheint, wir sind doch ein wenig mehr als Läuse.« Er blickte Bagoas an, dessen Gesicht gefror. »Ist es so, Bagoas? Und sag mir noch eines: Wenn Dareios so viel zahlen könnte, um Läuse loszuwerden, wieviel würde er dann zahlen, um nicht von Kriegern heimgesucht zu sein?«

Alexander nickte. »Und wieviel hat er überhaupt?«

Bagoas ächzte und lächelte gleichzeitig; sein Gesicht war fleischgewordene Wonne und schrumpelndes Ungemach. »Edle Makedonen, laßt mich eines fragen. Wenn es denn gestattet ist, daß einer wie ich ...«

Krateros gähnte: »Götter, jetzt geht das schon wieder los!«

Bagoas rümpfte die Nase. »Wenn es sein muß ... Was sind denn nun eure Ziele – am Ende?«

Alle schauten auf Alexander, aber der schwieg. Hephaistion wartete, ob Parmenion spräche; schließlich, als das Schweigen andauerte, räusperte er sich.

»Unser König, Alexander, Herr der Makedonen, ist auch bevollmächtigter Stratege aller hellenischen Truppen – mit Ausnahme derer von Sparta –, und der Heilige Rat zu Korinth hat ihn und uns beauftragt, Unrecht gutzumachen.«

»Unrecht? Welcherlei furchtbare Dinge etwa?« Bagoas' Stimme war dick von Verachtung. »Hat jemand eine Bettzeugrolle gestohlen? Auf die Schwelle eines Tempels gepißt? Das Schamhaar einer hellenischen Dirne gezaust? Vor wieviel hundert Jahren?«

»So ähnlich.« Aristandros stand von seiner Liege auf, ging zum Perser und starrte auf ihn hinab. »Hast du vergessen, daß seit zweihundert Jahren nichts in Hellas ohne persische Einmischung geschehen konnte? Daß ihr Makedonien zur Satrapie gemacht und unsere Vorfahren ...«

»Du bist doch aus Telmessos, oder?« sagte Bagoas. »Asien, du Makedone!«

»... unsere Vorfahren gezwungen habt, gegen ihre hellenischen Brüder Kriegsfolge zu leisten? Vergessen, daß Xerxes nicht nur hellenische Krieger tötete und hellenische Städte verwüstete ...«

»... wie es in jedem Krieg geschieht«, murmelte Parmenion.

»... sondern auch getan hat, was niemand tun darf – daß Xerxes Tempel schändete und die heiligsten Gegenstände, Götterbilder, Altäre, Statuen von Vorkämpfern, all dies nach Persien schaffen ließ? Altäre und Standbilder, die allen heilig und ewig unserem Schutz anheimgegeben waren? Hast du das vergessen, fetter Mann? Die Heiligtümer wurden geschändet, wie auch die Heiligtümer Ägyptens, als König Artaxerxes dies uralte und verehrungswürdige Land unter seinem Stiefel zertrat. Hast du es vergessen? Vergessen, daß er den heiligen Apisstier metzelte? Und es mag sein, daß die hellenischen Städte Asiens Frieden gemacht haben mit euch – weil sie müssen. Aber Milet, Ephesos, Halikarnassos, Priene, sie alle waren da, ehe auch nur einer deiner Vorfahren von einem iranischen Reich zu träumen wagte. Zweifelst du auch nur einen Lidschlag lang daran, daß sie zu wählen wissen, wenn sie die Wahl zwischen hellenischer Freiheit und barbarischer Knechtschaft haben?«

Bagoas seufzte leise, fast mild. »Eine beeindruckende Rede, Seher. Ja, großer Aristandros von Telmessos, ich zweifle. Denn Menschen wählen immer das, was weniger schmerzt, was weniger kostet, was weniger unbequem ist. Und für die Städte an den Küsten Asiens ist es einfach, dem Großkönig Steuern zu zahlen, aber es wäre sehr teuer, sehr mühsam und sehr blutig, die Dinge zu ändern ...«

»Es mag einfacher sein, aber in der Bequemlichkeit von Sklaven liegt keine Tugend.«

»Wer fragt nach Tugend, wenn sie Hunger bedeutet? Das wären also deine Ziele, Alexander? Die Hellenen Asiens befreien?«

Alexander gähnte und rieb sich die Augen. »Das, und ein paar andere Dinge. Vor allem aber ist es nun mein Ziel und allerhöchster Wille, euch alle gehen zu sehen und ein wenig zu ruhen.«

Sie leerten ihre Becher, standen auf und verließen das Zelt.

Ptolemaios, der in dieser Nacht die Lageraufsicht hatte, half Eumenes auf die Beine; der Kardier war zu vollgefressen und vollgetrunken, um selbst aufzustehen. Schließlich waren außer Alexander und Hephaistion nur noch Ptolemaios und einige Königsknaben im Zelt, die er anwies, das Lager hier zu bereiten, nicht im kleineren Schlafzelt. Er blieb am Eingang stehen; während die Knaben und Sklaven ein breites Lager auf dem Boden aufschlugen und Alexander entkleideten, löschte Ptolemaios die Fackeln, indem er sie in einen Wassereimer tauchte.

Hephaistion saß auf dem Rand des Lagers und betrachtete den König. Alexanders Gesicht war müde, erschöpft, alt. Er lächelte und nahm Hephaistions Hand.

»Keine Sorge, Freund. Ich will nur ruhen, noch ein wenig reden, deine Nähe spüren, die die Nacht aus meinem Kopf treibt. Mehr nicht.«

Hephaistion löste seinen Gürtel, streifte die Sandalen ab und legte sich neben Alexander, der an die dunkle Zeltdecke starrte. Nur drei Öllampen brannten noch; alle Sklaven und Knaben waren gegangen. Hephaistion langte nach der schweren Decke, breitete sie über Alexander und sich, legte dann die Hand auf die Brust des Freundes.

»Wo wäre ich ohne euch?« sagte Alexander. »Es wäre kalt und einsam. Es *ist* kalt und einsam.«

»Geben wir dir nicht genug Wärme?«

»Ja. Und nein. Ah, ich weiß nicht. Vielleicht ist es der Wind.«

»Welcher Wind, Lieber?«

»Wenn man sich bewegt, auch wenn die Luft still ist, fühlt man, wie sie zu Wind wird. Je schneller du gehst, desto stärker wird er. Ich habe das Gefühl, seit Philipps Tod nur noch gerannt zu sein. Was hab ich verloren, was gewonnen?«

Ptolemaios lauschte hinaus in die Nacht; sie war windstill. In der Ferne hörte er, gedämpft, die Wellen des Meeres, näher wieherten ein paar Pferde. Dann der regelmäßige Schritt der Wächter.

»Macht hast du gewonnen, Alexander, und du verstehst sie sehr gut zu nutzen. Aber ...«

Alexander knurrte leise. »Ja. *Aber.* Ohne Macht war alles

einfacher. Kann ich jemandem trauen? Was ist der Sinn, der Nutzen der Macht? Ruhm, Gerechtigkeit, Freiheit?«

»Unterhaltung«, sagte Ptolemaios halblaut; Alexander hob den Kopf und blickte zu ihm herüber. »Die Menschen wollen alles gleichzeitig, aber vor allem keine Langeweile. Über die gerechten Könige, unter deren Herrschaft niemand fror oder hungerte oder Unrecht litt, erzählt man nur, daß sie gerecht waren. Die hörenswerten Geschichten erzählt man über Fürsten, die ihr Volk außerdem von der Bürde der Langeweile befreit haben – durch Krieg und andere Spiele.«

Alexander ließ sich wieder aufs Lager sinken. »Manchmal denke ich mich zurück nach Mieza, wo Aristoteles uns lehrte und wo wir spielen konnten, alles sei ernst. Dann denke ich, ich habe mehr verloren, als ich je wiedergewinnen kann.«

»Das ist so«, sagte Hephaistion, »es ist aber auch anders. Du bist weiter gekommen als Philipp, fast so weit wie Philipps Träume reichten. Du bist, wo Achilles nicht war.«

Alexander klang schläfrig. »Wirst du mit mir gehen, mein Patroklos?«

Hephaistion beugte sich über ihn und küßte seine Stirn. »Bis ans Ende. Aber vergiß die Hindernisse nicht – denk an Bagoas.«

Alexander grunzte. »Keine Sorge, ich vergesse nichts. Niemals. Ich weiß, wie wir die Städte behandeln müssen.«

»Wie?«

»Später ... morgen. Bagoas – seine Zunge ist lauteres Gift. Wir müssen ihn nach dem Amulett fragen.«

»Dem ... diesem ägyptischen Ding, das deine Mutter trägt?«

»Und Aristandros ... Sprich nicht von Olympias, Freund.«

Hephaistion ächzte. »Lieber nicht, nein. Aber all dies Gerede über Geld ... Bagoas hat Mißtrauen gesät – sehr klug. Er wird zusehen, wie die Saat aufgeht. Wir müssen aufpassen, Alexander. Jemand könnte auf den Gedanken kommen, dich zu töten und die größte Belohnung zu erhalten, die je gezahlt wurde.«

Alexander wandte den Kopf, zum Eingang. »Darüber wacht Ptolemaios, in dieser Nacht. Geh, mein Freund; laß uns allein.«

4. PELLA

Mehr als drei Monde nach ihrem formlosen Abschied von des Königs Heer erreichten Tekhnef und Dymas das makedonische Herzland. Der Axios führte im Hochsommer nicht allzuviel Wasser; statt sich zwischen Bauernkarren und allerlei Fußgängern auf der Fähre zu drängen, trieben sie ihre Pferde durch eine Furt im Schwemmland oberhalb der Mündung.

»Mittlerer Nachmittag«, sagte Dymas; er zügelte sein Pferd und betrachtete die neuen Häuser aus Holz und Lehmziegeln, die am Ostrand des Hafens von Pella errichtet waren. »Hier hat sich einiges getan. Bleiben wir im Hafen, ohne Musik?«

Tekhnef musterte ihn mit einem schiefen Lächeln. »Wettest du mit dir?«

»Du kennst mich zu gut, schwarze Göttin.« Er lachte. »Ja, ich wette. Auch ohne Musik kommt morgen einer, der uns zu Antipatros holen soll. Sagen wir, morgen nachmittag; und wahrscheinlich schon gegen Mittag einer von Olympias.«

Tekhnef blickte hinaus aufs Wasser, wo neben dem alten Hafenbecken vielleicht ein zweites, zumindest aber eine neue lange Mole entstand. »Ich setze dagegen«, sagte sie halblaut. »Olympias? Einer von ihren Leuten morgen mittag, gut, aber einer von Antipatros morgen früh.«

»Angenommen. Was ist der Einsatz?«

Tekhnef kicherte. »Wenn du verlierst, teilst du diese Nacht mein Lager. Wenn ich verliere, teil ich deines.«

Zu Beginn von Philipps Herrschaft war Pellas Hafen ein halb verlandetes Becken gewesen, mit einem bröckelnden Kai, ein paar Lagerhäusern, Läden und Schänken: ein minderwertiges Anhängsel der unbedeutenden Stadt, mit der es durch einen Kanal verbunden war. Becken und Kai waren von Philipp sofort wieder nutzbar gemacht worden, nicht nur für den Handel, sondern auch für die zunächst unwichtige Kriegsflotte. Bis zum Beginn des Asienzugs hatten mehrere Straßenzüge und Häuserblocks den alten Umfang der Hafensiedlung verdoppelt; im letzten halben Jahr war eine eigene Stadt daraus geworden, abermals verdoppelt und ins trockengelegte Sumpfland ausgedehnt. Am ostwärts verlängerten Kai aus Steinquadern – im Westen begann der Kanal, der die Ausdehnung hemmte – fanden Tekhnef und Dymas Unterkunft in einem neuen, zweigeschossigen Gasthaus mit Stallungen. Bis auf wenige Blumen und ein paar verpflanzte Stauden waren die Zierbeete des Innenhofs noch kahl; der Sklavenjunge, der einen Krug mit Wasser vom gemauerten Hofbrunnen zu ihrem Raum im Obergeschoß brachte, warnte sie.

»Wasser sumpfig, nicht gut trinken, nur waschen.«

Dymas warf ihm eine silberne Halbdrachme zu; der junge Thraker biß darauf, grinste und ließ sie in den Falten seines Schurzes verschwinden. »Ihr ander Wasser?«

»Und Wein.«

Der Raum mit den getünchten Wänden war hell und sauber, ebenso das flache Bettgestell, ein lederbespannter Holzrahmen; die Decken rochen wie frisch gewaschen, und auch eine gründliche Suche brachte keine Schlummertierchen zutage. Während Dymas die Instrumente in und auf die schlichte Holztruhe legte, sich entkleidete und vor dem Waschtisch mit Krug und Schale reinigte, nahm Tekhnef den mit durchscheinender Schweinsblase bespannten Rahmen aus der Fensteröffnung und betrachtete den Hafen, den Kai und die Menschen.

»Ägypter«, sagte sie erstaunt. »Ein Schiff ... könnte aus Kreta sein. Phöniker. Ein attischer Händler, ein Schiff aus Karchedon. Es ist nicht mehr der Rand der Welt; es ist der wichtigste Hafen eines Reichs geworden. Sieben, nein, neun Kriegsruderer, an den Molen und draußen ... Wein, Tuch, Gewürze, Schmuck – wo sind wir gelandet, Dymas?«

»Es ist der Hafen der Hauptstadt, wie du sagst, und der wichtigste Nachschubhafen für Alexander. Ich frage mich nur, wie sieht es in der eigentlichen Stadt aus?«

»Was meinst du?«

Dymas grunzte. »Wenn jetzt alle Waren im Hafen bleiben, müßte der Handel in Pella selbst sehr ärmlich geworden sein, oder?«

Als der Sklave mit Wein und Trinkwasser erschien, kramte Dymas eine weitere Halbdrachme hervor und gab sie ihm, damit er ein gutes Wort für die Behandlung der Pferde einlegte. Der Thraker blickte zwischen Tekhnef und Dyrnas hin und her, nickte, schien einen Moment die dichten schwarzen Haare auf dem Körper des Musikers zu zählen und das Gewicht seines Gehänges abzuschätzen, kaute auf einem Vorschlag herum, den er dann doch nicht machte, und ging. Dymas grinste und legte den Riegel vor.

»Was wird das?« sagte Tekhnef; sie löste sich von der Fensteröffnung.

»Ausziehen, waschen. Du riechst nach Pferd.«

»Und dann?« Lächelnd streifte sie den schmutzigen knielangen Chiton ab, den Schurz, die Sandalen.

»Ach, mal sehen.« Dymas ließ sich auf das Lager fallen. »Vielleicht kommt uns was dazwischen – mit der Wette, meine ich. Deshalb sollten wir die wichtigeren Dinge vorher erledigen.«

Auf dem Marktplatz in der Mitte des Kais – hier hatte man einige ältere Gebäude abgerissen – versank Tekhnef in Wehmut und Erinnern vor dem Stand eines Ägypters, der grelle Bilder auf Papyros feilbot, Gestalten und Schriftzeichen der alten Überlieferung, daneben auch kleine tönerne Nachbildungen des Sphinx genannten Löwenmannes, Götter- und Herrscherfiguren aus weichem Stein, bunte Flaschen mit »Wunderwerken für Nase und Haut, Düfte, wie sie nur die Meister vom Nil zu mischen verstehen«. An anderen Ständen gab es Fisch von der Küste, Obst und Gemüse aus dem Hinterland, Wein aus der Gegend, aber auch aus Rhodos und Attika. Ein paar große Männer mit wallendem Blondhaar, vermutlich Kelten, hockten auf dem Rand ihres Karrens, der Käfige trug mit Dachsen, Wieseln, zwei jungen Wölfen und einem kleinen Bären. Das Geschrei von Gänsen, Hühnern und gemästeten Tauben war nur eine Sprache von vielen – Makedonisch, Obermakedonisch, Attisch, Küsteniranisch, Assyrisch, Aramäisch, Chaldäisch, Phönikisch, Thrakisch, Illyrisch ... Ein Riese mit schwarzem Kraushaar, schwarzem Bart und goldenen Ohrringen bot feiste Bilchmäuse an; er hatte die Fingernägel und die Zähne schwarz gefärbt. In brüchigem Attisch – auch sein Persisch war kaum besser – nannte er Preise, beschrieb die Köstlichkeit der in Wein und Lauch anzugarenden, dann mit Kräutern scharf zu bratenden Tierchen, röhrte Bruchstücke uralter Geschichten – eines der Tiere stamme in direkter Linie von der Sippe ab, die über Jahre Lieblingsspeise der vergessenen Könige Lydiens gewesen sei – und zog mehr Kundschaft durch sein Äußeres und sein Gebrüll an als durch seine Ware. Dymas, neugierig geworden, verwickelte ihn in ein Gespräch und erfuhr, er heiße Nhiyar (oder so ähnlich), sei einem persischen Händler nach langer Sklaverei entsprungen und komme von irgendwo am Halys, in Kappadokien, wo es noch ein paar Dörfer mit prächtigen Menschen seinesgleichen gebe, allesamt große Steinschleuderer, Dudelsackspieler wie er und Trinker, die letzten der *luviya*, die lange vor den – Dymas ebenfalls unbekannten – *khattu* dort geherrscht hätten, unendlich lange vor allen bekannten Völkern. Ein blasses kleines Mädchen zupfte ihn irgendwann am Ärmel, fuchtelte mit einer Trommel, und Dymas wanderte weiter zum Stand eines Karchedoniers.

Der Mann trug eine topfartige Filzmütze, das gegürtete wadenlange Wollgewand und lederne Halbstiefel; trotz der Hitze des Sommers schien er nicht zu schwitzen. Er hatte wenige rätselhafte Gegenstände auf seinem Tisch aufgebaut, darunter einen hellgrauen Metallkegel, kaum höher als eine halbe Elle, oben spitz zulaufend, die Seiten mit seltsamen Zeichen versehen, einer Dymas unbekannten Schrift, die eingeätzt schien. Als er den Kegel berührte, spürte er eisige Kälte; als er ihn in die Hand nahm, stieß er einen leisen Ruf der Überraschung aus. Der Metallkörper war unglaublich schwer; noch lange, nachdem er ihn wieder abgesetzt hatte, war der kreisrunde Eindruck in seiner Handfläche zu sehen. Daneben stand eine Pyramide aus Porphyr, auf einer Eisenplatte; ebenfalls auf der Platte war eine Eisenspirale befestigt, die einen winzigen, unendlich genau ausgeführten Vogel trug, mit ausgebreiteten Flügeln.

»Was ist das, Freund?« sagte Dymas; unwillkürlich sprach er Westphönikisch, und mit den lange nicht mehr benutzten

Wörtern kamen die Erinnerungen an seine Kindheit und Jugend.

Der Karchedonier lächelte nicht, zeigte auch keine Überraschung, daß jemand ihn hier in Pella in der Zunge seiner fernen Heimat anredete. Er drückte mit dem Zeigefinger der Rechten den Vogel und die Spirale abwärts, auf die Eisenplatte; als er losließ, schnellte das aus zahllosen verschiedenfarbigen Steinchen und Metallsplittern bestehende Tier hoch, die Spirale schaukelte, ein Flügel des Vogels streifte die Pyramide aus Porphyr, und das Reibgeräusch klang wie der winzige Schrei eines winzigen Lebewesens. Dymas lief es kalt den Rücken hinab; seine Hand tastete nach der von Tekhnef.

»Der Vogel Phoinix«, sagte der Karchedonier. »Wenn er durch die Berührung mit seinem Flügel die ganze Pyramide abgetragen hat, ist ein Tausendstel der Ewigkeit vergangen.«

Tekhnef sog hörbar die Luft zwischen den Zähnen ein; Dymas schüttelte den Kopf und betrachtete die anderen Dinge: eine Schale mit öliger Flüssigkeit, in der eine Nadel schwamm, die unbeirrbar nach Westen wies, ganz gleich, wie sehr man die Schale drehen mochte; ein winziger Totenschädel aus feinem Silber, mit roten Steinen als Augen, die dem jeweils letzten Betrachter folgten; ein flaches, um eine Mittelnadel drehbares Goldquadrat, das nach zahllosen schwindelerregenden Kreiselbewegungen zu einem Kreis erstarrte. Und ein verwirrendes System von Drähten und Kugeln, insgesamt neun, um eine große gelbe Kugel in der Mitte angeordnet; die Drähte, die die neun anderen Kugeln trugen, waren ein wenig abgeflacht, eher Ellipsen denn Kreise; die zweite Kugel war trüb gelbrot, die dritte leuchtend blau und grün, die vierte ein böses Rot, die fünfte – riesig im Vergleich zu den Nachbarn – zeigte ein flammendes Dämonenauge und hatte wiederum ein eigenes System kleinerer Drähte um sich, wie auch die sechste.

»Was ist das?«

Der Karchedonier starrte in Dymas' Augen. »Das ist die Schmach des Adherbal, Dymas.«

Der Kitharist ächzte lautlos; Tekhnefs Hand war einen Moment lang der einzige feste Punkt im wirbelnden Kosmos der Schlieren und Gedanken.

»Mich gibt es nicht mehr«, sagte er heiser.

Der Karchedonier entblößte die Zähne; sie waren stark und gelblich. »Das wissen wir. Aber der Herr der Pferde möchte sich gern mit dir unterhalten. Nicht jetzt, später – oder früher. Eine Bitte, ein Rat, keine Anweisung.«

»Unterhalten? Worüber?«

Der Händler hob die Schultern. »Viele Dinge. Dinge wie der Sonnenaufgang über Kanopos, die Vaterschaft Amûns, langes Leben im Auge des Falken, derlei.«

»Wo?«

»Diese Nadel« – der Karchedonier wies auf die Schale mit der öligen Flüssigkeit – »zeigt nach Südwesten; das ist hier, zwischen den Häusern, nicht so deutlich auszumachen. Sie deutet immer auf einen schwarzen Luftstein im Tempel der Tanit.«

Dymas drehte sich um; er zog Tekhnef mit sich, weg vom Markt, von den Leuten, den Kai entlang nach Osten, bis zum Ende der Bebauung. Sie saßen im warmen Sand, die Füße in den schwappenden Wellen des Meers; die Sonne war nicht der strahlende Sonnenstern des makedonischen Königs, sondern eine bösartig glühende Scheibe, Unheil im Westen, zerschlitzt und aufgeteilt ohne Verminderung durch die Masten und Stengen der Schiffe im Hafen.

»Werde ich das denn nie los?« murmelte Dymas nach langem Schweigen.

Tekhnef schöpfte mit beiden Händen Sand und ließ ihn langsam durch die Finger rinnen. »Verlierst du deine Haut, deine Erinnerungen? Deine Musik?«

»Ich will nicht. Nicht mehr.« Er ließ sich auf den Rücken fallen und hieb die flachen Hände in den Sand.

Tekhnef kniete; sie hob den Chiton hoch, immer höher, bis über dem Rand des hellen Leibschurzes, unter dem Nabel die Narben zu sehen waren, scheußliche Zackenspuren, hinterlassen von der Ältesten ihres Volkes, die nicht gewollt hatte, daß das Mädchen in der Ferne Kinder gebäre, außerhalb der Gemeinschaft.

»Kann ich meine Haut abstreifen, meine Narben?«

Sie ließ den Chiton fallen und kauerte auf den Fersen. Leise und eindringlich sagte sie: »Du bist das, was du getan und erlebt hast. Du kannst es nicht in den Wind werfen.«

»Kann ich nicht eine neue Welt machen? Wie Alexander? Muß ich die alte weiterschleppen?« Er klang wie ein schwermütiger Knabe.

»Alexander? Vielleicht verändert er die Welt, aber sie ist nicht neu. Und – er ist Niemand. Oder so viele, daß er Alle werden muß, um irgendwann Einer zu sein. Was eine umständliche Redeweise ist für: Es gibt ihn nicht; er ist ein vielfacher Traum, ein zahlloser Albtraum, ein Gefäß mit wechselndem Inhalt.« Sie streckte sich neben ihm aus und legte eine Hand auf seine Brust. »Du bist. Auch durch den Mut, dich selbst und die Dinge anzunehmen. Deshalb liebe ich dich – etwas, das ein Mann ist, ein Mut und eine Musik. Wenn du den Mut verlierst, wird auch die Musik schwinden. Dann werde ich dich verlassen, Dymas.«

Der Schankraum des Gasthauses füllte sich nur langsam; wahrscheinlich zogen viele, die hier schliefen, für abendliche Speisung und Unterhaltung andere Schänken vor, die eher in der Mitte des Hafens lagen. Nach längerem Feilschen einigten sie sich mit dem Wirt auf ein üppiges Mahl: Näpfe mit Fischbrocken in einem Sud aus Wein, Lauch und Kräutern; frische Brotfladen mit klein gehacktem, scharf gewürztem Rindfleisch; gebratene Tauben, in Speck gewickelt und mit Teig und Kräutern gefüllt; Dickmilch mit frischen Beeren und Obststückchen; dazu reichlich Wein und frisches Wasser, nicht aus dem Hofbrunnen. Der Schankraum war erhellt durch Fackeln, die in Brusthöhe in Bronzefäusten an den Wänden steckten, durch Öllämpchen auf den Nadelholztischen und durch eine Ölleuchte, die in der Mitte des Raums auf einem Tischchen stand: ein Behälter aus gelblichem Glas oder durchscheinendem hauchdünnem Stein, gefüllt mit Rosenöl und einem langen Docht. Es gab keine Musik; die Gäste unterhielten sich leise, machten nur hin und wieder freundlich derbe Bemerkungen über die Schankmädchen, deren Umhänge eher Nebel waren denn Tuch und insgesamt eine besondere Art der Nichtbekleidung.

Tekhnef schien versonnen oder zerstreut; sie aß, ohne sich

den Speisen zu widmen. Dymas beobachtete die übrigen Gäste: ein ägyptischer Händler mit Bronzehaut, weißem Kopftuch und schweren Ringen; vier Offiziere von Kriegsruderern; ein blasser Mann mittleren Alters mit Mausgesicht und Tinte an den Fingern; ein Kaufherr aus dem Ort, mit Frau und halbwüchsigem Sohn; ein weitgehend stummer Thraker, wahrscheinlich ebenfalls Händler; ein junger Hellene, vielleicht Handelsschiffer; und drei Makedonen gesetzten Alters, die ebensogut Offiziere außer Dienst sein konnten wie Beamte der Verwaltung oder Grundherren.

»Immerhin hab ich ja damit nicht schlecht verdient«, sagte Dymas kaum hörbar, als eines der Mädchen die Näpfe weggeräumt hatte. Es waren seine ersten Worte seit dem Strand, das Feilschen und Bestellen nicht mitgerechnet.

»Die Sorge, von Auftraggebern langwierig gebunden zu werden, ist mit Mut vereinbar.« Tekhnef lächelte; es war, als ob sie tief aufatmete.

Dymas berührte ihre Hand. »Ich danke dir – für dies und jenes. Ein kluges Wort ersetzt mehrere Messerstiche.«

Sie zeigte ihm die Zungenspitze. »Zwei Jahre«, sagte sie dann, immer noch leise und am Nebentisch nicht mehr zu hören, »seit man dich nach Aigai schickte. Seither nichts, oder?«

Er räusperte sich und betrachtete seine Hände. »Man könnte natürlich dem einen oder anderen etwas erzählen – wenn man etwas sieht. Gegen gute Münzen. Unverbindlich, ohne einen dauernden Auftrag daraus entstehen zu lassen.«

Einer der drei Makedonen stand von seinem Tisch auf – er hatte allein gegessen, schien nichts mit den beiden anderen gemein zu haben – und kam mit seinem Weinbecher herüber.

»Aber warum ich?« sagte Dymas, ein wenig lauter und fast erbost.

Der Makedone berührte seine Nase mit dem Rand des Bechers. »Weil Augen, die einmal zu sehen gelernt haben, mehr sehen als andere. Darf ich mich zu euch setzen?«

Tekhnef kicherte leise; Dymas seufzte.

»Von wem willst du uns grüßen?«

Der Makedone zog einen Scherenstuhl heran, ließ sich nieder und beugte sich vor. »Vom Strategen Europas.« Seine

Stimme war kaum mehr als ein Flüstern. »Von wem denn sonst?«

Tekhnef kicherte immer noch. »Wir haben beide verloren«, sagte sie mit einem Glucksen.

»Was habt ihr verloren?«

»Wetten. Ob zuerst einer von Olympias oder von Antipatros zu uns kommt. Aber wir hatten erst mit morgen früh gerechnet.«

Der Makedone grinste. »Eines der Mädchen hier arbeitet auch für Olympias; seit ihr angekommen seid, werdet ihr beobachtet.«

Dymas nickte; sein Gesicht war mürrisch. »Na gut. Und?«

»Ihr solltet morgen früh nach Pella reiten; der Stratege erwartet euch, am späten Vormittag.«

»Bedauerlich.« Dymas deutete mit dem Kinn auf den ägyptischen Händler. »Für den Strategen, meine ich. Wir werden ihn enttäuschen müssen. Ich wollte den Handelsherrn dort drüben fragen, wann sein Schiff ausläuft. Und ob er uns gegen Bezahlung mitnimmt.«

Der Makedone verschränkte die Arme. »Sein Schiff läuft morgen früh aus; ohne euch.«

»Bist du sicher?«

»Eure Pferde ...«

»Die können wir verkaufen.«

Der Makedone schüttelte den Kopf; eine Art spöttischer Trauer zog über seine Gesichtszüge. »Macht es euch und mir doch nicht so schwer. Muß ich denn das Schiff von einem Kriegsruderer anhalten lassen?«

Antipatros empfing sie im großen Beratungsraum der Königsburg, die auch unter dem gleißenden Sommerhimmel zu düster war, um den Vorstellungen von einem Palast zu entsprechen. Über die Glatze des alten Strategen hatte sich ein Netz feinster Schweißperlen gebreitet, mit denen er hin und wieder ein bräunliches Tuch befeuchtete, ohne sie mindern zu können. Die Fensteröffnungen des dunkel getäfelten Raums waren dunkel verhängt; vor den Fenstern standen Wasserschalen mit Blüten, die der stickigen Luft einen Beigeschmack von Dung gaben.

Antipatros trug nur einen ledernen Schurz. Das Alter des Körpers zeigte sich in der weißgrauen Behaarung; der Rest war Muskeln, Sehnen, Narben, kein schlaffes Gewebe: der Leib eines harten, junggebliebenen Kriegers.

Tekhnef erfrischte sich mit Getränken und Früchten in einem kleinen Nebengemach, außer Reichweite von Olympias' Spitzeln, frei von der Langeweile, die sie im Beratungsraum empfunden hätte, wie sie sagte. Pella, zu ruhig an diesem heißen Vormittag, hätte sie vielleicht zu einem Bummel verlockt, aber nicht allein, nicht jedenfalls, solange sie damit rechnen mußte, zur Königsmutter gebeten oder geschleppt zu werden.

Antipatros kam sofort zur Sache. Er hatte einen kleinen Stapel Tetradrachmen auf dem langen Beratungstisch aufgetürmt, deutete kurz auf die Silbermünzen und fragte Dymas aus. Es ging vor allem um die Dinge, die der Musiker in Thrakien gesehen und gehört hatte, auf dem Weg vom Hellespont nach Pella. Dymas berichtete, ausführlich und genau; schließlich füllte Antipatros die Becher wieder mit Fruchtsaft und Wasser und fletschte die Zähne.

»Nichts, was uns unbedingt sofort aufregen müßte ... Immerhin klingt deine Wiedergabe gewisser Gespräche in Schänken weniger fröhlich als das, was die Offiziere und Verwalter berichten. Nun ja ...« Er starrte auf die Tischplatte, schob Täfelchen und Stifte hin und her. »Zwei Jahre? Drei?«

»Bis zum großen Aufstand?« Dymas runzelte die Stirn. »Es hängt von vielen Dingen ab. Ein riesiges Land, in dem ihr zu wenig Leute verteilt habt. Die Fürsten ... sie fürchten euer hartes Heer, aber sie sehnen sich danach, wieder selbst die Gesetze zu erlassen. Ein Wirt sagte so etwas wie ›Besser das Unrecht des eigenen Herrn als die Gerechtigkeit der Fremden‹.«

Antipatros nickte. »Eine Empfindung, die ich begreife. Nun denn mehr Truppen kann ich nicht hinschicken; wir sind ohnehin überall zu dünn verteilt, verstehst du, ein zu großer Brotfladen, mit kaum erkennbaren Fleischteilchen belegt.«

Dymas grinste. »Laßt sie doch frei.«

»Das würde das Problem nicht lösen.« Antipatros lehnte sich zurück und kratzte zwischen seinen Brusthaaren. Mit dem Kinn wies er auf den Münzenstapel. »Sie sind zu nah an den Förderstellen im Pangaion; sobald wir uns aus Thrakien zurückziehen, kommen die Thraker wieder über uns, wie so oft; und abgesehen von allem anderen brauchen wir die Landverbindung, für den Nachschub – jedenfalls solange die Perser und Phöniker mit ihrer Flotte fuchteln.«

Dymas legte beide Hände um den Becher, der sich nachts mit kühlem Wasser vollgesogen hatte, dieses nun ausschwitzte und den Saft kühl hielt. »Sie wären jetzt zwischen Hammer und Amboß – du von Westen, Alexander von Südosten. Sie werden warten, bis Alexander tief in Asien steht und nicht mehr eingreifen kann.«

Antipatros schob den Münzenstapel über den Tisch. »Wenn du auf deinem weiteren Weg wichtige Dinge siehst ... Wohin wollt ihr?«

Dymas hob die Schultern. »Vor deiner freundlichen Einladung hatten wir erwogen, ein Schiff zu besteigen und zu fahren, wohin es fährt ... jetzt? Ich weiß nicht. Wahrscheinlich reiten wir, langsam, mit vielen Schänken und viel Musik. Allgemein nach Süden – Athen im Frühling?«

»Wir wollen das Unangenehme mit dem Nutzlosen verbinden.« Antipatros lächelte ohne Freude. »Olympias wird euch sprechen wollen; sie webt ihr Netz weiter, und manchmal habe ich mehr damit zu tun, es zu zertrennen, als mit den Geschäften des Staats.«

»Was ist Alexanders Meinung?«

»Ich soll die Mutter des Königs ehren und an der Einmischung in den Staat hindern.« Der Stratege schnitt eine Grimasse. »Manchmal läßt sich das schwer verbinden – das Ehren und das Hindern. Aber ... Nun gut. Heute abend seid ihr meine Gäste, ihr werdet im Palast übernachten. Keine Widerrede, Dymas. Es gibt ein kleines Fest, mit Erzählungen eines weitgereisten Mannes und, hoffentlich, ein wenig feiner Musik von euch.«

»Wenn es sein muß ... Wer bin ich, daß ich deine Anweisungen mißachten könnte?« Er steckte die Münzen in seine Gürteltasche.

»Ganz recht. Der Weitgereiste ist ein Händler, Schiffer, Schreiber und Geograph aus Nikaia. Er heißt Knephalos ...«

»Welches Nikaia? Das bei den Thermopylen?«

»Nein, das weit im Westen, Tochterstadt von Massalia.«

Dymas pfiff leise. »Wahrlich ein weitgereister Mann.«

»Er kennt Sardonien, Kyrnos, die italischen Länder, die sikeliotischen Städte, sogar Karchedon. Was mich zu einer anderen Frage bringt, die ich fast vergessen hätte. Was wollte Bonqart von dir?«

»Wer?« Dymas setzte sich auf.

Antipatros lächelte müde. »Der Händler aus Karchedon.«

»Du weißt, daß ich mit einem Karchedonier gesprochen habe?«

»Ich weiß alles, Kitharist. Weil ich alles wissen *muß*. Obwohl es vieles gibt, was ich lieber nicht wüßte.«

Dymas kaute auf der Unterlippe. »Dann weißt du sicherlich ...«

»... daß du für Demaratos, für Hamilkar und für Bagoas gearbeitet hast? Weiß ich. Bonqart ist ein wichtiger Mann, nicht die rechte Hand, aber sicherlich der rechte kleine Finger von Hamilkar.«

»Die Welt ist eng, Stratege. Die Oikumene erscheint mir manchmal als kleiner trüber Tümpel.«

Antipatros stand auf. »Was erwartest du? Es gibt drei Mächte in der Oikumene. Makedonien, Persien und, im Westen, Karchedon. Makedonien, das bin ich, hier und jetzt. Ich muß alles wissen, was zwischen der libyschen Wüste und den Küsten Asiens geschieht.« Er grinste knapp. »Hamilkar und ich, wir haben uns nie gesehen, aber wir kennen einander sehr gut. Manchmal tauschen wir Gedanken aus. Also, was wollte Bonqart?«

»Mir sagen, daß Hamilkar mit mir über viele Dinge reden will. Ammons Vaterschaft, zum Beispiel, und das lange Leben im Falkenauge.«

Antipatros holte tief Luft und setzte sich wieder. »Dieses unsägliche Amulett ... Olympias hat es, ein halbes Dutzend windiger Priester und Seher, Aristoteles; die geheimen Aufklärungsdienste der drei großen Mächte beschäftigen sich damit. Was macht es denn nur so wichtig?«

Das Fest fand im Burghof statt. Über den Feuern, lange vor Sonnenuntergang angefacht, drehten sich halbe Ochsen, Lämmer, Ferkel und gemästete Vögel; Sklaven und Diener schleppten Näpfe und Schalen mit Obst, frischem und säuerlich eingelegtem Gemüse zu den Tischen. Es gab Berge von süßem Gebäck, Seen von Milch, Wasser, Wein und Säften, genug Brotfladen, um damit Thessaliens Senken auszulegen. Auf dem ersten Absatz der großen Treppe spielten Tekhnef und Dymas einige schnelle Tänze, folgten dann Antipatros' Einladung und ließen sich an seinem Tisch nieder, während andere Musiker, Gaukler und ein keltischer Magier die Gäste unterhielten. Immer wieder blickte Dymas hinüber zur Königsmutter.

Olympias mußte inzwischen vierzig Jahre alt sein, vielleicht auch etwas mehr, aber sie bewegte sich wie eine junge Frau. Das Alter hatte ebensowenig Spuren hinterlassen wie die Kämpfe und Ränke; oder wenn, dann waren diese Spuren getilgt, verkleidet, verschalt von der Kunst des Schminkens. In dem kurzen Gespräch mit ihr war es Dymas, wie er glaubte, durchaus gelungen, nichts von Bedeutung zu sagen; dennoch hatte er das Gefühl, von den Messern ihrer Augen entkleidet, ausgeweidet und in kleinste Stücke zerteilt worden zu sein.

»Was für ein Weib«, sagte er leise, als er bemerkte, daß auch Tekhnef immer wieder zu ihr hinschaute.

»Was für eine Hexe.« Antipatros gluckste. »Sie ist schön, nicht wahr? Fast noch hinreißender als damals, als Philipp sie von Samothrake holte. Aber ich kenne sie, und ich lobe dich, Dymas.«

»Lob? Wofür?«

Antipatros lachte. »Sie ist zornig; sie kocht vor Zorn. Wenn sie ein Misthaufen wäre und ihr Zorn Hitze, wäre dieser ganze Burghof unbewohnbar vor Drang, Gestank und Erstickung. Sie wollte vieles von dir wissen, und du hast ihr offenbar nichts gesagt. Wahrscheinlich zieht sie sich bald zurück.«

Aber sie zog sich nicht zurück; sie blieb, um den Erzählungen des weitgereisten Knephalos zu lauschen, der von seinen Fahrten und Funden berichtete: ein langer, dünner

Mann mit schütterem Haar, Sichelnase, blassem Bart und lebhaften Augen. Im linken Ohr trug er einen goldenen Ring, an dem er bisweilen zerrte, als ob er die gesamte Kopfhaut abstreifen wolle. Mit witzigen Abschweifungen und weiträumigen Armbewegungen erzählte er von drei Dirnen des Hafens Lindos, vom Sonnenaufgang über der gewaltigen Kriegsflotte, von den Phönikern im Dienst des Dareios, von seiner Fahrt nach Halikarnassos, wo er blieb, obwohl er weiter nach Norden hatte segeln wollen.

»Aber da waren ja die anderen – nichts für ungut, edle Fürstinnen und Fürsten, ich meine euch, die Flotte der Verbündeten. Kein gutes Gewässer für Handelsreisende, nein nein.«

Er berichtete von den wechselnden Stimmungen in Halikarnassos, von den Nachrichten aus dem Norden, von der Spaltung der Bevölkerung in Anhänger und Gegner der Perser. Von der Verblüffung, als man hörte, daß es der großen Flotte nicht gelungen war, Milet zu entsetzen – Milet, dessen Hafen von der viel kleineren Bundesflotte gesperrt wurde, die anzugreifen in dem engen Gewässer vor dem Hafen unmöglich gewesen wäre. Von der noch größeren Verblüffung, als man erfuhr, daß Alexander anschließend die Bundesflotte aufgelöst und heimgeschickt hatte.

»Da wußten wir, daß wir es mit einem ebenso verzweifelten wie kühnen Gegner zu tun hatten. Um Vergebung, daß ich ›wir‹ sage; ich spreche aus der Sicht der Stadt.«

»Wieso verzweifelt?« sagte einer der Offiziere.

»Wenn er Geld und Zutrauen zu den Hellenen besäße, könnte er eine größere Flotte aufbieten. Beides fehlt ihm, Geld und Vertrauen; deshalb hat er die Hellenen heimgeschickt, mit ihren Schiffen. Und beschlossen, durch Eroberung der ganzen Küste die phönikische Flotte der Perser ohnmächtig zu machen. Wenn sie keinen Hafen mehr haben, nirgendwo Vorräte ergänzen oder Wasser finden können, sind sie nicht einzusetzen. – Und dann waren sie plötzlich da, vor Halikarnassos.«

Die gnadenlose Hitze des achten Mondes hatte das Gras verdorren lassen. Viele Quellen waren versiegt. Am Tag und in den Nächten, in denen ein schwacher auflandiger Wind wehte, stank es rund um Halikarnassos nach faulendem Tang, nach Fisch und abgestandenem Wasser. Das Meer hatte sich in einen blauschimmernden Spiegel verwandelt, der das grelle Licht und die Hitze verdoppelte. Seit zehn Tagen leistete die Hafenstadt erbitterten Widerstand. Die Makedonen waren keinen Schritt weitergekommen.

Das Funkeln der Sonnenstrahlen auf Waffen und fremde Stimmen weckten Ephialtes auf. Der Athener sprang von seinem Lager, riß das Schwert an sich und hastete die Holzleiter zum Dach hinauf. Knephalos folgte ihm; als unfreiwilliger Gast der Stadt war auch er belagert und versuchte, sich als Helfer, Berater und Schreiber von Ephialtes nützlich zu machen. In der Stadt war es ruhig; über die dicken Mauern aus Steinquadern kamen die ersten Sonnenstrahlen. Mit einem schnellen Rundblick sah Ephialtes, daß alle Wachen auf den Dächern, auf der halbkreisförmigen Mauer und den Felsen der beiden Vorgebirge standen.

»Was bedeutet das Lärmen, Mann?« schrie er, beide Hände am bärtigen Kinn. »Greifen sie endlich an?«

»Vielleicht später. Sie waren am Hafen, in der Nacht. Jetzt kommen sie zurück.«

»Der Graben im Norden?«

»Sie füllen ihn noch immer auf. Sollen wir ihnen die Arbeit sauer machen?«

»Noch nicht. Erst müssen wir beraten.«

Der befestigte Hafen öffnete sich nach Nordwest. Die Stadt erhob sich wie ein Theater in halbkreisförmigen Straßen und immer höheren Rängen, zwischen uralten Bäumen bis zur Stadtmauer. Sie war gegen die Felder und ebenen Flächen durch einen zwanzig Schritt breiten und zehn Schritt tiefen, felsigen Graben geschützt. Die beiden Männer, die auf einem der obersten Häuser standen, konnten fast ungehindert über die Mauern und hinaus aufs Meer blicken. Zuerst starrten sie dorthin, wo die Fremden schufteten. Ein Windhauch brachte den stechenden Geruch des Schweißes heran.

Es sah aus, als wolle der kleine Sohn Philipps die Stadt belagern, bis sie geschleift werden konnte.

Hütten aus Balken und nassen Fellen schützten die Makedonen vor den Pfeilen und Steinschleudern der Verteidiger.

Unaufhörlich schleppten Hunderte schwitzender Männer Steine und Erde in Körben heran und schütteten einen breiten Damm im Graben auf. Dort würden die Belagerungsmaschinen aufgestellt werden.

Auf der Innenseite der Ringmauer wuchs der Turm der Verteidiger. Die Söldner bauten ihn unter dem Befehl des Mannes aus Rhodos, Memnon. Eine hölzerne Pyramide, auf deren Plattformen Katapulte, Pfeilschleudern und Krieger stehen sollten. In der Nacht war wenig gearbeitet worden, jetzt kamen die Zimmerleute und die Schmiede wieder zusammen. Von einem Mauerturm ertönte ein häßliches Schnarren, dann erschütterte ein harter Schlag die Ruhe des beginnenden Tages, und heulend raste ein Schwarm kurzer Pfeile von der Mauer hinüber zu den schuftenden Makedonen. Die Männer sprangen fluchend in die Deckung der nassen Felle.

»Sie haben am Granikos gesiegt, vor drei Monden«, murmelte er und sah die langgestreckten Wolken der rosenfingrigen Eos an. »Und sie werden auch Halikarnassos schleifen, die Rasenden.«

Er ahnte, daß dieser Tag nur ein Glied war in einer langen, ehernen Kette, und das Ende würde Tod und Chaos. Vielleicht auch für ihn. Jeder starb seinen eigenen Tod. Ephialtes schob das Schwert in die Gürtelscheide und kletterte zurück in den winzigen Wächterraum. An den Wänden standen und hingen Waffen, auf einem Wandbrett stand ein Krug. Der Athener trank. Dann legte er Waffen an und ging zur Burg, unten am Hafen. Die Stadt wimmelte von Kriegern des Dareios in ihren farbenprächtigen Rüstungen und Kleidungsstücken, und von Söldnern mit wettergegerbten Gesichtern.

Kaum war er einige Schritte gegangen, ertönte hinter ihm wildes Geschrei. Er blieb stehen, drehte den Kopf und sprang in eine offene Tür. Ein kantiger Felsen, groß wie der Oberkörper eines Kindes, wirbelte mit dumpfem Heulen durch die Luft, kam schräg herunter, überschlug sich und prallte gegen den steinernen Bogen über zwei Säulen. Steinbrocken, Teile des Simses und abgerissene Figuren schlugen, eingehüllt in Staub und Sand, zu Boden. Gackernd flogen Hühner in alle Richtungen, ein Pferd scheute, und fluchende

Männer sprangen zur Seite. Die Säulen taumelten. Eine fiel knirschend um und zerschmetterte zwei Schafe, die blökend stehengeblieben waren. Langsam kollerte der zerplatzte Steinbrocken die abschüssige Straße hinunter.

»He, Ephialtes, wohin gehst du?«

»Hinunter, zu Memnon. Er soll uns sagen, was wir gegen den Knaben aus Pella tun. Keiner hier kann ruhig schlafen.«

»Dareios wird kommen und die Makedonen zurückschlagen.«

»Der hat anderes zu tun«, knurrte Ephialtes und würgte den Rest eines Fluches herunter.

Die Mauern und ihre Türme, die Zinnen und die Aufschüttungen hinter dem wuchtigen Ringwall bevölkerten sich mit bewaffneten Kriegern. Die hölzerne Pyramide wuchs von Tag zu Tag. Man traute der augenblicklichen Ruhe nicht und hängte nasse Felle an die Balken und vor die Plattformen. Überall hämmerten die Handwerker die Pfeilschleudern und die Teile der Katapulte zusammen. Nur aus Nordost oder aus dem Westen konnten die Makedonen angreifen. Die Stadt war entschlossen, ihnen bis zum letzten Blutstropfen zu widerstehen. Kinder und Jugendliche sammelten Steine und Felsbrocken und schichteten sie nahe den Katapulten zu großen Haufen.

Die Belagerungstürme der Makedonen wurden herangeschafft und zusammengesetzt. Kleinere Katapulte wurden im Lager der Makedonen gebaut und in Stellung gebracht. Auch die Angreifer hatten Mengen von Steinen und Felsbrocken gesammelt; die ebenen Flächen und die Feldraine vor den Mauern waren voll davon.

Ab und zu gaben die Bedienungsmannschaften einen Schuß ab. Sie mußten die Wurfweite ihrer Geschütze einstellen.

Innerhalb der Mauer wurden die schweren Stützpfeiler verbreitert, mit Stufen versehen und verstärkt.

Die Truppen des kleinen Makedonen kamen sieglos von dem westlichen Hafen zurück, der sich nur zum Schein ergeben hatte. Der Stadtgraben wurde aufgefüllt, zwischen den Zelten loderten Feuer und stiegen Rauchsäulen in den Himmel, der ohne Wolken war und von dem die Sonne erbarmungslos herunterstach. Die Katapulte hatten sich eingeschossen und fegten mit einem dauernden Hagel kleiner Felsen, die man mit Hämmern gespalten und so in kantige Geschosse verwandelt hatte, die Verteidiger von den Mauern. Jeder weitere Tag zeigte beiden, den Verteidigern und den Angreifern, die Fortschritte der seltsamen, insektenhaften Bauwerke aus Bohlen, Balken und Tauwerk.

Die Pyramide hinter den Stadtmauern wuchs. Sie überragte die Zinnen um dreißig Ellen. Hinter den nassen Vorhängen aus Fell und den Brettern sahen die Verteidiger hervor, und die Pfeilschleudern richteten sich auf die näher kommenden Belagerungstürme. Während diese auf breiten Rädern und eisernen Achsen heranrumpelten, prasselten Steinbrocken gegen die Mauern, durchschlugen Dächer, verwundeten und töteten Verteidiger oder prallten von den Schutzbrettern vor den Pfeilschleuderkatapulten ab.

Unaufhaltsam näherten sich von mehreren Seiten die Belagerungstürme, deren Flanken von zerbeulten Schilden strotzten. Die Männer, die sie schoben, waren unter den vorspringenden Schutzdächern versteckt. Die Verteidiger wichen immer wieder von den Wällen, wenn die Hagelschauer der Pfeile und der Steinbrocken aus der Ebene kamen. Die Makedonen steigerten ihre Anstrengungen und ihre Wut von Tag zu Tag. Die Hitze wurde kaum geringer, nur einmal ging ein kurzer Regen nieder.

Die Belagerungstürme erreichten ein breites Mauerstück zwischen den Toren und den Tortürmen.

Aus dem untersten Bereich schoben sich mannsdicke Balken, die an Stricken hingen. Sie schwangen vor und zurück, und die Metallköpfe donnerten gegen die Mauer.

Jeder Schlag zertrümmerte ein Stück des Gesteins, machte es bröckelig und ließ es herunterrieseln, zerstörte weitere Teile des Quaders und trieb ihn aus dem Verbund der Mauer hinaus. Auf jeder Seite des schweren Balkens wuchteten dreißig ausgeruhte makedonische Krieger die Ramme hin und her, vorwärts und zurück. Einen ganzen Tag lang schnellten die Arme der Geschütze hoch, schlugen die Schenkel der Pfeilschleudern an und rissen die Sehnen nach vorn, heulten die kurzen Pfeile mit den eisernen Spitzen über die Mauern und durch die schmalen Gassen von Halikarnassos. Die Nacht kam; eine der furchtbaren Nächte, in denen es keinen Schlaf gab. Zwei Stützpfeiler und ein großer Teil der Mauer selbst waren halb zerstört und konnten jede Stunde zusammenbrechen.

Mitten in der Nacht, im nachlassenden Schwirren der Pfeile und Steine, tauchten auf dem wankenden und durchlöcherten Wall Männer auf. Sie schützten sich mit schweren Schilden, griffen hinter sich und schleuderten besonders lange Fackeln auf die Belagerungstürme. Kochendes Öl spritzte und entzündete sich. Die Fackeln loderten und qualmten, und es wurden immer mehr, die wie seltsame, stürzende Sterne durch die Finsternis wirbelten. Die trockenen Felle brannten wie Zunder. Sie stanken und qualmten so stark, daß die Krieger aus den Maschinen sprangen und versuchten, den Pfeilen von den Mauern zu entgehen. Die Maschinen fingen zu brennen an. Das lodernde Öl lief die Balken entlang und sickerte zwischen die Holzbohlen.

Dann brachen die Mauern zusammen.

Über die Quadern, durch eine gewaltige Staubwolke hindurch, sprangen und rannten die Verteidiger. Sie waren schwer bewaffnet, und ihr Vorstoß wurde von Hunderten Bogenschützen gedeckt. Sie schleuderten Speere, kaum daß sie vor dem Hintergrund der schwelenden Lagerfeuer die Wachen erkannten. Tödlich trafen die heulenden Pfeile von der Mauer. Schwärme von Verteidigern begannen die Brokken und Quadern wegzuschleppen. Hinter der eingestürzten Mauer konnte man im fahlen, zuckenden Licht der Feuer und Fackeln und der hochzüngelnden Flammen der Belagerungstürme eine halbrunde, zweite, weiter zurückgesetzte Mauer sehen.

Als die ersten Zelte in Flammen aufgingen und die langen, geschliffenen Klingen der Sarissen blinkten, und als das Stampfen von schweren Schritten das Kommen der makedonischen Phalanx ankündigte, zogen sich die Verteidiger Schritt um Schritt zurück. Ihr Rückzug wurde von den verbliebenen Mauern und der neuen Sperre unterstützt, und aus dem Lager kamen die Befehle, die Belagerungsmaschinen mit dem Trinkwasser der Makedonen zu löschen.

Nur wenige Verteidiger, aber viele Angreifer lagen als dunkle Bündel auf dem zerwühlten Land.

Tagelang besserten Verteidiger und Angreifer die Maschinen und Mauern aus. Die Toten wurden begraben, und jeder, der das Geschäft des Krieges und der Belagerung kannte, sah die Zeichen: Es wurde mit mehr Wut, mehr Verbitterung gekämpft. Der Würgegriff der Eroberer schloß sich enger um Halikarnassos.

Einige Nächte später schritten Krieger aus der Taxis des Perdikkas, zwei völlig betrunkene Makedonen, durch einen Teil des riesigen Lagers. Sie galten als gute Kämpfer und als Freunde, die den letzten Trunk Wasser mit ihrem Nebenmann ebenso teilten wie die Wunden, die sie in zahlreichen Kämpfen empfangen hatten. Sie schrien und torkelten noch nicht; aber ihr Mut war ins Unermeßliche gewachsen. Schnell schlossen sich ihnen andere an, die nicht wußten, worum es ging. Die Krieger schafften es, den anderen und einer großen Menge von Männern, die sich um sie versammelten, einen Plan schmackhaft zu machen. Schnell verstreuten sich die Männer, bewaffneten sich und versammelten sich, außerhalb des Lagers. Sie wollten es denen von Halikarnassos zeigen – der neue Schutzwall sollte noch diese Nacht geschleift werden.

Hunderte Makedonen, viele von ihnen berauscht vom guten Wein. Außer ihren Waffen trugen sie Fackeln und Feuerbrände, die sie aus den Lagerfeuern herausgerissen hatten. Ein langer Heerwurm näherte sich dem riesigen Loch in der äußeren Mauer. Die Stille der Nacht wurde von den drohenden, dröhnenden Schritten der Makedonen, vom Waffenklirren und den heiseren Schreien durchbrochen.

Der Boden vor der Stadt war durch ein nächtliches Gewitter naß und tief geworden. Die Verteidiger zeigten sich nicht, als die ersten Krieger im nassen Schlamm ausrutschten. Sie ließen sich auch nicht blicken, als die Makedonen an der Mauer standen und versuchten, die mitgebrachten Leitern anzulegen. Als die Verwirrung der Angreifer den ersten Höhepunkt erreicht hatte, wagten die Verteidiger den Ausfall.

Sie kamen von überall.

Sie kletterten über Strickleitern von der neuen Mauer herunter, sie stürzten aus den schmalen, neuen Toren, sie schwangen sich an Seilen von den Auslegern des Katapults ebenso wie von den Türmen mit den Spuren der langen Belagerung. Zwischen den Kämpfern tauchten Bogenschützen auf und schossen auf die Makedonen. Die Pfeilschleudern tönten dumpf. Die Löffel der Katapulte hoben sich und ließen Steine auf die Angreifer prasseln. Der Gegenangriff, an dessen Spitze sich nach kurzer Zeit Memnon selbst setzte, trieb die Makedonen unter schweren Verlusten zurück. Mehr Fackeln wurden gebracht, und die Fläche unterhalb der Mauer verwandelte sich in eine tödliche Ebene.

Frauen und Männer aus Halikarnassos fluteten hinter den Kriegern nach draußen und schleppten die toten Angreifer in die Stadt. Diejenigen, die noch lebten, wurden erschlagen. Dann erst flammten die Fackeln in der Mitte des makedonischen Lagers auf. Hörner zerfetzten die Mitternacht. Befehle gellten, das Klirren der Waffen weckte auch diejenigen, die am tiefsten schliefen.

Schnell bildeten sich die Reihen der Hopliten. Vor den Sarissen, die senkrecht hochgestellt waren, rannte ein kleinwüchsiger Mann mit fliegendem Haar hin und her, dessen Befehle mit angsteinflößender Geschwindigkeit ausgeführt wurden. Im Laufschritt näherten sich die ersten Reihen den Kämpfenden, den Flüchtenden und den Nachrückenden. Die langen Sarissen senkten sich, das makedonische Angriffsgeschrei schnitt durch das Tosen.

In den nächsten Tagen und Nächten änderte sich das Wetter. Mehr Wolken trieben über den Himmel, in den Abenden und Nächten wetterleuchtete es weit auf dem Meer, und es gab mehr Wind und Gewitter. Die Donnerschläge und das Hämmern der Rammen wetteiferten miteinander. Die Makedonen steigerten ihre Angriffe. Ihre Maschinen warfen und zertrümmerten ohne Pause; die Mannschaften wechselten einander ab. Aber die Verteidiger waren mutig und schnell.

Und sie waren erfahren in der Kriegführung. Sie wagten blitzschnelle Ausfälle. Die Söldner der Stadt konnten es an Erfahrung und Kampfesmut mit den Makedonen aufnehmen. Zudem wagten sie sich nicht sonderlich weit aus dem

Schutz der Mauern hinaus. Ihre Kameraden deckten jeden Schritt der keilförmigen Streitgruppen.

Wenige Tage später, gegen Abend, unternahmen die Verteidiger, von Ephialtes angeführt, einen Ausfall von großer Geschicklichkeit. Es begann damit, daß die hölzerne Pyramide hinter der Mauer zu einem rasenden Ungetüm wurde, das einen Regen aus Steinbrocken und wahre Schwärme von Pfeilen über die Angreifer warf. Eine Masse schweigender und zu allem entschlossener Verteidiger brach aus den Toren hervor, Fackeln in den Händen. Die Krieger rannten auf die Belagerungstürme zu, die vor den Mauern im Nordosten standen und sich scharf gegen den Himmel des Sonnenuntergangs abhoben. Die ersten Fackeln flogen in die Türme und setzten abermals das trockene Holz in Flammen. Die Wachen der Makedonen, die von dem Angriff abgelenkt worden waren, kämpften gegen die Verteidiger und starben an den Pfeilen und Steinbrocken, die aus der Stadt auf sie herunterkrachten. Um die Belagerungstürme brachen erbitterte Kämpfe aus, Mann gegen Mann.

Eine zweite Gruppe verließ die Stadt, als das Getümmel um die Maschinen und Türme am größten war.

Hunderte Krieger drängten sich durch das westliche Tor, sammelten sich im Schatten der Mauer und griffen an, die Lanzen gesenkt und die Schwerter quer über den Köpfen. Sie bildeten einen Keil und bewegten sich in einem leichten Bogen auf die Stelle zu, an der die Belagerungsmaschinen zu brennen begannen, an der die ersten Sarissenträger aus dem Lager eintrafen, an der die Verteidiger und Angreifer sich ineinanderkrallten. Das Klirren der Schwerter und das Keuchen der Kämpfer bildeten inmitten der Flammen und der dunkler werdenden langen Schatten eine Insel des Todes.

Als Memnon erkannte, daß nicht die alten, kampferfahrenen Makedonen in den Kampf rannten, sondern die jüngeren Krieger, rissen seine Leute das Tor auf. Wieder brach eine ausgeruhte, todesmutige Gruppe von einigen hundert Kämpfern aus der Stadt hervor und griff in den Kampf ein. Die Angreifer wurden zurückgetrieben, während noch einige von ihnen versuchten, die brennenden und glühenden Maschinen zu löschen. In einem weiten Halbkreis vor den

Mauern schlachteten sich die Angreifer und die Verteidiger ab. Dann prallte die dritte Gruppe auf die Kämpfenden.

Chaos brach aus. Befehle wurden gar nicht oder falsch befolgt. Dann bildete sich eine neue Kampflinie. Alte Krieger fällten ihre Sarissen, rückten aneinander, bis sich ihre Schultern berührten, und rückten mit grimmigem Nachdruck vor. Wieder sah man bei ihnen einen nicht sonderlich großen Mann, der knappe Befehle schrie und genau wußte, was hier und jetzt zu geschehen hatte.

Eine erste Reihe von vierzig oder mehr bildete sich, bald darauf eine zweite, dann eine dritte, und schließlich kamen an beiden Flanken weitere Gruppen zusammen. Ihr Schrittmaß änderte sich, wurde schneller, und eben an dieser neugebildeten Schlachtreihe richteten sich die fliegenden Makedonen wieder auf. Sie wichen den erfahrenen Kameraden rechts und links aus und sammelten sich hinter den Reihen. Die Verteidiger, deren erste Welle in die Klingen der Sarissen rannte und starb, gerieten ins Stocken. Inzwischen war der letzte rote Glanz der Abenddämmerung vergangen; nur noch die nahen Berggipfel und hohe Wolken spiegelten das Blutrot der Sonne wider, die ins Meer tauchte.

Die Männer aus Halikarnassos zogen sich zurück. Binnen kurzer Zeit wurde aus dem geordneten Rückzug eine Flucht, die immer stärker in Panik abglitt. Verteidiger und Angreifer stolperten über Leichen und über Verwundete. Die ersten Verteidiger erreichten die Stadtmauern und suchten die Tore.

Nach wie vor standen Bogenschützen und Peltasten auf der Mauer. Faustgroße Steine heulten durch die beginnende Nacht, Pfeile bohrten sich mit trockenem Krachen durch die harten Lederpanzer und fuhren ins Fleisch. Aber die Verteidiger auf den Zinnen und Türmen konnten nicht mehr zwischen Feind und Freund unterscheiden und trafen auch ihre eigenen Leute.

Die Tore flogen auf, während sich hinter ihnen die Schwerbewaffneten aufstellten. Auf der Mauer erschienen mehr Fackeln. Das Durcheinander nahm zu.

Die ersten zogen sich zurück, schlüpften durch die engen Tore, wurden von den hinter ihnen Stehenden zurückgerissen in den Schutz der Stadtmauern und der Häuser und

Gassen, deren Stufen voller Trümmer waren. Die Männer auf den Türmen und Mauern verdoppelten ihre Bemühungen, die Makedonen abzuwehren. Vor den Toren ballten sich die Verteidiger zusammen, und nur wenige von ihnen drehten sich herum und wandten sich gegen die Angreifer, um zu kämpfen. Als die Makedonen nachrückten, schlossen sich die Tore.

Niemand hatte den Befehl gegeben. Die Verteidiger, zwischen Makedonen und Mauern, wurden derart bedrängt, daß sie sich kaum wehren konnten in der fürchterlichen Enge. Ephialtes fiel im Kampf mit mehreren Makedonen, die nicht erkannten, wen sie da niederhieben. Um die Stadttore entbrannte ein furchtbarer Kampf; die Makedonen schleppten einen hölzernen Widder herbei und hämmerten zwischen den Kämpfenden und Toten gegen die Pforte.

Anführer erschienen und schrien hinauf zur Mauer: »Unser Herrscher verlangt, daß ihr die Stadt übergebt. Dann wird er Gnade walten lassen.«

Persische Flüche erschollen durch die Nacht. Die Hellenen schienen zu zögern, und einige von ihnen schossen weiterhin auf die Angreifer. Die Tore dröhnten unter den harten Schlägen der Ramme. Es herrschte vor den Eingängen der Stadt eine heillose Verwirrung. Mehr Fackeln wurden herbeigeschleppt und angezündet. Ohne daß die Angreifer es merkten, führten die Perser einen Plan aus, der ihrer Bedrängnis entsprungen war. Die Mauer war eingebrochen, vom Tod des Ephialtes hatten sie erfahren, und sie schienen Verrat innerhalb der Stadt zu befürchten. Plötzlich schlugen riesige Flammen aus dem Turm der Katapulte und machten daraus binnen kurzer Zeit ein brennendes Gerüst, dessen flackernde Glut auch das Geschehen vor der Mauer beleuchtete. Für wenige Augenblicke stockte der wütende Angriff, denn die Makedonen glaubten nicht, was sie sahen.

Der Wind peitschte die Flammen höher. Brüllend und knatternd zuckten aus fast allen Häusern an der Mauer lange Feuerzungen.

»Die Perser brennen die erste Verteidigungslinie nieder!«

»Zur zweiten Nachtwache – sie nützen die Wut des Windes aus!«

Ein tiefgestaffelter Bogen aus geräumten Häusern brannte. Ebenso loderten die Dachsparren der Waffenhalle. Die Menschen flüchteten auf die Burg nahe dem Hafen. Orontobates, der persische Satrap, konnte auf die Flotte rechnen und auf die noch höheren, wuchtigeren Mauern, von denen die zwei kantigen Vorgebirge mit ihren senkrecht abfallenden Wänden geschützt wurden. Die ersten Fackeln flogen in die Häuser, als der Wind sich vor der Mauer staute und riesige Funkenschwärme hochwirbelte.

Inmitten seiner Reiter erschien Alexander. Die glühende Hitze sprengte die Mauern. Alexander gab seine Befehle.

»Hört mit der Ramme auf und brecht die Mauern nieder. Es soll eine große Fläche eingeebnet werden, damit wir leichter die Vorgebirge berennen können. Tötet die Brandstifter, wenn ihr sie faßt – aber niemand vergreift sich an den Bürgern der Stadt!«

Als Knephalos geendet hatte, schnitt die helle Stimme der Königsmutter durch das eher beifällige Gemurmel der Offiziere; wie ein Messer durch Butter.

»Zu viel Trümmer, Händler, und zu wenig Herrlichkeit. Ich betrachte es als Dreistigkeit eines hergelaufenen Lumpen, den edlen Gastgebern in dieser Weise von den Taten ihrer Freunde und Verwandten zu berichten.«

Knephalos erstarrte; lähmendes Schweigen hing über dem Hof. Der Mann aus Nikaia holte tief Luft.

»Fürstin«, sagte er, mit einer unausgeführten, bestenfalls halb angedeuteten Verbeugung, »ich hatte angenommen, euch alle hier durch einen Bericht über das, was ich gesehen habe, zumindest nicht zu langweilen. Ich hatte gedacht, Lobgesänge in den überlieferten Formen, Heldenpreis und Götterbeschwörung seien euch ausreichend bekannt und müßten nicht wiederholt werden. Ich bedaure sehr, euch gekränkt zu haben. Damit dies nicht wiederholt werden kann, bitte ich um Erlaubnis, euer Fest und eure Stadt verlassen zu dürfen.«

Olympias bewegte die Hand; die Gebärde mochte alles mögliche bedeuten – geh; sieh dich vor; morgen bist du tot …

Antipatros klatschte und griff zum Becher. »Wir wollen auf das Wohl des kundigen Erzählers trinken. Ich finde, er hat denen von uns, die den Krieg und die Grauen der Belagerung kennen, ein kostbares Geschenk gemacht: die Wahrheit. Ich höre am Gemurmel, daß die Krieger auch dieser Meinung sind. Was denkt der ehrwürdige Medios?«

Der Älteste der Fürsten, Vorsitzer des Staatsrats und wichtigster Berater, beugte sich vor und hob ebenfalls den Becher.

»Wenn dieser windige Hellene, Kallisthenes, Neffe des weit größeren Aristoteles, seine Berichte mit weniger Rhetorik und halb so viel Wahrheit, wie Knephalos sie vortrug, verfassen könnte, wäre uns allen mehr gedient. Wir haben über Dinge wie Nachschub, Bündnisse, Besoldung und die Zukunft zu entscheiden; dabei helfen uns heroische Preislieder nicht. Ich danke dir, Nikaler, für die kostbaren Kenntnisse, die du uns vermittelt hast.«

Olympias trank nicht mit; ihr Gesicht war eine Steinmaske. Sie wandte sich plötzlich an Dymas.

»Vielleicht kann der Kitharist, der auch Kitharode ist, das Gleichgewicht herstellen.« Die Stimme war wie erstickt in Haß und Gier.

Tekhnef berührte Dymas' Bein mit dem Fuß. Der Musiker zögerte, suchte Antipatros' Augen. Der Stratege Europas lächelte dünn.

»Ich bin sicher, ein kluger Sänger hat ebenfalls eigene Ansichten über die Wichtigkeit der Dinge. Nicht wahr, Dymas? Nur zu; keine Besorgnis, Freund. Antipatros legt keinen Wert auf hirnlosen Preis.«

Dymas schloß die Augen; seine Finger beschäftigten sich mit den Metallwirbeln, stimmten die Saiten schärfer. Ohne besondere Betonung, wie betäubt vom Versuch, Mut aufzubringen, sagte er:

»Ich habe mehrere Dinge gedacht. Es sind schlechte Verse daraus geworden, aber wenn ihr sie unbedingt hören wollt ... So habe ich zum Beispiel begrübelt, was der große König der Makedonen, siegreich heimgekehrt und im Ruhm gealtert, am Ende seines Lebens denken könnte. Wenn ihm die göttliche Kraft entronnen ist, wie Sand zwischen den Fingern.«

Er zupfte die offenen Saiten; dann begann er mit einer leisen, klagenden, im Kern jedoch harten Melodie.

Ameisen kichern, wenn du sie zirpend bedrohst,
da du früher den Donner zersungen, die Sonne
unter die Meere gebrüllt hast. In deinen Fingern
jubelten Lyra und Schwert, nun biegt sich kein Halm.
Löwen hast du gezähmt zum Ergötzen der Frauen,
jetzt geben Ammen dir Käse aus Löwinnenmilch.
Besser, niemals geboren zu sein, als an Zähne
sich zu erinnern und zahnlos nicht sterben zu können.

Antipatros verkniff sich ein Grinsen; er nickte nur. Der alte Medios schielte hinüber zu Olympias, die die Augen verdrehte.

»Was hat das mit meinem Sohn, dem Gefäß des Ammon, zu tun?« Sie schrie beinahe. »König, Held, Stratege, Priester! Und du redest von einem zahnlosen Greis!«

Dymas, ungläubig, hörte Tekhnef sagen:

»Aber auch den Strategen hat er besungen, Fürstin. Und er hat ihn gut besungen; er lobt ihn, weil euer König nicht protzt wie mancher andere Heerführer, und in diesem Gesang läßt er ihn nicht zahnlos werden, sondern ruhmreich und mutig in Asien sterben.«

Olympias zeigte die Zähne und schwieg; Antipatros gluckste leise. Medios, auch im Sitzen auf seinen Stock gestützt, rammte dessen Spitze heftig auf den Boden.

»Wir wollen es hören!«

Dymas seufzte, streifte Tekhnef mit einem mißmutigen Blick und begann zu spielen. Die Melodie war, leicht abgewandelt, die eines bekannten feierlichen Preislieds, getragen und erhaben.

Wer als Stratege, die Beine gespreizt, sich stampfend
voranschiebt,
Locken schüttelt, die Brust wölbt und Wolken zu bürsten sich
rühmt,

gilt mir nicht viel. Es lebe dagegen der Zwerg, der die Männer
mutig zum Sieg führt, der krummbeinig zwar, doch fest auf
der Welt steht.
Weniger wiegt, wer Asiens Winde und Wasser und Weiten
wahnhaft durchwandert, dem willige Weiber die Wunden
umwinden;
mehr der Mutige, Mast im Gemetzel, der Männer ermuntert,
der sich zuletzt mit fünf Fuß von Asiens Erde vermählt.

Es gab Beifall von den Offizieren, hier und da kicherte jemand. Olympias saß starr; ihre Augen sprühten Gift.

»Ist das die einzige Zukunft, die du siehst, Sänger und Seher?« sagte Antipatros.

Dymas fühlte sich verloren, nutzlos, zum Tode durch Ersticken in Seide oder Ertrinken in Jauche verurteilt. Er haßte Tekhnef, die ihn antrieb, und Antipatros, der ihn als Werkzeug gegen Olympias nutzte, und vor allem sich selbst, weil er Dinge geschehen ließ, statt sie zu bestimmen.

Mit spröder Stimme sagte er. »Es gibt da noch einige Verse; sie sind unfertig, und es ist keinerlei Weisheit oder gar Weissagung darin. Nur ... Dinge, die ich empfunden habe.«

Seine Finger machten sich selbständig; er schloß erneut die Augen, starrte nach innen, in einen bodenlosen Schlund aus Ängsten und verschüttetem Trotz. Die Finger spielten eine spöttische Tanzweise in den oberen Lagen; dann ließ er die metallbesetzten Kuppen abwärts gleiten, die Saiten ächzten und quiekten, durch Umkehr und Abwandlung wurde der Tanz zum feierlich-gequälten Totenlied.

Der Hundsstern bellt. Erhaben ziehen Die Andren vorüber.
Krios, der Widder des Ammon – ihm zieht man das Goldene
Vlies
über die Ohren. Minos und Mithras schlachteten Tauros;
Knochen, mehr bleibt nicht von Knaben und Maiden im
Labyrinth.
Kastor und Polydeukes, die Didymoi, fuhren nach Osten,
wo sie gespalten vergingen. Zerquetscht wurde Karkinos, als er
mit seinen Krebsklauen schroff des Herakles Ferse verletzte.

Leon der Mächtige, schmachvoll verendet am Dorn in der Pfote,
sterbend zerfleischt er Kore die Maid, die ihm Heil bringen könnte,
und Chelai, die Klauen von Skorpios, wie eine Waage
ausgerichtet am Himmel, reißen sie vollends entzwei.
Skorpios selbst, dessen Schwanz den gewaltigen Jäger bezwang,
wird von den Pfeilen des Toxotes, der ihm folgt, überwältigt.
Aber der Bogner stirbt auf den Hörnern des Bocks Aigokeros,
der in dem Wasser verendet, das Hydrochöos vergießt.
Ichthye schwimmen darin – als Aphrodite und Eros
vor Typhon flohen, dem Drachen, entkamen sie ihm nur als Fische.
Aber sie kommen nie mehr an Land, nie mehr zu uns Menschen,
nur wie vom Tode berauscht ertrinken wir trunken in Liebe.
Lieben, Schlafen und Sterben sind das dreiköpfige Dunkel,
Kampf ist der hellichte Tag, bewußtlos das, was nicht Kampf ist.
Licht im Dunkel, Stern in der Nacht oder logos im Chaos
möchtest du sein, heller Heros, um Dunkel und Licht zu vermählen?
Dann mußt du sterben, so wie vor dir die vergöttlichten Sterne.
Widdergefäß, vom Stier gezeugt, von der Löwin geboren,
tausendfach Kastor und Polydeukes in deiner Brust
– Lehm oder Labsal, Hauch oder Brand für die Oikumene,
ob du Skorpion wirst, ob Krebs, ob Bogner, ob Wasserträger:
Tausende Lichter und Finsternisse in einer Amphore,
Herr der zehntausend Wesen, Knecht der zehntausend Schrecken,
Sonnenstern auf deinem Wappen, schwärzeste Nacht im Gemüt,
Untergang im Sonnenaufgang suchst du; von Westen gekommen
mußt du im Osten den Westen verfinstern, um Halbgott zu werden,
dem die unsterblichen Götter Heimstatt am Himmel gewähren:
Stern unter Sternen. Doch sind die Götter von Menschen erfunden,

menschengleich. Wären wir Molche, kröchen die Götter in
Höhlen.
Sterne sind glühende Schlacke, öde ist der Olymp,
sicher sind nur dein Untergang und die Verfinsterung aller.
Der Drache Mond, den du träumtest, hat deine Sterne
verschlungen;
er scheidet Nacht aus, die bald schon in deiner Seele versickert.
Besser tritt sengend und klaffend dem Hundsstern bei, als
Geselle.

Antipatros sagte, langsam und gewichtig:

»Ist es so? So könnte es sein. Man sollte sich ... vorsehen.«

Medios kicherte – ein hämisches Greisenkichern, ein häßliches Geräusch. »Mag sein – mag sein. Du solltest die Vorwerke verstärken und die Mauern bemannen, Freund.«

Dymas öffnete die Augen, wie aus einem Albtraum erwachend. Tekhnef betrachtete ihn nachdenklich; in ihren Augen las er Fragen, eine Spur von Ermunterung, eine Andeutung – eine verhallende Erinnerung? – von Liebe.

Der Platz, auf dem Olympias gesessen hatte, war leer.

5. DER AUFTRAG DES LAGIDEN

Eher zerstreut überflog Peukestas die nächste Rolle, auch sie von Dymas beschrieben; die Ansichten des Musikers, an den er sich von mehreren Begegnungen her erinnerte, mochten unter anderen Umständen fesselnd sein, ebenso seine wirren Erlebnisse. Ein langer Blick auf Aristoteles, der immer mehr zerfiel oder – Peukestas suchte nach einem Vergleich; ein altes, einst kostbares, nun fadenscheiniges Tuch, zu oft zu heiß gewaschen, ausgefranst und eingelaufen. Die Umrisse des Schädels schienen von innen Haut und Fleisch zu zerschneiden, um nach außen zu gelangen; in den Augen war etwas wie die übergroße Flamme, die fast alles Öl verzehrt hat und nach dem letzten Lodern den Docht verlassen wird. Dymas' Erlebnisse, sein Schwanken, seine Zweifel und Nöte, seine und Tekhnefs Musik in thessalischen Schänken, derlei berührte den Makedonen kaum. Zu viele Fragen, zu wenige Stunden, ehe der Philosoph in die Schatten eingehen würde.

Andererseits … Von den Rollen, den kostbaren, allzuvielen Rollen, die Aristoteles ihm zu lesen und wahrscheinlich zu behalten gegeben hatte, irrte sein Blick zu den anderen, die der Verbrennung harrten, und dann zum Hals des Philosophen. Im stickigen Halbschatten war die feine Kette kaum zu sehen.

»Immer noch das Amulett?« Aristoteles' Stimme kam wie eine rauhe Bö, an Klippen zerschellt und zu Windsträhnen geborsten. Pythias, von der Mühsal der Tage, der Nachtwachen und des Kummers überladen, bewegte sich unruhig im Schlaf, wachte jedoch nicht auf.

»Immer noch, immer wieder. Ich las eben von Antipatros' Ausruf, ehe dieser Händler aus Nikaia über Halikarnassos redete. Was hat es denn nun damit auf sich?«

»Später, später. Du bist noch zu früh in der Geschichte der Dinge und Menschen, um die Größe und Nichtigkeit dieses Geräts zu erfassen.« Die Hand tastete nach der Kette; die Finger zitterten, als Aristoteles das *ankh* mit dem Auge des

Horos hervorholte. »Dymas hat das Rätsel gelöst, aber es war ihm keine Freude. Mein bisweilen scharfzüngiger, bisweilen dümmlicher Neffe hätte sein Vergnügen daran gehabt, aber er lebte nicht mehr.«

»Kallisthenes? So spät ist das Amulett erklärt worden?«

»So spät, ja. Aber Kallisthenes hatte an vielen Dingen sein Vergnügen; sein Ende wäre weder bitterer noch ersprießlicher gewesen, wenn er gewußt hätte.«

»Hat er wirklich zwei Fassungen, zweierlei Berichte über die Vorgänge nach Hellas geschickt?«

Aristoteles ließ das Amulett fallen; es lag auf dem Fell, das ihn bis zum Hals bedeckte. »Oft; manchmal nur eine, manchmal auch drei. Seine Beweggründe waren nicht immer eindeutig zu ermitteln. Er hat die Wahrheit so gründlich verbogen, daß heute in ganz Hellas niemand etwas anderes glauben mag als das, was er in Umlauf brachte.«

Peukestas zwinkerte. »Die Worte der heimkehrenden Krieger sollten doch ausreichen, das eine oder andere zurechtzurücken, oder?«

»Wen kümmern die zweifellos entstellenden, unzuverlässigen Berichte alter Kämpfer, wenn längst die wahre Wahrheit bekannt ist, verfaßt von einem namhaften Hellenen?« Aristoteles hustete; wahrscheinlich sollte es ein schwaches Gelächter sein. »Und wen, frage ich dich, wird es in der absehbaren Endlichkeit der Zukunft bekümmern, ob Parmenion die Schlacht am Granikos gegen Alexanders Willen aufschob oder nicht? Ob Alexander in Gordion den Knoten zerschlug oder nicht? Ob Parmenion ihn nach der Schlacht bei Issos an der Verfolgung des fliehenden Großkönigs hinderte oder nicht?«

»Geschichten!« Peukestas beugte sich vor; einen Moment war er versucht, die Hände zu ringen. »Geschichten, Aristoteles, die ich nicht kenne – ich, der ich dabei war! Ich weiß, daß Alexander den Knoten nicht zerschlagen hat, daß er Dareios nicht verfolgen wollte! Aber ich wußte bis jetzt nicht, daß diese ... Märchen, Lügen, in Hellas umlaufen!«

Aristoteles hob eine Braue. »Erregung führt zu nichts, mein junger Freund. Bedenke: Kallisthenes hatte eine Aufgabe. Wie auch Harpalos.«

»Harpalos?«

»Später, später. Die Aufgabe meines unrühmlichen Neffen war es, den Hellenen einen strahlenden Heros zu zeigen, einen Halbgott – nicht die mehr oder minder wichtigen Sachverhalte. Die richtigen oder falschen Entscheidungen eines makedonischen Strategen? Unwichtig, für Hellas. Nicht die Tatsachen zählen, sondern die großen Gebärden. Wenn es keine gab, hat er sie erfunden; manchmal, wenn er die Gebärden mißbilligte oder nicht richtig verstand, hat Kallisthenes auch eine dritte Fassung gemacht. Die erste, an mich, berichtete durchaus trocken über die Vorgänge. Die zweite, für Hellas, bauschte alles ins Übermenschliche auf. Die dritte, für bestimmte Freunde in Hellas und nebenbei auch für mich, verzerrte die zweite ein wenig, ließ gewissermaßen hinter dem Heros einen zwielichtigen *daimon* erscheinen.«

»Ich werde euch Hellenen nie verstehen«, knurrte Peukestas. »Ausgerechnet du, als Sammler von Tatsachen ...«

Aristoteles lachte schwach. »Aber ich rede nicht von mir; es ging nicht um mich, sondern um den, ah, das Volk. Mir haben viele Dinge weh getan – vergiß nicht, Parmenion war ein guter Freund, wie auch Antipatros; Alexander war ... eine Erscheinung, die mich staunen ließ und in vielem noch heute fassungslos macht. Auch für andere habe ich Freundschaft empfunden. Ptolemaios, Kleitos, Antigonos gehören oder gehörten dazu – Freundschaft zwischen gleichen, oder zwischen Lehrer und erwachsenem Schüler. Alexander? Er war zu viele verschiedene Männer; für den einen oder anderen habe ich Freundschaft empfunden, Liebe, Verehrung; für andere Verachtung oder Mißbilligung, für alle aber Staunen.«

Er deutete auf das niedergebrannte Feuer, dann auf einen Rollenstapel im Gestell. Peukestas stand widerwillig auf, um den unerträglich heißen Raum noch heißer zu machen. Pythias blinzelte kurz, schloß aber sofort die Augen wieder und schlief weiter.

Während der Makedone Asche beseitigte und ein neues Feuer entfachte, sprach der Philosoph von den Musen und den Gesetzen, die nicht für alle und alles gleich seien. Kallisthenes, sagte er, habe nicht Historiographie betrieben, sondern preisende Prosa, epische Werbung für den König der Makedonen, den die meisten Hellenen noch immer ablehnten. Diese Gesetze verlangten, daß – wie an der Perlenschnur des Schrittzählers nach einer Anzahl kleinerer Perlen eine große sein muß – Höhepunkte und Flachstrecken ausgewogen verteilt seien. Was auch immer die Wirklichkeit gewesen sei, nach den Gesetzen der Prosa, die einen Heros preisen solle, dürfe Parmenion am Granikos nicht recht behalten; nach den gleichen Gesetzen habe die vom König und seinen Beratern gemeinsam getroffene Entscheidung, nach der Einnahme von Milet die Flotte aufzulösen und heimzuschicken, als dramatische Auseinandersetzung stattzufinden; und der wegen der Unzuverlässigkeit der hellenischen Schiffsbesatzungen und des Geldmangels unausweichliche Beschluß, angesichts der unendlich überlegenen phönikischen Flotte im Dienst des Großkönigs das Küstenland, die Häfen und die Quellen zu besetzen, durfte ganz einfach nicht strategische Weisheit sein, sondern mußte dem unerforschlichen halbgöttlichen Ratschluß des Königs entsprungen.

»Mich haben viele Dinge entzückt und entsetzt, oft zugleich. Es war wie bei seinem Vater – immer mit geringstem Aufwand möglichst viele Wirkungen gleichzeitig erzielen. Er übernimmt den Aufbau und die Verwaltung der persischen Satrapien, die erfahrenen Beamten und die seit Jahrhunderten erprobten Verfahren – aber zugleich entmachtet er die neuen, von ihm ernannten Satrapen, indem er sie stärker macht.«

Peukestas kehrte zu seinem Schemel zurück. »Du sprichst in wohlklingenden Rätseln, weiser Mann. Erhelle mich. Inwiefern hat er Kalas, zum Beispiel, gestärkt und entmachtet?«

»Die Satrapen des Großkönigs waren immer überlastet, und sie waren zu mächtig. Sie beherrschten, für den König, ihre Gebiete, lenkten die Verwaltung, sprachen Recht, erhoben Steuern, sorgten für Sicherheit und Ordnung, und führten die von ihnen ausgehobenen oder ihnen vom Großkönig gesandten Truppen. Alle Macht in einer Hand – und wie oft ist es zu Aufständen der Satrapen gegen die Großkönige gekommen?«

Peukestas wiegte den Kopf. »Das stimmt, und so hatte ich es nie betrachtet. Alexander hat die Macht aufgeteilt; fast immer, jedenfalls. Die Grenzen und Verwaltungen der alten Satrapien beibehalten, und für diese Gebiete jeweils einen Strategen, einen Schatzmeister und einen Staatshüter eingesetzt. Drei, nicht einer; und keiner kann ohne die anderen handeln. Klug, zweifellos, aber ich sehe nicht, daß über diese mehrfache Klugheit hinaus viele verschiedene Wirkungen damit erreicht werden. Auch weiß ich nicht, was daran dich entzückt, was dich entsetzt.«

Aristoteles strich mit zitternden Fingern über das Fell, das seine Brust bedeckte; einen Moment betastete er das Amulett.

»Nicht? Es ist doch so einfach, Peukestas. Die Strategen unterstehen dem Bundesfeldherrn, dem König Makedoniens – also Alexander. Die Schatzmeister unterstehen dem königlichen Schatzmeister – damals Harpalos. Die Verwalter haben dem König zu berichten – wiederum Alexander. Es kann keine Aufstände in den Satrapien geben, jedenfalls nicht wie unter den Persern. Aufstände gegen Alexanders Verwalter ja, aber keine Aufstände von diesen gegen ihn. Kalas, der die Satrapie des nördlichen Phrygien erhielt, war ein altgedienter makedonischer Offizier – unbedingt vertrauenswürdig, niemals in Gefahr, auf Einflüsterungen von Hellenen oder Persern zu hören. Ebenso Antigonos im großen Phrygien, ebenso die zahllosen Strategen, die einzelne Festungen oder Städte erhalten haben. Nearchos ... nun, Nearchos war ein anderer Fall; fünf Jahre lang hat er Lykien und Pamphylien verwaltet, die wichtigsten Teile der Landverbindung zwischen der hellenischen Hälfte der Oikumene und dem Inneren Asiens. Ein enger Freund, unbedingt verläßlich, außerdem – wie wir wissen, wie du gelesen hast – zusammen mit Antigonos der wichtigste Mitarbeiter des klugen Demaratos. Sammler und Bewerter von Kenntnissen ... an welchem Platz wäre er besser einzusetzen gewesen? *Aber* – all dies, mit Ausnahme der Ernennung des Kreters, hatte noch zusätzliche Wirkungen. Und diese haben mich entzückt, durch das feine Verhältnis zwischen geringem Aufwand und großer Wirkung.«

Peukestas schüttelte stumm den Kopf.

»Du siehst es noch immer nicht? Du, gläubiger Verehrer des toten Königs, weißt nicht, wie groß und wie umsichtig er tatsächlich war? Ich will es dir sagen. Alle wichtigen Maßnahmen – größere Kämpfe, die Belagerungen von Milet und Halikarnassos, den Zug nach Sardeis, die Eroberung der südlichen Küste – hat Alexander entweder selbst geleitet oder dem einen Mann übertragen, der ihm als Stratege ebenbürtig war: Parmenion. Die anderen, kleineren Unternehmungen ließ er jüngere Offiziere leiten. Mit gemischten Truppen, so daß keiner der Taxiarchen oder Ilarchen sich zurückgesetzt fühlen konnte, denn es war ja nie die ganze Taxis oder Ile eingesetzt, immer nur Teile davon, zusammen mit Teilen anderer Truppen. Auf diese Weise hat er seine jungen Gefährten erprobt – Perdikkas, Ptolemaios, Seleukos, Erigyios, Krateros, all die anderen. Und sobald er wußte, daß sie größere Aufgaben übernehmen konnten, hat er nach und nach die alten Offiziere, die Philipps und Parmenions Heer geführt hatten, zu Statthaltern und Satrapieverwaltern gemacht. Das Heer Philipps und Parmenions, jene furchtbare Waffe, wurde nicht verändert, aber nach und nach traten Alexanders Freunde an die Stelle der alten Männer, und nach und nach wurde es Alexanders Heer. Gleichzeitig waren die altgedienten Männer mit ihren engen Beziehungen zu den Häusern Makedoniens die besten Leute, wenn es darum ging, die Verbindungen zu halten. Dies, junger Freund, hat mich entzückt.«

»Und was hat dich daran entsetzt?«

Aristoteles seufzte. »Die Barbarisierung. Die von der ersten derartigen Ernennung an absehbare Veränderung der Ziele.«

Peukestas zögerte. »Du meinst … Ich dachte immer, die Entscheidungen hierzu seien erst später gefallen.«

Aristoteles stützte sich auf die Ellenbogen. »Sie wurden erst später sichtbar, aber sie waren, kühn und schrecklich, zu Beginn bereits angelegt. Alexander hat es gewußt und gewollt; er hat alles so gelenkt.« Er ließ sich wieder in die Decken und Felle sinken. »Schau, es ist ein gesamthellenischer Rachefeldzug unter makedonischer Führung. Die Küstenländer Asiens von der persischen Herrschaft befreien; die Schändung der Tempel rächen; den Einfluß des Großkönigs zurückdrängen; all dies, ja – aber nicht mehr. Philipps Traum wird es gewesen sein, die persische Königsstraße von Sardeis bis Gordion zu ziehen, die Berge und die Küste Kilikiens zu erreichen, vielleicht – im äußersten Fall eines verwegenen Traums – am Ufer des Euphrat zu stehen. Was ist dazu nötig, neben dem Sieg in der einen oder anderen Schlacht? Die Zertrümmerung der von den Persern aufgebauten Dinge. Alexander hat sie nicht zertrümmert, sondern übernommen – er hat lediglich die Köpfe ausgetauscht. Er hat den hellenischen Städten, in denen ein persischer oder mit Persien zusammenarbeitender Tyrann saß, ihre alte Demokratie zurückgegeben. Alexander der Befreier. Er hat aber die Städte, in denen eine persienfreundliche Demokratie herrschte, mit einem einheimischen oder makedonischen Tyrannen ausgestattet. Alles, mein Freund, lief darauf hinaus, daß hier ein neues Reich begründet wurde – nicht Vertreibung der Perser und Freiheit für alle Hellenen, sondern Ersetzung der persischen durch die Herrschaft Alexanders.«

Peukestas schwieg, ein wenig verdutzt. Er dachte an die Neuordnung der Städte und Länder; an die Wiedereinsetzung der Fürstin Ada, Königin von Karien, in die Herrschaft über Halikarnassos – Ada, die Alexander zu ihrem Sohn machte, damit zum Thronerben, damit zum rechtmäßigen Mit-Herrscher …

»Dies, Peukestas, hat mich entsetzt – nicht erst später, als es allen offensichtlich wurde, sondern sofort. Es war von Anfang an kein Feldzug, an dessen Ende der siegreiche Stratege und König heimkehren und bis an sein Ende glücklich leben würde; es war von allem Anfang an ein Feldzug zur Errichtung eines neuen, von Hellas und Makedonien losgelösten Reichs. Früher oder später, sagte ich mir damals, wird er, der die Verwaltungen der Satrapien übernimmt, auch einen besonders fähigen Satrapen übernehmen, einen Barbaren. Dann wird ein Perser, von Alexander eingesetzt, als Stellvertreter des hellenischen Bundesfeldherrn, als Stellvertreter des Königs der Makedonen, Hellenen und Makedonen Befehle erteilen dürfen – können – müssen. Und sie werden gehorchen, weil sie müssen. Hellas, Licht und Vernunft, entstand aus dem ewigen Krieg gegen barbarisches Dunkel. Mit ein paar makedonischen Kriegern, sagte ich mir, würde Alexander das unendliche Asien nicht halten können; früher oder später würde er in Heer und Verwaltung Barbaren einsetzen müssen, gleichberechtigt; und unter dem Mantel von Alexanders Friede würde das Dunkel, im Krieg immer zurückgeschlagen, Hellas überfluten. Und genau dies ...« Er tastete wieder nach dem Amulett; dann schloß er die Augen und ächzte. »Aber ich will nicht vorgreifen. Lies die nächste Rolle, Peukestas. Ptolemaios hat sie geschrieben, und dann Rollen von anderen. Lies, du Zeuge der Dinge, damit du weißt, daß Aristoteles nicht von den Entstellungen des Kallisthenes abhängig war.«

Endlich wieder Bewegung. Es war, als ob die Frühlingssonne nicht nur den Schnee, sondern auch die gefrorenen Energien des Heers auftaute. Mit der Schneeschmelze traten die Flüsse und Bäche über die Ufer; hier und da zeigte sich erstes Grün. In ein paar Tagen, längstens Wochen konnten die Pferde wieder grasen, mußten nicht mehr nur von Heu und Korn leben. Ptolemaios beschattete die Augen mit der Hand und spähte voraus; zwei Kundschafter ritten auf der Königsstraße. Die fast überall befestigte Strecke vom fernen Persepolis bis nach Sardeis lag hier, unweit von Gordion, an vielen Stellen im eisigen Schatten kleiner Bergfestungen. Sinnlos, gegen Gordion vorzurücken, ohne diese Burgen ausgeschaltet zu haben; ebenso sinnlos, sie im Winter anzugreifen. Aber nun waren mehrere Gruppen gemischter Einheiten aus den Winterlagern aufgebrochen; in den nächsten Tagen sollten die erwarteten Verstärkungen aus Makedonien eintreffen, dazu Nachrichten von Parmenion; nun endlich endete das verschneite Warten, das fröstelnde Zählen von Tagen und Nächten.

Alexander hatte ihm thessalische Reiter, Hetairen, Aufklärer, einen kleinen Belagerungstrupp und leichte Fußkämpfer unterstellt, Makedonen und Söldner, insgesamt fast 500 Mann. Zwei Dörfer mit Burgen hatten sie in den letzten Tagen erobert und besetzt, die Festungen zerstört; eine, die stärkste Burg blieb noch. Vor Morgengrauen waren die Kundschafter losgeritten; daß nur zwei zurückkehrten, war ein gutes Zeichen. Er wartete, bis sie ihn erreicht hatten.

»Die Wege sind frei, Herr.« Der Mann – ein Thraker – grinste flüchtig. »Wir haben drei Männer abgefangen. Einer war wohl nur zufällig unterwegs; die beiden anderen kamen von einem der Dörfer, gestern, und wollten die Leute warnen.«

»Gute Arbeit.« Ptolemaios nickte dem Unterführer zu, der neben ihm wartete. »Aufbruch.«

Zwei Stunden später überquerten sie die kleine Steinbrücke, die von den übrigen Kundschaftern gehalten wurde. Vor ihnen stieg der Weg in Windungen an, immer aufwärts, immer steiler. Ein Bergnest, mit Wällen und einer Burg; unbedeutend an sich, aber es konnte Perser aufnehmen, und von hier aus mochte ein kluger Führer immer wieder die Straße sperren, Nachschub und Nachrichtenübermittlung stören ...

Die Berge ringsum waren kahl; eine karge, schrundige Landschaft. Wovon mochten die Leute leben? Wahrscheinlich gab es jenseits des Kaffs ein fruchtbares Stück Hochebene, Viehweiden, Anbauflächen. Ptolemaios zuckte mit den Schultern und gab die letzten Befehle.

Seine Truppen rückten vor, verteilten sich unterhalb der Wälle, noch außer Reichweite von Steinen oder Pfeilen. Der Dekadarch, den er losgeschickt hatte, um die Leute zur Übergabe aufzufordern, kam vom Tor – einer scheußlichen Sache aus Hölzern, Metallfetzen und Bruchsteinsäulen – zurückgerannt, verfolgt von Pfeilen und zwei oder drei Speeren.

Ptolemaios seufzte und befahl den Angriff. Innerhalb weniger Augenblicke hatten die Belagerer ihre Packtiere entladen; mehrteilige Sturmleitern wurden ineinandergesteckt, Katapulte zusammengebaut, während andere Männer kopfgroße Steine zusammentrugen. Eher auf gut Glück schossen Bogenschützen Brandpfeile über die Mauern.

Ptolemaios hatte dem langen Emes und seiner Doppelreihe den Schutz des Widders übertragen. Die Hopliten hielten mit einer Hand die Schilde über den Kopf, mit der anderen packten sie die Griffe des zwölf Schritt langen Rammbocks:

mit Eisenbändern verstärktes Holz mit einer Bronzespitze. Von den Mauern flogen Steine, Pfeile, Gefäße mit heißem Wasser und übleren, stinkenden Flüssigkeiten. An sieben Stellen wurden Sturmleitern angelegt, während die kleinen Katapulte zunächst größere Steine in die Stadt schleuderten, dann mit Ladungen aus schartigen Steinen, Nägeln, Metallsplittern die Verteidiger von den Mauern zu treiben suchten.

Eine der Leitern, links von jener, auf die Ptolemaios als erster stieg, wurde von oben umgestoßen, aber die Makedonen waren noch auf den untersten Streben gewesen und stürzten nicht tief. Ptolemaios hielt Xyston und Schild über den Kopf, das kurze Schwert zwischen den Zähnen; schnell klomm er die Leiter hinauf. Weit rechts hörte er den Widder gegen das scheußliche Tor krachen. Etwas splitterte.

Es war eine kurze, fast lästige Arbeit; im Dorf und in der Burg hielten sich keine persischen Krieger auf. Die Dörfler wehrten sich eher halbherzig; erst als Ptolemaios befahl, die Burg und die Wälle zu zerstören, kam es zu einem wirklichen Gefecht, aber da waren die Makedonen und Verbündeten längst im Ort.

»Laßt sie laufen«, sagte Ptolemaios, als die Dörfler endlich flohen – diejenigen, die noch lebten, die noch fliehen konnten. »Mitnehmen, was wir brauchen können; und macht schnell.«

Dichte Rauchwolken hingen über der Burg; die erfahrenen Belagerer suchten und fanden die Stellen, an denen die Wälle leicht zu stürzen waren. Andere Männer trieben Rinder, Ziegen und Hühner aus dem Ort. Emes wehrte eine alte Frau ab, indem er sie einfach mit dem Arm wegschob, als sie kreischend und mit Nägeln und Zähnen versuchte, ihm ihre wenigen Tiere wieder abzujagen. Einer der Leichtbewaffneten, ein Agriane, drehte sich wie beiläufig um und durchbohrte sie mit seinem Speer. Immer noch kreischend brach sie zusammen; das Kreischen wurde zum Wimmern, sie kratzte am Speerschaft. Dann schrie sie noch einmal, als der Agriane den Speer herausriß.

Emes starrte ihn an. »Wozu war das denn gut?«

»Für die Alte.« Der Agriane spuckte aus.

»Bitte?«

»War gut für sie. Jetzt vermißt sie ihre Ziegen nicht mehr.«

Der Hauptteil der Truppen zog mit der lebenden und toten Beute die kurvenreiche Straße zurück zum Hauptlager; Ptolemaios und ein paar seiner Reiter nahmen eine Abkürzung über die Berge. Auf der Höhe des Passes, wo der Ziegenpfad zwischen Blöcken hindurchführte, sahen sie Kallisthenes. Der Schreiber hockte auf einer flachen Felskante und blickte nach Westen, in den Sonnenuntergang jenseits des Tales, wo zwischen den Zelten die ersten Feuer brannten. Er hatte sein Schreibbrett auf den Knien; die geglättete Rolle war mit Eisenklammern befestigt, das Tintentöpfchen stand auf einem steinernen Auswuchs zu seiner Rechten. Er schrieb aber nicht, sondern kaute auf dem Ried und starrte wie verloren in den fernen Westen. Als er die Pferdehufe hörte, zuckte er zusammen und fuhr auf.

»Ah, Ptolemaios. Ich dachte schon ... Alles erledigt?«

»Natürlich; was denn sonst?«

»Könnte doch sein, daß du den Ausflug zu einer gewöhnlichen oder ungewöhnlichen Sorte Schabernack genutzt hast, Makedone.«

»Irgendwann wird deine Zunge so spitz sein, daß sie dir von innen die Wangen durchbohrt.« Ptolemaios deutete voraus, auf den Talgrund. »Sieht nach Vermehrung aus.«

Kallisthenes kicherte. »Vermehrung; wie passend. Ein Vortrupp der Jungvermählten ist zurück; die Masse folgt in ein paar Tagen, mit Koinos, Meleagros und Ptolemaios dem Leibwächter. Zweifellos haben sie im Winter für Vermehrung in Makedonien gesorgt; und sie haben mit ihren Heldentaten geprahlt.«

»Erfolgreich?«

»In deinem Sinn – ja.«

Ptolemaios bleckte die Zähne. »Sie haben also gute Arbeit geleistet und bringen Verstärkungen mit. Was wäre Erfolg in deinem Sinn?«

Kallisthenes breitete die Arme aus. »Rollen mit fesselnden neuen Werken – Tanzmädchen mit fesselnden Fesseln – so etwa.«

Am folgenden Tag kehrten die letzten der »Aufräumtrupps« zurück; abends versammelten sich die Offiziere und Berater im Zelt des Königs. Alexander wirkte gelöster als zuletzt; die Untätigkeit der letzten Wochen, die nach einem milden Winter plötzlich Schneemassen und Frost gebracht hatten, war beendet. Leonnatos, einen Becher mit heißem Würzwein in der Hand, stieß Ptolemaios mit der Schulter an.

»Ich glaube, es geht los«, sagte er leise. »Wird auch Zeit. Auf dem Marsch sind ein paar Dinge leichter.«

Die Männer mußten nicht mehr mit erfundenen Aufgaben beschäftigt werden; die Offiziere mußten nicht wie Kindermädchen verhindern, daß die gelangweilten Krieger einen Wochenvorrat an einem Tag fraßen und dann um die versteckten Reste stritten; die Anzahl der Schlägereien und Messerstechereien würde abnehmen ...

Erst in den letzten, allzu ruhigen Tagen, da die jähe Wiederkehr des Winters das Heer wenige Tagesmärsche vor Gordion in einem Tal festfrieren ließ, war er dazu gekommen, seine Versprechungen gegenüber Aristoteles zu erfüllen, hastig hingekritzelte Aufzeichnungen zu vergleichen, zusammenzustellen, zu ergänzen, von den wichtigen Dingen zu berichten. In der erzwungenen Untätigkeit, in der Stille des abendlichen Lagers, wenn die Rauchsäulen senkrecht in den eisblauen Himmel stiegen, die ersten Sterne sich zeigten und die letzten Handgreiflichkeiten unter gelangweilten Kriegern beendet waren, begriff er staunend, welche Strecke sie seit dem Granikos zurückgelegt, welche Taten sie vollbracht hatten. Während des Zuges mit seinen ständig wechselnden Anforderungen war ihm alles wie selbstverständlich erschienen, eines ergab sich aus dem anderen, und niemand fand Zeit, über Ungeheuerliches nachzudenken. Nun war es, als zögen die Männer, Städte und Landschaften durch sein Zelt:

Sardeis – die wichtige Stadt im Hinterland, am Ende der Königsstraße, deren Verwalter Mithrines Alexander entgegenzog, um Stadt und Schatz und Satrapie zu übergeben – deren Satrap, Spithridates, am Granikos von Kleitos dem Schwarzen getötet worden war;

Ephesos – besetzt von hellenischen Söldnern, die bei Alexanders Nahen flohen, weil sie fürchteten, ihnen drohe das gleiche Schicksal wie Memnons Söldnern am Granikos; dort ließ Alexander im Artemis-Tempel, der angeblich in der

Nacht seiner Geburt niedergebrannt und seither ein Trümmerhaufen war, Opfer abhalten; die ionischen, lydischen und aiolischen Städte – befriedet von zwei Heeresgruppen unter Parmenion und Alkimachos; überall wurden städtische Demokratien eingerichtet, und Alexander erließ ihnen die Jahresabgabe, die sie bisher an den Großkönig entrichtet hatten. Es war eine der listigen Taten, die zu Jubel über den Befreier führten – den Befreier, der dringend Geld brauchte und sich derlei Gebärden nicht leisten konnte. Aber als freie hellenische Städte mußten die befreiten Orte dem Bund beitreten und Beiträge zum großhellenischen Kriegszug leisten; diese Beiträge waren nicht geringer als die früheren Abgaben ...

Die Eroberung von Milet, die furchtbare Belagerung von Halikarnassos; die Ernennungen und Umbesetzungen – Kalas für das nördliche Phrygien, mit hellenischen Bundestruppen außer den Argivern; Asandros, Parmenions Bruder, für Lydien, mit Pausanias als Befehlshaber der Besatzung aus Argivern, mit Nikias als Schatzmeister: alte zuverlässige Offiziere, aus dem Heer entfernt, Platz für neue, junge Leute, gleichzeitig Befreiung des makedonischen Heers von lästigen hellenischen Bundestruppen.

Dann die Trennung, nach der Einnahme von Halikarnassos: Parmenion mit Hetairen, Thessaliern, Thrakern, Odrysen und den meisten anderen Stammeskriegern, dazu dem größeren Teil der Belagerer, zog wieder nach Norden, bis nach Sardeis, um das Hinterland zu befrieden; Alexander mit den übrigen marschierte die lykische und pamphylische Küste entlang, um sie für die persisch-phönikische Flotte zu sperren und anschließend landeinwärts zu ziehen, nach Gordion, wo im Frühjahr Parmenion wieder zu ihm stoßen sollte, ebenso die für den Winter heimgeschickten Neuvermählten, die in Makedonien zu rühmen und zu preisen und Verstärkungen anzuwerben hatten.

Telmessos, Heimat des Sehers Aristandros, wo Nearchos auf den Gedanken kam, eine Gruppe Tanzmädchen samt deren Sklavinnen in die Akropolis zu schicken, als Geschenk eines wohlmeinenden Bürgers der Stadt an den persischen Befehlshaber der Festung. Schmale scharfe Messer wurden in den Flöten verborgen; als die Perser nach dem Essen und reichlich Wein schwerfällig wurden, öffneten die Tanzmädchen mit dem Inhalt ihrer Flöten die Herzen der Besatzer und die Tore der Festung.

Dann Xanthos, dann Phaselis, und dorthin sandte Parmenion seinen Sohn, Philotas, den Führer der Hetairenreiter – einer der höchsten Offiziere als Bote, aber seine Botschaft war ungewöhnlich.

»Du hast uns etwas mitgebracht, Freund?«

Philotas stand auf, nickte zwei Männern am Zelteingang zu und wartete, bis sie gegangen waren.

»Ein etwas seltsames Geschenk – und einen Rat an dich, Alexander.«

»Wie lautet er?«

Philotas grinste. »So spricht Parmenion, der Stratege: ›König, Freund, Sohn – Heil und Grüße. Deine Befehle werden ausgeführt, das Land gesichert. Wir sehen uns in Gordion. Verfahre mit dem Geschenk, wie du es für sinnvoll hältst. Und bedenke: Wenn du Wein willst, mußt du nicht unbedingt die Amphore zerschlagen; es genügt oft, den Stöpsel zu ziehen.‹ Ende der Botschaft.«

Der Zelteingang wurde zurückgeschlagen; Philotas' Leute führten zwei an den Händen Gefesselte herein. Der eine war ein Perser, der andere ein makedonischer Offizier, den alle sehr gut kannten: Alexandros der Lynkeste. Auf Bagoas' Gesicht zeigte sich nichts als offenes, fast kindliches Erstaunen, so ehrlich, daß es nach Ptolemaios' Meinung nur gespielt sein konnte.

»Dies ist das Geschenk meines Vaters. Ein edler Perser, der seinen Namen mit Sisines angibt, wurde von unseren Reitern abgefangen. Es bedurfte einiger ... Überredung, bis er uns die Botschaft sagte, die er zu übermitteln hatte. Eine Botschaft von Dareios an Alexandros den Lynkesten, der seit Kalas' Ernennung zum Satrapen die thessalische Reiterei führt, Freund und *hetairos* des Königs und, wie wir nicht vergessen wollen, Bruder der Verschwörer und Königsmörder Heromenes und Arrhabaios.«

Trotz der stickigen Hitze war es einen Moment so, als ob

sich Kälte über die Männer senkte. Alle starrten Philotas an, dann den Perser und Alexandros, der keine Miene verzog.

»Die Botschaft lautet sinngemäß: Dareios bietet Alexandros tausend Talente in Gold, den Thron Makedoniens und die unverbrüchliche Freundschaft des Großkönigs.«

Philotas konnte nicht weitersprechen; es war auch nicht nötig. Alle wußten, was die Gegenleistung sein sollte; es dauerte sehr lange, bis die Flüche, die Schreie von Zorn und Empörung, die gehässigen Bemerkungen, der ganze Wirrwarr von fünfzig Stimmen sich legte.

Alexander blieb kühl. Er wechselte einen Blick mit Demaratos (der alte Korinther hob kurz die Schultern) und bedeutete den Wachen, Sisines wieder abzuführen. Dann sah er sich um, streckte die Hand aus; Hephaistion zog einen Dolch und reichte ihn dem König. Jäh stürzte die Nacht mit ihrer Stille und Kälte ins Zelt. Alexander ging zwischen den Klinen und Tischen, mit langsamen, kurzen Schritten, zu Alexandros, der nun ohne Bewacher am Eingang stand, die mit Lederschnüren gefesselten Hände vor dem Bauch.

Zwei Schritte vor dem Lynkesten blieb Alexander stehen, wandte sich halb um und betrachtete seine Offiziere und Berater mit einem spöttischen Lächeln.

»Die Ratschlüsse eines Barbarenherrschers ... Sisines kennt uns; er war vor Jahren als Gesandter des Satrapen von Ägypten bei meinem Vater. Daher weiß er, daß es diese und jene Meinungsverschiedenheit zwischen den großen Häusern Makedoniens gibt. Philotas, ich schulde dir Dank für die Übermittlung deiner Botschaft; und niemals werde ich Parmenion, dem großen Strategen und Vater des ganzen Heeres, ausreichend danken können für seine Umsicht und Wachsamkeit.«

Die Verblüffung der Männer war fast greifbar; Ptolemaios beobachtete das Mienenspiel von Bagoas, von Demaratos, dann wieder das des Königs. Welcher der unzähligen Teile Alexanders war dies nun? Nicht der Stratege, nicht der Jugendfreund, nicht der Herrscher, nicht der Zweifler; in diesem Moment hatte er eher Ähnlichkeit mit einem listigen alten Wolf, einem, der seit Jahrzehnten mit Männern vom Schlag eines Demaratos würfelt oder feilscht und dabei nie verliert.

Alexander drehte sich zum Lynkesten um, der ihn mit aufgerissenen Augen anstarrte; das Gesicht war bleich, der dünne schwarze Bart gesträubt, die Zunge zuckte über die aufgesprungenen Lippen. Dann senkte sich der Blick, wie magisch angezogen, auf die Spitze des Dolchs, die im flackernden Licht glühte.

Mit zwei schnellen Bewegungen durchtrennte Alexander die Fesseln; dann schob er den Dolch in seinen Gürtel und umarmte den Lynkesten. »Willkommen, Freund und Gefährte. Wer einen Brief eines Verräters erhält, ist darum selbst noch kein Verräter. Deine Entscheidung nach Philipps Tod wiegt mehr als die Botschaft eines Barbaren. Geh, erfrisch dich in meinem kleinen Zelt; dann komm zu uns und hilf bei den Beratungen.«

Auf Alexanders Befehl hin blieben nach Mitternacht Leonnatos, Krateros, Laomedon, Demaratos, Hephaistion und Ptolemaios beim König zurück. Nachdem die letzten der anderen gegangen waren, herrschte einige Zeit Schweigen; schließlich sagte Demaratos:

»Klug gehandelt, Herrscher der Makedonen. Du wirst ihn aber mit neuen Aufgaben betrauen müssen.«

Alexander goß ein paar Tropfen Wein in seinen Wasserbecher, schwieg aber.

Krateros sog an einem Zahn, verzog das Gesicht und beugte sich vor: »Ob es nicht doch besser wäre, du stellst ihn vors Gericht der *hetairoi* und …« Er fuhr mit dem Finger über seine Kehle.

Laomedon gluckste. »Krateros, dein Zahn macht dich grimmig, fürchte ich. Sprich mit Drakon; er reißt ihn dir aus und setzt einen neuen ein, den er aus irgendeinem edlen Maul gebrochen hat. Männer sind leider nicht so leicht zu ersetzen.«

Hephaistion legte eine Hand auf Alexanders Arm. »Nur Rücksicht auf die Sippen daheim? Oder hast du andere Gründe?«

»Vielleicht ist Alexandros wirklich unschuldig; immerhin gilt, was ich gesagt habe – nicht jeder, der einen Brief von, sagen wir, Demosthenes erhält, ist unbedingt Teil einer Verschwörung. Wenn Dareios es auf diesem Weg versuchen will, ist Alexandros der offensichtliche Empfänger einer solchen Botschaft; das ist schon richtig. Aber jetzt, Freunde, überlegt. Die edlen Häuser der Lynkestis, und ein paar andere, würden mich lieber heute als morgen tot sehen. Wie wir alle wissen. Und dann würden sie versuchen, einen ihrer Leute auf den Thron zu setzen. Wer ist der erste Anwärter?«

»Alexandros«, sagte Demaratos. Er lächelte flüchtig. »Ich sagte doch, klug gehandelt.«

»Versteh ich nicht.« Krateros ballte die Fäuste. »Antipatros hält in Pella alles mit eiserner Hand zusammen – gegen die Lynkesten, gegen die Freunde des Demosthenes, gegen, ah, deine edle Mutter, Alexander ...«

»Ich weiß. In ihren Briefen zetert sie durch halb Asien hinter mir her.« Alexander hob eine Braue. »Und?«

»Alexandros als Führer der thessalischen Reiterei? Alexandros als einer der wichtigsten Offiziere? Mit seiner Vipernsippe daheim? Ist die Gefahr nicht zu groß?«

»Die Gefahr wäre anders größer«, sagte Ptolemaios. »Ich glaube, ich weiß, worauf der Korinther hinauswill. Solange Alexandros lebt und unter uns weilt, ob schuldig oder unschuldig, wird in Pella niemand versuchen, einen anderen Lynkesten auf den Thron zu setzen. Wir müssen ihn aber im Auge behalten.«

Krateros knurrte: »Die Nacht ist voller Dolche. Wem willst du ihn anvertrauen?«

Alexander blickte Leonnatos an. »Kannst du ihn verwenden? Er spricht Aramäisch, kann sich benehmen, ist gebildet. Und in der politischen Abteilung, als dein Mitarbeiter, braucht er außer bei Kampfeinsätzen keine Waffen zu tragen.«

Leonnatos seufzte. »Schon gut, ich hab's verstanden. Er muß auch nicht jeden Tag in deine Nähe kommen; unwichtige Berichte gehen von Schreiber zu Schreiber, wichtige berichte ich dir selbst.«

»Eine andere Frage.« Demaratos räusperte sich. »Was machst du mit dem Knoten?«

»Was für ein Knoten?« Krateros runzelte die Stirn.

»Parmenions Ratschlag ...« Alexander lächelte. »Wer

Wein will, muß nicht die Amphore zerschlagen, sondern den Stöpsel ziehen. Ich glaube, das betraf nicht nur Alexandros.«

»Parmenion ist ein kluger Mann.« Demaratos strählte seinen Bart mit den Fingernägeln. »Es geht um den Knoten von Gordion, Krateros. Im Tempel dort steht ein uralter Wagen; die Deichsel ist wie üblich mit einem Pflock befestigt, aber um den Pflock haben tausend kluge Männer mit feinen Fingern einen Strick aus Kirschbast und Leder gewickelt und tausendmal neu verknotet. Eine Prophezeiung sagt, der werde Asien beherrschen, dem es gelingt, den Knoten zu lösen.«

Krateros ächzte. »Müssen wir also erst die Stadt erobern, dann den Tempel niederreißen und anschließend tausend Knoten lösen?«

»Wie lautet die Prophezeiung genau?« sagte Alexander. »Ist es nicht so, daß vom Knoten gar nicht die Rede ist?«

Demaratos zuckte mit den Schultern; Laomedon kratzte sich den Kopf.

»Ich glaube«, sagte er langsam, »wenn ich mich an die eine oder andere Unterhaltung mit Persern erinnere ... Also, ich meine, es heißt, wer die Deichsel vom Wagen lösen kann. Aber das läuft doch aufs gleiche hinaus.«

Hephaistion grinste bösartig. »Kannst du nicht Asien erobern, ohne auf Prophezeiungen zu achten?«

»Das Heer fühlt sich zweifellos besser, wenn alle Vorzeichen, Götterstimmen und ewigen Ratschlüsse berücksichtigt werden.«

»Dann nimm das Schwert – zerhau den Knoten.«

»Demaratos?«

Der Korinther blinzelte. »Eine Möglichkeit, Alexander; es ist wahr, Hephaistion könnte recht haben. Aber ...« Er faltete die Hände und legte die Fingerspitzen an die Nase. »Du weißt, was die Perser daraus machen werden, nicht wahr? Demosthenes nicht zu vergessen. ›Tausend weise Männer mit feinen Fingern haben zweihundert Jahre lang daran geknüpft, und jetzt kommt dieser makedonische Barbar und zerstört das Kunstwerk mit einem Schwerthieb. So wird er ganz Asien behandeln, wenn ihr ihm nicht Widerstand leistet.‹ Das werden sie sagen.«

Alexander lächelte. »Dann werden wir uns etwas anderes

einfallen lassen müssen.« Seine Gedanken schienen weit fort zu sein.

Sisines wurde am folgenden Morgen von den Makedonen mit Lanzen durchbohrt; Philotas reiste zurück zu Parmenion, mit Erigyios, der die Stelle des Alexandros einnehmen sollte; das Heer zog weiter an der Küste entlang, berauschte sich – diejenigen jedenfalls, die dafür empfänglich waren – an der Großartigkeit des Landes und des Meeres, das unter günstigem Nordwind zurückwich, damit Alexander das Vorgebirge des Klimax auf der Seeseite umrunden konnte, dann nach Norden, landeinwärts, mit zahlreichen Scharmützeln und Bergfestungen, mit der Einnahme der wichtigen Stadt Kelainai, die dank ihrer Mauern als unbezwinglich galt, aber nach zehn Tagen der Einschließung kampflos aufgab, bezwungen von Alexanders Geduld, von Hunger und von Durst. Antigonos der Einäugige blieb in Kelainai, mit 1500 Mann, um die Verbindungen offenzuhalten,und das eigentliche Phrygien zu befreien: als Satrap von Groß-Phrygien.

Demaratos war vorausgeritten, mit einer kleinen Truppe unter dem Befehl des Schwarzen Kleitos. Einen halben Tagesmarsch vor Gordion traf er abends wieder im Lager ein, das sich zwischen Äckern und Wiesen am Rand der Königsstraße erstreckte.

»Wie sieht es in Gordion aus?« sagte Alexander; er selbst goß Wein in Becher und reichte sie Demaratos und Kleitos.

Der Korinther lächelte. »Die Stadt ist offen und wird dich vielleicht nicht gerade mit Jubel, aber doch friedlich begrüßen.«

»Zum Glück.« Kleitos nahm einen langen Schluck. »Die Wälle sind gut, schwer zu nehmen. Es wäre ein blutiger Kampf.«

»Da ist doch noch etwas.« Alexander musterte den Korinther mit zusammengekniffenen Augen.

Demaratos stellte den Becher ab und fuhr sich durch den grauen Bart. »Dein Scharfblick verdient Bewunderung, Herr der Makedonen. Ja, da ist noch etwas; Berichte von Kundschaftern – du weißt, unsere geheimen Freunde hier und da. Ich hatte sie angewiesen, alles Wichtige nach Gordion zu melden, in der Erwartung, daß meine dortigen, ah, Freunde uns die Tore öffnen würden.«

»Und? Was ist mit den Berichten?«

Demaratos betrachtete seine Finger. »Wirre Gerüchte über Maßnahmen des Großkönigs – in den iranischen Kernländern, aber auch auf dem Wasser. Noch ergibt alles keinen rechten Sinn; er scheint aber jetzt dem Rhodier Memnon die Kriegsführung im Westen übertragen zu haben.«

Alexander nickte. »Der einzig vernünftige Zug; ich hätte das schon längst getan. Nicht gut für uns, aber ... Du weißt noch nichts Genaues?«

»Nein. Ich nehme an, Parmenion wird ebenfalls Nachrichten bringen. Und in den nächsten Tagen kommen zweifellos weitere Kundschafterberichte.«

Am frühen Nachmittag verließ Alexander das Lager, das sie vor der Stadt aufgeschlagen hatten. Mit den wichtigsten Beratern ritt er auf der Königsstraße den Würdenträgern des Orts entgegen, die seit Stunden zwischen den Gräbern der alten phrygischen Könige warteten. Keiner wußte, weshalb Alexander sich so lange mit seinem Seher und einem alten Bauern aus der Gegend beraten hatte. Der Himmel verfinsterte sich immer weiter; es wäre sinnvoll gewesen, die Stadt zu betreten und die Feierlichkeiten hinter sich zu bringen, ehe das Unwetter losbrach.

Vor dem alten assyrischen Torbogen begann das Gedränge; Menschen allen Alters wollten den jungen Herrscher betrachten und bewundern, der dem Großkönig trotzte und bereits so viele Wunder bewirkt hatte.

Als Alexander, die Würdenträger und die wichtigsten Begleiter zur Akropolis hinaufstiegen, folgten ihnen zahlreiche Phrygier, aber auch makedonische Kämpfer, die in die Stadt gekommen waren.

Vor dem Zeus-Tempel stand der Wagen, den angeblich König Midas besessen und dem Gott geweiht hatte. Zufällig stand Ptolemaios neben Aristandros, als der Hof sich zu füllen begann. Er sah, wie der Telmessier in den Himmel blickte und nickte.

»Was befriedigt dich, Aristandros?«

Der Seher zwinkerte. »Ein wetterkundiger Bauer hat uns gesagt, es werde nicht nur Regen, sondern auch ein Gewitter geben. Etwa in einer halben Stunde – ab jetzt.«

»Und? Was gibt es da zu nicken?«

»Er wird wohl recht behalten – und du wirst sehen.«

»Sollte der Wagen nicht im Tempel stehen?«

Aristandros lächelte. »Die Priester haben ihn herausgeholt, damit mehr Leute sehen können, wie Alexander am Knoten verzweifelt, wie so viele vor ihm.«

Alexander und die Zeus-Priester hatten einige vermutlich höfliche Worte gewechselt; nun schritt der Makedone um den uralten, wurmstichigen Wagen herum. Ein Wunder, dachte Ptolemaios, daß das Gefährt die Fahrt aus dem Tempel in den Hof überstanden hatte. Ein Wunder ferner, daß Alexander völlig ungerührt wirkte, beinahe sorglos; dabei stand hier allerlei auf dem Spiel. Die Prophezeiung, die Herrschaft Asiens, der Glaube der Makedonen an den von Göttern begünstigten König, die Hoffnung nicht weniger Phrygier auf das Versagen des vorwitzigen Makedonen …

Alexander kniete nieder; bevor er sich dem Knoten widmete, schaute er noch einmal zum düsteren Himmel hinauf. Aristandros berührte Ptolemaios an der Schulter, blinzelte und drängte sich weiter vor, bis er am Heck des Wagens stand.

Dort, wo der alte zerfressene Pflock Deichsel und Karren verband, hatten kluge, feinfingrige Männer einen dicken Ball aus Kirschbast und Lederschnüren, mit tausend Knoten, um die Verbindung geschlungen; oben und unten war vielleicht je eine Fingerbreite des Pflocks zu sehen. Alexander berührte den Knoten hier und da; ringsum wurde Gemurmel laut, einige Gesichter zeigten Spannung, andere deutlichen Hohn.

Ptolemaios ging dorthin, wo Hephaistion, Kleitos, Koinos und andere Offiziere standen. Er sah, wie Krateros die Hand an den Schwertgriff legte, das Kurzschwert zog, es Alexander reichte; er hörte, wie der König sagte: »Parmenions weiser Rat – wer Wein will, soll die Amphore entstöpseln, nicht zerschlagen«; er zweifelte, als Philipps Sohn sich scheinbar ratlos erhob, den Kopf kratzte, in den Himmel blickte und sich an den obersten Priester des Tempels wandte.

»Wie lautet die Prophezeiung genau?«

Mit merklichem Hohn sagte der Priester: »Wer die Deichsel vom Wagen trennt, wird Asien beherrschen.«

Aristoboulos zupfte an Ptolemaios' kurzem Ärmel. »Was ...« Dann schwieg der Wissenschaftler, denn Alexander kniete wieder nieder. Ein Regentropfen klatschte neben ihm auf den hartgestampften Boden.

»Wagen und Deichsel trennen, wie?« sagte der König: »Nicht: den Knoten lösen.«

Mit seinen feinen, kräftigen Fingern ergriff er die eben noch sichtbare Spitze des Pflocks und rüttelte daran; von Würmern zerfressenes, uraltes, morsches Holz rieselte an der Unterseite des unfaßlich verwickelten Bast-und-Lederballens zu Boden. Alexander rüttelte stärker; dann nickte er sanft und zog den zerfressenen Pflock langsam nach oben aus dem Knoten. Er stand auf, lächelte den Priester an, bückte sich, zerrte an der Deichsel, die nicht mehr vom Pflock gehalten wurde, und zog sie aus dem Knotengeflecht.

Kallisthenes zischelte: »Mit dem Schwert wäre es schöner für Hellas gewesen, aber ...«

Ringsum herrschte immer noch sprachloses Schweigen. Alexander ließ die Deichsel fallen; der Zeuspriester hob die Hände. Aristandros trat vom Heck weiter vor und rief:

»Der Herr über Asien! Wartet, ob die Götter sprechen! Zeus, der du auch Ammon bist, sieh da – dein Sohn!«

In diesem Moment riß der Himmel auf. Giftgelbe Blitze zuckten vor den schwarzen Wolkenmassen von Horizont zu Horizont. Dann krachte der Donner, betäubend, wuchtig, erwartet und doch unglaublich. Der Zeuspriester kniete nieder; Aristandros hob die Hände zum Himmel; Alexander stand lächelnd neben dem Karren und genoß das Staunen, das Geschrei und den kühlen Regen.

Die »Neuvermählten« hatten 3000 makedonische Fußkämpfer, 500 Reiter und 150 Freiwillige aus Elis mitgebracht: willkommene Verstärkung. Die Verluste aus den Kämpfen waren dadurch mehr als wettgemacht, die Verluste durch zurückgelassene Besatzungen allerdings nicht. Immerhin, als Parmenions Truppen bei Gordion eintrafen, hatte das

Heer fast wieder die Stärke des Vorjahrs erreicht; und mit dem Troß, den Händlern, Dirnen, Gauklern und Musikern, den Neugierigen, Bittstellern und Abenteurern waren nun weit über 70 000 Menschen in und um Gordion eingetroffen, die vom Land leben mußten, ohne Stadt und Land allzu sehr zu behelligen. Einkäufer von der Versorgung, die immer größere Kreise um Gordion ritten, kamen oft zu spät: Händler waren vor ihnen dagewesen, hatten Getreide, Gemüse, Obst, Hühner, Schafe, Rinder aufgekauft und gaben sie zum doppelten Preis an die Kämpfer weiter. Die Führer der einzelnen Abteilungen mußten ihre Leute beaufsichtigen, damit es weder zu Reibereien untereinander noch zu Streit mit den Phrygiern kam; sie hatten über alles und jedes zu berichten, die nächsten Schritte vorzubereiten, mit den Stäben und dem König zu beraten. Diejenigen, die wie Ptolemaios keine eigenen Einheiten befehligten, waren noch stärker gefordert, da sie jederzeit überall eingreifen, schlichten, ausgleichen, beschaffen, planen, besorgen, beaufsichtigen mußten.

Am Tag nach Parmenions Eintreffen erschien einer der Schreiber des alten Korinthers bei Ptolemaios, der gerade im Stehen eine Handvoll Körner und zwei Schluck Wasser zu sich nahm.

»Demaratos sehnt sich nach deinem Anblick.«

Ptolemaios kaute zu Ende, raufte sich die Haare, übertrug die Aufsicht über die Latrinen einem jungen Offizier und folgte dem Schreiber in die Stadt; Demaratos hatte sich in einigen ungenutzten Räumen der Akropolis eingerichtet. Aus den Fenstern blickte man weit über die dunstige Ebene, die wie ein Flickenteppich dalag: Baumgruppen, Äcker, Wiesen, Zelte, Zelte, Zelte ... Der große Raum war kahl und karg, Decke und eine Wand notdürftig ausgebessert, es gab weder Verputz noch Einrichtung außer einem Gestell mit Rollen, einem Tisch, vier Schemeln und einem flachen Lager. Fenstersimse und der Boden nahe den Fensteröffnungen waren bedeckt mit Vogelkot.

»Setz dich.« Demaratos, mit Ried und Papyros beschäftigt, deutete auf einen der Schemel.

Ptolemaios trat von einem Fuß auf den anderen. »Keine Zeit, keine Zeit«, knurrte er. »Was willst du von mir?«

Der Korinther blickte auf, musterte ihn von Kopf bis Fuß und lächelte spöttisch. »Der Drang des Königs nach ständiger Bewegung überträgt sich auf seine jungen Gefährten, wie? Setz dich. Du wirst dich setzen, hörst du? Und du bleibst sitzen, bis ich mit dir fertig bin.«

Ptolemaios knirschte mit den Zähnen. »Zuviel zu tun. Wenn ich mich setze, steh ich nicht mehr auf.«

»Du wirst dich setzen und einen Schluck Wein trinken; dann wirst du beginnen zu gähnen. Und du wirst mir zuhören. Das ist ein Befehl, hörst du? Alexander hat dich mir unterstellt.«

Ptolemaios ächzte; er setzte sich auf die Vorderkante eines Schemels, den Rücken durchgedrückt, und verschränkte die Arme. »So?« Er gähnte.

Demaratos nickte. »Schon besser. Also: Es gibt viel zu tun.«

»Fangt schon mal an.« Ptolemaios grinste und rieb sich die Augen. Dann trank er einen Schluck aus dem Becher, den der Korinther ihm reichte.

»Wir haben ein paar kleine Probleme, die wichtiger sind als deine Latrinen. Kannst du jetzt zuhören?«

Ptolemaios nickte; Demaratos stand auf und ging hinter seinem Tisch auf und ab, die Hände auf dem Rücken. Er hielt zunächst einen kurzen Vortrag über die Wichtigkeit von Kenntnissen. Politik, sagte er, sei Krieg mit anderen Mitteln; man müsse immer wissen, was der Gegner plane, was er könne, was seine Möglichkeiten und seine Geheimnisse seien. Deshalb gebe es geheime Kundschafter; manchmal seien sie sogar nützlich, was man von Politikern und Offizieren nicht sagen könne. Wie Ptolemaios seit einiger Zeit wisse, habe der alte korinthische Handelsherr Demaratos in Jahrzehnten die geheimen Dienste Philipps aufgebaut und geleitet – die nun für Alexander arbeiteten. Es gebe gute und schlechte Mitarbeiter; einer der besten sei der Musiker Dymas gewesen, der leider nicht mehr mitmachen wolle.

»Das Netz hat mehrere Knoten, Junge; einen hält Antipatros in der Hand, einen ich. Die beiden wichtigsten sind im Moment bei Nearchos und Antigonos; sie versorgen uns mit Botschaften, halten uns gleichzeitig mit dem Schwert den

Rücken frei. Ich werde nicht ewig leben; das ist allein dadurch erwiesen, daß bisher keiner nicht gestorben ist. Deshalb, und weil es nie genug gute Leute geben kann, suche ich immer wieder nach Männern, die mir heute helfen und morgen ohne mich allein weitermachen können.«

»Warum ich?«

Demaratos schob das Kinn vor und deutete auf den jungen Makedonen. »Du, Ptolemaios, Sohn des Lagos, hast in Illyrien von Laomedon ein wenig Iranisch gelernt, nicht wahr? Der König, dein Jugendfreund, hat dich geprüft; du kannst Latrinen und Küchen leiten und eine Tausendschaft gegen eine Bergfestung führen. Die Männer, die dir untergeben sind, lieben dich, weil du sie als deinesgleichen behandelst und Tugend der Anmaßung vorziehst. Perdikkas ist der bessere Truppenführer; aber er hat eine Taxis. Ebenso Krateros. Hephaistion mag den schärferen Verstand haben, aber er verwendet ihn nur im Gespräch mit Alexander. Du bist – noch – nicht gut genug, um eine Taxis zu führen; oder vielleicht bist du gut genug, aber es ist keine Taxiarchenstelle frei. Für die Latrinen und andere ähnliche Dinge bist du zu gut, zu schade. Du bist in einer edlen Familie aufgewachsen, kennst seit deiner Kindheit die Scheußlichkeiten der Politik; mit deiner krummen Nase und deinem treuherzigen Blick wirkst du so, als ob du dich niemals verstellen könntest. Du bist klug genug, um meine Rede zu durchschauen und Absichten dahinter zu vermuten, aber dumm genug, mein Geschwätz über dich trotzdem für schmeichelhaft zu halten. Kurz gesagt, du bist geeignet.«

Ptolemaios lachte laut. »Danke, danke; was hast du mit mir vor?«

Demaratos blickte ihn lauernd an. »Wer sind meine besten Helfer – hier und jetzt?«

Ptolemaios runzelte die Stirn. »Deine Helfer? Was willst du hören – Namen, Ämter, Aufgaben?«

Demaratos schnaubte; er wirkte ein wenig ungeduldig. »Komm, benutz deinen Verstand.«

»Du bist der alte Korinther Demaratos, Gastfreund des Königs. Daß du die Kundschafter leitest, wissen nur wenige. Hmf. Wer hilft dir dabei?« Ptolemaios starrte an die häßliche, brüchige Decke. »Laomedon? Er ist zuständig für die Gefangenen; er wird sie wohl auch verhören.«

Demaratos nickte. »Weiter.«

»Leonnatos und Seleukos? Von Alexander immer wieder mit politischen Aufgaben betraut – auch von dir?«

»Weiter!«

»Eumenes, als Sammelstelle aller wissenswerten Tatsachen? Harpalos, weil er das Geld hütet und zu mehren versucht, die geheimste aller Tätigkeiten?« Er grinste.

Demaratos nahm seinen unterbrochenen Vor- und Rückmarsch wieder auf. »Nicht schlecht. Und jetzt hör zu. Es gibt da einige Meldungen ... Wahrscheinlich laufen längst Gerüchte um, aber das ganze Bild muß im Moment unter uns bleiben. Alexander ...«

»Kennt er es?«

»Das ganze Bild?« Demaratos grunzte. »Mein junger Freund, hier geschieht nichts, was Alexander *nicht* wüßte.«

Dies war das Bild, das er Ptolemaios mit Worten malte, und je weiter es Gestalt annahm, desto kälter schien der Raum zu werden.

Kleandros, einer der Hetairenführer, hatte die Neuvermählten nach Makedonien begleitet und war von Pella südwärts geritten, durch ganz Hellas, bis zum Vorgebirge Tainaron im Süden der Peloponnes, wo sich arbeitsuchende Söldner aufhielten und anwerben ließen. Er hatte kaum Söldner auftreiben können, wohl aber erschreckende Nachrichten. Dareios hatte endlich seinen besten Mann, Memnon aus Rhodos, zum obersten Strategen des Westens gemacht und mit Vollmachten und Geld ausgestattet. Memnon ließ Söldner werben; Memnon schickte Botschafter in alle wichtigen Städte; Memnon unterstützte alle, die unterstützt werden konnten, mit persischem Silber und Gold. Memnon verfügte über die von phönikischen Städten gestellte persische Flotte, mehr als 300 Kampfschiffe. Agis, König von Sparta, bereitete die Erhebung des südlichen Hellas gegen Makedonien vor; sein Heer war in den letzten Monden verdoppelt worden; seine Flotte – fast 200 Schiffe – sperrte die Zufahrt nach Tainaron für alle, die nicht wie er gegen Makedonien waren. Athen hatte im Schatten der Ereignisse seine Flotte auf fast 400 Schiffe vergrößert. Sparta, Athen, Boiotien, sogar Teile des alten makedonischen Verbündeten Thessalien warteten nur auf das Zeichen. Memnon ging gründlich vor, besetzte von Süden nach Norden die Inseln vor der Küste Asiens – Rhodos unterstützte ihn, Kos und Samos waren zu ihm übergegangen, ebenso Chios; Mytilene auf Lesbos wurde belagert, von den wichtigen Küstenstädten Ioniens waren etliche bereits in Memnons Hand, darunter Priene und Milet. Nach der Besetzung Mytilenes blieben noch Ephesos, Halikarnassos und einige andere zu sichern oder zu sperren; dann sollte das von Memnon geführte Heer aus Persern und Söldnern nach Euboia übersetzen, und ganz Hellas würde sich erheben. Gleichzeitig sammelte Dareios in Susa das größte Heer seit dem seines fernen Vorgängers Xerxes, wobei er sich vor allem auf den Rat eines tüchtigen athenischen Strategen namens Charidemos stützte.

»Nun, wie gefällt es dir?« sagte Demaratos, als Ptolemaios beharrlich schwieg.

»Der Traum eines jeden Strategen.«

»Was? Unsere Lage?«

»Nein; die von Memnon und Dareios. Wenn die Dinge sich so entwickeln, kommt wahrscheinlich noch ein Aufstand in Thrakien hinzu; dann ist Makedonien eine Insel, wir haben keine Verbindung mehr zu Antipatros und stecken in den Bergen Asiens. Eine kleine Nuß in einer riesigen Zange.«

Demaratos gluckste. »Nett gesagt. Was, o Sohn des Lagos, würdest du tun, wenn du Alexander wärst?«

Ptolemaios stand auf, ging zu einem der Fenster, blickte hinaus auf die Ebene, die Zelte, den dünnen Strich der widerlichen Latrinen; dann lehnte er sich mit dem Gesäß an den Sims und sah Demaratos ins Gesicht.

»Geführt von Alexanders Feuer und Parmenions Eis sind wir unbesiegbar. Ich würde die Hellenen vergessen; sie kommen wieder auf die andere Seite, sobald der Wind sich dreht. Ich würde Antipatros vertrauen; er kann Makedonien halten – nicht ewig, aber lange genug. Vielleicht ...« Er zupfte an seiner gebogenen Nase. »Ich weiß nicht, wieviel Geld Harpalos gehortet hat, aber vielleicht könnte man Antipatros Geld zur freien Verwendung schicken – für Sold, für Bestechungen, derlei. Der Hellespont müßte gehalten werden; dazu brauchen wir die aufgelöste Flotte der Bundesgenossen, oder eine eigene. Sie muß nicht groß sein, aber groß genug. Nearchos, Antigonos, Kalas und Asandros brauchen Geld, um weitere Kämpfer anzuwerben; oder Kämpfer, die wir aber nicht entbehren können.«

Demaratos kniff die Augen zusammen; er lächelte kaum merklich. »Und weiter, Freund des Königs?«

»Ein Vorstoß nach Süden, ans Meer. Susa ist weit; um ein riesiges Heer zu versorgen und marschieren zu lassen, braucht Dareios Zeit; Geld hat er genug. Wir ... wir müßten durch Kilikien ans Meer vorstoßen, die Landverbindung zwischen Iran und Ionien zertrennen und die phönikischen Städte angreifen. Wenn Tyros, Sidon und Byblos bedroht sind, werden sie die Schiffe heimrufen, und Persien hat keine Flotte mehr. Dareios wird auch kommen, nach Syrien oder Phönikien, und wenn das Heer des Großkönigs vernichtet ist, hängt Memnon in der Luft.«

Demaratos kicherte leise. »Klingt wie ein Spaziergang, aus deinem Mund.«

»Es wird furchtbar, und blutig, und aufreibend. Aber« – er deutete mit dem Daumen aus dem Fenster – »wer soll *uns* besiegen, solange Alexander und Parmenion uns führen?«

»Kühn, mein Freund, verwegen und – ja, klug. Es fehlt aber etwas.«

»Was?«

»Zum einen: Glück.«

Ptolemaios lachte gepreßt. »Glück? Wer sich nicht auf sein Glück verlassen mag, sollte zu Hause bleiben. Kühnheit und kluge Planung sind ohne Glück vergeudet. Was wird Alexander tun?«

»Ungefähr das, was du vorschlägst. Amphoteros, Krateros' Bruder, ist seit gestern abend unterwegs zum Hellespont; er wird dort die Flotte neu aufbauen und leiten. Hegelochos reitet mit ihm, er und seine Leute schleppen fünfhundert Talente in Silber mit sich – für neue Schiffe und für die Truppen bei Abydos. Proteas ist auch dabei; er hat sechshundert Talente für Antipatros, und Anweisungen.«

»Proteas?« Ptolemaios lachte. »Bei allen Göttern ...«

»Er ist nicht dumm; das, was er von seinem Verstand noch nicht vertrunken hat, könnte nützlich sein, und bei dem scharfen Ritt kommt er nicht zum Trinken.«

»Und wir?«

»Wir marschieren in ein paar Tagen los – nach Nordosten. Ankyra, an der Grenze zu Kappadokien und Paphlagonien; um das Binnenland halbwegs zu sichern. Dann? Nach Süden, wie du vorgeschlagen hast.«

Ptolemaios nickte. »Gut. Es freut mich, daß ich nicht völlig versagt habe bei dieser Aufgabe. – Du sagtest eben, ich hätte etwas vergessen, zum einen Glück. Was denn noch?«

Demaratos setzte sich hinter seinen Tisch und fletschte die Zähne. »Edle und verwegene Gedanken, Makedone, sowie Glück helfen nicht aus derartigen Klemmen. Wir werden ein paar häßliche Dinge tun müssen.«

Ptolemaios hob die Schultern. »Das kennen wir doch; die Ränke der edlen Häuser Makedoniens ... Wie häßlich?«

»Parmenion kennt Charidemos und ein paar seiner wichtigsten Leute; außerdem kennt er die Dinge und die Menschen und hat keine falschen Träume, was die Schlechtigkeit des Kosmos angeht. Er hat einen Teil entworfen; Alexander hat zugestimmt. Ich werde es dir erzählen, wenn du von deiner Reise heimkehrst.«

»Reise?«

»Solltest du den falschen Leuten in die Hände fallen, wäre es nicht gut, wenn du noch mehr wüßtest; du weißt ohnehin zuviel. Du wirst ein paar Begleiter aussuchen und auf der Königsstraße nach Sardeis, von dort nach Ephesos reisen – so schnell es geht.«

Ptolemaios holte tief Luft. »Was soll ich dort tun?« Seine Stimme war belegt.

Demaratos zögerte; langsam sagte er: »Diesen Teil, Freund, hat Alexander beigetragen. Erdacht. Ich, das heißt, du und ich, wir werden ihn ausführen. Es ist sehr häßlich, und sehr kühn. Ich wäre nicht im Traum darauf gekommen – obwohl es naheliegt, aber ...«

»Sprich!«

»Alexander wies darauf hin, daß neben Persien, Hellas

und Makedonien noch ein Spieler mit am Würfeltisch sitzt. Ein wichtiger Spieler, an den keiner von uns gedacht hat.«

»Nun sprich doch endlich!«

Demaratos sprach, und Ptolemaios war sprachlos.

Die Hetairen Ophellas und Sakadas, der lange Emes und fünf von ihm ausgewählte Hopliten – Fußkämpfer, aber gute Reiter – und Ptolemaios jagten nach Westen. Alle waren bewaffnet, wie reisende Händler, trugen aber keine Rüstungen. Das Päckchen mit Kräutern, vom König selbst zusammengestellt, das Alexander ihm beim Aufbruch gegeben hatte, steckte in einem Lederbeutel, den Ptolemaios um den Hals trug, unter dem Brustgewand. Am zweiten Tag holten sie Hegelochos, Amphoteros und Proteas ein, die mit ihren zahlreichen Packtieren nicht so schnell reisen konnten. Am fünften Tag ritten sie durch einen Engpaß; mitten in der Schlucht, im Schatten spitzer Felsen, lag ein Baum auf der Straße. Sakadas sah ihn zu spät, konnte sein Pferd nicht mehr zügeln, wurde vornüber geschleudert, als das Tier kreischend gegen das Hindernis prallte, und blieb mit gebrochenem Genick liegen. Einer der Hopliten starb mit einer Miene der Verwunderung, die Finger am Schaft des Pfeils, der ihm die Kehle durchbohrte. Beide blieben unbestattet, wie die acht Wegelagerer, die der Kampfkraft und dem Zorn der vermeintlichen Händler nicht gewachsen waren. Ihre Pferde und das des Hopliten ließen sie laufen, Ophellas erlöste das Reittier des toten Hetairen von den Schmerzen zweier gebrochener Beine und vom Leben; die Geldbeutel der Räuber – und der toten Kameraden – nahmen sie an sich.

In Sardeis erhielten sie frische Pferde und einige Ratschläge von Asandros, der kurz zuvor die Besatzung in Ephesos hatte verstärken lassen. Sie wichen daraufhin von ihrer geplanten Strecke ab und erreichten Notion, den Hafen der Stadt Kolophon, an einem schwülen Spätnachmittag. Ptolemaios, Emes und ein Hoplit begaben sich sofort zum Hafenmarkt; Ophellas und die übrigen blieben bei den Pferden in einem Gasthaus vor den Mauern.

Die Hafenbucht von Notion war gewissermaßen getäfelt;

zahllose Schiffe ankerten hier, um kriegerischen Verwicklungen zu entgehen.

Ptolemaios fragte nach dem Fischer Paralos und wurde zu einem kleinen Schiff gewiesen, das in Ufernähe bereitlag zum Aufbrechen.

Emes und der andere Krieger blieben am Strand; Ptolemaios watete durchs flache Wasser zu dem einmastigen Küstenboot hinaus. Unmittelbar neben dem Schiff reichte ihm das Wasser bis über den Nabel. Der alte Mann, der mit einem Jungen – vielleicht sein Enkel – sandgefüllte Ballastkörbe trimmte und dabei durch die wenigen verbliebenen Zähne pfiff, warf ihm einen ausdruckslosen Blick zu, als er eine Hand auf die Bordwand legte.

»Bist du Paralos der Fischer?«

»Jedenfalls nicht Paralos der Zeuspriester. Was willst du?«

Ptolemaios schlug mit der flachen Hand aufs Wasser. »Darf ich an Bord kommen?«

Der Alte richtete sich auf. »Ich will gleich raus; wenn du mich nicht aufhältst ...«

Ptolemaios stemmte sich hoch und kroch über die Bordwand. »Willst du Nachtfische fangen, mit golden zwinkernden Augen?«

Paralos verzog das Gesicht. »Wenn es davon nur mehr gäbe ...« Er wies auf die unübersehbare Menge der Schiffe – große und kleine Ruderboote, Frachtsegler, Lastkähne, zwei oder drei halbwracke Kampfschiffe undeutlicher Herkunft. »Dieses dumme Volk vertreibt die Fische. Schwer genug, sie dazu zu kriegen, daß sie wenigstens eine schmale Ausfahrt für die Fischer freilassen. Was willst du?«

»Goldene Fischaugen loswerden, die mich beschweren. Grüße von einem Fischhändler aus Korinth bestellen.«

Paralos blinzelte. »An wen etwa?«

»Er meint, du wüßtest, ob hier in letzter Zeit jemand ein Seepferd gezähmt und an eine Palme gebunden hat.«

Paralos seufzte und hielt die offene Hand hin; Ptolemaios zog zwei goldene Dareiken aus dem hohlen Gürtel und legte sie in die rissige Pranke des Fischers. Der Gegenwert von vierzig Drachmen – mehr als ein Mond des Arbeitens und Verdienens. »Und dies, wenn wir wieder zurückgekommen sind.« Er zeigte dem Fischer eine weitere Münze, ebenfalls aus Gold; auf einer Seite war eine Palme zu sehen, auf der anderen der Kopf eines Pferds.

Paralos knurrte etwas; dann sagte er: »Guter Landwind; Aufbruch.«

Ptolemaios wandte sich zum Ufer und gab das vereinbarte Zeichen; Emes winkte zurück.

Sie fuhren hinaus, zwischen den anderen Schiffen, in den Sonnenuntergang. Ptolemaios ließ seinen nassen Chiton vom Abendwind trocknen und trank ein paar Schluck aus der Lederflasche, die Paralos ihm reichte. Als es dunkel geworden war, flaute der Wind ab. Seufzend ergab Ptolemaios sich in sein Los, ergriff den Riemen, auf den Paralos deutete, und begann zu rudern. Er hatte jedes Zeitgefühl verloren und war nur noch Keuchen und Muskelkrampf, als der Fischer das Rudern einstellte und voraus deutete.

Unter dem Licht des abnehmenden Mondes und der Sterne trieb eine dunkle Masse auf dem glatten Wasser: fünf schwere Kampfschiffe mit je drei Ruderdecks – Trieren, so dicht nebeneinander, daß sie wie ein einziger Schiffskörper wirkten. Der Junge, der das Schiff wortlos gesteuert hatte, schlug Feuer, zündete ein Öllicht an, hob es und schwenkte es im Halbkreis. Jemand an Bord des nächsten Schiffs brüllte etwas; Paralos brüllte etwas zurück. Ptolemaios verstand nicht eine Silbe.

Abermals Gebrüll von der Triere. Paralos knurrte und griff wieder zum Riemen; ein paar Schläge und die geschickte Steuerung durch den Jungen brachten das Fischerboot längsseits; von oben – Ptolemaios mußte den Kopf in den Nacken legen, um die Bordwand der Triere hinaufschauen zu können – warf jemand ein Seil. Paralos schlang es um den Mast und wies mit dem Kopf auf die Strickleiter, die von der Triere abgelassen wurde.

Wie in einem Traum, den ein anderer träumt, stieg Ptolemaios die Leiter hinauf. Oben wartete ein Mann in hellem Chiton, mit ledernem Brustschutz; auf der linken Schulter glitzerte eine Spange. Er trug einen dunklen Vollbart und hatte Ringe in beiden Ohren. Sein Hellenisch war gut, die kehlige und trotzdem weiche Aussprache gehörte in den fremden Traum.

»Was willst du und wer bist du?«

Ptolemaios sah sich um, ehe er antwortete. Die während des Einsatzes verschlossenen Sitzschächte der Ruderer – Luken und Wandelgänge bildeten dann ein glattes Kampfdeck – waren hier und da offen; die Männer aller drei Ruderdecks lagen unter dem Sternenlicht und schnarchten; einige, vermutlich durch das Gebrüll geweckt, hatten die Köpfe gehoben und blickten herüber. Im Bug und unter dem erhöhten Achterdeck glitzerten die Waffen und Rüstungsteile der zur Besatzung gehörenden Fußkämpfer; auf dem Achterdeck, beim Schuh des nicht umgelegten Masts und vorn oberhalb des Rammsporns standen Posten. Ptolemaios bedachte, daß die Ruderer keine Sklaven waren, auch nicht wie bei den Hellenen oder Makedonen besoldete Ruderkämpfer, sondern so etwas wie *hetairoi,* die besten Söhne der mächtigen Stadt im Westen. Einen Moment lang fühlte er sich wie unter fremden Brüdern; dieser unsinnige Gedanke half ihm aus dem seltsamen Traum zurück in die Wirklichkeit der silberschwarzen Nacht.

»Ein makedonischer Pferdehändler will von Palmen reden und Adherbal schmähen.«

Der Offizier grinste knapp. »Warten.« Er wandte sich um und ging zum Achterdeck, sprach mit einem Mann, den er offenbar zunächst wecken mußte, ging dann zur anderen Schiffsseite und redete ins Dunkel. Nach einiger Zeit kam er zurück und führte Ptolemaios vorbei an den Schläfern zur entfernten Bordwand, etwa in Höhe des Masts. Lose, leise knirschende Bretter waren dort verlegt; mit unguten Gefühlen kletterte der Makedone hinüber auf das zweite Schiff, wo ein weiterer Karchedonier wartete, ihn durch ein stummes Nicken begrüßte und zur anderen Seite geleitete. Noch einmal schwankende Planken über der schmatzenden See, dann endlich der Gang zu einem Achterdeck, die Stufen hinauf, zu einem kleinen Klapptisch, zu zwei Stühlen.

Der Mann, der ihn erwartete, sah dem Offizier an Bord des ersten Schiffs sehr ähnlich: dunkles Haar, dunkler Bart, Ringe in den Ohren, heller Chiton, allerdings kein Brustpanzer. Er mochte zwischen 30 und 40 Jahre alt sein. Die Augen waren schwarz und wach; die Hände, die Wasser und Wein mischten und Ptolemaios einen Pokal reichten, fein und doch kräftig.

»Sprich, Makedone – und dreh den Kopf zur Seite, daß ich deine Nase sehe.«

Ptolemaios hob die Schultern und blickte zum vierten, dann zum zweiten Schiff, dann wieder zu seinem Gegenüber. »So?«

»Es ist recht, Ptolemaios, Sohn des Lagos. Willkommen an Bord.«

Fast gespenstisch fühlte er sich an die Begegnung mit dem fetten Bagoas erinnert, der ihn ebenfalls schnell erkannt hatte. Ihm fiel ein, was Demaratos im Laufe der langen Unterrichtung gesagt hatte: Alle Dienste müssen die wichtigsten Leute der anderen Seite kennen.

»Ich bin geschmeichelt, daß ihr mich für ausreichend wichtig haltet«, sagte er. »Darf ich deinen Namen wissen?«

Der Karchedonier lächelte. »Hamilkar – das mag genügen. Wer schickt dich?«

Ptolemaios zögerte einen Moment; er fühlte einen Hauch von Kälte und Erschrecken. »*Der* Hamilkar?«

»Mag sein. Wer schickt dich?«

Das Bewußtsein, dem Lenker der Aufklärer und Kundschafter jener Macht gegenüberzusitzen, die einen Teil Siziliens, Sardonien, halb Kyrnos, das südliche Iberien und Libyen westlich von Ägypten beherrschte, hatte eine seltsame Wirkung: Ptolemaios war wie befreit. Der lagidische Fürstensohn konnte offen sprechen, zu einem karchedonischen Fürsten, der so weit über allen Versteckspielereien stand, daß nur die gewöhnlichen Vorsichtsregeln zu beachten waren, aber nichts anderes – nichts, was nötig gewesen wäre, sich einem anderen gegenüber auszuweisen, dessen Verläßlichkeit bezweifelt werden mußte.

»Demaratos. Und Alexander.«

Einen halben Moment lang zogen sich die Augen des Karchedoniers zusammen; das Öllämpchen, das ein Bewaffneter auf den Tisch gestellte hatte, war hell genug, um dies zu zeigen.

»Was sollst du mir sagen?«

Ptolemaios holte den kleinen Lederbeutel hervor und legte

ihn auf den Tisch. »Diese Kräuter hat der König selbst gesammelt; ihre Verwendung, oder die anderer Dinge, oder auch die Nichtverwendung – all dies legt er in deine Hände.«

Hamilkar nahm den Beutel, öffnete ihn, roch, zuckte zurück und schloß ihn wieder. »Bah. Ich kenne genug, um ... Nun ja. Weiter.«

»Dies ist die Botschaft. Wenn einer deiner Vettern, etwa aus eurer Mutterstadt Tyros, durch gutes Zureden oder andere Mittel den Rhodier von seinem derzeitigen Vorgehen abbringen kann, soll es für« – Ptolemaios zögerte – »zehn Jahre weder Einmischung noch Unterstützung geben.«

»Warum hast du gezögert?«

»Demaratos sagte, ich solle fünf Jahre bieten und mich auf zehn heraufhandeln lassen.« Ptolemaios lächelte. »Es erschien mir würdelos dir gegenüber.«

Hamilkar hob kurz die Brauen. »Weiter.«

»Kein Vordringen jenseits der Grenzen bei Kyrene – bei den Altären, genauer; keine Unterstützung aus den makedonisch beherrschten Teilen von Hellas für die Sikelioten – gleich ob Syrakus oder sonst jemand. Keine Sonderzölle für eure Händler in unseren Häfen. Weitgehender, wenn auch nicht hemmungsloser Austausch von Kenntnissen.«

Hamilkar zog die Oberlippe zwischen die Zähne. »All dies für – das?« Er berührte den Beutel.

Ptolemaios hob die Schultern. »Gewisse weitere Gefälligkeiten wären denkbar.«

»Zum Beispiel?«

»Die Auslieferung eines fetten Persers.«

Hamilkars Stirn zeigte senkrechte Falten. »Ihr habt Bagoas den Huldreichen, nicht wahr?«

»Was könnten wir vor dir verbergen?«

»Nur die wichtigen Dinge.« Hamilkar kicherte leise.

»Wie kommt es, wenn ich fragen darf, daß Karchedons wichtigster Mann so weit im Osten weilt? Mit Kampfschiffen und Begleitern?«

»Wenn wichtige Dinge geschehen, die einen berühren, sollte man – nachsehen. Und notfalls nachhelfen. Die Öffnung der bisher von den Persern beherrschten Häfen ... Zehn Jahre, sagst du?«

»Zehn Jahre.«

Hamilkar schwieg eine längere Zeit. Schließlich sagte er halblaut: »Hellas, Iran, Karchedon. Drei Spieler. Drei Gewichte, die ich heute, in dieser Nacht, verschieben soll? O ihr Götter!«

»Was kannst du in dieser Nacht verschieben?« Ungewollt klang ein wenig Spott aus Ptolemaios' Frage.

Hamilkar beugte sich vor; mit Nachdruck sagte er: »Vieles, Sohn des Lagos. Hellas und Karchedon, das ist ein altes, häßliches Spiel, vierhundert Jahre der Feindschaft. Aber ... es ist ein Feind, den wir kennen. Makedonien, wenn es Hellas übernimmt, ist neu. Ich verhehle nicht, daß wir die Taten deines Königs mit Bewunderung und einer gewissen Freundlichkeit betrachten. Wenn ihr – damit meine ich Hellas als Gesamtes, Ptolemaios – wenn ihr zunehmt, wird Iran vermindert; Karchedon bleibt. Makedonien hat keinen alten Haß gegen uns; es wäre also gut. – Ich gebe dir, was du haben willst, und nehme, was dein König bietet. Gibst du mir Bagoas, lege ich noch etwas dazu.«

»Was?«

Hamilkar grinste. »Wir haben ein paar Leute bei Arsames, der für Dareios die Kilikischen Pässe hüten soll ... Wenn ihr Tarsos erreicht, wißt ihr, ob wir Wort gehalten haben oder nicht. Dann laßt Bagoas frei. Laßt ihn einfach laufen. Und wundert euch nicht, wenn er verschwindet – in Tarsos.« Er leerte seinen Becher und stand auf.

Ptolemaios erhob sich ebenfalls, ein wenig langsamer. »Demaratos grübelt«, sagte er. »Und er wüßte gern, ob du ihm beim Grübeln helfen kannst.«

Hamilkar rümpfte die Nase. »Das Grübeln des Korinthers ... Seit vielen Jahren Anlaß zu schnellem harten Denken bei uns. Was grübelt er?«

»Gewisse Dinge im Zusammenhang mit Bagoas dem Heilen. Vor allem das Amulett – *ankh* mit Horosauge. Läßt man die Bildelemente weg, ergibt es eines der alten Keilschriftzeichen für ›Gott‹.«

»Ich weiß. Olympias hat eines; der Widerstand in Ägypten gegen den Großkönig benutzt dieses Zeichen. Und?«

»Bagoas der Heile hat auch so ein Ding am Hals, wie der

Musiker Dymas irgendwann feststellte. Demaratos kratzt sich jeden Tag morgens, mittags und abends ein paar Momente den Kopf und denkt darüber nach. Darüber, und über die zahlreichen Münzen, mit denen Bagoas der Huldreiche – angeblich auf Anweisung des Heilen – von uns aufgegriffen wurde, als wir gerade dringend Münzen brauchten.«

Hamilkar blickte ihn ausdruckslos an und sagte mit flacher Stimme: »Sobald wir Genaueres wissen ...«

Die beiden Hopliten hatten am Strand geschlafen. Der getreue Emes aß eben einen gerollten Brotfladen, gefüllt mit gehacktem, scharf gewürztem Fisch, als Ptolemaios kurz nach Sonnenaufgang an Land watete. Emes sprang auf, gab dem anderen die Lederflasche, stopfte den Rest seines Frühstücks in den Mund, kaute und schluckte mächtig und lief dann dem Lagiden entgegen.

»Na, Häuptling?«

Ptolemaios nickte und gähnte; einen Moment hielt er sich an Emes' Schulter fest. »Bei euch alles in Ordnung?«

»Ja. Und du? Müde siehst du aus, Herr, und so, als ob dir nicht ganz wohl in deiner Haut wär.«

Ptolemaios deutete auf die Uferstraße, wo die frühen Garküchen in den Morgenhimmel dampften und stanken.

»Essen, trinken, schlafen.« Er gähnte wieder und rieb sich die Augen. »Hast du erreicht, was du erreichen wolltest?«

Ptolemaios nickte. »Wir können zurückreiten. Etwas langsamer.«

Emes grinste. »Gut für meinen Arsch. Wahrscheinlich darf ich nicht fragen, worum es eigentlich geht, oder?«

»Besser, du weißt es nicht.«

Emes blinzelte. »Raten darf ich doch, oder?«

Ptolemaios hob die Brauen, schwieg aber.

»Zum Beispiel, daß ich in den nächsten Tagen ungern Memnon wäre.«

Ptolemaios legte den Finger an die Lippen. ›Und in ein paar Monden sehr ungern Bagoas‹, dachte er.

6. KÖNIGSGEBÄRDEN

Überdrüssig der üppigen Kargheit spartanischen Schwelgens; angewidert von wimmelndem Käse und kokelndem Braten; ekelgeschwängert durch würzloses Brot und zerkochtes Gemüse; garstig ob breiiger Körner, grämlich ob schäbigen Weines; trübsinnig dank der billigen Dirnen und ihres Gezappels; wegen des Pfühles, des herben, aus Ledern und Fellen verhärmt; waidwund geritten die Schenkel – Phallos, o schwärende Schwiele! Mürrisch von Menschen groben Gemüts und von Makedonismen; ewig umzingelt von dräuendem Drang und Gedrängel –

Kallisthenes bewegte lautlos die Lippen; dann seufzte er. Sein Blick, magisch angezogen von waberndem Blau jenseits der flirrenden Küstenebene, kehrte zurück zum tragbaren Schreibpult, zu leeren Rollen, Tinte und Ried. Er saß im Schatten des toten Assyrers, angenehm kühl im heißen Herbst. Hier hatte er auch die Nacht verbracht, mit einem einheimischen Führer und einigen Männern des vorausgeschickten Aufklärungstrupps, die im Morgengrauen weitergeritten waren. Sardanapalos – der Einheimische nannte ihn Ashurbanipal – stand auf der Höhe eines kleinen Passes, aber es war eher ein Hügelzug denn ein Gebirge. Jenseits der bleigrauen Felsen fiel die Straße zu einem weiten Tal mit mehreren Wasserstellen ab, wo das Heer lagern sollte; der Staubwurm, der die Ebene furchte, näherte sich bereits dem Fuß der Hügelkette. Bald, kurz vor Sonnenuntergang, würden die beiden Könige einander begrüßen: der kleine lebende Makedone und der große tote Assyrer. Kallisthenes kicherte in einer Art schäbiger Vorfreude; der Einheimische hatte ihm gesagt, was die Gebärde des Assyrers bedeutete, und er hatte ihm die keilförmigen Zeichen der Inschrift vorgelesen – wie ein dumpfes Grollen – und übersetzt. Die kleine Ortschaft, durch die das Heer eben zog, wurde darin erwähnt, ebenso das große, fernere Tarsos, das sie am Morgen des Vortags verlassen hatten. Die Gebärde war nicht mehr eindeutig auszumachen; möglicherweise schnippte der Assyrer mit Daumen und Mittelfinger der Rechten oder bildete mit ihnen einen Ring. Allerdings war der größte Teil des Mittelfingers abgebrochen; was blieb, schien gereckt, als ob der Finger aufgestellt gewesen wäre. Angeblich lagen die Gebeine des Königs unter dem Sockel mit den Zeichen; das Standbild, zwei Männer hoch, war eher symbolisch für königliche Macht und Würde denn Wiedergabe persönlicher Eigenart: eine Gestalt mit entrücktem Blick, feinem Krausbart, strengen Zügen, angedeutetem Brustpanzer, Stab in der Linken, Schwert im Gürtel, Beinschienen, hohen Sandalen.

»Mal sehen, was er sagt«, murmelte Kallisthenes. Der kleine Makedone, dem er vor Jahren Unterricht erteilt hatte, in Mieza ... Er wußte, daß er ihm unrecht tat – inzwischen wußte er es wieder, aber dazu hatte es der Entfernung und der Einsamkeit bedurft; Alexanders Nähe verzerrte alles. Das stickige, überfüllte Tarsos, in dem es Demaratos gelungen war, den fetten Perser zu verlieren, den sie seit dem Granikos mit sich schleppten; das stickige überfüllte Heerlager außerhalb der Stadt, in dem Alexander mit dem Tod gerungen hatte; die Männer und Händler und Dirnen; Dreck, Staub, Waffen und Pferde ... Er schloß die Augen, sah wieder das große Zelt des Königs, mit schmucklosen Bahnen aus Leinen und Leder, mit schmucklosen Liegen, billigen Klapptischen; das öde Essen, den schlechten Wein aller Gegenden, durch die man gerade zog; Alexanders kleineres Zelt, schmucklos, eine harte breite Liege, auf der Hephaistion oder einer der Königsknaben die einzige Behaglichkeit besorgte; der hölzerne Bottich, in dem Alexander badete; das karge lederbespannte Gestell, auf dem er sich von seinem Bademeister kneten und salben ließ ...

Wieder seufzte er. All dies gehörte zum Heer, zum Zug, zu den Eilmärschen; unvermeidlich. Er mochte sich nach hellgewandeten Freunden sehnen, nach der Kunst des Verweilens unter attischem Himmel, nach anmutigen duftenden Buhlerinnen und besserem Wein und feineren, köstlich gewürzten Speisen, insgesamt nach anderem Umgang. Aber nun, gestärkt von Einsamkeit, konnte er wieder zugeben, daß Alexander sich mit Männern von einzigartiger Bildung umgab. Der König selbst schlief immer mit seinem Schwert und der von Aristoteles und Kallisthenes erstellten *Ilias;* die mit ihm in Mieza Erzogenen wie Hephaistion, Krateros, Ptolemaios, Perdikkas mochten andere Vorlieben haben, beherrschten aber die Werke von Homeros, Euripides, Sophokles und anderen Großen auswendig. Musiker, Schauspieler, Dichter, ebenso Gaukler und Magier waren immer dabei, außer in den hastigen Nächten der Eilmärsche; desgleichen Philosophen, Mathematiker und allerlei sonstige Wissenschaftler. Hier, im Schatten des Sardanapalos, kühl und gelassen, gab Kallisthenes sich selbst gegenüber zu, daß Feinheit und Scharfsinn der Abendrunden vermutlich alles übertrafen, was Athen zu bieten hätte.

Und nicht nur Feinheit, sondern auch Fremdheit. Er mußte Aristoteles unbedingt von diesen bärtigen alten Männern berichten, den *Männern der Nacht,* wandernden Erzählern und Dichtern Asiens, die Alexander um sich versammelt hatte und die ihn zerstreuten, wenn die Schwärze der Nacht in seinen Kopf kriechen wollte.

Er zupfte an dem Papyros, der auf dem Pult befestigt war und seit Stunden des Beschriebenwerdens harrte; dann nahm er einen Schluck Wasser-und-Wein aus der Lederflasche, die – sagte man – geformt war wie der Kriegshafen des großen Karchedon und deshalb auch so hieß: *kothon.* Vielleicht hieß sie aber auch so, weil sie geformt war nach dem Vorbild der alten Trompeten gleichen Namens, und weil man sie wie diese an den Mund setzte.

Er schüttelte den Kopf, ein wenig unwillig; die Gedanken liefen wieder davon. Mühsam besann er sich auf die letzten langen Schreiben, da er sich nicht wiederholen wollte. Zuletzt hatte er von Alexanders Krankheit berichtet – *pneumonía* nach Meinung Drakons und des königlichen Leibarztes Philippos, Entzündung der Lunge. Verschwitzt und erschöpft nach langem Ritt hatte er sich oberhalb von Tarsos in die Fluten eines Flusses gestürzt, der eisiges Schmelzwasser aus den Bergen Kilikiens führte. Ohnmächtig und von Krämpfen geschüttelt hatten sie ihn aus dem Wasser geholt; nachts begann das brennende Fieber. Parmenion, der zur Sicherung der Verbindungen mit einem Heeresteil vorausmarschiert war, fing gleichzeitig einen persischen Spitzel ab, der unter Qualen gestand, er habe Philippos Gold anbieten sollen oder bereits angeboten, damit der Arzt Alexander vergifte. Alexander las Parmenions Brief, während Philippos einen Heiltrank bereitete; dann nahm der König den Becher und gab Philippos den Brief. Der Heiler las, während der König trank; als Philippos gelesen hatte, war der Becher leer. Alexander sagte: »Was wäre ich ohne meine Freunde?« Und Philippos sagte: »Tot. Hast du getrunken? Gut.«

In einer Art Nachschrift hatte Kallisthenes berichten wollen von der Stimmung im Heer – von den beiden harten Hopliten, die sich wie besorgte Väter über ihren Liebling unterhielten, aber auch wie Kinder, die ohne seine leitende Hand verloren wären in der Fremde; die gesprochen hatten von Ada, der karischen Königin, die Alexander als Sohn angenommen und versucht hatte, ihn zum Ausruhen zu bewegen und ihm Speisen und Getränke aufzuzwingen; er brauche das, ja, und zwar sehr, aber was der Pflegemutter nicht gelungen sei, könnten auch sie beide bei aller Liebe nicht schaffen; und daher sei es vielleicht gut, daß das Fieber ihn aufs Lager binde und daß der Heiler ihm Brühe einflößen könne. Er hatte sich gegen den Bericht entschieden, weil er annahm, daß derlei Einzelheiten seinen Onkel kaum berühren würden.

Zuvor hatte er, mit ätzendem Spott, vom dreisten Glück des kleinen Makedonen geschrieben, vom dreifach dreisten Glück. Wie Memnon der Rhodier, Persiens bester Stratege, nach einem Festmahl mit seinen phönikischen Flottenkapitänen im Hafen von Milet erkrankte und wenige Tage später starb. Wie der Athener Charidemos, Stratege des Landheers in Susa, Dareios gegenüber alle Vorsicht und Ehrerbietung fahren ließ, weil einer seiner Begleiter ihm gesagt hatte, nur so könne er mit seinen Vorschlägen Gehör finden; wie sich unter den Habseligkeiten des Charidemos ein Brief fand, in dem der Athener beschworen wurde, die Vereinbarungen mit Hephaistion nicht einzuhalten – unterzeichnet von Aristion, einem Pflegesohn des Demosthenes, seit kurzem in Hephaistions Gefolge; wie Charidemos in Susa hingerichtet wurde und prophezeite, diese Ungerechtigkeit werde Dareios Thron und Leben kosten. Und wie schließlich Arsames, der die Kilikische Pforte mit wenigen hundert Kämpfern in alle Ewigkeit gegen die Makedonen hätte halten können, dort nur eine schwache Besatzung zurückließ, um auf schlechten Rat hin die von Memnon am Granikos vorgeschlagene, in Kilikien jedoch völlig falsche Strategie der verbrannten Erde durchzuführen, bis die vom eigenen Feldherrn ausgehungerte Restbesatzung die Pässe freigab und floh, als die Makedonen sich näherten.

Was sollte er noch berichten? Die genaue Aufteilung der einzelnen Heeresgruppen für die Aufräumarbeiten in Kilikien? Den Grund, weshalb Kallisthenes mit Alexanders Heeresteil von Tarsos nach Westen zog, statt Parmenion zu begleiten, der ostwärts Richtung Syrien unterwegs war, um Pässe zu sichern und festzustellen, wo genau das gewaltige Heer des Dareios stand – noch am Euphrat oder schon fast an der Küste? Berichten von einer zähen Unterredung mit Arridaios, Alexanders Halbbruder, der langsam und tückisch dachte und nur unbeugsamer Überlebenswille war, ohne Raum für Feineres? Berichten von jenem Abend in Tarsos, als der genesene Alexander die geschmeidigen Geister seiner zehntausend Innenwesen tanzen und glitzern ließ wie einen vielfach geschliffenen Kristall – in einer immer wieder verzweigenden, immer wieder heimkehrenden Rede über Unsterblichkeiten und Todesnähen? Kallisthenes entschied sich dagegen; der Bericht über diesen unglaublichen Abend hätte das Eingeständnis enthalten müssen, daß der König stundenlang frei in makellosen Hexametern gesprochen und daß der feinsinnige Kallisthenes dies erst im nachhinein bemerkt hatte.

Die ersten Trupps zogen durch den kleinen Paß; sie enthoben Kallisthenes der Notwendigkeit, weiter nutzlose Gedanken zu denken. Er stand auf, packte sein Schreibzeug und die sonstigen Dinge zusammen, holte das Pferd, das am jenseitigen Hang graste, und wartete.

Alexander ritt an der Spitze der nächsten Gruppe; nicht weit von ihm waren Demaratos und Ptolemaios zu sehen. Der König warf einen Blick zu Kallisthenes hinüber.

»Ah, hier treibst du dich herum. Hast du im Schatten der Felsen die flüchtigen Musen geschändet?«

Seine Begleiter lachten. Kallisthenes zögerte einen Moment, um seine Antwort ebenfalls als Vers geben zu können.

»Mit des Assyrers mächtigem Schatten hab ich geredet«, sagte er dann; er wies auf die hohe Gestalt. »Über das Strömen der Zeit, über die Kühnheit und Größe uralter Herrscher und über der heutigen Könige Zwergwuchs.«

Niemand lachte. Bukephalos schnaubte und tänzelte auf der Stelle; Alexander tätschelte den Hals des Hengstes und grinste knapp.

»Darob verschlug's dem Assyrer die Sprache, er schweiget verbissen. Oder sagt er noch was? Was bedeuten die Zeichen da auf dem Sockel?«

Kallisthenes räusperte sich. »Ein kundiger Mann hat sie mir übersetzt; sie beziehen sich auf vieles, unter anderem auf eine Gebärde, die der König mit den Fingern der Rechten gemacht hat.«

Alexander blinzelte. »Was sagen die Zeichen?«

Kallisthenes hob den Arm. »Dieses. ›Ich, Sardanapalos, erbaute an einem Tag Tarsos und Anchiale, an einem anderen zerstörte ich sechzehn Städte. Du, Spätergeborener – iß, trink und fick, der Rest wiegt nicht mehr als *das*‹, nämlich die Gebärde.«

Das zunächst verhaltene Gelächter der Offiziere wurde immer lauter; Alexander lächelte und schaute hinaus aufs Meer. Dann hob er die Hand und grüßte Sardanapalos mit der gleichen Fingerbewegung.

»Heil dir, betrüblich Verwester – meine Städte werden länger stehen als deine.« Er wandte sich an seine Begleiter. »Denkt bei Gelegenheit, etwa in Soloi, an seine Ratschläge, damit die von euch Gezeugten länger von uns reden als von ihm. Weiter!«

Soloi wollte zunächst die Tore nicht öffnen, erhielt eine makedonische Besatzung und mußte 200 Talente zahlen. Während Alexander zehn Tage darauf verwandte, die Hügel und Berge nördlich der Stadt von persischen Streiftrupps und Wegelagerern zu säubern, kehrte Kallisthenes mit Demaratos und einigen anderen Beratern zurück nach Tarsos. Den alten Korinther zog es in den Hafen, am Unterlauf des Kydnos, nur wenige Parasangen von dessen Mündung ins Meer entfernt und für Seeschiffe nutzbar. Kallisthenes begleitete ihn, begab sich aber bald zurück ins Lager vor der Stadt.

Demaratos spottete über den weitgereisten Hellenen, der in der Fremde nur Hellas suche, die Eigenarten anderer Länder und Leute aber nicht wahrnehmen wolle. Kallisthenes blieb einen Moment neben ihm stehen, vor der Hafenschänke; er betrachtete den eisigen Fluß, dessen Wasser der König zu gut geprüft hatte, sah die bärtigen Seeleute, die vertäuten Handelsschiffe, den Schmutz und Kot der Kaistraße, die fensterlose Seitenwand der Schänke aus Holz und Lehmziegeln, die Mischung von Menschen aus allen Gegenden Asiens.

»Und was, bitte, ist daran bemerkenswert, o Demaratos?«

Der Korinther setzte sich schnaufend auf einen Poller. Lastträger – sonnverbrannt, mit nackten Oberkörpern, gebeugt unter Säcken oder mit Ballen auf dem Kopf tänzelnd – zogen an ihnen vorüber. Vor der Schänke feilschte ein makedonischer Hoplit mit einer jungen Frau, die nur eine hellrote Schärpe um die Lenden und ein weißes Tuch um die Brüste trug. Die Nägel der Finger und Zehen waren schwarz gefärbt, Lippen und Lider grün; das Gesicht – bräunliches Zwielicht, seit Ewigkeiten vertraut wie die Nacht und erweckend wie der Morgen – barg wilde Lebensgier, die zerstören mußte, um nicht zerstört zu werden; all dies die gemurmelten Worte des alten Korinthers.

»Sie hat wahrscheinlich ein Viertel hellenisches Blut, ein Viertel assyrisches, ein Viertel phönikisches, ein Viertel phrygisches. Der Mann dort, mit dem weißen Kopftuch und dem langen Gewand – ein arabischer Händler; ob er die Küsten kennt, an denen Weihrauch gewonnen wird? Drüben, an dem Pfosten, das könnte ein Karchedonier sein, daneben ein Sikeliot, vermutlich aus Syrakus. Ewig im Krieg, aber hier stehen sie und reden. Die Ägypterin drüben – keine Dirne, eine edle Frau, Gattin wahrscheinlich eines reichen Kaufherrn, der viel über die Perser wissen muß, weil er sonst nicht hier und in Ägypten handeln könnte. Bauern aus dem Hinterland; schau, wie sie die Augen aufreißen und die Mädchen vor der Kaschemme drüben begaffen. Und du sagst, was ist daran bemerkenswert?«

Kallisthenes lachte halblaut; er spuckte in den Fluß. »Alles, was über Ägypter, Perser, Phrygier und andere wissenswert ist, hat Herodotos verzeichnet, mein Freund; heute sollte uns an ihnen nur das fesseln, was sie mit uns verbindet – der Hauch von Hellas, die Feinheit und Überlegenheit des hellenischen Seins. Sind wir denn nicht deshalb hier? Um Asien vom Joch der Barbaren zu befreien, um die Schande zu tilgen, um diese Länder hellenisch zu machen?«

Demaratos stand auf und klopfte ihm auf die Schulter. »Geh zurück ins Lager, träum von Hellas, Neffe des großen Aristoteles. Ich fürchte, er hat dich nicht genug geprügelt, als du klein warst. Eines Tages wirst du erwachen, erwachsen, und dann stellst du vermutlich fest, daß der Tod nur eine Armlänge entfernt ist und dein Leben vergeudet war.«

Im Lager fand Kallisthenes Aufruhr und Empörung. Harpalos der Hinkende, Jugendfreund des Königs, Schatzmeister des Heers und einer der wichtigsten Berater, war zusammen mit einem ebenfalls geldmehrenden Hellenen namens Tauriskos geflohen; sie hatten Gold und Silber mitgenommen, soviel sie nur tragen konnten; sie sollten den Hafen mit einem phönikischen oder karchedonischen Schiff verlassen haben.

Daß die höheren Offiziere – Koinos, der in Abwesenheit der anderen das Lager befehligte, oder der Lagide Ptolemaios, der ihm half, nicht viel Aufhebens davon machten, konnte Kallisthenes verstehen: Sie lebten seit mehreren Tagen mit dem Wissen und hatten sich daran gewöhnt. Was er nicht verstand, war das ewige Grinsen des Lagiden, wenn die Rede auf Harpalos kam; auch begriff er nicht, daß Demaratos nach ein paar abfälligen Bemerkungen das Lager wieder verließ und in den Hafen zurückkehrte, und noch weniger, daß Alexander, den der Verrat des alten Freundes furchtbar treffen mußte – den König, der sich bedingungslos auf seine Freunde verließ! –, bei seiner Rückkehr nach Tarsos den Bericht anhörte, eine spöttische Rede hielt über die Fährnisse, die einem nicht seefesten Hinkenden aus Wogen und schwankenden Planken angedeihen mochten. Dann sprach er über die nächsten Schritte.

Das Gefühl, Dinge nicht zu verstehen, war Kallisthenes

durchaus bekannt. Oft handelte es sich dabei um etwas, das er nicht verstehen wollte – Verästelungen asiatischen Denkens, wenn es derlei überhaupt gab, oder Gepflogenheiten der ausnahmslos barbarischen Völkerschaften, die Alexanders Schwert dem hellenischen Geist gefügig machte. Es gab auch Dinge im Lager oder auf dem Marsch, Dinge des Heeres, die ihn so wenig kümmerten wie ein Wind, der ferne Palmen borstig macht: fremde Palmen, entlegener Wind, unwichtige Borsten. Und es gab Dinge, die man ihm nicht erschloß – Feinheiten der Planung etwa, oder Anordnungen rein kriegerischer Art. Hierbei unterschied er zwischen zwei Formen mangelnden Erschließens: absichtliche und unabsichtliche Verweigerung von Kenntnissen. Die absichtliche hatte er hinzunehmen; geheime Beschlüsse, Kriegsrat im engsten Kreis, die widerwärtigen und eines tugendhaften Kämpfers unwürdigen Ränke des Demaratos zum Beispiel, die der Geheimhaltung bedurften, um überhaupt durchführbar zu sein. Die unabsichtliche Verweigerung von Kenntnissen nahm er ebenfalls hin, da es sich um Dinge handelte, die ihm gleichgültig waren. Dinge, zu deren Verständnis Kenntnisse nötig gewesen wären, die er weder besaß noch erwerben wollte. Wenn es bei den Beratungen, denen er beiwohnte, um solche Fragen ging, starrte er meist in den Wein oder die Weite, entsann sich verblichener Verse oder ergänzte stumm, mit abweisendem Lächeln, die Figuren eines Spiels, das nach und nach in seinem Geist Gestalt annahm.

Die wichtigsten Offiziere und Berater nahmen daran teil, ohne es zu ahnen. Das Spiel würde, sobald die Figuren fertig geformt waren, im Kopf auf einem erdachten Brett aus hundert Feldern stattfinden. Über die Regeln hatte er sich noch keine Gedanken gemacht, da er sich immer noch mit dem Spiel vor dem Spiel befaßte, mit der Gestaltung der Figuren. Tierfiguren waren es, bildhaft, nicht ohne Symbolkraft vorgestellt, stumm in geschliffenen Hexametern beschrieben. Zu den Figuren gehörten: Parmenion, der listige graue Eber aus den makedonischen Bergen (den Briefwechsel mit Aristoteles unterschlug Kallisthenes als störend); Demaratos, warzige Kröte mit dreifach gespaltener Zunge; Hephaistion, eitler aufgeputzter Kranich, der bisweilen hüpfte, um zu beweisen, daß er fliegen könnte, wenn er nur wollte; Krateros, brummiger Bär, berstend von Kräften; Koinos der stattliche Stier, vier Beine fest auf dem Boden; Ptolemaios – ein Problem, Wiesel oder Widder?

Mit diesem Spiel befaßte er sich auch bei den nächsten Beratungen, die in den Marschpausen stattfanden, abends, wenn das Lager vom Sturm zum Zephyr abflaute. Er hörte die Berichte aus der Ferne, über die Kämpfe zwischen makedonischen Truppen und den persischen Nachfolgern des toten Memnon; er war dabei, als Parmenions Bote meldete, Dareios rücke im syrischen Flachland vor und komme bald in die Nähe der beiden Pässe, durch die er zur Küste vorstoßen könne. Während der Beratungen schrieb Kallisthenes – seine Helfer, soweit sie anwesend sein durften, zeichneten die wichtigeren Einzelheiten auf – vollendet gehässige Briefe an Freunde, voll gewundener Sätze und triefend von Anspielungen.

Aristoteles teilte er so mit, man befinde sich in einem unwichtigen Küstenkaff, dessen Namen niemand je gehört habe noch je hören werde, an einem bedeutungslosen Fluß, und Alexander feilsche mit Parmenion um die richtige Verteilung der Truppen. Es sei dies eine ihrer liebsten Beschäftigungen; neuerdings gehe man dazu über, einzelne Truppenteile unabhängig voneinander einzusetzen, betreibe sinnlose Spiele wie »wenn Koinos mit seiner Taxis durch die Berge über A nach X marschiert, wieviel Verpflegung braucht dann die Taxis des Perdikkas, um den Weg über B nach X so zurücklegen zu können, daß sie einen halben Tag vor Koinos dort eintrifft« und ähnlichen Unfug mehr. Dabei sei es doch ganz offensichtlich, daß ein zusammenhängendes, ungeteiltes Heer mehr Wucht und Kampfkraft habe und derlei Spitzfindigkeiten überflüssig mache, wogegen die angeblichen Vorzüge selbständiger kleiner Einheiten Gespinste seien. Auch habe Aristandros die Mystik der Zahlen entdeckt; und zwar besonders der Zahl Drei. Dies sei ebenfalls beraten worden; ein Zeichen für die nicht ausreichend hellenisierte Barbarei mancher Makedonen. Drei Nachtigallen habe der Seher gehört, drei Schwäne habe der Priester gesehen, drei Lämmer habe der Weissager geschlachtet; die dreifache Drei verheiße Glück an diesem Ort – ausgerechnet dem unwichtigen Dorf am bedeutungslosen Fluß!

Zu des edlen Onkels Erbauung und um sein allzeit nach Tatsachen hungerndes Denken zu sättigen, fügte Kallisthenes die Reinschrift der Aufzeichnungen seiner Schreiber bei. Er selbst überflog sie nur kurz; es schien sich wieder um eine jener unflätigen Kriegslisten zu handeln ...

Parmenion, der die Pässe im Norden besetzt hatte, ließ seine Truppen zurück, um mit dem König zu beraten. Das gewaltige Heer des Großkönigs näherte sich; Dareios hatte aber keine Eile, oder er zauderte. Um die Beweglichkeit der Kämpfer zu erhöhen, hatte er den Troß, den Schatz, die meisten Frauen unter Bedeckung nach Damaskos bringen lassen; nun wartete er in den syrischen Ebenen – worauf? Jedenfalls, sagte Parmenion, seien alle Städte des Gebiets durch die Nähe des mächtigsten Heeres der Zeit in ihrem Widerstand gegen die Makedonen gefestigt.

Alexander schwieg eine Weile; sein Blick suchte nacheinander die Gesichter der Berater und Offiziere, die mit ihm im Zelt waren: die Taxiarchen Koinos, Krateros, Perdikkas, Meleagros, Amyntas und Ptolemaios der Seleukide; Parmenion; seine Söhne Nikanor, Führer der Hypaspisten, und Philotas, Führer der Hetairenreiter; Protomachos, Ariston, Antiochos, Attalos, Sittalkes und die übrigen Führer der einzelnen Abteilungen; die »Politiker« um Demaratos – Seleukos, Leonnatos, Ptolemaios der Lagide, Laomedon; die anderen hohen Stabsoffiziere wie Kleitos, Hephaistion, Antigenes und Lysimachos; Eumenes und seine Schreiber.

»Was würdest du tun, Parmenion mein Vater, wenn du Dareios wärst?« sagte Alexander schließlich.

Parmenion schnitt eine Grimasse. »Sei froh, daß ich Parmenion bin; wäre ich Dareios, wärst du verloren. Er hat fast dreimal soviel Kämpfer wie wir – erstklassige hellenische Söldner dabei; er hat allein an Reitern soviel wie wir überhaupt an Kämpfern. Ich, Alexander mein Freund und König – ich würde die Pässe stürmen und besetzen und dich begleiten. Ich würde dich nicht angreifen – nur begleiten, so daß du keine Stadt nehmen, keinen Schluck Wasser trinken, kein Huhn erwürgen kannst ohne Behinderung. Früher oder später müßtest du dann angreifen, über die Berge kommen, in die Ebene gehen, wo seine Reiter überlegen sind. Tag und Nacht, auf dem Weg, würden die Reiter dein Heer belästigen – und meines, also das des Dareios, würde sich nicht zur Schlacht stellen, sondern immer weiter zurückweichen. Und dann, König der Makekonen, wenn du mit deinen Leuten am Rand der weg- und wasserlosen Wüste stehst, den Feind nicht findest, aufgibst und umkehren willst, *dann* würde ich dir eine Falle stellen und dich mit der Übermacht zerquetschen.«

Alexander nickte langsam, nachdenklich. »So ähnlich würde auch ich es machen, aber es ist gut, es von dir zu hören, Parmenion. Wir wissen also, was wir auf keinen Fall tun dürfen. Nicht in die Ebene gehen, uns nicht auf eine Strategie der Zermürbung einlassen, nicht warten. Was können wir tun?«

»Angreifen«, sagte Krateros. »Bloß – wo und wie? Wenn er sich zurückzieht, wie Parmenion es täte ...«

Sie beredeten das Problem, vor und zurück, immer wieder, von allen Seiten. Kallisthenes verglich Laomedon mit einem Kater, der feist sein müßte, um seine Bestimmung zu finden, und den Führer der Agrianen, Attalos, mit einem Specht, dessen heftige Kopfbewegungen und Gebärden ins Leere stießen, da sie sich nicht gegen Holz, sondern gegen Sand richteten. Er hatte längst nicht mehr zugehört, als Alexander sich an Demaratos wandte.

»Wie lange brauchst du, um sicherzustellen, daß Dareios bestimmte Kenntnisse erhält?«

Der Korinther wechselte einen Blick mit Parmenion. »Ist er noch da, wo er deiner Kenntnis nach zuletzt war? Gut – sagen wir: drei Tage.«

»Wie lange braucht er, um hierher zu kommen, wenn er sofort aufbricht, Parmenion?«

Der alte Stratege bleckte die Zähne; im Zelt war es still geworden. »Hierher, nach Issos? Wenn das, was du ihn wissen lassen willst, ihn tatsächlich herlockt ... Fünf Tage.«

»Also acht, insgesamt.« Alexander lehnte sich zurück, auf die Ellenbogen gestützt, und starrte ins rauchige Dunkel unter dem Zeltdach.

»Was brütest du aus, o mein Sohn?« sagte Parmenion; seine Stimme war beinahe liebevoll.

Alexander setzte sich wieder auf; er lächelte. »Folgendes werden wir tun, meine Freunde. Parmenion – du ziehst deine Truppen ab, gibst die Gegend um den Paß frei. Wir lassen unsere Verwundeten und Kranken und ein wenig Vorräte hier, mit geringer Bedeckung; dazu alle Schiffe, die wir auftreiben können. Es werden Schuppen, Scheunen und Lagerhallen gebaut; außerdem legen wir, andeutungsweise, einen Flußhafen an, in der Mündung. Du, Demaratos, nutzt deine Leute, um den Perser wissen zu lassen, daß wir Issos zu unserem wichtigsten Nachschubplatz ausbauen. Dann marschieren wir ab, nach Süden, und besetzen den südlichen Paß nach Syrien.«

Parmenion holte tief Luft; er sagte nichts, nickte nur und strahlte den König an.

»Was ... warum denn das?« sagte Eumenes, der an einem Hühnerknochen nagte und offenbar nur einen Teil der Ausführungen mitbekommen hatte.

»Zweierlei«, sagte Alexander gelassen. »Wenn wir dieses Nest hier, Issos, ausbauen, *muß* Dareios versuchen, es einzunehmen. Damit schneidet er uns gleichzeitig die rückwärtigen Verbindungen ab; und er nimmt die ungeheure Menge an Vorräten, Waffen und Geld weg, die wir angeblich hier lassen. Wenn er es tut, steckt er in dem engen Flußtal hier, wo er seine Reiter nicht wie in der Ebene einsetzen kann; dann kommen wir zurück.«

»Ich«, sagte Parmenion, immer noch mit strahlendem Lächeln, »wenn ich Dareios wäre, würde das Heer in der syrischen Ebene lassen und nur mit einem kleinen Teil der Truppen Issos nehmen. Was dann, Junge?«

Alexander stand auf, ging zu Parmenion und legte ihm beide Hände auf die Schultern. »Dann, Parmenion mein Vater, ziehen wir durch den südlichen Paß nach Damaskos und nehmen ihm die Stadt, den Troß und den Schatz. Dann liegt Phönikien vor uns, die wichtigen Häfen, die ihre Schiffe sofort zurückrufen müßten. Dann, spätestens, *muß* Dareios sich auf uns stürzen – zu unseren Bedingungen.«

Auf dem Marsch ging der Herbst zumindest für ein paar Tage in Winter über. Eisiger Wind aus dem Inneren Asiens fegte über die Küstenberge, zwanzig Stunden peitschenden Regens machten die Wege tief und mühsam. Kallisthenes hatte den Lederumhang eng um sich gezogen, überließ es seinem Pferd, den Tieren der Offiziere zu folgen, und begrübelte halb dösend das, was ihn am meisten fesselte: die feine Seele des Kallisthenes, der mit makedonischen Barbaren durch asiatischen Dreck zog, statt sich mit guten Freunden hellenischen Geistes zu erbauen und feinsinnige Schriften feinsinniger Verfasser über feinsinnige Charaktere zu lesen.

Der Regen hörte auf, als sie Myriandros erreichten, eine weitere nebensächliche Stadt an der nebensächlichen Küste. Es war später Nachmittag; Alexander ließ oberhalb der Stadt in der Flußebene das Lager aufschlagen und ritt hin und her, um die erschöpften, verdreckten Kämpfer aufzumuntern und mit den Führern zu sprechen. Kallisthenes begleitete ihn ein kleines Stück des Wegs, bis zur Taxis des Krateros, wo der König, ebenso verschlammt wie seine Männer, vom Rücken des lehmbeschmierten Bukephalos aus eine kurze Rede hielt.

»Ihr seht aus wie ... ich.« Gelächter. »Allesamt gut ausgeruht, gesund und von Schlammbädern erfrischt, was? Ich hoffe, der Wind dreht wieder auf und weht dann vom Meer, damit er unseren köstlichen Duft nach Asien hineinweht. Freunde – ihr werdet euch gleich waschen. Ich selbst habe dafür gesorgt, daß hier ein Fluß fließe, wo gestern keiner war; all dies tat ich in meiner königlichen Milde und Besorgnis um euer aller Wohl, und eure Reinlichkeit. Waschen werdet ihr euch, ihr Drecksäue, bis euer Glanz die eulenäugige Pallas im fernen Athen blendet. Und rasiert euch, Jungs. In ein paar Tagen wollen wir den Persern die Bärte zausen; dann wünsche ich, daß ihr alle glatte Wangen habt, damit sie euch nicht an den Stoppeln festhalten können. Männer, ihr stinkt – los, ins Wasser mit euch!«

Kopfschüttelnd, mit einem verkniffenen Grinsen ritt Kallisthenes wieder flußab. Hinter sich hörte er das Lachen und Kichern und Tuscheln verebben; durch die Magie seiner Person und seiner Rede hatte Alexander die Müdigkeit beseitigt, die Erschöpfung nach dem langen Marsch, nach Morast und Dreck aufgehoben. Der Hellene beschloß, sich zu reinigen. Er ließ sein Pferd bei den Schreibern und Sklaven zurück und machte sich zu Fuß auf den Weg in den Ort.

Myriandros mochte 4000 Einwohner zählen – Bauern, Fischer, Handwerker, ein paar Händler, ein Dutzend Schänken. Außerhalb der lückenhaften, lange nicht instand gesetzten Mauern (die Besatzung aus Persern und phönikischen Söldnern war geflohen) gab es einen größeren Karawanenhof, und insgesamt war alles so grau und öde wie die Abenddämmerung: ein allmähliches Verfinstern der Wolken, keinerlei Sonne zu sehen, kein Untergang. Am Strand – einen Hafen gab es nicht – lagen zahlreiche kleine Boote, weiter entfernt ankerten ein paar größere Schiffe. Von weitem sah er Demaratos, der auf einem umgedrehten Kahn hockte, Holzwürmer zählte und Sand ins Wasser warf.

In einer der Schänken fand Kallisthenes ein halbwegs reinliches Zimmer mit einem Bett und Decken, die nicht erst ausgeräuchert werden mußten; der Wirt – halb Assyrer, halb Phöniker – besorgte eine halbwegs reinliche Dirne, die dem Hellenen bei der Entspannung behilflich war; später aß Kallisthenes im Schankraum einen Napf mit verschiedenen, gut gewürzten Fleisch- und Gemüsearten und betrank sich dann mit einem kretischen Händler, der den großen hellenischen Aufstand, die Besetzung Kretas durch die Spartaner und den baldigen Untergang des makedonischen Heers vorhersagte.

Kallisthenes schlief bis in den Vormittag, frühstückte ausgiebig und ließ sich nicht durch Anzeichen von Unruhe im Ort und außerhalb stören. Als er am frühen Nachmittag wieder hinausging ins Lager, fand er dort nur noch einen seiner Schreiber, zwei Sklaven und die zugehörigen Reittiere vor. Das Heer war verschwunden.

Auf dem Ritt hinter den nach Norden gezogenen Truppen her berichtete der Schreiber, morgens sei eines der Aufklärungsschiffe am Strand von Myriandros eingetroffen. Das Heer des Dareios habe am Vortag Issos erreicht, die zurückgelassenen Kranken und Verwundeten niedergemetzelt, die Vorräte geplündert und werde wohl einige Tage dort rasten.

»Was sagt Alexander?«

Der Schreiber hob die Schultern. »Was soll er sagen? Er

war entsetzt, wie alle – darüber, daß die Perser all die wehrlosen Kameraden ermordet haben. Das Heer war gestern mittag müde, gestern abend frisch gewaschen, rasiert und erheitert; heute kocht es vor Wut und will so schnell wie möglich Rache.«

Kurz vor Mitternacht holten sie die Truppen ein, die einen Paß ungefähr dreieinhalb Parasangen südlich von Issos besetzt hatten und offen lagerten, ohne Zelte, nur mit ein paar Feuern, abgeschirmt von weit vorgeschobenen Posten. Die Aufklärer waren die ganze Nacht unterwegs; kurz vor Morgengrauen, nach nicht mehr als fünf Stunden Schlaf, brachen die Makedonen wieder auf. Kallisthenes, durch die Umstände ans Ende des langen Zugs geraten, konnte auf den schmalen, abwechselnd schlammigen und steinigen Wegen nur den gemächlich vorrückenden Troß überholen, der lange nach den Kämpfern am Pinarosufer eintreffen würde. Erst als der Weg die Berge verließ und zum schmalen Küstenstreifen abfiel, war es dem Hellenen möglich, sein Pferd schneller voranzutreiben.

Unmittelbar südlich des Pinaros war der Küstenstreifen vielleicht fünf Stadien breit; auf einem der letzten Hügel vor Erreichen des Flußtals sah Kallisthenes eine Gruppe von Meldern und Stabsoffizieren; immer wieder ritten einige los, andere kamen von irgendwo, erhielten offenbar Anweisung und verschwanden wieder. Als der Hellene die Hügelkuppe erstiegen hatte, fand er dort nur noch Demaratos und Hephaistion vor, umgeben von einem kleinen Melderstab; irgendwo weiter rechts, auf einem der nächsten Hügel, hockte Eumenes auf einem flachen Felsen.

Was immer Hephaistions Aufgabe oder Anliegen gewesen sein mochte, erfuhr Kallisthenes nicht; ehe er die Gruppe erreichte, hob der Makedone den rechten Arm, rief Demaratos etwas zu, zeigte die weißen Zähne in einer Art Lächeln und galoppierte davon. Kallisthenes sprang vom Pferd und trat neben Demaratos, der einen Fuß auf einen Stein gestellt hatte und in die Flußebene hinabschaute.

Unter den Wolkenfetzen, von abflauendem Meerwind getrieben, glitzerten in den unterbrochenen Strahlen der Sonne – es mochte zwei Stunden vor Sonnenuntergang sein – Tausende Lanzen, Helme, Schilde. Der Boden war durch den Fluß und den langen Regen so feucht, daß die Truppenbewegungen keinen Staub aufwirbelten; selbst die Zelte des persischen Heers, zwischen den Fußhügeln im Norden, schienen zum Greifen nah.

»Wer zu spät kommt«, sagte Demaratos, »den bestraft die Geschichte, über die er nicht berichten kann. Wo hast du gesteckt, Hellene?«

Kallisthenes antwortete nicht; mit angehaltenem Atem blickte er hinab zu den Ufern des Pinaros.

»Du siehst die Vorzüge kleiner selbständiger Einheiten«, knurrte Demaratos. »Und er hat alles im Kopf ...«

Zumindest in einer Hinsicht hatten die Perser ganze Arbeit geleistet: Das Dorf Issos war spurlos verschwunden. Nördlich der Flußmündung ballte sich die Reiterei, zwei große Truppenkörper nebeneinander, dahinter in der Mitte ein dritter.

»Ihr Götter!« Kallisthenes' Stimme war heiser. »Und ich hatte die Meldungen über ihre Stärke für aufgebläht gehalten!«

Demaratos folgte seinen Blicken und gluckste. »Das sind die Kämpfer zu Pferd, unter Nabarzanes. An die dreißigtausend, etwa soviel wie unser ganzes Heer. Dareios hat sie gut aufgestellt, da am Strand – keine Hügel, keine Häusertrümmer mehr, sie können sich bewegen. Ganz ordentlich.«

Kallisthenes seufzte. »Was hab ich verpaßt?«

Der Korinther fuchtelte mit beiden Armen. »Alles was bisher geschehen ist natürlich, Dummkopf.«

Während sich unten Truppenteile vor und zurück bewegten, seitlich in andere Stellungen rückten und offenbar zum Kampf vorbereiteten – Kallisthenes hielt es für Wahnsinn, wegen der späten Stunde und des langen Marschs –, gab Demaratos ihm die nötigen Erklärungen.

Kundschafter hatten die Anordnung des persischen Lagers gemeldet, aus der einiges zu entnehmen war – Truppen, die den rechten Flügel bilden sollen, werden selten hinter dem Gelände des späteren linken Flügels lagern. Unterwegs, beim Eilmarsch zurück nach Norden, gab Alexander knappe Befehle, die Reiter in halben Ilen, die Fußkämpfer in halben Pentekosiarchien rückten vor und wußten zwei Parasangen südlich des Kampfplatzes bereits genau, welche Stellen sie später einnehmen sollten. Alle Einheiten trafen ein, fanden mit den jeweiligen anderen Hälften vielleicht eineinhalb Stadien vor dem Ufer des Pinaros zusammen und bildeten die sechzehn Glieder tief gestaffelte Phalanx mit geringen Zwischenräumen zwischen den Blöcken. Die Perser, mit Schanzarbeiten beschäftigt und offenbar von der schnellen Rückkehr der Makedonen überrascht, traten am Nordufer an, zunächst abgeschirmt von Speerwerfern und Bogenschützen.

Demaratos deutete auf einige Stellen am Flußufer, wo unfertige Verhaue das Land schändeten. »Es ist spät, wir sind lange unterwegs; da kommt der Troß.« Er wies mit dem Daumen hinter sich; Karren und Packtiere tauchten auf. Kallisthenes erkannte Drakon an der Spitze eines Zugs von Heilern und Pflegern.

»Das ist also nur eine Art Probe?«

Demaratos grinste. »Die Zweikämpfer, die sich aufbauen, einander anbrüllen, sich auf die Brust schlagen und dann essen und schlafen gehen, damit der Kampf am Morgen stattfinden kann? Das glaubt Dareios. Und das ist gut so.«

Kallisthenes raufte sich die Haare. »Wenn ich etwas nicht ausstehen kann, dann das wirre Gerede eines alten Korinthers.« Er lief zu seinem Pferd, sprang auf und ritt hinab ins Flußtal.

Rechts, in den Hügeln südlich des Pinaros, sah er plötzlich Bewegung; die Perser hatten einige Hundertschaften Leichtbewaffneter vorgeschoben, um den Gegner zu beobachten und die rechte Flanke der Makedonen zu beschäftigen. Kallisthenes kniff die Augen zusammen; er war nicht sicher, glaubte aber, leichte Reiter und Agrianen zu sehen, die gegen die Hügelstellung vorrückten. Absicherung, oder sollte da tatsächlich bald gekämpft werden?

Auf halber Höhe hielt er noch einmal. Er sah die Masse der persischen Reiter weit links, jenseits des Pinaros; daneben, hinter einem Vorhang aus Bogenschützen, die leichtbewaffneten Kardaker; in der Mitte, sicherlich ebenfalls an die 20 000 Mann stark, zwei Blöcke hellenischer Söldner, mühelos an der einheitlichen Hoplitenrüstung zu erkennen, und zwischen ihnen die Leibwache, die Unsterblichen des Dareios, auf Pferden und Kampfwagen. Am linken Flügel der Perser schließlich noch einmal Bogenschützen und Leichtbewaffnete, dahinter eine zweite Reihe, die ganze Länge der Aufstellung: Zehntausende asiatischer Fußkämpfer. Es mußten insgesamt an die 100 000 Mann sein, die dort drüben standen. Plötzlich waren die groben Makedonen aus den Bergen des Nordens keine Barbaren mehr, sondern Hellenen wie er, und er dachte an Gesichter und Namen und Abende. Und daran, daß diese Makedonen Alexanders zwischen ihm und den asiatischen Tausendschaften standen; daß er nie wieder die Agora und die Akropolis und das Theater des Dionysos sehen würde, wenn die dreifache Übermacht sich durchsetzen sollte. Eine kalte Faust tastete nach seinem Magen, quetschte ihn, drehte ihn im Leib herum. Er sah das Häuflein hellenischer Söldner auf Seiten der Makedonen, vielleicht sechs oder sieben Pentekosiarchien, hinter der Phalanx stehen, zum Eingreifen und Retten und Lückenstopfen; er sah ein paar Hundertschaften hellenischer Söldnerreiter am linken Flügel, den 30 000 persischen Berittenen gegenüber; er sah die Fußkämpfer der linken Hälfte, wie immer unter Parmenions Befehl – thrakische Speerkämpfer, kretische Bogenschützen, die vier Hopliten-Taxeis von Amyntas, Ptolemaios dem Seleukiden, Meleagros und Krateros; dann, Teil des rechten Treffens unter Alexander, die Taxeis von Perdikkas und Koinos, Nikanors Hypaspisten, die Hetairenreiter des Philotas, dahinter Paionen und Odrysen, schließlich ganz rechts makedonische Bogenschützen und Agrianen. Er sah und schaute und starrte, aber er nahm nichts wahr, nur ein Gewirr von Rücken und Helmen und Pferden.

Eben rasten hinter den Reihen, für die Perser nicht zu sehen, die schweren thessalischen Reiter nach links hinaus, um Parmenions schwachen linken Flügel gegen die Berittenen des Nabarzanes zu verstärken. Sein Herz klopfte im Hals, in den Schläfen, in den Ohren. Undeutlich, durch ein metallisches Rauschen hindurch hörte er Alexander und Parmenion sprechen, vom langen Marsch und der Übernachtung am Granikos und davon, daß Dareios nicht mit einem Angriff rechnen konnte; dann ritt Parmenion zum linken Flügel, langsam, gelassen, wie zu einem Becher Wein mit ein paar Freunden, und Alexander, gefolgt von wenigen Hetairen, durchquerte die Phalanx, ritt am Flußufer entlang, rief Offizieren und einzelnen Männern irgend etwas zu, glänzte in seiner vergoldeten Rüstung, mit dem weißgeschmückten Helm. Kallisthenes hörte nur Fetzen, etwas wie »gründlich gewaschen« und »persische Bärte« und »empfindsame Nasen Asiens«, dann hörte er das nach beiden Seiten wie Buschfeuer auflodernde Gelächter und bildete sich ein, ungläubige Gesichter auf dem anderen Ufer zu sehen, aber das war zu weit fort. In den Hügeln, rechts, griffen plötzlich leichte Reiter die persischen Vortrupps an, wie beiläufig, so, als habe es nichts mit der Welt, dem Nachmittag und dem Ort zu tun. Alexander und seine Begleiter – Hephaistion war dabei, Ptolemaios der Lagide, Leonnatos, dann verschwanden sie unsichtbar hinter den massierten Kämpfern – ritten vor die Ilen der Hetairenreiter. Die persischen Bogenschützen am anderen Ufer schossen immer wieder Pfeile über den Fluß, in hohem Bogen, als wollten sie prüfen, wie weit die Geschosse flogen. Der Wind hatte sich gelegt; einen beklemmenden Moment lang war in der tiefen Stille des Spätnachmittags nichts zu hören als das milde Rauschen des Pinaros sowie hier und da ein metallisches Schrappen, ein Schnauben, eine Ahnung von Gemurmel. Gleich, dachte er, würden, müßten, sollten sich die Heere langsam aufzulösen beginnen, hinter den Schirmen der Leichtbewaffneten ins Nachtlager ziehen, sich gegen den Morgen und das Gemetzel festigen.

Ein Erdbeben, eine Springflut, ein Sturm; das gräßliche *Allallallei* der Makedonen, dann wieder unglaubliche Stille, kein Kampfgeschrei nach dem Gebrüll. Schweigend – nur Keuchen und vereinzeltes Gewieher – rasten die schweren *hetairoi,* die Besten der Besten, in den flachen Fluß, aus dem Stand, ohne die geringste Andeutung; der Keil bildete sich, mit Alexander und Hephaistion an der Spitze, verschwand einen Augenblick hinter aufspritzendem Wasser, war an Land, am Nordufer, galoppierte nicht mehr geradeaus, sondern nach links: der schräge Angriffskeil, der nicht auf die Kardaker, nicht auf die hellenischen Söldner, sondern unmittelbar auf Dareios und seine Unsterblichen zielte, während die persischen Bogenschützen taumelnd, niedergeritten, zersprengt zurückströmten und die ersten Reihen der Hellenen und Kardaker behelligten und verwirrten. Mit wahnsinniger Geschwindigkeit, dabei lautlos wie ein gespenstischer Traum, näherte sich der Keil dem Mittelpunkt der persischen Stellung, wo die Kampfwagen und die goldenen Rüstungen glänzten.

Sechs, sieben, acht Atemzüge lang regte sich nichts außer den Hetairenreitern und dem zerfetzten Vorhang der Bogenschützen. Alles schien gelähmt, gefroren, fassungslos, unfähig zu einer Bewegung. Endlich, wie Schleppnetze an langen Tauen, folgten die Hypaspisten und die beiden rechten Phalanxabteilungen den Hetairenreitern.

Dann ging die Welt unter. Kallisthenes, der feinsinnige Hellene, kühler Beobachter barbarischer Vorgänge, verlor alles Gefühl für Zeit und Abläufe; er war nur ein schreiender Teil des Chaos. Später, in den nächsten Tagen, als er und seine Schreiber zusammen mit denen des Eumenes Offiziere und Kämpfer befragten, die Listen der Gefallenen aufstellten und sich bei Gefangenen umhörten, gewann er eine Art Überblick: der kühle Vorstoß der hellenischen Söldner Persiens gegen die schwächste Stelle der makedonischen Reihen, dort, wo der stürmende rechte Flügel und der abwehrende linke auseinanderzureißen drohten; Parmenion der Amboß, der die Schläge der Reiter und Fußkämpfer auf sich zog, damit der Pfeil Alexander zum Herzen des Großkönigs fliegen konnte; der Zusammenbruch der Kerntruppen, der Unsterblichen um Dareios, unter der unfaßbaren Wucht des Angriffs der Hetairen, die Flucht des Großkönigs, der in den Hügeln vom Wagen sprang, Schild und Mantel und alles andere abwarf, um auf einem Pferd mit wenigen Begleitern entkommen zu können; die Verfolgung der Fliehenden, abgebrochen, um Parmenions bedrängte Einheiten herauszuhauen; die Dunkelheit, die die Trümmer des riesigen Perserheers vor der völligen Vernichtung rettete …

Auf Beschluß der Offiziere war Kallisthenes zusammen mit dem Königsknaben Peukestas, Drakons Sohn, abgestellt worden, um Alexanders Zelt zu hüten und den König abzufangen, während die anderen das Fest und die Überraschung vorbereiteten.

»Du bist ohnehin zu nützlichen Arbeiten nicht zu gebrauchen, Hellene«, sagte Demaratos.

Rechts und links des Flusses brannten tausend Feuer; als seien nicht nur einzelne Sterne, sondern die ganze Milchstraße zur Huldigung herbeigekommen, loderten Fackeln an Lanzenschäften: mehrere Doppelreihen, die Wege durch das nächtliche Gelände zu kennzeichnen. Im Eingang des Königszelts saß Kallisthenes auf einem Schemel, trank Wein, blickte in das vielfarbige Leuchten der zehntausend mit Gold und Edelsteinen geschmückten Rüstungen, Schwertgriffe, Zierlanzen und Zaumzeugteile, die überall herumlagen und die Feuer spiegelten; Peukestas stand meist stumm und reglos hinter ihm, machte nur manchmal eine kurze Bemerkung, die der Hellene gleich wieder vergaß.

Im Fackellicht hatte man mit der Beseitigung der Gefallenen begonnen, die lebensfähigen Verwundeten zusammengetragen, die Schwerverletzten erlöst. Weiter nördlich drängte sich eine düstere Masse, Tausende erbeuteter Pferde, größer, stärker und schneller als die kleinen europäischen Tiere. Landwärts neben den Pferden lag die zweite Koppel, jene für die entwaffneten und scharf bewachten Gefangenen. Unentwegt waren Männer unterwegs – Heiler, Helfer, Träger, Sklaven; an den Feuern briet man Fleisch aus den üppigen Vorräten des persischen Lagers, der Wein strömte in reißenden Flüssen und spülte Trauer, Erschöpfung und Zurückhaltung fort.

Ein Teil des makedonischen Trosses war aufs Nordufer geschafft worden, darunter das große und das kleinere Zelt des Königs. Alexander, zusammen mit einem Teil der Hetairenreiter, war nach dem Ende der Schlacht am linken Flügel noch einmal in die Nacht geritten, um Dareios zu suchen, allerdings ohne allzu große Hoffnung. Und gegen Parmenions Rat; der alte Stratege sah den jungen König umlauert von fünfzigtausend Persern, die die Flucht unterbrechen mochten, um nach der Niederlage durch einen einzigen Speerstoß doch noch den Sieg zu erringen; er sah Alexander im unwegsamen Dunkel dahinjagen, in eine Schlucht stürzen, von einer unebenen Brücke fallen, sich den Hals unter seinem getaumelten Pferd brechen.

Aber Alexander kam zurück, kaum eine Stunde nach dem Aufbruch. Überall sprangen die Kämpfer auf, umringten ihren König, riefen ihm etwas zu, wollten ihn vom Pferd heben und auf die Schultern nehmen. Kallisthenes sah im Fackellicht, wie Alexander langsam, vorsichtig von Bukephalos glitt, und zog sich mit Peukestas ins Innere des Zelts zurück. Es dauerte eine Weile, bis der Aufruhr sich legte und Alexander die Krieger und die Hetairen vorläufig verabschiedet hatte. Sie hörten Schritte, die Stimme des Königs, halblaut und gepreßt, die Hephaistions, hell und scharf, dann ein dumpfes Geräusch, als ob jemand über etwas gestolpert sei, den gequälten Schrei eines aus der gnädigen Ohnmacht erwachenden Verwundeten, Hephaistions Stimme – »uh, dem hängt ja das Gekröse raus; schafft ihn weg!« – und Alexanders Befehl: »Laßt ihn! Was ist mit dir, Freund?«

Eine aufgerauhte Stimme sagte: »Herr, ein Geschenk nach dem Sieg?«

Alexander: »Natürlich, mein Freund. Was wünschst du?«

»Dein Schwert.«

Sanft, beinahe väterlich tröstend sagte Alexander: »Du sollst es haben, siegreicher Krieger.« Etwas klirrte, jemand stöhnte dumpf; dann sagte Alexander, immer noch sanft und sehr traurig:

»Bringt ihn zu den anderen; morgen werden wir ihnen Ehren erweisen.«

Die Schritte kamen näher; Hephaistion knurrte etwas über mindere Burschen, mit denen Fürsten sich nicht abgeben sollten, und Alexander seufzte.

»Du weißt immer noch nicht, was es heißt, König zu sein, nicht wahr?«

Hephaistion lachte kurz auf; ein Tuchstück raschelte wie bei einer schnellen Armbewegung.

»Wenigstens hätten sie dein Zelt erleuchten können, Achilles.«

Alexander trat ein, gefolgt von Hephaistion. Die einsame Fackel in der Zeltmitte beleuchtete zwei blutbespritzte Krieger. Hephaistion schien unverletzt, nur besudelt; Alexander blutete aus mehreren Wunden: ein Schnitt im Gesicht; ein Lanzenstich, der die Schulter getroffen hatte; eine Dolchwunde im Oberschenkel, von dem er eben einen tiefroten Fetzen abwickelte. Er hinkte stark; dabei stützte er sich mit der linken Hand auf Hephaistions Schulter.

»Heil dem siegreichen Herrscher«, sagte Kallisthenes, »der des Großkönigs Scharen, Asiens Horden bezwang, wie Sturm dürre Blätter verwirbelt.«

Hephaistion stöhnte; Alexander preßte die Lippen zusammen.

»Ist Kallisthenes mein Lorbeer? Dann hätte ich lieber verloren«, sagte er mit flacher Stimme. »Was ist hier los?«

»Deine edlen Freunde bereiten ein Fest für dich vor. Dieser Knabe und ich sollen dich geleiten, daß du nicht in die Irre gehst.«

Alexander machte eine matte Handbewegung; Kallisthenes ging voraus, Peukestas spielte Nachhut. Nach etwa dreihundert Schritten endete die Gasse der Fackeln; die Umrisse eines riesigen Zelts hoben sich vom bestirnten Himmel ab. Aus dem Inneren drang gedämpftes Licht.

»Wenn du gestattest ...« Kallisthenes machte ein paar schnelle Schritte, um den schweren Vorhang vor dem Eingang zu heben; in diesem Moment flog der Stoff beiseite, ein grauhaariger, fetter Perser in Seidengewändern kam heraus, warf sich auf den Boden, berührte ihn mit der Stirn und hob die Hände vor Alexander; dabei sagte er in gutem Hellenisch, aber mit beinahe weinerlicher Stimme:

»Ich wage es nicht, dem ruhmreichen Sieger, dem König der Makedonen, das mindere Zelt des Großkönigs zu öffnen.«

»Warum wagst du es nicht, Hüter des Horts?« sagte Alexander mit einem unterdrückten Lachen.

»Es ist schäbig und ohne allen Glanz, Fürst des Nordens; lediglich das karge Feldzelt. Die besseren Unterkünfte, in denen die Behaglichkeit des Leibes gefestigt und gemehrt werden kann, befinden sich in Damaskos.«

»Steh auf. Es ist gut. Was für Dareios im Feld reichte, wird auch mich zufriedenstellen.«

»Ich wage es nicht«, murmelte der Perser, aber dann stand er auf, verneigte sich mehrmals und gab den Weg frei.

Das Zelt war geteilt; aus dem Hintergrund, der größeren Hälfte, hörte man Stimmen, das Klirren von Bechern, aber alles matt, gedämpft durch schwere Vorhänge. Im vorderen Teil schien Dareios häufiger gebadet und geschlafen zu haben. Kallisthenes sah sich um und seufzte; aus den Augenwinkeln nahm er Alexanders Gesicht wahr, das zu einer Maske des Staunens gefror.

Das kleine, karge Feldzelt des Großkönigs bestand außen aus verzierten, bestickten Lederbahnen. Die Pfosten aus schwarzem Holz waren mit geometrischen Schnitzereien verziert, mit Gold und Silber und bunten Steinen besetzt; sie verloren sich in der Höhe des Zelts, im oberen Dunkel. Großdochtige Öllampen aus vielfarbigem Glas, aus dünnen Bernsteinplättchen, aus goldbezogener Menschenhaut erhellten das Zelt. Die Innenwände waren weiße Tücher: Leinen mit Goldfäden und Silbersäumen; über dem breiten Bett – schwarzes Holz, helles Holz, Einlegearbeiten aus Elfenbein und edlen Metallen, die Pfosten wie Säulen, über und über besetzt mit Steinen und Perlen, belegt mit Polsterkissen, weichen Decken und blendend weißen Leinenlaken – hing ein Bild, ein hauchfeines Webstück aus Seide. Es zeigte Bergkuppeln, einen See von unglaublich zartem Blau, eine Landschaft gelassener Seelen und entspannter Anmut. Überall hingen Felle von Löwen, Leoparden und Tigern, daneben und dazwischen kleine bunte Vögel, kunstfertig ausgestopft und hergerichtet, große goldene Wappenschilde mit seltsamen Schriftzeichen oder Symbolen, goldene Zierschwerter mit funkelnden Griffen, ein mannshoher Spiegel aus poliertem Silber in einem goldenen Rahmen. Der Boden bestand aus sieben oder neun Schichten von schweren, in allen Farben glimmenden Teppichen. Überall an den Seiten standen dunkle, beschnitzte, mit Silberbändern und Goldbeschlägen versehene Truhen. Auf einer lagen prachtvolle, goldbestickte Gewänder, auf einer anderen des Großkönigs Schreibpult: schlichtes schwarzes Holz, goldener Tintenbehälter, eine zugeschnittene Adlerfeder zum Schreiben, ein goldener Stift zum Ritzen der Wachstäfelchen.

Muskelbepackte Sklaven mit brauner und schwarzer Haut schleppten zwei Wannen herbei – Wannen, in denen man ausgestreckt liegen konnte, anders als in den hölzernen Sitzbottichen des makedonischen Königs. Diese Wannen waren aus reinem, warm glänzendem Gold. Zwölf hellhäutige, mit kostbarem Schmuck behängte, ansonsten nackte Sklavinnen knieten vor den Truhen; auf ein Zeichen des fetten Persers krochen sie auf Knien herbei, um Alexander und Hephaistion zu entkleiden.

Auf einem Eisenofen mit Löwenfüßen und Adlerschwingen (als Türen) standen Metallgefäße voll von erwärmtem Wasser, auf dem Boden daneben Kannen mit kaltem. Zarte Tische mit geschwungenen, beschnitzten Beinen trugen Hunderte Salbtöpfchen und Tiegel; der Duft, der ihnen entstieg, mischte sich mit dem der Lampen, deren Öl man mit allerlei anderem versetzt hatte: Rosenwasser, Kinnamon, Sesam …

Wie betäubt ließ Hephaistion sich von den Sklavinnen entkleiden; Alexander winkte die Mädchen beiseite, löste selbst Rüstung und Chiton und sagte dabei versonnen, fast verträumt:

»*Das* also heißt es, König zu sein.«

»Und *das* heißt es, König zu bleiben.« Kallisthenes schnippte mit den Fingern; sechs makedonische Hopliten mit Helm, Brustschutz, Beinschienen, Xyston und Kurzschwert traten aus schattigen Winkeln hinter Stoffbahnen hervor, legten die Faust aufs Herz und zogen sich leicht grinsend wieder zurück.

Peukestas, unauffällig verschwunden, erschien wieder; ihm folgte Alexanders Freund und Arzt Philippos, der die Wunden des Königs reinigte, die Wasserwärme prüfte, während des Bads von Verletzungen und Heldentaten einzelner Männer sprach und nach dem Bad Alexanders Wunden behandelte, ehe er ihn (und Hephaistion) den feinen fetten Fingern des Salbmeisters von Dareios überließ.

Auch das große Zelt war mehr als prunkvoll; es war ein Königstraum. Auch hier dicke vielfarbige Teppiche, auf denen die Berater, Offiziere und Freunde Alexanders barfuß gingen, nachdem sie zunächst mit einem Grinsen oder Mienen des Unbehagens Fußwaschungen durch unterwürfige Sklaven erduldet hatten; auch hier geschmückte Wände, Gold und edle Steine. Zwischen den Klinen – gepolstert und mit schweren Stoffen belegt – standen keine klapprigen Tischchen, sondern schwere dunkle Gestelle mit hellen Einlegearbeiten (Laomedon, der sich besser auskannte als die meisten, sprach von Elefantenbein); auf ihnen türmten sich goldene und silberne Platten mit süßem Gebäck, eingelegten und mit durchsichtigem Zucker überzogenen Früchten, köstlich gewürzten Fleisch- und Teigspeisen. Überall liefen Sklaven herum und gossen aus goldenen und silbernen Krügen wohlschmeckende, duftende Weine in Becher, die silberne Bäumchen oder goldene Tierköpfe waren, mit getriebenen Ranken, mit Früchten oder Augen aus funkelnden Steinen.

Auf diesen Liegen fläzten sich Makedonen mit blutigen Gewändern; aus diesen Bechern tranken sie, von diesen Platten und Schalen aßen sie. Auf Eisenbecken, gefüllt mit Holzkohle und Weihrauch, lagen von unten erhitzte Roste, auf diesen dünne Zedernstäbchen. Säulen aus vergoldetem Holz verzweigten sich zu drei, fünf oder sieben Armen mit feinstens nachgebildeten Fäusten, die aus Kien- und Zedernholz geformte Fackeln mit eingeschlossenen Weihrauchkügelchen trugen. Auch hier, auf kostbaren Ständern oder schweren Truhen, die vielfarbigen Öllampen, die alles mit unwirklichen Lichtspielen überzogen und jedem zahlreiche Schatten verliehen.

Asiatische und hellenische Musiker, Gaukler und Feuerschlucker, biegsame Tanzmädchen unterhielten sie während des Mahls. Alexander mußte heftige Schmerzen haben; ihm war jedoch nichts anzumerken. Allerdings trank er ausnahmsweise Wein, auf Zureden von Philippos. Viele der anderen schliefen auf den Klinen ein, oder sie verabschiedeten sich vom König und wankten erschöpft in ihre Zelte. Als es später und leiser wurde, hörte man zunächst schwach, dann immer deutlicher Frauen weinen.

Irgendwann richtete Alexander sich von der Liege auf und hob die Hand. »Was ist das? Diese Klagen?« Er versuchte aufzustehen, faßte an den verbundenen Oberschenkel und sank zurück.

Laomedon räusperte sich; sein Gesicht war betont ausdruckslos. »Die Mutter, die Frau und die Kinder des Großkönigs. Wir haben ihre feinen Zelte neben deinem aufgebaut.«

Alexander starrte ihn an, als hätte Laomedon eben behauptet, Arabiens Wüsten bestünden aus Käse. »*Wer* ist das?«

Parmenion schnaubte. »Du hast richtig gehört. Die wichtigen Dinge hat er nach Damaskos geschickt – den Schatz und die schwere Ausrüstung. Heute, bei seiner Flucht, hat er ein paar unbedeutende Kleinigkeiten zurückgelassen. Mutter, Frau, Kinder.«

Alexander sah aus, als ob er sich übergeben müsse. »Er hat *was* zurückgelassen? Mutter, Frau und Kinder?«

»Unfaßlich, nicht wahr? Und noch ein paar andere Sachen. Dieses karge Zelt, zum Beispiel. Und ein bißchen Gold und Silber, Münzen und Gefäße – und andere Frauen, zum Vergnügen unserer Männer ...«

Leonnatos deutete auf die Zeltwand, aus der die Klagelaute zu kommen schienen. »Wir wußten nicht so recht, wohin mit ihnen. *Deine* Beute, Alexander. Wir können sie ja nicht einfach zu den gefangenen Kriegern stecken.«

Alexander fuhr sich mit der Hand über die Augen. »Man kann eine Schlacht verlieren und Herrscher bleiben. Aber *das* ... Er hat kein Recht mehr, sich Herr über was auch immer zu nennen.«

»Ich glaube«, sagte Laomedon halblaut, »sie weinen nicht aus Angst vor dem, was sie erwartet, sondern aus Trauer – vielleicht auch Empörung, wer weiß. Trauer sicher; sie haben seinen Wagen gesehen, seine Rüstung und seinen Schild. Ich dachte, sie sollten das haben ...«

»Du sprichst Persisch, Leonnatos?«

Leonnatos nickte.

»Gut.« Alexanders Wangenmuskeln zeichneten sich deutlich ab. »Geh zu ihnen. Sag ihnen von Alexander, daß Dareios geflohen ist, daß er aber lebt, soweit wir wissen. Wir haben ihn weder lebendig gefangen noch tot aufgefunden. Sag ihnen auch, sie haben nichts zu befürchten; sie behalten ihre Diener und ihren Besitz und werden behandelt als königliche Gäste.«

Leonnatos ging; Parmenion rümpfte die Nase und wandte sich an den König.

»Wann?«

Alexander seufzte. »Übermorgen.«

Parmenion nickte.

Kallisthenes hob die Hand. »Worüber redet ihr da?«

Ptolemaios stieß ihn an. »Damaskos«, sagte er leise. »Die Schätze, die Waffen, die Festung, die die Wege zwischen Babylon, Ägypten und den nordwestlichen Ländern hütet. Klar, dummer Hellene?«

Leonnatos kehrte zurück. Das Weinen im anderen Zelt war leiser geworden, ohne jedoch zu enden. »Ich habe es ausgerichtet, aber ich fürchte, sie glauben mir nicht.«

Alexander ächzte und setzte sich auf. Hephaistion glitt von seiner Kline und stand neben ihm, half ihm auf die Beine.

»Wir gehen beide«, sagte Alexander; er stützte sich auf die Schulter des Freundes, biß die Zähne zusammen und verließ aufgerichtet das Zelt. Kallisthenes folgte, ebenso Laomedon und Demaratos. Sklaven oder Diener, darunter ein grauhaariger Perser mit feinem Gesicht und straffer Haltung, gingen ihnen voraus, öffneten das Frauenzelt; der Grauhaarige sagte etwas auf Iranisch.

Im Hintergrund des reichen Zelts stand verschleiert die Frau und Schwester des Großkönigs, Stateira, von der man sagte, sie sei die schönste Frau Asiens. Sie hatte die Arme um ihre Kinder gelegt, zwei Töchter und den Sohn. Sisygambis, die Mutter des Dareios und der Stateira, trug schlichte helle Trauergewänder und hatte ihren Schmuck abgelegt. Ein weißes Tuch verhüllte das Haar; nur das Gesicht war zu sehen, und im Gesicht vor allem die großen schmerzvollen Augen. Sie blickte Alexander an, dann Hephaistion; beide trugen nur neue weiße Chitone. Alexander hatte das Zelt als erster betreten, wie ein Herold; Hephaistion war stattlicher und kam als zweiter.

Sisygambis warf sich vor ihm auf den Boden, berührte seine Füße und murmelte etwas, das in einem trockenen Schluchzen unterging.

Hephaistion, sichtlich verlegen, deutete auf Alexander; der Grauhaarige sagte noch einmal etwas auf Iranisch.

Sisygambis schaute zu Alexander auf; in fast makellosem Hellenisch sagte sie: »Verzeih meinen unverzeihlichen Fehler, großer König.«

Alexander lächelte, beugte sich vor, reichte ihr die Hand und zog sie hoch. Er legte den Arm um Hephaistions Schulter. »Sorg dich nicht, Fürstin. Auch er ist Alexander.«

Mehrere Atemzüge lang sagte niemand etwas. Alexander und die Königsmutter sahen einander in die Augen; langsam hellte sich Sisygambis' Gesicht auf. Auch Alexander wirkte gelöster.

Der Grauhaarige trat einen halben Schritt vor. »Dies, o edler König, ist die Mutter des Großkönigs. Da ihr Hellenen, und ich bitte um Vergebung, unsere Namen nicht aussprechen könnt, wie sie ausgesprochen werden sollten, will ich euch sagen, daß ihr Name auf Hellenisch Sisygambis lauten müßte. Aber ...«

Alexander unterbrach ihn mit einer knappen, unmißverständlichen Handbewegung: als schnitte er etwas ab.

»Wir brauchen dich hier nicht; geh hinaus und zähl die Sterne.«

Dann wandte er sich zu Sisygambis. »Überaus edle Tshissagambysh« – er lächelte sanft –, »du wirst uns und vor allem mir eine große Ehre erweisen, indem du unsere Gastfreundschaft annimmst. Du, deine Tochter und deine Enkelkinder. Ich habe befohlen, euch nicht wie Gefangene, sondern wie königliche Gäste zu behandeln. Als Sohn einer Königin bedaure ich zutiefst die Handlungsweise des zweifellos edlen Darayava'ush, der seine Mutter und seine Frau mit den Kindern zurückgelassen hat. Als König preise ich mich jedoch glücklich, denn es ist eine seltene Ehre, solch edle Gäste bewirten zu dürfen.«

Sisygambis machte eine kaum vernehmbare Verbeugung. »Ich danke dir, Herr der Makedonen. Aber sag mir – was weißt du vom Schicksal meines Sohnes?«

Alexanders Gesicht verfinsterte sich. »Er ist geflohen. Um schneller fliehen zu können, hat er einige Dinge fortgeworfen. Seinen Schild, seinen Mantel, seinen Wagen. Und euch.«

Sie schloß die Augen. Mit rauher Stimme sagte sie: »In dieser furchtbaren Schlacht müssen viele Edle gefallen sein. Freunde und Verwandte.«

Alexander nickte; sein Ausdruck war wieder sanft. »Ja, Tshissagambysh, auf beiden Seiten sind viele edle Krieger gestorben.« Er sah sich um, deutete auf Laomedon. »Dieser Fürst wird dich morgen geleiten, wenn du nach denen suchen magst, die du gekannt und geschätzt hast und denen du gemäß ihrem Wert und deinem Glauben Ehre erweisen willst.«

Sisygambis seufzte auf, schien wieder knien zu wollen, blieb dann doch stehen und schenkte Alexander ein trauriges Lächeln.

»Du bist großmütig. Ich danke dir von Herzen, edler König.«

Alexander neigte kaum wahrnehmbar den Kopf. »Nenn mich Alexander – Mutter.«

In der Nacht erwachte Kallisthenes zwischen schnarchenden Makedonen. Er zählte sie nicht, aber es mochten fast zwanzig Männer sein, die den Heimweg zu ihren Zelten nicht mehr gefunden hatten. Sie lagen auf den Teppichen, hingen über den Klinen, kringelten sich unter den Tischen. Posten hüteten ihren Schlummer – Posten am Eingang und am Durchgang zum kleineren Teil, wo Alexander und Hephaistion auf des Großkönigs breitem Lager ruhten und leise redeten. Die Lampen waren gelöscht, bis auf zwei im Hauptteil und eine im Schlafzelt; ein Sklave sprang auf, als Kallisthenes sich erhob. Der Hellene winkte ab, trat aus dem Zelt, um sein Wasser in die Nacht zu schlagen, die von müden Feuern und anmaßenden Sternen wund war.

Als er zurückkehrte, wählte er eine freie Liege näher an Alexanders Schlafstatt, weiter weg von den schlimmsten Schnarchern. Dennoch konnte er lange Zeit nicht wieder einschlafen.

Nebenan hörte er eine Bewegung; er blinzelte und schaute hinüber. Alexander lag auf dem Rücken und starrte in die unendliche Nähe des Zeltdachs hinauf; Hephaistion hatte sich aufgesetzt und spielte mit einer Rolle.

»Soll ich lesen, Achilles? Dies ist das Buch, in dem gesagt

ist, wie Odysseus einschläft und Athene sich aufmacht, um Nausikaa vorzubereiten.«

Alexander strich über die Decke, kratzte mit den Nägeln an einem Goldfaden. »Nicht jetzt, nein, aber trotzdem Dank. Ich will weder hören, wie Nausikaa ihre zweifelhafte Jungfräulichkeit verliert, einen wertlosen Gegenstand; noch wie Odysseus schläft. Aber ich beneide ihn. Ich wollte, ich könnte schlafen. Wein bewirkt es nicht – bei mir.«

Hephaistion legte den Papyros beiseite. »Immer noch dein Vater?«

»Philipp ist drei Jahre tot, und wir sind heute abend weiter, als er je kommen wollte. Nein – hin und wieder höre und sehe ich ihn noch, besoffen, das eine Auge blutrot, die Adern wie Gewürm, und er röhrt wie die Brandung und brüllt wie ein Stier ... Aber das ist es nicht, Patroklos. Der alte Korinther hat es vor Jahren gesagt, oben in Illyrien; daß Wein zur Freundschaft gehört, wie ein Lächeln, eine Hand oder ein langes Zuhören. Der Nüchterne im Kreis zechender Freunde wird immer einsamer; mittrinken als Trankopfer für die Götter und Göttinnen der Freundschaft.«

Er schwieg eine Weile; Hephaistions Hand strich über die Stirn des Königs.

Schließlich sagte Alexander, halblaut: »Die Nacht ist eine Viper; außerhalb des Feuerkreises lauern schwarze Löwen. Wein vertreibt die Viper nicht und zähmt nicht die Löwen, aber er macht die Wahrnehmung weniger scharf. All die Alexanders in mir zappeln jetzt nicht. Sie sind kein Schlangenknäuel, sondern wie ... wie Lanzen in einem Gestell. Vielleicht ist es der Wein; ich werde das weiter erproben.« Er kicherte. »Hilfst du mir – in den nächsten tausend Nächten?«

Hephaistion brummte etwas; es mochte Zustimmung sein. Dann sagte er: »Mit welchem Alexander rede ich jetzt, Achilles?«

»Da ist einer, der will in die Weite. Einer will Säuglinge schlachten. Greisinnen schänden. Götter stürzen. Dareios verfolgen. Babylon neu erbauen. Gedichte sprechen. Rosen riechen.«

Die Stimme veränderte sich; Kallisthenes lief es eisig den Rücken hinauf und hinab.

Zahnloses Mümmeln: »Heißer Wein; ein Knabe, der mir die Sohlen kitzelt; Männer der Nacht, die Geschichten erzählen von der Welt, die wie eine Erbse ist« – zaghaft, verloren, verzweifelt: »unter tausend anderen Erbsen, ein *daimon* hat sie gekocht und gefressen, und wir, auf der Suche nach Göttern, wissen nicht, daß wir in seinem Gedärm zersetzt werden.« Unendliche Gier, unendliche Wut: »Das Meer schlürfen, die Berge zermalmen, die Wüsten in meinem Samen ertränken.« Heiser, tückisch, lockend: »Schöner Held, mit harten Muskeln und hellem Haar – ist es überall hell und hart bei dir? Laß mich dich lutschen, Freund – *mit* Zähnen.« Stammelnd, ängstlich: »Der Drache Mond, Vater; er ... er brütet ein Ei aus, ein böses Auge; es wimmelt, es starrt mich an, starrt mich an vom Boden eines Brunnens, ein Schacht voller Eiter, ich stürze, ich ...«

Hephaistion schüttelte ihn. »Komm zu dir, komm zurück, Freund! Soll ich Arridaios holen?«

Alexander antwortete mit einem Ächzen; Kallisthenes wünschte sich weit fort, gleichzeitig näher zu den beiden, die auf dem breiten Bett des Großkönigs mit dem *daimon* rangen. Er preßte die Handflächen gegen die Schläfen und versuchte zu verstehen, was dort vor sich ging, versuchte an Arridaios zu denken, den schwachsinnigen Halbbruder, als Kind – wie man sagte – von Olympias vergiftet, damit der Weg Alexanders zum Thron frei sei; Arridaios, der zäher Lebenswille war und sonst nichts, dem Gift und Magie die Seele genommen und ... Der Hellene erstarrte; ein wahnsinniger Gedanke – wäre es möglich, daß die molossische Hexe die Seelen aller von ihr Getöteten, Vergifteten, Gemarterten in Dunkel gebunden und gezwungen hatte, ihm zu dienen, ihn zu erfüllen, zu überfüllen – den Sohn, der für sie nicht Sohn Philipps war, sondern Gefäß des Gottes? Warum wollte Hephaistion den Halbbruder holen, jetzt, in der Nacht, als Heilmittel, zur Abschreckung, aus welchem düsteren unhellenischen unbegreiflichen Grund?

Alexanders Stimme klang wieder vernünftig, wenn auch schwach. »Ah, laß es gut sein, Patroklos. Mein Kopf ist eine Amphore, und sie ist überall rissig. Durch die Risse sickere ich hinaus in etwas Graues, Schleimiges; und etwas Anderes sickert in mich hinein. Die Nacht dringt in meinen Kopf – wenn ich mich nicht wehre.«

»Die dunkle Unterseite der Welt und der Dinge ...« Hephaistion, der kalte anmaßende Hephaistion, klang erschüttert und mehr denn besorgt – liebevoll? Fürsorglich?

»Wenn all das, was Aristoteles uns gelehrt hat, wenn Wissen und Verstand – sagen wir, *logos* – wenn all dies Licht ist, was ist dann dieser dunkle Saum, dunkle Schaum, der in mir schwappt und näher kommt und mich verschlingen will?«

»Wenn man müde ist, breitet die Schläfrigkeit ihren Mantel aus, unter dem man ruhen kann. Das ist deine Dunkelheit.«

»Aber du vergißt, was Homeros sagte, Patroklos, und du solltest es nicht vergessen, weil es mit dem Tod des anderen Patroklos zu tun hat, Freund: Schlaf und Tod sind Zwillingsbrüder. Schlafen ist sterben, jedenfalls ein wenig.«

Hephaistion gluckste leise: »Dann stirb jede Nacht ein wenig, Achilles, wie wir alle. Wenn du den einen Zwillingsbruder umarmst und an dich ziehst, könnte der andere dir länger fernbleiben.«

Alexander seufzte. »Aber woher weiß ich, welchen der beiden ich zu mir lasse? Mein Verstand ist ein Öllicht; der Schlaf löscht es – bin ich dann nicht tot? Und während ich ein wenig tot bin, wer ist dann *ich?* Vielleicht bin *ich* dann woanders, in einer Gegend von grauem Schleim und von Drachen, die Augen ausbrüten, aus denen Augen schlüpfen ... Wer verwüstet in dieser Zeit meinen Körper, wer führt das Heer in die Irre?«

»Bedenke, was Aristoteles sagte. Der Mensch ist inwendig ein System von Waagen und Schalen, und es muß ausgewogen sein, sonst beginnt der Wahnsinn. Wachsamkeit, Freund, muß aufgewogen werden durch Ruhe und Schlummer.«

Alexander lachte. »Du bist ein guter Tröster, aber ich glaube dir nicht. Wenn ich wache, wenn ich denke, stehe ich in der gleißenden Mittagssonne der Vernunft, aus der es kein Entrinnen gibt. Ich sehe meine Macht und meine Schuld, ich kann mich nicht verbergen vor meinen Ängsten oder meiner Schande. Aber wenn dieser Rand des Dunkels näher kommt, wird er mich verschlingen – all das, was wach *ich* ist; und unter diesem Mantel werde ich kauern und krächzen und kriechen. Ein *daimon*-Mantel. Vielleicht die Hand des Dunklen Herrn Ahriman; vielleicht haben die Perser recht, wenn sie so in Symbolen von Licht und Dunkel denken ... oder empfinden. Licht, das ist *ich* und meine vernünftige Herrschaft über mich; Dunkel, das ist *ich* unter der Herrschaft von etwas Grauenhaftem, Fremdem; ein *daimon*, Ahriman, Thanatos, Hades. Wenn ich wache, sehe ich, wohin ich renne; wenn ich schlafe, kann ich nicht sehen, wohin was auch immer treibt. Deshalb will ich nicht schlafen. Deshalb habe ich Angst vor dem Schlaf.«

Hephaistion beugte sich vor; er küßte Alexanders Stirn.

»Dein Vater sagte immer, er könne schlafen, weil Antipatros für ihn wache. Kannst du nicht schlafen im Wissen, daß ich für dich wache?«

»Das wird mich nicht besser schlafen lassen. Aber, Patroklos, ich werde das Wachen sehr viel mehr genießen.«

Nach längerem Schweigen sagte Hephaistion: »Und Wein? Einer der Knaben? Eine Frau? Nicht zu vergessen – der Erbe, den Parmenion und Antipatros und Olympias wollen? Wein, selbst wenn er dir nicht schlafen hilft, macht das Dunkel vielleicht weniger bedrohlich; ein Knabe könnte dich besser, weicher wärmen als ich; eine Frau ...«

Alexander unterbrach ihn. »Ihr – du und die anderen – gebt mir die Wärme, die ich brauche, um den Kitt, der die Risse der Amphore heilen soll, biegsam zu machen, knetbar, nützlich. Der Lustknabe, die Frau für eine Nacht – wann wäre ich denn enthaltsam gewesen?«

»Ich rede von einer Frau, Alexander; einer Königin, Mutter deines Erben. Nicht von einer Gespielin deiner Drüsen.«

»Das würde mich an einen Ort binden. Ich will weiter; ich *muß* weiter.«

»Königin und Kinder können an einem festen, sicheren Ort bleiben. Während du weiterziehst.«

»Ah, jetzt sind es schon mehrere; Kinder.«

»Warum nicht? Überleg doch – was, wenn dich heute ein Speer getötet hätte?«

»Antipatros ordnet Europa; Parmenion und Krateros und

Philotas würden, mit deiner und der anderen Hilfe, das Heer heimbringen; die Makedonen würden einen neuen König wählen.«

»Bekümmert es dich nicht? Ist es dir gleichgültig, wer der neue König wäre? Warum nicht dein Sohn?«

»Was kümmert mich, was nach meinem Tod geschieht? Wenn ich, wie die Philosophen sagen, ein Mensch bin wie alle, werde ich vergangen sein wie alle und nicht mehr teilhaben an den Dingen. Wenn ich, wie Olympias und Aristandros versichern, das Gefäß eines Gottes bin und selbst ein Gott sein werde, kann ich vom Olymp herabschauen und mich an den Fehlern meiner Nachfolger ergötzen.«

Hephaistion schnaubte: »Du *willst* nicht darüber nachdenken.«

»Ich fürchte mich vor dem, was damit verbunden wäre.«

»Fürchten? O ihr Götter – die Furcht des Furchtlosen! Wovor bitte fürchtest du dich?«

»Vor all dem hier – der Üppigkeit des Zelts, der neuen Art, König zu sein.« Seine Stimme wurde ernst, fast hart. »Verstehst du nicht, Patroklos – das System von Waagen, Balken und Schalen in mir ist ausgewogen, meistens jedenfalls, weil ich es beherrschen kann. Jede Änderung müßte neu ausgeglichen werden. Ich rede nicht von Änderungen des Orts; wir können ans Ende der Welt ziehen, Titanen bekämpfen, die Götter stürzen und Berge zu Sand zermahlen, ohne daß es wirklich etwas ändert. Aber dies hier – ein weiches Lager, üppige, erlesene Speisen, der Übergang von Wasser zu Wein, dies sind Änderungen, vor denen ich mich jetzt schon fürchte. Eine Frau ... die Liebe oder der Haß einer Frau, die Liebe, die ich einem von mir gezeugten Kind würde geben wollen: Das wären ungeheure Veränderungen. Sie wären vielleicht gut, Veränderungen auf der lichten Seite; aber sie müßten durch neue Gewichtungen auf der Seite des *daimons* ausgeglichen werden. Und mir graut vor dem Gedanken an all die Alexanders, die dann aus meinem Schatten kriechen könnten.«

7. SÄNGER IM ZWIELICHT

Es war der scheußlichste Winter, an den Dymas sich erinnern konnte; und der letzte mit Tekhnef. Pella, Aloros, Aigai, Methone, Dion, Herakleia, dann zur Tempe-Mündung; bis hierhin reichte der stickige, überheiße Herbst. Sie machten abends Musik für den Unterstrategen des von makedonischen Kerntruppen gesicherten Flußtals, des einzigen einfachen Durchgangs nach Thessalien und Hellas; unter glimmenden Sternen, in erstickender Nacht gingen sie schlafen, auf einer baumbestandenen Terrasse oberhalb des Flusses. Sie erwachten fröstelnd, in Nieselregen, niedrigen fetten Wolken und eisigem Nordwestwind. Sie ritten nach Larissa, wo sie zwanzig Tage blieben, in den Schänken spielten und sich bei Tuchhändlern und Schneidern mit Winterkleidung eindeckten.

Seit jener Nacht im Hafen von Pella hatten sie kaum noch miteinander gesprochen, außer über äußerliche Dinge und die Notwendigkeiten des jeweiligen Tages. Tekhnef schien abzuwarten, war aber entweder nicht willens oder nicht in der Lage, die Entwicklung zu beeinflussen. Dymas schaute sich gewissermaßen über die Schulter, bemerkte die Veränderungen, den Verfall, fühlte sich aber seltsam gelähmt.

Nicht einmal die Zerstörung seiner Musik berührte ihn wirklich. Die Finger und die Saiten beschäftigten sich miteinander, seine Seele war am anderen Ende der Welt. Die Stücke, die sie spielten, wurden zu unbehausten Gebäuden, durch die Tekhnefs Aulos wie ein Wind aus dem Norden strich. Zunächst hielten die Mauern, die Steine, die Verfugungen; nach und nach, innerhalb der wenigen Tage in Larissa, begannen die Gemäuer zu bröckeln: Die Finger und Saiten fanden nicht mehr recht zueinander, der von den verwöhnten Athenern als feinster Kitharist der Oikumene bezeichnete Musiker stümperte, brachte unsaubere Töne hervor, bis es auch den nicht eben verwöhnten Besuchern der Schänken von Larissa auffiel.

»Was wird aus uns?« sagte Tekhnef; sie hatte sich auf den

linken Ellenbogen gestützt und betrachtete Dymas. Er lag auf dem Rücken und starrte hinauf ins Dachgebälk. Die Luft in der kleinen Kammer über dem Schankraum war schal; das Öllicht flackerte im Zug von der Fensteröffnung. Im Winkel neben der Tür lehnten die Instrumente an der Truhe aus Flechtwerk, auf der die Kleidungsstücke lagen.

»Nicht mehr viel, oder?« Dymas veränderte seine Lage nicht. Er spürte Tekhnefs Blicke; seine Haut schien sie wahrzunehmen. »Es ist vorbei.«

»Was ist vorbei?«

»Alles.« Er machte eine fahrige Handbewegung; das Lager aus Strohsäcken, Lederdecke und Fellen knisterte. »Du solltest mich verlassen.«

Sie sog Luft zwischen den Zähnen ein; er hörte das scharfe Beinahe-Pfeifen. »Willst du dich aufgeben?«

»Du wirst neunundzwanzig, Tekhnef; ich werde siebenunddreißig. Du wirst noch ein paar Jahre Frau bleiben, ich bin bald Greis. Vierzig ist die Grenze ...«

Sie berührte seine Brust, wickelte ein paar der schwarzen Haare um ihren Zeigefinger, zupfte, zog die Hand zurück, steckte den Finger in den Mund und beschrieb mit der Fingerspitze, mit Speichel und scharfem Nagel eine Schlangenlinie auf Dymas' Körper, von der rechten Brustwarze zum Nabel und weiter zum Glied, das sich seit vielen Nächten nicht mehr regte, nicht mehr zum Phallos werden wollte.

»Greis? Philipp war – sechsundvierzig? Als er sich zum letzten Mal vermählte und ein Kind zeugte. Antipatros ist sechsundsechzig und hält mit eiserner Hand Makedonien, Thessalien und Hellas zusammen – Thrakien nicht zu vergessen; Parmenion ist sechsundsechzig, er reitet in die Schlacht und liebt die Frauen.«

Dymas grunzte leise. »Meine Finger ...« Er hob die linke Hand, ließ sie wieder sinken. »Sie sind schlaff, wie *der* da. Ein löchriger Schlauch, der den Wein nicht mehr hält. Ich bin erledigt, Frau.«

»Du bist erledigt, wenn du dich aufgibst!«

Ein paar Momente sann er über die vielen Töne ihrer Stimme nach: Überdruß, Verzweiflung, Besorgnis, wunde Leidenschaft, halbverschüttete Hoffnung ...

»Da ist nichts aufzugeben, da ist nichts festzuhalten, Tekhnef. Da ist – nichts.«

Sie schwieg, löschte das Licht, wickelte sich in Felle. Vielleicht weinte sie ein wenig, ehe sie einschlief. Dymas lag reglos neben ihr, starrte ins Dunkel und trieb dahin. Wörter, Bilder formten sich; treideln, nein, trudeln auf abschüssigen Gedanken, kein Saum, kein Pfad; Kiel ohne Boot, eine glitschige Helling hinab; das Segel zu neuer Fahrt, das Tekhnef hatte hochziehen wollen, war nasses graues Tuch der Gleichgültigkeit, das ihn erstickte, und er kauerte darunter am Fuß, nein, am Schuh des Masts, der sich nicht mehr aufrichten ließ. Er lachte lautlos; etwas, nicht er, suchte nach Gründen, wie so oft zuvor. Musik: einzelne Halme, die sich unter seinen Fingern nicht mehr zur Garbe verwandeln lassen wollten. Wein: Er konnte trinken bis zum Überlaufen, bis zum Erbrechen, aber auch der schwerste Wein hatte keine Wirkung mehr – als wäre nichts mehr da, das noch betäubt oder erregt werden könnte. Liebe? Wenn es einen Weg gäbe, könnte er sich nicht vorstellen, ihn anders denn mit Tekhnef zu gehen, aber vor ihm war kein Weg, nur ein formlos schwarzgrauer Sumpf, unendlich ausgedehnt und belanglos. Er erinnerte sich an einen Dymas, der sikeliotischer Knabe war. Ein anderer, Sklave in Karchedon. Dymas der Handwerker. Dymas der Musiker. Dymas der Seefahrer. Dymas der Spitzel. Die Kithara unter den Fingern. Eine Feile in der Hand. Rudergriffe und Segeltaue, salzige Gischt und der kalte Wind zwischen den Sternen. Tekhnef in seinen Armen. Alexanders Schwert; die glatte geschliffene Feinheit des Hamilkar wie ein Dolch in Seide gehüllt; Bonqarts wahnsinnige Gegenstände; Antipatros wie Öl und Eisen, unbeugsame Härte und listige Geschmeidigkeit; Olympias die Viper; Demaratos und Bagoas der Heile und Demosthenes; Kleonike in der gräßlichen Nacht von Kanopos. Zuviel, von allem zuviel. Spuren eines Dymas, der mit Tekhnef verschmelzen und ewig währen wollte; Spuren eines Dymas, der die Kithara spielte und todlose Verse sang; Spuren eines Dymas, der lauschte und spähte und meldete; Spuren eines Dymas, der Säge oder Schwert in der Hand hielt; Spuren eines Dymas, der sich auflöste zu einem riesigen Luwier und einem buckligen Zwerg. Er war viele gewesen, nun war er keiner; das Band, das die Garbe gehalten hatte, zerrissen von vielen Händen zu vielen Fetzen. Die Nacht das bodenlose Auge des Polyphemos, und Niemand auf einer langen Reise.

Tekhnef blieb in der Schänke. Der Morgen war naß und grau, Larissas Straßen ein Gemenge aus Mist und Lehm. Dymas zog den Umhang enger. Nach ein paar Schritten war er bis zu den Knien beschmiert von Schlamm, von Kot, von Abfällen der Nacht, vom Inhalt der aus Fensterhöhlen geleerten Töpfe. Wo die schmale Straße, an der die Schänke zwischen anderen Häusern lag – alle aus Holz und Ziegeln, alle zur Seite oder vornüber geneigt, als müßten sie einander stützen –, die Agora erreichte, zertrümmerte ein Maultier mit festen Tritten Teile der vom Gestell gestürzten Auslagen eines Töpfers. Das Tier hatte ein rotes Band in der Mähne. Der zeternde, fuchtelnde Töpfer kam aus dem Haus gestürzt, raufte sich Haare und Bart und schlug mit geballten Fäusten nach dem Vieh.

Ein halbnackter Junge trieb ein paar zottige, regentriefende Ziegen vorüber, zum Laden des Schlachters. Auf der Agora, die sonst auch als Marktplatz diente, war kaum Betrieb; nur zwei oder drei Bauern, die Ledertücher über ihre Karren gespannt hatten, warteten auf Käufer für ihr Herbstgemüse.

An der nächsten Ecke, neben dem kleinen Heratempel, dessen bunter Giebel wie ein Sommerschrei im Nieselregen war, streifte Dymas die verschlammten Sandalen ab, wischte sich Beine und Füße mit einem Tuch, das vor ihm schon etliche andere benutzt hatten, wrang es aus, legte es wieder auf den Rand des mit tiefbraunem Wasser gefüllten Bottichs und betrat das große Gebäude. Neben mehreren Schreibern und Fernhändlern arbeitete hier auch der Vertreter eines korinthischen Bankhauses. Es war jenes Bankhaus, das die weitverzweigten Geschäfte des edlen Demaratos betreute; wie Dymas irgendwann erfahren hatte, gehörte es einer Gruppe von Händlern, deren wichtigster Demaratos war; wer sonst?

Das Erdgeschoß des Gebäudes war eigentlich nicht mehr als eine hohe Säulenhalle. Rechts und links, getrennt durch leichte, kaum mannshohe Holzwände, befanden sich je zwei

Dutzend Läden, Arbeitsräume, Werkstätten, Schreibstuben und derlei; der Mittelgang wimmelte von Bettlern, Bauchladenmännern, Käufern, Neugierigen – die zum Teil nur Schutz vor dem Regen suchten – und beweglichen Ladentheken, auf denen Feldfrüchte, Brot, Wein und anderes feilgeboten wurde, was bei anderem Wetter die Agora geziert hätte.

Der grauhaarige Bankherr, eher wohl ein kleiner Angestellter, hockte auf einem Holzschemel hinter seinem Schreibtisch. Er trug einen Wollmantel und Fellstiefel. Sein Blick, durchtränkt von unendlicher Langeweile, hob sich nur mühsam von der Tischplatte mit ihren Tafeln, Rollen, Rieden und Stiften.

»Dein Begehr, Fremder?« Die Stimme war heiser, erkältet; die Nase rot. »Möge es dir und mir diesen köstlichen Tag erhellen, was immer es sei.«

Dymas holte das Lederröhrchen hervor, das an einer Schnur von seinem Hals hing. Darin bewahrte er einige Papyrosschnipsel auf, die er dem Bankmann vorlegte.

»Hmf. Der sehr ehrenwerte Dymas ... Ein altes Guthaben, beglaubigt und besiegelt von, oh, Demaratos selbst. Eine Ehre, eine Ehre. Ergänzt ... Zinsen nachgetragen ... Weitere Einzahlungen ... Du bist länger nicht in einer Bank gewesen damit, edler Herr Dymas.«

»Die letzten Einzahlungen und dieser Schuldschein« – Dymas klopfte mit der Fingerspitze auf einen Papyrosfetzen – »haben, wie du siehst, in entlegenen Gegenden stattgefunden. Ich hatte dort den Hauptzettel nicht greifbar.«

»Was kann ich für dich tun? Brauchst du Geld? Soll ich alles zusammentragen, neu berechnen?«

Dymas nickte. »Berechne doch bitte mein Gesamtguthaben, über das ich neu verfügen muß.«

Der Bankherr nahm einen Stift und eine Wachstafel, legte sie zurecht, holte aus einer Schublade des Tischs einen Rechenrahmen mit verschiedenfarbigen Tonperlen, runzelte heftig die Stirn und rechnete.

»Die Gebühr für diesen Vorgang«, sagte er halblaut, zerstreut, »beträgt ein Hundertstel des Guthabens, höchstens jedoch fünf Drachmen ...«

»Zieh sie ab. Ein Hundertstel wäre zuviel.« Dymas grinste ohne innere Anteilnahme.

Endlich legte der Mann den Stift beiseite und verstaute den Rechner wieder. »Erstaunlich ... Der Umgang mit wohlhabenden Männern vermag selbst den trübsten Tag zu erhellen. Dein Guthaben, edler Herr Dymas, beträgt, pfm, hrrm, neun Talente elf Mi ...«

»In Drachmen, bitte.«

»In Drachmen, bitte sehr. Fünfundfünfzigtausend einhundertdreiundsechzig Drachmen und vier Obolen. Die fünf Drachmen habe ich bereits abgezogen.«

»Gut. Ich möchte eine neue Gutschrift, besiegelt und überall gültig, über fünfzigtausend. Den Rest solltest du mir gleich auszahlen. Die Gutschrift muß lauten ...«

Der Bankmann hob die Hand. »Edler wohlhabender Herr Dymas, das sind zwei weitere Dienstleistungen – zweimal fünf Drachmen.«

Dymas knirschte mit den Zähnen. »Wegelagerer sind bescheidener.«

»Sie sind ja auch ärmer.« Der Grauhaarige lachte.

Dymas seufzte, dann wies er den Mann, an, wie die Gutschrift auszufüllen sei.

Abends, wie immer, Musik und Wein und Speisen. Der Wirt, der sich Umsatz versprach, übernahm Verpflegung und Unterbringung der Musiker, die Zuhörer zahlten hin und wieder, wenn es ihnen besonders gut gefiel, für einen oder mehrere Becher Wein; während Tekhnef auf dem Doppelaulos noch einen letzten schnellen Tanz spielte, ging Dymas mit seinem breitkrempigen Lederhut in der Hand von Tisch zu Tisch. Etwas in ihm lenkte die Hand, bewegte den Mund und dankte; ein zweiter Teil stellte fest, daß die Musik (oder die Laune der Gäste) besser schien als am Vorabend, aber fern von allem, was vor nicht allzu langer Zeit gewöhnlich gewesen wäre. Eine Halbdrachme war die größte Münze im Hut, der Rest nur Obolen, insgesamt vielleicht zweieinhalb oder drei Drachmen.

Der Mann, von dem die Halbdrachme stammte, mochte um die dreißig Jahre alt sein. Er trug Lederpanzer und Gurt, aber keine Waffen. Das gebräunte Gesicht, von einem gepflegten schwarzen Bart umrahmt, war freundlich und fein geschnitten; das linke Ohr fehlte, und als er sich bewegte, rutschten Panzer und Chiton so weit zur Seite, daß Dymas die schlimme Narbe auf der linken Schulter teilweise sehen konnte: wie von einem Schwerthieb, der nach Abtrennen des Ohrs die halbe Schulter gespalten hatte. Mit der eingeübten, längst von Teilnahmslosigkeit überdeckten Wahrnehmung des Spitzels bemerkte Dymas die schlanken, sauberen, gepflegten Finger des Mannes und den Blick, der an etwas erinnern zu wollen schien, als habe der Mann ihn schon einmal gesehen, getroffen, gehört.

Der Wirt brachte ihnen Näpfe – eine dicke Gemüsesuppe mit Fleischbrocken – und zwei Becher; Dymas und Tekhnef aßen und tranken eine Weile schweigend, am letzten Tisch im Winkel neben dem Feuer.

»Wohin?« sagte Tekhnef schließlich. Dabei schaute sie sich im Raum um, an den rohen, unbehandelten Tischen, spärlich beleuchtet von ein paar Öllampen und Wandfackeln, mochten insgesamt fünfzig Leute sitzen, die meisten Männer, von diesen die meisten Bauern und Handwerker.

»Wie, wohin?«

»Wir sind schon zu lange hier. Wie du weißt. Wie der Wirt durch Miene und Haltung sagt und zweifellos später, spätestens morgen früh laut sagen wird.«

Dymas nickte. »Mag sein. Ja. Vielleicht. Ich weiß nicht.«

Tekhnef schnitt eine Grimasse; die weißen Zähne blitzten im Gesicht. Dymas, der wie beiläufig aufschaute, sah eine der Stammeskerben auf der Wange sich winden wie eine Natter.

»Du solltest nach Athen – wenn ich deine Auskünfte über die Wünsche des edlen und mächtigen Antipatros richtig verstanden habe. Ich will nach Athen – raus aus dem Hinterland. Du gehst in Athen unter, so wie du zur Zeit bist; dort wird man dir nicht einmal ein paar Obolen in den Hut werfen, sondern sagen, geh, spiel woanders oder mit dir selbst.« Sie hatte sich vorgebeugt; ihre Stimme war leise und scharf; Dymas zuckte nicht einmal zurück. Die Schneide der Rede hätte ihn wenigstens ritzen sollen; das wußte er; aber er spürte nichts, nur Überdruß und Gleichgültigkeit.

»Also, wohin?«

Ein Räuspern. Tekhnef blickte auf; neben ihr stand der Bärtige, dem das linke Ohr fehlte. Er hielt einen Becher in der einen und einen Krug in der anderen Hand.

»Darf ich mich zu euch setzen?«

Dymas hob die Schultern; Tekhnef nickte und wies auf einen unbenutzten Schemel.

»Es muß die Umgebung sein«, sagte der Fremde. Er setzte sich und goß Wein aus dem Krug in alle drei Becher.

»Was muß die Umgebung sein?« Tekhnef betrachtete ihn aufmerksam; plötzlich kniff sie die Augen zusammen. »Ich kenne dich ... Aus Asien?«

Er lächelte; es war ein angenehmes Lächeln, und Dymas spürte eine kurze Regung. Nicht Wiedererkennen, sondern jenes Neu-Erkennen, das einem sagt, ein fremder Freund ist erschienen, mit dem lange Nächte des Redens und Trinkens zu genießen wären. Aber die Regung wurde sofort wieder von der klammen Teilnahmslosigkeit erdrückt.

»Aus Asien, ja.« Er deutete auf sein Ohr. »Dieser häßliche Mangel war damals allerdings noch nicht eingetreten.«

»Wo hast du das Ohr gelassen?«

»Bei Halikarnassos, schwarze Göttin. Ich habe eine halbe Ile thessalischer Reiter geführt – bis dorthin. Gehört habe ich euch, und gesehen, natürlich, an vielen Plätzen auf dem Marsch des Beginns – zwischen Pella und Sestos, bei Abydos, auf dem Weg zum Granikos. Dann nicht mehr.« Er zögerte. »Damals habe ich euch bewundert –«

Dymas lachte. »Du bist sehr höflich, Fremder.«

»Jason.«

Dymas nickte und schwieg; Tekhnef verwickelte den Thessalier in ein längeres Gespräch, dem der Musiker nur zerstreut lauschte. Es war eine der üblichen Geschichten, mit einigen unüblichen Teilen. Jason, Fürst einiger Bergdörfer und Burgen am Osthang des unwirtlichen Pindos-Gebirges zwischen Thessalien und Epeiros, war dem Ruf des Königs gefolgt, der auch gewählter Oberherr Thessaliens war. Unter Kalas, später unter dem Lynkesten Alexandros, immer unter Parmenion hatte er am Granikos gekämpft, bei Milet, in kleineren Scharmützeln auf dem Weg, dann bei der Belagerung von Halikarnassos und Kämpfen in der Umgebung; er war verwundet worden – der Säbelhieb eines persischen Reiters. Drakon hatte ihn geheilt, soweit es nicht das Ohr betraf. Dann war eine Botschaft eingetroffen, von seinem Verwalter: Ein Fieber hatte die Fürstin geraubt, seine kluge, zerbrechliche Frau, von der er mit Wärme und Traurigkeit sprach. Ein neunjähriges Mädchen und ein siebenjähriger Junge, die Burg, das Land, die Bewohner ... So hatte er, als Alexander die Neuvermählten des Heers für den Winter in die Heimat schickte, vom König den Abschied erbeten.

»Es wird ein kalter, ruhiger Winter werden; ohne Geschichten außer denen vom Landbau und den Herden, ohne Musik, ohne *sie*, an die mich die Kinder immer erinnern werden.« Jason leerte seinen Becher, füllte wieder nach und hob die Schultern. »Aber genug von mir. Wo werdet ihr den Winter verbringen?«

Zehn Tage später erreichten sie Jasons Burg, einen grauen Kasten auf grauem Fels, umgeben von grauen Quadermauern, erbaut aus grauen Bruchsteinen und altersgrauen Eichenbalken, unter grauem Himmel an einem grauen Hang. Das Land, über das Jasons Vorfahren seit Jahrhunderten geherrscht hatten, war arm und karg – Dörfer mit Bergbauern, die Ziegen und Schafe besaßen, ein wenig Wein an Steilhängen, Gemüse und Getreide auf terrassierten Feldern, ein langes schluchtartiges Tal voller Eichen, unter denen sie Schweine weiden ließen, eine versteppte Hochebene für Pferde, ein Steinbruch, eine Zinngrube und zwei fast erschöpfte Silberadern. Fünfzig harte Kämpfer, furchtlose Reiter, waren mit ihm aufgebrochen. Drei hatten den höchsten Preis entrichtet und die höchste Ehre errungen; acht, alle mit Verletzungen aus den Kämpfen in Asien, ritten mit ihm zurück. Sie brachten Grüße von den übrigen, und sie brachten neben Geschichten, Beuteteilen, Münzen und Ehren etwas mit, das mehr wog als alle Erfahrungen und Metalle: Für ihre und ihres Fürsten Tapferkeit hatte Alexander Jasons Herrschaftsgebiet für fünf Jahre von allen Abgaben befreit.

In den Dörfern, durch die sie kamen, wurden der Fürst und die Kämpfer herzlich, fast liebevoll begrüßt. Sehr ersichtlich kehrte hier kein Tyrann heim. Er strahlte, wenn er die Männer in ihren Dörfern entließ, mit ein paar guten Worten, ein paar Münzen aus eigener Tasche, einer flüchtigen Umarmung; er lächelte, wenn unterwegs bei einem einsamen Bauernhof Wasser, Wein, Brot und der köstliche Schinken des Landes gereicht wurden; er schwieg, als sie sich unter grauem Himmel der Burg näherten, auf einem schmalen Weg voller Geröll; er weinte, als er seine Kinder umarmte und an sich preßte; er blieb lange stumm, nachdem er am Grab der Frau gestanden hatte, die neben seinen Eltern und Großeltern und Urahnen lag.

Die Burg war klein, bei aller äußeren Kargheit aber innen behaglich und geschmackvoll. In den äußeren Mauern waren Ställe für Vieh und Pferde, daran schlossen sich im gepflasterten Hof die aus einem wilden Gemisch von Bruchsteinen, Ziegeln und Holz gebauten Werkstätten und Wohnungen der Diener an, die ihren Herrn allesamt wie einen besonders geliebten, besonders vermißten Bruder oder Vetter, nicht aber wie einen Herrscher empfingen. Der kaum als Palast zu bezeichnende innere Teil der Burg, ebenfalls aus Steinen, Ziegeln und Holz gebaut, war dreigeschossig. Statt Türen gab es schwere Ledervorhänge; die Gänge und Säle waren mit bunten Wollteppichen ausgelegt; die Räume enthielten jeweils ein breites Bett – lederbespannte Holzrahmen, mit Kissen und Decken –, eine oder mehrere uralte beschnitzte Truhen, Waschtisch mit Krug und Schale, Nachtsitz für die Notdurft. Im Hauptraum hingen neben dem gemauerten Kamin alte, rostige, schartige Schwerter und Messer, Kampfäxte und Speere der Vorfahren, an den Seitenwänden teure Teppiche aus fernen Ländern. Es gab einen großen schwarzen Tisch, und Scherenstühle aus geschnitzter Eiche und weichem verzierten Leder. Klinen fehlten – in Thessaliens Bergen lag man nicht zu Tisch.

Dymas bemerkte alles, mit dem geübten Blick, verzeichnete es gewissermaßen, blieb aber losgelöst und unberührt. Auch als er sah, daß die nach den Eltern benannten Kinder Philinna und Jason – wohlerzogen von der verstorbenen Mutter, zurückhaltend gegenüber den Fremden, dabei aber freundlich, liebevoll gegenüber dem heimgekehrten Vater, insgesamt nicht zu vergleichen mit den oft verzogenen, rotzigen Bälgern aus makedonischen Fürstenhäusern – nach wenigen Stunden Tekhnef zu lieben begannen und daß die Ägypterin sich veränderte, umgeben von den Kindern, die sie selbst nie würde haben können, verharrte er in seiner dumpfen Teilnahmslosigkeit. Abends saßen sie vor dem Feuer im großen Raum; manchmal machten sie Musik, nicht besser und nicht schlechter als in Larissa, und Jason berichtete von den Dingen des Landes. Von der Einsamkeit und den harten Wintern, unfreundlichen Nachbarn, Räubern aus Epeiros (in den meisten Dörfern standen »epeirotische Fichten«, so benannt, weil man an ihnen Räuber zu hängen pflegte), von Bären und Wölfen – all den Dingen, die die Bewohner gelehrt hatten, daß nur der überleben konnte, der mit den anderen gut zusammenarbeitete; von den Handelsgütern des Landes – Schinken, Würste, Holzkohle, Bausteine, leichter Wein, Pferde und Metalle –, die sie gelehrt hatten, daß weitgereiste Händler schlimmer sind als Wölfe, Bären und Räuber zusammen; von den Aufgaben des Fürsten, der überall Hand anlegte, im Steinbruch wie bei der Bärenjagd, und der alle Verhandlungen mit fremden Händlern für seine Leute führte, wofür er fünfzehn Hundertstel des Ertrags erhielt – den Zehnten für den Herrscher, für fünf Jahre erlassen, und den Zwanzigsten für sich.

Dymas begriff die Veränderungen in Tekhnef; er wußte auch, daß sie nur deshalb eintraten, weil er nicht mehr der Dymas war, den sie acht Jahre geliebt hatte. Oder jedenfalls, daß diese Veränderungen anders verlaufen wären, wenn nicht er sich zuvor verändert hätte. Er bemühte sich halbherzig, an den Gesprächen zwischen Jason und Tekhnef teilzunehmen. Am Tag nach einem Abend, da Tekhnef die Kinder besonders liebevoll verabschiedet und sich mit Jason besonders innig unterhalten hatte, brachte er sogar ein wenig Energie auf – genug, um mit einem alten Diener über den Bergpfad zu reden, der nach Epeiros führte; genug, um abends etwas zu spielen, was fast wie Musik klang; genug für erstaunte Blicke von Tekhnef und Beifall von Jason, als er Verse sang, zu einer wehmütig fernen Melodie – Verse, entstanden aus einer albernen Geschichte, die ein Händler in Larissa erzählt hatte.

»Sonne, leb wohl!« Kleombrotos aus Ambrakia rief es,
stürzte zum Sterben sich dann hoch von der Mauer herab.
Ach, er hatte kein furchtbares Unheil erlebt, nur die Zeilen
Platons gelesen, worin der die Unsterblichkeit preist.
Niemand behaupte, es hole der Tod nur die Guten zu eilig.
Hier liegt ein Trottel im Grab; schlag darauf dein Wasser ab.

In dieser Nacht begann es zu schneien; in dieser Nacht versuchten Tekhnef und Dymas, zum ersten Mal seit vielen Nächten, der Göttin der Liebe ein tätiges Opfer zu bringen, aber vergebens.

Es schneite zwei Tage lang; am Nachmittag des dritten Tages brach aus dem Westen ein Sturm über das Land, blies den Schnee von den Bergen, türmte ihn um die Burg und im Hof zu Wällen. Abends hatte Dymas keinerlei Hunger; etwas bohrte und sengte in ihm. Er wollte es mit Wein ertränken und spürte zum ersten Mal nach langer Zeit eine Art Wirkung; vielleicht bildete er es sich aber nur ein. Tekhnef und Jason saßen einander am Feuer gegenüber; Dymas wußte nicht, was Miene war und was Spiel der Flammen, wollte es aber auch nicht wissen. Halb betrunken ergriff er die Kithara; die Finger, die ihm nicht gehorchten, spielten eigene Töne, befremdlich, keiner ihm bekannten Tonart zugehörig. Das Lied, das er sang, war ihm ebenfalls unbekannt, und vielleicht sang nicht er, sondern es – irgendein es.

Schau, man hat eine der hoben Zedern zerschnitten.
Duftholz wurde sie für die Gewänder der Gattin,
Truhen und Speerschäfte und ein herrlicher Aulos,
Rahmen für eine Lyra, Bogen für Pfeile,
Balken im Schiff, ein Wanderstab für den Sänger,
kunstvoll gedrechselter Phallos für einsame Nächte,
Pflöcke in Deichseln und ein Gestell für Papyros
– dieses und mehr. Nur ein paar Fetzen von Borke,
Wurzeltrümmer und Zweige sind noch geblieben,
treiben durch eisige Nacht in schwarzem Gewässer,
steuerlos, vollgesogen. Bald bin ich ertrunken.

Irgendwann in dieser Nacht erwachte er von zuviel Wein; das Bett war neben ihm leer. Er leerte seine Blase in den Nachtbottich und stand eine Weile reglos neben der Truhe. Dann nahm er Krug und Waschschüssel vom Tisch. Aus dem Hohlgürtel und mehreren Beuteln holte er die Münzen, teilte sie in zwei gleich große Mengen, verstaute eine Hälfte wieder, schob unter die andere, einen stattlichen Berg im Wert von mehr als dreitausend Drachmen, den Papyros aus Larissa mit der Aufschrift Guthaben von Tekhnef der Schwarzen, Ägypten. Die übrigen Dinge – Kurzschwert, Messer, Ersatzkleidung, die Felltasche mit der Kithara – waren schnell gesammelt.

Er verließ das Zimmer, das er mit Tekhnef geteilt hatte. Etwas, das er nicht benennen konnte, trieb ihn dazu, den Ledervorhang vor Jasons Tür vorsichtig, unmerklich anzuheben. Ein letzter Blick auf die Geliebte vieler Jahre? Ein Zwang, sich selbst zu quälen? Das Bedürfnis, die Demütigung auszukosten, einen Stachel ins Fleisch des Niemand zu treiben – Stachel, der Widerhaken haben würde, den Niemand nicht herausreißen konnte, der Niemand foltern und vielleicht zum Leben zwingen oder endlich in das Dunkel des Vergessens und Nicht-Mehr-Seins stoßen würde.

Zwei Öllichter brannten in Jasons Raum; als er den Vorhang bewegte, zitterten die Flammen. Als er den Vorhang bewegte, hörte er, was das schwere Leder zurückgehalten hatte. Was er hören wollte und zu hören haßte. Sah, was zu sehen er ersehnte und fürchtete; was ihn einen Atemzug lang schweben ließ und dann in den Abgrund stürzte.

Er hörte das tiefe, bauchige Knurren des Thessaliers und das kehlige Keuchen der Ägypterin. Sah Tekhnef auf Jason in jener Haltung, die Hellenen »phönikische Stellung« nannten. Ahnte den Kopf zwischen ihren Schenkeln, den Phallos in ihrem Mund.

Der alte Diener, verschlafen, aber nicht überrascht, half ihm, die Hufe des Pferdes mit Decken zu umwickeln, als eine Art von Schneeschuhen. Er brachte ihm Getreide, Brot und kalten Braten, füllte die Lederflasche mit Wein und öffnete das Tor. Der Sturm hatte geendet; in der klaren kalten Vollmondnacht war die Lücke zwischen den Gipfeln, wo der Bergpfad nach Epeiros führte, deutlich zu sehen.

Die Stadt, die mit den hellenischen Gebieten Süditaliens jenseits des Meeres Handel trieb, hieß Dyrrhachion und Epidamnos, wurde als Tochterstadt von Korkyra und Korinth beansprucht, von beiden im Wettbewerb um Handelsgüter gehaßt und durch Niederlassungen für den Güterverkehr mit den illyrischen Ländern genutzt. Die Fürsten der Taulantier verfluchten die in ihrem Gebiet liegende stark befestigte Stadt, die ihnen trotzte, schätzten bisweilen die dort gebotenen vielfältigen Lustbarkeiten und priesen den Hafen und die Händler, die feine Dinge ins Land brachten und Wegezoll zahlten, ohne allzu laut mit den Zähnen zu knirschen. Die Taulantier waren auch die einzigen, die unter den neuen Umständen litten und nur deshalb von weithin hörbarem Zähneknirschen absahen, weil man ihnen sonst Schneide- und Backenzähne gezogen hätte. Seit drei Jahren flossen die Erträge des Wegezolls, als Schutzgebühr erhoben, nach Pella; Alexander hatte die Taulantier bekriegt (wie sie sagten) und befriedet (wie die Makedonen behaupteten). In einem Moment der Zerstreutheit und voll der Freude über die Beruhigung im Hinterland hatten die Archonten von Dyrrhachion einer makedonischen Gesandtschaft die Tore geöffnet: fünfhundert Gesandte, die nach und nach eintrafen und, als sie vollzählig waren, eine Besatzungstruppe im Auftrag des zähen alten Antipatros wurden. Etwa die Hälfte von ihnen hütete die Akropolis der Stadt wider die Umbilden des Wetters und der Meinungen; die übrigen, in wechselnden Einheiten, begleiteten gegen Schutzgebühr die Händlerzüge durchs Land. Alexanders Onkel und Schwager, der epeirotische Herrscher Alexandros, hätte es vorgezogen, seine Grenze drei Tagesmärsche nach Norden zu verschieben, doch war es ihm nicht möglich gewesen, den zehn Tagesmärsche östlich, in Pella, getroffenen Entscheidungen zu widersprechen.

Die Bewohner von Epidamnos oder Dyrrhachion schließlich ergaben sich ins Unvermeidliche, da es ihnen durchaus Vorteile brachte. Nicht aus Stolz, sondern zur Stärkung des städtischen und persönlichen Vermögens hatten sie immer wieder versucht, die Annäherungen Korinths und Korkyras zurückzuweisen; Stolz spielte für die hellenischen, epeirotischen, illyrischen, keltischen, etruskischen, latinischen, makedonischen und vielfach gemischten Bewohner kaum eine Rolle. Wichtiger war die Unabhängigkeit, auch von fernen Gebilden wie dem Korinthischen Bund, weil sie die Stadt der Verpflichtung enthob, Truppen zu stellen und Abgaben zu zahlen. Die aus Pella angereisten Gesandten – unter ihnen mehrere dem in Asien weilenden König und seinem Statthalter zu Pella verantwortliche Richter und Steuerpächter – erhoben nun neben allerlei Schutzgebühren auch den Zehnten, ersparten der Stadt dafür jedoch die Anwerbung und Besoldung eigener Truppen; die wenigen Kampfschiffe blieben im Dienst, aber immerhin bezahlten die Makedonen die Hopliten selbst, die sie an Bord schickten.

Zwischen Stadtmauern und Akropolis, beide eher gewöhnlich und dem Zweck untergeordnet, war die übrige Stadt ebenso buntscheckig wie die Bevölkerung. Es gab Tempel für alle hellenischen Götter, dazu Weihestätten und offene Altäre für zwei Dutzend Gottheiten anderer Gebiete. Im »ägyptischen Viertel« lebten nur noch wenige Ägypter, dafür Ost- und Westphöniker, Iberer, Sardonier, Syrer, Kreter und sogar zwei oder drei persische Familien. Schwarze und weiße Haut, tausend Schattierungen von Braun, durch Mischungen abermals vervielfacht wie die seltsamen Haarfarben und Sitten und Gewänder; ein Labyrinth von Dachgärten auf den zweigeschossigen, aneinandergeklammerten Häusern aus Holz und Ziegeln; wenige Schritte entfernt die hellen, geräumigen Häuser mit Wasserspielen im grünen Innenhof, wo die reichen Händler wohnten; Werften und Werkstätten, Schmieden und Schänken, zwanzig Zungen und all jene Formen des Todes, die das Leben ausmachen.

In dieser Stadt wurde Dymas wiedergeboren. Im Frühsommer kam er an, barfuß und hinkend, mit speckiger Mähne und struppigem Bart, die Fetzen eines Chitons am Leib, in der aufgenähten Tasche klirrende, seltsam geformte Gegenstände aus Metall. Später erinnerte er sich dunkel an Köhler in den Berglanden zwischen Thessalien und Epeiros, an Räuber in den molossischen Sümpfen, an ein geschlachtetes und gegessenes Pferd, an ein Feuer, in dem die Kithara verbrannt war. Er wußte noch, daß er nach dem Verschwinden der Räuber die Stimmwirbel aus der Asche gekramt hatte; er konnte sich jedoch nie die zahlreichen verschorften Wunden erklären, die seinen Körper bedeckten.

Ein paar Tage lebte er im Schatten der Mauern, wühlte im Abfall nach Eßbarem, murmelte vor sich hin; als zwei Bettler einem Sklavenhändler aus Korinth versprachen, für zehn Drachmen, oder acht, wenigstens aber fünf würden sie ihm einen verstörten Mann zeigen, den man nur ein wenig aufpäppeln müsse, damit er arbeiten könne, versteckte ihn eine alte Frau, die keine Zähne und nur ein Bein hatte, unter Hundekadavern. Abends flaute der seit Tagen wehende stickige Landwind ab; bei Sonnenuntergang setzte kräftiger Westwind ein. Er brachte den Geruch von Salz, später, als er fast zum Sturm wurde, das Geräusch der Brandung. Mitten in der Nacht erwachte Dymas, roch und hörte und wühlte sich zwischen den toten Hunden hervor und kroch auf allen vieren die Stadtmauer entlang zu den verstrüppten Dünen, zum Strand, zum Meer. Im Morgengrauen torkelte ein Händler aus Delos, trunken von Wein und Gesängen und Heimweh, aus einer Schänke und wählte den Weg über die Zugbrücke an der Hafeneinfahrt, um zu Wohnung und Warenlager auf der Südseite zu gelangen. Er stolperte über Dymas, der auf der Brücke lag, im unruhigen Wasser darunter sein vielfach gebrochenes Spiegelbild zusammenfügen wollte und leise summte.

»Weg da«, knurrte der Händler. Er schwankte, hielt sich am gespannten Tau zwischen Geländerpfosten fest, rülpste, schmeckte wieder den Wein, den allzu vielen Wein der allzu langen Nacht, erinnerte sich an eines der Lieder und grölte in den milchigen Morgen:

»Edle Gefährten, beim Weine vereint, laßt uns jammern und klagen, morgen geht es an Bord – trotz ich dem salzigen Tod, werden mich Asasiens Barabarbaren, eh.«

Dymas gluckste.

»Heh?« sagte der Delier. »Was, heh?«

»Glücklich der Mann, der huldreiche Knaben und glänzende Münzen, bissige Worthunde und Freunde in Asien hat«, murmelte Dymas.

Der Delier bückte sich taumelnd. »Worthunde?« Er spuckte aus. »Jagdhunde!«

»Nachthunde«, sagte Dymas. »Taghunde. Worthunde. Grufthunde. Mordhunde. Brothunde. Weinhunde.«

»Weinhunde? Hundewein, was?« Der Händler blinzelte und stieß Dymas mit dem Fuß an.

»Fußwein.«

Der Händler kicherte. »Weinfüße wanken westwärts. Kannst du wanken?«

Dymas antwortete nicht; langsam drehte er sich auf den Rücken und schaute ins Gesicht des Betrunkenen.

»Waschen«, sagte der Delier. »Waschen und wanken. Wein, baah. Komm.« Er schnippte, wandte sich ab und schlingerte ans Brückenende, stolperte auf den Kopfsteinen des südlichen Kais, richtete sich auf, musterte die Fensterhöhlen der schmalen, bunten Häuser, brüllte etwas über die schielenden Augen der Schönen der Nacht, machte ein paar Tanzschritte und drückte sich in einen kaum schrittbreiten Durchgang zwischen den Gebäuden. Dymas kroch hinterher, auf Händen und Knien.

Am Ende des Durchgangs, der zur nächsten Straße führte, lag rechts das kleine Wohnhaus des Deliers an einem ummauerten Hof mit Lagergebäuden und Schuppen. Als der Händler am Vormittag auf den Hof kam, das Haar wirr, die Augen rot, die Kleidung von Erbrochenem besudelt, saß Dymas im Schatten auf den Fersen, den Rücken an die Schuppenwand gelehnt.

Der Delier warf ihm einen schrägen Blick zu, ging zur Zisterne – einem großen Ziegelbehälter, oben mit einem Trichter für Regenwasser versehen, auf gemauerten Beinen – und zog den Pflock aus dem Ausfluß. Auf den Kopf, den er darunterhielt, träufelte nur ein zusammenhangloses Rinnsal.

»Götter! Hunde! Schweineärsche!« Der Händler rammte den Pflock wieder ein und hob die Hände. »O Abwesenheit, o allzu großes Vertrauen!« Er ließ die Hände sinken, trampelte einen Moment vor der Zisterne herum und deutete auf Dymas. »Du da, raus hier! Wie kommst du überhaupt her?« Er wandte sich um und sah, daß das Hoftor nur angelehnt war. »Ahhh.«

Dymas bellte leise.

Der Delier stutzte; dann grinste er. »Ha. Der Weinhund.

Oh, mein Kopf; ich darf nicht lachen. Es gibt auch keinen Grund dafür ...« Er spitzte den Mund, legte den Kopf schief und hustete. »Weinhund, hast du einen Namen?«

»Argos.«

»Argos? Der auf dem Mist schlief und den Herrn erkannte?« Der Händler gluckste. »Nun ja, ein Name ist so schlecht wie ein anderer. Kannst du arbeiten?«

Dymas hob die Schultern.

»Dumme Frage. Wer kann nicht? Aber wer will?« Der Händler kniff die Augen zusammen. »Ich bin Aristippos. Aus Delos, falls du es nicht schon an meinem Singsang gehört hast. Mir gehört dies alles hier« – er machte eine weltumfassende Gebärde mit beiden Armen –, »und ich war leichtsinnig genug, es für einige Zeit einem Verwalter und zwei Sklaven anzuvertrauen. Du siehst ... ah, Götter, wie du aussiehst! Die Räuber, die ich beherbergt und bezahlt habe, scheinen dich beim Abzug erwischt zu haben. Mal sehen, Argos, ob du Hund oder Mann bist, wenn du dich gewaschen hast.«

Eine Stunde später hatte Dymas sich mit einem scharfen Messer rasiert, mit einer Schere notdürftig das Haar gestutzt, mit Wasser aus einem Brunnen der Stadt gewaschen; Aristippos gab ihm einen Becher mit sehr verdünntem Wein und lieh von einer Nachbarin einen Haussklaven aus, der frisches Brot, Früchte, gebratenen Fisch und einen Fleischtopf aus einer Garküche beschaffte. Dymas wurde menschenähnlicher; später, als sie aßen, berichtete Aristippos vom Verwalter und den Sklaven, vom Geschäft, von Waren, von einer Reise mit einem kleinen Frachtsegler in den Norden, von der Rückkehr, vom Landwind, der sie tagelang hemmte, vom Sturm, mit dessen ersten Böen sie endlich in den Hafen kamen, vom Entsetzen angesichts geplünderter Gelder und leeren Hauses und unbeaufsichtigten Lagers ...

»Immerhin – sie haben Münzen genommen, ein paar kleinere Gegenstände, was man so tragen kann, und dann wohl die Stadt verlassen. Die Nachbarn haben ein Auge auf die Lager geworfen, es fehlt nichts weiter. Nur großes Zerwühlen und Durcheinander. – Du siehst fast wieder wie ein Mensch aus, Weinhund Argos. Was hast du gemacht, bevor du zum Bellen gesunken bist?«

Dymas rieb sich die Schläfen. »Ich war krank«, sagte er dumpf. »Fieber, Hunger, Räuber, Frost in den Bergen, irgendwas in den molossischen Sümpfen. Vorher?« Er spielte in der Tasche des abgetragenen, aber sauberen Chitons, den Aristippos ihm gegeben hatte, mit den Wirbeln der Kithara. »Vorher, lange her ... vorher war ich einmal Musiker, Sänger, Trinker, Spitzel, Seemann, Messerstecher. Davor, noch länger her, Sklave und Handwerker. Ich war viele, jetzt bin ich niemand. Wenn du mich in deinem Lager arbeiten lassen willst ...«

Aristippos schnaubte. »Zuviel Mystik – viele, niemand, baah. Musiker und Sänger, sagst du? Hattest du einen Namen, einen großen oder kleinen?«

Dymas hob die Schultern. »Argos ist gut, für jetzt.«

»Na schön. Argos. Kannst du am Ende sogar lesen und schreiben?«

»In mehreren Sprachen.«

»So?« Aristippos schnitt eine Grimasse. »Große Reden, wie?« Er runzelte die Stirn, dann sagte er etwas in einer harten Sprache.

Dymas lächelte schwach. »Ich glaube, es ist Illyrisch, aber diese Zunge ist mir fremd.«

Aristippos nickte. »Immerhin, gut geraten. Was denn? Latinisch? Etruskisch? Keltisch?«

Dymas schüttelte den Kopf. »Ich habe mich mehr im Süden und Osten aufgehalten. Persisch, Ägyptisch, Ostphönikisch auch, aber besser Westphönikisch, wie es in Karchedon gesprochen wird.«

Aristippos hüstelte. »Wir werden sehen ... Nützliche Zungen, zweifellos, aber mein Persisch, auf Delos so hilfreich, ist eingerostet. Bruchstücke, zu wenig, um dich zu prüfen.«

»Der treffliche Herr der delischen Waren«, sagte Dymas auf Persisch, »wird aber ohne Zweifel genug verstehen, selbst wenn das eigene Sprechen durch mangelnden Gebrauch Schaden gelitten haben sollte.«

Aristippos sagte: »Ha.«

Sie räumten das halbverwüstete Lager auf, zunächst nur, um Platz zu schaffen. Aristippos fluchte immer wieder, rief die Götter an, beschwor sie, die beiden Sklaven von Termiten fressen zu lassen und dem Verwalter mit heißen Löffelchen die Zähne und Hoden zu nehmen. Offenbar war doch mehr verschwunden, als er zuerst angenommen hatte. Aber allein der Vorrat an delischer Töpferei (»alles bezahlt, alles meins, hah«) stellte ein Vermögen dar: Krüge, Näpfe, Schalen, Lampen, Amphoren, gleich ob Ziergegenstände oder zum Gebrauch, vollständige Reihen eines der größten Töpfer, mit Bildketten aus allen Mythologien des östlichen Meeres, überzogen mit einer geheimen, nur diesem Töpfer bekannten Glasur wie geschmolzene Seide. Es gab auch billigere Töpfereierzeugnisse; hinter ihnen und deshalb von den vermutlich eilends aufgebrochenen Finsterlingen übersehen ein paar kleinere Kisten mit Gewürzen und Weihrauch; Säckchen mit großen Salzkristallen aus Arabien; Gestelle mit feinen Glasfläschchen aus Ägypten; kunstvolle Erzeugnisse aus Holz, Leder und Elefantenzähnen; hauchdünne, dabei noch beschnitzte und mit bunten Steinen und Goldhaut geschmückte Straußeneier aus Karchedon; Papyros in allen Gütestufen ... Aus dem Schiff, das im Hafenbecken lag, holten sie am Nachmittag die Ballen und Kisten, die Aristippos gehörten; seine Reisegefährten, ebenfalls Händler, hatten ihre Teile bereits entfernt. Es waren Tierfelle aus dem Norden – von Bären, Luchsen, Wölfen –, keltischer Goldschmuck und Bernstein. Dymas brachte alles im Lager unter, räumte hin und her, schuf Ordnung und begann mit der Neuanfertigung von Listen, da die alten zerrissen waren; den Wert der Güter mußte Aristippos später eintragen. Der Händler blieb längere Zeit verschwunden; bis er zurückkehrte, hatte Dymas eine grobe Liste fertiggestellt und angefangen, die Zisterne zu füllen, indem er immer wieder zwei Eimer, an einem Joch über der Schulter getragen, am Brunnen auf dem Platz, in den die Nebenstraße mündete, füllte und zum großen Behälter schleppte.

Aristippos brachte eine alte Kreterin mit, ausgeliehen von einem befreundeten Händler; sie sollte bis auf weiteres das Haus in Ordnung halten, kochen, reinigen. Der Händler nickte, als Dymas mit den Eimern zum nächsten Brunnengang aufbrach, und begab sich ins Lager.

Es war weder Öl noch Mehl im Haus, kaum Wein, und die

übrigen Vorräte waren verdorben. Die Kreterin räumte auf und brachte Abfall weg; bei Einbruch der Abenddämmerung schickte der Händler sie zu einer Garküche, um »anständiges Essen, für drei, hörst du« zu holen. Sie aßen auf der Dachterrasse; es gab Wasser, Wein und Fruchtsaft, Fleischbällchen in Weinblättern, gebratenen Fisch in einer leichten Weintunke, Brot und Früchte. Dymas aß schweigend; der Händler und die Kreterin unterhielten sich über Leute und Vorgänge in der Stadt, Klatschgeschichten. Der Delier behandelte die alte Sklavin wie seinesgleichen, nannte sie »Mutter« und erwähnte irgendwann, sie gehöre zur Familie seines Freundes, dessen Amme sie gewesen sei.

Die alte Frau ging früh schlafen. Dymas und Aristippos saßen noch eine Welle beisammen, tranken Wein, zählten die Lichter auf den tausend flachen Dächern der Stadt, blickten zu den Sternen und genossen einmütiges Schweigen.

»Weinhund«, sagte der Händler plötzlich, »hab ich dich getreten, letzte Nacht, als ich über dich gestolpert bin?«

Dymas lächelte. »Kaum. Es war Glück für mich, und ich danke dir.«

»Hmf. Grrr.« Aristippos schwenkte den Becher. »Zufall, Glück, die Hand der Götter, was auch immer. Du hast gut geräumt; deine Listen sind ordentlich, deine Schrift ist besser als meine. Die Zisterne ist gefüllt, und du bist kein Schwätzer. Argos, ich bin zufrieden.« Er beugte sich ein wenig vor, als ob er so die Dunkelheit der Nacht beiseite drängen könnte. »Heute habe ich hundert Drachmen auf den Kopf des treulosen Verwalters ausgesetzt. Die Sklaven sollen in ein Bergwerk gehen; wenn man sie findet. Ich bin nicht rachsüchtig, aber ich vergesse nichts.«

Dymas nickte.

»Reden wir vom Geld. Ich weiß, daß du eines Tages gehen wirst. Solange du bleibst ... Gewöhnlich zahle ich einem Lagerarbeiter vier Obolen, einem Verwalter eine Drachme am Tag. Ohne Kost und Unterkunft. Du kriegst eine Drachme, kannst hier wohnen und essen. Gut?«

Dymas nickte wieder; er deutete eine winzige Verbeugung an.

Aristippos schien keine überschwengliche Antwort zu erwarten; er kratzte sich den Nacken, zupfte an seinem Ohrläppchen und trank einen Schluck. »Willst du vorab etwas? Oder jeden Tag?«

Dymas zögerte. »Hmmm ... Heiß baden, durchkneten, ein paar frische Sachen zum Anziehen?«

Aristippos grunzte. »Morgen früh geb ich dir drei Drachmen.« Er beschrieb ihm den Weg zu einem Badehaus, »in dem Reinlichkeit Vorrang hat vor Räuberei«.

Dymas blieb fast ein Jahr bei Aristippos, als Helfer und Verwalter, schließlich fast als zweiter Geschäftsleiter. Im Herbst erhöhte der Delier den Lohn auf eineinhalb Drachmen; als Dymas nach zähem Feilschen einem römischen Händler den größten Teil der feinen Töpferwaren verkaufen konnte, schrieb Aristippos ihm ein Drittel des Gewinns gut. Vom Sklavenmarkt brachte der Delier bald eine junge wilde Keltin und einen stämmigen, dunkelbraunen Gätulier aus dem fernen Nordwesten Libyens. Die alte Kreterin ging zurück zu ihrer Besitzerfamilie; Dymas zog aus dem Haus in eine Kammer hinter dem Lager um, wo ihn die Geräusche nächtlichen Gemenges im Gemach des Aristippos nicht störten. Einmal, ehe er umzog, begab er sich, halb erregt von den Klängen, in eine der zahlreichen Hafenschänken, die zugleich Lusthäuser waren. Die Akarnanierin, die sich seiner annahm, war nicht mehr ganz jung, sauber, kunstfertig und um sein Wohl besorgt, aber es kam nichts zustande. Bisweilen versuchte er abends, Verse zu denken oder zu schreiben, auch dies vergebens.

Etwas fehlte; er wußte es, oder spürte es zumindest, hatte aber keine Ahnung, was es sein mochte. Ein Händler aus Pherai, vorsichtig befragt, berichtete vom Wohlergehen des thessalischen Bergfürsten Jason, dessen neue Gemahlin, eine schwarze Göttin, Burg und Land durch ihre Anmut wider jede Unbill befestigte. Die Nachricht löste zwiespältige Gefühle aus, brachte aber keine innere Klarheit; dies war nicht *es*. Meldungen aus der Ferne, von makedonischen Herolden verkündet oder verlesen, bewegten ihn zwar, waren aber auch nicht *es* – weder die bedrohliche Lage Alexanders, als die persische Flotte das Meer und die östlichen Küsten wieder beherrschte und halb Hellas in den Aufstand zu tanzen drohte, noch die seltsame Krankheit und der plötzliche Tod des Rhodiers Memnon, auch nicht des Harpalos Verrat und Flucht, auch nicht der gewaltige, unglaubliche Sieg bei Issos, der im Winter in den Schänken erörtert wurde.

Die Archonten der Stadt, von den Zünften und Gruppen vorgeschlagen und von allen erwachsenen Männern gewählt, regten im Herbst an, endgültig den alten Namen, Epidamnos, aufzugeben und den Ort hinfort nur noch Dyrrhachion zu nennen. Der Anlaß hierfür war die Mitteilung, daß man in Pella vom Verwaltungsbezirk Epidamnos sprach. Es war eine Gebärde des Trotzes, die nichts eintrug, aber auch nicht schadete.

Im Lauf der Zeit lernte Dymas, ohne große innere Teilnahme, die Nachbarn kennen, die Geschäftsfreunde und -feinde des Deliers, die Werkstätten, Läden und Schänken des Viertels. Nach und nach machte er sich mit der Stadt vertraut, die zunächst aussah wie zwangsläufig alle auf See, Fischfang und Handel ausgerichteten Hafenstädte, deren innere Vielfalt sich erst langsam erschloß.

Aus dem fruchtbaren Flachland der Küste reckte sich wie ein Arm die große Landzunge nach Westen. Gewissermaßen in der Achselhöhle hatten vor Jahrhunderten Auswanderer aus Korkyra und Korinth den Ort begründet; so hieß es, und ohne Zweifel hatten sie dabei einheimische Fischer getötet oder vertrieben, an die heute nichts mehr erinnerte. Im unmittelbaren Stadtbereich errichtete man zunächst oberhalb des flachen Strandes einen mächtigen Uferwall, trug später den Strand ab und mauerte bis zu einer auch für große Boote schiffbaren Tiefe eine breite Kaianlage auf, mit Werkstätten, Werften, Lagerhallen, Fischverarbeitung, alles im Ernstfall ungeschützt. Fast genau in der Mitte der Seemauer gab es eine schmale Lücke, Durchfahrt zum rechteckigen inneren Hafenbecken mit den alten Häusern der Handwerker und Händler. Die Einfahrt konnte notfalls durch eiserne Gittertore versperrt werden; von der Zugbrücke aus blickte man nach Südwesten, aufs Meer. Am Kopfende des Beckens stieg der Boden zur Festung an, zur Akropolis, in der die Makedonen saßen. Jenseits der Stadtmauern lagen die Marktgärten und ausgedehnten Felder der Bauern; nur im Süden, wo das Gelände felsiger war, fand eine andere Nutzung statt – dort lagen die Kot- und Abfallgruben, die Dymas zu dumpf erinnertem Ekel gereichten.

Das Meer, das ihn als Trümmerhaufen aufgenommen und als menschenähnliches Wesen ausgespien hatte, zog ihn immer wieder an. Bei seinen langen Wanderungen über die Kaistraßen, die Strände im Westen und Süden, manchmal auch über die Seemauer empfand er durchaus so etwas wie Dankbarkeit, außerdem eine Art Wiedersehensfreude; und allmählich zunehmendes Fernweh, die Seesucht des Weitgereisten. An Nachmittagen, wenn er nichts für Aristippos zu tun hatte, hockte er oft bei den schwitzenden Männern, die am Südende des Kais – der vorherrschende Westwind trieb den Gestank ins Land statt in die Stadt – in hochgemauerten Steinöfen mit langen Rinnen die Fichten des Hinterlandes zerkleinerten und Blasebälge traten und Teer kochten; oder er trieb sich auf dem mittleren Kai herum, sah den Frauen der Fischer beim Ausnehmen der Tiere zu, lauschte den Geschichten von Wind und Wetter und Fischzügen, aß in einer der zahllosen Garküchen, trank abends in den Schänken mit Seeleuten und Handwerkern, immer auf der Suche nach jenem *es*, das er nicht benennen konnte. Keiner konnte *es* liefern – weder der ägyptische Möbelschreiner (dessen Zwei-Monats-Truhen ihn an die eigene jugendliche Sklavenarbeit in Karchedon erinnerten, dessen Drei-Monats-Truhen Wunderwerke der Schnitzkunst, dessen Vier-Monats-Truhen unbeschreiblich waren, auf lange Vorbestellung hin angefertigt zum Preis von 750 Drachmen), noch der ebenso kunstfertige Lederwerker, ein Skythe, der vor Jahrzehnten als Sklave seinem athenischen Herrn entflohen war, noch die Segelmacher und Tauschläger, Verfertiger von Brot und süßem Gebäck, Fleischhändler, Wurstmacher, Fischräucherer, Silberschmiede, nicht einmal die Saitenzieher und Instrumentenbauer. Mit einem von ihnen, dessen Großeltern aus Euboia hergekommen waren, erörterte Dymas eine helle Nacht hindurch bei sehr viel Wein die Idealform – Platons Archetypos – einer Kithara. Auch das war nicht *es;* auch die Lieder und wilden Erzählungen der makedonischen Krieger, abends in den

Schänken unterhalb der Akropolis, waren nicht *es*, so wenig wie die grellroten Hüftschärpen der Dirnen oder die Beinstümpfe des Krüppels, der vor dem Apollontempel seinen Stammplatz hatte und diesen notfalls mit dem Messer verteidigte, und auch nicht das Rätsel der jungen Frau, die jeden Morgen und jeden Abend mit verschleiertem Gesicht auf die Seemauer stieg, den Göttern der Winde und des Meeres ihre Brüste entblößte und dann, wieder verhüllt, zu einer Hütte nordwestlich der Mauern ging.

Einmal loderte etwas in Dymas auf; das war, als Aristippos ihn bat, ihn zu der Stelle zu begleiten, wo die Schinder ihre Abfälle fortwarfen und tote Hunde und Katzen die Würmer und Aasvögel ergötzten. Der Delier trug ein unförmiges Bündel unter dem Arm. Als sie den stinkenden Ort der letzten Scheußlichkeiten erreichten, packte er es aus, hielt den halbverwesten, nur noch aus Fratze und Fetzen bestehenden Kopf seines treulosen Verwalters hoch, betrachtete ihn mit einem seltsamen Glimmen in den Augen und schleuderte ihn wortlos zwischen die Kadaver. Aber was immer dies Lodern gewesen sein mochte, es starb schnell wieder unter der Asche der Gleichgültigkeit.

Dann kam jene Nacht, eine der ersten Frühlingsnächte des neuen Jahrs. Dymas und Aristippos hatten mit einem etruskischen Händler zu Abend gegessen, in einer Schänke am Hafenbecken. Der mit etwa sechzig Menschen vollbesetzte Raum roch nach Körpern und Schweiß, nach den Duftwässern der Dirnen, nach Wein und Essig und Braten und Fisch, nach Kräutern und Öl in den Tischlampen und nach dem Harz der Kienfackeln, die in Eisenfäusten an den Wänden flackerten. Ein trunkener Philosoph – immer wieder unterbrochen durch Dirnen und Männer, die die schmale Treppe benutzten, auf der er stand und schrie – verkündete der Welt, aller Kampf sei unnütz, aller Krieg ein Greuel, nicht einmal die Freiheit oder das Leben jener, die man liebt, einer Verteidigung wert; einzig die Enthaltung von allem finde in den Augen der Götter Gnade. Jemand schrie: »Dann enthalte dich doch des Geschwätzes!« Unter Gejohle wurde der Denker von anderen hinausgeschoben. Ein paar Musiker, auf dem leicht erhöhten Sockel der Treppe, spielten mit Barbiton, Flöten und Trommeln wilde und schwermütige Tänze. Dymas bemerkte irgendwann, daß seine Finger auf der Tischplatte herumtasteten, als lägen dort Saiten, und er bemerkte, daß Aristippos ihn aufmerksam beobachtete, während der Etrusker sich in Wein zu ertränken suchte.

Flötenspieler und Trommler begannen ein neues Stück, etwas leiser; der Barbitonspieler trat einen Schritt vor, strich über die offenen Saiten, schlug eine aufsteigende Reihe schnarrender Einzeltöne – Dymas entsann sich der Metallkuppen, mit denen er saubere Töne ohne schnarrende Geräusche hervorgebracht hatte, damals, lange her – und trug einen Gesang vor, der den Philosophen widerlegen sollte, oder ihm jedenfalls widersprach.

Das ist mein größter Schatz: ein Speer, ein Schwert,
ein runder Schild; und Mut, der mich beschützt.
Ihm dank ich, daß ich sing und pflüg und ernte,
ihm, daß ich Beeren keltern kann und trinken,
ihm, daß ich frei bin zwischen all den Sklaven.

Doch die sich scheuen, Speer und Schwert zu tragen
und runden Schild, die fallen unbeschützt
und mutlos auf die Knie, sobald es donnert,
und preisen mich als ihren guten Nachbarn.
Bei heitrem Himmel nennen sie mich Schlächter.

Es gab lauten Beifall; ein paar Makedonen, die in der Nähe der Tür saßen, trampelten und hämmerten mit den Fäusten auf den Tisch. Einer von ihnen, älter und offenbar zumindest Dekadarch oder sogar ein höherer Offizier, knallte eine Münze auf den Tisch und brüllte nach Wein für die Musiker.

Diese dankten, verbeugten sich und begannen ein weiteres Tanzstück. Plötzlich wurden sie unterbrochen; von oben hörte man einen gellenden Angstschrei, dann Poltern und einen zweiten Schrei, ein Kreischen äußersten Schmerzes. Eine dunkelhäutige Dirne tauchte auf der Treppe auf, verlor den Halt, stürzte herab, zwischen die Musiker, raffte sich auf, drängte sich wimmernd und kreischend, die Arme wie zum Flug ausgebreitet, zwischen den Tischen zum Ausgang. Sie war nackt; mit der seltsamen Klarsicht solcher Momente bemerkte Dymas das grelle Weiß der aufgerissenen Augen und die Haarlosigkeit der Scham.

Dymas, Aristippos und der Etrusker saßen an einem der vier Tische, die einen Halbkreis am Fuß der Treppe bildeten. Die Schwarze streifte seine Schulter; er spürte etwas Heißes, blickte auf und sah die lange, von der Schulter bis zum Gesäß reichende Schnittwunde, aus der das Blut strömte. Oben auf der Treppe erschien der Verfolger, ein halbnackter makedonischer Hoplit, baumlang, mit Muskelwülsten und tropfendem Schwert. Halb trampelnd, halb rutschend schoß er die Treppe herab, prallte gegen die Musiker, die der Dirne mühsam hatten ausweichen können, hieb nach dem Auleten, öffnete ihm mit der Schwertspitze die rechte Brust, rammte dem Sänger den Ellenbogen ins Gesicht, zertrat das am Boden liegende Barbiton, brüllte immer wieder »Glatze! Glatze!«, wollte der Frau folgen, fand die Durchgänge zwischen den Tischen von Gästen und Musikern versperrt, stieß einen Wutschrei aus und begann sich wie ein Kreisel zu drehen, Arm und Schwert ausgestreckt. Der Barbitonspieler, mit dem Gesäß an der Kante des Tischs von Dymas und Aristippos, ächzte einmal; dann fiel unendlich langsam sein Kopf auf die Tischplatte und rollte in den Schoß des Deliers. Der übrige Körper zuckte, machte einen Tanzschritt halb nach vorn, halb zur Seite, wurde zu einem torkelnden Springbrunnen heißen Bluts und fiel vor die Füße des Mörders, der sich weiter drehte und brüllte.

Alles schrie durcheinander; die meisten waren aufgesprungen, viele versuchten zum Ausgang zu gelangen. Der Wirt tauchte mit einem Bratspieß aus der Küche auf; der makedonische Offizier, der aufgestanden war und eingreifen wollte, wurde von Flüchtenden umgerannt. Irgendwie sah Dymas den trunkenen Etrusker selig lächeln, das Gesicht in schaumigem Blut und Wein, auf der Tischplatte; Aristippos hatte die Finger gespreizt und betrachtete den Kopf in seinem Schoß mit einem Ausdruck milden Staunens, der sich zu verzerren begann. Irgendwie nahm er all das wahr, was im Raum geschah, wußte es aber erst später. Es war, als ob kochendes Öl sein Inneres erfüllte; es war, als ob eine Eisenfaust ihn packte und vorantriebe. *Es* ließ ihn auf den Tisch steigen, es berechnete die Drehungen des wahnsinnigen Mörders, es schnellte ihn durch die Luft. Er prallte gegen den Makedonen; mit dem restlichen Schwung von Springen und Drehen krachten sie gegen die unteren Stufen der Treppe, die zerbrachen. Das Schwert klirrte zu Boden. Die rechte Hand des Makedonen, dessen Augen plötzlich klar waren, wollte zum Gürtel, aber Dymas lag auf ihm, spürte den Griff des Dolchs unter seiner Hüfte, spürte die Arme, die Muskelwülste, die sich um ihn legten und ihn zu zerquetschen drohten, hieb immer wieder mit der Stirn gegen die Nase des Mörders, bis sie brach und die Klammer der Arme einen Moment nachgab, ließ die Stufe los, an der er sich mit beiden Händen festgekrallt hatte, legte die Arme wie zur Liebkosung um den Hals des Mannes, preßte dessen Kinn gegen seine rechte Schulter und brach ihm das Genick.

Taumelnd versuchte er aufzustehen. Über sich, auf der Treppe, sah er die nackten Beine der Mädchen; durch die verebbende Brandung in seinen Ohren hörte er wie einen Windstoß die Stille, die die Schänke erfüllte, das Wimmern der schwarzen Frau, das erstickte, heisere Stöhnen des Auleten, hörte ein Würgen, wie von innen, krümmte sich und erbrach Speisen und Wein, Kraft und Ohnmacht, Gedärm und Gemüt am Fuß der Treppe. Dann wurden die Feuerräder und Schlieren vor seinen Augen zu Sandalen und Füßen und Beinschienen. Starke Hände griffen unter seine Achseln und stellten ihn auf die Beine.

Die Makedonen, die am Eingang gesessen hatten, völlig nüchtern und ernst, bildeten einen Halbkreis um ihn. Dahinter sah er eine verschwimmende Wand aus Gesichtern. Der Offizier, der wie seine Männer das blanke Schwert in der Hand hielt, ohne das die Besatzer ungern die Akropolis verließen, musterte ihn ruhig, mit einem Ausdruck leichter Verblüffung um die Augen. Dann steckte er das Schwert in die Scheide und legte die rechte Hand auf die linke Brust.

»Die Hochmütigen zähmen, die Schwachen schützen, die Ängstlichen aufrichten, die Tapferen preisen«, sagte er langsam. »Das sind die Befehle von Alexander und Antipatros. Ferner sagen sie, ein makedonischer Krieger, der sich an Bewohnern einer befreundeten Stadt vergreift, soll von den Speeren seiner Kameraden durchbohrt werden. Du hast ihm und uns einiges erspart. Sag mir deinen Namen, damit ich dich als tapferen Mann preisen kann.«

Dymas starrte ihn an, öffnete den Mund, brachte aber nur ein Krächzen heraus. Aristippos schob sich sanft, aber nachdrücklich zwischen zwei Hopliten hindurch; in der Hand hielt er, an den Haaren gefaßt, den Kopf des Musikers wie einen beliebigen, geringfügigen Gegenstand.

»Argos«, sagte er.

Später, als Dymas einen Becher mit beiden Händen hielt und zitternd zum Mund hob, als die Makedonen gegangen waren, mit dem Leichnam des Toten, als die Trümmer und Blutspuren und der Rumpf des Sängers entfernt worden waren, setzte der Delier leise hinzu:

»Morgen nennst du mir deinen wahren Namen, Freund.«

In dieser Nacht des Grauens und des Jubels lag Dymas in einer engen Kammer über einer anderen Schänke zu mehrfacher Lust bei der Akarnanierin. Am Morgen brachte er dem alten Instrumentenbauer die Metallteile – Stimmwirbel und Joch – und streichelte die fertige Kithara, die ein Wunder war und die er nachmittags endgültig würde abholen können. Mit Aristippos führte er ein langes freundschaftliches Gespräch und bat ihn, die Gewinngutschrift an den Instrumentenbauer auszuzahlen – etwas mehr, als die Kithara kosten sollte. Im Beutel, den er bei seinen Sachen hinter der Lagerhalle aufbewahrte, waren über zweihundert Drachmen, mit denen er reisen wollte, soweit das Geld reichte; Aristippos beschimpfte ihn und half ihm, seine Habseligkeiten an Bord des Frachtseglers zu bringen, der dem halbwegs ernüchterten Etrusker gehörte. Als sie mit dem abendlichen Landwind aus dem Hafenbecken glitten, hielt er die Kithara im Arm und sah auf der Seemauer die Verschleierte, deren Rätsel er ungelöst als Kostbarkeit zu hegen gedachte.

Der Etrusker wollte nichts von Bezahlung wissen; Aristippos habe ihm Fürchterliches angedroht. Er lief Korkyra an, wo Dymas von Bord ging, da ihn nichts nach Italien zog. Zwei Monde und elf Schiffe später, im späten Frühsommer, ging er in Kenchreai an Land, dem Hafen von Korinth.

Als am Himmel, den Astrologen zufolge, der Löwe dem Mädchen wich, kehrte Dymas nach Korinth zurück, wo er sich nur wenige Tage aufhielt. Die Sommermonde hatte er in den nördlichen Landen der Peloponnes verbracht – heiße Monde unter dem Brandhimmel, von Grillen umsungen und von Staub gesättigt. Er war steinige Wege über dürre Hochebenen gewandert, hatte im Schatten von Eichen und Ölbäumen geruht, auf Feldsteinwällen gesessen, mit Hirten Brot und Wasser geteilt, in Argos und Megalopolis und Dutzenden anderer Städte die Kithara gespielt. Der unmittelbare Machtbereich des spartanischen Königs Agis weiter im Süden hätte ihn verlockt, wenn nicht die Gefahr zu groß gewesen wäre: Spartas seit Jahrhunderten als verschlagen und kunstfertig bekannte Politiker – die so oft mit Schlichen und Verträgen erreicht hatten, daß ihr Heer gar nicht erst eingesetzt werden mußte – mochten längst wissen, daß ein Kitharist namens Dymas lange für die Makedonen gekundschaftet hatte.

Von Korinth wanderte er nach Nordosten, in die Megaris. Wenn es Agis tatsächlich gelänge, ein Bündnis gegen Makedonien zustande zu bringen, oder wenn Antipatros beschlösse, gegen Sparta vorzugehen; wenn Botschafter zwischen Sparta und Athen unterwegs wären oder Gesandte des Dareios Gold in Hellas zu verteilen wünschten: Alle würden ihren Weg über Megara nehmen müssen. Und dort hatte sich Alexanders Jugendfreund und ehemaliger Schatzmeister Harpalos der Hinkende niedergelassen. Außerhalb der Mauern, südlich der Stadt, saß er in einem weißen, reichlich mit Marmor und Sklavinnen versehenen Landhaus zwischen kühlenden Bäumen, mit Blick auf die große Straße und das Meer. Bei gutem Wetter sah man im Süden einen Zipfel der Insel Salamis, im Osten die Hügel bei Eleusis. Es war eine vorzügliche Lage, allen schäbigen Vorhaben günstig, und offen gleichermaßen für sämtliche denkbaren Zweifel wie für deren Widerlegung. Dies machte Dymas mißtrauisch.

Gute Musik in vielen Schänken hatte seinen Beutel gefüllt; in Megara begab er sich zu einer Niederlassung jenes Bankhauses, das die Geschäfte des edlen Demaratos betrieb. Dort erfuhr er den Namen eines mit dem Korinther befreundeten Handelsherrn, mit dem er schwierige Geschäfte bereden könne, die Pella und dortige Guthaben beträfen. Der Handelsherr deutete an, Gespräche mit Harpalos seien möglich.

Am nächsten Morgen wanderte Dymas über die Felder südlich der Stadt. Der größte Teil der Ernten – vor allem Getreide – war eingebracht; es hatte lange nicht geregnet. Ein schwerer Ruch überreifer, ausgedörrter, von der Sonne versengter Dinge lag auf dem Land, auch in Meernähe herrschte Windstille. Als Dymas nach kurzer Rast unter einer Pinie weiterging, drehte er sich noch einmal um, da er etwas hatte rascheln hören. Der Boden war dort, wo er gesessen hatte, von seinem Schweiß befeuchtet; auf diesem feuchten Platz wand sich eine kleine Schlange wie in höchstem Genuß.

Das Anwesen des Harpalos gehörte nicht dem Hinkenden; er hatte es gemietet. Jener mit Makedonien befaßte Handelsherr, sagte man in Megara, habe einen Freund bewogen, dem berühmten Flüchtling Obdach zu gewähren, gegen gutes Geld. Die weißen Mauern, die das weiträumige Haus umgaben, waren verstärkt worden; Harpalos mochte seinem Glück vertrauen, schloß aber offenbar gern gewisse Zufälle aus. Mehr als fünfzig Bewaffnete – teils in Hütten, teils in Zelten, teils im Haus – hatten vermutlich die Aufgabe, derlei Zufälle zu verscheuchen; diejenigen, mit denen Dymas sprach, kamen eindeutig aus dem Norden, aus makedonischen Gebieten. Auch das ergab Sinn; wer würde sein Leben Söldnern anvertrauen, die es veruntreuen mochten, wenn jemand ihnen mehr zahlte?

Harpalos empfing den Musiker. Zwei fast nackte Sklavinnen, die vermutlich irgendwo aus den Steppen jenseits Byzantions stammten, nahmen ihm Kithara und Gepäck ab, führten ihn treppab in einen Raum mit Liegen und mehreren gemauerten Badebecken, halfen ihm beim Entkleiden, tauschten in ihrer Sprache Anzüglichkeiten und Gekicher aus; nachdem er sich in einem Becken mit lauwarmem Wasser entspannt und gereinigt hatte, kneteten und salbten sie ihn, brachten ihm einen frischen Leibschurz, einen blütenweißen frischen Chiton, neue Sandalen, rieben mit lockeren Fingern Öl aus Rosen, assyrischer Narde und anderen Kostbarkeiten in sein Haar und brachten ihn schließlich zu Harpalos.

Baldachine und von Kletterpflanzen bewachsene Holzgerüste füllten den Innenhof mit köstlichem Schatten; der halb mannshohe Brunnen in der Mitte, vielfach verziert mit Darstellungen von erhabener Scheußlichkeit, ließ aus vier zahnlosen Löwenköpfen Wasser rinnen, das sich in einem viereckigen Becken sammelte und von dort in Beete sickerte, die tausend bunte duftende Pflanzen bargen. Um den Innenhof trugen Reihen schlanker, schmuckloser Säulen aus hellem Stein den hölzernen Umgang vor dem Obergeschoß, zu dem an jeder der vier Seiten eine Treppe hinaufführte. Halb im Schatten des Säulengangs, halb im Schatten eines Baldachins lag Harpalos auf einer gepolsterten, sahnefarbenen Kline. Er war nackt, und er war feister, als Dymas ihn in Erinnerung hatte. Neben der Liege kniete eine braunhäutige Sklavin, die Kopf und Nacken gleitend und kreiselnd bewegte, um eine üppige Schwellung unterhalb von Harpalos' Leibesmitte zu beheben. Der Makedone öffnete die Augen, blinzelte, deutete auf eine zweite Kline und schloß die Augen wieder. Dymas mischte Wein und Wasser in einem Silberbecher, ließ sich nieder, trank und betrachtete die Säulen und Kletterpflanzen, bis Harpalos grunzte und etwas murmelte. Die Sklavin breitete ein mit Goldfäden durchwirktes Leinentuch über ihn und entfernte sich in einem halb rollenden, halb schwebenden Gang.

»Es wird gleich eine Winzigkeit zu essen geben«, sagte Harpalos. »Da mir dein Kommen nicht angekündigt wurde, wirst du mit dem bescheidenen Mahl vorlieb nehmen müssen, das vorgesehen war. Woher kommst du?«

»Ich habe mich ein wenig zwischen Argos, Megalopolis und Korinth herumgetrieben.«

Harpalos rümpfte die Nase. »Heiße Gegend – im Sommer.« Er gähnte. »Die Nacht war kurz und voller Papyros; vergib, daß meine Frische geringer ist als der Wunsch, einen weitgereisten Gast zu unterhalten.«

Sklavinnen und ein Koch unterbrachen sie. Zwischen beiden Klinen wurde ein Tisch aufgestellt; es kamen Schalen mit Obst, Platten mit Brot und eine riesige Tonform mit dem bescheidenen Mahl des Harpalos: Thunfischstücke, zunächst in Wein gedünstet, dann mit einer Kruste aus Wein, Honig, Sesam, Brotbröckchen und geriebenem Käse gebacken, dazu Lauch und kleine Zwiebeln.

Beim Essen beschrieb Dymas, ohne Einzelheiten zu nennen, seinen Weg seit dem Granikos; Harpalos wußte viele Dinge, die der Musiker nie erfahren oder während seiner wirren Monde vergessen hatte. Olympias war kurz nach Dymas' Aufenthalt in Pella ebenfalls von dort abgereist: nach Epeiros. Ihr Bruder Alexandros, mit Alexanders Schwester und Olympias' Tochter Kleopatra vermählt, hatte die Herrschaft seiner Frau und Nichte übergeben und sich mit einem Heer nach Süditalien aufgemacht, um Ruhm und Reichtum dort zu ernten, da ihm durch Antipatros' Besetzung der taulantischen Lande die Ausdehnung nach Norden verwehrt war. Olympias habe es aufgegeben, sich mit Antipatros zu messen, der alle Ränke durch Gegenränke und alle Gemeinheiten durch erhabene Gleichgültigkeit zunichte machte. Im übrigen, sagte Harpalos, befasse Antipatros sich eben damit, Aufstände in Thrakien niederzuwerfen.

»Das war zu erwarten. Aber sag, Freund Alexanders – was hat dich zur, ah, Flucht hierher gebracht?«

Harpalos lächelte unendlich mild. »Neugier, Kitharode. Die unersättliche Neugier des Harpalos. Und ein gewisser ... sagen wir: Überdruß. Dies hier« – er beschrieb einen Halbkreis mit der Rechten – »ist mir weitaus zuträglicher als die kargen Feldlager und staubigen Eilmärsche, mit Brot, das aus madigem Mehl gebacken wurde, und Fleisch von Rindern, die zu alt waren, um dem einbeinigen Schlachter zu entlaufen, und Wein, den Menschen feineren Geschmacks nicht einmal als Essig bezeichnen würden.«

»Und deine Freundschaft zu Alexander? Deine Treue, als Makedone, zum König, und als Hellene zum Auftrag des Bundes?«

Harpalos betrachtete ein Stückchen Fisch, wie ein Seher die Leber eines Opfertiers betrachten mochte. »Wahre Freundschaft, mein Freund, ist erhaben über leichte Mißhelligkeiten; und sinnvoller Umgang mit Treue ist oft nur einen Lidschlag entfernt vom Verrat.« Er leckte die Finger ab. »Weißt du Neues über das Wohlergehen deiner Gönner?«

Dymas verschluckte sich. »We ... welcher Gönner?« Er hustete.

»Demaratos«, sagte Harpalos, wie nebenher. »Hamilkar.

Bagoas. Nicht zu vergessen Antipatros, der in Pella Münzen an dich vergeudet hat.« Er ließ sich auf die Kline sinken und blickte hinauf zum Rand des Baldachins. »Tekhnef hat deine fünfzigtausend Drachmen nicht angetastet. Es geht ihr gut, nebenbei bemerkt.«

Dymas spülte, was immer in seinem Mund sein mochte, mit einem langen, tiefen Schluck hinunter. Nach kurzem Schweigen sagte er: »Diese Gegend, durch die jeder ziehen muß, der etwa von Athen nach Sparta will – es sei denn, er besäße ein Schiff –, hat ihre Vorzüge, nicht wahr?«

Harpalos rollte sich auf die Seite, zupfte das Tuch zurecht und betrachtete den Musiker. Dann kicherte er, aber seine dunklen Augen waren scharf und kalt. Eisig kalt.

»Vor allem für feiste, dem Wohlleben ergebene Verräter, ja. Wer weiß, daß du hier bist?«

Dymas erwähnte den Kaufherrn in Megara und einen Mann im Bankhaus.

»Sehr umsichtig ... Man könnte ja über eine Schwertspitze stolpern, ohne daß jemand weiß, wo das Grabmal zu errichten ist. Hmf. Doch, du hast recht und wohl getan. Bist du gesättigt?«

»Mehr als das; ich platze gleich.«

»Gut, gut.« Harpalos klatschte in die Hände. Als die Sklavinnen alles weggeräumt hatten, setzte er sich auf den Rand der Kline; mit den Füßen tastete er nach den weichen Schuhen aus Teppichstoff.

»Eine bestimmte Sache ... Ich muß einen Brief an den guten Tauriskos beenden, damit er noch heute befördert werden kann. Gewisse Kenntnisse sollten morgen in Athen sein. Es wird vielleicht eine Stunde dauern; magst du dich bis dahin mit einer meiner Sklavinnen ergötzen? Lustwandeln? Ruhen? Oder vielleicht lesen?«

»Hast du feinen Lesestoff?«

Harpalos schnaubte, stand auf, ließ das Tuch fallen und ging zu einem Bogen, der in einen großen hellen Raum führte.

»Komm mit.«

Durch die weiten Fensteröffnungen blickte man auf den Garten, die Mauern und jenseits des sinkenden Uferstreifens das Meer. An den weißgeschlämmten Wänden standen Gestelle mit Rollen, davor Liegen, Scherenstühle, Tische. Der Boden, aus hellem Marmor mit rötlichen Adern, war hier und da mit kostbaren, fetten Teppichen belegt. Harpalos ging zu einem Schreibtisch aus beschnitztem Holz, wühlte zwischen Rollen, Tafeln und Schreibzeug, kam mit zwei dickeren Rollen zu Dymas und deutete auf die Liegen und Stühle.

»Setz dich, setz dich. Ich will ein wenig Kleidung über mein Fett streifen und den Brief beenden. Du kannst hier sitzen und lesen, oder draußen, im Hof, wie du willst.«

»Was sind das für Rollen?«

Harpalos grinste. »Eine wurde verfaßt von einem aufmerksamen Königsknaben, der auch bei Nacht im Zelt des Königs weilt, auch wenn der König nicht allein ist und die Wachen fortschickt. Der zweite stammt von Aristoboulos, dem trefflichen Baumeister für Straßen und Befestigungen. Er beschreibt die Belagerung und Eroberung der Stadt Tyros.«

Dymas zuckte zusammen. »Ich wußte nicht, daß sie beendet ist ...«

»Es kam vor zwei Tagen. Entschuldige mich.«

Harpalos wandte sich ab, ließ sich Kleidung bringen und ging zu seinem Tisch; Dymas holte Becher und Mischkrug aus dem Innenhof, setzte sich vor eines der Gestelle und begann zu lesen.

Parmenion ließ eine Besatzung in Damaskos zurück; mit der ungeheuren Beute, die ein nach des Großkönigs Flucht zu Kämpfen weder williger noch gerüsteter persischer Verwalter ihm samt der Stadt übergeben hatte, zog Parmenion dem König entgegen, der durch die phönikische Küstenebene südwärts vorrückte.

Es war eine unübersehbare Vielzahl von Dingen, die den Winternachmittag füllte, zum Staunen der Kämpfer, zum Unglauben der Offiziere. Tausende von Karren, Packpferden, Lastkamelen, Eseln, Maultieren; die zehntausend Reiter und Hopliten Parmenions; zahllose Gefangene zu Fuß, auf Karren, auf Reittieren; noch einmal lange Karrenzüge mit Vorräten, Tierfutter, Waffen; Staubwolken bis zum Himmel, wo sie von der sinkenden Sonne blutig gefärbt wurden. Abends war erst ein Teil des gewaltigen Zuges untergebracht; überall loderten Feuer in der Ebene. Vor dem prächtigen Zelt, das Alexander seit Issos benutzte, saßen der König und die Gefährten und Offiziere; sie tranken und murmelten und lachten und staunten, während lange Reihen von Sklaven und Gefangenen Dinge vorbeitrugen, zu denen Parmenion – beraten von mehreren Listenschreibern – ungeflügelte Worte der Kenntnis sprach.

»Dies ist vielleicht das Beste, Alexander. Die Kisten« – schwere Holzkisten mit Metallbeschlägen; es mußten Tausende sein – »enthalten gemünztes Gold und Goldfinger. Insgesamt etwas über zweitausendsechshundert Talente.«

Eumenes stöhnte, wie in unendlich qualvoller Lust. »Mal zwanzig, Freunde, mal zwanzig! Ahhh! Und darin baden! Zweiundfünfzigtausend Talente Silber – zweiundfünfzigtausendmal sechstausend Silberdrachmen! – dreihundertzwölf Millionen Drachmen – ein halbes Jahrhundert makedonischer Staatseinkünfte – das ist, das ist …«

»Viel Geld. Weiter.« Alexander winkte; er streifte Eumenes mit einem spöttischen Blick, schien aber doch beeindruckt von der unvorstellbaren Menge, dem jähen Reichtum, der alle Sorgen und alle Kargheit endgültig zur Vergangenheit machte.

Parmenion deutete auf den nächsten Zug: Sklaven mit Handkarren. »Ein bißchen ungemünztes Silber. Wir haben es noch nicht genau gewogen, Freund – vielleicht fünfhundert Talente.«

Der nächste Zug – Sklaven und Gefangene, mit Pferdekarren und Handwagen, einige mit Tragstangen.

»Ein paar Waffen«, sagte Parmenion, als spräche er über zwei Messer und eine zerbrochene Lanze. »Ausreichend für zwei Heere von der Größe des unseren.« Schwerter; an vielen glitzerten im Feuerschein verzierte Knäufe, dunkelgrüne, hellrote, gelbliche Steine. Bündel über Bündel von Lanzen; Berge einfacher oder vergoldeter oder goldener Brustpanzer, Beinschienen, Helme; Gürtel; Messer; krumme Säbel mit Schmuckgriffen und von Reichtum geradezu verkrusteten Scheiden; kurze und längere Bogen aus Holz, aus Horn, aus Metallteilen, oder auch aus allen dreien zusammengesetzt, dazu Köcher mit Myriaden Pfeilen; Rohstoff für die Waffenschmiede: Finger, Barren und Luppen aus Eisen, Bronzeplatten, Kupferbarren …

»Einige wenige Sklavinnen und freie Frauen – bis vor kurzem freie Frauen, genauer.« Vom Heer, von den Zehntausenden im Halbdunkel mit Rufen, Gejohle und jenem unbeschreiblichen Gurren der Begierde und des Begehrens begrüßt, zogen lange Reihen Frauen und Mädchen vorüber; die meisten trugen nicht viel Kleidung.

»Lockeres Marschgepäck, meine Anweisung, König der Makedonen – damit du diesen Teil des Heeres besser betrachten kannst.«

Eine große Gruppe von Mädchen mit Harfen, Flöten, Trommeln, Lyren, Schalmeien, allerlei seltsamen Saiteninstrumenten.

»Dreihundertzwanzig Musikerinnen, Alexander; bis vor kurzem persönlicher Besitz des Großkönigs. Und das« – er wies auf die grinsenden Männer, die ihre Waffen abgelegt hatten und riesige Gold- und Silberplatten, Amphoren, Krüge, ganze Bänke voller Speisen und Getränke herbeischleppten – »wurde von anderen beweglichen Teilen seines persönlichen Besitzes aus unbeweglichen Teilen bereitet. Unter scharfer Aufsicht, natürlich. Denn, o König und Freund, ich bringe dir auch dreihundertundsechs Köche, dreizehn Zuckerbäcker, siebzig Weinbewahrer und Vorkoster, mit denen ich nun deine Augen nicht behelligen mag. Ferner haben wir vierzig kenntnisreiche Meister der Salben und Kräuter und Düfte mitgebracht, die deinen edlen Leib pflegen werden, wenn du dessen bedarfst.«

Eumenes zählte immer noch Gold und Silber, im Geiste. Er murmelte etwas von »und all die Rüstungen und Edelsteine und Sklaven und überhaupt ... alles verkaufen ... Alexander, es ist unvorstellbar! Es bedeutet, es bedeutet ...«

»... daß wir alle Schulden bezahlen und sogar noch ein wenig übrigbehalten, für die nächsten Jahrzehnte, nicht wahr?« Alexander grinste. »Genug, um etwa ein paar Geschenke zu machen.«

»Geschenke?« Eumenes stierte ihn an. »Für wen?«

»Für die, die es verdienen. Die in den Kämpfen besondere Tapferkeit bewiesen haben. Nicht für feiste Schreiber aus Kardia, Eumenes, die bei den Kämpfen zusehen.«

Ptolemaios stieß Perdikkas an und flüsterte ihm etwas zu, beide lachten. Der Taxiarch wandte sich an den König.

»Vielleicht wiederhole ich mich, Alexander, aber – wenn du so viele Geschenke machen willst, was behältst du dann für dich noch übrig?«

Alexander lachte und breitete die Arme aus, als ob er das ganze ungeheure Lager umarmen wolle. »Ich brauche nichts. Ich habe meine Gefährten.«

Parmenion hüstelte. »Ach, ein bißchen mehr darf es schon sein, Freund. Zwei Dinge habe ich nur für dich mitgebracht.« Er winkte einer Gruppe von Hopliten, die eine gewaltige Kiste und eine Sänfte trugen. Parmenion ließ die Kiste öffnen und holte ein Wunderwerk feinster Handwerkskunst heraus: eine kleinere Kiste aus Ebenholz und Elfenbein, mit Gold und Silber beschlagen, mit verzierten Schnitzflächen, mit Edelsteinen besetzt.

Alle beugten sich vor; viele standen auf, um das wunderbare Kunstwerk zu betrachten. Parmenion und ein Kämpfer hielten es Alexander hin, der ganz langsam die Hand ausstreckte und versunken, verzückt die Kiste befühlte, betastete, liebkoste.

Hephaistion seufzte laut. »Soviel Schönheit hab ich nie auf einmal gesehen. Was willst du darin aufbewahren, Alexander?«

Der König hatte den Deckel zurückgeschlagen. Innen war die Kiste mit Seide bespannt; die Köpfe der Nägel oder Stifte, die sie hielten, schienen wiederum aus edlen Steinen zu bestehen.

Alexander lächelte, winkte Kallisthenes herbei, flüsterte ihm etwas ins Ohr. Der Hellene verschwand im Zelt und kam sofort zurück.

»Was sollte ich in Asiens kostbarstem Kunstwerk aufbewahren, wenn nicht das kostbarste Kunstwerk, das Hellas je hervorgebracht hat?« Mit langsamen, beinahe feierlichen Bewegungen legte er eine dicke Papyrosrolle hinein: die von Aristoteles und seinen Schülern bereitete Fassung der Werke des göttlichen Homeros.

Er stand auf und umarmte Parmenion. »Die Festung Damaskos, einen geschützten Rücken, unermeßliche Schätze und dieses Wunderwerk – wie kann ich dir je danken, Parmenion mein Vater?«

Parmenion löste sich von ihm, hielt ihn einen Moment an den Schultern, winkte dann den Sänftenträgern und langte mit der Linken hinein, als ob er jemanden darin zurückhalten oder stützen müßte.

»Danken? Kein Dank ist nötig, mein König und mein Freund, außer einem – daß du dieses zweite Geschenk annimmst.«

Aus der Sänfte stieg mit anmutigen, fließenden Bewegungen eine Frau. Sie trug Gewänder aus Seide und feinstem Leinen; in einem Ohr glänzte ein hauchfeiner Goldring mit einem grünlich schimmernden Stein, am vierten Finger der Rechten trug sie das Gegenstück. Mehr Schmuck brauchte sie nicht, und aller Schmuck wurde nebensächlich, als sie sich aufrichtete und den König anlächelte, ehe sie vor ihm kniete. Sie mochte acht oder neun Jahre älter sein als er. Vielerlei Leben hatte ihr Gesicht bereichert, statt es zu zeichnen; als sie lächelte, wurden wie durch Magie die Spuren der Zeit um die vollen Lippen, die gerade Nase und die leuchtenden dunklen Augen zu Zeichen der Jugend, ohne Erfahrungen und Leid zu leugnen. Kallisthenes murmelte etwas über Halbmonde der Brauen und braunsüße Sahne der Seidenwangen und derlei Unfug; sehr leise sagte Ptolemaios etwas zu Perdikkas, der mit aufgerissenen Augen neben ihm stand, etwas über Olympias, Feuer und Eis, und dann: »Diese da ist Wärme und Licht und Liebe … Aber – kennen wir sie nicht?«

Alexander beugte sich vor, ergriff ihre Hand und half ihr auf. Dabei schien er ihr Gesicht mit den Augen zu trinken.

»Ich kenne dich … aber …«

Mit warmer, kehliger Stimme sagte sie in makellosem Hellenisch, immer noch lächelnd: »Es ist siebzehn Jahre her, Alexander. Mein König. Damals war ich fünfzehn, und du warst – sechs?« Das Lächeln veränderte sich; ein wenig liebevoller Spott war nun darin. »Man kann sagen: Du bist gewachsen.«

Alle lachten. Alexander schüttelte den Kopf, immer noch verwundert. »Barzhiyan, Tochter des überaus edlen Artabazos, dem ich so viel verdanke. Barsine. Dies ist wirklich ein königliches Geschenk, Parmenion. Und eine königliche Überraschung.«

Viel später lag Barsine, von Sklavinnen entkleidet, zwischen den hellen Decken auf Alexanders Bett. Ihr langes dunkles Haar, zu sanfter Brandung gelöst, floß über die Tücher. Im Licht der Fackeln und Lampen stand Alexander neben dem Lager, wie ein gleichzeitig ungeduldiger und unsicherer Junge. Zwei Königsknaben nestelten an seinem Gurt, den Gewändern, den Riemen der Sandalen. Er blickte auf die Frau hinunter, mit einer zweifelnden Miene.

»Da Parmenion dich gewissermaßen in mein Zelt geführt hat, kann ich dich nicht gut wegschicken, oder?«

Sie lächelte. »Ich habe das Kind gekannt und mich oft gefragt, wie es dem älter gewordenen Knaben wohl gehen mag. Ich hätte ihn gern wachsen sehen. Jetzt möchte ich den König vergessen und den Mann kennenlernen, aber das hat Zeit.«

Die Königsknaben hatten ihn entkleidet und zogen sich geräuschlos in die Schatten neben dem Eingang zurück; sie würden dort sitzen und schweigen und den Schlaf des Königs hüten. Das Zelt war erfüllt von einem schwebenden bittersüßen Duft. Man hörte die beiden Posten vor dem Eingang miteinander flüstern, draußen, in der Nacht der phönikischen Ebene. In der Ferne schrie eine Frau; ein paar Pferde wieherten, und näher warf jemand polternde Holzstücke in ein Feuer. Etwas klirrte – Becher oder Waffen. Die Posten auf der anderen Seite des Durchgangs zum großen Zeltteil waren stumm.

Alexander ließ sich auf dem Bett nieder, auf den Decken; er lag auf der Seite, auf dem linken Ellenbogen, und betrachtete die edle Perserin.

»Laß uns einfach reden, Barsine. Ich fühle mich nicht nach anderen Dingen. Wo warst du all die Jahre?«

Sie zuckte mit den Schultern; ein schwermütiges Lächeln huschte über ihre Züge. »Hier und da. Wie du wohl weißt, aber da du es von mir hören willst ... Als mein Vater und der Großkönig sich aussöhnten, haben wir Pella verlassen. Damals. Es gab, wie du weißt, zwei bedeutende Männer aus Rhodos, Hellenen, Brüder, große Krieger und Männerführer. Wie gerade du sehr wohl weißt ... Mentor und Memnon. Sie haben die hellenischen Söldner des Großkönigs geführt, Ägypten für Artaxerxes zurückerobert, Phönikien gesichert, die Drohung namens Hermias ausgeschaltet. Man hielt es für weise, ihnen persische Frauen zu geben. Ich wurde nicht befragt, aber du weißt ja, wie diese Dinge sind.«

Alexander nickte. Er streckte eine Hand aus, spielte mit einer ihrer schweren dunklen Strähnen. »Und wie war das, mit Mentor vermählt zu sein?«

Sie schloß die Augen, schien nach innen zu lächeln. »Er war ein guter Mann. Aber er ist früh gestorben, und Iran hielt nichts davon, zwei Frauen zu vergeuden, wenn eine ausreicht. Also wurde die Tochter des königlichen Vetters, Satrapen und Fürsten Artabazos mit Memnon vermählt, als Mentor starb. Ich habe beiden Kinder geboren. Und nun ist auch Memnon tot – wie du weißt.«

Alexanders Finger verirrten sich zu ihrer Wange. »Ich weiß. Ich habe ihn sehr geachtet, sogar gefürchtet, und ich war froh, daß nicht er am Granikos den Befehl hatte. Später – nun ja; das war eben später. Wo sind deine Kinder? In Damaskos? Oder draußen?«

Sie seufzte, müde und traurig. »In Susa, wo sonst? Sie sind Geiseln, aus vielen Gründen. Da ich edler Geburt bin, mußte ich Darayava'ush begleiten, als Pfand für meines Vaters Treue. Und die Kinder blieben in Susa, als Pfand für meine Treue. Artabazos, mein Vater, gedenkt deiner in Zuneigung. Er hat geweint, als der Krieg begann, und seitdem hofft er, daß die Waffen Irans siegen, daß du aber heil die Schlacht überlebst.«

Alexander lächelte. »Ich denke sehr gern an ihn. Er hat mir viele Dinge beigebracht, und es war angenehm, mit ihm zusammenzusein.«

Barsine rollte sich auf die Seite und sah ihn an. »Weißt du, ich war froh, damals, vor so vielen Jahren, als wir Pella verlassen konnten. Ich – wir haben im Palast gewohnt, dieser finsteren Burg, und ich konnte den ewigen Krieg zwischen deinen Eltern nicht ertragen. Wie furchtbar, so aufzuwachsen.« Sie legte sich wieder auf den Rücken und blickte ins Dunkel hinauf. »Dein Vater ... ein großer Fürst, Krieger und Führer; vielleicht war es seine größte Leistung, Olympias all die Jahre zu bändigen. Falls er sie wirklich gebändigt hat. Aber manchmal hat er seinen Verstand im Weinbecher verloren und dann zwischen den Beinen jeder beliebigen Frau gesucht.« Sie kicherte. »Nutzloses Unterfangen, nebenbei. Schau ruhig nach, zwischen meinen Beinen, wenn du willst. Vernunft ist da nicht, und auch kein Grund, deinen Verstand zu verlieren.«

Alexander klackte mit der Zunge; er lächelte. Barsine lag ganz ruhig da. Seine Hand, wie aus eigenem Antrieb, spielte mit ihrem Haar, glitt über Brauen und Wangen, streichelte die Lippen, das Kinn, den Hals, näherte sich den Brüsten.

»Und wenn ich du wäre«, sagte sie; ihre Stimme wurde dunkler, »würde ich jeden treten, der sagt, ich sollte eine Frau finden und mich vermählen und Kinder zeugen – einen Sohn – einen Thronerben. Wenn ich unter der Schreckensherrschaft deiner Mutter gelebt hätte, würde ich jede Frau fliehen und Knaben in mein Bett nehmen, oder Männer. Oder vielleicht eine Sklavin, für immer nur eine Nacht. Aber nie einen Sohn haben, um den es mit der Mutter Streit gibt. Kein Zetern und Zerren, einfach nur etwas Leichtes, Warmes, Gutes, die Freuden des Fleischs, vielleicht ein gutes Gespräch, aber nicht mehr.«

Alexanders Gesichtsausdruck, zuerst müde, dann zerstreut, wechselte bei ihrer Rede zu immer größerem Erstaunen, dann Verblüffung, schließlich Achtung und Zuneigung.

Sie fuhr sich mit der Zunge über die Lippen. »Ich bin froh, daß Parmenion mich in Damaskos gefunden hat. Ich bin froh, daß ich hier bin. Ich werde nicht weinen oder zetern, wenn du mich morgen früh fortschickst – oder jetzt sofort, wenn du willst. Ich habe nichts dagegen zu bleiben, und die Art, wie deine Finger mir Dinge erzählen, mag ich sehr. Aber da ist keine Gefahr ... Ich habe Kinder geboren, ich kann Lust geben und annehmen, und als Perserin und zweifache Hellenenwitwe weiß ich, daß du weißt, daß du, König, dich niemals mit mir vermählen kannst, und das macht mich fröhlich. Und frei.«

Seine Hände hatten wie selbständig ihren Körper erwandert; nun beugte er sich über sie, küßte ihre Brüste und nahm sie in die Arme. Sie lächelte.

»Kluge Frau«, sagte er heiser. »Sei still. Ich will dich.«

Am Morgen erwachte Alexander, setzte sich jäh auf, sah sich um, blickte dann Barsine an, die bereits wach war und ihn mit einem warmen Lächeln betrachtete. Er schüttelte den Kopf, sehr erstaunt.

»Du hast mich zum Schlafen gebracht.«

Sie nickte. »Man sagt, wenn wir lieben, sterben wir immer einen kleinen Tod. Tod und Schlaf sind Zwillingsbrüder. Warum solltest du also nach einem kleinen Tod nicht einen großen Schlaf genießen?«

»Aber ich fühle mich sehr lebendig!«

Der Bericht des Aristoboulos begann mit einer eher wirren Erörterung der Vorbereitungen des Demaratos, dessen Leute den letzten lebenden Abkömmling der alten Könige von Sidon gefunden hatten. Alexander schickte Hephaistion, als »den anderen Alexander«, in die ehrwürdige phönikische Hafenstadt, um dort liebenswürdig und höflich aufzutreten, den von Dareios bestimmten Rat der Stadt im Einvernehmen mit den freundlich gestimmten Bürgern aufzulösen und ihnen, ohne ein Wort zuviel zu sagen, durch kluge Fragen die Wahl jenes Nachfahren, Abdalonymos, zum neuen und guten König nahezulegen. Während Hephaistion sich dieser Aufgabe glänzend entledigte, führte Demaratos, der mitgekommen war, ein langes Gespräch mit Abdalonymos, der als Gärtner arbeitete, und traf mit ihm gewisse Vereinbarungen. Schließlich schlug einer der reichen Handelsherren von Sidon – zur allgemeinen Überraschung und offenbar zu des Hephaistion grenzenloser Verblüffung – einen namenlosen Gärtner, Nachfahren der Könige, als neuen Herrscher vor, und Hephaistion stimmte nach wohlerwogenem Zögern zu.

Es folgte ein nicht besonders fesselnder Bericht aus dem Lager des Königs, in dessen Zelt Barsine zu allgemeiner Freude verweilte. Zusammen mit Sisygambis, die ihn wie einen Sohn behandelte und von ihm als Mutter angesprochen wurde, gelang es Barsine sogar, ihn zu mehr Schlaf, zu Essen und Wein zu bewegen. Er sei, schrieb Aristoboulos, weniger rastlos, was seine Tatkraft und seinen Scharfsinn noch erhöhe.

Mit Sidon, Byblos, Berytos und andern Städten hielt Alexander den größten Teil Phönikiens. Dareios würde lange brauchen, ein neues Heer aufzustellen; aber die Makedonen konnten nicht nach Ägypten vorstoßen, solange Tyros als Hafen für die gegnerische Flotte verfügbar war.

Der Baumeister und Belagerer Aristoboulos beschrieb nun in kargem Stil, was Homeros zu einem gewaltigen Epos oder Aischylos zu einer erschütternden Tragödie gereicht hätte.

Gesandte kamen ihm entgegen. Die Tyrer seien Willens, sich den Befehlen Alexanders zu fügen. Er lobte die Stadt und befahl den Gesandten – es waren dies Mitglieder der angesehensten Klassen, unter ihnen der Sohn des Herrschers, denn Azemilkos selbst befand sich bei der Flotte des Autophradates –, sie sollten den Tyrern daheim melden, er wolle in die Stadt kommen und dort dem Herakles opfern.

In Tyros nämlich steht das älteste Heiligtum des Herakles. Denn bevor Kadmos, aus Phönikien kommend, Theben besetzte und dessen Tochter Semele geboren wurde, die wiederum dem Zeus den Dionysos gebar, gab es einen Kult des Herakles in Tyros.

Diesem wollte Alexander opfern. Doch als die Gesandten von dieser Absicht in Tyros berichteten, beschloß man, den übrigen Befehlen Alexanders zwar nachzukommen, in die Stadt selbst aber weder einen Perser noch Makedonen einzulassen. Dies schien die sicherste Verhaltensweise, war doch der Ausgang des Krieges vorerst immer noch unklar. Auf die Meldung von dieser Entwicklung schickte er die Gesandten wieder fort, versammelte Hetairen, Truppenführer und Berater und hielt folgende Ansprache:

»Freunde und Mitkämpfer! Ich weiß nicht, wie unser Marsch nach Ägypten gesichert vor sich gehen könnte, solange die Perser das Meer beherrschen. Und wie wollen wir ohne Gefahr Dareios verfolgen, wenn wir hinter uns dieses Tyros zurücklassen, dessen Haltung ungeklärt ist, während die Perser Ägypten und Kypros in ihrer Hand haben? Vielmehr muß ein solcher Zustand Gefahren selbst in Hellas heraufbeschwören, denn es steht zu fürchten, daß die Perser erneut das Küstengebiet besetzen und, während wir gegen

Dareios ziehen, mit einer noch größeren Streitmacht zur See den Krieg nach Hellas hinübertragen. Dann werden die Spartaner den Krieg gegen uns beginnen, ja selbst Athen. Sollte es uns hingegen gelingen, Tyros zu nehmen, so ist ganz Phönikien in unserer Hand, und der größte und beste Teil der persischen Flotte, der der Phöniker, wird zu uns herüberwechseln. Denn die Phöniker werden nicht länger auf dem Meer für andere den Kopf hinhalten, wenn ihre Städte von uns besetzt sind. Dann werden wir auch Kypros ohne Schwierigkeiten in unsere Hand bringen und beherrschen ungestört das Meer. Der Zug nach Ägypten wird eine Kleinigkeit sein. Haben wir aber erst einmal Ägypten, dann wird es auch in Hellas nichts mehr geben, was wir zu fürchten hätten, und von der Heimat her gesichert, wird unserem Marsch nach Babylon ein viel größerer Ruf vorausgehen, da wir die Perser von jeglichem Meer abgeschnitten haben werden und auch von dem Land, das diesseits des Euphrat liegt.«

So war es nicht schwer, sie zum Angriff auf Tyros zu überreden. Auch veranlaßte ein göttliches Zeichen Alexander zu diesem Entschluß, denn in der Nacht hatte er ein Traumbild gesehen: Er selbst rücke gegen die Mauern von Tyros heran, Herakles aber nehme ihn an der Hand und führe ihn in die Stadt hinein. Dies hatte Aristandros so ausgelegt, daß es nicht ohne Mühe abgehen werde, Tyros zu nehmen, habe doch auch Herakles seine Taten nicht ohne Mühe vollbracht. Aber ohnedies war zu erkennen, daß die Belagerung von Tyros schwierig werden würde. Die Stadt liegt auf einer Insel und ist an jeder Seite durch eine hohe Mauer befestigt. Zur See schienen die Tyrer überlegen, denn noch immer beherrschten die Perser das Meer, und auch sie selbst hatten eine große Zahl an Schiffen zur Verfügung.

Alexander beschloß, einen Damm vom Festland bis zur Stadt aufzuwerfen. Zwischen Insel und Festland befindet sich eine verschlammte Durchfahrt, wobei das Wasser in der Nähe des Festlandes seicht und schlammig, vor der Stadt aber die Fahrrinne am tiefsten ist. An Steinen und Holz, das man über die Steine zu schichten gedachte, war kein Mangel, in den Meeresboden ließen sich Pfosten leicht einrammen, und der Schlick selbst konnte als Bindemittel für die Steine verwendet werden, um diesen einen festen Halt zu geben. Der Eifer der Makedonen wie auch Alexanders bei der Sache war groß; er selbst war stets anwesend und leitete an Ort und Stelle die einzelnen Arbeiten, ermunterte die Leute oder förderte durch besondere Geschenke die, die sich vor den anderen auszeichneten. Solange man in der Nähe des Festlands am Dammbau arbeitete, ging das Werk leicht vonstatten; man brauchte nicht sehr tief aufzuschütten und wurde von niemandem behindert. Als man sich größerer Tiefe näherte und in Reichweite der Stadt kam, setzte die Beschießung von der hohen Stadtmauer aus ein, und man hatte schwer zu leiden, war man doch mehr im Arbeitsgewand als zum Kampf gerüstet. Auch fuhren mit ihren Trieren die Tyrer bald hier, bald dort an die Baustelle heran: Sie hatten ja noch die Herrschaft zur See und versuchten, den Makedonen das Weiterbauen unmöglich zu machen. Daher stellten diese zwei Türme am Dammende auf, das weit ins Meer vorangetrieben worden war, und brachten auf diesen Wurfmaschinen an; auch hingen von diesen Türmen Blenden aus Leder und Tierfellen, um Feuerpfeile von der Mauer abzuwehren und den Arbeitenden Schutz gegen Pfeilschüsse zu geben. Zugleich sollten von den Türmen aus die Tyrer, die unaufhörlich die Schanzenden zu belästigen suchten, beschossen und verjagt werden.

Dagegen erfanden die Tyrer folgendes: Sie füllten einen Frachter mit Reisig und anderen leicht brennbaren Stoffen, brachten am Bug zwei Masten und rundum eine möglichst weite Brüstung an, um die Fassungskraft an Stroh und Brennmaterial noch zu erhöhen. Auf das Ganze schütteten sie Pech, Schwefel und alles, was dazu dient, einen großen Brand anzufachen. An den Mastbäumen zurrten sie doppelte Rahen fest und hängten daran Gefäße mit Stoffen auf, die beim Herabfließen die Flamme ganz besonders zum Auflodern bringen mußten. Das Achterschiff wurde mit Steinen beschwert, damit der Bug sich aus dem Wasser hob. Man wartete, bis der Wind in Richtung auf den Damm wehte. Dann nahmen die Trieren das Schiff ins Schlepp. Als man sich Damm und Türmen näherte, entzündete man die Brennstoffe, brachte den Brander mittels der Verbindungsleinen zu den Dreiruderern auf volle Fahrt und ließ ihn an der

Dammspitze auflaufen. Seine Mannschaft sprang, als das Fahrzeug schon in Brand stand, über Bord und schwamm davon. Das Feuer griff mit aller Gewalt auf die Türme über, die abbrechenden Rahen ergossen ihren Brennstoff ins Feuer, und zugleich schoß man von den Dreiruderern, die nahe bei dem Bauwerk vor Anker lagen, nach den Türmen, so daß die, die Löschmittel heranbringen wollten, sich ihnen nur unter Lebensgefahr nähern konnten. Und während die Türme in Flammen standen, kamen die Gegner in Massen aus der Stadt gelaufen, sprangen in Kähne und landeten von allen Seiten am Damm, wo sie die Palisadenwand einrissen und die übrigen Maschinen in Brand setzten.

Nun befahl Alexander, bei Neubeginn den Damm gleich vom Festland her breiter anzulegen, damit eine größere Anzahl Türme aufgenommen werden könne, und die Techniker hatten den Bau neuer Maschinen in Angriff zu nehmen. Er selbst zog während dieser Bauarbeiten mit den Hypaspisten und den Agrianen nach Sidon, um dort zusammenzuziehen, was sich an Trieren bereits in seinem Besitz befand; solange nämlich die Tyrer die See beherrschten, schien die Belagerung ihrer Stadt aussichtslos.

Während dieser Zeit erfuhren Gerostratos, der König von Arados, und Enylos, der König von Byblos, daß ihre Städte in der Hand Alexanders seien. Sie ließen Autophradates im Stich und begaben sich mit ihren Schiffen zu Alexander. Zugleich mit ihnen kamen auch noch die Trieren aus Sidon, und so sammelte sich bei Alexander eine Flotte von nicht weniger als 80 phönikischen Schiffen. In diesen Tagen trafen auch zehn rhodische Schiffe ein, dazu aus Soloi und Mallos drei, zehn aus Lykien, ein Fünfzigruderer aus Makedonien mit Proteas an Bord. Kurz darauf landeten in Sidon auch die kyprischen Könige mit 120 Schiffen, nachdem sie von der Niederlage des Dareios bei Issos gehört hatten und Angst bekamen, da die ganze phönikische Küste in Händen Alexanders war.

Um die gleiche Zeit wurden die Belagerungsmaschinen fertiggestellt, die Schiffe rüsteten sich zum Angriff auf die Stadt und zu einer Schlacht auf See. Alexander selbst zog mit Reitern, Hypaspisten, Agrianen und Bogenschützen in Richtung Arabien zum Antilibanon, einem Gebirge, unterwarf dort eine Reihe von Einwohnern mit Gewalt und brachte andere durch Abmachungen auf seine Seite. Nach zehn Tagen kehrte er wieder nach Sidon zurück, wo er Kleandros antraf, der 4000 Söldner mitbrachte.

Nachdem die Flottenrüstung beendet war, ließ er für den Fall, die Seeschlacht entwickle sich weniger zu einem Gefecht der Schiffe als zum Nahkampf der Besatzungen, die Decks der Fahrzeuge mit einer genügenden Anzahl Hypaspisten besetzen. Dann brach er von Sidon auf und segelte nach Tyros, er selbst auf dem rechten Flügel nach dem offenen Meere zu, zusammen mit den kyprischen sowie den phönikischen Stadtkönigen außer Pnytagoras; dieser befehligte zusammen mit Krateros die linke Hälfte. Die Tyrer hatten vorgehabt, sich zum Kampfe zu stellen. Nun sahen sie eine riesige Menge von Schiffen; sie hatten noch nichts davon gehört, daß sich bei Alexander nun auch die Masse der kyprischen und phönikischen Schiffseinheiten befand. Die Schiffe Alexanders ankerten vor Annäherung an die Stadt noch auf hoher See, um die Tyrer zum Kampfe herauszufordern; dann aber, als niemand herauskam, griffen sie unter großem Getöse an. Die Tyrer riegelten die Hafeneinfahrten ab, indem sie Triere an Triere nebeneinanderstellen. Kein feindliches Schiff sollte in der Lage sein, in einem ihrer Häfen vor Anker zu gehen.

So fuhr Alexander, da sich kein gegnerisches Schiff zeigte, gegen die Stadt. Auf gewaltsames Eindringen in den nördlichen Hafen verzichtete er wegen der Enge der Einfahrt und der Sperre. Drei ganz außen an der Einfahrt ankernde Trieren konnten durch die Phöniker versenkt werden, wobei die Besatzung ins Wasser sprang und sich schwimmend an das heimatliche Ufer rettete. Dann ging Alexanders Flotte nahe dem künstlichen Damm vor Anker, wo man vor den Winden geschützt schien. Am nächsten Tag ließ Alexander die Kyprer mit ihren Einheiten unter Andromachos auslaufen und die Stadt von Norden einschließen, während an der anderen Seite des Dammes die Phöniker das gleiche am südlichen Hafen tun sollten. Dort in der Nähe hatte auch er sein Zelt.

Da aus Kypros und ganz Phönikien eine große Anzahl Techniker zusammengezogen und viele Maschinen gebaut waren, konnte man sie jetzt zum Teil auf dem Damm aufstellen, zum Teil auf den Frachtern anbringen sowie auf den Trieren. Und nachdem alles vorbereitet war, schob man von den Maschinen die einen auf dem Damm nach vorn, die anderen mittels der Schiffe; an allen Seiten vor der Stadt gingen sie vor Anker, und man begann die Mauern sturmreif zu schießen.

Die Tyrer hatten auf den Verteidigungsmauern gegenüber dem Damm hölzerne Türme errichtet, um sich von diesen herab zu wehren, und suchten sich auch an anderen Stellen mit Hilfe von Geschossen zu verteidigen, oder sie schossen Brandpfeile direkt auf die Schiffe hinab.

Die Mauern waren an der dem Damm gegenüberliegenden Stelle bis zu 150 Fuß hoch, und man hatte riesige Felsbrocken durch Gips miteinander verbunden. Darüber hinaus wurde den Schiffen, die Maschinen an die Mauer bringen sollten, auch dadurch die Annäherung erschwert, daß man Felsbrocken ins Meer geworfen hatte. Alexander mußte sie aus dem Meer herausbringen; dies war sehr schwer, da man die Arbeit von Schiffen und nicht von festem Boden aus verrichten mußte. Dazu rüsteten die Tyrer auch noch besonders geschützte Boote aus und führten diese an die Anker der Trieren, deren Taue man durchschnitt, um den gegnerischen Schiffen das Festliegen unmöglich zu machen. Alexander rüstete eine große Anzahl Dreißigruderer in gleicher Weise und stellte sie quer vor die Anker, um mit ihnen die heranfahrenden Boote abzuwehren; aber nun schnitten Tiefseetaucher die Ankertaue durch. Jetzt verwendeten die Makedonen eiserne Ankerketten, so daß die Taucher nichts mehr ausrichten konnten. Nunmehr legte man Taue um die Steine und zog sie auf diese Weise vom Damm aus aufs Trockene, um sie dann durch Maschinen hochzuheben und ins tiefere Wasser zu versenken, wo sie keinen Schaden anrichten würden. Und wo man das Meer von Felsbrocken gereinigt hatte, konnten die Schiffe unmittelbar an die Mauer heranfahren.

Die Tyrer entschlossen sich zum Ausfall gegen die kyprischen Schiffe, die vor dem nördlichen Hafen lagen. Vorher tarnten sie die Einfahrt mit Segeln, damit die Einschiffung verborgen blieb, und eines Mittags, als Alexanders Seeleute sich zerstreut hatten, um Verpflegung zu fassen, und auch

Alexander in sein Zelt gegangen war, liefen plötzlich drei vollbesetzte Fünfruderer, ebenso viele Vierruderer und sieben Dreiruderer mit ausgewählter Mannschaft und zum äußersten entschlossenen Kämpfern aus dem Hafen aus. In Kiellinie fuhren sie ruhig dahin und bewegten ohne Taktruf ihre Riemen. Nachdem sie gegen die Kyprer eingeschwenkt und so nahe waren, daß man sie deutlich erkennen konnte, gingen sie zum Angriff über.

Alexander hatte sich zwar zu seinem Zelt begeben, war aber bald wieder zur Flotte zurückgekehrt. Die Tyrer, die sich auf die Schiffe stürzten, trafen einen Teil von diesen völlig leer an, andere bemannte man während des Angriffs mit den Leuten, die gerade zu Verfügung standen. Beim ersten Anlauf wurde der Fünfruderer des Königs Pnytagoras versenkt, dazu das Schiff des Androkles von Amathus und das des Pasikrates von Kurion; darauf drängte man die anderen an das Ufer und suchte sie dort zu zerstören.

Alexander ließ die Mehrzahl der Einheiten, so wie sie gerade besetzt waren, vor der Hafeneinfahrt ankern, damit nicht noch weitere tyrische Schiffe ausliefen. Er selbst fuhr mit seinen Fünfruderern sowie lediglich fünf Trieren, die in der Eile am ehesten zu bemannen waren, um die Stadt herum gegen die ausgelaufenen Tyrer. Und so konnte man von der Mauer aus beobachten, wie die Feinde herankamen, sah auch Alexander persönlich an Bord und versuchte durch lautes Rufen die Leute auf den eigenen Schiffen zur Rückkehr aufzufordern; diese jedoch hörten nichts.

Erst als sie Alexander und seinen Verband auf sich zulaufen sahen, wandte man sich zur Flucht und suchte den Hafen zu erreichen. Indes entkamen nur wenige Schiffe, über die Mehrzahl fielen Alexander und seine Leute her und machten sie fahrunfähig; einen ihrer Fünfruderer sowie einen Vierruderer enterte man noch unmittelbar vor der Hafeneinfahrt. Von den Besatzungen wurden wenige getötet; sobald diese sahen, daß die Schiffe nicht entkommen konnten, schwammen sie in den Hafen zurück.

Nun führten die Makedonen ihre Maschinen bis unmittelbar an die Mauer heran. Zwar hatten die auf dem Damm vorgeschobenen Geschütze kaum Wirkung wegen der Stärke der Mauer, es gelang jedoch, einige Schiffe mit Maschinen an die Nordseite der Stadt zu bringen. Als man auch da nicht weiterkam, fuhr man weiter bis zur südwestlichen und schließlich zur südlichen Seite, um überall den Versuch zu unternehmen, und dort gelang es schließlich, ein größeres Stück Mauer so schwer zu erschüttern, daß sie teilweise auseinanderbrach und einstürzte. Darauf suchte man, soweit der durch den Einsturz gewonnene Raum dies zuließ, eine Brücke anzulegen, und unternahm einen kurzen Landungsangriff. Doch wehrten die Tyrer diesen ohne große Mühe ab.

Zwei Tage später, nachdem er eine Windstille abgewartet hatte, führte Alexander die Maschinen auf den Schiffen an die Stadt heran. Es wurde ein Stück Mauer niedergeworfen, und als die Bresche genügend breit schien, ließ er die Frachter zurückfahren, um zwei andere Einheiten nach vorne zu bringen, auf denen er Zugbrücken hatte einbauen lassen. Diese wollte er auf die Mauerruinen auflegen. Dazu befanden sich auf dem einen der Schiffe Hypaspisten unter Admetos, auf dem anderen Pezhetairen des Koinos sowie er selbst mit seiner Leibwache, um mit zu landen, wo die Mauer dies zuließ. Die Trieren hatten Befehl, beide Häfen anzulaufen und die Einfahrt zu erzwingen, sobald die Tyrer sich gegen ihn und seine Leute wandten. Zugleich sollten sämtliche Schiffe mit Schußmaschinen und Bogenschützen so nahe an die Befestigungsmauer heranfahren, wie die Wassertiefe es zuließ. Auf diese Weise mußten die Tyrer, von allen Seiten beschossen, kopflos werden.

So liefen die Schiffe die Stadt an, ihre Zugbrücken gingen auf die Mauern nieder, und die Hypaspisten drängten mit Gewalt in die Befestigung, wobei Admetos Großartiges leistete; Alexander selbst nahm am Kampf teil, dabei zugleich Zeuge für die anderen, wer von ihnen sich durch besondere Tapferkeit auszeichnete. Dort, wo er stand, geriet zuerst die Mauer in makedonische Hand – die Tyrer von dieser Stelle zu vertreiben machte kaum Schwierigkeiten, sobald die Makedonen nicht mehr abschüssigen Boden unter den Füßen hatten. Dabei wurde Admetos, der als erster die Mauer erstiegen hatte, durch eine Lanze getroffen und starb auf der Stelle; unmittelbar darauf aber hatten Alexander und seine

Hetairen die Mauer fest in ihrer Hand. Sobald mehrere Türme und Zwischenstücke genommen waren, drang er allen voran durch die Schutzwehren zum königlichen Palast vor; von dort aus schien ihm der Angriffsweg in die tiefergelegene Stadt leichter zu sein.

Die Phöniker vor dem südlichen Hafen waren inzwischen auch zum Angriff angetreten, hatten die Sperre durchbrochen und waren dabei, die Schiffe im Hafen zu zerstören, indem man die einen im Wasser angriff, die anderen an Land schob. Die Kyprer wiederum, die auf den nördlichen Hafen zusegelten, fanden eine Sperre gar nicht mehr vor, liefen ein und besetzten an dieser Stelle die Stadt. Als die Masse der Tyrer sah, daß die Mauern besetzt waren, gab man diese auf, rottete sich im sogenannten Agenorion zusammen und wandte sich von dort zum Gegenstoß gegen die Makedonen. Gegen diese Tyrer ging Alexander mit seinen Hypaspisten vor, tötete viele im Kampf und setzte den Fliehenden nach. Da bereits die Seeleute vom Hafen her in der Stadt Fuß gefaßt hatten und auch die Abteilung des Koinos in die Stadt eingedrungen war, kam es zu einem gewaltigen Gemetzel, in dem die Makedonen ihren Zorn austobten, wütend über den durch die Belagerung erzwungenen Aufenthalt und auch deshalb, weil die Tyrer einige ihrer Kameraden gefangen und auf die Mauer gestellt hatten; dann waren sie niedergehauen und ins Meer geworfen worden. So kamen von den Tyrern an die 8000 Mann um, von den Makedonen starben Admetos und mit ihm 20 seiner Hypaspisten. Die Verluste während der ganzen Belagerung betrugen 400 Mann. Alle, die sich ins Heiligtum des Herakles geflüchtet hatten, erhielten Gnade von Alexander – es waren dies die Angesehensten der Tyrer, König Azemilkos und dazu einige Karchedonier. Der Rest wurde zu Sklaven gemacht, und so gelangten an die 30 000 Menschen zum Verkauf, Tyrer und Fremde, die man dort gefangen hatte.

Alexander brachte nun Herakles die Opfer dar und hielt dem Gott zu Ehren einen Festzug mit dem Heer in vollen Waffen ab, und auch die Schiffe nahmen teil.

Die Maschine, mit der man die Mauer niedergeworfen hatte, weihte Alexander im Tempel des Herakles sowie auch das heilige Heraklesschiff der Tyrer, das man beim Einlaufen erbeutete.

Noch während Alexander mit der Belagerung von Tyros beschäftigt war, kamen zu ihm erneut Boten von Dareios mit dem Auftrag zu melden, dieser biete ihm für Mutter, Gattin und Kinder 10 000 Talente. Es solle dazu Alexander alles Land westlich des Euphrat gehören bis zum Meer, ferner möge Alexander eine seiner Töchter heiraten sowie in ein Freundschafts- und Bundesverhältnis mit ihm eintreten. Als man dies im Rat bekanntgab, sagte Parmenion, wäre er Alexander, er würde sich damit zufriedengeben, den Krieg beenden und keine weiteren Gefahren auf sich nehmen. Alexander antwortete, wenn er Parmenion wäre, würde er in der Tat dies auch tun; aber da er nun einmal Alexander sei, werde er Dareios antworten, so wie er ihm dann auch antwortete. Er ließ ihm nämlich melden, er brauche von einem Dareios weder Geld, noch gedenke er einen Teil des Landes anstelle des Ganzen zu nehmen. Denn im Augenblick habe er bereits beides in seinem Besitz, das Geld wie das Land. Und falls er sich mit der Absicht trage, eine Tochter des Dareios zu nehmen, so werde er dies tun, und zwar auch ohne daß er sie ihm erst zu geben brauche. Wenn Dareios Freundschaft erwarte, so möge er zu ihm kommen.

»Woher hast du das?« sagte Dymas, als Harpalos grunzend sein Schreibzeug weglegte und nach heißem Wachs zum Versiegeln brüllte.

»Was? Dieses leblose Geschreibsel von Aristoboulos?«

»Wie kommt Harpalos der Verräter, der außerhalb von Megara seine Ränke schmiedet, flicht oder verzupft, an einen Bericht aus dem Lager des Königs vor Tyros?«

Harpalos hob die Brauen. »Ach, das hat sich so ergeben.«

Dymas grinste. »An einer Stelle hätte ich beinahe gelacht: da, wo der versoffene Spaßmacher Proteas als Schiffskapitän genannt wird.«

»Ah, du weißt vieles nicht, Sänger.«

»Das stimmt. Zum Beispiel ...« Er zögerte.

»Ich könnte dir vielleicht einen Rat geben, wenn ich wüßte, um was es geht.«

»Erzähl mir von Proteas.«

Harpalos gluckste. Er preßte seinen Ring in das heiße Wachs, das eine Sklavin auf den Verschluß des Tonröhrchen geträufelt hatte, und winkte sie aus dem Raum. »Proteas«, sagte er dann, »hat viele gute und schlechte Eigenschaften, und bisweilen gefällt es dem König, die Vorzüge seiner Gefährten durch milden Zwang zu fördern. Er hat Proteas nach Makedonien geschickt, zu Antipatros, mit irgendwelchen Aufträgen. Antipatros wollte den redseligen Trinker loswerden, möglichst ehrenhaft und auf Dauer. Immerhin, er ist ja der Neffe des edlen Kleitos. Deshalb fiel es dem trefflichen Strategen ein, Proteas an Bord eines der nicht eben zahlreichen Kampfschiffe Makedoniens zu senden. Vielleicht hatte er die Hoffnung, Proteas möchte es gelingen, das von den Persern und Phönikern beherrschte Meer leerzutrinken, so daß die gegnerische Flotte keinen Schaden mehr anrichten kann. Proteas hat etwas anderes getan – er hat mit seinem Kampfverband in einer wilden Nacht, und vermutlich waren alle Mann besoffen, eine kleinere persische Flotte angegriffen und ihnen zehn Schiffe weggenommen. Er ist jetzt so etwas wie ein großer Nauarch ehrenhalber.«

Dymas wackelte mit dem Kopf. »Die Welt ist voller Wunder.«

Harpalos lehnte sich in seinem Scherenstuhl zurück, die Hände auf der Tischplatte gefaltet, und starrte an die Decke. »Wie gesagt, bisweilen gefällt es dem König, seine Freunde zu erproben. Proteas ist nicht der einzige.« Er riß sich mit einer merklichen Anstrengung von der Deckenbetrachtung los; sein kühler Blick streifte Dymas, kletterte das Rollengestell hinter dem Musiker empor, fiel wieder herunter. »Andere sind, soweit ich weiß, zur Zeit damit befaßt, die Zustände in Hellas zu, ah, untersuchen und möglicherweise zu beeinflussen. Wie wir alle wissen, sind die Dinge meistens nicht so, wie sie aussehen.«

»Kannst du ein wenig deutlicher werden?«

Harpalos schnaubte; seine Finger trommelten auf die Tischplatte. »Deutlicher? Hmf. Nun ja, warum nicht?« Er grinste. »Nehmen wir ein Beispiel, das ganz in der Nähe liegt. Vorhin, draußen, im Hof, hat die Mauretanierin mich angenehm erleichtert. So dienen auch die Königsknaben den edlen Makedonen, wenn denen gerade danach zumute ist, oder nach einem knackigen Arsch. Wie du, als gelegentlicher Besucher der hohen Kreise, wohl weißt.«

»Ich weiß. Und?«

»Derlei Dinge ... Man spricht nicht darüber, man handelt nicht davon in hehren Tragödien, man tut sie einfach. Dichter und Bildhauer und Amphorenmaler preisen die Liebe zwischen Mann und Frau, von vorn und von hinten; und die unerfüllten Sehnsüchte; und die Philosophen rühmen das edle Beisammensein reifer Männer mit prägbaren Knaben. Dichter beklagen die Sprödigkeit des jungen Gespielen, der nur nach langem Flehen und gegen Geldgeschenke bereit ist, seine Vorderseite zum erleichternden Lendenstoß hinzuhalten und dabei selbst nichts empfindet, außer vielleicht Überdruß. Dinge, die man als niedrig empfindet, werden durch Verzierungen und rankendes Gerede erhöht, damit sie, wertvoll begründet, durchführbar sind. Aber nur Philosophen, die derlei ausbrüten, glauben den Unfug – den eigenen. Acht Zehntel der Männer und Knaben und Frauen und Dirnen in Hellas betreiben andere Dinge, um zu Lust zu gelangen und nicht noch mehr Kinder zu zeugen; nur braucht man nicht darüber zu reden, da es ohnehin jeder weiß. Und daß ein Dichterlein mit fliehendem Kinn, Mundgeruch und wirren Augen dem angebeteten Knaben Geldgeschenke machen muß, heißt noch lange nicht, daß etwa ein kräftiger, machtbewußter, wohlgestaltiger Mann mehr tun müßte als mit den Fingern zu schnippen.«

Dymas kratzte sich den Kopf. »Deshalb erforscht Harpalos nun das Geschlechtsleben der Hellenen?«

Der feiste Makedone lachte. »Harpalos tut nichts dergleichen. Es war dies nur ein Beispiel. Ein anderes wäre die Tugendhaftigkeit und für die Oikumene vorbildliche Gestaltung der athenischen Demokratie. Mit Demen und Phylen und Archonten und dem Areopagos, mit dem Prytaneion und dem Volksgericht. Die zehn Phylen, deren jede fünfzig Männer in den Rat der Fünfhundert entsendet, wo jeden Mond eine andere Phyle den Vorsitz hat, wo über die Dinge entschieden wird ... Alles Unfug. Wie du weißt. Ein Problem wird beraten, sagen wir mal so; wenn es dabei um nichts geht, wird eben einfach beraten und entschieden. Wenn es aber um wichtige Dinge geht, die zum Beispiel die Anliegen reicher Kaufherren oder großer Grundbesitzer oder hehrer Amtsträger berühren, so gibt es viele Wege, diese Anliegen mit Nachdruck zu vertreten. Man kann, wenn man selbst nicht gut redet oder nicht im Rat sitzt, dort gegen treffliche Bezahlung einen trefflichen Redner sein Anliegen trefflich vertreten lassen. Man kann einem, der anderer Meinung ist, Geschenke machen; man kann durch zündende Worte die an diesem Anliegen Unbeteiligten aufwiegeln. Ein Mann, der seine Mutter verehrt, die in einem Mietshaus des Politikers Talantokrates wohnt, wird möglicherweise nicht gegen ein Anliegen des Talantokrates abstimmen, wenn dieser ihm bedeutet, daß seine Mutter entweder in eine bessere Wohnung oder auf den Abfallhaufen ziehen könnte.«

Dymas knurrte leise.

»Es kommt zwar gelegentlich vor«, sagte Harpalos mit öliger Stimme, »daß die Versammlung etwas gegen starke Anliegen beschließt. Aber das ist eher die Ausnahme. Vor, ah, sechzehn Jahren hat Philipp versucht, getreu den Gedanken des greisen und inzwischen ins jenseits entrückten Isokrates einen Hellenischen Bund zustande zu bringen, mit Makedonien als gleichberechtigter Macht neben Athen, Sparta und Theben.«

»Vergiß nicht, daß er auch andere Anliegen hatte – neben der edlen Gleichberechtigung und dem heiligen Bund.«

Harpalos machte eine wischende Handbewegung. »Natürlich, das gehört dazu. Friede ist der waffenlose Ausgleich widerstreitender Anliegen. Damals, und in den folgenden Jahren, wäre es im besten Sinne aller Hellenen gewesen, diesen Bund und Ausgleich anzustreben, der ja auch von vielen gewünscht wurde. Aber dazu hätten alle auf das eine oder andere verzichten müssen – Philipp darauf, in Hellas gewaltsam Einfluß zu gewinnen; Athen darauf, in den eigenen Augen Herz, Kopf und Leber von Hellas zu sein. Eubulos wollte dies – zumindest einige Zeit. Aber andere wie Hypereides oder Demosthenes wollten es nicht. Sie haben Philipp vorgeworfen, er maße sich etwas an, was nur Athen zustehe; keiner von ihnen hat je gesagt, was Philipp tut, sei Unrecht.

Sie mußten so reden und handeln, weil sie sich nur auf diese Weise von Eubulos und den anderen abheben, öffentliche Gestalten mit Einfluß werden konnten.«

»Und deiner langen Rede kurzer, hinkender Sinn?«

Harpalos zwinkerte, aber seine Stimme blieb feierlich und ölig. »Macht, Freund Dymas, nicht das Gemeinwohl; Macht, gestützt auf Reichtum und Worte. Wer die Macht will, muß den anderen ihren Reichtum nehmen und sie knebeln. Oder er muß reicher und lauter sein als sie. Alles andere ist ein seliger Traum.«

»Und deine Aufgabe?«

Harpalos blinzelte. »Aufgabe?«

»Nun denn – dein auftragsloses Anliegen?«

»Besser, Freund, viel besser. Mein Anliegen ist vielfältig. Als wir in Gordion waren, zog Dareios ein gewaltiges Heer zusammen; Memnon rückte mit der Flotte und zahlreichen Truppen nach Norden vor, eroberte die Küste zurück, schickte Gold und gute Worte nach Hellas. Sparta, Arkadien, Achaia, Athen, Teile von Thessalien, dazu die Gebiete im Norden – Thrakien, der ganze Kram – hätten sich ihm angeschlossen, gegen Makedonien. Und ganz Asien. Dann, durch der Götter erbarmungslose Gnade, hmf, starb Memnon. Er war, um ein gräßliches Bild zu verwenden, der angelbewehrte Pfosten, um den die Tür sich drehte, die Hellas und Persien Alexander ins Gesicht rammen wollten. Baah. Aber Agis von Sparta gibt nicht auf. Er hat persisches Gold bekommen, sammelt ein Heer, Kreta wird sich ihm anschließen, seine Flotte wird verstärkt werden durch das, was im Frühjahr noch von der persischen Flotte übrig ist. Die peloponnesischen Nachbarn Arkadien, Achaia, Elis werden ihm folgen. Alle Nachrichten, die zwischen Sparta und Athen, oder Boiotien, oder Thessalien, also Hellas insgesamt und in allen Teilen hin und her gehen, kommen durch Megara, ebenso alle Truppen, wenn sie denn kommen. Deshalb ist dies ein guter Platz. Nicht weit von Korinth, wo viel Geld sitzt und vor sich hin murmelt; nicht weit von Athen, wo immer noch die wichtigsten Entscheidungen getroffen werden.«

»Was ist mit Demosthenes? Ist er – hat er noch die Macht?«

Harpalos lächelte, aber das Lächeln endete unterhalb der Augen. »Demosthenes war nie ein Träumer; er wollte immer Macht, und er wollte Reichtum. Vor allem wollte er überleben. Er hat seinen Pflegesohn Aristion zu Hephaistion geschickt, um die Beziehungen zu Alexander unauffällig zu verbessern. Er hat gleichzeitig persisches Gold angenommen und wurde dann krank; ihn befiel eine Lähmung der Wangenmuskeln, die ihn daran hindert, öffentliche Reden zu halten. Ohne seine Reden aber wird sich Athen nicht der wagemutigen Sache des Agis von Sparta anschließen.«

Dymas stand auf und ging zum Schreibtisch, hinter dem Harpalos wie ein feistes Ungeheuer saß und zu ihm aufblinzelte. »Ich danke dir, edler Makedone, für vielerlei Auskünfte. Du hast mir eine Entscheidung ermöglicht.«

»Das entzückt mich über die Maßen.« Harpalos verzog keine Miene. »Wolltest du die Seite wechseln, oder was? Die Freiheit des Dymas von den Zudringlichkeiten der Herren Demaratos, Antipatros, Bagoas und Hamilkar suchen, indem du dich in die Knechtschaft der frei sein wollenden Hellenen begibst?«

Dymas zeigte die Zähne. »Abgesehen von allem anderen würde es mich kaum von Bagoas und Hamilkar befreien, nicht wahr?«

»Wo willst du nun hin?«

Er zuckte mit den Schultern. »Zurück nach Megara, dann – Athen? In den Schänken spielen? Ich weiß nicht.«

»Der Verräter Harpalos, der Macht und Reichtum genießt, genösse gern heute abend deine Musik, Dymas. Mit Wein und feinen Speisen und biegsamen Sklavinnen. In drei Tagen geht ein Schiff nach Ägypten. Bis es dort eintrifft ist Ägypten nicht mehr persisch, sondern makedonisch.«

Dymas spitzte die Lippen, schaute auf Harpalos hinab, schloß die Augen und pfiff leise. Dann nickte er.

»Ich danke dir; die Gastfreundschaft deines Hauses drei Tage zu genießen wird mich für die Mühsal der Seereise stärken.«

8. DER HEILER UND DAS AMULETT

Drakons Zähne waren etwa ein Jahrzehnt jünger als er, aber auch nach viereinhalb Jahrzehnten noch weiß und kräftig. Der Arzt hatte bei Myriandros Alexanders Befehl, die Bärte zu schaben, getrotzt; der gestutzte, an Kinn und Wangen sorgsam ausrasierte Bart war längst grau, wie das dichte Haupthaar. Und wie der Staub, der sich in den Runzeln und Falten abgelagert hatte. Stadtstaub, Landstaub, zerstäubter Nilschlamm, verwehter Wüstensand. Der Spiegel aus glänzendem Silber verzerrte die Züge, aber Drakon kannte sich zu lange, als daß er noch überraschende Entdeckungen im getreuen Abbild hätte machen können. Mit einem feuchten Tuch reinigte er sich das Gesicht, legte frische Kleidung an, suchte aus der Schale neben dem Nachtlager eine ihm nun gerade genehme Kaukugel – ein großes Weinblatt, gefüllt mit zerhackter Minze, Thymian, einem Hauch Silphion und zwei Dutzend anderen Kräutern –, schob sie in den Mund und verließ das Gebäude am Ufer des großen Flusses.

Zerstreut sah er die Sammlung der tausend Völker, die in Men-nufre lebten, arbeiteten, handelten oder einfach weilten. Seit die Perser vertrieben waren und die Stadt offen war, kamen sie wieder von überall. Die Anzahl hellenischer Frachter an den Flußkais von Memphis hatte sich zumindest vervierfacht gegenüber dem Zustand vor wenigen Monden – als Alexander in die Stadt der Pharaonen einzog, umjubelt von den Ägyptern, Befreier von der grausamen zweihundertjährigen Herrschaft der gottlosen Fremden (sechzig Jahre der Selbständigkeit nicht gerechnet). Auch nach dieser langen Zeit hatte niemand die Geschichten vergessen, die Großkönig Kambyses betrafen: wie er die Verwandten des besiegten Pharao verstümmeln und ermorden ließ, die Priester der uralten Götter aus den Tempeln jagte, Getreide für seine Pferde auf den Altären ausstreute, mit dem eigenen Schwert den göttlichen Apis-Stier schlachtete. Die Krieger des Artaxerxes, elf Jahre zuvor, hatten Schändungen und

Plünderei wiederholt, im Namen ihrer unwirklichen Götter und ihrer Gier. Alexander dagegen kam als Gefäß des Ammon, ehrte die Götter, opferte dem Apis, ließ Tempel wieder aufbauen, wurde *König des Südens und des Nordens, Setep-en-Amun-meri-re, Sohn der Sonne, Herr der Aufgänge, Arksandres,* Liebling des Horos, angenommener Sohn des Amun, Pharao, durch göttlichen Willen rechtmäßiger Beherrscher der Welt, und noch ein paar Dinge mehr.

Dies war vor fünf Monden geschehen; die Nachrichten hatten sich sehr schnell verbreitet. Hellenen, früher spätestens in Naukratis aufgehalten, segelten ohne Behinderung weiter flußaufwärts; Händler aus Kreta, aus Kyrene, aus Karchedon, aus den sikeliotischen Städten, aus Phönikien; bärtige Nabataier in weißen wallenden Gewändern, die Herren der Wüste jenseits von Petra; arabische Kaufleute aus dem fernen Süden, dem mythischen Reich der Sabaier. Am Vorabend hatte Drakon einen Mann mit verzierten Säbeln, zwei Ringen an jedem Finger, ockerbemalter Stirn und goldener Vogelmaske vor dem unteren Gesicht gesehen, vermutlich Gesandter des Herrn von Kane, des Räuberfelsens, der im äußersten Süden Arabiens sogar den Persern getrotzt hatte und letzter Hafen, sagte man, auf dem Weg nach Indien sei. Dazu all die Ägypter, Kuschiten, Garamanten, Maken, Aithiopier; und einige tausend Makedonen, nicht zu vergessen, die das willkommene Gefühl, willkommen zu sein, um das nützliche Gefühl der Sicherheit ergänzten.

Aber all dies sah Drakon nicht wirklich, weder die tausend verschiedenen Arten der Be- und Entkleidung, noch die Boote und Barken und Flöße und Lastkähne und Frachtsegler und Kampfschiffe, noch auch das aufgeputzte breite Boot einer Gruppe von Gauklern, Musikern und Schlangenmenschen. Blind ging er vorbei am Laden eines Mannes, der *sha*-Messer schmiedete und schliff – jene geschwungenen, oft wundersam verzierten Klingen, mit denen die Schreiber ihr Ried spitzten und die Papyrosmacher das Mark in Streifen schnitten; blind für den Holzwerker, der Schiebekästen zur Aufbewahrung von Schreibried und Tinte verfertigte; blind für den breiten niedrigen Tisch des Verkäufers erlesener Töpfereien – Spindelfläschchen für Duftwässer, spitze oder kegelförmige Rhytone mit wulstigem Rand, aus denen Ägyptens Bier so gut mundete, Bauchgefäße für Weihrauch; blind für Perlarmbänder und Elfenbeinschnitzer und Goldschmiede, für Brotverkäufer und Dirnen und Kamelscherer. Selbst den Gruß der Wachen, die ihm den Eingang zum Königspalast freigaben und den er erwiderte, nahm er nicht wirklich wahr, die Standbilder von Göttern und Königen und Löwenmännern, die Säulen und die verzierten Bögen ... Später schrieb er alles getreulich auf, als habe er es gesehen an diesem Nachmittag; er hatte es oft gesehen, und schließlich kam es nicht darauf an, ob das Bild, das er Aristoteles übermittelte, diesem Tag entnommen war oder einem anderen.

Nach kurzer Rückkehr aus der westlichen Wüste hatte Alexander sich nur kurz in Memphis aufgehalten. Drängende Nachrichten aus Syrien, wo man erfahren hatte, daß Dareios ein neues, noch weit gewaltigeres Heer zusammenzog; lästige Nachrichten aus Hellas, wo es dem Spartaner Agis gelungen war, die gesamte Peloponnes bis auf Megalopolis hinter sich zu sammeln und den von Antipatros entsandten Strategen Korragos zu besiegen; dazu der Wunsch – das Sehnen Alexanders –, vor dem Aufbruch nach Asien noch einmal die von ihm und dem Baumeister Deinochares entworfene neue Stadt und die ersten Bauabschnitte zu sehen: All dies hatte den König getrieben, neben seiner gewöhnlichen Unruhe. Er hatte einige Stunden mit Barsine verbracht, die der Schonung und Behandlung bedurfte, nach einer Fehlgeburt, zu früh und blutig. Er hatte Drakon zurückgelassen, der sich um das Wohl der Iranerin kümmern sollte; aber er hatte ihm gewisse Dinge nicht gesagt – Dinge, die Barsine nun wissen wollte.

Und in der Nacht, nach langer Untersuchung, nach umständlicher Zubereitung von Heiltränken und Kräuterumschlägen und Flüssigkeiten zur Reinigung des wunden Leibes, war dem Arzt beinahe eine Schale mit dem schmerzstillenden, beruhigenden Gebräu aus Silphion, Sesamöl, Kinnamon, dünnem Wein und anderen Zutaten aus der Hand geglitten, als Barsine eine Frage stellte, die sie nicht hätte stellen dürfen. Nicht hätte stellen können dürfen sollen ... Sisygambis, Mutter des Dareios, bei der Behandlung anwesend und der Tochter des Artabazos offenbar liebevoll zugetan, hatte keine Miene verzogen; auch sie wußte.

Die halbe Nacht hatte Drakon damit verbracht, Demaratos zu suchen, und mindestens eine weitere Stunde darauf verwendet, den alten Korinther halbwegs nüchtern zu bekommen. Er trieb, als Drakon ihn kurz vor dem Morgengrauen fand, lallend und grölend in einer Papyrosbarke flußabwärts, schon zwei Parasangen unterhalb von Memphis, von Wehmut, Wein und Wahnsinn erfüllt, bellte in den nicht mehr ganz vollen Mond, die Füße auf dem Schoß eines sohlenkitzelnden Eunuchen, den Kopf auf den Knien einer fleischigen Kuschitin. Alle, die außer Demaratos um Rat hätten gefragt werden können, waren weit – Nearchos und Antigonos der Einäugige in ihren Satrapien, mit der Sicherung der Wege und des Nachschubs befaßt, Antipatros irgendwo zwischen Pella und Megara unterwegs; Seleukos und Leonnatos und Laomedon wo auch immer, einer in Syrien, der andere in Phönikien, der dritte – oder erste, je nachdem – wahrscheinlich bei Alexander, wie auch Ptolemaios der Lagide, der als einziger der in diesem Zusammenhang wichtigen Männer den Ritt zur Oase, zum Ammoneion mitgemacht hatte. Als einziger neben Drakon.

In dieser Klemme hätte der Arzt notfalls sogar Aristandros befragt, aber der listige Telmessier, dessen Orakeldeutungen immer großartiger wurden, war mit der Taxis des Perdikkas bereits nach Phönikien aufgebrochen. Drakon schnaubte, als er der glänzenden Leistung des Sehers auf dem Boden dessen gedachte, was die große Stadt Alexandreia an der ägyptischen Küste werden sollte. Dort hatten Alexander und Deinochares nördlich des alten Dorfs Rhakotis einen symmetrischen Plan in den Boden geritzt, mit Straßenzügen, die einander im rechten Winkel so schnitten, daß die frischen Winde möglichst viele Teile erreichen konnten. Alexander hatte Kalk genommen, um die Mauern und Plätze und Hauptstraßen zu kennzeichnen, bis ihm der Kalk ausging; man brachte ihm Körbe mit Gerstenkörnern. Als er diese nun ausstreute, erschienen aus allen Richtungen tausend Arten von Vögeln, die das Korn vertilgten. Der König war ergrimmt, die abergläubischen Krieger waren entsetzt; Aristandros verkündete ohne Zögern, die neue Stadt werde nach dem Willen der Götter Menschen aus allen Weltteilen und Völkern anziehen und ihnen Arbeit, Unterkunft und Nahrung geben.

Er seufzte mehrmals tief; auch der Einfallsreichtum des Telmessiers konnte ihm nicht helfen. Langsam durchquerte er einen Säulenhof, dann den nächsten; überall standen Wachen – Männer aus der Taxis des Krateros; auch sie würden in den nächsten Tagen abmarschieren und durch andere ersetzt werden; überall huschten Sklaven umher; der lange Gang, dessen Boden aus gelblichen Quadern bestand, hallte von seinen Schritten, und das Echo schien seltsam gebrochen durch die Standbilder von Fürsten und Ungeheuern.

Und was hatte Demaratos schließlich gesagt: »Sieh zu, daß du erfährst, was die Frauen wissen; dann sag ihnen, was du für sinnvoll hältst. Und gib mir schnell Bescheid.«

Drakon murmelte »baah«; dann betrat er die Gemächer Barsines. Hinter ihm schlossen Diener die Tür. Die iranische Fürstin hatte in einem der Palasttürme gewohnt, mit wunderbarem Blick über Stadt und Fluß, und mit entsetzlicher Hitze. Drakons Anweisungen waren sofort widerspruchslos ausgeführt worden: Umzug in ein helles, luftiges Geviert von Räumen an einem Innenhof mit Brunnen und Pflanzen. Schlechterer Blick, aber bessere Luft. Vermutlich hatte Alexander, drei Tage früher in Memphis eingetroffen als die meisten seiner Begleiter und längst abgereist, als Drakon ankam, unbedingten Gehorsam gegenüber dem Arzt befohlen.

Barsine entließ ihre Dienerinnen, als Drakon eintrat. Sie sah besser aus als in der Nacht, hatte tief geschlafen bis zum Mittag, das Fieber war gesunken, und die von einem samischen Metzeler, dem man die Hände abhacken sollte, bei der Ausschabung angerichteten Wunden schienen zu heilen, statt weiter unangenehme Flüssigkeiten und Hitze abzusondern.

»Ich danke dir, Herr der Wundertränke.« Barsine lächelte matt, als Drakon sie wieder bedeckt hatte und einen weiteren Trank zu bereiten begann.

»Es ist mir eine Freude, dir zu helfen, Fürstin – und eine Pflicht. Also dank nicht mir. Wo ist Sisygambis?«

»Sie wird bald kommen.«

»Dann laß uns mit der, hm, Erörterung der schwierigen Dinge warten, bis die Mutter des Großkönigs bei uns weilt. Es erspart uns Wiederholungen.«

»Was hast du mit dem Mann aus Samos angestellt?«

Drakon verzog das Gesicht. »Dieser Zermetzeler gesunder Körperteile wird seine Tage auf der Elefanteninsel beenden. Der Nauarch Hegelochos brachte neben Nachrichten auch einige besonders hartnäckig makedonenfeindliche Politiker von den Inseln vor Asien mit – Chios vor allem. Alexander hat sie auf diese Nilinsel verbannt.« Er kicherte. »Vielleicht bringt der Samier einige von ihnen um, in der Ausübung seiner angeblichen Heilkunst. Dann könnte man ihn begnadigen.«

»Erzähl mir von den Dingen in Hellas.«

Drakon hob die Schultern; er schnüffelte an dem Napf, dessen Inhalt sich bräunlich färbte. »Agis hat einen von Antipatros entsandten Strategen besiegt. Das wußtest du schon? Ah. Viel mehr ist nicht zu sagen. Die Peloponnes, mit wenigen Ausnahmen, ist in Aufruhr; Agis wird das bundestreue Megalopolis belagern, so heißt es jedenfalls. Aber wichtiger ist, daß Athens Ohren taub sind. Demades, der jetzt die Staatseinkünfte hegt, hat seinen Mitbürgern klarmachen können, daß es eine sinnlose und blutige Vergeudung wäre, Athens mächtige Flotte den Spartanern zu Hilfe zu schicken. Er hat wohl einiges Gelächter geerntet mit der Bemerkung, die letzten Jahrhunderte hätten erwiesen, daß Sparta mit athenischen Schiffen immer sorglos umgeht, selbst wenn der mögliche Gegner nicht alle Flotten von Asien und Phönikien aufbieten kann.«

Barsine ließ ein leises Lachen hören; es schien ihr keine Schmerzen im Leib mehr zu bereiten. »Und euer besonderer Freund Demosthenes, Vorkämpfer der hellenischen Freiheit?«

»Demosthenes der Windweiser, der immer in die Richtung zeigt, wo für ihn der größte Einfluß zu holen ist, schweigt mit erstaunlicher Verbissenheit und schielt übers Meer in des Königs Lager, wo sich sein Pflegesohn Aristion aufhält. Er scheint zu finden, daß der zweimal gegen persische Heere siegreiche Alexander, König und Gott Ägyptens, Beherrscher der Phöniker und vieler Asiaten, mehr Macht und Reichtum verheißt als der Spartaner, der bisher nur mit einem Unterstrategen des Antipatros zu tun hatte.«

»König und Gott ...« Barsines Stimme zerfaserte; sie räusperte sich. »Er hat sich verändert.«

Drakon lachte gepreßt. »Er verändert sich unausgesetzt, seit ich ihn kenne.«

»Deine Lügen wären eine Wohltat, wenn ich sie nicht durchschaute.«

Drakon hob die Hände. »Ah, nichts schlimmer als eine kluge Frau; sie entblößt die Dummheit der Männer.«

Mit einem Schwarm von Dienerinnen trat Sisygambis ein. Nach den Begrüßungen ließ sie Wasser und Wein bringen, verscheuchte ihre Begleiterinnen und setzte sich auf Barsines Bett.

»Sprich, Heiler der Leiber, damit wir wissen.« Sie war mild und liebenswürdig, wie immer, aber in ihrer Stimme steckte Stahl.

Drakon verschränkte die Arme und lehnte sich an den Fenstersims. Im Hof sangen Vögel; etwas wie der Geruch von Geißblatt drang ein.

»Was wollt ihr wissen, edle Frauen?«

»Laß uns beginnen mit eurem Ritt. Und mit den Auskünften des Gottes.«

Drakon begann zu erzählen; dabei schloß er die Augen, um Bilder aus dem Gedächtnis hervorzuholen. Alexanders Suche nach dem besten Platz für die neue Stadt, die Hauptstadt des Reichs werden und den Handel anziehen sollte – Hauptstadt eines Reichs, über das er mit seinen Makedonen noch würde streiten müssen, jedenfalls mit den älteren. Der Aufbruch nach Westen, mit einer Ile Hetairenreiter unter Amyntas, dazu ein paar Diener, Königsknaben und andere Begleiter wie Aristandros. Sie ritten nach Westen, zwischen der brennenden libyschen Wüste und dem gleißenden Meer, das die Sonne spiegelte, über die uralte Karawanenstraße nach Paraitonion, wo Gesandte aus dem hellenischen Kyrene ihre Freundschaft sowie Streitwagen und 500 gute Pferde anboten, was Alexander gnädig annahm. Von Paraitonion brachen sie mit einheimischen Führern nach Süden auf, ritten tagelang durch sengende Sonne und blendende Sandstürme, über glühenden Sand und erhitzte Schieferflächen, die unter den Hufen barsten, und endlich erschien ihnen, wie die Elysischen Gefilde und alle persischen *paradeisos*-Gärten vereint, das ewige Leben in tödlicher Wüste: die langgestreckte Senke der 280 Quellen, mit Ölbäumen und Dattelpalmen, mit steingefaßten Brunnen und kleinen kühlen Seen im Schatten der Bäume, mit Tempeln und gepflasterten Straßen, mit den Häusern der Einheimischen, der Burg des Königs von Siwah, den Weideflächen für Karawanentiere, den Zeltplätzen für viele und den Gasthäusern für wenige Fremde.

Sisygambis unterbrach. »Laß mich zwei Fragen stellen, Drakon. Es heißt, unser Großkönig Kambuzhya, den ihr Kambyses nennt, habe vor zweihundert Jahren nach aller Schändung des Nillandes auch noch das Ammoneion von Siwah zerstören wollen. Weiß man dort etwas darüber?«

»Nur, daß man sich selbstverständlich göttlichen Schutzes erfreut.« Drakon lächelte spöttisch. »Der König, dieses Schutzes gewiß, erhebt würgende Zölle von den Karawanen; die Bewirtung ist für Fremde teuer; der Tempel des Amun-re erwartet Geschenke und Weihgaben, die seiner Bedeutung zumindest entsprechen; und wie das Beispiel des Kambyses zeigt, ist der göttliche Schutz zuverlässig. Man erzählt dort die gleiche Geschichte wie hier und bei euch in Iran, Fürstin: Fünf Zehntausendschaften, auf dem Weg von Memphis nach Siwah, wurden durch Amuns Zorn bei einer mittäglichen Rast von einem Sandsturm überrascht und unter Sandbergen begraben. Niemand hat sie je gefunden.«

»Dein spöttisches Lächeln«, sagte Barsine. »Ist da noch etwas?«

»Fürwahr. Jener, der zu unser aller Freude dein Lager teilt, König und Gott Ägyptens, Herrscher der Makedonen, Hegemon des Hellenischen Bundes und demnächst, so das Orakel, Herr von ganz Asien …«

»Hat das Orakel dies gesagt?« Sisygambis' Stimme war flach.

»Es hat – soweit ich weiß. Jener also, Alexander, kam in

guter Begleitung. Die Preise für die Bewirtung waren, wie wir hörten, ungewöhnlich niedrig, und die Anwesenheit von zweihundertsechsundfünfzig Hetairenreitern mäßigte die Gier des Oasenkönigs zu überschäumender Gastlichkeit.«

Sisygambis blieb ernst, während Barsine leise kicherte.

»Die zweite Frage ist: Hat Alexander die Begleiter ausgesucht? Dich, zum Beispiel, und den Ilarchen Amyntas?«

Drakon runzelte die Stirn. »Er hat, Fürstin – er weiß immer alles, was vor sich geht, und meistens kümmert er sich auch um derlei Kleinigkeiten. Übrigens sollte ich zunächst gar nicht mitreiten, aber Philippos, sein Freund und Arzt, wurde am Ufer des Mareotis-Sees, bei der neuen Stadt, von einer Schlange gebissen und bedurfte der Erholung. So kam ich dazu, Arzt für alle zu sein und den König zu begleiten. Ich habe es genossen, auf dem Weg lange Gespräche mit meinem Sohn zu führen, Peukestas, der als Königsknabe dabei war. Man sieht sich sonst selten …«

»Ist es ungewöhnlich, daß Alexander diesen, mhm, Amyntas mit der Leitung der Ile betraut hat?«

Drakon zögerte. »Ein wenig, ja, aber nicht so sehr. Ich hätte erwartet, daß er von den verfügbaren Leuten – es waren ja nicht allzu viele dabei, dort, wo Alexandreia gebaut werden soll – einen der ehrwürdigen älteren Freunde nimmt, Kleitos den Schwarzen. Aber dem übertrug er die Sicherung der Gegend, bis auf weiteres.«

»Wie ging der Besuch des Ammoneions vor sich?«

»Schnell.« Drakon lachte. »Wir sind angekommen, haben uns gelabt und die Pferde getränkt. Alexander hat mit dem König gesprochen und, ah, gewisse Vereinbarungen getroffen. Die Männer haben Zelte aufgeschlagen, ein paar von uns wurden in Gasthäusern untergebracht; dann ist er zum Tempel gegangen.«

»Was sind das für Vereinbarungen?«

Der Arzt seufzte. »Du bist sehr gründlich, Mutter des Dareios. Siwah liegt an der südlichen, der älteren Handelsstraße von Ägypten nach Libyen. Südlich von Kyrene, bei den Philainischen Altären, kommen die Küstenstraße und der Wüstenweg zusammen. Der Handel mit dem großen, mächtigen und reichen Karchedon benutzt meist die Südstrecke; sie berührt auch die Länder – wenn man die Wüsteneien so nennen mag – der Maken, Augilen und Garamanten, wo das kostbare Silphion gedeiht, unbezahlbar als Würze und noch teurer als Arznei.«

Er sprach nicht weiter; Barsine sagte langsam:

»Dann wird wohl von hier aus jemand auf Dauer nach Siwah geschickt, um mit Billigung des Oasenkönigs Handelsmöglichkeiten zu erforschen, vor allem aber Nachrichten über Karchedon zu sammeln?«

Drakon hob die Schultern. »Wie ihr wißt, hat jede Handlung Alexanders mehrere vorher erwogene Zwecke.«

»Hat Alexander bereits Anweisungen hierzu gegeben?«

»Er hat Demaratos einen Brief hinterlassen; der Korinther sucht geeignete Leute aus.«

»Der König hat also nicht mit ihm gesprochen, seit er aus Siwah zurückgekehrt ist?« sagte Sisygambis.

»Nein. Worauf wollt ihr eigentlich mit diesen Fragen hinaus?«

Die Königsmutter winkte ab. »Wir wissen noch nicht genug, um es zu sagen. Ich verspreche dir aber beim Lauteren Feuer, daß du es heute noch erfährst – so viel, wie überhaupt zu sagen ist.«

»Na gut.« Drakon knurrte etwas Unverständliches; dann beschrieb er die Sonnenquelle, deren Wasser immer die gleiche Wärme hatte, und schließlich den Tempel des Amun, das eigentliche Ammoneion.

»Ein Tempel wie jeder andere, nur älter und ehrwürdiger. Kroisos hat das Orakel befragt, ebenso Perseus und Herakles, Alexanders großer Ahnherr. Pindar hat es besungen und ihm einen Tempel in Theben geweiht. Aber das wißt ihr. Es ist das älteste und heiligste aller Orakel. Bei feierlichen Umzügen wird die Barke, in der der Gott weilt, herumgetragen, und manchmal nickt sie oder bewegt sich seitlich. Für den König und Gott Ägyptens hat man das alles etwas … inniger gestaltet.«

Der Oberste Priester des Heiligtums erwartete den König vor dem Tempel; er begrüßte ihn als *Sohn des Amun, Guter Gott, Herr der beiden Lande.* Es war die zeremonielle Begrüßung für den Pharao; es war aber auch mehr, viel mehr. Das wichtigste Heiligtum des ältesten der großen Götter hatte die Handlungsweise der Priester und Fürsten von Memphis bestätigt: Alexander trug die Doppelkrone des Pharao, den Krummstab und den Dreschflegel, war Gott und König, Verkörperung und Sohn des Amun-re und des Osiris; er war der Goldene Horos, Mächtiger Fürst, geliebt von Amun, Beherrscher des Oberen und Unteren Ägypten; er war dies durch die Macht seiner Waffen, durch den Ratschluß der Priester und Fürsten Ägyptens. Und nun wußte er, wußten alle, daß er es auch durch göttlichen Willen war:

»Rechtmäßiger Pharao, Gefäß und Sohn des Ammon, der Zeus ist, und somit selbst ein Olympier.«

»Was bedeutet das genau, für euch Hellenen?« sagte Sisygambis. »Ist er unsterblich? Allmächtig? Unfehlbar?

»Er wird eines Tages sterben wie jeder von uns, aber nach seinem Tod zu den Göttern gehen und ewig leben, während wir vergehen wie die Blumen, wenn sie verblühen, und allenfalls im Gedenken der Nachkommen noch ein wenig überleben.«

»Ist denn eure Unterwelt nicht ewig?«

Drakon kaute auf der Unterlippe. »Ich weiß es nicht. Es gibt viele gegensätzliche Aussagen. Nur Helden und Halbgötter leben im Schattenreich, sagen die einen; und alle Toten, die dies nicht sind, verschmelzen mit den Schatten, wobei sie in diesen aufgehen, oder untergehen, und nicht mehr selbst sind. Aber es gibt da viele Meinungen. Bis hin zu jener, die sagt, all dies sei von Menschen erfunden, um die Angst vor dem endgültigen Tod zu überwinden.«

Nach längerem Schweigen sagte Barsine: »Wie war das, als der Priester die Begrüßung sprach? Wart ihr dabei? Habt ihr es gehört? Wie hat es auf Alexander gewirkt?«

»Es war«, sagte Drakon tonlos, »als wäre im heißen Spätnachmittag mit einem unvorstellbar gewaltigen Katapult ein riesiger Eisblock auf uns geschleudert worden und zwischen uns eingeschlagen. Wir waren starr. Fassungslos. Alexander taumelte, als ob ... als ob Atlas sich in nichts auflöst und die Last des Himmelsgewölbes auf Alexanders Kopf stürzt, dröhnend und unerträglich. Er hat mit den Armen gerudert, sich an einer Säule festgehalten.«

Dann führte der Oberste Priester ihn in den Tempel; die anderen blieben verwirrt zurück. Einige wanderten umher, versuchten, verwickelte Gedankenstränge aufzuriffeln oder das zerknitterte Gewebe ihres Gemüts zu glätten; andere betranken sich in den Schänken; wieder andere saßen mit Kameraden um ein Feuer, oder sie lagen unter dem gefräßigen Himmel und suchten zwischen den Sternen die Trümmer ihrer Seelen. Sie aßen Datteln, Brot und Fleisch, tranken Palmwein, hielten ihre Gesichter in den sanften, kühlenden Nachtwind, hörten das Zischeln und Keckern fremder Vögel in den Bäumen, das wispernde Wasser der Brunnen, rochen die Tiere und Pflanzen und Menschen des Oasenreichs. Als der Lärm der Schänken starb, die Feuer niederbrannten und das Wegelicht auf dem höchsten Turm der Königsburg als einziges noch mit den Sternen sprach, wurde die Wüstennacht kalt, und der kalte Hauch schien vom Tempel zu kommen, wie eine ferne Ahnung von heiserem Flüstern; und hin und wieder ein Ton, als berühre jemand den Rand eines großen Bronzegongs mit einem frisch aus der Brust geschnittenen, zuckenden Herzen.

Sie alle wußten, daß sie gestorben waren – alle, auch jene, die nicht an Götter glaubten; daß die Nacht ewig währen mußte; daß ein schleimiges Ungeheuer, halb Schlange, halb Qualle aus der Burg kommen würde, mit dem blutroten Kopfputz des Oasenkönigs, um sie alle zu verschlingen; und daß nur Alexander sie ins Reich der Lebenden zurückführen konnte. Drakon suchte irgendwann den Seher, aber Aristandros war nicht zu finden.

Im Morgengrauen verließ Alexander den Tempel. Er taumelte, schien sich an einen Luft-*daimon* zu klammern. Die Augen lagen tief in den Höhlen, als habe er nicht eine Nacht, sondern eine schlaflose Woche im Tempel verbracht. Ehe er zum Gott ging, hatte er sich wie alle gereinigt und frische Kleidung angelegt; nun waren seine Wangen von Stoppeln bedeckt, der Chiton war fleckig, hier und da zerrissen, und der König stank nach Schweiß, nach Kot, nach erbärmlicher Angst.

Sie umringten ihn, drängten sich in einem großen Kreis um ihn her, riefen durcheinander, wollten ihn berühren, schrien Fragen.

Alexander schüttelte sich, wie einer, der aus einem weglosen Traum erwacht. Er lächelte mühsam, blickte in die Gesichter und sagte:

»Der Gott hat mir gesagt, was ich zu wissen begehrte.«

Dann taumelte er wieder, streckte den Arm aus, hielt sich am Zweig eines Dornenstrauchs fest und murmelte: »Ich bin ein Gott.« Mit einer Grimasse betrachtete er die Risse in seiner Hand, die Spuren der Dornen; Blut sickerte heraus. Er lächelte schräg. »Oder doch nicht?«

Drakon beendete seinen Bericht mit ein paar Sätzen über die Rückreise, den langen Ritt über die südliche Handelsstrecke, von Quelle zu Quelle, zum Oasensee von Shedet – wo die meisten sich einige Tage ausruhten, während Alexander sofort weiterritt – und dann nach Memphis.

Barsine hatte die Augen geschlossen; ihre Hand krampfte sich um einen Zipfel der dunkelgelben Decke.

Sisygambis räusperte sich; mit kalter Stimme sagte sie: »Du lügst, edler Makedone. Jedenfalls insofern, als du wichtige Teile der Wahrheit ausläßt.«

»Was willst du hören? Die Feier am Tag nach dieser Nacht, als das Bild Ammons in der Barke herumgetragen wurde und durch Nicken, Schwenken und Zurückweichen Fragen der Krieger beantwortet hat? Die Anzahl der Weihegeschenke, die Alexander machte?«

»Andere Dinge. Wie du weißt, Drakon, denn du redest geschickt um sie herum. Warum willst du uns glauben machen, du, der kühle, vernünftige, skeptische Drakon – du seist der Magie der Nacht unterlegen? Eine schöne Beschreibung, gewiß, aber aus deinem Mund unglaubwürdig. Zumindest was dich angeht. Wo war Aristandros? Wann ist er wieder erschienen?«

»Hab ich mich verplappert?« Drakon breitete die Arme aus. »Er war einfach wieder da, am nächsten Tag.«

»Pah. Warum hast du in deinem Bericht nicht ein einziges Mal Ptolemaios erwähnt, den Sohn des Lagos?«

»Ah!«

»Ja, ah! Und die anderen Fragen, die Alexander dem Gott gestellt hat – wie hat er sie gestellt, wie wurden sie beantwortet? Vor allem aber« – sie beugte sich vor und starrte in seine Augen – »das *ankh* mit dem Horosauge. Das Amulett.«

Drakon ging durch den großen Raum, wandte den Frauen den Rücken zu. »Machen wir einen Handel?« Er nahm einen leichten Stuhl und setzte ihn neben Barsines Bett.

»Was für einen Handel?«

»Ihr sagt mir, was ihr wißt; und warum ihr wissen wollt, was ich weiß. Dann werde ich antworten – vielleicht.«

»›Vielleicht‹ reicht nicht«, sagte Sisygambis.

Drakon seufzte. »Ich könnte es versprechen und mich nicht an das Versprechen halten.«

»Sprich – Mutter.« Barsine flüsterte eher, als daß sie sprach. »Oder laß mich beginnen.« Sie versuchte sich ein wenig aufzurichten, gegen die Kissen gelehnt; zuerst blickte sie Sisygambis an, deren Gesicht regungslos blieb; dann wandte sie sich an Drakon.

Es war die Geschichte, die er kannte; was ihn verblüffte und ein wenig erschütterte war lediglich, daß Barsine so viele Einzelheiten wußte – Dinge, die Demaratos und seine verschwiegensten Leute in langen Jahren ermittelt hatten. Dinge, die aus guten Gründen so nicht einmal an Alexander weitergegeben worden waren. Und was immer Philipp gewußt haben mochte, ließ sich nicht mehr erraten. Die Verbindung der alten Symbole für Leben und Scharfblick, ewiges Leben und ewigen Verstand; auf karge Formen zurückgeführt eines der Zeichen für *Gott* in der Keilschrift Mesopotamiens; Unsterblichkeit war eine der Bedeutungen, die andere faßte das Erraten oder Weissagen göttlichen Willens zusammen, im vielleicht nur scheinbaren Widerspruch zum gottlosen, sich selbst genügenden Verstand. Barsine wußte, daß der Halbägypter Ptolemaios von Aloros, Beischläfer von Philipps Mutter Eurydike, das Symbol als Amulett getragen hatte; daß ein hellenischer Händler einige Zeit vor Alexanders Geburt, vielleicht sehr lange vorher, in einem verfallenen Tempel Ägyptens ein derartiges Amulett erhalten hatte, das aus Siwah kam, zusammen mit dem Auftrag, es in den Norden zu bringen, zu den Heiligtümern von Dodona und Samothrake; daß der große Himmelsmond des Widdergottes Ammon-Zeus noch nicht vollendet war, daß aber – ehe der

Herr der Fische auftrat – Ammon ein neues Gefäß, einen neuen Pharao zur Wiedererrichtung seines Reichs suchen mußte und es im Norden erwartete; daß die Herrscher, die Ägypten von den Persern befreit hatten, vor nunmehr siebzig Jahren, den Priestern von Siwah als unrein, ungeeignet erschienen; daß die molossische Königstochter Olympias zunächst im Heiligen Hain von Dodona, dann im Tempel zu Samothrake als Priesterin und *hetaira* ausgebildet worden war, und daß die Unterweiser, zu denen ein Ägypter gehörte, ihr gesagt hatten, sie werde das neue Gefäß des Ammon gebären; daß Aristandros all dies wußte und dafür gesorgt hatte, daß Philipp zur Aussöhnung mit den Göttern Samothrake aufsuchte, wo er Olympias sah, begehrte und zur Frau nahm; daß – dies wußte Drakon nicht – vor elf oder zwölf Jahren, als Rtakhshassa – Artaxerxes – Ägypten zurückholte ins Persische Reich, die Priester von blutigem Widerstand abgeraten hatten, weil das neue Gefäß des Ammon bereits lebe und bald kommen werde; daß dieses ägyptische Zeichen seit etlichen Jahren zunächst in Mesopotamien und Phönikien, erst später, nach der erneuten Eroberung, in Ägypten als Zeichen jener verwendet wurde, die insgeheim Widerstand gegen Iran zu leisten versuchten. Und daß Bagoas der Heile, Lenker und Planer der geheimen Aufklärungsdienste des Großkönigs, das Zeichen ebenso kannte wie Hamilkar, sein Gegenspieler in Karchedon, wo das Zeichen, auf die letzten einfachen Formen beschränkt, Symbol der Stadtgöttin Tanit sein konnte.

»Wir haben lange gesprochen, seit Parmenion mich in Alexanders Zelt brachte. Ich liebe deinen König, Drakon; ich teile sein Lager, sooft es möglich ist, und gern würde ich ihm Kinder gebären. Kinder der Liebe, die keinen Anspruch auf seine Macht und sein Erbe haben.« Ihre dunklen Augen schwammen; einen Moment tastete sie mit der Rechten nach ihrem Leib, den Verbänden. Sie schluckte mehrmals, ehe sie fortfuhr. »Er war ein Gefäß voll Feuer und Schwärze. Nach der Rückkehr aus der Oase habe ich ihn nur kurz gesehen, und ich hatte Schmerzen und Fieber. Aber – was ich gesehen habe, war kein Fieberwahn, sondern eine furchtbare Wahrheit. Das Gefäß ist undicht geworden, Drakon; Feuerzungen schlagen heraus, und Schwärze sickert in die Welt. Es ist ... Er hat mir die Worte des Aristoteles berichtet, von dem System aus Waagen und Balken und Schalen im Inneren eines Menschen. Es ist, als ob dieses System in ihm, in Alexander, jetzt nicht mehr ausgewogen wäre.« Sie zögerte. »Als ob ...« Ihre Hände wollten Wörter, Begriffe aus der Luft pflücken.

»Als ob«, sagte Sisygambis, hart, »die Trennwand im Gefäß, die Feuer und Schwärze auseinandergehalten hat, ebenso rissig geworden wäre wie die Gefäßwand nach außen. Er hat sich geändert. Verändert. Verwandelt. Ich habe es auch gesehen; ich, ohne Fieber.«

»Was weiß er?« Drakons Stimme war belegt, die Kehle wie rissiger Uferschlamm ohne Aussicht auf eine Nilschwelle. Er hustete, schluckte, leerte seinen Becher und füllte ihn neu aus dem Krug, dessen Griff zwei kleine zusammengebogene Widderhörner waren. Hörner des Ammon, aus zerbrechlichem Ton.

»Alles.«

»Alles? Bist du sicher?«

Barsine nickte. »Alles, was ihr ihm verheimlichen wolltet. Seine Mutter hat es ihm gesagt, kurz vor dem Aufbruch.«

»O ihr Götter!« Drakons Hand zitterte; aus dem übervollen Becher flossen ein paar Tropfen auf seinen hellen Chiton und färbten ihn wie Blut. Er trank wieder, tief, wischte sich den Mund und blickte die beiden Frauen an.

»Drei Enkelkinder habe ich«, sagte Sisygambis; plötzlich klang sie müde. »Stateira, Drypetis, Ochos. Ihre Mutter war meine Tochter und Schwiegertochter Stateira, gestorben im Lager vor Tyros, der Vater ist mein Sohn und Schwiegersohn Dareios. Nun habe ich eine weitere liebe Tochter, Barsine; und einen sehr teuren Sohn, Alexander. Ich wünschte, nie einen Mann gekannt und nie Kinder geboren zu haben. Was ich liebe, taumelt in einen schwarzen Abgrund; was ich hasse, kann ich nicht benennen.«

Barsine preßte die Lippen zu einem Strich. »Stateira starb bei einer Fehlgeburt, ich habe eine überlebt, Mutter. Dein Sohn, der Großkönig, ist in Susa und hält meine Kinder als Geiseln gefangen; deine Enkel wenigstens sind bei dir. Mäßige deine Klage.«

Drakon blinzelte; plötzlich schien Sisygambis uralt und zerbrechlich, die geschwächte Barsine die stärkere von beiden. Er holte tief Luft und schüttelte den Kopf.

»Laßt uns nicht um Kinder und Enkel klagen. Wir haben noch zwei oder drei Dinge zu bereden. Ein rissiges Gefäß. Feuer und Schwärze ... Vielleicht seht ihr mehr als ich, oder ihr seht anders. Vielleicht sollten Frauen und Männer nicht die gleiche Welt und nicht die gleiche Sprache verwenden. Es ist mir zu – mystisch. Aber: Hat er etwas gesagt, als ihr darüber gesprochen habt, Barsine?«

Sie hob die Brauen. »Natürlich; wie hätten wir sonst gesprochen?«

Drakon ächzte. »Nimm bitte meine Rede über die Sprache nicht so wörtlich, daß du mir nun meine Rede zerpflücken müßtest.«

»Er hat nicht geklagt. Er klagt nie. Er war sehr ruhig, gelassen, als ob all dies etwas wäre, was er längst bei sich beschlossen hat. Er sei von Olympias zu einem Werkzeug gemacht worden, von Philipp zu einem anderen, und Ammon – oder dessen Priester – hielten ihn wohl für eine Puppe, die über die Jahre und Parasangen hinweg an Fäden tanzt, wenn man zieht. Entweder, sagte er, gibt es die Götter, oder es gibt sie nicht. Vielleicht hat man einen übersehen – jenen, dem die Athener vorsichtshalber einen Altar geweiht haben, den Unbekannten Gott. Vielleicht ist dieser Unbekannte auch der Gott hinter den Göttern, der diese wie Puppen tanzen läßt.«

Drakon wartete, aber sie sagte nichts mehr.

»Komm, Fürstin, das kann nicht alles gewesen sein. Ich kenne ihn zu gut, um das anzunehmen. Er ehrt die Götter, an die er nicht glaubt, befragt Orakel, die Aristandros auf seinen Befehl hin gezielt auslegt; all dies, ja. Aber er wird nicht nachts, mit dir und einigen Wächtern ohne Augen und Ohren allein, von den Göttern reden und dann abbrechen.«

»Bist du sicher, daß du es wissen willst?«

Er raufte sich die Haare. »Bin ich sicher? Götter, war je ein Sterblicher sicherer?! Ich muß wissen, damit ich wägen kann.«

»Damit Demaratos wägen kann, nicht wahr?«

Drakon starrte sie wortlos an; Barsine lächelte dünn.

»Nun denn«, murmelte sie, »wenn du unbedingt willst ... Er hat gesagt, als Mann, als König, werde er diesem ungeheuren Sehnen folgen, die Rückseite des Windes zu suchen und die Unterkante der Welt, und wenn er dazu die ganze Welt erobern müsse, werde er genau dies tun. Sollte sich aber erweisen, daß er mehr als ein gewöhnlicher Sterblicher sei, nicht nur Krieger, sondern auch Gott, dann müsse er eben die Götter herausfordern, ihnen die letzten Antworten entreißen, die er bei Menschen nicht finden könne – wenn es Götter gibt.«

Drakon fühlte, daß er blaß geworden war. Mit dumpfer, flacher Stimme berichtete er von den Vorbereitungen, die alle Zufälle hatten ausschließen sollen.

Von Memphis aus, vor dem Aufbruch zur Suche nach Alexandreias Bauplatz, waren Boten durch die Wüste nach Siwah geschickt worden, um die Ankunft des Königs zu melden. Demaratos, der nicht mit nach Norden ritt, hatte diesen Boten seinen besten »Ägypter« nachgesandt, einen klugen Makedonen namens Simmias, der sich in Ägypten Si-amun nannte, Sohn des Ammon. In Siwah hatte Alexander ihn gesehen, ein wenig empört, ihn dann aber zu seinem bevollmächtigten Statthalter dort gemacht. Unabhängig von allem, was der Oasenkönig Wenamun oder die Priester des Tempels meinen mochten, war das Ammoneion nun Teil von Alexanders Reich. Simmias/Si-amun würde am Westrand der Oase in der Nähe eines alten Grabhügels ein großes Haus bauen lassen und Karchedon, Kyrene, die Maken und Garamanten sowie die Oase beobachten. Er würde Truppen erhalten, und ausreichend Geld.

Drakon hatte nur wenig von dem Palmwein getrunken, den man den Begleitern Alexanders einschenkte. Es hatte ihm mißfallen, daß der Wein aus einem Nebengebäude des Tempels kam, kurz nachdem Aristandros dieses Nebengebäude betreten hatte. Die Nacht sei zweifellos von seltsamen Dingen erfüllt gewesen; Drakons Schilderung entspreche jedoch dem, was die anderen empfunden hatten. Seine Empfindungen seien gewöhnlich gewesen, abgesehen von einer leichten Beklommenheit.

»Demaratos«, sagte er, »weiß, wie das Orakel vor sich

geht. Nicht nur das mit der Barke, das die gewöhnlichen Besucher befragen können, sondern das hohen Fürsten oder dem Pharao vorbehaltene Verfahren. Im Innersten des Tempels ...«

»Woher weiß der Korinther das?« sagte Sisygambis.

»Auch Priester sind bestechlich. Oder schmerzempfindlich ... Im Tempel, im Innersten, liegt der Raum, wo das große Standbild des Ammon sich befindet, der auch Zeus ist. Der Kopf des goldenen Gottes ist hohl. Hinter ihm ist die Wand, dahinter eine winzige Kammer, die durch geheime Gänge mit Räumen unter dem Tempel verbunden ist. Der Fragende – ein Fürst, ein König – wird von einem Priester begleitet; bei Alexander war es der Oberste Priester des Heiligtums. Der Fragende spricht laut mit dem Gott, stellt seine Fragen. Nach einiger Zeit nimmt der Priester, der ihn begleitet, aus dem Mund des Gottes einen Papyros, auf dem die Antworten stehen.«

Barsine und Sisygambis wechselten einen langen Blick.

»Das heißt«, sagte Drakon, »daß jemand in der Kammer hinter dem Gott die Fragen hört. Er kriecht in die Gemächer unterhalb des Tempels, wo die übrigen Priester – oder die klügsten von ihnen – warten. Er nennt die Fragen; dann wird beraten, schließlich schreibt man die Antworten auf, und der Lauscher kriecht zurück in die Kammer, von wo er den Papyros in Ammons Mund schiebt.«

»Und?« sagte Sisygambis. »Die Fragen?«

Drakon schnitt eine Grimasse. »Bevor wir dazu kommen, müssen wir über Ptolemaios reden. Alexander wollte ihn dabeihaben, von Anfang an. Er hat ihn losgeschickt, sobald wir die Oase erreicht hatten. Ich habe danach mit ihm gesprochen – wir dienen ja beide den gleichen Herren, Alexander und Demaratos. Ptolemaios hat sich zuerst geziert, dann aber gesagt, daß er durch einen Luftschlitz in den Tempel, dann in den Geheimgang eingedrungen ist. Er hat gesehen – ohne selbst gesehen zu werden, er war gut verborgen –, wie jemand in die Kammer hinter dem Gott kroch; er hat die Fragen und Stimmen aus Räumen unter dem Tempel gehört; dann hat er sich entfernt und ist nach Westen geritten, dorthin, wo Simmias als Si-amun wohnen wird und bereits sein

Zelt aufgeschlagen hatte. Sie haben Aufträge des Königs besprochen, und Aufträge von Demaratos; aber Simmias hat ihn die ganze Zeit so merkwürdig angeschaut. Schließlich hat er ihn gefragt, was eigentlich los ist, und da hat Simmias nach einigem Widerstreben eine Fackel genommen – es war mitten in der Nacht – und ist mit Ptolemaios zu dem alten Grabhügel gegangen.

›Ich hatte nichts zu tun‹, sagt er, ›seit ich hergekommen bin; abgesehen von den Dingen, über die wir gesprochen haben. Aus Langeweile habe ich nachts, damit keiner etwas bemerkt, ein wenig an dem Hügel herumgebuddelt. Und einen Eingang gefunden.‹

Ptolemaios sagt, der Eingang sei nicht zu sehen gewesen; Simmias hatte alles gut verdeckt. Sie haben es geöffnet und sind unter die Erde gestiegen. Da war eine halb ausgegrabene, noch mit viel Sand und Erde verstopfte Kammer; daneben eine weitere, uneröffnet. In der ersten Kammer« – Drakon stockte, räusperte sich, schloß die Hände um den Becher, bis sich die Knöchel weiß abzeichneten – »waren Nischen, und in den Nischen lagen kleine Gestalten aus Stein, gemeißelt, mit sehr feinen Zügen.«

Die Frauen starrten ihn an, warteten, warteten lange.

»Ptolemaios behauptet«, sagte Drakon mit brüchiger Stimme, »es seien genaue Abbilder aller Herrscher Ägyptens gewesen. Er hat sie nicht gezählt, aber es waren viele. Am Ende der Reihe lagen einige, deren Züge er erkennen konnte, weil er die Abbilder von Münzen oder Bildern oder … Beschreibungen kennt. Nektanebos war da, den Artaxerxes vor zwölf Jahren vertrieben hat. Daneben lag ein Bild, eine Steinfigur mit den Zügen des Artaxerxes, der ja auch Herrscher Ägyptens war. Daneben Arses, wie sein Vorgänger von Bagoas dem Hurtigen, dem Eunuchen, ermordet. Daneben … Dareios. Und daneben, als letzter in der Kammer, Alexander.«

»Das ist unmöglich«, sagte Sisygambis heiser.

Drakon hob die Schultern. »Simmias zufolge war alles vom Dreck der Jahrhunderte voll und kann nicht erst vor kurzem angelegt oder ergänzt worden sein. Sie sind herausgekrochen und haben den Eingang zugeschüttet; am Tag waren sie bei uns und Alexander, und Ptolemaios ist mit uns zurückgeritten.« Drakon machte eine kurze Pause; dann sagte er, beinahe flüsternd: »Ptolemaios sagt, erst später, auf dem Heimritt durch die Wüste, habe er sich noch einmal gründlich mit seiner Erinnerung befaßt, mit den wahrgenommenen Dingen. Und da sei es ihm so vorgekommen, als ob die zweite Kammer ... Er sagt, es habe so ausgesehen ... Also, er meint, Simmias hat die zweite Kammer eröffnet, hineingeschaut und wieder zugeschüttet.«

»Das Große Spiel wird immer verwickelter«, murmelte Sisygambis. »Iran. Karchedon. Ägypten. Makedonien. Und nun das – die Bilder der früheren Herrscher Ägyptens – und der künftigen?«

»Die Fragen!« Barsine hatte die Augen geschlossen; Drakon war nicht sicher, ob er unter den Lidern Tränen sah.

Er rieb sich die Augen. »Nun wird es noch verwickelter«, sagte er mürrisch. »Zu verwickelt für den Geist eines kleinen makedonischen Heilers, um es genau zu sagen. Demaratos hatte Simmias eine Liste der wahrscheinlichen Fragen mitgegeben – wir wissen ja, was Alexander immer wieder begrübelt. Die Liste enthielt auch Vorschläge für erwünschte oder sinnvolle Antworten. Wenn man« – nun klang seine Stimme in den eigenen Ohren grimmig – »den Zufällen vorbeugt, soll man die Belange der Götter achten, die sich zu allen äußern müssen.«

Ptolemaios hatte die Fragen gehört, die Alexander im Tempel stellte; sie befanden sich sämtlich auf der Liste des Demaratos. Ist Alexander von Makedonien Pharao und Sohn Ammons – Ist das Orakel von Gordion zutreffend – Welche Götter soll Alexander in Asien ehren – Wird die neue Stadt gedeihen an förderlicher Stelle – Sind alle Mörder von Alexanders Vater bestraft worden.

Ptolemaios hatte noch gehört, wie der Priester den König bat, die letzte Frage anders zu stellen, da – wie bereits in der Begrüßung festgestellt – Alexander Amuns Sohn sei (damit war die erste Frage beantwortet) und man einen Gott nicht ermorden könne. Alexander fragte also nach den Mördern Philipps von Makedonien; dann hörte Ptolemaios Geräusche wie von einem näher kriechenden Menschen und zog sich zurück.

»Und die Antworten?«

»Er hat einen Papyros erhalten. Er hatte ihn, als er den Tempel verließ, nicht bei sich. Wahrscheinlich hat er ihn in den Mund des Gottes zurückgelegt. Aber« – Drakon bleckte die Zähne in einem höhnischen Grinsen – »ich habe Aristandros beobachtet, als er wieder zu beobachten war. Ein anderer Priester hat ihn noch einmal zurück in das Nebengebäude geholt; Alexander rief nach ihm, deshalb mußte er sofort wieder ins Freie kommen, und da hatte er einen Papyrosfetzen in der Hand. Er hat ihn gelesen, im Gehen; seine Beine sind weggeknickt, fast wäre er gefallen. Als er zu Alexander kam, war er bleich. Er hatte den zerknüllten Fetzen in der Hand. Ich stand neben dem König, als er mit dem Seher gesprochen hat. Ich habe die Hand ausgestreckt; Aristandros hat sich stumm verweigert. Plötzlich« – Drakon sog scharf die Luft durch die Zähne – »sagt Alexander zu ihm: ›Gib es Drakon. Für die Welt reichen Kallisthenes und seine Lügen.‹ Der Seher gibt mir den Papyros; ich glätte den Knäuel, lese, und Alexander nimmt den Fetzen aus meiner Hand, geht zu einem Kochfeuer und wirft ihn hinein. Dann drückt er mir seinen Siegelring auf den Mund.«

»Wo war Kallisthenes?«

»Besinnungslos betrunken. Er wird schreiben, oder hat schon geschrieben, was Alexander ihm zu schreiben auftrug. Die Antworten lauten demnach: Alexander ist Pharao und Sohn des Gottes; das Orakel von Gordion ist zutreffend, also Alexander wird der Herr Asiens sein; dort soll er alle Götter ehren, besonders die der Erde und der Gewässer; die neue Stadt steht an bester Stelle und wird groß und mächtig sein; die Mörder Philipps sind bestraft.«

Barsine richtete sich auf; sie stützte sich auf die Ellenbogen. »Jetzt kommt der Handel, nicht wahr?«

Sisygambis schloß die Augen und drehte das Gesicht zur Wand.

»Kein Handel«, sagte Drakon heiser. »Mein Mund ist versiegelt. Alexander hat mir gestattet, Demaratos einzuweihen; und – mit einem spöttischen Lächeln – Aristoteles, ›weil der es ohnehin nicht glauben, aber bis nach meinem Tod verschweigen wird‹.«

Barsine verzog keine Miene, nur ein Wangenmuskel zuckte. »Demaratos? Dann hat er aufgegeben, oder er weiß mehr, als auf dem Papyros stand. Vielleicht ... vielleicht hat der Oberste Priester noch etwas gesagt. – Waren das die Antworten, die ihr vorgegeben habt?«

Drakon nickte. »Bis auf den ›Gott‹ – das war ein Keulenschlag – und die Sache mit Erde und Gewässern; das kam von Ammon. Den Priestern. Ich weiß nicht so recht, was er bedeuten soll.«

»Wahrscheinlich hat ihm der Oberpriester noch etwas dazu gesagt. *Ich* kann *dir* etwas dazu sagen – wenn du willst.«

Drakon biß die Zähne zusammen; kaum vernehmbar knurrte er: »Kein Handel, Fürstin.«

Barsine lachte; es war kein fröhliches Geräusch. »Ich sage dir noch etwas anderes. Du magst nicht fragen, weil du fürchtest, auch das würde Teil des Handels. Wieso ich gesagt habe, Alexander hätte gegenüber Demaratos aufgegeben oder wüßte mehr.«

Drakon machte ein undeutbares Geräusch in der Kehle.

»Demaratos und seine Mitarbeiter haben ihm etwas verschwiegen, was er längst weiß, nicht wahr? Weil Olympias es ihm gesagt hat. Deshalb mißtraut er ihm – euch, Drakon. Zumindest ein wenig. *Und* er hat sich verändert. Das Spiel der geheimen Dienste hält sich an Verstand und Gegenverstand, List und Gegenlist. Was Alexander, aus dem Feuerzungen und Schwärze in die Welt gehen, als Gott beschließt, entzieht sich euch. Er muß geahnt haben, daß im Ammoneion etwas geschehen würde, was jenseits des Spiels von Demaratos, Bagoas und Hamilkar ist. Wer könnte, wenn er dabeiwäre, zuviel begreifen?«

Widerwillig sagte Drakon: »Demaratos. Laomedon. Leonnatos. Seleukos. Nearchos. Antigonos. Antipatros. Kleitos. Ptolemaios. Simmias. Ein paar andere, vielleicht.«

»Du hast Drakon vergessen«, murmelte Sisygambis.

Drakon riß die Augen auf. »Du meinst ... Aber wieso dann der Lagide?«

»Wer hat ihn für den Dienst des Demaratos vorgeschlagen?«

Drakon hielt einen Moment die Luft an. »Alexander selbst«, sagte er dann schwach.

Barsine lächelte müde. »Sechs junge Männer, gute Freunde, werden von Philipp nach Illyrien verbannt – Alexander, Ptolemaios, Erigyios, Laomedon, Nearchos, Harpalos. Erigyios ist Führer der thessalischen Reiter – sie sind Parmenions Leibtruppe, und Parmenion ist der einzige Mann im Heer, der Alexanders Macht beenden könnte, wenn er der Meinung wäre, der König mißbrauchte sie. Laomedon kennt sich mit fremden Sprachen und asiatischen Gebräuchen aus; es ist natürlich, daß Alexander ihm die Befragung und Betreuung der Gefangenen anvertraut – und die Bewertung ihrer Aussagen. Nearchos hält euch den Rücken frei, als Satrap, und besorgt Nachrichten. Harpalos hält sich in Hellas auf; als Verräter? Demaratos hat sie damals in Illyrien aufgesucht und die Versöhnung mit Philipp bewirkt. Du, Drakon, hast schon für Philipp gearbeitet, wie Antigonos und Kleitos. Alexanders Freunde Leonnatos und Seleukos sind von Demaratos ausgesucht worden. Ptolemaios hat der König vorgeschlagen. Weil er sich auf ihn bedingungslos verlassen kann? Weil der Lagide ihm all das sagen wird, was der Korinther möglicherweise verschweigen würde?«

»Aber ...« Drakon sprach nicht weiter.

»Sie sind weit weg, bis auf wenige. Alexander will Philippos mitnehmen, aber der wird von einer Schlange gebissen. Alexander ist empört, als er Simmias in Siwah findet. Alle erwarten, daß er sich von Kleitos dem Schwarzen begleiten läßt, aber für den erfindet er einen anderen Auftrag. Simmias konnte er nicht erwarten; das war eine Überraschung. Dich mußte er mitnehmen, weil der einzige andere Arzt krank war, und ganz ohne Heiler durch die Wüste reiten ...?«

»Das hieße«, sagte Drakon langsam, »daß ... o nein.«

»O doch. Der Palmwein sollte *dich* ausschalten. Und den Papyros hat er dir gegeben, weil nicht alles darauf stand. Und, wie ich ihn kenne, als Zeichen der ... Versöhnung, Freundschaft? Daß er das Spiel durchschaut, daß er besser spielt als ihr, daß er keinem zürnt und in Zukunft vollkommen aufgeklärt werden will.«

Drakon preßte die Handflächen gegen die Schläfen. »Es zappelt und tanzt in meinem Kopf ... Was ist mit den asiatischen Erd- und Wassergöttern?«

Barsine blickte Sisygambis an. »Mutter – weißt du es? Ich kann nur raten.«

Die alte Fürstin seufzte. »Mithra wird in einer Höhle mit finsteren Orgien gefeiert. Erde? Aber ursprünglich ist er ein Gott des Lichts, der Luft. Erd- und Wassergötter, Drakon, gibt es in Iran nicht, jedenfalls keine von Bedeutung. Es könnte sein, daß ...« Sie verstummte, schüttelte den Kopf, schien aber eher unwillig denn ratlos.

Barsine blickte hinaus in den Innenhof; die Sonne war fast versunken, und lange Schatten lösten sich auf.

»Ich denke«, sagte sie leise, »an die Götter. Ammon ist Zeus, aber er ist auch Marduk – sagt man. Wenn Alexander sein Gefäß ist, sein Sohn, wird der Gott nicht wollen, daß dieses Gefäß den Bereich des Gottes verläßt. Hat es nicht geheißen, er soll das Reich der Perser beenden und das des Ammon wieder errichten? Dieses Reich endet dort, wo Persien beginnt. Wahrscheinlich ... wahrscheinlich hat der Oberste Priester ihm dies gesagt, oder gedeutet. Bleib dort, wo Ammon herrscht, geh nicht dorthin, wo der wichtigste Gott Licht und Feuer ist. Aber wenn du dorthin gehst, zerstör seine Altäre.«

»Möglich.« Drakon stöhnte auf. »Es ist ein wildes und grausames Spiel, und zu verwickelt für einen einfachen Sterblichen. Dennoch danke ich euch. Ihr habt eure Seite des Handels eingehalten; ich habe euch hinsichtlich der Götterfrage mehr gesagt, als ich eigentlich durfte. Mein Schweigen, das Siegel, ist zur Hälfte gebrochen. Ich danke euch, mehr kann ich nicht sagen. Morgen, Barsine, will ich nach deinem Leib sehen.« Er stand auf.

Sisygambis deutete auf den Stuhl, den er eben verlassen hatte. Barsine hob die Brauen.

»Willst du das Wichtigste nicht wissen?«

Er sackte wieder auf seinen Sitz, ächzend. »O ihr Götter! Noch mehr? Was ist es?«

»Die erste Erwähnung, wahrscheinlich der Ursprung des Symbols das *ankh* mit dem Horosauge.«

Drakon starrte sie stumm an.

»Vorher, Makedone, wirst du uns versprechen, dem König von der Kammer der Herrscherbilder zu berichten. Und du wirst uns sagen, was noch in den Antworten war – etwas, das nicht mit den von Demaratos vorgeschlagenen Antworten übereinstimmt.«

Er stöhnte dumpf auf. »Ihr kennt die Herkunft des Symbols?«

Die Frauen schwiegen.

Drakon raffte sich auf. »Nun gut. Ja, ich will Alexander von der Kammer berichten. Und die geheimnisvolle Antwort ist die auf seine letzte Frage. Die Mörder Philipps.«

»Was sagt das Orakel?«

»Drei, sagt es, leben noch und sind nicht bestraft. So lege ich die Antwort jedenfalls aus. Sie bestand nur aus drei Wörtern.«

»Wie lauten sie?«

»Tekmon. Athen. Nebenan.«

»Wie deutest du das?«

Drakon lächelte, aber es war ein Lächeln der Verblüffung, des Staunens, der Ratlosigkeit. »Athen, das ist Demosthenes; wir konnten nie genau sagen, wie er in die Sache verwickelt war, aber ... Nun gut. Nebenan – im Tempel – das muß Aristandros sein. Und Tekmon? Es gab mir Rätsel auf, und die sind eher noch größer geworden, seit ich die Antwort kenne.«

»Wo oder wer oder was ist Tekmon?«

»Ein kleiner Ort in Epeiros.« Er schloß die Augen; seine Stimme sank zu einem knurrenden Murmeln. »Ein schnelles Schiff brachte vor drei Tagen unter anderem die Nachricht, daß Olympias nach einem Streit mit ihrer Tochter, der epeirotischen Königin Kleopatra, die das Land lenkt, solange ihr Gemahl in Italien weilt ... daß Olympias die Hauptstadt Passaron verlassen hat und sich nun in Tekmon aufhält.« Er hob die Lider, blickte Barsine an, dann Sisygambis, dann wieder Barsine.

»Nun stellst du dir zwei Fragen, nicht wahr?« sagte Alexanders Geliebte. »Woher wissen die Priester die Namen der an Philipps Ermordung Beteiligten, und wie konnten sie so früh, ehe die Nachricht nach Memphis kam, vom Umzug der Olympias nach Tekmon wissen.«

»Ich frage mich eine dritte Frage. Gibt es jenseits käuflicher

Priester wirklich ein Orakel? Gibt es Ammon, hat er da gesprochen?«

Sisygambis sprach. Ihre Stimme knarrte ein wenig. »Vor Dareios und Arses gab es Artaxerxes, den ihr Ochos nennt. Er herrschte sechzehn Jahre lang. Vor diesem herrschte sechsundvierzig Jahre lang ein anderer Artaxerxes; ihr nennt ihn Mnemon. Gegen ihn erhob sich Kurush, den ihr Kyros nennt; über die Erhebung und ihr Scheitern und den langen Rückmarsch hellenischer Söldner hat euer Xenophon ein Buch geschrieben.«

Drakon nickte; er beugte sich vor, stützte die Ellenbogen auf die Knie, das Kinn auf die Fäuste. »Weiter!«

»Vor diesem herrschte ein anderer Dareios, der zweite dieses Namens; mein Sohn ist der dritte. Unter diesem Dareios begann das Reich zu bröckeln; die Hellenen Asiens begehrten auf, Ägypten erhob sich. Unter Artaxerxes Mnemon ging Ägypten verloren; ein Heer unter dem Spartanerkönig Agesilaos zog durch Asien. Zu dieser Zeit gab es einen anderen Kurush; er lenkte die Aufklärung des Großkönigs.«

»Weiter, weiter!«

Sisygambis' Stimme wurde immer dunkler, leiser, schwerer; Barsine lächelte wie verloren.

»Kurush ... Er war vielleicht fünfzehn Jahre älter als ich, die ich nun neunundsechzig Jahre zähle. Er starb, oder verschwand, wie so viele, als Artaxerxes Ochos mit Blut und Eisen seine Herrschaft festigte, nach dem Tod des Artaxerxes Mnemon. Kurush hatte einen Plan entworfen. Es war ein geheimer Plan; ich weiß nicht, ob er je beraten wurde. Angeblich wußte außer Kurush nur der Großkönig davon, und der soll lange gezögert haben. Es war ein Plan, von dem ich nur weiß, daß er sich über viele Jahre und Länder erstreckte und viele tapfere, verschwiegene Männer vieler Völker benötigte. Eine Art Verschwörung, Drakon; ihr Zeichen war die Abwandlung eines Symbols ... Du kennst die Brücke des Erwählers?«

Drakon sagte heiser: »In eurem Glauben gehen die Seelen der Verstorbenen zu einem unendlichen Abgrund, über den eine schlanke Brücke führt. Jenseits der Brücke steht der Erwähler, der die Seelen über den Abgrund läßt oder in die Finsternis stürzt, je nach ihrem Verdienst.«

»Er braucht ein Auge, das alles durchdringt, Makedone, alle Lüge und Heuchelei. Ein Auge, das unfehlbar erkennt, wer den rechten Sinn und die Tugend besaß. Das Auge des Erwählers. Kurush fand, daß es sich auch mit anderen Zeichen und anderen Symbolen darstellen ließ – ägyptischen, babylonischen, phönikischen, westphönikischen Zeichen.«

Drakon schlug die Hände vors Gesicht. »Der Plan eines Toten, ausgeheckt vor Jahrzehnten, unter einem toten König, in einem fernen Land ... Alle aus der Ferne gelenkt von Iran? Aber wenn, wie du sagst, Kurush verschwunden oder gestorben ist – bist du sicher, daß dieser Plan noch verfolgt wird? Oder hat sich da etwas selbständig entwickelt, nachdem der Erfinder und der Förderer nicht mehr waren?«

Sisygambis schwieg.

»Wie steht es – sagt es mir!«

Barsine lächelte immer noch. »Der Plan? Es gibt ihn, armer sterblicher Makedone. Ich weiß nicht, was sein Ziel ist, aber es muß etwas sein, das Asien stärkt und Europa schwächt; was auch immer es sein mag, wann auch immer es erreicht wird.«

»Aber ... wie kannst du sicher sein, daß es den Plan noch gibt?«

»Weil es einen Mann gibt, der ihn verfolgen kann. Einen, der weiß. Einen, der lenkt.«

Drakon hauchte den Namen nur. »Bagoas der Heile?«

»Bagoas der Heile, Herr der Aufklärung, Lenker der geheimen Dienste Irans.«

Drakon holte tief Luft; dann lachte er lang und laut. »Wenn es das Ziel des Bagoas ist ... Dann arbeiten seine Dienste nicht gut. Oder Dareios hört nicht auf sie.«

»Mein Sohn hört auf viele, und auf viele nicht.« Sisygambis redete die Wand an.

»Es gibt zwei Dinge, die du nicht weißt, Mutter«, sagte Barsine leise. »Von einer Sache habe ich nur zufällig erfahren ... Das heißt, ich habe, als Memnon noch lebte und den Krieg in Asien führen sollte, ein Flüstern gehört, und ich habe es Memnon gesagt, und er hat getobt.«

»Was war dies Flüstern?«

»Es sagte, Bagoas der Heile habe Bagoas den Huldreichen,

den Fetten, absichtlich mit Schätzen von den Makedonen aufgreifen lassen, weil sie ohne dieses Geld nicht dorthin gelangen würden, wo Bagoas der Heile sie haben wollte.«

Drakon war sprachlos; mit offenem Mund starrte er Barsine an. Sisygambis hatte die Hände flehend erhoben.

Barsine zog die Decke ans Kinn, als ob sie fröstelte.

Endlich brachte Drakon wieder etwas heraus. »Das ... wir werden es bedenken müssen. Alexander muß es erfahren!«

Barsine schüttelte den Kopf; sanft sagte sie: »Er weiß es schon. Ich habe es ihm gesagt.«

»Immerhin ... Es könnte doch sein ... Bist du denn sicher, daß dies etwas mit dem Plan zu tun hat? Mit dem Auge des Erwählers? Mit Kurush?«

»Bagoas ist der Sohn von Kurush.«

Drakon schwieg, erschüttert.

Sisygambis sagte, mit kaum hörbarer Stimme: »Und *das* darf Alexander niemals erfahren. Daß er eine Puppe ist, zu welchem Zweck auch immer, deren Fäden vor fünfzig Jahren oder mehr gesponnen wurden.«

Drakon stöhnte.

Barsine lächelte immer noch. »Er weiß es schon. Ich habe es ihm gesagt.«

Als er am nächsten Abend, nach Untersuchung und weiterer Rede, Barsine verließ, loderte ein Feuer in der Mitte des größten Palasthofs. Einen wahnsinnigen Moment lang war Drakon überzeugt, man röste dort Gefangene, oder Priester, oder eine Götterstatue. Wahrscheinlich hätte ihn nichts überrascht. Er taumelte nicht, er war Herr seiner Sinne, aber seine Gedanken tanzten und kreiselten; die Räderwerke des Inneren und des Äußeren griffen nicht ineinander. Sobald er dies begriff, blieb er stehen, zwischen zwei Säulen, die im Flackerlicht gelbschwarz anliefen und zu tanzen schienen. Am Fuß der einen hob sich aus einer Bildplatte der Umriß eines Streitwagens, mit schäumenden Pferden, peitschendem Fahrer und einem Bogenschützen, der auf den Makedonen zielte. Drakon schloß die Augen, atmete mehrmals tief durch, ging in die Knie, stemmte sich hoch, klatschte in die Hände. Vom Feuer stank es nach angesengtem Fleisch, erbrochenem Wein, dem Schweiß vieler Männer in Lederpanzern und Metall.

Schwere Schritte. Drakon öffnete die Augen; die Welt war wieder zusammengekommen, die Räder griffen ineinander. Ein Offizier und drei Hopliten gingen unter den Bögen; sie schienen zu den Gemächern der Frauen unterwegs. Drakon rief sie an.

»Ho, Freunde, die Nacht ist voller Braten, und ihr schleicht hungrig durchs Zwielicht? Was gibt es?«

Der Offizier erkannte ihn; etwas wie Erleichterung breitete sich auf dem kantigen Gesicht aus. Er schob den Helm in den Nacken und entließ die drei Kämpfer.

»Drakon. Gut dich zu sehen. Krateros sucht dich. Das war die Ehrenwache – falls wir dich bei den Frauen hätten holen müssen.«

»Ich will baden, mich kneten lassen, in Wein ertränken und kluge Gedanken denken«, sagte Drakon; er bemühte sich, Ablehnung und Überdruß nicht allzu deutlich zu zeigen. »Was will Krateros von mir?«

»Er will dich kluge Gedanken denken hören.« Der Offizier grinste spöttisch. »Kneten wird er dich nicht, verlaß dich drauf, aber er hat sicher genug Wein. Komm.«

Sie durchquerten zwei Höfe voller Geister und Götterbilder, mehrere lange Gänge, in denen ein *daimon* den Hall der Schritte verhundertfachte, stiegen Treppen hinauf, deren Stufen in Jahrhunderten ausgetreten worden waren, und noch mehr Gänge. Überall – in Nischen, hinter Vorsprüngen, auf Absätzen – standen Posten.

»Fürchtet Krateros um sein Leben?«

»Krateros fürchtet nichts. Er will nur sicher sein, daß kein Lauscher sich an Wörtern und kein Dieb sich an Gold vergreift.«

Der Taxiarch befand sich auf einer weiten Terrasse, zehn Mannshöhen über der Stadt, die summte und glitzerte. Auf dem Fluß bewegten sich beleuchtete Lustkähne, Musikerboote: Abendausflüge. Vom Tempel des Ptah war schriller Gesang zu hören, den endlich aufkommender Wind zerfetzte. Glimmende Becken mit Holzkohle und Weihrauch mochten die Fliegen vertreiben, die von den Fackeln und Lampen angezogen wurden, aber sie mehrten den Gestank. Überall standen Offiziere und Schreiber, gingen in Gruppen langsam auf und ab, saßen an Tischen, wo sie sich über Wachstafeln und Papyrosstapel beugten. Trotz des leichten Nachtwinds war es stickig. Der sechs Fuß große, breitschultrige, am ganzen Leib dunkel behaarte Krateros trug nur einen hellen Leibschurz. Schweiß hatte etliche Brusthaare zu Stacheln, Büscheln und witzigen Säulchen verklebt; die zahllosen Narben glänzten wie seichte Seen.

Drakon kannte die Vorzüge des Bären. Er war ein überragender Kämpfer, tapfer und umsichtig; die Männer liebten ihn und folgten ihm blind – »lieber ein Eilmarsch mit Krateros als ein Festmahl mit Hephaistion«. Er hatte seine 1500 Raufbolde im Griff, und daß Alexander ihm bei Issos alle Fußtruppen von Parmenions Flügel unterstellt hatte, machte ihn nach dem König und dem Strategen zum dritten Mann des Heers, vor Parmenions Söhnen Philotas, der die Hetairenreiter befehligte, und Nikanor, Lenker der Hypaspisten. Flüchtig dachte Drakon an Parmenions dritten Sohn, Hektor, der vor wenigen Monden im Nil ertrunken war, als das Boot, in dem er saß, kenterte und ihn unter Wasser einschloß. Ebenso flüchtig dachte er an viele andere, die nicht mehr dabeiwaren, und an all die, die noch sterben würden. Aber das erwartete jeden, früher oder später. Er seufzte und drängte sich durch die Männergruppen.

»Edler Krateros, du siehst mich überrascht.«

Der Bär schob einen Griffel hinters Ohr, rülpste, patschte auf das Wachstäfelchen. »Inwiefern etwa, Vergifter der Kranken?«

»Der Bär zerfleischt Persiens beste Kämpfer – gut; der Bär leert eine Amphore auf einen Zug – gut; der Bär zerschlägt eine Schänke und verwöhnt danach drei Frauen – auch gut; aber der Bär bei Schreibarbeiten? Baah.«

Krateros grinste und betrachtete seine behaarte Pranke, als wäre sie frisch gewachsen und insgesamt eine unwillkommene Überraschung. »Schon recht, Gliederrenker. Aber wenn der König es will ...« Er stand auf und wandte sich an die neben ihm sitzenden Leute des Stabs. »Macht weiter; ich komme bald zurück. Wir haben etwas zu bereden.«

Er nahm Drakons Arm und zog ihn zum Nordrand der Terrasse, oberhalb der Palastgärten.

»Was, sei es nun lausartig oder löwenmütig, krabbelt harten Fußes über dein Gemüt, Freund?« sagte Drakon.

Krateros wühlte in seiner Brustbehaarung. »Ah, baah, vieles. Wir haben eine Verabredung.«

»Ach, haben wir? Wer wann wo mit wem?«

Krateros spuckte ins Dunkel. »In viereinhalb Monden, nachmittags, am Euphrat. Mit den anderen und Dareios.«

Drakon kicherte. »Weiß Dareios das? Er könnte sich verspäten.«

Der Bär knurrte. »Lassen wir die blöden Scherze, Drakon. Ich hab mir das nicht ausgesucht, aber jetzt muß ich es machen.« Er wies mit dem Daumen hinter sich, zu den Tischen und Männern und Schreibwerkzeugen. »Alexander hat seine Anweisungen gegeben und ist losgeritten, um seine neue Stadt noch einmal zu sehen. In Ägypten bleiben zwei Satrapen, für das Obere und das Untere Land, und zwei Strategen, und ein Schatzhüter, und Richter und Schreiber und überhaupt alles, was einem das Leben erschwert. Ich weiß, wer wohin soll, um was zu tun, und wieviel Krieger und Schiffe und Waffen zurückbleiben – insgesamt. Die Einzelheiten darf ich jetzt ausarbeiten.« Er schüttelte sich. »Das gleiche in Phönikien und Syrien und überall dazwischen und dahinter. Wer bleibt wo zurück, wer geht mit wie vielen Männern nach Mesopotamien. Es werden fünf Marschgruppen werden; alle brauchen Vorräte und Geld und Tierfutter und Nachschub an Heilkräutern und Verbänden. Bah.«

»Hast du mit einem Schleppnetz nach mir gesucht, damit ich heute abend auf dieser deiner Terrasse Arzneien aufzähle?«

»Ich weiß, daß deine Leute gut sind; da habe ich keine Sorgen. Nein; es ist was anderes.«

Plötzlich hatte sich die Stimme des Bären verändert. Drakon wartete, mit einem unguten Gefühl.

Krateros ließ das Geländer los, ächzte, wandte sich dem Heiler zu und legte die Hände auf Drakons Schultern.

»Demaratos ist nicht zu finden; deshalb brauch ich dich.«

»Ich habe heute früh noch mit ihm geredet; er kann nicht weit sein.«

»Er ist heute vormittag mit einem Schnellsegler flußab, wahrscheinlich nach Pelusion.«

»Na gut. Er wird seine Gründe haben. Vielleicht will er einen kleinen Vorsprung, weil er fürchtet, es sonst bis zu jenem Nachmittag nicht zu schaffen. Der Euphrat ist weit, und er hat alte Füße.«

»Er wird reiten«, knurrte Krateros. »Hör auf mit dem Gefasel. Es ist ernst. – Was ist in dieser Scheißoase geschehen?«

Drakon bleckte die Zähne; es hätte ein Lächeln werden sollen. »Was weißt du?«

Krateros hob die Hände. »Alles, soweit es von Kallisthenes aufbereitet worden ist; und ein bißchen darüber hinaus. Ich will nicht wissen, was ihr da gegessen habt, nur ... Er hat sich verändert, und im Heer gibt es Unruhe.«

»Die Veränderungen Alexanders begleiten ihn, und uns, seit er laufen kann. Wieso Unruhe?«

Krateros wandte sich ab, starrte wieder in die Dunkelheit der Gärten. »Gaza«, murmelte er. »Das war das erste. Batis hat die Stadt tapfer verteidigt. Wir schätzen tapfere Gegner; Feiglinge und Verräter gibt es mehr als genug. Warum hat Alexander ihn mit den Füßen an einen Streitwagen binden lassen und zu Tode geschleift? Das ist ... das war ... nicht makedonisch, verstehst du? Er hätte das früher nie getan; das war ein Alexander, den wir alle nicht kannten.«

Drakon schwieg einige Zeit; schließlich sagte er zögernd: »Ich weiß ... und ich weiß nicht.« Er dachte an die befestigte Stadt; an die Mauern, die nicht zu untergraben waren; an den feinen Sand, der immer wieder nachgab, wenn die Belagerungstürme und Katapulte in Stellung gebracht werden sollten; an den Pfeil, der Alexanders Schulter und eine Hauptader durchbohrt hatte, an den gewaltigen Blutverlust, die Ohnmacht und die lange Schwäche des Königs; an den Wall aus Erde, Sand und Steinen, den sie schließlich um die ganze Stadt errichtet hatten, hoch wie die Mauern Gazas; an die Mühsal, die schweren Katapulte auf den Erdwall zu schaffen; an den Beschuß und die Bresche und den wahnsinnigen Kampf Mann gegen Mann von Haus zu Haus ...

»Zorn? Göttliche Empörung ob der dreisten Verwundung? Nein, das paßt nicht zu ihm. Zorn, ja; er wollte nach Ägypten, konnte Gaza nicht in seinem Rücken lassen, Batis wollte die Stadt nicht übergeben, obwohl er keine Aussicht hatte, sie lange zu halten – gegen Heer und Flotte, ohne persische Unterstützung. Außerdem war Batis häßlich; und Alexander mag keine häßlichen Menschen.«

»Das überzeugt dich selbst doch genausowenig wie mich.« Krateros wischte mit der Hand über das Geländer, wieder und wieder. »Wir haben Dareios besiegt, wir haben Tyros genommen, und ihr Götter, wenn es je eine Belagerung gab, die einen Homeros als Chronisten verdient hätte, dann diese. Die Phöniker haben die persische Flotte verlassen; es kam die Nachricht aus Phrygien, daß Antigonos Einauge drei Schlachten gegen gute Reitertruppen gewonnen und das Land gesichert hat. Alexander hätte zufrieden sein können, trotz der Wunde und des Zeitverlusts. Und trotz der Verluste vor Tyros. Wir wissen ja, daß es mehr als die vierhundert Mann waren, von denen Kallisthenes und Aristoboulos schreiben durften. *Was,* Drakon, was hat ihn da besessen?«

»Ich weiß es nicht, mein Freund. Auch Demaratos und seine Leute wissen nicht alles.«

»Am schlimmsten« – Krateros sprach jetzt eher zu sich als zu Drakon – »ist etwas anderes. Wenn einer von uns ihn aufhalten oder seine Meinung ändern will ... Du bist fest entschlossen, du gehst zu ihm, und er schaut dich nur an, und – dann möchtest du ihm die Füße küssen und gibst ihm in allem recht.«

Drakon fühlte sich unbehaglich. Darmverschlüsse, abgetrennte Beine, das Aushecken verwickelter Ränke, all dies war leicht und harmlos im Vergleich zum Versuch, Einblick in Alexanders Geist zu gewinnen. Er seufzte.

»Du hast von Unruhe geredet.«

»Haben die ihn in Siwah wirklich zum Gott erklärt? Oder war das nur« – er schnippte – »heiße Luft für Hellas?«

»Nein; es stimmt schon. Das Ammoneion hat ihn zu Ammons Sohn, König und Gott erklärt. Das war unerwartet; nicht ... geplant. Ich weiß nicht, was ich davon halte; was ich davon glaube. Aber – nun gut; was hat das mit der Unruhe zu tun?«

Halblaut, schnell, als stolperten die Wörter hastig von seiner Zunge, sprach Krateros vom Friedensangebot des Dareios, und der Ablehnung. Alle Länder westlich des Euphrat, Gold, Friede und Freundschaft – mehr, als Philipp je geträumt, mehr, als der Korinthische Bund je gewünscht hatte. Eigentlich sei der gesamthellenische Rachefeldzug beendet – das Nahe Asien, Phönikien, Syrien, nun auch noch Ägypten; mehr könne man eigentlich diesseits der Unterwelt nicht erreichen. Es werde nun alles zu einem Eroberungszug Alexanders – einem persönlichen Eroberungszug – losgelöst von Hellas, losgelöst auch von den Anliegen Makedoniens. Deshalb Parmenions Widerspruch, als Alexander das Angebot abschlug; und der Widerspruch werde von vielen im Heer geteilt. Auch von vielen Makedonen, nicht nur von hellenischen Kämpfern.

»Aber Parmenion hat doch inzwischen zugegeben, daß Alexander recht hat – als Stratege«, sagte Drakon. »Daß Persiens eigentliche Macht jenseits des Euphrat beginnt. Daß der Friede erst sicher ist, wenn die Mitte der persischen Macht getroffen wird. Daß Dareios hinter dem Euphrat jahrelang rüsten und dann, wenn es für ihn am günstigsten ist, mit einem wirklich guten, riesigen Heer bis nach Hellas vorstoßen kann.«

Krateros hieb auf die Brüstung. »Ja, ja, ja. Stimmt schon; aber – das dumpfe Gefühl bleibt. Und jetzt wird es zur Unruhe.«

»Warum, bei allen Göttern?«

»Weil er sich verändert … Weil, ach, sagen wir's doch geradeheraus. Er ist jetzt ein Gott, was? Nicht daß ich viel von Göttern hielte, aber es geht um die Männer. Die alten Kämpfer, die erfahrenen Offiziere, die jahrelang unter Philipp gedient und den König verehrt haben. Sie lieben und verehren Philipps Sohn, sie folgen ihm; ein Blick, ein Wort von ihm, und sie schwimmen durchs Meer oder waten durch Feuer. All das, ja; weil er Alexander ist, weil er *so* ist, weil seine Augen so sind. Weil er Makedoniens König ist. Aber« – Krateros packte Drakon an den Schultern und schüttelte ihn –

»jetzt ist er ein Gott, ja? Sohn des Ammon, wie? Pharao, bah. König und Gott. Wir, verstehst du, sind Makedonen. Wenn er ein ägyptischer Gott werden will, fein, soll er; wir gehen dann mit Parmenion nach Hause. Das sagt nicht Krateros, Freund, das sagen die Männer. Nicht alle, aber viele. Und sie sagen noch etwas. Wenn er Sohn Ammons ist – der mag auch Zeus sein, aber letzten Endes ist er ein ägyptischer Gott – also, wenn Alexander Sohn Ammons ist, dann ist er nicht mehr Sohn Philipps! Er lästert und verleugnet den großen König, dem so viele so lange gefolgt sind. Er ist Makedoniens Herrscher, weil er gewählt wurde; er wurde gewählt, weil er gut und fähig ist – und Philipps Sohn. Wenn er nicht Sohn Philipps, sondern Sohn Ammons ist, entzieht das allem die Grundlage! Verstehst du? Verstehst du das, Mann? Weiß er, weiß Demaratos, weiß Hephaistion – ah, der weiß nichts! –, weiß der engste Kreis, daß Alexander im Begriff ist, barfuß über Lanzenspitzen zu gehen?«

»Ich will versuchen, es ihm zu sagen.« Drakons Stimme war hohle Schwärze und Müdigkeit.

9. ZWISCHEN DEN STRÖMEN

In einem der entlegenen Täler, die dem Lagos gehörten, hatte Ptolemaios als Junge etwas gesehen, das ihm immer häufiger wieder einfiel. Oberhalb der Hütten – vielleicht ein Dutzend – erstreckte sich der Berghang in den Himmel, wie es dem Jungen erschien; von der gegenüberliegenden Seite war es nicht mehr so gewaltig, aber immer noch beeindruckend. Es mußte dort einmal ein Wald gestanden haben, im Lauf der Jahrzehnte abgeholzt, zu Bauholz und zum Feuern verwendet, bis auf einige kränkliche Stämme, die wie vergessene Posten am Hang standen, oder lehnten. Ziegen und Schafe hatten den kleineren Bewuchs entfernt – Unterholz, Schößlinge, allerlei Gesträuch –, bis nur noch eine graugrüne Fläche blieb, mit ein paar Stümpfen und hier und da helleren Felsbrocken. Es war ein nasser Winter gewesen; die Erde glich an vielen Stellen einem unermeßlichen Schwamm. Er erinnerte sich an das quaatschige Gefühl zwischen seinen bloßen Zehen, als er an jenem fernen Morgen den Westhang erstieg, um über dem östlichen Kamm die Sonne aufgehen zu sehen. Das alte Steinhaus der Familie lag außerhalb des Taleingangs, etwas erhöht, auf einer Felskante. Er stieg und stieg, durch die grauen Morgennebel, immer höher, durch lichten Wald – die Westseite des Tals war nicht abgeholzt worden; sie gehörte den Lagiden unmittelbar – hinauf zum Bergrücken, über den Nebel, in die klare Morgenluft. Im Osten war der Himmel bereits rötlich angelaufen, aber die Sonne stand noch unter dem Land. Als sein Atem sich beruhigte, das Pochen in den Ohren nachließ, bemerkte er die Stille – kein einziger Vogel, kein Tier. Wo waren die Schafe und Ziegen? Er sah nichts, obwohl zu seinen Füßen der Nebel dünner wurde, hörte weder Gesang noch Blöken, fühlte sich unbehaglich, wie in einem Angsttraum, bevor der Grund für die Angst erkennbar wird.

Dann ging die Sonne auf, stieg, der Himmel wurde grüner und schließlich blau, der Nebel im Tal löste sich auf. Unten, winziger als Käfer, liefen ein paar Menschen von den Hütten zum Talausgang. Was wollten sie so früh beim Haus des Vaters?

Ein tiefes Seufzen war zu hören, und immer noch kein Vogel. Dann schüttelte sich die Erde; Ptolemaios stürzte zu Boden. Es war nur ein kleiner Erdstoß, aber er reichte aus, den ganzen Osthang, abgegrast, abgeholzt, aufgeweicht, vom felsigen Untergrund zu lösen. Langsam, wie ein Schiff mit schwacher Brise aus dem Hafen gleitet, rutschte der Hang bergab. Die einzelnen Bäume bewegten sich nahezu hoheitsvoll, als schauten sie verächtlich auf alles hinab, und er erinnerte sich, daß er ein wenig gelacht hatte. Dann wurden sie schneller, kippten, rasten mit dem Hang auf die Hütten hinab, begruben alles.

Damals hatte er zugesehen; jetzt ritt er den Hang. Die Erdscheibe war gekippt, Alexander hatte sie den Göttern entrissen, hatte die Oikumene und die Berge und das Meer in eine Schräglage gebracht, ließ die Flüsse bergauf schäumen, hatte den Erdrutsch losgetreten, der über die blankgescheuerten Gebeine der Welt schrappte und malmte, und dann hatte er sich an die Spitze gestellt, um die Richtung zu bestimmen. Es gab kein Halten, kein Absteigen, keine Ruhe; nur die Gewißheit, daß die rasende Bewegung nicht enden würde, solange Alexander auf dieser Weltwoge ritt, und vielleicht nicht einmal dann, wenn er – irgendwann – gestorben sein würde.

Selbst der Stillstand, die Ruhe in Babylon war ein Traum, Gaukelei, Selbsttäuschung. Sie bewegten sich nicht im Raum, aber in der Zeit; sie galoppierten auf der Stelle, tanzten berauscht auf einer Nadelspitze. Nachschub kam, und Nachrichten, während die Vorhuten schon wieder aufbrachen; Myriaden Dinge gleichzeitig zu erledigen.

Immerhin gelang es ihm hier, ein paar Briefe zu schreiben. An die Verwandten, an halbvergessene Freunde in einer anderen Welt, die ein Jahrhundert und hunderttausend Parasangen zurücklag. Und an Aristoteles, der wie üblich alles und ein bißchen mehr wissen wollte. Irgendwann unterwegs, vielleicht in Pelusion, oder Phönikien, oder Syrien, hatte ihn ein Schreiben des Philosophen erreicht – von Athen nach Kanopos, von dort nach Naukratis, von dort nach

Memphis, von dort mit dem nächsten Nachrichtenschub dem Heer nachgesandt. Grüße, und ob er die genaue Anzahl der Quader der untersten freiliegenden Schicht der größten Pyramide sowie die Abmessung der Steine nennen könne; welche Farbe ihm vor das innere Auge trete, wenn er frisches Papyrosmark zerreibe und daran rieche; ob der Goldschmuck der Frauen von Siwah eingeführt oder von Handwerkern in der Oase verfertigt werde, und aus welchem Gold; in welchen Abständen eine Kamelstute brünstig werde, und wie sich dieser Zustand im Verhalten äußere …

Außerdem fragte er nach den bedeutendsten Sinneseindrücken, Erlebnissen oder Anblicken, sowie nach tausend Einzelheiten der Länder und Städte und Pflanzen und Arzneien. Ptolemaios hatte lange gezögert, ehe er sich zu einer Antwort aufraffte. Eigentlich war es der zweitgrößte Eindruck, aber er konnte ihn beschreiben – jenes grüne, satte, feiste Tal im phönikischen Hinterland, wahrhaft elysisch, ohne *paradeisos* zu sein, mit Baumgruppen und tausend blühenden Büschen und Blumen, einem kleinen See, der von zwei klaren Bächen gespeist wurde und zum Talende abfloß, wo abends in wenigen Augenblicken Koppeln und Latrinen angelegt wurden, während allenthalben Zelte aus dem Boden schossen und Kochfeuer aufflammten und die Dirnen in den Troßkarren Luft zum späteren Quieken und Kreischen holten, wie dann morgens, unter rotglühenden Wolkenstreifen, die weißen und fleckigbraunen Zelte und auflodernden Feuer und Tausende von Pferden aller Farben sich vom satten Grün abhoben und Alexander von einem Hügel das Tal überblickte, lächelte und sagte, dies sei die gefährlichste Stunde, falls ein Angreifer in der Nähe sei, denn es war jener Moment, da vierzigtausend Männer ausschwärmten, um zu scheißen.

Ptolemaios schrieb es mit einem Grinsen nieder; er wußte, Aristoteles würde es mit einem Grinsen lesen. Es hatte andere Momente gegeben, die sich der Beschreibung entzogen, weil sie unbeschreiblich waren, oder weil sie im Inneren tobten, ohne äußerlich sichtbar zu sein. Wie der Abend am Meer bei Pelusion, als Demaratos, Kleitos der Schwarze und Drakon der Arzt ihn zum Strand schleppten, um die Sonne vom Himmel zu trinken und ihm die Geschichte des Amuletts zu erzählen, von Kurush und Bagoas und der Brücke des Erwählers, und auch die Geschichte von der Unterredung des Demaratos, der zu diesem Zweck eilig nach Pelusion gereist war, mit seinem karchedonischen Gegenspieler Hamilkar, der behauptet hatte, Karchedon habe die Mutterstadt Tyros absichtlich im Stich gelassen, weil man sich von Alexanders weiterem Zug ins Innere Asien mehr verspräche als von Empfindsamkeiten und wehmütiger Erinnerung; und überdies habe Bagoas der Feiste vor seinem eiligen Ende zugegeben, daß Bagoas der Heile ihn zur Unterstützung der Makedonen ausgeschickt habe. Offenbarungen, Erschütterungen, aber nichts, was sinnlich wahrnehmbar oder gar zu beschreiben gewesen wäre.

Kaum zu beschreiben, da der Vorgang sich über lange Zeit erstreckte und aus hundert Einzelschritten bestand, war auch die Genesung des Heers von einer beginnenden Spaltung. Der König selbst hatte die Heilung bewirkt; auf dem Weg ins nördliche Phönikien, wo alle Marschgruppen zusammentrafen, war er jeden Tag mit einer anderen Einheit seines Heeresteils beisammen gewesen, reitend, marschierend, mit guten Worten für jeden, Aufmunterungen und Scherzen; auf dem Weg zum Tigris hatte Alexander dies mit den übrigen Einheiten wiederholt. Ptolemaios konnte viele Namen nennen, von Kämpfern, vor allem aber von erfahrenen Offizieren, die sich innerlich immer weiter von Alexander entfernten, aber sofort seiner Magie erlagen, wenn sie ihm gegenüberstanden. Je näher die Schlacht – vielleicht die Schlacht aller Schlachten – rückte, desto unwichtiger wurden die Risse, desto geringer die Unterschiede zwischen Makedonen und *xenoi* – und diese »Fremden« waren alle anderen, Hellenen ebenso wie Odrysen und Paionen oder Kreter.

Wichtiger als dieser Unterschied zwischen Makedonen und anderen war jene Spaltung, die Alexander so ausdauernd zu heilen oder zumindest für den Augenblick zu überkleben versucht hatte, die Spaltung innerhalb der makedonischen Verbände. Ptolemaios, Sohn des Fürsten Lagos, aus uraltem Adel, wußte, um was es ging; er hatte sich bedingungslos auf die Seite Alexanders gestellt, der König war, Kampfgefährte und Freund. Andere, nicht nur ältere, folgten dem Gefährten und gehorchten dem König, schienen aber insgeheim auf den Tag zu warten, an dem Alexander etwas tat, was mit dem makedonischen Königsamt nicht mehr vereinbar war.

Da war die Frage des Kriegsziels, dem die Strategie untergeordnet war als Mittel zum Zweck, wie die Taktik ein Werkzeug der Strategie sein mußte. Männer, die Xenophon und Thukydides gelesen, Epameinondas und Philipp begrübelt (und teils noch mit eigenen Augen gesehen) hatten, priesen Alexanders Kriegskunst und Männerführung als einzigartig und den großen Vorbildern zumindest ebenbürtig, wenn nicht gar heute schon überlegen. *Was* er tat, begeisterte sie; *wie* er es tat, riß sie hin; sie fragten allein, *warum* er es tat. Der große Epameinondas hatte Theben zur Großmacht vor Athen und Sparta machen wollen, und für ein paar flüchtige Jahre war ihm dies gelungen. Philipp wollte zunächst den Trümmerhaufen Makedonien zu einem starken Staat, dann diesen zu einer hellenischen Großmacht machen, schließlich dieses neue Hellas gegenüber Persien und den ewigen Einmischungen der Großmacht Asiens sichern.

Aber was wollte Alexander? Der von Philipp erreichte oder erzwungene Auftrag des Korinthischen Bundes, einen gesamthellenischen Sühnefeldzug zu unternehmen und die Schändung hellenischer Heiligtümer durch Xerxes vor hundertfünfzig Jahren zu rächen – nun ja, nicht einmal die hellenischen Bundestruppen nahmen das besonders ernst. Daß der König Makedoniens auch *tagos* von Thessalien und *hegemon* sowie *strategos autokrator* des Bundes war, sicherte ihn irgendwie – aber sehr »irgendwie« – rechtlich ab; Philipp und Alexander hatten nicht unbedingt die Thessalier – deren nachbarschaftlicher Dank für Befreiung von kleinen Tyrannen eine Rolle spielte –, jedenfalls aber die Hellenen zu diesen Ernennungen gezwungen. Den Feldzug führte Makedoniens König mit einem makedonischen Heer, in dem der Anteil hellenischer Bundestruppen geringer war als die Anzahl hellenischer und fremder Söldner, die nicht dem Bund, sondern dem König unterstanden. Alexanders Rolle in der hellenischen Politik, ausgeübt durch seinen Vertreter Antipatros, war die des Herrschers, nicht des gleichrangigen Bundesmitglieds; Hellas sollte Ruhe bewahren, damit Makedonien Nachschub an Kämpfern schicken konnte. So einfach?

Aber selbst wenn der hellenische Rachezug ernstgemeint wäre – wo sollte er enden? War es nicht genug der Rache oder Sühnung, daß man das persische Großreich gestutzt und auf die eigentliche Heimat Iran zurückgeworfen hatte? Die hellenischen und halbhellenischen Lande Asiens, das Hinterland, die Küsten, Phönikien, Syrien, Ägypten, nun auch Mesopotamien – wieviel Rache noch? Andere sagten, da Athen das Herz von Hellas sei, müsse – wie Xerxes Athen geschändet hatte – nun das Herz Persiens geschändet werden: Susa, oder Persepolis, oder Pasargadai; wo immer das Herz liege, und am besten alle drei Städte. Dann wäre das Ziel erreicht.

Die Makedonen dagegen sahen die Dinge anders. Hellas sollte stillhalten, unbeeinflußt nach innen, einflußlos nach außen; Makedonien war die Vormacht; der Feldzug diente der Sicherung des Erreichten, der Ausweitung der Macht, der Stärkung und Mehrung des Schatzes, Umleitung der Handelswege, Erschließung und Anbindung neuer Märkte, Beschaffung von Gefangenen und Sklaven zur Ausbeutung der Bergwerke in Europa, all dies und mehr. Dazu war es – nach dem Sieg, oder den Siegen – vor allem nötig, die Städte Asiens an Makedonien zu binden, oder zu ketten, makedonische Verwaltungen und Besatzungen einzurichten, befestigte oder jedenfalls gesicherte Grenzen gegenüber Persien zu erreichen. Phönikien war wichtig; solange diese Gebiete persisch waren, standen dem Großkönig die großen Schiffe und guten Seeleute der Phöniker zur Verfügung. Aber schon Ägypten ... Ein uraltes Land, mit unheimlichen Tempeln und Bauwerken, deren Sinn keiner verstand; ob der Reichtum des Landes wirklich so groß war, daß er mehr einbringen konnte, als Eroberung und Besetzung kosteten? Und nun auch noch Mesopotamien. Und überall übernahm der König persische Verwaltungen, zwar mit Truppen und Offizieren aus Makedonien oder Hellas, aber mit Einheimischen oder Persern oder Ägyptern als Satrapen. Oder sogar Hellenen; na gut, einige waren ganz brauchbar, ein paar Offiziere, oder der fette Kardier Eumenes mit seiner Buchführung, ein paar Wissenschaftler und Baumeister, der listige Kreter Nearchos, der alte Korinther Demaratos, aber insgesamt? Und wo sollte es enden? Wo sollte die neue Grenze zwischen Großmakedonien und Persien sein?

Hinzu kam, viel stärker, als Ptolemaios dies erwartet hätte, das Problem der Göttlichkeit. Die Kämpfer hatten von Anfang an gewußt, daß ein Halbgott sie führte; ein Heros, der sie zu unerhörten Taten hinriß, zu unmöglichen Siegen führte, Gold auf Gold und Triumph auf Triumph türmte, den weder Berge noch Wüsten noch Meere aufhalten konnten. Die Ahnenreihe der Mutter begann mit Achilles, die des Vaters mit dem zeusgezeugten Herakles. Als Sohn Philipps war er zum König gewählt worden; als Sohn Philipps stammte er vom fernen Zeus ab, und Zeus mochte auch Ammon sein und Marduk und tausend Götzen jenseits der Meere. Wenn er nun aber kein Halbgott war, sondern ein Gott – wenn er unmittelbar Sohn Ammons war –, dann war er nicht mehr Sohn Philipps, nicht mehr durch Geburt und Wahl König der Makedonen, sondern nur noch durch Wahl unter falschen Voraussetzungen. *Dann war er nicht mehr König.* Und Pella war und blieb die Hauptstadt des Reichs, wie weit es sich auch ausdehnen mochte; was wollte er dann mit diesem Alexandreia, an der ägyptischen Küste, angelegt als Hauptstadt und Hauptumschlagplatz? Wenn er als Sohn eines ägyptischen Gottes, dessen Wesenseinheit mit Zeus eine Behauptung der Priester war – und Priester behaupten viel –, jetzt Ägypter werden wollte, mit einer ägyptischen Hauptstadt und vielleicht einem Ausflug zu den persischen Grenzbergen, fein; sie würden die Beute genießen und mit Parmenion in die Heimat marschieren, denn sie waren keine Ägypter, sondern Makedonen. Dies zuerst und vor allem.

Ptolemaios wußte, weil es seine Aufgabe war; die Männer mochten ihn und hatten keine Geheimnisse vor ihm. Er fragte sie auch nicht aus, nannte keine Namen, gab nur Einschätzungen der Stimmung weiter. Allerdings hätte er keinen Augenblick gezögert, in einer wirklich gefährlichen Lage einen wirklichen Aufrührer oder Rädelsführer mit eigener Hand zu töten.

Er wußte auch, daß Alexander alles wußte. Sie hatten es beredet; obwohl man es nicht wirklich »beredet« nennen konnte. Drakon, Kleitos, Demaratos, Ptolemaios und Alexander – es war ein Berichten gewesen, ein Fragen ohne genaue Antworten. Ein Rätselraten über den uralten persischen Plan, über Kurush und Bagoas und das Amulett, über die Hintergründe des Entschlusses in Karchedon, die stärkste Flotte der Oikumene nicht zum Schutz der Mutterstadt Tyros einzusetzen. Auch nach der Verstärkung der Makedonen durch übergelaufene phönikische Einheiten hätte Karchedons Flotte alle Alexander unterstehenden Schiffe innerhalb eines Tages von der See fegen können. Aber vielleicht – es gab da viele »vielleicht« – wollten sie der Mutterstadt nicht helfen, um einen Wettbewerber im Handel loszuwerden, und Geld zählte mehr als Gefühle; vielleicht rechneten sie damit, Alexander könne die Perser zurückwerfen, aber kein dauerhaftes Reich errichten, so daß die östlichen Küsten des Meers bald politisch und wirtschaftlich frei und für Karchedon unbeschränkt zugänglich wären; vielleicht wollten sie sich einfach heraushalten; vielleicht hatten sie eigene Probleme; vielleicht hatten sie den Entschluß der Tyrer, Alexander nicht in den Tempel zu lassen, für Dummheit gehalten, deren Folgen die Tyrer selbst zu bewältigen hätten, oder sie hatten angenommen, Tyros werde keinesfalls lang genug Widerstand leisten können und beim Eintreffen einer Hilfsflotte schon untergegangen sein, oder Tyros sei uneinnehmbar, oder oder oder.

Alexander hatte die Erörterungen beendet, indem er sich dem Versorgungswesen zuwandte. Nachschub für das Heer, neue Pferde, Getreide, Metall für Waffen, Holz, Leder … Eine seltsame Anweisung war dabei: an die Satrapen Ägyptens. Sie sollten im kommenden Jahr anlegen – und durch Zahlungen an Kyrene auch dort anlegen lassen – riesige Getreidevorräte, mehr als eine Million Medimnen, zur Lieferung an Hellas. In Hellas gab es aber keinerlei Hungersnot; und wenn, dann würde die Lieferung, die frühestens im folgenden Herbst erfolgen konnte, nicht mehr helfen.

Dieser rätselhaften Besorgnis um künftige Dinge in Hellas stand gegenüber eine fast vollkommene Loslösung von Europa. Was in Alexanders Geist vorging, ließ sich nicht sagen; er gab selbst keine Antworten, wenn jemand ihn zu fragen wagte, außer vielleicht Hephaistion, dessen Auskünften Ptolemaios jedoch ebenso mißtraute wie den zurechtgeschneiderten Mitteilungen, mit denen Kallisthenes Athen und Umgebung versorgte. Bei aller Veränderung, allem gottgleichen Brüten, dem zunehmenden Weingenuß – Alexanders Geist war scharf, vielleicht schärfer denn je. Seine Anordnungen für die größte aller Schlachten hatten in ihrer Klarheit, Kühnheit und wahrhaft göttlichen Kälte selbst Parmenion den Atem geraubt. Seine Maßnahmen und Schritte, ob er diese nun allein bedachte oder im Kreis der Berater, berücksichtigten die winzigste Kleinigkeit und verfolgten wie immer mehrere Ziele gleichzeitig, größtmögliche Sparsamkeit des Aufwands und höchste Wirksamkeit. Vielleicht war er tatsächlich ein Gott, unfehlbar, durch nichts aufzuhalten. Gerade deshalb hätte Ptolemaios mehr als den linken Arm gegeben, wenn Alexander bereit gewesen wäre, über die letzten Ziele des Kriegszugs zu sprechen, über das Amulett, überhaupt über Dinge, die in ihm vorgingen.

Und zu gern hätte er gewußt, wie sich die rätselhafte Besorgnis um die künftige Getreideversorgung von Hellas mit jener Loslösung vertrug, die drei Tage früher, vor der Nachschubplanung, an den Tag trat, als Harpalos in Syrien zu ihnen stieß, berichtete und ohne jede Reibung seine alte Stelle als Schatzhüter wieder einnahm.

Die Einzelheiten des Berichts hatte Ptolemaios nicht gehört, da er erst spät zur Beratung kam. Einzelheiten über schäbige Geschäfte des alten Demosthenes, deren Kenntnis Harpalos zu einer besonderen Art von Knebel genutzt hatte; Einzelheiten über die Zustände und Stimmungen in Athen und den anderen wichtigen Gegenden von Hellas. Einzelheiten, nicht zuletzt, über den großen Sieg des Antipatros, der bei Megalopolis das Heer des Agis vernichtet hatte. Der Spartaner war eines würdigen Todes gestorben, wie es einem lakedaimonischen König zukam. Schwer verwundet, kniend, bot er den makedonischen Lanzen die Brust, da er weder Flucht noch Gnade wollte. Die strategische Bedeutung des Siegs war allen klar – Hellas war beruhigt, das Meer und die Küsten waren in makedonischer Hand.

Und Alexander wandte sich dem Papyros zu, auf dem er und Deinochares die Neue Stadt entworfen hatten, Alexandreia, und sprach halblaut von »Mäusekriegen«. So lange war Sparta unbesiegbar gewesen, hellenische Vormacht, Großmacht immer noch; Agis hatte eines der größten Heere zusammengebracht, die je für Sparta ins Feld gezogen waren, und Antipatros hatte einen glänzenden Sieg errungen, würdig, in Jahrzehnten noch besungen zu werden. Alexander sprach von »Mäusekriegen«, und Parmenion stand auf und verließ schweigend die Runde.

Parmenion gab dem Lagiden ein weiteres Rätsel auf. Er hatte mit Philipp das Heer geschmiedet, die furchtbare Waffe, die nun in Alexanders Hand lag – und in Parmenions. Der alte Stratege näherte sich der Vollendung seines siebten Jahrzehnts; besser als jeder andere – Antipatros vielleicht ausgenommen – wußte er, daß die graue Vorzeit, da Makedonien ein von allen Seiten bedrohter, nach allen Seiten offener Trümmerhaufen gewesen war, nicht einmal dreißig Jahre zurücklag. Er war schon vierzig Jahre alt gewesen, als er und Antipatros dem jungen Philipp geholfen hatten, die Fetzen zu vernähen, die Halme zu Garben zu binden und den zerbrochenen Lanzen neue Schäfte zu geben. Was mußte er, mit seiner Erinnerung an eine Handvoll Krieger in den Bergen des Nordens, in der Ebene von Gaugamela empfunden haben? Was mochte er, Freund und Weggefährte Philipps, von dessen Sohn halten, der zum Herrn Asiens wurde und zum Gott Ägyptens? Aber Parmenion schwieg hierzu; kein Wort gegen den König, den er beriet und dem er folgte, mit dem er lachte und zechte, mit dem er die verwickelte, verwirrende, für niemanden mehr zu durchschauende Aufstellung vor der Schlacht entworfen hatte, vor dem er dann sprachlos stand, als Alexander die zwei kühnen, unglaublichen Änderungen vorschlug.

Dies, die Schlacht von Gaugamela, in Wahrheit das unglaublichste Erlebnis, höchster Rausch und tiefstes Entsetzen, hätte er dem Aristoteles beschreiben sollen. Aber wie es beschreiben? Als vielseitiges, vielschichtiges, verwirrendes Meisterwerk der Vorbereitung, durchschaut nur von Alexander und Parmenion, die auf dem Marsch durch Syrien schon mit den Männern der Phalanx, den 9000 Mann der sechs Taxeis geübt hatten, wie ein scheinbar geschlossener Truppenkörper, ein von Sarissen starrender Block, seitlich ausweichen und Gassen bilden kann, um sich Augenblicke später wieder zu schließen, ohne in Unordnung zu geraten? Mit langwieriger Beschaffung merkwürdiger Gegenstände wie jener Dreizack-Speere, deren Verwendungszweck keiner ahnte, bis zum Abend vor der Schlacht? Als Spiel mit feinsten Einzelteilen, die zu einer mächtigen Maschine zusammengesetzt wurden? Als Plan, der die unterschiedlichen Fähigkeiten und Bewaffnungen so vieler verschiedener Truppenteile bestens, wie aus göttlicher Höhe betrachtet, zu vereinigen wußte – ein Plan, zu dessen Ausführung in einzelnen Schritten immer nur wenige Augenblicke blieben, in denen Triumph und Untergang näher beieinanderlagen als die zwei Seiten einer Münze; zu dessen Ausführung ein eisiger Kopf im heißesten Getümmel nötig war, das unbedingte Vertrauen der Krieger zu ihren Führern, der Führer zu ihren Strategen, der Strategen und aller zu ihrem König und dessen grenzenloses Vertrauen in die Standfestigkeit seiner Männer, bis hin zur Zuverlässigkeit der Meldereiter und Hornbläser? Wunderwerk eines halbgöttlichen Kriegskunstwerkers, der noch Boden, Wetter, Sonnenstand und Seelenlage des Gegners berechnet hatte?

Oder als das, was es war, solange es währte: Blutrausch und Wut, ein Morden und Metzeln, Jubel und Ekel, der von geronnenem Blut zu Kügelchen verklebte Staub, geblendetes Hauen und Würgen und Schlitzen und Stechen, Leichenberge, Kot und Gedärme, durchgehende oder kreischend zusammenbrechende, schäumende Pferde, das Rasseln der Streitwagen mit ihren Sichelachsen, wütende und dann klägliche Trompetenstöße von Elefanten, die über die eigenen schleifenden Gedärme stolperten, aufgerissene Augen, weiße Augen, rote Münder, verzerrte Gesichter, ein Rasen und Hacken und Sterben? Weit über 2000 Makedonen gefallen, die Toten des Gegners nicht gezählt, später starben viele noch an den Wunden – Kallisthenes würde ohne Zweifel die eigenen Gefallenen auf ein Viertel der wirklichen Zahl vermindern und eine große Menge toter Gegner erfinden; fast alle Offiziere verwundet, zum Teil mehrfach, Alexander von drei Säbeln getroffen und wie durch ein göttliches Wunder nicht völlig zerschlitzt?

Ptolemaios versuchte mehrmals, diese Unbeschreiblichkeiten zu beschreiben; schließlich gab er zähneknirschend auf und begnügte sich mit einer kühlen, rückblickenden Aufzählung von Einzelschritten. Er war bei Alexander gewesen, an der Spitze des Keils der Hetairenreiter, neben Philotas und Hephaistion und den anderen. Den Überblick gewann er erst hinterher.

Die Aufklärer brachten Zahlen und Einzelheiten, noch ehe man den Tigris erreicht hatte. Zwanzig Zehntausendschaften aus allen Teilen des unermeßlichen persischen Reichs: Kamelkämpfer aus Baktrien, indische Krieger zu Fuß und mit Elefanten (sie sahen ähnlich aus wie die Riesentiere, die man aus Ägypten kannte, nur die Ohren waren anders, und der Geruch, ein seltsam breiiges Stechen), Krieger aus Arachosien, Skythen, Sogdianer, Meder, zahllose andere Namen, die hellenischen Söldner des Großkönigs, Hunderte Kampfwagen, schwer gepanzerte Reiter – allein von diesen soviel wie Alexanders ganzes Heer, das aus 40 000 Fußkämpfern und 7000 Reitern bestand. Aber sie hatten Alexander, und Parmenion; die drüben hatten Dareios in der Mitte, also nichts, auf dem linken Flügel Bessos, auf dem rechten Mazaios, den Satrapen von Babylonien.

Die Perser lagerten zwischen den Hügeln, nordöstlich der Ebene. Diese Ebene, das Schlachtfeld, hatten sie ausgesucht und bestimmt, und sie hatten den Boden geglättet, wahrlich gekämmt, von Hindernissen befreit – für ihre Streitwagen, für die Elefanten, für die Tausende von Reitern. Jemand berichtete von Fallen, Fußangeln, anderen Dingen, die Makedoniens Reiter behindern sollten, aber das war Unsinn, denn es hätte ja auch die Perser straucheln lassen.

Am westlichen Rand der Ebene, die fast zwei Parasangen durchmaß, lagen ebenfalls Hügel; dort gab es einige Quellen, Gras für die Tiere, der beste mögliche Lagerplatz. Dort ließ Alexander lagern – und zahlreiche Feuer entzünden. In der Nacht, noch recht früh, schickte er die Karren mit den Waffen und wichtigsten Vorräten, Heilkräutern, Verbänden vor, und das Heer. Die Männer hatten gegessen, redeten über einen Nachtangriff, um die vierfach überlegenen Gegner zu überraschen. Dort brach eine Art Panik aus; vermutlich schlief in dieser Nacht kein Perser – wohl aber die Makedonen, mit Waffen, auf blanker Erde, bewacht von vorgeschobenen Posten. Sie wären bei einem persischen Angriff sofort einsatzbereit gewesen, die Perser in ihrem ausgedehnten Lager umgekehrt nicht. Selbst Alexander schlief; morgens mußte man ihn wachrütteln.

Die Karren mit den Waffen und Vorräten – weit vor dem eigentlichen Lager, wo der Troß blieb – wurden zu einer kreisförmigen Burg zusammengefahren; hierhin sollten sich Verwundete begeben oder bringen lassen, hier sollten Gefangene während des Kampfs abgeliefert werden, wenn es denn welche gäbe. Diese Karrenburg, nachts vorgeschoben, befand sich in der Mitte des von den Persern eingeebneten Landes, mitten auf dem vorgesehenen Schlachtfeld; und noch näher bei den Persern hatten die meisten Kämpfer geschlafen.

Im Morgengrauen begann der Aufmarsch der Perser, das eigene Lager im Rücken, Hügel zur Rechten und zur Linken. Sie waren am Rand der Ebene; der betaute Boden blieb liegen, kaum stieg Staub auf. Die Reihe drüben wurde immer länger, immer länger; die Mitte der makedonischen Aufstellung, die sechs Taxeis der Phalanx, gab kaum ein Fünftel dieser Länge her. Die Zange der persischen Flügel war nicht zu vermeiden, gleichgültig, ob die Makedonen angriffen oder sich auf eine Verteidigung beschränkten.

Alexander und Parmenion hatten alles erwogen. Man wußte von vornherein, daß die Perser ihre gewaltigen Mengen an Reitern in die erste Reihe stellen würden – zum Angriff, unterstützt von Streitwagen und Elefanten. Die Fußkämpfer, darunter die hellenischen Söldner, bildeten die zweite Reihe. Die Perser mußten gezwungen werden, schnell anzugreifen; die Fußkämpfer würden nicht so schnell folgen können, Lücken würden aufreißen. Würde, könnte, sollte, müßte. Den Angriff sollte Parmenion auffangen, der den linken Flügel befehligte. Er bestand aus zwei der sechs Taxeis, beide unter Krateros, den hellenischen und thessalischen Reitern, achaiischen Hopliten und kretischen Bogenschützen.

Alexander übernahm den rechten Flügel: zur Mitte hin die vier übrigen Taxeis unter Polyperchon, Meleagros, Perdikkas und Koinos, daneben die Hypaspisten, daneben die Hetairenreiter, vor ihnen Agrianen, makedonische Bogenschützen, Speerwerfer. Und überall die Männer mit den Dreizack-Speeren, in kleinen Gruppen verteilt. Zwischen Polyperchons und Krateros' Taxeis sollte eine Lücke aufreißen, geplant, aber für den Gegner würde es aussehen, als wäre es ein Erfolg des Angriffs.

Hier kam der erste der beiden kühnen Züge Alexanders, die selbst Parmenion die Sprache verschlagen hatten: Hinter der Phalanx stand eine zweite, aus Söldnern, verstärkt durch einige makedonische Ilen. Sie schirmten die Karrenburg ab; und wenn die persische Flügelzange sich um die scheinbar gespaltene Phalanx schloß, würde diese zweite Phalanx wiederum die Perser einschließen.

Zurückgebogen wie Haken standen hinter den makedonischen Flügeln noch einmal Leichtbewaffnete, Speerkämpfer, Bogenschützen, Reiter: neben Alexander Paionen, Agrianen, Söldnerreiter, neben Parmenion Hellenen, Odrysen, Thraker.

Sie rückten vor, als die Sonne vom Osten in den Südosten wanderte und stieg; sie blendete die Makedonen, wie die Perser es gewollt hatten, aber Alexander wußte, daß es bald ohne Bedeutung sein würde. Sie rückten immer schneller vor, schräg, bis der linke Flügel – Parmenion – fast gegenüber der persischen Mitte stand und Alexanders Flügel dem von Bessos befehligten linken Flügel der Perser nahte. Parmenion war jedoch doppelt so weit von den persischen Reihen entfernt wie Alexander; wenn die Perser jetzt nicht handelten, verloren sie das letzte Stück der vorbereiteten Ebene, und die Makedonen würden in die Hügel eindringen, wo die Vielzahl der Reiter kaum noch Vorteile brachte und die Streitwagen nicht eingesetzt werden konnten. Jetzt mußten sie angreifen. Und sie griffen an.

Ptolemaios erinnerte sich, daß er in diesen lähmenden Momenten der Stille, ehe das Chaos losbrach, überlegt hatte, was wohl in Dareios vorgehen mochte. Der Großkönig wußte, daß die Hetairenreiter die Besten der Besten waren, der Angriffskeil, der die beiden großen Schlachten ebenso entschieden hatte wie vor Jahren den Kampf bei Chaironeia. Diese schärfste Angriffswaffe war nun weit vorgerückt, weit rechts (oder links, von Dareios aus), nicht imstande, die Unsterblichen um den Großkönig sofort anzugreifen, was zu erwarten gewesen wäre, sondern dem wuchtigen Angriff der Panzerreiter des Bessos ausgesetzt. Er malte sich aus, wie Dareios und seine Berater versuchten, einen Sinn darin zu suchen, und auch darin, daß die Makedonen zwar den größten Teil der Ebene hinter sich gelassen, dann aber darauf verzichtet hatten, anders als gegen die blendende Sonne vorzurücken, was am Anfang möglich gewesen wäre.

Aber die Sonne hatte fast eine Stunde Zeit gehabt, sich des betauten Bodens anzunehmen. Als Bessos den Angriffsbefehl erhielt, dauerte es nur Momente, bis Staub aufwirbelte, die Sonne verfinsterte und die Blendung nahm. Die Staubwolken behinderten Perser und Makedonen; mehr jedoch die Perser, deren überdehnte Reihen nicht mehr zu überblicken waren.

Die Skythen und Baktrier des Bessos. Ein vieltausendköpfiger Wirbelsturm in einer Staubwolke. Sie sollten die Hetairen zerschmettern, aber da stiegen andere Wolken auf: Pfeile und Lanzen; dazu rückten die Hetairen plötzlich ein wenig nach links vor und boten den Angreifern die Flanke.

Und dies war Alexanders zweite Kühnheit, die entscheidende, und die gefährlichste, denn sie verlangte blitzschnelle Entscheidungen immer im richtigen Moment. Er ließ den Angriff der Panzerreiter durch Pfeile und Lanzen ein wenig zur Seite lenken und schickte ihnen leichte Söldnerreiter entgegen, nach Zahl und Bewaffnung hoffnungslos unterlegen. Sie wurden zersprengt, zurückgedrängt; dann erschienen, im einzig möglichen Augenblick vor dem Zusammenbruch, die Paionen; als diese nicht mehr standhalten konnten, eine weitere Gruppe hellenischer Söldnerreiter. Dazu die Bogenschützen und Speerkämpfer, die vor den Hetairen gestanden hatten und nun Skythen und Baktrier sozusagen von unten angriffen. Der wuchtige Stoß der Panzerreiter des Bessos verschob sich immer weiter von der Phalanx weg, nach Süden und Südwesten. Und wo der linke persische Flügel an die von Dareios befehligte Mitte angegrenzt hatte, entstand eine Lücke.

Was in den anderen Abschnitten geschah, erfuhr Ptolemaios erst später, in den Stunden und Tagen nach der Schlacht.

Dareios ließ angreifen, weil er mußte – überall. Streitwagen rasten auf die Phalanx zu, in der sich plötzlich Gassen öffneten; Wagenlenker wurden mit Pfeilschüssen aus ihren Korbwagen geholt, Speerkämpfer töteten die Pferde, Wagen überschlugen sich oder rasten führerlos und außer Gefecht durch die Ebene. Elefanten, ohne Verbindung zu den indischen Fußkämpfern, die sie hatten abschirmen sollen, standen nicht, wie geplant, Reitertruppen gegenüber, deren Pferde durch die Trompetenstöße und vor allem den Geruch der Riesentiere in Panik geraten sollten; sie wurden vor der Phalanx abgefangen von den Männern mit Dreizack, die unter die Elefanten tauchten und mit den seltsamen Waffen die Bäuche zerschlitzten und die Beinsehnen durchtrennten. Der rechte Flügel der Perser, unter Mazaios, rückte vor, um Parmenions Flanke aufzurollen, aber da standen die leichten Truppen des zurückgebogenen Hakens und fingen den ersten Stoß auf. In der Mitte brachen persische Verbände durch die Phalanx, durchstießen sogar die zweite Linie, erreichten das Karrenlager und wurden dann von den Söldnern eingeschlossen und aufgerieben. Die Sarissenträger stemmten sich den Wellen asiatischer Reiterei entgegen – alle Taxeis waren nun im Kampf. Die unter Parmenion und Krateros fingen den gewaltigen Stoß des persischen Heers auf.

Die vier Taxeis auf Alexanders Flügel und die Hypaspisten folgten den Hetairenreitern, die einen Keil bildeten, geführt von Alexander. Sie galoppierten in die Lücke, die durch Bessos' weiten Vorstoß entstanden war; Hypaspisten und Hopliten strömten in den Trichter, erweiterten ihn, drängten immer schneller nach. Einen Moment lang glaubte Ptolemaios in dem Wahnsinn und Geschrei das angstverzerrte Gesicht des Großkönigs zu erblicken, zu sehen, wie das maskenstarre Antlitz der Hoheit in winzigen Schritten zerfiel zu Überraschung, Staunen, Furcht und schließlich Entsetzen. Denn seine Unsterblichen starben, wurden zerschmettert vom Keil der Hetairenreiter. Es war, als ob Alexanders Augen einen Kampf mit denen des fast in Reichweite auf seinem goldenen Streitwagen stehenden Dareios ausföchten. Dann drängten sich wieder persische Reiter zwischen die beiden; und als Ptolemaios seinen Speer aus dem

Leib eines von allzu vielen Gegnern gerissen hatte und wieder sehen konnte, wendete Dareios den Wagen und floh.

Die Fußkämpfer drängten die persische Mitte immer weiter zurück, preßten sie zu einem Knäuel, trieben sie gegen die Reihen der nun endlich eingesetzten asiatischen und hellenischen Fußtruppen, die sich mehr gegen ihre eigene Reiterei als gegen die Makedonen zu wehren hatten. Die Hetairen, Alexander an der Spitze, setzten nicht etwa dem fliehenden Dareios nach; dazu war alles noch viel zu unklar. Sie schwenkten nach rechts und fielen über den immer noch vorrückenden, immer noch kampffähigen Flügel des Bessos her. Dann kam der Meldereiter von Parmenion, der dringend um Hilfe bat, da die Phalanx zusammenzubrechen drohte. Noch wußten die vielen Zehntausende des Mazaios nicht, daß der Großkönig geflohen war.

Später schrieb Kallisthenes, Alexander habe sich auf der Verfolgung befunden und sei ergrimmt gewesen, daß Parmenion ihn zurückgeholt habe. Wie hätte denn aber ein galoppierender Meldereiter den galoppierenden König einholen sollen, zeitig genug für einen Hilfsvorstoß, umgeben von Trauben fliehender Perser?

Noch jetzt, einen Mond danach, in Babylon, in den Armen einer duftenden, gurrenden Frau, hörte Ptolemaios das Stöhnen und Schreien und Kreischen der Verwundeten, der Sterbenden, roch den entsetzlichen Gestank, den die Sonne aus Leichenbergen, Pferdekadavern und jenen unglaublichen Fleischbergen holte, die einmal Elefanten gewesen waren. Wie sollte er für Aristoteles im fernen Athen jenen Bogen beschreiben, einem blutigen Regenbogen gleich, der in der atemlosen Stille vor dem Angriff des Bessos begann und endete, als Ptolemaios nach dem letzten Angriff der Hetairen den eisgrauen Parmenion sah, zu Fuß, ohne Helm, das von Blut und Hirn und Gewebe verkrustete Schwert gesenkt in der Rechten. Parmenion, der sich zu einem Sterbenden aus der Abteilung des Krateros bückte, damit dem Tapferen das Lob des Strategen als letzte Wahrnehmung zuteil werde. Parmenion, der die linke Hand auf Alexanders blutenden Oberschenkel legte und zweifellos geflügelte, aber unhörbare

Worte sagte. Parmenion, der strahlte, als er den Führer der Hetairen sah, seinen Sohn Philotas, bedeckt mit eigenem und fremdem Blut, mit Schweiß und unsterblichem Ruhm, lebendig, und Philotas sagte, auch der andere Sohn lebe, Nikanor, der Führer der Hypaspisten. Parmenion vor dem Hügel aus Leibern toter Perser, Fürsten ebenso wie Bauern – Parmenion, der aufschluchzte, das Schwert fortwarf und die tapferen toten Feinde ehrte, indem er die Arme nach ihnen ausstreckte und das Gesicht und die Tränen dorthin wandte, wo die Perser ihren höchsten Gott vermuteten, zum Himmel. Wie all das beschreiben – Kühnheit, Tapferkeit, Gier, Rausch, Wahnsinn: höchsten Triumph und äußerstes Grauen?

»Hat dich der *daimon* des Tötens wieder fortgerissen?« sagte Thais. Sie stand am Fenster zum Innenhof, wo ein paar nasse Vögel unter die Kübelpflanzen gekrochen waren, um Schutz vor dem Regen zu finden, der seit drei Tagen aus dem grauen Himmel niederging, die Lehmziegel der Häuser aufweichte und Babylons Straßen zu klebrigem Brei machte. Ihre einzige Kleidung war die Schönheit, ihr einziger Schmuck der silberne Becher, den sie an die immer geschwollenen – oder schwellenden? – Lippen hob. Die dunklen Augen tasteten Ptolemaios' Gesicht ab.

Er rollte sich vom Lager. »Es wird dauern«, murmelte er. »Aber es geht vorüber. Alles geht vorüber.« Er kleidete sich an.

»Alles?« Die Athenerin hob die Schultern. »Vor allem wäre es schön, wenn *etwas* bald aufhörte. Du weißt ...«

Ptolemaios versuchte ein Grinsen. »Du bist aus Athen nach Ägypten gegangen und seitdem beim Heer, weil dir, teuerste *hetaira,* stramme makedonische Offiziere ersprießlicher erschienen als fette attische Händler. Was willst du? Ist er nicht gut?«

»Philotas? Doch; und hin und wieder ... rauh. Aber ich mag dieses Spiel nicht mehr spielen.«

»Ich bin noch nicht ausreichend wiederhergestellt, um allein mit dir fertigzuwerden. Jede Nacht und jede Nacht und jede Nacht.« Er gluckste. »Und ich muß wissen, was Philotas sagt, wenn keiner von uns dabei ist.«

»Immer das gleiche, Lagide. Immer das gleiche. Daß der

König mehr und mehr zum Asiaten wird; daß er zwar feine Einfälle hatte, die Schlacht aber von Makedonen entschieden wurde, daß er aufhört, Makedone zu sein; daß, wenn er endgültig aufhört, Makedone zu sein, die alten Offiziere und die Jungen, die echten Makedonen, die Pflicht haben werden, das Heer und die Welt von einem Tyrannen zu befreien.«

»Hmf. Immer das gleiche; fürwahr, edle Frau, nichts Neues unter der Sonne seines Hochmuts. Aber noch nennt er keine Zeiten, oder? Und was ist mit seinem Vater?«

Thais stellte den Becher ab. Aus dem nassen Hof kam ein kühler Hauch; sie schauerte und ging zu dem Schemel, auf dem ihre Kleider lagen. Während sie sich anzog, sagte sie langsam, nachdenklich:

»Das ist ... unklar. Er will – ich meine Philotas – auf jeden Fall noch die Schätze Persiens mitnehmen. Und er ist manchmal mürrisch, weil Parmenion nichts von allem wissen will.«

Ptolemaios nickte. »Der edle Stratege, Verkörperung Makedoniens und makedonischer Treue? Der Vater des Heers ...«

»Das ist er. Er wird im Zweifelsfall eher seinen Sohn in Ketten legen ... Solange Alexander nicht wahnsinnig wird.«

Ptolemaios betrachtete sie eindringlich. »Thais, ich weiß, das Spiel ist unwürdig. Aber ...« Er breitete die Arme aus.

Sie seufzte. »Ja, ja; die Dirne Thais hatte immer viele Kunden an einem Tag, warum regt sie sich jetzt so auf?« Sie befestigte den Umhang über der linken Schulter mit einer Silberspange, einer bis zu den Schuppen feinstens gearbeiteten Schlange, die sich in den eigenen Schwanz biß. »Weil ich bei dir sein will, Lagide. Auch wenn der *daimon* dieser furchtbaren Schlacht noch ein paar Tage, oder auch Monde, stärker ist als deine Manneskraft, Herr.«

»Habe ich das verdient?« sagte Ptolemaios leise.

»Kein Mann verdient die Zuneigung einer Frau. Alle Männer verdienen im Schlaf den Dolch. Aber erst dann, wenn es etwas Besseres gibt, um sie zu ersetzen.«

Er hatte Babylon – *Bibili,* die Pforte der Götter – unter einem strahlenden Himmel gesehen, an dem Tag, da der Satrap Mazaios, tapferer Gegner bei Gaugamela, die Tore öffnen ließ, um die Stadt, das Land, die Menschen und den Schatz zu übergeben. Er hatte die auf gewaltigen, schiffähnlichen Pfeilern ruhende Steinbrücke über den Euphrat beschritten, die vier Parasangen lange, zehn Männer hohe äußere Mauer bestaunt, mit ihrer Beschichtung aus bunten, glasierten Ziegeln, verfugt mit Asphalt, bemalt mit Stieren und Drachen. Die mit Ziegeln gepflasterte Straße der Götter, die vom Ishtar-Tor zum Tempelbezirk führte, zum großen Tempel des Bel, der Marduk war und Ammon und Zeus, mit der seltsamen Stufenpyramide, die *siqurat* genannt wurde, oder jedenfalls klang es so ähnlich. Die Kanäle mit ihren Verzweigungen und Treidelpfaden, die bewässerten Felder, die Haine der Dattelpalmen und Feigen und Kitrosbäume, die ordentlichen Obst- und Gemüsegärten mit Lauch, Zwiebeln, Knoblauch, Melonen, Gurken und etlichen Pflanzen, deren Namen er nicht kannte und deren Eßbarkeit er bezweifelte. Die zweigeschossigen Häuser der Wohlhabenden, mit Innenhöfen und Sickergruben; die Dachterrassen, auf denen in den heißen Monden die halbe Stadt saß und trank und schlief; die Häuser der Ärmeren, eng und schmucklos; die Plätze mit Brunnen; die Gehege, in denen Störche und Kraniche gemästet wurden; die Karawanenhöfe und Schänken und Lusthäuser ... Und den Palast: von einem alten König, der auch einen Gang unter dem Euphrat hatte anlegen lassen, auf den Ruinen älterer Burgen und Paläste errichtet, von den persischen Satrapen erweitert und befestigt, mit Steinen, die aus weiter Ferne herangebracht werden mußten, mit Türmen und Ganglabyrinthen und Geheimtreppen und verlorenen Gemächern, und die unendlichen, üppigen Traumgärten, halb über der Stadt, auf Gewölbeschichten hängend, bei diesigem Wetter scheinbar schwebend.

Es gab viel zu sehen; zu viel. In der Stadt, in der Umgebung; Händler aus Indien und Arabien, Eselmänner, mit denen er gern gezogen wäre, morgens, bevor der Verstand wieder in die gewöhnlichen Bahnen zurückgefunden hatte.

Aber hinter, vielleicht unter allem war etwas Abstoßendes. Etwas, das gleichzeitig zu fressen und auszuspeien schien. Ptolemaios konnte es weder benennen noch abschütteln. Die Babylonier – die meisten sprachen ein geläufiges Aramäisch, neben den heimischen chaldäischen Zungen, und die Verwaltungssprache des persischen Reichs beherrschten inzwischen die meisten Offiziere wenigstens teilweise – erzählten von den anderen alten Städten des Lands zwischen den Strömen, von Ur und Uruk und Lagash und, weiter stromauf, den versunkenen Städten der grausamen Assyrer; sie erzählten von furchtbaren Kriegen und unfaßlichem Reichtum, von den Gesetzen der alten Könige und der ewigen Gesetzlosigkeit einen Steinwurf außerhalb der Mauern; nicht alle Geschichten hatten mit Babylon zu tun, aber alle kamen früher oder später auf Babylon zu sprechen. Pforte der Götter, Thron der Könige, Grab der Geschlechter …

Vielleicht war es genau dies, und alles, was sich daraus ergab. Das Wissen der Leute, in der ältesten aller Städte zu leben; als die anderen großen Orte geblüht hatten, mochte Babylon nur ein Dorf, eine Siedlung, vielleicht ein Flußhafen gewesen sein, aber Babylon war noch immer da, Ur und Uruk waren Legende, vom Schlamm des Flusses begraben und von den Schilfwäldern erstickt. Außerhalb der Reichweite, hinter der nächsten Ecke, in den Mienen der Bewohner, in ihren Gebärden und ihrem Zwinkern und ihren Anspielungen, lauerten die Jahrtausende – wie eine gestaute Zeitbrandung, die jeden Moment über den Makedonen zusammenschlagen und sie wegreißen, verspülen mochte, bis nichts blieb als wieder ein paar Geschichten oder, wahrscheinlich, nicht einmal das Vergessen. Zweitausend Jahre, oder dreitausend, oder viertausend? Ein Abgrund der Wunder und Verbrechen, darüber eine dünne Schicht aus Schwemmland und Gesetzen; darauf hatten die Menschen in Jahrtausenden ihre Häuser aus Lehmziegeln errichtet, die fast immer den Namen des jeweiligen Herrschers als Brandsiegel trugen. Ein Aufruhr, ein Krieg, ein Brand, oder ganz einfach der Regen, der die Lehmziegel auflöste und durch die Stadt schwemmte; auf der Schicht aus Lehm und Asche und Blut baute man die nächste neue alte Stadt, und all die Städte der Vergangenheit mit ihren Geistern und Göttern waren da, unter jener, in der die Makedonen sich als Herren fühlten.

Abends gab es im Palast eines der zahlreichen Feste. Parmenion war da, Hephaistion, Philotas, Demaratos, fast alle höheren Offiziere und Berater; Barsine und Sisygambis und viele andere Frauen – Makedoninnen, Helleninnen, Ägypterinnen, Babylonierinnen, Perserinnen. Thais bemühte sich, die mürrische Miene des Philotas aufzuhellen. Ptolemaios hockte Schulter an Schulter mit Kleitos dem Schwarzen auf dem Boden, fast zu Füßen Alexanders, wo auf dicken Teppichen bärtige Männer saßen. Und während überall gegessen, getrunken, gegrölt, getanzt wurde, paarweise Männer mit Frauen oder mit Knaben verschwanden und wiederkehrten, Wein und Kinnamon und Bratenduft der Atem des Palasts wurden, erzählten die Bärtigen, Alexanders »Männer der Nacht«, ihre Geschichten von Fürsten und Frauen, Verrat und Vergeltung, List und Tod. Von einem König, der in einem Labyrinth aus Mauern und blinden Gängen starb, in dessen Mittelpunkt eine ungeheure Spinne saß; von einem anderen König, der in einem Labyrinth aus Sonne und Wüste starb, wo es keine Wände gab.

Eine Geschichte schien Alexander besonders zu fesseln. Es war die vom Helden und Halbgott Gilgamesh, dem Stärksten, der Uruk beherrschte, und die Götter schufen einen ebenso Starken mit Namen Enkidu, daß er mit Gilgamesh ringe und Uruk so Ruhe finde. Aber nachdem sie gekämpft hatten, küßten sie einander und schlossen Freundschaft. Und da nun Enkidu sich matt fühlte, zogen sie aus, große Taten zu tun, Kraft zu gewinnen und gewisse Auskünfte von den Göttern zu erhalten. Den Zedernberg bestiegen sie, wo sie den Ungeheuer-Löwen Chumbaba erschlugen und die Zedern fällten; sie töteten den Himmelsstier und schnitten sein Herz heraus; aber Enkidus Kraft nahm durch den Willen der Götter weiter ab, und er starb. Da weinte Gilgamesh bitterlich um den Freund und zog los, ihn neu zu finden, sich zu verlieren oder das Rätsel des Ewigen Lebens zu lösen. Und er tötete die Gewaltigen Hunde in den Bergpässen, und er ging zum Mashu-Berg, wo die Skorpionmenschen halb über und halb unter dem Boden leben und Furcht verbreiten. Sie wiesen ihm den Weg durch die Finsternis, zwölf Doppelstunden weit, ins neue Licht, wo er Edelsteinbäume fand, den Karneol-Weinstock und den Blausteinstrauch. Und weiter ging Gilgamesh bis zum Rand des südlichen Meers, zur Schänke der Jungfrau Wirtin Siduri. Bei ihr fand er Urshanabi, den Schiffer des Entrückten, den Schiffer des Uralten Utnaphishtim, der einst, als Fluten die Erde ertränkten, das Schiff gebaut hatte, das Tiere und Früchte barg, bis die Wasser schwanden: Utnapishtim, der nicht sterben kann. Und zu diesem fuhr Gilgamesh mit Urshanabi, über das Meer und die Wasser des Todes; einen Mond und fünfzehn Tage lang fuhren sie. Und als sie zu Utnapishtim kamen, da klagte Gilgamesh ihm sein Leid ob des Todes von Enkidu. Utnapishtim aber sagte: »Teilen Brüder denn für alle Ewigkeit? Von Anbeginn gibt es nichts Beständiges. Wie gleicht doch der Schläfer dem Toten, zeichnen beide doch des Todes Bild! Die Götter bestimmen Tod und Leben, aber des Todes Tag enthüllen sie nicht.« Die Götter hatten ihm und seiner Frau gewährt, wie die Götter ewig zu leben, und er nannte Gilgamesh, als dieser aus todgleichem Schlummer erwachte, jene Dornenpflanze, die dem, den sie sticht, das Leben gibt, das immer währt. Und Gilgamesh fand die Pflanze, doch als er zum kühlen Wasser eines Brunnes hinabstieg, kam eine Schlange, roch den Duft der Pflanze und stahl sie ihm, und schon warf sie die Haut ab und war neugeboren. Den Gilgamesh, weinend und klagend ob der Vergeblichkeit, brachte Urshanabi von Osten heim nach Uruk, das er gen Westen verlassen hatte.

»Schlaf und Tod sind Brüder«, murmelte Alexander, als die Männer der Nacht den rhythmischen, wiegenden Gesang beendet hatten. »So schrieb auch Homeros, nicht wahr? Und die Flut ... Ist Utnapishtim Deukalion?« Leiser, an Hephaistion gewandt, setzte er hinzu: »Ist Patroklos auch Enkidu?«

Hephaistion, halb betrunken, sagte etwas über einen Dornbusch, aus dem Flammen schlügen und den Alexander vor den Schlangen hüten solle.

Einer der Bärtigen hob die Hand. »Die Geschichte, Herr, ist alt; sie handelt von Göttern und Helden der Vorzeit. In den Einzelheiten« – auf die Ptolemaios kaum geachtet hatte – »sind unsere Götter und Sagen verschlüsselt. Es ist aber noch etwas darin: eine wahre Reisegeschichte. Man sagt, der Held sei nicht nach Westen aufgebrochen, sondern zuerst nach Norden, über die Berge nach Elam und Iran, dann in einem großen Halbkreis ans syrische Meer, von dort südwärts zu dem Meer, das Ägypten von Arabien trennt. Auf diesem Weg seien alle Dinge geschehen – der Zedernwald sei irgendwo in Armenien, König, und dort soll Chumbaba getötet worden sein. Südlich von Phönikien, im Land der Juden, liegt ein tödlicher See aus Salz, an dessen Südufer die Skorpionmenschen gewohnt haben, und die Edelsteinbäume, so sagt man, entsprechen den Felsen und dem Reichtum der alten Stadt Petra. Von dort ans Meer, zur Schänke der Siduri; von dort braucht man bei bestem Wind mit einem guten Schiff eineinhalb Monde, um Arabien zu umsegeln und die Inseln des Meers zwischen Iran und Arabien zu erreichen. Auf einer dieser Inseln soll Utnapishtims Schiff gestrandet sein, als die Fluten sanken; dort soll auch ein seltsamer Dornbusch wachsen. Und von dort gelangte Gilgamesh zurück zur Mündung der Ströme, wo sich die Schlange häutete, die vielleicht der böse Urwurm ist.«

Ein chaldäischer Priester, der mit Aristandros getuschelt hatte, wandte sich an Alexander.

»Kundige Männer haben die alten Geschichten zusammengetragen und neu geschrieben, König Asiens und Sohn des Marduk, der Ammon und Zeus ist. Kundige Männer haben die alten Geschichten mit Reiseberichten verbunden, und mit etwas anderem. Denn es ist Gilgameshs Wanderung auch die Bewegung der Sterne und Sternbilder, Jungfrau und Himmelsstier und Löwe und Skorpion, ihr Steigen und Fallen unter den Horizont.«

Alexander schwieg; mit zusammengekniffenen Augen starrte er den Chaldäer an. Aristandros streckte die Arme aus; mit starrem Gesicht, geschlossenen Augen und hohl dröhnender Stimmte sagte er:

»Ein Traum ... Leben und Tod, festgesetzt von den Göttern ... Auch göttliche Helden sollten den Bannkreis nicht verlassen, die Grenzen achten, die die Götter gezogen haben. Zeus für Hellas, Ammon für Ägypten, Marduk für das Stromland. Wenn Gilgamesh tatsächlich über die Berge nach Persien gewandert ist, so begann damit sein Untergang, und der des Enkidu.« Er ließ die Arme sinken, öffnete die Augen und suchte Alexanders Blick. »Vielleicht wird auch dir solch ein Traum zuteil, Herr; dann sag ihn mir, daß ich ihn dir deute.«

Wieder versuchte Ptolemaios, in Alexanders Gesicht zu lesen, in der Hoffnung, nicht nur einen Blick in den Geist des Freundes zu tun, sondern auch eine Erklärung für all den mysteriösen Unfug zu erhalten. Aber Alexanders Gesicht war eine Maske aus Hochmut und Ablehnung, und Ptolemaios war zu betrunken, um auch nur zu ahnen, worauf diese Regungen sich beziehen mochten.

Einige Zeit später – er mußte wohl eingenickt sein – stellte der Lagide fest, daß die Priester verschwunden waren, ebenso die Männer der Nacht. Schnarchende oder leise redende Makedonen, ein paar Frauen, in der Mitte Alexander, an den Rücken des schlafenden Hephaistion gelehnt, eine Hand in der von Barsine. Der König trank unverdünnten Wein, ohne betrunken zu werden. Parmenion, mit geradem Blick und schwankender Zunge, hob seinen Becher.

»Jetzt trinkst du, wie dein Vater Philipp getrunken hat. Ich habe immer gemeint, du verschmähst den Wein – wegen der Dinge, die du gesehen hast, als du jung warst.«

Alexander trank ihm zu, mit einem kleinen Lächeln. »Das stimmt, Parmenion mein Vater. Aber ich habe lange gebraucht, um zu verstehen, warum er so viel und so sehr getrunken hat.«

Parmenion stieß einen welterschütternden Rülpser aus. »Die ... ah, Olympias ist nicht hier, also sag es ruhig.«

Die Männer, die noch lachen konnten, lachten schallend. Alexander grinste flüchtig.

»Olympias verlangt von mir eine hohe Miete für die neun Monde, die ich in ihr gewohnt habe, aber sie ist meine Mutter, und ich ehre sie. Im übrigen hat das nichts damit zu tun.«

»Also was ist der Grund? Ist nicht Wein der einzige Grund, Wein zu trinken?«

»Wenn du Wein ausgießt für die Götter, Parmenion mein Vater, mußt du nicht daran glauben, daß die Götter diesen Wein trinken. Die Gebärde, die Feier ist das, was zählt. Wenn du mit deinen Freunden Wein trinkst, mußt du nicht an den Wein glauben. Es sind meine Freunde, mit denen ich trinke; und es sind meine Freunde, die mich warmhalten.«

Früh am nächsten Morgen – es hatte aufgehört zu regnen, aber der Himmel war fett und grau, als ob er sich für die nächste Flut vorbereite – begab sich Ptolemaios mit schmerzendem Schädel in den Palast, wie nachts vom König befohlen. Alexander, Parmenion, Kleitos, Demaratos, Philotas und ein paar andere sichteten die in den vergangenen Tagen von Schreibern und Geographen, Schatzhegern und Philosophen zusammengetragenen Dinge – Berichte, Karten, Listen, Unterlagen.

Parmenion und Philotas beschäftigten sich mit einer Aufstellung der von persischen Truppen angelegten Vorratslager auf dem Weg nach Susa. Alexander und Hephaistion waren über Karten gebeugt, auf denen die Wege ins Innere Arabiens verzeichnet waren. Ptolemaios, Kleitos und Drakon saßen an einem Tisch in einer Ecke des großen, von Gestellen und Rollen und Tischen und Schreibzeug übervollen Raums. Sie hatten Abschriften gefunden – Abschriften von Berichten, in denen es um Kenntnisse, Verrat und Gold ging. Sie waren nicht verschlüsselt, nannten aber keine Namen; zu jedem dieser Berichte gab es Anmerkungen in einer anderen Handschrift. Die Männer versuchten, aus den undeutlichen Angaben die Lebensumstände, Berufe, Orte der Verfasser herauszufinden, auf diese Umstände zu schließen; und einige der Anmerkungen schienen von einem Mann mit höchsten Vollmachten zu stammen, vielleicht Bagoas selbst, dessen genauen Aufenthaltsort zu kennen Demaratos beide Beine wert gewesen wäre, wie er behauptete.

Irgendwann blickte Alexander auf. »Genug mit Arabien. Die Karten von Persien scheinen ungenau, aber immerhin …« Er sah sich um. »Wo steckt Eumenes?«

Koinos, der mit einigen Schreibern Soldlisten durchging, hob die Hand. »Er ist gestern abend abgestürzt, Alexander. Der siebzehnte oder achtzehnte Becher Wein hat ihn vom Pfad der Geradlinigkeit abgebracht.«

»Holt ihn her; sofort.«

Koinos schnitt eine Grimasse und winkte einen Helfer herbei. Während sie auf den fetten Kardier warteten, ließ sich Alexander Wein und Wasser bringen. Demaratos stand auf und ging zu ihm.

»Eines – ehe ich es vergesse.«

»Was ist es, Freund?«

Der Korinther steckte den rechten kleinen Finger ins Ohr. »Man flüstert dir Dinge ein, Herr – und Freund. Diese Geschichten gestern, und Aristandros' Gerede von Träumen. Ich habe gehört, daß die Chaldäer Träume schicken können, wenn sie wollen.«

Alexander nickte. »Ich weiß; ich werde auf meine Träume achten.«

Eumenes torkelte herein; er sah furchterregend aus. Die Kleidung, bestenfalls halb übergestreift, schien aus Schleppnetzen und Fallstricken zu bestehen, die Augen hatten den Sonnenuntergang eingefangen und bewahrt, der Kopf schien inwendig Risse zu haben.

Alexander betrachtete den Hellenen ohne sichtbare Regung. »Willkommen im Rat, Eumenes. Es ist mir gleichgültig, wie du deine Nächte verbringst, aber ich will, daß du morgens zur Stelle bist, wenn ich dich brauche.«

Eumenes nickte, ächzte, schwieg.

Alexanders Arm beschrieb einen Halbkreis, der den größten Teil des Raums einzuschließen schien. »Das ist dein Reich, Hüter der Wissensschätze. Du wirst alles betrachten, alles ordnen, alles abschreiben lassen, und dann wirst du mir sagen, was wo zu finden ist. Ich will alle Karten zehnfach abgemalt haben; das zweitwichtigste sind die Steuerlisten. Du weißt schon.«

Eumenes brachte immer noch kein Wort heraus; er nickte lediglich, sehr vorsichtig, und rülpste leise.

Die Luft war unerträglich feucht; es war schwül und klamm, immer wieder kam von irgendwo ein kalter Hauch und ließ die verschwitzten Körper schaudern. Über der Stadt und dem Land gluckte der Bleihimmel, Drakon sprach von einer gräulichen Beule der Fäulnis, die schwoll und dräute und nicht platzen wollte.

Der Nachmittag glich einem kranken Dämmerzwielicht. Alexander hatte mit Schreibern Pläne entworfen, in allen Einzelheiten: Ausbau bestehender Straßenverbindungen, Anlage neuer Siedlungen und Städte, Unterbringung von

Handwerkern, Grabungsarbeiten als Vorbereitung für den Bau großer Schiffswerften am Euphrat, Umsiedlung halber Völkerschaften. Ptolemaios war einmal zu ihnen gegangen, hatte sich auf die Schulter des Königs gestützt und die Pläne überflogen; ihn schwindelte ob der Ausmaße, der Ungeheuerlichkeit des Vorhabens. Der Herr Europas und Asiens veränderte die Welt, da sie ihm so, wie die Götter und Zufälle sie eingerichtet hatten, nicht gefiel. In den Plänen war kein Raum für Grenzsicherungen gegenüber Persien.

»Wer nicht den Mut hat, Großes zu denken, wird nur Kleines erreichen«, sagte Alexander leise. »Geh, Freund; dies alles ist Zukunft. Dein Geschäft ist die Gegenwart.«

Stunden oder Jahre der Stickigkeit später hörte er den König ächzen. Alexander stand auf, schwankend; sein Gesicht war das eines Fünfzigjährigen, grau, von einer klebrigen Schicht bedeckt. Er tastete nach alten Wunden, Narben in der Schulter, im Oberschenkel, über dem Nabel, in denen das erwürgte Feuer des babylonischen Herbstes raste.

»Es ist genug. Macht weiter. Ich ...« Er hustete, rieb sich die Augen und sah sich um. Der Blick flackerte.

Momente später war er wieder der König, beherrscht, fünfundzwanzig Jahre alt, ein wenig verschwitzt, aber wohlauf. Er wandte sich an einen Helfer, schickte ihn los, um Hephaistion zu suchen, dann kam er an den Tisch, an dem Kleitos, Demaratos und Ptolemaios arbeiteten.

»Ein Gang durch die Stadt«, sagte er; die Stimme war rauh. »Luft, falls es die hier gibt. Kommt jemand mit?«

Drakon, Kleitos und Ptolemaios schlossen sich ihm an; auf dem Gang kam ihnen Hephaistion entgegen. Einige Königswächter, vom Wachoffizier aufgeboten, fielen zurück, als Alexander abwinkte.

»Du kannst nicht allein gehen, Herr«, sagte ein Unterführer der Hypaspisten, der auf dem Hof, den sie durchquerten, ein paar Leichtverletzte wieder an Bewegungen gewöhnen wollte.

»Ich bin nicht allein, Freund.« Alexander wies auf seine vier Begleiter.

»Aber ... die Stadt ist voller Dolche. Es ist unsere Aufgabe, dich zu schützen. Wer soll uns führen?«

Alexander legte ihm die Hand auf die Schulter. »Parmenion. Aber keine Sorge; Könige werden selten von fremden Bettlern umgebracht, eher von den eigenen Fürsten und Strategen.« Er lachte, sah sich um, winkte einigen Männern, die unter den Bogengängen saßen, tranken und den Käfig mit bunten, schnatternden Vögeln betrachteten.

»Das sind Leute aus der Taxis des Krateros – keine Königswachen!« Fast klangen die Worte des Offiziers wie ein Tadel gegenüber einem aufmüpfigen Knaben.

»Ich weiß. Alketas, Philoxenos, Sokos, Zoilos, und Emes, der Dekadarch. Kommt ihr mit?«

Die Männer strahlten: Weil der König sie wählte, und weil der Halbgott ihre Namen kannte – die Namen einfacher Hopliten.

Ptolemaios blinzelte dem langen Emes zu. »Keine Sarissen, Freund – Schwert und Schild genügen.«

»Gesindel«, murmelte Hephaistion.

Alexander warf ihm einen vorwurfsvollen Blick zu. Laut sagte er: »Die Größten, Tapfersten, Kühnsten und Besten. Kommt.«

Kleitos, kaum hörbar, bemerkte: »Manchmal frage ich mich, ob du ihre Treue und Zuneigung verdienst, Junge.«

Alexander lächelte knapp. »Niemand *verdient* das, Kleitos. Vielleicht verdient man Erfolg oder Reichtum, aber Treue und Liebe sind Geschenke, die man nur annehmen kann, ohne zu fragen.«

Sie verließen das Palastgelände; die ersten Tropfen lösten sich aus dem übervollen Himmel. Alexander blieb stehen, breitete die Arme aus, bot dem Himmel das Gesicht dar.

»Endlich. Es wäre eine Erquickung und Erlösung.«

Die Farbe der Wolken hatte sich von Bleigrau zu einem fauligen Grauschwarz gewandelt. Um sie her begannen die Menschen zu laufen, die Straßen wurden zu Rennbahnen: Man wollte heim, unter die Dächer, ehe die Wolken barsten. Auf dem kleinen Platz, den sie eben erreicht hatten, löste sich ein Markt mit Karren und Ständen, mit Gemüse, Geflügel und Flußfischen auf wie das Bild eines Traums, wenn man erwacht. Vor einem Tempel beendeten ein paar schwarzgekleidete Priester eine Erörterung und verschwanden.

Die Tropfen fielen immer noch zögernd, als ob sie auf etwas warteten. Einer der Hopliten seufzte vernehmlich, als sie aus dem besseren Wohnviertel kamen und durch eine ärmliche Straße gingen, in der jedes fünfte Haus eine billige Schänke war. Sie rochen Bratfeuer, hörten Mädchen kreischen und Makedonen grölen.

Alexander blieb stehen. »An den Kanälen droht uns kein Unheil, Freunde. Vergnügt euch – und seid morgen früh nüchtern.«

Die Männer lachten und legten die Fäuste an die Brust. Nur Emes schien zu zögern.

»Ein schlimmer Stadtteil, vor uns, Herr«, sagte er. »Bist du sicher ...«

»Ich bin sicher, getreuer Emes.«

Emes lächelte. »Dann erlaube mir, dir dennoch zu folgen, Herr, um deine Sicherheit zu teilen.«

Plötzlich brach der Regen los. Sie hasteten voran, standen unter einer verkrüppelten Palme, liefen weiter, suchten einen Moment Zuflucht im bröckelnden Bogengang eines der tausend Häuser der Lust. Aus dem Innenhof und den Räumen zogen Schwaden eines Holzfeuers; sie hörten Geschrei und Gekreisch und Gekicher, schrilles Gestöhn, dazwischen jäh das Geräusch von Peitschenhieben und dann wieder klirrende Becher. Eine scheußliche Gestalt erschien im Hof: ein Mann, verwachsen, mit der Maske eines gräßlichen dreiäugigen *daimon* oder eines Gottes und Hörnern auf der Stirn. Der Körper war nackt; er schien vor allem aus schwellenden Muskeln und einem aufgedunsenen Phallos zu bestehen.

Der Mann, wenn es einer war, verließ den Hof, ohne sie zu beachten. Er spielte auf einer dünnen Holzflöte eine wehmütige, lockende Melodie. Zwei Mädchen versuchten ihn zurückzuhalten, aber er schüttelte sie ab.

Ptolemaios sah den Falkenkopf, ein Brandzeichen, über dem linken Schulterblatt; er zupfte an Drakons Chiton. Der Arzt wehrte ab: Auch er hatte das Brandzeichen gesehen.

Der Regen fiel, hing zwischen den schäbigen Lehmhäusern wie ein halb durchsichtiger Vorhang, aber Ptolemaios bemerkte ihn nicht mehr. Wie im Traum bewegten sich seine Füße, durch breiigen Lehm und Kot und Abfall, Pfützen und

Rinnsale; sie folgten dem Mann, oder den Tönen. Sie alle: Alexander, Hephaistion, Kleitos, Drakon, Emes. Rechts und links wurden die Häuser immer erbärmlicher, niedriger, angefressen von Zeit und ausgewaschen von Regen. Regen, der zunahm an Wucht und Rauschen, bisweilen fast ein Trommeln zur Flöte der seltsamen Gestalt. Die Töne wurden immer schriller, immer schneidender. Und wie das Wasser den Häusern zusetzte, schien es auch den Flötenspieler zu vermindern. Von hinten sah es aus, als ob die Maske sich auflöste, herabströmte wie schlechte Schminke. Farbstriemen zogen sich über den Körper, wuschen auch die Muskeln weg und den Buckel; der Mann schien kleiner zu werden. Der eingebrannte Falkenkopf blieb; im Auge des Vogels lagerte sich Ocker ab.

Sie traten zwischen den Häusern heraus ans steile Ufer eines alten, schlammigen Kanals, auf den Treidelpfad, der geborstene Brandziegel war und wucherndes Unkraut. Weiter rechts führten ausgewaschene, ausgetretene Stufen hinab zur Wasserlinie und zu einem versunkenen Anleger. Der *daimon*-Mann wandte sich um; sie sahen sein verfärbtes, gestriemtes Gesicht. Er war alt, verschrumpelt, wie eingelaufen; die Zähne, die er in einem Grinsen entblößte, ehe er weiterblies, waren schwarze Stümpfe, und die Augen überkrustet von einem glasig-weißen Schimmel. Er setzte die Flöte wieder ab; in seinen Händen wurde sie zu einer kleinen Schlange, die er fallen ließ. Sie wand sich und sickerte zwischen zwei Bodenplatten in die Erde.

Emes legte die Hände vor die Augen. Kleitos und Hephaistion zuckten, wie bei einem unbehaglichen Gedanken, der den Halbschlaf stört, ohne den Schläfer ganz zu wecken. Drakon warf etwas in den Kanal, aber die Hand war leer gewesen. Ptolemaios klammerte die Rechte um Alexanders Arm.

Der König schüttelte ihn ab; er schien sich als einziger wirklich bewegen zu können. Mühsam, als müsse er mit der Zunge Felsbrocken beseitigen, sagte er auf Hellenisch:

»Wer bist du, alter Mann?«

Der *daimon* öffnete den verfallenen Mund. »Ich war einmal ein Fürst; jetzt bin ich niemand.« Er sprach Aramäisch.

»Wie … kannst du von nichts zum Fürsten und dann zu niemand werden?«

Ohne sichtbare Regung sagte der *daimon,* der nun Iranisch verwendete: »Dies ist der Platz, wo alle Dinge enden, König der Makedonen.« Er ging zur verfallenen Treppe an der steilen Kanalwand. »Kommt.«

Alexander zögerte. Die anderen folgten dem alten Mann oder *daimon,* mit den Bewegungen von Puppen. Alexander zischte und zog das Schwert, ehe er ebenfalls folgte.

Ein paar Fuß oberhalb der Wasserlinie, oberhalb des versunkenen Anlegers, kroch der *daimon* in eine Art ausgewaschener Höhlung mit einer kleinen Öffnung. Er wandte sich um, winkte ihnen, sie folgten. Im Dunkel unter der Erde hörten sie vor sich seine Stimme dröhnen.

»Vor dreitausend Jahren wurde Babylon erbaut, aus Lehm und Geistern. Regen und Fluten zerstören den Lehm, damit neue Geister eine neue Stadt bauen können. Aber alle alten Städte sind noch da, jede unter der, die ihr folgte. Und die alten Geister sind hier.«

Es wurde ein wenig heller, als ob von irgendwo Licht durch Öffnungen oder Löcher einsickerte. Sie kamen in ein unterirdisches Labyrinth von vielen Ebenen. Manchmal erstiegen sie eine Treppe oder Leiter, manchmal rutschten sie einen schlammigen Hang hinab; sie sahen die Mündungen von drei Gängen übereinander, sie sahen zahllose Gänge und Durchstiege, die aus all den kahlen Hallen fortführten, abzweigten, sich verzweigten. Immer folgten sie dem alten Mann mit den silbrig verkrusteten Augen. In einer tiefgelb glimmenden Halle fiel zischend eine kleine Schlange – *die* kleine Schlange? – von oben um seinen Hals; er setzte sie an die Lippen, und wieder war sie Flöte. Ein unheimlicher Klageton drang aus ihr und füllte die Hallen und Gänge.

Sie kamen vorüber an zerbrochenen Liegen, morschen Tischen, einem dreigeteilt verrottenden Königsthron, einer großen Beratungs- oder Festtafel mit zwei Löwenbeinen; sie wateten durch eine Flut fiepsender Mäuse; sie umrundeten eine abgesunkene Pfütze, die von Schlangen wimmelte. Aus den glimmenden, triefenden Wänden starrten Augen nach ihnen, Augen, die zu keinem Gesicht gehörten: Augen auf Stengeln, die sich bewegten, bogen, wanden. In einem langen Gang wurde es heller; Menschenarme, die aus den Wänden wuchsen, hielten Kristallbälle voll von tiefrotem inneren Feuer, aber die Menschenarme endeten in ungeheuerlich aufgedunsenen Händen mit Krallen oder drei Fingern oder zwei Riesendaumen oder sich windenden Tastfäden. Sie kamen vorüber an einer Schar verkrüppelter Bettler, deren fehlende Körperteile abgenagt schienen; sie sahen einen Mann mit dem Silbergesicht des Aussatzes und leeren offenen Augenhöhlen; sie sahen eine Frau mit vier Brüsten und zwei Köpfen; einen sechsbeinigen Stier mit Schwingen; einen wundersam liebreizenden Knaben, dessen Gemächt ein Dreizack aus zischelnden Vipern war; das Standbild eines gelbhäutigen Kriegers mit Krummsäbel und schmalen, geschlitzten Augen; das Standbild eines schwarzen Pharaonen; das Standbild eines anderen Kriegers mit rotem Helmbusch und einem Adler als Feldzeichen auf der Lanzenspitze; das Standbild eines ausdruckslosen Mannes, der eine lange graue Tuchhose trug, eine graue Tuchjacke mit Knöpfen, einen schwarzen Knotenstrick um den weißen Tuchhals; das Standbild Alexanders; das Standbild des bärtigen Zeus; das Standbild der Liebesgöttin, den Unterleib vorgereckt, die Pforte der Lust voller Löwenzähne.

Verwaschen, vergrößert, entrückt und doch nah sah Ptolemaios die Gesichter der anderen: Emes, erfüllt vom Grauen eines vielgestaltigen, unentrinnbaren Albtraums, angeklammert an sein Schwert und seine Tapferkeit und sein Vertrauen zu Alexander; Kleitos mit schmalen Augen, ein gesunder Mann, der schreckliche und gefährliche Gesichte bekämpft, an denen er keinen Anteil haben will; Drakon, starr, gefroren, die Züge wie aus Eis gemeißelt, das gleich schmelzen wird; Hephaistion, ein Schlafwandler, der durch Irrsinn watet, die Augen voll von einem unwirklichen Glühen, dem Glühen, das ein innerer *daimon* angefacht hat; Alexander – Alexander – Alexander mit dem unglaublichen, rettenden, kräftigenden, kühlen Gesicht des Herrn, dessen Miene einer Horde von Knechten sagt: *Versucht nicht, mich zu erschrecken, sonst bringe ich wirkliches Entsetzen über euch;* der aber gleichzeitig alles durchaus fesselnd findet und versucht, ein führender Teil des Ganzen zu werden.

Die Geräusche vervielfachten sich: das Kreischen der Flöte, Schaben und Krabbeln und Kriechen von kleinem Getier und Mäusen und Würmern; irgendwo in der Ferne, in einer unermeßlichen Echohalle, das dröhnende Pochen eines Herzens; tausend Stimmen – jung alt Männer Frauen – wispernd und murmelnd und redend und schreiend, nah und fern; das Hohngelächter eines Ertrinkenden, der nichts mehr weiß; das Gurgeln eines Erwürgten; das Rascheln und Reißen von Papyros; knisterndes Feuer, jaulender Wind. Gerüche von verwesenden Menschenleibern, von Garküchen und Abfällen; von junger Haut gesalbt mit Nardenöl; von Kinnamon auf den Lippen eines Lustknaben; von Salz und Sand, überreifen Feigen, nassem Leder am Feuer, blutigen Klingen; der stechende, beklemmende Geruch eines namenlosen Ungeheuers, das im Dunkeln lauert.

Sie kamen durch eine Halle, in der unvorstellbarer Reichtum aufgetürmt, zerstreut, zertrampelt war: riesige Standbilder von Ishtar und Marduk aus lauterem Gold; Mosaiken aus weißen und grünen Edelsteinen, blutbespritzt von den Schlachten, die sie darstellten; umgestürzte Stapel von Münzen; feinste Goldschmiedearbeiten, zertreten unter dem Fuß eines Unholds; Bäche von roten, grünen, gelben, blauen Steinen. Emes bückte sich, um einen Rubin aufzuheben, aber in seiner Hand wurde der Stein zu Sand, und das kostbare Schwert eines göttlichen Schmieds, das Hephaistion ergriff, zerrann zu einer Myriade Ameisen mit glühenden Füßen.

Lärm und Gestank blieben zurück, schwanden, verschwanden, als sie einen weiteren Gang betraten. Der *daimon*-Mann, immer ein paar Schritte vor ihnen, hörte plötzlich mit dem Flötenspiel auf, blickte sie über die Schulter an, grinste und trat um eine Biegung. Als sie ihm folgten, ihn suchten, war er nicht zu sehen; auch die Biegung war nicht da, der schimmernde Gang führte geradeaus. Vorsichtig, erschöpft, entsetzt gingen sie weiter, diesmal nicht hinter dem Alten her, sondern hinter Alexander, der das Schwert in der Hand hielt und die Zähne zusammenpreßte.

Die nächste Halle: ein Labyrinth aus schwarzem Sand, aufgetürmt zu Wällen, die nicht die Form verloren, wenn man sie berührte, obwohl man Sand händeweise fortnehmen konnte, und die das Licht schluckten, ohne die Helligkeit zu vermindern. Alexander fand den Weg zum Mittelpunkt.

Dort saß, mit dem Rücken zu ihnen, ein offenbar uralter, gebeugter, chaldäischer Priester auf einem Haufen Goldmünzen. Sein schwarzer Umhang war übersät mit Göttersymbolen, die hohe schwarze Mütze mit Sternen, in der Hand hielt er einen Papyros mit Sternbildern des Zodiakos und mit Schicksalsberechnungen. Als sie ihn umrundeten und von vorn sahen, grinste ein Totenschädel unter der Mütze, und die Hand mit dem Papyros war die eines weißgewaschenen Gerippes.

Plötzlich senkte sich der Boden, kippte; sie rutschten eine Art Rampe hinab und landeten in einer weiteren Halle, trocken, gut beleuchtet, gefegt und geschmückt mit Zierbildern, die bunt und vielgestaltig waren, aber keinerlei erkennbare Gegenstände der Natur zeigten. Mitten in der Halle standen drei Männer mit ledernen Leibschurzen.

Erst beim zweiten Blick sahen sie, daß es keine Männer waren. Der erste *daimon* wich vom Menschlichen ab durch sein linkes Auge: Die Augenhöhle war senkrecht. Der zweite *daimon* hatte eine Brust aus Glas, mit einem Türchen; dahinter wogte und pochte das Herz. Der dritte *daimon* sah von hinten aus wie von vorn; er hatte ein Gesicht im Nacken, die Arme und Beine verfügten über Doppelgelenke, und die unmöglichen Füße wiesen in beide Richtungen.

Sie standen an einem Tisch mit allerlei Schreib- und Schneidegeräten und vielen Papyrosrollen. Der erste *daimon* ergriff einen langen Streifen Papyros, verdrehte ihn einmal in sich und klebte die beiden Enden zusammen, nachdem er mit viereckiger Zunge daran geleckt hatte. Der zweite nahm ein flammendes Schreibried, blies Asche fort, öffnete die Tür über seinem Herzen, tauchte das Ried hinein, schrie grauenhaft auf und malte mit dem blutigen Ried einen Strich auf die Außenseite des Papyros, die zur Innenseite wurde, die wieder Außenseite wurde, bis der Strich auf beiden Seiten zusammenkam und nur einer war. Der Blutstrich fing Feuer, als der *daimon* noch einmal auf das Ried blies. Er packte den brennenden, in sich geschlungenen Streifen und zerriß ihn der Länge nach; dann hielt er ihn hoch und zeigte ihn den

Männern. Sie sahen, daß nicht zwei Streifen daraus geworden waren, sondern einer mit doppelter Länge. Der dritte *daimon* nahm eine Schere und schnitt den Streifen der Länge nach, hielt ihn hoch, und nun waren es zwei ineinandergedrehte Schleifen. Der erste *daimon* keckerte hoch und schrill; der zweite berührte den Papyros mit dem brennenden Ried, der dritte ließ ihn fallen.

Klebriger schwarzer Rauch füllte die Halle. Keuchend und hustend suchte Alexander nach einem Ausweg; die anderen folgten. Als sie aus Rauch und Würgen entronnen waren, fanden sie sich in einer weiten Sandwüste wieder; in der Nähe des Horizonts hing etwas wie ein schwarzer Fleck.

Sie marschierten darauf zu, sie marschierten und marschierten. Der schwarze Fleck kam nicht näher. Emes berührte Alexanders Arm.

»Ist das … ein Traum oder eine Bestrafung, Herr? Sind wir vielleicht schon gestorben?« Seine Stimme klang wie erstickt unter ungeweinten Tränen.

Alexander lächelte und drückte die Hand des Kriegers. »Was immer es sein mag, Freund, ich habe euch hineingeführt und führe euch auch wieder hinaus.«

Kleitos, mit einem halbherzigen Kichern, sagte plötzlich: »Wenn dieses Papyrosstück so endlos ist, wie es den Anschein hatte, dann muß auch der Rauch, der beim Brand entsteht, unendlich sein. Er wird die ganze Welt ersticken.«

Ehe jemand antworten konnte, bewegte sich der Boden; sie taumelten, hielten einander fest; der schwarze Fleck raste ihnen entgegen. Es war der alte Mann-*daimon;* er saß auf einem Felsen, aber der Felsen war schwarzes Glas, vielfach gebrochen und glitzernd; schwarzes Licht zuckte heraus. Vor ihnen hielt der Glasfelsen an, oder der Boden bewegte sich nicht mehr zu ihm hin. Der Alte stieg ab, mit steifen Beinen, wandte sich in eine andere Richtung und winkte ihnen. Er tat einen Schritt und war verschwunden, wie durch eine unsichtbare Tür.

Alexander knirschte mit den Zähnen und folgte. Ein einziger Schritt, und sie waren in einem halbdunklen Gang, an dessen Ende das Gerippe eines Löwen eine Treppe hütete. Der Löwe beugte sich über das Gerippe eines Menschen, dessen Schädel er zwischen den Zähnen hielt. Ein Knochensplitter fiel heraus, als sie die Treppe betraten.

In einer langen Spirale stiegen sie aufwärts; sie kamen in eine große, fast völlig dunkle Halle, die aus Spiegeln bestand – Spiegeln, die wisperten und sich verschoben. Im unsicheren Licht sahen sie tausend verschiedene Gestalten, die sich in den Spiegeln bewegten: Alexander kopfunter, Kleitos aufgedunsen zu einer zappelnden Kugel, Ptolemaios mit Stabnase und Krötenbeinen, Hephaistion ohne Bauch – Hals und Beinansatz flossen ineinander –, Drakon eine winzige Qualle, Emes ein zuckender Pfosten. Der Alte – wieso gab es von ihm keinerlei Spiegelbild? – stand in der Mitte der Halle.

Emes hustete und sagte. »Ich hatte Zunder und Feuerstein in der Tasche; vielleicht sind sie trocken geblieben. Da drüben liegt eine verkohlte Fackel.«

Alexander hatte fast den Mann-*daimon* erreicht; Hephaistion und Ptolemaios waren bei ihm. Ptolemaios streckte die Hand aus und berührte Alexander an der Schulter.

Emes schlug Feuer und entzündete die Fackel. Die tausend Spiegel vervielfachten das Licht; alle waren für Momente geblendet. Je mehr Licht in der Halle leuchtete, desto unsicherer wurden die Umrisse des Alten. Er trat in einen Spiegel; Kleitos stieß einen Fluch aus.

Im Spiegel sahen sie den muskelbepackten, buckligen Flötenspieler mit der Drei-Augen-Maske; einen Moment blickte er sie über die Schulter an, grinste, dann wandte er sich ab und ging, im Spiegel, wurde kleiner, verschwand.

Emes kam, mit der Fackel, stand neben Drakon und Kleitos. Alexander machte einen Schritt, stand in der Mitte der Halle, genau dort, wo eben noch der Mann-*daimon* gestanden hatte. Dann hörten sie ihn schreien wie in Todesnot – ein furchtbarer, schriller, langer Klagelaut. Sie liefen zu ihm, erreichten ihn, standen neben ihm, konnten ihn berühren, hörten den Schrei immer noch; aber Alexanders Gesicht war ruhig, sein Mund geschlossen. Rings um ihn verzerrten die Spiegel das Bild: gerade, starr, verbogen, entstellt, fett, auf dem Kopf, waagerecht schwebend. Eine Reihe eiförmiger Spiegel zeigte andere Bilder; Ptolemaios faßte sich ans Herz und ächzte.

Er sah, alle sahen, in den Spiegeln Alexander als Säugling an Lanikes Brust, als Knabe, als Jüngling in Mieza, als junger Krieger unter Koinos' Führung in einem Sumpf, als junger König, als Mann mit Furchen im Gesicht und den Widderhörnern des Gottes Ammon über den Schläfen, als todgeweihten, eingefallenen Mann, als schnell zerfallenden Leichnam. Es war der Leichnam, der diesen gräßlichen Schrei ausstieß.

Hephaistion und Kleitos griffen nach Alexanders Armen. Emes trat zu ihnen, mit der flammenden Fackel, und wie von einem schwarzen Blitz getilgt verschwanden alle Spiegelbilder des Königs. Einen Moment lang zeigten die Spiegel eine Leere, umstanden von Kleitos und Hephaistion, deren Hände ins Nichts gereckt waren, dahinter Drakon und Ptolemaios, ein wenig zur Seite Emes mit der Fackel. Plötzlich verschwand auch Hephaistion aus den Spiegeln, obwohl er und Alexander immer noch leiblich da standen. Kleitos sagte halblaut: »Was, beim Kot aller Götter ...«, aber es war, als würde seine Stimme zu einem fettigen schwarzen Wind, der die Fackel ausblies. Der Boden kippte, sie taumelten, rutschten, krachten in ein paar Spiegel, rutschten immer schneller, schossen durch ein Loch in der steilen Uferwand des Kanals und klatschten ins lehmige Wasser.

Es war dunkel geworden, die unsichtbare Sonne gesunken, und es regnete noch immer. Sie begannen zu schwimmen, suchten die Kanalwand nach Treppen ab. Die obere Uferkante, von Regen durchtränkt, geriet ins Rutschen; Schlammschlieren glitten die Uferwand hinab und bedeckten, verschlossen, verbargen den Ausgang der Unterwelt.

Bei der nächtlichen Beratung begann Kleitos zu niesen; er fühlte sich fiebrig. »Wenn wir das alles nur geträumt haben, dann war es der unangenehmste feuchte Traum, den ich je hatte.«

Hephaistion lachte. »Vielleicht sind wir wirklich nur zum Kanal gegangen, haben dieses Gesicht gehabt und sind reingefallen, wie?«

Ptolemaios und Drakon wechselten einen langen Blick; der Lagide sagte verdrossen: »Ich glaube nicht an Träume; gebt mir Tatsachen.«

»Mein Niesen. Mein Fieber. Die Erkältung, die ich morgen haben werde; sind das nicht Tatsachen genug?« Kleitos wischte sich die Nase.

Aristandros verwendete eines seiner seltenen feinen Lächeln; Alexander schnitt eine Grimasse. Der Seher räusperte sich.

»Tatsachen für dich, Kleitos; für uns sind es nur *phainomena.* Etwas, was man sieht, ohne es glauben zu müssen. Vielleicht hat dich einfach etwas befallen.«

»Wenn es denn ein Gesicht war, eine Botschaft«, sagte Alexander, »wie ist deine Deutung?«

Aristandros stand von seiner Kline auf und fuchtelte mit den Armen, bis die Musikerinnen zu spielen aufhörten. »Eine Botschaft? Nun ja ... Sie sagt viele Dinge, glaube ich. Die Wirklichkeit ist ein riesiger Turm, ein großer, weiträumiger Turm, den alle Menschen aller Jahrhunderte erbaut haben. Du kannst niemals erwarten oder hoffen, diesen Turm zu verändern oder zu zerstören, denn alle, die ihn bauten, und alles, was sie gesehen, gedacht, gewußt und geträumt haben, all das ist in diesem Turm, kraftvoll und lebendig. Du kannst darin wohnen, du kannst kleine Teile ändern, umbauen, neu einrichten, aber selbst wenn es dir gelänge, den ganzen Turm abzureißen, würden die Menschen sich an ihn erinnern und ihn wiedererrichten, durch Worte und Gedanken.«

Parmenion machte ein Geräusch, als ob er ausspucken wollte. »Kannst du das auch so sagen, daß ein dummer alter Krieger es versteht?«

Aristandros wandte sich ihm zu. »Du verstehst nur zu gut, edler Parmenion. Babylon ist die Welt, die Menschheit, innerhalb und außerhalb der Oikumene. Alles was war, was ist und was sein wird – alles ist hier, gleichzeitig, zusammen, unauflösbar verwickelt. Wer die Welt beherrschen will, sollte versuchen, mit Babylon in Eintracht zu leben. Alles andere ist eitel. Das ist es, was die Botschaft sagt – das Gesicht, Alexander. Du wirst keinen anderen Ort finden, wohin du auch ziehst, zu Wasser oder zu Lande. Diese Stadt ist überall.«

Alexander bleckte die Zähne. »Du willst also, daß ich hier bleibe? Nicht weiterziehe? Ein Babylonier werde? Diesen alten Lehmhaufen zu meiner Hauptstadt mache?«

Niemand antwortete. Kleitos nieste wieder. Demaratos schien seine Finger zu zählen, Drakon starrte an die ferne düstere Decke des Saals. Schließlich hob Philotas die Hand.

»Vielleicht nicht der schlechteste Vorschlag, Alexander. König der Makedonen, *hegemon* der Hellenen – das Ziel, der Auftrag ist, die Perser für alte Schmach zu strafen, Makedonien zu stärken, den Athenern ein paar Heiligtümer und Standbilder zurückzubringen, die, ah, Xerxes geklaut hat. Nicht daß mir etwas an ihnen läge, aber ... Warum nicht Babylon zur östlichen Hauptstadt machen? Eine Grenze ziehen? Eine Grenze, die wir von hier aus gut überschreiten können – nach Persien gehen, den Kern der persischen Macht zerstören, Standbilder suchen, dann zurückkommen. Ein oder zwei Jahre hier, Alexander, alles ordnen, dann ein oder zwei Jahre Pella, dann wieder hier. Wäre das so schlecht?«

Einige nickten, andere schwiegen; fast alle beobachteten Alexander, dessen Gesicht keine Regung zeigte.

Demaratos sagte halblaut: »Diese Botschaft, euer Traum ... Vergeßt nicht: Alexander war der einzige, der sich dagegen wehren konnte. Gegen die Götter – oder gegen den, wer immer es sein mag, der diesen Traum geschickt hat.«

Alexander schloß die Augen; er nickte leicht. »Ja, Philotas, es wäre so schlecht. Der *hegemon* der Hellenen soll die Perser strafen. Nicht daß jemand bei Erteilung des Auftrags geglaubt hätte, daß das Heer weiter als bis, sagen wir, Sardeis kommt. Der König der Makedonen möchte vielleicht Persien zu seiner Provinz machen, statt es nur zu plündern. Und Alexander – Alexander ist noch etwas anderes neben *hegemon* und König. Alexander möchte vielleicht den Rand der Welt sehen, den Saum des Nichts, die Säulen der Nacht.«

Philotas grunzte leise. »Freund«, sagte er dann, »die Hellenen im Heer werden dem *hegemon* folgen, bis das Ziel erreicht ist; dann werden sie heimkehren wollen.«

»Und die Makedonen, Philotas?« Alexanders Stimme war hart und schneidend geworden.

Parmenion hielt seinen Sohn mit einem Blick zurück; der alte Stratege sagte sanft: »Die Makedonen folgen ihrem König, Alexander.«

Krateros räusperte sich. »Das ist vielleicht genug. Vielleicht ist es aber auch zu wenig. Wer folgt dem *hegemon*, wer folgt dem König, alles ganz nett. Aber ...«

Koinos betrachtete die Gesichter ringsum – junge Gesichter zumeist, gezeichnet von Entbehrungen und Triumphen: die Gesichter junger Männer, die er, als Jünglinge, vor nicht einmal zehn Jahren in Beroia ausgebildet hatte.

»Ja, Freunde, aber«, sagte er. »Dies Aber zählt. Aber wer folgt, wenn *hegemon* und König verblassen – wer folgt dann Alexander?«

»Ich«, sagte Hephaistion. »Über den Rand der Welt.«

»Ich – ich – ich – wir!« Perdikkas, Krateros, Ptolemaios, Eumenes, Kleitos, Koinos, Leonnatos, Seleukos. Das Wir schrie der lange, dünne Polyperchon. Es gab allerdings auch viele, die nichts sagten oder lediglich nickten.

Alexander lächelte sie alle an; dann wandte er sich an Parmenion, Philotas und den jüngeren Bruder Nikanor, der die Hypaspisten befehligte, die besten der Fußkämpfer, und der bisher geschwiegen hatte.

»Parmenion, mein Vater« – Alexanders Frage klang plötzlich wie ein Flehen –, »was ist mit dir? Und mit deinen Söhnen? Du warst immer Philipps rechte Hand, hast seinen Rücken geschützt, und meinen. In den Kämpfen hast du die Feinde gehalten, damit Philotas und Nikanor, mit den Hetairen und Hypaspisten, sie zerschmettern konnten. Was ist mit dir?«

Ptolemaios fühlte sich elend; er war sicher, daß er entweder rot oder blaß wurde, aber niemand schien es zu bemerken. In diesem Moment begann der Lagide zu hassen. Sein Freund, sein König, sein unbegreiflicher und unvergleichlicher Herr erniedrigte sich, um die stärksten Vertreter des Makedonentums zu beschwichtigen. Es stimmte ja: Parmenion, Vater des Heeres, hatte in den Kämpfen mit den ihm unterstellten Truppen den Amboß gespielt, auf den furchtbar der persische Hammer niederging – damit Alexander den Arm abschlagen konnte, der den Hammer führte. Nikanor und Philotas hatten die wichtigsten Einheiten befehligt, ja; aber erdacht hatte dies alles Alexander, und geführt hatte dies alles Alexander, galoppierend an der Spitze der Hetairen. Das Göttliche – oder ein bestimmter Gott – mochte sich einmal in tausend Jahren in einem Menschen verkörpern; wenn ein solcher Stern aufstrahlte, wäre es dann nicht lästerliche Schmach, seinem Licht nicht zu folgen, bis ans Ende, da alles Grauen, alle Scheußlichkeit und alle Ruchlosigkeit geheiligt wurden durch den Willen der Götter, das Strahlen des Sterns und das unvorstellbare Ziel? Das Flehen des Königs, die Erniedrigung, das Buhlen um Zustimmung, Gunst oder auch nur Duldung, mochte in diesem Sinn geheiligt sein; zweifellos war es politisch sinnvoll; ebenso unbezweifelbar wurde es dem König aufgezwungen durch Engstirnigkeit, lästerliche Dummheit. Höchster Ruhm, unvergängliches Überdauern im Gedenken der Jahrtausende, nicht zu vergessen reichste Beute und äußerste Macht – all dies verworfen, weil es nicht mit Erinnerungen an makedonische Bergdörfer, mit überkommenen Gepflogenheiten und herkömmlichen Gesetzen übereinstimmte?

Er knirschte mit den Zähnen, ballte die Fäuste, wollte aufspringen – wollte vorschlagen, daß man den Aufbruch nach Persien um ein paar Tage verschiebe, um Babylons Untergrund aufzugraben, die unterirdischen Labyrinthe niederzubrennen und einige allzu makedonische Offiziere in Asche und Scheiße zu ersticken, ehe man alles wieder zuschüttete. Dann spürte er die Hand des alten Korinthers auf seiner Schulter; Demaratos drückte nur leicht, aber es war eine ausreichende Warnung. Er bemerkte, daß Drakon ihn anstarrte und offenbar zu verwirrt war, um wie gewöhnlich auf etwas zu kauen oder ihm auch nur zuzuzwinkern; er suchte die Augen des Schwarzen Kleitos, aber der hing wie gebannt an dem Schauspiel in der Saalmitte.

Parmenion war aufgestanden, ging zu Alexander, zog ihn von der Kline hoch, legte ihm die Hände auf die Schultern. »Ich bin ein alter Mann, Junge. Du kennst das noch nicht, aber irgendwann wirst auch du die Last spüren, die so viele Jahre des Kämpfens sind. Ich bin Makedoniens Schwert gewesen, in der Hand des Königs. In der deines Vaters, der mein Freund war, und in deiner, Freund und Sohn eines Freundes. Was, wenn nicht Schwert, sollte ich sein? Wo, wenn nicht in deiner Hand? Wie, wenn nicht von dir gelenkt? Wenn ich Makedoniens Schwert bin, dann auch Makedoniens Treue; solange meine alten Füße mich tragen.«

Er küßte Alexander auf die Stirn; Alexander umarmte den alten Strategen. Die Offiziere johlten und klatschten.

Ptolemaios klatschte nicht. Er beobachtete Nikanor und Philotas; auch sie stimmten nicht ein in den Chor. Nikanor stieß den älteren Bruder an; Philotas verzog kaum merklich das Gesicht, stand auf und ging zum König.

»Und du, Freund und Sohn eines Freundes?« sagte Alexander.

Philotas legte eine Hand auf Alexanders Arm. »Wer wären wir, Nikanor und ich, dem Vater zu widersprechen und dem Freund zu trotzen? Wir werden dir folgen, König der Makedonen.« Er versuchte ein schwaches Grinsen. »Immerhin ist es ja nicht nur dein Heer, sondern auch unseres.«

Am letzten Tag vor dem Aufbruch brachte Alexander wie jeden Morgen Opfer dar, ehrte die Götter an verschiedenen Altären im Palastgarten und ließ sich nach einem Bad von seinem Salbmeister kneten und einreiben. Bei einem kurzen Vormittagsmahl erörterte er mit Harpalos und Eumenes Fragen der Verwaltung, der Einnahmen und des Nachschubs; anschließend versammelte er einige ausgewählte Berater, die ihn zum Tempel des Bel-Marduk begleiten sollten. Kleitos lag mit hohem Fieber in seinem Haus am Ufer des Euphrat; der König, der ihn mit in den Tempel nehmen wollte, hatte ihm selbst einen Kräutertrank gemischt und befohlen, er solle bis zur völligen Genesung in Babylon bleiben, Verstärkungen abwarten, die aus Makedonien unterwegs seien, und diese dann nach Persien führen. Kleitos nieste und versprach unbedingten Gehorsam.

Die Priester, bei denen Aristandros und ein seit Memphis mitgezogener ägyptischer Magier sich schon mehrere Stunden aufhielten, erwarteten den König und seine Begleiter auf der Spitze des *siqurat*, das neben dem Tempel in den Himmel ragte. Alexander, Hephaistion und Ptolemaios, geführt von niedrigeren Chaldäern, stiegen die endlosen Treppenrampen hinauf; der alte Demaratos folgte langsamer, prustend und keuchend.

Auf der obersten Plattform des Bauwerks befanden sich mehrere Tempelräume; im größten, vor einem goldenen Marduk, standen drei uralte Priester an einem kahlen, weißen Altar. Hinter dem Bildnis des Gottes bedeckten goldene und silberne, an vielen Stellen mit Edelsteinen besetzte Sterne und Sternbilder die schwarzgefärbte Wand.

Ptolemaios ging hin und her, betrachtete Alexanders Weihegaben, die neben anderen auf einem die ganze Seitenwand abmessenden Tisch prangten – Münzen, Geschmeide, edelste Gefäße, Säcke voller Weihrauch, noch mehr Münzen, Zierwaffen, Beutel mit Münzen, Kisten mit Münzen, Münzstapel –, und achtete nicht besonders auf die Begrüßungen. Er trat hinaus, um über die Stadt zu schauen, die in der Herbstsonne brodelte. Als er wieder in den Tempelraum ging, beendete Alexander eben seine Anweisungen – falls man den Ältesten der Priester Anweisungen erteilten durfte.

»Deshalb will ich, zum Glanz der Stadt, zur Ehre des Gottes und natürlich zu eurem und meinem Ruhm, daß der von Xerxes zerstörte alte Tempel des Marduk wieder errichtet wird. Ihr werdet die Hälfte der dafür notwendigen Gelder aus eurem reichhaltigen Schatz aufbringen; das übrige erhaltet ihr von Harpalos oder seinem Vertreter – gegen übersichtliche und glaubwürdige Rechnungen. – Und nun zu dem, was ihr mir sagen wolltet: der Botschaft der Sterne.«

Ptolemaios' Gedanken wanderten wieder zu Parmenion, den Makedonen, den Sternen über Pella; als er sich beim Dösen ertappte, riß er sich zusammen und versuchte, den Ausführungen der Priester zu folgen. Der nun sprach, war der Allerälteste der Alten; seine Stimme war tief wie ein Brunnenschacht und rauh wie illyrischer Karstboden.

»Du siehst also, großer König, die Götter hatten uns von deinem Kommen erzählt, lange vor deiner Geburt. Alle Sterne, die Zeus, Ammon und Bel-Marduk teuer sind – und diese drei sind einer, wie du weißt –, haben es gesagt. Diese Sterne ...« Er wies auf die schwarze Wand; Alexander unterbrach ihn.

»Was sagen sie über die Zukunft?«

Der Alte lächelte schräg. »Willst du es wirklich wissen, König der Makedonen?«

Alexander nickte. Ptolemaios hörte Demaratos schnaufen; der Korinther saß auf einem Schemel nahe der Tür.

»Sie sagen, du wirst die Herrschaft wieder errichten – die Herrschaft des Ammon, der Bel ist und Zeus. Du wirst die Perser vertreiben, und ihre Priester, die das Feuer verehren. Unter deiner Herrschaft werden alle Menschen die Wahrheit der wirklichen Götter preisen.«

Alexander nickte wieder. Seine Stimme war kalt. »Die Sterne lügen. Oder du kannst sie nicht lesen.«

Eisiges Schweigen folgte. Die Worte, ohne Nachdruck gesprochen, waren wie ein Peitschenschlag ins Gesicht des Ehrwürdigsten gewesen.

Die Priester wechselten Blicke; schließlich sagte der Alte, mühsam beherrscht: »Wie kannst du es wagen, solche Worte zu sprechen?«

Alexander hob die Schultern. »Ich weiß, daß die Perser vieles zerstört und euch einige Zeit die alten Götter und ihre Verehrung untersagt haben, und jetzt hofft ihr darauf, alles vertrieben und verboten zu sehen, was irgendwie mit iranischen Dingen zusammenhängt. Ich werde jedoch *keine* Art der Götterverehrung verbieten. Wenn du also in den Sternen liest, daß ich die Feuerhüter, die Ahura Mazdah dienen, aus dem Land zwischen den Strömen vertreibe, dann lügen entweder die Sterne, oder du kannst sie nicht lesen, oder … du lügst.«

Hephaistion kicherte kaum hörbar; wieder wechselten die Priester Blicke. Der Älteste hüstelte.

»Vielleicht haben wir einen Fehler begangen; es ist selten, aber nicht auszuschließen. Wir wollen die Sterne abermals lesen, besser und gründlicher.«

Alexander lächelte ohne Wärme. »Tut das. Und laßt mich wissen, was sie über die Zukunft sagen.«

Aus einem der anderen Räume erschien Aristandros, eine Rolle in der Hand. Mit ihm kamen ein Chaldäer, der etwas Unverständliches murmelte, und der ägyptische Magier.

»Alexander«, sagte Aristandros, mit einer kleinen Grimasse, »ich habe alles gehört, und vermutlich sollten wir die Sterne noch einmal befragen. Eines aber kann ich dir jetzt schon sagen.«

»Dann sag es mir, weiser Aristandros.«

Der Tonfall ließ Ptolemaios' Nackenhaare sich sträuben; Aristandros schien alles ganz gewöhnlich zu finden.

»Der große Gott, dem wir alle dienen, gleich welchen Namen wir ihm geben, hat dich zu seinem Gefäß gewählt. Das haben die Sterne lange vor deiner Geburt verkündet.«

Alexander schwieg; etwas wie ein verächtliches Lächeln spielte um seine Augen.

Aristandros deutete auf den Ägypter. »Wie dir die Heiligen Männer aus dem Nilland sagen können, haben die Sterne vor langer Zeit Ammons Wiederkehr in einem Gefäß aus dem Norden angekündigt – in deinem Leib. Der Gott hat dich erwählt, seinen Willen zu gestalten. Deine Mutter wußte es, dein Vater wollte es nicht hören, deine Mutter und ich haben es dir so oft gesagt.«

Alexander nickte wieder; seine Stimme war nun nicht mehr kühl und höflich, schneidender Hohn lag darin. »Das macht mich wozu? Zu etwas, das geringer ist als ein Priester und weit weniger bedeutend als ein König, oder? Bloßes Werkzeug eines *daimon,* der irgendwo in mir steckt. Wo, nebenbei? Könnte ich ihn loswerden, wenn ich mir ein Bein abschnitte? Oder sitzt er in meinem Herzen, meiner Leber, meiner Milz?«

Der Ägypter fuchtelte mit den Händen. »Das ist unwichtig. Und unehrerbietig, Herr der Makedonen. Wie du in der Heiligen Oase vernommen hast, bist du Ammon, Ammons Sohn, die Verkörperung von Ammons Geist.«

»Ach ja, bin ich das? Da du von Ehrerbietung redest, Magier – warum kniest du nicht vor *mir* statt vor deinen Altären? Wenn der Gott, der *daimon,* der Geist in mir ist, wenn ich der Gott bin, könntest du ihn so ein wenig ehren.«

Der Älteste der Chaldäer versteifte sich; er knurrte: »Wir knien nicht vor Sterblichen.« Langsam näherte seine Rechte sich dem Gürtel, wo er wie die anderen sein langes, sichelähnliches Opfermesser trug.

Ptolemaios öffnete den Mund, aber Alexander schnitt ihm das ungesprochene Wort ab.

»Dann besitzt du mehr Stolz als ich. Wie ihr alle wißt, knie ich sogar vor Steinbrocken, vor totem Stein, und zwar nicht einmal, um die Kunst der Steinmetze zu ehren, sondern weil ich diese Steine als symbolische Vertretung von etwas nehme, das größer ist als ich. Sie sind Teil des Unbekannten Gottes, der alles beherrscht. Wie in der Person des Königs alle Krieger und Fürsten und Strategen Makedoniens aufgehen, so sind auch Zeus, Ammon, Bel und die übrigen nur Teile dieses einen Götterkönigs. Vielleicht ... wenn wir die ganze Welt erfassen und alles über alle Götter erfahren könnten, wären wir vielleicht fähig, mehr über den Unbekannten Gott zu wissen, zu begreifen. Du wirst mir nicht sagen wollen, daß ich nichts tun kann, es sei denn, es stünde in den Sternen der minderen Götter geschrieben, oder? Mein Wille ist stärker als eure Sterne.«

Er hatte nicht laut gesprochen; er war nicht gewachsen; aber einen Moment schien seine Stimme den ganzen Tempelraum zu erfüllen, und die hochgewachsenen Priester schienen vor ihm zu schrumpfen. Endlich holte Aristandros tief Luft.

»Hybris, Alexander – törichter und tödlicher Hochmut eines Sterblichen, dem Willen der Götter zu trotzen. Oder die Götter herauszufordern. Wenn du die Grenze überschreitest, die die Götter dir gezogen haben, wirst du sterben. Du bist zum Untergang verurteilt.«

Alexander lächelte; es war eher ein Zähnefletschen. »Daran zweifle ich nicht, weiser Aristandros. Am Ende ist der gesamte Kosmos zum Untergang verurteilt; es ist daher belanglos. Du hast aber den Sinn meiner Worte nicht verstanden. Ich sage, daß ihr, die Priester, nicht wißt, nicht wissen könnt, wo diese Grenze gezogen ist. Ich aber werde es wissen, denn ich werde es herausfinden. Und jetzt« – seine Augen wurden zu Schlitzen, die Stimme drohend – »wollt ihr endlich knien?«

Aristandros schüttelte langsam, wie verzweifelt, den Kopf und beugte ein Knie; die Chaldäer und der Ägypter zogen ihre Messer und stürzten sich auf den König. Alexanders Schwert flog hoch und trennte die Hand eines Chaldäers ab; sie klirrte, geschlossene Faust und langes Messer, auf den Boden aus harten Brandziegeln. Hephaistions Schwertspitze lag an der Kehle des Ägypters, der sein Messer fallen ließ;

Ptolemaios packte den Ältesten und hielt ihn so, daß die Klinge des dritten Chaldäers ihn treffen mußte, sollte er Alexander angreifen.

Der verstümmelte Priester sank langsam in die Knie; Blut spritzte aus dem Handgelenk vor den Altar. Der Ägypter senkte den Kopf und kniete neben Aristandros. Als Ptolemaios den Ältesten losließ, kniete auch dieser. Der letzte der Priester warf sein Messer in die Blutpfütze, hob die Hände und stieß kehlige Laute aus, ehe er sich den übrigen anschloß.

Am Morgen des folgenden Tages verließen sie Babylon; Teile des Heeres waren in den letzten Tagen bereits vorangezogen. Beim Opfer in jenem Teil des hängenden Gartens, der dem Ufer des Euphrat am nächsten lag, standen Aristandros und der König nebeneinander. Als die Feier beendet und der Gott mit Früchten, Wein und Fleisch gesättigt war, wandte Alexander sich ab; dabei fiel sein Blick auf Demaratos, in dessen Gesicht offenbar eine Frage stand.

»Nun, was trübt dein weises Auge, edelster aller Korinther?«

»Unwissenheit, liebster aller Herrscher.« Demaratos kratzte sich den Kopf, der immer kahler wurde. Ptolemaios musterte ihn von der Seite; was wollte der Korinther?

»Unwissenheit?« Alexander machte ein klickendes Geräusch mit der Zunge; er grinste. »Sie lastet auf uns allen, aber nur wenige verspüren sie so stark, daß sie davon betrübt sind.«

»Ich – und deine Berater und Freunde – wir alle wüßten gern, ob Aristandros zu einem letzten Schluß gekommen ist, was euer nasses Erlebnis und die Sterne angeht.«

Alexander wandte sich seinem Obersten Seher zu. »Sprich, Telmessier.« Gesicht und Stimme waren ohne jede Freundlichkeit.

Aristandros verschränkte die Arme vor der Brust. »Sprechen? Nun gut, ich spreche. Dies sage ich, und da wir unter uns sind, ohne leicht zu beeinflussende Krieger von schlichtem Gemüt, sage ich, was ist, nicht, was sein sollte.» Er schloß die Augen; seine Stimme klang müde und hohl. »Es ist der Wille der Götter, vor allem des einen Gottes, der Zeus und Ammon und Bel-Marduk ist, daß Alexander, Herr der Makedonen, *hegemon* des Korinthischen Bundes, Sohn und Gefäß Ammons, das Reich des widdergehörnten Gottes festige und verwalte. Von Pella aus, oder Memphis, oder Babylon, oder der neuen Stadt, die seinen Namen tragen soll – Alexandreia. Dieses Reich, und nur dieses. Es ist der Wille des Gottes, daß Alexander die Länder des Gottes lenke: Hellas, das nähere Asien bis zum Tigris-Fluß, Phönikien, Ägypten, Babylonien. Es ist der Wille des Gottes, daß die persischen Berge die Grenze seien, und daß Alexander diese Grenze nicht überschreite. Wenn er sie überschreitet, soll er nicht länger als drei Monde dort verweilen – genug Zeit, um Persepolis zu nehmen und Dareios noch einmal zu besiegen. Bleibt er länger, wird er dem Gott untreu; wird er dem Gott untreu, wird der Gott ihn vernichten.«

Demaratos nickte. »So ähnlich hätte ich es mir auch ausgelegt – wenn ich du wäre und deine Anliegen hätte. Aber sag, Telmessier: Wann wird der Gott ihn vernichten?«

Ptolemaios verkniff sich ein Grinsen, das sich trotz allen Ernstes in seine Züge drängeln wollte.

Aristandros betrachtete den Korinther aus halbgeschlossenen Augen: der Blick eines trägen Krokodils, das zu satt ist, um der Beute mehr als oberflächliche Aufmerksamkeit zu widmen. Der Blick sollte einschüchtern, aber Demaratos gluckste nur.

»Wann? Bald, Demaratos. Bald – für die Götter. Nur eines ist sicher: Wenn Alexander nun Babylon verläßt und lange jenseits der Grenzberge verweilt, wird er nicht lebend nach Babylon heimkehren.«

Am Nachmittag wand sich der lange Heereszug an den Toren des *paradeisos* entlang, den Großkönige und Satrapen angelegt hatten: ein ungeheurer Garten, umfriedet, mit einem kleinen Palast irgendwo in der Mitte, mit einem Altar und Feuerturm zur Hege der ewigen Flamme, und mit Wild für tausend Jagden. Alexander zügelte Bukephalos, sah sich um, winkte Hephaistion und Ptolemaios zu sich; dann befahl er Koinos, den Zug weiterzuführen.

Die drei Männer ritten durch das Tor, das ihnen ein paar Hopliten öffneten; sie würden es verschließen und die Rückkehr des Königs erwarten.

Ptolemaios ritt ein wenig hinter den beiden; er sah die fremden Bäume, die seltsamen Pflanzen, die Formen der letzten Blüten; er hörte zahllose Vögel singen, die er nicht hätte benennen können; er betrachtete die wogende Landschaft, ein grünes Meer, das einem weißen Punkt in der Ferne zustrebte. Irgendwann hörte er ein Grollen, gedämpft; der Löwe war nicht in der Nähe.

Sie ritten durch eine feuchte, schwüle Senke. Hephaistion sah sich um. »Nett«, sagte er. »Ziemlich sumpfig. Jederzeit gut für ein feines Fieber.«

»Und für Getreide und Kräuter.« Alexander blickte zurück, als sie den jenseitigen Hang erklommen hatten; er deutete auf eine Reihe von Obstbäumen, deren apfelähnliche Früchte erst jetzt, im Herbst, reiften. »Die Äpfel da sehen aus wie der Arsch von Parmenions Pferd.« Er grinste. »Ist es nicht seltsam, wie oft Dinge dem Teil gleichen, aus dem sie kommen?«

Hephaistion schnaubte. »Wie die gespaltenen Reden der Priester, die gespaltene Zungen haben. Alle.«

Alexander hob die Schultern; er trieb seinen Hengst wieder an. »Ich halte mir Aristandros nicht wegen der Schönheit seiner Zunge. Er hat tief in die Seelen der Menschen geschaut, um darin Spuren der Götter zu finden. Und um den Menschen das, was sie glauben wollen, zu bestem Nutzen für Aristandros zu erzählen. Manchmal ist sein Rat sehr gut. Manchmal nicht.«

»Glaubst du eigentlich an diesen Götterspruch von heute früh?« sagte Ptolemaios.

Alexander blickte ihn an, über die Schulter, mit einem nicht zu deutenden Lächeln.

»Glauben? Natürlich glaube ich; da ich ja, wie ich hörte, selbst ein Gott bin. Und zwar glaube ich, daß die Dinge, die Aristandros genannt hat, jene sind, die den Priestern am besten gefallen.«

Sie ritten durch dichten Wald; plötzlich öffnete sich eine weite Lichtung vor ihnen, und dort standen der Turm, in dem das Feuer gehegt wurde, und der nackte, weiße Altar, auf dem Körner und Früchte dargebracht wurden, auf dem Priester Datteln und Feigen schlitzten, daß der Gott des Lichts sich am Duft erfreue.

Ein alter Mann mit grauem Umhang stand vor dem Altar; er wandte ihnen den Rücken. Mit tiefer, harter Stimme sagte er, ehe noch einer von ihnen einen Laut von sich gegeben hatte:

»Willkommen, größter der Könige. Willkommen, Freund der Freunde, Hephaistion. Willkommen, Lagide.«

Sie blickten einander verblüfft an; Alexander sagte:

»Wußtest du, daß wir kommen?«

»Ich habe euch kommen sehen.« Der Priester wandte sich zu ihnen um; seine Augen waren weiß und blind.

Alexander sog Luft zwischen den Zähnen ein. Halblaut sagte er: »Ich bin nicht gekommen, dein Heiligtum zu zerstören. Dareios ist besiegt, die Herrschaft der Perser in Babylonien beendet, aber was den Iranern heilig und unberührbar war, soll auch von mir geheiligt sein. Ich komme um Rat und Weisheit.«

Der Priester regte sich nicht. Sein Gesicht, beherrscht von den blinden Augen, war eine Wüstenlandschaft. »Du hast den Garten des Heiligen Feuers betreten. Wie alle Gärten, in denen die Könige zu jagen pflegen, hat auch dieser einen Schrein: den Umkreis des Feuers. Wenn du lang genug im *paradeisos* bleibst, wirst du die Fragen finden zu allen Antworten, die du zu kennen meinst, und Antworten zu Fragen, die keiner stellen kann.«

Alexander kaute auf der Unterlippe; seine Stimme wurde rauh, fast heiser. »Ich habe keine Zeit, lange im *paradeisos* zu bleiben, und deine Rätsel ermüden mich. Sag mir, was ich unmittelbar tun soll, Hüter der Flamme.«

»Die Großkönige haben die Flamme und den Priester genährt.«

»Die Anweisung hierzu ist bereits ergangen. Du wirst Nahrung und Münzen erhalten, und Gaben für das Feuer.«

»Ich weiß, König der Makedonen. Das war nicht meine Besorgnis. Wirst du selbst die Flamme nähren? Mit deinen Gedanken und Taten?«

Hephaistion schüttelte den Kopf, unwirsch. »Sein Leben lang hat er nichts anderes getan, alter Mann.«

»Das weiß ich, Hephaistion. Wird er aber darin fortfahren, oder wird er dieses Feuer als äußerlich vergessen, wenn die schwarzen Flammen in ihm zu lodern beginnen?«

Alexander seufzte. »Ruhig, Hephaistion. – Diese Flammen, die du schwarz nennst, sind das gleiche wie dein Feuer. Die Innenseite ist nicht anders als die Außenseite.«

Der Priester legte den Kopf fast auf die linke Schulter; es war, als ob er fernen Stimmen lauschte. »Du bist immer vorwärtsgegangen, größter der Könige. Manchmal wie ein Pfeil, manchmal wie eine Schlange. Das ist dein Los, und dein Verhängnis. Geh weiter voran, voraus, immer. Du kannst den eigenen Pfad, die eigene Fährte kreuzen, solange dein Ziel sich vorwärtsbewegt. Du mußt suchen und wandern.«

Alexander verzog das Gesicht. »Das ist meine Absicht. Aber eines Tages will ich zurückkommen nach Babylon, bald, oder später.«

Der Priester schüttelte den Kopf; seine Stimme klang nun beinahe wie ein düsterer Gong. »Es gibt nur einen Ort, zu dem du heimkehren kannst. Dieser *paradeisos* hier. Wenn du hierher zurückkommst, wirst du den Garten besitzen und alle Länder und Städte. Wenn du zurückkehrst in die Stadt Babylon, wirst du alles verlieren, und diesen Garten.«

Alexander stieß einen Laut des Unwillens aus; der Priester wandte sich ab.

»Du sagst, ich soll weiter gehen und nicht zurückkehren nach Babylon. Andere Priester anderer Götter sagen, ich soll Babylon nicht verlassen, oder ich trage Babylon immer mit mir, oder Babylon ist überall. Ich bin eurer Götter und Reden überdrüssig!«

Die letzten Worte schrie er fast. Der Priester wandte ihnen immer noch den Rücken zu, ging mit schnellen Schritten fort, vorbei am Altar, zum Rand der Lichtung, einen Abhang hinunter.

Sie folgten ihm und spähten den Hang hinab; er war kahl, der Priester war nirgendwo zu sehen.

10. DIE FEUER VON PERSEPOLIS

Nacht der Götter, Nacht des Glanzes, Nacht der Vollendung. Der König im Zenit; o die Sterne, herabgesunken, dienstbar gemacht und untertänig, glimmendem Golde gleich zu seinen Füßen, gleißend geflochten zu Kränzen des Ruhms! Wein und Wonne, Erguß und Ergötzen, Geschrei und …

»Geschwätz!« Kallisthenes zerriß den Papyros und warf das zerkaute, zerfaserte, verschmierte Ried von sich. Mit hohlen, brennenden Augen blickte er über die Stadt, die nicht mehr war. Von den Hügelketten fiel eine Wolke, vom Himmel plumpste Sonnenlicht, titschende Hitze zwischen verschollenen Häusern. Die geborstenen Säulen, der Burgberg wie schale Krumen; leichtsinnige Geier mit versengten Krallen. Es schlich ein weitgereister Wind umher, stöberte in Mauerresten nach dem Ruch der Verwesung und fand reichen Lohn; stahl sich Schuttrampen hinauf, die gestern noch Treppen und Auffahrten waren, rührte auf den hundert Ebenen des Palastes der Großkönige Aschewölkchen auf, zupfte hier und da eine eingerollte Flammenzunge in die Höhe.

Der Hellene hustete; die Lungen schmerzten noch immer von all dem Feuer und Rauch, und brandige Schmerzfransen tobten durch den Schädel. Mit bebender Hand griff er nach dem Becher, im Halbschatten des hochgestellten Zelteingangs, trank lauwarmen Wein, füllte kühles Wasser aus einem umwickelten Tonkrug nach, leerte den Becher abermals.

Er hatte nicht geschlafen; aber wer, außer ein paar besinnungslos Betrunkenen, hätte in dieser Nacht denn schlafen können? Nicht einmal Parmenion und seine Leute, Barbaren aus dem Norden, sture Hinterwäldler, unfähig zu loderndem Jubel, allzu ehrerbietig gegenüber den Bauwerken und der Geschichte eines anderen Barbarenvolkes; ah ja, und besorgt ob der Manneszucht ihrer Kämpfer.

Die Perserin hatte geweint, als er im zuckenden feuertriefenden Morgen zum Zelt getaumelt kam, trunken von Worten und Wein und Gewalt. Eine barbarische Sklavin, angenehm warmes Tier in den Nächten, nicht mehr und nicht weniger; er hatte eine Aufwallung von – was? Sorge, Kummer, Teilnahme? Irgendwas hatte er gespürt –, zurückgedrängt, es dem Rausch zugeschrieben. Sie hatte stundenlang gewimmert, während er vor dem Zelt saß und trank und die auf die Stadt gestürzten Himmelsfeuer zu beschreiben suchte.

Wieder nahm er ein Ried, tunkte es in die schwarze Tinte, starrte auf den leeren Papyros, das Pult, die Maserungen der Holzplatte. Zu früh, vielleicht zu nah? Worte kamen zu schnell, rempelten einander in seinem Hirn; er sah Aristoteles spöttisch lachen, hörte ihn eine neue, nüchternere Fassung verlangen.

Vielleicht ... Wenn er die letzten Schreiben noch einmal läse, die Abschriften der Briefe, die längst unterwegs waren, und die noch nicht abgeschickten, mochte das helfen; vielleicht konnte er anknüpfen, die gemessene Sprache des hellenischen Berichters wiederfinden. Aber er war ja längst mehr als nur Berichter; in den letzten Monden, gezeichnet von Wein und Schlafmangel und zunehmender Entfremdung gegenüber den herben Makedonen, hatte Alexander ihn immer öfter in die Beratungen geholt, seine Meinung gehört, ihm Geschenke gemacht. Kallisthenes nickte; und stöhnte, als der eingeschlafene Schmerz, durch die Bewegung geweckt, wieder alle Nischen des Schädels erkundete und scharfkantige Meldungen über die Zustände machte.

Er legte das Ried in die Aussparung am oberen Rand des Tragpults, mischte kühles Wasser und warmen Wein, trank; dann nahm er sich die Rollen der letzten Monde vor.

Der Aufbruch aus Babylon. Nebensächliches – ein Streit zwischen Hephaistion und Perdikkas; eine lange Unterhaltung mit Barsine, schön und klug und sanft, aber Barbarin; die Plünderung eines Dorfs mit Burg, unterhalb der Persischen Tore, und die Auspeitschung – vor dem Heer – der dafür verantwortlichen Dekadarchen; die Hinrichtung zweier Hopliten, die andere zum Verlassen des Heeres hatten aufwiegeln wollen; die Beratung vor den Persischen Toren ...

Hier waren ihm zwei Rollen durcheinandergeraten. Zuerst kam Susa, Verwaltungshauptstadt der Großkönige und des Reichs; die Beschreibung der Stadt, ihrer Tempel und Gärten und Paläste und Straßen; friedlich übergeben gegen Zusicherung von Schonung und Gnade, aber keine Gnade für den Schatz – fünfzigtausend Talente, unvorstellbar wie die Rückseite des Mondes. Die Unterstellung von Susa unter den Satrapen Babyloniens, Mazaios – ein persischer Satrap, ein hellenischer Schatzverwalter, ein makedonischer Stratege, drei Völker für das eine Reich, das sich abzeichnete und von dem die Makedonen nichts hielten. In Susa blieben auch die Frauen zurück – Sisygambis (und ihre Enkelkinder), Barsine, deren Bauch sich zu runden begann und die hoffte, diesmal Alexanders Kind lebend zur Welt zu bringen.

Dann der Vorstoß nach Südosten, ins Herzland der Großkönige, Parsa das Land – Persis – und Parsa die Stadt – Persepolis. Und Pasargadai, wo Alexander das Grab des von Xenophon gepriesenen Kyros sehen und bekränzen wollte, aber das lag noch in der Zukunft. Die steilen Berge, die kargen Hochflächen vor dem üppigen Garten der Persis: Berge, in denen harte Männer wohnten, Uxier genannt, ein wildes Volk, das jahrhundertelang den Großkönigen getrotzt und von ihnen Tribut verlangt hatte, Zoll für die Benutzung der Pässe, der Persischen Tore. Das unwegsame Land … Man erzählte blutige Geschichten über gescheiterte Versuche, die Uxier botmäßig zu machen; schließlich hatten die Großkönige beschlossen, den Tribut zu zahlen, da er geringer sei als die Kosten weiterer Eroberungsversuche.

Alexander hielt nichts davon. Er ließ unterhalb der Pässe lagern, forderte die Unterwerfung, die die Uxier höhnend verweigerten. Unmöglich, die Persischen Tore zu stürmen; ein paar Männer mit Pfeil und Bogen, Mauern aus Bergtrümmern, von den Hängen und Gipfeln herabrollende Felsen – die Uxier konnten ein riesiges Heer abwehren, ohne selbst Schaden zu nehmen.

Alexander schickte Hephaistion mit ausgewählten Truppen in die Berge. Sie erklommen Steilhänge; sie rutschten felsige Flächen hinab; sie wanderten über Pfade, die es nicht gab, und über Grate, von denen eine Bergziege schwindelnd in die Tiefe gestürzt wäre. Vor den Toren, den Pässen, warteten die übrigen auf das Zeichen, drei Brandpfeile im Nachthimmel.

Ein Bild, eingeprägt wie mit Flammenschrift: Alexander steht neben einem kleinen Feuer, trinkt Wein aus einem versilberten Horn, starrt in die Flammen. Er hat Anweisungen erteilt und wartet. Aristandros der Seher, ein Ägypter, ein Chaldäer, ein Perser verlassen die Nacht und treten zum König. Aristandros' Gesicht ist eine Maske der finsteren Feierlichkeit.

»Die Persischen Tore«, sagt der Telmessier.

Alexander blickt auf. »Was ist mit ihnen?«

»Hier endet Ammons Reich. Selbst der persische Priester sagt das.«

Alexander nickt, mustert die Gesichter. »Und?«

Aristandros richtet sich auf, der Rücken ist steif; er blickt hinab auf den kleineren König. Er versucht, seiner Stimme jene Festigkeit zu geben, die einem obersten Strategen der Seelen zukommt.

»Ammons Gefäß darf diese Berge nicht überschreiten. Der Versuch wäre tödlich.«

Alexander nickt wieder, sehr kühl. »Dann sterbe ich eben beim Versuch. Ein Tod ist so gut wie der andere.«

Aristandros hebt beschwörend die Hände. »Aber der Gott, der in dir ist, wird nicht dorthin gehen!«

Alexander zuckt mit den Schultern, gießt Wein aus dem Horn auf den Boden, für die Götter, legt das Trinkhorn auf den kleinen Tisch und pfeift durch die Zähne. Aus dem Dunkel taucht Perdikkas auf, mit gerüsteten Hopliten. Sie tragen Stücke einer Sturmleiter.

»Fertig?« Alexander berührt sein Schwert.

Perdikkas nickt nur und betrachtet die Priester, mit einer Miene der Abscheu.

»Wir gehen dann«, sagt Alexander, beinahe freundlich.

Aristandros packt ihn an den Schultern, hält ihn, schüttelt ihn. »Geh nicht, Alexander! Ammon will es nicht!«

Alexander schiebt ihn von sich. »Was ist ein Gott, dessen Reich da endet, wo ich weitergehe?«

Im Morgengrauen brennt der Berg; der Paß ist voller Geschrei und Gemetzel. Hephaistions Männer fallen den Uxiern in den Rücken, Alexander stürmt an der Spitze der Belagerer. Im Paß umarmen einander Leben und Tod.

Zwischendurch Nachrichten aus der Ferne – Sparta ist dem Korinthischen Bund beigetreten, Antipatros nach Pella zurückgekehrt, des Königs Schwager und Onkel Alexandros von Epeiros wurde in Bruttium, im Süden Italiens, auf seinem Feldzug erschlagen. Mazaios, dem Alexander das Münzrecht gab, schickte neue Silberstücke, groß und schwer wie Tretradrachmen, aber mit aramäischen Schriftzeichen.

Alexander sandte ein Schreiben an Antipatros, in dem er den Strategen Europas anwies, des Königs Schwester Kleopatra, nunmehr Witwe und Beherrscherin von Epeiros, in Pella alle Ehre zu erweisen und sie zu schützen. Als einer der Berater verblüfft fragte, was Kleopatra, Königin von Epeiros, in Pella zu suchen habe, antwortete Alexander, da er seine und Kleopatras Mutter Olympias kenne, die sich in Epeiros aufhalte, zweifle er nicht daran, daß Mutter und Tochter in Streit geraten würden, und dieser Streit werde vermutlich damit enden, daß Olympias die Herrschaft an sich ziehe und Kleopatra irgendwo Zuflucht nehmen müsse. Das Gelächter, das der Antwort folgte, war dünn; zu viele im Lager kannten und fürchteten die Molosserin.

Kallisthenes trank den Becher leer und füllte ihn wieder. Behutsam, des Schädels eingedenk, nickte er; dieser Weg war der richtige gewesen. Er fühlte sich nun der Schilderung gewachsen, in einem Ton, der nicht zu Aristotelischem Hohn Anlaß geben würde. Abermals glättete er den Papyros; dann nahm er das Ried, tunkte es ins Tintentöpfchen und schrieb.

Persepolis wurde nicht verteidigt; als erstes Zeichen guten Willens schickte der Herr der Stadt alle hellenischen und makedonischen Gefangenen dem König entgegen.

In der Ebene wuchsen, wie Wüstenpflanzen nach heftigem Regen, die Zelte des makedonischen Heeres. Vortrupps näherten sich der Stadt, um die Tore und Mauern zu besetzen und die Übergabe der Burgbesatzung zu überwachen. Aber die Burg, ein Ungetüm aus schwarzen Quadersteinen, nahm sich von fern winzig aus, ein schwarzer Fleck im helleren Meer der Häuser und Gärten – winzig im Vergleich zum Palast der achaimenidischen Herrscher: heller Stein, bunte Kacheln, verzierte Friese, ragende Säulen, Stufendächer, windungsreiche Götter- und Königswege, hohe Hallen, die tausend satten Grüntöne des ausgedehnten Palastgartens, Hügel um Hügel gemeißelt aus Stein und verkleidet mit Stein und gestützt mit Holz, riesige Herrscherbilder in Hügelwänden oder frei als Standbilder.

Und der Zug der Gefangenen, der Freien, die aus der Stadt strömten. Nein, sie strömten nicht; sie rollten und krochen und hinkten und humpelten, stützten und trugen einander, wankten. Viele waren nackt, keiner trug mehr als einen Schurz. Man hatte ihnen die Schädel geschoren, die Körperhaare abgesengt, nur die Bärte durften wachsen, zottig und verfilzt. Hellenen aus den Städten an Asiens Küste; Makedonen aus Parmenions Hellespont-Heer; Spartaner, Athener, Achaier, Thessalier, Boiotier, Korinther, Lokrer, Kreter; Männer aus der Fürstenwache des unglücklichen Hermias von Atarneus; Krieger, die vor zwei Jahrzehnten den Satrapen als Söldner gegen Artaxerxes gedient hatten; Kämpfer, die vor zwölf Jahren im Sold des Nektanebos Ägypten gegen die Perser hätten halten sollen. Junge Greise, alte Greise.

Rechts und links der Königsstraße, die nicht erst in Susa begann und nicht schon in Sardeis endete, strömten die Männer von Alexanders Heer zusammen. Hier und da wurden Namen gerufen, wenn jemand einen Gefangenen erkannte oder wiederzuerkennen glaubte; Kenntnisse wurden verlangt und gegeben – man hatte die Gefangenen einfach freigelassen, sie sollten zu den Hellenen gehen. Welche Hellenen? Ein hellenisches Heer vor Persepolis? Wo war der Großkönig? Welches Heer konnte so weit vorgedrungen sein – ein Bündnis, hellenische Söldnertruppen des Dareios, denen man als Zeichen der Freundschaft die alten Kameraden auslieferte? Was, Makedonen? Philipp? Parmenion? Philipps Sohn Alexander?

Sie näherten sich der Stelle, wo die meisten Berater und Offiziere sich um Parmenion sammelten; Alexander war nicht zu sehen. Je näher der Zug kam, desto dichter wurde das Schweigen, das ungläubige Verstummen der Hopliten und Peltasten und Hypaspisten und Hetairen.

Sie hatten die Männer zerschnitten. Sie hatten jeden Fluchtversuch verhindert, jede aufwendige Bewachung überflüssig gemacht, indem sie die Gefangenen zu Werkzeugen verstümmelten und ihnen nur die Körperteile ließen, die zum Überleben und für die jeweilige Arbeit unabdingbar waren. Schreiber, ohne Beine, auf niedrigen Plattformen mit vier Rädern, bewegten sich vorwärts, indem sie die Hände wie Ruder oder Staken benutzten. Starke Männer mit gewaltigen Muskeln, Lastträger wahrscheinlich, in langer Reihe aneinandergeschmiedet durch eiserne Halsringe und eine vielgliedrige Kette, alle mit leeren Augenhöhlen, geführt von einem Sehenden ohne Arme. Andere Armlose mit dunkelrot verfärbten Füßen; sie hatten aus Phönikien als Tribut nach Persepolis gebrachte Purpurschnecken zertreten. Männer ohne Augen, ohne Ohren – manche hatten durchaus die Ohrmuscheln noch, aber man hatte ihnen durch glühende Nadeln das Hören genommen. Fiepende, gurgelnde Laute von einer großen Gruppe – Münzzähler? Schatzwächter? –, deren Münder keine Zungen mehr hatten.

Kallisthenes stand am Rand der Gruppe um Parmenion; rechts neben ihm unterhielten sich Hopliten aus der Taxis des Krateros. Der lange Mann – Emes? Kallisthenes erinnerte sich nicht genau – sagte etwas; der kleinere neben ihm hob die Schultern.

»Werkzeuge, klar? Damit sie nicht abhauen ...«

»*Zu* vernünftig, wenn du mich fragst.« Emes deutete auf einen Gefangenen aus der ersten Gruppe, die sich Parmenion näherte. »Ist das nicht ... Menelaos?«

»Was für ein Menelaos?«

»War bei Parmenion und diesem Schwein Attalos, ganz am Anfang. He, Menelaos!«

Der Krüppel – ein Bein, Krücke – wandte den Kopf, schnüffelte wie ein Hund, der eine Fährte sucht, humpelte weiter; er hatte keine Augen mehr.

Die erste Überraschung über den unerwarteten Anblick hatte sich gelegt; hier und da wurde geredet, gelacht, gekichert. Einige Kämpfer hinkten übertrieben neben den Befreiten her, ahmten ihre Bewegungen nach. Kallisthenes, der nichts von derlei Gebräuchen geahnt hatte, fand die Vorstellung fesselnd, Menschen ihren Tätigkeiten anzupassen; er verstand nicht, weshalb einige der älteren makedonischen Offiziere Trauer und Zorn zeigten. Was konnte denn Trauer und Zorn auslösen? Menschen, schnell gezeugt und zur Verwendung durch Leben und Tod gedacht; Menschen, denen man die Hände abschlug, wenn sie stahlen – warum nicht auch, wenn sie die Hände nicht gebrauchen sollten?

Er sah Philotas, Perdikkas, Polyperchon, Leonnatos, Ptolemaios, ein paar andere, auf der anderen Seite; ihre Gesichter waren finster. Die Mienen der vor und neben ihm Stehenden konnte er nicht sehen.

Parmenion trat vor. Der Anführer der Freigelassenen, ein alter Mann mit einem Arm, einem Bein, einer Krücke und einem Auge bellte etwas. Der ganze Zug hinter ihm hielt an; alle versuchten irgendwie, Haltung anzunehmen. Die auf den rollenden Plattformen schwenkten tatsächlich, drehten sich, bis die Reihe wie eine Kampflinie stand. Kallisthenes unterdrückte ein Gelächter.

Der Anführer, die Krücke in die Achselhöhle geklemmt, legte die verbliebene Hand auf die Brust.

»Heil, Parmenion«, sagte er. Hinter ihm sprachen es all jene nach, die noch Zungen hatten: »HEIL, PARMENION.«

Es war ein lauter Chor, gestört durch allerlei Gegurgel und Gezischel. Immerhin, sie gaben sich Mühe.

Parmenion legte die rechte Hand auf die Brust und ging langsam die Reihe entlang. Sein Gesicht war zerknittert, gefurcht, vergrämt; Kallisthenes sah den Versuch des Strategen, Grimm und Trauer zu beherrschen, und verstand den Makedonen noch weniger als je.

Hin und wieder blieb der Stratege stehen, musterte ein Gesicht, bückte sich zu einem Beinlosen, murmelte Namen, wie eine Frage – Aristomenes? Menelaos? Myres? Myron? Aristeides? Xenokrates? Philinos? Er berührte ein paar Männer an den Schultern, ging dann schließlich zurück zum Anführer.

»Xanthippos, mein alter Freund.« Parmenions Stimme war ein Würgen, aber sein Gesicht war nun wieder ganz beherrscht. »Was haben sie mit euch gemacht!«

Xanthippos' Hand rutschte von der Brust, zupfte an einer Franse des schmierigen Schurzes, stieg wie ein irrender Vogel zum zottigen Bart; er schwankte. Parmenion stützte ihn. Kallisthenes verzog das Gesicht; er hatte nie begriffen, wozu edle Führer die Namen ihrer Untergebenen kennen sollten, und daß man derlei ... Zeug anfaßte, ließ ihn schaudern.

»Sie haben Werkzeuge aus uns geschnitzt, Parmenion mein Vater.« Der Mann sah älter aus als der Stratege; seine Stimme war hohl und unendlich müde.

Parmenion blickte die lange, zuckende Reihe entlang. »Ohne Haltung, Freunde.« Sie sackten zusammen, aber sie brachen nicht.

Vielleicht war es dies, aber der Hellene, der nie das Schwert als Gleicher unter Gleichen geführt hatte, begriff es nicht. Auch die Gesichter jener Kämpfer, die eben noch die Gangart oder das Gezischel der Verstümmelten nachgeahmt und verspottet hatten, waren nun ernst, gefroren, finster. Etwas Unheimliches, ein tödliches Schweigen lag über der Menge.

Xanthippos sprach wieder; die Stimme war eine schartige Feile in Kallisthenes' Kopf.

»All die Jahre hat uns nur eines am Leben gehalten, Parmenion.«

Der Stratege nickte. »Ich weiß, Freund. Die Hoffnung, unter der Sonne zu sterben, frei, in Würde.«

»Ja.« Xanthippos' Wort wurde übertönt von einem vielstimmigen, knirschenden, röchelnden, gräßlichen Geräusch, mit dem die anderen es bestätigten.

»Ja«, sagte er noch einmal. »Unter der Sonne, nicht in einem Gewölbe. Frei, nicht als Sklave bei den Barbaren. In Würde, nicht wie Vieh. Gib uns, was wir begehren, Parmenion unser Vater.«

Die anderen Verstümmelten, sofern sie überhaupt Laute ausstoßen konnten, stießen ein durchdringendes, schrilles, klagendes Jaulen aus. Kallisthenes' Haare sträubten sich.

Einer schrie: »Hilf uns sterben, Parmenion!«

»Gib uns aus deiner Gnade einen Tod, der schnell ist und rein, Parmenion.«

Das Sausen eines jähen Sturms, betäubendes Klirren. Fassungslos starrte Kallisthenes die Straße hinab, wo Tausende Makedonen wie ein einziger Kämpfer die Schwerter gezogen hatten, sie hochreckten und langsam, rhythmisch, dann schneller die Klingen gegen die Schilde schlugen: Zustimmung, und zugleich höchste Ehre. So hatten sie Alexander und Parmenion gegrüßt, als sie nach den Schlachten am Granikos, bei Issos und bei Gaugamela in vollem Waffenschmuck angetreten waren.

Eine Reitergruppe kam näher – Hetairen, die unter Alexander und Hephaistion die Stadt umrundet und die Umgebung erkundet hatten. Alexander ritt an der Spitze. Er sprang von Bukephalos, starrte die Reihe der Verstümmelten hinab, hob den rechten Arm. Schlagartig verstummten die Schwerter und Schilde; die Stille schmerzte.

»Seht euren König!« sagte Parmenion.

Wieder nahmen die Freigelassenen Haltung an. Xanthippos legte die Hand auf die Brust.

»Heil, Alexander, König der Makedonen«, sagte er.

Wieder das unbeschreibliche Röhren und Raunen und Grunzen und Gurgeln der übrigen: »HEIL ALEXANDER!«

»O meine Brüder und Väter, was hat man euch angetan?« Alexanders Gesicht war weiß, in den Augen nistete Entsetzen.

»Laß uns sie töten, wie sie es begehren.« Perdikkas' Stimme war belegt, auch er bleich; seine Hand umklammerte den Schwertgriff.

Alexander blickte sich um, sah die Offiziere und Berater, sah Parmenions graue Züge, wandte sich den Verstümmelten wieder zu.

Und dann geschah etwas, wieder einmal, eine von Alexanders unbegreiflichen Regungen, die Kallisthenes nicht ausloten konnte, die an Athen und an Aristoteles zu melden viele Biegungen, Beugungen und Einschübe von ihm verlangen würde. Er selbst sah Fleisch, geschnitzt und geschunden: zweckdienlich gemacht eigentlich im gleichen Sinn, in dem die Muskeln eines Schmieds für dessen Beruf zweckdienlicher sind als die eines Töpfers oder Schneiders, und in dem der Körperbau eines Ruderers der untersten Sitzreihe einer Triere sich unterscheiden muß von dem eines Läufers oder eines Lastträgers. Hatten denn nicht alle Menschen einen Zweck zu erfüllen, sei es zum eigenen Broterwerb oder zur

Förderung des Gemeinwesens, dem sie angehörten? Ob sie auf Geheiß gewählter Führer im attischen Silberbergbau als Sklaven geschunden oder auf Befehl des Großkönigs zu Werkzeugen verstümmelt wurden? Hatten nicht die makedonischen Könige Bauern zu Kriegern gemacht, aus den einzelnen Kriegern eine Gesamtwaffe geschmiedet, die sie als Werkzeug benutzten? Fleisch, nur Fleisch, unterschieden lediglich durch die Menge des in ihm wohnenden Geistes, mit den hellenischen Philosophen als Krönung. Würde? Ein Denker, ein Fürst, ein wegen seiner Verdienste und Größe gewählter Führer konnte von Würde sprechen; aber was tat es denn, ob diese da in einer Schlacht, in einer Grube, in einem Gewölbe oder in einem Bett starben?

Alexander jedoch, der Verräter hinrichten und Dieben die Hände abhacken ließ – Alexander ging mit kleinen, fast ängstlichen Schritten die Reihe entlang. Er brach in Tränen aus, schluchzte, umarmte Xanthippos, berührte das, was einmal Männer gewesen waren, Fleischfetzen und Geschwüre und Dreck, er weinte, bückte sich, umarmte noch die Beinlosen.

»Töten? Euch töten?« rief er. »Nein, ihr werdet leben – wenn ihr das Leben wählt statt des Todes. Wir werden euch ein Dorf erbauen, eine Stadt am Meer, mit persischen Sklaven, die euch waschen und nähren und umsorgen. Dann, wenn ihr dieses neue Leben geschmeckt habt, sollt ihr mir sagen, ob ihr leben oder sterben wollt.«

Kallisthenes wanderte zum hundertsten Mal durch den unermeßlichen Irrgarten des Palasts, durch die weitläufigen Hallen und Tempel und Gewölbe, die Gänge und Säulensäle. Überall sah er Makedonen und Hellenen, Krieger; die wenigsten waren mit Packarbeiten oder Bewachung befaßt, die meisten liefen einfach umher und staunten. Kallisthenes kicherte leise; erst in diesen unglaublichen Gebäuden war ihm Alexanders Klugheit in einer anderen Sache aufgegangen. In Susa hatte der König befohlen, junge Perser anzuwerben oder zu verpflichten; sie sollten ähnlich den Hetairen oder den Thessaliern eine neue Kampfgruppe schwerer Reiter bilden. Es waren bereits drei- oder viertausend, ehe das Heer Susa verließ, um Persepolis zu nehmen. Die Makedonen murrten über Barbaren im Heer und Verwässerung des Geistes und ähnliche Dinge, gaben aber zu, daß die Kampfkraft der Asiaten – mit makedonischer Ausbildung, Ausrüstung und Härte – eine große Verstärkung wäre. Die halb ausgebildeten Ilen – Alexander schien hier neue Einteilungen zu planen; statt der herkömmlichen Ilen begrübelte er offenbar Tausendschaften, die er Hipparchien nannte – hätten auf dem Zug geschliffen und ins Heer eingefügt werden können; Alexander ließ sie mit den Besatzungstruppen in und um Susa zurück.

Erst hier begriff Kallisthenes den Grund. Den Palast der Achaimeniden zu plündern, wenn auch wohlgeordnet, war eine Aufgabe, die frischen persischen Truppen nicht zugemutet werden mußte.

In einer der Hallen, in denen die Funde aus den Kammern und Gewölben und Speichern und Nebenhäusern und Geheimgemächern gestapelt und gesichtet wurden, traf er auf Alexander und Krateros. Beaufsichtigt von makedonischen Wachen arbeiteten Sklaven und Gefangene mit Dingen, die auch den Besitzer einer schnellen scharfen Zunge sprachlos machen konnte. Die Männer waren nackt, bis auf Schurze; die Oberkörper glänzten von Schweiß. Berge von Münzen, Pyramiden von Goldbarren, wirre Haufen Silberfinger, Hügel kostbarer Steine waren zu verpacken; es gab nie genug Kisten oder Säcke. Die Zimmerleute des Heers hatten zunächst einheimische Handwerker zugezogen, aber im Lauf der letzten Tage waren die meisten Bewohner von Persepolis verschwunden, nach und nach im Land versickert; die Stadt leerte sich. Also hatte man begonnen, die leeren Häuser nach Holz und anderen Werkstoffen zu durchsuchen; Truppen durchkämmten das Land, um Pferde, Ochsen, Esel, Maultiere und Kamele für die Beförderung der Reichtümer aufzutreiben; und Karren, oder Baustoffe für Karren.

Das ganze gewaltige Gebäude schien von einer einzigen Fackel erhellt; ihr Licht wurde zurückgeworfen und vervielfacht von den Massen edler Metalle, von goldenen Spiegeln, gold- und silberbeschichteten Statuen; es wurde gebrochen und verfärbt von den Steinen und Perlen, die aus Indien oder von den sonstigen Enden der Welt gekommen waren.

Alexander beugte sich über die Rollen; an mehreren Tischen saßen Schreiber, die alles aufzulisten hatten. Krateros wippte auf den Fußspitzen, pfiff leise und betrachtete einen goldenen Berg Dareiken.

Aus einem der Gewölbegänge erschien Eumenes, verschwitzt, das Gesicht voller Staunen und Gier.

»Also, wir haben jetzt eine grobe Schätzung, Alexander.« Er wischte sich die Stirn und schüttelte den Kopf, als ob er dies alles selbst nicht glauben könne.

»Wieviel?« Alexander schien unberührt von all dem Reichtum, den die Großkönige aufgehäuft hatten.

»Also, wie gesagt, grob und vorläufig.« Eumenes breitete die Arme aus, wie um das ganze Gebäude zu umarmen; ein paar Rollen, unter die Achseln geklemmt, knisterten zu Boden. Er bückte sich, hob sie auf, entrollte eine. »Also, in Susa, Freund und König, das waren fünfzigtausend Talente, das meiste in Gold. Hier ... ich kann es nicht glauben.«

Krateros grinste. »Ich versuch's nicht mal zu glauben. Spuck's schon aus!«

Alexander nickte nur, als wäre die ganze Angelegenheit nicht sehr bedeutend.

Eumenes warf einen Blick auf seine Liste. »Ungemünztes Gold, Münzgold. Silbermünzen, und ungemünztes Silber. Rubine. Saphire, diese blauen Steinchen. Smaragde. Kisten, Türme von Kisten voll mit diesem und jenem.« Er schnaufte. »Insgesamt, grob, um die hundertzwanzigtausend Talente. Das Gewicht von fünfzigtausend kräftigen Männern. Wenn es nichts als Silber wäre, dann wären das allein ungefähr hundert Jahreseinkünfte des makedonischen Staats, König der Makedonen. Aber es ist viel Gold dabei, sehr viel Gold – zwanzigmal der Wert von Silber. Und ...

Alexander unterbrach ihn. »Wo ist es?«

Eumenes wies in alle Richtungen. »Das meiste unterwegs nach Susa; der Rest? Hier, und da, und dort. Wo soll es eigentlich endgültig hin? Babylon?«

»Ich weiß noch nicht. Man wird sehen.«

Eumenes kniff die Augen zu Schlitzen. »Sollten wir, eh, zur Vorsicht, das Ganze nicht *noch* besser bewachen?«

Alexander lächelte. »Wozu? Die Sklaven sind fast nackt; in

ihren Schürzen können sie nicht viel wegschleppen. Und die Kämpfer rühren es nicht an.«

Eumenes starrte, sein Unterkiefer hing. »Bi ... bist du sicher?«

»Wenn ich ihnen mein Leben anvertraue, wie sollte ich ihnen dann mißtrauen bei ein bißchen Metall?«

Am nächsten Morgen, als er sein Zelt verließ, begegnete Kallisthenes wieder einmal dem langen Hopliten, ah, Dekadarchen aus der Taxis des Krateros. Nach einigem Grübeln besann er sich auf den Namen – Emes, kurz und scheußlich, wie der Mann lang und scheußlich war. Eine junge Perserin und zwei dunkle Sklaven verstauten seine Besitztümer auf einem Eselskarren. In den Bergen Makedoniens war er vermutlich barfuß gelaufen und hatte einen Knüppel besessen; nun war er reich. Wie lange?

Zeltstoff; Waffen; ein goldenes Zierschwert; Silbergefäße; Decken; Vorräte. Die Perserin stand auf dem Karren und streckte die Hand aus.

Emes stand neben dem Karren, versonnen; er hielt einen schweren Beutel, in dem es klirrte.

»Worauf warten?« sagte die Frau. »Geben her.«

Emes klirrte abermals mit dem Beutel. »Zwei Jahre Sold.« Er grinste. »Alles auf einmal. Ich glaub, das behalt ich bei mir, Frau.«

Sie schnitt eine Grimasse. »Warum nicht geben? Besser auf Wagen.«

Emes schüttelte den Kopf. »Ich hab für dich bezahlt, ich hab den Karren gekauft und fast alles, was drauf ist, und den Esel. *Und* die Sklaven. Ich hab das Gefühl, ich bezahl zuviel und behalte zu wenig.«

Sie schüttelte den Kopf. »Nicht verstehen. Was sagen?«

»Weiß ich nicht so genau. Hör mal, wir gehen jetzt nach Susa, dann weiter nach, wie heißt das Kaff?«

»Hagmatan.«

»Richtig, Ekbatana. Immer durch Persien, die Tore, die Käffer. Könnte doch sein, daß du irgendwo verlorengehst, was?«

Sie schüttelte wieder den Kopf. »Du nicht trauen?«

»Vielleicht triffst du deinen Bruder. Oder nen anderen Mann.«

»Du, Mann mit viel Geld, vielleicht andere Frau.«

»Guter Vorschlag. Danke. Wir sehen uns in Ekbatana.« Er grinste, gab den beiden Sklaven ein Zeichen, der Wagen setzte sich in Bewegung, ohne ihn. Die Frau blickte nicht zurück.

Abends loderten zahllose Feuer in den Straßen und auf den Plätzen der Stadt, unterhalb der Burg und auf dem Palastgelände. Die meisten Einheiten waren seit Tagen abgezogen, in einer endlosen Karawane, zur Bedeckung der unermeßlichen Reichtümer. Ein paar hellenische Verbände, Parmenions Thessalier, die Hälfte der Hetairenreiter, die Taxeis von Perdikkas und Polyperchon, Söldner und die Reiter und Fußkämpfer aus dem Norden – Agrianen, Thraker, Odrysen, Triballer – sowie die Hypaspisten hielten sich noch in Persepolis auf, insgesamt etwa 12 000 Mann. Kallisthenes irrte von Feuer zu Feuer; endlich fand er die höheren Offiziere und Berater versammelt zu Füßen der titanischen Statue des Großkönigs Xerxes.

Der Hellene murmelte eine Begrüßung; er ließ sich neben Eumenes nieder. Die beginnende Nacht roch nach den Blumen und Gräsern der Ebene, nach Männern und Pferden und Eisen, Leder und Schweiß, wie immer; nach Wein und angesengtem Fleisch, nach Fett, das von den Rinderhälften, Lämmern und Vögeln in die Feuer tropfte.

Eumenes, bereits halb betrunken, schob ihm mit dem Fuß einen Becher hin, ein silbernes Gefäß mit erhabenen Ranken und winzigen feinen Vögeln.

»Da, auf den da.« Er trank, wies nach oben, wo der Kopf des Xerxes unheimlich glühte im Licht der Feuer. Eumenes rülpste. »Der hat bestimmt nicht geglaubt, daß wir uns alles wiederholen und noch ein bißchen dazu, was?«

Irgendwo kreischten Frauen. Ptolemaios seufzte und bettete seinen Kopf in den Schoß von Thais.

»Gute Nacht, das hier.« Er schloß die Augen; ihre Finger krochen durch sein Haar. Die Athenerin lehnte an einem Stapel aus Tierfellen, deren Verkauf in Athen etwa den Gegenwert von zehn jungen Sklavinnen erbracht hätte.

Parmenion hatte einen Rundgang gemacht; er kam nun zurück, setzte sich auf den Boden, goß Wein in einen Hornbecher und nahm die Silberplatte mit gebratenem Huhn entgegen, die ein Sklave ihm brachte.

»Nette kleine Orgie.« Er grinste, trank, hustete und wischte sich den Mund mit dem Handrücken. »Alle in guter Laune, außer den Freigelassenen; die trauern irgendwie.«

Einige der Verkrüppelten hatten sich, aus welchen Gründen auch immer, nicht von dem Ort ihrer Erniedrigungen losreißen können und darum gebeten, bis zum Schluß bleiben zu dürfen; sie würden am Morgen mit den übrigen, den letzten Truppen aufbrechen. Alexander hatte besser gefederte Karren für sie fertigen lassen.

Parmenion blickte zum König hinüber, der neben Hephaistion saß, sehr schnell sehr viel trank, kaum aß und im Feuer die Muster seines Lebens zu suchen schien.

»Was machst du eigentlich mit all dem Gold und Silber, Alexander? In Susa oder Babylon oder Ekbatana horten?«

Alexander blickte auf. Im Flackerlicht wirkte er plötzlich wie ein grinsender *daimon;* etwas Unheimliches lag in seinem Ausdruck.

»Nein, Parmenion mein Vater. Wir werden alles ausmünzen.«

Der alte Stratege zwinkerte ungläubig. »Das meinst du doch nicht wirklich.«

Hephaistion berührte Alexanders Schulter. »Du weißt, was dann geschieht, ja?«

Alexander blickte in die Runde; alle waren schlagartig ernüchtert. »Sag es mir, Patroklos.«

Hephaistion sprach ganz langsam, überbetont. »Eine Münze entspricht einer bestimmten Menge Arbeit; oder dem, was durch diese Arbeit erzeugt wurde. In einem Staat oder einem Land, oder Reich, muß das Geld, die Menge der Münzen, der Menge an geleisteter Arbeit und hergestellten Waren entsprechen. Die Geldmenge muß gleich der Warenmenge sein, oder der Arbeitsmenge.«

Alexander nickte; noch immer lächelte der *daimon* mit den Augen des Königs. »Und sagt mir, Freunde, was geschieht, wenn eine so große Menge Gold und Silber, wie wir sie gefunden haben, ausgemünzt und in Umlauf gebracht wird?«

Parmenion beugte sich vor. »Willst du das wirklich? Aber ... das ist eine Katastrophe! Du wirst viel mehr Geld haben als Waren, oder Arbeit, und das bedeutet, daß alles entwertet wird ... Die Preise werden hochschießen wie, wie, wie ein freigelassener Falke!«

Alexander verzog keine Miene. »Und das bedeutet?«

Parmenion ächzte. »Spiel keine sokratischen Hebammenspiele mit einem alten Mann, Junge. Das bedeutet, daß überall die Preise steigen, das Geld seinen Wert verliert, die Menschen das Fünf- oder Sechsfache für alles zahlen müssen – fünf- oder sechsmal soviel wie bisher für Brot, für das Leben!«

Alexander lächelte. »Das werden sie nicht, Parmenion. Nicht in den Ländern, mit denen wir befaßt sind. Wir werden Getreide nach Hellas schicken, und nach Makedonien.«

Ptolemaios fuhr aus Thais' Schoß auf, wie von einem Tier gebissen. »Hah!« sagte er; dann sank er wieder zurück.

Parmenion starrte den König an. »Ich begreife dich nicht.«

Plötzlich begann Hephaistion zu kichern; dann lachte er, brüllte vor Lachen. Die anderen schauten verstört oder verwundert zu ihm; nur Eumenes nicht: Er schnarchte, selig betrunken. Einzig Perdikkas schien etwas zu begreifen und begann ebenfalls leise zu lachen.

»Das ist wahrlich eine gewaltige Idee, Alexander«, sagte er.

Parmenion schüttelte immer noch, immer wieder den Kopf. Eumenes, vom Schweigen geweckt, stierte in die Runde, sagte »Was?« und schloß wieder die Augen.

Kallisthenes hob die gefalteten Hände, als ob er von einem Gott große Gnade zu erflehen hoffte. »Warum, Alexander? Warum zuerst den Wert des Geldes zerstören und dann Getreide verschenken?«

Alexander wandte sich ihm zu. »Sag mir, wer hat die Macht, in Athen, in Korinth, in Milet? Die wirkliche Macht! Nicht die Philosophen, edler Neffe des trefflichen Aristoteles. Nicht die Männer, die abstimmen oder sich dessen enthalten. Nein – die Reichen, die Stimmen kaufen können und dies tun. Die Reichen, die über Krieg und Hunger und Frieden entscheiden, wie es für ihren Reichtum am besten ist. Die Reichen, die dafür sorgen, daß die Städte in Hellas ewig miteinander Krieg führen, damit der Preis der Früchte ebenso steigt wie der der Waffen, die sie herstellen und liefern. Die Reichen, die niemals etwas hinnehmen werden, was all das ändern würde. Und ich, edler Kallisthenes, bin dabei, dies alles zu ändern. Die Oikumene zu ändern. Wir alle, Freunde, haben sie bereits verwandelt. Wir sind dabei, ein Reich aus vielen Ländern und Völkern zu bauen, in dem gearbeitet und gehandelt und gelebt und gestorben werden kann, wie alle Menschen sterben müssen, aber ohne Bruderkriege, unter einer Herrschaft. Ein Reich, das nur Bestand haben kann, wenn wir den Reichtum und die Macht der Reichen zerstören, ehe sie das Reich übernehmen können. Sie fürchten immer um ihren Reichtum und ihre Macht, und sie haben Grund zur Furcht; was sind sie denn, verglichen mit dem, was wir erbauen?«

Langes Schweigen; Eumenes rülpste und sagte: »Was?«

Gelächter. Als es sich gelegt hatte, fuhr Alexander fort. »Dies ist ein Krieg gewesen, der Unrecht beenden und Schmach tilgen sollte – bis jetzt. Als Xerxes die Hellenen mit Krieg überzog, hat er vieles zerstört, wie wir, wie alle Krieger. Aber er hat auch Dinge zerstört, die nicht zerstört werden dürfen: heilige Dinge, Haine, Tempel, Altäre. Er hat die Bildnisse der Tyrannenmörder aus Athen entfernt, und ich, den sie einen wahnsinnigen Tyrannen nennen, schicke ihnen die Standbilder zurück. Nun haben wir Rache genommen. Wie man es uns … befahl.« Er grinste flüchtig. »Der Auftrag des Korinthischen Bundes ist erfüllt. Heute. Wir haben das heilige Persepolis geplündert, die Schmach ist getilgt.«

Parmenion schloß die Augen. »Ich fürchte mich vor dem, was du als nächstes sagen wirst«, murmelte er.

Alexander streifte ihn mit einem Seitenblick. »So? Kein Grund dafür, Parmenion mein Vater. Ekbatana ist besetzt worden, wie wir aus Susa hörten. In Ekbatana trennen sich die Wege. Wir werden alle Hellenen heimschicken, in Ehren und mit Geschenken; nur jene, die sich freiwillig melden, um weiter bei uns zu bleiben, sollen dies tun. Die gestellten Truppen der Städte des Bundes gehen heim, der hellenische Teil des Zugs ist beendet, alles weitere ist für uns. Für den König von Makedonien und Asien, und für sein ruhmreiches Heer, seine Freunde und Gefährten.«

Parmenion sagte, sehr langsam: »Makedonen, ja, und persische Reiter in Susa – und vielleicht andere Asiaten?«

Alexander entblößte die Zähne. »Makedonen, Ägypter, Babylonier, Perser, sogar Hellenen, wenn sie wollen, und Phöniker und Meder und Kappadokier. Aber nicht als Truppen eines fernen Bundes oder Leihgaben eines fremden Fürsten, nein. Als Krieger des Reichs.«

Im Schweigen, im gebannten und fassungslosen Schweigen setzte sich plötzlich Thais auf. »Als Athenerin in diesem edlen Kreis«, sagte sie laut, »finde ich, es ist ein Grund zum Feiern – die Geburt eines riesigen Reichs. Und für diese Feier brauchen wir mehr Licht.«

Ptolemaios richtete sich ebenfalls auf; er starrte sie an. »Was meinst du?«

Thais deutete auf die riesige Statue des Xerxes, auf die mächtigen Hallen und Tempel und Mauern des Palasts. »Ihr meint, ihr hättet eure Rache gehabt? Sie haben meine Stadt niedergebrannt, Athen!«

Drakon hatte an einem Haufen von Taschen und Beuteln gelehnt und seinen Becher mit einer dunkeläugigen Perserin geteilt. Er schaute auf, suchte das Gesicht von Kleitos dem Schwarzen, dem an diesem Abend Schweigsamen, blinzelte und räusperte sich.

»Rache für Athen?« sagte er. »Ja, beim Auge des Falken und den Eulenaugen der Pallas! Rache, warum nicht?«

Alexander zuckte zusammen, sagte aber nichts.

Kleitos schrie plötzlich, völlig überraschend, ganz im Gegensatz zu seiner sonstigen Besonnenheit: »Rache? Ja, Rache!«

Alexander hob die Arme. »Langsam, langsam, schreit nicht so. Was meint ihr?«

Drakon schnaubte. »Der Krieg zur Beendigung allen Unrechts, ja? Sie haben unsere Tempel geplündert – plündern wir ihre! Xerxes hat unser Land niedergebrannt, wir ...«

»... brennen dieses Land hier nicht nieder, denn es ist nun

unseres.« Alexanders Stimme war scharf, aber Kallisthenes hörte – und glaubte es nicht – irgendwo ein Zaudern darin. Fast eine Frage.

Von den näheren Feuern waren zahllose Kämpfer aufgesprungen; sie drängten sich hinter dem König und den Offizieren. Kallisthenes hörte Ptolemaios murmeln:

»Ich wollte, Demaratos wäre hier!«

Es war ihm rätselhaft, wieso der Lagide unbedingt nun den Korinther suchte, der in Susa weilte, oder in Ekbatana, oder wo auch immer. Drakon hatte plötzlich einen Halm in der Hand, schob ihn in den Mund, kaute darauf, sprach um das zerkaute Ende herum.

»Die Tempel, und die Paläste, und das Geld. Wunderbar. Soll ich euch was sagen?« Er wandte sich eher an die Männer im Halbdunkel, hinter Alexander, als an den König oder die Offiziere. »Erinnert ihr euch an die armen Kerle, die die Perser sich zurechtgeschnitten haben, damit sie arbeiten, aber nicht entfliehen und nichts verraten konnten?«

»Was ist mit ihnen?« Parmenion war aufgestanden; eine verhüllte Drohung lag in Stimme und Miene des Strategen. »Laß die verstümmelten Tapferen aus dem Spiel, Heiler.«

Drakon lächelte, ohne den Halm aus dem Mund zu nehmen. »Nichts gegen sie, Parmenion mein Herr. Im Gegenteil. Die Heiler und Ärzte haben alles getan, um aus einigen, die lebende Tote waren, halbtote Lebende zu machen.«

»Was ist mit ihnen?« schrie Perdikkas, wütend und mehr als halb betrunken.

Drakon schaute sich um. »Ah. Wartet einen Moment.« Er drängte sich durch die Menge, ging zu einem der nächsten Feuer, wo noch Männer saßen, während die meisten anderen sich um den König gesammelt hatten. Er bückte sich zu einem Sitzenden, schien etwas zu murmeln oder zu sagen, half ihm in die Höhe und reichte ihm die Krücke. Drakon und Xanthippos kamen zurück zu Alexanders Feuer.

»Ihr wißt, wie sie die Männer zugerichtet haben«, sagte Drakon laut. Kleitos schüttelte den Kopf und schlug die Hände vors Gesicht. Die Regungen einiger Makedonen wurden für Kallisthenes immer rätselhafter.

»Ihr wißt es, nicht wahr? Gründliche Arbeit war das. Ich

sehe keinen Grund für uns, nicht ähnlich gründlich zu sein. Habt ihr je gesehen, wie er pißt?«

Xanthippos sah viel besser aus als am ersten Tag. Er war gewaschen, rasiert, neu gekleidet worden, hatte seit vielen Tagen gut gegessen. Drakon stützte ihn, während der Verstümmelte, dessen eine Augenhöhle unwirklich zu glühen schien, unter dem Chiton herumtastete, mit seiner einen Hand, dann den Schurz löste, fallen ließ und ein heiseres Kichern ausstieß.

Die anderen ächzten.

»Gute Arbeit, was?« sagte Drakon. Er streifte den Chiton hoch, damit man besser sah.

Der Unterleib war von Schnittnarben und Brandwunden übersät. Man hatte ihm das Körperhaar abgesengt, ohne zu löschen; zwischen den Schenkeln baumelte aus einer gräßlichen roten Narbenfläche eine Art Schlauch aus Tiergedärm. Verknotet. Mit seiner einen Hand löste Xanthippos den Knoten; der Schlauch bebte, füllte sich, schien zu steigen, gerade, wie ein Phallos, und in einem dampfenden Strahl leerte Xanthippos seine Blase. Er schüttelte den Schlauch und verknotete ihn wieder.

Thais, das Gesicht verzerrt von Wut und Mitleid, legte die Hand in Ptolemaios' Schoß. »Armer Mann«, sagte sie. Dann sprang sie auf, riß einen brennenden Zweig aus dem Feuer. »Beendet die Arbeit«, schrie sie; ihre Stimme gellte über die Feuer, hallte wider von den Mauern. »Vollendet die Rache! Brennt Persepolis nieder!«

Die Männer zögerten keinen Moment; überall wurden Äste und Zweige aus Feuern gerissen, Fackeln entzündet; tausend Füße und Stimmen, Geschrei und Hasten.

»Brennt alles nieder! Die Paläste! Die Tempel! Feuer! Rache!«

Ein wahnsinniges Heer hüpfender Flammen verteilte sich, ein Meer getrennter Glut, die sich bald vereinigen würde. Kreischend rannte Thais in den Palast; die anderen folgten, oder suchten größere, bessere, fernere Ziele.

Ptolemaios saß immer noch am Feuer; er schüttelte langsam den Kopf, ein wenig stolz, ein wenig verwundert. »Was für eine Frau!«

Parmenion schaute zu Alexander, aber der König rührte sich nicht. Hephaistion stand auf, als ob er alle aufhalten oder zurückholen wollte, dann hob er die Hände. Xanthippos starrte in die Nacht, die immer heller wurde; in seinem einen Auge tanzten Flammen. Kleitos kauerte an seinem Platz, immer noch die Hände vor dem Gesicht. Drakon nickte, ging hinüber zu seiner Perserin, die fassungslos ins Feuer sah, legte den Kopf auf ihre Schulter und begann zu schluchzen.

Kallisthenes murmelte, ohne jemanden anzusehen: »Wahnsinn, makedonischer Wahnsinn!«

Überall zerfetzten Schreie, gellendes Gelächter, dumpfes Knirschen, erstickte Hilferufe und das beginnende Grauen die Nacht. Männer rannten hin und her. Eines nach dem anderen begannen die großartigen, innen mit wunderbaren geschnitzten Hölzern verkleideten Gebäude zu brennen.

Parmenion, Hephaistion und Alexander starrten einander an. Plötzlich setzte sich Eumenes auf; er rülpste.

»Is das schon Morgen?« sagte er; dann übergab er sich.

Parmenions Gesicht war voll von Bedauern, Ekel und Ehrfurcht ob der Unermeßlichkeit der Zerstörung, die nicht mehr aufzuhalten war. Die Nacht wurde heller und heller; die ersten Dächer brachen ein, erschlugen die Umherlaufenden.

»Sie brennen nieder die Mauern der Nacht, Bollwerk des Dunkels.« Es klang wie ein ruhiges Gebet des alten Strategen; Kallisthenes sah Tränen in Kleitos' Gesicht, als der Schwarze zu Parmenion aufblickte. »Sie füllen den Wehrgraben des Morgens mit Schande. Kein Schatten wird bleiben, unsere Schuld zu verbergen.« Er ging zu Alexander, streckte die Hand aus, zog den König hoch. »Du wirst es bedauern, Junge. Du hättest sie aufhalten müssen. Ich auch.« Er pfiff; ein paar Männer, die ihre Posten nicht verlassen hatten, kamen angerannt. Parmenion deutete auf Eumenes, einen feisten betrunkenen Kadaver.

»Bringt ihn raus, vor die Stadt, zu den Karren. Ihr auch, alle raus. Gleich brennt hier alles.«

Erst jetzt wurde den anderen klar, in welcher Gefahr sie sich befanden. Der milde Nachtwind reichte vollkommen aus, die Flammen zu einem alles verschlingenden Meer anzufachen. Der Palast, zahllose Gebäude neben- und ineinandergebaut, lag in einem weiten Rund anderer Häuser; das Feuer würde von Dach zu Dach springen und die ganze Stadt verheeren – die Stadt, durch die sie gehen, laufen, rennen mußten, um die Ebene und die Zelte und die Wasservorräte zu erreichen.

Kallisthenes sah Alexander neben dem riesigen Xerxes stehen, hinaufschauen; er hörte den König sagen:

»Khshayarshā, König der Könige, Licht des ...«

Teile eines nahen Gebäudes krachten nieder und verschluckten die weiteren Worte; Kallisthenes duckte sich, als Mörtelbrocken und Steinsplitter durch die heiße, rauchige, überhelle Luft sausten. Er krümmte sich, von Husten geschüttelt. Dann war nur noch Feuer da, Lärm, Geschrei, sengende Hitze, Rauch Rauch Rauch, die eigenen Füße; und der unsterbliche Glanz.

11. DER SPIELER IM WESTEN

Elf Jahre, oder waren es zwölf? Kanopos hatte sich nicht sehr verändert; Dymas fand sich in den Gassen sofort wieder zurecht. Ein paar Häuser fehlten, Lücken waren nicht geschlossen worden. Die Schänke ... Er erinnerte sich an die Nacht des Aufbruchs, an Wein und Musik, Tekhnefs Doppelaulos, ein Lied, das er nie wieder gesungen hatte, das Messer, das sich in die Kithara bohrte, Brand und Mord und Entsetzen, die zu Tode gepeinigte Kleonike, die Kriegsruderer aus Karchedon. Die Schänke war niedergebrannt, ein neues Gebäude zu gleichem Zweck an ihrer Stelle errichtet, aber der Wirt war ein anderer. Kleonikes weitläufiges altes Steinhaus hatte, wie ihm ältere Kanopier erzählten, jahrelang den Befehlshaber der persischen Besatzungstruppen und seinen Stab beherbergt – einen Hellenen, was sonst? Eine Tausendschaft zur Sicherung der Küste und des Landes am kanopischen Nilarm – Meder, Kappadokier, Lydier, Baktrer, Babylonier, Araber und fünf oder sechs Arten von Hellenen. Sie hüteten, indem sie gelegentlich weit herumritten, die Küstenstraße nach Westen, auf der der Landhandel mit Kyrene abgewickelt wurde; sie besetzten die Pharosinsel und das alte Rhakotis am Mareotis-See, hundertzwanzig Stadien westlich von Kanopos, wo guter Wein gedieh; der Hauptteil, in der Festung auf dem Ostufer des Mündungsarms, bewachte die Küste und die Kanäle zwischen dem kanopischen Land und dem nächsten Hauptarm des Nils, an dem, flußauf, der große Umschlaghafen Naukratis lag.

Vergangenheit. Im Haus der Kleonike wohnte nun der makedonische Unterstratege im Rang eines Pentekosiarchen. Die etwas mehr als fünfhundert Mann, die ihm unterstellt waren, hatten die gleichen Aufgaben wie vor ihnen die Vielvölkertruppe der Perser – Pharos, Rhakotis, Küste, Straßen, Kanäle. Es waren fünf oder sechs Arten von Hellenen, ein paar Makedonen, Thraker, Illyrer, Kappadokier, Lydier, dazu neuerdings einige Dutzend Einheimische: Ägypter, Hellenen, Mischlinge, drei dunkle Aithiopier, zwei aus der Wüstenheimat verbannte Augilen.

Der beginnende ägyptische Winter glich einem milden makedonischen Sommer. Nur die Ausläufer von Stürmen auf dem Meer und die Tatsache, daß sich wegen der wilden Winde der Jahreszeit nur wenige Frachtsegler über die hohe See nach Kanopos wagten, unterschieden diese Monde von anderen.

Mit leichtem Schaudern, mit Wehmut, mit dem Gefühl des Verlusts, und mit vielen Fragen dachte Dymas zurück an jenen Winter in Thessaliens Bergen. Die Burg, der Schnee, Tekhnef und Jason ... Das letzte Nachtgesicht war unauslöschlich, wie ein Brandzeichen; danach verschwamm alles. Jemand, der nicht Dymas war, irrte durch verschneite Landstriche, erlebte Fieberträume und erwachte ... Nein, das war ein anderer, der in Dyrrhachion erwachte, im Hof des Aristippos. Wieder ein anderer; nicht der Dymas von früher, nicht der Kranke, Verirrte, Ausgeraubte.

In den Schänken von Kanopos, später an Bord von Nilschiffen und auf dem Rücken eines Kamels in der ägyptischen Wüste grub er sein Inneres um, immer wieder, obwohl er nicht zur Innenschau neigte. Vermutlich würde er niemals begreifen, was eigentlich geschehen war. Je mehr er die Dinge bedachte, im Kopf hin und her wendete, desto weniger konnte er die Rätsel lösen, und desto mehr näherte er sich einer Haltung, die er verabscheute, weil er nichts von dem glauben mochte, was zu ihr gehörte. Jene Haltung, die unbegreifliches Heil oder Unheil auf das Wirken dunkler Mächte, olympischer oder anderer Gottheiten zurückführt. Welcher Gott hätte ihn denn wozu mit was strafen sollen?

Dann tastete er sich weiter zurück in die Vergangenheit. Wenn am Unterlauf des Flusses das Wasser über die Ufer tritt, liegt der Schluß nahe, daß es am Oberlauf geregnet hat. Auf der Suche nach Oberlauf und Regen kam er bis zur Nacht kurz vor der Schlacht am Granikos. In dieser Nacht hatten er und Tekhnef vielleicht die beste Musik gemacht, die sie spielen konnten. In dieser Nacht hatte Tekhnef den König verschmäht. In dieser Nacht hatte Alexander ihn – ja, was? Verzaubert, verwandelt, zur Puppe gemacht? War es

Alexander gewesen oder ein *daimon*, der den König behauste und den es ebenso wenig gab wie die olympischen Götter? Oder war der König Mensch und *daimon* zugleich?

In dieser Nacht, so Dymas' letzter Schluß, hatte der König ihn genommen – im Geiste, so wie er mit dem Körper Tekhnef nicht genommen hatte. Er hatte ihn genommen wie ein Spielzeug aus mehreren Holzteilen; er hatte das Spielzeug auseinandergenommen, die Einzelteile wie ein Gaukler in die Luft geworfen, mehrfach neu zusammengesetzt, mit verwirrenden Ergebnissen (verwirrend für das Spielzeug, nicht für den Gaukler), und schließlich hatte er das Spielzeug wieder so zusammengefügt, wie es sich gehörte. Aber ... etwas fehlte, etwas war vielleicht auch zuviel. Von dieser Nacht an hatte sich alles verändert, unmerklich zunächst, dann immer stärker. Die Musik verfiel; bis zu jenem Punkt, in Larissa, da Dymas nicht einmal mehr imstande war, einfache Tanzmelodien so zu spielen, daß einfache Landleute zuhören oder ihn wenigstens erdulden mochten. Dymas verfiel; Kitharist, Sänger, Reisender, geheimer Kundschafter, Mann, bis er nicht mehr reiste, sondern getrieben wurde, bis die Machenschaften der Spitzel und ihrer hohen Herren ihn mit Furcht und Abscheu erfüllten, bis ihn Mut und Manneskraft verließen, bis zuletzt nur ein wimmerndes Wesen irgendwo in ihm übrig war und das schnöde Geschäft des bloßen Überlebens betrieb.

Dann dachte er an Olympias: Königin, Priesterin, Hexe – wie man sagte. *Hetaira.* Todesspinne, Meisterin der üblen Ränke. Dies und mehr. In jedem Menschen gab es mehrere Wesen – auszubilden oder zu unterdrücken, zu spalten oder harmonisch zusammenzufügen, zu nutzen oder zu mißbrauchen. Fünf, sieben, zehn: vielleicht mehr, vielleicht weniger. Wie viele Seelen, wie viele Wesen war Arridaios gewesen, bis Olympias den kleinen Knaben vergiftete, um seinen möglichen Herrschaftsanspruch auf Alexander zu übertragen?

Arridaios mochte den Schwachsinnigen spielen, um zu überleben, aber er war etwas anderes: ein einziges scharfsinniges Wesen, hart, unbeugsam, ohne Schatten und Nischen, und dieses Wesen wollte dauern. Hatte Olympias die anderen Wesen, die Arridaios einmal besessen hatte, wie den Thronanspruch auf Alexander übertragen?

Alexander, König der Makedonen, Herr der zehntausend Wesen, alle mit Lichtseiten und Schattenseiten – zweimal zehntausend, nein, mehr, denn alle besaßen Abstufungen, Abtönungen, überraschende Feinheiten, konnten mit anderen zusammenschmelzen. Beherrschte er sie, beherrschten sie ihn?

Hatte der König Dymas auseinandergenommen und wieder zusammengesetzt, um dabei etwas zu entfernen, etwas, das er selbst brauchte, oder von dem er mehr brauchte als alle anderen? Eine geheimnisvolle, körperlose Sache, einen Stoff, die zehntausend Wesen zu beherrschen? Einen Stoff, dessen Fehlen dazu führte, daß die fünf oder sechs Wesen, die Dymas ausmachten, nicht mehr zu beherrschen waren, sich voneinander trennten wie die Räder einer Maschine, wenn man den einen Bolzen löst, der sie verbindet?

Diese wahnsinnige Überlegung führte zu anderen, denen Dymas nicht nachgehen wollte, die sich aber wie selbständig entwickelten. Von Hephaistion sagte man, er sei immer schon hochmütiger Sohn aus makedonischem Adel gewesen, in den letzten Jahren aber immer hochmütiger geworden. Von anderen jungen Männern, *hetairoi* des Königs, Offiziere des Heeres, sagte man, sie veränderten sich schneller, als es selbst bei gewaltigen Erlebnissen in solch kurzer Zeit üblich sei. Was machte Alexander mit seinen Gefährten – was geschah mit Hephaistion, wenn er des Königs Lager teilte – was machte Alexander aus den Männern des Heers?

Wieder und wieder dachte Dymas diese Gedanken, bis er sich wie eine aufgeblähte Kuh fühlte, die keinerlei Gedärm besitzt und dazu verflucht ist, all das ewig wiederzukäuen, was andere nach geziemender Zeit ausscheiden und vergessen. Er wußte, als Handwerker der Töne und Wörter, daß man ein beliebiges Wort – *Mond,* zum Beispiel – so lange wiederholen kann, bis es nichts mehr bedeutet, bis nicht mehr die wachsende und schrumpfende Leuchtscheibe der Nächte, sondern nur noch hohle Töne bleiben. Hatte er denn nicht selbst zwischen Abydos und Larissa millionenmal *Dymas* gesagt, bis nichts mehr blieb?

Etwas gab es, das er als Ton- und Wortwerker kannte und gemäß der Verwendung schätzte oder mißbilligte: Symmetrien. Der gleichmäßige Aufbau und Abbau eines Verses, die Umkehrungen und Spiegelungen und Wiederholungen der Töne, die Wiederkehr von Grundmustern in einer Geschichte? In einem Bild, einem kunstvollen Teppich?

Ja, aber nicht in Wirklichkeit. Zu vielschichtig, zu verwickelt, zu viele Menschen und Umstände. Ähnlichkeiten, aber keine genauen Wiederholungen. Oder doch? Waren all die Dinge, die er erfahren, erlebt, erlitten hatte, an die er sich klar oder verschwommen erinnerte, die er sich gegenüber zugab und Aristoteles gegenüber schriftlich niedergelegt hatte, tatsächlich geschehen, tatsächlich *so* geschehen, oder hatte sein erfindungsreiches Gedächtnis sie verändert, damit sie den symmetrischen Gewohnheiten des Ton- und Wortwerkers entsprachen? Ein Makedone, von einer schwarzen Frau verschmäht, nimmt das Räderwerk namens Dymas auseinander, setzt es nicht ganz richtig wieder zusammen, und die Dymas-Maschine erfüllt nicht mehr ihren Zweck, zerbricht – und all dies beginnt im Osten; es endet im Westen, ebenfalls in einer Nacht, in der ein Makedone eine dunkle Frau, die ihn geschmäht oder gekränkt haben mag, mißhandelt; und die Dymas-Maschine tötet den Makedonen, und in der gleichen Nacht greifen die Räder wieder ineinander – Wahrheit, Wirklichkeit, Wahnsinn?

Das Nilland barg auch all die bittersüßen Erinnerungen an Tekhnef, den Beginn und zwangsläufig das Ende. Sie war nicht verändert worden – vielleicht hatte Alexander nicht versucht, sie zu verwandeln, sie wirklich zu beeinflussen; vielleicht wirkte seine Magie nur bei Männern; vielleicht waren Frauen überhaupt widerstandsfähiger. Aber sie hatte einen Menschen namens Dymas geliebt, Musiker, Mann, Spitzel, was auch immer, und aus diesem Mann war eine geborstene Maschine geworden, in der nichts mehr seinen Zweck erfüllte. Hätte er die Gabe der Musik verloren, hätte jemand ihn zum Eunuchen gemacht, wäre sie bei ihm geblieben bis zum Ende, dessen war er sicher. Aber da war nichts mehr gewesen, eine leere Hülle bestenfalls; Nichts, oder Niemand. Und kein Mensch kann mit Nichts oder Niemand leben, ohne selbst zunichte zu werden. Aber all diese Gedanken, langsam gewachsen und langsam gehegt, blühten erst im Lauf der langen Monde auf, die Dymas im Nilland verbrachte, und als sie in voller Blüte prangten, entstieg ihnen kein Duft, sondern widerlicher Gestank.

Zunächst hatte er aus guten Gründen der wandernde Musiker Argos sein wollen. Aber in der ersten Schänke, die er in Kanopos besuchte, erkannte ihn jemand als Dymas, den Sänger und Kitharisten, der vor über einem Jahrzehnt verschwunden war. Es ließ sich nicht vermeiden, daß makedonische Offiziere ihn hörten und seinen Namen erfuhren; daher beschloß er, nicht allzu gut zu spielen, damit sie keinen Grund fänden, ihn landauf zu rühmen. Der König, den er keinesfalls wiedersehen wollte, hielt sich in Memphis auf, wo man ihn zum Pharao gemacht hatte.

Nach zwei Monden langweilte Kanopos ihn; Dymas begab sich an Bord eines langsamen Lastenseglers, der den kanopischen Nilarm aufwärts und dann durch einen der zahllosen Kanäle nach Osten, zum naukratischen Mündungsarm fuhr. Es war ein guter Aufbruch, wie er später erfuhr. Während er an den endlosen Schilfwäldern und Lehmdörfern vorüberglitt, hatte der König beschlossen, seinen Kriegsumhang nicht weit von Kanopos zu Boden zu werfen und eine Stadt getreu den Umrissen der ausgebreiteten *chlamys* bauen zu lassen, die seinen Namen tragen sollte: Alexandreia. Er besuchte Kanopos, ritt die Landzunge nach Westen ab, trank Wein aus den am Mareotis-See angebauten Reben, genoß den frischen Seewind. Das alte Rhakotis würde Vorort, später vermutlich Teil der neuen Stadt werden, und die Insel Pharos sollte durch einen Damm mit dem Festland verbunden sein, wodurch zu beiden Seiten große Hafenbecken entstanden. Es war ein guter Plan, ein kühner und großartiger Entwurf, und für Dymas hatte er ferner die treffliche Eigenschaft, in Abwesenheit des Musikers entstanden zu sein.

Naukratis ... Hier hatte er Kleonike und Tekhnef und den schwermütigen Verwalter kennengelernt, dessen Namen ihm nicht einfallen wollte. Er blieb nicht lang, erinnerte sich des Gesangs, den ihm Ruderer auf dem Nil beschert hatten, sang ihn in der Schänke, in der er damals gespielt hatte. Der Wirt, älter geworden, erinnerte sich; die Mädchen – andere als damals, furchterregend jung – schätzten die Musik, und eine von ihnen, eine Kreterin mit dunklem Haar und grünen Augen, besaß kühle Füße, die ihn etliche heiße Nächte hindurch erfreuten.

Totentanz Ruderhand
fahr ich zur Unterwelt
ruh ich mich endlich aus
brech ich den Rudergriff
tanz ich den Totentanz
Totentanz Ruderhand …

Es brachte weitere düstere Erinnerungen an den kanopischen Totentanz; er verdrängte sie. Die auch in Naukratis anwesenden Makedonen sagten, Alexander begebe sich auf der Küstenstraße nach Westen, um von Paraitonion aus die Ammonsoase zu besuchen. Dymas nahm dies zum Anlaß, mit einem Getreidehändler flußauf zu fahren, nach Memphis, wo er jedoch nicht ankam. Eine Tagesfahrt unterhalb der Hauptstadt hörte er, Alexander werde dort am nächsten oder übernächsten Tag zurückerwartet. Er hatte mit seiner Musik nicht gut, aber auch nicht schlecht verdient; es reichte, um sich von einem Flußfischer aufs östliche Nilufer bringen zu lassen und dort ein – schlechtes – Pferd zu kaufen. Daß er die Tempel, die Schänken und die Pyramiden nicht zu sehen bekam, nahm er Alexander persönlich übel. Dafür sah er andere Dinge: das Leben und Arbeiten und Sterben am Fluß; einen tausendfarbigen Sonnenuntergang in verwehenden Gewitterwolken über dem Ackerland, das durch den sommerlichen Beginn der Nilschwelle zum unendlichen See geworden war; das schlechte und dazu dumme Pferd, zerrissen von zwei Krokodilen; den schaukelnden Horizont vom Rücken eines Kamels, und abends die Verästelungen der Flammen im Feuer, das mit Kameldung gespeist wurde; tausend andere Tempel und Städte; den Beginn vom Ende der großen Befreiung, als die Ägypter zu begreifen schienen, daß die Makedonen weniger grausam, weniger tiefgreifend das

Land veränderten als die Perser, daß aber auch sie eine Fremdherrschaft errichten würden; die jähen, fast dämmerlosen Übergänge zwischen Tag und Nacht, die er in den Jahren fast vergessen hatte und die ihn immer wieder betäubten. Sein Ägyptisch, so lange unbenutzt, belebte sich mit jedem neuen Tag mehr; die Sonne brannte ihn schwarz, bleichte seine Haare aus und ließ die Erinnerungen an thessalische und andere Winter verglühen – fast.

Überall, auch in den entlegenen Dörfern des oberen Ägypten, drehten sich die Räder der Verwaltung, eingerichtet vor Jahrhunderten, verfeinert, verfallen, erneuert, von Ägyptern und Aithiopiern und Kuschiten betrieben, dann lange Jahre von Hellenen und Arabern, gegen Sold, dann wieder von Ägyptern, die den Persern dienten, von Persern, wieder von Ägyptern, hin und wieder Hellenen oder anderen Fremden, abermals von Persern und ihren ägyptischen Knechten, und nun von Hellenen und Makedonen, die die alten Wege und Verfahren übernahmen – nachdem sie alle Perser entlassen oder entfernt hatten. Und weil überall makedonische oder hellenische Steuereinnehmer unterwegs waren, oft geschützt von kleinen Truppenteilen, erfuhr Dymas die wichtigen Dinge: Alexanders Aufbruch nach Babylonien, die Erhebung der Peloponnes unter Spartas König Agis gegen Makedonien.

Als der Herbst begann, schloß er sich einer Karawane von Eselmännern an, die durch die Wüste nach Nordwesten zogen: Männer aus Arabien, aus Saba, aus Kusch. Sie brachten Weihrauch für die Tempel und für die Kohlebecken der reichen Handelsherren ins Reich der Karchedonier. Nicht nach Karchedon selbst; ein Händler in Sabrata, wo die Westphöniker Truppen und Zöllner unterhielten, kaufte ihnen die Lieferungen ab und ersparte ihnen den restlichen Weg sowie den Zoll. Und, vermutete Dymas, einigen Gewinn, denn in Karchedon oder einem anderen großen Ort des Kernlands hätten sie wohl ein Mehrfaches dessen erzielen können, was der Händler ihnen zahlte.

Von Sabratas Hafen nahm ihn ein für die Musik empfänglicher Hellene, dessen Familie seit fast einem Jahrhundert in Karchedon lebte, mit in die größte Stadt der Oikumene. Die Fracht seines Küstenseglers bestand aus kyrenischem Wein,

ein paar Ballen mit Silphion und einer großen Menge des Weihrauchs, den Dymas bis Sabrata begleitet hatte.

Es war eine seltsame Art von Heimkehr. Mit sieben Jahren hatte er als Sklave das Land der Libyphöniker betreten, östlich der großen Stadt. Manchmal versuchte er, sein Leben und die Ereignisse in der Oikumene zeitlich zu verknüpfen; Beginn der Sklaverei (und Tod seines Vaters) mußten drei oder vier Jahre vor Philipps Machtübernahme in Makedonien geschehen sein – vielleicht im letzten Lebensjahr des großen Thebaners Epameinondas. Er hegte noch immer verschwommene Erinnerungen an die weiten, fruchtbaren Landstriche der karchedonischen Ostküste bei Hadrymes: die Gemüse- und Obstgärten, mit zahllosen Obstarten, die man in Hellas nicht kannte, und mit kunstvollen Bewässerungssystemen, von denen Hellas nur träumen konnte; die weißen Landhäuser, im Schatten der Zypressen und Pinien, gelassenes Alter und selbstverständliche Anmut nach außen, prunkender Reichtum und Schwelgerei von innen; die gefüllten Speicher; die wogenden Getreidefelder, die Ölbäume und Weinberge; die grünen Ebenen voller Rinder und Schafe, die Weiden, die von Pferden wimmelten ... Zwei Jahre hatte er auf den Feldern eines großen Guts verbracht, weitere zwei Jahre in den Werkstätten, wo er feinste Truhen und Kistchen fertigen und beschnitzen mußte. Dann noch einmal zwei Jahre der Handwerksarbeit und der Musik zwischen den Herrenhäusern und Palästen, den Mauern und Hecken, den Wiesen, Gärten, Zedern und Zypressen der reichen, grünen Vorstadt nördlich von Karchedon, der Megara, wo Adherbal wohnte, wenn er nicht in der Welt umherreiste, um Karchedons Belange zu fördern und seine tausend Kundschafter zu lenken. Davon hatte Dymas nichts gewußt; erst allmählich war ihm klar geworden, daß Adherbal kein einfacher, wiewohl reicher und mächtiger Grundherr war. Der Herr der Pferde ... Er hatte – oder seine Leute, was auf das gleiche hinauslief – Dymas' Gaben erkannt, unauffällig gefördert, ihn an den Korinther Demaratos verkauft, der natürlich ebenfalls nur Händler war. Mit dreizehn Jahren; in dem Jahr, da Philipp sich mit Olympias vermählte? Ein Jahr vor Alexanders Geburt?

Dann, fünf oder sechs Jahre später, als Philipp die Phoker niederrang, eine erste Heimkehr – denn es war Heimkehr; an das schäbige Herakleia, wo er als Sikeliot geboren worden war, gab es kaum Erinnerungen – und die erste Begegnung mit dem Nachfolger des sterbenden Adherbal, Hamilkar, der ihn mit Bagoas dem Heilen, Herr der persischen Aufklärer, zusammenbrachte. Damals war der Perser etwa dreißig Jahre alt gewesen, er mußte nun einundfünfzig oder zweiundfünfzig sein, und sein karchedonischer Gegenspieler fünf oder sechs Jahre jünger.

Dymas seufzte; weil auch er bald vierzig sein würde. Seit mehr als zwanzig Jahren hatte er Karchedon nicht mehr gesehen, aber die Stellen, die er damals besucht, erlebt, in sich aufgenommen hatte, waren unverändert. Fast 500 Jahre bestand die Stadt; seit fast 300 Jahren beherrschte sie das westliche Meer, den Westteil Siziliens, das wilde Sardonien, den Norden Libyens bis zu den Säulen des Herakles – hier sprach man von den Säulen des Melqart –, wo das Meer endete und der Okeanos begann, den Süden Iberiens, irgendwelche finsteren Küstenländer, wo es Gold und Elefantenzähne gab, am Okeanos selbst, und möglicherweise noch entlegenere Gegenden, von denen die Kaufherren schwiegen, damit keiner außer ihnen den Weg dorthin suchte. Die Säulen der großen Tempel, die Grundmauern des Ratsgebäudes, die ersten Herrenhäuser waren errichtet worden zu einer Zeit, als Athen ein befestigtes Dorf mit vielleicht 5000 Bewohnern war und die Könige Spartas noch jeden Schweinehirten ihres Landes mit Namen kannten.

Das schiere Alter Karchedons bewies dem Musiker, daß auch er älter geworden war. Er entsann sich seiner Gefühle, damals – die üppige, gleichwohl strenge Megara hatte er geliebt, die Stadtviertel der hellenischen Metöken, der Libyer, der tausend anderen Völker geschätzt. Die alten Teile der Stadt, die den Karchedoniern nicht unbedingt vorbehalten waren, in denen aber nur Karchedonier wohnten, waren ihm als düster, bedrohlich, abstoßend erschienen. Allen Nicht-Phönikern flößte die unmittelbare Umgebung des Baal-Tempels mit dem uralten *tofet* Unbehagen ein, selbst wenn dort seit über hundert Jahren das *mulk*-Opfer nicht mehr mit lebenden Kindern gefeiert wurde, sondern mit Totgeborenen oder früh an Krankheiten Verstorbenen. Aber es war ein Ort, den nur Karchedonier betreten durften, ein Brunnen schwarzen Lichts, der für Fremde alles ringsum verfinsterte.

Diese Finsternis war immer noch greifbar, aber die anderen alten Teile, damals fast ebenso düster, erschienen Dymas nun beinahe schön. Er suchte im Geist nach Wörtern für seine Empfindungen: Gelassenheit, Beherrschtheit, Ehrwürde oder Würde des Alters, Erbaulichkeit ob strenger Formen ... Erst nach und nach ging ihm auf, daß die veränderte Wahrnehmung an ihm lag, nicht am Wetter oder an baulichen Veränderungen, die es nicht gab. Er war älter geworden und konnte alte, dauerhafte Dinge, die Ausprägung von Geschichte schätzen, die ihn damals abgestoßen hatte – damals, als er jung war und das Junge, Aufbrechende, Sprießende suchte.

Vor der engen Hafeneinfahrt ließ man sie warten, einen halben Tag lang. Endlich kam ein Vertreter der Zollbehörden an Bord, überzeugte sich davon, daß alle Siegel und Stempel in Ordnung waren, daß der Schiffseigner Wohnrecht in Karchedon besaß, daß man für die Waren bereits in Sabrata die vier Hundertstel des Warenwerts an Zoll entrichtet hatte. Noch ein Stempel, noch ein Siegel; dann durften sie in den Handelshafen, ein großes rechteckiges Becken mit Lagerhäusern, Werkstätten, Werften und Geschäftshäusern. Nördlich des Beckens lag die verbotene Durchfahrt zum runden Kriegshafen, über und unter Wasser durch Bronzetore gesperrt.

Dymas nahm sein geringes Gepäck – einen Ledersack mit Kleidung und anderen Habseligkeiten, den Münzbeutel und die Felltasche mit der Kithara – und ging an Land. Er atmete den Schweiß der Lastträger, den Ruch der Dirnen, die unglaubliche Mischung aus nassem Holz, Brackwasser, lebenden und toten Fischen, Pech, Leder, Segeltuch, Metallen und Feuer, die Gerüche aus den Läden und Lagern, wo Nahrungsmittel aller Art und tausend Handelsgüter gestapelt waren. Es war der Geruch der Heimat – seltsam, nach all den Jahren; und der Geruch trieb ihm Tränen in die Augen.

Bei einem karchedonischen Wechsler – es gab in dem Gewerbe auch Hellenen und andere Metöken, aber die wurden nicht vom Rat beaufsichtigt – tauschte Dymas seine Münzen. Er besaß noch fast 1200 Drachmen, eine stattliche Menge, aber nichts im Vergleich zu früherem Wohlstand. Nach Abzug der üblichen Gebühren erhielt er dafür nicht ganz 700 *sigloi;* er ermahnte sich, ab sofort wieder das Westphönikische zu sprechen (und zu denken) – *shiqlu* statt *sigloi* –, steckte die Münzen ein und verließ den Hafen.

Tagelang berauschte er sich an der Stadt, den Plätzen, den Schänken, den Wasserverkäufern mit ihren schläuchetragenden Eseln, den Käfigen voll gemästeter Hunde, den von Hühnern wimmelnden Höfen (ihretwegen kamen Wiesel oder Marder in die Stadt), den hellen und dunklen Häusern aus Ziegeln und Holz oder auch Stein, der hellgrauen, fast weißen Seemauer mit den dunkelroten Fugen, der gewaltigen dreifachen Isthmosmauer, die Karchedon gegenüber dem Hinterland unangreifbar machte, den zahllosen Hautfarben und Zungen und Trachten. In einer billigen Schänke in der Südstadt, am kleinen Hafen des Sees von Tynes, fand er ein kleines, erträglich schmieriges Zimmer, zahlte zehn *shiqlu* für einen Mond und erwanderte die Stadt. Südlich des Byrsa-Hügels, in der Nähe der Agora, spielte er später dem Wirt des Hauses der Weinhändler vor und einigte sich mit ihm auf ein helles Zimmer im vierten Stockwerk, gutes Essen und reichlich Wein; dafür würde er jeden Abend im Schankraum die Kithara spielen und hoffen, daß die reichen Kaufherren ein paar Münzen in die Bronzeschale legten.

Es war ein milder Winter, und eine gute Zeit. Er spielte jeden Abend, nie mehr als eineinhalb oder zwei Stunden; jeden Abend hinterließen die Gäste – nicht nur Karchedonier, nicht nur Weinhändler – Silbermünzen in seiner Schale, im Schnitt jeweils etwa zwei *shiqlu.* Er aß und trank gut, schlief lange, trieb sich tagsüber in der Stadt herum, entwickelte neue Melodien, erdachte neue Verse, die er nie aufschrieb, oder er las in den Rollen, die von den Bücherhändlern zu haben waren. Einige Nächte – nach der Musik – verbrachte er mit einer Elymerin, geboren in einem Dorf bei Lilybaion, die bei einem karchedonischen Fleischer arbeitete und ihm einmal zeigte, mit welcher Geschwindigkeit sie gemästete Hunde schlachten, ausnehmen und zerteilen konnte. Irgendwie stieß ihn dies ab; sie schieden friedlich.

Einige Gäste kamen häufiger, darunter ein Waffenhersteller namens Baalyaton, der ihn einmal für den Abend vom Wirt »auslieh«, damit Dymas in seinem Stadthaus eine Feier mit Geschäftsfreunden durch Musik verfeinere.

Hin und wieder kamen Nachrichten aus dem Osten, die Dymas aber nur am Rande berührten. Es hieß, Alexander habe eine große Schlacht gewonnen und Babylon eingenommen; vielleicht werde er sogar nach Persien selbst vorstoßen. Derlei Berichte erregten die Hellenen der Stadt, die Karchedonier dagegen sprachen häufiger von Dingen aus anderen Weltteilen – etwa den neuen Streitigkeiten zwischen Händlern und Adligen einerseits und Demokraten andererseits in Syrakus; man befürchtete, bei einer Machtübernahme der Demokraten könne das mühsam erreichte Gleichgewicht, kaum acht Jahre alt, zwischen dem karchedonischen Westsizilien und den hellenischen Sikeliotenstädten verlorengehen. Dymas ließ auch dies kalt. Er rechnete damit, früher oder später von Hamilkar zu hören; in gewisser Weise wollte er dies sogar herbeiführen, sonst hätte er sich in den nichtkarchedonischen Vierteln versteckt, statt in einem Versammlungshaus vor allem karchedonischer Händler unüberhörbar Musik zu machen. Bis zu diesem hoffentlich fernen Zeitpunkt wollte er jedoch alles, was mit seinen alten Nebengeschäften zu tun hatte, möglichst nicht zu genau wissen.

Dann kaufte der Wirt eine neue Schanksklavin, eine junge Ibererin namens Tyuga. Sie kam aus dem Hinterland von Gadir, hatte dunkles, hüftlanges Haar, warme Augen und die schönsten Ohrläppchen, die Dymas je gesehen hatte. Der Name, sagte sie, bedeute in der Sprache ihres Volks Bussardin. An diesem Abend wechselte Dymas ein paar Worte mit dem Wirt, um zu erkunden, welche Arten der Nutzung von Besitztümern dem Karchedonier am Herzen lagen. Während er Musik machte – gute Musik, wie er unbescheiden selbst befand –, beobachtete er die Frau, die Speisen und Getränke zu den Tischen brachte, abgebrannte Fackeln durch neue ersetzte, Öl in den Lampen nachfüllte; sie schien Vergnügen an der Musik zu empfinden. Er blieb länger als gewöhnlich im Schankraum, auch als kaum noch Gäste dort waren, und unterhielt sich mit der Ibererin, deren Westphönikisch nahezu so makellos war wie ihre Zähne, ihre Haut und ihr Atem.

Am nächsten Abend sang Dymas ein neues Lied, das von den Gästen mit Beifall aufgenommen wurde und bei Tyuga, der gadirischen Bussardin, ein langes Lächeln auslöste. Die Musik war angelehnt an die eines lydischen Tanzlieds; die Melodie begann munter, wurde immer schwermütiger, kippte schließlich in dröhnende, tiefe Töne von einer gewissen gestelzten Albernheit ab, um sich am Ende aufzuschwingen wie ein Vogel. Dymas spielte die Melodie zunächst einstimmig, dann zweistimmig, unterlegte sie mit angenehmen, dann mit verblüffenden Harmonien.

Nie mehr werden Maiden mit lieblichen Stimmen,
heimlicher Haut und zündelnden Zungen mich locken.
Eisvogel möchte ich sein, in Windwällen wühlen;
Bussard werden, im Luftrausch die Wolken verhöhnen,
Bussardweibchen im feurigen Fluge begatten.

Auf der heißen Luft halberloschener Feuer und Lichter in Schankraum und Küche stieg die Bussardin in dieser Nacht in die Höhe, zu seinem Zimmer im vierten Geschoß; vor dem wahrlich feurigen Flug setzte sie sich ein biegsames Scheibchen aus Harz und Fischhaut ein, um, wie sie sagte, den Folgen des Begattens zu wehren. Am nächsten Tag beschaffte sie Kräuter und Pflanzensamen, die sie in Wasser, wenig Wein und ein paar Tropfen Sesamöl kochte. Der Sud, immer wieder erhitzt, verlor nach ein paar Tagen alle tödliche Tugend und mußte neu angesetzt werden, damit Tyuga Schwämmchen hineintauchen und in ihre Scheide schieben konnte. Aristoteles wäre zweifellos an der genauen Zusammensetzung gelegen, dachte Dymas; aber derlei Gebräu kannte man auch in Hellas, und als er sich von Tyuga die Namen der Kräuter nennen ließ, vergaß er die Hälfte, bevor er in die Nähe von Schreibwerkzeug kam. Jedenfalls roch und schmeckte es süßlich und regte zu jenem Tun an, dessen Folgen es verhinderte.

Es war eine leichtherzige Verbindung, jederzeit ohne Schaden zu beenden. Die Ibererin – eher Lerche denn Raubvogel – genoß und gab Genuß, aber entweder besaß sie keine Tiefen, oder sie hielt sie verborgen. Dymas hatte seine Tiefen, die ihm labyrinthische Abgründe waren, gegen die darin schlummernden Ungeheuer mit Dornenverhauen bewehrt und gegen sich und andere mit einem Gewölbe glatter Unverbindlichkeit übermauert.

Auch der Wirt war mit allem einverstanden, nach kleinerem Gezappel. Kinder einer ihm gehörenden Sklavin hätten seinen Wohlstand und Besitz gemehrt; der Vater dieser möglichen Kinder hätte, da freier Mann, ihm diesen Zuwachs gerichtlich bestreiten können; besser, das Wachstum fand nicht statt. Besser eine muntere Sklavin, die er für drei Minen – 180 *shiqlu* – gekauft hatte und die wohlgelaunt und wohlgenährt seine Gäste bediente und so seinen Wohlstand förderte; besser als Streitereien und üble Stimmungen ein zufriedener Musiker, dessen Töne die Gäste anregten, länger zu bleiben und mehr zu trinken.

Als der Frühling mit zunehmender Hitze kam – in Hellas der Beginn des neuen Jahres, in Karchedon, das den alten babylonisch-phönikischen Kalender verwendete, Jahresmitte –, fühlte Dymas sich als Teil der Einrichtung des Weinhändler-Hauses, wie die Tische und Kochfeuer. Mehr als drei Monde spielte er nun schon hier; fast drei Monde teilte die Ibererin seine Nächte. Mit den veränderten Gerüchen der Welt, mit der Zunahme der fremden Hochseefrachter nach dem Ende der Winterstürme, mit fremden Gesichtern am Hafen – den er nun häufiger aufsuchte – und vor allem mit der Feststellung, daß er seit Monden das Salz des Meeres zwar gerochen, aber nicht bemerkt hatte, kam die Unrast. Zeit, etwas Neues zu beginnen, zu wandern, zu reisen, Tage und Abende anders zu gestalten; wenn es irgendwie möglich wäre, die Nächte beizubehalten …

Seine Musik litt keineswegs unter der Unrast; im Gegenteil, sie wurde genauer, schärfer, wilder, bisweilen auch wehmütiger. An einem dieser ersten Frühlingsabende, als die meisten Gäste bereits gegangen waren, bat der Waffenhändler Baalyaton den Musiker an seinen Tisch, wo er mit einem fetten Karchedonier, der mehrere Wollwebereien besaß, und einigen Bergwerksfachleuten die Möglichkeiten erörtert hatte, alte Eisenfundstätten in einer libyschen Oase neu zu erschließen, die Kosten zu teilen und die Gewinne zu verdoppeln. Dymas nahm die Einladung an, trank den feinen Wein, tauschte mit den anderen Geschichten über die Wildnis der menschlichen Seele, die Steppen des Geistes und die Oasen des Umsatzes aus. Nach und nach gingen die übrigen; schließlich war er mit Baalyaton allein.

Der Karchedonier, kaum angetrunken, musterte ihn eine Weile schweigend.

»Musiker«, sagte er dann, halblaut, »Mann mit vielen Gaben und mehreren Vergangenheiten: Hamilkar ist wieder in der Stadt und will dich sprechen.«

Dymas nickte nur; irgendwann hatte es geschehen müssen, und warum sollte er sich darüber wundern, daß der Waffenhändler mehr – und anderes – war, als er schien?

»Wann? Wo?«

»Morgen. Er hat Besprechungen im Ratsgebäude und sähe dich gern gegen Mittag auf der Agora, vor dem Haupteingang zum Rat.«

Sie erkannten einander sofort, trotz der vielen Jahre, die seit der letzten Begegnung vergangen waren. Hamilkar trug den üblichen wadenlangen Wollrock und eine goldbestickte Mütze; der Purpursaum und die Feinheit der Fäden zeigten, daß er zu den Wohlhabenden gehörte, und der breite Ledergürtel, der das weite Gewand um die Leibesmitte einschnürte, ließ keinerlei Verfettung erkennen. Die dicken Korksohlen der Sandalen machten den Karchedonier noch größer und schlanker. Mit seinen flachen Sandalen, dem einfachen Chiton und ohne die in Karchedon bei Männern üblichen Ohrringe kam Dymas sich fremd und ärmlich vor.

Hamilkar nickte und umklammerte kurz Dymas' rechtes Handgelenk; das war alles an Begrüßung.

»Danke, daß du gekommen bist. Wir haben zu reden – wo?«

Er sah sich um, zögerte, streifte Dymas mit einem abschätzenden Blick, dann hob er die Schultern.

»Ach, warum nicht? Komm mit.«

Er machte kehrt und ging die Stufen zum Ratsgebäude

wieder hinauf, die er eben erst herabgestiegen war. Dymas folgte, mit gemischten Gefühlen. Fremde, sofern sie nicht Gesandte waren, hatten nichts im Ratsgebäude zu suchen; eigentlich war nicht einmal Metöken und anderen Einheimischen, die nicht Karchedonier waren, das Betreten gestattet. Hamilkar mußte wahrlich bedeutend sein, wenn er sich über derlei Vorschriften hinwegsetzen konnte.

Im ersten Stockwerk des uralten, innen fast kahlen Gebäudes führte der Karchedonier ihn in ein helles, zweckmäßig eingerichtetes Arbeitszimmer – Gestelle mit Rollen, zwei Tischen, zwei Liegen, mehrere Scherenstühle, das übliche Zubehör an Schreibwerkzeugen. Als sie sich gesetzt hatten, legte Hamilkar die gefalteten Hände auf die Schreibtischplatte.

»Ich nehme an, du hast ein wenig mittäglichen Hunger. Wenn wir hier fertig sind, sollst du mein Gast sein. Zuerst aber die wichtigeren Dinge, bei denen ich nicht belauscht werden möchte.«

Dymas nickte und wartete.

»Was weißt du von den Vorgängen im Osten?«

»Nicht viel – ein paar Gerüchte. Ich bin Musiker, wie du weißt, kein, ah, bezahlter Aufklärer, der sich um Politik zu kümmern hat.«

Hamilkar lachte. »Läßt sich ändern, Hellene. Allerdings ändern sich manche Dinge nie. Wer einmal das Große Spiel gespielt hat, kann nur selten die Finger ganz davon lassen.«

»Das bleibt abzuwarten.«

»Na gut; mal sehen. Ich war ein paar Monde unterwegs. Im letzten Sommer hatte ich eine längere Unterhaltung mit dem alten Demaratos.«

»Wo?«

»In Pelusion.« Hamilkar lehnte sich zurück und sprach knappe Sätze, die nur das Wesentliche enthielten.

So erfuhr Dymas, daß Antipatros den Krieg auf der Peloponnes siegreich beendet und »ganz Hellas und Umgebung« in seiner eisernen Hand hatte – von Thrakien bis Tainaron. Alexanders Satrapen im näheren Asien, vor allem Antigonos und Nearchos, sorgten für Ruhe, Nachrichtenfluß und Nachschub; die Inseln und Küsten bis Kyrene, die Länder zwischen Hellespont, Babylon und Ägypten gehörten und gehorchten dem König der Makedonen und seinen Beauftragten. Aus den engen Dörfern und Städten von Hellas und Makedonien, aber auch aus den Orten Asiens und der Inseln hatte sich eine gewaltige Wanderung aufgemacht; Krieger, Künstler, Händler, Dirnen, Bauern, Handwerker, Forscher, Verwalter und natürlich auch Beutejäger strömten in die neu eroberten Länder, um dem König zu helfen und sich dabei reichlich zu nützen.

Alexander hatte in Babylonien zum dritten Mal ein Heer, das größte, der Perser aufgerieben, Babylon besetzt, Susa genommen, die unbezwinglichen Uxier, Herren der Persischen Tore, zu seinen Knechten gemacht und – dies die letzte Meldung, wenige Tage alt – Persepolis geplündert und niedergebrannt.

Hamilkar klang ungewöhnlich ernst, fast entsetzt, als er es berichtete. Dymas dachte an die zweimal zehntausend Wesen aus lichtem und schwarzem Feuer; an die Nacht in der Nähe des Granikos; an Philipps und Parmenions Heer, das dem hellen oder dunklen *daimon* diente.

»Mehr, als ihr erwartet hattet, oder?«

Hamilkar schnalzte leise. »Mehr, als irgendwer hätte träumen können – in guten oder bösen Träumen.«

Dymas rümpfte die Nase. »Habt ihr es euch vielleicht ein bißchen selbst zuzuschreiben?«

»Ein bißchen, vielleicht. Aber nicht mehr. Er ist einfach zu ... tja, zu was?«

»Was war denn euer Anliegen? Das, was offensichtlich ist, oder noch etwas anderes?«

Hamilkar rieb sich die Schläfen mit den Fingerspitzen. »Hm. Was ist für dich offensichtlich?«

»Das Dreieck der großen Mächte. Karchedon; Persien; und wer immer gerade in Hellas wichtig ist. Dazu natürlich Syrakus, aber die zählen eigentlich nur für, oder gegen, euch. In diesem Fall, sagen wir, Karchedon und Persien und Makedonien. Solange Persien alles zwischen Hellespont, Ägypten und Indien bestimmt, ist Persien zu stark; also muß man es schwächen. Ich nehme an, ihr habt gedacht, wenn ihr Alexander ein bißchen helft, oder einfach nur wegschaut, wenn er zum Beispiel Tyros angreift, schwächt ihr Persien und stärkt euch. So ungefähr?«

»So ungefähr. Vor allem: Solange Hellas ganz auf den Osten ausgerichtet ist, können wir uns ungestört mit dem Westen befassen; und wenn es Ärger mit Syrakus geben sollte, stünde Syrakus allein, ohne Hilfe etwa von Korinth.«

»Und nun?«

»Scherben. Er ist das Wunder der Oikumene, Dymas; der größte Stratege und Männerführer, den es je gab – wahrscheinlich. Wenn alles sich so entwickelt, wie wir im Moment befürchten, wird er nicht mit Susa und Persepolis aufhören. Den Gerüchten zufolge plant er, in Ekbatana die Hellenen heimzuschicken, den Rachefeldzug für beendet zu erklären und mit der makedonischen Eroberung Ernst zu machen. Nicht als ob er das nicht bisher schon getan hätte. Und das heißt, es gibt nur noch zwei Mächte – ihn, und uns. Und er hat mehr in der Hand, als das uneinige Hellas und das immer bröckelnde Persien vorher zusammen waren.«

Dymas dachte angestrengt nach. »Ich verstehe das, natürlich; aber was habe ich dabei zu tun? Du hast mich doch sicherlich nicht hergebeten, um mit mir die strategischen Probleme Karchedons zu erörtern.«

Hamilkar grinste flüchtig. »Kennst du Kleon?«

»Den toten Athener?«

»Den lebenden Korinther, der die Geschäfte des edlen Demaratos hegt und hütet, solange dieser anderweitig beschäftigt ist.«

Dymas nickte.

»Du könntest eine längere Reise unternehmen.«

»Ah ja. Wohin?«

»Dyrrhachion. Korinth. Athen. Pella. Memphis. Babylon.«

Dymas stöhnte. »Damit bin ich mehrere Jahre eingespannt; unter deinem Joch, und vermutlich gegen keineswegs ausreichende Bezahlung. Von der Frage, ob ich überhaupt will, gar nicht zu reden.«

Hamilkar legte die Fingerspitzen aneinander und berührte sie mit der Nase, wie um den Ruch zu prüfen, in dem er und seine Finger bei Dymas standen.

»Ich weiß, daß es nicht ganz billig ist.« Er knurrte leise. »Aber feilschen wir später. Es geht um mehrere Dinge.«

Karchedon erwartete einen demokratischen Umsturz in Syrakus, der vermutlich jemanden an die Macht bringen würde, der zur Sicherung der eigenen Stellung nach innen einen großen Erfolg nach außen brauchte. Da lag es nahe, den alten Feind im Westen anzugreifen und die mühsam gefundenen Friedensbedingungen zu verwerfen. Korinth, Mutterstadt von Syrakus, war Teil des Bundes, hatte aber von Antipatros freie Hand erhalten, was Sizilien anging.

»Oder überhaupt alles, was keine makedonischen Dinge berührt. Innere Autonomie – solange kein Makedonenfeind gewählt wird; hatten sie versprochen, und sie halten sich daran.«

Dymas hob die Brauen. »Du solltest es nicht für Menschenliebe halten, Hamilkar.«

Der Karchedonier grunzte. »Nichts auf der Welt geschieht ohne Eigennutz. Aber es ist weniger Aufwand, für Antipatros und alle, wenn er sich nicht um jeden Furz einzeln kümmern muß.«

»Er leidet nicht an Blähungen, glaube ich. – Also Korinth, und Kleon.«

»Du bist nicht der einzige, der für uns unterwegs sein wird. Andere reden mit anderen, aber da Kleon dich kennt ...«

»Klar. Ich halte mich nicht für unersetzlich, oder einzig. Was soll ich ihm sagen?«

»Erwähne die Wichtigkeit friedlichen Handels; sag ihm, wenn nach einem Umsturz in Syrakus die edlen Handelshäuser von Korinth Einbußen erleiden und Korinth daraufhin beschließt, sich in Syrakus einzumischen, wird Karchedon das nicht als feindliche Handlung betrachten. Sollte es zu Mißliebigkeiten zwischen Syrakus und Karchedon kommen, wäre das lediglich unser Versuch, die alten Zustände zwischen den Gebieten wieder herzustellen. Wir wollen keinen zusätzlichen Einfluß, keinen Fingerbreit Boden.«

Dymas sah ihn lange an; schließlich sagte er: »Was werdet ihr eigentlich tun, wenn ...«

»Wenn das neue große Reich der Makedonen die alten

Feindseligkeiten zwischen Hellas und Karchedon erneuert – meinst du das? Wir werden uns zurückziehen.«

»Wie weit? Philainon Bomoi, die Altäre der Brüder, die Kyrenes Ausdehnung nach Westen mit ihrem Leben aufgehalten haben ...«

»Das ist eine alte Geschichte. Da ist die Grenze, in der östlichen Syrte. Sollte Alexander je aus dem Osten zurückkehren und tatsächlich seine Hauptstadt in diesem neuen Alexandreia machen, wird es dort losgehen. Dann?« Hamilkar hob die Schultern. »Dann werden wir uns langsam zurückziehen, vielleicht bis Sabrata oder sogar weiter, bis zur westlichen Syrte. Und die Flotte wird einen Riegel zwischen Karchedon und Sizilien bilden. Aber das liegt in der Zukunft, Dymas. Sieben Jahre in der Zukunft.«

»Wieso sieben Jahre?«

Hamilkar lächelte schief. »Vor drei Jahren, als Alexander in der Klemme steckte, in Gordion saß – du erinnerst dich vielleicht. Als Memnon die ganze Küste beherrschte, lange vor Issos. Damals haben wir mit einem der Männer des Demaratos verhandelt, gewisse Dinge geregelt und dafür andere Dinge erhalten. Friede, zum Beispiel, für zehn Jahre. Und einen fetten Perser namens Bagoas, den die Makedonen kurz nach der Schlacht am Granikos erbeutet hatten.«

»*Der* Bagoas?«

Hamilkar schüttelte den Kopf. »Den hätten sie uns nicht gegeben.«

»Was ist mit diesem fetten Bagoas?«

»Nichts. Nichts mehr, genauer. Er hat uns ein paar Fragen beantwortet.«

»Meine Neugier peinigt mich, Hamilkar. Als ich zuletzt mit Antipatros, später mit Harpalos dem Verräter sprach ...«

»... der nach erfolgreichem Verrat zu Alexander heimkehrte und wieder dessen Schätze hütet und mehrt.«

»Das überrascht mich zutiefst.« Dymas grinste. »Beide, und vermutlich auch Demaratos und seine Leute, haben damals nach der Bedeutung des Amuletts gesucht. Du weißt schon, dieses *ankh* mit dem Horosauge.«

Hamilkar nickte langsam. »Da gibt es Neues, aber nichts, was das Rätsel endgültig aufklären könnte.«

»Darf ich wissen, was du weißt?«

Der Karchedonier zögerte. »Nun ja ... Wenn es deine Laune hebt und deine Bereitschaft kräftigt, für uns gewisse Dinge zu tun.«

»Es würde mich nicht nur erheitern, sondern beinahe begeistern.«

Hamilkar lachte. »Na gut. Dieses Zeichen ... Für uns, wenn man ein paar Einzelheiten wegläßt, wird es zum Symbol der Göttin Tanit – Liebe, Wohlstand und Friede bei unverminderter Macht. Für die Ägypter ist es langes Leben und ewiger Scharfblick. Für die Babylonier ist es eines der alten Keilschriftzeichen für Gott, irgendeinen Gott, wahrscheinlich den höchsten – Marduk, der angeblich auch Ammon und Zeus ist. Für die Iraner ... Kennst du die Geschichten vom reinen Feuergott?«

Als Dymas nickte, berichtete Hamilkar vom Auge des Erwählers, von einem angeblich vor Jahrzehnten in Persien ausgeheckten Plan, von einem alten Mann namens Kurush, der im Verlauf der Machtkämpfe bei Regierungsantritt des Artaxerxes gestorben oder verschwunden war.

»Wir wissen aber immer noch nicht, was dieser Plan gewesen sein mag. Nur, daß er vermutlich gescheitert ist.«

»Also Bagoas der Heile ist der Sohn dieses Kurush?« sagte Dymas nachdenklich. »Warum sollte er denn den Makedonen Geld für die Fortsetzung des Feldzugs zukommen lassen?«

Hamilkar breitete die Arme aus. »Wir wissen es nicht. Niemand weiß es – abgesehen von Bagoas und seinen Leuten. Persiens Geheimdienst heckt einen Plan aus, dessen Symbol zum Widerstand gegen Persien genutzt wird. Bagoas liefert Alexander Geld, damit der Makedone Krieg gegen Persien führen kann. Alles sehr wirr. Wir gehen der Sache nach, aber bisher?« Er hob die Schultern. »Die einzige undeutliche Ahnung, die ich habe, ohne ihr zu trauen, hat Ähnlichkeiten mit gewissen, sagen wir, Überlegungen, die wir vor Jahren angestellt haben. Du weißt, oder wenn nicht, wird es dich vermutlich nicht überraschen zu erfahren, daß wir – Adherbal, nach ihm ich – über Demaratos Geld in die Kriegsschätze der Makedonen haben fließen lassen.«

Dymas pfiff. »Wußte ich nicht ... Aber du hast recht, es überrascht mich nicht, jetzt, da du es sagst. Makedonien war etwas Neues, etwas, das die uralten Feindschaften und Machtverhältnisse aufbrechen konnte, nicht wahr? Philipp stärken, um Athen und Sparta – und Syrakus – zu schwächen; später Alexander stärken, um Persien zu schwächen? Und jetzt habt ihr die Katze gemästet, bis sie zum Löwen geworden ist, den ihr nicht mehr beherrschen könnt.«

»So etwa. Es könnte sein, daß die Perser Ähnliches wollten. Was Athen und Sparta schwächt, kann Persien nur nützen. Vielleicht wollten sie mit dem Geld Alexander tiefer nach Asien hineinlocken – oder ihm die Fortsetzung des Feldzugs überhaupt möglich machen. Je stärker er in Asien ist, desto schwächer müssen Athen und Sparta werden. Und irgendwann, wenn Athen und Sparta ausgeschaltet sind, weil Makedonien sie sehr klein gemacht hat – irgendwann dann, im Herzen Asiens, wollten sie die makedonischen Eindringlinge zerquetschen.«

»Und dann?«

»Das Gebäude der makedonischen Eroberungen bricht zusammen. Die hellenischen Städte werden Schwerter und Speere, wenn sie überhaupt noch genügend Männer zum Kämpfen haben, gegen Pella richten, Rache für die Unterdrückung nehmen, und Persien kann die Trümmer in Asien leicht, schnell und gründlich aufräumen, ohne hellenischen Widerstand.«

Dymas blies die Wangen auf. »Puuh. Waghalsige Theorie, Karchedonier. Wozu dann Memnons Gegenstoß und die Goldmengen für Athen und Sparta, in diesen Jahren? Aber selbst wenn ... Dann hätten sie, genau wie ihr, alles furchtbar unterschätzt, nicht wahr?«

»Memnon und die anderen Unternehmungen könnten bereits der Gegenstoß gewesen sein – *könnten*, sage ich. Aber allerspätestens Gaugamela hätte das Ende bringen müssen, wahrscheinlich schon Issos. Wenn es so wäre, hätten alle das von Philipp und Parmenion aufgebaute, von Alexander und Parmenion geführte Heer unterschätzt.«

»Und du glaubst das alles – wirklich?«

Hamilkar seufzte; mit dem rechten Zeigefinger tippte er

sich an die Stirn. »Wenn ich lange und gründlich darüber nachdenke, Musiker, ist das die einzige vernünftige ... na ja, verständliche Erklärung. Alle anderen setzen zu viele schräge Dinge voraus – Götter, zum Beispiel. Ohnehin sind mir zu viele Priester beteiligt – Siwah, Samothrake, Dodona, was du willst. Aber lassen wir das; es ist fesselnd, führt jedoch zu nichts. Kommen wir zurück zu deiner Reise.«

In Dyrrhachion, unter den Nasen der makedonischen Besatzer, sammelten sich unzufriedene, entmachtete Stammesfürsten des Nordens, oder deren Mittler. Dymas wies den Karchedonier darauf hin, daß er zwar Kenntnisse beschaffen und Botschaften überbringen wolle, keinesfalls aber bereit sei, sich an irgendwelchen Verschwörungen zu beteiligen; Hamilkar hob die Schultern und leugnete derartige Absichten. Es gehe lediglich darum, festzustellen, wer die Fürsten seien und welche Pläne sie ausbrüteten; er habe auch nichts dagegen, daß Dymas die Ergebnisse seiner Reise in Pella an Antipatros weitergebe. Mit dem solle er vorsichtig ausloten, ob eine Übereinkunft zwischen Pella und Karchedon möglich sei. Schließlich Athen, wie üblich Brutstätte aller Ränke und Gerüchte von Hellas; was denkt Demosthenes, was macht Hypereides, wohin geht Athen, wenn Alexander nicht aus Asien heimkehrt, derlei. Ägypten, Phönikien, Babylonien – überall mehr oder minder das gleiche.

Dymas lehnte sich zurück; mit zusammengekniffenen Augen musterte er den Karchedonier. »All das kannst du genausogut, oder besser, von anderen Leuten erledigen lassen.«

Hamilkar kicherte. »Gut, daß du es weißt; du bist nicht unersetzlich, vielleicht macht dich das billiger.«

»Über den Preis reden wir später. Nein, Hamilkar; da ist noch etwas. Du hast Spitzel, Kundschafter, Vertrauensleute; von ihnen sind einige Händler, andere Krieger, andere Gaukler oder was auch immer. Wozu brauchst du mich?«

»Reisende Musiker fallen nicht auf. Wenn ich, sagen wir, einen ägyptischen Gerber nach Dyrrhachion schicke, werden sich alle fragen, was er da will.«

»Du hast genug andere Leute; nach Dyrrhachion brauchst du keinen Ägypter zu schicken.«

»Ich habe Hunger. Wollen wir in einer der Schänken drüben an der Agora deinen Preis bereden?« Hamilkar stand auf.

Dymas blieb sitzen. »Ich bin nicht sicher, ob das, was ich noch zu sagen habe, für andere Ohren bestimmt ist. Und du könntest mir, wegen möglicher Lauscher, in der Schänke nahelegen, nichts zu sagen, bis ich es vergesse.«

Hamilkar hob die Hände über den Kopf und ließ sie wieder fallen. »Na schön. Was denn noch?«

»Man hört viel, wenn man gute Ohren hat und ausgebildet ist, Dinge nicht zu überhören. Ihr habt auf Sizilien, in Lilybaion, einen neuen Strategen. Auch er heißt Hamilkar; er hat sich vor zehn Jahren bei den Kämpfen gegen Timoleon bewährt. Und ihr habt Söldner angeworben, in Libyen; dazu ein paar Numider.«

Hamilkar setzte sich. »Aha. Und?«

»Ihr rechnet also auf Sizilien mit Auseinandersetzungen. Wahrscheinlich läuft da schon etwas ab, bevor ich Korinth erreicht habe.«

»Möglich, möglich; das ändert aber nichts an der Wahrhaftigkeit jener Dinge, die du dem geschätzten Kleon mitteilen sollst.«

»Alle, um die es geht – Kleon, Antipatros, der eine oder andere Athener, die Perser sowieso –, wissen, daß ich nicht nur der reisende Musiker Dymas bin, sondern in den vergangenen Jahren und Jahrzehnten – Götter, man wird alt! – für Karchedon und Pella und Susa Kenntnisse gesammelt habe.«

»Deshalb wird man dir überall glauben, wenn du sagst, daß du eine Botschaft aus Karchedon ausrichten sollst.«

»Was für dich zwei angenehme Seiten hat, nicht wahr? Wenn die Botschaft mißfällt, wurde sie eben nur von einem Sänger und Kitharisten überbracht, der nicht mit der Zunge des Rats und der Sufeten spricht. Es ist dann nicht amtlich und kann Karchedon nicht schaden.«

Hamilkar grinste. »Das ist überaus tückisch gedacht und ebenso wahr, mein Freund.«

»Was heißt, Karchedon will dies und jenes erreichen, zieht aber gleichzeitig, gewissermaßen vorbeugend, den Kopf zurück. Nett, und möge Homeros mir vergeben – vorbeugend den Kopf zurückziehen ... Ihr beginnt also eure Absetzbewegung schon sieben Jahre vor dem Ende des vereinbarten Friedens, ja?«

Hamilkar blinzelte. »Wir möchten allen Beteiligten deutlich machen, daß Karchedon sich aus dem Osten heraushält. Unsere Anliegen sind rein wirtschaftlich; wir wollen keine Länder erobern oder Städte besetzen, wir wollen in Frieden Handel treiben. Hier, im Westen Siziliens, auf Sardonien und Kyrnos, den Inseln der Schleuderer weiter westlich, in Iberien und Libyen. Alles, was östlich davon geschieht, berührt uns nicht. Möge nichts von alledem *uns* berühren. – Können wir jetzt gehen?«

Dymas hob die Hand und spreizte die Finger. »Ich sprach von zwei angenehmen Seiten, die meine Reise für dich hätte.«

Hamilkar ächzte. »Was ist die zweite?«

»Ich bin ein wandelndes Signalfeuer. Dymas, der ruhmreiche Kitharode, von Fürsten empfangen, die seiner Musik lauschen und seine Geheimbotschaften entgegennehmen wollen. Solange ich an einem Ort bin, wird dort niemand auf deine anderen Leute achten, die in dieser Zeit das tun können, worauf es dir und Karchedon wirklich ankommt.«

Hamilkar kaute auf der Unterlippe; dann lachte er. »Nun ja, warum soll ich es leugnen? Du hast recht; das ist der Vorteil deiner Reise.«

»Was hast du vor? Was wird hinter meinem dafür hingehaltenen Rücken geschehen?«

»Nichts, was dich gefährdet; das sichere ich dir zu. Nichts, was die Sicherheit Makedoniens oder der Hellenen berührt. Gewisse Dinge, die Karchedons künftige Sicherheit und Freiheit betreffen.«

»Mehr sagst du nicht?«

»Mehr sage ich nicht. Nur dies: Wenn Alexander je aus dem Osten zurückkehrt, werden wir uns treffen. Das heißt, du mußt überleben, um diese Verabredung einhalten zu können.«

Dymas lachte heiser. »Mach dich nicht lächerlich. Es würde dich keinen Lidschlag lang betrüben, wenn ich durch ein

Messer oder ein Schwert daran gehindert würde, die Verabredung einzuhalten.«

Hamilkar nickte. »Das stimmt; du willst dich überhaupt nicht beruhigen lassen, wie?«

»Ich weiß nicht, was ich will. Ich will reisen, ja; die Unrast ... Ich will wieder mit anderen Musikern zusammen spielen, um weiterzukommen; die Kithara allein habe ich ausgelotet. Und – ja, du hast recht, wer einmal bei eurem Spiel mitgemacht hat, kann nicht einfach aussteigen; ich will wissen, wie es weitergeht. Aber es ist teuer.«

»Wieviel?«

»Tausend Tage, etwa, werde ich für dich reden und lauschen, nicht wahr?«

Hamilkar zuckte mit den Schultern.

»Leben, essen, trinken, schlafen; Seereisen sind teuer.« Er grinste. »Man weiß ja nie – vielleicht verdiene ich nichts mit der Musik.«

»Denkbar. Was willst du haben – einen *shiqlu* am Tag?«

Dymas lachte laut. »Drei, Hamilkar, und ein bißchen für bessere Unterkunft und Verpflegung auf den Schiffen. Sagen wir dreitausendsechshundert – ein Talent.«

Hamilkar verzog das Gesicht. »Hmf. Viel Geld – für was?«

»Für meinen Rücken, hinter dem du deine wichtigeren Geschäfte abwickeln kannst. Und noch etwas.«

»Noch mehr Geld?«

»Ja. Aber« – er stand auf – »das können wir unterwegs und in der Schänke bereden.«

Hamilkar öffnete die schwere, bronzebeschlagene Tür zum Gang. »Na gut. Was denn noch?«

»Sagen wir, zehn Minen und ein paar einflußreiche Worte.«

»Noch mal sechshundert? Nicht zu reden vom Preis meiner Worte?« Hamilkar klackte mit der Zunge und legte die rechte Hand auf die Schulter des Musikers, der neben ihm den langen, kahlen, düsteren Gang hinabschritt. »Und alles nur zur Beruhigung deiner empfindsamen Seele?«

»Was meinst du?«

Hamilkar kicherte. »Ich nehme an, ich soll deine Ibererin freikaufen und ihr einen Laden oder eine Garküche oder sonst etwas einrichten, wie?«

»Das weißt du also auch?«

»Mein Freund, es ist mein Geschäft, alles zu wissen.«

»Kauf sie frei und schick sie nach Hause.«

Der Karchedonier wiegte den Kopf; sie erreichten die gebogene Treppe und stiegen hinab.

»Das wird sie nicht wollen. Wenn sie heimkehrt, kann sie jederzeit wieder zur Sklavin gemacht werden. Hier, in Karchedon, wird sie als Freie eingetragen und ist sicher.«

»Wie du meinst; und wie *sie* will.«

Sie aßen gedünsteten Fisch; in einer Kruste aus Honig, Feigenmus und schwerem Wein gebratenen Hund; mehrere säuerlich eingelegte Gemüsearten; Brot und Früchte; dazu tranken sie milden, würzigen Wein aus der Byssatis.

Irgendwann räusperte Hamilkar sich und setzte ein schräges Lächeln auf.

»Deine ... Gefühlsduselei, Hellene, ist ansteckend wie die meisten schlimmen Krankheiten. Sie bewegt mich zu guten Ratschlägen.«

»Ich lausche dir hemmungslos, edler Karchedonier.«

»Das solltest du auch.« Hamilkar lachte leise; er sah sich um, aber die übrigen späten Mittagsgäste saßen weit genug entfernt.

»Du solltest dein Geld nicht mitnehmen – jedenfalls nicht ganz. Nimm, soviel du zunächst brauchst, und laß dir für den großen Rest Schuldverschreibungen ausstellen; ich regle das. Verschreibungen, die nicht auf Münzen, sondern auf Waren lauten. Elefantenzähne, Leopardenfelle, Weihrauch, Silphion, was du willst.«

Dymas starrte ihn schweigend an.

»Du könntest dir, zum Beispiel in Athen, bei einem der großen Bankhäuser den dann gültigen Gegenwert für, sagen wir, einen halben Scheffel Weihrauch in Drachmen auszahlen lassen.«

Dymas legte den Hornlöffel beiseite, lehnte sich zurück und verschränkte die Arme. »Wozu dieses, Herr der Pferde?«

»Eines der Dinge, die hinter deinem Rücken geschehen, wenn du in Hellas bist, ist der ... ah, die Auflösung aller mit Münzen arbeitenden Handelsgeschäfte zwischen Karchedon und eurem Teil der Oikumene.«

»Gibt es dafür einen Grund?« sagte Dymas, heiser und ungläubig. »Das ist doch für alle Beteiligten ein … eine Katastrophe!«

»Die wirkliche Katastrophe steht uns noch bevor. Alexander hat im letzten Jahr in Kyrene und Ägypten Getreide horten lassen, sehr viel Getreide; es soll demnächst nach Hellas geschickt werden, als Geschenk des besorgten Königs.«

»Aber warum denn? Die Ernten waren gut, es gibt keinen Hunger!«

»Er wird die unermeßliche Beute aus Susa und Persepolis ausmünzen lassen und in Umlauf bringen; oder hat schon damit begonnen.«

»O ihr Götter«, murmelte Dymas; er fühlte, wie er blaß wurde. »Weiß er … Natürlich weiß er, was er tut; das weiß er immer. Aber warum?«

Hamilkar hob den Becher und ließ den Wein kreisen; ein paar Tropfen spritzten auf den Tisch. »Die Preise werden sich vervielfachen. Die Reichen werden arm und verlieren ihre Macht. Die Armen, die in den Demokratien die Stimmenmehrheit haben könnten, wenn sie ihre Stimmen abgäben, werden den König preisen, der ihnen Getreide schenkt. Und Karchedon wird sich mit der hellenischen Oikumene auf Tauschhandel beschränken. Vielleicht … da ja der Preis, der Wert von Gold und Silber verfallen wird, vielleicht werden wir neue Münzen schlagen müssen, aus anderem Metall, oder aus Mischungen.«

»Er vernichtet die Arbeit der Jahrhunderte … Aber ihr seid doch tausendfach mit Hellas und dem Osten verknüpft; könnt ihr denn die Fäden so einfach kappen, oder alles auf Tauschhandel umstellen?«

Hamilkar verzog das Gesicht; er blickte finster. »Freund, was die edlen und reichen Kaufherren von Karchedon im Lauf der Jahrhunderte aufgetürmt haben, ist mehr als alles, was Alexander in Susa und Persepolis gefunden hat.«

»Was?!«

»Nicht in anfaßbarem Edelmetall; wir haben es nicht in Kammern gehortet, sondern angelegt – in Schwelgereien, natürlich, das auch; aber vor allem in Orten, Gebäuden, Kenntnissen, Einfluß, und – Möglichkeiten. Es wird sehr schwierig werden, und sehr teuer, die Tür zu eurem Teil der Oikumene teilweise zu verschließen. Aber es gibt nichts, was Karchedon nicht erreichen kann, wenn Karchedon es erreichen will. – Hast du in den letzten Tagen die Isthmosmauer gesehen?«

»Vor ein paar Monden«, sagte Dymas schwach. »Warum?«

»Auf Beschluß des Rats wird sie ausgebessert und verstärkt.«

»Habt ihr Ärger?«

»Noch nicht. Aber wenn Alexander je aus dem Osten heimkehrt, den er dann beherrscht, wird er auch den Rest der Welt wollen. Vor allem den Rest der Reichtümer. Er wird Karchedon plündern und niederbrennen wollen wie Persepolis. Deshalb.«

»Wahnsinn«, murmelte Dymas. »Wahnsinn.«

»Ihr habt ein schönes Wort; oder mehrere.« Sie sprachen immer noch Westphönikisch. »Alle die feinen Bildungen mit *megalo-*.«

»Was meint du – *megalobremetes?*«

»Nein, nicht ›der Lauttosende‹; auch nicht, daß er von großer, erhabener Gesinnung sei – *megalognomon* –, wie man sagt.«

»Sein Hang, große Geschenke zu machen – *megalodoria*?«

Hamilkar runzelte die Stirn. »Vielleicht gibt es das Wort doch nicht, an das ich denke; man müßte es aber bilden können. Kann sein, daß mein Hellenisch nicht so gut ist, wie ich immer dachte. Die eigene Größe wahnsinnig überschätzend – so etwas. Ich dachte an *megalomania*.«

Dymas bleckte die Zähne. »Gibt's nicht; ein neues Wort. Kann man bilden, durchaus. Aber … was, wenn er sich gar nicht überschätzt? Was, wenn er tatsächlich so groß ist?«

»Das«, sagte Hamilkar kalt, »wird sich dann an der Isthmosmauer und an unserer Sperrflotte zeigen. Und an ein paar anderen Vorbereitungen. Er selbst liefert uns die Waffen – er und sein Heer, das immer erneuert werden muß.«

»Was meinst du nun schon wieder?«

»Du wirst es sehen – wenn es soweit ist.«

12. BOTSCHAFTEN VOM RAND DER WELT

»Was meint der Karchedonier – Alexander und das Heer würden die Waffen liefern?« Peukestas ließ den Papyros sinken und blickte hinüber zur Liege, wo Aristoteles die Augen geschlossen hatte und immer schneller, flacher atmete, dann zum Gestell, wo nur noch wenige Rollen darauf warteten, gelesen zu werden. Oder verbrannt.

Pythias hatte abermals den Feuerrost gesäubert und neu genährte Flammen neu angefacht; sie stand auf, wischte Staub und Asche von den Knien und ging zur Küche, den kleinen Kübel mit Asche und Resten in der Hand. Sie kam sofort zurück, beugte sich über ihren Vater, befühlte ihn sacht.

»Er ist kalt, bis zur Brust.« Ihre Stimme bebte; die Augen waren dunkel vor Trauer und Müdigkeit.

Peukestas trat neben sie, bückte sich, betrachtete den Philosophen, roch die säuerlichen Dünste, den säuerlichen Atem, roch die Frau.

»Er geht noch nicht – noch nicht gleich«, sagte er leise. »Ich habe viele Männer sterben sehen. Das ist der leichte Schlaf vor dem letzten Erwachen.«

Einen Moment hielt sie den Atem an, stieß dann die Luft in einem tiefen Seufzer aus. »Hast du Hunger, Durst?« Sie lächelte matt. »Dumm, ich weiß; aber ich muß irgend etwas tun, sonst …« Sie hob die Schultern.

Peukestas deutete auf den Tisch; dort standen immer noch Früchte und Brot, und der Krug. »Das genügt, Pythias, danke. Aber vielleicht kannst du mir sagen … Was ist mit den übrigen Rollen? Alexander …«

Pythias runzelte die Stirn. »Viel kann ich dir nicht sagen. Aber du brauchst doch nicht viel mehr zu wissen, oder? Seit wann warst du dabei?«

»Lange schon, als Königsknabe. Und in Susa, als die ersten jungen Perser ins Heer aufgenommen wurden, wurde ich einer der Hetarenreiter.« Stolz klang aus seiner Stimme, aber auch so etwas wie jäher Zweifel.

»Warst du in Persepolis?«

»Ich habe den Brand gesehen.«

»Und dann?«

»Fast alles, bis auf die Jagd nach Dareios.«

Pythias nickte, als hätte er etwas bestätigt, dessen sie ohnehin sicher gewesen war.

Peukestas suchte etwas in ihrem Gesicht, dann im fast leeren Rollengestell. Er streifte die Feuerstelle mit einem beinahe traurigen Blick. »So viele wissenswerte Dinge …«

Pythias setzte sich auf die Kante von Aristoteles' Lager. Sein Atem kam und ging, kam und ging, rasselnd, röchelnd. Das Gesicht mit den eingefallenen Wangen und der Lederhaut, die sich über den Knochen spannte, glich immer mehr einer Totenmaske.

Sie tastete nach der Hand des Sterbenden. »So kalt …« Sie seufzte; dann sagte sie leise: »Ich kann nichts tun als neben ihm sitzen und warten. Wir könnten ebensogut reden. Worte, Worte, Worte; Klang, der nichts mehr bedeutet, das wichtig wäre. Aber es vertreibt die Schatten ein wenig.«

Peukestas schob den leichten Tisch zurück und hockte sich zu ihren Füßen auf den Boden, den Rücken an die Liege gelehnt. Ihre Augen. Fast so scharf und forschend wie die ihres Vaters, aber neben Trauer und Müdigkeit war da noch etwas, etwas Sengendes, in das er nun nicht blicken mochte. Später vielleicht; wenn alle Fragen beantwortet oder alle Antworten verstummt waren.

»Was geschieht mit dir, wenn er nicht mehr ist?«

»Er hat vor langer Zeit seinen letzten Willen niedergelegt. Alle Sklaven sind darin erwähnt, die ihm je gut gedient haben und noch leben. Seine Schule, ein paar Freunde. Und einige Wünsche.« Sie schien zu lächeln; ihre Stimme klang weicher. »Der übrige Besitz soll an seinen Pflegesohn Nikanor fallen; und er wünscht, daß Nikanor und ich die Ehe eingehen. Dann gibt es noch einen Brief an Nikanor; für den Fall, daß wir uns nicht vermählen, soll er den Besitz teilen und mir eine Hälfte des Erlöses geben.«

»Nikanor … *Der* Nikanor, der die Botschaft nach Athen zu überbringen hatte?«

Sie lachte leise. »Eine furchtbare Botschaft, nicht nur für Athen.«

Peukestas dachte zurück an die Versammlung, an Alexanders Worte, die ihm als großherziger, weiser und kluger Beschluß erschienen waren. Er erinnerte sich auch daran, daß Nikanor ein wenig blaß geworden war, ehe er tapfer genickt und den Auftrag bestätigt hatte.

»Was war daran denn so furchtbar? Die Heimkehr der Verbannten ... Eine neue Zeit, eine größere und freiere Oikumene, Aufhebung alter Strafen – ist das furchtbar?«

»Das kommt darauf an, ob du es so siehst, oder ob du die Einzelheiten betrachtest, Makedone. Die großen Städte in Hellas sind zu voll; zu viele Söhne – und Töchter –, die zu wenig Raum haben und die ererbten Güter zerstückeln müssen. Auswanderung ist immer wichtig gewesen, die Besiedlung ferner Gegenden. Und Verbannung von Missetätern; selbst wenn die Taten nicht so schlimm waren. Jeder, der wegging, ließ den anderen Platz zum Atmen und Arbeiten und Leben.«

Peukestas nickte, langsam und nachdenklich. »Es gehörte aber zu den Ratschlüssen des Königs. Perser, Meder, Inder, Babylonier, Phöniker, Hellenen aller Gegenden, Makedonen, alle Menschen sollten gleich sein unter seinem Gesetz; dazu gehörte die Aufhebung alter Strafen.«

Pythias schwieg einen Moment; mit veränderter, härterer Stimme sagte sie: »Ich kann und mag nicht glauben, daß ein Hetaire des Königs, der viele Jahre die Welt und die Kämpfe und die Menschen gesehen hat, derart einfältig ist.«

»Einfältig? Weil ich glaube, daß es ein guter und großer Plan war?«

»Weil du weder die Gründe noch die Folgen siehst.«

»Dann hilf mir, all das zu sehen, was du zu sehen meinst.«

Sie überhörte seinen spöttischen, ein wenig herablassenden Tonfall; ernst und eindringlich sagte sie:

»Für jeden, der verbannt wurde, hat einer, der zurückblieb, den Boden bestellt oder eine Werkstatt betrieben. Als auf Beschluß des Rats von Athen, und zur Bestrafung, viele Bewohner der Insel Samos ihr Land oder ihre Stadt verlassen mußten, zogen Athener dorthin, siedelten, gründeten Familien. Wenn nun alle verbannten Samier heimkehren, mit Anspruch auf Wiedereinsetzung in alte Rechte, was geschieht dann mit denen, die inzwischen diese Rechte besessen und wahrgenommen haben? So nicht nur in Samos und Athen, sondern überall in Hellas. Weißt du, wie viele Verbannte es waren, die da plötzlich heimkehren sollten?«

Er hob die Schultern. »Ein paar tausend?«

»Mehr als hunderttausend Männer, Peukestas! Hunderttausend Männer, die in der Fremde gelebt und sich eine neue Heimat geschaffen hatten; Männer, die nur zum Teil mit ihren Frauen verbannt worden waren – viele junge Männer, die noch gar keine Frauen und Kinder hatten, als man sie verbannte. Sie haben in der Ferne Familien gegründet. Und plötzlich sollen sie alles, was sie aufgebaut hatten, wieder aufgeben und heimkehren an Plätze, wo inzwischen andere Menschen neue Dinge errichtet haben. Hunderttausend Männer, Makedone, viele davon mit Frauen und Kindern. Heimkehr nach Athen, nach Samos, nach Chios, Lesbos, Kos, Rhodos, nach Sparta und Korinth und Megara und Megalopolis und an zahllose andere Orte; auch nach Chalkis. Dieses helle Haus auf dem Hügel haben wir nicht gebaut; es hat einem Verbannten gehört – einem, der mit euch, Peukestas, mit den Makedonen war, vor vielen Jahren, als Philipp noch lebte, und den dann die Parteigänger Athens aus dem Land gejagt haben.«

»Aber ...« Peukestas starrte ins Feuer; plötzlich fröstelte er im überhitzten, stickigen Raum. »Wirklich, so viele? Aber der König muß es doch gewußt haben!«

Pythias lachte – ein bitteres, harsches Geräusch. »Natürlich hat er es gewußt. Es war sein Traum, sein entsetzlicher Traum, in seinem unermeßlichen Reich Millionen Menschen umherzuwirbeln, umzusiedeln, zu Wanderungen zu zwingen, bis am Ende das Reich die einzige Heimat wäre. Es sollte keine Athener mehr geben, keine Lakedaimonier, keine Babylonier und keine Makedonen; nur noch umgesiedelte, entwurzelte Bewohner der von Alexander neugestalteten Oikumene.«

»Ein Traum.« Seine Stimme war belegt; seine Augen brannten. Mit bebenden Händen goß er verdünnten Wein aus dem Krug in die Becher. Als er einen, ohne hinzusehen, der hinter ihm, über ihm sitzenden Pythias reichte, tropfte etwas auf seine Schulter.

»Ein Traum«, wiederholte er, immer noch heiser, »von der Bruderschaft aller Menschen unter einem König. Ist es ein schlimmer Traum? Ist es nicht ein gewaltiger Traum, den nur er, der Gewaltige, überhaupt träumen konnte?«

»Perser als Vollbürger in Athen, Makedonen als Vollbürger in Syrakus, Kappadokier als Pferdezüchter in Thessalien, Phöniker als Bauern in Epeiros, Babylonier und Ägypter als Schafhirten in Arkadien oder als Flußfischer in Akarnanien? Hellenen, die unter sengender Sonne Schilf schneiden am Nil und dabei den Göttlichen Herrscher preisen? Ist das dein Traum, Peukestas?«

»Etruskische Schneider in Arabien … Warum nicht? Wenn es denn nur *ein* Reich unter einem Herrscher geben soll, muß es am Ende auch ein einziges Volk sein. Solange aber Athener in Athen wohnen und die Stadt für den Nabel des Kosmos halten; solange Spartaner und Thebaner und Babylonier und die Bewohner von Sidon und Ekbatana und Pattala und, ah, von mir aus Rom ihre jeweilige Heimat für bedeutend und heilig und anders und einzig halten, solange kann es den Frieden der Oikumene, die Gleichheit aller unter dem Gesetz des Einen nicht geben.«

»Auch nicht nach Durchführung deines Traums«, sagte sie nüchtern. »Bedenke, Peukestas: Alle werden umgesiedelt, unter schrecklichem Zwang, unter Tränen und Verlusten; du mußt Widerstand brechen mit Gewalt, Blut wird fließen, Ströme von Blut. Nimm an, irgendwo entsteht eine Stadt – sagen wir, das neue große Alexandreia. Diese Stadt wird besiedelt mit Menschen aus allen Ländern und Städten und Völkern. Was dann? In wenigen Jahren, selbst wenn es vorher anders gewollt und angeordnet war, werden die Bewohner des ersten, gemischten Stadtviertels mit den Menschen anderer Viertel die Häuser und Wohnungen getauscht haben; du wirst in Alexandreia einen Straßenzug haben, wo nur Athener wohnen; ein ägyptisches Viertel, einen babylonischen Wohnblock. Du wirst aber auch Büttel und Nachtwächter und Ratsherren brauchen, die dafür sorgen, daß die Gewalt nicht überhandnimmt unter den Teilen. Diese Hüter der Ordnung – woher nimmst du sie? Wahrscheinlich nimmst du zunächst einmal Makedonen, da du ja Herr der Makedonen bist und ihnen am ehesten vertrauen kannst. Mit ein wenig Glück, und unter dem Zwang makedonischer Schwerter, halten die übrigen Bewohner deiner Traumstadt untereinander den Frieden. Mit sehr viel Glück vermischen sie sich in den folgenden Jahrzehnten. Und was hast du dann? Eine Stadt mit einer makedonischen Herrenschicht und einer gemischten Bevölkerung von Knechten. Und was wird diese Stadt sein, was werden ihre Bewohner sagen? Sie werden sagen: Wir leben in der feinsten und besten aller Städte, wir sind die Feinsten und Besten, unsere Stadt ist der Nabel der Oikumene. Und sie werden gegen die anderen Städte genau so kämpfen, wie Athen und Sparta gegeneinander gekämpft haben.«

Peukestas schwieg. Er hörte den röchelnden Atem des sterbenden Philosophen, sah die zuckenden Flammen, die sich durch Holz und Papyros fraßen, fühlte plötzlich die Hand der Frau auf seiner Schulter.

»So, nicht anders, Peukestas. Die große Heimat, die du träumst – nenn sie Reich oder Oikumene oder meinetwegen Kosmos –, ist zu groß für die Menschen. Sie werden sich überall eine neue kleine Heimat machen und diese über alle anderen Heimaten aller anderen Menschen stellen. Alle verehren andere Götter, essen andere Speisen, denken andere Gedanken, sprechen andere Sprachen.«

»Wenn man nun aber – mit Gewalt, weil es anders nicht geht – neue Götter einführte? Oder aus vielen alten Göttern einen neuen machte, der die Eigenschaften der alten verbindet?«

Pythias gluckste. »Nun denkst du nicht mehr in Jahren, sondern in Jahrhunderten, nicht wahr? Wer soll das lenken? Alexander, wenn er nicht schon tot wäre, hätte vielleicht noch – wie lange? Zwanzig Jahre? Dreißig? Ein paar Jahrzehnte gelebt hätte er; und dann? Es wäre *dann*, nach seinem Tod, das gleiche Chaos entstanden, das jetzt kommen wird. Du hast ihn gekannt, nicht wahr? Er war einzigartig. Selbst wenn er nun einen erwachsenen Sohn hätte – meinst du, einer, der nicht Alexander ist, könnte dieses ungeheure Reich zusammenhalten? Außerdem – dein einer Gott, den man erfinden müßte: eine hübsche Idee. Was glaubst du, wie lange es dauert, bis die Gläubigen sich entzweien? Bis eine Gruppe eine besondere Form der Verehrung vorschreibt, der die anderen Gruppen nicht folgen, weil sie eigene Vorstellungen haben? Und hat denn die Tatsache, daß alle Hellenen Zeus verehren, die tausend Kriege in Hellas verhindert?«

»Du trampelst auf dem herum, was mir ernst und heilig ist.« Aber als er dies sagte, glaubte er es schon selbst nicht mehr. »*Willst* du den Frieden in der Oikumene nicht?«

Sie lachte gepreßt. »Ich habe zu lange teilhaben dürfen am Wissen und Denken von Aristoteles. Friede? Wo gibt es den Frieden? Zwischen Thrakern und Babyloniern herrschte Friede, weil sie weit entfernt voneinander waren. Es war ein Friede der fehlenden Berührung. Seit Alexanders Heer mit Thrakern nach Babylonien kam, ist das vorbei. Im westlichen Meer herrscht Friede, weil Karchedon übermächtig ist. In Hellas gab es ein paar Jahre des Friedens, weil Makedonien alles beherrscht hat. In Persien gab es lange Zeit deinen Frieden, weil der Großkönig seine verschiedenen Untertanen dazu gezwungen hat.«

»Kein Friede aus Einsicht, sondern nur unter Zwang? Glaubst du das ernsthaft, Pythias?«

»Ich *weiß* es. Die Bewohner der schönen und reichen Stadt Chalkis, wenige Stadien entfernt, würden einander die Kehlen zerschlitzen und ausplündern, wenn es nicht Gesetze gäbe, die das untersagen. Über diese Gesetze würde man sich hinwegsetzen, wenn man nicht fürchten müßte, dafür bestraft zu werden. Wir haben uns diese Gesetze selbst gegeben; und wir haben beschlossen, Richter und Büttel und Räte einzurichten, die uns durch Androhung von Strafen zwingen – in unserem Auftrag, weil wir uns selbst nicht genügend vertrauen. Uns selbst, und einander. Warum, Peukestas, nicht eine Richterin? Weil ihr nicht einmal euren Frauen traut – es sei denn, sie wären Töchter oder Witwen von Herrschern. Athens Demokratie, betrieben von erwachsenen Männern – ohne Frauen, ohne all jene, die seit Jahren in Athen leben, aus der Fremde zugereist, Metöken, vielleicht ebenso klug oder ebenso dumm wie Demosthenes, aber nicht in der Stadt geboren und deshalb von der Politik ausgeschlossen. Wie ... Aristoteles, der große und gerühmte und weise Aristoteles. Geboren in Stageira, deshalb in Athen wie in Chalkis ein Niemand – Metöke, ohne Bürgerrecht, ohne Stimme in der Versammlung. Da dies aber so ist; da nicht einmal er, nicht einmal in Athen oder hier zu wichtigen Fragen gehört wird, soll ich glauben, in deinem Traumreich könnte jemals jeder zu Wort kommen? Verlangst du wirklich, daß ich deinen Traum ernst nehme?«

Er schwieg, starrte auf seine Finger, trank.

Sie berührte ihn wieder mit der Hand. »Nicht zu reden vom Mißtrauen, von den Unterschieden. Wenn Chalkis weiß, daß die Stadt sich Gesetze geben und diese mit Zwang durchsetzen muß, damit nicht alles in Mord und Brand untergeht, wie soll es dann zwischen Städten und Staaten anders sein? Nur – wer gibt den Staaten die Gesetze, wer setzt sie notfalls durch? Dein Alexander? Wer hat ihn dazu ermächtigt? Die Götter, an die er selbst nicht glaubte, oder das Schwert? Nicht zu reden auch von den völlig andersartigen Wurzeln des Traums.«

»Was meinst du mit Wurzeln? Ist der Traum nicht groß genug? Ich sage nicht, daß er durchführbar ist; aber wenn er es wäre, müßte man dann seine Wurzeln untersuchen? Ist nicht eine mächtige Eiche so schön, daß man auf die Untersuchung der Wurzeln und der einen Eichel verzichten kann?«

»Der Vergleich ist nett, aber er ist auch falsch. Eine Eiche entspringt immer einer Eichel; Boden, Wasser und Sonne kommen dazu, und Verschonung durch grasende Tiere. Das ist bekannt. Ist denn aber bekannt, aus welchen Wurzeln Alexanders Traum kommt – dein Traum?«

»Die Sehnsucht nach Friede, nach Weite, nach Eintracht.«

Sie lachte. »O Peukestas, Hetaire des Königs, tapferer und einfältiger Reiter! Alexander wollte Friede und Eintracht? Gut. Dazu mußte er zunächst Sicherheit erschaffen und Philipps Werk vollenden – die Unterwerfung aller, die Eigennutz und Zwietracht vorziehen; die Beseitigung aller inneren und äußeren Drohungen. Dazu mußte er, ohne Zweifel, hellenische Feinde besiegen und persische Heere schlagen. All dies, meinetwegen. Aber mußte er dazu Persepolis niederbrennen? Mußte er dazu den Vater des Heeres ermorden lassen – Parmenion, Freund Philipps, Freund des Aristoteles, Lehrer, Lenker und Vorbild für so viele? Philotas, Kleitos, Kallisthenes, Hunderttausende in Asien, seine eigenen Männer in der Wüste? Meinst du nicht, o Peukestas, daß all die feine Träumerei aus der Notwendigkeit geboren wurde? Sehnsucht nach Weite, o ja; hätte er da nicht mit friedlichem Handel ein Vermögen machen und mit einer Handvoll von Freunden oder Gefährten ans Ende der Welt reisen können? War es nicht doch eher der Wille, alles zu beherrschen – Macht, Machtgier, Gier nach Unermeßlichkeit, der er Hunderttausende geopfert hat? Als er mit ein paar makedonischen Kämpfern in Asien stand und sah, daß er diese Unendlichkeit so nicht würde beherrschen können – hat er da nicht vielleicht Perser ins Heer aufgenommen und später zu seinen Brüdern erklärt, weil er nur so die Macht behalten konnte; weil die paar Makedonen allein nicht ausreichten, seine unersättliche Gier zu befriedigen? O ja, er hat Getreide verschenkt, als Hellas hungerte; aber Hellas hungerte, weil er durch Ausmünzung der Perserschätze den Wohlstand, die Preise, die Werte zerstört hat, um sie umwerten zu können. O ja, er träumt von einem einigen Reich, daher zwingt er die Menschen zu massenweisen Wanderungen und Neuansiedlungen, und zu Vermischung, die Brüderlichkeit erzeugen soll – aber erzeugt sie nicht vor allem ein wüstes Land, in dem niemand mehr ausreichend gefestigt ist, ihm noch widersprechen zu können? Ein Reich, in dem alle, die ihm bisher widersprochen haben, hingerichtet wurden und alle anderen nichts mehr sind als Spielfiguren ohne Willen, ohne Würde, ohne Möglichkeiten?«

Sie hatte immer lauter, immer erregter gesprochen. Plötzlich endete das Röcheln des Sterbenden; Peukestas fuhr zusammen, als er die spröde Greisenstimme hörte.

»Laß es gut sein, meine geliebte Tochter. – Ich habe nicht geschlafen, nur geruht; es war das Sammeln der letzten Kräfte. Ich habe gehört, was ihr zu bereden hattet. Hast du alles gelesen, Sohn Drakons?«

Peukestas war aufgestanden; ungläubig starrte er den Sterbenden an. Aristoteles war ein Leichnam – ein Leichnam mit glühenden Augen und lederner Haut; ein Leichnam, der bereits nach innerer Verwesung stank; ein hautbezogenes Gerippe, das sich noch einmal aufrichtete, auf die Ellenbogen stützte und Wörter sagte. Ein *daimon*, ein ungeheurer, alles übersteigender Wille hielt das Leben fest; mit Entsetzen erinnerte sich Peukestas an jenen anderen furchtbaren Leichnam, dessen Wille es war, zehn Tage lang nicht zu sterben, obwohl er bereits tot war, in Babylon.

Alles, was er Pythias hätte erwidern können, entgegnen sollen, fragen wollen, war ausgelöscht. Er stand gebannt vor dem Untoten, von dessen ausgezehrtem Hals immer noch das Amulett hing.

»Ich ... ich habe gelesen, Aristoteles.« Es war mühsam, Wörter zu sprechen und dabei in diese Augen zu sehen.

»Bis wohin, Sohn Drakons?«

Warum nannte er immer wieder den toten Vater? War der Heiler für diesen Leichnam gegenwärtiger als der Krieger?

»Ich habe den Bericht des Dymas gelesen, als letztes; sein Gespräch in Karchedon mit Hamilkar, ehe er vermutlich wieder nach Korinth und Dyrrhachion aufbrach.«

»Persepolis?«

»Auch das; vorher.«

»Nun weißt du alles – bis auf eines.«

Peukestas ging beinahe in die Knie; flehend hob er die Hände. »Ich weiß alles? Nichts weiß ich, Aristoteles. Sieben, nein, sechseinhalb Jahre fehlen, tausend Dinge. Dareios; Bessos; Roxane; Indien; die Hochzeit von Susa; der Tod in Babylon; das Amulett – wenn es denn wirklich eine Bedeutung hatte. Ich weiß kaum den Anfang der Dinge.«

Aristoteles stieß ein gräßliches, scheppperndes, knirschendes Geräusch aus; es sollte wohl ein Lachen sein, klang aber wie der nie gehörte Todesschrei eines morschen Baums, an dem Äxte und Würmer ihre Arbeit getan haben.

»Du warst doch dabei, bis zum Ende, nicht wahr?« Die Stimme klang fast gewöhnlich, fast menschlich, noch schlimmer durch den Gegensatz zu jenem Lachen.

»Ich habe auch vieles gesehen, was vorher war, aber aus den Rollen unendlich viel erfahren, was ich nicht wußte – oder so nicht wußte. Neue Möglichkeiten, bekannte Dinge zu sehen, anders zu sehen.«

Der Sterbende ließ sich wieder in die Kissen sinken. »Ah. Gut. Aber wenn du bis Persepolis und Karchedon gekommen bist, dann hast du alle Stränge in der Hand und weißt, zu welchem Knäuel sie werden müssen.«

»Hast du denn nicht gesagt, daß es immer mehrere Wahrheiten gibt, wie die Wahrheit meines Erinnerns und die der Berichte anderer? Gibt es dann nicht auch mehrere Arten, den Knäuel zu wickeln; oder ihn zu sehen? Und waren diese Jahre nicht mehr als die zwangsläufige Vollendung vorher begonnener Dinge?« Er fühlte Bitterkeit in sich aufsteigen, Bitterkeit, die er auf der Zunge schmecken konnte. »War ich – waren wir alle nicht mehr als nebensächliche Darsteller einer Tragödie, oder Komödie, oder vielleicht eines aufgeführten Epos – einer Geschichte, deren Ende feststand, als wir aufbrachen? Haben wir denn nichts dazugetan? Nur – Spielsteinchen?«

Aristoteles grinste; das Grinsen eines Totenschädels. Pythias wandte das Gesicht ab.

»Gibt es wirklich nicht mehr Rollen?« sagte Peukestas. »Rollen, die du mir überlassen könntest, für die Geschichte?«

Aristoteles stieß ein schrilles Keckern aus. »Rollen? Es gab sie, Sohn Drakons, aber ich habe sie verbrannt, bis auf wenige.«

»Warum? Wieviel Wissen, Aristoteles! Welche Schätze hast du verschleudert!«

»Keine Schätze, Sohn Drakons. Bis auf wenige, die aus bestimmten Gründen nicht mir gehören durften.«

»Was ist mit Kallisthenes? Dein Neffe hat unausgesetzt geschrieben, solange er lebte. Ptolemaios? Mein Vater?«

»Ptolemaios, ja. Ein großer Kopf. Ich werde nicht sehen, was aus ihm wird, aber ich nehme an, er wird Ägypten lange Zeit beherrschen.«

»Ägypten?« Peukestas rang die Hände. »Sie streiten doch noch um das Erbe. Es ist der Streit, den sie vielleicht abzuwenden hoffen, wenn du ... wenn du einen Brief hättest, in dem glaubwürdig zu lesen steht, was Alexander für seinen Tod – für die Zeit nach seinem Tod vorgesehen hatte.«

»Du wirst lesen, dann wirst du verstehen. Einiges wirst du noch lesen können, Sohn Drakons. Aber was die Dinge angeht, die verbrannt sind – Ptolemaios, wie du dich erinnern wirst, begann irgendwann, Haß auf die alten Makedonen zu empfinden, nicht wahr? Jene, die die hohen Ziele und die Ausmaße des Neuen nicht begreifen konnten oder wollten. Von dem Tag an ändern sich seine Berichte. Daß jemand einen Gegenstand anders sieht als sein Nachbar, das ist gewöhnlich; aber der Lagide hat seit diesem Tag alles absichtlich entstellt.«

»Wie denn? Kann man Tatsachen berichten und gleichzeitig entstellen? Verzerren? So verdrehen, daß die Wahrheit nicht mehr sichtbar ist?«

»Erinnerst du dich an die Belagerung von Massaga?«

Peukestas nickte langsam, jählings schwunglos geworden. »Ich erinnere mich – ungern. Es war ein schwarzer Tag.« Im Geiste sah er die Stadt, die Burg, von indischen Söldnern verteidigt, schwer oder gar nicht einzunehmen. Alexander sicherte den Söldnern freien Abzug zu; als sie abmarschierten, ließ er sie abschlachten.

»Ptolemaios schreibt hierzu sehr geschickt, man habe erfahren, sie wollten sich in der Nacht heimlich davonmachen, jeder nach seiner Heimat, um nicht gegen andere Inder kämpfen zu müssen. Sie hätten aber das Ende der Belagerung nur dadurch erreicht, daß sie sich verpflichtet hatten, künftig unter Alexander zu dienen. Also planten sie Verrat, also mußte er diesem Verrat zuvorkommen, um nicht wenige Tage später erneut gegen die gleichen Krieger kämpfen zu müssen.«

Peukestas zögerte. »Ich weiß es nicht … Vielleicht wußte Ptolemaios Dinge, die wir nicht erfahren haben. Uns hat man gesagt, sie hätten nach einem vorgetäuschten Abzug kehrtmachen wollen, um uns nachts zu überfallen.«

»Und es waren schon so viele Männer hingerichtet worden, die laute Zweifel an Alexander geäußert haben, daß ihr es vorgezogen habt, zu hören, zu glauben und zu gehorchen, nicht wahr?«

»Wer hätte uns denn heimführen können, wenn nicht Alexander?« Peukestas entsann sich der immer wieder in Empörung und Müdigkeit auflodernden Verzweiflung. »Genau wie in Indien, als wir nicht mehr weitergehen wollten. Die Meuterei am Hyphasis … Es hat immer wieder Männer gegeben, die sagten, wir müssen all dem ein Ende machen; laßt uns den König töten und heimgehen. Aber … sie verschwanden plötzlich; und vor allem war ja keiner da, der uns aus den Labyrinthen der Fremde hätte heimbringen können. Keiner außer Alexander. Parmenion hätte es gekonnt, aber der war tot.«

Mit deutlichen Bildern und unvermindertem Entsetzen kamen die Erinnerungen. Die endlosen Märsche durch steinige Wüsten; Männer, die an Durst und Hunger starben; Stadtgründungen, die nur dem Ziel dienten – und keiner, der es nicht begriffen hätte –, Aufbegehrende und Verwundete, die den Vormarsch behinderten, zurücklassen zu können. Andere Gründungen gab es auch – sinnvolle, Wehrdörfer, Burgen zur Beherrschung der eroberten Gebiete; dort wurden Freiwillige angesiedelt. Aber das war nur ein Teil ... Dann die entsetzlichen Tage in Indien, der endlose heiße Regen, die erstickenden Nächte in Dschungel und Morast, vergiftete Pfeile aus dem Dickicht, jeden Morgen ein Dutzend Krieger oder mehr, die nicht aufstanden, weil sie von Schlangen gebissen worden waren; der Leichnam eines Freundes, mit offenem Mund, aus dessen Schlund ein widerliches schwarzes Reptil kroch, als Peukestas den vermeintlichen Schläfer wecken wollte; das Getier, das Wasser, die Sümpfe; Männer, die den Helm fortwarfen, das Gesicht zum Himmel wandten und stehend, wahnsinnig, im Regen ertranken; Männer, die morgens aus einem nassen Loch krochen, besetzt von wimmelnden Egeln; Männer, die plötzlich auf Armen und Beinen liefen und mit Gebell im Dschungel verschwanden.

»Was war mit den anderen erfahrenen Leuten? Koinos, zum Beispiel?« sagte Aristoteles lauernd.

Koinos, Lehrmeister des Königs, Offizier schon unter Philipp, treu bis zum Ende ... Koinos, der harte grauhaarige Taxiarch, der am Hyphasis das Schwert gezogen und es dem König gereicht hatte mit der Forderung, Alexander möge es zerbrechen, es stehe nicht für weiteren Irrsinn zur Verfügung. Koinos, der das Heer aufgerichtet und zusammengehalten hatte, als der tobende, zürnende Alexander sich drei Tage lang in sein Zelt zurückzog und die Männer wankten, zweifelten, ob sie nicht doch weiter ihrem König, diesem Halbgott, dem Unbesiegbaren folgen sollten, wenn er nur endlich aus dem Zelt käme und die Sonne seiner Gegenwart wieder strahlen ließe. Koinos, der drei Tage lang die anderen Offiziere und einfachen Kämpfer beschwor, bedrohte; dem am dritten Tag etwas gelang, was die Heere des Dareios nicht geschafft hatten: Er siegte, Alexander gab auf, ließ Altäre errichten und erlaubte dem Heer, umzukehren.

»Koinos starb bald danach, nicht wahr?«

Peukestas riß die Augen auf. »Es war ...« Er stockte. »Es war eine Vergiftung; verdorbenes Essen.«

»Ist nicht auch Parmenions Sohn Nikanor so gestorben? In der Nähe des Königs, den ich im Unterscheiden von guten und bösen Kräutern unterwiesen habe?«

»Berichte«, sagte Peukestas tonlos. »Was gab es noch an Berichten?«

»Du weißt es längst, nicht wahr?« Wieder keckerte Aristoteles schrill. »Berichte? Nun ja, Berichte. Von Kallisthenes, zum Beispiel. Mein wertloser Neffe ... Albern, hochfahrend, dumm. An den Bericht über den Brand von Persepolis hat er noch eine halbe Rolle angehängt, voll von Gedanken über die Größe der Rache und die Herrlichkeit der Nacht – derart unsagbarer Unfug, solch unaussprechliche Dummheit, daß ich die Rolle damals schon verbrannt habe – die halbe. Als Alexander, um seine größeren Ziele zu erreichen, Perser ins Heer eingliederte, die erschöpften Kämpfer, die mit der reichen Beute in die Heimat wollten, die murrenden, unzuverlässigen alten Offiziere versetzte, an die Seite schob oder einfach umbringen ließ – als er bei all dem Hilfe brauchte und schöne, gedrechselte Berichte für Hellas, da hat er sich der scharfen Zunge und der listigen Einfälle des Kallisthenes bedient. Als der König dann, um die Asiaten nicht zu befremden und als Stütze seiner Macht zu behalten, den asiatischen Fußfall, die *proskynesis* einführte, hat Kallisthenes sich geweigert, wie so viele – hat sich geweigert, als freier Mann und Hellene vor einem König zu knien, den Boden zu küssen vor einem, den er unterrichtet hatte, der nach makedonischer Auffassung Erster unter Gleichen war, aber nicht Gottkönig. Da, Peukestas, hat Alexander Kallisthenes umbringen lassen, wie zuvor Philotas und die anderen. Kleitos, Bruder von Alexanders Amme, Lebensretter des Königs am Granikos – ihn hat er eigenhändig getötet, und Ptolemaios hat kluge Worte darüber geschrieben. Diesen Brief habe ich aufbewahrt. Er ist kunstfertig; man kann ihn als Lehrbeispiel für die Verdrehung von Wahrheit im Dienst eines Mächtigen nehmen.«

Aristoteles hatte immer schneller geredet; nun schwieg er einen Moment, schien aber keineswegs erschöpft. Es war, als ob er das restliche vorhandene Leben, alle noch nicht verflogene Energie in einem großen Schlußfeuer verbrennen wollte.

»Deshalb«, sagte er dann, »habe ich die meisten Berichte verbrannt. Sie waren nutzlos, verstehst du? Geschwätz von Kallisthenes; Drechseleien von Ptolemaios, mit einer Feinheit, die ausreichen würde, den Mond zum Apfel zu erklären und Demosthenes in der Versammlung verstummen zu lassen. Briefe von Nearchos gab es, die schiere Wahrheit, ohne Zutaten, aber es standen viele wichtige Dinge darin, die ein sehr guter Freund dringend wissen mußte, die sonst keiner wissen durfte. Ich habe sie Antipatros gegeben, wie es sich geziemte. Vielleicht haben sie dazu beigetragen, daß er am Ende dem Befehl des Königs, zu ihm nach Babylon zu kommen, ausgewichen ist. Deshalb lebt er noch.«

»Trümmer Trümmer Trümmer.« Peukestas preßte die Handflächen gegen die Schläfen. »Bin ich denn einem Gott gefolgt oder einem Wahnsinnigen?«

Pythias schüttelte den Kopf; etwas wie Trauer und Mitleid lag in ihrer Stimme. »Ihr Männer immer mit eurem entweder – oder. Du bist, ihr alle seid einem wahnsinnigen Gott gefolgt. Er war beides.«

»Gibt es nichts mehr, das Gnade vor deinen Augen gefunden hätte? Ich will wissen, ich muß wissen!«

Aristoteles bewegte den Kopf; Pythias ging mit einem leisen Seufzer zum Gestell und kam mit einigen Papyrosrollen zurück. Eine lag nun noch in dem Fach, aus dem sie die übrigen genommen hatte.

»Zwei Briefe«, sagte der Philosoph; plötzlich klang seine Stimme wie die eines Sterbenden, nicht mehr wie die eines glühenden Leichnams. »Ein kostbarer Brief von Parmenion, meinem lieben alten Freund. Und einer von deinem Vater, Sohn Drakons. Dazwischen der gedrechselte Bericht des Lagiden Ptolemaios über den Tod des Schwarzen Kleitos. Die dickeren Rollen können warten. Lies – lies vor allem, was nicht in den Wörtern ist, sondern zwischen und hinter ihnen.«

Pythias gab dem Makedonen die drei Schriftstücke. Wertlose schwarze Kritzeleien auf nicht besonders wertvollem Papyros; und unbezahlbar.

»Parmenion, Sohn des Philotas, an Aristoteles, Sohn des Nikomachos – Gruß und Gedenken, Freund. Die greise Nacht nistet in den seltsamen Bäumen von Ekbatana. Der Stratege ruht, aber der alte Mann kann nicht schlafen; möge der Philosoph lesen, aber der Freund antworten.

Dies sind die wichtigen Dinge, von denen Hellas durch die gewundene Feder des Kallisthenes bereits erfuhr. Als der Winter zum Frühjahr wurde, brannte Persepolis. Die folgenden Tage verbrachten wir mit der Befriedung Mediens und der Besetzung Ekbatanas. Als die Sommerhitze begann, entließ der König die hellenischen Bundesgenossen, von denen nur wenige freiwillig als Söldner blieben. Harpalos, Hüter der Schätze, blieb in Ekbatana, als der König das Heer teilte. Mit dem größeren Teil brach er auf, Dareios zu verfolgen und die östlichen Satrapien zu unterwerfen; der kleinere Teil verblieb mir. Zwei Nabelstränge kommen hier zusammen, die ich zu einem großen Nabelstrang zu fügen habe – Nachschub und Nachrichten aus Makedonien, über die Königsstraße, durch die Gebiete der edlen Satrapen Antigonos und Nearchos; Nachschub und Nachrichten aus Ägypten, Phönikien und Babylonien. Dies will erwogen und mit feinen Fingern gefügt sein.

Nie habe ich einen Mann so sehr geliebt wie deinen Schüler, den Herrn der zehntausend Lichtwesen; denn er war tapfer und großherzig, verwegen und einfallsreich. Nie gab es solch einen König und Männerführer, klugen Verwalter und göttlichen Strategen. Wenn es die in Herrlichkeit und Grauen, in Planung und Durchführung vollkommene Schlacht gibt, so hat er sie bei Gaugamela geleitet. Noch in zehntausend Jahren werden Krieger sie untersuchen und staunen; mein Anteil war nichtig, aber Teil des Wunders, und so wird mein baldiger Tod mich nicht gänzlich auslöschen.

In Babylon geschahen viele Dinge, wie Du weißt; sie haben die Vergangenheit beschlossen und der Gegenwart die Zukunft entzogen. Nicht länger dein Schüler, nicht länger vieles andere, hat der König begonnen, die Nächte mit Wein zu füllen. Die Nacht aber ist der Gipfel, und die Weinströme fließen bergab, wo sie die Lichter des Tages, die Flammen der zehntausend Lichtwesen löschen. Was noch zu erreichen wäre, könnte durch Licht gesichert sein; was er noch erreichen will, liegt jenseits der Helligkeit, und so ringt er mit den zehntausend Schatten, daß sie ihm helfen. Er selbst ist der Preis, fürchte ich, und wir alle mit ihm.

Hektor, mein Sohn, starb ohne Nachkommen, ertrunken im Nil. Nikanor, mein Sohn, hinterließ Söhne in Pella, in der Obhut unseres besten Freundes. Nikanor starb an vergifteter Speise, in der Nähe des Königs, dessen Kräuterwissen und Giftkenntnisse gerühmt sind, aber nicht zu Hilfe genügten. Philotas, mein Sohn, wird Söhne hinterlassen, wenn auch er geht – Söhne, die ebenfalls Antipatros hütet. Philotas ist bei Alexander; er hält die scharfe Klinge der Hetairenreiter in Händen.

Wenn der ersehnte Nachkomme geboren wird, Freund, hüten Amme und Arzt den Nabelstrang, solange es nötig ist, und durchtrennen ihn dann vorsichtig, wenn das neue Geschöpf reif ist dazu. Sollte aber das Geschöpf ein schwärzliches Ungeheuer voller Grauen und künftiger Entstellung der Welt sein, wäre es dann nicht besser, den Nabelstrang zweifach zu durchtrennen, mit scharfer Klinge?

Dies schreibt Dir Parmenion im brennenden Mond, dessen Name Metageitnion ist – in Athen; in Makedonien ist er Gorpiaios, im Zeichen des himmlischen Löwen, der Alexanders Geburt herbeibrüllte, vor sechsundzwanzig Jahren. Ich umarme Dich.«

Peukestas ließ den Brief sinken, legte ihn auf den Tisch; mit leisem Zischen rollte der Papyros sich ein. Pythias beugte sich über den Sterbenden, flößte ihm Wasser und Wein ein.

Der Makedone stöhnte lautlos; seine Gedanken rasten. Philotas, Führer der Hetairenreiter, Sohn Parmenions … Königsknaben, aus undurchsichtigen Gründen, hatten angeblich einen Mordanschlag auf Alexander vorbereitet; einer der Knaben bereute und wollte den König warnen, wandte sich an Philotas, mehrmals, aber Philotas gab die Warnung nicht weiter – weil er es für kindische Albernheit hielt. Schließlich drang der Knabe bis zu Alexander vor; und Alexander klagte Philotas der Mitwisserschaft, ja der Mittäterschaft an und ließ ihn von der Versammlung der Hetairen zum Tode verurteilen. Und da es Parmenions Sohn traf, Parmenion in Ekbatana den Nachschub, die Versorgung, das Geld und ein schlagkräftiges Heer in der Hand hielt – Parmenion, Vater des Heeres, der einzige, dem die Männer ebenso blind folgen würden wie dem König ... Peukestas erinnerte sich an den bleichen Morgen, als Polydamas mit ein paar Gefährten aufbrach, auf Kamelen, um die Wüsten und steinigen Hochebenen zu durchqueren, statt die Straßen zu nehmen. Sie erreichten Ekbatana; sie sprachen mit Offizieren; sie überreichten Parmenion mehrere Briefe, und während er las, erstachen sie ihn.

Die edelsten der Makedonen, die mächtigsten Männer des von Philipp und Parmenion geschmiedeten Heers ... Und Alexander teilte die Hetairenreiter; die eine Hälfte befehligte hinfort Kleitos, die andere Hephaistion.

Kleitos der Schwarze, Bruder von Alexanders Amme Lanike, Lebensretter des Königs am Granikos. Auch er einer von Philipps Offizieren, alter Freund des Parmenion, edler Makedone, der Fortführung des Feldzugs gegenüber eher ablehnend, aber dem König in Liebe, Treue und Verehrung ergeben. Bis Alexander immer unmakedonischer wurde, persische Königstracht trug, die Gefährten – deren er der Erste unter Gleichen war – nicht mehr jederzeit zu sich ließ, sondern asiatische Hofmeister mit der Anmeldung oder Ablehnung betraute; bis zu jener Nacht des übernächsten Jahres – im zweiten Sommer nach der Hinrichtung des Philotas, nach der Ermordung Parmenions.

Peukestas nahm die Rolle mit dem Bericht des Lagiden. Der große Ptolemaios, kluger Stratege, beim Heer beliebt wie neben ihm nur Krateros – ein Wortedrechsler, Verfasser erlesener Lügen? Er las; und er erinnerte sich an die Mühen des Jahres. Die aufreibenden Gefechte des immerwährenden Kleinkriegs gegen den Satrapen Spitamenes; die Vorstöße in die skythische Steppe, in die sogdianischen Ebenen, die baktrischen Berge, an den Rand der Welt. Die erste Niederlage, als es Spitamenes gelang, am Fluß Polytimetos weit über 2000 Makedonen zu töten. Alexander war nicht dort gewesen, dennoch war es Alexanders erste Niederlage; war denn nicht seine Unbesiegbarkeit auf all seine Männer übergegangen? Es gab Unzufriedenheit im Heer, das immer wieder aus dem Hinterhalt angegriffen wurde und durch Gegenden zog, in denen weder Beute zu machen war noch sonst wichtige Dinge auf dem Spiel zu stehen schienen. Sie wollten nicht mehr, sie wollten heim, sie schrieben Briefe, die erst abgeschickt werden durften, nachdem Offiziere sie gelesen hatten; und manche Briefschreiber verschwanden plötzlich, oder sie wurden aus ihren Einheiten genommen und besonderen Truppen zugeteilt, die höchsten Ruhm und edlen Tod bei unmöglichen Aufgaben errangen. Erst im Winter, nach der Ermordung des Kleitos, ordnete Alexander das Heer neu, richtete kleine bewegliche Einheiten ein, besondere Truppen mit besonderer Ausbildung und Ausrüstung für den Kampf in den Bergen oder die schnelle Verfolgung des listigen Gegners im Kleinkrieg; erst im folgenden Frühjahr gelang es, den letzten Widerstand zu brechen.

Hatte es da vielleicht auch anderen Widerstand gegeben? Mit einem Frösteln erinnerte sich Peukestas des jähen Verstummens vieler Männer; der unbehaglich schweigenden Runden am Winterfeuer; der Angst oder Beklemmung in den Gesichtern furchtloser Kämpfer; erst im Frühjahr, als Alexander wieder siegte und bewies, daß seine einfallsreichen Neuerungen, seine geschickten Maßnahmen das gleiche göttliche Feuer besaßen wie früher, schlug die Stimmung wieder um.

Ptolemaios berichtete: aus dem Lager, im Sommer des Unheilsjahres, in Marakanda. Eines der immer häufigeren Gelage; alle waren betrunken (Peukestas erinnerte sich an das Gegröle, das er in seinem Teil des Lagers noch hatte hören können), und einige der Gäste überboten sich in Zoten, andere in Lügengeschichten oder groben Liedern, wieder andere in erfindungsreichen Schmeicheleien. So behaupteten sie, die Halbgötter Kastor und Polydeukes, ja selbst Herakles – keiner von all den großen Gestalten der Überlieferung halte einen Vergleich mit Alexander aus.

»Kleitos war schon länger sein Ärger über Alexanders Wendung zum Barbarischen anzumerken gewesen, und das Geschwätz der Schmeichler nährte seinen Grimm. Er verbat sich, selbst vom Wein erhitzt, die Schmähung der alten Heroen und wollte es nicht zulassen, daß man dem König zuliebe die Taten der Vorfahren herabsetzte. Alexanders Taten seien keineswegs so großartig und wunderbar, wie sie sich in der Übertreibung nun ausnähmen; überdies habe er bei aller Großartigkeit seine Wundertaten nicht ganz allein vollbracht, sie seien auch das Werk von einigen zehntausend Makedonen. Diese Reden verärgerten wiederum Alexander, der seinen alten Freund zur Mäßigung aufforderte. Als aber einige begannen, nach den Dioskuren und Herakles nun auch Philipp herabzusetzen, als ob dieser nichts Großes oder Bewundernswertes vollbracht habe, sondern allenfalls ein schwächlicher Vorläufer seines göttlichen Sohnes gewesen sei, konnte Kleitos sich nicht mehr halten; und er begann, Philipps Ruhm zu verkünden und Alexanders Taten zu verkleinern. Erregt und bezecht sprang er auf und schrie den König an, der ebenfalls aufsprang und zurückschrie. Kleitos sagte unter anderem, ohne das von Philipp und Parmenion erschaffene, einzigartige Heer der Makedonen wäre Alexander nicht einmal bis zum Granikos gelangt, so daß er – Kleitos – gar nicht in die Lage gekommen wäre, ihm das Leben zu retten; oder ob er denn meine, mit dem Geschwätz von Ammonspriestern und den Giften, Ränken und Mordanschlägen der Olympias würde er all das erreicht haben, was Kleitos' Hand und die Hände der anderen Makedonen errungen hatten. Da wollte Alexander zornig und berauscht sich auf ihn stürzen, wurde aber von anderen Gefährten zurückgehalten. Er schrie, nun sei es mit ihm wohl auch so weit gekommen wie mit Dareios in den Händen des Bessos – der König Gefangener im eigenen Zelt, in den Händen seiner Offiziere. Diese ließen ihn daraufhin los; inzwischen hatte Ptolemaios, Sohn des Lagos, den schäumenden Kleitos aus dem Zelt gezerrt. Kleitos riß sich jedoch los, da er als makedonischer Fürst und *hetairos* des Königs wahrlich weder etwas zu fürchten noch seine Zunge zu hüten habe, und kehrte ins Zelt zurück, kaum beruhigt, um den ebenfalls kaum beruhigten Alexander abermals anzugehen. Der König entriß daraufhin einem der Wächter die Lanze und tötete Kleitos.«

Es folgte die ergreifende Beschreibung der Trauer und Reue des Königs: Er habe die Lanze gegen die Wand gestemmt, um sich selbst das Leben zu nehmen; als die Freunde ihn daran hinderten, habe er sich drei Tage und Nächte jammernd und wehklagend in sein Zelt zurückgezogen, ohne Nahrung zu sich zu nehmen.

Drei Tage ... Peukestas dachte an die drei Tage am Hyphasis, als der König durch Schweigen versuchte, die meuternden Krieger umzustimmen; er scheiterte am Willen des Koinos, der bald darauf starb. Drei Tage nach dem Tod des Kleitos kehrten Drakon und Demaratos von einer der immer geheimnisvollen Erkundungen zurück; bald darauf starb Demaratos, Freund des Kleitos, mit dem er eng zusammengearbeitet hatte. Der Korinther starb an Alter und Erschöpfung; einen Tag, nachdem er lachend vom Pferd gesprungen war. Abends nahm er an einem Gelage teil; Alexander selbst mischte Wasser, Wein und Honig, gab Gewürze zu, reichte besonders zu ehrenden Freunden eigenhändig die Becher. Demaratos war einer dieser besonders zu Ehrenden, und am nächsten Tag war er tot, betrauert von vielen, geehrt abermals von Alexander, der ihm ein prächtiges Denkmal errichten und den einbalsamierten Leichnam heimschaffen ließ nach Korinth.

Drei Tage in Opis, am oberen Tigris, im Jahr vor seinem Tod: als der Satrap Peukestas (der junge Makedone mochte den Mann nicht und hatte immer bedauert, den gleichen Namen zu tragen) dem König 30 000 makedonisch ausgebildete und ausgerüstete junge Perser zuführte und Alexander 11 000 altgediente Makedonen entließ, um sie in die Heimat zu schicken, unter dem Befehl des Krateros. Emes, der lange, graue, treue Emes, machte sich zum Wortführer der Kämpfer, die nicht so weggeschickt werden, nicht das von ihnen eroberte Reich den Barbaren übergeben wollten, denen sie es blutig entrissen hatten. Drei Tage verschanzte Alexander sich auch diesmal; am Schluß feierte er eine seltsame Versöhnung mit den Männern, die diesmal zwar den getreuen Emes, aber keinen Koinos hatten und nichts erreichten außer Umarmungen und Freundlichkeit.

Und zwischendurch so viele, so unendlich viele und unendlich verworrene Ereignisse. Der Zug über den Rand der Oikumene, nach Indien, verstärkt durch persische, baktrische und sogdianische Kämpfer sowie fast 22 000 Männer aus Hellas und Makedonien, deren Begeisterung lauter war als Überdruß und Müdigkeit der alten Krieger. Das unermeßliche Heer, das nach Indien zog, mit Frauen und Kindern und Troß mehr als 150 000 Menschen. Die schöne Baktrerin Roxane war dabei, die Alexanders zweiten Sohn gebar – der erste, Herakles, weilte mit seiner Mutter Barsine in Susa – und ihn wenige Tage nach der Geburt in Indiens Sümpfen sterben sah. Die Schlacht gegen König Poros, vielleicht ein noch größeres Kunstwerk als jene von Gaugamela – Poros erwartete einen befreundeten Herrscher und dessen Heer; er sperrte den Übergang über den Indos; Alexander teilte seine Kämpfer, ließ die eine Hälfte unter Krateros am Fluß zurück, marschierte mit der anderen flußaufwärts, setzte in der Nacht über den gewaltigen Strom und griff am Morgen Poros an; der Inder konnte nicht auf Verstärkung warten, er konnte nicht abziehen, ohne von Alexander und Krateros in die Zange genommen zu werden, er mußte sich zur Schlacht stellen, wohl wissend, daß Krateros' Männer nicht mehr am Überschreiten des Flusses zu hindern waren, weil alle Inder zur Verteidigung gegen Alexanders Angriff benötigt wurden – und gleichzeitig von unendlicher Sinnlosigkeit, denn es gab nichts zu gewinnen und nichts, außer dem Leben, zu verlieren. Der Vormarsch nach Osten, abgebrochen in Regen und Morast und Dschungel, der große Sieg des klugen Koinos über den drei Tage zürnenden König. Die geplünderten Städte, die hingemetzelten Männer und versklavten Frauen und Kinder. Der wahnsinnige Angriff auf die Stadt der Maller, als selbst die Hetairen nicht mehr kämpfen mochten und der wutschäumende König allein die Mauer erstieg und in die Stadt hinabsprang, tapfer, verwegen und verrückt. Nearchos' Ankunft mit neuen Verstärkungen, und die Übernahme der geheimen Dienste durch Nearchos und Ptolemaios. Der Bau der großen Flotte, die den Indos hinabfuhr. Alexander und Hephaistion, die an der Mündung des Stroms hinaussegelten auf den Okeanos und sich in einem großen, verpichten Faß, in dessen Seite eine mit Schweinsblase durchsichtig verschlossene Öffnung war, auf den Boden des Meeres begaben. Die Teilung des Heeres – ein Teil blieb als Besatzung zurück, ein Teil zog unter Krateros weiter nördlich über die Bergpässe nach Persien, ein Teil segelte mit Nearchos und Onesikritos die Küste entlang nach Westen, der größte Teil marschierte unter Alexander durch die tödliche Wüste Gedrosiens, und von diesem Teil überlebte nur etwa jeder dritte. Noch jetzt, im Haus des Aristoteles, fragte Peukestas sich, ob dieser Zug eine weitere Herausforderung des Halbgotts Alexander an die Götter gewesen war, oder eine Bestrafung der Männer, die es gewagt hatten, ihn herauszufordern durch Trotz; oder ein Versuch des Königs, der ja ebenfalls Durst und Hitze leiden mußte, sich selbst zu strafen. Galt sein Sehnen nicht mehr der Weite, sondern der Weite jenseits aller Grenzen, dem Tod? Oder war es, wie ein Babylonier gesagt hatte, der zwanghafte Versuch, mit Hephaistion zusammen, als Gilgamesh und Enkidu, einen großen Kreis um die Welt zu beschreiben, der in Babylon begann und endete, um irgendwo die Steinbäume, die Götterwirtin und die Dornen des ewigen Lebens zu finden? Er dachte an die sengende Hitze, die Sandflächen und Steinsteppen, die kargen dürren Dornbüsche, Tage und Nächte ohne Wasser und Nahrung und Brennstoff, als sie Tragtiere und Reittiere töteten, um deren Blut zu trinken und das Fleisch roh zu verschlingen, ehe es verdarb; an die Wasserstellen – nicht Gilgameshs Brunnen –, in denen sich Kadaver türmten: Männer, die sich ausgedörrt ins Wasser stürzten und tranken, bis sie von Krämpfen geschüttelt starben.

Die Heimkehr nach Persien, das Strafgericht für säumige Satrapen, die dem Zug hätten Nahrung und Wasser liefern sollen – aber war es vielleicht nur Alexanders Zorn, eine Ablenkung von der Katastrophe, die er gewollt und verschuldet hatte und für die er nun Schuldige brauchte, damit die Überlebenden des Heers ihm weiter folgten?

Die Hochzeit von Susa, wo Alexander sich mit Dareios' Tochter Stateira und dazu Parysatis, der jüngsten Tochter des Artaxerxes Ochos, vermählte; Hephaistion erhielt Stateiras Schwester Drypetis; Krateros eine Nichte des Dareios; Perdikkas und Ptolemaios und Eumenes und Nearchos und Seleukos und Leonnatos (Peukestas sah im Geiste das Bild:

die Männer und ihre Frauen in langer Reihe nebeneinander, beginnend mit Alexander, dann Hephaistion, dann Krateros, dann Perdikkas, und so fort) und an die hundert andere Offiziere und Hetairen wurden mit Töchtern des persischen Hochadels vermählt, ebenso mehrere tausend Männer des Heeres mit den Perserinnen, mit denen sie seit langem zusammenlebten und Kinder hatten. Die Kinder der heimgeschickten alten Krieger – Mischlinge, in Makedonien zweifellos unwillkommen – nahm der König als die seinen an, um sie für den Dienst am Reich erziehen zu lassen – das Mischlingsheer der Zukunft?

Ein langer, wirrer, wilder Traum; und mitten darin – oder fast noch am Anfang? Vier Jahre vor Alexanders Tod, drei Jahre nach dem Tod Parmenions, ein Jahr nach Kleitos' Ermordung – die unglaubliche Erstürmung der Burg des sogdianischen Fürsten Ariamazes, in der auch der wichtigste noch freie Baktrer, Oxyartes, seine Familie untergebracht hatte. Bei der Erstürmung der Felsenburg waren mehr als dreißig Makedonen an den glatten, außerdem von Schnee und Eis bedeckten Hängen abgestürzt; zu denen, deren Leichen man nicht fand und nicht bestatten konnte, hatte Peukestas' Vater gehört, Drakon, Heiler und einer der Lenker der geheimen Aufklärer.

Und nun hielt er einen Brief Drakons in der Hand, vermutlich kurz vor jener Erstürmung geschrieben, das letzte Lebenszeichen eines Toten. Peukestas warf einen Blick auf den sterbenden Philosophen; Pythias hatte ihn notdürftig gereinigt, diesmal ohne ihn zum Verlassen des Raums aufzufordern. Sie tat zweifellos wichtige Dinge in der Küche; Aristoteles lag auf dem Rücken, atmete flach und starrte an die Decke.

Peukestas las. Der Anfang des Schreibens, mit Gruß und dem Beginn der Dinge, fehlte. Ein unvollständiger Satz war der Anfang dessen, was Peukestas in der Hand hielt. Und bereits bei diesem halben Satz erstarrte Drakons Sohn.

»... des Ariamazes war keine dieser grausamen und sinnlosen Metzeleien, wie sie in letzter Zeit immer häufiger angeordnet und ausgeführt wurden. Er wollte die dort untergebrachten Verwandten der baktrischen Fürsten lebendig, als Geiseln. So hat er Übergabe und gute Behandlung angeboten. Der Vertraute des Ariamazes brach in schallendes Gelächter aus und sagte etwa dies:

›Fürst des Westens, der du durch den Osten irrst, betrachte den Berg. Er ist steil und abschüssig wie eine Wand, auf allen Seiten. Eine Stelle gibt es, von der du in die Burg hinabsteigen oder hinabspeien könntest, die Ostseite, aber sie ist die steilste von allen. Mein Herr läßt dir zweierlei sagen. Es gibt Nahrung für drei Jahre in der Burg, und eine reichlich fließende Quelle im Hang innerhalb der Mauern. Wenn du nicht drei Jahre in jammervoller Belagerung zubringen willst, zieh ab; denn wisse, nur geflügelte Krieger könnten die Burg einnehmen. Dies ist das erste, was mein Herr dir sagen läßt. Das zweite aber ist dies: Solltest du an einem der nächsten Tage einen Angriff wagen, so möge dieser Tag des Angriffs dein größter und strahlendster sein. Die Sonne und dein Ruhm mögen prächtiger glänzen denn je zuvor, und alles um dich soll herrlich und wunderbar sein. Weil es dein letzter Tag sein wird, Herr der Makedonen.‹

Alexander war in den letzten Monden oft unangenehm zu betrachten, ausgezehrt von Mühsal und gleichzeitig aufgebläht vom Wein; Du kennst derlei Anblicke, und sie sind bei einem König noch unersprießlicher als bei einem gewöhnlichen Sterblichen. In den vergangenen Tagen hatte er jedoch gut geschlafen, anstrengende Ritte zurückgelegt und kaum getrunken; als er die Worte des Boten hörte und lachte, war er wieder jener junge, mitreißende Führer, den alle geliebt hatten, und für Momente konnte auch ich die schwarzen Tage vergessen. Er sagte, für diese hochherzigen Worte wolle er Ariamazes ehren, nach der Gefangennahme, und entließ den Boten.

In der Nacht begann der Angriff, und es war ein Unternehmen, wie keiner außer Alexander es hätte ersinnen können. Perdikkas und seine Hopliten, unterstützt von Bogenschützen und Speerwerfern, griffen mit lautem Getöse, mit Fackeln und Leitern und Brandpfeilen die Vorwerke der Burg am Westhang an, natürlich ohne jede Aussicht auf Erfolg. Alexander selbst, Hephaistion und etwa dreihundert ausgewählte Kämpfer, denen der König hohe Belohnungen versprochen hatte, erklommen die beinahe senkrechte, verschneite und vereiste Ostseite, und zwar in dieser Weise: Die Männer nahmen neben Schwert und Speer dreierlei mit – Eisenpflöcke, Leinen und Hämmer. Die Pflöcke wurden in den Berg getrieben, die Leinen gespannt, die nächsten Männer kletterten nach und schlugen eine Mannslänge oberhalb der vorigen die neuen Pflöcke ein.

So stiegen wir – ich war dabei, da Philippos nicht schwindelfrei ist, der König aber nicht ohne Arzt in den Kampf gehen soll. Mehr als dreißig von uns stürzten ab, lagen zerschmettert oder gänzlich unauffindbar am Fuß des Hangs in der ostwärts ausgedehnten Schlucht. Während des Aufstiegs begriff ich, daß dies etwas war, worauf ich gewartet hatte.

Ich blieb ein wenig zurück, als die anderen den höchsten Hang erklommen und von dort in die Burg eindrangen – sie sprangen, oder ließen sich an Seilen hinab. Natürlich öffneten sie zuerst die kleinen Tore an dieser Seite; die Verteidiger befanden sich nahezu alle auf der anderen Mauer, um den vergeblichen Versuchen des Perdikkas zuzusehen. Es dauerte nicht lange, bis es zum Kampf kam; immer mehr Makedonen klommen an den Pflöcken und Seilen bergauf und stürzten sich ins Gemenge. Ich blieb im Schatten, in der Nacht; keiner hat mich gesehen.

Alexander war wie immer an der Spitze der Männer, die in die Burg eindrangen. Mit dem Schwert verwundete er Ariamazes, der sich ihm entgegenstellte; dann drang er in einen erleuchteten, mit Teppichen ausgelegten Gang ein. Ich folgte. Man hatte gesagt, erzählt, berichtet, des Oxyartes edle Tochter Raukhshana, Roxane, sei die schönste Frau Asiens, und natürlich wollten alle sie sehen – alle, auch der König.

Mit dem Schwert tötete er zwei Wachen, die ihn aufhalten wollten; eine alte Frau, die vor der Tür des Gemachs kauerte, kroch wimmernd beiseite.

Hinter der Tür gab es schwere Vorhänge, die mich verbargen; mich, und die alte Frau, die mein Messer an der Kehle spürte und nicht einmal zu wimmern wagte. Im Raum loderte ein Feuer; zahlreiche Fackeln und Lampen und glatte

Silberflächen erhellten das Gemach. Es war kostbar eingerichtet, mit bunten Wandteppichen aus Seide, mit schweren weichen Knüpfarbeiten auf dem Boden, mit Gold und Silber und tausend duftenden Hölzern, mit einem breiten Bett und prächtigen Truhen.

Mitten im Raum, den Rücken zum Feuer, stand die schönste Frau Asiens. Sie trug keinerlei Schmuck; das köstlichste Geschmeide hätte sie geschändet, Aristoteles. Nichts trug sie als ein feines weißes, fast durchsichtiges Gewand. Die Strahlung der Brüste, die durch das hauchdünne Tuch brannten, hätte Herakles die Besinnung geraubt und die Äpfel der Hesperiden schrumpfen lassen. Die Farbe geschmolzenen Goldes in der Münze, vor dem Erkalten; flüssiges Feuer in einem Gefäß der vollkommensten Anmut; hüftlanges offenes Haar, wie feingesponnen von den Fingern der Moira aus Stoff, der beim Entstehen der Welt unverbraucht blieb, da er den Göttern zu wertvoll erschien für die Mitternacht; Bewegungen wie die einer jungen Löwin, die schnurrt vor dem Sprung; lendenversengend gefräßiges Feuer der Augen; das schimmernde Gehege der Zähne, wogendes Schwellen der Lippen … Und noch etwas war zwischen den Brüsten, aber dies sah ich erst später.

Erinnerst Du Dich, Aristoteles, an die Beschreibungen, die Berichte, die ich Dir mündlich und schriftlich gab – die Tage von Samothrake, als Philipp sich mit den Göttern aussöhnen sollte und im Tempel Olympias traf? Den heißen Sturm, der beide erfaßte und für lange Zeit die Pläne der Priester verwirbelte?

So ähnlich, ja … nur stärker. Götter, ich habe Frauen gesehen in meinem langen Leben, aber nur eine wie Raukhshana. Sie hielt ein langes dünnes Messer in der Hand. Es glitzerte wie der Zahn einer Schlange.

Und er? Wie durch reichen Schlaf, mangelnden Wein und harte Arbeit genesen, magisch verjüngt durch den Aufstieg, strahlender Heros, der auf den Schwingen der Nacht reitet, das blutige Schwert in der Hand, unbezwinglicher Eroberer der Welt – er ließ das Schwert fallen und ging zu ihr, mit langsam gleitenden Schritten. Er streifte den Helm und den Panzer ab, ehe er sie noch erreichte. Der Chiton fiel wie Laub im Herbstwind, Aristoteles, wie sinnloses Laub, das den aufstrebenden Stamm daran hindert, sich in die heiße Höhlung des letzten Sommerglühens zu recken. Als er sie erreichte, trug er nur noch den Schurz; und seine Narben.

Sie lachte; ein kehliges, warmes Lachen. Dann stieß sie zu mit dem Dolch, verwundete ihn an der Schulter. Er packte ihre Hand, hielt sie, hielt sie jedoch sanft, als wolle er sie durch die Kraft der Augen überzeugen, nicht durch die Kraft der Hand bezwingen. Ich sah – ich sah, wie sich ihre Haltung und ihr Blick wandelten. Ich sah, wie er die Hand der Baktrerin losließ. Sein Blut an ihrem Dolch; sie führte ihn an die Lippen. Mit ihrer Zunge – nie gab es solch eine Zunge – leckte sie Alexanders Blut von ihrem Stahl. Sie beugte sich vor, trank das Blut aus der Wunde, die sie seiner Schulter zugefügt hatte, bot ihm dann die Lippen zum Kuß, zum gemeinsamen Bluttrunk.

Raukhshana – noch einmal löste sie sich von ihm, ehe der Taumel begann. Sie trat einen Schritt zurück, zerriß ihr Gewand, ließ es fallen. Sie kniete vor ihm, um seinen Schurz zu lösen, und ich verließ den Raum, schleppte die wimmernde Alte mit.

Denn ich hatte, ehe sie kniete, das Amulett gesehen zwischen ihren Brüsten. Das *ankh* und das Auge des Horos. Achtzehn Jahre alt ist Raukhshana, wie mir die Alte sagte. Nicht leibliche Tochter des Oxyartes, der wie so viele Satrapen und Fürsten ein Eunuch ist. Sie wurde von ihm angenommen, als sie zwölf war, oder dreizehn. Ausgewählt, o Aristoteles, und Oxyartes als Tochter auferlegt hat in dem Jahr, da Alexander bei Issos siegte, nach langer Suche im ganzen Reich sie ein anderer: Bagoas der Heile. Er hat auch Oxyartes angewiesen, wo er unter welchen Umständen wann sich aufzuhalten habe; zuletzt vor wenigen Monden, sagte die Alte, ehe ich sie endgültig verstummen ließ.

Bin ich von Sinnen? Ich habe mit dem blutigen Messer in meinen Arm geschnitten und den Schmerz gespürt, das Blut gesehen; ich habe die Mauern berührt und sah die Sterne tanzen. Und dennoch fühle ich mich eingekerkert in einem gräßlichen Traum – in jener unendlichen Papyrosschleife des Traumbilds von Babylon, eingesperrt zwischen Spiegeln, die einander gegenüberstehen und mich hin und her und hin und her schleudern, unendlich verkleinern, wiederholen und zuletzt auflösen.

Denn ich weiß nicht, wozu Bagoas Raukhshana ausgewählt hat; noch immer ist mir der alte Plan ein Rätsel. Ich weiß aber, warum er *sie* unter allen Töchtern Asiens gesucht haben muß. In Samothrake wurde dem Gott ein Opfer dargebracht, das Bildnis der von Philipp getöteten Mutter, Eurydike; und Olympias sah aus, als wäre die lynkestische Hexe wiedergeboren in ihr. Auf dem Felsen des Ariamazes, o edler Philosoph, sah ich Olympias: jung, überwältigend, mit dunklerem Haar und dunklerer Haut, verjüngte asiatische Zwillingsschwester von Alexanders Mutter.

Ich will nicht länger Teil eines Spiels sein, dessen Regeln und Ziele ich nicht kenne. Ich bin angewidert vom Dienst an einem König, der zehntausend Götter ist und dann zehntausend Ungeheuer, der Männer hinreißt und abschlachtet, Völker begeistert und auslöscht, den Göttern trotzt und ein Gott sein will.

Ich habe den Helm und den Umhang und die Rüstung und die Waffen eines Gefallenen angelegt; niemand erkannte mich, als ich vor dem Morgengrauen den Berg hinabstieg und durchs Lager lief. Ich ließ alles zurück, was mein ist und auffällig fehlen könnte; nur Münzen und Waffen begleiteten mich. Und Vorräte, Wasser, irgendein Pferd. Es ist meine Trauer, daß auch Peukestas mich für tot halten wird, zerschmettert am Fuß des Berges; aber mein Sohn ist dem König verfallen, und wie sollte ich ihm von meinem weiteren Leben sprechen, da doch alle mich tot wähnen sollen?

Ich bin jetzt ein reisender Heiler, im westlichen Teil Baktriens. Händler aus Byzantion nehmen das Schreiben mit, das Du hüten und verheimlichen solltest. Nur Antipatros darf wissen; nur Antipatros muß wissen. Ich umarme Dich.«

Fassungslos, verblüfft, entsetzt und doch voller Freude ließ Peukestas den Papyros sinken.

»Keine Fragen«, sagte Aristoteles. Seine Stimme war kaum zu vernehmen.

»Aber ... mein Vater, das Amulett, all die ...«

»Keine Fragen.« Langsam, müde, fast leblos kroch die linke Hand des sterbenden Philosophen unter den Fellen hervor und wies auf die beiden dicken Rollen, die noch auf dem Tisch lagen.

»Lies. Du wirst wissen. Laß mich letzte Kraft sammeln für ... danach.«

Peukestas streckte benommen die Hand aus, nahm die Rollen auf und betrachtete die Zeichen der ersten.

»Ich kenne die Schrift ... aber da sind Teile gestrichen, Teile in anderer Schrift überklebt ...«

»Dymas war geschwätzig. All seine Erlebnisse in Jahren. Ich ...« Aristoteles hustete; das Knirschen von Winterwind auf einem verharschten Hang. »Ich habe zusammengefaßt und gestrafft; nichts Wichtiges fehlt. Lies. Das zweite Schreiben ist ... von Nearchos. Lies; und laß mich Kräfte sammeln.«

»Aber ...«

Aristoteles regte sich nicht; er hielt die Augen geschlossen. Pythias, längst wieder im Raum, sagte halblaut:

»Vielleicht kann ich es dir sagen, Makedone.«

Peukestas deutete auf die fortgelegten Rollen. »Mein Vater ... Und wieso hat Ptolemaios kunstfertig gelogen, mit seinem Bericht über Kleitos?«

Pythias hob die Schultern. »Die Einzelheiten und Andeutungen. Wenn er schreibt, Kleitos sei schon länger verärgert gewesen, legt er damit nahe, daß Kleitos diesem Ärger absichtlich in irgendeiner Form nachgehen wollte. Er beschreibt seine Rede, die aus lauter Wahrheit besteht und nicht beleidigend ist, als wäre sie beleidigend, und verschweigt die Beleidigungen, die Alexander vielleicht gesagt hat. Er übertreibt Rausch und Erregung des Königs, damit er den Mord als Tat verminderter Besinnung ansehen kann. Reicht das?«

Peukestas knurrte, schwieg, starrte vor sich hin. »Und Drakon?« sagte er schließlich.

»Ist in Memphis. Vielleicht wartet er auf dich. Nun lies!«

13. DER TEMPEL DER TOTEN GÖTTER

Ein karchedonischer Dreidecker brachte Dymas zur Südspitze der Peloponnes, ans Vorgebirge Tainaron, wo nach der Niederschlagung der spartanischen Erhebung wieder Tausende Söldner in Zelten und Hütten hausten und auf Angebote warteten. Dymas bereiste gemächlich die Gegenden, die ihm bei seinem letzten Aufenthalt wegen der Kriegsgefahr und Wirren wenig verlockend erschienen waren. In Sparta traf er einen einsamen Auleten, mit dem er einige Male gut zusammenspielte; der Mann stammte aus dem fernen Massalia und begleitete ihn nach Korinth. Dort, im Spätsommer, erledigte Dymas behutsam die Aufträge Hamilkars; Kleon und andere wichtige Männer der reichen Stadt deuteten an, daß Korinth die Umsturzpläne der »schäumenden Demokraten« in Syrakus mit Mißfallen betrachtete und keinesfalls beabsichtigte, ein Kriegsabenteuer gegen Karchedon auch nur zu erwägen. Man habe Verständnis für Karchedons Wünsche, den augenblicklichen Zustand zu bewahren, und man werde die Entwicklungen beobachten. Solange Maßnahmen der Libyphöniker ersichtlich nur dieser Bewahrung, nicht aber der Ausdehnung ihrer Macht dienten, wolle Korinth nichts unternehmen. Im übrigen sei es durchaus möglich, daß Korinth selbst zugunsten der alten Freunde und Verwandten gewisse Maßnahmen gegen die »Schäumenden« ergreifen werde.

Noch im Herbst, ehe Dymas Korinth verließ, tauchten dort die ersten neuen Münzen auf, vor allem silberne Didrachmen mit dem Bild Alexanders. Mit Erstaunen vermerkte Dymas, daß die klugen und reichen Händler die von Hamilkar umrissene Gefahr der allgemeinen Geldentwertung nicht einmal ahnten. Mit dem Auleten und einer aus Korkyra stammenden Tympanistin reiste Dymas nach Westen. Einige Wochen spielten sie sich von Ort zu Ort an der Küste, ehe sie kurz vor Beginn des Winters ein Schiff bestiegen und Korkyra aufsuchten. Die Stadt, mit über 100 000 Bewohnern drittgrößte der hellenischen Oikumene – nach Athen und Syrakus –, war ein angenehmes Winterlager mit gutem Essen, aufmerksamen Zuhörern und silberner Wertschätzung für Musik. Die zweimal verwitwete Tympanistin, kaum jünger als Dymas, bot ihm eine willkommene, dankbar angenommene Liebschaft, deren Leidenschaftlichkeit nicht zu Bindungswut entartete.

Zu den wichtigen und unwichtigen Nachrichten, die im Winter Korkyra erreichten, gehörten erste Andeutungen des beginnenden Preisverfalls in den Städten der asiatischen Küste und in Athen; ferner die nur für Eingeweihte fesselnde Botschaft aus der Schule des Aristoteles, daß es dem Mathematiker und Astronomen Kallippos mit Hilfe des allseits bewanderten Philosophen gelungen sei, die himmlischen Sphären abzustecken und die Bahnen der Planeten zu berechnen. In Athen hatte der Fürst der Odrysen, Rhebulas, ein Bündnis gegen Makedonien erreichen wollen, war aber am beredten Widerstand von Demosthenes und an den Besorgnissen der übrigen gescheitert. Die zahlreichen Makedonenfeinde Korkyras – etwa neun Zehntel der Bevölkerung, wie überall in Hellas – spöttelten über die Nachrichten aus dem fernen Osten: Widerstand des Adels gegen Alexanders Barbarisierungspolitik, Hinrichtung des Philotas wegen einer Mordverschwörung, Ermordung seines Vaters Parmenion; gleichzeitig nahm man mit zähneknirschender Bewunderung zur Kenntnis, daß der junge König sich offenbar durch nichts aufhalten ließ, das persische Großreich weiter zügig eroberte und unterwarf, die Satrapien Areia, Drangiane und Arachosien botmäßig machte – Gegenden, von deren Lage man bestenfalls verschwommene Vorstellungen hatte. Genauer waren die Kenntnisse, was näherliegende Landschaften und Verhältnisse anging; so löste es durchaus Unbehagen aus, daß Alexanders Schwester Kleopatra fluchtartig unter den Mantel des Antipatros heimgekehrt war – die epeirotische Nachbarschaft Korkyras stand nun unter der herben Herrschaft von Olympias, über die man sich zahllose grimmige Geschichten erzählte, allesamt vermutlich erfunden, allesamt im Kern jedoch wahr.

Diese Änderung bewog Dymas dazu, die vorgesehene

Landreise nach Dyrrhachion aufzuschieben und erst im Frühjahr mit einem Frachtsegler die Hafenstadt aufzusuchen, wo er gestorben und wiedergeboren war. Es gab dort kaum Änderungen; Aristippos ächzte wie viele über den Verfall des Geldes und die Teuerung des Lebens. Dennoch schien Dyrrhachion nicht so schwer getroffen wie etwa Athen; es mochte an der Entfernung liegen und daran, daß ein großer Teil des Handels hier mit dem illyrischen Hinterland als Tauschgeschäft abgewickelt wurde, ohne Geld. Aber seit im Vorjahr Antipatros, der die Hände wieder einigermaßen frei hatte, mit einigen Reitern und Hopliten bei den Taulantiern zu Besuch gewesen war, lag Dyrrhachion der übrigen Oikumene näher als je zuvor: Die Straßen waren frei von Räubern, es gab nur noch die von Pella festgesetzten Abgaben, keine Wegezölle für struppige Bergfürsten, und Aristippos erzählte mit leisem Kichern, die Hexe von Epeiros habe die Ausdehnung der makedonischen Ordnung sehr unwirsch aufgenommen, da sie einer Ausdehnung ihrer Unordnung nach Norden den Vorzug würde gegeben haben.

Dymas mied die epeirotische Grenze; seine Erinnerungen an Olympias und ihre wechselnden Mienen legten ihm die Entfernung nahe. Langsam, meist allein, manchmal mit Händlern oder kleineren makedonischen Streiftrupps, wanderte er in Schlangenlinien nach Osten und erreichte im Herbst makedonisches Kernland. Über Beroia, Aigai und Aloros kam er nach Pella.

Von Antipatros hörte er Einzelheiten über jene asiatischen Todesfälle und erfuhr Neues. Bessos, Satrap von Baktrien und Sogdiana, hatte im vergangenen Jahr den fliehenden Dareios ermordet und sich unter dem Namen Artaxerxes zum neuen Großkönig gemacht – ein Titel, den Alexander selbst anstrebte. Nach allerlei Kleinkrieg, Vorstößen und Rückmärschen war es einer Heeresabteilung unter Führung des Lagiden Ptolemaios gelungen, Bessos' Truppen aufzureiben, ihn selbst zu fangen und Alexander zu übergeben, der ihn nach Ekbatana sandte, wo er auf des Königs Befehl zu Tode gefoltert wurde.

»Er ist jetzt König von Makedonien, Großkönig von Asien, immer noch *hegemon* des Bundes. Im Moment treibt er sich, soweit ich weiß, am Nordwestrand der Welt herum, in der skythischen Steppe. Er hat die Flüsse Oxos und Jaxartes überschritten, von denen wir eigentlich nur wissen, daß sie irgendwo fließen. Da soll es einen Ort geben, Sa-Marakanda oder so ähnlich, wo hin und wieder gelbhäutige Händler mit schmalen Augen Seide verkaufen.« Der Stratege hob die Schultern. »Früher oder später werden wir mehr wissen; seine Geographen sind sehr gründlich.«

Dymas zögerte mit der Frage, die er vor allem stellen wollte. Antipatros betrachtete ihn unter herabgezogenen Brauen.

»Na, spuck's aus, Kitharode.«

»Wenn du willst ... Ich habe mich seit langem gefragt, was der Stratege von Europa, der edle Makedone Antipatros von den Unternehmungen des Königs halten mag. Wie sich die Treue des Antipatros ... nein, anders: Ob es zwischen dem Ausmaß der Treue des edlen Antipatros und den verschiedenen Todesfällen in Asien eine Wechselwirkung geben mag.«

Der Stratege schnaubte; er kratzte sich den kahlen Schädel und blickte zur Fensteröffnung. Er schien auch die Fensteröffnung anzureden, als er sprach.

»Man muß gewisse Dinge trennen. Mein Sohn Kassandros, der sich mit Alexander nie gut vertragen hat, taugt nicht viel, wie ich immer wieder feststelle, wenn ich ihm größere Aufgaben übertrage. Aber er ist mein Sohn. Ich möchte, daß er lange lebt und ruhig stirbt.« Er seufzte. »Wechselwirkung? Sicher nicht; Dinge in Asien wirken auf meine Treue ein, aber nicht umgekehrt – oder doch? Ich sorge für Ruhe und Frieden und schicke Verstärkungen; das ist eine Wirkung der Treue. Aber« – nun wandte er sich Dymas zu, als ob er das Fenster lange genug betrachtet hätte – »ich halte mehr Macht in Händen als je ein Hellene; oder Makedone – außer *ihm* natürlich. Solange er den Rand der Welt erforscht, ist dies mein Reich: von Dyrrhachion bis Byzantion, von Thrakien bis zur Südspitze der Peloponnes. Kein Athener, Spartaner oder Thebaner, nicht einmal mein Freund Philipp hat je soviel Macht besessen, Dymas. Und überall ist Friede, erzwungen durch mein Schwert. Ich lasse den Städten ihre Freiheit nach innen und schreibe ihnen nicht vor, mit wem sie Handel treiben sollen. Ich setze schlechte Richter ab; ich habe fast alle Wegelagerer getötet. Trotz der Teuerung muß niemand wirklich hungern; Alexanders Getreide wird sorgfältig verteilt, und meine Leute sorgen dafür, so gut es geht, daß keiner sich durch Horten und späteren Verkauf bereichert.«

»Eine feine Rechtfertigungsrede für etwas, das keiner Rechtfertigung bedarf, Stratege. Aber keine Antwort.«

»Er ist wahnsinnig; was seine unvergleichlichen Fähigkeiten nicht mindert. Parmenion war mein bester und ältester Freund; was soll ich seinem Mörder gegenüber empfinden?«

Dymas nickte sanft. »Manchmal frage ich mich, ob ein Teil seiner Fähigkeiten des düsteren Wahnsinns bedarf, um bestens angewendet zu werden.«

Antipatros hob die Schultern. »Das ist Mystik. Mein Geschäft ist die Wirklichkeit. Das beste Heer der Oikumene unter Führung eines wahnsinnigen Mörders, der zufällig König und größter aller Strategen ist, erschließt dem Handel und der Auswanderung Länder, von denen keiner je gehört hatte. Die Welt wird verwandelt; selbst mir fällt es heute schon schwer, den Anfang, den Philipp mit mir und Parmenion und einer Handvoll Krieger machte, das zertrümmerte und hilflose Makedonien ... selbst mir erscheint es wie ein ferner, böser Traum, Dymas, und wer von denen, die heute fünfzehn oder zwanzig sind, soll es glauben?«

»Und deine Treue?«

Antipatros stand auf, schob den Stuhl mit den Knien zurück und stützte sich auf die Tischplatte. »Meine Treue? Den Frieden hüten, damit die Menschen in ihren Betten schlafen und zur festgesetzten Zeit sterben können. Meine Treue gilt Makedonien – und Hellas; das hängt zusammen. Der König verkörpert Makedonien; insofern gilt meine Treue ihm. Aber er ist weit. Er schickt Gold, ich schicke Männer; er erobert Neues, ich hüte das Alte.«

»Könntest du ...«

Antipatros hob die Hand. »Sprich nicht weiter; es gibt Dinge, die nicht einmal hier, unter uns, gesagt werden müssen. Wer wird sich gegen einen wahnsinnigen Gott auflehnen, der dabei ist, Herr der Welt zu werden? Die Möglichkeit, den Nabelstrang des Nachschubs abzuschneiden, die Parmenion vielleicht erwogen hat, ist vorbei. Er hat Asien; er braucht makedonische Kämpfer, weil sie die besten sind. Aber wenn er sie nicht bekäme, könnte er auch mit Asiaten weitermachen. Früher oder später wird er mit Asiaten weitermachen. Ich will nicht, daß er eines Tages, falls er je vom Rand der Welt heimkehrt, mit asiatischen Kriegern Hellas und Makedonien erobern zu müssen meint. Es wäre das Ende ... Deshalb, Dymas, meine Treue.«

»Und wenn er doch eines Tages aus dem Osten zurückkäme? Wenn er dann beschlösse, dich zu sich zu rufen, Pella einem anderen zu übertragen?«

Antipatros bleckte die Zähne. »Und mich Parmenion hinterherzuschicken, nicht wahr – das meinst du doch? Ich bin ein alter Mann, Dymas; voriges Jahr war ich siebzig. Alte Männer werden manchmal sehr krank; so krank, daß sie nicht reisen können.«

Lieder und Liebschaften; das war für Dymas der Winter in Pella. Im Frühjahr reiste er über Land nach Byzantion, von dort im Sommer mit einem musikliebenden Handelsschiffer nach Athen. Die Nachrichten aus dem Osten waren wirr; man hörte vom erfolgreichen Kleinkrieg eines Fürsten namens Spitamenes und den wachsenden Schwierigkeiten des Königs. Der Verfall der wirtschaftlichen Werte in der Oikumene nahm immer noch zu; Preise und Mieten hatten sich verdreifacht und stiegen weiter. Im Spätsommer und Herbst liefen in Athen die wildesten Gerüchte um: Verluste des Heeres im Osten, Schwierigkeiten Alexanders mit seinen Offizieren und Männern, die Ermordung des Strategen Kleitos durch des Königs eigene Hand, Aufstände und Erfolge der Barbaren, Unruhe in den näheren Satrapien, von Antigonos dem Einäugigen und den anderen Zuständigen nur mit Mühe unterdrückt. Hypereides, den Antipatros ebenso gewähren ließ wie alle anderen, redete von Freiheit und Erhebung gegen das Joch; ausgerechnet Demosthenes sprang seinem alten Widersacher Demades bei, als dieser Hypereides im Rat angriff. »Daß du dies sagen kannst, Hypereides, zeigt deine Freiheit; bist du gefesselt? Geknebelt? Nein, du läufst herum und redest Unsinn. Und du machst gute Geschäfte, trotz der Teuerung. Ist es denn nicht wahr, edler Hypereides, daß deine Werft im letzten Jahr elf Trieren für Antipatros gebaut hat, gegen gutes Gold?«

Demosthenes, der wie üblich mehr wußte, unterbrach an dieser Stelle Demades. »Nicht nur das, nicht nur das. Es gibt da zwei Waffenschmieden, nicht wahr, Hypereides? Sie gehören einem Hippias, soviel ich weiß – dem Mann deiner Nichte. Hippias hatte aber nie das Geld, große Waffenschmieden zu betreiben. Kann es sein, o Hypereides, daß du es ihm geliehen hast, damit deine Nichte nicht hungern muß? Daß er eigentlich nicht Herr, sondern Geschäftsführer von Betrieben ist, die dir gehören, edler Mann – und die gute Schwerter, Pfeilspitzen und Lanzenköpfe liefern: nach Asien, Freunde, Nachschub für Alexanders Heer!«

In einer Schänke des Kerameikos-Viertels, wo die Vorherrschaft einheimischer Dirnen und Schläger vom Zustrom mindestens ebenso kundiger Frauen und Männer aus den Städten Asiens bedroht wurde, traf Dymas den riesigen Luwier wieder, den er vor Jahren im Hafen von Pella gesehen hatte. Nhiyar erinnerte sich natürlich nicht an den einen neugierigen Zuschauer von damals; Dymas überlief es kalt, als er das kleine Mädchen sah, das schon damals mit dem Riesen gegaukelt und Musik gemacht hatte und ihm in einem wirren Traum als Zwerg erschienen war. Der Riese und die Zwergin … Und sie war genau dies, eine alte, runzlige Frau, immer noch beweglich, immer noch musikalisch; sie starrte aus Augen wie Zeitbrunnen in die geisterhafte Gegenwart, sprach nicht viel, schlug die Trommel zur Sackpfeife des Riesen, lief mit einer Mütze oder Schale herum, um Münzen einzusammeln, während er seine entsetzlichen, unbeschreiblichen Klänge hervorbrachte. Es war eine Sackpfeife, wie Dymas sie noch nie gesehen hatte: nicht mit dem Mund aufgeblasen, sondern mit einem Blasebalg unter dem Arm aufgepumpt. Die drei Flöten für Dauertöne ließen sich verstellen; die Melodieflöte hatte nicht wie üblich vier, sondern sechs Löcher (und eines für den Daumen) und ließ sich ebenfalls durch Drehen und Ziehen auf andere Tonlagen stimmen.

Zwei Monde lang, im Winter, spielten sie zusammen: die Zwergin mit der Trommel, der Luwier mit der Sackpfeife,

Dymas mit der Kithara. Niemand konnte je das Zusammenspiel mit Tekhnef und dem Doppelaulos ersetzen, aber abgesehen von dieser Erinnerung entstand im athenischen Winter die beste und zweifellos schrägste Musik, an der Dymas je beteiligt gewesen war.

Im Frühjahr trennten sie sich, widerstrebend. Die Zwergin hatte in den vergangenen Monden nicht mehr als vielleicht zwei Dutzend Wörter gesagt; Nhiyars Reden beschränkten sich auf Bemerkungen zum Wetter, zum Essen, zur Musik, hin und wieder unterbrochen oder verzerrt durch vollkommen unbegreifliche und finster-fremdartige Geschichten oder Geschichtsfetzen aus dem Osten, den er irgendwann durchwandert haben mußte. In seiner Erinnerung, oder jedenfalls in seinen Äußerungen, vermengten sich grausige Berichte über Könige verschollener Völker mit Entstellungen babylonischer Sagen und vollendet irrsinnigen Ortsbeschreibungen – unter Athens Akropolis ein Asphodelenhain, in dem der letzte Minotauros Seelen aß und eine schwarze Sonne anbetete; Memphis am Nil, errichtet auf der Grundfläche einer umgedrehten Pyramide, deren Spitze, tief in der Erde, die Götter der Vorzeit in den Kopf der Weltenschlange getrieben hatten, um diese zu lähmen; unter Babylon ein Irrgarten der Zeit mit Falltüren in verschiedene Vergangenheiten und Zukünfte, sowohl wirkliche als auch bloß mögliche; in einer Wüstenstadt ein Tempel der Toten Götter; im Inneren Ägyptens eine Schlucht der giftigen Träume und ein Berg aus süßem Kristall mit einer luftlosen Kammer, wo eine Chimaira im Leeren schaukelte und sich von Hintergedanken ernährte; ein indischer Palast aus grünem Edelstein, dessen Bewohner Giftschlangen und dessen Wände mit gegerbter Menschenhaut verkleidet waren.

Aber die Musik war gut gewesen; und obwohl Dymas oft empfunden hatte, daß er es mit Wesen aus einem anderen oder zumindest geringfügig verschobenen Kosmos zu tun habe, schied er doch mit Bedauern. Als er an Bord eines Schiffs ging, das ihn nach Mytilene bringen sollte, schenkte die Zwergin ihm einen kleinen Stein von sengender Schwärze, glatt und auch nachts zu sehen, der sich in seinen Träumen unerträglich vervielfachte, so daß er ihn kurz vor Lesbos ins Meer warf; der Luwier gab ihm eine Münze aus seltsamem Metall, schwerer als Gold. Sie zeigte keinerlei Prägung; beide Seiten waren leer. »Gesicht von Wind«, sagte Nhiyar. »Winddrachme. Weht uns zusammen, wenn du hochwirfst.«

Mytilene, Sardeis, Klazomenai, Ephesos, Milet; Zuhörer, die ihr Vergnügen durch Silbermünzen von stetig sinkendem Wert ausdrückten, andere Musiker, andere Schänken, Frauen, Gerüche, Speisen; im Sommer eine Begegnung mit Antigonos Monophthalmos, von dem er über Alexanders Neuordnung des Heeres hörte, die Erfolge der selbständigen kleinen Einheiten, die endgültige Unterwerfung des östlichen Iran, die Vermählung mit der unvergleichlichen Roxane, den Widerstand von Hellenen und Makedonen gegen fortschreitende Barbarisierung und Einführung der *proskynesis* sowie andere Feinheiten persischer Hofgebräuche – Widerstand, gebrochen durch Hinrichtung des scharfzüngigen Kallisthenes und anderer Männer, dann Aufbruch über die Grenzen der Oikumene nach Indien. Antigonos sprach vorsichtig; seine Aufgabe sei es, die Dinge in Phrygien zusammenzuhalten, zu verwalten, die Verbindungen zu ermöglichen, Nachschub zu senden. Er erwarte nicht, den König je wiederzusehen, dessen unbändiges Sehnen nach dem Randsaum des Kosmos man kenne. Wenn, wie manche sagten, die Erde keine Scheibe, sondern eine Kugel sei, werde Alexander eines Tages, im Osten verschwunden, von Westen wieder auftauchen; bis dahin gelte es, die Ordnung zu hegen, den Wohlstand zu mehren und die Sicherheit des Besitzes zu hüten.

Wie alle anderen Satrapen, Festungsherren und sonstigen Gebietsstrategen war Antigonos längst dazu übergegangen, eigene Söldner zu werben und in Phrygien waffentüchtige Männer auszuheben.

»Die Anzahl der Menschen in Makedonien ist begrenzt«, sagte der Einäugige. »Sie sind durch Überlieferung, Erziehung, Ausbildung und Veranlagung ohne Zweifel die besten Kämpfer, aber Antipatros braucht einige, die übrigen schickt er dem König, und was für uns bleibt, reicht nicht.«

»Was macht ihr – du und die anderen – eines Tages, wenn Alexander tatsächlich zurückkommen sollte und sein Heer entläßt oder auf die Satrapien verteilt?« sagte Dymas. »Dann hättet ihr doch zu viele – Söldner und andere.«

Antigonos winkte ab. »Wenn, wenn, wenn. Söldner kann man mieten und entlassen; darüber werde ich nachdenken, wenn es soweit ist. Falls es je dazu kommt.«

Im Herbst reiste Dymas weiter nach Norden, zur Küste des Euxeinischen Meers; den Winter verbrachte er in Sinope. Nachrichten aus Indien rissen nicht ab, aber irgendwie mochte niemand ihnen Glauben schenken. Es lag jenseits der Grenzen der von bekannten Völkern bewohnten Welt; Händler und Krieger waren bekanntlich unzuverlässig, was ihre aufgeblasenen Geschichten anging; goldhaltige Flüsse, Kämpfer auf Elefanten, nackte Philosophen, die ihr Leben lang auf einem Bein standen, Bernsteinpaläste, sprechende Schlangen – nett, wie der Bericht des Homeros über Odysseus in der Unterwelt. In Wahrheit war der König längst tot, oder zu den Göttern entrückt, oder in einem Weinfaß ertrunken samt seinem Heer, außerdem hatte er sich mit einer hundertbrüstigen Barbarin vermählt, die ihm zweifellos bald einen dreiäugigen Sohn gebären würde, und seine Satrapen hätten sicher gute Gründe, bestimmte Dinge zu erzählen und die Leute zu Gehorsam, Arbeit, Ruhe und Entrichtung von Abgaben zu zwingen.

Mit einem Wollhändler und seinem langsamen Frachter segelte Dymas im Frühjahr über das Meer zum sagenhaften Kolchis, nördlich des Kaukasischen Gebirges, wo er feiste Schafe vorfand und wohlgenährte Menschen, aber keine goldenen Vliese. Zu Schiff kehrte er zurück nach Sinope, von dort durchquerte er das sommerheiße Kappadokien nach Süden. In Gordion bedachte er, daß der König, wenn er denn noch lebte, nun im unglaublichen Indien seinen dreißigsten Geburtstag begehen mochte, und ihn schauderte bei der Überlegung, daß Alexander wie Parmenion siebzig werden oder, wie Antipatros, die siebzig überschreiten könnte. Vor zehn Jahren – wirklich erst vor zehn Jahren, nicht vor einem Jahrhundert? – war in Aigai Philipp ermordet worden. Athens Flotte, das persische Großreich bis zum Hellespont und zum Nil, Theben und Thrakien und Sparta, Phönikien und Babylon – und Alexander hätte noch viermal zehn Jahre?

Im Herbst erreichte er Tarsos; zwei Tage nach seiner Ankunft wurde er in den Palast geholt, wo Harpalos Herbst und Winter verbrachte. Der hinkende Makedone hatte sich verändert und war doch gleich geblieben. Der eiskalte Kopf, der dem Wohlleben ergebene Leib, wahrhaft asiatisches Schwelgen in allen Dingen – aber etwas war anders. Es dauerte lange, bis Dymas auch nur in Umrissen begriff, daß es Angst war.

Der Hüter der Schätze ... Sein eigentlicher Sitz war Babylon, aber vermutlich mißfielen ihm die dortigen Winter, oder es gab gute Gründe, einen Teil des Jahres in anderen Gegenden des Riesenreichs zu verbringen und die Steuerpächter und Zolleinnehmer zu prüfen.

Harpalos bewirtete ihn, lauschte der Musik und den Liedern, immer zusammen mit seiner Gefährtin, einer ehemaligen athenischen Dirne namens Glykera. Von ihrer Vorgängerin, der verstorbenen Pythionike, hatte er einen Sohn. Dymas erinnerte sich an das Haus außerhalb von Megara; welche Kniffe, welche unerhörten Kunstfertigkeiten mußte Glykera besitzen, mußte Pythionike besessen haben, um Harpalos zu binden? Es gab andere Frauen im Palast, Sklavinnen und Freie, und Harpalos bot sie Dymas ebenso an, wie er selbst Gebrauch von ihnen machte; er genoß es, Glykera gelegentlich beim Treiben mit stämmigen Sklaven oder anderen Frauen zuzusehen; aber wenn sie mit den Fingern schnippte, sprang er. War es Angst? Angst vor Glykera?

Dymas verbrachte den Winter in Kilikien, meistens in Tarsos, reiste allenfalls ein wenig an der Küste umher. Die Erträge der Musik waren vorzüglich; Karchedons Schuldverschreibungen hatte er nie antasten müssen und hegte sie. In einer stürmischen Frühlingsnacht, die er wieder in Harpalos' Palast verbrachte, kam es zu einer merkwürdigen Halbenthüllung.

Laßt mich, Götter, im achtzigsten Jahr, nach wüstem Gelage,
lustvoll erschlafft schon vor Tisch durch ergötzliches Spiel mit
zwei Dirnen,

satt vom köstlichsten Braten, taumelnd vom edelsten Wein,
reichlich gelabt auch durch witzige Worte und wildes Gelächter
mit einer Schrift in der Hand schleunig beim Scheißen
verrecken.

Dymas sang dies nach wüstem Gelage, ergötzlichem Spiel und sattem Taumel; Glykera kicherte schrill und stieß Harpalos beinahe von der breiten Liege. Der Makedone setzte sich auf; er war nackt bis auf den Leibschurz, und wieder sah Dymas die mühelosen Bewegungen, das Spiel harter Muskeln unter dem täuschenden Fett.

»Im achtzigsten Jahr?« murmelte Harpalos. »Beim Scheißen? Fürwahr, Freund, ein göttlicher Wunsch. Die Erfüllung wird nicht vielen beschieden sein.«

»Du sprichst so ernst – als ob du an dich dächtest. Was sollte dein Fortleben verhindern?«

Harpalos schwieg; Glykera legte ihm eine Hand auf die Schulter.

»Sein Fortleben?« sagte sie, plötzlich nüchtern, mit harter Stimme. »Harpalos, Sohn des Machatas, aus elimiotischem Fürstenhaus, edler Makedone, vermählt mit einer athenischen Dirne – willst du fortleben? Wie andere edle Makedonen? Parmenion, zum Beispiel, oder Philotas, oder Nikanor? Kleitos der Schwarze, Lebensretter des Königs? Weiterleben wie des Aristoteles' Neffe Kallisthenes? Es gab viele kluge Männer, Dymas, wie du weißt – wie ganz besonders du weißt. Männer, die unter der Leitung des listigen Korinthers schon für Philipp gearbeitet haben, die für Alexander unschätzbare Kenntnisse beschafft, die durch das richtige Wort und die richtige Münze tödliche Hindernisse beseitigt haben. Antigonos – er zittert in Phrygien, hofft, daß Alexander nie heimkehrt. Nearchos – er ist aufgebrochen mit Verstärkungen; lebt er noch? Ptolemaios – er ist beim König, träumt Alexanders Träume, hütet Alexanders Rücken, wie Seleukos und Leonnatos und Laomedon. Sie sind sicher; noch sind sie sicher. Sie denken seine Gedanken, das macht sie gewaltig und winzig und läßt sie leben. Wer andere Gedanken denkt, eigene, mag noch so gewaltig gewesen sein, er ist jetzt tot. Parmenion. Philotas, Führer der Hetairen. Nikanor, sein Bruder, Führer der Hypaspisten. Kleitos, vielleicht der beste Mann des Heeres nach Parmenion, vielleicht der beste Mann des Demaratos. Demaratos, jählings an Alter gestorben. Erigyios, Bruder Laomedons, mit Alexander von Philipp verbannt, an einer rätselhaften Krankheit gestorben zu der Zeit, da auch Kallisthenes starb, hingerichtet. Drakon der Heiler, kluger Kopf, Freund des Demaratos, verschollen? Sterben alle, die mehr wissen, als der König gestattet? Überleben nur die, die ihm morgens und abends die Füße küssen und ehrfürchtig seine Worte wiederholen? Die Jugendfreunde, die Verbannten, schienen sicher, nicht wahr? Alexanders Liebe und Treue, oder? Ptolemaios, Laomedon, Harpalos, Nearchos, Erigyios. Einer fehlt schon – Erigyios, der den Satibarzanes im Zweikampf tötete und so die Satrapie Areia rettete. Ah, auch er wollte nicht knien, nicht den Boden küssen vor dem König der Könige.«

»Ist es so?« sagte Dymas; er beobachtete den Makedonen.

Harpalos verzog keine Miene. Die kalten Augen tasteten in weiter Ferne nach etwas, das Dymas nicht benennen konnte; es mochte durchaus die Idee eines achtzigsten Lebensjahrs sein.

»Ich habe seine Schätze gemehrt und verwaltet«, murmelte er plötzlich, immer noch scheinbar ohne Regungen. »Ich habe seinen Rücken gesichert und Babylonien gehegt. Ich habe, wie er es wollte, Getreide nach Athen geschickt, als dort der Hunger drohte, und nun hat mir zum Dank dafür Athen das Bürgerrecht verliehen. Wenn Alexander wiederkehrt, wenn ich vergesse, daß ich Freund und Gefährte bin, Makedone wie er – wenn ich mich erniedrige und *proskynesis* vollziehe, seine Füße lecke – wird es mich retten vor der Last des Wissens, vor dem Makel, Athener durch Verleihung geworden zu sein?«

»Was wirst du tun?«

»Man trifft Vorkehrungen.« Harpalos lächelte; es war das Lächeln eines Raubfischs. »Man verhandelt mit diesem und jenem, bespricht sich mit anderen, die in ähnlicher Lage sind. Es gibt … Söldner, die nicht vom Reich, sondern von Personen bezahlt werden, verstehst du?«

»Wie viele Söldner?«

Harpalos hob die Schultern. »Elftausend hat Antigonos.

Ich bin bescheiden; ich habe sechstausend, hier und da, gut verteilt; ein paar Schiffe; ein paar Münzen. Man wird sehen. Wahrscheinlich kommt er ohnehin nicht zurück – oder in zwanzig Jahren von Westen.«

Aber dann *kam* er zurück, irgendwann, als Dymas die Eigenheiten kretischer Schänken und Frauen erforschte. Die Berichte überstürzten sich – abgesetzte oder gleich hingerichtete Satrapen; die Flottenfahrt des Nearchos, der Wüstenmarsch der sterbenden Krieger, die in Indien gewagt hatten, dem König zu trotzen; wüste Geschichten aus indischen Dschungeln, wo Alexander sich nachts in einen Tiger verwandelt und aufsässige Offiziere gefressen hatte. Harpalos, mit Glykera und seinem Sohn von Pythionike, mit 6000 Söldnern und 5000 Talenten, mit 30 Trieren: Er verließ Tarsos, fuhr nach Kypros, nach Kreta; jemand wollte wissen, er habe auf hoher See mit Karchedoniern verhandelt, die jedoch nichts tun wollten, was Alexanders Aufmerksamkeit oder Zorn hätte erregen können. Harpalos fuhr nach Athen, aber Demosthenes, immer schon Verfechter der makedonischen Sache, wie er nun behauptete, brachte den Rat dazu, Harpalos das Betreten der Stadt, ja selbst das Einlaufen in den Hafen nicht zu gestatten. Später hörte Dymas, der listige Makedone habe seine Schiffe und seine Söldner nach Tainaron geschickt; unbewaffnet – außer mit Geld – durfte er dann Athen betreten. Dreifach wurde seine Auslieferung verlangt: Olympias wollte ihn in Epeiros haben, Antipatros in Pella, Alexander in Babylon; Demosthenes wollte ihn festnehmen lassen und sein Geld beschlagnahmen, aber Harpalos kannte zu viele Athener mit zu vielen dunklen Seiten und hatte zu viel Geld; als er Athen verließ, blieben nur etwa 350 Talente zurück. Aber auch diese verschwanden, geheimnisvoll; Demosthenes feierte ein teures Fest und wußte nichts. Noch später erfuhr Dymas das Ende der Geschichte: Harpalos begab sich nach Tainaron, wo aber nur noch ein Teil seiner Söldner wartete. Mit diesen fuhr er nach Kreta, und dort wurde er aus unbekannten Gründen von einem seiner Offiziere namens Thibron ermordet.

Nach dem Ende von Alexanders Rachegerichten in Susa

und den Ruinen von Persepolis beschloß Dymas, sich in den Osten zu begeben. Seine Beweggründe waren ihm selbst nicht ganz klar. Mehr als zehn Jahre lag jene schreckliche Nacht vor dem Granikos-Kampf zurück; der Makedone hatte die Welt verändert; wenn Hamilkar sich nicht irrte, würde es nun einen Zug nach Westen geben, der noch furchtbarer und blutiger werden mußte als der asiatische. In Karchedon saß kein zaudernder Dareios. Dymas verspürte den undeutlichen Wunsch, den König noch einmal zu sehen, am liebsten aus der Ferne; und den sehr deutlichen Wunsch, weit im Osten zu sein, wenn Alexander in den Westen zog.

Etwa eine Tagesstrecke vor Sidon, auf offener See, geriet der Segler in eine Flaute. Dymas stand an der Bordwand und betrachtete, verzückt und versunken, das Spiel der Delphine, die in verwirrenden Kreisen um das Schiff zogen, sich näherten, über- und untereinander hinwegtauchten, immer wieder die Köpfe hoben, aus dem Wasser sprangen; sie schienen ihn anzulachen. Er riß sich von dem Anblick los, ging zum Koch, nahm einen Holzeimer mit Essensresten und Abfällen, stopfte sich die auf seinen Chiton genähten Taschen voll mit Brotstückchen und verbrachte eine selige halbe Stunde damit, die wunderbaren Tiere zu füttern. Mit der letzten Handvoll Brotkrümel, die er ins Meer warf, flog jene seltsame Scheibe, die der Luwier ihm gegeben hatte. Dymas bemerkte es zu spät; er sah das Blitzen des Metalls, nicht aber den Einschlag im aufgewühlten Wasser.

Phönikien war in diesem Herbst ein brodelnder Topf, überfließend von Menschen, Gerät, Meinungen, Gerüchten und Geld. Harpalos' Flucht war nahezu grenzenlos unbedeutend, verglichen mit anderen Ereignissen und Nachrichten. Alexander hatte in Susa, oder Ekbatana, oder Opis, oder irgendwo sonst erste Anweisungen für die kommenden Jahre gegeben. Ägypter sollten in Syrien angesiedelt werden, Hellenen in Phönikien und Babylonien, Phöniker – vor allem Baumeister, Werftarbeiter, Tauschläger, Segelmacher – zu Tausenden nach Babylon gehen. Innerhalb eines Jahres wollte der Makedone, Asiens Herr, nicht weniger als 1000 Dreidecker bauen lassen, etwa zur Hälfte in Phönikien, auf Kypros und anderen Inseln, zur anderen Hälfte von phönikischen Fachleuten in Babylon. Neben den 1000 Trieren wurden, den Anweisungen gemäß, Riesenmengen kleinerer Einheiten benötigt, Lastschiffe, Versorgungsschiffe, Aufklärungsschiffe, neu zu bauen oder in gutem Zustand zu stellen oder zu erwerben, von den verschiedenen Verwaltungen. Alle Verbannten außer den Thebanern sollten in alle Heimatstädte heimkehren; alle, denen es dort nun zu eng wurde, sollten nach Persien und Babylonien kommen. Aus dem heimgekehrten Heer wurden Tausende Söldner entlassen; Alexander hatte ebenso die Satrapen angewiesen, ihre eigenen Söldnerheere aufzulösen – die Sicherheit des Reichs sei durch Niederwerfung aller Feinde gegeben, die zahllosen kleinen Heere nicht mehr nötig. Ganze Ortschaften zogen um, brachen auf zu langen Märschen, und Fremde, die nie etwas von dem Ort gehört hatten, wurden von makedonischen Beamten dort angesiedelt. Der Warenaustausch zwischen Osten und Westen, Hellas, Babylonien, Persien und Ägypten hatte sich verzehnfacht; gleichzeitig nahm die Zahl der für Karawanen verfügbaren Pferde immer stärker ab, da das neue Heer des Königs Reit- und Lasttiere brauchte. Als Dymas in Sidon an Land ging, hörte er von mehreren großen Tierfängerzügen, die im Inneren Arabiens Kamele für Heer und Handel beschaffen sollten.

Männer, die aus dem Osten kamen, berichteten von den zwiespältigen Stimmungen in Alexanders Umgebung. Es gab, sagten sie, auch unter den Kämpfern viele, die den grauenhaften Marsch durch die gedrosische Wüste als gewollte Strafe, als Mordanschlag Alexanders ansahen; aber je länger der Marsch zurücklag, desto stolzer wurden die Überlebenden: Sie hatten, mit ihrem göttlichen Führer, die größte und schrecklichste aller Herausforderungen bestanden und fragten nicht mehr, wer da wen oder was herausgefordert haben mochte. Von der Massenhochzeit zu Susa wurde berichtet, von der zwangsweisen Vermählung auch einfacher Kämpfer mit asiatischen Frauen und Mädchen. Vom Schuldenerlaß – Alexander beglich alles, was seine Krieger den Händlern und Geldverleihern schuldeten, aber dazu mußten Listen angefertigt werden, und die Hopliten waren zunächst mißtrauisch. In Asien hatten sie zu oft erlebt, daß andere Listen angefertigt wurden, daß Männer, deren Namen auf derlei Listen standen, spurlos verschwanden oder zu Unternehmungen gesandt wurden, die nur mit ruhmreichem Tod enden konnten. Vielleicht war ja auch diese angebliche Schuldenübernahme nichts als eine weitere Todesliste. Später priesen sie dann wiederum den Herrscher, der wirklich alle Schulden übernahm, alle Kinder – Mischlinge – zu versorgen versprach, die alten Kämpfer reich beschenkte.

Dann kamen die Geschichten von der Meuterei der Makedonen, die nicht in die Heimat geschickt werden wollten; von der Versöhnung; vom Abmarsch der Elftausend unter Krateros. Mit gemischten Gefühlen hörte Dymas – da spielte er in den Schänken von Berytos –, daß Krateros in Pella die Nachfolge des alten Strategen für Europa antreten sollte, und daß Alexander Antipatros nach Babylon bestellt hatte.

Die nächste Katastrophe, im späten Herbst, als Dymas von Jerusalem zurück nach Sidon reiste: In Ekbatana starb Hephaistion, offenbar an Erschöpfung und Trunksucht, nach mehrtägigem Gelage. Da niemand sonst im Heer den Tod des Hochmütigen beklagen mochte, trauerte Alexander desto mehr und desto maßloser um Patroklos und Enkidu, schloß sich wieder tagelang von allen ab und brach anschließend, um die gestaute Trauer und Energie abzulassen, zu einem überflüssigen Feldzug gegen das Bergvolk der Kossaier östlich von Susa auf, die er in wenigen Tagen fast vollständig ausrottete. Dazu schickte er zwei Gesandtschaften los; die eine sollte im Ammoneion zu Siwah erfragen, ob Hephaistion als Gott zu verehren sei, die andere sollte in Athen göttliche Ehren für Alexander verlangen. Wie man erzählte, enthielt sich Demosthenes jeglicher Äußerung; Demades hingegen soll gesagt haben, wenn es den Makedonen erfreue, als Gott bezeichnet zu werden, so wolle man ihm diese kleine Freude machen – Athen könne es nicht schaden, und den Göttern sei es gleichgültig.

In Sidon wußte man, daß Alexander nunmehr Susa und Ekbatana verlassen und sich zur Vorbereitung des Westzugs nach Babylon begeben würde; Dymas hörte es am dritten Tag in der Schänke, in der er einen kleinen Schlafraum und einen Platz für Musik fand, als er zu Beginn des Winters die

Stadt wieder erreichte. Er ließ sich auf das schmale Lager – Strohsäcke und Felle – fallen, dachte eine Weile nach, folgte den wirren Wanderungen einer Schabe mit den Augen, stand auf, erschlug sie und ging zum Hafen. Er war unentschlossen; eigentlich hätte er nun nach Persien aufbrechen können, um in den Osten zu gelangen, in Alexanders Rükken. Andererseits fragte er sich, ob nicht dem flüchtigen Blick auf den Makedonen ein Ausweichen nach Norden vorzuziehen wäre, nach Hellas, nach Makedonien, nach Thrakien – oder Illyrien. Dyrrhachion ... Etwas wie Heimat steckte für ihn im Namen des Orts, in dem ohne zwangsweise Umsiedlung hundert verschiedene Völker zusammenlebten. Von dort vielleicht in italische Länder, oder weiter nach Norden, zu den Kelten, zu den Völkern der Bernsteinlande ...

Aber im Hafen hörte er, es werde viele Tage lang kein Schiff nach Hellas oder zu den Inseln fahren. Es war die Zeit der Winterwinde, und die meisten Frachtschiffe hatten ohnedies mehr als genug zu tun, des Königs Nachschub von Küstenstadt zu Küstenstadt zu befördern und sich mit den neuen schweren Silberzehnern, Dekadrachmen mit Alexanders Bild, bezahlen zu lassen.

Ein arabischer Karawanenmann, der Kamelfüllen zu einem Händler in Sidon gebracht hatte und um deren geringe Last – Weihrauch – nun mit einem kyprischen Handelsschiffer feilschte, bohrte dem Sänger einen Finger in die Brust.

»Was willst du auf dem Wasser, Fremder? Es ist salzig; man kann es nicht trinken; wenn die Götter gewollt hätten, daß wir dort reisen, hätten sie uns Kiemen gegeben.«

»Das stimmt, Vater der Herden. Aber die salzige Weite ist gut, wenn man sich verlieren will.«

Der Araber lachte. »Wenn du verlorengehen willst, so ist durch den Ratschluß der Himmlischen die Wüste dein Ort. Nirgends kannst du gründlicher verloren sein, und kaum ein Ort macht das Wiederfinden so unmöglich.«

»Die Wüste?« Dymas kratzte sich den Kopf. »Auch Salz und Weite, wie? Und Sand.«

Der Araber hob die Hände. »Herr, Freund, Fremder – du weißt nicht, was du sagst. Golden spiegelnde Verheißungen von Wasser, die sich wie die Güte des Menschen auflösen, wenn du dürstest. Alles Gold, alle Edelsteine der Welt gleißen von der Stirn der Nacht, unerreichbar dem Gierigen und doch in der lauteren Luft zum Greifen nah. Felsen in tausend Farben, geformt wie die Ungeheuer der Tiefe oder die Todesschiffe deines Königs. Wogen – hoch wie deine Gedanken, schwungvoll wie deine Hoffnungen, öde wie deine Aussichten. Alles Salz aller Meere, aus dem Boden gebrannt in tödlichen Senken von mordender Sonne. Die erhabene Unendlichkeit des tausendfachen Sterbens, o Mann der sich verlieren will. Aber auch die Erhabenheit der rettenden Inseln, leuchtend grüne Kleinode mit Quellen und Palmen und Gras. Die Gastlichkeit der Zelte, die Anmut der Wüstentöchter! Ah! Was treibt mich in dieses öde Häusermeer, wozu habe ich die Köstlichkeit aufgegeben um den Anblick von Horden? Weh!« Er fuhr sich mit beiden Händen über das Gesicht; dann grinste er.

»Wie findet man den Ort, wo man sich verliert?«

»Zufällig trifft es sich, daß ich dorthin heimkehre – nicht ganz heimkehre, aber doch ein wenig. Und nichts könnte mich mehr entzücken, als einem weitgereisten Mann, der sich verlieren will und deshalb, da er nie wieder Münzen brauchen wird, alle Welt durch seine Freigebigkeit überwältigt, den Rücken eines Reittieres zu vermieten.«

»Laß uns einen Schluck trinken, Herr der Karawanen. Das sieht nach längerem Feilschen aus, und derlei Dinge betreibt man besser im Sitzen.«

Sie tranken Wein auf der erhöhten Terrasse vor einer Hafenschänke, betrachteten die Masten, die eingerollten Segel, die schaukelnden Rümpfe der Schiffe, sahen das Gewimmel der Menschen um die Stände mit Fisch und Getreide und Früchten, rochen Salz und See und Fisch und Pech und tausendfachen Schweiß.

Die Karawane – Esel, Kamele und zwei Dutzend Männer – hatte Kamelfüllen, Weihrauch und Steinsalz nach Sidon gebracht; mit kyprischem Wein und phönikischem Purpurtuch würde sie in drei oder vier Tagen nach Damaskos ziehen, von dort mit Schwertklingen, Dolchen, Pfeilspitzen und Lanzenköpfen nach Babylon.

»Durch die Wüste, die große syrische Wüste, ahhh. Nichts Göttlicheres als die Wüste, Fremder.«

»Warum gehst du nicht nach Norden, bis zum Euphrat, und dann flußab? Ist das nicht sicherer?«

»Für wen? Auf der breiten Straße wimmelt es von Menschen und Tieren; entlassene Söldner und lausige Händler treiben sich dort herum. Sicher? Ich ziehe die Sicherheit des grellen Himmels, der Sandfluten und des schmalen Weges vor. Außerdem ist er kürzer.«

»Du scheinst den Weg zu kennen.«

Der Karawanenmann hob die Brauen; das helle Tuch auf seinem Kopf tanzte, als ob er mit der gesamten Kopfhaut wackelte. »Jeden Stein, jeden Platz, an dem ein Strauch überflüssig wäre, jede Wasserstelle, und jedes Versteck, das man meiden sollte, weil dort Vipern oder entlaufene Krieger lauern.«

»Auf einem Kamel oder Esel durch die Wüste ...«

»Nachts, Herr – aber auch tags; im Winter ist dies möglich.«

»Wie lange dauert es?«

»Hmt. Drei Monde? Dreieinhalb? Ich weiß nicht, wie lange wir in Damaskos brauchen. Vielleicht bricht sich unterwegs ein Tier den Hals, und man muß die Ladung neu verteilen. Zwischen drei und vier Monde, sagen wir.«

»Was braucht man?«

Der Araber lachte. »Das kommt darauf an, wie sehr und wie bald du dich verlieren willst.«

»Angenommen, ich wollte mich jeden Tag verlieren, jede Nacht wiederfinden und am Ende Babylon sehen.«

»Du brauchst, was du immer brauchst – Decken zum Schlafen, deine übrigen Dinge.«

»Vorräte? Waffen?«

»Ah, bah. Waffen wirst du nicht brauchen, jedenfalls nicht sehr. Vielleicht ein kleines Schwert, einen Bogen, einen Köcher, ein Messer? Vorräte – ich weiß nicht viel über deine Vorlieben, aber wenn du nicht jeden Tag verdorbene Muscheln essen und zu diesem Zweck mitnehmen willst, kannst du dich aus den Vorräten laben, die wir für alle mitführen. Getreide, getrocknete Früchte, Salzfleisch, Wasser, ein wenig Wein.«

»Kommen wir zur schwierigsten Frage. Wieviel?«

»Das ist die einfachste aller Fragen, Herr. Drachmen oder *sigloi?*«

»Drachmen.«

»Hm. Ein gutes Reitkamel kostet soviel wie zwei Sklaven. Die Preise, ach, die Preise; alles ist teurer geworden. Vor fünf, nein sechs, nein sieben Jahren wären es fünf Minen gewesen; heute sind es fünfundzwanzig. Nahrung – für jeden Tag vier Drachmen. Meine Kenntnisse dazu, noch einmal eine Drachme; ich bin heute großmütig, Freund. Sagen wir, hundertzwanzig Tage? Sechshundert, und die Minen ... Dreitausendeinhundert Drachmen.«

Dymas nickte, lächelte, trank seinen Wein aus und stand auf. »Ich wünsche dir eine gute Reise, Herr der Wüstenräuber.«

Der Araber blieb sitzen. »Was ist dein Geschäft, Mann? Kannst du durch irgendeine Fertigkeit zum besseren Gelingen der Reise beitragen?«

»Ich bin Musiker. Kitharist. Und Sänger.«

»Musiker.« Der Karawanenmann knurrte leise. »Es reisen schon Musiker mit; immerhin, vielleicht könnt ihr zusammen ein wenig die Öde lindern. Hm. Sagen wir, für dein gutes Gesicht erlasse ich dir hundert, und für deine Musik ... noch einmal hundert?«

»Ich mache dir ein anderes Angebot. Die zweifellos köstliche Verpflegung soll mir eine Drachme am Tag wert sein; also hundertzwanzig. Dein Kamel will ich nicht kaufen, sondern mieten; sagen wir, noch einmal hundert. Deine Kenntnisse erfahren durch meine Anwesenheit keinerlei Abnutzung, sondern eher eine Bereicherung, denn ich kann dir viele Dinge erzählen. Dafür, und für die Musik, ziehen wir zwanzig ab. Ich biete dir zweihundert Drachmen für den Weg nach Babylon.«

»Ich wünsche dir gutes Gelingen, Fürst der Taschendiebe«, sagte der Araber. »Du vergißt, daß ich teure Lasten verschmähe, damit du reiten kannst – Lasten, die ich in Babylon gewinnbringend verkaufen kann.«

»Du würdest also entweder ein teures Reitkamel durch eine Packlast schänden, oder mich beleidigen, indem du mir ein Packtier zum Reiten anbietest?«

»Ich bin zerknirscht; es war gedankenlos. Dennoch ist dein Angebot eine schlechte Vermengung von zwei Teilen Hohn, einem Teil Schamlosigkeit, einem Teil Plünderei und zehn Teilen stinkenden Geizes. Zweihundert Drachmen! Zweihundert Sandkörner!«

Dymas setzte sich wieder; sie tranken weiteren Wein und feilschten eine weitere Stunde lang. Schließlich schrie der Karawanenmann ihn an:

»Meine Enkel, o meine zahnlosen Vorfahren! Wie soll ich sie gebührend ernähren und bestatten? Du plünderst mich aus, du stiehlst mir das Weiße aus den Augen, du rollst mir die Zehennägel auf! Vierhundertfünfundzwanzig – oder verlier dich auf dem Meer!«

Dymas seufzte und nickte. Daß er immer noch zuviel bezahlt hatte, wußte er nicht erst, als der Araber lächelte und sagte:

»Es ist ein Genuß, mit feinfühligen Männern Geschäfte zu machen. Wo wohnst du?«

Sie verabredeten, daß am Abend vor dem Aufbruch ein Bote Dymas benachrichtigen würde; dann deutete der Händler auf einen der Marktstände.

»Da drüben, die anderen Musiker, die mitreisen. Sie zahlen sechshundert – für zwei.«

Dymas nickte ihm hastig zu, sprang auf und drängte sich durchs Gewimmel. Die Zwergin reichte eben dem Luwier einen großen Fisch, den sie gekauft hatte.

»Dymas! Hast du geworfen Windmünze?« Nhiyar strahlte breit, und die Zwergin Ay streichelte Dymas' rechte Hand.

»Aus Versehen – ich hatte Brot geworfen, um Fische zu füttern, und die Münze hat mich dabei verlassen. Wie kommt ihr hierher?«

»Später. Wo wohn?«

»In einer Schänke, an der Karawanenstraße. Und ihr?«

Nhiyar hielt den Fisch hoch. »Schänken jetzt alle voll. Lager südlich von Stadt. Mitkommen, mitessen?«

Dymas begleitete sie. Vor der Stadt, wo all jene Händler lagerten, die keinen Platz mehr gefunden hatten, stand das geflickte Zelt, neben einem kleinen sauberen Wasserlauf. Nhiyar verschwand und kehrte mit Holz und Laub zurück.

Während er Feuer machte, nahm Ay den Fisch aus, und Dymas erzählte von seinen Reisen. Plötzlich schrie die Zwergin leise; in den zitternden Fingern hielt sie den Geisterstein, den Dymas weit im Norden, vor Lesbos, über Bord geworfen hatte. Und das zerschlitzte Gedärm des Fischs.

Von Damaskos nach Tadmor. Tags blendende Sonne und blinder Sand, nachts heiße Feuer des Lagers und eisige Feuer im Himmel. Was Ay und Nhiyar durch die Wüste trieb, hatte Dymas noch immer nicht erfahren. Sie hatten ihm Orte genannte, Plätze, an denen sie in den vergangenen Jahren gewesen waren, um Musik zu machen und zu überleben. Mehr konnte er nicht aus ihnen herausholen. Später versuchte er, ein gewöhnliches Gespräch für Aristoteles aufzuzeichnen. Es ging etwa so –

Dymas: Aber warum habt ihr Hellas verlassen, ausgerechnet jetzt?

Nhiyar: Mondwind, Mondwind.

Ay: Huii. Ho.

Dymas: Mondwind? Was bedeutet Mondwind?

Ay: Grün. Grüner Mondwind. Götterfurz.

Nhiyar: Sternberste, heißt immer Gott berste, tot.

Dymas: Also, ein Stern ist geborsten, das heißt für euch, ein Gott ist gestorben?

Nhiyar: Barragukh. Brrrm.

Dymas: Und wenn ein Gott stirbt, müßt ihr Hellas verlassen und in die Wüste reisen?

Ay: Hnnn.

Nhiyar: Umwegig denken. Tote Götter sehen.

Dymas: Wo? In der Wüste?

Ay: Wüst, wüst, o wüst.

Nhiyar: Taubs Gegurre, Fischens Geplatsch. Nhiyars Fußgang, ha. Ay berste.

Dymas: Was ist mit Ay?

Nhiyar: Berste, schrumpel. Nix mehr da. Fein. (Er lacht.)

Dymas: Ay – heißt das, du willst sterben?

Ay: (Nickt, lacht, klatscht in die Hände.)

Dymas: Stirbst du gern? Freust du dich?

Ay: Jedemal, immerlich.

Nhiyar: Immer berste, immer wiederkomm. Nhiyar nur einmal, aber langes Gelbes, langes ... uh, lang Sein, dann berste.

Dymas: Ihr macht mich wahnsinnig. Ein Stern birst, ein Gott stirbt, Mondwind weht euch übers Meer, Ay stirbt oft und gern, kommt immer wieder, Nhiyar stirbt nur einmal, nach langem Leben?

Ay: Hnnn.

Nhiyar: Berste Ay, berste Ay, wo bei Götter Mondwind. Nhiyar später, Schlangenpalasten.

Dymas: Der liegt in Indien, wenn ich mich an deine Geschichten erinnere. Wollt ihr nach Indien?

Nhiyar: Nhiyar allein, später. Ay Götterberste, Tempel. Brennung. O Pyramidezeit. Du jetzt Kithara!

Ay: Hnnn.

Das uralte Tadmor – immer wieder neu erbaut aus den Steinen des kargen, kahlen Bergrückens nordwestlich der Stadt. Der niemals versiegende Quell des Aphqa, in Becken aufgefangen, in Zisternen gespeichert, in tausend Gräben und Kanälen verzweigt und verteilt, hatte Gras, Gemüse, Getreide und Palmen wachsen lassen, in deren Schatten die hellen Häuser standen: Wohngebäude, Läden, Werkstätten, Ställe, Handelslager, Gasthäuser für die Karawanen. Es gab kleinere Tempel, eine niedrige Mauer, außerhalb der Stadt hohe Grabbauten, in der Mitte eine Agora mit Ratsgebäude, Springbrunnen und Grünfläche. Und es gab im Südosten, auf einer flachen Anhöhe, die wie ein Sockel wirkte, den ältesten Baal-Tempel überhaupt, ein mächtiges, burgähnliches Bauwerk aus riesigen Steinquadern.

Ay und Nhiyar waren in den letzten Tagen immer stiller geworden, ihre wenigen Äußerungen noch rätselhafter. Es schien aber eine innere Sammlung, ein Schweigen der Vorfreude zu sein.

Die Karawane sollte drei Tage in Tadmor bleiben; im Rasthaus gab es genügend Zimmer. Nachmittags hatten sie den Ort erreicht; nach eiliger Reinigung und ein paar Schluck frischen Wassers zerrten Nhiyar und Ay den Kitharisten mit sich, durch den Ort, zum Tempel des Baal.

»Was, bei allen Göttern … Können wir nicht zuerst etwas essen? Die Agora ansehen? Was sollen wir im Tempel?«

Nhiyar wies in den klaren, heißen Winterhimmel: »Mondwind. Du Geschenk?«

Dymas ächzte, er hatte sein Geld bei sich, das er keinesfalls irgendwelchen Priestern zu geben gedachte. In der Tasche, als er tastete, brannte der schwarze Geisterstein, den Ay ihm ein zweites Mal gegeben hatte, der ihn seither in allen Nächten und allen Träumen plagte. Dymas nickte und kicherte grimmig. »Ja, ich hab ein Geschenk.«

Beim eiligen Gang durch den Ort betrachtete Dymas die Häuser und die Menschen, die mit ihren gewöhnlichen Beschäftigungen befaßt waren. Nichts sah wesentlich anders aus als in vielen ähnlichen Städten; vielleicht ging es insgesamt ruhiger zu, niemand hastete – außer Nhiyar und Ay –, nur hier und da sah er Dinge, die ihn befremdeten. Nicht die weißgekleideten Menschen – Frauen, die Wasserkrüge auf dem Kopf trugen; Männer, die ein Haus bauten; Kinder, die Messer nach einem humpelnden Hund warfen –, wohl aber einige der Läden und Werkstätten. In einer Auslage sah er, oder glaubte zu sehen, fein gemeißelte oder geschnitzte Menschenherzen aus einem tiefroten Stein. Er sah einen Holzschnitzer, der etwas wie einen von innen nach außen gestülpten Menschen herstellte, und vor einem Fleischerladen hing das Gerippe eines Lamms. Es klapperte leicht in der Nachmittagsbrise, und der Schädel wies drei Augenlöcher auf.

Palmen standen am Fuß des Tempelhügels; in ihrem Schatten soffen einige Dutzend Pferde aus Trögen, oder grasten, die Vorderbeine zusammengebunden, auf der weiten grünen Fläche. Die Stufen, die zum Tempel hinaufführten, waren uralt, abgenutzt von Millionen Füßen und zahlreichen Jahrhunderten. Vor zweitausend Jahren, sagte man, hatten in diesem Tempel ein Herrscher von Ur, oder Lagash, oder Kish, und ein ägyptischer Pharao Grenzen und Friedensbedingungen ausgehandelt – eine jener Traum- oder Lügengeschichten, an die Dymas nicht glaubte. Aber die Stufen sahen aus, als wären sie damals schon alt gewesen. Er schaute sich noch einmal um. Etwas störte ihn.

Die Pferde. Reitdecken, Gurte, die Spangen des Zaumzeugs ... Es waren Reittiere von Kriegern.

Die Männer, denen die Pferde gehörten, saßen im Schatten der Säulen, im Vorhof. Sie hatten Schwerter, Bogen, Lanzen und Schilde; bärtige, harte Männer, die dort würfelten und tranken, mitgebrachte Vorräte verzehrten und warteten. Sie starrten mißtrauisch zu Ay, Nhiyar und Dymas herüber; einer sagte leise etwas, die anderen brachen in brüllendes Gelächter aus. Phöniker? Was suchten bewaffnete Phöniker im Baal-Tempel von Tadmor?

Um ins Tempelinnere zu gelangen, mußten sie nah an den Männern vorbei. Dymas fing ein paar gemurmelte Worte auf und zuckte unmerklich zusammen. Mühsam beherrschte er sich. Es war Phönikisch, aber nicht das reine Phönikisch der Küstenstädte oder des Hinterlandes – es war das abgeschliffene Phönikisch des Westens, der größten Stadt der Oikumene. Karchedonier.

In der riesigen, kahlen Halle des Tempels stand ein seltsam ausdrucksloser Baal: gigantisch, mit leeren Zügen, aus Gold. Das schräge Dämmerlicht, von dem Standbild gebrochen und vermehrt und versprüht, bildete im Raum Vorhänge, Regenbögen und tanzende Schlieren. Zu Füßen des Gottes, lang ausgestreckt, lag ein Mensch.

Nhiyar kniete – nicht vor dem Gott, wie Dymas annahm. Der Liegende richtete sich auf: ein alter Mann, Priester wahrscheinlich, mit runzligem Gesicht, schwarzen Zähnen, schwarzem Gewand. Nhiyar murmelte etwas; Dymas wollte nähergehen, aber Ay hielt ihn an der Hand zurück.

Nhiyar reichte dem Priester einen Beutel. Der Alte nahm ihn, wog ihn in der Handfläche, drehte sich um und schlurfte zu einem schweren schwarzen Vorhang. Ay zupfte; sie folgten und traten in einen fast kreisrunden Gang, kaum beleuchtet von zwei Fackeln. Der Priester ging voran, zu einer Biegung, dann eine Treppe hinab, die älter schien als die Stufen draußen. Am Fuß der Treppe, die sich zweimal um sich selbst drehte, kamen sie in eine große Kammer mit Tischen, Bänken, Liegen und Öllampen. Drei kaum jüngere Priester hockten auf dem Boden vor einem kleineren Standbild des Gottes.

Der Alte ließ den Beutel klirrend auf einen der Tische fallen und murmelte etwas; dann stieg er ächzend und pfeifend wieder die Stufen hinauf. Einer der drei Priester erhob sich und winkte ihnen.

Der nächste Gang. Sie hatten ihn kaum betreten, als der Priester stehenblieb. Vor ihnen, fünf Schritte breit und eine Mannslänge tief, klaffte ein Loch, das die Gangbreite einnahm. Es roch modrig. Dymas hörte ein Rascheln und Schleifen, beugte sich vor, spähte hinab und würgte.

Das Loch war eine Grube, in der sich Hunderte kleiner, giftiger Schlangen wanden.

Der Priester berührte einen Punkt an der Wand, griff in eine Vertiefung, die sich jäh auftat, und drehte eine Kurbel. Aus vorher unsichtbaren Nischen schoben sich von beiden Seiten Steinplatten über die Grube, vielleicht einen Schritt breit.

Sie gingen hinüber. Ein Stück weiter ließ sich der Priester plötzlich auf die Knie nieder und kroch; durch Winken wies er sie an, ebenfalls zu kriechen. Dymas, als letzter, spähte nach oben und sah im trüben Licht hauchdünne Fäden, und eine Reihe winziger Öffnungen in beiden Wänden. Pfeile? Giftnägel? Dünne scharfe Klingen, von Federn hinausgeschnellt, sobald einer, dem es irgendwie gelungen war, die Schlangengrube zu überspringen, die Fäden berührte?

Noch eine Treppe. Im verzierten Geländer bewegte der Priester etwas, das eine Ranke schien, aber ein Riegel war. Die nächsten fünf oder sechs Stufen knirschten; Dymas nahm an, daß sie, ohne den Riegel, unter dem Tritt eines Menschen zu einer glatten, schrägen Rampe würden. Geradeaus gähnte ein schwarzer, bodenloser Schacht; die Treppe führte scharf nach rechts.

Sie mußten sich mittlerweile unterhalb jener Höhe befinden, auf der draußen die Stadt lag, und sie stiegen immer tiefer. Endlich erreichten sie eine weitere Kammer, wie die vorige mit Tischen und Sitzen ausgestattet. Auf Brettern in einer Nische standen Krüge und Becher. Und ein kleiner Kessel, ähnlich einem Gefäß für brennenden Weihrauch.

Der Priester nahm einen der großen Krüge, dann einen zweiten, einen dritten, füllte sie aus einem verstöpselten Ziegenbalg, der von der Decke hing, stellte sie auf einen der Tische. Dymas schnüffelte; es roch nach schwerem Palmwein.

Der Baalspriester hatte inzwischen den kleinen Kessel geholt, aus dem er mit einem Löffelchen graues Pulver nahm und in die Krüge streute.

»Was ist das?« sagte Dymas halblaut.

Nhiyar grinste ihn von der Seite an. »Pilz. Für Traum, nicht Tod.«

Dymas hob die Schultern.

Der Priester stellte Becher neben die Krüge und deutete darauf. Ay, Nhiyar und Dymas nahmen jeweils einen Krug und einen Becher; dann folgten sie dem Priester in einen weiteren dunklen Durchgang, der vor einer schweren Tür endete.

Der Priester öffnete, ließ sie vorbei, schloß die Tür hinter ihnen. Sie standen in einem unterirdischen Gewölbe. Zahllose dünne, bunte Säulen, wie gedrechselt, trugen das Gewicht der Welt. Überall loderten Fackeln an den Wänden, in rußigen Bronzefäusten. Ein tiefer, grollender Gesang, der aus den Eingeweiden der Erde zu kommen schien, erfüllte die Halle. Es roch betäubend nach Weihrauch, nach schweren süßlichen Blüten, nach allerlei Rausch- und Traumdüften. Auf dem Boden, oder an die Säulen gelehnt, lagen und saßen verhüllte Gestalten, Männer und Frauen; in einer fernen Ecke schienen vier Menschen ein Gespräch zu führen.

Dymas schwindelte von den Treppen, den Gängen, den Fallen, den Gerüchen. Er sah die Säulenreihen entlang, die immer neue Bogengänge, Lichtwirbel, Labyrinthe bildeten. Ihm war, als ob sein Kopf kreiselte.

Ay trat zwischen die Säulen; Nhiyar stieß ihn mit der Schulter an. Sie gingen in eine Richtung, die vorn oder hinten sein mochte, zum Ursprung des grollenden Gesang, zum Quell der berauschenden Gerüche.

Zwei Reihen, zwei Dutzend Priester knieten dort, hockten auf den Unterschenkeln, sangen, wiegten sich vor und zurück. Die Gesichter waren verzerrt, entrückt, fern wie die Sterne. Auf niedrigen, schmalen Tischen standen neben ihnen Krüge und Becher.

Vorn, vor ihnen, Baal. *Der* Baal, nicht das ausdruckslose

Bild des oberen Tempels. Baal, der Herr, der Opfer verlangte von denen, die seine Gunst oder Gnade begehrten. Der alte Gott, der das Leben nur um den Preis eines anderen Todes gewährte. Er war nicht aus täuschendem, verheißungsvollem Gold, sondern aus dem grimmigen Eisen der Wirklichkeit, aus heißem, brüchigem, rußigem Eisen. Zu seinen Füßen tobte in einer gemauerten Schmelzgrube sein Feuer, das die Sonne nährte, Leben gab und alles verschlang. Flammen leckten hinauf zu seinem Gesicht, dem furchtbaren Gesicht Dessen, Der Alles Sieht. Kein Trug, keine Verstellung, keine Lüge vor diesem Antlitz, das voller Hohn war und voller Wissen. Dymas starrte in die dunkel glimmenden Augen des Gottes und wußte, daß seine Musik Stümperei war, sein Leben Pfusch und aufwendige Sinnlosigkeit, sein Mut ein Speicheltropfen im Meer oder eine Kerzenflamme in der Sonne, er selbst kaum Gewürm. Er versank in den Augen, sprach mit dem Gott.

Der Ewige. Baal, der lehrt, daß jeder Schritt einen hohen Preis hat. Daß es kein Heil gibt ohne Grauen, daß zwischen den Rosen immer ein Dolch sein muß. Kein Licht, ohne daß etwas verbrannt wird. Kein Haus ohne Zertrümmerung von Steinen, kein Acker ungedüngt von Leichen, keine Pflugschar ohne Schwert. Kein Leben ohne Tod. Immer steht Baals Löwe am Rand des Feuerkreises, immer liegt Baals Natter unter dem Brautkissen.

Er wußte nicht, wie lange er gestanden und gestarrt hatte, erstarrt. Die Zwergin, die vor ihm stand, preßte ihren Hinterkopf gegen seinen Nabel. Nhiyar seufzte, sagte einen halblauten Satz in seiner alten, toten Sprache, einen Satz wie das Knarren des Waldes, der von einer Lawine zermalmt wird.

Dymas riß sich zusammen. Vorn, neben Baal, bewegte sich etwas. Sie gingen näher, langsam, mit kleinen Schritten. Auf einem Sockel aus schwarzem Holz, verkleidet mit unlesbar beschrifteten Tontafeln, verziert mit den Köpfen scheußlicher Ungeheuer aus bunten Steinen, Metallen und Knochen, saß eine unendlich aufgedunsene, kahlköpfige, fette Frau. Ihre Brüste, von der Seite gesehen, unterschieden sich kaum von den anderen Fettwülsten. Ihre Ohren waren übergroß, die Ohrläppchen baumelten fast auf die Schultern. Sie saß links neben der Feuergrube, atmete den Rauch und die Dünste aus den Opfertöpfen, in denen Weihrauch und tausend andere Dinge glühten.

Ay und Nhiyar zogen Dymas nach rechts. Als er über die Flammengrube hinweg noch einmal die fette, nackte, kahle, unförmige Gestalt anschaute, sah er die abgespreizten Zwergenbeine und zwischen ihnen den behaarten Hodensack und den Phallos.

Der Hermaphrodit blinzelte und stieß einen winselnden Klageton aus; einer der singenden, schaukelnden Priester unterbrach sich, stand auf, füllte einen Becher und reichte ihn dem Zwitter. Das Geschöpf – Mensch oder *daimon* – trank, rülpste donnernd, blinzelte und schloß die Augen.

Sie füllten ihre Becher – Nhiyar und Ay taten es, Dymas folgte ihnen fast willenlos auch hierin. Sie leerten sie auf einen Zug; es schmeckte schwer und süß, aber etwas Geheimes, das die Bitternis der Jahrtausende barg, war darin. Dann gingen sie langsam weiter, vorbei an Baal.

Hinter dem Gott begann ein langgezogener Halbkreis, eine Art Rundgang. Zu beiden Seiten, in drei Schichten vom Boden bis zur Gewölbedecke, standen aus grünlichem, kaltem Stein geschnittene Götterbilder. Ay gluckste und stieß unverständliche Laute aus; Nhiyar lächelte und berührte die Figuren mit den Fingern, vorsichtig, als könnten sie zerbrechen. Dabei murmelte er Wörter – oder Namen, wie Dymas schließlich begriff.

Der Luwier verdrehte den Kopf, schaute zu Dymas zurück, grinste wieder – nein, er lachte; ein glückliches Lachen.

»Du unglaub, was? Götterberste, hierher kommen Mondwind. Tempel – der – Toten – Götter was das etwa.«

Eine heiße Faust griff nach dem Magen des Kitharoden. Er taumelte; vor seinen Augen drehte sich alles. Die Toten Götter, oder der Pilzstaub im Dattelwein? Er zwinkerte, rang nach Luft; langsam klärte sich sein Blick.

Nhiyar hatte sich wieder abgewandt, berührte eine Göttergestalt, die Ähnlichkeit mit gewissen Hermes-Darstellungen hatte.

»Schlitzohr – tot«, sagte er; es klang fast mitleidig, oder nach Bedauern ob eines Verlusts. Noch ein Name.

Lugalbanda: Dymas kannte diesen Gott, oder hatte von ihm gehört – einer der alten Götter der Babylonier oder Sumerer, Herr der Diebe und Kaufleute.

Garshammi: Löwenköpfig, ansonsten vorn ein Mann, hinten ein Tier, mit Schuppenkamm auf dem Rücken und einem Löwenschwanz, der in einer Flamme endete;

Enbelbaqar: ein aufrechtes Krokodil, der Bauch wie von den eigenen Zähnen zerschlitzt;

Nush-agyri: eine Kugel aus Schlangen, mit einem von Schlangen geformten Menschengesicht in der Mitte und dem Ausdruck ungeheuren Hasses;

diese und andere, die Nhiyar nannte, von denen Dymas nie gehört hatte und nie wieder hören wollte; aber auch Zeus und Aphrodite und Athene, Enlil und Ishtar, Lug und Shamash und Hathor und Isis, Poseidon und so viele andere, die noch verehrt wurden – alle tot, alle erledigt?

Sie hatten den Rundgang fast beendet. Auf der anderen Seite, als sie sich dem Hermaphroditen näherten, waren die meisten Nischen noch leer. Die letzten Gestalten allerdings ließen Dymas abermals erstarren.

Ammon, mit Widderhörnern und mildem Lächeln.

Als letztes ein unfertiges Bild, erst zu einem kleinen Teil erkennbar: etwas wie der untere Teil eines senkrechten Balkens.

Davor, neben Ammon, zwischen vielen leeren Nischen, der Makedone: Alexander, Sohn Philipps und der Olympias, Sohn Ammons.

Wieder drehte sich alles um ihn, seine Knie gaben nach. Nhiyar packte ihn, Ay fing den Becher auf. Als Dymas wieder klar sah, ließen sie ihn eben hinter den beiden Reihen von Priestern auf den Boden sinken. Die Zwergin füllte seinen Becher und hielt ihn ihm an die Lippen; Dymas trank gierig.

Das Bild Alexanders war vollendet. Alexander im Tempel der Toten Götter, ebenso nebensächlich und hinter Baals Rücken verstaut wie all die anderen.

Seine Sinne trübten sich; er hörte helle Stimmen und sah huschende Flammenkinder, roch den Hafen von Karchedon, der gleichzeitig ein Blumenmeer war, leerte einen dritten Becher, einen vierten. Irgendwann bemerkte er, daß er kniete und sang, vor und zurück schaukelte wie die Priester, wie Ay, wie Nhiyar. Jemand schob ihn weiter vor; der Hermaphrodit, ein schlanker Jüngling mit lieblichem Lächeln, legte ihm die Hand auf den Kopf und sagte etwas. Dymas verstand nichts, aber in seinem Geist formten sich Klänge: *Du wirst in Babylon sehen, was du mit Entsetzen begehrst, und aus dem Norden hören, was du mit Bangen erhoffst.*

Irgendwer begann zu tanzen, einen Tanz ohne Schritte oder Rhythmus; Dymas tanzte mit, und trank, und trank. Demaratos betrat den Raum, klatschte in die Hände und wurde zu einer hellroten Blutwolke. Alexander drang in den Tempel ein, legte Sarissen über die Schlangengrube, durchtrennte die Fäden, ließ Giftpfeile regnen, ging unverletzt weiter, sprang über die gekippten Stufen, trank einen Becher und umarmte den Gott, der glühendes Eisen war und ihn kreischend aufnahm, mit sich verschmelzen ließ. Kamele sanken in den Boden; vom Sturm getrieben raste ein Segelschiff in den Rundgang und kehrte nicht zurück. Die Statue der Ishtar verwandelte sich in ein Abbild Tekhnefs, dann in die zu Tode gemarterte Kleonike, dann in Olympias. Ein Makedone mit gebrochenem Nacken stürzte einen endlosen Schacht entlang, der nicht in die Tiefe führte, sondern waagerecht verlief. Auf dem Handteller Parmenions stand eine umgedrehte Pyramide. Ay küßte ihn auf die Nase, stand auf und sprang in die Schmelzgrube. Nhiyar weinte und lachte, die Priester sangen, ein Vogel wetzte seinen Flügel an einem Rubinberg. Die vier Männer, die in engem Kreis ein Gespräch geführt hatten, standen auf und schwebten herbei. Ay nahm Anlauf und sprang in die Schmelzgrube; Alexander schritt über Schlangen und Sarissen; Tekhnef ritt auf dem Mondwind, der eine ungeprägte Scheibe war und wie Schnee zerfiel. Ay sprang in die Schmelzgrube und brannte, die vier Männer schwebten näher, und Dymas schrie, schrie, schrie, zerriß den Chiton, zerriß die aufgenähte Tasche, in der das Auge Alexanders, nein die Münze des Mondwinds, nein der schwarze Geisterstein steckte. Ay nahm Anlauf und sprang in die Flammen, und Dymas schrie und schleuderte den schwarzen Stein, der von Baal abprallte und in die Flammen stürzte, und die vier Männer schwebten näher, und drei von ihnen kannte er, und weil er sie kannte, wußte er, wer der vierte war, und Nhiyar stieß ein Gebrüll aus wie die Weltenschlange, der die Götter den Kopf spalteten, und die vier Männer beugten sich über ihn, und Dymas flog und rankte sich um den Mondwind.

Er erwachte mit wehem Schädel. Die Knochen schienen von innen wie mit einer Stahlbürste aufgerauht, das Hirn schwappte wie Bleibrei in einem geschüttelten Behälter, die Kopfhaut flackerte. Etwas, das spitzige Hände hatte, saß hinter seiner Stirn und bohrte Finger in die Rückseite der Augen.

Er atmete tief und lange, bis der Geschmack von Erbrochenem im Mund kein weiteres Würgen mehr auslöste; bis die verblassenden Sterne über dem Palmwipfel ihren hysterischen Tanz einstellten. Dann richtete er sich auf, langsam und mühevoll, lehnte sich an den Stamm der Palme und sah sich um.

Jemand mußte ihn aus dem Tempel und vor die Stadt geschleppt haben. In einen kleinen Palmenhain; er hörte das leise Plätschern eines Kanals, roch verglimmendes Feuer und sah vor dem östlichen Himmel verschwommen die Umrisse von Pferden. Männer, in Decken gewickelt, schnarchten ringsum. An einem der anderen Bäume lehnte ein Wächter; er blickte zu Dymas hinüber, bewegte die Hand zum Mund und weckte einen der Schläfer.

Der Mann stand langsam auf, steif und alt; er murmelte dem Wächter etwas zu und kam, immer noch in die Decke gewickelt, zu Dymas.

»Na, bist du wieder bei uns?«

Dymas starrte in das zerfurchte Gesicht, das er in seinem scheußlichen Tempeltraum gesehen hatte, und er erkannte den Mann, auch ehe dieser etwas in den Mund schob und zu kauen begann. Der Bart war grau, die Jahre hatten tiefe Spuren in die Haut geätzt, aber Drakons Augen waren klar und scharf geblieben, und durchdringend.

»Wo … wieso … ah.« Dymas schluckte, räusperte sich und schnitt eine Fratze; langsam ebbten die Schmerzwellen ab.

»Moment. Ich hab was für dich.« Drakon ging dorthin, wo er gelegen hatte, hob etwas auf, schüttelte es, während er zurückkam. Es war eine Lederflasche.

»Wein, Wasser, Honig, Kräuter. Sollte dir helfen. Trink.« Er hielt die Flasche an Dymas' Lippen.

Der Kitharode trank, würgte, hustete, trank erneut. Die Flüssigkeit war kalt, erfüllte ihn aber mit mildem Feuer.

»Gut?«

Er nickte vorsichtig, trank noch einmal. »Besser, viel besser.«

Drakon hockte sich auf die Fersen und musterte Dymas. »Lange her, was? Ich glaube, ich war jünger, als wir uns zuletzt gesehen haben. Du auch. Elf Jahre?«

Dymas versuchte ein Grinsen. »Als ich elf war, kannte ich dich noch nicht; da war ich in Karchedon.«

»Karchedon? Hm.« Drakon blickte zu den Schläfern hinüber. »Die Oikumene wird immer kleiner.«

»Wir wissen, wer dafür sorgt. Aber – eigentlich müßtest du tot sein; wie ich von Harpalos hörte. Zerschmettert am Fuß eines baktrischen Felsens, oder vergiftet von ... *ihm.*«

»Das ist eine lange Geschichte.«

»Ich will sie trotzdem hören.«

Drakon kniff die Augen zusammen. »Jetzt?« Er blickte in den Himmel, seufzte und hob die Schultern. »Die dröhnenden Hufe des Morges. Gleich wird Eos Schminke auflegen; es ist ohnehin nicht mehr an Schlaf zu denken. Warte.«

Er stand auf und ging zur Feuerstelle, fachte wieder an, stellte eine Bronzekanne in die Glut, wühlte in Beuteln und kam dann mit Brot und kaltem Braten zurück.

»Fang du an«, sagte er. »Wenn der Würzwein heiß ist, übernehm ich.«

Es dauerte noch über eine Stunde, bis die ersten Schläfer erwachten. Dymas und Drakon sprachen leise, schnell, gesammelt. Dymas berichtete von den wichtigsten Erlebnissen und Orten, Gerüchten und Besorgnissen; dann holte Drakon seinen heißen Würzwein, und sie tranken, und der Arzt erzählte.

Er sprach vom Großen Spiel des Demaratos, von der Aufklärung und Kundschaftern, gefangenen und verhörten Spitzeln, von der Suche nach dem immer unauffindbaren Bagoas; von Issos, Ägypten, Siwah, Gaugamela, Babylon, Persepolis, der Teilung des Heers in Ekbatana, der Jagd nach Dareios, später nach dessen Mörder Bessos; von Einöden und Himmelbergen und Eis und brennender Wüste; von murrenden Männern, von merkwürdigen Gerichtsverfahren, Hinrichtungen, Morden; immer wieder von Alexander, der alles sah, alles wußte, alles beherrschte – umgänglich, liebenswert, bester Freund und größter Stratege, klarer Denker, im nächsten Atemzug tückisch, betrunken, argwöhnisch, unzugänglich. Der Herr der zehntausend Wesen – zehntausendfaches Licht, zehntausendfache Finsternis. Herrschaft der Liebe, dann Herrschaft des Schreckens; großherzige Belohnungen und grausame Strafen; Lob für aufrechte Feinde, dann wieder Bespitzelung der eigenen Leute.

»Philotas und Parmenion«, sagte er, »das war noch zu rechtfertigen, wenn auch mühsam – Machterhaltung, Fortführung der begonnenen Politik. Alles an den Haaren herbeigezogen, aber … na ja. Parmenion war der Vater, der gute Stern des Heers. Viele Männer haben geweint. Kleitos, das war nicht zu rechtfertigen; das war einfach Mord, und *so* sinnlos betrunken war Alexander dabei nicht. All die anderen, die verschwunden sind oder plötzlich krank wurden, nachdem sie mit ihm gegessen oder getrunken hatten. Ein paar neue Gifte hat er wohl auch noch von diesem Eunuchen gelernt, Bagoas.«

Dymas klackte mit der Zunge. »Noch ein Bagoas?«

»Hm. Glatte Haut, glatte Zunge. Nettes Kerlchen; bah. Alexander und Hephaistion haben ihn sich oft nachts geteilt. Der Huldreiche, der Hurtige, der Heile – und dieser war natürlich der Holde.«

»Wie kommt es, daß du bis dahin überlebt hast?«

Drakon spuckte aus. »Alle haben überlebt, bis sie entweder lästig wurden oder ersetzt werden konnten. Er hat keinen umgebracht, den er noch benötigt hätte. Deshalb, und wegen einer anderen Sache, hab ich damals beschlossen, zu, ah, sterben – ehe ich überflüssig werde. Außerdem wurde der Ekel zu groß.«

Die Burg des Ariamazes, der eisige Felsen, Roxane. Das

Amulett. Und Drakon versickerte im weiten wüsten Land, als wandernder Heiler, immer auf der Suche nach weiteren Spuren des alten Plans, immer auf der Suche nach Bagoas.

»Nicht weil es mich beunruhigt hätte, verstehst du? Wenn es ein Plan zur Ermordung des Königs gewesen wäre ... bah, viel Glück. Ich hatte nur immer das Gefühl, daß es mehr ist, daß es mich und die halbe Oikumene betrifft. Deshalb wollte ich *wissen.* Außerdem« – er lachte leise – »hatte ich ja sonst kein Ziel, nur das Überleben.«

»Warum hast du nie versucht, die Sache anders zu beenden?«

Drakon starrte ihm in die Augen, dann nickte er. »Ja. Angst, einerseits. Ich gebe das zu. Ich hatte zu viele sterben sehen, unter Qualen, bei denen er so etwas angenommen hat – oder annehmen wollte. Und ich hätte keine Möglichkeit gehabt. Er hat von mir keine Arzneien mehr genommen. Selbst von Philippos nur, wenn er zugeschaut hatte, welche Kräuter es waren.«

»Und wie kommst du hierher, nach Tadmor?«

»Dreieinhalb Jahre ... Langsam, fast immer zu Fuß, Dymas. Von Baktrien zum Kaspischen Meer, dann in Schlangenwindungen nach Süden. Es gibt überall zu viele Leute, die mich kennen. Der tote Drakon durfte nicht in Ekbatana oder Susa gesehen werden, oder in irgendeiner größeren Festung. Man braucht Zeit, um auf diese Weise zu reisen. Und ich hatte es nicht eilig. Anders als mein Reisegefährte der letzten Monde.«

»Wer?«

Drakon kicherte. »Wer wohl?«

Am oberen Tigris, in der Nähe eines Dorfes ohne makedonische Besatzung, hatte er darauf gewartet, daß der Fährmann am anderen Ufer erwachte und sein Floß aus Ziegenbälgen in Bewegung setzte. Ein paar Bauern warteten ebenfalls, und ein Mann mit dunklem Umhang, der plötzlich leise lachte und den Arzt an der Schulter berührte: Bagoas der Heile.

»Dann habe ich also nicht nur Unsinn geträumt«, sagte Dymas. »Hamilkar und Kurush ... oder war das Traum?«

Drakon deutete auf einen der Schläfer. »Hamilkar. Kurush ist ein uralter Mann; er verläßt den Tempel nicht mehr. Nein, du hast alles wirklich gesehen. All dies, jedenfalls. Welche Träume dir das Pilzgift und die Brandkräuter sonst noch eingegeben haben, weiß ich nicht.«

»Hat sich … hat sich Ay wirklich verbrannt?«

Drakon nickte. »Kurush und Bagoas haben sich länger mit dem Riesen unterhalten.«

Dymas lachte gepreßt. »Kann man das? Mir ist es nie gelungen.«

»Asiaten unter sich … Irgendwie denken sie anders; außerdem wissen Kurush und Bagoas mehr von den alten Völkern als sonstwer.«

»Wo ist Nhiyar?«

»Fort. Ein Teil von Hamilkars Männern ist diese Nacht noch aufgebrochen; sie haben ihn mitgenommen, zum Euphrat. Er will nach Indien, wo, wie er den Persern gesagt hat, sein Volk ursprünglich herkam. Vor tausend Jahren oder mehr.«

Dymas hielt sich den Kopf. »Drakon, Bagoas, Kurush, Hamilkar. Jemand kann mit Nhiyar reden. Ay verbrennt sich. Ich begreife nichts. Alles dreht sich, Drakon. Gibt es da unten wirklich die Bilder der Toten Götter?«

Der Arzt nickte. »Und Alexander ist für Baal und seine Priester schon gestorben.«

Die ersten Schläfer regten sich. Drakon sprach schnell und leise weiter, um die Geschichte zu beenden. Es hatte Tage und Nächte des Abtastens gebraucht, bis er und Bagoas mit dem allmählichen Austausch begannen.

»Zwei alte Männer in Fetzen, zu Fuß, unterwegs von Dorf zu Dorf. Nicht einmal die restlichen Räuber, die die Makedonen noch nicht erledigt hatten, haben sich um uns gekümmert. Daß wir unter den Fetzen mit Goldmünzen gepanzert waren, wußte ja keiner. Jedenfalls – nach und nach haben wir uns aneinander gewöhnt. Er wußte, daß der Plan, der alte Plan, zum Teil gescheitert war. Aber nicht völlig. Und er wußte, daß sein Vater noch lebte; wo er lebte; warum er dort lebte. Deshalb wollte er nach Tadmor; wohin hätte er auch sonst gehen sollen?«

Dymas packte die Schultern des Arztes, bohrte die Finger ins harte Fleisch Drakons. »Was ist der Plan?«

Er hatte zu laut, zu erregt gesprochen; weitere Schläfer erwachten. Einer von ihnen schaute herüber, rieb sich die Augen, nickte und hob die Hand: Hamilkar.

»Der Plan? Ah, ein schöner, schrecklicher, verwickelter Plan, Freund.« Drakon streifte die Hand des Musikers ab. »Warten wir damit, bis Hamilkar wach genug ist.«

»Wo ist Bagoas?«

»Bei seinem Vater, im Tempel. Du wirst ihn nicht sehen; wir brechen nach dem Frühstück auf.«

»Wir? Wohin?«

»Wolltest du nicht nach Babylon? Wir sind schneller als deine Karawane.«

Dymas stöhnte. »Ja. Nein. Ach. Aber wieso du?«

Drakons Gesicht verfinsterte sich. »Es gibt Dinge, die getan werden müssen. Im übrigen sollte ›wir‹ heißen, daß die meisten Karchedonier reiten. Ich breche auch auf, mit drei oder vier Leuten, aber nach Westen.«

»Ich begreife überhaupt nichts, Drakon.«

Der Arzt lachte müde. »Die Grundvoraussetzung aller Erkenntnis, Dymas. Warte ab.«

Dymas wartete ab; bis Hamilkar sich zu ihnen hockte, einen Becher und einen eingerollten Brotfladen mit Fleisch in den Händen.

»Kyros«, sagte Drakon. »Der Kyros, dem Xenophon als Söldner diente, nicht der andere, über den er phantastische Lügen geschrieben hat. Kyros hatte die Idee; er hatte viele glänzende Einfälle, die alle an schlechter Durchführung scheiterten. Kyros wollte etwas ändern, und da er immer groß gedacht hat, wollte er es in großen Zügen ändern. Asien und Europa, Persien und Hellas. Ineinander verkrallt, ewig verfeindet, aber unauflösbar verbunden durch Geschichte, durch Nähe, durch – ah, trennende Gemeinsamkeit. Ich vereinfache jetzt einige sehr langwierige und verwickelte Gedanken, Dymas; sonst wären wir drei Monde beschäftigt.«

»Vier«, sagte Hamilkar. »Vergiß nicht Karchedons Teil. Auch den werden wir zusammenfassen.«

»Gut. Kyros verwendete mehrere Vergleiche, allesamt schräg, allesamt falsch, aber erhellend. Mann und Frau, sagte er, ewig getrennt und unvereinbar, beide füreinander unlösbare Rätsel. Aber etwas zieht sie zueinander, kurze Zeit verschmelzen sie, zeugen neues Leben und neue Rätsel, und so können sie es miteinander aushalten, auch wenn keiner je den anderen begreift. Wie die Nacht, in der Kälte und Finsternis Furcht bewirken, und der Tag mit unerträglicher Hitze und blendendem Licht sich immer wieder in kurzen Dämmerungen vermählen, die dem Denken und der Freundschaft förderlich sind.«

»Vielleicht«, sagte der Karchedonier nachdenklich, »hat er auch an Baal gedacht, den er kannte; Kyros hat sich ja in Babylonien und Syrien herumgetrieben. Baal ist beides: Tag und Nacht, Leben und Tod; unauflöslich und aufeinander angewiesen. Leben *durch* Tod. Weiter, Makedone.« Er hatte sein karges Frühmahl beendet; während Drakon weitersprach, beobachtete Dymas die Finger und den Mund Hamilkars. Er hielt eine winzige, trübe Blase in der Hand, etwa so groß wie der Daumennagel eines Mannes. Die Schwimmblase eines Fischs, oder vielleicht etwas, das aus einer Tierblase gefertigt war. Ein dünnes Röhrchen steckte darin, verschlossen mit einer ans Röhrchen gebundenen Kapsel. Hamilkar nahm die Kapsel ab, preßte die Blase zusammen, daß die Luft entwich, hielt das Röhrchen in seinen Würzweinbecher und lauschte stirnrunzelnd dem Gluckern, als die Blase sich vollsog. Dann verschloß er das Röhrchen – und schob die Blase in den Mund. Vermutlich öffnete er dort, mit der Zunge, oder einfach durch Druck, den Verschluß wieder und preßte die Flüssigkeit mit Hilfe seiner Wangenmuskeln heraus. So etwa wirkte es; zu sehen war jedoch kaum etwas, da der Karchedonier sich bemühte, keine über gewöhnliches Mienenspiel hinausgehenden Muskelbewegungen zu machen.

Drakon fuhr fort. »Die Gedanken von Kyros waren, wie gesagt, sehr verwickelt. Niemand weiß, ob er Hellas gesehen hat als Licht – *logos,* kaum vermindert durch absterbenden Götterglauben – und Asien als tiefe, bauchige Nacht aller Fruchtbarkeit. Es ist auch unbedeutend. Was zählt, ist lediglich dies: Er sah ewige Feindschaft, unermeßliches Leid, unaufhörliches Morden voraus, und er wollte eine Dämmerung, eine Vermählung, eine gegenseitige Durchdringung herbeiführen.«

»Das ist der Ursprung des Plans.« Hamilkar füllte die trübe Blase erneut. »Mach schneller, Makedone; wir müssen aufbrechen.«

Drakon seufzte. »Na gut. So schnell es geht. Kyros hat die Hellenen erforscht, und die Geschichte. Wie wir wissen, hat er Hellenen zu sich geholt, angesiedelt, als Söldner bezahlt. Er wollte nicht die Macht um der Macht willen; er wollte, vor fast siebzig Jahren, den Thron des Großkönigs, um den Plan verwirklichen zu können. Aber wie wir wissen, fiel er bei Kunaxa; Artaxerxes, den wir Mnemon nennen, siegte, und die Hellenen, ahnungslose Werkzeuge, traten mit Xenophon den langen Marsch zum Euxeinischen Meer an. Es gab aber noch einen Kyros – Kurush. Dank der Geschwisterheiraten bei den Achaimeniden war er gleichzeitig Großneffe, Vetter zweiten Grades und jugendlicher Onkel des Großkönigs Artaxerxes. Er geriet in Gefangenschaft, Kyros schleppte ihn mit herum, irgendwie ist eine vorsichtige Freundschaft zwischen den beiden Männern gleichen Namens entstanden.«

»Wie alt war er da – Kurush?«

»Als Kyros fiel, war Kurush achtzehn. Jetzt ist er sechsundneunzig, und er wird bald sterben.«

Hamilkar hatte die Blase wieder im Mund geleert; nun stand er auf. »Aufbruch. Beeil dich, Drakon. Wir haben dein Instrument und deine Sachen aus dem Gasthaus geholt, Musiker. Bis gleich.«

Die Karchedonier brachen das Lager ab, tränkten die Pferde und machten sich bereit; Drakon sprach hastig weiter.

Kurush war es nach und nach gelungen, den Plan, den er für großartig hielt, wenn er auch sonst den Ehrgeiz des Kyros mißbilligte, in Einzelheiten zu erarbeiten und dem Großkönig nahezubringen. Artaxerxes Mnemon gab die Billigung und das Geld; er machte Kurush zum Haupt der geheimen Dienste des Reichs. Und Kurush begann mit dem langwierigen Spiel, das Jahre und Länder und Zehntausende Mitspieler erforderte. Er sah voraus, daß die tiefe gegenseitige Durchdringung in Asien erfolgen mußte, und daß sie der

Vaterschaft eines Kriegs bedurfte. Der erste Dareios war bei Marathon gescheitert, Xerxes vor Salamis, sein Stratege Mardonios ein Jahr später bei Plataiai. In der Bedrohung einigten sich die ewig uneinigen Hellenen, und Hellas war auf diese Weise vermutlich nicht zu nehmen, schon allein wegen der Nachschubprobleme und des Meeres. Es gab aber hellenische Städte in Asien, und immer wieder machte der eine oder andere Stadtstaat den Versuch, sich in Asien auszudehnen. Kurush beschloß, eine hellenische Macht langsam aufzubauen, bis sie Vorrang haben würde. Sparta und Athen ließen einander nie in Ruhe, Theben war ein teurer Fehlschlag, aber es gab andere, und überall waren Kurushs Männer oder Frauen. Man wollte alle stützen, die in Frage kamen, um irgendwann den einen Staat zu finden.

Gleichzeitig überzog Kurush das ganze Reich des Großkönigs mit einem Netz. Widerstandsgruppen und Verschwörer wurden nur noch scheinbar bekämpft, tatsächlich unterwandert, unter dem Auge des Erwählers beherrscht und aufeinander abgestimmt. Alle Orakel aller verfügbaren Götter erhielten Gold, bis Kurush mit ihren Zungen sprechen konnte.

»Siwah«, sagte Dymas ungläubig. »Ammon, der im Norden ein neues Gefäß sucht … Olympias, ausgebildet, dieses Gefäß zu gebären, von Dodona nach Samothrake geschickt! Ist das alles Kurushs Tun gewesen?«

»Dies alles, und vieles mehr, wovon wir nichts wissen, weil es gescheitert ist oder zurückgezogen wurde. Aristandros, in Indien gestorben, kam aus Telmessos, in Asien. Dort kamen immer schon gute Seher her; einige waren besonders gut, und Kurush mischte sich unauffällig in die Ausbildung ein. Seit langem, schon vor Kurush, sind alle Mysterien von Asien beeinflußt; überall gab und gibt es persische oder babylonische Priester, gleich ob bei den Kabiroi oder Orpheus oder Eleusis. Kurush hat das übernommen und verfeinert Ah, welch ein Kopf – immer noch, obwohl er blind ist und lahm und nicht mehr lange zu leben hat.«

Ein Karchedonier näherte sich mit einem Rappen; die Tasche mit der Kithara, ein Wasserschlauch, ein Vorratsbeutel und Dymas' lederner Reisesack waren mit Gurten auf dem Tier befestigt.

»Eile, Eile.« Drakon verzog das Gesicht. »Also, schnell; weitere Einzelheiten erzählt dir Hamilkar.

Kurush wollte, daß eine große hellenische Macht tief nach Asien eindringt, wozu Jahre notwendig wären, wie er meinte. Dann, wenn große Teile des Reichs hellenisiert sind, oder eine Hellenisierung begonnen hat, sollen die Eindringlinge aufgerieben werden – ihr Heer, das nach den Plänen mehr als zwanzig Jahre brauchen würde, um die ersten Eroberungen abzusichern, Siedler nachzuziehen, sich zu verjüngen und weiter vorzustoßen. Und aus den Gebieten sollte dann ein Mischreich werden: die gegenseitige Durchdringung.«

Die ersten Karchedonier ritten los, langsam. Hamilkar blickte nach dem Stand der Sonne, kratzte sich den Kopf, hob die Schultern und winkte etwa einem Dutzend seiner Leute. Sie ließen sich unter den Palmen nieder und warteten.

Mit großen, eiligen Gedankensprüngen kam Drakon zum Schluß. Philipp der Makedone war nur einer von vielen, auf denen Kurushs Augenmerk lag, Olympias nur eine von vielen Frauen, die für derlei Aufgaben vorbereitet wurden. Aber sehr bald stellte sich heraus, daß Philipp mehr war – er war einzigartig. Und Makedonien kam neu ins hellenische Spiel, hatte keinen Teil am alten Schaukeln zwischen Athen und Sparta. In dem Jahr, da Philipp nach dem Tod seines Bruders Perdikkas die Macht an sich riß, starb der greise Artaxerxes Mnemon; in seinen letzten schwachen Jahren war das Reich in Unordnung geraten. Kurush half dem harten, tüchtigen Sohn, der unter dem Namen Artaxerxes, von den Hellenen Ochos genannt, die Herrschaft antrat. Ein paar Jahre; dann übergab er Wissen und Bürde seinem Sohn Bagoas und verschwand. Nur Bagoas und Artaxerxes wußten, wo er war und daß er noch lebte.

»Jetzt wird es ganz verwickelt«, sagte Drakon; er schielte zu Hamilkar hinüber, aber der saß ruhig an seiner Palme und machte keine Anstalten, sich zu beschweren.

»Noch verwickelter?« Dymas stöhnte.

»Und wie. Es gab weitere Eingeweihte – die höchsten Priester des Lichtgottes. Aber Ahura Mazda verlor immer mehr Anhänger, Mithra und Anahita wurden wieder wichtiger, und deren Priesterschaft wollte keine Verschmelzung von Ost und West.«

»Warum?«

»Weil sie wußten, daß die teilweise düsteren, mystischen Gepflogenheiten in Hellas allenfalls als Mysterien im Untergrund, niemals aber in der Öffentlichkeit überstehen konnten. Anders als der Glaube an den Lichtgott und seinen Dunklen Gegner; das wäre mit der Zeit durchsetzbar oder vermischbar gewesen. Ahura Mazda als *logos*, Ahriman als Tugendlosigkeit, irgend so etwas. Einer von ihnen war Bagoas der Hurtige, der mächtige Eunuch. Bagoas der Heile hat mir einiges über den jahrelangen Kleinkrieg erzählt, die gegenseitigen Mordversuche, die hohe Kunst der Giftmischerei zu politischen Zwecken. Artaxerxes hockte dazwischen; er mußte ja das Reich wieder festigen, abtrünnige Satrapen niederringen, und dazu holte er, gewissermaßen im Vorgriff auf spätere Dinge, die beiden Rhodier ins Land, Mentor und Memnon, Hellenen, und gab ihnen mehr Macht, als je ein fremder Söldnerführer hatte. Bagoas der Heile nahm bald Verbindung zu Demaratos auf, dessen Rolle in Makedonien er früher begriff als die meisten engen Berater Philipps. Oh, Philipp war ein kluger Kopf; er konnte schweigen. Aber weder er noch Demaratos haben gewußt, was die Perser planten. Bagoas hat Makedonien gestützt, heimlich, auf Umwegen; Bagoas der Hurtige hat immer wieder versucht, es zu verhindern. Von ihm floß Geld nach Athen – aber mit Billigung *unseres* Bagoas, der Philipp prüfen und durch Widerstand schärfen wollte.

Dann hat der Eunuch Ochos vergiftet und Arses zum König gemacht; aber Arses wollte nicht mitspielen, nicht so, wie der Eunuch es geplant hatte. Also hat er auch *den* vergiftet und Dareios zum Großkönig gemacht. Aber Dareios war von Bagoas dem Heilen vorbereitet worden; außerdem wollte er nicht vom Gift des Eunuchen abhängig sein, also hat er den Hurtigen umbringen lassen, und das Spiel konnte ungestört fortgesetzt werden. Bis … bis zum Ende, zum Scheitern.«

Dymas schwieg; sein Kopf schwirrte. Mit dumpfer Stimme sagte er: »Aber – wieso Scheitern? Sie haben es doch erreicht.

Die große Verschmelzung. Der Eindringling im Land. Perser in Alexanders Heer.«

»Ah, es gab eine phantastische Gelegenheit. Sie hieß Memnon, und einen fähigen Strategen kann man nicht planen; man muß ihn ehren, wenn er von den Göttern geschickt wird. Memnon hielt den Schlüssel zu einem schnelleren Erfolg in der Hand, als Alexander noch in Gordion saß. Der große Gegenstoß, mit der Flotte, mit asiatischen und hellenischen Truppen Hellas vom Joch der Makedonen befreien und Freundschaft schließen. Zwangsweise, notfalls – die Flotte beherrscht das Meer, die persischen Befreier das Land, Alexander stirbt irgendwo in Asien: Es wäre die Erfüllung gewesen. Aber zuerst mußte Alexander in Asien eindringen können, sich von der Küste entfernen; überdehnte Verbindungen, all das. Deshalb durfte Memnon am Granikos nicht befehlen; deshalb hat Bagoas der Heile Bagoas den Huldreichen mit seinen Münzen und Barren von den Makedonen aufgreifen lassen – um ihnen den Marsch in die asiatische Falle möglich zu machen. Denn Alexander durfte nicht zurück nach Hellas, was er, bei lebend überstandener Niederlage, getan hätte. Er mußte tief nach Asien eindringen, oder beide Formen des Plans würden scheitern. Das Gift und die verborgenen Waffen? Ich weiß nicht; vielleicht Ablenkung, oder letztes Mittel, falls Alexander alles verwirft, oder der Versuch des Huldreichen, die Pläne des Heilen, dem er sich nicht widersetzen konnte, befehlsgemäß auszuführen und gleichzeitig im Sinne des Hurtigen zu vereiteln, unter Einsatz des Lebens. Oder einfach auf alle Wechselfälle vorbereitet sein. Wie auch immer – Alexander durfte nicht nach Hellas, mit den Resten eines geschlagenen, wieder aufzubauenden Heeres. Die Eroberung von Hellas wäre sehr schwierig geworden, und die asiatischen Hellenen, ohne makedonischen Druck, hätten Memnon verlassen.«

Hamilkar stand auf und klatschte in die Hände. »Kommt, nehmt Abschied. Wir müssen.«

»Woran ist es denn nun gescheitert – und warum erzählst du mir das alles?« Erst jetzt, da sein Kopf sich von Pilzgift und Wein zu klären begann, kam Dymas diese Frage in den Sinn.

Drakon lachte; er hielt das Pferd, bis Dymas aufgesprungen war.

»Gescheitert ist der Plan an zwei Dingen. Am Eingreifen von Karchedon; das wird Hamilkar dir erklären. Und vor allem an einem Umstand, den der beste Plan nicht vorhersehen konnte. Daran, daß Alexander kam. Einzig, göttlich, unbesiegbar. Er hat in zwei Jahren mehr erreicht, als Kurush für zwei Jahrzehnte vorgesehen hatte. Gaugamela, das war die Schlacht, die den Eindringling hätte vernichten sollen. Bessos und Spitamenes hätten retten sollen, was noch zu retten war, denn der Plan sah die Verschmelzung von Hellas und Persien zu etwas Neuem vor, nicht die völlige Vernichtung Persiens. Roxane, das war Bagoas des Heilen letzte Hoffnung, die Frau, die den König bekehren oder töten sollte. Aber ... Alexander hat auch sie erobert. Nein, Dymas, der Plan ist gescheitert. In allen Einzelheiten.«

»Warum erzählst du es mir?«

Drakon grinste; es war ein häßliches, erbarmungsloses Grinsen, und Dymas begann sich zu fürchten.

»Weil etwas getan werden muß, damit nicht die ganze Oikumene versinkt. Du wirst helfen. Bagoas, Kurush, Hamilkar und ich haben es beschlossen. Du weißt nun zuviel. Entweder du hilfst, reitest mit Hamilkar nach Babylon – oder du stirbst.« Er kicherte schrill. »Falls du Ptolemaios in die Hände fällst, biete ihm, für einen schnellen Tod, eine Mitteilung über Kurush an. Sag ihm, der alte Perser trägt ein Brandzeichen, einen Falkenkopf. Sag ihm, er spielt Flöte. Sag ihm, er kennt sich in Magie aus und ist vor Jahren noch einmal nach Babylon gereist. Und grüß ihn von Drakon.«

Dymas wandte sich ab, wortlos, ohne einen Blick oder eine Gebärde. Auf dem langen Ritt durch die Wüste zum Euphrat erfuhr er das übrige. Karchedons Pläne, Persien durch Alexander schwächen zu lassen, kannte er ja; daß Hamilkar nach einem Treffen mit Ptolemaios für Memnons Vergiftung gesorgt hatte, überraschte ihn nicht besonders. Wohl aber die Verwendung, die man ihm zugedacht hatte: Ablenkung, Köder, Fluchthelfer.

»Ich muß mit Alexander speisen. Oder zechen«, sagte Hamilkar. »Ich bin Karchedons Gesandter. Wenn er mich empfängt, heißt das noch nicht, daß er auch mit mir trinkt. Wenn es nicht anders geht, wirst du einen Hymnos auf den König dichten und mich zum Fest laden. Dich kennt er; vielleicht mißtraut er dir, wegen deiner langen Abwesenheit und deiner Arbeit für Demaratos. Aber er wird den Hymnos hören wollen – sein Lob. Und es gibt in seiner Umgebung noch genug Leute, die du von früher kennst. Leute, die dir absichtlich oder unabsichtlich helfen können, Fluchtwege vorzubereiten.«

»Wohin geht Drakon, und was hast du in Tadmor gemacht?«

»Du weißt, wir hatten Bagoas den Huldreichen. Er wußte nicht viel, letzten Endes, aber er hat ein paar dunkle Andeutungen über Orakel gemacht. Hat lange gedauert, bis wir auf Tadmor und Baal gekommen sind. Es war ja auch kein Grund für Eile; Alexander zog in Indien umher, und bis vor eineinhalb Jahren wußte niemand, ob er je zurückkehren würde. Drakon? Der wird versuchen, in Ägypten ein paar Dinge vorzubereiten. Für den Fall, daß wir in Babylon scheitern.«

»Noch einmal – was ist mit Tadmor?«

»Tadmor ist einfach ... gut. Kurush ist nach Tadmor gegangen, weil dort der Tempel ist, zu dem aus der ganzen Oikumene Pilger kommen. Alle Nachrichten, Gerüchte und Verschwörungen laufen dort zusammen; kein Ort wäre besser, wenn man sein Leben dem Lauschen weihen will. Und gleichzeitig liegt Tadmor abseits – anders als Tyros, oder Tarsos, oder Damaskos. Wer würde Tadmor erobern wollen? Und wozu? Zerstört man den Brunnen, wenn man noch einmal durch die Wüste will?«

Nach langem Knirschen gab Hamilkar zu, daß ihn andere Dinge dorthin gelockt hatten. Die Wüstenstrecke, die notfalls einen besseren Fluchtweg darstellte als die belebten Wege am Euphrat; die Nachricht, daß Kurush sich dort aufhielt – nachdem Karchedon einmal den Blick auf Tadmor gerichtet hatte, war dies nicht mehr schwer zu ermitteln; die Annahme, daß Bagoas, wenn er denn noch lebte, früher oder später versuchen würde, dorthin zu gelangen. Und der Tempel selbst. Baal, Herr der Phöniker. Damit auch Herr der Karchedonier – wenn auch vermindert durch Ferne und Zeit.

»Ich glaube nicht an Orakel«, knurrte Hamilkar. »Aber es ist gut zu wissen, daß Alexander dort schon als toter Gott gilt. Da ich zu seiner Vergöttlichung beitragen will ...«

Sie ließen sich Zeit. Als sie den Euphrat erreichten, in der Nähe des assyrischen Dorfs Dura südlich des alten Karkemish, waren sie noch weit von Babylon. Immer wieder stießen sie auf Wanderzüge – Phöniker zum Beispiel, die berichteten, sie sollten eine Stadt an der Tigrismündung bewohnen, Charax oder auch Alexandreia genannt, wo sie den Indienhandel und den Schiffbau zu fördern hätten. Niemand hatte sie gefragt oder gar gebeten, aber die Befehle des Königs zu mißachten sei ebenso zuverlässiger Tod wie der Biß einer Viper. Immer wieder tauchten auch, meist abends, bärtige Männer auf, die Westphönikisch redeten. Sie schienen alle in ähnlich kleinen Gruppen unterwegs zu sein, unauffällig, konnten sich unter die übrigen Wanderer mischen, aber Dymas schätzte nach und nach, daß Karchedon mindestens 1000 Männer nach Babylonien geschickt haben mußte.

Und das ganze Land wimmelte von Pferden, für das gewaltige Heer. Die Zahlen waren phantastisch, aber sie wurden von Einheimischen und Reisenden so überzeugend wiederholt, daß Dymas sie für wahr hielt – für allzu wahr. 1000 Trieren; diese Zahl kannte er. Inzwischen waren es noch mehr geworden; der Makedonier hatte ganze Wälder am Tigris fällen lassen, um die Flotte zu verstärken. Nun ging man von 700 Kampfschiffen oder mehr in beiden Meeren aus – 700 vor der phönikischen Küste, mindestens weitere 700 dort, wo Euphrat und Tigris mündeten. 50 000 Perser, hieß es, seien bereits ins Heer eingegliedert worden – nicht in besonderen Abteilungen, sondern in gemischten Verbänden, als Teile der neuen Taxeis. Makedonen seien natürlich immer noch dabei, dazu hellenische Söldner, Babylonier, arabische Kamelreiter, kretische und kappadokische Bogenschützen ... Insgesamt weit über 100 000 Kämpfer – reine Kämpfer, Troß und sonstige Einheiten wie Belagerer oder Aufklärer nicht gerechnet. Der König habe allen Priestern zum Trotz Babylon wieder betreten, um zu zeigen, daß die bösen Orakel ihn nicht kümmerten; von Babylon aus werde er mit Heer und Flotte die Küsten Arabiens entlangziehen,

Kane und Saba und Maar nehmen, die Weihrauchländer ins Reich eingliedern. An der Mündung des Nils – der alte Kanal des Pharao Necho, der Nil und Arabisches Meer verband, werde instandgesetzt – wolle er beide Flotten vereinigen und dann nach Westen ziehen, gegen Karchedon und bis zu den Säulen des Herakles. Und weiter.

Das Frühjahr verging, der Sommer begann; je näher sie Babylon kamen, desto voller waren die Straßen. Umsiedler, Händler, Krieger, aber auch Gesandte aus fernen Gegenden: aus Iberien (mit einigen konnte Hamilkar sich in einer harten Sprache verständigen), aus dem keltischen Norden, aus zahlreichen Gebieten der Italiker, aus dem aithiopischen Meroë ...

Hamilkars Leute – immer andere – kamen und gingen, brachten Nachrichten, erhielten Befehle. Am Abend, bevor sie Babylon erreichten – es war der dreizehnte Tag des makedonischen Daisios-Monds –, sprachen sie noch einmal über die Einzelheiten des Vorgehens. Irgendwann sagte Dymas, eher nebenher:

»Du wirkst heute lockerer als in den letzten Tagen; fast erleichtert.«

Hamilkar lächelte sanft, aber seine Augen glühten. »Das hat mehrere Gründe. Das lange Warten ist vorbei; morgen sind wir in der Stadt. Dann beginnt ein anderes Warten, aber ansonsten ist alles vorbereitet.«

»Was alles?«

Hamilkar spitzte den Mund. »Das willst du überhaupt nicht wissen, Dymas. Wenn du es nicht weißt, kannst du es nicht weitergeben, wenn man dich eingehend befragt.«

»Ich weiß.« Dymas nickte grimmig.

»Außerdem habe ich gehört, daß ein anderer Teil des Plans vorbereitet ist. Der, den wir hoffentlich niemals verwirklichen müssen.«

»Darf ich *das* denn erfahren?«

Hamilkar lachte. »Bald wird auch der Makedone es wissen; ich nehme an, Ptolemaios, der sich um die Spitzel kümmert, weiß es schon. Erinnerst du dich, daß ich dir gesagt habe, Alexander selbst und sein Heer würden uns die Waffen liefern?«

»Ich erinnere mich. Ich erinnere mich aber auch, daß ich es damals ebensowenig verstanden habe wie jetzt.«

»Bedenke, Musiker – Harpalos. Antigonos. Andere Satrapen. Die Erneuerung des Heers. Die Heimkehr von Verbannten. Nun?«

Dymas zuckte mit den Schultern. »Ich verstehe noch immer nicht.«

»Er hat Krieger angeworben und entlassen, Dymas. Seine Satrapen auch. Immer wieder. Ich rede wohlgemerkt nicht vom klugen Krateros, der mit elftausend alten makedonischen Kämpfern in die Heimat reist und so klug war, irgendwo in Phrygien krank zu werden, so daß er nicht weiterreisen kann, bis ... gewisse Dinge geklärt sind. Ich rede auch nicht von den Makedonen in Hellas, die nach wie vor auf den Befehl des klugen Antipatros hören. Der nach Babylon kommen sollte, aber ebenfalls eine kluge Krankheit erlitt und statt seiner Kassandros schickte, seinen Sohn – den Alexander nicht leiden kann. Ich rede« – er beugte sich vor – »von beinahe achtzigtausend erfahrenen Kämpfern, Dymas. Von makedonischen Offizieren ausgebildet, hart, kampfbereit. Viele von ihnen nicht nur gierig auf Geld, wie alle Söldner, sondern auch mit Groll oder Haß gegen Alexander erfüllt. Der sie geführt und entlassen hat; der ihre Entlassung aus gemütlichen Satrapien befahl. Sie wollen nicht als Bauern heimkehren in Gebiete, in denen ohnehin zu viele Bauern sind. In Hellas kann oder darf keine Stadt sie anmieten. Aber ... Karchedon hat Geld.«

»Achtzigtausend? Und eure Flotte? Und eure uneinnehmbare Mauer?«

»Und ein Karchedonier, der zu allem bereit ist. Und ein Musiker, der ihm helfen wird.«

Am nächsten Vormittag erreichten sie Babylon; es war der vierzehnte Daisios-Tag. Dann schien sich die Zeit zu beschleunigen, wurde zu einem wirren Fiebertraum aus feuchten Händen, wimmelnden Gesichtern, pochendem Herzen und sengender Sehnsucht nach einem Ende des Schreckens. Dymas traf Offiziere, die sich an ihn erinnerten, ehemalige Königsknaben, den einen oder anderen früheren Mitarbeiter des Demaratos, jetzt im Dienste von Ptolemaios und Nearchos. Er erfuhr, daß für den nächsten Abend eine Art Empfang vorgesehen war – Hofbeamte, wahrscheinlich Ptolemaios, sicherlich Perdikkas und Leonnatos, vielleicht sogar der König würden mit den Gesandten sprechen. Nein, Musiker seien bisher nicht vorgesehen, aber es wäre natürlich eine großartige Idee, den gerühmten Dymas, der schon vor so vielen Jahren für den König gespielt hatte …

Am nächsten Nachmittag sah Dymas zu, wie Hamilkar seine seltsame trübe Röhrchenblase mit einer klaren Flüssigkeit füllte. Zwei seiner Leute, beladen mit Geschenken, begleiteten sie zum Palast. Auf dem Euphrat schwammen tote Fische, und der Himmel war bewölkt – keine Erleichterung in der brütenden Sommerhitze.

»Laß dich von nichts überraschen«, sagte Hamilkar leise, als sie den Festsaal betraten. »Falls er kommt, meine ich. Kann sein, daß er etwas sagt, was … womit du nicht rechnest. Bleib kühl.«

Dymas holte tief Luft und nickte. Er sah die Leuchter, die Fackeln, die Bratfeuer im Hof, die Gesichter, die schweren Teppiche, kostbare Truhen, Gefäße aus Gold und Silber; er zählte die Sklaven und vergaß die Zahl sofort wieder; er trank einen Becher Wein, ohne etwas zu schmecken.

Dann nahm er die Kithara aus der Felltasche, stimmte und spielte. Tänze, Paiane, Hymnen; lydische und phrygische, hellenische und persische, ägyptische und phönikische Melodien. Er ging langsam von Gruppe zu Gruppe, blieb immer wieder zwischen den Tischen und Liegen stehen, ließ seine mit bronzenen Kuppen und Zupfspangen versehenen Finger arbeiten, dachte sinnlose Fetzen.

Irgendwann erschien Perdikkas, der Chiliarch des Heeres, seit Abmarsch des Krateros höchster Offizier. Ein Mann mit harten Zügen, durchdringenden Augen, den Bewegungen eines zornigen Löwen. Er betrachtete die Versammelten, den Musiker, runzelte die Stirn; jemand flüsterte ihm etwas zu. Perdikkas' Blick richtete sich wieder auf Dymas, etwas wie ein Erkennen oder eine ferne Erinnerung war in den Zügen zu lesen. Dann bildeten sich Menschentrauben um ihn; Gesandte, Bittsteller, Freunde, alle redeten auf ihn ein, fragten nach dem König, nach der Gesundheit, nach dem Heer, nach anderen hohen Offizieren oder Beamten. Eumenes tauchte auf, sah sich um, schnitt eine Grimasse und verschwand, ehe jemand ihn festhalten konnte.

Perdikkas schüttelte die Leute ab, die ihn bedrängten. Ein Sklave reichte ihm einen Becher, nachdem ein anderer, dikker Mann davon gekostet hatte. Perdikkas trank; seine Augen bohrten sich in die von Dymas. Langsam kam er näher.

»Elf Jahre, was?« sagte er. »Nun, wir werden alle älter und kommen in der Welt herum. Sing uns etwas, Dymas.«

»Mit besonderem Vergnügen, edler Chiliarch.«

Dymas stimmte nach, lehnte sich an die Kante eines Tischs, räusperte sich. Perdikkas blieb neben ihm stehen und schaute im Saal umher; schlagartig herrschte Totenstille. Ein kleines, böses Lächeln erschien auf dem Gesicht des Chiliarchen und schwand sofort wieder – das Lächeln des Mächtigen, der mit Befriedigung festgestellt hat, daß die Macht wirkt.

»Ein Gesang, der die Lust am Genuß erhöhen soll«, sagte Dymas, »indem er an die unausweichlichen Folgen erinnert.«

»Das ist gut.« Perdikkas grinste. »Man soll immer die Folgen bedenken.«

Eine eisige Drohung lag in der Stimme; Dymas schloß einen Moment die Augen und sang.

Schlag den Zahn in Haselhühner,
tunk den Thunfisch tief in Knoblauch,
tränk mit Sesamöl das Küchlein,
Honigseim streich auf den Krapfen,
Lammfleisch, rosig, brat mit Kräutern,
dreh das Ferkel überm Feuer,
Ziegenfleisch mit Lauch und Lorbeer
schling herunter, spül mit kühlen
schweren Weinen, denn zum Nachtisch
will dich gut gemästet Charon.

Zweimal sang er die Worte: spöttisch, zu einer leichtfertig hüpfenden Melodie zunächst, dann in einer tieferen Lage begleitet als schwermütigen Totentanz. Er bemerkte, daß gegen Ende des ersten Teils eine leichte Unruhe die versammelten Gäste aus hundert Ländern erfaßte; daß sie ihre Augen auf einen Punkt hinter seiner Schulter richteten. Aber er spielte weiter, denn Perdikkas' Augen rieten es ihm.

Als die Musik endete, lag dicke, fast eisige Stille über dem Saal. Er spürte eine Hand auf seiner Schulter. Eine Stimme sagte:

»Wohlgetan, Dymas. Du hast nicht nachgelassen, trotz der Nähe zu Charon.«

Dymas atmete durch und drehte sich um. Dann erschrak er.

König. Held. Stratege. Eroberer. Gott. Alexander war nicht ganz dreiunddreißig, aber sein Gesicht war das eines sehr viel älteren Mannes. Gezeichnet von Wunden, von wüsten Jahren, von Entbehrungen und Mühsal, aber auch ein wenig aufgeschwemmt von zuviel Wein. Die Augen ... immer noch dieses undeutliche, ferne Forschen, Sehnsucht nach Weite; dahinter wie ein tief eingegrabener Dorn Schmerz: eine namenlose, unsagbare Qual. Kein Flackern, keine plötzlichen Übergänge zwischen den Wesen mehr. Im Bruchteil eines Moments begriff Dymas – oder glaubte zu begreifen –, daß der Herr der zehntausend Lichtwesen seine Ziele, sein Gleichgewicht nur hatte erreichen können, indem er die zehntausend Schattenwesen nicht mehr bekämpfte, sondern annahm. Er beherrschte sie, ohne Zweifel, aber sie hatten ihn verändert, und ... er wußte es.

Mühsam brachte Dymas ein paar Wörter heraus. »Ich danke dir, Herr. Eine große Ehre ...«

Alexander nickte, lächelte. Plötzlich war die unglaubliche Magie wieder da, der Dymas bis ans Ende gefolgt wäre, willenlos und verzaubert.

»Gut, gut. Gib mir die Ehre zurück, Dymas, indem du später mehr für mich spielst. Ich speise nachher bei Freunden. Komm mit.«

Dymas verneigte sich, hingerissen und entsetzt. Perdikkas klatschte in die Hände; die Gäste lösten sich aus der Erstarrung, sprangen auf, kamen näher, redeten, schrien. Alexander legte dem Sänger noch einmal die Hand auf die Schulter, zog ihn an sich, als ob er ihn umarmen wollte.

Ungläubig, fassungslos hörte Dymas ihn flüstern: »Später, Sänger, erzähl mir von der schwarzen Witwe in Thessalien, die auf dich wartet. Ob der Schlangengraben wirklich fünf Schritte breit ist. Und was Kurush gesagt hat, in Tadmor.«

Der König wandte sich den Gästen zu, den Gesandten, den Freunden. Menschen, die sich um ihn drängten, sein Gewand, seine Hand berühren, seinen Blick fühlen wollten.

Dymas lehnte an der Tischkante; er wußte, seine Beine hätten ihn nicht getragen. Als er mühsam den Kopf wandte, sah er weitere hochrangige Männer Alexanders den Saal betreten: Nearchos der Kreter, Ptolemaios, Sohn des Lagos, Lysimachos, über dessen jähen Aufstieg in den vergangenen Monden wilde Gerüchte umliefen, Leonnatos. Bei Lysimachos wußte niemand genau Bescheid, aber die drei anderen lenkten die Spitzel, die geheimen Kundschafter, setzten die Arbeit fort, die Demaratos begonnen hatte. Die Arbeit, an der Drakon und, als winziges Rädchen, Dymas beteiligt gewesen waren. Zufall, daß alle drei nun hier auftauchten? Oder erklärlich – weil die mit den Gesandtschaften zu erörternden politischen Fragen ihre Zuständigkeit waren?

Oder – wußten sie etwas?

Dymas, immer noch fassungslos wegen Alexanders Worten, beobachtete den Lagiden, der ihn mit einem Blick streifte, die Brauen hob, nickte, dann nach links schaute.

Alexander hatte die ersten Begrüßungen hinter sich. Dymas sah ihn von der Seite, sah, wie sich das Gesicht in jähem Schmerz verzerrte. Die Hand des Königs ging zum Bauch. Dann schien der Krampf zu enden; Alexander entspannte sich und schaute nach links, wie Ptolemaios. Dymas dachte an die Qual in den Augen, an die Magie; plötzlich wußte er, daß er abspringen, den Anschlag verhindern mußte. Dort stand ein Wunderwerk der Götter oder der Zufälle, der schärfste und begabteste Kopf der Oikumene. Ein einzigartiger Mann. Eine magische Maschine, die nicht zerstört werden durfte; schlimm genug, daß sie eines Tages von allein stehenbleiben würde.

Einen Moment schloß er die Augen. Mord und Brand, Folter und Verstümmelung, Hunderttausende tot, Hunderttausende vertrieben, umgesiedelt, heimatlos, und noch mehr in den kommenden Jahren, zwischen Babylon und dem Westrand der Welt. Kyrene, Libyen, Karchedon. Aber – hatten nicht alle Philosophen die großen Kriegshelden gepriesen? Sagte man nicht, daß die Götter ihnen zugeneigt waren? Alexander hatte schneller, gründlicher, größer gehandelt; aber wesentlich anders als Agamemnon, Achilles, Miltiades, Themistokles, die Pharaonen, die Großkönige? Er dachte an Dyrrhachion, das friedliche Miteinander von Menschen aus hundert Völkern, die freiwillig Gemeinsamkeit entwickelt hatten; ließ sich denn dies Miteinander nicht doch befehlen, erzwingen – würden sich die fehlenden Gemeinsamkeiten einstellen? Konnte er die engstirnigen Bewohner der hellenischen *polis*, die nicht einmal ihren vertrauten Metöken gleiche Rechte gewährten, zu Weitherzigkeit und kosmischer *polis* zwingen – und wenn nicht er, wer dann? Mußten denn nicht immer viele leiden und sterben, damit andere neu und besser leben konnten? Brandopfer für Baal, Abflämmen alter Stoppeln für neue Ernte? Er wußte es nicht, konnte es nicht entscheiden; da er es nicht wußte, stand ihm die Entscheidung nicht zu. Wem denn auch?!

Er öffnete die Augen und sah, daß sich vom König aus eine Gasse gebildet hatte, nach links. Dort war Hamilkar aufgestanden und näherte sich Alexander.

Jason, in Thessalien, tot … Alexander, der ihm Tekhnef nicht hatte nehmen können – nur alles, was Tekhnef an ihm geliebt hatte; Alexander, der alles wußte – vielleicht auch, daß Hamilkar Gift im Mund hatte und Dymas ein Mitspieler war; Alexander gab ihm plötzlich eine Hoffnung, die Aussicht auf Rückkehr, auf ein Leben mit Tekhnef; erneuertes Leben statt qualvollen Todes unter den Händen jener, die den Königsmord rächen würden.

Dymas faßte einen Entschluß. Er stieß sich von der Tischkante ab; seine Finger krampften sich um die Kithara.

14. ENDE UND ASCHE

»Der fünfzehnte Daisios, und wieder ein lausiger Tag. Was willst du so früh hier?« sagte Eumenes.

Nearchos rieb sich die Augen und betrachtete das verquollene Gesicht des Hellenen. »Ich konnte nicht mehr schlafen. Diese Hitze. Und du?«

Eumenes bleckte die Zähne. »Ich hab mich gar nicht erst hingelegt. Bei dem Wetter.« Er kaute auf dem Ried, patschte mit der Linken auf dem Papyros herum. »Der Häuptling hat außerdem wieder Sonderwünsche.«

»Was denn?«

»Geschenke und ein langer Bericht, nach Susa – für Stateira, damit sie die Schwangerschaft besser übersteht. Soll heute morgen abgehen; und solche Berichte schreibt er entweder selbst, oder ich muß das machen. Er wollte aber lieber seiner schwangeren Roxane beiwohnen, also ...«

Nearchos ging zur offenen Tür; über dem vierten Innenhof des Palasts hing schwüle, graue Dämmerung. Ein Sklave brachte lautlos eine Silberplatte mit Brot, Fleisch, Früchten, Wasser und heißem Würzwein. Der regelmäßige Schritt des Postens hallte im Säulengang.

»Was liegt an?«

Eumenes warf einen Blick auf eine Wachstafel. »Für dich? Nicht viel – ein Ausflug, sozusagen. Wettrudern auf dem Fluß; der König wünscht, daß sein kretischer Nauarch mit an Bord geht. Danach empfängt Perdikkas die Gesandten, am späten Nachmittag; Alexander geht vielleicht hin, vielleicht nicht; wir sollten, nehme ich an.«

»Wo steckt Ptolemaios?«

Eumenes grunzte. »Nachdem er erfolgreich die edle Artakame geschwängert hat, kann er wieder die Vorzüge der schwellenden und unersättlichen Thais genießen. Wo wird er also mit was stecken?«

Nearchos legte eine Bratenscheibe auf Brot, rollte es zusammen, goß heißen Wein in den Becher, biß ab. Eumenes betrachtete ihn, als hätte er nie einen Mann frühstücken sehen.

»Wann?« sagte er schließlich; eine Mischung aus Staunen und Mißbilligung klang aus der Stimme.

Nearchos seufzte. »Bald. Fünf, sechs Tage; warum?«

Eumenes schaute sich um; dann lachte er gepreßt. »Hier rede ich mit dem Herrn aller Spitzel und schaue mich nach Ohren um. Bah.«

»Du kannst unbesorgt reden.« Nearchos hob die Schultern. »Ptolemaios und ich, wir tauschen uns da aus; selbst wenn einer seiner Leute lauschen sollte ... Außerdem sieht er gewisse Dinge ähnlich.«

Eumenes legte das zerkaute Schreibried beiseite und verschränkte die Hände hinter dem Kopf. »Wie stehen die Vorbereitungen?«

»Ein Teil des Heers ist schon am Persischen Meer, der größte Teil der Flotte sowieso. Der Rest marschiert, sobald er es befiehlt.«

»Ich beneide euch.« Eumenes' Stimme troff von Hohn.

Nearchos nickte langsam. »Das denke ich mir. Du bedauernswertes Geschöpf mußt in Babylon bleiben, umgeben von Kargheit, während wir schwelgerisch Arabien umrunden.«

»Kommt mir so vor, als ob Gedrosien dagegen ein Vergnügungsmarsch gewesen wäre.«

Nearchos runzelte die Stirn. »Wir haben's überlebt – ihr an Land, ich mit den anderen auf den Schiffen.«

Leise sagte der fette Kardier: »Es ist Wahnsinn, und wir alle wissen es. Die Perser haben das Land zweihundert Jahre lang beherrscht, Tribut gefordert und erhalten, aber sie waren nie so verrückt, ein Heer in die Wüste zu schicken. Außer damals Kambyses, gegen Siwah; und die ägyptische Wüste ist kleiner. Wir haben ihre Landkarten und Wegbeschreibungen, wir kennen die Häfen und Handelsplätze – es gibt da nichts zu erforschen. Es gibt auch nichts zu erobern; alle haben sich freiwillig unterworfen. Und wenn schon – weißt du eine schlimmere Zeit, diesen Marsch anzutreten, als den Beginn des Sommers, die heißeste Zeit – jetzt? Wahnsinn.«

Nearchos schwieg; er aß seine Brotrolle zu Ende, wischte

sich die Hände an einem weißen Tuch, trank einen Schluck aus dem Becher.

Eumenes starrte ihn an. »Und?«

Nearchos schüttelte den Kopf. »Nichts ›und‹. Wir haben das doch tausendmal besprochen, Mann. Mit Perdikkas. Mit Leonnatos. Mit Lysimachos. Mit Seleukos. Mit Ptolemaios. Mit allen, sogar Krateros hat einen vorsichtigen Brief dazu geschrieben. Der alte Antigonos auch; auch vorsichtig, aber eindeutig.«

»Aber wir tun nichts«, sagte Eumenes bitter.

»Was sollen wir tun? Du kennst ihn doch ... Und uns. Perdikkas hat es zehnmal versucht, aber sobald Alexander dich anschaut, sind all deine Zweifel fort. Wie du weißt.«

»Wie ich weiß. Wie ich zu gut weiß. Und dann folgt man ihm eben bis zum anderen Rand der Welt. Scheiße.«

Nearchos nestelte an seinem Waffengurt. »Du sagst es. Ein hartes Wort für eine weiche Masse. Aber wir haben noch ein paar andere Probleme.«

»Reicht das nicht?«

»Was? Die halbe Welt erobern und dann nicht aufhören?«

Eumenes knurrte.

»Ptolemaios wird euch heute vormittag ein paar Dinge erzählen«, sagte Nearchos. »Während der kretische Nauarch Nearchos den König der Könige beim Wettrudern auf dem Euphrat begleitet.«

»Was wird er uns erzählen, edler Kreter?«

»Erkenntnisse, edler Kardier. Über die Freude der makedonischen Hopliten, von persischen Dekadarchen befehligt zu werden, zum Beispiel. Perser in der Reihe hätten sie ja noch hingenommen, wenn auch ungern. Aber persische Offiziere ... Nun ja. Dann ist da noch Karchedon.«

Eumenes verdrehte die Augen. »Ich mag es nicht hören. Übrigens ist ein Karchedonier ...«

»Ich weiß.« Nearchos bleckte die Zähne. »Ptolemaios kennt ihn. Hamilkar. Sie schicken keinen kleinen Gesandten, Freund; er ist der Herr ihrer Kundschafter, Spitzel und Boten. Wir werden ihn heute nachmittag betrachten.«

»Der, mit dem Ptolemaios damals Memnon verhandelt hat?« Eumenes pfiff leise. »Gut, gut. Es ist immer förderlich, hohe Besucher gut zu behandeln. – Was war mit Karchedon?«

»Sie haben fast alles angemietet, was wir und die Satrapen in den letzten Jahren entlassen haben. Die Angaben unserer Leute schwanken, aber es dürften eher achtzigtausend als sechzigtausend Kämpfer sein.«

Eumenes kicherte. »Nett. O wie aufregend. Ein Sommerspaziergang durch die Wüste Arabiens, und dann dürfen die guterholten Männer sich mit Karchedons kleiner Flotte, den brüchigen Mäuerchen und ein paar Söldnern messen? Wahnsinn.«

»Vielleicht fällt euch was dazu ein. Ich weiß nicht weiter.«

Eumenes ließ die Mundwinkel sacken; verdrossen sagte er: »Du und ich, wir haben doch nichts zu befehlen. Alle Kreter lügen, alle Kardier sind geistig verfettet. Wenn jemand etwas ändern könnte, dann allenfalls die hohen Herren Makedonen. Aber ich habe nicht den Eindruck, daß Perdikkas und Ptolemaios mehr bei ihm erreichen als wir.«

»Ist ohnehin zu spät. Manchmal ...« Er zögerte. »Manchmal frage ich mich, ob er untergehen *will.* Oder ob er, nun, da sein Enkidu tot ist, Gilgameshs Reise umgekehrt antreten will, mit großem Aufgebot, gleich zu Utnapishtim, um den zu zwingen, daß er den Dornbusch des ewigen Lebens rausrückt.«

Alexander wurde von den Besatzungen der Dreidecker und der flachen Vierruderer mit Jubel begrüßt. Als sie den Hafen verließen, brach der Himmel auf; innerhalb von Momenten verwandelte die Sommersonne den stickig schwülen Tag in einen sengenden Ofen. Gemächlich glitten die Schiffe flußab. Nearchos überließ die Lenkung des Hauptschiffs, auf dem er und der König fuhren, dem Trierarchen Metron. Er selbst hatte einen Schemel an die Bordwand gezogen, starrte ins schmierige Wasser, zählte die aufgedunsenen Hundekadaver, die toten Fische, die bräunlichen Klumpen unterhalb von Babylons Abwasserkanälen, und irgendwann döste er ein.

Erregte Stimmen und heftige Bewegungen weckten ihn. Die Wettfahrt zurück zur Stadt hatte begonnen – um Ruhm und das Lob des Königs und Kränze und Gold. Alexander stand auf dem Achterdeck; er feuerte die Ruderer an. Plötzlich hustete er und hielt sich den Hals. Einer der Offiziere füllte einen Becher mit Wein aus dem Schlauch, der an der Bordwand hing. Alexander dankte, nahm, trank und spuckte aus.

»Der kocht ja fast! Habt ihr nichts Kühleres?«

Mit schnellen Schritten ging er zur linken Seite, nahm einen der Schöpfeimer, mit denen Wasser zur Reinigung des Decks aus dem Fluß geholt werden konnte, und ließ ihn über die Bordwand ab.

Nearchos dachte an den Dreck und schüttelte sich; er sprang auf und ging zu Alexander.

»Tu das nicht, Freund«, sagte er eindringlich. »Flußwasser, unterhalb der großen Stadt ...«

Alexander holte den Eimer ein, setzte ihn an den Mund und trank in langen, durstigen Zügen. Schließlich ließ er das nicht eben königliche Trinkgefäß sinken und blinzelte Nearchos zu.

»Willst du auch?«

Der Kreter schüttelte den Kopf und schnitt eine Fratze.

Alexander lachte. »Du sorgst dich wegen ein bißchen Schmutz, wie? Ah, Nearchos, du bist eben kein Gott.«

Nach der Wettfahrt – natürlich gewann das Schiff des Königs – nahm der erhitzte Alexander ein kaltes Bad, was Philippos, den Arzt, zu einem Kopfschütteln und einer Gebärde der Ohnmacht bewegte. Nearchos mußte beim König bleiben, der mit der Ausrüstung der Schiffe unzufrieden war, vor allem, was Vorräte anging. Während des Gesprächs hustete er mehrmals und griff sich an den Bauch; Philippos riet zu leichter Kost und warmen Kräutertränken. Alexander lachte und sagte, ihm fehle nichts, was nicht kühler Wein geben könne. Nearchos verließ ihn kurz, um frische Gewänder anzulegen und eine Kleinigkeit zu essen; als er zurückkam, ließ Alexander sich eben von seinem Salbmeister kneten und mit Duftölen behandeln. Wieder einmal erstaunte Nearchos die Menge und Größe der Narben all der leichten und der beinahe tödlichen Verwundungen – Narben, die, wie man sagte, die leidenschaftliche Roxane immer wieder zu verzückten Liebkosungen erregten.

Jemand berichtete, der Sänger Dymas, seit so vielen Jahren in der Oikumene gepriesen, sei in Babylon eingetroffen und unterhalte die Gesandten, die Perdikkas empfange. Alexander lächelte seltsam und sagte, dann sei es wohl angebracht, ebenfalls dorthin zu gehen, um sich nicht des Genusses zu berauben.

Nearchos, der den Namen Dymas vor wenigen Tagen in einem anderen Zusammenhang gehört hatte – im Bericht eines zuverlässigen arabischen Spitzels über Vorgänge in Tadmor –, begleitete den König trotz einiger Besorgnisse und Vorbehalte. Auf dem Weg zum Saal, in dem der Empfang stattfand, stießen andere hohe Offiziere zu ihnen. Ptolemaios hielt Nearchos einen Moment zurück.

»Wieder das gleiche«, sagte er leise. »Alle sind dagegen, aber keiner weiß, wie man ihn davon abbringen kann.«

Nearchos nickte. »Das Heer?«

Der Lagide grinste freudlos. »Das Heer folgt dem Gott – auch in der Hoffnung, irgendwo in der Wüste unauffällig die persischen Offiziere ... verlieren zu können.«

Der Kreter stöhnte. »Wie soll das enden, Freund?«

»Wir müssen alle irgendwann einmal sterben. – Ah, bevor ich es vergesse: Krateros hat seine furchtbare Krankheit überwunden und nähert sich mit seinen Leuten dem Hellespont. Und Kassandros hat auf scharfe Fragen zugegeben, daß sein Vater so krank doch nicht ist. Was uns verwundert.«

Nearchos gluckste, ohne Erheiterung zu empfinden. »Kluger alter Antipatros. Was er wohl über die nächsten Schritte denkt?«

»Was wohl! Ah, wozu soll ich es dir verschweigen? Da ist noch etwas. Der Karchedonier ...«

»Was ist mit ihm?«

Ptolemaios zog Nearchos an sich, als ob er ihn umarmen wollte; dabei flüsterte er ihm etwas ins Ohr.

Der Kreter erstarrte.

Ptolemaios klopfte ihm auf die Schulter und schob ihn zum Saaleingang. Als sie eintraten – Nearchos mit schleppenden Schritten und bleich um die Nase –, beendete Dymas eben sein Lied. Sie sahen, wie Alexander ihm etwas sagte, etwas zuflüsterte; sie sahen, wie der Sänger zusammenzuckte.

Dann drängten sich die ersten Gesandten um Alexander; er hörte Begrüßungen, erwiderte sie, lächelte, lauschte. Ganz plötzlich, fast greifbar, entstand eine Spannung im Raum. Wie ein Regenbogen; ein Ende war Alexander, das andere der Karchedonier.

Er hatte sich erhoben, eine Gasse bildete sich, durch die er sich dem König näherte. Zwei Männer folgten ihm; sie trugen Geschenke – kostbare Schnitzwerke aus Elefantenzähnen; ein verziertes, mit silbernen Ranken überkrustetes Straußenei; feinste Glasfläschchen, wie für Duftwässer, deren Bäuche die Gesichter von Alexander, Olympias, Philipp und Roxane waren; eine schlanke, in ihrer Schmucklosigkeit überwältigende Amphore.

Nearchos sagte leise: »Ist er das?« Er betrachtete den schlanken, dunklen Mann, dessen Haar erste Spuren von Grau zeigte, wie der sorgsam gestutzte Bart.

»Das ist er.« Ptolemaios blickte hinüber zu Perdikkas, der die Arme vor der Brust verschränkt hatte; seine Miene zeigte nichts.

Zwei Schritte vor Alexander blieb Hamilkar stehen. Die beiden Begleiter knieten; mit erhobenen Händen boten sie auf Goldplatten die Geschenke dar. Die Amphore hatten sie neben Hamilkar gestellt.

»Karchedons Grüße an den Herrn des Ostens.« Er sagte es mit einer kleinen Verbeugung; sein Hellenisch war makellos, die Stimme tief und voll, die Aussprache allerdings ein wenig verschwommen. So, als hätte er einen Kiesel im Mund, oder vielleicht ein Geschwür.

Alexander musterte die Gaben, strich über das große Ei, nahm das Fläschchen mit Roxanes Gesicht in die Hand, lächelte und stellte es auf die Platte zurück. Er bewegte die Finger; Diener nahmen die Platten mit den Geschenken entgegen.

»Ich danke dir, Karchedonier; es sind kostbare Dinge von allergrößter Kunstfertigkeit.«

Hamilkar neigte wieder den Kopf; auch er lächelte nun. »Die ruhmreichen Handwerker meiner Heimatstadt werden entzückt sein, dies höchste Lob zu vernehmen, Herr. Noch größer wäre ihre Wonne nur, wenn du selbst ihnen freundliche Worte sagen wolltest, etwa bei einem freundschaftlichen Besuch.«

Eisiges Schweigen. Perdikkas sog vernehmlich Luft durch die Zähne.

Alexander lächelte nicht mehr. »Ein solcher Besuch wäre denkbar. Man müßte sich nur über Einzelheiten unterhalten.«

Hamilkar nickte. »Selbstverständlich. Unsere Verwandten in Tyros waren töricht, als sie deinen Wunsch, im Tempel des Melqart zu opfern, nicht geziemend achteten. So soll ich dir im Namen des Rats meiner Stadt versichern, daß wir es als Gunst betrachten würden, dir und den Freunden, die du dessen für würdig hältst, alle Tempel Karchedons zu öffnen.«

»Auch den des Baal, den keiner betreten darf, der nicht aus Karchedon stammt?«

Hamilkar lächelte kühl. »Kein Gesetz, das nicht für den Herrn des Ostens aufgehoben würde. Es wäre uns höchstes Entzücken, dich zum *tofet* zu führen.«

»Wo man Baal Brandopfer darbringt«, murmelte Ptolemaios. »Er hat Mut, bei allen Göttern!«

Alexander schien die doppelte Bedeutung durchaus verstanden zu haben. »Einem Priester oder Gast wäre es zweifellos ein Erlebnis. Aber zuvor sollten wir über andere Dinge reden – die Anzahl der Begleiter, zum Beispiel, und die Art ihrer Kleidung. Vielleicht auch über andere Tempel. Den des Baal in Tadmor.«

Hamilkar nickte, scheinbar ungerührt. »Du ehrst mich, Herr; meine geringen Kenntnisse und Ratschläge seien dein. Aber ...« Er schnippte mit den Fingern; einer seiner Begleiter öffnete den gesiegelten Wachspfropfen der Amphore und hob das Gefäß.

Ein Raunen ging durch den Saal, als Hamilkar unter seinem weiten weißen Umhang einen Becher hervorholte – einen Kelch, würdig aller Könige und Götter. Er schien aus reinem Gold zu sein, mit einem kühlen hellen Trinkrand aus Elefantenbein. Aus Silber und edelsten Steinen geformte Palmen und Pferde, Karchedons Symbole, zierten die Oberfläche; der Fuß – oder Sockel – bestand aus vier kleinen goldenen Elefanten, die mit den Stirnen einen klaren, tiefroten Stein hielten.

Hamilkar ließ den Kelch aus der Amphore füllen. »Unser bester Wein, Herr, in einem angemessenen Gefäß. Beides ist ein Geschenk der Väter von Karchedon, die Freundschaft und Handel zu beiderseitigem Nutzen jeder anderen Verbindung vorziehen.«

Alexander nahm den dargebotenen Kelch nicht an. »Euer Wein ist zweifellos von besonderer Güte, und dieser Kelch ist prachtvoll. Wie alt ist der Wein? Zehn Jahre?«

Hamilkar schüttelte langsam den Kopf. »Was vor zehn Jahren gekeltert wurde, Herr, ist getrunken.«

»Man könnte es erneuern, nicht wahr? Oder auch nicht. Trink du zuerst, Karchedonier. Damit ich deinen guten Willen erkenne und du die Reinheit eures Weins.«

Langsam fiel die Lähmung von Nearchos ab, die ihn gefangengehalten hatte seit den geflüsterten Worten des Lagiden, draußen, auf dem Gang. Er sah, wie Ptolemaios sich versteifte; und er sah, wie der Sänger sich von der Tischkante löste, die Hand um die Kithara gekrampft.

»Er will es verhindern«, hauchte er. »Tu was. Ich ...«

Ptolemaios machte ein paar schnelle Schritte. Seine Hand, die harte Hand des erfahrenen Heerführers und Ränkeschmieds, legte sich um Dymas' Oberarm.

Hamilkar setzte den Kelch an die Lippen und trank, lang und tief. Dann reichte er das Gefäß dem König. Auch Alexander trank nun. Irgend jemand klatschte. Nearchos schlug die Hände vors Gesicht.

Abends traf sich ein erlesener Kreis von Hetairen bei Medios. Perdikkas war dabei, ebenso Meleagros, Leonnatos, der Satrap Peukestas, Ptolemaios, Lysimachos, Eumenes, Philippos der Arzt, Nearchos, Seleukos und einige andere. Dymas, von Alexander angewiesen, spielte etliche Lieder und Tänze; er wirkte ein wenig abwesend, aber seine Musik war vortrefflich. Alexander leerte einen großen Becher gekühlten Weins und klagte über Leibschmerzen; Philippos verzog das Gesicht und sagte, auch ein König solle bisweilen etwas Warmes essen und etwas Warmes trinken. Alexander antwortete, er habe seit dem Morgen nur Wein und Wasser zu sich genommen und wolle diese vorzügliche Gepflogenheit nun nicht durch Kräutersud oder Geflügelbraten schänden. Dann schwankte er leicht; Philippos befühlte seine Stirn und sagte, es sei ein kleines Fieber.

Eumenes' Tagebücher verzeichneten die Vorfälle der folgenden Tage. Der König schlief lange, badete, opferte, speiste dann bei Medios und trank abermals bis tief in die Nacht. Nach dem Gelage badete er, aß eine Kleinigkeit und schlief dabei ein, denn er fieberte nun heftiger. Morgens brachte man ihn in einer Sänfte zu den Altären; er opferte wie jeden Tag, dann ließ er sich in seine Gemächer bringen, wo er schlummerte, bis es Abend wurde. Wieder erwacht, gab er den Strategen neue, eingehende Befehle für den Zug des Heeres und der Flotte: Das Heer solle in vier Tagen, die Flotte mit ihm in fünf Tagen aufbrechen.

Dann wurde er in einer Sänfte zum Fluß gebracht, überquerte diesen mit einem Boot und ließ sich in einen ausgedehnten Garten bringen, badete dort wieder und ruhte dann. Am nächsten Tag badete er abermals und opferte an den Altären, ließ sich dann in sein Schlafgemach bringen und unterhielt sich dort mit Medios. Für den nächsten Morgen befahl er die Strategen und den Nauarchen erneut zu sich. Nach der Befehlsausgabe speiste er ein wenig, wurde wieder in sein Schlafgemach gebracht und fieberte die ganze Nacht. Am Morgen badete und opferte er, dann besprach er sich mit Nearchos.

Am nächsten Tag badete er wieder und brachte Opfer dar. Trotz starken Fiebers empfing er abermals die Strategen und wiederholte seine Befehle. Am Abend badete er, fühlte sich aber schon sehr schwach.

Baden, opfern, schlafen, befehlen ... Als die Offiziere aller Tausendschaften und Fünfhundertschaften zu ihm kommen sollten, am Tag nach dem eigentlich vorgesehenen Abmarsch, konnte er sie wohl noch erkennen, war jedoch nicht mehr fähig zu sprechen und lag stumm. Sein Fieber war sehr hoch. Götter und Priester wurden befragt, ohne Hoffnung. Perdikkas wohnte der Opferung eines Widders bei; als dessen Leber Unheil verhieß, zog er das Schwert, zerhackte das

Tier und befahl dem Priester, ein weniger dummes Schaf zu finden.

Am 26. und 27. Tag des Daisios ließen die Offiziere das Heer zum König. Weinend, stumm, wortlos oder klagend zogen die harten Kämpfer – nur Makedonen – an ihrem König und Feldherrn vorüber, der mit Kissen gestützt auf der Seite lag und sie durch Bewegungen der Augen grüßte. In langen Reihen, Tausende. Sie kehrten nicht heim in ihre Unterkünfte, die Zeltstädte vor den Toren; sie blieben in den Höfen des Palasts, in den Gärten, ohne Zelte und Decken, unter dem bleifarbenen Bruthimmel des babylonischen Sommers. Wolken waren ihr Dach, Trauer ihre Speise.

In den ersten Tagen von Alexanders Erkrankung liefen die Dinge wie gewöhnlich, wenn auch beschleunigt wegen des bevorstehenden Aufbruchs. Dann bekam für Nearchos alles die Umrisse und den Geschmack des Albtraums. Die Verwaltung, Heer und Flotte, die Gäste, die Gesandten waren zu beruhigen, hinzuhalten; Alexanders Befehle entgegenzunehmen, halb auszuführen, halb zu hintertreiben; immer wieder trafen sich die maßgeblichen Männer zu Beratungen. Nicht nur die Männer – Roxane sandte einen Boten nach Susa, wo die beiden anderen Frauen des Königs weilten, Stateira und Parysatis. Sie sollten kommen, der König liege im Sterben. Sie reiste ihnen entgegen, trotz der eigenen Schwangerschaft, tötete beide mit eigener Hand und zerstückelte das ungeborene Kind der Stateira; aber davon erfuhr Nearchos erst später.

An einem dieser qualvollen Tage des Wartens hörte er von Ptolemaios, die Karchedonier und Dymas seien abgereist; so, wie der Lagide es sagte, klang es nach Geleitschutz durch seine Männer. Am Abend warteten sie in einem Besprechungsraum, neben den Gemächern des Königs, auf Philippos. Perdikkas gab die wichtigsten Befehle, seit Tagen schon; Perdikkas war es auch, der Philippos anbrüllte, als der Arzt Ausflüchte machte.

»Na schön, Junge, wenn du willst.« Philippos ließ sich auf den Scherenstuhl fallen und stürzte einen Becher Wein herunter. »Wie genau soll es denn sein?«

»So genau wie nötig.« Perdikkas' Gesicht war eine Steinmaske.

»Was ist nötig? Aber … Na gut.« Er zählte langsam, halblaut auf. »Er ist erschöpft – Ritte, Schlachten, Belagerungen, wenig Speise, wenig Schlaf, zu viel Wein, die schlimmen Verwundungen. Das ist eines. Insgesamt ist sein Körper der eines fast doppelt so alten Mannes. Stark, aber abgenutzt – doppelt abgenutzt.«

»Weiter«, knurrte Perdikkas. Plötzlich hob er die rechte Hand und wischte sich über die Augen.

»In Indien hatte er dieses scheußliche Sumpffieber; das hatte er letztes Jahr in Susa noch einmal, und nun ist es wiedergekommen. Er hustet; es kann an diesem eiskalten Bad liegen, das er nach dem Wettrudern genommen hat. Fast wie damals bei Tarsos … Aber so, wie sein Körper jetzt beschaffen ist, kann ich ihm die damaligen Mittel nicht geben; sie würden ihn sofort töten.« Philippos seufzte; sein Blick irrte zu Nearchos. »Wie ich hörte, hat er Flußwasser getrunken; alle toten Tiere und alle Scheiße Babylons … Und alle Absonderungen aller Kranken. Da hatte er schon Leibschmerzen. Vorher. Anschließend hat er auf leeren Magen Wein getrunken, kalten Wein, große Mengen. Der Körper insgesamt; die Lunge; das hohe Fieber, das nicht sinken will; und der Magen, der keine Speise mehr aufnimmt, alles sofort zurückweist. Genau genug, Junge?«

Wieder fuhr sich Perdikkas mit der Hand über die Augen. Eumenes schluchzte plötzlich trocken auf.

»Kann es – Gift sein?« sagte Lysimachos.

Philippos lachte bitter. »Im Fluß dürfte genug Gift gewesen sein. Der Körper ist durch langen Mißbrauch vergiftet. Wein in dieser Lage war Gift. Wieviel Gift willst du noch?«

»Wird er leben?« sagte Perdikkas.

Nearchos betrachtete den harten Strategen, hart schon als Knabe, hart in Mieza, noch härter geworden durch die Jahre und die Entbehrungen und die Kriege. Die harte Stimme … Angst war unter der Härte, Angst vor einem unendlich großen, unersetzlichen Verlust. Und vor der Bürde, die sie alle würden tragen müssen.

»Leben?« sagte Philippos. »Ja, er wird leben. Einen Tag; vielleicht zwei; sicher nicht drei.«

Nach langem, langem Schweigen sagte Ptolemaios leise: »Unvorstellbar. Und ... was dann?«

Wieder Schweigen. Eumenes richtete sich auf und hieb auf den Tisch.

»Die Herren Makedonen schweigen? Dann will der feiste Hellene euch zwei Dinge sagen. Den Westfeldzug und diesen arabischen Irrsinn müssen wir ... müßt ihr sofort abblasen. Mit gellenden Trompeten. Aber laßt die Truppen erst mal, wo sie sind. Oder, besser, zieht sie noch ein bißchen auseinander. All die Kämpfer auf einem Haufen, wenn ... wenn es geschieht, das gefällt mir nicht.«

»Warum nicht?« sagte Ptolemaios, beinahe lauernd.

»Moment. Noch etwas. Trennt die hellenischen und asiatischen Einheiten, löst die gemischten Verbände auf. Oder bildet ihr euch ein, daß die Männer einem von uns, eh, euch gehorchen, unter diesen Umständen? Daß Alexanders Vermischungstraum durchführbar ist – ohne Alexander?«

»Trotzdem«, sagte Lysimachos. »Warum, selbst wenn getrennt wird, nicht alle – getrennt – nach Babylon holen?«

Perdikkas räusperte sich. »Es könnte Unruhen geben, nicht wahr? Gut; ich bin dafür, Eumenes. Aber – was dann?«

Meleagros stöhnte. »Stateiras Kind. Roxanes Kind. Beide ungeboren; vielleicht wird ein zweiter Alexander aus einem der beiden. Oder eine zweite Olympias. Barsines Sohn, Herakles.«

»Ein Bastard, mit dessen Mutter er nicht vermählt war, und zwei Ungeborene? Das Heer wird johlen«, sagte Seleukos.

Wieder ein langes Schweigen; lange Blicke, hin und her, ein Abtasten.

Philippos stand auf, packte seinen schweren Stuhl und schleuderte ihn in den Raum. »Das ist widerlich«, schrie er. »Er atmet noch, und ihr überlegt, wie ihr einander an die Kehle gehen könnt!«

»Kann man ihn noch fragen?« sagte Perdikkas allzu sanft.

Philippos hob die Arme. »Er spricht seit zwei Tagen nicht mehr. Aber – versuch's. Ich« – er wandte sich an die anderen – »würde ihn aber nicht allein gehen lassen. Wer weiß, was er hört?«

Nach kurzer, hitziger Auseinandersetzung sagte Nearchos: »Zählt nicht auf mich, Freunde. Nun ja – Teilhaber. Ich scheide aus; ich bin Kreter, wie ihr wißt. Makedoniens Thron ... Aber ich gehe mit, wenn ihr wollt; als getreuer Zeuge.«

Perdikkas ging; mit ihm gingen Seleukos, Ptolemaios, Philippos der Arzt und die beiden Hellenen, Eumenes und Nearchos.

Alexander lag auf dem breiten, prunkvoll beschnitzten Bett. Zu seinen Füßen und an den beiden Seitenwänden standen Fürstensöhne, Angehörige der Hetairenreiterei. Der König, von Fackeln und Lampen beschienen, wirkte grau und eingefallen; die Nasenflügel waren fast weiß. Er hatte die Augen geöffnet, starrte an die ferne Raumdecke. Die Hände, abgemagert, krochen wie verwirrte Spinnen über die Tücher. Einer der Ringe saß lose auf dem Mittelfinger der Rechten; der große, schwere Goldring mit dem Siegel der achaimenidischen Großkönige. Als sie zum Bett traten, glitt die Hand von der Decke, baumelte über den Rand. Der Ring verließ den Finger.

Perdikkas, als erster neben dem Bett, fing ihn auf, ehe er den Boden berührte.

»Hat er ihn mir geben wollen?« murmelte er.

Eumenes gluckste. »Das glaubt dir keiner!«

Perdikkas beugte sich über den sterbenden König. Die anderen drängten sich um ihn, damit sie hören konnten. Falls es etwas zu hören gab.

»Herr«, sagte Perdikkas leise und eindringlich. Dann schluchzte er auf; dicke Tränen rannen über sein Gesicht und tropften auf Alexanders Stirn. »Freund. Alexander.«

Die hohlen, fieberglühenden Augen bewegten sich, verließen die hohe Decke, huschten über die Gesichter, kippten wieder nach oben.

»Wer, Alexander? Wer soll dein Werk fortführen?« sagte Perdikkas, wie flehend.

Langsam, langsam, als müsse er unendliche Widerstände überwinden, hauchte Alexander etwas; die Lippen bewegten sich kaum.

KRA. Oder *GRA*. Oder so ähnlich. Alle hatten es gehört, keiner mehr als dies; sie fragten, wollten ihn schütteln, aber er regte sich nicht mehr, und schließlich trieb Philippos alle vor sich her, zurück ins Gesprächszimmer.

»Kra, kra, kra«, sagte Meleagros, als sie berichtet hatten. »Krateros? Nachfolger Parmenions als Oberbefehlshaber nach Alexander, jetzt Nachfolger von Antipatros als Statthalter in Europa – Stellvertreter des Königs, auch Nachfolger?«

»Krateros ist nicht hier«, sagte Perdikkas schneidend. »Vergeßt ihn.«

»Ob er sich nicht in Erinnerung bringen wird?« murmelte Eumenes. »Denkt an Susa, an die Vermählung und die Ehren. Er stand als dritter da, vor ihm nur Alexander und Hephaistion. Wir alle nach ihm ...«

»Vergeßt ihn«, sagte nun auch Ptolemaios; er wechselte einen Blick mit Perdikkas und nickte kaum merklich. Perdikkas zwinkerte.

Philippos schwor, es sei nicht *kra,* sondern *gra* gewesen. Vielleicht *graia,* die Alte – Olympias; damit erntete er Hohn und Empörung. Oder *graikos,* bei Sophokles ein Begriff für alle Hellenen? »Irgendwas mit *gramma-* oder *graph-;* vielleicht hat er doch etwas *geschrieben über* die Nachfolge?«

»Bah. Wie wär's mit *grammatephoros* – irgend einen tüchtigen Briefträger werden wir doch finden, oder?« sagte Leonnatos wütend.

»Kra«, sagte Perdikkas nachdrücklich. »Bloß was – *krabbatos?* Ein Ruhebett für den Herrscher, oder ›laßt mich schlafen‹? *Krama* – das Gemischte, wir alle zusammen? *Kranioleios* – der ›Kahlkopf‹ Antipatros? *Kratistos* – der Stärkste, der Beste, der Tapferste?«

»Krateros der Tapfere«, sagte Meleagros.

»Vergiß ihn!« brüllte Perdikkas. »Kra, kra, kra – *kratistos.* Das ist es. Ich bin jetzt ganz sicher, daß er *kratistos* gesagt hat.«

»Ist es dir gelungen, dich dazu zu überreden?« sagte Eumenes mit einer Grimasse. »Und wer soll das sein – der Beste, Tapferste, Stärkste?«

»Das werden wir nach und nach feststellen.«

»Außer mir noch jemand für Krateros?« sagte Meleagros, der sich offenbar auch durch Perdikkas' Gebrüll nicht einschüchtern ließ.

Keiner antwortete.

Nearchos wanderte durch die Schlieren der Schlaflosigkeit im Gewölbe der Nacht umher. Er durchquerte ganz Babylon, oder jedenfalls den größten Teil der Stadt. Kein Stern war zu sehen; die dichten Wolken hatten sich immer noch nicht aufgelöst, sie brüteten über allem wie eine Glucke. Zahllose Menschen waren auf den Straßen und Plätzen, hockten leise murmelnd irgendwo zusammen oder warteten stumm auf etwas, das ebenso gewiß war wie unfaßlich.

Im Morgengrauen kehrte er in den Palast zurück. Etwas zog ihn in den leeren Thronsaal. Es gab keine Wachen, nichts außer dem Thron der Großkönige, von Susa hergebracht, war dort zu stehlen. Er hörte ein fernes, fast unheimliches Geräusch, konnte aber im Zwielicht nichts erkennen. Es klang wie ein Schaben, dann ein Kichern. Er ging dem Ton nach.

Erst als er vor den Stufen des Throns stand, im Schatten zwischen zwei halbhellen Fensteröffnungen, sah er.

Arridaios, Alexanders Halbbruder, Sohn des Philipp und der Philinna. Er trug einen makedonischen Reisemantel. Auf dem Kopf hatte er die doppelte Krone des Pharao, in der einen Hand das Königsschwert Makedoniens, in der anderen Hand des Großkönigs Diadem. Die kalten Augen glitzerten. Nearchos seufzte und winkte; langsam stieg der Mann, den alle für schwachsinnig hielten, vom Thron. Er murmelte etwas wie: »Bist du so sicher?« Nearchos nahm ihm die Herrschersymbole ab und trug sie zurück in den kleinen Rüstraum neben Alexanders Schlafgemach.

Auf dem Gang, der zum größten Innenhof führte, sah er Ptolemaios, im Gespräch mit Simmias, der seinen Horchposten beim Ammoneion in Siwah verlassen hatte, um dem König wichtige Dinge aus der libyschen Wüste und Karchedons Gebiet zu erzählen. Nearchos nickte den beiden zu; im Vorübergehen hörte er Simmias sagen, Ägypten enthalte gewisse Verheißungen, und er hörte Ptolemaios ächzen.

Der 28. Tag des makedonischen Daisios-Mondes wollte nicht richtig hell werden. Schwere dunkle Wolken trieben träge über die Stadt und das Land. Es war schwül, drückend schwül; Nearchos sprach leise mit einigen Offizieren und Hopliten im Hof. Bedeutungslose Worte; alle warteten nur auf eines. Und auf Regen. Dichtgedrängt standen, hockten und saßen sie, mehrere tausend Männer; in den übrigen Höfen und in den Gärten noch mehr.

Das Murmeln, Raunen, Seufzen endete plötzlich, als Gestalten zwischen den Säulen vor dem Thronsaal erschienen. Hetairen, in voller Rüstung, bildeten rechts und links des Eingangs Reihen. Wie die anderen stand Nearchos auf; irgendwo hörte er Männer schluchzen.

Die angesehensten der in Asien weilenden Männer des Heers erschienen: Perdikkas, rechts von ihm Ptolemaios, links Lysimachos. Sie hatten Rüstungen angelegt, trugen aber keine Helme. Lysimachos hielt auf den ausgestreckten Armen ein Kissen mit der Doppelkrone der Pharaonen. Ptolemaios trug Krummstab und Dreschflegel. Perdikkas hielt mit beiden Händen das große Schwert der makedonischen Könige. Vom Schwertgriff hing das Diadem der Achaimeniden.

Perdikkas blieb auf der obersten Stufe zum Hof stehen. Er starrte auf den Boden, nickte und rammte das Schwert in die Fuge zwischen zwei Quadern. Es schwankte, bebte, verhielt.

Der Chiliarch trat einen kleinen Schritt zurück, betrachtete wie blind das Schwert, hob den Blick, sah den übervollen Hof, die unzähligen Köpfe. Dann reckte er die Arme, mit geballten Fäusten, stieß einen langen, qualvollen Schrei aus und wandte das tränenüberströmte Gesicht zum Himmel.

Niemand spürte die ersten dicken Tropfen.

»Und nun zerfleischen sie einander und die Oikumene«, sagte Peukestas dumpf. Er hatte die Rolle fallen lassen und die Hände vor die Augen gelegt. »Perdikkas, Krateros, Antipatros, Lysimachos, Antigonos, Eumenes, Ptolemaios, Seleukos, Kassandros, Leonnatos ... Wenn nicht du den einen Brief hast, von Alexanders eigener Hand, Aristoteles. Vielleicht ... vielleicht halten sie sich nicht daran. Aber vielleicht kannst du alles retten.«

Er hörte ein Knirschen und Ächzen, ein Schluchzen von Pythias. Er wischte sich die Augen, ließ die Hände sinken und schaute zum Lager. Dann sprang er auf, kniete neben der Tochter des Philosophen, die den Sterbenden zu stützen versuchte.

Aristoteles hatte sich aufgesetzt, aufzusetzen versucht. Seine Augen waren riesig; und fern.

»Retten?« Er keuchte, krächzte; der Atem kam und ging in flachen, schnellen Stößen. »Was retten? Mord und mehr Mord? Die Barbaren? Den Plan des Kurush? ... Mondwind. Mein Freund Parmenion. Salz, Freunde, Salz.« Er rang nach Luft, hob den rechten Arm, deutete auf irgend etwas, das nicht im Raum war. »Der Plan, der Plan ... Er hat es durchschaut, Alexander hat es hat alles gewußt hat er es und durchkreuzt hah – – – Er hat ihn erfüllt. Den Plan. Erfüllt. Vollendet. Barbarische Finsternis. Nach Ammon ... nach Ammon kommt der Herr der Fische ... Fische. Salz. Fische. Ein Gott aus Asien wird Kniefall verlangen wird Hellas überfluten mit wirren Geboten mit wüster Tyrannis wird *logos* zersetzen Altäre errichten in alles hineinreden Speisen und Kalender und Beischlaf und Gedanken *er er er* hat die Wälle niedergerissen und ich soll ... retten?«

Pythias weinte. Peukestas faßte nach dem Arm des Sterbenden. »Gibt es den Brief?« schrie er. »Gibt es den Brief?«

Aristoteles' Gesicht verzerrte sich. »Der gleißende Mittag, das gnadenlose Licht«, sagte er. Die Stimme klang voll, klar, herrisch.

Eine winzige Schaumblase auf der Lippe. Die Augen zuckten und brachen. Aristoteles starb, das Gefäß der Vernunft barst. Er reckte sich noch einmal hoch, dann fiel er in sich zusammen, drehte sich zur Seite, lag auf der Schulter. Der linke Arm ruhte auf Pythias' Kopf, der rechte, verdreht wie der einer zerbrochenen Puppe, deutete. Deutete.

Peukestas sprang auf, lief zum Feuer. Dorthin deutete der Arm. Auf dem Rost glomm der letzte Papyros. Peukestas riß ihn von der niedrigen Glut. Vor seinen Augen fraß sie sich weiter. Er sah Alexanders Schrift, sah, wie der Name *Krateros* zu Asche wurde.

Anhang

Namen & Begriffe

Im Prinzip wurde dem Kontext entsprechend jeweils die griechische Fassung verwendet, dies jedoch nicht immer konsequent. Die deutschen Namensformen Philipp und Alexander sind den großen Makedonenherrschern vorbehalten; jeder andere Träger dieser Namen ist ein Philippos oder Alexandros. Die bekanntesten Ortsnamen finden sich in ihrer eingebürgerten deutschen Form (Athen/Piräus/Theben statt Athenai/Peiraieus/Thebai); daß mir Milet (statt Miletos) erträglich, Halikarnaß (statt Halikarnassos) dagegen scheußlich erscheint, ist ebenso subjektiv wie das Gefühl, die griechische »Petersilie« durch den absurden deutschen »Steineppich« ersetzen zu sollen, der im Text weniger modern wirkt. Lateinische Begriffe wie »Grieche« oder »Karthago« sind im Mund eines Hellenen des 4. Jahrhunderts v C unmöglich; ebenso unmöglich, aber wegen seiner Handlichkeit unvermeidlich ist etwa der »Offizier«, dessen griechische Entsprechung (?) *lochagos* im Deutschen genauso ungeläufig ist wie die einzelnen militärischen oder zivilen Rangbezeichnungen der Zeit.

Hinsichtlich der Topographie Makedoniens habe ich mich an die neueren Ausgrabungen gehalten, die Aigai beim heutigen Vergina lokalisieren statt, wie lange angenommen, weiter nordöstlich bei Edessa. Pella, heute im Binnenland, lag damals noch fast an der Küste des seither verlandeten Golfs von Therme (Saloniki). Die Karte zu Teil I zeigt an dieser Stelle den wahrscheinlichen damaligen Küstenverlauf.

Allianzen & Agenten

Nach dem Untergang der alten Reiche Ägyptens und Mesopotamiens gab es von 510 bis 330 v C drei wirtschaftlich und politisch miteinander verflochtene, konkurrierende Großmächte im Mittelmeer: Karthago im Westen, etwa im Dreieck Libyen-Gibraltar-Korsika; Persien im Osten, zwischen Nil, Indus und Hellespont; und die jeweilige griechische Hegemonialmacht, abwechselnd Sparta und Athen mit wechselnden Verbündeten. Sizilien und Kyrene waren ebenso Schauplätze des Engagements von Sparta und Athen wie z. B. Kleinasien; Karthago war durch Handelsinteressen und das Sonderverhältnis zu seiner

Mutterstadt Tyros in den Osten eingebunden; Xerxes ließ die Dardanellen peitschen und wies die Karthager an, keine gemästeten Hunde mehr zu verzehren – zwei ähnlich ergebnislose Unterfangen; wenn Sparta sich mit Persien verbündete, nahm Athen Kontakte zu Karthago auf; als Theben unter Epameinondas kurzzeitig Hegemonialmacht war, holte man sich einen karthagischen Schiffbaumeister für die Flottenrüstung; der von Athen verbannte Themistokles ging ebenso selbstverständlich nach Persien wie später Artabazos nach Pella, nicht zu reden von Gestalten wie Alkibiades, der binnen weniger Jahre athenische, spartanische und persische Kommandoposten innehatte, nicht zu reden auch vom griechisch-karthagischen Dauerkontakt bzw. Dauerkonflikt auf Sizilien.

Nach vielen Auseinandersetzungen verzeichnen die Historiographen Hinrichtung oder Verbannung von Verrätern, Spionen etc. der jeweils anderen Seite; auch der gegenseitige Austausch gefangener Spione ist spätestens zur Zeit Hammurabis nachweisbare Gepflogenheit. Man wird allerdings zwischen realen politischen Gegebenheiten einerseits und Kenntnissen der Historiographen andererseits zu unterscheiden haben, oder überhaupt zwischen Praxis und Theorie. Mit den Kenntnissen, die die antiken Geographen von der Welt hatten, wäre kein Fernhändler je an ein Ziel gekommen; da die genaue Kenntnis von Karawanenwegen, Wasserstellen, Anlegehäfen, Entfernungen etc. Voraussetzung für Handel und Gewinn war – »Wissen ist Macht« – und mindestens ebenso wichtig wie Kapital, kann man wohl davon ausgehen, daß erfahrene Händler und Kapitäne dieses Wissen nur zunftintern weitergaben, auf keinen Fall jedoch zur allgemeinen Verbreitung einem Eratosthenes oder Hekataios verfügbar machten. Zweifellos wußten die jeweils Regierenden der Großmächte nicht nur durch Händler und permanent im gesamten Mittelmeer verschobene Söldnerkontingente Bescheid über Vorgänge in den anderen Ländern; ebenso zweifellos wurden aber die jeweiligen Spionagedienste nicht zu Nutz und Frommen der Historiographen offengelegt. Daß es auch bei guter Fernaufklärung und detaillierten Kenntnissen der Interna des Gegners zu Fehleinschätzungen kommen kann, belegen CIA und KGB.

Philipps »Geheimdienst« scheint sehr effektiv gewesen zu sein und wurde wohl ähnlich professionell gehandhabt wie die einzigartig professionelle makedonische Armee. Abgesehen von

Belagerungen, Scharmützeln und Auseinandersetzungen mit den Phokern im Dritten Heiligen Krieg gab es zwischen Makedonien und den griechischen Staaten genau eine offene Feldschlacht: Chaironeia 338 v C. Alle anderen Erfolge Philipps waren Früchte von Diplomatie, von Manövern, von Bestechungen, von genutzten Detailkenntnissen über Interna. Ähnlich effektiv müssen die gleichen Leute später für Alexander gearbeitet haben, der – soweit sich dies aus den Quellen rekonstruieren läßt – nicht nur vor den militärischen Auseinandersetzungen genau wußte, wo welche gegnerischen Einheiten in welcher Stärke unter welchem Kommando standen, sondern auch lange voraus die Qualitäten persischer Satrapen kannte und wußte, wen er als Verwalter übernehmen konnte und wen besser nicht. Die Aufklärung der Perser, Karthager und Athener war ebenfalls genau genug, um den jeweils besten Adressaten für Bestechungsgelder o. ä. zu kennen. Daß ein Teil der Alexander-Literatur den zunächst ausbleibenden persischen Widerstand nach Alexanders Asien-Übergang als Versagen der persischen Aufklärung oder Fehleinschätzung der persischen Führung deutet, scheint mir unhaltbar; die Abwehr derartiger Invasionen fiel zunächst in die Zuständigkeit der betroffenen Satrapien, eine Mobilisierung der gesamten Heeresmacht nahm mehr Zeit in Anspruch und konnte erst erfolgen, wenn die Satrapien überfordert waren, und schließlich konnten auch frühere griechische Invasoren (z. B. Agesilaos 396f.; vgl. Chronologie) zunächst unbehelligt landen.

Es liegt, wie gesagt, in der Natur der geheimdienstlichen Dinge, daß genaue Namen, Daten etc. hierzu von den antiken Historiographen nicht verzeichnet sind. Bagoas »der Heile« ist fiktiv bzw. aus mehreren realen Persern der Alexandertexte (vor allem Arrian) zusammengesetzt. Der Korinther Demaratos war Händler und Gastfreund Philipps, schenkte Alexander den Hengst Bukephalos und brachte die Versöhnung zwischen Philipp und Alexander zustande; seine Rolle in der Geschichte (er begleitete Alexander bis an die Grenzen Indiens, wo er starb) geht über jene Dinge hinaus, die man einem bloßen Händler und Gastfreund abnehmen würde. Alles andere ist unbeweisbare, aber möglicherweise plausible Spielerei. Der Karthager Hamilkar erscheint in Alexanders letzten Tagen als Gesandter in Babylon; daß in einem Moment, in dem nur noch zwei Großmächte übrig sind, die westliche Großmacht Karthago – nächstes Angriffsziel Alexanders – einen bloßen Händler nach Babylon schicken soll, scheint mir eine viel fantastischere Annahme zu sein als die, daß es sich bei ihm um den Chef der karthagischen Geheimdienste gehandelt haben könnte.

Musik & Mysterien

Über diese beiden wichtigen Bereiche des antiken Lebens ist kaum etwas bekannt. Genaues über die Mysterien wußten offenbar nur die Initiierten, die einer Schweigepflicht unterlagen und schwiegen; der »innere Monolog« der Olympias im 4. Kapitel von Teil I ist der zweifellos unzulässige Versuch, mit Hilfe antiker Sakraltexte aus Griechenland, Ägypten, Mesopotamien und Indien unter Hinzuziehung von C. G. Jung und Erich Neumann eine Unschärfe-Relation des Mysterienkomplexes zu erstellen.

Die Versuche neuerer Musikwissenschaftler, aus den theoretischen Schriften von Pythagoras und Boethius (und den Äußerungen z. B. von Platon und Aristoteles über die Bedeutung der Musik) eine Art Rekonstruktion zu bewerkstelligen, lesen sich wie das hypothetische Unterfangen, aus einem Essay von Descartes und einem von Adorno die gesamte Musik zwischen Bach und Bartok zu destillieren. Überdies stellen die Theoretiker oft die für praktische Belange falschen Fragen. Es ist sicher, daß die Musik (und ihre Bedeutung im Leben) in Griechenland ebenso entwickelt war wie Dichtung, Architektur, Malerei und Plastik; daß es enge Beziehungen zwischen Dichtung und Musik, zwischen Musik, Tanz und Kultus gab. Wir haben jedoch keinerlei Tondokumente, und die wenigen mit Buchstaben verschlüsselten Hinweise auf Melodien reichen nicht aus, wirklich Substantielles zu sagen. Andererseits sind die Dinge längst nicht so kompliziert, wie die Musikwissenschaft sie macht. Wir wissen, daß die Griechen auf Musik ähnlich reagiert haben wie wir – sie konnte Heiterkeit auslösen, Gelassenheit, Schwermut, Ekstase; wir wissen nur nicht, welche Sorte Musik welche Empfindungen auslöste. Was Aristoteles entzückte, wäre für uns möglicherweise Katzenmusik; ihm dagegen könnte ein a-Moll-Akkord äußerst dissonant klingen. Was an der grundsätzlichen Ähnlichkeit des Reagierens auf Musik nichts ändert.

Spätestens im 5. Jahrhundert v C gab es in Griechenland und anderen Mittelmeerländern professionelle Musiker, Virtuosen.

Aus der bildlichen Darstellung antiker Instrumente wie Lyra oder Kithara lassen sich keinerlei Schlüsse auf ihre Stimmbarkeit ziehen; allerdings wäre die Annahme absurd, professionelle virtuose Musik auf Saiteninstrumenten hätte sich darauf beschränkt, unscharf gestimmte Saiten anzureißen, ohne sie durch Greifen zu modifizieren. Das ist nur bei den vielsaitigen Harfen denkbar. Wer einmal versucht hat, eine frei schwingende Saite in der Tonhöhe durch Greifen zu verändern, weiß, daß dabei nur dumpfes Knurren und Schnarren zustande kommt. Die simple Existenz virtuoser Kitharisten zwingt zur Annahme entwickelter Spieltechniken; da die antiken Saiteninstrumente sämtlich nicht über ein Griffbrett verfügten, muß es andere Möglichkeiten des Greifens gegeben haben z. B. mit Hilfe einer Art von Fingerhüten. Ferner muß zur Feinstimmung der Saiten irgendeine Art Wirbel existiert haben, wahrscheinlich auf der Rückseite der immer von vorn dargestellten Instrumente.

Die »Tongeschlechter« Ionisch, Lydisch, Phrygisch und ihre Mischformen unterscheiden sich vor allem durch Art und Umfang der Intervalle – um ein klassisches Definitionsmuster zu verwenden: so ähnlich wie Dur und Moll, nur anders (und schärfer). Was immer über die dekretierte Trennung der Musik arten, die Unmöglichkeit der gleichzeitigen Verwendung bestimmter, verschiedenen Göttern geweihter Instrumente, die »einzig zulässige« Metrik und Form für bestimmte Anlässe etc geschrieben wurde, geht von der abenteuerlichen Vorstellung aus, Künstler ließen sich zweihundert Jahre lang von Priestern, Sittenwächtern und derlei in ihr Handwerk hineinreden; dann hätte Aischylos keinen zweiten Schauspieler eingeführt, und Aristophanes hätte sich an das athenische Gesetz gehalten, das die Verunglimpfung von Politikern auf der Bühne verbietet. Die Art, wie der erfundene Dymas mit Text und Musik umgeht, scheint mir wesentlich realistischer zu sein.

Einige Begriffe, die in ihrer Funktion für den Roman bereits im Text erläutert sind, wurden hier nicht mehr aufgenommen, da z. B. »Ammon: ägyptischer Gott, von den Griechen mit Zeus gleichgesetzt« nicht über die Erklärungen im Text hinausgeht, also lediglich eine Verdoppelung wäre, eine ergiebigere Erläuterung andererseits zum enzyklopädischen Stichwortartikel werden müßte, den man bitte in hierfür zuständigen Nachschlagewerken suche.

Zu Gegenden, Volksstämmen etc. konsultiere man die Karte.

Agora: »Versammlung, Marktplatz«; in griech. Städten der meist zentrale Platz mit Rats- und Verwaltungsgebäuden.

Aulos: Flöte, in der Antike meist als Doppelaulos, wobei eine Flöte die Melodie, die andere einen Bordunton spielt.

Boule: »Wille, Rat, Ratsversammlung«, in Athen und anderswo die institutionalisierte Volksversammlung; sie tagt im *Bouleutherion.*

Chiton: »Unterkleid, Hemd, Gewand«, der gemeinmediterrane Leibrock (bei den Römern Tunika), ursprünglich wohl phönikisch; von Männern meist kurz (Oberschenkel), von Frauen meist lang getragen, mit kurzen Ärmeln und verschiedenen Formen des Gürtens.

Dareike: gr. *dareikos,* pers. Goldmünze zunächst von Dareios I., später allgemein auch für die Goldmünzen anderer Großkönige; entsprach 20 *sigloi* (Silber-Schekel).

Drachme: zunächst Massemaß, daraus Münze, regional und zeitlich unterschiedlich. Die athenische Drachme (zu 6 Obolen) bestand aus ca. 4,4 g Silber und entsprach einem Sechstausendstel eines Talents (ca. 26,2 kg). Die ursprüngliche Unterteilung des babylonischen Massemaßes Talent (1 T. = 60 Minen, 1 Mine = 60 Schekel) wurde in Griechenland teilweise dezimalisiert: 100 Drachmen = 1 Mine, 60 Minen = 1 Talent. Mine und Talent sind keine Münzwerte, sondern nur Rechnungs- und Masseeinheiten. Drachmen wurden zu unterschiedlichen Zeiten auch als Vielfaches geprägt: Zwei- (Didrachmen), Vier- (Tetradrachmen), auch Zehndrachmenstücke (Dekadrachmen) mit entsprechend höherem Gewicht und Feingehalt. Lange Zeit war 1 Drachme der Basissold für Soldaten, der Tageslohn eines qualifizierten Handwerkers etc.

epistates: »Vorsteher, Befehlshaber«, in Makedonien vom König ernannter und diesem verantwortlicher »Bürgermeister« einer Stadt.

Euxeinisches Meer: das Schwarze Meer.

Hegemon: »Führer, Feldherr, Fürst, Gebieter«.

hetairos: »Freund, Gefährte, Kamerad«; *hetaira* ist all dies weiblich sowie später auch »Dirne, Buhlerin«. In Makedonien war der König eine Art *primus inter pares,* die übrigen Fürsten nicht Untertanen, sondern Gefährten, aus denen sich Offizierskorps und Reiterei (Hetairenreiter), aber auch die höheren Verwaltungsämter rekrutierten. Besonders bevorzugte *hetairoi* Philipps oder Alexanders wurden zum *somatophylax* (»Leibwächter«) ernannt.

Kadmeia: angeblich vom sagenhaften Kadmon gegründete Burg/Zitadelle der Stadt Theben.

Karchedon: griech. Name von Karthago, phön. Qart Hadasht, »neue Stadt«.

Kassia: Gewürz; unklar, ob es sich hierbei um eine bestimmte Lorbeerform oder eine spezielle Verarbeitung von Zimtöl handelte.

Kataphrakten: schwere gepanzerte Kavallerie.

Kinnamon bzw. *Kinnamomon:* Zimt.

Kithara: Saiteninstrument mit großem Schallkasten und bis zu elf Saiten; *Kitharist* ist der Musiker, der die Kithara spielt, *Kitharode* jener, der sie zur eigenen Gesangsbegleitung verwendet.

Kitros: zitronenähnliche Frucht.

Klepsydra bzw. *Klepshydra:* Wasseruhr.

koine eirene: »allgemeiner Friede«.

kopron: »Scheißhaus«, Abtritt, Toilette.

kydonische Äpfel: Quitten (nach der kret. Stadt Kydonia).

Logograph: »Redenschreiber«, Verfasser von (meist Gerichts-) Reden gegen Bezahlung.

Lyra: Leier.

Mainade: »Rasende«, berauschte bzw. in Ekstase geratene Frau.

Medimnos: »Scheffel«, ca. 52 l, unterteilt in 48 *choinikes* à 1,08 l.

Metoike, Metöke: »Ansiedler, Beisasse«; Fremder, der Gastrecht genießt, aber keine Bürgerrechte besitzt; »Gastarbeiter«.

Parasange: ca. 5,5 km.

Phyle: ursprünglich »Stamm«, später Bezirk; im 5. Jh. v C bestand Athen aus zehn Phylen, deren jede 50 Abgeordnete entsandte.

Prytaneion: Gemeindehaus, Heimstatt des staatlichen Herdfeuers; hier tagten die 50 Abgeordneten der jeweils für 35 oder 36 Tage zuständigen Phyle; Vertreter der übrigen neun Phylen nahmen an den Beratungen teil.

Stadion: ca. 180 m.

Stater: ursprünglich Massemaß (ca. 8,1 bis 8,7 g), dann auch Gold- oder Silbermünze (z. B. als silberner Didrachmon). Philipps Goldstater und die entsprechenden späteren Prägungen Alexanders hatten den Gegenwert von 20 Silberdrachmen.

Truppenteile, Ränge etc.: sehr unsicher, da von den antiken Autoren nie genau definiert. Basiseinheit scheint die Reihe von 16 (ursprünglich wohl 10) Kämpfern gewesen zu sein, geführt von einem Dekadarchen (»Herr von Zehn«, Zehnerschaftsführer). Bei der Reiterei gab es die vermutlich 16 x 16 Mann umfassende Ile (etwa Schwadron) sowie Unterteilungen (Halb-Ile etc.); ähnliche kleinere Gruppierungen dürfte es auch beim Fußvolk gegeben haben. Die nächste größere Einheit, Pentekosiarchie (»Fünfhundertschaft«) unter einem Pentekosiarchen, bestand aus 32 x 16 Mann, war also eine Fünfhundertzwölfschaft.
Unter Philipp und Alexander bestand das makedonische Kernheer im wesentlichen aus folgenden Teilen: a) der Phalanx der »normalen« Fußtruppen, schwere Hopliten, ausgerüstet mit Schwert, kleinem Schild und der bis zu 6 m langen Sarisse, gegliedert in 6 Taxeis, wobei jede Taxis (oft nach Gebieten rekrutiert) aus 3 Pentekosiarchien bestand, also 6 x 3 x 512, zusammen 9216 Mann, dazu Offiziere, Stäbe, Melder, Troß etc.; b) der »Garde« der Hypaspisten, 3 Taxeis zu je 2 Pentekosiarchien, zusammen 3072 Mann, ausgerüstet mit größerem Schild, Schwert und kurzem Stoßspeer (Xyston), die im Gegensatz zur defensiven Phalanx meist offensive Aufgaben hatten, ebenso wie c) die Hetairenreiterei, ursprünglich aus vom König belehnten Adligen, berittene »Gefährten«. Unter Philipp waren es etwa 800 Mann, von Alexander später verdoppelt; ihre Bewaffnung bestand aus Schwert und Xy-

ston. Daneben gab es zahlreiche spezialisierte Truppenteile – Belagerer, Leichtbewaffnete, Aufklärer, »Gebirgsjäger« –, z. T. rekrutiert aus unterworfenen oder tributpflichtigen Stämmen mit besonderen Kampftraditionen. Einigermaßen undurchschaubar sind die von Alexander in den letzten Jahren vorgenommenen Neugliederungen; es scheint sich um die Bildung von straffer organisierten, selbständigen, z. T. auch gemischten Verbänden gehandelt zu haben, wahrscheinlich als Fünfhundert- und Tausendschaften, letztere bei den Reitern Hipparchie, bei den Fußkämpfern Chiliarchie genannt. Allerdings taucht der Rang eines Chiliarchen mehrfach auf – einmal als »Tausendschaftsführer«, dann aber auch als Bezeichnung/Ehrentitel für Perdikkas im Sinn eines Oberbefehlshabers.

DIE WICHTIGSTEN PERSONEN

Mit vorangestelltem Asterisk (*) markierte Personen sind erfunden, die übrigen historisch gesichert, wenn auch nicht in jeder Einzelheit ihres Verhalten im Roman. Die meisten Lebensdaten sind Mutmaßungen, da die antiken Autoren nur selten präzise Altersangaben machen. Alexanders Daten sind gesichert, ebenso die von anderen wichtigen Personen; z. B. heißt es über Antigonos Monophthalmos, er sei 81 Jahre alt gewesen, als er bei Ipsos fiel, so daß 382 als Geburtsjahr in Frage kommt. Von vielen anderen weiß man, daß sie zumindest ungefähr Altersgenossen Alexanders gewesen sein müssen, da sie als seine Jugendfreunde erwähnt werden – Hephaistion, Harpalos, Nearchos, Ptolemaios etc. Bei Nearchos, Aristandros und anderen ist kein Todesdatum erwähnt; die Angaben in der nachstehenden Liste sind also frei erfunden, wenn auch möglicherweise wahrscheinlich aufgrund der Umstände.

Einige Namen tauchen in den Quellen und im Roman mehrfach auf; von den vielen Trägern etwa der Namen Ptolemaios oder Attalos sind hier nur die wichtigsten aufgeführt.

* Adherbal: karthagischer Kaufherr, Vorgänger von Hamilkar als Leiter des karth. Geheimdiensts.

* Admetos: Vertrauter der Olympias.

* Agathon: athenischer Kaufherr.

* Aischines: athen. Politiker, ca. 389–314, Gegner des Demosthenes.

Alexandros: a) A. II., ältester Bruder Philipps, ca. 390–368, nach einjähriger Herrschaft von seinem Schwager Ptolemaios von Aloros ermordet;
b) Alexandros von Epeiros: Bruder der Olympias, geboren ca. 360, seit 352 zur Erziehung in Pella, ab 342 König von Epeiros, starb 331 auf einem Feldzug in Italien;
c) Alexandros der Lynkeste, Bruder der Verschwörer Heromenes und Arrhabaios; Reiterführer unter Alexander, Ende 334 des Postens enthoben, ca. 330 verhaftet und kurz nach Philotas angeklagt und hingerichtet.

Amyntas: a) A. III. Vater Philipps, König von Makedonien 393–369, ermordet von seinem Schwiegersohn Ptolemaios von Aloros, vermutlich auf Anstiftung der Königin Eurydike;
b) A. IV, Sohn von Phillips Bruder und Vorgänger Perdikkas III., ca. 362–336, von Alexander »beseitigt«.

Antigonos: genannt Monophthalmos, »der Einäugige«, hoher maked. Offizier unter Philipp und Alexander, ca. 382–301. Seit 334 Satrap von Groß-Phrygien; nach Alexanders Tod während der Diadochenkriege zeitweilig »König von Asien«.

Antipatros: maked. Feldherr und Politiker, neben Parmenion wichtigster Helfer und Freund Philipps, unter Alexander Statthalter für Europa; ca. 400–319.

Apelles: der berühmteste Maler der griech. Antike, zeitweilig in Pella und mit Alexander befreundet.

* Apollonios: rhodischer Kaufmann, Geschäftsfreund des Demosthenes.

* Archelaos: königlicher Hausmeister in Pella.

Aristandros von Telmessos: oberster Seher und Priester unter Philipp und Alexander, ca. 385–?.

Aristoteles: der Philosoph, Sohn des früheren Leibarztes von Philipps Vater Amyntas, später von Philipp als Lehrer nach Mieza/Makedonien geholt und dort Erzieher Alexanders (etwa 342–340), danach in Athen; ca. 384–322.

Arrhabaios: lynkestischer Fürstensohn, mit seinem Bruder Heromenes in die Ermordung

Philipps verwickelt und hingerichtet.

Arridaios: oder Arrhidaios, Alexanders schwachsinniger Halbbruder, Sohn Philipps und der Thessalierin Philinna, 358–317; 322 von der maked. Heeresversammlung als Philippos III. Arridaios zum Teil-König gemacht, 317 von Olympias ermordet.

Artabazos: persischer Fürst, ca. 387–325, bekleidete hohe zivile und militärische Ränge, lehnte sich ca. 350 als Satrap gegen Artaxerxes III. auf und verbrachte einige Jahre in Pella.

Arybbas: Onkel der Olympias, seit etwa 360 Regent (für den minderjährigen Alexandros) in Epeiros, 342 von Philipp abgesetzt, ging dann nach Athen.

Attalos: a) maked. Fürst, Schwiegersohn Parmenions, Onkel und Vormund von Philipps letzter Frau Kleopatra, als Beteiligter an der Verschwörung gegen Philipp und Alexander 336 ermordet;
b) vornehmer junger Makedone, Freund Alexanders, dem er angeblich wie ein Zwilling glich; nahm am Asienfeldzug als Offizier teil (328 Taxiarch in Indien Trierarch der Flotte). Er war mit Perdikkas' Schwester vermählt; über sein Ende ist nichts bekannt.

* Bagoas der Heile: persischer Fürst, Leiter des pers. Geheimdiensts.

Bagoas der Holde: schöner pers. Eunuch, Günstling und Liebling Alexanders.

* Bagoas der Huldreiche: pers. Politiker.

Bagoas »der Hurtige«: Eunuch, »graue Eminenz« am pers. Hof; beseitigte 338 Artaxerxes III. Ochos, half Arses auf den Thron, beseitigte 336 auch diesen und stützte Dareios III., der ihn bald darauf töten ließ.

Barsine: Tochter des Artabazos, mit diesem ca. 350–348 in Pella, später vermählt mit dem rhodischen Söldnerführer Mentor, nach dessen Tod mit seinem Bruder Memnon, nach dessen Tod einige Zeit Geliebte Alexanders, dem sie spätestens 328/27 einen Sohn Herakles gebar. 309 zusammen mit ihm von Polyperchon umgebracht.

Demades: athen. Politiker, Gegner des Demosthenes, Makedonenfreund, ca. 380–319.

Demaratos: Kaufherr aus Korinth, Gastfreund Philipps, später auch Alexanders, ca. 400–327.

Demetrios: hoher maked. Offizier unter Philipp und Alexander.

Demosthenes: athen. Politiker, Makedonenfeind, berühmter Redner; ca. 382–322.

Drakon: maked. Arzt.

* Dymas: fahrender Sänger und Musiker.

* Emes: maked. Hoplit.

Erigyios: vornehmer Makedone, Jugendfreund Alexanders, mit diesem in Mieza erzogen, von Philipp mit Alexander verbannt; ca. 356–327.

Eubulos: athen. Politiker, lange Zeit wichtigster Finanzpolitiker der Stadt, ca. 410–330.

Eumenes: Grieche aus Kardia, schon unter Philipp als Verwaltungsmann in Pella, mit Alexander befreundet; ca. 362–316. Verwaltete unter Alexander die »Königlichen Tagebücher« und sonstige Hof-Aufzeichnungen; nach Alexanders Tod anfangs einer der mächtigsten Diadochen in Asien.

Eurydike: a) Gemahlin von Amyntas III., Mutter Philipps; vermutlich 369 an Amyntas' Ermordung beteiligt, ermordete mit ihrem Schwiegersohn Ptolemaios von Aloros 368 sowohl die eigene Tochter, Ptolemaios' Frau Eurynoe, als auch den eigenen Sohn, Alexandros II., herrschte mit Ptolemaios bis zum Regierungsantritt ihres zweiten Sohns Perdikkas 365; angeblich 359 von Philipp getötet;
b) Audata, Tochter des Illyrerkönigs Bardylis, 359 Philipps 2. Frau, Mutter der später mit Amyntas IV. vermählten Kynnane, nannte sich (oder wurde genannt) seit der Vermählung mit Philipp Eurydike;
c) wahrscheinlich eigentlicher Name von Philipps letzter Frau Kleopatra b).
d) Tochter von Amyntas b) und Kynnane/Eurydike b), 322 mit Arridaios vermählt, mit diesem 317 von Olympias ermordet.

Hamilkar: karthag. Kaufherr und Politiker, Leiter des karth. Geheimdienstes.

Harpalos: Jugendfreund Alexanders, Finanzgenie, Schatzmeister zunächst des Heeres, später des Reichs; nach undurchsichtiger »Flucht« 333 zeitweilig in Megara, 331 wieder bei Alexander, der ihn sofort in alter Funktion weiterverwendete. 324 floh er mit Geld und Truppen nach Griechenland, vermutlich 323 auf Kreta ermordet.

* Hasdrubal: phönikischer Händler, Geschäftsfreund des Demosthenes.

Hekataios: Jugendfreund Alexanders, überbrachte den Hinrichtungsbefehl gegen Attalos nach Asien.

Hephaistion: Alexanders *alter ego,* vornehmer Makedone, in den letzten Jahren 2. Mann des Heers, 324 in Ekbatana gestorben.

Hermias: Satrap, Fürst von Atarneus/Kleinasien, Onkel der Frau des Aristoteles, nach Geheimvertrag mit Philipp von den Persern hingerichtet.

Heromenes: Fürstensohn aus der Lynkestis, mit seinem Bruder Arrhabaios in die Ermordung Philipps verwickelt und hingerichtet.

Hypereides: athen. Politiker und Händler, Parteigänger des Demosthenes, ca. 390–322.

Kassandros: Sohn des Antipatros, ca. 356–297; nach dem Tod seines Vaters einer der wichtigsten und mächtigsten Diadochen.

Kleitos: genannt »der Schwarze«, hoher maked. Offizier unter Philipp und Alexander, Bruder von Alexanders Amme Lanike, ca. 367–328. Seit 330 zusammen mit Hephaistion Führer der Hetairenreiter; im Streit von Alexander ermordet.

* Kleonike: halbhellenische Handelsherrin in Kanopos/Ägypten.

Kleopatra: a) Alexanders Schwester, mit Alexandros von Epeiros vermählt, 353–309; auf Befehl des Antigonos ermordet, als sie sich mit Ptolemaios b) vermählen wollte. b) Nichte des Attalos, letzte (7.) Frau Philipps, hieß ursprünglich wohl Eurydike; ca. 354–336.

Koinos: hoher maked. Offizier unter Philipp und Alexander, Taxiarch; erzwang als Sprecher der meuternden Truppen die Umkehr in Indien und starb wenige Tage später (ca. 362–325).

Krateros: Freund Alexanders, mit ihm in Mieza erzogen; beim Asienzug von Anfang an Taxiarch, später Oberbefehlshaber nach Alexander, zuletzt von diesem als Stratege für Europa vorgesehen; fiel im 1. Diadochenkrieg (ca. 358–321).

Laomedon: vornehmer junger Makedone, Bruder des Erigyios, Freund Alexanders, mit diesem von Philipp verbannt. Auf dem Asienzug zuständig für die »kriegsgefangenen Barbaren«, Stabsoffizier; nach Alexanders Tod Satrap von Syrien, 319 von Ptolemaios gefangen. Über sein Ende ist nichts bekannt.

Leonidas: Lehrer Alexanders in Pella.

Leonnatos: Freund Alexanders, mit ihm in Mieza erzogen; hoher Offizier während des Asienzugs, nach Alexanders Tod Satrap des nördlichen (hellespontischen) Phrygien, 322 bei Krannon gefallen.

Lykurgos: athen. Politiker, Antimakedone, ca. 390–324.

Lysimachos: a) Lehrer des jungen Alexander;
b) *hetairos* Alexanders, Stabsoffizier, in den letzten Jahren immer in Alexanders Nähe, nach dessen Tod einer der mächtigsten Diadochen, beherrschte zeitweilig Teile Makedoniens und Kleinasiens sowie Thrakien, fiel 80jährig gegen Seleukos (ca. 361–281).

* Mandrokles: Geschäftsführer der Kleonike.

Medios: a) *hoher Makedonenfürst, Ältester des Staatsrats; b) einer der *hetairoi* Alexanders, Gastgeber beim »letzten Gelage« in Babylon.

Meleagros: Jugendfreund Alexanders, mit ihm in Mieza erzogen; Offizier (Taxiarch); ca. 356–322.

Memnon: rhodischer Söldnerführer in pers. Diensten, ca. 380–333.

Mentor: Bruder Memnons, ebenfalls Söldnerführer, ca 390–340.

Nearchos: Kreter, Jugendfreund Alexanders, unter Alexander zunächst Satrap von Lykien und Pamphylien, dann Kommandeur der indischen Flotte; nach Alexanders Tod wieder Satrap, später mit Antigonos verbündet, nach 314 nicht mehr erwähnt.

Nikanor: a) Stief-, später Schwiegersohn des Aristoteles, mit Alexander befreundet; ca. 358–315;
b) einer der Söhne Parmeninos, Führer der Hypaspisten in Asien, gestorben 330 in Persien durch Krankheit.

Parmenion: maked. Fürst, wichtigster Stratege Philipps und Alexanders, ca. 400–330; nach der Hinrichtung seines Sohnes Philotas in Alexanders Auftrag ermordet.

Pausanias: a) maked. Thronprätendent, von Philipp besiegt;
b) Führer von Philipps Leibgarde, ermordete 336 Philipp in Aigai.

Perdikkas: a) P. III., älterer Bruder und Vorgänger Philipps, fiel 359 gegen die Illyrer;
b) Jugendfreund Alexanders, mit diesem in Mieza erzogen; auf dem Asienzug von Anfang an Taxiarch, später nach

Alexander, Hephaistion und Krateros höchster Mann des Heers. Bei Alexanders Tod übernahm er dessen Siegelring; sein Versuch, das Reich (und seine eigene Macht) zu konsolidieren, löste den 1. Diadochenkrieg aus. 321 wurde er von den eigenen Leuten (im Auftrag u. a. von Seleukos) am Nil ermordet.

* Peukestas: junger Makedone, befragt den sterbenden Aristoteles.

Philippos: Arzt, Freund Alexanders, später sein Leibarzt.

Philokrates: athen. Politiker, handelte 346 mit Philipp einen nach ihm benannten Frieden aus, wurde später deshalb in Athen angeklagt und auf Betreiben von Demosthenes und Hypereides in Abwesenheit zum Tode verurteilt.

Philotas: Sohn Parmenions, Jugendfreund Alexanders, Offizier schon unter Philipp; in Asien Führer der Hetairenreiter, 330 nach einer angeblichen Verschwörung gegen Alexander hingerichtet.

Polyperchon: maked. Offizier; führte seit ca. 333 eine Taxis; 324 zusammen mit Krateros als Kommandeur der Veteranen nach Europa geschickt. Über seine Rolle in den Diadochenkriegen vgl. Chronologie.

Proteas: Sohn Lanikes, Neffe des Kleitos, mit Alexander befreundet und in Mieza erzogen; bemerkenswerter Trinker. Ende 334 von Alexander zu Antipatros geschickt, von diesem als Flottenkommandeur verwendet, ab 332 wieder bei Alexander.

Ptolemaios: a) von Aloros, Schwiegersohn von Amyntas III., den er 369 ebenso umbrachte (umbringen ließ?) wie 368 seine Frau Eurynoe und seinen Schwager Alexandros II.; 365 von Perdikkas III. getötet;
b) P., Sohn des Lagos, Jugendfreund Alexanders und mit ihm zusammen verbannt. Seit ca. 330 hoher Offizier; nach Alexanders Tod erhielt er Ägypten, das die von ihm begründete Dynastie bis 30 v C beherrschte. Lebenszeit ca. 356–282.

Pythias: a) Aristoteles' Frau, Nichte des Hermias;
b) Aristoteles' Tochter, später vermählt mit Nikanor.

Roxane; baktrische Fürstentochter, geb. ca. 345, seit 327 mit Alexander vermählt, dem sie postum einen Sohn (Alexander IV.) gebar. Nach Alexanders Tod brachte sie vermutlich eigenhändig seine zweite Gemahlin Sateira (ebenfalls schwanger) um. Ca. 310 ließ Kassandros sie und den 12jährigen Thronfolger töten.

Seleukos: Jugendfreund Alexanders, mit ihm in Mieza erzogen und von Anfang an Offizier beim Asienzug; später Begründer der Seleukidendynastie, ermordet 281/280. Zu seiner Rolle in den Diadochenkriegen vgl. Chronologie.

Sisygambis: Mutter des Dareios, seit 333 bei Alexander; sie starb 323.

* Tekhnef: Nilotin, Musikerin.

CHRONOLOGIE

ca. 1100–700 v C – Herausbildung der griech. Städte und Siedlungsgebiete (Athen, Sparta, Korinth, Theben; Attika, Boiotien, Thessalien etc.); griech. Besiedlung des westlichen Kleinasien; Griechen übernehmen Seefahrt, Handel und Schrift von den Phönikern.

ca. 750 Homer.

750–550 Griech. Kolonisation von der Krim bis zur Provence, Gründungen u. a. in Südfrankreich (Massalia/Marseille, Nikaia/Nizza), Unteritalien (Kyme/Cumae, Rhegion/Reggio, Kroton/Crotone, Taras/Tarent), Sizilien (Syrakosai/Syrakus, Katane/Catania, Zankle/Messana/Messina, Akragas/Agrigent), Nordafrika (Kyrene), Ägypten (Naukratis, Rhakotis) usw.

592 Griech. Söldner in Ägypten.

ca. 540 Ende der griech. Expansion im Westen nach Seesieg der verbündeten Karthager und Etrusker gegen Griechen vor Korsika, wenig später karthag. Siege in Westsizilien und westlicher Kyrenaika: Festlegung der Einfluß- und Siedlungsgrenzen. Gleichzeitig Ende der Expansion nach Osten, als ab 546 Kleinasien unter persische Hoheit gerät.

530f. Perser erobern Ägypten; Perserreich vom Indus bis zum Nil und Bosporos.

521 Beginn der Regierung von Dareios I.

513 Skythen-Feldzug der Perser zur Donau; Thrakien wird pers. Satrapie; Dareios schickt Gesandte bzw. Aufklärer nach Griechenland und Unteritalien.

500 Beginn des »jonischen Aufstands« der kleinasiatischen Griechen gegen Perser; Athen und Eretreia stellen Schiffe, Sparta verweigert Hilfe.

493 Endgültige Niederlage der Aufständischen, Wiederherstellung der persischen Herrschaft, Dareios' Feldherr und Schwiegersohn Mardonios überschreitet den Hellespont, sichert Thrakien; Makedonien unter Alexandros I. (ca. 498–454) pers. Vasallenstaat.

491 Pers. Gesandte fordern symbolische Unterwerfung der Griechen; Athen und Sparta lehnen ab, Ermordung der Gesandten.

490 Pers. »Straffeldzug«, Eroberung der Inseln; Sieg der Athener unter Miltiades bei Marathon, Beginn des Aufstiegs von Athen zur zweiten Macht neben Sparta. Boiotier besiegen Thessalier und vertreiben sie aus Mittelgriechenland.

487 Seekrieg Athen-Aigina.

485 Dareios I. stirbt; Nachfolger Xerxes rüstet für Rachefeldzug (Brückenbau über Dardanellen, Anlegung von Depots in Thrakien etc.).

482 Flottenbauprogramm des Themistokles in Athen.

480 Persischer Angriff; Zug des Xerxes durch Thrakien und Makedonien; Makedonen müssen Heeresfolge leisten. Einnahme der Thermopylen, Besetzung und Verwüstung von Boiotien und Attika, Zerstörung Athens. Griech. Seesieg bei Salamis, gleichzeitig Sieg der Westgriechen (Syrakus, Akragas) auf Sizilien gegen Karthager.

479 Zweite Besetzung Athens; Griechen lehnen Mardonios' Friedensbedingungen ab, Sieg der verbündeten Griechen bei Plataiai (Boiotien), Flottenunternehmen gegen Kleinasien mit Erstürmung des pers. Schiffslagers.

478 Flotte befreit Griechenstädte auf Zypern, Einnahme von Sestos und Byzantion, Öffnung der Handelswege zu den Getreideländern am Schwarzen Meer.

477 Aufforderung der Jonier an Athen, kleinasiatische Griechen gegen Persien zu schützen; Gründung des Attischen Seebunds (Inseln und Kleinasien unter Athens Hegemonie; Bundesgenossen stellen Schiffe oder zahlen Tribut), Athen wird stärkste Wirtschaftsmacht. – Im Westen drängt Hieron von Syrakus (478–467) Etrusker zurück, dehnt sein Reich auf Unteritalien aus, herrscht mittels Geheimpolizei.

471 Themistokles verbannt, flieht nach Persien.

470 Als Folge der Kriege zwischen Syrakus und Etruskern verliert Athen Absatzmärkte im Westen, Preissturz bei attischer Keramik etc.

469f. Offensive Weiterführung des Kriegs gegen Persien, Anschluß weiterer Städte Kleinasiens an den Attischen Seebund. Spannungen zwischen Sparta und Athen wegen athenischen Machtzuwachses.

466 Spartaner siegen gegen Argos und Tegea, festigen ihre Hegemonie auf der Peloponnes.

465–463 Athener belagern vom Seebund abgefallene Insel Thasos, nehmen sie ein und annektieren thasische Besitzungen in Thrakien. Xerxes stirbt, Nachfolger wird sein Sohn Artaxerxes I. (bis 424).

464 Aufstand in Messenien gegen Sparta; Athen sendet Hilfsheer für Spartaner, das 462 von Sparta zurückgewiesen wird.

461 Athen kündigt Bund mit Sparta, verbündet sich mit Argos; Korinth und Aigina bilden Koalition mit Sparta. Neuorientierung der athenischen Außenpolitik unter Perikles mit doppeltem Ziel: Fortführung des Perserkriegs, Schwächung Spartas.

460 König Inaros (Libyer) versucht in Ägypten Aufstand gegen persische Herrschaft, Athen schickt Hilfsflotte.

459 Kapitulation der Messener gegen Sparta; Athens Flottenpräsenz im Golf von Korinth stört die korinthische Stellung im sizilisch-italischen Getreidehandel.

457 Sparta interveniert in Mittelgriechenland, um Thebens Hegemonie in Boiotien gegen Athen zu stützen; Kämpfe zwischen Thebanern und Spartanern einer-, Athenern andererseits.

456 Aigina kapituliert nach 3jähriger Belagerung vor der athenischen Flotte; Piräus übernimmt Aiginas Handel und wird größter Umschlaghafen der hellenischen Weit. Athenische Flotte in Ägypten von Persern blockiert.

455 Athener zerstören spartanische Werften in Gytheion, Höhepunkt der Macht Athens.

454 Zusammenbruch des ägyptischen Aufstands gegen Persien; athenische Flotte im Nildelta vernichtet. In Makedonien Beginn der Herrschaft Perdikkas' II. (bis 413), der die Land-

gewinne und Machtposition seines Vorgängers Alexandros I. nicht halten kann und immer weiter in die griechischen Konflikte einbezogen wird.

453 Athenischer Flottenzug unter Perikles zum Golf von Korinth, Anschluß der Achaier, Ausdehnung der Macht- und Wirtschaftsinteressen Athens nach Westen durch Verträge mit sizilischen Städten. Vereinbarung eines fünfjährigen Waffenstillstands zwischen Sparta und Athen. – Vereinigung der nichtgriechischen Sikuler auf Sizilien zum Kampf gegen sizilische Griechen.

450 Fortsetzung des Seekriegs gegen Persien, athenische Flotte siegt bei Salamis/Zypern.

449 Friedensvertrag zwischen Persien und Athen; kleinasiatische Griechenstädte erhalten Autonomie innerhalb des persischen Reichs, Athen respektiert persisch-phönikische Handelssphäre im Ostmittelmeer und mischt sich nicht mehr in Ägypten ein. Athen ist damit neben Persien und Karthago dritte Großmacht im Mittelmeer.

448 Gesamtgriechische Friedenskonferenz in Athen kommt nicht zustande wegen Widerstands von Sparta. Krieg der delphischen Amphiktyonie gegen Phoker um Unabhängigkeit des Heiligtums (2. Heiliger Krieg).

447 Erhebung in Mittelgriechenland gegen Athen; Boiotien, Phokis, Lokris nach Sieg bei Koroneia unabhängig.

446 Megara und Euboia fallen von Athen ab, Euboia wird zurückerobert. Friede zwischen Athen und Sparta auf der Basis des jeweiligen Besitzstands.

445 Athen gibt nach Friedensschluß Westexpansion auf und orientiert sich nach dem thrakisch-pontischen Norden mit Gründung von Kolonien und zunehmender Intervention in Thrakien und Makedonien.

440 Krieg zwischen Tarent und Thurioi in Süditalien; Samos fällt vom Seebund ab.

439 Samos von Athen erobert.

438 Innere Kämpfe in Epidamnos (illyrische Küste), Streit zwischen Korinth und Korkyra um Intervention.

433 Hilfsgesuch von Korkyra an Athen wegen korinthischer Rüstung; Athen nimmt gegen Korinth und Sparta gerichtete Westpolitik wieder auf, entsendet Hilfsflotte.

432 Poteidaia (korinthische Kolonie auf der Chalkidike) fällt vom Seebund ab, von Athen belagert. Handelssperre Athens gegen das mit Sparta verbündete Megara. Sparta fordert ultimativ Aufhebung der Sperre, Freigabe Poteidaias und Aiginas, volle Autonomie der Mitglieder des Seebunds. Athen lehnt ab. Kriegsbeschluß Spartas.

431 Beginn des Peloponnesischen Kriegs; Sparta verbündet sich mit peloponnesischen, mittelgriechischen, sizilischen Staaten, Athen mit Makedonien und Thrakien. Archidamos II. von Sparta verwüstet Attika, Thebaner überfallen das mit Athen verbündete Plataiai, Plünderungszug der athenischen Flotte gegen Aigina und die Peloponnes.

430 Archidamos wieder in Attika, Flottenzug der Athener unter Perikles zur Peloponnes. Pest in Athen führt zu Friedensgesuch, das Sparta ablehnt.

429 Poteidaia kapituliert vor den Athenern; Archidamos belagert Plataiai; Athener von Olynthiern auf der Chalkidike geschlagen. Flottensieg der Athener bei Naupaktos gegen Peloponnesier. Thraker fallen in Makedonien ein.

428 Lesbos fällt vom Seebund ab, Athener belagern Mytilene; Archidamos wieder in Attika.

427 Lesbos von den Athenern, Plataiai von den Spartanern eingenommen. Bürgerkrieg auf Korkyra, beendet durch Eingreifen der athenischen Flotte; Koalitionskrieg auf Sizilien, Intervention der Athener auch dort. Tod des Archidamos.

426 Athenische Feldzüge in Aitolien und Akarnanien.

425 Agis II. von Sparta fällt in Attika ein; athenische Siege gegen Spartaner und Korinther.

424 Athenische Erfolge in Akarnanien und auf der Peloponnes; Heeresreform des Brasidas in Sparta, Vorstoß von Brasidas gegen Athens Verbündete im Norden, Makedonien unterstützt Sparta. Niederlage der Athener gegen Boiotier. In Sizilien Bündnis der dortigen Städte gegen athenische Einmi-

schung, Abzug der athenischen Flotte. Tod von Artaxerxes I., sein Nachfolger Dareios II. (bis 404), Frieden mit Athen.

423 Erfolge von Brasidas im Norden.

422 Neues Bündnis zwischen Athen und Makedonien.

421 Friedensschluß zwischen Athen und Sparta nicht anerkannt durch Spartas Bundesgenossen Korinth, Megara und Theben; dies führt zu einem Bündnis Athens mit Sparta und einem Bündnis der Peloponnesier mit Argos. Neue Spannungen zwischen Athen und Sparta wegen unvollständiger Erfüllung der Friedensbedingungen.

420 Bündnis Spartas mit Boiotien; Bündnis Athens mit Argos, Mantineia, Elis; Elis schließt Spartaner von den Olympischen Spielen aus.

419 Athen unterstützt Angriff von Argos gegen Epidauros.

418 Spartaner unter Agis II. besiegen Argiver und Athener bei Mantineia, Wiederherstellung von Spartas Hegemonie auf der Peloponnes.

416 Athenischer Flottenzug gegen die spartafreundliche Insel Melos. Hilfsgesuch von Segesta (Sizilien) an Athen gegen Selinus und Syrakus.

415–413 Sizilischer Feldzug der Athener mit 260 Schiffen und 25 000 Mann.

414 Belagerung von Syrakus; Sparta entsendet Hilfsheer.

413 Athenische Niederlage vor Syrakus, Kapitulation. In Makedonien Regierungsantritt von Archelaos I. (bis 399), der nach 40jährigem Niedergang die Königsmacht wieder stärkt, das Heer reformiert und einen Hofkreis griechischer Kulturträger sammelt; zeitweilig halten sich Euripides, Thukydides, der Maler Zeuxis, der Musiker Timotheos u. a. in Pella auf. – Dekeleia in Attika von Spartanern besetzt, Wiederausbruch des Kriegs.

412 Vertrag zwischen Sparta und Persien gegen Athen, persische Hilfsgelder und Flottenunterstützung für Sparta.

411 Athen verliert Euboia; Seesieg der Spartaner vor Eretreia, Seesieg der Athener am Hellespont.

410 Athenischer Seesieg vor Kyzikos (Propontis) schwächt Sparta und ermöglicht wieder Getreidehandel mit Schwarzmeer-Kolonien Athens. – Auf Sizilien wenden sich die nichtgriechischen Elymer aus Segesta um Hilfe an Karthago.

409 Erfolge der Athener unter Alkibiades im Norden, der Spartaner auf der Peloponnes. – Karthager, Elymer und Sikuler greifen sizilische Griechen an, Zerstörung von Selinus und Himera.

408 Einnahme von Byzantion, Chalkedon u. a. durch Alkibiades; spartan. Flottenführer Lysandros befreundet sich mit pers. Prinzen Kyros und erhält wieder Gelder für Sparta. – Stellungskrieg und Rüstungen auf Sizilien.

407 Seesieg der Spartaner gegen die Athener vor der kleinasiatischen Küste.

406 Athenische Flotte im Hafen von Mytilene eingeschlossen. In Athen Einschmelzung von Weihgeschenken, Flottenbau, Bewaffnung von Sklaven und Greisen, Bündnisverhandlungen mit Karthago. – Karthager erobern Akragas; in Syrakus wird Dionysios zum allein bevollmächtigten Feldherrn gewählt. – Seesieg der Athener südlich von Lesbos; die siegreichen Strategen in Athen wegen versäumter Bergung schiffbrüchiger Seeleute hingerichtet.

405 Lysandros stellt mit persischem Geld spartanische Flotte wieder her, Seesieg gegen Athener im Hellespont (3000 Gefangene getötet), Blockade des Piräus, Hungersnot in Athen. – Dionysios, gestützt auf Söldnerheer, macht sich zum Tyrannen von Syrakus; Karthager erobern Gela und Kamarina. Friedensschluß zwischen Karthago und Syrakus unter Anerkennung des neuen Status quo.

404 Athen kapituliert; Korinth und Theben fordern völlige Zerstörung der Stadt, von Sparta abgelehnt. Auf Samos kultische Verehrung des Spartaners Lysandros (erste Vergöttlichung eines Griechen zu Lebzeiten). – Tod von Dareios II., Nachfolger Artaxerxes II. Mnemon (bis 358). Ägypten fällt unter Amyrtaios II. von Persien ab und bleibt bis 342 unabhängig. – Beginn der jahrzehntelangen spartanischen Vormacht in Griechenland. In Syrakus Beginn der Herrschaft des Dionysios I. mit Hilfe von Leibgarde und Geheimpoli-

zei, Befestigungen, Aufrüstung (Verstärkung der Flotte auf 300 Schiffe), Enteignung von Großgrundbesitzern, Einführung einer Vermögenssteuer etc.

402–400 Krieg Sparta-Elis; Elier zum Eintritt in den Peloponnesischen Bund Spartas gezwungen.

401 In Persien Erhebung des Kyros gegen Artaxerxes II. mit Hilfe griechischer Söldner. Nach Kyros' Tod in der Schlacht bei Kunaxa/Euphrat Rückmarsch *(Anabasis)* der griech. Söldner unter Xenophon zum Schwarzen Meer.

400 Satrap Tissaphernes rüstet zur erneuten Unterwerfung der kleinasiatischen Griechen; Sparta verspricht ihnen Hilfe. Beginn des spartanisch-persischen Kriegs (bis 386) mit ersten Feldzügen in Kleinasien.

399 Nach dem Tod des Archelaos Niedergang Makedoniens unter mehreren rasch aufeinander folgenden schwachen Königen. In Sparta Beginn der Herrschaft von König Agesilaos (bis 360). In Athen wird Sokrates wegen Gottlosigkeit und Jugendverführung zum Tode verurteilt.

398 Der athen. Stratege Konon tritt in persische Dienste und erhält Befehl über pers. Flotte.

397 Dionysios erklärt Karthago den Krieg; Eroberung von Eryx und Motye. Karthager gründen Lilybaion (Marsala) als neuen Stützpunkt und starten Gegenangriff.

396 Karthager erobern Motye und Eryx zurück, belagern Syrakus, Ausbruch einer Seuche im Belagerungsheer. – Kleinasienfeldzug des Spartaners Agesilaos.

395 Spartanischer Sieg bei Sardes gegen Perser. Persische Hilfsgelder an griechische Staaten zur Finanzierung eines Aufstands gegen Sparta. Bündnis zwischen Boiotien, Athen, Korinth, Argos, Euboia, Lokris und Akarnanien gegen Sparta mit Bundesrat in Korinth.

394 Agesilaos bricht Offensive in Kleinasien ab; spart. Sieg bei Korinth gegen die Verbündeten. Im Sommer Seesieg der Perser bei Knidos, Untergang der spart. Flotte, Ende der spart. Seeherrschaft in der Ägäis. Perser sichern kleinasiatischen Griechen Autonomie zu.

393 Pers. Flotte verwüstet Spartas Küsten; Wiederaufbau der athen. Befestigungsanlagen mit persischem Geld; Erneuerung des Attischen Seebunds. – Amyntas III., König von Makedonien (bis 370), versucht sein geschwächtes Reich durch wechselnde Bündnisse zusammenzuhalten.

392 Friede zwischen Syrakus und Karthago mit karthag. Gebietsverlusten; Athener ernennen Dionysios ehrenhalber zum Archon von Sizilien. – Sparta bietet Frieden an gegen Abtretung bzw. Aufgabe aller kleinasiatischen Griechenstädte und schlägt allgemeinen Frieden *(koine eirene)* mit Autonomie aller Staaten vor; Athen lehnt ab. Athenisch-spartanische Kämpfe um den Hafen Lechaion bei Korinth.

391 Beginn der Expansion von Syrakus, Übergriffe nach Süditalien. Neuer spart. Feldzug in Kleinasien; Athens Flottenpolitik führt zu Spannungen mit Persien.

389 Athen. Flottenzüge; Bosporos und kleinasiatische Inseln zurückerobert; Athen unterstützt Aufstand auf Zypern gegen Persien.

388 Dionysios erobert Unteritalien; Platon besucht Syrakus.

387 Annäherung Sparta-Persien als Folge der athen. Politik, Sperrung des Hellespont durch spart.-pers. Flotte. – Rom von Kelten erobert.

386 Bündnis zwischen Dionysios und italischen Kelten. – Annahme des von Persien und Sparta ausgehandelten »Königsfriedens«: Griechen in Kleinasien gehören zu Persien, alle anderen griech. Staaten sind autonom, Athens Bündnisverträge werden aufgelöst. Herstellung der Hegemonie Spartas unter persischer Militärgarantie.

385 Dionysios gründet Kolonien an der Adria. – Beginn der gewaltsamen Hegemoniepolitik Spartas in Griechenland. Athenische Söldner unterstützen Ägypten gegen pers. Wiedereroberungsversuch.

384 Flottenzug des Dionysios gegen Etrurien, Anlage eines Hafens in Korsika. Unteritalische Griechenstädte suchen Bündnis mit Karthago gegen Syrakus.

383 Athen. Söldner unterstützen Odrysenkönig Kotys bei Eroberung von ganz Thrakien; makedonische Gebietsverluste.

382–374 Krieg des Dionysios gegen Karthager und südital. Griechen. Beginn des Olynthischen Kriegs: Angriff der Spartaner gegen Chalkidike, Olynth unterworfen und zur Heeresfolge gezwungen. Besetzung der Burg von Theben (Kadmeia) durch Spartaner.

379 Erhebung Thebens gegen Sparta, Bündnis Thebens mit Athen, thebanische Hegemonie in Boiotien. Dionysios erobert Kroton.

378 Zweiter Attischer Seebund, gegen Sparta, unter Wahrung der Bedingungen (Autonomie etc.) des Königsfriedens. Erfolgloser Zug der Spartaner gegen Theben.

377 Maussollos, Satrap von Karien, macht sich unter pers. Oberhoheit selbständig, Hauptstadt Halikarnassos.

376 Athen. Flotte siegt bei Naxos gegen Spartaner, Erneuerung der athen. Seeherrschaft, Wiederherstellung des Chalkidischen Bunds mit Olynth.

375 Weiterer Seesieg der Athener gegen Sparta, Bündnis Athens mit Makedonien, Niederlage der Spartaner in Boiotien gegen Theben. Dionysios besiegt Karthager in Westsizilien.

374 Karthager siegen bei Kronion/Nordsizilien, Friede mit karth. Gebietsgewinnen. – Erneuerung des Königsfriedens, Sparta erkennt Athens Seegeltung an.

373 Thebaner zerstören Plataiai. Perser greifen mit griech. Söldnern Ägypten an, werden von Ägyptern und griech. Söldnern zurückgeschlagen.

372 Athenische Flotte besetzt Korkyra und Kephallenia, Ende der spart. Seemacht auch im Westen. Einigung Thessaliens unter dem Tyrannen Jason von Pherai, Aufrüstung, Plan eines Kriegs gegen Persien.

371 Zusammenbruch der Hegemonie Spartas, spart. Hilfsgesuch an Persien, Annäherung Athen-Sparta auf der Basis des Königsfriedens, Ausschluß der Thebaner unter Epameinondas wegen Verletzung der Autonomie boiotischer Städte. Spartanischer Kriegszug gegen Theben endet mit schwerer Niederlage gegen Epameinondas. Neue Bündnisse Athens gegen Theben. Einführung des Ammonskults in Athen, Gleichsetzung Ammons mit Zeus.

370 Erhebung Arkadiens gegen Sparta; Peloponnes-Zug des Epameinondas beendet Spartas Großmachtstellung. Jason von Pherai ermordet; Ermordung des Amyntas III. von Makedonien, Nachfolger sein Sohn Alexandros II.

369 Bündnis Sparta – Athen, Sperrung des Isthmos; Epameinondas durchbricht Sperre und zieht erneut in die Peloponnes. Thebaner Pelopidas interveniert in Thessalien, Makedonen besetzen Larisa.

368 Letzter Karthagerkrieg des Dionysios, ohne Gebietsveränderungen. Dionysios und seine Söhne erhalten durch Ehrenbeschluß athenisches Bürgerrecht. Bündnis des Dionysios mit Athen. – Ptolemaios von Aloros, Schwiegersohn von Amyntas III., läßt dessen Sohn Alexandros II. ermorden und regiert, mit der Witwe Eurydike, als Vormund für Alexandros' jüngeren Bruder Perdikkas. Der dritte Sohn des Amyntas, Philipp, wird als Geisel nach Theben gebracht.

367 Tod des Dionysios. Epameinondas zieht nach Thessalien (befreit den vom Tyrannen Alexandros von Pherai festgesetzten Pelopidas) und auf die Peloponnes, Anschluß Achaias an Theben. Pelopidas und der Spartaner Antalkidas verhandeln gleichzeitig mit Artaxerxes II. in Susa (»Wettkriechen der Griechen«); pers. Friedensdekret zugunsten Thebens, Selbstmord des Antalkidas.

365 Weitere Expansion Thebens, Widerstand Athens. Epameinondas läßt durch karthagischen Baumeister Nobas Flotte bauen. Der Spartanerkönig Agesilaos dient Persern als Söldnerführer und erhält Geld für Sparta. Ermordung des Ptolemaios von Aloros; Perdikkas III., König von Makedonien, holt Philipp aus Theben heim.

364 Flottenzug des Epameinondas, Anschluß von Byzantion, Chios, Rhodos an Theben; Anschluß von Pydna, Methone und Poteidaia an Athen; Pelopidas siegt und fällt gegen Alexandros von Pherai, Boiotier beherrschen Thessalien.

362 Satrapen-Aufstand gegen Artaxerxes II. Letzter Zug des Epameinondas in die Peloponnes, Sieg und Tod in der Schlacht bei Mantineia gegen Athener und Spartaner. Friedensschluß auf der Basis des Status quo.

361 Agesilaos von Sparta als Söldnerführer in ägyptischen Diensten gegen Persien. Alexandros von Pherai besiegt athen. Flotte.

360 Perdikkas III. besetzt Amphipolis; thrakische Expansion unter Kotys auf Kosten athenischer Besitzungen. Tod des Molosserkönigs Neoptolemos in Epeiros, Regentschaft seines Bruders Arybbas als Vormund für Neoptolemos' Sohn Alexandros.

359 Perdikkas III. fällt gegen Illyrer; Thronwirren in Makedonien; Perdikkas' Bruder Philipp II. setzt sich gegen mehrere von Athen, Thrakien und Gebietsfürsten unterstützte Prätendenten durch, regiert zunächst als Vormund für Perdikkas' Sohn Amyntas IV. Tod Artaxerxes' II., Nachfolger sein Sohn Artaxerxes III. Ochos.

358 Alexandros von Pherai ermordet. Philipp II. und sein Stratege Parmenion besiegen Paionen und Illyrer; Philipp unterstützt Larisa gegen Pherai (Thessalien).

357 Dionysios II. von Syrakus (seit 367) von seinem Schwager Dion mit Hilfe der Karthager abgesetzt, Alleinherrschaft Dions mit Versuch einer Durchführung von Platons Staatstheorie. – Philipp II. vermählt sich mit Olympias, Tochter des Neoptolemos von Epeiros. Eroberung von Amphipolis. – Beginn des athenischen Bundesgenossenkriegs; wegen athen. Hegemoniepolitik fallen Chios, Rhodos, Kos und Byzantion vom Seebund ab und verbünden sich mit Maussollos von Karien.

356 Niederlage der athen. Flotte bei Embata. Philipp erobert athen. Küstenstädte im Norden (Poteidaia, Pydna); Alexander III. (der Große) geboren; Philipp besetzt thasische Stadt Krenides, Umbenennung in Philippoi. – Phoker werden auf Betreiben Thebens in Delphi wegen Kultfrevels angeklagt und verbünden sich mit Sparta. Besetzung Delphis, Aufstellung eines Söldnerheeres aus Mitteln des delphischen Tempelschatzes; Dritter Heiliger Krieg.

355 Niederlage der Phoker gegen Boiotier und Thessalier. Philipp nimmt Königstitel an. Ende des athen. Bundesgenossenkriegs, Athen erkennt Unabhängigkeit der Abtrünnigen an.

354 Angriffskrieg der Phoker unter Onomarchos, Besetzung der Thermopylen. Eubulos, Leiter des Finanzwesens in Athen, reformiert und saniert athen. Staatskasse; Beginn der polit. Karriere des Demosthenes.

353 Onomarchos besetzt Orte in Boiotien und besiegt Philipp in Thessalien.

352 Philipp schlägt Phoker in Südthessalien, Onomarchos fällt. Vertreibung des Tyrannen Lykophron von Pherai, Wiederherstellung alter Stadtrechte in Thessalien durch Philipp. Vorstoß Philipps gegen Phoker nach Süden löst Panik in Griechenland aus; Athener und Peloponnesier besetzen Thermopylen. Philipp zieht ab. Alexandros, Thronfolger in Epeiros (Bruder der Olympias), zur Erziehung an den Hof nach Pella geholt.

351 Weitere Kämpfe zwischen Phokern und Boiotiern. Philipp schließt Bündnisse mit Thrakien und Byzantion.

350 Hermias, Schüler Platons und Freund des Aristoteles, wird als persischer Satrap Tyrann von Atarneus und Assos.

349 Philipp unterwirft chalkidische Städte, bedroht Olynth. Bündnis Athen-Olynth, erste Rede des Demosthenes gegen Philipp.

348 Olynth erobert und zerstört, Euboia fällt von Athen ab. Erfolglose athen. Feldzüge für Olynth und gegen Euboia.

347 Boiotier besetzen Abai in Phokis. Tod Platons; Aristoteles geht an den Hof des Hermias und vermählt sich mit dessen Nichte Pythias. Dionysios II. wieder in Syrakus.

346 Erfolge von Philipps Zermürbungstaktik: Phoker zum Frieden gezwungen, Ende des Heiligen Kriegs, Thermopylen an Philipp übergeben, Delphi wieder unabhängig, Phokis zur Rückzahlung des geplünderten Tempelschatzes verpflichtet, Philipp an Stelle von Phokis in den Amphiktyonen-Rat aufgenommen. »Philokrates-Friede« zwischen Philipp und Athen auf der Basis des Status quo, in Athen verfochten von Philokrates, Eubulos und Aischines, gegen Demosthenes und Hypereides.

345 Beginn der langjährigen Agitation des Demosthenes gegen Makedonien. Artaxerxes III. Ochos erneuert Persiens Groß-

machtstellung, wirft mit Hilfe griech. Söldner unter Memnon und Mentor Aufstände in Kleinasien, Zypern, später Phönikien nieder.

344 Neuer Zug Philipps gegen Illyrer; Philipp zum Archon des Thessalischen Bunds gewählt. Korinth entsendet Söldnerheer unter Timoleon nach Syrakus zur Beseitigung der Tyrannis. Karthager versuchen Blockade; Dionysios ergibt sich und wird nach Korinth verbannt.

343 Philipp erkennt Messenien und Arkadien als selbständig gegenüber Sparta an; Euboia von Parmenion besetzt; in Athen Philokrates auf Antrag des Hypereides verurteilt. Vertrag Philipps mit Artaxerxes: Makedonien verzichtet auf Eingriffe in Kleinasien, Persien überläßt Makedonien Griechenland, Aufhebung der pers. Garantien des Königsfriedens.

342 Timoleon besiegt Karthager bei Segesta, karthag. Gegenoffensive. Rückeroberung Ägyptens durch Perser. Philipp setzt Arybbas als Regent von Epeiros ab und dessen Neffen, seinen Schwager Alexandros, als König ein. Geheimvertrag mit Hermias von Atarneus; Aristoteles kommt als Erzieher nach Mieza/Makedonien. Spartas König Archidamos III. geht als Söldnerführer nach Italien.

341 Athener nehmen Oreos/Euboia ein und gründen proathenischen Städtebund auf Euboia; Kriegsreden des Demosthenes gegen Philipp. Hermias wird nach Verrat des Geheimvertrages gefangengenommen und hingerichtet; Hymnos des Aristoteles auf Hermias.

340 Demosthenes erreicht Hellenischen Bund gegen Philipp; Makedonen belagern Perinthos und Byzantion und kapern athenische Getreideschiffe. Athen erklärt den Krieg.

339 Timoleon/Syrakus und Karthago schließen Frieden bei unverändertem Besitzstand. Athen schickt Flotten nach Perinthos und Byzantion, Philipp zieht ab und unterwirft Thrakien bis zur Donaumündung. Auf Betreiben Philipps beschließt Delphi Vierten Heiligen Krieg wegen Kultfrevels, diesmal gegen Amphissa und Ostlokris; Thebaner besetzen Thermopylen. Philipp wird zum Feldherrn der delphischen Amphiktyonie berufen, umgeht Thermopylen und besetzt Elateia in Phokis; Panik in Athen.

338 Nach Bündnis zwischen Theben und Athen weicht Philipp westlich aus und besetzt Amphissa, Delphi, Naupaktos; Archidamos von Sparta fällt in Italien. August: Schlacht bei Chaironeia/Boiotien, Makedonen schlagen verbündete Athener, Thebaner und Boiotier. Theben besetzt; Alexander als Philipps Gesandter verhandelt in Athen, schonender Friede: Auflösung des Seebunds, Wahrung der athen. Autonomie, Athen behält Heer und Flotte. Zug Philipps durch die Peloponnes bis Gytheion; im Winter Gründung des Korinthischen Bundes mit ewigem Bündnisvertrag zur Wahrung des allgemeinen Friedens bei innerer Autonomie aller Staaten; Philipp bevollmächtigter Bundesfeldherr. Griechen (außer Sparta) garantieren Heeresfolge bei Rachefeldzug gegen Persien. Artaxerxes III. stirbt, Nachfolger Arses.

337 Korinthischer Bund beschließt Straf- bzw. Rachefeldzug gegen Persien wegen Zerstörung von Athen und Schändung griech. Heiligtümer (480/79), Philipp wird mit der Führung des Kriegs beauftragt. Vermählung Philipps mit Kleopatra, Nichte des Gebietsfürsten Attalos (Schwiegersohn von Parmenion); Attalos ficht Alexanders Thronfolgerecht an, Zwist zwischen Alexander und Philipp. Alexander verbannt, geht nicht zur bereits aus dem Land gewiesenen Olympias nach Epeiros, sondern in die illyrische Einöde. Entsendung eines makedonischen Teilheers unter Parmenion und Attalos nach Kleinasien.

336 Persische Truppen unter Memnon drängen Makedonen von Ephesos und Milet zurück bis an den Hellespont. Philipp vermählt seine Tochter Kleopatra mit Alexandros von Epeiros; bei der Hochzeitsfeier in Aigai wird Philipp ermordet. Thronwirren in Makedonien. Alexander III. der Große setzt sich durch, läßt Rivalen und Gegner hinrichten bzw. ermorden, kommt durch schnellen Zug nach Griechenland einer Erhebung zuvor, wird in Thessalien, Delphi und Korinth als Nachfolger Philipps in den jeweiligen Ämtern bestätigt. – Dareios III. Kodomannos (bis 330) nach Ermordung des Arses neuer König von Persien.

335 Balkanfeldzug Alexanders zur Sicherung der Grenzen, Unterwerfung der thrakischen Triballer, Überschreitung der Donau, Sieg gegen die Geten, anschließend Niederwerfung eines Aufstands in Illyrien. In Athen erhält Demosthe-

nes persische Hilfsgelder gegen Makedonien; Erhebung in Theben, Athen und der Peloponnes. Alexander gelangt in Eilmärschen von Illyrien nach Bolotien, Theben verweigert Kapitulation, wird erobert und zerstört. Athen erklärt seine Ergebenheit, verweigert aber Auslieferung des Demosthenes.

334 Alexander überschreitet ohne pers. Widerstand den Hellespont; Beginn seines Asienzugs mit makedonischem Heer, kleinen griechischen Bündniskontingenten, Söldnern und Flotte (ca. 160 Schiffe, davon 20 von Athen gestellt). Sieg am Granikos über pers. Westheer, anschließend Eroberung weiter Teile Kleinasiens. – Sein Schwager und Onkel Alexandros von Epeiros, Bruder der Olympias, setzt nach Italien über, wo er Tarent (im Bündnis mit Rom) gegen unteritalische Stämme unterstützt.

333 Söldnerführer Memnon wird pers. Oberbefehlshaber im Westen, gewinnt Inseln und Teile der Küste zurück, plant Offensive gegen Griechenland und Makedonien; athenische Gesandtschaft bei Dareios. Memnon stirbt während der Belagerung von Mytilene an einer rätselhaften Krankheit. Alexander erobert kleinasiatisches Hinterland, löst Knoten von Gordion, Vorstoß südlich ans Meer, im November Schlacht bei Issos mit Sieg über Dareios' Hauptheer.

332 Eroberung Phönikiens, Parmenion erbeutet Dareios' Kriegsschatz in Damaskos. Im August wird Tyros nach siebenmonatiger Belagerung zerstört. Alexander lehnt Friedensangebot des Dareios (Bündnis und Abtretung der Länder westlich des Euphrat) ab, erobert Gaza und stößt nach Ägypten vor, wird im November in Memphis als Pharao und Sohn Ammons anerkannt.

331 Gründung von Alexandreia; Zug zum Ammonstempel von Siwah; Verwaltungsreform in Ägypten; Aufbruch nach Mesopotamien. Dort Anfang Oktober Sieg bei Gaugamela gegen vielfache pers. Übermacht. Einzug in Babylon; im Dezember Besetzung der pers. Hauptstadt Susa. – Erhebung Spartas unter König Agis III.; auf Drängen des Demosthenes beteiligt sich Athen nicht am Aufstand gegen Makedonien. Nach anfänglichen Siegen unterliegt Agis bei Megalo-

polis gegen Antipatros und fällt. – Alexandros von Epeiros wird bei Bruttium/Italien ermordet.

330 Eroberung der persischen Kernlande, Plünderung und Brandschatzung von Persepolis. In Ekbatana beendet Alexander den panhellenischen Rachefeldzug, entläßt griechische Kontingente; Parmenion bleibt mit einem Teil des Heeres zur Sicherung der Verbindungen in Ekbatana zurück; Alexander verfolgt den fliehenden Dareios. Dieser wird (Juli) von Bessos gefangengenommen und ermordet. Bessos macht sich zum Großkönig als Artaxerxes IV.; ebenso Anspruch Alexanders auf Rechtsnachfolge. Alexander übernimmt Siegel und Diadem des Großkönigs und läßt Dareios feierlich bestatten. Opposition des makedonischen Offiziersadels gegen Orientalisierung wird niedergeschlagen; Philotas (Führer der Hetairenreiterei) wegen angeblicher Verschwörung hingerichtet, sein Vater Parmenion ermordet. Unterwerfung des iranischen Nordostens.

329 Hungersnot in Griechenland, Beginn der Inflation nach Ausmünzung des pers. Goldschatzes; Alexander läßt Getreide nach Griechenland und Makedonien liefern. Er überschreitet den Hindukusch nach Norden; Widerstand der Ostiranier unter Bessos, der von Ptolemaios gefangen und als Usurpator hingerichtet wird. Vorstoß nach Norden bis zum heutigen Samarkand (Marakanda); Aufstand der Sogdier unter Spitamenes, der im Winter Marakanda besetzt.

328 Heeresreform; Einstellung persischer Mannschaften; Neugliederung des Heers in selbständige kleinere Einheiten. Krateros wehrt Vorstoß des Spitamenes ab, makedonische Offensive nach Norden. In Marakanda tötet Alexander im Streit seinen Lebensretter Kleitos. Im Winter wird Spitamenes von Skythen ermordet, Zusammenbruch der Erhebung.

327 Unterwerfung des östlichen Sogdien; Alexander vermählt sich mit Fürstentochter Roxane, versucht persisches Hofzeremoniell einzuführen und bricht Widerstand durch Terror (u. a. Hinrichtung von Aristoteles' Neffe Kallisthenes). Aufbruch von Baktrien nach Indien.

326 Alexander überschreitet Indos, Vorstoß nach Osten; im Juni Sieg am Hydaspes (Jhelum) gegen König Poros; Bau einer

Indosflotte, Unterwerfung des Punjab. Am Hyphasis (Bias) Meuterei des durch Strapazen und Monsun erschöpften Heeres, Umkehr.

325 Unterwerfung der Indos-Ebene, Kampf mit indischen Mallern, lebensgefährliche Verwundung Alexanders. Sicherung der Indosmündung durch Festungsbau, Rückkehr nach Westen in drei Gruppen: Flotte unter Nearchos, nördliche Heeresabteilung unter Krateros über gangbare Straßen, südliche Gruppe unter Alexander durch die gedrosische Wüste. Von Alexanders Heeresgruppe überlebt etwa ein Drittel.

324 Alexander erreicht persische Kernlande, Nearchos' Flotte die Tigrismündung. Hinrichtung unbotmäßiger Satrapen; Schatzmeister Harpalos, Jugendfreund Alexanders, flieht mit Söldnern und 5000 Talenten von Babylon nach Athen. Massenhochzeit von Susa zur Verschmelzung von Makedonen und Persern, Neugliederung des Heeres durch Aufstellung persischer Einheiten. Alexander erläßt Amnestiebefehl für Griechenland und erzwingt Rückkehr aller Verbannten (außer Thebanern). In Opis/Tigris meutern makedonische Veteranen gegen ihre Entlassung; Alexander verkündet Gleichstellung von Makedonen und Persern und verlangt Eintracht und Gemeinschaft. Folgenlose Aussöhnung mit den Veteranen, die – 11 000 Mann – unter Krateros nach Makedonien heimgeschickt werden. Krateros soll Antipatros als Statthalter für Europa ablösen; Antipatros »zum Rapport bestellt« nach Babylon, wohin er jedoch aus »Altersgründen« nicht reist. Hephaistion stirbt in Ekbatana.

323 Alexanders Rückkehr nach Babylon, Hafen- und Flottenbau, Vorbereitung eines Zugs um Arabien mit anschließendem Westfeldzug gegen Karthago und bis nach Gibraltar. Am 29. Mai erkrankt Alexander nach Gelage; am 31. Mai setzt er den Beginn des Arabienzugs für 4. Juni fest; sein Zustand verschlechtert sich. Am 10. Juni (28. Daisios des maked. Kalenders) stirbt er mit nicht ganz 33 Jahren in Babylon.

Makedonische Heeresversammlung in Babylon regelt Nachfolge wie folgt: Alexander IV., nach Alexanders Tod

geborener Sohn Roxanes, und Arridaios, Alexanders Halbbruder, als Philippos III. Arridaios werden gleichberechtigte Könige. Bis zur Volljährigkeit des ersteren Gewaltenteilung und Leitung der Reichsteile durch »vormundschaftliche« Statthalter: Perdikkas als Oberbefehlshaber in Asien, Krateros als Heerführer und »Vorsteher des Königtums« in Asien, Antipatros als Stratege von Makedonien und Griechenland, Lysimachos für Thrakien, Antigonos der Einäugige für Phrygien und Lykien, Eumenes für Kappadokien, Ptolemaios der Lagide für Ägypten, weitere Sonderstellungen für Seleukos, Kassandros (Sohn des Antipatros), Leonnatos, Peithon etc. Alexanders Arabien- und Westfeldzug werden ebenso kassiert wie die Gleichberechtigung der Orientalen.
Unter dem Einfluß von Hypereides und Demosthenes erklärt Athen den Korinthischen Bund für aufgelöst und ersetzt ihn durch Bündnisse gegen Makedonien; Aufstellung eines Söldnerheers unter Leosthenes. Bei den Thermopylen zwingt Leosthenes Antipatros zum Rückzug in die Stadt Lamia, wo die Makedonen eingeschlossen werden. Thessalien und Peloponnes schließen sich Athen an. Aristoteles verläßt Athen vor einer Anklage wegen »makedonischer Gesinnung« und begibt sich nach Chalkis/Euboia.

322 Leosthenes fällt vor Lamia, Antiphilos wird sein Nachfolger. Leonnatos (Satrap des Hellespontischen Phrygien) unternimmt Hilfszug für Antipatros, Belagerung von Lamia beendet. Antiphilos drängt Antipatros nach Norden; Leonnatos fällt. Im Sommer Niederlage der athenischen Flotte gegen Makedonen bei Amorgos; Ende der Seemacht Athen. Krateros kehrt mit Alexanders Veteranen aus Asien zurück; Antipatros und Krateros siegen bei Krannon/Thessalien über griechisches Bundesheer. Athen kapituliert vor Antipatros, Demokratie und griech. Bund aufgelöst, makedonische Besatzung im Piräus. Hypereides wird hingerichtet, Demosthenes flieht und begeht Selbstmord. Aristoteles stirbt in Chalkis. – Politische Intervention von Korinth und Karthago beendet »Demokratenherrschaft« in Syrakus. – Erster Diadochenkrieg (bis 319): Bündnis zwischen Antigonos, Antipatros, Krateros, Ptolemaios, Lysimachos gegen den nach Alleinherrschaft und Reichseinheit strebenden Perdik-

kas; diesen unterstützen Eumenes, Peithon, Seleukos, Olympias. Ptolemaios' Feldherr Ophellas besetzt Kyrene; Karthager verlegen Grenzbesatzung zurück und schaffen »Pufferzone« an der östlichen Syrte.

321 Alexanders Leiche soll zur Ammonsoase gebracht werden; Ptolemaios »konfisziert« sie in Ägypten, setzt sie in Memphis bei, später in Alexandreia. Perdikkas greift Ägypten an, wird nach gescheitertem Nilübergang und Niederlage von Peithon und Seleukos ermordet. In Kleinasien siegt Eumenes gegen Krateros und Antipatros, Krateros fällt. Bei Triparadeisos (Syrien) Neuverteilung der Macht unter den Verbündeten: Antipatros Reichsverweser, sein Sohn Kassandros und Antigonos Heerführer in Asien, Seleukos Statthalter in Babylonien, Peithon erhält die östlichen Satrapien. Einigung mit Ptolemaios, der Ägypten, Kyrene »und was er Richtung Sonnenuntergang als speererworbenes Land hinzugewinnen werde« behalten soll. Karthager verlegen Grenze gegen Kyrene/Ägypten ca. 200 km nach Westen zurück.

320 Antigonos überwirft sich mit seinem Stellvertreter Kassandros und strebt Herrschaft in Asien an; er schlägt Eumenes in Kappadokien und schließt ihn in der Festung Nora ein. Ptolemaios beginnt Verwaltungsreform in Ägypten und gründet synkretistischen Staatskult des Sarapis (Osiris + Apis).

319 Tod des Antipatros, der nicht seinen Sohn Kassandros, sondern Alexanders alten Taxiarchen Polyperchon zum Nachfolger, Kassandros zu dessen Stellvertreter ernennt. Kassandros läßt den athenischen Politiker Demades wegen alter Verbindungen zu Perdikkas hinrichten; Perdikkas' Bruder Alketas in Pisidien von Antigonos geschlagen. Ptolemaios besetzt Syrien und Phönikien. – Beginn des 2. Diadochenkriegs (bis 316): Antigonos und Kassandros erkennen Polyperchon nicht an; dieser verkündet im Namen von Philippos Arridaios die Freiheit aller Griechenstädte und zieht makedonische Besatzungen ab. Olympias unterstützt ihn. Polyperchon ernennt Eumenes zum Strategen von Asien. – Auf Sizilien Putschversuch des Strategen Agathokles, der Syrakus belagert; karthagische Intervention.

318 Agathokles beendet Belagerung, vorläufige Einigung zwischen ihm und Karthago sowie syrakusischen Oligarchen. – Eumenes verliert Kleinasien und Syrien an Antigonos, den Seleukos und Ptolemaios unterstützen. Antigonos stellt Kassandros Flotte zur Verfügung; Kassandros besetzt den Piräus. Polyperchon setzt sich auf der Peloponnes durch, gleichzeitig wird jedoch seine Flotte bei Byzantion von Antigonos vernichtet.

317 Kassandros besetzt Athen, ernennt Demetrios von Phaleron zum Haupt eines oligarchischen Systems. Im Namen ihres Mannes Philippos Arridaios erklärt Eurydike (Enkelin Philipps) Polyperchon für abgesetzt und überträgt Kassandros die Reichsverweserschaft sowie Antigonos den Oberbefehl in Asien. Bürgerkrieg in Makedonien: Kassandros/Arridaios/Eurydike gegen Polyperchon/Olympias/Roxane/Alexander IV. Zunächst Erfolge von Polyperchon und Olympias, die Philippos Arridaios und Eurydike umbringen läßt. In Babylon Vereinigung von Antigonos, Seleukos und Peithon gegen Eumenes, unentschiedene Schlacht in Medien. – In Syrakus erfolgreicher Putsch des Agathokles.

316 Agathokles beginnt mit Aufrüstung und Expansion auf Sizilien, belagert Messana (Messina), bricht die Belagerung jedoch nach karthagischer Intervention ab. – Antigonos siegt bei Susa über Eumenes und läßt ihn hinrichten; Seleukos, von Antigonos bedrängt, flieht zu Ptolemaios. Kassandros setzt sich in Makedonien durch, Hinrichtung der Olympias; Roxane und Alexander IV. »in Gewahrsam«. Antigonos inoffiziell »König von Asien«.

315 Beginn des 3. Diadochenkriegs (bis 311), »völkerrechtliches« Ende des einheitlichen Alexanderreichs durch Übergang von persönlichen zu zwischenstaatlichen Bündnissen. Kassandros, Lysimachos, Ptolemaios und Seleukos verbünden sich gegen Antigonos, der Syrien besetzt und Polyperchon zum Strategen der Peloponnes macht; dafür tritt Polyperchon ihm die de facto bei Kassandros liegende Reichsverweserschaft ab. Polyperchons Sohn Alexandros geht zu Kassandros über und wird von diesem zum Strategen der Peloponnes gemacht, gegen seinen Vater. Antigonos baut weitere Flotten und gründet Bund der Inselbewohner.

314 Kassandros besiegt die mit Antigonos verbündeten Aitoler, dehnt Makedonien bis zur Adria aus.

313 Antigonos erobert Kleinasien; Aufstand in Thrakien gegen Lysimachos. Ophellas, Statthalter des Ptolemaios in Kyrene, macht sich selbständig. Lysimachos setzt sich gegen Odrysen und Thraker durch.

312 Antigonos beauftragt seinen Sohn Demetrios mit Kriegsführung gegen Ptolemaios; Demetrios erobert Syrien und Phönikien zurück, wird dann bei Gaza von Ptolemaios besiegt. Ptolemaios besetzt erneut Syrien; mit seiner Unterstützung gewinnt Seleukos Babylonien zurück – Beginn der Zeitrechnung der späteren seleukidischen Dynastie. Antigonos und Demetrios beginnen Gegenangriff, drängen Ptolemaios nach Ägypten zurück.

311 Demetrios erobert Babylon; Verständigungsfriede auf der Basis des Status quo: Kassandros erhält Makedonien bis zur Volljährigkeit Alexanders IV., Lysimachos behält Thrakien, Ptolemaios Ägypten, Antigonos Asien, Seleukos wird ausgeschlossen. Alexander IV. bleibt in Gewahrsam bei Kassandros. Anerkennung der Unabhängigkeit der griechischen Städte, kein neuer Reichsverweser. Agathokles beginnt auf Sizilien Krieg gegen Karthager.

310 Karthagischer Gegenangriff; Agathokles verliert alle eroberten Gebiete, wird in Syrakus eingeschlossen und startet Verzweiflungsunternehmen: Einschiffung des Heeres, Überfahrt nach Afrika, Belagerung von Karthago, erster Sieg bei Tynes (Tunis). – De facto existieren nun fünf Monarchien im ehemaligen Alexanderreich: Seleukos in Babylonien (»Ausschluß« beim Friedensvertrag berührte seine tatsächliche Position nicht), Antigonos im übrigen Asien, Ptolemaios in Ägypten, Lysimachos in Thrakien, Kassandros in Makedonien. Um den (bei Volljährigkeit von Alexanders Sohn) drohenden Machtverlust zu verhindern, ermordet Kassandros Roxane und den 12jährigen Alexander IV. Seleukos gibt Babylon als Hauptstadt auf und gründet Seleukeia am Tigris. Ptolemaios besetzt Zypern und macht seinen Bruder Menelaos zum Statthalter.

309 Polyperchon erhebt Herakles, Sohn Alexanders von Barsine, bei Volljährigkeit zum Thronfolger; Kassandros bietet Poly-

perchon Beteiligung an der Herrschaft und die Strategie der Peloponnes an. Daraufhin läßt Polyperchon Herakles erdrosseln. Damit ist das makedonische Königshaus in der männlichen Linie ausgerottet. Ptolemaios greift Kleinasien an, will sich mit Alexanders Schwester Kleopatra vermählen, um legitime Dynastie zu gründen. Antigonos läßt Kleopatra in Sardes ermorden. – Zur Unterstützung des Agathokles zieht Ophellas von Kyrene gegen Karthago, wird dort in seinem Lager auf Geheiß des Agathokles ermordet.

308 Freundschaftsvertrag zwischen Kassandros und Ptolemaios; Ptolemaios interveniert in Griechenland, besetzt Sikyon und Korinth, erneuert den Korinthischen Bund. Rückeroberung von Kyrene durch Ptolemaios.

307 Antigonos' Sohn Demetrios besetzt Athen, vertreibt maked. Besatzung, Wiederherstellung der Demokratie. Pyrrhos, Sohn eines illyrischen Königs, wird Herrscher von Epeiros und macht sich unabhängig von Kassandros. – Karthager besiegen Agathokles, der mit den Resten seines Heers nach Syrakus heimkehrt.

306 Demetrios erobert Zypern, bedroht Ägypten von See her; Feldzug des Antigonos scheitert nach Niederlage gegen Ptolemaios im Nildelta.

305 Nach Antigonos nehmen nun auch Ptolemaios, Kassandros, Lysimachos und Seleukos Königstitel an. Vergebliche Belagerung des ptolemaischen Rhodos durch Demetrios. Seleukos unterwirft Baktrien und tritt indische Satrapien an den Maurya-Herrscher Chandragupta ab.

304 Kassandros belagert Athen, wird von Demetrios aus Mittelgriechenland verdrängt; Friede zwischen Rhodos und Antigonos/Demetrios.

303 Erfolge von Demetrios gegen Polyperchon auf der Peloponnes. Pyrrhos von Epeiros verbündet sich mit Demetrios.

302 Antigonos und Demetrios erneuern den Korinthischen Bund und vereinbaren einen allgemeinen Frieden sowie letzten Endes gegen Kassandros gerichtete Bündnisse. Kassandros bringt ein Gegenbündnis mit Ptolemaios, Seleukos

und Lysimachos zustande – 4. Diadochenkrieg. Kassandros geht in Thessalien gegen Demetrios vor, Lysimachos in Kleinasien gegen Antigonos.

301 Demetrios räumt Griechenland, um seinem Vater zu Hilfe zu kommen. Schlacht bei Ipsos/Phrygien: Lysimachos und Seleukos (mit indischen Kriegselefanten) siegen, Antigonos fällt, Demetrios flieht nach Ephesos. Endgültige Aufteilung des Reichs, nicht jedoch Ende der Diadochenkriege. In den folgenden Jahrzehnten entsteht eine Vielzahl kleinerer Fürstentümer in Kleinasien (Pontos, Bithynien, Pergamon, Kappadokien etc.), daneben die hellenistischen Großmächte mit wechselnden Grenzen und fortdauernden Auseinandersetzungen (5. Diadochenkrieg 288–286, 6. D'krieg 282–281, zahlreiche Auseinandersetzungen um Syrien, Griechenland usw.), vor allem das Reich der Seleukiden (311/ 281–63 v C, umfassend etwa Babylonien, Persien, Nordsyrien, östliches Kleinasien), das der Ptolemaier (320–30 v C, Ägypten, Kyrenaika, Sinai, Teile Palästinas), das der Antigoniden (Antigonos Gonatas, Enkel des A. Monophthalmos, wurde nach seinem Sieg über vordringende Kelten 276 als König von Makedonien anerkannt; 167 v C gelangte Makedonien unter röm. Verwaltung). Die ca. 300 v C Lysimachos unterstehenden Gebiete wurden teils von Makedonien übernommen, teils wurden daraus die o. g. kleineren Fürstentümer.

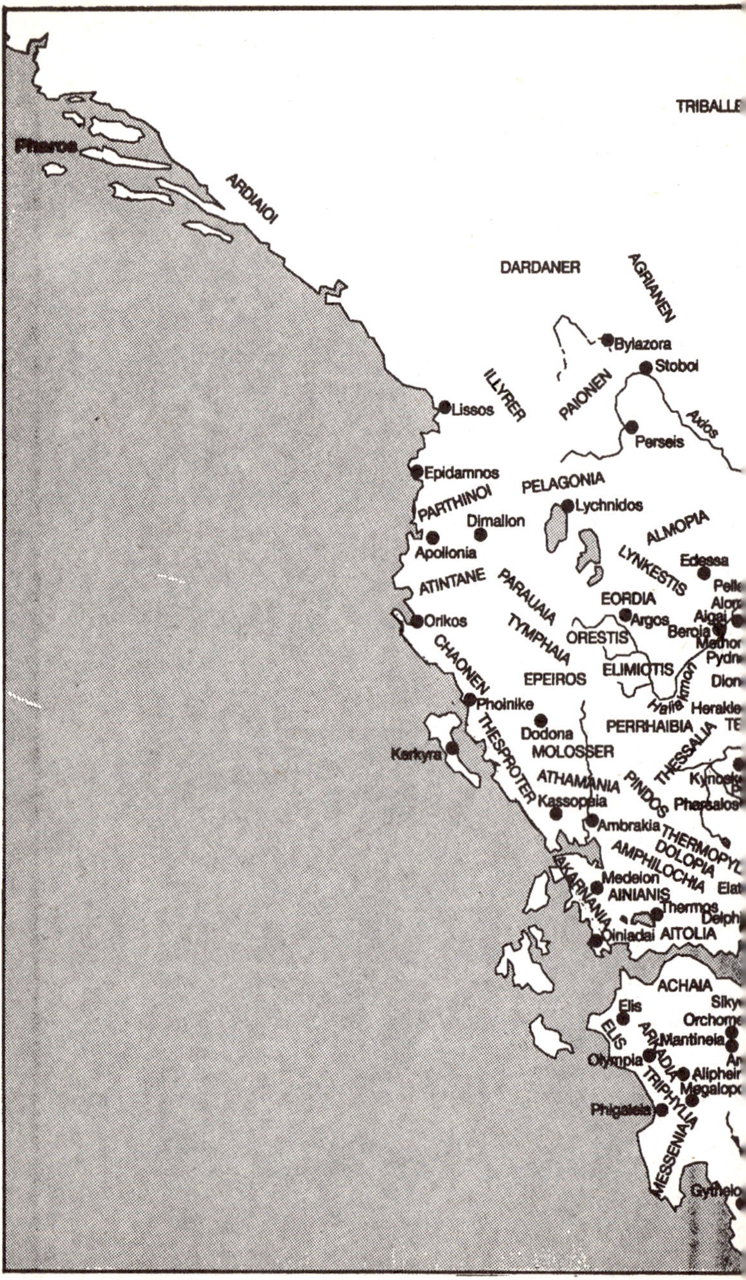
Pharos
ARDIAIOI
DARDANER
AGRIANEN
Bylazora
Stoboi
ILLYRER
PAIONEN
Lissos
Axios
Perseis
Epidamnos
PELAGONIA
PARTHINOI
Lychnidos
Dimallon
ALMOPIA
Apollonia
LYNKESTIS
Edessa
ATINTANE
PARAUAIA
EORDIA
Orikos
Argos
Aigai
Beroia
TYMPHAIA
ORESTIS
CHAONEN
ELIMIOTIS
EPEIROS
Phoinike
PERRHAIBIA
Dodona
THESSALIA
MOLOSSER
Kerkyra
THESPROTER
ATHAMANIA
PINDOS
Kassopeia
Pharsalos
Ambrakia
DOLOPIA
AMPHILOCHIA
Medeion
AKARNANIA
AINIANIS
Thermos
Oiniadai
AITOLIA
ACHAIA
Elis
ELIS
ARKADIA
Mantineia
Olympia
TRIPHYLIA
Phigaleia
MESSENIA

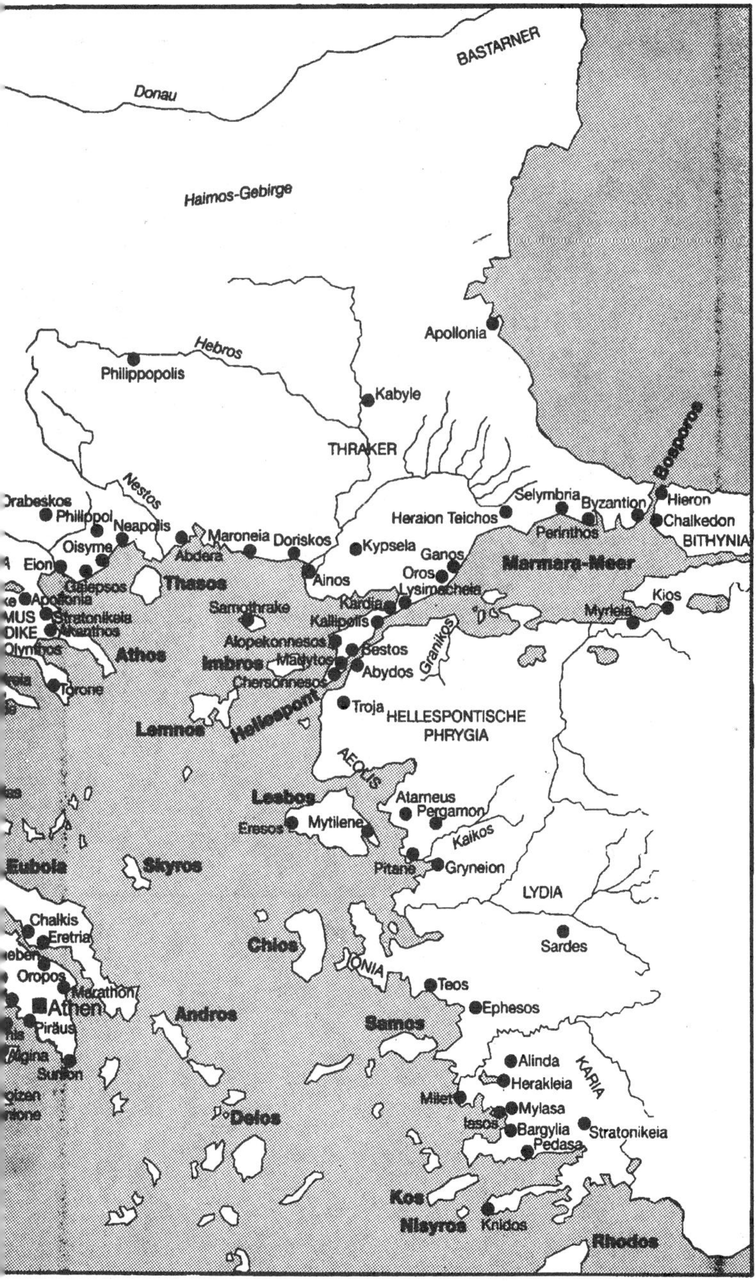

BASTARNER
Donau
Haimos-Gebirge
Apollonia
Hebros
Philippopolis
Kabyle
THRAKER
Bosporos
Nestos
Philippoi
Neapolis
Maroneia
Doriskos
Kypsela
Heraion Teichos
Selymbria
Byzantion
Hieron
Chalkedon
BITHYNIA
Perinthos
Marmara-Meer
Oisyme
Abdera
Eion
Ganos
Oros
Ainos
Galepsos
Thasos
Lysimacheia
Kardia
Kios
Apollonia
Samothrake
Myrleia
Stratonikeia
Kallipolis
Akanthos
Alopekonnesos
Granikos
Olynthos
Athos
Sestos
Imbros
Madytos
Abydos
Torone
Chersonnesos
Troja
HELLESPONTISCHE
PHRYGIA
Lemnos
Hellespont
AEOLIS
Lesbos
Atarneus
Pergamon
Eresos
Mytilene
Kaikos
Pitane
Gryneion
Euboia
Skyros
LYDIA
Chalkis
Eretria
Sardes
Chios
Oropos
IONIA
Teos
Marathon
Athen
Ephesos
Andros
Samos
Piräus
Alinda
Sunion
Herakleia
KARIA
Milet
Mylasa
Delos
Iasos
Bargylia
Stratonikeia
Pedasa
Kos
Nisyros
Knidos
Rhodos

KELTEN
SKYTHEN
Phanagoreia
Apollonia
Pelion
Aigai
Pella
Philippopolis
Philippoi
Larissa
Korinth
Argos
Abydos
Daskyleion
MYSIEN
LYDIEN
SARDES
Herakleia
Astakos
PAPHLAGONIEN
PONTOS
Kaukasos
Kolchis
IBERIEN
SAKESINER
Gordion
Ankyra
Gaziura
KAPPADOKIEN
PHRYGIEN
ARMENIEN
Kelainai
PISIDIEN
KATAONIEN
Sagalassos
Isaura
Tyana
Melitene
Phaselis
Perge
Tauros
Amida
Soloi
Issos
Kydnos
Alexandreia
Myriandros
MESOPOTAMIEN
Nisibis
Gaugamela
Chalybon
Arbela
Nikephorion
Thapsakos
PHOINIKIEN
Emesa
Tadmor
Kyrene
KYRENAIKA
Dura
SYRIEN
Damaskos
Is
Opis
LIBYEN
Samareia
Jerusalem
Babylon
Naukratis
Pelusion
Ammonion
Memphis
Heliopolis
Petra
Herakleopolis
NABATÄER
Hermopolis
ÄGYPTEN
Chemmis
Thebai
I. Elephantine
Syena
Alexanderzug

ASIATISCHE SKYTHEN
SAKEN
Chorasmien
CHORASMIER
Alexandreia Eschate
Kyropolis
MASSAGETEN
Baktra
Marakanda
Nautaka
Bagai
SOGDIANE
Branchiden-Stadt
Baktrien
Alexandreia
MARGIANE
Daher
Drapsaka
Baktra
Zariaspa
Aornos
Paropamisos
Dyrta
Alexandropolis
Zadrakarta
HYRKANIEN
Massaga
Aornos
Andaka
TAPURER
Hekatompylos
Susia
Kabura
Taxila
Rhagai
Thara
PARTHIEN
Nikaia
Peukelaotis
Pushkalavati
Jamu
Artakoana
Paropamisaden
Alexandreia
ARAIA
Alexandreia
Arachosien
Sangala
Tabai
Phra
Gabai
Artakana
Alexandreia
DRANGIANE
Alexandreia
Prophthasia
ARIASPEN
UXIER
Issatis
INDIEN
Alexandreia
Alexandreia
Pasargadai
Karmana
Kala
PARIKANER
Persepolis
PERSIS
Pasargadai
KARMANIEN
Alexandreia
Pura
Alexandreia
Rhambakia
Sindomana
Pattala
Salmus
Harmozeia
GEDROSIEN
Orakta-I.
Oreiten
Kokala
ICHTHYOPHAGEN
Barbarike
Gwadar
MAKER
Erythräisches Meer
SYRASTRENE

Quellennachweis: